君子以泽 —著

她的4.312年

上册

羊城晚报出版社
·广州·

图书在版编目(CIP)数据

她的4.3亿年 / 君子以泽著. —广州：羊城晚报出版社, 2021.7

ISBN 978-7-5543-0903-2

Ⅰ.①她… Ⅱ.①君… Ⅲ.①幻想小说-中国-当代 Ⅳ.①I247.5

中国版本图书馆CIP数据核字(2021)第002474号

TA DE 4.3 YI NIAN

责任编辑	黄初镇　张灵舒
特约编辑	夏　之
责任技编	张广生
责任校对	杨　群
出版发行	羊城晚报出版社
	（广州市天河区黄埔大道中309号羊城创意产业园3-13B　邮编：510665）
	发行部电话：(020)87133824
出 版 人	吴　江
经　　销	广东新华发行集团股份有限公司
印　　刷	广东广州日报传媒股份有限公司印务分公司
规　　格	889mm×1240mm　1/32　印张24　字数780千
版　　次	2021年7月第1版　2021年7月第1次印刷
书　　号	ISBN 978-7-5543-0903-2
定　　价	85.00元（全二册）

版权所有 侵权必究

本书如有印装质量问题，请与广州天闻角川动漫有限公司联系调换。
联系地址：中国广州市黄埔大道中309号 羊城创意产业园 3-07C
电话：(020)38031253　传真：(020)38031252　官方网站：http://www.gztwkadokawa.com/
广州天闻角川动漫有限公司常年法律顾问：北京市盈科（广州）律师事务所

自序

有一次，朋友问我："你是怎么想出《她的4.3亿年》里这个脑洞大开的世界的啊？"我瞬间有些蒙："就，闭着眼睛，它就出来了啊。"朋友说："怎么出来的？"

我想了想，觉得不闭眼也可以。睁开眼，脑子里还是有这个海族世界。我能看得到圣耶迦那具体的样子，听得到深海中咕噜咕噜的水声，感受得到水的温度，闻得到各种海底生物的味道（对人类而言不是特别好闻）。梵梨、苏释耶、希天、夜迦、风晋，他们都鲜活地存在于我的眼中，他们在眼中游动的姿态，他们声音的腔调，他们每一个神态的细微变化，我都能看到，他们的情绪也会感染到我……然后，朋友就一脸呆滞的表情，说以她的立场看，真的很难想象能有这样的体验。

可是对我而言，幻想与创造新世界，已经变成了写一部小说最快乐的体验。如果不能想象出那么具体和有诸多细节的世界，我觉得很难坚持写作到今天。

曾经在书上看过，人的能力分创造型、逻辑型、感受型、视觉型等等。我想，我之所以如此擅长写幻想的世界，是因为我所有天赋里，最强的部分就是想象力。所以，写完这部小说以后，我给妈妈发了一条消息，感谢她——虽然不知道她是怎么做到的，但是非常感谢她遗传给我这么强大的脑洞能力。而且，每当我觉得自己一无是处的时候，不断告诉我"你有天赋，你可以的"的人，也是她。爸爸是传授睿智思想给我的引路人，妈妈给了我敢于尝试与突破的信心。我爱他们，谢谢他们。只希望从他们那里得到的才华能延续久一些，能带给读者们更多状态最佳的作品。

幻想架空小说最大的魅力就在于世界观，这很考验作者构建全新世界的能力。为了写这本《她的4.3亿年》，我准备了15万字的世界观，详细得可以出一本书了。打个比方说，就光海舰艇这一部分，就设置了很多内容：有运动型舰艇、掀背舰、大型私舰、敞式舰等等十多种版型，不同舰艇在什么年代被发明出来，成为了哪个时代的标志，批量生产后垃圾如何处理，平时造舰公司都把产品停在什么地方……后来延伸出了黑帮走私博比特虫毒液，发起了各种私舰的锦标赛、大奖赛，从而引起了超音速私舰的风潮，比赛在哪些城市举办，举办模式和获胜方式，等等，都写得很详细。

相较我以前的作品,《她的4.3亿年》在世界观的格局上也加深了很多。关于以前的架空作品,如果问我政府是怎么运作的,主要机构叫什么,在哪里,所有地方是用统一的法律还是地方自治,每个地方人口多少,科技、金融发展如何,每个地方的特产是什么、有什么地理原因,我不会有太精准的答案。但写《她的4.3亿年》的时候,这些信息我都可以秒答。因此,对我而言,这个世界也是前所未有地熟悉、清晰。

当然,写世界观,是为了加强文化感、时代感、真实感,让故事变得厚重,而不是为了把世界观全部复制粘贴给读者看,让读者说:哇!作者好能写,文章好长哦。所以15万字的世界观不会全部都体现在正文中,不用担心会看不懂。不过,我特意做了一本《她的4.3亿年》小词典,供读者查阅。

幻想是小说中比较浪漫的部分。一旦涉及对现实的思考,就会有些尴尬了。

平时我对很多事情都喜欢做总结,有强烈的个人观点,例如对阶级观念、女性的自我意识、文化差异等等。只是,写小说不适合夹带明显的"私货",我会隐藏自己的情绪,只用不同的故事、不同角色来表明不同立场的观点,只想刻画故事,尽量避免说大道理。因此,在写这本小说之前,其实就把各种矛盾冲突设置在了海神族里,但后来开始查阅资料,猜我发现了什么?海洋里的情况居然和人类如此之像。食物链顶端的雌性非常彪悍,完全不需要雄性,她们基因强,生存能力强,生了孩子也彪悍,雄性真的就只是提供一颗精子就好了;而食物链底端的雌性,特别重视雄性的筑巢(房子)能力,甚至只和有孩子和房子的雄性生子,不然她们很容易就被大环境吞没。

除此之外,还有很多很多与人类社会相似的地方,例如雄性在争到领地后,总会有另外一个雄性和被推翻的前任首领联盟,来一起干掉新的这个首领,他们所有的行为动机,不过是人类的无限简化版。

每次看到这些联系,我的心里总是会出现两个矛盾的声音:

1. 人类到底只是动物,为什么要跟基因相抗衡,抗衡了一生,几十亿年漫长的演化史上不会有你一点影子,一群连食物都被菌群控制的渣渣,自我狂欢什么啊。

2. 人类和动物是不一样的,我们有丰富的想象力,动物没有;我们有道德感和自己的理想,动物没有。我们应该和基因,和演化做斗争,演绎出更灿烂的文明。

我的左脑相信1，我的右脑相信2，说实话，没答案。而且，除非世界变成平等的，不然这些问题永远不会消失。而我们都知道，绝对平等是永远不会出现的。

　　我们是要相信进化论，还是相信人与人之间的关爱呢？苏释耶和夜迦代表的是前者，小梨子代表的是后者。我知道他们都很有道理，但更愿意相信小梨子。想来我的倾向性也让读者感受到了。因为他们曾经总结过我的写作风格核心——"纯粹的感情"。说得太精准了。因为，我们一直都知道，有的东西是你相信它就存在，不相信就会消失的。例如理想，例如爱情。要有多么强大的信念，才能让我们相信理想会在崎岖道路的尽头等着我们？要有多么坚定的信任，才能让我们相信，真爱会出现，会陪我们白首偕老？已经走过这些路的前辈们一定会告诉我们：走下去，不要动摇！但在这之前，不够坚强的年轻人已经迷失了，愤怒了。

　　是不是很不可思议？对于最纯粹、最简单的东西，有那么多人完全拒绝相信。

　　可一直以来，我都选择相信。我将这种信念也带入了作品中，以至于每本小说都摆脱不掉童话色彩。我曾经为此苦恼过，觉得自己实在太不成熟了。然而，经历越多，我反而越来越喜欢这种特色。毕竟，一个人若是一辈子都相信美好，也是一种坚强，不是吗？

　　最后友情提示一下《她的4.3亿年》的阅读注意事项：它有建立在海洋中的海族架空世界观，和人类文化、道德、体系有巨大差异。初期比较表面（如外观、城市面貌、生活习俗等），越到后面越深入（历史政治、哲学信仰、社会体系等等），所以，读这本小说，需要读者暂时忘记人类社会，完全进入《她的4.3亿年》的海洋世界，不然会越看越怪的。

　　所以，来吧。咱们拉着小梨子的手，一起到这个全新的、充满梦想与传说的美丽世界溜一圈。

君子以泽
二零二一年一月八日于上海

目录
Contents

楔 子	星辰海的涟漪	001

红月海篇

Chapter 01	成为海族	003
Chapter 02	入学日	019
Chapter 03	第一堂魔药课	039
Chapter 04	婚礼上的重逢	055
Chapter 05	双S大脑	085
Chapter 06	海洋博览会	101
Chapter 07	奴隶市场	112
Chapter 08	2271年的含义	124
Chapter 09	重回海里	139
Chapter 10	星海与理想	150
Chapter 11	黑鳄工会	160
Chapter 12	复活海之旅	170
Chapter 13	冰川之吻	183
Chapter 14	校园暴力	196

Chapter 15	赐糖节	207
Chapter 16	晋升种族	216
Chapter 17	加斯少宗主	225
Chapter 18	西罗镇之吻	239
Chapter 19	期末考试	250
Chapter 20	荧光海	261

圣耶迦那篇

Chapter 21	圣耶迦那	272
Chapter 22	永恒广场	289
Chapter 23	深海黑珊瑚	300
Chapter 24	海雾树	309
Chapter 25	星之尘埃	318
Chapter 26	翡翠山脉	332
Chapter 27	苏伊的追忆	347
Chapter 28	燃烧之子	359

楔 子
星辰海的涟漪

  我重获新生,把记忆点成离愁的火苗,燃烧着以太之主的流光孤灯,仰望着无尽海洋之主的倒影。

  我敬爱的、可爱的爱人啊,在烟火猎猎的海洋尽头,在荒漠向森林的求爱中,你可收到了我寄给你的、晨曦里的第一滴露珠?

  我的心之叶不小心坠入你编织的情网,用四十亿年的岁月逐步绽放出花朵。

  花朵越开越旺,一秒也不曾凋零。终于,在这一个微小的瞬间,就结成了果实。

——雅夏《星辰海的涟漪》

红月海篇

Chapter 01　成为海族

呕……啊……呕……

范梨趴着，双手撑在地上，胃都要吐出来了。

现在几点了？我在哪里？我还活着吗？我的身体器官都还是完整的吗……

她有诸多疑问，却都没有答案。因为，生不如死的折磨削弱了她的视力和听力，大脑失去了估算时间的能力。

脑海里交错闪现的，是昏迷之前发生的事：18岁生日当天，她和爸爸去海滩玩。下海游泳。因为从不呛水，游泳技术高超，她游得宛如脱缰野马，游出了爸爸的视线。无形的力量捆住她的腿，把她往海洋深处拉。她陆续看见各种海洋生物。光线越来越暗，水温越来越低，未知越来越多。

不知过了多久，痛苦才缓解一些。就像麻醉刚过从手术室里被推出来一样，范梨感到浑身无力，脑袋晕。五脏六腑里，服用过量药物般的反胃感在沸腾。

动了动眼皮，眼前的景象忽隐忽现。范梨双掌使劲儿，想撑起身子，但两条胳膊抖个不停，身体机能明显不在正常状态。她抬起头，额头却不慎碰到了一条延伸出来的珊瑚。她疼痛不止，眼前的世界摇晃，下方的软珊瑚里，一只刚出生没多久的绿短革鲀宝宝吓得猛冲出来。

范梨屏住呼吸，伸手对小奶鱼晃了晃。但它看了她一眼，鼓着翘起来的嘟嘟唇，一溜烟游走了，甩了她满手泡泡。

泡泡？

她伸展开五指，插到地面的细沙里，再往上轻轻一抛。沙子没有立刻掉落，或被风吹走，而是天女散花般漂浮，雪花般摇曳下坠。

意识到自己还在海里，她瞬间觉得胳膊更软了，险些又一次瘫在地上。

接下来，一个事物进入视线，才真正令人窒息。

那是一条立起来的青色鱼尾。它呈流线型，尾鳍上叶比下叶长许多，上下方都有凹洼。离尾鳍约60厘米处，还有两片小小的臀鳍；再往上一些，有两片腹鳍。此刻，整条尾巴左右摆动，极其缓慢。

范梨盯着它，眼睁得滚圆，即便是演技最"感人"的花瓶女明星，也无法瞪

到这个程度——这是一条鲨鱼的尾巴!

条件反射,她想翻身游走。但仔细一想,最凶猛的海洋食肉动物并不觉得人类好吃,它们的菜谱上没有人类。所以,遇到鲨鱼不应有太大动作,只要缓缓游开就好。如果过度惊慌,反倒会引发它的好奇。它可能过来咬一口尝尝味道,看看是个什么玩意儿,那就不太舒服了。

范梨轻轻转过身,轻轻摆动双臂,轻轻扭动着,朝远离这条鲨鱼的方向轻轻游走……

仅过了几秒钟,她游不动了。

一双手自后绕向前,以轻拥的姿势,搭在了她的手腕上。手指白而纤长,但腕骨关节大,手背骨感分明,是男性的手。

太好了,有人类,说明她现在还在安全区。

"有鲨鱼,快跑。"为防他听不懂中文,范梨还补了一句英文,"Shark! Run!"

然后,男性低音炮在她耳边响起。

他说的不像任何一种地球上的语言。空灵而缠绵,每个音阶又沉沉的,像从喉咙里发出。范梨一个字都听不懂,只听到他在末尾说了一句:"嗯?"

她正想如何回头表达彼此有语言障碍,脑子里就蹦出了一本厚重的字典。无形的手翻开棕色岩石封面,男人所说的每一个单词,都化作奇怪的文字符号,在脑中拼写出来,跟闪电似的被翻到对应的中文解释页面。尽管语法不太到位,但他说的话她大约听懂了:

"慌慌张张的,不太像你的风格。还是说,你觉得我很可怕,会吃了你……"

范梨抬头看看四周,没找到任何书本的痕迹。字典确实是在大脑里出现的。

这算什么,意识翻译字幕组?

她回过头,看见了比信天翁胸脯还白的颈项,还有深V长袖丝质上衣勾勒出的锁骨。好锁骨,可以养鱼。

再微抬头,她在一双幽深的眼中看见了蓝天。

鲨鱼早没了踪迹,她眼前是一个年轻男人,肩膀宽阔,骨骼修长,眼如海湾,眉如峡谷。

阵阵水波如海里的风,吹皱他的衣角,拂动他的发梢,把他的每一个动作都变成电影慢镜头。他垂目凝视着她,浅笑着,睫毛在白净的皮肤上留下阴影,水蓝色的眼里浸泡着无限温柔,显得像个陷阱:"消失这几个月,外语学得不错。

Chapter 01 成为海族

所以,这么久没见,一点都没有想我?"

或许因为大海的滤镜原本就是悲伤的,几缕碎发轻触他的眉骨、脸颊和尖耳,有一种空灵而绝望的美。长直发是银灰色的,松松地绾在脑后,丝绸般在海水中起伏,就像缠绕着黄昏光线的水生植物。

因为没得到她的回答,他叹了一口气,吐出几个透明的气泡:"小傻瓜,吓傻了?"

声音动听是其次,懒散语调里的从容不迫、诱惑与宠溺才是重点。范梨从小到大都是乖乖女,第一次近距离地听异性如此说话,以至于脑内字典翻译速度都变慢了。接着,她脑袋里乱糟糟的一片,似乎是刚才晕厥的后遗症没结束,又开始抽痛。

见她捂着头,他眼神更幽深了一些:"抱歉,看来是我认错人了,毕竟你的面孔看上去很陌生。"说是这么说,他却一点也不见外,把她脸颊边的碎发轻拨到耳后,依然用对情人的语调缓缓说道:"这位小姐,原谅我的鲁莽。重新认识一下好吗,我叫星海。"

"星海……"范梨晃了晃脑袋,狠狠拍开他的手,"流氓,放开我!"

星海微笑道:"小姐,你的心跳好快,还流了不少汗。是不是因为藏了什么小秘密,有些紧张?"

范梨警觉地抬头。他为什么会知道她心跳很快、流了汗?

这时,一个尖尖的声音从身后远处传来,打断了她的思路:"梵梨!梵梨!!"

似乎是在叫自己。范梨从星海的怀中挣脱出来,回头一看,居然看见一条美人鱼向她游来!

这条美人鱼尾巴是红黑双色的,由一条细长的荧光青线从中隔开;粗粗的棕色大辫子搭在一侧肩上,戴了满头的海星,像悬在棕榈树上的金色星河。她对范梨挥手,朝气十足,"梵梨梵梨"地喊个不停。但因为游太快,也没注意看路,她一头撞在礁石上。

范梨揉了揉眼睛,发现眼前的景象没有变化,指着美人鱼,对星海颤声说:"她长了尾、尾巴……Fish tail, mermaid, scary 啊!"

但她发现,星海的反应很淡定。然后,想起什么似的,她低头往下看了一眼,又看到了刚才那条鲨鱼尾巴。

原来,刚才她看到的不是鲨鱼尾巴,是星海的尾巴!

这个男孩子真的不是人,是条半人半鲨的美人鲨!!

虽然这美人鲨外形和谐美丽,和浪漫幻想影片里拍的一样,但她还是觉得头晕眼花,小心脏快破裂了。见她一直失礼地凝视自己的尾巴,星海还是微笑着:"喜欢鲨族的男孩子吗?"

"鲨……族?"范梨吃力地重复着这个外语单词。

听她冒出了古怪的发音,星海的表情像被按了一下暂停,随后笑容慢慢散去,面容仿佛被一层冰霜笼罩住:"别装人类了,你不一直游得好好的吗。"

范梨怔了一下,低头看了看自己下半身,惊呆了——她的腿不见了,取而代之的,是一条很长的鱼尾巴!鱼尾巴是墨绿色,有不易察觉的薄鳞片。动动下半身,那条鱼尾巴自然地左右摇摆,还荡漾起了轻微的水波。她伸手顺着鳞片摸了摸,冰凉坚硬,最后一根理智神经也断了。

"我的妈啊!!!"范梨跟摸到尸体似的抽回手,抱着头,恨不得一头撞在珊瑚礁上,赶紧从梦里醒来。

此刻,冒失的美人鱼也晕头晕脑地游过来,抓住范梨的胳膊说:"你是怎么回事,刚才怎么看报纸看得抽风了,转个身就消失,把我和我妈给急的啊……"美人鱼原本应该长耳朵的部位没有耳朵,而是长了一对与尾巴同色系的双色鳍,同样以一条荧光青线隔开,两只耳鳍还会随着她的表情略微摆动。

范梨受惊过度,突然变得特别安静,只是复读机似的重复着她的话:"报……纸?你……妈?"

"你怎么了?"荧光少女伸手在她面前挥了挥,"你怎么痴呆了,别吓我……在报纸上看到不好的新闻了?"

"什么报纸?"星海抬头。

"《红月海晨报》,梵梨看的是头条,之后就脸色苍白地逃了。"

"哦?独裁官来访红月海这类无趣的政治新闻,也能把你小姐妹吓傻?"说到"小姐妹"的时候,星海顿了顿,目光又玩味地转向了梵梨。

范梨很想知道,从晕厥在海里到醒过来这段时间里,到底发生了什么。为什么她的信息都和荧光少女所说的不吻合,现在她在海洋的哪个部分,为什么会突然长出尾巴,爸爸又在哪里,她该怎么把腿变回来,怎么回到岸上?!

"我也不太清楚,梵梨挺喜欢读报纸的,可能真的会为了一些时事新闻一惊一乍吧。"荧光少女挠挠头,又拉了拉范梨的手,"唉,不管你看到了什么,回去

Chapter 01 成为海族

我们再讨论,现在抓紧时间报名去。"

范梨看了看四周,只见不远处有一把椅子,看上去像是公园的长椅,但周围没有花草树木,只有软珊瑚和海葵随波摇曳,让人想起了春风中的麦田;上百只小鱼在枝丫般的珊瑚里穿梭,水声清越,波光潋滟,神似换季时的细雨;狮子鱼长得尤其嚣张,全身如破碎的旗帜般抖动,偶尔闪一下,发出更加响亮的水声,抖落一串银币般的泡沫……这里的生态如此曼妙,族群丰富,生生不息,延续到视域所见之处的尽头,描绘出一场鱼和珊瑚交织的蓝色梦境。

景观很自然,但珊瑚布局和石子路明显是人为整顿过的。道路通往的尽头处,有一些建筑的影子,展露出了海底文明的冰山一角。

再收回目光,对比三条鱼尾的鳍,范梨发现星海的鳍要多一些,尾巴更长,肌肉纹理也和她们俩差距极大。

看见范梨一直大大咧咧地盯着男孩子的尾巴,荧光少女觉得有些羞耻,只能对星海抱歉地说:"这位小哥,谢谢你照顾我朋友,她以前不是这样的,今天整个儿像从临冬北路600号逃出来的一样。我带她走了啊……"临冬北路600号是圣都精神卫生中心的地址,也是海洋里最大的精神科医院。

"没事。"星海目送她们离去,眼眸冷淡,眉宇凝重,跟初见时比判若两人。

沿着一条石子路,荧光少女带着范梨游向广场的方向。

范梨张嘴喝了一口海水,发现双耳后面似乎有器官张开。畏畏缩缩地摸自己耳根,那里有两道长长的裂口,往里一些,还能摸到片状、丝状的东西,那触感之销魂,让人浑身鸡皮疙瘩都快掉下来。但这是鳃没错了。而且,食道和连接鳃的呼吸器官是分离的。

她还在研究自己新的身体构造,荧光少女凑近了,悄悄说:"你刚认识这个叫星海的男生?"

范梨点点头。

"哎,他这样的捕猎族还真少见。来落亚以后,我遇到的捕猎族都好凶,好可怕。等开学以后,我们还是离他们远点好了。"

范梨不懂。她在海底入学了,怎么自己却不知道呢?

广场中央,人鱼来来往往,尾巴和海鱼尾类似,长度、颜色、形状、鳍数、摆动频率等等,都各有特色。广场一头有一道巨岩垒砌的石门,门前的人鱼大部

分都年轻活泼,穿着款式相同的制服,抱着书或者背着书包。

梵梨思索着想表达的句子,脑中的字典再次翻开,在意识里播放出了发音。她不敢说太长的句子,生怕出现语法错误,只能指了指那些年轻人,试探着说:"都是学生?"

"当然啦,今天新生入学报到第一天呢。"

"难考吗?"

"你问我咱们学校难不难考?"看见范梨点头,荧光少女双手捧脸,"音乐学院我都考了十一年!你以为谁都跟你一样,轻轻松松双S进奥术学院吗?你是我们海洋族里的奇葩……不,是全海族的奇葩!你最好不要对自己的奇葩特性有任何侥幸心理!"

范梨有点迷糊了,自己是失去了一段重要的记忆吗?难道说,失去记忆的这段时间里,她没有去读陆地上报考的大学,而是参加了海族大学的入学考试?所以,现在她叫"梵梨"。

梵梨正在费心思考,荧光少女却觉得很奇怪。为什么今天的梵梨有点不太一样?从她认识梵梨以来,梵梨就很少把眼睛完全睁开过,沉默寡言,眼睛颜色是海洋淬炼出的深蓝色,一点都不像这个年纪的女孩子。而现在的梵梨,明明是同一张脸,眼睛却像被名为"青春"的火焰点亮了,幽蓝明亮,充满了对世界的好奇,整个人都十分灵动,散发着干净的少女感。

"梵梨?"荧光少女试着唤道。

"嗯?"梵梨把视线从周围的环境中挪了回来。

梵梨看上去真的可爱了好多,总是对四周的景物张望,连眼睛都大了一圈。连那一头以往看来干练的短发,都像重获新生了一样。

"你……你是研究出了什么返老还童的魔药吗?"

"啊?"

"算了算了……"可能只是开学了,她心情好吧。毕竟这个姑娘除了读书也没什么爱好了。

荧光少女带着梵梨继续游动。她旋转着游,尾巴扭如舞蹈。梵梨总想蹬腿游泳,但无奈没了腿,只能被荧光少女拖着,努力摇摆尾巴。鱼尾和水的摩擦非常小,每摇一下,她都能往前冲很长一截。她还没习惯如此游泳,只能鼓着双颊,在心中呐喊,加油!梨啊!你行的!扭啊!冲呀!啊,腰扭了……

她揉着抽筋的腰,跟个"跛尾"老太太似的前行,在广场边看见了荧光少女同款耳鳍、鱼尾的妈妈。见两个女孩子过来,这个妈妈过来挽住她俩的手:"吓死我了,吓死我了。梵梨,刚才你跑到哪里去了?把我和当当都吓坏了。"

梵梨差点"噗"了。荧光少女的名字是当当?这名字好。买书打折吗,亲。

当当拨了一下自己的大辫子,骄傲地说:"妈,别担心了啦,我都已经八十九岁了,照顾好梵梨没问题的!"

"少吹嘘,我八十九岁时,你都会直线游泳五百米了。别说照顾梵梨,先照顾好你自己吧。"

"年代不同呀,你们那个年代大家结婚都早,但你也没读大学不是。你看,我可是考上了名牌大学的姑娘。"

"就是读大学才让我心慌!我和你爸把你惯坏了,害你吃不得一点点亏!梵梨我觉得是完全可以放心的,她很理智。"说到这里,当当妈又对梵梨温言说道,"梵梨,上大学后,你们就要互相照应了。我可担心死了这女儿,她性格太冲,动不动就跟人发生摩擦,跟三十岁的小孩一样,唉!"

梵梨捶打着扭伤的腰,心想海族寿命可真长。

"又来了……"当当吹出一串不耐烦乱窜的泡泡。

梵梨看了看四周,发现海族几乎都是人身鱼尾,但有一个雄性海族下半身却是八条油腻腻的肉色触手。他拿着一个有缺口的贝壳碗,到处向人讨钱,很适合高歌一曲:"丑八怪,丑八怪,在这'颜值'的时代,我的存在像意外。"

当当妈也看到了他,伸出双臂揽住两个女孩子,和她们互换位置:"别看了,快走。"

当当皱着脸,屏住呼吸按住鳃,小声说:"怎么这乞丐今天还在这……"

当当妈护着她俩游远,躲在一片珊瑚后面,确认没有人经过,才握着梵梨的手说:"梵梨,你知道吗,每次看到这个乞丐,我就会特别担心你。你父母走得早,你还能取得这么拔尖的成绩,阿姨很为你骄傲。但有一件事你必须要牢记:我们海洋族,永远不要忘记自己的出身。"

父母走得早?怎么回事?她只有母亲走得早,爸爸明明活得好好的……

难道……

梵梨一颗心都悬了起来,但还是强装镇定:"嗯,好。"

"奥术太容易触碰法律底线和政治敏感点了。你如果真心想从事这一行,那,

阿姨还是那个观念——趁年轻，赶紧在学校里找个权贵公子嫁了，让丈夫的家族庇护你。"

梵梨不赞同，没吭声。

当当摇摇头："妈，别劝她了，她就是个孤僻小孩，对谈恋爱没兴趣。"

"不找对象，那可真不行。"当当妈张了张嘴，看了一眼远处徘徊的鱿鱼乞丐，"这乞丐，你们不知道他是什么来头吧。他母亲也是你们大学毕业的，就是因为研究灵魂交换的禁术，被判处死刑，但又没有立刻死成，在牢里和多个鱿鱼族交尾生了他，至今没人知道孩子父亲是谁。"

听到这里，梵梨愣了一下，有了一种不好的预感："阿姨，我不太明白，您能详细说说吗？"

"法律规定啊，触犯了灵魂交换禁术的一律死刑。这个乞丐的海洋族母亲最终上了断头台，脑袋送回老家，身体被丢到深渊喂食腐鱼了。"

不祥的预感更加强烈了。梵梨打了个冷噤，双手发颤。不会真是她想的那样吧……

"等等，妈，你说他妈是海洋族？什么鬼，除了逆戟族，哪个外族还愿意和鱿鱼族的触手怪交尾啊？他妈妈是什么审美，我要吐了……"

当当妈大惊失色，冲过去捂住当当的嘴，把声音压到几乎听不到："当当！说这种话不用隔音术，你忘记逆戟族的听力有多好了？以后不要再说这种种族主义的话！不要给自己惹麻烦！"

当当的家乡是一个离海面很近的珊瑚礁区小村庄，92.3%的住民都是她的同族，放眼望去，一片荧光男女老少，可以连续几百年每天重复做着同样的事情：种植家乡特产"波喜荡海草"，养殖浮游生物和虾贝，休息时就出海唱唱歌，上岸到岩洞附近与海鸟同唱。故而他们村出了很多音乐系的学生，当当的性格也很单纯，防备心也比大城市的海洋族低很多。

"知……知道了啦。"当当没被妈妈的威胁吓到，反倒被妈妈的气势吓着了，"以后小心就是……"

大部分海洋族的五感能力比人类强不了太多。她们当然也不会知道，当当这么小的声音其实已经在水介质中发生了振动，迅速传到了两百米外的校门口。对于生存能力极强的掠食者而言，在四周一片噪声中感知、分辨这道频率细微的声波，并不需要耗费太多能量。

010

因此，在那里，几道黑影已经慢慢转向了当当的方向，原本就细长的瞳孔变得更细了。

而梵梨关注的却不是什么种族主义，而是"灵魂交换禁术"。

恐怖的预感如此强烈，让她鸡皮疙瘩都起来了。她碰了碰当当的胳膊，小声说："那个，当当……有镜子吗？"

"有呀。"

当当翻镜子的这段时间，像有一个小时那么长。

接过镜子后，梵梨看了一眼，上牙和下牙乱碰，止不住地发出"嗒嗒"的声响。她不死心地向当当提出了最后一个疑问："你比我大几岁来着？"

"七岁呀，你不是八十二岁吗？"

梵梨又一次看了看镜子里的脸。那张脸惨白如纸，却不是范梨的脸。所以，这也不是范梨的身体。她和爸爸在海上游泳时，感到"灵魂出窍"，并不是夸张的说法，而是真感到有力量把她的精神从肉体里拉出来了。她的意识停留在海中，目睹自己昏迷的身体沉入海底。原本以为这只是深海恐惧症带来的幻觉，但其实真相很可能是，她被人使用了灵魂交换禁术，和这条美人鱼交换了身体。

这一刻，她需要消耗大量的能量，去抑制发抖，以至于一时间说不出话来。哪怕同时张开嘴和鳃，都觉得汲取氧气十分困难。但是，当当和当当妈看向她的时候，她还是收敛了情绪，对她们露出一个开朗的笑。

"小梵梨今天真可爱，真甜。"很显然，当当妈也很喜欢她今天的状态，忍不住捏了捏她白嫩的小脸蛋，"这才是八十二岁小女孩应有的样子嘛，以后保持这样，阿姨就喜欢看你这样。"

不，臣妾一点也不想保持啊！

接着，当当妈牵着她们俩穿过广场，朝大学校门游去。

广场边有个车站，来往穿梭的交通工具是舰艇：它们型号各异，大多数是水滴形，光滑透光，尾部也呈圆锥形，采用单或双螺旋桨和奥术燃料推进系统。每次看到大客艇舱门打开，那么多海族从里面游出来，梵梨都有一种看见鲸鱼开膛破肚游出虾群的错觉。听见机械声响起，舰艇开门，关门，不过眨眼的工夫，却又稳又平滑。梵梨很想过去看看这些舰艇的构造，但生怕掉队，只能跟着当当母女俩游。

大学门口左右两边立着高大的石碑。石碑中部镶着老年海族雕塑，上方立

着头戴柳珊瑚金冠的海豚。一块蓝鲸下颌骨桥梁般横跨过石碑，成了一道宏伟的拱门。拱门中央立着赤红月亮校徽，意识字典翻译出中间学校的名字：

"落亚大学"。

这时，当当看向梵梨的身后，两只耳鳍完全耷拉下来，贴在脑袋上："啊，好多捕猎族……"

梵梨顺势看过去，发现不远处有大片海族游向校门。仅仅因为他们靠近，梵梨的耳鳍居然也不听使唤地耷拉了下来，腹中的鳔脏空间缩小，身体微微往下沉，尾鳍拍打频率加快。这一系列身体的快速变化，都只是印刻在海洋族基因里的恐惧本能反应，就像羚羊见了狮子本能想逃一样，没经过她的大脑和神经。

这一片海族都是捕猎族，都长着尖耳朵和竖瞳。捕猎族是海族中的掠食者，携带鲨鱼、逆戟鲸等凶猛生物的基因，虽然整个捕猎族只有不到四亿人口，但他们拥有绝对实力，凌驾于十八亿海洋族之上。还有五个长着耳鳍的海洋族，奴仆打扮，唯唯诺诺地跟在他们后面。

星海就在里面，相比其他人肌肉发达又凶恶的样子，他反倒显得清新出挑。但是，他有所察觉地回过头来，淡漠地瞥了一眼梵梨，依然带着一股浓浓的掠食者气息。

这一群捕猎族里，有三个女生长着黑白双色的逆戟鲸尾巴。逆戟鲸又名虎鲸，与鲨鱼都是海洋里最凶猛的捕猎者。所以，她们也就是捕猎族里的佼佼者，当当刚才提到的"逆戟族"。

三个逆戟族女生中，有一个最显眼。因为，只有她被三名奴仆同时服侍：两名男奴抬着她身下的垫子，抬佛像般小心翼翼地捧着她；一名女奴双手端着一盘海鲜杂烩点心，高高举过头顶——海底的食材密度都很高，所以可以稳妥地停留在盘子里。她戴着铂金大耳坠，低胸衣显得身材前凸后翘，尖尖的耳朵从一头火红长直发中伸出，臂环上有一枚衔尾鳗鱼徽章。此刻，奴仆们把她抬到梵梨等人面前，她拿着小竹签，小口小口地，慢慢地吃完最后一口，扔掉竹签，拍拍身边女奴的头，指了一下当当。

女奴游过来，把手中的盘子拍在当当的脸上。

当当深吸一口气，却吃了满嘴的剩菜。末了，女奴还用力转了转盘子，才松手。混着花花绿绿的高黏合度调味料，生的虾蟹鱼贝贴着当当的脸下滑，几条海带挂在她的大辫子上。她抹掉脸上的剩菜，不可置信地看着眼前这一幕。

"好吃吗?"红发少女身体前倾,弹了弹自己鱼尾上的海草,往女奴的头上撒了一把硬币,"这是菩提海的名厨做的。把你卖到奴隶市场去,都买不起这盘菜。"

女奴伸手去接,但有的还是掉在了地上。她才俯首趴下,一个个捡起来。

以前当当虽然知道大城市里奴隶制盛行,上级海族掌握了绝大部分资本的力量,阶级冲突是家常便饭,但她还是第一次被人这样羞辱,也是第一次亲眼看见,和她同为海洋族的女孩子,被捕猎族养得像条只会听主人指令的狗一样。

她急促地喘息着,还不知该作何反应,就看见梵梨拨下她脸上的食物残渣,用盘子接住,然后抓着女奴的头发,猛地把她的脑袋按在盘子里。

"你爸妈没教过你怎么尊重别人吗?"听见女奴尖叫,梵梨眯着眼说道。

"梵梨,不要!"当当妈惊恐地看了一眼红发少女,想过来拦住梵梨,梵梨却直接把盘子扔向红发少女。盘子刚好顺着水流冲过去,红发少女没想到她会反击,赶紧闪躲,差点从垫子上掉下来。

"你居然敢反抗我?!"红发少女怒道。

"欺负人就是你不对!"梵梨吃力地使用着脑内字典,气势不输阵。

红发少女的瞳孔变成了两条可怖的细缝。她正想杀过来,却听见身后有人唤道:"丽娜。"

她回头一看,星海正看着她,露出了颇有距离感的微笑:"走了。"

"可是,这对鱼饵母女——"丽娜指了指当当,"内涵我们逆戟族。"

"不过是海洋族的嫉妒。开学第一天,你这样地位的女生,有必要和她们计较?"虽言语是在安慰丽娜,但星海的语气有不容抗拒的强势,"走吧。"

丽娜上下打量了梵梨一眼,又转头对当当说:"以后,管住你自己的臭嘴。"

梵梨下意识回头看了看刚才当当提到逆戟族的方向——她连那里的人影都看不清,更别说听见那一端的路人在说什么了。隔这么远,这几个逆戟族都能听到当当随口一句吐槽?别吧,这都是些什么物种啊,太凶残了吧!

就在十分钟以前,她还认为这是一个高度文明的世界。然而,那么发达的科技,居然建立在一个丛林法则的社会里。梵梨很快明白了,这是种族特性多样化的缘故。捕猎族和海洋族实力差距太大,导致他们的社会地位随着文明和演化拉得越来越大。

刚才的女奴下手太重,当当的嘴皮破了。当当妈从包里拿出一颗蓝红双色的海胆壳。里面装满了密密麻麻的药水小卵,她捏破一个,按在当当嘴角的伤口

上,梵梨立刻拿起旁边的棉签,帮忙把药水抹匀。

"两个孩子,懂我的意思了吗?"当当妈叹息道。

"我懂。"梵梨其实不懂,只觉得这世界的运转定律太扯淡了,她有点适应不来,"难道以后我们都要跟这些王八蛋朝夕相处吗?太不公平了吧?"

当当妈抬起头,看着波光粼粼的海蓝世界,悲哀地说:"公平?这个世界没有善恶,没有公平,只有强弱。"

"没有的东西,可以去创造。"

听见梵梨这句话,当当妈愣了一下,惊愕道:"你在胡说什么?我之前怎么跟你们交代的……"

"其实妈妈,我觉得梵梨说得没错!"当当对梵梨俏皮地眨眨眼,"梵梨,记得第一次见面时,你就告诉我,现在的海胆止痛药里的大麻素全都被提去做没意义的事了,那些家伙浪费精力做交尾产品,还不如直接去开海胆刺身餐厅。当时我就觉得,你是个有想法的姑娘。"

"哈哈,你还真是什么都记得这么清楚。"梵梨表示自己完全没听懂。

"当然了,我还记得你还跟我讲,等以后出海解禁了,你想去岸上寻找四氢大麻酚,来和海胆的大麻素合成一种强效止痛药。制作成本很低,是所有海族都能消费得起的家用药。我就觉得……啊,好疼。"她抽了一口气,又小声对梵梨说,"我就觉得,说不定有一天,又一个最厉害的魔药师会诞生在下级海族里呢。"

梵梨觉得长出了两颗脑袋。这是一个全新的世界,她没有一点知识基础。在找到回去的方法之前,恐怕要恶补一阵子知识了。

处理好伤口后,当当和母亲匆匆道了别,拽着梵梨飞似的冲入学校。

这时,在众多学生的注目下,有一个男生游过来,把书包搭在肩上,系着海草手链的手里还拿着一本课外书。他的外形像是比较凶险的种族,但黑发绿眼,笑容干净:"学妹勇敢,刚才在校门口干得漂亮。"

还没得到梵梨等人的回应,他已经挥挥手,头也不回地离开了。

看着他的背影,当当张开嘴,半晌才按着伤口,慢慢说:"假如男朋友能长成他那样,就算他没娶过老婆,没孩子,我也认了……"

"你这个'假如''就算'句式,我怎么听怎么觉得不得劲儿。"梵梨露出了"地铁老爷爷看手机"的表情。

"哈哈哈哈,你今天露出的表情比我从认识你到昨天加起来还多!真好,我更喜欢你这样。"

学校里有修剪整齐的海草坪和大片建筑。普通建筑都在三到七层的高度,外墙由金砖修建,吊着不知怎么点亮的银光灯盏。除此之外,还有装饰性的山墙和悬挂在窗外的藻类。最为华贵的建筑像一座古城堡,旁边立着名人铜像;暗金色礼堂有彩绘玻璃,正上方有一道宛如来自天堂的光芒旋转洒落,照得海里波纹潺潺,起伏中好似闪动着黄金。

在冲刺过程中,校园里有很多打扮得奇形怪状的海族学生路过,也有各种社团成员向她们发传单、吆喝:

"两位美女,要来加入陆地学俱乐部吗?和我们一起研究神秘而残酷的人类世界吧……"

"落亚大学学生会在此,我们有最强的商业合作伙伴,一年一度的奥术竞技比赛都是我们赞助的!"

还有"海山地质部""赛车部""摔跤部""毒液俱乐部"等等,桌子上放着介绍卡片、贝壳制的徽章,学生路过时,感兴趣的会去自取。

然后,她们抵达新生报到处。队列从教学楼里挤到楼外阶梯上,比旅游旺季机场出租车候车队还长。

一个海洋族的女孩尾随她们多时,总算敢怯生生地冒出来,轻声说:"这两位同学,你们刚才好厉害啊。"她身材瘦小,留着一头浅黄色的长发,臀鳍长且大,丝绸般飘动,从侧面看像燕子的翅膀。

"厉害的是梵梨,我只是被霸凌得好厉害。"当当没好气地又抹了一下油腻腻的脸颊。

燕翅尾少女小心翼翼地使用了隔音术——捧起一团光,把她们三个人圈起来,光又慢慢消失,这样其他海族就听不到她们的声音了。她偷偷指了指远处那三个逆戟族女生所在的方向:"我和那三个女孩都是落亚大学附中的,她们是我们学校的'黑珊瑚女神帮'……"

当当打断她道:"等等,你说你是落大附中的?"

"嗯……"

"有钱人。"当当伸出大拇指,"你继续。"

"那个在接吻的是'悍公主',她妈妈是红月海双髻鲨导航系统的总代理商,我们出门乘坐的每一艘私舰零件上,都有她家企业的商标。所以,她是超级、超

级、超级富豪,也是落大附中最大的建校赞助者。"

悍公主一把抓住一个清瘦男生的衣领,把他拽到自己面前,粗暴地舌吻。

看见这一幕,梵梨的脸抽了一下。燕翅尾少女干笑道:"那是她男朋友,今天刚认识的。"

梵梨惊呆了:"今天刚认识,就成男女朋友,就……接吻了?"

这时,她们抵达了新生报到处。当当掏出了身份证、录取通知书和填写好的登记表格。听梵梨这么说,她原本检查着表格,也惊讶地抬头:"梵梨,你是不是对逆戟族有什么误解?她们是整个海洋里最乱的族群,因为她们真的是跟什么生物都能交尾!我今天只是说了实话,就被她们这样欺负,我也太可怜了!"

燕翅尾少女点点头:"是这样,悍公主虽然有男朋友,但刚才跟她们在一起那一堆捕猎族男的,每一个,她都不会放过。而且,有时会同时不放过。"

"不放过?同时不放过?"梵梨想着想着,一头黑线,"不会是我猜的那个意思吧。"

"反正,我们以前学校举办聚会结束,悍公主都会消失一阵子。有一回是陆地上的晚会,我们在一个小房间里找到她,她喝醉了,靠在墙上,整个地板都被白色黏液铺满了。"

"……"一阵酸水从胃里冒了出来,梵梨捂住胸口。

逆戟族携带逆戟鲸的基因,可以把雄性种子全部留在体内的储精槽里,等哪天心情好了,就挑出一颗自己最喜欢的来让自己受孕。也就是说,雌性逆戟族可以决定什么时候怀孕、怀谁的孩子,自然是收集越多的最强基因品种,对她们越有利。虽说从生物学角度分析,她们的行为模式很合理,但得知这么多细节,梵梨还是觉得三观被震碎了。同时,星海的面容也在她脑中一闪而过,她迟疑了一会儿,说:"刚才所有男生都和她有那种关系?"

"对。"燕翅尾少女断然道。

梵梨想了想,又看了一眼当当:"那……星海呢?也和其他男生一样吗?"

"我是觉得他没有其他捕猎族的杀戮气息。不过,星海好像不是纯种鲨族。他的瞳孔一直是圆形的,瞳仁也是蓝色的——"说到这里,当当不确定地歪了歪脑袋,"鲨族的瞳仁只有金色,对吧?"

梵梨愣了一下。她如果回答"是"或者"不是",回答错了怎么办?最后,她拍拍当当的手背:"这问题你还要问我,多看看书。"

"哇，我又不是你们学霸系的，要求太高了吧！"

"鲨族瞳仁不是只有金色。"燕翅尾少女说道，"他们缺乏蓝绿色素和红紫色素，黄棕系的瞳色都是可能的。那这个叫星海的男孩子很可能就是混种。只是，他的海洋族特征没有显现太多而已。"

"混……混种！"当当用双手捂着脸，"你怎么可以用这个词！！"

"这词怎么了……"

"不……不是，混种不是蔑称吗？"

"什么呀，很多混种还叫我们'鱼饵'呢。没办法，我对混种比对纯种更没好感。他们总以捕猎族自居，瞧不起海洋族。可是在捕猎族那边呢，他们又是实打实的舔狗。对于星海而言，更需要雌性逆戟族来改良后代基因吧？赶紧抱住纯种爸爸妈妈们的大腿才是真的。"

"噢……"梵梨对这个答案有些失望。

当当歪了歪头："可是，为什么刚才那些纯种都好像有点怕他？"

"这我就不知道了，我也是第一次看见这样的情况。但我觉得丽娜不会怕他的——哦，对了，丽娜就是那个红头发的逆戟族，'黑珊瑚女神帮'的女王。"

她没有意识到，当她说这些话的时候，隔音术已经失效了。排在她们前方的女生回过头来，吐出的泡泡都是发颤的："真的不要惹丽娜，不要侵犯她的权威，不然整个大学期间，你都得在噩梦中惊叫着醒过来。我是落亚艺术高中的，但丽娜之名，如雷贯耳。"

她们后排的学生也纷纷附和道：

"在星辰海，丽娜家的势力是一人之下，万人之上。她和她母亲跟独裁官大人多次共同进餐，在场人数不超过十人。"

"我是落大附中的，她每一套衣服的仿款我都买过。"

"在菩提海最大的美妆公司，丽娜有2.15%的股份。"

"如果能入赘丽娜家，我愿意一生当个温柔贤惠的男妃。"

"…………"

"因为丽娜，我在落大附中整整十七年，没有坐着吃过饭……"最后这一句是燕翅尾少女说的，说到这里，她重新将三个人隔离起来，"就因为和她的前男友聊了两个小时。"

"她前男友？"

"嗯,他们在一起不到半年就分手了,当时已经是前任了。她不爱那个男生,但在她的理念里,哪怕是她不要的,别人也不能捡走。"说到这里,燕翅尾少女眨了眨眼,"对了,就是刚才和你们讲话的那个男生。"

当当指了指手腕:"是这里系海草的那个学长?"

"是的。"

梵梨觉得,这个环境实在是太考验人的求生欲了。考验得让她尿意十足。她看看周围,对当当小声说:"我想去一下厕所。"

"厕所?你要上大号吗?"

"不是,小号。"

看见当当露出了奇怪的表情,梵梨小心地问:"怎么了?"

"没,你突然有如此高贵的习惯,我就一下没适应过来。"

"哈?你平时不上厕所吗?"

"从原理上来说,小号确实是不需要上厕所的。"

"难道是……可以随处小便的意思?"

"嗯,毕竟不是上级海族。"

虽然心中已经隐隐猜到了真相,但梵梨还是拒绝接受:"不去洗手间,难道要把所有排泄物都吸到身体里?"

"梵梨,别这样,这是大海深处,很干净的。"当当按着头发上的海星,扭了扭屁股,露出一个灿烂的笑容,"随意一点就好啊。"

不过几秒,梵梨周边的水变暖了。她把鳃全都紧紧闭上,尖叫一声:"天啊!你在干吗!"然后晕头转向地冲到一百米开外。她要窒息了,再也无法在水里呼吸了!海洋的生活她习惯不来,她要回陆地上!

队列里的学生们都向她投去了注目礼:

"那个女生在干吗,遇到变态了?"

"哇,我还是第一次看见速度堪比捕猎族的海洋族呢。同学,要不要加入我们游泳部啊?"

Chapter 02　入学日

五分钟后，梵梨面色苍白地抬头，看见两道门上的标志——美女鱼和美男鱼，游进了美女鱼的门中。

原来，海底还是有厕所的。只是与其说是厕所，不如说是化妆间，因为海族姑娘们进来都只是打理仪表，个别上大号的会使用长筒型坐便器。梵梨不知道怎么使用这东西，只能往上轻坐一下。刚释放了一些尿意，尿液就被抽光了，吓了她一跳。

单间厕所外，海族姑娘们对镜梳妆，拨弄着色彩缤纷的鱼尾和头发，没人留意梵梨。梵梨看见了镜子里的自己：耳鳍和鱼尾都是青色的，齐肩卷发上下弹动，形如海藻，色如新酿的葡萄酒；刘海厚厚的，像块没切好的西瓜皮，看着有些傻。还好相貌清秀，深蓝眼眸大且亮，配上好奇的目光，有点萌。身上这件白色袋状套头衣，应该是落亚大学的校服。上胳膊戴着银制海蛇形臂环，有点古希腊风味。总体说来，青春可爱有余，性感多情不足，并不是梵梨幻想中女人味十足的人鱼公主。

趁着这个机会，她翻了翻书包，找到了身份证，上面写着：

梵梨，女，未婚，燃烧时代24647年11月4日出生，海洋族，证件号*********。证件颁发机关：风暴海哈里真郡薄伽市警察局。

证件照是动态的。照片上，原主嘴唇微抿，双眸如冰，眼睛不完全睁开，因而显得更长、双眼皮明显。同是厚刘海，这发型配原主一点都不傻，反而显得智慧且干练。

梵梨瞬间寻得了内心的平静。原来，傻的不是刘海，是自己。

她又找到一封信。邮票图案是一只热带鱼，鱼头上，两片枝叶缠绕红月，托着一个柳珊瑚冠。信内容如下：

亲爱的新同学：

欢迎进入光海联邦"耀光工程"的落亚大学。

学校秉海底山脉之巍峨，承红月海之浩瀚，珊瑚情怀，美丽无边。悠悠千万年历史，光辉珊瑚礁学园。布可宗神庇佑，深蓝之神永存我心，让你体验全海洋

最顶尖的教育,学而不厌,志存高远。

我校决定录取你入奥术学院,恭贺你被录取到落亚大学学习!

落亚大学
安条克路7号,兼特区,落亚市
红月海

本来想再看看书包里的其他文件和报纸,但想到不能和当当走散了,梵梨匆匆把通知书塞进包里,出洗手间,游回队列。

当当和燕翅尾少女已经排到了室内。当当拉过燕翅尾少女:"梨子,原来你们俩是一个系的!有没有感到很开心!"

"梨子?"梵梨抽了抽嘴角。

"是呀,今天的你特别可爱,萌萌的,憨憨的,不像以往,总是拒人以千里之外。所以我决定了,叫你梨子!金黄金黄圆滚滚的大梨子!"

"……"

燕翅尾少女朝梵梨伸出手:"对了,忘了自我介绍,我叫琉香。"

"你好,琉香。"梵梨和她握了握手,"我叫梨子。"

队伍在里面折叠了九层,每一层都填满大厅。队伍拐角处,有许多辅导员和学生代表。他们拿着各自学院的手册,向新生们挥手。

"各位新同学,你知道吗,哪种生物口腔撕咬力超过了霸王龙?没错,就是只活跃在生命时代的巨齿鲨!加入我们考古系!巨齿鲨、梅尔维尔鲸、胸脊鲨的奥秘等着你!未来的光海古生物复苏研究所需要你!"

当当眼睛更亮了:"灭绝生物耶,听上去就很有趣!"

琉香小声补充:"考古系除了留校就是留校,出去找不到工作的。"

"殡葬学院招人,可以找到就业率最高、毕业薪资最高的工作……不要对死亡望而生畏,水晶棺设计和结构是新型艺术……"

琉香学着那个人的样子耷拉着肩,半死不活地说:"这工作除了钱真的什么都没有。钱也不够多。"

"可是,这些工作总要有人做的,选这个专业的人,很值得敬佩!"

"魔药瓶设计学院招人,与魔药专业共生般的存在,广大魔药师需要你!来吧,换专业吧,光海联邦需要你!"吆喝的学生拿出一个紫晶瓶子,对着瓶盖摁了一下,结果弹簧坏了,盖子飞出来,打到他的脸上。

"现在还可以改专业！梵梨如获大赦："哪些专业考试比较难过，哪些比较好过啊？"

"最热门、压力最大的当然是我们奥术学院。"琉香叹道，"排后面的分别是海域政治与外交关系、商科、奴隶管理、音乐。"

"当当的专业也很不赖嘛。"

"光海一族的音乐当然不是盖的。"当当哼起了小曲，指了指墙上的一张动态音乐会海报，"看，兰迪玫瑰，我的同门师姐，星辰海的传奇歌后，有传闻说她和独裁官大人单独去过极地冒险呢——在岸上哦！"海报上，一个海豚族女性穿着银色亮片裙子，游动着唱歌。

"在岸上冒险"？这么说来，海族可以上岸！也就是说，抛开灵魂互换、长游体力、国界海关等烦琐因素，自己可以游回家！

"梨子，你表填好了吗？"

当当的话把梵梨的思路打断了。梵梨记得包里有一个表格，拿出来给当当看了看。当当对她伸了个大拇指。

梵梨捏着手里的表格，开始思考另一个问题：在陆地上，光在纸张中的折射率是1.53。介质由杂乱的纤维组成，多孔隙。在常温海水里，光的折射率大约是1.34。如果把陆地上的纸张泡在海水里，纤维里充满了以水分子为主的海水，折射反射减少，光就可以穿透纸张，令它变得透明。而这张纸——她把通知书举起来对着光观察——视海水若无物，一点都不透明。

梵梨眯着眼睛，用指甲在纸张上抠了几下。它的表面平滑如同手机屏幕。这海底的纸，是表面打过防水材料，还是采用了折射率更高的材质呢？这么平滑的材质，居然可以吸收墨水，也很奇怪……

她从书包里拿出《红月海晨报》，想再观察一下报纸的材质，却被头条上的照片夺走了注意力。

同样是动态彩照。一个男人正在接受记者的采访，镜头只对准他一个人。

银白碎发垂在肩上，宛如披着一片流动的月光。一边头发别在耳后，露出金宝石耳坠，让人更难忽略他的面容。

其实，用"美丽"来形容雄性，不太恰当。可对这个男人，梵梨想不到其他词。

男人身穿绣金线的托加，金制抹额上，有一只正面展翅、口衔红宝石的鹰；眼睛狭长，眉毛勾勒着眉骨的形状，分外意气风发；嘴唇淡得几乎与肤同色，唇

角微微向下。他的左侧鼻尖上,也有一颗美人痣。可能是因为鼻尖更挺拔,他的痣比星海还明显。瞳仁是浅水沙滩的颜色,像穿过秋雾的两湾幽幽黄金泉。但这样美丽的瞳仁却配着竖瞳,哪怕长着美学角度评分完美的脸,也让人无法联想到人类。

这是顶级捕猎者才有的眼睛,里面只有自然选择中杀与被杀的冷漠。

他浅浅呼吸着,胸膛、戴着臂环的胳膊上,肌肉线条也随着微微起伏。不过是一张无声的动图,都能让人感到战斗力。

他背后的城市与落亚不同,有大片金色城砖,一点也不像海底。但在这个男人身后,再辉煌的建筑也只是背景。

他的照片上,有醒目的巨大新闻标题——"独裁官访问红月海,即将出席海博会开幕式"。

梵梨多看了几眼独裁官的照片,只觉得大自然真神奇,能诞生出这么可怕又这么漂亮的生物。

"梨子,你又怎么了?"当当见梵梨一直盯着照片,赶紧摇了摇她的肩,"为什么今天两次看这新闻,都这么不正常?"

"我理解。"琉香也凑过来,一脸神往地看着独裁官的照片,"每次新闻有独裁官大人,我也会停下来多看一会儿,太好看了,不愧是拥有以太之躯的男人。"

"可惜他的颜值和执政风格强势度是成正比的啊,让人好窒息!如果能温和一些——不,是温和很多很多,就完美了。"

"那也没办法,如果不是因为有他横空出世,现在海洋还是四分五裂呢。"

"一分为二,也没比四分五裂好到哪里去啊……他现在和风暴海斗得好厉害,动不动就军事演习,也不知道会不会再次殃及咱们红月海。总之,这个男人好可怕,夹在中间的我们好可怜!"

风暴海、红月海,都是光海中的自治海域。现在梵梨所在之处,就是红月海的首府落亚市。

梵梨没注意听她们在聊什么,她只是歪着脑袋,抖了抖报纸,继续抱有学术精神地思考海底的纸化学成分是什么以及没有能源提供动力,图是怎么动起来的……可脑袋歪着歪着,视线就越过了通知书边缘,对上了一个人冷冰冰的视线。

她又遇到了星海。他在前排队伍拐角处等候,仿佛是这动态世界里唯一静止的存在。她不知道他看了自己多久,但是,这份冷酷和敌意,简直像换了一个人。她用报纸挡住脸,停了两秒,又觉得这样不太好,于是把报纸塞进书包,想对他笑,表示友好。

但星海已经没再看她。他的前方,两个竖瞳女孩子转过来,一直和他说话。他很有耐心地聆听、点头,简短地反馈,刚才看梵梨的眼神好像只是幻觉。

这时,有人在旁边吆喝:"火烧藤壶!幽庵烧!盐烤颌针鱼!清酒蒸龟脚……快来我们料理学院的明火烹饪系!学习陆地上才能品尝到的美食,你会做吗?掌握这一手技艺,你就是下一个厨神!最后一个名额,就差你啦!"

梵梨的耳鳍立了起来,有点心动。

这时,她们穿过一个直径约为四米的圆环,圆环外圈摆满了半开的贝壳,每个贝壳中间都夹着一沓小册子。当学生们穿过圆环时,只要举起填写的表格,圆环便会发出不同色的光,"扫描"他们手里的表格,通过水波,把对应的专业介绍册传给他们。梵梨也学着他们的样子举起表格。紫光扫过表格,圆环书架发出了胖女高音的歌声:"欢迎加入奥术学院!"然后,最大的贝壳中,一个小册子张开,跟长了翅膀似的"飞"到她手里。

她迅速浏览了一遍,大致了解到,奥术是一门结合了神力与科学的学科,已经融入到海族生活的大小细节中。学院与奥数有关的系多达29个,分支有"驯兽奥术系""元素奥术系""军事奥术系""医疗奥术系"等等。其中,"一级奥术"是学术性最高、最难考的专业。而且,从二级奥术开始,会进行更具化的分类,学习地点会从落亚大学转移到圣耶迦那大学。

圣耶迦那大学在海族世界排名第一,位于光海的权力中心、经济心脏——"圣都"圣耶迦那。去圣耶迦那的路费、住宿费、学费等,都可以通过奖学金报销——特意强调了路费,说明圣耶迦那离落亚很可能非常远。如此看来,原主早就做好了长途跋涉的打算。如果换专业,很可能会影响她的计划。

梵梨看看手册,再看看依然卖力吆喝的明火烹饪招生员,内心非常纠结:选奥术,肯定挂科。但万一自己不会在这身体待很长时间,给人家换了专业,岂不是罪过了。

突然,一个海洋族胖墩儿男生大喊着"我我我",连滚带滑地冲到料理学院招生处。梵梨也知道自己没时间犹豫了,冲过去说:"我也想来你们学院。"

"两位同学,只有一个名额了。"招生员左右看看,"你们商量一下?"

胖墩儿瞪大眼,对她上下打量了一番:"同学,您行行好可以吗?我从小吃

到大,就是想当一名名校毕业的厨师。如今吃成这样,不管翻什么书都像在点菜,我还有别的出路吗?你忍心这么对我吗?"

"那你为什么不早报名?"

"爸妈非要我读法律,现在还在校门口盯着我。我自己偷偷来改的!"

招生员握着他的双手,双目炯炯有神:"我们系,就需要你这样有叛逆精神和梦想的学生。"

总之,最后,梵梨屈服于胖墩儿的梦想之下。

除了烹饪,哪个专业都不好过。换不换系,意义已经不大了。梵梨麻木地游回原来的位置,结果星海已经和当当、琥香排在了一起。

"欢迎回到奥术学院。"星海笑。

两个尾随他来的女生就没那么友好了。看着梵梨的眼神,就像野生动物看到了天敌。梵梨竭力不去关注她们,避免再次搞得鸡飞狗跳:"你也是奥术学院的新生?"

"嗯,没想到你们都是新生,我们三个还是一个系的。"

当当用力地点头:"对啊对啊,好意外。我还以为星海年纪很大了呢。"

"喂,你在说什么呢!"星海身边的竖瞳女孩开始发动进攻,"什么叫年纪很大了?你看着很年轻?会不会说话!"

有人在后面推搡,星海无意识地替梵梨挡了一下:"这是误会。在当当的族群里,说男性年纪大是赞美。"

当当对他的好感暴增,说话速度更快了:"你真的跟别的鲨族不一样!你们选的专业可是长期战线呢,以后去了圣耶迦那,你还可以和她们有个照应……"

"噗。"竖瞳女孩食指弯曲,覆着嘴唇,低头笑。明明什么都没说,却让当当感受到了满满的轻蔑。

"怎么,觉得我闺蜜不配吗,她可是考了双S的女人。觉得好笑的,自己也晒晒成绩单?"

竖瞳女孩先是一愣,瞬间又恢复了刚才的笑意:"少吹牛了,这一届新生里,只有一个考了双S的,哈哈,是你朋友?"

"不好意思,就是我闺蜜!"当当好像自己考了双S一样,叉着腰,朝她的方向挺了挺小平胸。

"海洋族考双S?同学,我无意冒犯,就你这常识水平,怎么考进落大的?"

另一个女孩推了她一下,小声说:"别说啦,我听说,那个风暴海的状元确实是海洋族……"

竖瞳女孩面露尴尬之色,假装没听见,悻悻地转身与星海说话去了。

梵梨和当当、琉香继续聊着,很快就排到了她们。她正想游到报名处的位置上坐下,就见刚完事的星海徐徐靠近,单只手肘在栏杆上,身体前倾,对她微微一笑:"课上见,'梨子'。"

梵梨总觉得他的态度有点奇怪,但又说不出是哪里奇怪。完成新生登记后,她回到当当、琉香身边,却发现周围的学生都退到了几米外,只有海水还在静静流淌。地面多了三道影子,她回头看。

"原来,你就是梵梨。"说话的人是丽娜。

梵梨不得不点头。

"不好意思,我要把这个姑娘借走一下。"丽娜把梵梨拽到一边,将梵梨和她们圈了起来,"其实,你长得很漂亮,头脑这么聪明,还跟我同系,很不错啊。上大学了,你有什么愿望吗?"

想出海、变回人类,算愿望吗?梵梨心里苦,只能说:"我已经考入了理想的大学,没什么愿望。"

"你喜欢侮辱我的智商吗?我知道你在学习上没什么愿望。"丽娜翻了个白眼,又耐着性子假笑道,"我是问你别的愿望。例如,得到全光海三大投行总裁助理的兼职机会,找一个帅气又多金的捕猎族男朋友,来自圣海七宗族的推荐信,落亚大学学生会的地位,红月海小姐评选大赛70%评委的投票权……不管什么愿望,有吗?"

梵梨不知道她们有什么目的,不敢摇头,也不敢点头。

"说话啊,小鱼饵。"悍公主眯着眼道,"你觉得我们像很闲的人吗?"

丽娜伸出手,阻止悍公主发飙:"算了,不管你有什么愿望,我都可以帮你实现。你可以慢慢想。我先告诉你好消息吧——以后,我可以给你一个跟在我身后的机会。"

什么愿望都可以实现,疑似阿拉丁神灯和道明寺合体了。

但很快梵梨知道,事情没她想得那么简单。丽娜笑道:"我的要求只有一个:在去圣都之前,你要帮我们'黑珊瑚女神帮'拿下双S——方法我来想,你只需要贡献出你可爱的脑子就好。如何,这笔交易划算吗?"

借助丽娜的力量,寻找变回人类的方法,不失为一条路。于是梵梨试探道:"什么时候开始贡献呢?"

"当然是从第一堂课开始。"

"原来是这样……给我点时间考虑可以吗?"梵梨差点晕过去。这世界哪个副本都这么难。

"不要跟我对着干,梵梨,我耐心不好。当然,你也可以在失去一切以后,回去找你的未婚夫求复合,让他养你后半生。"说到最后,丽娜笑着看了一眼梵梨的尾巴根部。

梵梨的尾鳍下叶根部挂着一个铂金环,环上有一个宝石座,但上面并无宝石。她迷惑道:"你什么意思?"

"我对婚姻没兴趣,但有的东西还是懂的。譬如说,只有解除婚约了,婚环被誓约术束缚强制一年不可摘除,才会只挂着个环,而不留宝石。"丽娜拍拍她的肩,从她身边游走,在她耳边低声说道,"不久后你就会知道了,即便只是在大学,成绩单也不能代表一切。"

梵梨又看了看自己尾巴上的金属环。原来这个东西叫"婚环",应该是海里的订婚信物。

丽娜走以后,琉香游过来,焦急道:"为什么不立刻答应她啊?你认为不把这个机会给她,你还有办法撑到期末考试吗?"

梵梨微微一怔:"你怎么知道她找我做什么?"

"我还不了解她?她母亲依附奥达宗族还是很吃力的,她的家族缺乏一个有绝对实力的成员,这个成员最好就是独女丽娜。所以,你知道这个双S对丽娜来说有多重要吗?这可能是她拥有海神后裔姓氏的通行证欸……"

奥达宗族是"圣海七宗神"的一个分支,也是星辰海的最大海神后裔民族共同体。丽娜臂环上的衔尾鳗鱼,就是奥达宗族的徽章。

当当既兴奋,又气鼓鼓地说:"我支持你,梨子!不要理这三个公主病!双S考起来,S她们一脸!让她傲慢,现在还不是要嘤嘤嘤地求你!"

"当当,别闹了,拒绝丽娜的代价是很可怕的。"

梵梨也有点慌,但又没法解释:"我不理解,她们为什么不自己努力考呢?"

这下不仅是琉香,当当都像看傻子一样看梵梨:"梨子,可能你从来没考过S,所以不了解,S到SS的差距,比B到S大得多得多。大概,就像'泡泡小姐'和她老公家境的差距。所以，双S真的是不可复制的，只有你能做到。"

"很好。"

很好，原主，她COS不了。

完成了新生报到，琉香回到学生宿舍休息了。梵梨和当当不住校，所以要乘公交回家。其实，乘坐公交舰艇速度更快、更便宜，但因为是报到日，当当来了兴致，提议回归自然，乘鲸回家。

上了鲸背，梵梨和当当在角落里坐下。不过多时，蓝鲸起身，带起了水波，引发了小小的地震，害梵梨伸手抓了一下扶手，大大喘了几声，鳃也全部张开了。

然后，庞然大物变成了移动的岛屿，带着乘客穿梭在落亚市内。

沿途有大片五颜六色的珊瑚，混在人文建筑里，一眼望不到头。建筑和海族的比例比陆地建筑和人的比例要大三到十倍。因为要允许蓝鲸等巨型生物通过，主街也比人类世界的街道宽十倍以上。楼房几乎没有直角，弯曲起伏，动感斑斓，自然主义中带着点摩尔腔调，像梵高在海水里泼洒颜料，把卷曲的星云、回旋的夜月、跳舞的时空幻觉楼房竖立起来，建成更加夺目的真实景象。城中心最突出的地标建筑有六十米高的海螺楼、宏伟的鲸骨门、跨度两百米的塔桥、被海葵群包围的加泰罗尼亚现代主义风格市政厅、庄严的文艺宗神堡垒……

路过或遥望这些建筑，当当激动地喊着它们的名字，还跟演讲似的喊道："不愧是红月海的首府，美！呜呜呜，我为什么没有生在这里！但没事，我的家乡也很美！"逗得旁边的大叔笑起来。

趁她没防备，梵梨装作不经意地问："当当，你到过陆地上吗？"

"当然啊，小学都会组织出去春游呀？难道你们风暴海的小学都不出海的？"

海底世界远比梵梨想得开放。梵梨试着换了个说法，防止穿帮："我的意思是真正去到陆地上居住哦。"

"那没有过。真正在陆地上使用双腿只有一次，是小时候的事。但那时我妈被个人类男的看上了，我爸就再也不允许我们去陆地了。"

"这个话题我很感兴趣，再多说说。"

"你也知道，虽然我们上了岸就会幻化双腿，有水就能维持生命，但视力会变得很不好，看什么都是模糊的一片，用脚走路身体沉沉的，用鼻孔直接吸收空气里的氧气，鼻腔干燥，总觉得空气里的污垢会进入肺里……"说到这里，当当试着回想在陆地上走路的体验，打了个哆嗦，"我不知道那些喜欢混入人类世界

的海族是怎么想的,可能就是觉得新鲜吧。我不行,还是海里舒服——呀,你看,'潜行者酒店'!"

蓝鲸在一个站点停下,附近有一个豪华酒店。门童接过一对夫妻的行李箱,高喊一声:"十八楼!"然后,他们进入升降机,升降机朝着地底下坠去。梵梨站起来一看,发现那座酒店建立在一个天然岩架上,一直沉到了很深的谷底。下陷的峭壁是酒店的墙壁,铺着紫色的镜面材质,上面反射着海底之光。

"红月海最新最贵的SS级豪华酒店,也是占地面积最大的。苏释耶大人给落亚市民的补偿。"旁边的红发鲨族大叔指着那个酒店,笑眯眯地补充,"我住过,普通双人间,一个晚上一千五百浮。"

从当当大吸一口水再喷出的一长串泡泡的反应看,梵梨初步判定,这是很多很多很多钱的意思。

"好贵呀,都可以出海玩好长时间了。"梵梨故意把话题又绕了回来,"当当,那时你们是怎么去陆地的呢?"

"直接游上去就可以啊。我们这里离海面也就一百多米,不是吗?"

梵梨努力进行表情管理,不透露出太明显的喜悦之色:"你们对大陆的地理情况了解吗?"

"了解,我也了解你肯定了解。但你没上去过,不知道从落亚市上岸就能看到人类、袋鼠还有兔子,有趣吧。"

"袋鼠?"

"是的,他们的袋鼠、兔子就像巨藻森林里的海胆一样,超多,超夸张!"

袋鼠只分布在澳大利亚和南美洲。同时有袋鼠和兔子的地方,极有可能就是澳大利亚。不过,大堡礁是人类完全开发的领域,这一路上,梵梨却没有看见过一个潜水的人。但是,即便不是大堡礁,这样距离海面只有一百多米的大城市,也不太可能不被人类发现才对……

"那你们上去安全吗?"梵梨继续问道。

"带两瓶海兔黏液就好啦。哇,游牧人广场!这个广场有1.7亿年历史了呢!"

当当所指的广场很大,中央矗立着伟人塑像,还有很多俱乐部环绕四周而建,一些餐厅故意把食品冻结,作为展示品,摆在外面。

"而且,这1.7亿年中,它变化不是很大。"大叔慈祥地笑道,"你翻翻历史书就知道,古时候这些餐厅老板就喜欢这么摆东西。"

"是吗？那更厉害了！"

当当和大叔兴致勃勃地聊了起来。

梵梨趁机打开书包翻了翻，在里面找到一个药剂瓶，里面装着透明黏液。药剂瓶上贴着厂家名字、生产地、生产日期、主要成分和使用方法等信息，还画有一个简易图——长着牛角鳃和两个触角的海兔，药名是"长尾背肛海兔线性缩肽类细胞毒性防护液"，副标题为"适用于防鲨、旗鱼等海洋捕食者"。

海兔就是海蛞蝓，触角上分泌的黏液有毒，可令天敌产生呕吐感，这是它们用来自卫的方式。海族厂家利用这一点，把黏液做成了旅行必备产品。

只是，在水里如何使用液态的东西，值得深思。梵梨把盖子打开，挤了一滴管黏液在手背上。它居然自然地流在了她的手背上，没被水冲散。

这也太神奇了。她认真研究了半天这个药剂，突然听当当说："梨子，快到家了，别玩啦。"

梵梨抬头，发现她们已经远离了闹市区。十三个经停站过去后，建筑和人口的密度开始减少，城市的繁华渐渐消散。不远处，有一片堪称贫民窟的住宅区，楼房破烂，许多人家往外排放污水，把四周的海水都染成了灰棕色。与鲸背上的许多乘客一样，梵梨捂住两鳃，不想吸入污水，但隐隐有一种不祥的预感。

蓝鲸在街头的站牌处停下，驯兽师都没像之前那样，起身扫鲸背上的藤壶，就催着乘客赶紧下车。接着，噩梦发生了——当当喊着"下车了"，拽着梵梨的胳膊，游入贫民窟。

贫民窟里，每家每户不仅热衷于排放污水，门口还都堆积着垃圾袋，有的已经吸引来了食腐动物，但这一点也没影响到菜市的喧闹热度：

"虾蛄花蛤墨鱼子，刀鱼带鱼梭子蟹！新鲜出售啦，都来看看吧！"

"早上才打的红叶鲷，一斤只要八十五德，真鲷在攒肉过冬啦，肥美味鲜，快来买呀！"

"老字号鱼酱油，最好的盐和香草腌制的！"

但是，一个头足纲城管大叔靠近，拿着三叉戟，用腕吸盘掀翻菜摊子，大喊："不要破坏落亚的城市秩序！摊子都给老子收了！什么鬼东西，垃圾分类也不做好！"小贩们抱着水产品落荒而逃。

当当找到她和梵梨的住所，开门入内关门，迅如闪电。房子一楼过道很窄，只能容下一个人。她轻手轻脚地游到客厅门前，往里面扫了一眼，又悄悄把门带

上,回来对梵梨做了一个"嘘"的动作,轻声说:"她在哄孩子们在睡觉,丈夫不在。走,我们上楼去。"

这是一栋合租公寓。总共只有三层:第一层是客厅加厨房的公用区域;第二层有两个卧房和洗手间,住着那对夫妻和另一个女生;第三层有两个卧室,一个是梵梨的,一个是当当的。

当当房间里,当当妈正在帮女儿整理衣物。光源所在是天花板,那里悬着一块圆形的发光石头,跟月球一样凹凸不平。它照亮了一圈的七彩海胆壳,还有点小公主的气息。

梵梨帮忙收拾好了东西,当当妈说要帮梵梨整理房间,当当说洗好澡上去找她们。梵梨差点就开口问"浴室在哪里",所幸赶紧住嘴,只觉得自己傻得不行。

接着,回到原主的房间,梵梨和当当妈都有些蒙了:这个房间大约三十平,家具只有一张床、一个塞满书的书柜、一个衣柜、一把椅子、一个梳妆台、一个摆满文具和瓶瓶罐罐的书桌。瓶瓶罐罐实在太多了,有的堆在了地上。这大概就是所谓的狗窝吧。

"阿姨知道你稀罕你的魔药。桌子上这些东西就不碰了。"当当妈转身去整理她的床铺。

梵梨感到很抱歉,也开始动手清理,发现房间里有很多有趣的地方:书桌靠床摆设,上面有一个骨质架子,架子中间有浅紫色的电光闪烁,夹着一个漂浮的气囊,有点像女巫的水晶球。她从桌子上拿起一根空试管,伸入真空气泡,试管开始往下滴水。这应该是用来调配魔药溶液用的。

"阿姨,做魔药研究真的这么危险吗?"梵梨想起了那个鱿鱼乞丐,依然感到背上发毛。

"相信我,光海的刑法残酷程度,跟一万年前并没有太大区别……"说到这里,当当妈停下手中的动作,从床上摸出一张纸,"梵梨啊,你还会外语?这是哪国文字?"

梵梨接过来一看,上面写着几行文字,方方正正,居然是自己的母语,不过是繁体字,开头第一句就是"汝无可归矣"。

"我……我在书上抄的,现在还不熟悉。"她答道,同时阅读纸上的内容。
文字是文言文,大致意思如下:
一,你回不去了。把我的身体当成自己的吧,不用客气。我会照顾好你的家人的，不用担心他们。

二，如果被那个男人发现了，告诉他，2271年后他会再被杀一次。

三，这个身体必须靠魔药才能存活下去，打开书柜右上角第一本书，有成药三十瓶，每天喝一滴，喝完可痊愈。不要让任何人发现你在喝这种药，不然就得死。

最后，署名是"你不需要知道名字的人"。

从第一行开始读，梵梨就大脑空白了。停滞了两秒，读到最后，她差点气到原地爆炸——搞了半天，使用灵魂禁术的人，就是原主本人！其实，从脑子里冒出来"海族语——中文"翻译字典开始，她就该猜到，这是一场有预谋的人生剽窃案！她和原主无冤无仇，原主就想偷走她的生活，甚至害她随时可能有生命危险，可恶至极！

但是，原主能剽窃她的身体，却剽窃不了她的记忆。她只要能游到海面上，变出双腿，到当地警察局寻求帮助，打电话给家人，很快就能让剽窃者原形毕露！

愤怒几乎把梵梨冲昏了头，她不顾三七二十一，把纸条扔到包里，用海兔黏液涂满胳膊和尾巴，开窗就游了出去。

"梵梨，梵梨！你要去哪里啊？"当当妈赶紧追上来，但年纪大了，游不过她，只能回到女儿房间去求助。

梵梨像个快爆炸的火箭，一路往上冲。

她猛摆自己的尾巴，用最快的速度完成了百米冲刺，途中还撞翻了三个海龟。眼见周围的建筑消失，太阳光越来越耀眼，离海面越来越近，她的心也怦怦乱跳起来……

然而，一切都是无用功。

眼见要冲出去，忽然无数道光从四面八方冲过来，在海面编织了一道金色的密网。她来不及刹车，撞到了光网上。接着，眼前闪过一片刺眼的银白，她又晕了。

四个小时后，警察局里，鲨族警察不耐烦道："光海颁布了全海族公民出海限令，我不相信你们会不知道。"现在整个海面都被奥术法网罩着，光和空气可以进来，但连个浮游生物都别想钻出海去，他不懂为什么还有愚蠢市民明知故犯。

当当帮梵梨填写信息登记表，让她来签字，当当妈点头哈腰地道歉："对不起，

警官先生,这孩子是个好学生,肯定不是故意的……"

旗族警察却很善解人意:"没事,女士,我懂的,落亚大学的奥术系是可以把人逼疯的。我小舅舅就是那个学院毕业的,根本没法用日常方式和我们沟通。在他看来,连泡妞都要用奥术语言分析一番,才能决定是否上去搭讪,结果他一直单身到现在。"

鲨族警察冷冷地说:"我知道这个叫梵梨的学生只是调皮,但事关叛党出逃,形势严峻,所以独裁官大人每一例都要亲自审阅,这个月落亚已经有六例了,不是什么好事。你们三个走吧。梵梨,记得下次不能再犯同样的错,再出海,要扣留观察,接受审问了。"

当当妈按着梵梨的脑袋,让她和自己一起对两名警察道歉,道谢,道别。出去以后,当当掐了掐她的胳膊:"梵梨,天天把出海禁令挂在嘴边的人可是你,你怎么可以明知故犯啊?"

梵梨只想吐血。也难怪原主会选在这种时候置换灵魂,因为早就知道,她来了就走不掉。

算了,既来之,则安之,只能暂时苟且偷生了。

再次回到家里,梵梨总算恢复了冷静,按原主备忘录提示,到书柜找到对应的书,打开发现是个书壳外表的盒子,里面装了三十小瓶药水。她喝了一滴,又翻了翻另外一个抽屉。

在一堆文件里,她看到了一篇手写的文字:

　　鲜血、死亡、恐惧,翻滚着破坏的狂潮;
　　金钱、权力、凌辱,掀开了残酷的波涛。
　　这是光明无上海之喧嚣,
　　这是造物主留下的文明荣耀。
　　那些手握特权的神族狩猎者们,
　　最先躲避深渊族的毒药;
　　那些被放弃的贫民窟灵魂,
　　毒药也用以填腹温饱。
　　听啊,奴隶被鞭笞的惨叫,
　　看啊,无家可归幼童在哭嚎。
　　如同黑野渴望甘霖,

他们依然期待被生活拥抱，
也想甩掉泪水编织的手铐。
我多想化作雷霆，
劈开这黑色山峦的躯壳；
我多想化作风暴，
为他们吟一首平和富足的歌谣；
我多想化作利剑，
劈开牢笼，释放十八亿只囚鸟。
即便死神将我环绕，
即便失去心跳，
即便把生命燃烧！
众生之主，历史的母亲，
请赐予我追求真理的指导，
为他们争夺与生俱来的自由骄傲。
终于有一日，
一如深蓝主宰大海，
每一个人，主宰着自己的王道。

——苏伊

  诗写得很愤怒，誊写的笔锋也有将纸张刚破的力道。通篇读下来，梵梨只觉得心脏都被勒紧了一些，哪怕她并不了解这个世界。可是，以她目前对这个世界的了解，并不能得到什么线索。带着诸多疑问，她继续翻箱子。文件下面反射出水光，晃了一下她的眼睛。拨开文件一看，居然是一颗核桃大的蓝色宝石。她把宝石放在气泡里，用桌上的羽毛笔蘸了点墨水，点在这块宝石上。在切面上，墨水留下一条光滑连续的线条，惊呆了。

  这是钻石！哪怕在电视上，她都没见过这么大的钻石！估计这都得有八十克拉了！她去隔壁向当当妈询问钻石市价，得知现在钻石三百到一千浮卢门一帝克，具体价格由品质而定。从当当妈的比划中得知，一帝克大约是零点四到零点六克拉。

  从刚才菜市中吆喝声中，梵梨也大略知道，浮卢门和德洛普都是海族世界的货币单位，一浮卢门等于一百德洛普。如果一条鱼的价格是八十五德洛普，对比陆地上的物价，一浮卢门应该在八十到一百五十元人民币的区间里。

粗略对比钻石在海里和陆地上的价格，在30%~90%的区间。彩钻、鸽子蛋大钻，通常都是呈指数倍增的。但就算按猪肉的卖法算钻石价，这颗钻石都价值一台保时捷。

梵梨又回去观察那颗大蓝钻，忽然看到自己尾鳍上的婚环。她试着用蓝钻靠近婚环。只听见"咔嗒"一声，蓝钻吸附在婚环上，在衔接部分发出璀璨的亮光。金色纹路像藤条似的，从婚环底部蔓延到钻石内部，如树木的根一般，紧紧将二者抓在一起。

她赶紧用力把钻石拽下来，对光观察内部。金色纹路断开后，慢慢淡化，同时她借助光线，看见里面漂浮的一行字：

赠吾妻。燃烧时代。

梵梨更加欲哭无泪。原主是不是脑子有毛病啊，有个如此有钱的未婚夫，有这么好的成绩，为什么不好好珍惜，干吗要强抢别人的人生啊！

这行刻字后面跟着一个签名，鬼画符一样，梵梨的脑内字典完全识别不出来了。

徽章比较好认，是一个女性低头的白描。她卷曲的长发垂下，缠绕着大海波浪，变成了大海的一部分。头发下方铸有一行字母："G·A·I·O·D"。

脑内字典很人性化地把缩写扩充并翻译了一下：

GrAtiAs Agere infInItI OceanOrum DominatorI(感恩无尽海洋主宰)。

梵梨看了一会儿这个徽章，然后掏出了身上的硬币，仔细观察，发现每种硬币的背面图案都不太一样，花花绿绿的，但正面都和这徽章图案一模一样，只不过"G·A·I·O·D"下面还写着巨大的"1""5""10"和小小的"德洛普"。

梵梨不知道这个无尽海洋主宰的意思是什么，但她明白，能把钱的正面印在钻石上，当成一个徽章来使，绝非一般人能做到的。这蓝钻必然价值连城。若非钻石和婚环能完美融合，她肯定以为这钻石是偷来的。毕竟按照这个贫穷女孩的生平推算，拥有如此昂贵的定情信物，奇怪得很。她越想越没头绪，干脆把整个身子甩在床上，不知不觉就睡过去了。

不知过了多久，她被肚子的咕咕声唤醒。窗外的世界已经被日落晕染，火色的长舌在落亚尽头燃烧。她游下楼，听见客厅传来女子的呼声："梵梨？"

推开门应了一声，她看见一个雄性海族坐在卧榻上。搭在桌子上的，是他夺目的红橙色鱼尾。他鱼尾上有黑色的条纹,尾鳍边缘呈蓝色,耳鳍的纹理与尾鳍一样,像红色闪电神仙鱼。摇篮里,宝宝啼哭不止,他却充耳未闻,把双手放在脑后看电视——墙面上挂着一面仿章鱼皮的长方形皮革,利用章鱼肌肉和色素细胞的特殊有机网络原理,在很短的时间单位里变幻纹理,呈现出不同的画面。

一个和他同样类群的雌性海族正在做饭,见梵梨进来了,她指了指桌子上的一沓信件:"当当让我转达你,快开学了,那里有你们学校寄来的信,记得今天把课程选好……"说话时,摇篮里的宝宝哭声打断她。她受不了了,压着火气,对丈夫说,"亲爱的,你能不能先不要看那些无聊的新闻,去抱抱孩子?"

"小时候多哭哭,对她的肺活量好。"红先生笑道,尾巴慢慢摆了两下。

"看在深蓝的面子上!"

红太太甩掉手里的贻贝壳,正想过去抱孩子,忽然另一个女生推开门,抢先抱起孩子,对红太太说:"姐姐,我来照顾宝宝,你去忙吧。"她和这对夫妻也是同一个类群的。

"妹子,还是你最好了。"红太太对红妹妹做了个亲亲的噘嘴动作,白了红先生一眼,"要你有什么用,我俩一起过好了啦。"

"所以,有两个美女相伴,我是世界上最幸运的男人。"红先生说到这里,又看了梵梨一眼,"不对,今天是三个。"

"你可别打梵梨的主意吧,看你的新闻去。"

梵梨在桌子上找到落亚大学寄给自己的信件。打开看了看内容,她得知入学后主修课有四门:奥术学、魔药学、生命奥术、奥术史。选修课四门,两门必须是奥术学院的课程,另外两门自由选择。默读选修课表单,提笔四顾心茫然。

"梵梨,你肚子饿了吧?要不要跟我们一起吃饭?"跟变魔术似的,红太太单手飞快鼓捣手里的食物。

"好的,谢谢!"

梵梨心生感激,但等菜真的放到面前时,她吞了口唾沫,觉得海族的食物真不是人类可接受的:一盘是生贻贝,上面涂了些奶油,但它显然没死透,还有两只豆蟹在贝壳间爬来爬去;一盘是褐藻拌磷虾,磷虾虽然死透了,也剥了皮,但也是生的,透过它完全透明的身体,能看见橙色的内脏。

见梵梨盯着磷虾半天没动静,红太太笑了一下:"磷虾不是活的,但它也是今天早上才从马太冰城运过来的。我拿到手以后,立刻就把它冰冻起来,很新鲜。

你如果想吃活的……"

"不不,我喜欢。"梵梨摆摆手,从餐盘旁拿起"筷子",用餐。

在这里,它的名字是"戳筷",有一根是普通筷子的样子,另一根上面有个"戳子"——也是海族专用餐具,可以把肉从鱼骨、蟹壳剔出来的工具。梵梨用戳子戳穿了磷虾,放到嘴边。

梵梨闭着眼,默念:刺身而已,刺身而已,然后一口把磷虾吃到了嘴里,整个儿吞下去。口感黏黏滑滑的,冰凉舒爽,好像……味道还不错。

电视机里传来记者杂乱的提问声,红太太看了一眼新闻,咂嘴道:"感觉从风晋公主去世之后,独裁官大人就变得比以前不爱笑了。"

"我很理解他。如果失去了你,我恨不得全世界都跟着一起毁灭。苏释耶大人已经很仁慈了。"

"要是失去我呢,你会不会也觉得全世界都毁灭啦?"抱着孩子的女生说道。

"也会,但痛苦会少那么一点点,毕竟你没有给我生孩子。"说完,红先生朝她抛了个媚眼。

"我虽然没给你生孩子,但帮你养孩子呀。"

"小宝贝,这不够呢,还是生一个吧。"

红太太嗤笑:"你们俩够了啊。"

梵梨觉得这玩笑开得好过分。红太太还真是大度,红妹妹也没有丝毫觉得被冒犯。她瞥了他们几眼,顺着红先生的目光,看向电视屏幕。

镜头里的人是独裁官。一个记者的话筒正对着他。这回他的着装不像上次在报纸上看到的那么隆重,只是一件普通的开领衬衫,但耳坠轻摇,金眸犀利,融成了云霞西沉的冰川,他的外观还是那么抓人眼球。

"苏释耶大人,请问您对这次群众暴动抗议出海限令有什么看法?"

"你说的群众暴动,是指昨天临冬海这一次?"

"是的,苏释耶大人。"

"那我同样有问题想问临冬海执政官:圣耶迦那下达的指令,你们执行过了吗?如果没有,请自重,不要干涉光海内政。"

"霸气侧漏!"红先生端着盘子,重新靠近电视,凑近了看采访,"'不要干涉光海内政'翻译一下不就是:要么你们乖乖听圣都和独裁官爸爸的话,要么就直接当蛮夷处理嘛。打起来打起来,让临冬海跳!跳的结果就是打!真是的,看看

Chapter 02 入学日

咱们红月海,比他们临冬海发达多了,但多佛系,跟着圣都大哥混就对了!"

"红月海以前也不佛的,"红太太插嘴道,"是被他打得不得不佛的。"

"那也够了,说明红月海识时务者为俊杰,独裁官大人英明神武,天下无双!"

红太太翻了个白眼:"吃饭!"

"苏释耶大人,有许多人指出,圣都和临冬海关系紧张,与您未婚妻的离世有关。"

苏释耶只是点头。

"所以您对这个说法有什么看法呢?"

"没看法,这是事实。"

"您觉得您对这件事需要承担责任吗?"

"我愿意为临冬海负责,毕竟那是我未婚亡妻的故乡。但愿不愿意被我负责,问他们。"

红先生用尾巴用力拍打桌子,把梵梨的筷子都拍了下来:"我太喜欢苏释耶这种风度翩翩又咄咄逼人的说话方式了!"

"苏释耶大人,很多民众都在关心何时出海限令才解除。"

"圣耶迦那有叛党出逃,我们必须强势执行。但不会超过三个月。"

梵梨总算听到有用的信息了。

三个月,时间不算太长,但对于冒充神级学霸而言,也不短。她想,要不干脆不去上课了。但在狗窝里宅三个月,似乎更痛苦,还不如上课呢。

旁边的红先生一直在疯狂无脑吹捧苏释耶。后来,红太太被他吵得恼火,把电视切换到气象台频道,屏幕上出现了与地面截然不同的海底地图:

"气象水母集体下沉,躲避西南风暴传来的次声波。10月1日0—14时,除了个别村县外,红月海西部片区会有风浪。全红月海水温依旧稳定在24℃上下。专家提醒,各位海族要注意躲避风暴……"

红先生清了清嗓子,乖乖坐回原位,专注地听着天气预报,说:"宝贝儿,你明天要出去吧,记得留意水母的动向,小心风浪,要是遇到困难,立刻告诉我,知道吗?"

"好的,亲爱的,就知道你最疼我啦。"

回答的人不是红太太,而是红妹妹。说完以后,她还吻了吻食指,摊开手心,对红先生做了一个轻吹桃心的动作。梵梨瞪圆了眼,下意识看了一眼红太太。红

太太依然没有一点不适，反而慈母般望着红妹妹："这家伙靠不住，你还是联系我好了。"

"好的，姐姐，我爱你哦！"

梵梨原本想，不同文化表达友情的方式可能不一样。大概对于他们这个族群来说，男人可以对女性朋友稍微亲昵一些。但饭后，她亲眼看见红太太继续哄孩子，红先生则搂着红妹妹的腰，一起游上二楼。她看看他们的背影，又看看红太太。一切平静，无事发生。

梵梨半晌才从震惊中回过神来。

最后，在奥术相关课程中，她选了奥术海族语、深渊邪能研究；非奥术学院课程中，她选了历史学院的海族史和烹饪学院的陆地美食。

她刚填好表格，在右下方签好名，想写日期，就想到刚才气象台上说了，明天是10月1日，但她不知道今年是哪一年。

她想起原主身份证的颁发时间是燃烧时代24729年8月14日，身份证持有人的出生年是24647年。减去二者差值，结果是82，刚好和原主年龄对上号。也就是说，今年就是24729年，这个身份证是原主一个半月以前才办的。

尽管感情上讨厌原主，可梵梨不得不感慨，对海族而言，八十二岁也就跟人类的十七八岁差不多，人家这么底层的出身，已经拐到了有钱的未婚夫，并且开始做假身份证当高智商罪犯了。而自己的十八岁连男生手都没碰过，即便入了社会，也只能玩泥巴。

梵梨在《落亚大学一级奥术学院课程申请表》的右下角写上24729年9月30日，签好字，就听见"嗖"的一声，纸张飞起来，自行钻进信封里，随着洋流漂出窗口，流到了门外街区的飞鱼形信件采集机中。

啊，要开学了……

梵梨悲痛地看着飘零的纸张，仿佛已经看到了未来的卷子，上面大红色的数字：0。

Chapter 03　第一堂魔药课

接下来，梵梨陆续收到各个学院寄来的选修课程手册。按照手册上的提示，她需要自己购买课本。她跟当当去学校的售书室，寻找各自需要的书。看到书价，她惊讶得揉眼睛，还以为产生错觉了——这所有书里最便宜的书是《生命奥术工程》，九浮九十九德。参照这两天的路费和食材价格，海族的书差不多比人类的书贵了十五到二十倍。检查了一下看似胀鼓鼓其实装满小额硬币的钱包，确认自己没能力买下所有课本，她又默默把书放回了书架。

"你要买新书？太贵了吧。买二手的呀。"

因为妈妈乘坐长途快艇启程回乡了，当当眼睛哭成了两颗大核桃。她揉揉眼睛，指了指靠后摆放的几本《生命奥术工程》，它们每一本的书脊上都贴着发亮的标签，标签上有不同字迹写着的二手书价格。这么了解打折书，当当果然是当当。然而，即便是打折书，梵梨也依然负担不起。

"啧啧，果然是落大第一学院。"当当晃晃手里一.九九浮的二手《海豚唱法歌曲大全》，"你们奥术系的书比我们的贵好多。"

梵梨随手翻看《海族史》，发现图片都是动态的，就像在播放许多纸制GIF图一样。伸手摸了摸其中一张梅尔维尔鲸的图片，书本上方约三十五厘米处，出现了梅尔维尔鲸的立体投影。它在原地遨游，张嘴吃掉一只小型鲸鱼。不仅如此，旁边还出现了一只抹香鲸，以便学生对它们的相似性、差异性进行对比。梵梨用另一只手戳了梅尔维尔鲸一下，它居然叫了一声，猛地翻身咬她的手指。她赶紧把手收回去，随后才想起这只是幻影。

3D投影的书本，还会互动。够发达，够奢侈。买不起, 很正常。

她翻了翻最重要的课本《一级奥术》，感觉就像一年级小学生打开微积分课本。对海族而言，奥术是从小学就会接触的基本学科，可对人类而言是完全崭新的知识体系。别说学进去，里面的专有名词，她才读几行，脑袋就开始抽痛，像是要爆炸一样。她赶紧关上书，撑着墙壁，轻轻晃了晃残余着痛楚的脑袋，捂着额头回家休息了。

距离正式开学夹着一个周末。梵梨用这两天的时间看新闻、了解海族世界

的运作规律,寻找人类世界的蛛丝马迹。

原来,海洋世界和陆地一样,也是由不同国家和文化组成的。但因为海洋有深度,所以它的文化不光有横向的,还有纵向的。纵向粗略分为三个大区域:阳光区,指的是距离海平面大约两百米以内的明亮区域;黄昏区,指阳光难以照入、光线微弱的区域;午夜区,指无光层,完全漆黑的深海领域。

阳光区只有一个巨型国家,就是"神圣联邦共和光海"。它由圣耶迦那和七个联邦自治海域组成,简称"光海",有点像人类的联合国。不管是在圣耶迦那,还是七海,都有较为健全的宗教信仰和政治体系。宗教和政治领域经常会交叉影响,合作或牵制。

光海的最高政治领袖叫"独裁官",最高宗教领袖叫"大神使",他们都在圣耶迦那执行公务。七海政府的最高政治领袖叫"海域执政官",最高宗教精神领袖叫"宗主"。

午夜区又名"深渊",是与"光海"相对应的领土。在那里,寻常生物会因为无法承受水压死亡,奥术会失去效力,生命的生存模式与光海截然不同,是有诸多未知与恐怖的危险区域。在深渊有大量原始部落和小国家,文明程度落后。因为资源匮乏且有水压阻碍,发动战争成本高、收益小,光海族们一直没有尝试往海洋深处扩张领土。

因为月球潮汐引力的缘故,海族世界也很重视日与月的轮转,自古以来计算年月日的方式与陆地上一致,但他们管周一到周日叫布可日、奥达日、圣提日、赛菲日、米瑟日、兼特日、加斯日。这七个名字是他们的信仰"圣海七宗神"的简称。

布可日早上九点开始两个小时的魔药讲课。教室可以容纳三百人,有点像北京工人体育场的浓缩版。环状座位阶梯式延伸到教室角落,但椭圆形的一头,露出缺口,摆着讲台和放幻灯片的巨大骨制白板。彩绘玻璃窗扇折射出幽微的海之光,不时有鱼群或巨型生物游过,在地面上留下浮光掠影。

梵梨八点半就到教室了,没想到教室里早就坐满了学生。

这是第一天上课。魔药课的讲师是奥术学院的院长,新生们都雀跃不已,上课很积极。

第一排的位置都是空的,但梵梨犹豫了一下,还是游到了第四排,找到了一个空着的座位,想坐下来。但是,座位旁的捕猎族女生抬头看了她一眼,把书包放在了这个座位上。她只能游到前排。两个女学生懒洋洋地趴在桌子上，手腕纤细雪白，长发像千万条柔丝般，在背心流成两片金色的瀑布。捕猎族有尖耳竖瞳，海洋族有耳鳍，这些特征她们都没有。她们长着人的耳朵和眼睛，不仅头发会发光，连尾巴都散发着深紫色的荧光，让梵梨一时看不出她们是什么品种的鱼。

梵梨在她们身边隔了一个位置的地方坐下。两个女生都露出了被打扰的表情。离她近的女生将整个身子都转过去，用手背撑着后脑勺，另一个女生探头看了梵梨一眼，低头看了看她的尾巴，抬头看看她的耳鳍，再低头看看她的尾巴，眼睛瞪得大大的，不可置信地笑："我进错教室了？"

"你没进错，这就是魔药课的教室。"女生故意伸了个懒腰，用浓浓的圣都口音说道，"啊，好无聊。什么时候才能遇到布可夜迦教授呢，我几次路过他办公室，都没见他人。"

"他好像在忙家里的事，所以很少来学校，只能等他的课才能见到他了。"

"也是，他来当教授只是玩票性质。他是好像是宗主大人孩子里的老幺，还是可以和他的哥哥姐姐们竞争一下宗主之位的吧？"

"不过，他好像不想留在红月海。不是听说他总想去圣耶迦那，被他强制留在落亚，让他待到懂事为止嘛。"

其实，这两个女生谁都没见过布可夜迦，甚至一个布可宗族的成员都不认识。但是，周围都是海洋族、捕猎族。故意让他们听到这些对话，尤其是让旁边这个没有自知之明的杂鱼妹子听到，她们觉得很有优越感。遗憾的是，梵梨什么都听不懂，她只是拿着红先生不要的报纸，研究海域地理相关知识，同时艰难地熬过三个月中的第二天。

"那他最近在忙家里什么事呀？"女生继续说道。

"忙他表伯的婚礼。你忘记了？布可逆马上要和'泡泡小姐'结婚了。"

听到这里，女生想到了泡泡小姐在采访中恼怒地自辩："我是海洋族，但我不图我未婚夫的地位，我们只是相爱，我们没有错。而且，我外貌不错，家境也不差，又是落大的学生，我和我未婚夫是般配的。不懂有的群众为什么要攻击我，为什么在这个年代了还要种族歧视——承认别人优秀，有这么难吗？你们在我的年龄，能做得比我好吗？"她被泡泡小姐这拜权女虚伪得想吐，因而更加讨厌海洋族了。她回头看了一眼梵梨，像看到了一团热乎乎的大便，忍无可忍地拉着小姐妹起身，游到了对面的第一排座位上。

梵梨自觉打扰别人了,正纠结要不要也坐到后排去,就看见丽娜、悍公主还有几名捕猎族进了教室。

从正门进来,接受着三百人的注视,丽娜完全没有其他人的紧张,反倒是一手叉着腰,一手朝全教室学生挥了挥,影后级女星走红毯一样,徐徐游到了梵梨面前。

"早啊,梵梨。"丽娜低下头,腰却依然挺直,因此很有居高临下的感觉,"考虑好了吗?"

梵梨依依不舍地放下报纸,摇头。

"没考虑好你坐在这里干吗!"说罢,悍公主想把梵梨从椅子上拽下来。

梵梨赶紧缩了一下,躲开了她的手,游离座位。周围陆续传来好几声"噗"和笑声。悍公主毫不客气地占了梵梨的座位,把面目清秀的男朋友拉到身侧,捧着他的后脑,又是一阵旁若无人的舌吻。

在无数双眼睛的注视下,梵梨不声不响地游到后排——用中国当代大学生的评判标准,属于高级阳光SPA睡神专区,在早退区和迟到区前面、VIP休闲聊天八卦后面,但连续被四五个人排挤得没位置坐。这还是她第一次被集体孤立。感觉不太好受。

最后,在一群敌视的目光中,她看到琉香举起手,朝她摇了摇。她加速游过去,在琉香为她留的位置上坐下,松了一口气:"谢谢。"

"海洋族被丢到捕猎族堆里就这样,习惯就好。"

这时,坐在她们前方的男生回过头,小声而亢奋地对梵梨说:"刚才你近距离接触海神族了啊,什么感受?"男孩子留着一头橘黄色的短发,耳鳍和尾巴也是橘黄色为主,上面有横着的白色条纹,这让他看上去特别热,连海水都没办法降温。原来刚才那两个女生就是海神族。

两名海神族女生换位置后,又有一些捕猎族坐在她们身边。她们虽然不像对梵梨那么嫌弃,但也不太愿意与捕猎族交流。可当其他海神族进来,在她们身边坐下,哪怕彼此互相不认识,也会主动打招呼,然后跟各自的朋友交流,气氛很和谐。

大部分的捕猎族、海洋族进来后,看见一整排海神族,哪怕有空位,也不愿和他们坐在一起。海神族们独自美丽,也引来了许多学生的瞻仰。别人和他们说话,他们会微笑着回复,但眼中没有笑意。明明他们才是这里的异类,却给人一种他们的领地被低俗民族侵犯了的感觉。

梵梨正在观察着这奇异的现象，琉香一脸鄙视地说："你是没见过海神族吗？再说，一般的海神族高傲也就算了，无法直接进入圣大奥术系的海神族有什么好傲的呢，不都是挂科党吗？"

"瞎说，我们落大好歹是红月海第一高等学府，怎么会捡圣大不要的差生……"说到这里，男生整个人就像被按了总开关似的，突然停住。然后，他跟灵魂出窍似的，轻叹了一声，"我的……海洋之主啊……"

他看见琉香有些生气地看着自己，瀑布般的棕发落在两颊，在海水中微微荡漾。原来，女孩子生气也可以这么好看。但琉香一点没发现他眼神的变化，有些不耐烦地把头发拨到耳后，从书包里翻出课本，说："你傻呀，圣耶迦那大学没有一级奥术，只能从二级开始。海神族生来就有很强的精神力量，往往中学就读完了一级奥术，高中毕业后直接进圣耶迦那大学。成绩不好的，才需要在大学以后恶补一级奥术。所以，我们班这些海神族都是圣都或其他海域过来的，因为父母在当地丢不起人，不好意思说孩子挂科了。"

"原来是这样……"男生却脸蛋红红的，立刻转移了话题，"我叫尤灿，可以解释为'尤其灿烂'，你们叫什么呀？"

"琉香。"

"琉香，好好听的名字啊……这位同学，你叫什么呢？"虽说如此，他的视线却停留在琉香身上。

"梵梨。"

"哦，梵梨，你好……什么？梵梨！"尤灿倒抽一口气，"双S女神梵梨！"

听到这个称号，梵梨只想钻到桌子下面去。但尤灿压根儿没打算放过她，跟高中运动系小男生见到了科比本尊似的，无比激动："女神，你是吃什么长大的，为什么会这么聪明？看了你的论文，我简直想跪倒在你的尾鳍下！可以告诉我，你最喜欢吃什么虾吗？菩提鲨吃过吗？"

"呃……我不太喜欢吃硬壳的东西。"

尤灿撑着双颊，眼睛闪闪发亮："那，豆腐龙头鱼呢？这个表皮很软哦！"

"没、没有……"

"那有没有吃过醋腌天照鲭？"

"好了，尤灿，"梵梨没被问烦，旁边的琉香都快听烦了，"尤灿同学，你这

么喜欢吃,怎么还瘦得跟条带鱼似的。要不要连鲨鱼也尝尝看?"

尤灿没听出她的调侃之意,反而一本正经地说:"那不行,鲨鱼不好吃。"

"你怎么知道鲨鱼好不好吃?你吃过?"

"你们就算不研究生物,也见了那么多鲨族了。鲨族真的很恐怖的啊,肌肉含量80%起,游百米平均只要4.78秒,1.2吨的掌力——单手,单手!骨密度是我们海洋族的四倍!噬人鲨的奥术上限是SS级,平均值24834,仅次于海神族的SSS,是捕猎族中的至尊奥术专家!这是什么,是穿了七件暴击装加七件体质装加七件输出装加七双极速装的纯暴击纯输出的闪避型肉盾啊!反推一下鲨鱼肉,那是铁定嚼不动的,不好吃……"

后排的捕猎族暴躁地打断了他:"小丑鱼饵,安静点!你声音大,心跳声也吵死了!"

尤灿一点也不生气:"真对不起啊,我的生命力太旺盛吵到你了,想吃吗?膘肥体壮的小丑鱼!"小丑鱼又名海葵鱼,与海葵有共生关系。海葵族就是尤灿的种族。

八点五十八分,一名白发老者进入了教室。他戴着一副圆眼镜、一对黑珊瑚耳钉,银发及胸,身材魁梧,游动时颇有贵族气派,但岁月已经无法令他完全挺直背脊。他胸前有一枚象征落亚大学院长地位的红月徽章,尾巴被几近白色的浅紫色光芒笼罩,尾鳍大得离谱。

"这是我见过颜色最亮的言灵鳍。"琉香小声说,"院长才是真正的海神族。"

院长拿着他闻名全光海的著作《魔药学》,缓慢而庄重地放在讲台上,依次把药瓶、海笔、讲义、全家照的相框放在桌子上,抬头盯着教室另一端的时钟上,等到九点整,抬头对大家微微一笑:"早上好同学们,欢迎来到我的第一堂课,我是你们的任课教授梅夫。"

三百名学生整齐起立,将右手放在左胸前,对着院长的方向微微鞠躬,带起了一阵不小的水波。梵梨赶紧模仿,跟着行礼。

院长用左手放在右胸,向大家鞠躬回礼。

看样子,学生和院长的动作是海族问好的礼仪,右手放左胸是下级对上级,左手放在右胸是上级对下级。

然后,院长微笑着说:"今年,我们学院出了一个入学考试拿下双S的海洋族学生,她还是风暴海的奥术状元。近百年来,我们学院从未出过一个高于S的学生。

她是第一个。"

随着全班响起雷鸣般的掌声、旋转水流声,梵梨先是脑中"嗡"的一响,接着脸都白了。

"而且,这个学生在魔药试卷中写的小论文里,提到了通过药剂拉开微子共价键调整单个海水分子质量并调整比热容,直接影响深渊族在单位时间内辐射吸收下限的方法。虽然只有不到一千字,但这种创意前所未有,极有可能实施。以我多年的教学第六感来看,最多再过三十年,就会有一名闻名全光海的大魔药师诞生,她现在就在我们课堂上。"

同学们佩服地鼓掌,有人悄声说着"梵梨"。

梵梨趴在桌子上,耳鳍完全耷拉了下去,身子缩成一小团,恨不得整颗头都变成小太阳,在课桌上熔出个洞埋进去。

原主啊,求求你了,你快回来吧!你来海底当你的学神,我到陆地当我的三好学生,总比好过我俩都当学渣好吧。你看看你在海里的荣耀,为什么你就这么想不通,你告诉我,为什么你这么想不通!!

她现在好想死……

好在院长继续了后面的话题:

"既然提到了辐射吸收下限,大家应该都知道,不同物种承受最大辐射量不同。对海洋族健康明显有害的辐射剂量在80到150毫西弗不等,捕猎族是530毫西弗,那么,海神族辐射剂量最小值是多少呢?有人知道吗?"

院长提问后,有一个学生举手,他指了指那名学生。学生快速答道:"10000。"

"正确,10000毫西弗。那我再来问一个比较冷门的知识:炎魔族的辐射剂量是多少?"

这一回,整个教室都安静了。听见"炎魔族"这个只存在于恐怖故事里的名词,有的人甚至不由自主抱着胳膊打哆嗦。

在这里,没有一个人见过炎魔族。在整个光海,也没有一个记者拍到过炎魔族。只有活了上万年宗族最古老的祖先才有幸在过去的火海战争中与他们交手。

"没有人知道吗?平时你们都不研究深渊族的,是吗?"院长有些失望地等了一会儿,"那这个问题可能只有写出SS论文的学生能回答了——梵梨,来替大家解答一下吧。"

梵梨面无表情地趴在桌子上,一动不动。

琉香本想推她，但看她挺尸，也不知所措地收回了手。

"梵梨，梵梨在吗？"院长再次唤道。

梵梨继续做死人状，心跳却无比之快。她没有想到，在她听起来"怦怦怦"的不正常心跳声，在捕猎族们听起来也是一样的。他们都转动脑袋，四下寻找心跳的源头。

一个学生举起了手。院长对她摊手，许可她发言。

"炎魔族不怕辐射，每日要摄入5600毫西弗以上，才能维持邪能运作。"红发逆戟族少女站起身，大大方方地回答。

"正确。"院长满意地笑道，"你叫什么名字？"

"丽娜。"

"很好，丽娜，谢谢你的回答。看来今天梵梨比较害羞，不愿意出面了。"

这时，有人拉了拉梵梨夹在书本里的申请表格，看见表格上的名字，便在梵梨身边喊道："院长，梵梨在这里！"

"哇，她居然在睡觉。果然是学神。"

"那么难的问题都不想回答，果然是学神。"

梵梨的心跳慢了下来。

她感觉自己已经一分为二了，一半服了服了，一半凉了凉了……

随后，她听见院长宽容地笑了两声："第一堂课就问这么枯燥的问题，也难怪你们要睡觉。这样，我来问一个趣味问题。"

梵梨背上一凉，有一种不祥的预感。

"梵梨，"院长顿了顿，"梵梨在吗？"

琉香推了推她："梨子，快起来，别睡了……"

不仅是琉香，周围的人都转过来看向她。回答不出来，面子丢了是一回事。如果让人开始怀疑她的成绩，从而怀疑她的过去，再对她进行调查，那才是很大的事。落亚大学不是没有出过触犯禁术刑法的学生。可是如果老是跟老师对着干，也不会有什么好下场。

梵梨狠狠一咬唇，站起身来："我在。"

全教室的同学都看向她。

"很好。"说到这里，院长看了看她周围，意识到旁边只有海洋族，"我们一直倡导学生们和平共处，不要因种族不同而拉帮结派。这样等你们毕业了，才能

Chapter 03 第一堂魔药课

更好地合作,为光海做出更大的贡献。那么,梵梨,你作为海洋族,对捕猎族和你们的差距应该有所了解吧?"

"嗯,只略了解一点。"

"那就围绕奥术的话题,来给我们解析一下……"院长看了看坐在她斜对面的星海,"就解析鲨族天赋优势吧,尤其是奥术这一块的。"

作为门外汉,她都知道,这不是一个很困难的问题。院长真的只是想互动而已。她多希望他问的是高难度的问题,那起码还能为自己开脱……

眼见三百个学生集体看过来,教室里安静得就跟审讯室一样,她听见自己心跳都快把胸膛炸开了。完了完了,真完了……

但突然间,脑海里浮现了大量的信息。

"鲨族肌肉含量80%以上,"说到这里,她顿了一秒,"短途冲刺每秒可达20.92米,单手掌力1.2吨,骨密度是我们的四倍。顶级鲨族的奥术潜力平均值为24834,可发展至SS级,仅次于海神族的3S。"

"非常精确,回答得很好!"院长伸出大拇指。

同学们也集体转过头来,露出了钦佩的表情。通常情况下,学生能回答出这么精确的数据确实是优秀的表现,并不会得到这样的反响。但只要想到回答的人是双S的梵梨,这个答案就显得格外智慧了。

连最开始的两个海神族女生都是一脸震惊——

"她就是那个风暴海状元、考双S的梵梨?"

"你这个笨蛋,刚才干吗要走啊,坐她旁边之后考试就不愁了,现在好了,我们还得担心第一年结束能不能去圣耶迦那!"

"我怎么知道就是她啊……"

丽娜坐在她们后排,抱着胳膊,一脸骄傲:"你们俩不要跟我抢,梵梨是我先盯上的。"

梵梨心惊肉跳地重新坐下。

课后,梵梨和琉香想从后门走,却在门口看见了和男朋友激烈狂吻的悍公主,于是赶紧退回去,从教室前门出去。结果,她们在前门又遇到了一群鲨族男生。她埋下头,正想低调地游走,却听见"啪"的一声,整个人被带头的男生推在了墙上:"鱼饵妹子,自我介绍一下,我叫凯墨。"

凯墨是噬人鲨族,是琉璃军团大军校的儿子、红月海副执政官的外甥,所

以在学校里一向嚣张。他一头银灰色的卷发披在脑后,和其他人一样,露出一双妖精般的长耳朵,新月形鲨族尾鳍,两片尾叶等长。他块头特大,好像一用力胸肌就可以直接撑爆衣服。

"凯墨,你好……"

梵梨慢慢挪到一边,想跑路,但另一侧也被肌肉线条强健的胳膊挡住。

"丽娜的要求你听到了吗?想好了没啊,不答应可是会被吃掉的。"

"我还在想,同学,你不要冲动……"

"其实,学神,别害怕。"凯墨身边的鲨族小弟坏笑,"你们族群没有雌性用交尾换取雄性资源的方法吗?让我们凯墨哥当孩子爸,他就不欺负你了,丽娜也不敢欺负你的。"

跟一条鱼结婚?你逗我玩呢。

"和凯墨这样的大人物结婚,我高攀不起,不必了不必了……"

"不用结婚啊。海洋族才结婚,我们鲨族崇尚不婚多偶制,进入成鲨期就要开始大幅度地繁衍后代,是雌鱼争相交尾的食物链顶端种族。和他交尾后,你羸弱的基因会被改善,他可以赐予你一群称霸海洋的鲨宝宝。"

"感谢你同情我羸弱的基因,但我要结婚。"跟人类。

凯墨很惊讶,这是他第一次被鱼饵妹子如此果断拒绝。他捏了捏梵梨的下巴,端详了一会儿。女孩子长得很甜美,深蓝色的漂亮眼眸中,没有大部分海洋族面临捕猎族时的卑微和怯懦,也不像捕猎族女性那样,总是凶猛和防备。她有溪水般的恬静气质,哪怕面对这么多捕猎族,整个人看上去也很放松。

凯墨笑:"你这小脸挺好看,性格还很硬啊。很好,我就喜欢挑战……"

梵梨很难受,很想躲开他的手。但是,看见他满嘴尖牙,她怕他一冲动真把她给吃了,只能继续一寸寸往外挪。

突然,凯墨的手被拨开了。清冷的声音响起:"不是说这个留给我吗。"

回头一看,星海就在他们旁边。他拉住梵梨的手腕,把她拽出来,揽到自己的背后:"跟这个鱼饵妹子的第一次交尾权,我的。"

梵梨蒙了。

"你要她的交尾权干吗?"凯墨愣了愣,"还想生混血啊?再混下去变成纯鱼饵了,就不好玩了。让我也生个混血玩玩呗。"

"我喜欢她的智商,你够聪明了,不需要她来改善后代了。这个让我先来。"

说着如此劲爆的话,星海却像在说"这串鸡翅让我先吃"一样。

梵梨的脸都快烧到脖子根了。不敢相信,星海居然是这种人,就像她理所应当是他们的物品一样,她要爆炸了。

"也是。之前那么多妹子都是我的,这个给你好了。"临行前,凯墨推了一下梵梨的额头,"小鱼饵,伺候好你星海哥哥,知道吗?"

他收手的时候,刚好碰到了一只从身边游过的刺鲀。它吞了一大口海水,自我膨胀,变成了一颗装满水的带刺气球。梵梨已经做好强烈反抗到底的准备了。可是,等他们走远了以后,星海却只是拍拍她的肩:"没事了,早点回家。"

不等她给出任何回应,他已转身,眨眼间便闪到了走廊的拐角后。

梵梨怔怔地看着他消失的地方。

从窗棂往外眺望,有落亚下方恢宏的海中繁都。此刻平静无浪,只有涟漪荡漾。伸出手来,能看到手心里,一条条滚动的粼粼波光,就像在满校园的青春上洒满了辉煌。

她跟了上去。走廊拐角处,人渐渐少了,只有零星几个学生匆匆游走,又与星海擦肩而过。那条圆鼓鼓的刺鲀也出现在了这里。眼睛里跟演唱会现场一样,有许多蓝绿荧光棒,绮丽如梦。可是,它眼里的蓝绿光像没消失一样,随着流动的波光,延伸到了他身上。

星海倚靠在窗前,捧着厚厚的《魔药学》,对着窗外的光,随意翻看。他的手和身材同样清瘦,单手就能捧着这本梵梨需要双手才能阅读的书。因为低垂着头,微长的银灰色刘海垂落,短发下方的后颈与肩线形成了极美的弧度。在波光的流动中,跟梦一样赏心悦目。翻书之间,他像察觉到了有人在看自己,微微抬起眼眸:"怎么了?"

他的双眸清澈见底,像初夏清晨的第一抹微光。

走廊是时光的山谷,将海水汇聚成长河,轻快地流淌在他们之间,在无声之中掀起了喧嚣的海浪。

"谢谢你。"梵梨脸依然红红的,她为刚才的腹诽感到羞耻,"谢谢你救我……"

"不谢。"他微微一笑,"你不介意我跟凯墨的说话方式就好。我要是跟他说,'你不要欺负她',他肯定当场翻脸。"

"我懂的,你好机智。"

在陆地上的十八年里,梵梨一直以为,这样干净的男孩子只会出现在少女

的幻想中。笑起来，眼眸更化作了被阳光满照的蓝天，刹那间洗净人的灵魂，扫去了所有阴霾。她朝他游过去，心情就像今日海面的阳光："你剪头发了哦，我差点没认出来。"

星海摸摸后颈，点点头："嗯，短发比较好打理。"

不知道为什么，还是同一个人，声音一样，外形一样，唯一的区别就是头发改变了，可有明显的差别。

"对了，你叫梵梨是吗？"见她点头，他合上书，微微一笑，气质比元月初雪还要干净，"你好，梵梨。这下算正式认识了。"

"嗯！认识你好开心哦，你是个大好人。"

和初次见面时对比，他的眼神还是有些勾人，笑起来让人的心都要化了。但初见他时，他明显成熟、世故很多。现在说他是"少年"，似乎更适合。

梵梨正在思考着，却被他接下来的话吓了一跳。

"今天院长开始提的问题不简单，不会没关系。关于辐射的问题，我凑巧之前自学过，我教你。"

"不……不用了，我会。"梵梨条件反射般回答，背上却一阵阵发毛。她忽悠了院长和全系的学生，却没能成功忽悠星海。

"是这样吗？听心跳，我还以为你是装睡。"星海举起自己手中的课本，"我带你去复印课本？我看你没课本，图书馆的书都被人借走了吧。我的借给你复印，很便宜的。"

"课本可以复印？"

"嗯，图书馆有投币式复印机，可以让学生复印买不起的书。走吧，我带你去。"

对了，星海也是正规考入落亚大学的，成绩肯定不差。努力抱上他的大腿，在她变回人类之前，学术部分的难度应该会减少很多。

"好啊，好啊。"梵梨笑道。

在落亚大学，每一节由学科主任上的百人大课结束后，还会紧跟着一节十五人左右的小规模研讨课。研讨课的导师资历浅于学科主任，更加平易近人、热爱互动。第一节魔药课院长只讲了一些入门、趣味性的东西，所以当日的魔药研讨课也就变成了导师与新生的茶话会。

研讨课有十五个人，除了梵梨，只有一对情侣是海洋族。他们看到梵梨，像是看到了救世主,拉着她坐在一起,说以后小组活动可以一起,还说要靠她罩了。

"没问题,大家以后互相照应,一起努力。"梵梨演技总是到位的。

十二点,魔药课总算结束了,梵梨和当当在食堂里约饭。当当跟她说,放学以后记得回家换衣服,然后一起去参加婚礼。

"婚礼?"

"泡泡小姐和布可逆先生的婚礼。你忘了吗,参加婚礼可以抢到礼金呢。"

"这么好。"梵梨随口答道,眺望前方的队伍。

其实她并不是特别有心情去参加名人的婚礼,但以前爸爸说过,了解异国的文化缩影,最好的方式就是去参加他们的两件人生大事:婚礼和葬礼。既然暂时要在这里生活,还是过去看看吧。而且,布可宗族与政府有密切联系,搞不好能打探到一些关于出海禁令的信息。

本来做好了再次被餐桌上蠕动的海生物恶心的准备,没想到食堂里许多菜居然可以选择加热。加热的原理和她在家里看到的气囊一样,里面有明火和氧气。

"嫁入布可宗族就是不一样,婚礼都办得财大气粗。不仅把风动宫殿都包下来了,还把整个奥术学院的学生都邀请了。"当当一脸神往地望着上方,长叹一声,"啊,真羡慕。"

布可宗族是红月海的象征、"圣海七宗族"之一,他们和丽娜家依附的奥达宗族一样,都是海神后裔大家族。他们是海神族里的贵族,拥有至高无上的神力与地位。

"我还是第一次听说邀请全学院学生参加婚礼的。不认识的也邀请了吗?"

当当一脸神往地说:"因为他们俩就是在奥术学院认识的,所以,泡泡小姐决定邀请所有奥术学院的新生,都去见证他们的幸福!"

这时,琉香也跟过来排队,和梵梨打了个招呼,又对当当说:"那你有没有想过,你不是奥术学院的,为什么能收到请帖呢?"

"这……"

"是奥术学院的学生送给你的吧。"见当当默认了,琉香笑了一下,"而且,这些请帖都没有写名字。你知道为什么吗?"

"不知道……"

"因为泡泡小姐知道,她这个虚荣势利的学渣考不进落亚大学,只能靠她爸想办法,开后门塞进来。所以不管她在外面怎么炒,所有人都认为她是这个

全光海著名学府的耻辱。要说服大众她配得上布可逆,她需要落大这些顶尖校友的支持。所以她把请帖发给了所有人。至于谁会去,根本不重要。让我想想,她父亲明天会在报纸上写什么内容呢?嗯……《落大校花新婚,奥术学院学子全员衷心祝福》?"

"怎么可能?如果她真的像你说的这样不堪,布可逆先生为什么要娶她?"

"因为她漂亮啊。没有人否认过她的颜值和她父亲的营销技巧吧。"

"漂亮的女生这么多,难道每个华而不实的都能嫁入布可宗族吗?她必然有可取之处!"

"当然有,她的名气。"

在红月海前三的糖果公司,泡泡小姐的父亲曾经连续七年拿下销售冠军,后又在另一家大型食品公司担任营销部门总负责人。有一次,因为广告模特临时尾巴受了重伤,不能活动,他就让女儿代替模特完成工作,拍了一组和泡泡共舞的广告,意外爆红。父亲的产品提高了1540%的销售额,女儿也因此得到了"泡泡小姐"这一可爱的昵称。

这次产品大卖后,父亲靠分成积攒了资金,跳槽成立了自己的公司,给了女儿30%的股份,多次对外宣称:"我爱我儿子,但更爱如此出色的女儿。对我来说,我家小公主的人生幸福是最重要的事。"此后,他靠人脉请到大祭司、著名学者和艺术家写推荐信,把女儿塞进落亚大学的奥术学院,为她打开了进入上级海族世界的大门。

今年上半年,泡泡小姐认识了布可逆,闪电相爱,闪电怀孕,闪电订婚,震惊了全光海——上一回海神族与外族通婚,大约是十万年以前的事。而上一回宗神后裔与非宗神后裔通婚……四亿多年来,从未有过。

泡泡小姐不是普通海神族,不是捕猎族,而是海洋族。这场婚礼的话题劲爆指数可想而知。

"布可宗族会需要她的名气!"当当握紧双拳,尾巴不耐烦地拍打,"你在跟我开玩笑吗?"

"布可宗族不需要她的名气,总有人需要。不管怎么说,结婚不收礼,反而要自己送礼,你说这个炒出来的落大校花是多缺朋友。最可笑的是,她给梵梨的请帖上特意手写了名字,可见她有多需要学神的捧场。"

"我不明白,你这么讨厌她,为什么还要关注她,有自虐倾向?"

Chapter 03 第一堂魔药课

琉香还未回答,耳熟的声音响了起来:"真不愧是音乐系学生的知识储备量。"

梵梨顺势侧头看,丽娜正端着盘子,也不正眼看她们:"这场婚礼,独裁官大人也会参加——这是三十三年来,他第一次来访红月海。还记得上一回他来访时发生了什么事吗?"

当当一脸茫然地看着丽娜。

"你当然不记得。为了追击风暴海的军队,独裁官大人的轰炸舰路过落亚市上方,不顾一切地扔出一颗九号深潜生化铀弹。红月山脉在落亚市中心的部分被他炸成了深坑,3427人当场死亡。之后,他向红月海公开道歉,并用十二亿浮卢门和'潜行者酒店'作为补偿,填在了深坑里。你们每天从贫民窟出来,从最颠簸最破的公交艇往外看看,都会看见的大片酒店地基,那就是他的杰作了。"

梵梨从当当的眼神读出:她什么都没听懂,只听懂了"贫民窟"和"最破",并作出了相应的瞪目反应。

但是,这不妨碍丽娜继续高姿态地说:"当时,风暴海逃难的战舰上只有不到五十个人,你觉得为了追杀那点残兵败将,他犯得着下令投所有铀弹里杀伤力最大的九号吗?他用3427个落亚市民的命换来了红月海三十三年的畏惧。三十三年后的今天,6月30日,圣耶迦那推行了最新的《神圣联邦共和光海海洋族权益保护法》,转眼红月海的圣宗族成员就娶了海洋族新娘。某人的头脑是要有多简单,才会把它解读成下阶海族女的童话。"

梵梨猜测,这婚礼应该如丽娜所述,有政治目的。只是,泡泡小姐这么优秀,布可逆又是优雅的宗神后裔,他们之间应该还是有真爱的吧?

此刻,刚好队列排到了梵梨和当当。为避免当当和丽娜再次发生言语冲突,梵梨拉拉她的衣角,催促她点菜。当当用口型说了一个词:"嫉妒。"

下午课间休息时间,梵梨到学校里的小型超市,寻找离开海洋的线索。她拿出海兔黏液询问售货员,同类产品在哪里。按着售货员的提示,她果然找到了出海商品区,上面陈列着各式各样的海族旅行装备:海兔黏液、防晒霜、眼镜、压缩食品、陆用背包、鞋子、裤子、人类的衣服等等,衣裤都很简陋,幸运的是,价格也很低。然后,她还在一堆商品里看到一个透明的证件套,标签上写着:

加厚旅行证件套,2.99德。

这东西有猫腻。见身边有一个学生路过,她拿着那个证件套问:"这位同学,

我是乡下来的,从来没有出过海,想等这回出海禁令解除后出去长长见识,你可以告诉我这是什么吗?"

"哦,这是装出海准许证用的。你要带着这个证件去出海登记局去做记录,才能出海。"

不用想,这玩意原主即便有,也早就毁掉了。

"好的,请问出海证件在哪里办呢?也是出海登记局吗?"

"是的。平时出海登记局人都很多的,出海准许证得两三周才能办理下来。但最近因为禁令嘛,没人出海,基本上两三天就能办下来了。现在去办挺好的。"

"太感谢你了!你帮了我大忙了!最后耽搁你一分钟时间啊,请问你知道出海登记局在哪里吗……"

幸运的是,对方很有耐心,把整个出海流程、注意事项都告诉她了。等他走了以后,梵梨把这些内容都记录在本子上。

接下来,生命奥术研讨课就轻松多了。导师一进教室,就热情地介绍了自己的出身:她叫银贝尔,银鱼血统,来自红月海马太郡的首府马太冰城,她的家乡与其他城市差别极大,以至于从小就对海洋生命的多样化产生了浓厚的兴趣。所以,她独自迁徙到了首府落亚工作,体验全新的生活。

虽然被许多捕猎族学生包围,但银贝尔老师没有感到一丝自卑。因为,全班男生看她看得痴如醉,连星海听得都挺认真的。

课间有人来找银贝尔老师,回来以后,她怀里抱着一束包装精致的火红海藻,衬着她的肌肤,就像一团盛放在雪地里的野玫瑰。海藻的清香顺着水分子流动在教室每一个角落,银贝尔老师的脸上也浮现了少女的红晕:"今天晚上要参加一场婚礼,朋友来送点藻,各位别介意。"

海藻象征着吸引大量鱼群和丰收,和花朵象征果实和丰收性质一样。所以,海族送人海藻,和人类送花是一个意思。大家从她的表情中看出了猫腻,还有个男生顽皮地举起手,摇了摇笔:"对不起老师,不懂就问,别人婚礼,为什么你会收到海藻呀?"

全班哄堂大笑。

"不要拿老师开玩笑。安静,安静。"银贝尔老师毫无气势地发号施令。

之后,她上课就时不时偷瞄时钟,全程心不在焉。好不容易等到下课,她一下就没了影儿。

Chapter 04　婚礼上的重逢

当天，在举办婚礼的风动宫殿门口，梵梨又遇到了银贝尔老师。

风动宫殿是一座蓝色流线型的巨大宫殿，独立存在于辽阔的蓝色海洋中央。周围珊瑚花一般盛开，五光十色的神秘之光将它包围，银色的大门辉煌矗立着，迎接着成千上万个向它游去的人鱼之影。还在几百米远的地方，梵梨就听见了喧哗的人声、悠扬神圣的竖琴奏乐。而越是靠近宫殿，就越能体会到这座建筑的美感。带鱼光滑的身躯镀了银的刀，成群结队闪着刺目的光，也难怪日本人管它们叫"太刀鱼"。在一片片闪光中，有彩虹色的浮游生物在盘旋，有透明的水母像舞者般弹动"缎带"……

但是，在神圣静谧的天堂之音中，螺旋桨清脆而高调的旋转声响了起来。一阵蜂群般的气泡迎面冲来，一台超超音速私艇冲入人们的视线，吓跑了鱼群。与寻常私艇不同的是，它是气泡式座舱罩，剪式移动门可以朝上、朝外双方向开启。小心翼翼地打开大门，颜色是炫丽的橘皮色，搭配着漆黑发亮的舱罩和螺旋桨。

"哇，这艘私艇真华丽。"梵梨探头眺望。

"'蛇影'，当然华丽了。"当当说道。

这是全光海最贵的三大超音艇之一，原产地圣耶迦那。时速874千米，仅次于"光魔97"和"霜冻暴龙"。它的舱门原本由链条固定在舰的前方，忽然往上移动。

舱内坐着美貌的银贝尔老师，和一名把她衬托得无比寡淡的青年。

青年额上缠着紫色丝巾，与雪白长发一起，在海浪里轻轻飞扬。黑紫披肩缠绵地搭在他的肩膀、胳膊上，里面的圆领托加未加任何装饰，比其他托加短一些，却是手工制作，采用最纯净的江珧足丝材质。他劲瘦赤裸的胳膊搭上舱门，臂环上有一双古埃及图腾风格的眼睛，眼睛中央有一朵盛开的花——这是布可宗族的"鲜花眼"徽章。他有一双迷离的桃花眼，外形完美得雌雄难辨，维纳斯被珍珠和百合缓缓推上海面时，光彩也不过如此。

经过的学生低声说："布可教授一出校门就又开始皮了。他特喜欢陆生状。"

陆生状指的是海族变出双腿的状态，如果在海里这么做，会被认为是很不

正经的表现。梵梨这才发现,青年从舱内伸出笔直的长腿来,脚上穿着鲼皮短靴。

"这个人是教授?"梵梨抽了抽嘴角,"布可夜迦?"

"是的,你们的奥术史教授。"当当惊叹着,使用了隔音术,"你不认识他?我久仰他大名了。这个教授颜值高到不像教授,像明星。"

布可夜迦拥有超越一般宗族成员的奥术神力,下了私艇后,在海水中漫步,腾云驾雾般游到副驾前,为银贝尔打开门。

这时,有人推了梵梨一下:"鱼饵别挡道!"

忽然之间,一阵水浪带着阴影袭来。一只修长的胳膊挡在梵梨身侧。她回头一看,护着她的人居然是夜迦。她吓得喝了一大口海水。

"小心。"温柔婉转的声音。

夜迦比她高出一个头,轻而易举地把她护住,又回头看了看她。他背光低头,一绺偏分长发落在线条瘦削的脸侧,眼睛跟罂粟粒浸泡的葡萄酒一样,变成了很深的紫色,比耳朵上的紫宝石还要深邃:"真是好清纯的脸蛋,让我想起了小时候的初恋呢。"

梵梨看了看四周,非常不确定他是在跟谁说话。

"布、布可教授,她是梵梨啦。"银贝尔有些尴尬地说道,"是我们的学生呢。"

"哦,原来是考了双S的庶民小仙女呀。"夜迦拍拍梵梨的肩,抛了一个媚眼,"老师喜欢成绩好的学生哦。"

他游开了两步,又回头对梵梨柔柔地笑了一下,搂着银贝尔进去了。虽然相貌极为华丽,他却有一丝颓废美,就像散发着糜烂气息的紫玫瑰。

连梵梨都有被夜迦惊艳到,当当却丝毫不在意,不负她们族群完全不在乎男人外观的名头。她看着广场的方向,双手交握在胸前:"他们还搞了一对雕像!真不愧是传说中的'时代婚礼'!"

宫殿门前的广场中,有新郎新娘的镀金雕像,蚁群般的宾客围观仰望。梵梨看清楚他们的样子,皱着眉,扭过头,指着雕像说:"他们俩……是夫妻?"

"不然呢?"当当一脸坦然。

"那个男人,是布可逆?"

"是啊。"

在布可宗族中,尽管布可逆只是旁支的成员,但也是纯净血统的宗神后裔。所谓"宗神后裔",就是指"圣海七宗神"的后裔。七宗神是无尽海洋之主深蓝七个精神碎片幻化的神灵，分别代表了深蓝的公义、美丽、勇敢、圣洁、无私、慈悲和和平。他们的称谓在古海族语里也有这七个单词的含义。因此，比起其他海神族，宗神后裔拥有更长的寿命、更强的奥术天赋、更高贵的血统。

守护着红月海的宗神后裔"布可"，在古海族语里意思是"美丽"。换言之，颜狗的福利。梵梨本以为，布可宗族的外形都是夜迦风格的。万万没想到的是，布可逆是一个身材发福的男人，看上去像人类的五十岁。

其实中老年男人长成这样不奇怪，但他身边的雕像是泡泡小姐的。泡泡小姐的颜值有多高？说是夜迦的妻子，若有人说"外形不配"，都会感到良心不安。如此两座雕像放在一起对比，怎一个惨不忍睹了得。

看到这样辣眼睛的配对，梵梨有点不自在："……你不是说，他们是在奥术学院认识的吗？为什么这个新郎，看上去，没比我们院长年轻多少……"

"布可逆先生不是我们这一届的啦，他已经毕业两万多年了。他来学校谈投资时，认识了泡泡小姐。"

"这个布可逆先生，寿命还真长啊……"

"这没什么的，普通海神族都有五千到一万岁的寿命，他是宗神后裔，活到四万岁都不奇怪呢。"

"那泡泡小姐呢？"

"泡泡小姐是鮋族，平均寿命在八百五十年上下。"

"那……她和布可逆岂不是没办法白头偕老了？"

"是这样没错，但你不觉得这反倒是一种浪漫吗？这样一来，她的整个生命里都有这个男人的守护呢！那些攻击她的人，我觉得都是嫉妒。"

"嫉妒泡泡小姐？"此刻，一个奥术学院的女生路过，刚好听到当当的话，小声笑道，"嫉妒她肚子里的孩子人生还没开始就已经结束了，嫉妒她比近亲结婚还惨，毕竟近亲结婚只会生出智障而已。"

"说的就是你，你这辈子都达不到她的高度！"当当怒气冲冲地拽着梵梨，远离他们。

"她这话是什么意思啊？"梵梨好奇地说，"她肚子里的孩子怎么了？"

"因为生殖隔离呗。但那又怎样，她比这些繁殖狂魔幸福多了。你看她的孕照，满满都是母爱的光辉。就让这些酸柠檬酸到老死好啦！"

原来，海神族禁止与外族通婚，是因为他们与捕猎族、海洋族有生殖隔离，

繁衍的后代像驴和马生出骡子一样不能生育。

在门口的感受还好。当梵梨看见这对新婚夫妻的真人，才知道，雕像已经把布可逆美化了很多。他本人身材发福，发际线后移，精心设计的衣服也盖不住啤酒肚。而是泡泡小姐小腹微微隆起，脸却依然小而饱满，皮肤跟鸡蛋壳似的，素颜比化妆好看。

布可逆已经当爷爷外公了。他离婚两次，泡泡小姐是他的第三任妻子。若说新郎是新娘看上去比较年轻的祖父，都会有很多人愿意相信。

但是，这仅仅是上半身的观感。如果盖住他们的上半身，只看尾巴，会发现布可逆的尾巴是象征七宗神后裔的金色辉耀鳍，像跳跃着细碎的黄金一样夺目，尾鳍比普通海族大了两三倍。而泡泡小姐的尾巴就是普通的粉红尾，粉红鳍是透明薄纱状，只有少女感，没有能量。

梵梨终于明白这场婚礼争议如此大的原因了。

新郎新娘在迎宾堂热情接待每一位客人，泡泡小姐明显没有布可逆那么如鱼得水，想要表现得和丈夫亲近，但只有女儿跟父亲撒娇的即视感。热爱孩子父亲的当当被他们的爱情感动了，频繁向泡泡小姐送上祝福，但对方大概是太紧张了，并没有很领情。梵梨拉不动当当，干脆自己先进去。

露天音乐殿里饲养了一只专门唱歌的座头鲸，它的哼唱舒缓动人，在为室内的吟游诗人、唱诗班当陪衬。

梵梨坐在角落里吃了点东西，听见旁边有几个人在讨论圣都的八卦。

一个男生说："圣耶迦那最近是怎么回事，两个公主，一个死了，一个病危。"

他的女伴接道："苏释耶大人也太惨了。一个是他未婚妻，一个是他妹妹，也不知道会不会影响他的统治。"

"他不会太悲伤吧，他和风晋公主本来就是政治联姻。别忘了，他的'以太之躯'听起来很高大上，也有宗神后裔才有的白发，但从生物角度来说，依然属于捕猎族分类。他娶风晋公主，为的就是巩固宗教、种族地位。现在他地位稳固了，风晋公主去世，他还可以顺理成章把她老家收了，不收就打，不用受到她宗族的牵制。"

"你把独裁官大人说得太坏了吧！明明他们互望的眼神是相爱的！"女生不服气地说道。

"我真是服了你。演戏都不会的话，还当什么政治家。"

"我不管,在我心中独裁官大人就是爱风晋公主,他和风晋公主这一对我磕了!他们的爱才不像你说的那么冷冰冰!"

"别争了,"另一个男生插嘴,"什么爱来爱去的,幼不幼稚。苏释耶爱的是权力。"

"你不要泼独裁官大人的脏水!"

"哪有泼他脏水?苏释耶从一个星辰海少校混到今天的地位,如果只是靠善良和运气好,才不会变成这么多男人的偶像。他能追风晋公主,是因为宗神后裔们还在拿着金汤匙吃饭时,他已经混在名将之中,见尽了人性与战争的残忍和冷酷。这个男人,精通兵法,城府极深,对敌人狠,对自己人亲,又总是能向人展现他想展现的那一面。他的人格魅力、野心、抱负都是女人喜欢的吧,更别说杀伐决断,睿智聪敏……"

又一个女生举起手,阻止了他抑制不住的崇拜发言。

"我插一句。你们讨论的别的话题我没兴趣,但风晋公主嫁给独裁官,跟你吹的彩虹屁一点关系都没有。作为女人,我告诉你他追到圣提风晋的真正原因。"她指了指自己的脸,"是靠这个。"

"瞎扯,靠脸她为什么不嫁给布可夜迦?"

"搞笑,布可夜迦有苏释耶的霸气吗?"

"你这不是自己打自己脸吗,刚才还说男人的野心不重要……"

"野心和霸气是一回事吗?"

"不是一回事吗!"

…………

那两个人越吵越幼稚,梵梨正听到一半,一个侍应生过来,对她举起了一个餐盘,上面摆满蘸了酱汁的新鲜贝肉:"小姐,需要点心吗?"

"不用,谢谢……咦!"梵梨有些意外,眼前穿着侍应生打扮的男人是红先生。

"梵梨,这么巧!我来这里赚点外快,没想到会遇到……"说到这里,有人路过撞了红先生一下,不慎把他一只手里攥着的项链撞飞出去。他赶紧接住,把项链装回包里:"那个,我还有点事,先去忙了。"

"嗯,好。"

这时,夜迦正巧出现在正厅中。他总算用海生状现身了,尾和布可逆是同款,但更加修长璀璨,跟他的手臂、颈项比例很协调。

"我表伯和表伯母正在外面忙,让我来替大家说一声,谢谢各位来参加他们的婚礼。"夜迦声音不大不小,动作不疾不徐。

看过了这么辣眼睛的新郎,来了个夜迦,简直就像白马王子牌滴眼液,把梵梨在他表伯布可逆那受到的伤害都洗涤了。

接待过一些重要宾客以后,夜迦走过来,上下打量着梵梨,甜甜一笑:"我才发现,庶民小天使好像不是很重视今晚呢。看看这一身,老师带你去换一身体面的衣服吧。"

梵梨顺着他的目光低下头,重新审视自己的衣服……不至于吧?

想到夜迦也算是今晚的主人之一,梵梨觉得穿着不得体是有点不太好,就跟着他一路穿过人群,进入了一个巨大的衣帽间。

夜迦挥了挥手指,变魔术般把几件衣服与首饰"指挥"到了面前,悬浮着。他摸着下巴,摇摇头,指了一下耳环,这对耳环顺着水流飞回首饰盒,又有一对飞到面前。他看着长长的紫色晚宴手套眨眨眼,指了一下,又换来一对露手背的雪花短手套。就这样东指西指,一套衣服搭配完成了。梵梨被他推到了更衣间。

又过了十多分钟,梵梨出来了,抱着自己的胳膊,缩成一团:"这,为什么……我总觉得有点不好意思……"

"嘘。"

夜迦认真地盯着她,捧着她脸颊双侧的短发,缓缓往下滑,隐藏了她的耳鳍。银光随着他的动作延伸,波浪形的玫瑰色长发也跟着流淌下来,一直蔓延到她腰部的位置。夜迦对着她的狗啃似的刘海皱了皱眉,伸手点了一下她的刘海,刘海也跟着长长,变成了偏分状,"完美,很有初恋美。去照照镜子吧。"

梵梨缓缓游到全身镜前,倒吸了一大口水,而后捂住嘴:"布可教授,我这样会不会太招摇了?毕竟,这是别人的婚礼……"

"哪里招摇了?就是普通的晚礼服而已。"

"你的'普通'和别人的'普通',似乎完全不是一回事……"

"如果被其他女孩知道我如此偏心你,那就不好了。"夜迦对她眨了眨左眼,"我在外面等你。"

梵梨又整理了十分钟首饰、头发,才有些不好意思地游出去。

在宽阔的水晶长廊中,她听到了一男一女在吵架。

女方声音高亢,情绪激动至极:"别再说了!我知道一切真相,那天他们谈

Chapter 04 婚礼上的重逢

话我都已经听到了！你们都以为我是傻子吗！"

"宝贝，你还年轻，对于很多事情解读得太过偏激。大家没你想得那么坏，真的。这是我们的婚礼，我们的爱情，为什么要让别人来评价？其实，你跟他们说出你单方面理解的所谓'真相'，他们不会同情你，只会嘲笑你。宝贝，我知道你也完全不是他们想的那样，只为权势跟我在一起。你吃了很多苦，受了很多委屈和非议，我很心疼，但这是我们走向幸福结局必须经历的一道坎。我们一起去克服，好吗？"

果然，泡泡小姐再次陷入了沉默。

布可逆继续耐心地说道："我们之间是有真爱的，你肚子里的宝宝就可以证明。也是因为刚有了这个宝宝，激素分泌紊乱，你才会钻牛角尖。答应我，不要再胡思乱想了，好吗？"

泡泡小姐轻轻说："是……我钻牛角尖了吗？"

"是的。"布可逆加重了语气。

"是我钻牛角尖了吗……不是啊，我的脑子是清醒的，我没法相信任何人！不管你怎么说，我都不会再信了……"渐渐地，泡泡小姐的愤怒变成了伤心，抽泣声断断续续，"我就是一个傻子！我就是一个大傻子！"

"你不是傻，你只是一个小傻瓜，专属我一人的小傻瓜。"布可逆的声音里又带了几分宠爱的意味，"答应我，出去乖乖的，不要乱说话，好吗？我们要向所有人证明我们的爱情，而不是让他们来相信你乱猜的'天大的阴谋'……"

室外似乎正在主持什么仪式，露天的殿堂上方有一道奥术彩光飞过，把梵梨的影子从后方带到了前方，拉得长长的，直冲门外。布可逆低头看了一眼，这才意识到他们的隔音术早就失效了，警惕地抬起头："什么人！"

梵梨吓了一跳，凭着惧怕的本能逃跑，飞速游向楼梯下方。

布可逆和泡泡小姐相继游出来四处探看，她早就没了踪影。布可逆搂住妻子的肩，游向了相反的方向，检查了两个房间，又突然像想起什么一样，看了一眼拐角的楼梯。

梵梨本以为下面只是单间地下室，没想到沿着楼梯走下去，居然看见了一条长长的走廊。长廊两侧都是以蓝色调为主的彩绘玻璃，占据了墙面的五分之四，因而采光足够，整个深蓝色的走廊都透露着天蓝色。每隔两米有大理石质廊柱，柱墩底座都是由千年大扇贝加工雕刻制成，柱上挂着金色环状奥术能量提灯，与

窗之光在白纹黑底的大理石地面上，折射出镜面倒影。穹顶上的肋拱有镀金镶嵌画，画上都是一些描绘生命时代神话的艺术作品，一直蔓延到走廊尽头，半掩着的门前。

这里的装修风格和之前看到的所有建筑有云泥之别，似乎更神圣庄重，更有历史感一些，装了时光机一般，把从其他古老文明建筑的内部直接搬了过来。

沿着走廊游了近十分钟，穿过那道门，进入了一个巨大的殿堂。

殿堂里风格和走廊一致，空间骤然增大，由四个巨大的柱墩支撑。彩绘玻璃升高，主要由提灯照亮，墙上出现大量光海神灵的金铜雕刻画，内部装潢因而变得威严而庄重。中央有一个石质祭坛，祭坛前站着一个高挑的男人。他披着镶嵌金线的雪白斗篷，帽檐低低地耷拉着，一缕雪白的刘海垂在高挺的鼻梁前。他低着头，轻轻朗读摊开的千页古铜漆黑经书。

"无尽海洋之主深蓝，爱万物于深海之中，守吾于灵魂之上。一心赦免吾之罪，赞吾荣光，赐吾圣规。终痛悟此生重罪。以神之名，回馈吾主《四谢礼赞》。一谢深蓝造海之恩，二谢深蓝救赎之恩……"

这里如此安静，海水沉睡了万年一样，几乎没有波澜。

他的声音是冷淡的，刻意压低了，语调有着和布可逆类似的平稳，每个句子收尾词却念得干脆利落，少了几分儒雅，多了几分军人式的气质。

"三谢深蓝击退恶魔守护之恩。四谢深蓝七分海域牺牲之恩。五谢这位小姐打扰吾休息之恩。"

因为他的语气没有改变，也一直低头看着经书，听到最后这一句的时候，梵梨的数学脑第一个疑惑是"怎么多谢了一次"，随后才理解了他话中的意思，吓了一跳："对不起，我只是好奇才下来的……"

男人抬起头。他的尖耳一侧佩戴着圣光海羽，昭示了他在光海中的统治地位。他朝她投来了淡淡的目光。梵梨心脏中的血液一秒沸腾了。

这男人是长在她的萌点上吗？不行了，心脏要炸了……

当他低下头时，眉眼纤细，额发微乱，像是从雪月中徐徐走来的神圣祭司。即便托加是开领式的，露出了一些锁骨与胸肌，却只有艺术之美，并不色气。但当他抬起头后，分明眼睛是干净的淡金黄色，分明一举一动都遵纪守礼，恰到好处，周身却萦绕着一股几乎要压制不住的雄性魅力，就算只是呼吸，也会让任何已尝情事的女性脑子里装满不可说画面。

Chapter 04 婚礼上的重逢

梵梨想起来了,这张脸她是见过的。

她晃晃脑袋,告诉自己,你还是学生,牢记自己的人生使命是考试,而不是花痴。她对他行了左手礼:"见过苏释耶大人……是本人吗?"

但是,看见她之后,苏释耶细长的眸子却略微睁大。

陈旧的水光中,女孩子一头玫瑰色的大卷发垂落至臀部,像有生命般在水中弹动。青色的尾纤瘦而饱满,同样徐徐摇摆着,海色眼眸倒映着彩绘玻璃窗外的光芒,却潜藏着不羁的火焰……夜迦的无聊把戏。

苏释耶笑了一声,不知在嘲讽谁。

"不是本人,你看到的是幻象。本人还在圣耶迦那。"

刚才一直看他脸去了,这时她才发现,他现在维持的是陆生状,站在祭坛上,双腿也是又长又直,可以吊打时装周男模。

"咦,是这样吗?好真实的幻象。"她看看周围,"这里也是幻象吗?这里的建筑和其他地方都不太一样呢。"

她总算稳住了一些,表现得淡定了一些,心跳也放缓了一些。可是,每次视线不经意从他眼眸经过,都有一种整个人被钳制住的感觉。从出生以来第一次,因为与一个人简单的对视,感到了失控、无助,甚至有些悲哀。就好像,爱了很久很久,依然没能逃脱。

苏释耶点点头:"嗯,这里是回忆神殿的局部场景。"

"原来回忆神殿的内部是这样的。"梵梨当然不知道回忆神殿的坐标和构造。

苏释耶本想接话,但看了一眼长廊的方向,忽然眯了眯眼,身形闪了一下。接下来的情景变化太快,梵梨都没反应过来发生了什么,已经有水波袭来,腰被抱住,整个人被按在了祭坛上。他把帽檐压得更低了一些,将她困在手臂和祭坛围出的小小空间里,一只手指压在嘴唇上。她没反应过来发生了什么,只是用力点点头。

接着,他们维持这个动作很久,周围没有任何反应。虽然并没有发生直接的身体接触,但他的胸膛离她只有一拳之遥,他月光般的及肩碎发和呼吸产生的波动也近在咫尺,总感觉像被拥抱着一样……

她紧张得严重缺氧,有点想直接晕厥过去。

这幻象……也太真实了吧……

不知过了多久,一个男人的声音从门前传来:"苏释耶大人?"

"嗯。"苏释耶答道。

"啊,真对不起,打扰您休息了。我只是想问问看,刚才有什么人来过这里吗?"是布可逆的声音。

"没有。"苏释耶断然道。

布可逆为难地说:"这个……您确定吗?因为刚才有一个可疑的人从北极星之间逃走了,我和我太太找遍了附近的房间也没找到她。她是海洋族,没法游太快,这里应该是她唯一能来的地方……"

泡泡小姐轻柔的声音也随之响起,和刚才发疯的女人仿佛不是一个人:"苏释耶大人,这个人很可疑,我们怀疑她是小偷。"

苏释耶漫不经心地说:"或许不是海洋族呢,能游到很远的地方了。"

"她有耳鳍,是海洋族。"

"如果有海洋族来这里,我不可能没发现。再说了,你们觉得我会允许别人打扰我约会?"苏释耶微微一笑,玩味地看着梵梨,"现在我有点忙。你们快回去接待客人吧。"

听到这里,梵梨捏了一把冷汗。苏释耶大人在说什么呢,他不是幻象吗……他不是幻象吗!

泡泡小姐依然不死心,游上前一些:"可是,独裁官大人,我们真的需要找到那个……"

泡泡小姐的话还没说完,梵梨的腰已经被强有力的臂膀搂住,苏释耶抬起了她的下巴。

他真的不是幻象,刚才他是逗她玩的!

梵梨还处在发现这是苏释耶本尊的惊诧中,结果发生了一件事。她浑身一颤,眼睛睁得滚圆。

苏释耶俯下身来,帽檐滑落在肩上。然后,她的双唇就被他的唇覆盖住了。

发生了什么?这是发生了什么!

因他而疯狂跳动的心,有那么几秒,跟完全死了一样。满脑子里除了一片空白,就只有无尽问号。然后,苏释耶轻轻喘息着,用舌尖挑开她的唇瓣。太过强势地入侵,直接越过反射弧,电击般扎中了心脏。心跳再次失速,呼吸节奏完全失控,她吐出一连串泡泡。他却乘虚而入,双手捧着她的后脑勺,侧过头,鼻尖不经意地擦过她的鼻尖,加深了这个吻……

Chapter 04 婚礼上的重逢

梵梨完全蒙了，只知道他每主动一分，她全身的神经就多受一分刺激，就跟海浪袭击沙滩一样，一阵一阵，掀起巨大的酥麻和疼痛，以至于整个人失力，差点站不稳，跪在地上。

苏释耶顺着她的腰摸下去，愣怔了两秒，眼眸变得深邃许多。

然后，他轻笑一声，声音变得有些沙哑，用很轻但两个人刚好能听到的声音说："这么主动，晚上跟我回家？"

门口的两口子直接蒙了。

布可逆不知道，苏释耶猛到这个程度——这也太猛了吧！只是接个吻而已，他怀里的姑娘就陆生了？他看不到那姑娘的脸，但看到了她裙摆下的腿，简直不敢相信自己见惯男女情事两万多年的眼睛。

泡泡小姐想的却是，这姑娘是谁，好想看看，长得漂亮吗，难道比自己还漂亮吗……

而苏释耶只看见梵梨双肩轻抖了一下，怯生生的眼中像有泪水一样，比之前更加明亮。除了紧张，还有一丝她自己或许都没发现的悲伤。

很快，这两个人自觉地悄声离开。听到他们远去，苏释耶立刻放开了梵梨，和她保持了一段距离，但还是难掩神色里的狼狈："布可逆在找你？"

梵梨以前一直以为，初吻是温柔而甜的。没想到却是过山车一样，上上下下，最后在深渊中摔得粉碎。心脏就像被摔碎后又强行粘起来了，全身的每一寸肌肤与神经都在裂痕中抽抽拉拉，脆弱到像新伤初愈。随后，她又发现，不知道从什么时候开始，她的鱼尾消失了，变出了一双腿，这让她很苦恼："嗯。我听到他们俩吵架了。"

"懂了。"

裙子很短，但还好，不至于走光。梵梨拉了拉裙子，有些尴尬地踢了踢腿："怎么会这样……"

"那要问你自己。"

"我也不知道，第一次知道在水里也可以无意识变出腿的……"她脱下外衣，当长裙围住了腿。

苏释耶眼睛微微眯大，凝视着她坦率的双眼，过了一会儿，别过头去看着彩绘玻璃窗的方向："我有事，先走了。你休息一会儿，等尾巴回来再出去吧。"

"等等，苏释耶大人。"

"怎么?"

"你……你不是幻象?"

苏释耶笑:"你就当我是幻象好了。"

"那,刚才你怎么提前这么久就知道他们俩来了呢?"

苏释耶笑意更明显了,说出来的却是不怎么客气的话:"比起问这种傻问题,不如想想你的腿是怎么回事。我们都这样了,你还装什么呢。"说完,他转身就走。

梵梨本想再叫住他,但他最后留下来的天然威势让她有些退却,等他出去以后,她尝试恢复平静,但无论如何都无法消除刚才法式长吻带来的刺激感。

等理性渐渐恢复,她开始想不通了。

初吻原本想留给第一个男朋友,结果给了一个陌生人。

可是,苏释耶是光海独裁官,长得那么帅,应该不会占一个普通海洋族女孩的便宜才对。他是为了救她吧。

不对,轻薄的家伙帅也没用,梵梨你不要当个没原则的颜狗好不好!要打,不打显得你多掉价啊!你有这么差劲吗!

可是,他都已经出去了,后悔也没有用吧,再说你自己不是挺心动的吗?承认吧梵梨,你被他亲得泪汪汪……

最后,梵梨被自己的纠结思想整得精疲力尽。好累,纠结不动了。她索性坐在祭坛上,放空大脑。

动了动好久不见的双腿,她觉得有些开心。见腿久久没变回尾巴,游泳和呼吸好像也没怎么被影响,只是速度慢一些,她就脱下外衣裹成长裙,慢慢游了出去。她在楼梯口遇到了琉香。琉香原本靠在墙壁上,不知道痴痴地在想什么,看见梵梨,先是随便看了一眼,别过视线,然后偷偷瞄了一眼,和梵梨视线相撞后,又挪开视线。再过了几秒,她才猛地回头说:"梵梨?!"

"怎么了?"

"你怎么这么美,好像看上去很不一样了啊……啊,不对,我有事要跟你说。你不知道,刚才我在这里遇到了苏释耶大人,就是这里!"琉香指了指原地,第一次表现出近似于当当的兴奋神态,"我这是第一次看见他本人,他在这里站了好久,捂着嘴不知道在想什么,然后我就鼓起勇气过来跟他打招呼……结果他态度居然特别温和!简直是意外之喜……等等,你你你……"

她话没说下去,只是目瞪口呆地看着梵梨的双腿。

"我也不知道是怎么了。"梵梨苦恼地说道,"没有上岸,就这么变出来了。"

"你在那里陆生的?"琉香看了看梵梨身后的楼梯,颤声说道,"刚才,跟你在一起的人,不会是……苏释耶大人吧?"

"啊,嗯,就偶遇了一下……"

琉香的下巴都快掉到了地上:"我不知道该说你猛还是幸运了!"

"啊,啥意思?"

"你不打算读书了吗?海洋族怀孕是没法挑时间的啊!但算了,你还担心什么读书的事,生了他的孩子,你直接搬到圣耶迦那,此生无忧了!"

梵梨拼命摆手:"你在说什么,不是你想的那样!"

"他没让你怀孕?"

"当然没有!"

"我就说嘛,他怎么可能轻易让一个海洋族怀孕呢……"琉香拍拍自己的胸口,对她伸出大拇指,摆着尾巴,嘀嘀咕咕地走了,"你还是先躲起来恢复吧,但你还是太厉害了,那可是全光海顶峰的男人,厉害了我的梨子……"

梵梨想起来了,琉香白天就说过,夜迦喜欢陆生状很"皮"。她隐约觉得,变出双腿可能不是什么好事。所以,她又躲了回去,静静等待自己变回海生状。

　　

风动宫殿最大的露天仪式堂里,两千六百名宾客基本就位。

作为奥达宗族的代表人,丽娜和母亲被安排在前排。苏释耶坐在她前面一排,和她之间就隔了四个人。他脱掉了外披,现在穿着一身正装,正翘着腿,单手撑着下巴,侧耳听身边的星辰海的宗子、奥达宗主的长子——奥达艾泽讲话。

艾泽自小参军,随父兄游历四方,喜穿军装,不喜佩戴他们的衔尾鳗鱼徽章,因此有个外号叫"小军帽"。24554年,他在深渊反击战中认识了苏释耶,发自内心地崇拜苏释耶,就抛弃了父兄,成了苏释耶的小跟班。

这一天,以参加婚礼为由来见苏释耶的人很多,但他都没有拒绝,只要有时间都会一一处理。他身姿修长,下颌线锐利,回答艾泽的话都很简短,偶尔比一个手势,艾泽就会即刻吩咐身边的人去办事。

一旁的丽娜觉得很奇怪。看苏释耶待人接物的方式,实在无法想象他是有过屠城记录的"军神",也不像传闻中那种"我死后,管他洪水滔天"的冷酷独裁者。可是,他明明姿态不高,甚至很温和,却让她连主动开口说个"独裁官大

人晚上好"都不敢。她只能竖起耳朵，偷听苏释耶和他们的对话：

"这件事不能插手。嗯，不管，这事因地制宜。"

"量力而为，把握节奏。"

"布可巴路我会亲自跟他讨论。"

"回不了血，让财政官盯着。"

…………

半天她没听出点东西来，反倒是被突然插进的一句话吓了一跳："奥达先生，有一名自称是丽娜父亲的逆载族男子说要见女儿，现在正在门外等候。"

丽娜先是一愣，随即露出了吃了芥末的表情。

"丽娜是?"苏释耶抬起头。

"是我们大管家的女儿。"艾泽答道。

"哦，父女团聚啊。挺好，快去吧。"

艾泽急着和苏释耶说话，指了指门外，敷衍地说："丽娜，快去快去，你爸说要找你。"

丽娜即刻想到了一个童年画面：母亲砸碎了她们一家三口的相框，"嚓"的一声，把她们母女俩和父亲的部分从照片中间撕裂，趴在满地玻璃碴儿中哭号。小小的她摆动着小尾巴，游过去摸了摸母亲。母亲回过头来，竖瞳通红，说，女儿你听好，逆载族没有爱情，雌性逆载族一定要强，向食物链顶端冲刺才是我们人生唯一的意义！你如果弱了，爱了，就会像我一样，被孩子的父亲抛弃！

丽娜晃了晃脑袋，逼迫自己回到现实中来。而且，她能从母亲的眼神中看出，母亲也不想她见她爸。可是，独裁官都已经嘱咐过了，她只能硬着头皮出去。

门外等候的男人高大健壮，一头红色长发完全梳到脑后，发际线很低，头发浓密，不仅经得起这种魔鬼发型的考验，反而显得他五官俊美非凡，狂放不羁。只是这一刻，这张不羁的脸上也只剩下了难以掩饰的卑微。

丽娜横眉怒目地说："您有什么事?"

"父亲来看看女儿，不可以吗?"

"哦！你都有几个女儿了，让我数数，一二三四五六七八九……哎呀，我数学不好，我居然数不清了呢！你怎么偏偏就想到这个女儿了？是因为这个女儿她妈，你的前女友飞黄腾达了吧？那她一无所有的时候你在做什么呢?"

她嗓门很大，却没有刺激到她的父亲。他耐心地听她说完，笑着说："丽娜，

Chapter 04 婚礼上的重逢

我和你母亲的故事确实已经是过去式了,但那段美好的爱情不是无意义的,它让我有了最美丽的女儿。"

"爱情?你还把那当成是爱情啊?口口声声说爱我妈一辈子,结果没多少年就跟别的女人跑了?别闹了,咱们都是逆戟族,别谈那么多的感情。"

丽娜爸爸依然不在意,只是拍拍她的肩:"亲情的纽带是不会消失的。我只是想来看看你。"

丽娜往后闪躲,防备地说:"那对不起,今天你觉得见我很困难了对吧,以后会更难的!我现在已经和独裁官同席了,你没想到吧,后悔吧?气死你!"

"你如果能有出息,爸爸会比谁都开心。如果不见爸爸能让你开心,那爸爸就再也不来打扰你了。"他游上前一些,想摸她的头,手却在空中停了停,又收了回去,转身离开了。

丽娜看着他离去的背影,有些慌了:"喂!"

他回过头来,眼中闪着一丝愉悦,一丝希望。

但对上他的目光后,丽娜又涨红了脸说:"算了!"怒气冲冲地又回到了仪式堂里。

回到母亲身边坐下,她还是不争气地想起小时候,曾经父母一人牵着她一只小手,在星辰海满世界遨游;爸爸把她抛来抛去,被妈妈使劲儿掐胳膊;别的小男孩欺负她,她还没反击回去,爸爸的尖牙就吓得他们逃到几十米外……后来,记忆中一切爸爸做的事,都变成了妈妈一个人做的了。

"他没有为难你吧。"她的母亲丽芙看着前方,冷冷地说道。

"没有。"丽娜垂下头,面无表情地发呆了一会儿,忽然跟魔怔了似的,轻轻说道,"妈妈,你和爸爸……一直就打算不来往了吗?"

丽芙眉头拧了起来,回头看了丽娜一眼。即便在微暗的环境中,那双眼尾上扬的眼睛里,瞳孔也是线形的。她就这样静静地看着丽娜,不说一个字,直到丽娜回避了视线,再次把头埋了下去。

"不要提这个男人,我恶心他,恶心。如果再看到他,我只会给他一个响亮的耳光。"母亲的声音很平静,却是咬着牙齿说的,"你不要忘记,他和别的逆戟族父亲不一样。他给了我们承诺,却又抛弃了我们母女俩。"

"可是,妈妈,我……我同学都说,父亲的陪伴也挺重要的。"

"你是逆戟族!"丽芙恼怒道,"别听你们班那些低级海洋族洗脑!你该有自

己的脑子！你父亲，是逆戟族里的垃圾！！"

"妈妈，你别这么说他可以吗……他，他毕竟是我爸爸……"

丽芙愣了一下，忽然讥笑道："哎哟，你怎么现在变得这么爱你爸爸了？以前怎么不见你这么爱他呀？"

"我……"丽娜说不出话来。

在妈妈的理念中，和爸爸联系好像是一件很羞耻的事。她知道，妈妈说得对，他对她好，仅仅是因为如今妈妈靠自己争取来的地位。这样的男人不配做父亲，不值得她爱。

不等她开口，丽芙又尖锐地说："啧啧啧，你忘了吗，他早就不要你了！"

"我，我没忘记……"

"那就好！记住，他是个垃圾！人渣！我为你付出这么多，怎么不见你这么爱我呢？你记住，是我历尽千辛万苦，受了无数委屈，才把你带大的！"

丽娜眼泪一下就出来了，但她侧过头去，把眼泪憋了回去。

虽然妈妈的言论、一切的一切，都在告诉她一个事实：爸爸不要她了，她是没有父亲要的孩子。她只要像母亲一样坚强，就可以过得比那些有父亲的女儿更幸福。她只要更强，更美，更努力，就可以凌驾于所有人之上，就可以让那个不要她的男人后悔。

可是，她却无法斩断那个内心深处愚蠢的、自欺欺人的声音。

那个声音告诉她："丽娜，爸爸是爱你的。"

"我知道。"身体里的气儿瞬间没了，丽娜叹了一声，"我知道的，妈妈这些年非常非常不容易。"

"你知道就好。"丽芙再次转过头去。

婚礼仪式即将开始，梵梨没找到当当，只找到了星海，于是悄悄游过去，在他身边坐下。星海回头看了看她，眼睛微亮："你今天好漂亮。"

"有点过分隆重了吧。"

"不，一点也不过分。这身打扮很适合你。"

想起刚才发生的事，梵梨迟疑了一下，凑过去一些，对星海勾勾手指。他配合地靠近一些，侧耳聆听。

"那个……星海，你知道在海里变成陆生状是什么意思吗？"

星海怔了半晌，才说："是被动的还是主动的？"

Chapter 04 婚礼上的重逢

"有区别吗?"

"当然有。主动的只能通过奥术来变幻,普通海族很难做到。如果是被动的,又没接触空气,那只有一种可能了。"星海靠近了一些,轻声说道,"遇到了非常非常喜欢的异性。"

"啊?是这个意思吗?"

梵梨顿时觉得有些害羞,这么说,她对苏释耶有点一见钟情的意思?可是,总觉得哪里怪怪的。她迷惑地点点头:"可是,我们看见的热恋情侣那么多,为什么也没见他们变成陆生状呢?"

星海清了一下嗓子,把声音压得更低了:"所以我用了两个'非常'。"

"'非常'到什么程度呀?"

梵梨看了看他,却在黑暗中与他的视线相撞。他本来目光坦率,很认真地在思索和回答她的问题,但对上她的眼睛后,他下意识咳了一声,转而拿起盘子里的柄海鞘,扔到了嘴里。身后有一个逆戟族女生娇笑起来:"哎呀,这个单纯小美人,你胆子可真是够大的,用这种话撩有鲨族血统的男孩子,不怕被吃了呀?这个小哥哥已经很绅士了,快别逗他了。"

"撩?我没有啊。"

"那是你不知道海里陆生状是什么意思吧,让逆戟姐姐告诉你哦——就是你和这个男生温存够了,感觉到了,想要和他胎生宝宝的意思。"

梵梨的脸瞬间变色。

海族的生育方式有三种:胎生、卵胎生和卵生。

就这三种方式而言,生育成本、对母体的折磨、基因优劣、身体素质顺序都是依次递减的。在海族中,卵胎生是最常见的生育方式。因为,卵生最容易诞生种族不明的"杂交"孩子,现在除了奴隶和温饱都无法满足的底层公民,普通情侣或夫妻都不会选择这样的生育方式。胎生又是另一个极端。完全哺乳动物化的生育方式,生出的后代质量最好,但需要以陆生状进行交尾,还得忍受巨大的生育痛苦,牺牲很大。因此,哪个女人真被男人弄得变成陆生状,首先她得特别爱这个男人,再来,他们肯定在正餐前玩耍了很久。

逆戟女生撑着下巴,玩味地笑道:"你……是不是跟你男神做坏事了?"

"没有!"梵梨摇摇手,"我我我,我只是觉得这话题太劲爆了……"

"也是,你身上还散发着小处处的气息呢。"逆戟女生又看了一眼星海,"小

哥哥,加油哦。"

真是火上浇油。梵梨急道:"星海,我只是听人提起,好奇而已……"

"嗯,我知道。我不会乱想的。"

星海这边给了她安心丸,但得到了这个答案,梵梨又不由想起苏释耶对她说的最后一句话、琉香过激的反应,她算明白是什么意思了。真是好尴尬。可是,陆生是完全生理上的被动表现,应该与精神没有关系。所以,会不会与她无关,只是这具身体的条件反射呢?毕竟,她根本不认识苏释耶。

仪式结束后,进入了室外舞会时间。新郎新娘带头在彩虹喷泉前领舞一支,其他男男女女也跟着在海光之中翩翩起舞。梵梨一直躲在人群后方,终于碰到了当当。当当先是对她的新造型大肆夸赞一番,然后抱住她的胳膊。

"梵梨,我好像遇到真命天子了!像是一见钟情,又像是久别重逢!可是,我和他好像是不能相爱的……"在管弦乐的陪伴下、鲸族女子的天籁之音中,当当拉着她扇动尾巴,转了好几个圈,"你不知道,这种感觉实在太棒,也太糟了……"

在她拉着梵梨转圈圈的时候,脖子上醒目的项链也飘了起来。梵梨对着项链抬抬下巴:"项链是意中人送的?"

当当摸了摸项链:"嗯!这是鲨鱼牙项链,很珍稀的。"

这条项链真眼熟。不知为什么,梵梨总觉得它跟红先生刚才掉出来的是同一条。但不可能吧,红先生都有家庭了,应该是她看错了。

不经意抬眼时,梵梨看见了台阶上的苏释耶。面前闪烁着一团金色的奥术通信光,他抱着胳膊倾听那边讲话,身后跟着的十六名圣都红衣卫像石雕般纹丝不动。他们穿着统一的红金双色制服,佩剑上有红衣卫雄鹰月中展翅的徽章。若雄鹰后面的月亮换成海浪,则是联邦军团的标志。圣都红衣卫是圣耶迦那的禁卫军,可以越过一切统治阶级、神职人员,直接完成独裁官安排的任务。

当当滔滔不绝说着她有多幸福,梵梨却有些走神,总是止不住想在祭坛上发生的事。以至于有人靠近,带了一波关注度过来,她也没发现。

"为什么一直看苏释耶?想和他跳舞?"

听见这个声音,梵梨吓了一跳,回头便看见了夜迦盈盈的笑眼。她这才回过神来,赶紧摇摇头:"没没没,我只是第一次看见独裁官本尊,有些好奇……"

"哇,布可教授!"当当受宠若惊地说道。

夜迦朝她抛了个媚眼,把她电得七荤八素,又对梵梨皱着眉,无奈地微笑:"那就好,不然你可能要伤心了。这家伙只懂战争,不懂女人。"

"没有的事,没有的事。"

这时,前一首舞曲结束,像音乐的呼吸与心跳都同时暂停了一下。然后,夜迦彬彬有礼地伸出手:"跟我跳一支舞吧。"

紧接着,在座头鲸的吟唱中,钢琴低音和弦沉沉地响起。舞起幽蓝的旋律,把埋葬在灵魂中的记忆卷起,纷至沓来。他的眼睛明亮,反射着风动宫殿外的微光。他的长发轻扬,像在雪中浸泡过。当当快被这个邀约羡慕死了,恨不得帮她说出"我愿意"。然而,夜迦后一句话却令两个女孩都差点晕倒:"答应我吧,我就是喜欢接苏释耶的盘。"

不管旁人有多么沉迷他的美貌,他总是能精准地把人拽出爱情的深潭,也是个好人了。

梵梨不会跳海族的舞,正想拒绝,就被他牵着手,轻巧地一拉,顺着水流带入舞池。

琴歌如梦,流光翩跹。长发像风,裙裾像云,张开、摇曳,随着她的身姿和尾鳍翩然舞起。舞池的中心就这样变成了他们俩。宾客们的脸就像多米诺骨牌被翻开一样,原本不管是朝着哪个方向的,最后都转向了他们。

这时,座头鲸的吟唱进入了一个小高潮,一个女歌唱家用古海族语轻唱才改编的诗篇:

> 布可宗主的宗姬与宗子,
> 个个以美貌闻名于世。
> 诞生于落亚的夜迦宗子,
> 他更是富裕而多智。
>
> 紫水母轻舞芭蕾缎带,
> 比不过海水冲淡的紫罗兰眸子;
> 海洋雪展翅洒落分子,
> 赛不过辉耀笼罩的白蔷薇肤质。
>
> 名满红月海的纨绔宗子,
> 游戏花丛是你的政治。

你的微笑是夏季巨藻中的轻浪，
撩动着每一个心怀春情的女子。

布可，无人比你更配你的姓氏。
胜过从熔岩缝隙腾飞而出的白鸽，
解锁深海鱼冲入高空的钥匙，
你奇迹般的美丽已用微笑诠释。

多情而神秘的夜迦，
玩世不恭是你的名字。
与独裁官并肩只是一段幽默，
超脱了辉煌的历史，
是你心中一串虚无的数字。

谁也看不见你的浓郁，你的坚持，
你灵魂中的固执……

夜迦又任性地变回了陆生状，在地上精准地踩点，迈出舞步。梵梨发现，只要维持海生状且放松，就能跟上他的步伐。没过多久，她就不那么紧张了："布可教授，我有一个疑问想请教你。"

"嗯，你说。"

"苏释耶大人的掠食者特性好像特别强，可以提前十多分钟知道有人靠近，是因为他是顶级捕猎族，听力很好吗？"

"是的。"

"原来如此……"梵梨偷偷看了一眼苏释耶。没想到苏释耶也在看她。她本以为是看错了，但面前有两对男女游过去了，挡了一下她的视线，苏释耶的目光也依然停在她身上。

"不要跟我聊那么多关于苏释耶的事。现在跟你跳舞的男人是我。"夜迦轻轻捏着她的脸，把她转过来对着自己，"以太之躯很强，但我也不差哦。"

"啊，对不起对不起。"梵梨讨好地笑道，"布可教授当然很厉害，闻名红月海的学者，布可宗神的后裔，跟你跳舞简直是我最大的荣幸啦。"

Chapter 04 婚礼上的重逢

"呀,好可爱。"夜迦用食指压住她的嘴唇,"嘘"了一声,柔声说道,"既然如此,叫我夜迦就好。仅限今晚,仅限现在。你是我舞伴,只属于我一个人,在这首曲子结束之前。"

老男人的油腻放到年轻美男子身上,应该可以称作甜腻。梵梨一直觉得,夜迦是甜腻感200%的存在。说情话不脸红,无耻不慌张,但不知为何,他说这话的样子,显得有一点点悲伤。或许是音乐的原因,或许是海水流光的原因。

她点点头:"好,夜迦。"

"那,抬头,看着我的眼睛。"

一曲结束后有短暂的寂静。然后,不知是谁带头鼓起掌,之后掌声雷动,似乎追捧对象是夜迦和梵梨。夜迦轻叹一声,放开了搂在梵梨腰上的手。随后,一个高大的中年男人走过来。他与夜迦五官有六分相似,但眉目间没有夜迦的流转生辉,只有满满的威严与冷硬:"儿子,独裁官要走了,你去送他一下。"

说话的人是布可巴路,红月海宗族之主、布可姓氏中地位最高的男人。看见梵梨,他的反应也和丽娜一样,本想问"这位小姐是谁",但低头看了一眼梵梨的尾巴,清了清嗓子,把到口的话吞回去:"快去。"

"好。"夜迦这才放开手,又对梵梨抛了个媚眼,"庶民小仙女,老师的课上见。"

苏释耶本来在前去风动宫殿正门的路上,一名逆戟族警官持证飞驰而来,正在向他汇报工作。从远处看见苏释耶的背影,夜迦脸上的轻佻褪去许多,渐渐变得有些凝重。但苏释耶有所感应地回过头来后,那股惯有的玩世不恭又一次荡漾在了他的脸上。他不疾不徐地游过去,抱着双臂:"独裁官大人,这么早就要走了吗。"

"我还以为你一个晚上都不打算和我说话了,夜迦。你父亲身体如何?"

这时,不远处的落亚市政官秘书用蚊子音说:"我是独裁官大人的声音粉,低沉有磁性又有气质。"

"你这样公然'搞基',会被独裁官大人听到。"保民官面无表情道。

"就是故意说给他听的。"

听到这里,苏释耶皱了皱眉,用隔音术把自己和夜迦圈了起来。

夜迦笑:"他命硬得很,你不用担心。近来可好啊?啊,不用说了,我看得出,你好得很。倒是你老婆,有些可惜。说到好久不见,我想起来了,咱们上次见面,

还是你老婆二百一十岁的生日上。要不是你老婆,我俩都不知道多久才能见一次。"

"不是老婆,"苏释耶顿了一下,礼貌地强调,"未婚妻。"

"跟老婆差不多了吧。全光海都知道,你们爱得那么深,爱得那么动人,爱得宛如烙下了一千个吻痕。"

不是没听出他话里的嘲意,但苏释耶只是笑了一声:"你还是没变,一见面,话题总是和女人有关。"

"女人本来就是生命之源,聊女人挺好。而且,不聊女人,我们也没什么好聊的了。总不能聊你的第九个小宝贝吧。"他这里说的"第九个小宝贝",是指苏释耶投在红月海的深潜生化铀弹。

"我马上要走,你找上来,为的就是告诉我一句,我们没什么好聊的?"

"我还是有些话想说的。例如,我一直挺崇拜你的。因为从小到大,不管做什么事,不管起点多低,你最后一定能众望所归地拿到第一。看我回落亚这些年里,你都创下了什么丰功伟绩?就连我辛苦经营多年的'圣都第一渣男'之名,都能被你一秒夺走。我身边的女人最多就是伤心吧,她们哭个几天,就又可以满血复活,继续爱别的男人。而你呢,身边哪个女的还能正常活着的?能活着都不错了。"

苏释耶笑出声来,沉稳却年轻:"放心,你关心的那个没死。"

"我关心你老婆。"

"夜迦,在我面前不用装。你关心的那个,你早就已经发现她隐藏的身份了。你觉得她的身体里好像换了个人,但又知道她一直诡计多端,很可能只是在演,所以试探了她好几次,我说得对吗?"

夜迦脸上还挂着笑,但眼神闪烁,看向了别处,同时用自己都不确定的语气说道:"你我都清楚,她不敢尝试禁术。"

"我不会干涉你护着她。但我也要跟你说一句实话,"苏释耶淡淡地笑了一下,"她跟了我那么多年,什么事都敢做,热砂岛的事你忘记了?"

"有脸提热砂岛,你脸皮也是全光海第一厚的。"

"我只是想说,她这个人,不管是爱还是恨,都可以把事情做到极致。你低估了她的胆量。这个身体里的人已经不是她了。"

"哦,不是她了?那你为什么不解除出海禁令?"

苏释耶没回答他,只是撤掉了隔音术,对旁边等候的逆载族警官说:"警官先生,麻烦把刚才的工作重新汇报一次。"

逆戟族警官低着头，把右手放在左胸前，深深鞠躬："晚上好，独裁官大人、布可教授。9月30日下午三点，在落亚市正上方的海域处，有一名风暴海薄伽市的市民尝试出海，被奥术法网击中，晕厥过去。据调查，该市民叫梵梨，女，八十二岁，海洋族，是落亚大学奥术学院的学生。她的资料就在这里……"

警官正要把资料递过去，苏释耶伸手挡住。

"不用了，假的。"苏释耶漠然地道，警官埋着头不敢抬起来，只看见他的影子又重新转向了夜迦，"听到了吗？梵梨，八十二岁，风暴海。"

良久，夜迦才轻声说："她为什么尝试出海？"

"你已经知道答案了。"

夜迦又一次沉默了。

"那个，独裁官大人……"警官小心翼翼地抬起头，"要带梵梨过来审问吗？我们有她的住址。"

"不用。她的事我会亲自处理，你们不要插手。先退下吧。"

"是的，独裁官大人。"

警官低头退出去以后，夜迦又转向苏释耶："她会不会是演戏？"

"如果是演戏，她费尽千辛万苦跑到风暴海搞个假身份，再逃到红月海，就是为了头撞奥术网，把我给引过来？"

"这也可以是演的。"

"有的事演不了。"苏释耶停了一下，"你觉得和我接吻后，她可能会陆生吗？"

夜迦眼睛睁大，然后猛地按住胸口："我没听错？我的布可宗神啊，你是真的为了调查清楚这件事，什么都做得出来！亲她你不觉得别扭吗？你不会全身起鸡皮疙瘩吗？"

苏释耶面不改色："当时她周围没有奥术神力，是自然反应。"

"好，我信了。你厉害，这么会撩妹。不过，这个新来的才刚见面就这么喜欢你？说是你老婆复活我都信了。"

"我不关心新来的这个。"

"我懂，你就想弄死逃跑的那个。"

"这个叛徒，"苏释耶笑得冷淡而轻蔑，"不枉我一直不看好她的忠心。"

"其实，她并不是对你不忠。她和你一起搞革命，不仅仅是因为跟你感情好，更主要是政治方向一致吧。可后来呢，苏释耶，实话实说，你觉得你还是最初的

自己吗？她不过是维护她代表的阶级罢了。"

"没有人让她不要维护！"苏释耶微怒。

"算了算了，我早说过，不参与你们的党派斗争。总之，就算是看在你老婆的面子上，你也不该这样对她。"

"看在风晋的面子上？"苏释耶声音像深海的冰，寒冷至极，"因为风晋，看看她都做了什么？更别说最近的事了。我本不想对她赶尽杀绝的，但现在，这人我想保也保不住了。"

"等等，苏释耶，你真想杀了她？你疯了是不是，杀人杀上瘾了？"

苏释耶没回话，只是拍拍他的肩："你先忙吧。"

梵梨原本想回到当当身边，但当当早没了人影。这时，星海过来，指了指风动宫殿二楼的天台："我们到上面散散心？"

"好啊。"梵梨跟他在后面，又在路上遇到了泡泡小姐。

泡泡小姐头上戴着金色的海草环，穿着雪白镶金的婚纱，天使一般。但是，她似乎并不开心，与梵梨四目相对时，她两眼空空，像两片小黑洞："谢谢你，让我知道了那么多……我好羡慕你，一切都没开始，'结束'离你那么远……"

梵梨不知道她在跟谁说话，便没搭理，跟着星海往天台的方向游去，但总是忘不掉她的眼神，于是跟星海说："我总觉得不太对，咱们再回去看看吧。"

"好。"

他们俩又重新游了回去，但发现布可逆也出来送苏释耶离开，泡泡小姐已经加入了丈夫和苏释耶的谈话。布可逆笑得满脸菊花盛开，泡泡小姐笑得很勉强。

"啊，没事了，她现在在忙，我们……"

梵梨话说到一半，苏释耶不经意投来了目光。两个人视线相撞以后，她一秒想到了刚才发生的事，脸烫成了煮熟的鸡蛋。苏释耶看了看星海，再看了看梵梨，又重新与布可逆交谈了几句，就朝梵梨游了过来。

"独裁官大人。"星海率先将右手放在胸前，对苏释耶鞠躬。

"晚上好。"苏释耶声音低低的，又有些温柔，像撕破漆黑长夜的微光，"这位小姐，我还没有请问你的名字。"

"我叫梵梨。"

苏释耶又看了一眼星海："这位是？"

Chapter 04 婚礼上的重逢

"独裁官大人,我是她的同学,叫星海。"

"你好,星海。"苏释耶笑了笑,"你知道我的名字是什么意思吗?"

"知道,'苏释耶'在古海族语里就是'星海'的意思。这也是父亲给我取这名字的原因,他希望我成为您这样的人。"

"那我们还算是有点缘分了。"苏释耶点点头,认真地说道,"你父亲是做什么的?"

"他是一名军人。"

"真巧,我父亲也是。"

"那肯定是不能跟苏释耶大人比的。就教育方面,令尊很令人敬佩,他是全光海最成功的父亲。"

接下来,苏释耶一直在跟星海聊天,只偶尔问梵梨一两个问题。梵梨在旁边听着,还是觉得她、她的同学还有光海独裁官一起聊天,是一件比做梦还不真实的事。但更不真实的是,哪怕是在这么多人的地方,再次看见苏释耶,她还是不由自主会被他吸引。

在这一天以前,她从来都不知道,有的人只要存在,什么都不需要做,就足以让人同时感到快乐和伤感,热闹与寂寞。

五分钟过后,苏释耶抬头看了一眼挂在墙上的钟,回头对他们说:"好了,我要走了。梵梨小姐,刚才我很失礼,冒犯了你,我向你道歉。"

梵梨连连摇头说:"没事,多大点事,苏释耶大人也是帮了我大忙了……"

"那,有缘再见。"苏释耶对他们微微一笑,转身离开了。

十六名圣都红衣卫像是机器人一样,齐整整地跟着他游出去,连尾巴摆动出的浪花都是规律的。

在风动宫殿门前,一艘深蓝色的超长豪华私舰静悬着,螺旋桨反射着宫殿里的明艳灯光,像几片拧在一起的刀。这种私舰是机械时代1138274年首次制造的,最初是由军用舰艇改装而来。它的前端有一个徽章,徽章图案是正面展翅、口衔红宝石的鹰。这是光海独裁官政府的标志。

驾驶员在门前向苏释耶敬礼,为他拉开舱门。舱内舒适,空间宽敞,还有电视、冰箱、封闭式玻璃红酒杯,适合长途跋涉。苏释耶迈开长腿,跨步进去,舱门自动关上,但梵梨还是能透过玻璃窗看见他的侧脸。

然后,他又不经意回头,看了她最后一眼。

星星是夜的诗人,咏诵着深不可测的黑色寂寞。他就像一幅浸泡在深海里的肖像,所有的情绪都被时光褪尽。当流光照射在窗上,将他的白色碎发染色,却无论如何都照不进那双美丽的、空洞的金瞳。

这样冷漠的男人,吻起人来却那么狂野。对他来说可能是家常便饭,但这已经伤了一个十八岁少女的心。

"走吗?"星海的声音将梵梨拉回现实。

"啊,好。"

"我还是第一次看见独裁官本人。"星海使用了隔音奥术,带她往天台上游动。

"我也是。"梵梨有些心虚,不太想继续聊这个话题。

"以前在媒体上看到他没什么感觉,今天见到真人,最大感想就是,不敢相信他才二百五六十岁。太厉害了。"

"那你会不会想变成他那样的人呢?"

星海沉思了一会儿,摇摇头:"我希望和他一样有本事,但不想让权力凌驾于一切之上。"

"那你觉得什么最重要呢?"

"嗯?你难倒我了。"快到天台了,星海转过身来,"应该是爱情吧。"

"真的假的?"梵梨有些意外,又有些不可置信,"不对,你是鲨族,你说的爱情,应该指的是和很多雌性的交配权吧?"

"当然不是,我只想和自己唯一喜欢的女孩在一起。你不要对鲨族有这么大偏见,而且,我不是纯血的。"

梵梨越来越欣赏星海了。刚才因苏释耶而起那一阵乱七八糟的情绪,也因为他的平静变淡了许多。她不由觉得轻松起来,跟他游到了天台上,却倒抽了一口气。海水顺着口与鳃,舒适地涌入了她的呼吸中。

夜晚,海洋是一片深蓝的星空,而眼前一万五千只水母,必然就是最美的繁星;它们亦是流浪舞者,幻化出水中的微风;它们还是精灵诗人,下笔燃烧出腾飞入高空的蝴蝶……天台下的繁华、喧嚣与舞蹈,都无法与这自然的幕布媲美。

海中有梦,梦中有全光海的繁星。她抬头看向星海,他的眼中也有一片星海。

"我知道你爸妈为什么要给你取这个名字了……"梵梨心里柔软的地方被触动了,连说话都变得温柔起来,"你和学校里那些捕猎族完全不一样。"

"因为我妈妈是海洋族吧。虽然她和我爸爸爱得很不容易。"

Chapter 04 婚礼上的重逢

"怎么说?"

"战乱时闹大饥荒,他们一个月没进食。我母亲重病,危在旦夕,勉强靠食藻类为生。我父亲却必须开荤才能活。于是,母亲让他等她死了以后吃了她,他却宁可选择抱着她,饿死在海底平原。"

"对不起,提到你的伤心事了。"梵梨懊恼道。

"没事,过去很多年了。我习惯了独来独往,现在回想起他们的事,已经不觉得悲伤了。"星海眺望着远处的水母群,似乎心情还不错,"谢谢关心。"

"其实从某种意义上来说,我也是自己一个人。"梵梨有些沮丧地垂下头。但是,这份孤独无法共享,她只能努力乐观,在心中默默为自己打气,"我也是背井离乡来到落亚的,家人都不在身边,我们是一样的呢。"

这时,有一个金黄色的"毛球"不知从哪里滚到了梵梨脚边。她蹲下来一看,发现那是一个藤壶壳,被金菊状珊瑚满满覆盖,里面钻出一只龙虾宝宝:巨钳是薄荷图案,眼睛居然是黑白条纹的,精巧得跟向日葵工艺品一样。她好奇地盯着它看了好久,想摸又不敢摸,直到听星海说:"不是毒性的。"

梵梨这才小心地伸出食指,戳了戳龙虾宝宝的头:"这个好可爱,可惜我照顾不好它,不然带回去养了。"

"我来养吧。"星海把龙虾宝宝拿了起来,"我一个人在外面住,也比较方便。"

"那,明天我一天都是选修课,后天会在奥术学课堂上遇到你吧?"梵梨知道,这个"那"跟前文完全没有任何承上启下的关系,但面对星海,她总是觉得心里很踏实,忍不住想多说一些。

"嗯。"

"那后天我们还可以一起上课呢。"梵梨灿烂地笑了,"星海,交了你这个朋友我很开心!"

"嗯。"星海也被她带得露出了孩子气的笑容。

梵梨是真的挺开心的。第一眼见他时,她心跳很快,有些害怕。可是最近她发现,他看上去有些孤傲,其实是个很温柔的人,有一点哥哥的感觉。和他聊天时,她缓缓摇着尾鳍,看着那一万多只水中芭蕾舞者,她深蓝色的瞳仁都染上了焰火般的光。

午夜,婚礼进入了尾声。去更衣间把衣服换回来,梵梨和当当、琉香一起离开。游出夜迦奥术结界的范围,玫瑰海浪般的长发也变回了短发,就好像十二点到了,

辛德瑞拉结束了她的王国舞会之旅。

琉香拿出两张卡片,嗤之以鼻:"有两个傻小子留给我了联系方式,有一个还是红月海族大学的。我没什么时间谈恋爱,更没时间跟敌对大学的谈恋爱。"

当当笑了起来:"噗,什么时候红月海族大学变成敌对了啊?"

"也是,他们不是敌对,落大才是最棒的。那本小姐更不会赏赐被他们朝拜的机会了。"

梵梨和当当都被她逗笑了。过了一会儿,琉香和她们分道而行了。但当当忽然"呀"地叫了一声:"梨子,完了,我的项链不在了!"

"是你'真命天子'送你那条?"

"对!"当当忽然陷入了长达二十秒的沉寂,然后狠狠拍了一下脑门,"应该是刚才陪你在更衣间换衣服的时候,我把它放在椅子上了!"

"那赶紧回去拿。"梵梨拉着当当的手,毫不犹豫地回游。

然而,守卫上下打量过她们以后,不让她们进去了。梵梨再三解释是要拿掉落的贵重物品,他们才勉强同意她进去。虽然是当当的东西,但守卫看她总是吵吵嚷嚷,仪态不好,怕她打扰到新郎新娘,怎么都不让她进,只放了梵梨一人。

除了布可逆还在送走最后一批客人,这里只剩下了一些奴隶在清理残局。两千四百盏灯已经熄灭了五分之四,二十米宽的回廊几乎由星光照亮,因此旋转着深蓝色的水光。风动宫殿空荡荡的,变成了一座披着华美皮囊的古墓。

不知是因为灯火熄灭了,还是因为到了深夜,梵梨总觉得温度降了好几个度,浑身都凉飕飕的。应该是心理作用,海水的比热容和陆地可不一样,夜间不应该太冷才对。游了半天,她找到了之前使用过的更衣间。门半掩着,一丝惨白的光从缝中漏在地上,拉下一条长长的剑形光斑。她轻轻敲了敲门:"请问……有人在里面吗?"

没有人回答。她推开门,进入更衣间。里面的布置和她们离开时没区别,连灯都依然全部亮着,只是海水的味道怪怪的,颜色比较暖,偏橙色,也与外面的不太一样。梵梨安慰自己,应该是灯光的原因。她寻找到了自己更衣的那个隔间,果然在门前的椅子上看见了当当的项链。她庆幸地笑了一下,弯腰把项链捡起来。

同时,海水那股怪味更明显了,好像靠近这排隔间才有了这样的现象。

梵梨皱了皱眉,顺着这股怪味,一直往里面摸索,发现味道越来越腥。然而,越靠近最里面的隔间,她越觉得这味道有点像……不,还是别自己吓唬自己了。

Chapter 04 婚礼上的重逢

到了最里面隔间的门口,她发现门板似乎比别的门往外凸一些。而那股浓浓的腥臭味,已经让她感到有些窒息。

她吞了口唾沫,拉了拉门板。不是普通门板的重量,很沉,像有东西压在上面一样。而梵梨的直觉再也无法欺骗自己了,她的大脑发出警告:这是血腥味。

她只觉得海水降到了零度以下,把血液冻结起来,脸上的鸡皮疙瘩刹那间立起来,扩散到四肢百骸。不行,好奇心害死猫,不开门了,赶紧溜。

她正想转身游走,那道门轻响了一下。她缩起肩膀,缓缓转过头去。然后,门再也扛不住里面的重量,"吱嘎"一声翻开。一个人从里面倒出来,轻飘飘地压在了梵梨的身上。

梵梨吓得猛地推了一下。因为有浮力,很容易就推开了。但是这一肢体接触,她也发现了,这是一具完全僵硬的躯体。

染血的雪白婚纱皱巴巴地上下浮动。泡泡小姐的眼睛像金鱼般鼓起,瞳孔无限放大,手里紧握着一个红色的信封。一把匕首从她的脖子前方插入,从她后颈里捅出来。她的血似乎早已流得差不多了,只有一些残留的血丝顺着伤口溢出。

梵梨连叫都叫不出来了。她颤抖着贴在身后的墙壁上,眼泪夺眶而出,屏住呼吸,不敢再吸入一点海水,静止了几秒,便头也不回地冲出门外。

但刚游到走廊拐角,她就迎面撞到了一个人。

"梵梨?你还没回去吗?"银贝尔老师愕然道。

"没……没有,我……我刚才……"

梵梨口齿不清地说着,但忽然想起一件事:倘若让人知道自己看见了泡泡小姐尸体,就会被要求配合调查。而以她对这个世界、对原主的了解程度,多半会回答得牛头不对马嘴,她很快就会被发现使用了禁术。她只是捂着嘴,颤声说:"我喝多了,好难受。"

"啊,好的。你脸色确实好难看,快回家吧,有人跟你一起吗?"

"有,我室友就在门外。先回去休息了,老师您也早点休息。"

和当当会合后,当当拿着项链吻了几下,又抱着梵梨吻了她的脸几下:"太好了!我的宝贝啊!啊——"

她欣喜地尖叫着。同时,风动宫殿门口有守卫大喝一声,一半的守卫也都飞速进入了宫殿。当当看着台阶上急匆匆的人群,迷惘道:"怎么回事?"

"不知……我有些累了,先回去休息了。"梵梨背对着台阶,生怕下一秒银

贝尔就杀出来，叫人把她抓去调查。

第二天，泡泡小姐的死讯上了各大报纸的头条。

调查过现场后，警方表示，在尸检报告出来之前，不排除她有自杀的可能性。因为在场没有发现凶手留下的证据，布可太太身上也没有殴斗的痕迹。按理说，凶手如果想从正面刺穿她的喉咙，而且用力如此之深，她不可能毫无防备。而且，她死前一直服用抗抑郁症药物，有一定的自杀倾向。

但是，泡泡小姐的家属坚决反对这一猜测。她父亲认为，女儿才结婚，肚子里有新郎的孩子，完全没有任何在新婚之夜自杀的动机。她与布可逆是自由恋爱，如果她不满意这场婚姻、这个丈夫，大可取消婚约，没有必要以结束生命的方式来选择抗议。确实女儿最近情绪不稳定，但不管是现场还是在家里，她都没有留下任何类似遗书的东西。所以，他不接受此案以自杀为由草草了结。他坚持这是他杀，要求加大调查力度。这番说辞很微妙，强力反驳之余，还影射了布可逆不够好，不愧是著名的爱女狂魔。

婚礼搞得有多大，泡泡小姐之死就有多轰动。众说纷纭中，梵梨看到的只有一条布可逆提供的供词："昨天我和我妻子吵架时，有人经过，而且做贼心虚地跑了。请务必查出这个人是谁，他很可能就是凶手。"

这句话像无数根小针，刺得梵梨浑身发毛。心有余悸之时，她却觉得有些奇怪：前一天晚上，她看见泡泡小姐手里拿着一个红色信封，却没人提起这件事。翻了好几份报纸，没发现任何与此有关的信息。

Chapter 05　双 S 大脑

因为布可逆一句话,警方专门成立了搜查总部,署长下令马上彻查。落亚大学里出现了大量侦查人员,参加了婚礼的奥术系新生都被叫去问话。

大学为他们留了一个大房间办案。除了被问话的学生,还有一些其他年级和学院的学生在门外看热闹。梵梨、星海、琉香在门口等候,身边站了两名警察,其中一人还在低声抱怨:"布可逆先生布置的任务也太难完成了,他都没看清那个偷听他们两口子讲话的人是啥样,就叫我们来查。"

"他不是说了吗?有耳鳍,所以判断是年轻海洋族女性,长卷发,身长中等,一米九到两米的样子。因为只看到影子,身上颜色未知。"说到这里,这个警察指了指梵梨,"就是这种身长。"

梵梨赶紧低下头,生怕目光闪烁,透露出心虚。

"除了不是长发,她和你说的特质完全一样啊。"警察靠近了一些,认真端详着梵梨,"同学,你头发一直都是这个长度吗?还是……"

梵梨正在想,到底是出示学生证,证明自己一直短发,还是老实承认那天留了长发,结果这个警察抬头一看,对她们身后的方向呵斥道:"喂,那个男同学,你站那么远做什么?"

学生们顺着他说话的方向看去。有一个旗族男生停在人群外,他身材高瘦,黑发绿眼,抱着胳膊,手腕上系着一条海草链。梵梨记起来了,他是第一天在校门口遇到的学长,丽娜的前男友。

海草学长随口答道:"我不属于你们的调查群体。"

"你是高年级的?"见他点头,警察接着问道,"你和死者认识?"

"是同学,不熟。"

"警官,他撒谎。"琉香大声说道,"在死者结婚前,他俩交情不浅。"

警察看看琉香,又看看海草学长:"都进来,接受问话。"

高中时,琉香喜欢海草学长,但大家都知道,他是丽娜的"所有物",她无话可说。毕竟是丽娜。但上了大学以后,她亲眼看见他怎么当泡泡小姐的备胎,就一直很不爽。结果就是,她顺利地接收到了海草学长冷酷的眼神,还和梵梨一

起被拉进去问话了。

但是,被警察质问了十多分钟,海草学长只是扯着嘴角笑了一下,想要洒脱,却只展现出了别扭:"我和她谈过,分手了。"

"你们谈过?"琉香看了一眼警察。警察伸出手,示意她不要说太多,等海草学长说。

"对,一个普通男大学生被有权有势老男人撬走女友的无聊故事。"

海草学长不愧是丽娜的前任,并不只是帅而已。他的父亲是一家小型驯兽公司的董事长,母亲是比实际年龄看上去年轻五十岁的全职太太,家里有八个奴隶。他比泡泡小姐高一届,在上下课换教室时不小心迎面撞到彼此,展开了一场师兄妹恋情,他辅导她功课,还帮她写了好几篇论文。后来他们变成了男女朋友。但泡泡小姐名气很大,不敢公开恋情,所以别人问起他们的关系时,海草学长都只说自己在追她。

后来有一天,泡泡小姐突然和海草学长分手,随后人间蒸发。没几天,他就看到了她和布可逆约会的八卦新闻。向她本人求证,确认她的新欢是布可逆以后,他送上了祝福,再也不联系她。

听了这些描述,警察没什么想法,梵梨却觉得很奇怪。泡泡小姐是成功企业家的女儿,父亲对她很疼爱。如果未来和海草学长正常恋爱、结婚,生活档次只会上升,不会下降。可她牺牲了海草学长,冒着断子绝孙的危险,居然只是为了嫁给一个老头?她和布可逆的孩子不能生育,就算实现了阶级跨越,也没有任何意义。

"我女儿有点恋父情节,她崇拜布可逆身上成功男人的气质。"面对记者的质疑,泡泡小姐的父亲曾经如此解释。但梵梨觉得没有说服力。当然,用人类心理去理解非人类的心理,本就是错误。

但梵梨或许也不用太担心这个命案了。因为,她求神拜佛,终于等来了一条新闻——圣耶迦那政府有计划提前解除出海禁令。

梵梨感觉生活充满了希望,整个人都活了过来。

放学后,她乘公交舰艇去出海登记局,申请办理出海准许证,然后回到贫民窟,跑遍打折商店,寻找出海装备的便宜替代品,囤积打折限购的陆用压缩食品。

两天后,圣提日早上有奥术学讲课,梵梨在门口遇到了她在生命奥术学认识的那对情侣。他们很热情地带梵梨进去,找了一个前排角落坐下。

这对情侣都是红月海外郡考过来的,女生叫霏思,男生叫蓝思,听上去像兄妹,其实是青梅竹马,上初中时就在一起了,因为成绩一直是年级第一和第二,所以连到异地读大学,他们都可以继续当连体婴儿。霏思打开手里的《红月海晨报》,看着上面泡泡小姐明眸皓齿的模样,叹了一口气:"我就知道她和布可逆会悲剧。海神族和捕猎族结婚已经很勉强了,但好歹是一个物种。海洋族和海神族根本不是一个物种,结什么婚。为了结这个婚,布可逆找了个什么被泡泡小姐父亲救过的借口,强行给他炒了个军衔。但即便泡泡小姐不死,她嫁给布可逆,也不能拥有布可宗族的'鲜花眼'徽章,你说她是图什么?"

"我不太了解海神后裔的规矩,"蓝思蹙眉道,"但是,丽娜为什么会有奥达宗族的徽章?"

"因为,丽娜的母亲今年正式晋升成了奥达宗主的大管家。从古到今,罕有圣海宗主会聘请捕猎族当管家,因为管家也有资格佩戴宗族徽章。现在丽娜家权倾星辰海,就算是尔国临格市市政官都要让她母亲几分的。她现在又跟凯墨玩得好,在学校里也是横着走的……"

这时,梵梨看见星海出现在教室门口。他进来随便扫了一眼,就与她目光相接了。前一天的课全是选修课,她没看到星海。这两天发生了这么大的事,现在看到他,简直像女孩子被人欺负后看见男朋友般感动。她起身,对他挥了挥手:"星海!"然后指了指琉香身边的座位,示意他这里还空着。

尤灿、蓝思、霏思、琉香,还有周围的学生,也都跟着看过去。但星海游进来以后,她才发现他不是一个人。丽娜、凯墨、悍公主,还有一群捕猎族,就在他后面。他们找到了前排固定的位置坐下。星海看了一眼梵梨,也跟着坐过去。

如果海里鸟类也能生存,此时此刻,梵梨头顶一定有一只乌鸦"呱呱呱"地叫着飞过。

"你在干什么呢?"琉香双手捂着脸,比梵梨还要尴尬。她一点也不想被周围的学生围观,指指点点。

霏思干笑了一下,把五个人都隔音了,试图调节气氛:"梵梨在家乡的生活环境比较简单,没什么捕猎族吧,正常的。"

蓝思也赶紧打圆场:"没事没事,她只是展示一下友好,对方那么傲慢,不是她的错。梵梨,我不知道落亚是什么情况,反正我们高中的捕猎族学生很多的,我们海洋族的圈子和捕猎族是从来没有交集的。"

霏思也叹了一口气:"不会有什么区别。而且跟捕猎族男生经常来往的女孩子,如果想要交新的海洋族男朋友,就必须得换一个没人认识的圈子。因为,任何海洋族的男生都不想娶一个有过捕猎族前男友的老婆。"

"完全正确。宝贝,如果你现在突然告诉我,你在我之前交过逆戟族或鲨族男朋友,我会立刻和你分手的。"

"可以问问为什么吗?"尤灿好奇道。

"尤灿,你为什么要问这种脑残女才会问的问题?"蓝思拍了一下桌子,"你喜欢娶鲨族男的玩剩下的女人吗?"

尤灿也学着他的样子,拍了一下桌子:"喂,你这直男癌,怎么可以这样说女孩子!人家是活生生的姑娘,又不是东西,什么叫玩剩下的!"

琉香这才把手从脸上拿开,转过头,很是无奈的样子:"梨子啊,我在校门口都跟你说过了,混种从来……从来都不认为自己是海洋族,他们只认自己捕猎族的那一部分血液。星海是凯墨还有'黑珊瑚女神帮'圈子里的,恐怕一般捕猎族都看不上眼。现在还在这里叫他,你是希望我们都被当成捕猎族的舔狗吗?唉!"

"对不起。"无法解释当代人类社会种族观念没这么严重,梵梨只能在心中狠狠敲打自己:星海是捕猎族,星海是捕猎族,以后人多时不跟星海说话了……但她突然发现,另外四个人都不讲话了,而是整齐地朝她脑后上方看去。

霏思眼睛眨也不眨地关掉了隔音屏障。星海不知在琉香旁边站了多久,待他们交谈完毕,他便看了看琉香。琉香很自觉地飞速起立,把梵梨拉到她的位置上,自己坐在了梵梨和霏思中间。星海在梵梨身边坐下来,把书包放在地上。

想到霏思的教诲,梵梨只能打开《一级奥术》课本,双手僵硬地放在桌子上,屏住呼吸,目不转睛地假装读书,和他保持距离。

"我的课本被凯墨拿走了。"说罢,星海把梵梨的课本往他们二人中间拉了一些,身子也往她的方向靠了一些。

凯墨:"瞎扯,我没拿他的课本!"

梵梨本能地按了一下课本,但出于礼貌,又立刻松手了。在四周学生的围观中,星海用手指关节撑着太阳穴,大大方方地和她共享一本书。他离她这么近,下颌轮廓分明,银灰色的短发在海水中轻轻舞动,美人痣凸显了鼻尖的高挺与秀美,侧脸好看极了。

Chapter 05 双s大脑

但是,梵梨完全没心思欣赏他的侧脸。她只知道,周围安静得让她起鸡皮疙瘩……糟糕的是,星海还冒出了一句话:"下课以后,我们去给小葵花买点吃的吧。"

梵梨一时间没反应过来:"小葵花?"

"就是我帮你养的那只宠物。"

他们说的这些话,并没有隔音。梵梨僵成石雕;琉香低头假装整理自己的头发;霖思和蓝思一起共享桌上的课本,好似已经学了几个小时一样精力集中……终于,尤灿小天使打破了这个诡异的局面。他朝星海挥挥手:"你好呀,我叫尤灿,利尔市第一高中的,今年八十三岁,喜欢吃和打游戏,很高兴认识你!"说这些话的时候,他被后排的捕猎族狠狠瞪了几眼,他都当他们是透明的。

"你好,我叫星海,八十五岁。"

"那你是哥了!"尤灿跟个小粉丝似的趴在桌子上,身体前倾,"星海哥!我想说,你长得好帅啊!我要是有你的脸,高中就不会失恋十七次了!"

琉香"噗"的一声笑出来,又把它转成了清嗓子的声音。

在课上和星海坐在一起还好,毕竟有尤灿在中间调和气氛。下课之后,单独相处就变得比较尴尬。全教室同学陆续起立,梵梨以有急事为由往上游,绕过星海往教室后门去了。不幸的是,她在路上被丽娜还有一群捕猎族女生堵住,并且又一次带到了角落里。

"好了,都是成年人,不耽搁时间了吧。"丽娜抱着胳膊,对她摊手示意,"梵梨,你的答案是什么?"

在这么多人的威逼下,梵梨不慌不忙,给出了自己早就想好的答案:"我可以把第一名让出来,但不能保证帮你们过双S。"

"为什么?"丽娜皱了皱眉。

"因为我也不确定自己能考过。只能说,尽量吧。"

丽娜轻笑一声:"梵梨,你太谦虚了。你知道院长怎么描述你的吗?如果有三S,相信他们不会给你双S。不过,你如果能考上双S,也没道理故意不去考。所以,你这个答复很合理,我接受。好了,从下节课开始,你可以坐在我们'黑珊瑚女神帮'身边。"

"还有……"

"说。"

"我可能不能每堂课都帮助你,我怕老师发现情况不对,也怕最终会影响你。所以,坐在你们身边,也不必了。"

"这一点……"丽娜沉思了片刻,"我们再议。"

第二天,学校里依然有警察出入,梵梨低着头从他们身边走过,没有再被任何人叫去审讯。案发当晚,她一直以为自己已经死定了,没想到她居然成了漏网之鱼——因为琉香揭发海草学长,审查她的部分也一起被算进去了,没有人把她单独叫出来问话。尽管如此,在查明凶手之前,梵梨心里总是很不踏实。

六点整是奥术史研讨课,一个小时后才是奥术史讲课。把研讨课安排在讲课前已经很奇怪了,研讨课导师不在更加令人费解。梵梨和星海的研讨课是在同一个班。他俩坐在同一排,隔着走廊有一句没一句地聊天。选修奥术史的历史系的学生坐后排,兴致勃勃地讨论起了时事政治:

"苏释耶大人最近在拿临冬海逼宫风暴海,还是很符合他一贯的作风。"

"你觉得最后哪边会获胜啊?"

"还用说吗,肯定是圣都党。圣耶迦那毕竟继承了无尽海洋之主的奥术核心,是整片光海的神迹之城,圣都党必胜!"光海分成两个党派:以圣耶迦那苏释耶政府为中心的"圣都党"和以风暴海加斯宗族为中心的"风暴党"。目前两党关系非常紧张。

"说实话,我虽然对海神族没什么好感,但他们也只有清高和迂腐这两个毛病,很少霸凌咱海洋族。在他们的统治下,政治一向都比较稳定。过去三千多万年历史里,从未出现过一个捕猎族独裁官。你懂的,独裁官大人还不是普通捕猎族……"

"你是想说,他有17种光感受器,移动速度快到发生爆炸,有能看见紫外线和偏振光的视力,超越双髻鲨的导航能力,超越树蛙的微子热量抗体,接近拟态章鱼的变色能力,接近深渊族的隐形能力,还有足以弥补一切鲨族和逆戟族基因缺陷的DNA吗?"

"说实话,我不知道他是什么,太不真实了。"

"他的身体是大自然的超凡艺术品!简直酷毙了好吗!"

"那不是大自然造的,是以太之主做实验用的杀戮机器。"

"你这样说就太充满恶意了,难道不能是制造出来保护光海的吗?"

"我就问你,你觉得他有这些DNA特征,会不具备相应的习性和行为吗?你见过食草的美洲豹吗,见过一夫多妻制的海马吗?见过在妈妈肚子里不吃兄弟姐妹的逆戟鲸吗?见过长满利齿的生物不会看见什么新东西都试着咬穿吗?"

"我的奥达宗神啊,你想太多了⋯⋯"

"拥有独裁官大人这样的DNA特征,哪怕只是个低智慧生物的幼崽,都会变成暴虐的捕食者,更何况是高等智慧生物!"

"所以他成为了我们的独裁官。"

后来,时钟指向了六点二十七分,导师步入教室。班上的十五名学生觉得惊奇。他们差点以为没人上课,都准备直接去讲课大教室了。

看见导师的第一眼,梵梨差点没认出他是夜迦。他穿着学术长袍,长发用绳子系在背后,戴着单边玳瑁眼镜,防滑链垂在消瘦的肩上,看上去比上回斯文多了,靠谱多了。海神族男性习惯戴首饰,尤其是耳坠,因为通常搭配长发。这一天,他也没有以陆生姿态在学校里到处溜达,而是规规矩矩以璀璨的海神后裔辉耀鳍示人。然而,夜迦的本性不是换一个造型就能够掩盖的。

他拿出一张纸,姿态优雅地推了推眼镜:"现在开始点名。"

全班学生绝倒。迟到了半节课还点名已经勇气可嘉了,他点名的节奏还很慢,每点完一个人的名字都要聊上几句,例如跟女学生说我祖母和你名字像啊,跟男学生说你长得帅名字也帅啊,等等。念到"梵梨"并得到梵梨的回应后,他打了个响指说:"这学生是我故意找学科主任要到我的研讨课的。学习好的学生,我们老师都喜欢。"

"可是布可教授,您不就是奥术史的学科主任吗?"一个学生小声说道。

"是的。"夜迦微笑。

"那⋯⋯"

"我填了一张《学生研讨课转课表》送到我自己的办公室,在右下角的申请人旁边签名'布可夜迦',再在批准人旁边签名'布可夜迦',就转成了。不难吧?"

"不⋯⋯不难⋯⋯"

又过了一会儿,夜迦点到了星海。念出这名字时,他差点没忍住笑出来:"这个名字很有气质,给你比给圣耶迦那个男人更合适。"

"布可教授,您这么说苏释耶大人,他不会生气吗?"身后的学生说道。

"哦,你尽管放心好了,他不会在乎的。"夜迦摆了两下手,"给亚麦提的商

业街高楼上,现在还挂着他的死亡倒计时钟,他也没让人去把那玩意儿给拆了。"

"这么狠……可复活海不是也是归属于圣都党的吗?"

"复活海种族主义是整个光海最严重的,甚至下阶海族也认为海神族至上,他们不能接受被捕猎族统治。我是海神族,在那里住都浑身不自在,你们去了会受不了的,海间炼狱。不要去复活海……"

班里十五个人,点名用掉了十五分钟。还有十八分钟就要换教室去上讲课了,全班学生都很好奇夜迦会怎么分配这点时间。只见他徐徐游到讲台上,把点名单子夹在书里,双手撑在讲台上,一脸凝重地看着大家。

大家终于想起来了,布可夜迦这个男人并不是他表现出来的纨绔子弟。他的著作《从细菌到海族:海洋奥术简史》有趣又有深度,因为太剑走偏锋,无法成为教科书,却是知识分子们最喜欢的科普图书TOP1。布可小宗子只是他的皮囊,他的内在,是一个非常有思想的学者。

像是能看穿大家的心思一样,夜迦庄严的目光从左到右扫了一遍全班学生,最后又从右到左扫了回来:"十五个,刚好。谢谢你们都来上我的课。"他掏出银百合怀表看了看,"好了,咱们讲课见。下课。"然后,他摘下单边眼镜,转身游出了教室。

全班每个学生的内心独白:"?"

过了很久,周边的同学才开口说话:"这个,布可教授不会到讲课上再迟到一个小时,然后点名三百个人,点完了刚好下课吧……"

七点的奥术史讲课,没有意外,夜迦还是迟到了。他拿着一杯脂肪含量高达50%的鲸鱼奶,在自家后花园散心般,晃悠进来。然后,他用吸管喝了一口鲸鱼奶,把它放在讲台上,翻了翻手里的点名册,对大家微微一笑,开始发言:

"138.2亿年前,造物主随手一挥,大爆炸使宇宙膨胀降温,那时他一定不会知道,这一炸就炸出了无数星星;50亿年前起,神灵灌溉的宇宙陆续创造了太阳系、地球和以太,那时以太之主一定不会知道,作为时间与空间的代名词,他会影响元素神灵的存亡;47亿年前,地球上出现了最早的生命,那时,没有细胞壁的它们一定不知道,等上七亿年,它们如果有幸演化出视觉器官,就能目睹一场我们现代社会每个人都极度渴望亲眼观望的双神战争。这一战的摧毁性、覆盖面都是空前绝后的,以至于后来47亿年里的所有的战争跟它比起来,都像幼儿园小朋友在玩家家酒——那正是40亿年前,大海与熔岩在地球上的第一场决斗。既然你们今天能坐在这里听这个故事，想也已经知道谁是赢家了。大海的主宰是我们的神，深蓝。炎之主被打入了深海最深处的深渊平原之下，时不时爆发的火山和黑烟囱提醒我们，他的命还长着。而从那以后，深蓝就变得更加包容且安静了，她化作了圣海七宗神，守护着阳光普照的光之海洋。经典奥术学告诉我们，从深蓝创造了琉璃军团之后，奥术就灌溉着海洋的每一滴水——包括我们的血液里。三千万余年前，连七宗神也逐步意识化。随着奥术爆炸带来的影响，光海进入全盛的黄金时代。也是因为这个伟大的影响，一千万年后，巨齿鲨灭绝了。巨齿鲨与我们永别后，又过了七百万年，梅尔维尔鲸也从海洋中永远消失，再不复生。加斯宗族第178代，终于引爆了全海洋的战争，奥术进入了机械领域。三百万年前，光海第一台舰艇'哥尼征服号'问世。陆地上，人类还只是非洲大草原上的南方古猿。海族骄傲了三千万年、三个时代，都信心满满地认为，我们已经摸透了深蓝的魔法，已经掌握了奥术的绝对定律。但是，就在燃烧时代24480年，苏伊这个女人诞生了。她不断发出干扰信号，让学术界渐渐开始意识到，奥术的存在很可能无关神话，无关深蓝。她跟造物主似的挥挥手，令大奥术师们用毕生心血盖建的宏大殿堂灰飞烟灭；她用一个个冷酷的实验结果和推导公式告诉我们，奥术界、魔药界、邪能界四亿年的研究成果可能只是一个笑话——微子的寿命比无尽海洋之主还年长，年长了足足90.2亿岁。这个论点出现那一年，一名大魔药师在身上涂满99%浓度的鱿鱼液，把自己送到了野生逆戟鲸群里，献身给了大自然食物链；一名大奥术师潜入了7835米下的深海，卸掉了深渊防护术，瞬间被水压挤成扁平的，鲜血喷溅而出，把冷泉旁的白色裂缝虾染成了红色。他们的死亡，都是源自无法接受却不得不接受的现实。过去辉煌史册上无数个伟大的名字，都像炎之主的失败一样，成了海洋里最大的笑话。他们已经年迈了，看不见奥术学的未来和梦想。但是，微子这片璀璨的新星拉开了黎明的序幕，彻底照亮了我们海之一族4.5亿年的历史之空。这就是我们本学期主要学习的内容，奥术的历史。欢迎各位来听我的课，我是你们的学科主任教授，布可夜迦。"

这番话夜迦是一口气说完的，一次停顿和结巴都没有过。他表现得并不激动，也没有夸张的表情，却让整个教室都浸泡在了长长的沉默中。

过了十多秒，突然间，全班响起了雷鸣般的掌声。梵梨虽然听得似懂非懂，但却莫名感到热血澎湃。她的身后，刚才在同一研讨课教室的学生叹息道："我的妈啊，我对布可教授迷惑路人转迷惑黑转脑残粉了……"

之后,夜迦大致介绍了一下奥术的起源和时代背景,是很多学生以前都从大人那里听过的历史,但深入浅出,特别系统,就像一棵小树的根一直往地底延伸,只要他再多讲一些,大家就能看见未来日子里郁郁葱葱的树冠与知识果实。而且,在每一段枯燥的历史事件中,他总会穿插一个两分钟就能讲完的奇闻逸事,听得全班意犹未尽,连提问都慢了半拍。所以,晚上七点到九点两个小时一晃而过,到他突然说出"下课"时,全班的感想依然是意犹未尽。

巧合的是,游出教室,梵梨遇到了夜迦。两个人都愣了一下。

"布可教授,你的课真有意思!"梵梨有些兴奋,"你平时是不是很爱思考呢?感觉你讲的内容不光是历史,还跨了很多学科欸。"

"你说得对。我现在就在思考一篇心理学的学术论文。"

"心理学?"

"嗯,《庶民小仙女梵梨的心理学研究》。"

"……"

这时,有两个学生也从教室里出来,其中一个捏着下巴,苦恼地说:"苏伊还真是厉害,从那么多大奥术师里脱颖而出,改写了历史,她是同时代奥术师里最年轻的。对了,她多大来着?"

"我也忘记了……"另一个学生想了想,"三百岁?在学者里很年轻就是了。"

"二百四十九岁。"梵梨秒答。

"学神,你记得这么清楚,谢了!"

梵梨也愣了一下,没敢说出来是听课以后过耳不忘,临时计算出来的。目送那两个学生离开后,夜迦又回头,抱着胳膊,扬了扬眉:"双S的大脑,和一般人就是不一样。听一遍就记得了。"

梵梨突然意识到,自己好像继承了什么不得了的天赋。她换了个话题,搪塞过去,躲到角落里,拿本子随手写了几个带小数点的长数字,看了几秒,再合上本子,闭上眼。这些数字都出现在她的脑海里,像那本"海族语——中文"字典一样清晰。她开始做简单的加减法运算。一秒得出答案。乘除法稍微慢一点,但演算过程也跟用笔写在草稿纸上一样有条理。得出了结果,她再打开本子,重新用笔算一次——正确率100%。

正好这时星海也出来了,她又写了一组数字,递给星海,让星海来算。星海低头拿笔算,速度很快,比普通人类快很多,但在他算的过程中,梵梨已经心算出了答案。

　　向他道谢后,也不管他后来说了什么,她一溜烟冲出了学校,用最快速度赶回家里。她从书架上找到《生命奥术工程》的课本,随便翻开一页,阅读其中一段话。像会放动画一样,这段话中提及的巨齿鲨和"哥尼征服号"并排游行及转弯的画面在脑中出现了。而且,她会将它们按比例放大、缩小,代入不同海域、气候中以及不同障碍物前,还原各种运动轨迹。公式中的数据也在高速变化,与画面达到完美同步。

　　加入奥术的部分她看不懂了,于是换了一页,重新阅读。很多专有名词看不懂。但即便如此,合上书以后,这段话和公式,她背下来了。她瞠目结舌地眨了眨眼,敲敲脑袋,不敢相信自己发现的事实。这颗大脑真的有毒!虽然没有了原主的知识储备,但原主这颗脑袋天生的记忆力、分析力、判断力、想象力、推理力、观察力……全都保留下来了!

　　然后,梵梨开始看其他课本。没有基础,大部分看不懂。但她能明显感觉到,大脑就跟刚灌满油的机器一样,高速运转着。特别是《奥术学》,稍微看多一点,知识就像海绵一样积攒起来了。但没过多久,她就觉得有点恶心,就像灵魂刚互换那会儿一样,头晕目眩,整个胃里都翻江倒海。

　　若说普通大脑就像续航一百二十小时的诺基亚蓝屏手机,那她现在的大脑无异于一台只有五分钟电量的最新款iPhone。功能发挥不完全,身体撑不住消耗,吸收知识很快,但身体不适的时间更久。而且,她这份超强记忆力仅限于学术范围。寻常人能轻易记得的很多事,例如中午吃了什么,她看了一会儿书,又忘得一干二净。而且,看得越多,忘掉的生活细节部分就越多,就好像是把所有的记忆力能量棒都塞到了学术槽里一样。她算是真切明白"心有余而力不足"的感受了。

　　如果不是因为现在遇到了棘手的困难,她真希望能多待个几年,用这颗神脑在海族世界探索更多的知识,再全部带回人类世界。

　　布可日下午四点过,梵梨下了课,去出海登记局领取了出海准许证。梵梨捏着崭新的小本子,遏制不住内心的狂喜之情,乘坐公交舰艇回贫民窟。

　　按红太太早上的要求,她去菜市买了一些新鲜的鱼和螃蟹,便快速朝家的方向游去。但游到一半,像鱼上钩一样,突然手里吊着食材的线被拽了一下,而后失去了重量。低下头一看,线的另一头已经空了,在水里飘来荡去。前方,一

个海洋族小女孩抓着她买的东西冲到楼房拐角处，消失不见。

这个区域里，小偷、骗子和乞讨儿童特别多。这样的事也并不稀奇。梵梨下意识就追上去，但过了拐角游了一小截，她意识到这是个无人的黑巷子。尽头处，两道幽幽冷光打在木桶上，地上一堆破碎的瓶子、盘子，看上去有挺长时间无人问津了。小偷女孩回头看了她一眼，加快了速度，朝巷子尽头游去。

梵梨停了下来。盗贼就像蟑螂，如果看到了一只小的，一定有一大群在后面等着。这里不是安全之地。可是，她刚转过身想回到人多的地方，就听到了水声淅沥，波浪袭来。回头一看，果然两个高大的黑影出现在木桶旁。他们手里举着类似发射器的器械，瞄准了她。只听见一前一后"嗖嗖"两声，两枚飞箭脱离器械，直击梵梨的方向。梵梨往上冲去，但还是闷哼一声。一枚擦着梵梨的头发飞过，另一枚击中了她的尾鳍，把她的尾巴钉在了红砖墙上，强行拽她回去。

她重重地撞在了墙上，往下滑倒。但身体还没贴着地面，她又一次用力摆动尾巴，往上冲去。再次滑到。在她挣扎的过程中，被飞箭刺穿的伤口越拉越大，那一片海水已经被血染红了。刺痛顺着伤口传遍全身，梵梨龇牙咧嘴地缩起身子，想拔掉飞箭，但它扎得太深，怎么拔都拔不动。那两个男人离她却只有不到十米的距离。其中一人掏出匕首，闪着森森的冷光。梵梨拼命摆动尾巴，血的味道融入海水，顺着鳃流入了她的身体。那两个男人离她只有三四米远。眼见怎么挣扎都没用，她想要撕裂尾鳍逃跑。

"住手！不要断尾！"

伴随着熟悉的声音响起，另一道身影闪现在巷子里，挡在她面前。

"星海！"梵梨惊喜地抬起头。

星海自下而上，用手掐住了其中一个男人的胳膊，"咔嚓"一声，一个反手把男人的手拧在背后。男人哀号起来，手中的匕首已经被星海夺走。星海正想刺他，另一个男人却声东击西，来攻击梵梨。星海连忙松手阻止他，那个拿着匕首的男人从口袋里拿出一个球状的东西，捏了一下。

一时间，海水被染成了深灰色，什么都看不到了。星海和梵梨一起咳了起来，挥动双手，想把奇怪的"染料"打散。但等颜色真正褪去，那两个人早已不见踪影。

"可恶，让他们跑了。"星海观察了两秒匕首，没发现有什么异样，就把它收起来。

"谢谢你。"梵梨伏在地上，心跳依然撞得她胸口发疼。她本想再去拔尾鳍上

Chapter 05 双s大脑

的飞箭,但它纹丝不动。她用两只手一起拔,使出了吃奶的力气,飞箭还是像长在墙上一样。星海弯下腰来,拨开她的手,把飞箭拔出来,像拧开瓶盖一样轻松。

她疼得脸都拧了起来,扶着墙,想竭力直起身来。可是,尾鳍上那一点伤口拉得她整片尾巴根部都剧痛,让她完全使不上力,尾巴根部直打哆嗦。她只能尴尬地趴在地上,闭着眼,静待这阵痛苦过去。

星海低头看了一下她的尾巴,咂了咂嘴:"这支箭有毒。"

经他提醒,她才发现,尾鳍有一半已经变成了紫青色。然后,一双手穿过她的腰和尾巴,把她打横抱了起来。她低呼一声。

"搂着我的脖子。"转眼的工夫,他就抱着她,游到了明亮无人的珊瑚礁旁,然后把她轻轻放在一个长椅上。

"冒犯了。"他捧着她尾巴根部,低下头,开始吸上面的毒血。心脏几乎跳出胸膛,她猛地抽了一下尾巴。星海按住她,皱眉道:"别动。一旦毒性扩散,你就会死。"

尾鳍虽然没什么肌肉组织,神经却很多,只是嘴唇贴在上面都牵动了全身的神经,更别说吸出血来。他动作不大,梵梨却又羞又尴尬,一时都忘了疼:"我自己来可以吗?"

"你身体柔韧度有这么好?"他退开了一些,示意她自己来。

然后,更加尴尬的一面出现了。大概,就像老人家跳芭蕾伤了腰一样吧……

结果自然是星海继续为她吸毒血,再吐出来。梵梨全程捂脸,恨不得有个时光机,能让她穿越到半个小时之后。像是察觉了她的尴尬,星海随口说:"为什么会有人想杀你?"

"可能跟婚礼有关。"

跟所有的少女一样,梵梨很难对拯救自己的英雄设防。她把偷听到泡泡小姐和布可逆的对话、目睹泡泡小姐尸体的事都告诉了他。

"所以,泡泡小姐死的时候,手里还有一个红色信封,但似乎没人知道?"见她点头,星海又想了一下,"那在布夫人死掉前后,你遇到了什么人,和什么人说话了?"

"就只有当当,我不认识其他人。"

"当当?难道当当和案件有什么关系……"

梵梨低头想了想,抬头说:"哦,不,不对,从更衣室出来以后,我还遇到

了银贝尔老师。"

"银贝尔……"星海陷入了沉思,"我想不明白。你既然是清白的,为什么不跟警察坦白这一切?"

"我有别的原因,现在不能接受调查。"梵梨犹豫了半天,还是很害怕,没敢把灵魂交换的事说出来,"对不起,我必须得撑到下一次出海,才能告诉你原因。你能再等等吗?"

星海并没有任何犹豫,只点点头:"嗯。我知道了。"

"这件事我就只告诉你一个人。"

"既然你拒绝警察的帮助,可能还会有人想追杀你。这段时间都待在人多的地方吧,我会尽量保护你。"

"好的!"

然后,星海从兜里拿出通信仪:"来,跟我连一下。"

梵梨尴尬地笑。

星海静静地望着她:"我忘记了,你没通信仪。"

"哈哈。"梵梨挠挠脑袋。

"算了,我直接来你家门口接你吧。"

"好的!"

梵梨很感动。但这份感动伴随的长期沉默,又让她再度尴尬起来。因为,海水里任何味道都扩散得很快,她的伤口没愈合,他又吐了毒血出来,血腥味漂得到处都是,只要不讲话分散注意,连她自己都有些受不了。她捂着鼻子,闭着鳃,用一种窒息的魔鬼声音对他说:"对不起……"

"你喝氢气了?声音这么怪。"星海没看她一眼,专注地处理伤口。

"我是说,我这血的味道,好难闻……"

"你忘了我是半个鲨族了吗?"他抬眼看了看她,微微一笑,"如果不是有毒,我不会吐出来。"

梵梨呆住了。看他吸得很卖力,本来觉得他只是希望她早些治好,但她忘了,鲨族喜欢血的味道。所以,其实他这是在津津有味地试吃美食!他偶尔张嘴的时候,她还能看见他露出两颗尖尖的牙齿。梵梨颤声说:"大哥,你你你……你控制一下你自己啊。想吃肉,我一定请你吃。你可别别别,别冲动啊……"

"好,我控制我自己。"说完,他舔了舔她的伤口,又舔了舔嘴唇。

Chapter 05 双s大脑

这一天，星海送梵梨回家后，其他室友都不在，只有红太太在家照顾孩子。她邀请梵梨一起吃饭，但一直心事重重，眼眶发红地叹了好几口气。问她发生了什么事，她也只是摇头不说话。梵梨想起之前红先生和红妹妹暧昧的画面，轻声说："那个……是不是你先生和楼上这个妹子太亲昵了，让你有些困扰呢？"

"楼上这个妹子？"红太太愣了愣，"当然不是。我们结婚很多年了，一直很信任彼此。而且，妹子因为要花很多时间来照顾我的宝宝，自己都没精力生宝宝，她才是最该被心疼的。所以，现在发生了不太好的事，我都没打算告诉她。"

"啊，她也结婚了？"

"当然结婚了！难道她会没名没分地跟我们在一起吗？"

"跟你们？"

红太太微微一笑，从柜子上取下一个相框，放了梵梨面前。照片上，红先生站中间，红太太和红妹妹一人在他一侧，三个人都穿着红白相间的繁复礼服，头戴高帽，耳鳍上有钱币串儿一样的装饰品垂下来。

"你看，这是咱们锈红刺尻族的婚礼。"红太太单手托脸，叹了口气，"因为我比妹子年纪大，所以她让我当了大夫人，生孩子也是我优先，她牺牲了很多呢。"

原来这个族群是一夫多妻制的，梵梨恍然大悟。

凌晨睡梦中，梵梨隐隐听见楼下有摔东西的声音，还有女子歇斯底里喊着"你再这样下去我真的会告诉她"之类的内容，但她睡得太沉了，没弄清楚前因后果。

又一次奥术史课上，夜迦播放讲解幻灯片，为学生们依次介绍光海魔药学的历史、奥术学历史，再介绍了各个时代的奥术界"大牛"。一张张照片刷下来，大奥术师全都是海神族，魔药师有少部分的捕猎族，没有海洋族。介绍到近现代史的学者后，大部分面孔比较陌生，学生们就安静了很多，但当一张照片出现后，全班爆发出了最大的喧哗声，把梵梨吓了一跳。

照片上是一名年轻的海洋族女性，蓝眸如冰，红发如火，脸蛋完美、端正，让人想到旧时好莱坞的女明星，或民国时的上海滩名歌姬。眼神却没有著名美女应有的娇憨、甜美或妩媚，只有洞察一切的犀利，和过度聪慧产生的不近人情。

"是个美人，对吗？也是让我们男人觉得自己没用的女人——"夜迦忽视了班上女孩子们的笑声，向幻灯片上的女子摊了摊手，"苏伊。不用我介绍太详细了吧。苏伊常数的那个苏伊，你们在高中就有初步了解。现代奥术界的天才，不满一百岁就提出了奥术场论、微子自旋法则，一百三十七岁就在圣耶迦那宣读了

她关于以太辐射的论文,正式宣告微子的诞生。现在她才不到二百五十岁,可惜患了重症,很长时间没有出现在大众视线里了。"

尤灿:"一百岁不到她就提出奥术场论了,天才的世界离我好远!我不配坐在这间教室!"

霏思:"苏伊真的好漂亮啊,比女演员还漂亮,她是我见过最美的海洋族了。"

蓝思:"漂亮什么啊,考试考死你。打开卷子,她认得你,你不认得她。这是要控制我们二十年的女人。"

琉香:"呵呵,毕业之后你想摆脱她的控制?除非你不从事奥术相关的工作。"

而梵梨首先想到的却是那首家里手写的长诗,署名就是苏伊。她用胳膊肘子撞了撞琉香,小声说:"这个苏伊现在在哪里,你知道吗?"

"以前不知道,她喜欢到处游荡,经常有人爆料在各种贫穷村旮旯里看到她。但现在,她应该在圣耶迦那,和她哥待在一起吧?毕竟重病了。"

"她有哥哥?"梵梨的耳鳍竖起来了,"也在圣耶迦那?"

琉香用一种很古怪的眼神看着她:"你不知道苏伊的哥哥是谁?"

梵梨想起来了,在泡泡小姐婚礼上,有人提过,苏释耶的妹妹得病了。不会这么巧吧,她不确定地说:"苏释耶?"

"对啊,这还需要问吗?"

寻找原主的线索更难了,独裁官岂是想见就能见到的。梵梨开始大量调查苏伊的档案。遗憾的是,大部分文献对苏伊的记载,都只与她的学术成就有关。在家里翻遍红先生没有丢弃的旧报刊,找到了一些其他线索。

苏伊和圣提风晋一样,都被称作"公主"。当代光海没有王室,也没有公主这个头衔。风晋父亲是上上任独裁官,母亲是临冬海的宗主,外加从小到大,她举止谈吐就跟童话里的公主没什么区别,很受民众爱戴,所以才有了"公主"这一尊称。而苏伊被称作公主,是因为她哥哥是苏释耶,她的颜值可以赚钱,她却把一颗心都扑在了学术与解放奴隶的革命上,与金丝雀般高贵柔弱的风晋形成了鲜明的对比。因此,那些追捧女性独立自由的民众,也会称她一声"公主"。

不幸的是,前几个月,苏伊上岸游历,染上了传染性极强的病毒性肺炎,已经被隔离很久了,一直没有露面。报道说她病危,也有传闻说她已经去世了。

鲜血、死亡、恐惧，翻滚着破坏的狂潮；
金钱、权力、凌辱，掀开了残酷的波涛。
这是光明无上海之喧嚣，
这是造物主留下的文明荣耀。
那些手握特权的神族狩猎者们，
最先躲避深渊族的毒药；
那些被放弃的贫民窟灵魂，
毒药也用以填腹温饱。
听啊，奴隶被鞭笞的惨叫，
看啊，无家可归幼童在哭嚎。
如同黑野渴望甘霖，
他们依然期待被生活拥抱，
也想甩掉泪水编织的手铐。
我多想化作雷霆，
劈开这黑色山峦的躯壳；
我多想化作风暴，
为他们吟一首平和富足的歌谣；
我多想化作利剑，
劈开牢笼，释放十八亿只囚鸟。
即便死神将我环绕，
即便失去心跳，
即便把生命燃烧！
众生之主，历史的母亲，
请赐予我追求真理的指导，
为他们争夺与生俱来的自由骄傲。
终于有一日，
一如深蓝主宰大海，
每一个人，主宰着自己的王道。

——苏伊

Chapter 06　海洋博览会

从刺杀意外后，星海还真的坚持每天都当梵梨的护花使者。早上，他准点到她家外西边的第一个十字路口处等她。放学以后，他又会在校门口等她。他话不多，却让她觉得整颗心都暖暖的，决定做点什么来感谢他。于是，她翻了翻红太太的菜谱，发现里面有道来自菩提海的菜，叫"炎魔甜蟹"，做法简单，成品的外形也很漂亮。

她到市场买了一只红树林产的招潮蟹，用海水提炼机榨出一罐咸到掉舌头的海水，把螃蟹塞进去，呛死。腌制两个小时后，打开罐子，里面的黄和肉都色泽分明，闪闪发亮，跟果冻似的。再加点淡水，把它冷冻起来，再过一小时，里面都带着小冰沙，切成块状，装入贝壳碗中密封，完工。

刚下楼，梵梨看见当当和星海在十字路口聊天。她赶紧背着双手，把贝壳碗藏在身后，跟做错事的小学生一样想跑回家，拿袋子盖住她的"杰作"。可惜，她被当当叫住了，只能硬着头皮过去。当当抚摸着自己的大辫子，宛如一个民国汉奸抚摸自己的小胡子："星海是在这里等你吗？哟，哦哦哦哦，你们俩有猫腻！"

这下梵梨更不敢把贝壳碗拿出来了，那还不得被当当取笑死。接着，她只能左右手轮流背在背后藏碗，和他们二人一起上了去学校的舰艇。有几次，这个可怜的碗都差点被人挤翻在地上，吓得她小心肝儿乱颤。

好不容易熬到下了公交舰艇，进入落亚大学校园，当当总算去了音乐学院的方向。再往前走，就要靠近奥术学院了，她得跟星海保持距离。正想拿出贝壳碗，一个紫尾海洋族女生游过来，怯生生地说："星海，关于奥术课，我……我有一些问题不太懂，可以请教你一下吗？"

"嗯，什么问题？"

看见星海低头回答自己，女生迅速把自己的头也低了下去："教授上的课太难懂了，我觉得自己笨笨的，好多都不会……中午你有时间吗，我拿着课本过来找你，可以吗？"

"现在说没事，我答得过来。"

"可是，题目真的很多，很难……"

"哦？很难的吗。"星海的眼睛微微眯起，有些促狭地看了一眼梵梨，"如果是很难的，还是请教这位双S学神吧，她比我厉害多了。"

梵梨抽了抽嘴角。现在她的奥术知识完全跟不上啊。

还好，紫尾女生看了看梵梨，摇摇头，睫毛随着眼睛发颤，看上去有些可怜："听说学神不太喜欢解答问题，我……我……我现在就问你问题好了……"

原来是项庄舞剑，意在沛公。梵梨忍不住笑了，反倒用玩味的眼神看星海的表现。星海倒是坦坦荡荡，走到路边人少的地方，耐心地为女生解答每一个问题："……红橙黄绿蓝靛紫依次减小的是波长，频率是依次增大的。频率最高的光是黎明之光，然后是璀金之光、X射线，这些都是高级海族能看到的，下级海族和其他生物不可见的，军事奥术常用到……"

"那，请问星海，人类可以看见吗？"

"当然不可以。"

"哦哦，好的，好的……"

"这里，"星海在图示上画了一个圈，"增加光的强度，可以增加它在特定金属上打击出的法粒子数量。高频光打得出更多粒子，红黄光打不出。不同光搭配不同奥术，最高伤害如何，写出公式……"

为防她听不懂，他讲得很慢。但女生根本没在看书，而是全程撑着下巴，歪头看着星海的侧脸。二十五分钟过去，他回答了她所有的问题。估计她也不知道自己听没听懂，但看上去像是听懂了般开心。星海正想和梵梨离开，她忽然拿出一个东西，双手递给他："那个，这个是送给你的……"梵梨定睛一看，是自己的同款贝壳碗！

"这是？"星海垂目。

"这是我做的甜蟹，是……是给你的谢礼……"打开碗以后，她的脖子红了，比碗里的蟹黄还显眼。这也太巧了，连做的食物都完全一样！但是，女生碗里的蟹明显要漂亮很多，不仅食材更好、颜色比她的鲜艳，周围还摆了彩色海藻和糖果，整个螃蟹都用海带包裹起来，像个精巧的礼品。

星海笑了笑："同学之间帮忙是正常的。我不喜欢吃螃蟹，谢礼就不收了。"

"原来是这样……"女生有些失望，但想到对方给的理由，也无可奈何，只能对他行了礼，再次道谢，然后抱着书本离开。

梵梨有些失望，又有些庆幸。还好她没把自己做的甜蟹送出去，不然真是大型尴尬现场。星海回头看她:"你今天怎么总是藏着手?"

她把贝壳夹在书包和背脊之间,举起双手,以示清白:"没啊,什么都没。"

然后,他们一起游了一截,眼见奥术学院教学楼就在前方,马上要分道而行了,星海突然停下来:"可以把东西拿出来了吗?"

梵梨惊:"什么东西?"

"你要送我的东西。"

"我没有东西要送你!"梵梨觉得自己像被雷劈了一样。他他他,他为什么会知道?

"好,你没东西要送我,那考虑把你书包下面的东西取下来?这么夹着它,背不疼?"

"不疼,我可以夹一天一夜。"

"一天一夜,厉害啊。还是快拿出来吧。"星海朝她伸出手。

"不。"梵梨本能地后退。

"你再不拿,我要来硬的了。"

梵梨一点也不想跨种族搏击。她被逼无奈,只能不情不愿地把贝壳碗取下来,递给他,揉了揉被压得发痒的背:"这么坚持做什么,你又不喜欢……"

他打开贝壳看了一眼,眼中满满都是暖意:"谁说我不喜欢了。"用筷子夹起一块蟹肉,直接送到嘴里,含混不清地说:"好吃。"

梵梨眨眨眼:"你不是说不喜欢吃螃蟹吗?"

"那要看是谁做的。"他只顾低头吃着,说得云淡风轻,"你不一样。"

他的声音介于少年和男人之间,低低的,但声音并不粗犷,反倒是有点清亮,很好听。虽然五官偏柔和,下颌线和眉骨却是锋利的,咀嚼东西也是大口大口的,因此又有了一种反差的美感。

梵梨本想问"我为什么不一样",但凝视了他半晌,没说出口。她很快会离开这个世界,有很多事还是不要知道比较好。

他们俩停留在藻园的前方。校园围墙外,建筑弯曲起伏,一如卷曲的星云,有着红月海独有的艺术美感。珊瑚礁跟泼了颜料似的斑斓,成片地在城市中展开动感的画卷。一头巨大的环城蓝鲸从上方徐徐游过,在他们身上投下了乌云般的阴影。现在学生们很多都赶着上课,这里人不多。教职员工和学生们都是来去匆匆。好像时间只为他们俩放慢了一样,节奏如同她在海水中微微荡漾的玫瑰色短

发。同时,透过海水的滤镜,微光闪烁,在他的侧颜上刻下分明的印记。

远处,霏思和蓝思刚好路过,看见了这一幕。

"这个傻姑娘,"蓝思咂了咂嘴,"真是完全不听劝。"

"唉,撇开星海是混种不说,其实他们挺配的。"

蓝思又眺望过去。星海身材比例极好,拥有很多女生最喜欢的"大长尾",尾鳍摆动的速度和所有鲨族一样,慢而高效。但他的脸蛋秀气,又一点都不像鲨族。

梵梨腰肢纤细,眼神顽皮,半透明的青色尾鳍不规律地摆动,双手缠着书包肩带晃荡,好像有些小女儿的害羞。

他捧着她做的食物,看上去是在认真吃东西,偶尔抬头看她一眼,却专注而深情;她脸颊红红的,止不住透出笑意,眼里闪烁着着雨后的星星……就眼前这一幕,少年少女在海藻园前面对面,却谁也不看谁,随意抓拍一张照,都可以当小女孩们睡前童话故事书的插页。

"是不是挺配的,感觉他们好像是可以认真交往的。"霏思用手肘撞了撞男朋友,不确定地说道,"毕业就会结婚的那种?"

"我是不信鲨族,哪怕只有50%也不信,但……算了,走吧走吧。希望星海不要伤害她。"蓝思叹了一声,拉着霏思去教学楼了。

兼特日,海洋博览会七点开馆,红妹妹带着梵梨、当当还有霏思去参观。她们六点四十就在门口等待了。这是落亚在本土举办的第三十六届海博会,这次来参展的公司和工会超过了两千三百个,其中包括文艺馆、奥术馆、海产馆、军备馆、医疗技术馆、生活馆等等十二个展馆。一如既往地,各大海域、各种最新产品都在博览会里实现了"全海首秀"。

海博会建筑的穹顶比其他建筑高很多,外观把周围的建筑都碾压得宛如玩具楼。七点整开始举办开幕式,身披雪色的大片海族穿过广场,两侧是圣耶迦那的正规军队,头上都顶着象征精锐部队的红色斗冠。为了稳秩序,所有参观者都不能游太高,必须至少尾鳍触地,红妹妹娇小的身材就很吃亏了。她仰着头,好奇地说:"咦,怎么会有圣都的军队?"

"独裁官来了啊。"与此同时,霏思不耐烦地推开挤得她浑身不舒服的胖大叔。

红妹妹杏眼圆瞪:"不是吧!他居然亲自来了?"

听到"独裁官",梵梨一时间精力都有些难以集中。

军队行的是尔国临格方阵，有着整个海洋最高效的机动性。他们肩并肩排列，手握三米长的三叉戟和圆盾，每个纵队由十二名士兵排成，总长度大约为两公里。排列他们中间的是神职队列，也就是那片引人注目的雪白，他们都穿着纯色托加，四人一纵队，周身散发着祈福之光。因为有了他们的存在，这个方阵的意义并不只是军队。他们还是光海以及圣耶迦那的信仰。

带头的雄性海族的连帽披肩，着装风格介于主教与军官之间：既有军官的绶带与肩章，又有象征神灵的权杖，长长的披风上金线刺绣反射着海光，由多色宝石拼接的鹰形别针挂住披风，象征了他在圣都党的地位。在深蓝雕像面前，他放下了帽檐，露出及肩的银色碎发。他耳朵一侧戴着圣光海羽，又象征了他的独裁官身份。海波荡漾，掀起他的披风，露出了梵梨见过最长的光之鳍。

红妹妹小声说："苏释耶大人不是捕猎族吗，为什么会有海神族的尾鳍？"

"那是圣灵鳍，你可以说成是海神族专属，也可以说成是他专属的，反正全光海只有他一个人有。"霁思看看周围，把声音压到最低，"因为，从生物学角度说，苏释耶大人的原身早就在战争中死亡了。"

战死了还可以起死回生吗？梵梨先是一惊，但很快想起课堂上学到的知识，试探着说："他现在的身体是以太之主造的。"

"是啊，苏释耶大人也是奇人。"霁思叹道，"以太之躯可不是什么人都能适应的，之前多少野心家发疯了一样想钻进去，但结果都是毙命于以太祭坛之下。以太祭坛在深渊最危险的地段，周围的深海鲨、洪堡乌贼肚子里不知吞了多少贪婪者的枯骨。当年如果不是苏释耶大人快死了，奥达宗主也不会用这个方法给他搏命吧，没想到无心插柳柳成荫。"

当当叹息道："我觉得最难得的是苏释耶大人的痴情。风晋公主都死了这么久了，他还能一直保持单身到现在。要知道，以太之躯可是顶级捕猎族的肉身，全方面战斗力都是顶级的！任、何、方、面！你们懂的！"

红妹妹只是掩嘴笑："当当，你怎么说话像个逆戟姑娘，真没救了。他或许只是没公开呢。"

"也是啊，偶尔约一次，他不说，谁也不知道。"

梵梨：不知为什么，有被冒犯到。

苏释耶在雕像面前行礼，与旁边的大祭司进行祈福仪式。深蓝雕像是一名张着双臂、半睁着眼俯瞰下方的女性。她身着近似修女的服饰，头发被裹在头巾

中,尾巴只露出了尾鳍。她的眉宇紧蹙,眼神悲悯,有一种超然物外的平静与神性。

梵梨从小接受的是唯物主义教育,不信神灵,但还是由衷佩服光海文化。他们把人文宗教和科学奥术结合得天衣无缝。

祭祀结束后,圣职者、宗族、政府人士陆续出来发言,八点半流程结束,三个姑娘随着人群进入展馆。梵梨深刻地感受到了久违的"人山人海"。看到了很多闻所未闻、也只适合在海里使用的东西,例如角鲨烯化妆品,红妹妹心心念念的东西。它是鲨鱼的肝油,但需要融合特制魔药和少量藤壶胶合剂,也就是触角底部的腺体,才能不被水溶解。还有海蛇毒制作的药、临冬海的白鲸脂皂、菩提海的鲛绡、鲨鱼的软骨和鱼鳍制作的药、特殊技术培育的深海鱼以提炼鱼油和魔药结晶、骨片拆开可拼成鲞鹤的鳟鱼骨玩具、喷头将谜之液体喷入鳃中的奇怪治疗器械……

还有美得令人挪不开眼的复活海彩色软珊瑚毯子。这种毯子是纯手工制作的,花纹是繁复的几何图形,纹理多是海洋动植物,以大量珍珠点缀,不注意看还真看不出是什么材质的。梵梨忍不住多看了几眼。复活海毯商用带着些许大舌头口音的海族语说:"今天最后一天,给你折扣,你开价。纯手工无奥术,珍珠都没染色,买了你朋友会特别羡慕你。只要两万五千浮。"

听到这个数字,梵梨深吸一口气:"我住贫民窟。"

经过观察,她也总算明白了,海里用的纸张是用热塑性树脂和无机填充物加工而成,难怪海水浸泡也不会皱、不透光。别说海水,就算是折射率为1.47的植物油倒上来,也不会让纸变成透明的,而是从上面直接流下来。

最后,她们总算去了文艺馆,并参观了沉船馆。梵梨激动万分地进去,却失望万分地出来。里面的沉船虽然数量不少,却几乎都是比较古老的款式,古老到上面没有任何文字信息,只有被海水浸泡的破旧船身。而且,每一艘船下面的详细介绍里,只提到了它们是哪个海域被海族发现的,并没有提到它们来自人类的哪个国家以及它们出发时对应的海域名字。

从船只的设计和船上的摆设来看,她大概能推测它属于哪个文化。例如,一艘船的残骸上有酒罐和白色方形的船帆,看上去比较像古希腊的商船。但信息实在太少,她还是无法通过如此一艘船判定自己的位置。看到这里,梵梨还是决定提出自己的疑问:"你们有没有听说过泰坦尼克号?"

当当和红妹妹一起摇头。

除此之外，梵梨只知道中州号、海尔的马儿森号、玛丽·罗斯号等等已经被人类打捞上岸的沉船。她所知的沉船中，只有泰坦尼克号1912年沉没了，现在依然在快四千米的深海中。因为船体已经生锈到脆弱不堪，稍微有一点水波都会坍塌，人类发现后并没将它打捞起来。有可能是海底名称和陆地名称不一样吧。

"我不太懂人类计算时间的方法。"听她提到了四千米的位置，霏思歪了歪头，"不过四千米的海底是深渊族的领地，我们管不到。而且我们跟人类不在同一个次元，信息不一定都是完全对称的。"

梵梨一激动，差点直接问她"我们和人类不在一个次元吗"，还好控制住了，咳了两声说："霏思，其实我一直不太明白，为什么我们不能和人类在同一个次元里，和平共处。"

"这也是无可奈何的事。"霏思思索了片刻，"如果我们和他们在一个次元，岂不都曝光自己的存在了？智人是多么可怕的物种，完全不能与大自然和谐相处，我们一个机械时代的时间里，他们就让陆地上数不清的物种从地球上消失了，包括他们自己的同属尼安德特人。"

难怪一直以来没看到有潜水的人类。困扰梵梨许久的谜团总算解开了。但当当曾经说过，她在陆地上遇到过人类，那说明出海时，海族公民有办法进入人类的次元。她回去还要好好研究一下。

之后，她们来到了珠宝区。

淡水贝最多可以产四五十颗珍珠，无核海水贝只能产一两颗，有核，核的主要成分是贝壳，形状圆得像人工制的，产量也很低。所以，海水贝的价格一般比淡水贝昂贵很多。大部分珍珠店都是门口摆着一堆凹凸不平的淡水贝首饰，以跳楼价吸引买珠大妈抢购。贵的在店里面。有一家特别高端的店门口没有劣质珍珠，也没售货员，反倒让梵梨有些好奇，拉着当当、红妹妹一起进去。

店中间摆着一个天然礁石，上面展示着被强行扒开的三个大贝壳，露出嫩肉、银白矿物和有机质组成的珍珠层，嫩肉里包裹着颜色大小各异的珍珠。一个淡水贝里的珍珠像七彩弹珠似的，有深紫、淡紫、群青、海蓝、橙黄、粉红、玫红几种颜色；一个厚厚的马氏珠母贝里，土色贝肉包裹着滚圆的黑珍珠；另一个大珠母贝里裹着一对金色的珍珠，跟卵生的一样，可以当作奢侈耳环的原材料。

三个女孩都被漂亮的珍珠吸引了，在礁石前欣赏了半天。当当指着金珍珠兴奋地说："看看看，这就是菩提海的特产，光海顶级的金色海水珍珠。"

"哇,好好看哦……"红妹妹星星眼。

"真的好好看哦……"梵梨星星眼。

"你们这群肤浅的女人……"霏思死鱼眼。

然而,看见这四名客人的年龄、种族和穿着,几名店员就提不起推销的劲儿,抬了抬眼皮,继续低头细心地做手工项链,登记产品信息,整理贵客名单。但店员的冷淡丝毫没有浇灭她们的热情。她们游来游去,跟小学生一样"哇"个不停。

在上了锁的独立水晶柜子里,梵梨看到了这辈子见过最大的珍珠。它重38千克,直径有71厘米,皱巴巴的,像个刷了亮白油漆的榴莲。这自然没有正圆形的珍珠那么工整,但不规则的美和珍珠独有的光泽,正巧释放着大自然的奇妙。看了一下这颗巨型珍珠的价格,梵梨数了好几次,然后继续往旁边游,又被另一个珠母吸引了。

这个珠母长得比较另类,是椭圆球体的涡螺,表面是淡橙色,有一些深褐色斑点。下面的介绍里写着它的名字"椰子螺",它生产的珠子摆在旁边,橙黄色,表面有繁复华丽的火焰纹。

梵梨挥挥手说:"你们快看,这个很特别欸,看上去都不像珍珠了。"

有人应声靠近,游到了她身后,带来一波清冽的水流。梵梨第一次看见这种花色的珍珠,指着它,视线没离开过:"快看快看。"

身后的人没说话。

"小姐您好,这是美乐珠。我给您拿出来看看。"经理刚才眼皮都懒得抬,现在说话突然跟奴隶似的,殷勤地把整个珍珠托都拿出来,小心翼翼地推向梵梨。不仅如此,另外几名店员都赶紧围了过来,帮忙摆正椰子螺,擦拭美乐珠的表面。

"啊,不用,我只是随便看看。"梵梨被他们骤变的态度吓了一跳。

"没关系,您随意看。"说到这里,经理指了指旁边一对美乐珠耳环,对旁边的店员说道,"快拿这对耳环给客人试试看。"

"真……真的不用。"但不管梵梨怎么拒绝,都没有效果。店员把那对耳环放在海绵垫子里,双手捧到梵梨面前,毕恭毕敬地低着头。梵梨连它百分之一的价钱都付不起,觉得怪不好意思的,只能提着它的坠子,怕弄坏它一样欣赏了一会儿,说:"确实很漂亮,你们家的珍珠都好美,只是我没这么多……"

水光和灯光照在珍珠上,它瞬间如明镜般剔透,也隐隐约约反射出她和身边人的倒影。那个人比她高很多。

"喜欢吗？"一个男人低沉的嗓音在耳边响起，像是深渊里的海浪，代替重力拽走了她的三魂七魄。

只是声音都会让人心跳加速。梵梨有一种预感，像是世界末日，又像是万物重生。这种预感让她脑袋放空了两秒，才缓缓回过头去。

你相信一见钟情吗？

梵梨不相信。从无交集的两个人，怎么可能会平白无故产生感情？

可是，与眼前男人对视的刹那，和上次一样，她先是一愣，心脏完全停止了跳动，然后又跟溺水被救起一样，紊乱地撞击着胸口。

她又见到苏释耶了。他还穿着那套祭祀服装，白色的连襟帽扣在头上盖住了长发，披风在水中海草般摇曳。他额前露出的雪白碎发也轻轻舞动，摩挲着大峡谷般深邃的眉骨、鼻骨，还有那双比金泉还浅的美丽眼眸。这双眼睛此刻正投以她平静而友好的目光，但她变成海族后，对于掠食者的敏感度远高过作为人类时。不管他如何表示友好，海洋族的本能都令她有些害怕，同时又觉得深受吸引。

这种自乱阵脚的情绪波动让她很害怕。她一直以为，"宿命中的爱与恨"，只会出现在虚构的故事中。

这是宿敌、赌博、陷阱，是高危的风险，是伊甸园的毒蛇，是她应该远离和躲避的弱点。这一回，她能隐藏住自己的情绪了。她低下头，恭敬地对他行礼："苏释耶大人。"

苏释耶没有回她的话，只是对柜子里一个更大的活椰子螺抬了抬下巴："去把这个螺打开，给她做一个额饰。"

"是，独裁官大人。"经理把右手放在左胸上，朝他鞠躬。

苏释耶身后，当当、霏思和红妹妹大张着嘴，下巴都快掉在了地上。整个珍珠店安静得只剩下了几个女孩子的心跳声。

"不……不用了。"梵梨头摇得跟拨浪鼓似的，"我们只是随便看看。"

梵梨紧张得不得了。而在店员看来，这个画面就很喜感了：独裁官跟一个可爱的路人女学生讲话，从她到她的同学，每个人都变成了僵硬的木鸡。

独裁官的秘书长跟在后面。她的金发高高束在脑后，没留一缕多余的发丝下来，戴眼镜，嘴唇红艳。说话时，她跟机器人一样毫无感情："独裁官大人既然说要送给你，你就别端着了，收下吧。"

"并不是端着，只是无功不受禄。"

苏释耶笑了笑:"我当然是有目的。事关圣都党的未来,不必客气。"

"如果是为了这个目的,我更不能收了。作为光海联邦的公民,我有义务配合独裁官。"

"说得很好,这理由我接受了。那请问梵梨小姐什么时候有空,我们坐下来聊聊?"

"随时都可以。"

"那就明天下午三点吧,我们就在这里见。"

"好。"

然后,苏释耶跟着秘书长、随从们离开了珍珠店。同时,梵梨看见星海出现在了门口,也有些意外地看着圣都这一群人出去。而其他人更是呆如木鸡地看着梵梨。

过了一会儿,四个女孩刚离开珍珠店,忽然,一个苏释耶的随从走过来,递给梵梨一个盒子:"梵梨小姐,这是苏释耶大人给您的。"

在当当和红妹妹的强势围观下,梵梨接过了盒子。打开一看,里面装的是刚才她没有收下的美乐珠额饰和耳环,上面附着一张卡片。

梵梨小姐:

这是一份来自朋友的礼物,不是来自独裁官。

送给女孩子喜欢的小东西可以让男人感到满足。收下吧,就当是为了我。

苏释耶

"我的布可之神啊,独裁官大人也太太太浪漫了吧!"当当捂着脸道。

"梵梨,到底发生了什么事,我看不明白了!"红妹妹分外震惊。

"这就送你礼物了!"霏思也惊叹道,"你是有什么天大的秘密吗,为什么独裁官会亲自来找你?"

梵梨挠挠头说:"我也看不明白,明天来接受拷问看看。"

苏释耶过来说的一通话以及卡片最后的落款都让人很费解。但令梵梨意外的是,他居然这么体贴。不管她口头上怎么义正词严地拒绝,表示没兴趣,他也察觉到了她的喜好。为了不让她有负担,还说成是为了他自己。情商这么高,即便不是独裁官,他肯定也是一个很受女性欢迎的男人。

这时,星海游了过来:"梵梨,居然在这里都能遇到你。"

"是呀，好巧。"梵梨笑得无比灿烂。果然，相比苏释耶带来的危机感，还是与星海相处更愉悦……

当当看了看他，又看了看梵梨："哇哦，你们俩之间这股奇怪的电流是怎么回事？"

"你是不是自己谈了恋爱，希望全世界都跟你一样？"梵梨怕了这乱点鸳鸯谱的当当了。

当当挽着她的手，满面桃红，隔音后说道："对啊，我恋爱了呢。"

"什么？"梵梨睁大眼。

"他很帅，很有情调，有一种迷人的野性气息，还有一个漂亮的女儿。"说到"女儿"的时候，她脸上的桃红转为酡红，兴奋得不能自已。

梵梨下巴都快掉到了地上："等等，前面的话我都懂了，后面'漂亮的女儿'是什么鬼？"

"我就知道你会是这个反应。但是，梵梨呀，你试试看抛开过去接受的理念和世俗的看法，认真思考一个问题：你不觉得有儿女的男人很有魅力吗？"

"没觉得。"

"别回答这么快。你应该遇到过有好感的男生吧？假设一下，他为孩子盖了个房子，然后抱着他和其他女人生的孩子的画面。想好这一幕，再告诉我答案。"

不知为什么，脑中出现了苏释耶的脸，还有他在房子里抱孩子的样子，还是帅炸了。要是孩子长得像他，简直不要太美好。梵梨晃了晃脑袋，让自己别胡思乱想："就算有孩子，当然是抱我的孩子比较好啊。"

"算了算了，每个人审美不一样。"当当解除隔音，又看了看星海，坏笑道，"总之，你们俩真的有问题！"

"那两个才有问题。"星海指向了一个方向。

那里有一对学生情侣在到处游逛，女孩子挽着男孩子的胳膊，下巴枕在他的肩上，时不时亲一亲他的脸颊。梵梨、当当、霏思都吓了一跳，那是琊香和尤灿，那两个人转过身来，也刚好看到了他们几个。琊香第一反应是"拔尾"就游，尤灿看看他们，进退两难，最后把左手放在右胸上，对他们深深鞠躬，跟着琊香跑了。

"我就说嘛，为什么海博会怎么都叫不动琊香。"霏思一脸高深莫测，"他俩速度好快啊。"

Chapter 07 奴隶市场

同一时间,隔壁的美术展馆正厅里,许多艺术生包围着一个剥了皮的海洋族雕像,围观、学习。雕像的艺术家很迷恋石块,像要把囚禁在石头里的灵魂解放出来。银贝尔老师摆动着她的款款雪尾,为几名上阶海族介绍墙上的画作:

"黄金时代的中后期,七大海域有着各自的宗神作为信仰,不甘服于羸弱的圣耶迦那政府。于是,在海域边界总是有一些指挥官带着战争分子对霸占领地跃跃欲试,披甲战斗。胜者请来诸多艺术家,让他们把战争的画面绘制在墙壁上,岩石上,巨大的画布上,宫殿砖瓦上……那时,战争是最流行的艺术题材。画家们刚发明出透视法,他们会耗费百日、千日的时间去雕琢一幅和小山等高的画,只为寻得画技上的立体感。因为商业技术并不发达,相较于吸引别人的喜爱,那时的艺术家更侧重自我表达。因此,在不同艺术家手中,同一场战争可以传达出截然不同的色彩……"

听她介绍的人有布可宗主父子、加斯宗主之子、加斯希天,还有他们的家属和随从。银贝尔老师把草稿背了上百遍,遗憾的是没什么人听她说话。除了加斯希天,男性都只知道,这个老师有着夜一般深邃的大眼睛、雪白的肌肤和涂了冰霜一样的尾巴,她不用讲话,他们都可以愉快地看着她发呆一天。

加斯希天没听她说话,也没欣赏画作,始终是蹙眉冷酷的样子。夜迦已经试图无视他很久了,但还是没忍住,使用隔音术后对他说:"拜托,大哥,你大老远从吠陀赶来,就是为了让我们欣赏你的棺材板脸的吗?我知道你是因为未婚妻不爽,但你已经低迷了多久了,笑一笑好不好。"

"不要再提我和她订婚的事了,我们还没公开。"加斯希天总算开口了。他身材高大而挺拔,把一头海神后裔引以为傲的雪白头发全部梳到脑后,露出金制额饰、金制耳环,勾勒出完美却不近人情的脸孔。他的浓密的雪眉前低后高,又勾勒出一种年轻军官般的冷峻之气。

"不公开你好厉害哦,能算未婚妻吗?"

"她戴上了我送她的钻环,不算未婚妻?"

"哇,都送钻环了,进展这么神速,那我只能说,希望你不要像苏释耶一样有克妻命。早点找到她，把她接回风暴海呀。"

"夜迦，你烦不烦？以前苏释耶就老说你满脑子都是女人，没冤枉你。你问我为什么不爽是吗？"希天把隔音术解开，"如果知道苏释耶要来，我不会来。"

"我们都不知道他会来。"夜迦耸着让他很烦的肩，"连我爸都不知道。"

"独裁官是昨天晚上才临时通知要来的，说有要事要办。"布可巴路说道，"你放心好了，我们不会让你们遇到。但是，你和你父亲都该做好心理准备。如果坚持和圣都党对抗到底，就必须接受一件事——苏释耶是一个目光远大又冷酷无情的人，决定做的事，一定要做到极致。很多时候，你父亲都看轻他了。"

"我没看轻他，但也不怕他。倒是巴路叔叔这样听从一个外族晚辈的话，不会觉得对不起布可宗族吗？"

布可一家子又都有极强的为人处世能力，听希天这么说，巴路毫不意外，毫不动怒，只是笑："你家基因真强大，复刻能力全光海一级棒。你不仅长相跟你爸一样，说话也一个样，扎得我耳朵难受。"

银贝尔老师开始介绍不同画家的同名主题画《风暴之井三海之战》。一张画上挤满了服装各异、阶层各异的海族，在他们的头顶飘扬着三种旗帜：赛菲宗族的三曲腿图徽章就像一个三条腿的车轮；加斯宗族是一个天平，两边挂着的却是刀和剑；布可宗族的标志，则是他们维持了三千万年的"鲜花眼"。地上有被斩断了鱼尾的海族尸体，趴在地上的是求饶的穷苦人民，高处则是举着大旗的军官。虽然画风古老，写实度也不够高，却是一幅能够看见动态、听见喊杀声的画。

另一个艺术家画笔下的风暴之井三海之战，则变成了饱和度极低的贵族式画法：画面里只有穿着铠甲的海族战士和他们的坐骑，亦是姿态各异，生机勃勃，整个画面由近及远，蔓延到生满野珊瑚和海藻的废弃宫殿阶梯上。

等她将整个故事娓娓道完，有人在希天的叔叔耳边低语几句，他转过身拍拍夜迦的肩说："明年的合作全部谈好了，夜迦，你帮了我大忙了。"

"那就好。"夜迦笑得如同春风拂面。

"对了，这位姑娘是谁？可真是个美人胚子。"

希天叔叔盯着银贝尔老师看了很久。希天知道，叔叔好色的老毛病犯了。他将斥责的目光投向叔叔，打算叔叔一说出格的话就制止他。

银贝尔神色慌乱地看了夜迦一眼，想摇头，又不敢。夜迦笑道："她是我们的同事，我朋友的未婚妻，庶民中的天仙，连我都忍不住要虎视眈眈呢。"

希天的叔叔不由失望,但得益于夜迦给了他台阶下,他也维持住了面子:"夜迦,你这孩子,花名在外还不悠着点吗?收敛一点。"

过了一会儿,他们都率先走出去了,银贝尔老师抓住夜迦的衣角,眼中含泪地说:"谢谢……谢谢你,夜迦。"

"嗯?为什么谢我?"

"谢谢你救我……"她顿了顿,长长的睫毛微微发颤,"母亲很久以前就告诉过我,我们和海神族男性是没有前途的,最好的结果只是被玩弄,连当单亲妈妈的机会都没有。所以,我一直和你们这样的人保持着距离。可有的时候麻烦还是会来,像刚才那种情况,如果没有你在,我直接躲开他,难免又会吃一些苦头……"

"你真是太不容易了。"夜迦将了将她脸颊一侧的头发,紫眸明媚动人。

银贝尔睁大那双精灵般的眼睛,从耳鳍到鱼尾都是分外顺从的:"每天像这样,我就已经很开心,很满足了。"

夜迦出去以后,银贝尔静止不动良久,从怀里拿出一枚小小的银色胸针,打开看了一眼。里面有一张照片,是她和一个小女孩的合照。小女孩的面孔简直就是缩小版的她,却长着一对尖尖的耳朵和竖瞳。

这时,泡泡小姐命案负责人撒科警官游向她,出示了证明,她赶紧关上胸针。因为她是最先发现泡泡小姐尸体的人之一,他开门见山地提出了问题。

"我没有在案发现场看到任何人。"银贝尔之前已经回答过了同样的问题。

"你确定?再好好回想一下,在你去更衣间的路上,没有遇到任何人吗?"

"撒科警官,怎么了?"银贝尔眨了眨眼,"遇到的人可能是凶手吗?需不需要我再去问问其他人……"

"不必了,我自己来吧。"撒科警官咂了一下嘴,不甘心地离开了。

梵梨等人在海博会逛到了黄昏时分。后来,蓝思加入了他们,当当去见男朋友了,他们决定找一个地方吃饭。

对于吃东西这种事,没有尤灿在,大家都比较随意。蓝思甚至觉得,随便在路边摊买点海鳃吃吃就完事了。海鳃是珊瑚的一种,在中国清朝,早就有人研究怎么吃它了——剔掉小针骨和中轴骨,把沙子洗掉,加以猪肉煮熟,香脆而美味。但是,落亚路边摊没这么讲究,最后两个步骤省略,只剔掉骨头,把它装在杯子里,跟喝珍珠奶茶一样喝下去。海族的身体不怕细菌,即便吃了沙子,也可

Chapter 07 奴隶市场

以过滤食物,用鳃排出沙子。梵梨还是有点心理洁癖,不想吃,但看他们都没意见,也不好反对。

"要不,我们去吃点好吃的吧?"星海突然说道,"我知道这附近有一家餐厅,裂空海料理在落亚排名都是前五的,价格也很亲民。"

"你说的不会是'幽匠'吧?"见星海点头,蓝思摇摇头,"那家店人很多,要么提前一周预约,要么排队两个小时,我们没那么多时间。"

在落亚排名前五的餐厅,价格再亲民,也不会便宜到哪里去。梵梨迅速补充道:"对对,我们等下还要去奴隶市场呢,没时间……"

"没关系,我有这个。"星海掏出一张券。

"即食券?"蓝思惊讶,"我听说他们不会对外发放这个的,你怎么搞到的?"

"我在'海族舰艇'兼职,这家餐厅的老板送了我老板一张,我老板就拿给我了。"

另外三人都雀跃了,梵梨无力反抗。接着,他们在客人下水饺般多的餐厅里,拥有了一席之位。坐下来后,透过落地窗,可以看到窗外繁华而宽敞的街道上,有快餐店、酒吧、单行道以及小巷里的街头涂鸦。在落亚市的上方,太阳神依依不舍地留下最后一缕发丝,把这一切都染成了橘黄色的。但餐厅里,一天仿佛才刚开始:色彩斑斓的灯光轮番流动,穿着超短裙的女服务生扭臀摆尾,来回游走,旁边的客人兴致高昂地讨论着海博会上谈成的合作。

三个女生坐在一边,两个男生坐在一边。蓝思观察了周围的环境,对星海露出了钦佩的眼神:"哈,你厉害啊,'海族舰艇'的兼职都能搞定。我和霏思过去面试,都被刷下来了。"

"海族舰艇"是光海最大的舰艇工厂,主产私舰,每天五千二百艘,它的总部在红月海另一座工业城市,但落亚分部有一个颇有创意的舰艇展示方式——圆筒形舰艇塔。塔有二十层,高九十二米,能存放八百艘舰艇,全都是最新出厂的款式。

"还好,'海族舰艇'兼职里最赚钱的是销售,但他们不收兼职销售,我只能做奥术芯片研发助理。"星海说道。

"薪水是其次,要知道,你的履历表里以后是可以写上'曾经就职于海族舰艇'的。以后想留在圣耶迦那,就容易很多了。"

菜谱很好,动态的,戳一下就点好了。梵梨一边看菜单——确切说,是菜

单上的价格,一边听他们聊天,突然看见霏思把食指移动到了一道活海鲜大拼盘上,盘里的各种海洋生物都剃了壳刮了鳞,却会蠕动,差点让她心肌梗死。她向红妹妹投去求助的眼神,但红妹妹在研究桌上系着蝴蝶结的藻球。

"霏思,"星海说道,"我跟你换个位置,你看看蓝思想吃什么。"

"哦,好。"霏思拿着菜单过去了。然后,她发现,星海坐在梵梨身边和对面,梵梨的反应完全不一样。现在,这丫头看上去就像放假的小朋友,眼睛都笑没了。

星海又找服务员要了一个菜谱,摆在梵梨面前:"这家店的江珧柱很好吃,要不要试试看?"

梵梨很想说"好",但她还是想翻翻价格。

"马鲛鲳也不错,都是从裂空海运过来新鲜材料。"星海顿了一下,又补充道,"都是熟的。"

"咦,你知道……"梵梨愕然地抬起头。

"在学校就发现了,你喜欢吃熟食,不喜欢吃活食。"看见梵梨露出感激涕零的表情,星海忍不住笑了,"那咱们就点这两道好了。"

"那个,我不是很饿,你们吃好了……"饿死了,好穷啊。

星海当没听见,把两道菜都点了。他接着跟对面的蓝思聊奥术专业的就业前景,霏思也时不时插上几句。梵梨在旁边听着,居然觉得光海的工作挺有意思。不过多久,服务员就陆续上菜了。

星海给梵梨点的是清蒸江珧柱加凉拌海草。为了保障热度,气囊会一直罩在食物上,持续一个小时。她低头靠近气囊,夹起一块贝肉,放入嘴里,质感滑嫩,熟肉的味道让她感动得几乎掉下泪来。

"星海,你真会点菜。"她感激涕零地想着一会儿如何要求只付这道菜的钱。

星海的裂空海马鲛生熟双拼盘也上来了。熟的那一半做法是用酱油、柠檬皮腌制鱼肉,再烤熟全散发肉香。生的那一半已经去了皮,肉质晶莹剔透,切得跟豆腐似的方方正正,旁边放着一块魟皮模板,上面系着一根茎状水生植物。

"尝尝这个。"星海把熟的那一半分给了梵梨,用魟皮模板夹住那根植物研磨,再次打开,夹起一块生鱼片,在上面轻蘸,"这个要尝尝吗?是生的,但不是活的。"

"好。"

"那你要靠过来一些,这个佐料是全天然的,没添加黏合剂,放到海水里会被冲散。"

梵梨按着头发，凑过去，夹起那块生鱼片吃下去。原来那根植物是芥末。但因为是才磨成泥的，所以味道特别新鲜，也不是特别呛口。而马鲛肉剔掉了刺，肉厚滑嫩，吃得非常过瘾。到了海里这么久，这是她第一次发现，原来他们的美食其实不亚于陆地。就海鲜口感而言，比陆地上美味多了。但吃着吃着，她发现星海没在吃东西，反而在看她吃。

"怎么了？"她有些不好意思地抬头。

"你知不知道我们学校附近有一家店的马鲛鲳也不错？有醋渍、火烤两种做法，还可以用烤熟的鱼皮混海带吃。"

"这才开学没多久，你就去吃过了？你不会是个隐藏吃货吧。"

"喜欢血腥味，当然也喜欢吃肉。"星海把自己的气囊推过去，贴在她的盘子旁边，然后夹了一块蘸好的生鱼片给她，"你要是想吃，明天我带你去吃。作为回馈，你再做一次炎魔甜蟹给我，可以吗？"

"没问题！"梵梨开心地合掌，"那该吃哪种口味的呢？"

"两种都还不错，很难选。"星海思考了一会儿，"那要不明天去吃醋渍，后天火烤好了。或者把两种都打包，我们俩分着吃。"

"好啊。"

梵梨笑着点头，一时间竟然忘记了要出海的事，反而觉得校园生活更有盼头了。

"有什么好吃的，我也要来。"霏思的耳鳍立了起来。

"别闹，你以为谁都跟我俩一样吗？"蓝思用手肘碰了碰霏思，"让他们俩自己去。"

霏思扭过头对着他，瞪圆了眼睛——是谁之前还说信不过鲨族来着？一顿饭，一个工作话题，你就被收买了？

用餐结束后，"双思"夫妻回家了。红妹妹看时间还早，于是提议去奴隶市场转转，梵梨和星海附议。

黑暗降临，整个光海大换血变成了另一个画面：大量深海住民垂直迁移到了光海的国土，被西班牙渔民号称"红魔"的洪堡乌贼伸展开它两米的巨大身躯，对同类发射着红白相间的"闪光信号"，为了捕杀灯笼鱼，从黄昏区追随它们进入黎明区，跳到了水面；位于海平面下一千米的桨鱼——世界上最长的硬骨鱼，足足有十五米长，头顶"王冠"，抓住那些急匆匆"通勤"上浅海区的小型甲壳

纲美餐；贪婪的鼬鲨也出来觅食了，用十年换掉两万多颗牙齿的掠食者本能，把视野可见的生命全部吃掉；而魔鬼鱼不论日夜都很活跃，它们张开柔软扁平的双翼，遵循环形路线游动，用环形水流刺激猎物入坑，有一种海洋舞者的极致唯美……失去了日照，黑灯瞎火的落亚郊区看上去有些可怕。但无数盏萤火灯随着浪花旋转漂移，照得奴隶市场灯火通明。

虽然知道光海奴隶制是合法的，但真正看到了贩卖奴隶的画面，梵梨还是感到了强烈的冲击：他们衣不蔽体地被装在一个个钢铁笼子里，笼子大的装一堆，笼子小的装一个，脖子或尾鳍上都系着铁链，铁链又牢牢地锁在栏杆上。路过的买主会与奴隶主询价，掰开奴隶的牙齿、捏捏他们的肌肉。

奴隶大部分是罪人、战俘、奴隶的后代，几乎都是海洋族，只有少许的混种和极低概率的捕猎族。混种价格都比海洋族高五倍以上。捕猎族再翻十几倍、几十倍。一些富有奴隶主的摊子旁边，有一些头戴红冠、拿着三叉戟和鱼弩的勇猛壮汉。他们是"奴隶猎人"，专门捕猎逃跑的奴隶。

"唉，还是好贵呀。"红妹妹挨个儿看了他们的价格，"现在奴隶来源如此充足，为什么还卖这么贵。"

"价格贵？"梵梨再次确认价格。普通奴隶只要三百到五百德洛普，奥术课本可以换一打。

她问："你为什么要买奴隶？"

"等攒够钱，我们夫妻仨准备搬到大一点的房子去，当然需要配一个奴隶啦。"

"咱们不都是海洋族吗，为什么还要奴役同族呢……"

"同族？"红妹妹像看怪物一样看着她，"梵梨，你家里没人是奴隶吧？"

"没有啊。"

"还好，不然我可不跟你交朋友。你以后可别张嘴就乱说什么同族。"

看见那些被关在牢笼里瘦弱的奴隶，对比那些在牢笼旁吃得肥到流油的奴隶主们，一股无名火在梵梨的心中徐徐升起……甚至看看红妹妹，她都觉得很可恶。生在恶劣的环境中，这些海洋族的孩子没有错。同为生命，甚至是同族生命，怎么可以做到如此歧视与践踏？还好她不是生在这个世界的，不然，她恐怕会被这世界的很多现象气到吃不下饭。

这时，一个奴隶主游过来，做了个示意他们跟过去的手势。他身材肥胖，右手大拇指上戴着一枚夸张的祖母绿宝石金戒指，宛如一夜暴富的阿拉伯莱市屠夫。星海没打算理睬，但红妹妹好奇过去看了，梵梨也游了过去。

奴隶主向他们介绍一个大笼子里单独陈列的男孩子："这一只是'高智者'血统的优质奴隶，才五十五岁尾巴已经很长了，以后会是个大体格的奴隶。长得非常有'高智者'的气质，预计成年后体重可以到170斤。一边眉毛偏高，除此之外全身对称，耳鳍无瑕疵。我们家都不对奴隶做绝育，以后可以留来当种奴。已经打过寄生虫疫苗，做过全身体检了，只要这个价。"他伸手比了个数。

"我不买赝品。走吧。"星海头也不回地走了。

红妹妹本来也只是好奇问问价，她买不起这么高级的奴隶。梵梨跟在最后，只留下奴隶主在后面嚷嚷："不买没什么，有机会再来看看别的货。"听到星海说"赝品"，他其实心里有各种不情愿，但他也怕被举报，只能抚摸着戒指上的碧绿大宝石，压着火气，好言道别。

他们逛到了市场尽头，在一个比较偏僻的地方休息。游了一整天，梵梨有些累了，伸了个懒腰："其实我不懂，'高智者'是什么？"

红妹妹环顾了一下四周，确认无人偷听，靠到梵梨耳边低语道："苏释耶大人有一个没血缘关系的高智商妹妹。深渊抗击战乱时期，他们兄妹失散了几年，她被卖到了奴隶市场。'高智者'奴隶，就是指带有这个妹妹亲生父母和他们亲属血统的奴隶。"

"你是说苏伊？"

"哦，对，我才想起来，你就是学奥术的，肯定知道苏伊。没错，就是她。你不知道她曾经当过奴隶吧。"

"可是，以独裁官的地位……"梵梨怎么想怎么觉得不对，"想为他妹妹所有远房亲属赎身，不是轻而易举的事吗？怎么还会允许他们继续沦落奴隶市场呢？"

红妹妹用力一击掌："有道理啊，我怎么没想到！梵梨，你这小脑瓜也太好使了吧！"

"谣言的扩散是有模式的。当谣言的接受成本远小于辨认成本时，很容易呈指数扩散。这个谣言的接受成本并不高。"

"噢！"红妹妹没有听懂。

星海一直没说话。他快速游动，一直按着额头，身体摇摇晃晃，好像脑袋有千斤重。但梵梨在和红妹妹讲话，没看见这一幕。和红妹妹沿海山斜坡闲游了一会儿，梵梨忽然停了下来，发现前方有四个海洋族妙龄少女朝他们快速游过

来，颤抖着发出细微的呜咽声："我们感受到了危险的气息，这附近是不是有深渊族……我们好害怕……"

梵梨只感受到了危险的气息，却全然不知发生了什么。其中一个少女抖得最厉害，一边哭泣着说："姐姐快抱抱我，我好怕，救救我们……"一边慢慢地靠近梵梨。

她小小的脸周围滚满了泪珠，梵梨一时不忍，有些纠结，却听见星海的声音从身后响起："让开！"

与此同时，少女眼睛突然变成完全的血红，尖牙从口中伸出，手指甲长长了五公分以上。她的身体也变壮大了，肌肉在一秒之内绷紧，发出嘶哑声，一口朝梵梨的脖子咬去！她的速度实在太快，梵梨来不及退闪，眼见就要一命呜呼，整个人却被一道强有力的水波震开。

四名少女变成了赤目獠牙的黑发深渊族，被那道水波弹到了十五米以外。但她们回击得也迅速极了，梵梨看见一道身影闪电般冲过去，挡住她们的去路，成功激怒了她们。她们不再袭击梵梨和红妹妹，咆哮着朝着那道"闪电"冲刺！四道黑影和一道白光数次撞击，分开，撕打，错位，再次撞击……快得令人眼花缭乱。直至一道道水浪奔涌而来，同时鳃里吸入海水里的血腥味，梵梨才意识到这不是做梦，是真实的场景。

那道白光是星海，他手里拿着短匕，在和深渊族们交战。很快，两个黑影陆续战败，被划伤了脖子，重重摔到地上，溅起了厚重的泥沙。第三个恼怒至极，一口咬住星海握匕首的胳膊，匕首"当"的一声掉到了泥土里！深渊族凶猛得左右摇摆身子和尾巴，试图把他的胳膊撕下来，却见他手心有金色闪电跳跃，迅速凝聚成球，倒扣在她的头顶。她闷哼一声，试图逃脱，浑身却中了极强的电流，全身高频颤抖。

最后 个深渊族进退两难。她已经十二天没进食了，但眼前的光海族，似乎不像她们预测的那样柔弱。梵梨看了一眼埋在沙里的匕首，过去拾起它，举起来，朝最后一个深渊族游去。那个深渊族看了看她，又看看星海，吓得一溜烟游到了悬崖边，头也不回地跳了下去。红妹妹想跟过去看，星海说："别去，那里说不定有更多的深渊族，我们赶紧离开。"

他这才把已经电晕的深渊族甩开，一边游动，一边按住自己的伤口。梵梨从包里拿出一瓶随身携带的疗伤药，过去帮他涂抹，却看见他指缝间一直有鲜血扩散在海水中。她轻轻拨开他的手,发现被咬得很深,都能依稀看见骨头了,不禁脸都皱成了一团:"星海,你……你受伤好重,我们赶紧去医院吧……"

"没事,小伤。"

星海把那三个晕过去的深渊族扔到悬崖下面,带着她们往落亚市中心的方向游动,同时施展奥术为自己治疗。红妹妹低头看着他的伤口一点点愈合,看见宝藏般惊奇道:"梵梨,你这个同学好厉害啊,一打四,真不愧是鲨族。"

"是的是的,刚才救我们的样子真是帅呆了!"

看见梵梨星星眼的样子,星海笑了笑,淡淡地说:"其实刚才我已经没力气对付第四个了,但她看到梵梨拿着匕首居然吓得跳悬崖了,还是太年轻了,胆小又缺乏战斗经验。"

红妹妹打了个哆嗦:"以前我只在刑场看到过深渊族,不知道他们还会变形。"

"有很大一部分深渊族都有拟态乌贼的能力。捕食本能让他们演化出了很多光海族没有的特质,例如变形、变色、变透明也就是隐身、在黑暗中发出荧光。獠牙和指甲就不用说了,深海鱼都长这样的。"

"太可怕了,难怪从小到大听过的鬼故事都是和深海有关的。"

他们回到了奴隶市场,正准备去医院,却看见行刑台周边围满了人。红妹妹咂咂嘴说:"哎呀,又要砍头了。"

"看来还有其他深渊族被抓。"

梵梨好奇地探过脑袋看了一眼,却刚好看见一片叫好声中,一个深渊族嘶哑而愤怒地大喊,被硬生生按在了断头台上。然后,刽子手下一百公斤的刀刃,连普通罪犯应有的牧师祷告都没有做,直接送走了他的性命。鲜血染红了海水。那颗翻着白眼、表情愤怒的头颅在地上轻飘飘地滚了一圈,就被刑法部门的海族装入口袋,丢到了饥饿的鼬鲨群里。

梵梨被这野蛮残忍的一幕吓傻了,连叫都叫不出声来。想到使用灵魂交换禁术就会是这样的下场,梵梨只觉得自己脖子酸酸的,脑袋摇摇欲坠,死亡的恐惧跟白蚁群似的蚕食了她的神经。但前一个惊吓尚未过去,又一个诡异的画面出现在了她面前:在士兵的推搡下,路边的平民自动让开了道路。两名殡葬人员抬着一个担架游到了更高位置。染血的布盖住了尸体,一只肥胖的手从担架上滑了出来,大拇指上戴着一枚祖母绿宝石金戒指。

"刚才那个奴隶主死了?"梵梨愕然道。

星海点点头:"应该是深渊族动的手。"

后来红妹妹也回家了,梵梨陪星海到医院包扎伤口。从医务室出来以后,星海低下头看了看她:"你还好吗,从刚才就一直忧心忡忡的样子。"

梵梨满脑子都是深渊族头颅落地和戴戒指的手,思绪一片混乱。她低下头,游出了医院。夜间的落亚有一种繁华褪尽后的沉寂。海浪如有巨风吹动,吹来海面上的呼唤、更深处的絮语,抚摸着咸水淹没的草原,摇动着生命之花般的彤红珊瑚群。见梵梨只是垂着脑袋埋头前游,星海亦步亦趋地跟在一侧,轻声说:"如果不方便说的话,有我可以帮到你的地方吗?"

"我……"梵梨停下来,求助的眼睛被发丝半掩,"我……我想去陆地上。你可以帮我吗?"

"去陆地上不是什么难事,只是现在有出海禁令。等解禁以后,我随时可以带你去。"

"可是,还有多久才会解禁呢?"

"最近圣都已经放出消息来了,可能半个月到一个月吧。"

太久了。她怕自己还没等到那时候,已经人头落地了。她有些恳求地说:"星海,想出海的事……我只告诉了你一个人。"

"嗯。"

虽然听上去不是什么大事,但星海已经感觉到了,这对她来说是非常重要的秘密。他又和她并肩游了一会儿,眺望着远方梦境般的发光水母群,微笑道:"在你的家乡,婚礼誓词是怎样的?"

"不论贫穷与富有,不论健康与疾病,我都愿意与你患难与共、白头偕老,直到生死将我们分离……这一类的吧。"

"在我的家乡也差不多,还带上了对宗神的誓言。其实,我觉得什么看在神灵的分儿上对另一半爱的誓言并不伟大。伟大的是一个男人违背DNA本能去选择牺牲自己,爱他的妻子。"

"你是想起你的父亲了吗?"

"是。我记得他和有多爱我的母亲,记得他告诉我,如果遇到自己爱的女孩子,要多用心地去对待她。我也记得,父母想方设法要让我活下来。但是,他们似乎白费心血了。"

"为什么?"

"我的身体很不好。"星海顿了顿,"我有严重的负面记忆吞噬症。"

"负面记忆吞噬症?"

"嗯,我经常会头疼,严重的时候还会陷入假死状态。醒来以后,健康没有被影响,但是,记忆里就会出现大段空白,而且这些空白,似乎都是曾经很痛苦的记忆。例如,我知道童年时期有很长时间不快乐——我在小学时写的作文里看到这些事,但现在一点印象都没有。我也不记得父母死去前后发生的事、当时的心情。因为记忆中的大片空白,我经常恢复意识再看时间、日期,就会对不上号。"

光海里居然有这种病……梵梨很惊讶,但也觉得很替星海担忧:"完全不忧伤的人生……好像很难想象。"

"抱歉,梵梨,让你感到不适了。"星海无奈地笑笑,"我告诉你这件事,只是作为交换的秘密而已。这件事,我也只告诉了你一人。"

"嗯,我不会告诉别人的。"

有了这一天的经历,梵梨更加想念陆地上的生活了。她已经做好了无数种未来出海的打算,却没想到这一天那么快就会到来。

第二天早上,梵梨游到一楼,准备看看新闻和书籍,就去海博会见苏释耶。但打开电视机,刚听到新闻的刹那,她呆了。当当尖叫一声,飞扑过来拉住她的手,耳鳍上的荧光腺体也跟着抖动:"梨子,啊啊啊,太好了!漫长的禁闭日总算结束了!"

红月海新闻里,记者正在采访落亚市市政官,字幕上的新闻标题是"圣耶迦那海陆部:出海限令解除"。

新闻主持人的声音随即响起:"日前,圣耶迦那海陆部宣布出海限令正式解除,37942名圣耶迦那市民已经办理了出海登记手续,达到了184年内的出海人数新高。海陆部宣称,接下来两周内,其余海域将陆续解除限令。下一个将对市民开放出海政策的海域是红月海,开放时间为10月15日早上七点整。光海独裁官苏释耶在红月海首府落亚市接受了采访,表示为了感谢光海公民对圣都政府调查案件的积极配合,即日起至今年12月30日,所有办理出海登记的手续费用将由圣耶迦那政府承担……"

Chapter 08　2271年的含义

看见新闻里苏释耶眼神专注、轮廓犀利的脸，梵梨觉得他简直帅出了新高度。她立即就去出海登记局做记录，让工作人员给她的出海准许证刷一下"卡"。这如果不幸从陆地回来，还能通过指定的通道，回到光海次元。出海登记员看她还是学生，再三叮嘱："记得不要暴露海族身份，否则将会被永远流放在异次元世界里。"

当当曾经说过，上岸以后什么都看不清。从光学角度解释，是因为视力的产生取决于晶状体在视网膜上成像的质量。水的折射率比空气大，生物在岸上吸收入眼睛里的光偏折效应比在海里大。光在海里已经发散了一次，而不像在空气里，光线直接在晶状体上折射给视网膜。所以本质上，海里的生物是戴着"近视眼镜"成长的，他们上岸以后，就会变成深度近视眼。于是，梵梨去百货商店买了一副通用上岸眼镜。

看看时间也差不多了，她乘公交去海博会赴约。她到了前一天遇到苏释耶的珍珠店，苏释耶一行人早就在里面等候。见她来了，苏释耶遣散了秘书与随从，让她随自己游到这栋建筑的高处。不远处高耸的海山上，许多白肤海族少女摆尾缓游，就像嬉闹的仙子。初秋的阳光带给落亚五彩斑斓的安宁，这栋高楼承接着光与浪，就像通向天堂的云梯。在高处往下看，落亚魔化丛林般的美景尽收眼底。

"我在落亚外有一个别墅，我们去那里聊吧。"苏释耶转过身来，"若非正式场合，我不太喜欢有一大帮人跟着，而且他们速度太慢了。介意我带你过去吗？"

"当然不会。"

她只是顺势一答，没想到他朝她摊开了手。她这才理解了这个请求的意思。虽然他戴着手套，但她还是难免感到赧然，做了很久心理工作，才把手放在他的手心。他的手看着瘦长，却意外地大，轻轻一握，就把她整只手都盖住了大半。

"如果太快或觉得不适应，告诉我。"他转身朝着东边的方向，散发着圣灵之光的尾鳍徐徐摆动。

点头之后，手被握得更紧了一些。刹那间，两个人冲到了两百米之外，留下一堆密集的气泡。帽子滑落在肩上，碎发初雪般在水中舞动，苏释耶回头看了看梵梨的状况。梵梨完全没动,是被拖着游动的,显然已经吓傻了。他稍微缓一些,似乎是在让她适应自己的速度,然后再度往前冲了几百米。

如果说宇宙极限速度是无质量粒子的运动速度,那海底生命极限速度就是苏释耶的移动速度吧。这简直是在乘坐威力加强版的瞬间移动过山车啊!眨眨眼,周围的环境就变成了另一个画面。再缓慢一些时,梵梨心都快跳停了,拼命拍自己的胸口。再接下来,他没再停过,拉着她往前疾冲。她感觉自己的手都快被拽脱臼了,他似乎也意识到了这点,就用一只手握着她的手,另一只手扶着她的腰,再次加快了速度。她看不清周围发生了什么,当反应过来前方有大型生物或海山岩石时,他早就拉着她转过方向,把障碍物甩在了身后几百米处。后来,她听见耳边传来噼啪断裂声和爆炸声,但被这个极限运动刺激得不敢看发生了什么……

三十九秒后,他们停下来,他松开了手。梵梨从背脊到整条尾巴都麻了,差一点翻身躺成一只死鱼。身上有淡淡的蓝光褪去。她低头看了看手腕处最后散去的光,又疑惑地抬头看向苏释耶:"这是……"

"防爆术。"

在水里移动速度太快,水会因为摩擦生热变成蒸汽,会发生小范围爆炸。本来梵梨以为刚才听到的爆炸声就是他所说的爆炸带来的,但得知他们已经游出五六十公里外后,她知道了,防爆术应该可以把和水的摩擦减小,但还是没办法完全消除音爆。

陆地上的音速是每秒三百四十米,水里的音速是每秒一千五百米。而看看苏释耶,他整个人都好好的,她也没被炸得灰飞烟灭。为什么会遇到这么反人类的现象……

苏释耶的别墅风格与红月海的风格不太一样。它是建立在一座海底山上的拱顶石头建筑,正面有一个与屋脊同高的门廊,门廊由方形基础的八根石雕柱子支撑,上方有海族神灵浮雕,他们或朝天伸手,或捂胸祈福,引领来宾进入二十米高的拱顶下。

进去以后,一条长长的珊瑚毯子蔓延至厅堂,十二名奴隶站成两列迎接主人。这座建筑也是绕着中央天井——周柱中庭而建,而别墅室内和中庭里人虽多,却井井有条忙着自己的事,安静得像是没有人。客厅里挂着上阶海族偏爱的手工镶嵌画,单个嵌面石都是石块和贝壳材质的。镶嵌画的风格各异,有上古时期风海森林附近用三叉戟捕猎的渔民、以"海洋主宰的末日"为主题的深蓝镶嵌画、菩

提海哭出了一座珍珠山的东方海族、星辰海海底森林的街头音乐家、戴着面具的深渊族戏曲演员……最大的镶嵌画前摆着卧榻,样子很像沙发,但没有靠背,只有做工精美的扶手,上面摆满了食物。

苏释耶换回了陆生状,为梵梨拉开椅子,等她坐下后,也在她身边坐下,吩咐奴隶把菜肴端上来,说:"梵梨,你在落亚大学奥术学院读书,对吗。"

"是的。"梵梨正襟危坐,有些紧张,"刚上大一。"

"那你肯定知道苏伊了。"

"是的。"

"除了奥术学家这一个身份,她还是圣耶迦那奥术院院士、尔国临格奥术研究奖得主、神圣光海军事研究部的副监察官兼首席魔药师。现在,她带着圣都的军事机密跑了,我们为了抓到她,才有了这个出海禁令。"苏释耶倚靠在椅背上,右手食指关节轻轻靠在下颔,看着她的眼神像是暴风雨前的海面,毫无波澜。

"她投奔了风暴党吗?"

"从她消失后,有人告诉我,风暴海最珍稀的钻石'天命瞳'被订了。同一时间,风暴海哈里真郡薄伽市警察局的公民登记信息里,突然多了一个海洋族女性,她奥术成绩相当拔尖,年纪轻轻就考了很多资深教授都考不到的双S。"

听到这里,梵梨愣了一下:"什么意思?"

苏释耶盯着她,就像盯着抓了自己一爪的猎物,扬了扬眉:"演够了吗?苏伊院士。"

梵梨看看周围,确定旁边无人,于是指了指自己,本想说"真的是我吗",但这样说,无异于承认了自己灵魂交换的罪行,是砍头罪。但如果承认壳子里就是本人,是叛党罪。总之,横竖都是死,而且是糊里糊涂地死。最后,她只说了一句话:"我不是苏伊。"

"那你是谁?"

"我是梵梨,就是一个普通的贫困学生。"

苏释耶朝她挥了挥手,一把冰剑从他的手心飞出,击中了梵梨。初至海底的呕吐感再次袭来,梵梨按着腹部身子摇摇欲坠。通常,苏释耶使用的这个变形术"门农之相"会有冰箭化作无数星河,快速将对象包围,然后才会进行能量转换、奥术变形。但苏释耶的奥术施法之快,已经强到了肉眼无法看见这些过程,只是一闪而过。所以,梵梨的恶心感也散得很快。

"喝一点变形药，就以为能瞒天过海了？"苏释耶微微一笑，样子漂亮极了，却是冰冷的，"梵梨小姐不如照照镜子？"

梵梨按照他的目光提示，看向了房间里的全身镜。镜子里的人，已经不是原本的样子了。她的耳鳍、整条尾巴都变成了海蓝色，大卷发蓬松而茂密，如深冬皮草披肩覆盖在她瘦削的肩膀上，和夜迦为她幻化出来的发型一模一样。但是，脸却变成了她在奥术史课堂上看到的那一张。只是，她的眼神与苏伊毫无共同之处，因为神态天真，又有些慌乱，她捂着脸，反复按压脸部的不同部位，不敢相信自己的眼睛。

梵梨从来没有美到过这种高度。此刻，连苏释耶家养的四只紫水母都不到处跳动了。它们扭转着十厘米宽的伞状体，拖着十多米长的"芭蕾缎带"，姿态优美地游过来，环绕着她打转，生物荧光一闪一闪。她被它们吓了一跳，跟着转过身，一头海浪般的长卷发轻轻舞动，灵动美丽的眼睛也刚好转向苏释耶的方向。

苏释耶原本冷静地观察她，面无表情，但她这一回头，他双眸微微睁大，轻吸了一口气。

梵梨很想问到底发生了什么，但又不敢，怕说错一个字都会跟深渊族似的人头落地，只能无助地看着他。很显然，这不是苏伊会露出的眼神。焦躁感侵袭了苏释耶的身体。他徐徐向她走来，低头看着她，单手掐住了她的喉咙。

她咳了一声，错愕地回望他。

"你最好不要玩我，苏伊。"苏释耶眯着眼，一字一句道，"如果让我发现，今天的一切都是你演出来的，那你会死得很惨，知道吗。"

"我……"随着他的手指收紧，她又咳了两声，吃力地说道，"我不是……不是苏伊……"

"我曾经对你如何，你心里是有数的。圣耶迦那政府动用了多少资源来栽培你，你心里也有数。而你，你是用什么来回馈我、回馈圣都党的呢？"

"独……独裁官大人……我不是……"

看见梵梨毫无防备的目光，苏释耶终于放弃了最后一次试探。同时，他回想起苏伊曾经不经意对他说的话："我现在在研究一种灵魂交换术，是你们都没想到的。它可以超越时间和空间，超越种族和介质，把任何人的灵魂都带到被交换人的身体里来。"

"那你研究出来了吗？"

"还没有,但我会成功的。"她说话总是那样,俏皮中带着满满的自信,好像全天下没有什么事可以难倒她。

现在,她真的成功了。证据已经够多了,梵梨不是苏伊。苏伊虽然聪明,但演技没完美到这种程度。她不可能把一个人类的样子模仿成这样,一点漏洞都没有。

"苏释耶大人,请……请放手……"

等他终于松了手,她撑着卧榻,咳得连鳃都全部大大张开:"不要这样,我要真是苏伊,今天还会待在这里任你处置吗……"

"行了,我相信你了。"苏释耶叹了一声,"现在可以说实话了吗,你是谁?"

梵梨委屈巴巴地说:"苏释耶大人,我不想死。"

"照实说,我不杀你。"

"我好像是莫名其妙就犯了死罪……你说不杀就可以不杀吗?"

"我是光海独裁官,只要你在来圣都之前保证不被人发现身份,我就能保证你不死。"

"我其实是人类。至少过去的十八年中,我不记得自己和海族有什么关系。"

"说下去。"

然后,梵梨把一切都招了:怎么醒来发现自己变成了海族,如何得知灵魂交换会被砍头所以一直假扮原主,如何试图出海寻找父亲但碰上了出海禁令……

"你在人类世界是哪个国家的?"

"中国。"

"你们用什么样的方式进行远程交流?"

"移动电话,和通信仪很像。我们没有奥术,文明的发展都是建立在科技上的……这些信息,苏释耶大人应该都知道吧?"

"不,"苏释耶皱了皱眉,"我出海过很多次,但没听过这样的国家。"

梵梨又想起了房间里手写的诗。原来,那首诗其实就是苏伊本人写的。她谨慎地说:"对了,苏释耶大人,苏伊只是背叛你吗,她……有没有试图杀过你?"

"你说呢。"苏释耶笑了笑。

"这个身体的主人跟我说:'告诉那个男人,2271年后,他会再被杀一次。'说的人是你吗?"

"2271年?"苏释耶不解地看着她,冥思苦想了许久,忽然声音变轻了很多,

"我果然没有预测错。"

他闭上眼睛，久久没说一个字。忽然，他狠狠一拍桌，把海藻瓶都震翻了："2271年后，亏她想得出来！"

梵梨弯下腰去，把海藻瓶重新扶起来："息……息怒……"

苏释耶用手指关节撑着太阳穴。他已经很长时间没有如此情绪激动过了。

人类文明进步速度那么快，2271年后会发生什么完全不在他的掌控之内。苏伊这步棋走得好啊，现在斗不过他，就宣战2271年以后。好啊，太好了。他沉默，梵梨也不敢吭声。直到漫长的四分钟过去，他才总算恢复了之前波澜不惊的状态，叫奴隶拿了笔和纸给梵梨："把你的人类公民信息给我。"

"您……您是打算把我的人类身体杀了吗？"梵梨被吓到都开始叫"您"了。

"灵魂换不回来的话，这也不失是一种方法。"

梵梨又打了个大激灵："那我可以申请晚一些给您这些信息吗？只要给我一年，不，几个月时间，我会想办法回去的。如果回得去，也不用劳烦您亲自出马了。"

"行。"

他答应得那么快，令梵梨有些受宠若惊："谢谢独裁官大人！"

而苏释耶看着眼前的女孩，觉得人的气质可真奇特。明明是同一个身体，她却可以笑得阳光灿烂，清澈单纯。他淡金色的眸子重新扫向她，温柔了许多："现在我要问的问题都有答案了。你有什么要求和问题吗？"

"苏伊在房间里放了一些药，说这些药不喝就会死，是因为和传闻说的一样，她得了重症吗？"

"不是。说她得了重症，只是不想让圣都党海域知道她叛变了，引起恐慌而已。至于她放的药，"苏释耶轻笑了一声，"变形药吧。"

所以，原主根本就不是什么命苦的贫民窟少女，考双S也没什么好奇怪的。这并不是一个与同龄人比励志、拼命的故事，而是一个圣耶迦那奥术学院院士做中学生考卷的故事。而她现在这颗大脑这么彪悍，也不是因为好运，而是因为，这是尔国临格奥术研究奖得主的脑。然后这个院士，还是叛党贼。打扰了。

"那……苏释耶大人，如果我没能成功和苏伊换回来，您有办法把我们换回来吗？"

"目前没想到解决方法，如果是别人还好，苏伊很难。她的魔药学造诣远高于绝大部分的奥术学家，也特别敢做尝试，即便调动光海所有的魔药师去调配魔

药,也未必能有拉回她的本事。所以,我好奇你会怎么寻找换回来的方法。"

梵梨只觉得,到了岸上,任苏伊适应能力再怎么强,也不可能很快弄明白人类社会运作的所有法则,获得在海里同样的成就。毕竟,失去了这颗大脑,她有的只是过去两百多年的记忆和经验而已。

"但我知道,"苏释耶坐在躺椅上,突然说道,"她最多也就只能逃2271年。"

"'只能'?"

这2271年是个什么"梗",难道苏伊有办法让范梨的人类身体活2271年?她心中又有了一种不祥的猜测,但这种念头只是一晃而过。她不想再脑内乌鸦嘴了。事情肯定肯定不是她想的那样。

"两千多年……"苏释耶若有所思地望向窗外,轻叹一声,"是有点久了。"

"其实我一直有些好奇,既然之前您抓到她那么多次,她确实也有背叛圣都的意思,您为什么不……"后面不知道该用什么词来描绘,处罚、杀,还是施刑?

"她是我妹妹,从小就是孤儿,被我父母收养,又当了很多年奴隶,是个苦命的孩子。她支持我打天下,用学术帮我,为我做了违反她原则的事,"苏释耶摸了摸自己的黄宝石耳坠,眼神黯淡,"助我推翻圣都海神族旧党,成立新的政权。没有她就没有今天的我。"

"既然她这么支持你的革命,为什么现在要和你反目成仇呢……"

"我们观念上有很大的分歧。"

虽然苏释耶没有细说,但梵梨大概也能想到,任何一个组织在蓬勃发展的阶段,都很可能要面对很多血淋淋的现实,朋友甚至亲人之间的反目。苏伊那封愤怒的诗,也隐约透露出了苏伊是一个坚韧、善良却异常固执的女人。苏释耶虽然风度翩翩,却一点也不妨碍他强势的决策力和执行力。这两个人在一起搞事业,产生巨大摩擦似乎也是情理之中。

"对不起,提到了您的伤心事……"

"苏伊会在那么多人中选中你,是她的过分任性,也是你的不幸。你有权知道这些的。"苏释耶挥挥手,又把她变回了之前的模样,"在找到解决方法之前,你还是维持这个样子生活吧。或者,等我完成统一光海大业,把苏伊抓回来,你再变回去。"

"我能活到那个时候吗……"

看见她生无可恋的模样,苏释耶忍不住笑了:"但愿吧。"

"对了，独裁官大人……"

"嗯？"

"苏伊结过婚吗？"她对那个婚环有些好奇。

"怎么？"苏释耶一只手搭在靠背上，微微抬头，饶有兴致地看着她，"已经忍不住想要在学校里谈恋爱了？"

"我没有！"嘴上是这么说，看着苏释耶金色海湾般的眼睛，她的语气忽然弱势很多，"没……没有，我只是随口问问……"

"不管在人类里，还是在海族里，你都是情窦初开的年纪，想谈恋爱很正常。如何，光海文化和你们有天壤之别，但雄性海族们都还是很帅的吧？喜欢什么样的男孩子？"

梵梨被他问得很不好意思，她好不甘心，试着表现得像个大人一点："都很帅，但也都不如独裁官大人帅。"

苏释耶撑着下颔，拖了一声长长的"嗯"："原来，我这种类型的男人就能得到梵梨小姐的青睐。"

心脏受到暴击。梵梨被他调戏得耳根都红了："爱美之心，人皆有之。我只是不亵玩地远观欣赏您而已……"

"可是，你已经亵玩过我了，怎么办？"

双重暴击。如果头顶可以装火山，现在梵梨的火山肯定已经喷发了。她涨红了脸，支支吾吾地说不出完整的句子。家里的奴隶都忍不住多看他们俩几眼，万分感慨，独裁官大人只是坐着，就让那女孩羞成这样，真不愧是独裁官大人……

"好了，真是小女孩，纯情成这样，我都不好意思逗你了。"苏释耶重新站起来，理了理衣角，"回去以后，你记得一定不能让人发现你的真实身份。因为苏伊在整个光海都有举足轻重的影响，一旦别人发现你是谁，我也保不了你。"

见她慎重地点头，苏释耶命人又为她倒了一些饮品："有什么需要我帮忙的吗？例如学费生活费补助什么的。"

如果是在一天前，梵梨肯定感动得热泪盈眶，点头答应并且要求搬出贫民窟。但想想她马上就要离开光海了，剩下的钱足够她准备剩余的上岸工作，要那么多东西也没什么用，于是谢绝了苏释耶。

"既然如此，那先预祝你在海里学习愉快了。期待在圣耶迦那与你再会。"苏释耶以手抚胸，向她行礼。她发现他是用左手放在右胸——下位者向上位者行礼

的方式。她觉得他是弄反了,只能装傻,并且赶紧回了他同样的礼。

随后,他派旁边的奴隶开私舰送她回家。进入私舰后,那名奴隶回头小声说:"我跟了独裁官十三年,这是第一次看见他对人行左手礼。平时他连右手礼都很少做。"

原来他是故意的。梵梨有些受宠若惊,随后想想,他应该是在为妹妹向她表示歉意。

回去以后,她在门外的菜市场溜达了一个多小时,几乎花掉所有的钱,买了一大包裹的方便海藻、压缩鱼干,又回家准备好了两周量的食物和换洗的衣物,照常生活、上课,等待15日的到来。但这几日,红太太精神越来越不好了,比之前还要心事重重。奥达日的晚饭时间,家里只有她、梵梨还有孩子在。她和梵梨进餐时,梵梨忍不住问了一句:"最近你怎么了……是有心事吗?"

"其实,我丈夫出轨了。"红太太耷拉着肩,说出了隐瞒已久的事实。

"不会吧,我有些不敢相信。他已经有两个如花美眷了,还不满足吗?"这个答案是梵梨完全没想到的。她一直以为,他们三个人很快乐。

"其实男人天性就是好色。只是好男人会克制住自己,自控力差的,像我丈夫,就完全经不住诱惑了。"

"情人很漂亮吗?"

"还好吧。他出轨很多次了,有过很多很多的女人。但每次出轨都只是为了新鲜,颜值其实并不是那么重要。出去玩了一段时间,就会乖乖回家了。以前我都没有太在乎,是因为他出轨的对象我和妹子都不认识。这回是大家都认识的人,我就很难受了。"

梵梨没有继续问下去,因为她已经知道是谁了。

10月15日上午,上完了海族语课,梵梨准备回家收拾包裹出发了,但在学校门口遇到了星海。见他朝自己游过来,她惊讶道:"欸,这么巧?"

"不巧,我在这里等了一个小时。"星海转过身去,对着公交站的方向偏了偏下巴,"走吧,我送你回去。"

"不是,星海,我昨天不是已经跟你说过了吗,今天我自己回去就好……"

"我还是觉得不太放心,所以过来了。"

"我今天回去有事……"其实真正原因是,不想和他道别。

"不方便?"

"嗯。"

"交了男朋友?"

梵梨用力摆手:"不是不是。"

"那走吧,安全最重要。"

然后,也不管她是否同意,他就率先上了开往她家的舰艇,梵梨赶紧跟上去。整个回家路上,他还是和以前一样话不多,单手拿书阅读,经常被旁边的女生偷看,悄悄议论。察觉到梵梨在看自己,星海把书合起来,抬头说道:"对了,小葵花原来是个龙虾宝宝,这两天她长得有点快。"

"真的? 上次看到她,她只有一个拳头那么大。"

"以后她还会换壳呢,之后颜色会更漂亮的。"见梵梨眼睛变亮了许多,星海的声音不由变得温柔,"明天我把她带到学校给你看看?"

"好啊。"

梵梨的心沉了下去。明天,她就不会在学校了。她和他肩并肩坐在窗边,时不时从舱内往外眺望。落亚,这座历史名城,是一个多美的地方:上方没有天空,只有波光闪烁的蓝色海水,像流动的碧色玛瑙;没有日光灯与鸟类,只有来自天堂般的水光跳跃,大片彩色鱼群从头顶游过。远处,座头鲸用七个八度音阶的音乐天赋唱着歌,放松了忙碌海族的神经。没有高楼林立的金属城市,只有珊瑚、石头与贝壳打造的巨大海底都市……

她以前从来没发现,落亚这么美。她以前从来没发现,其实奥术是挺有意思的学科,海族的文明是多么灿烂、令人敬畏。眼前流着鲨族血液的男孩子,原来在她心中已经占据了很重要的位置……明天,她就会彻底离开这里了。她要努力变回人类女孩梵梨,不知以后会不会有机会再下海来,重新见星海一面……

"星海,"她轻声说道,"你喜欢出海吗?"

"不经常,偶尔出去透透气,怎么了?"

即便得到这样的回答,梵梨心里也很难过。她看了看窗外,又看着他的眼睛:"如果有一天,我搬到很远的地方,会有机会在海岸上看到你吗?"

"会。你要搬到哪里去?"

"我只是随便想想的,你不知道女生最喜欢幻想吗? 打个比方——我是说打个比方哦,假如我是一个人类女孩子,马上要回到人类的世界,但陆地和海里是

没有通信方式的,我们只能约定在某个地方见面,你会定期来赴约吗?"

"会。"星海毫不犹豫地说道,"我会在海滩上等你。只要不会打扰到你,我也会上岸去找你。"

"真的?你不怕被发现是海族吗……"

"人类的感官能力弱得跟扇贝似的,他们发现不了的。"

梵梨被他逗笑了:"好!那从今天开始,我就假设自己是个人类了,我等着和你每个月初在海滩上相见。"

"嗯。"

"到时候,即便我变成了人类的样子,你也不可以装作不认识我哦。"

"你是什么样子都很好。"

"那我们约定好一个暗号,就叫……"梵梨想了想,击掌道,"就叫'小葵花找妈妈'好啦。"

"好,说得我都快信了。"星海也笑了起来。

只希望,他能听懂她的暗示吧。

公交舰艇很快驶过七个经停站,到梵梨的站了。梵梨游下了舰艇,在站台处转过身,又看了看人来人往中,静静坐着的星海。他正在用同样温柔的眼神回望着她。然后,海水在静谧中流淌,一声机械的声响,舱门也渐渐合上。隔着透明的玻璃窗,就像隔着千年凝结的冰山,他对她挥了挥手。

星海,你会遵守约定的,对吗?她好想再三向他确认。但她心里是清楚的,不管他们如何努力遵守约定,未来即便真的在海滩上见了面,他们也不能再像现在这样并肩而坐了。最多只能在沙滩上碰个面,问候一句"落亚市最近怎样了",再目送他转身游回大海中……

随着螺旋桨转动,公交舰艇缓缓启动,舱门后的星海却依然在对她微笑。梵梨也露出了大大的、灿烂的笑容,高高举起胳膊,对他挥手,同时摆动尾巴:"星海,再见!"

再见,这是她的真实想法。希望他们能找到对方。

希望即便只有瞬间,也能再见一次。

回家涂好海兔黏液,梵梨拎着一个包,背着满满的书包下楼。红太太和红妹妹在客厅带孩子,当当正在为理论课发愁,甚至都忘了还有出海解禁这回事。见梵梨这身装备,她"嗖"地冲过来:"好啊你,自己出海旅行不约我。"

134

"我出海是跟学习有关的。"

"哦，"当当并不想了解细节，"那你什么时候回来呀？"

梵梨没有回答她，而是低声说："当当，我知道你喜欢人父，但答应我一件事——不要抢朋友的男人，可以吗？三条腿的蛤蟆不好找，当了爹的男人满街跑，对不对？"

"好，我不抢朋友的男人！"

看她答得这么快，多半又没过脑。但这毕竟是别人的私事，试图说服人也要有个度，再说下去恐怕会帮倒忙。梵梨笑了笑，拍拍她的手："答应我，无论如何，爱自己多一点。"

"好的！"

梵梨回头看了一眼客厅里正在逗孩子的姐妹花，她忽然心中有些不舍，过去分别给她们一人一个拥抱。

"梵梨，你晚上想吃点什么，我们去买给你。"红太太温和地说道。红妹妹也撑着下巴，朝她眨眨眼。

"都可以，你们做的菜都很好吃。"梵梨又看了看当当，"加油学习，你的歌唱家梦想可不允许你贪玩哦。"

"是是是，大学霸！"

看着当当灿烂的苦笑，梵梨深吸一口气，头也不回地游出门外，朝着浅海区的方向冲去。

这一回，再也没有金光编织的网把她挡下来，她突破最后一层海水，整个上半身随着浪花冲出海面。

阳光、空气、海面！海鸟、白云、蓝天！

鳃自动闭合，她开始用鼻孔呼吸。久违的空气，久违的温度！她闭上眼，想要像从前早上推窗时那样，大口大口地呼吸新鲜空气……但是，当阳光照在她身上时，她却没有想要躺下来享受日光浴的感觉。相反，皮肤被晒得发疼，海面的温度高到让她受不了。进入鼻腔的氧气太干燥。视力差到连天上飞的是海鸥、白鸽，还是信天翁都不知道。

果然，海洋生物就是比较习惯海里的生存模式。但只要在岸上能生存，总会有办法。不远处就有一片海岸，梵梨把头埋在海面下一点点的位置，向那个方向游去。

如何在陆地上最近的国家寻求帮助，如何寻找中国大使馆，如何和父母沟通这件事……这些问题一直在她脑中盘旋。但是，也有那么一些转换思绪的刹那，她想起了苏释耶在祭坛上回眸时的微笑、初次与星海见面时银灰色的碎发……是有一些遗憾、一些未解之谜。但人生本就不圆满，充满了未知。

没用上多少时间，身下就出现了沙滩，而且越来越浅。最后一道雪白的海浪翻涌而来，把她整个人推到了海滩上。沙滩延绵了七八公里，岸边停靠着两艘制作简陋的船。沙子的触感细软如粉末，从海到树林被深蓝、青绿、浅金、雪白、墨绿几种纯粹的颜色连成一片，描绘出了一个人间伊甸园。当海浪退去，梵梨往前爬了一截，试图摆动鱼尾，但蹬出去的却是被热沙烫了的脚。她闭着眼，激动地吸了一口气，转身，在一片模糊中看到了雪白的长腿。从湿漉漉的包里掏出眼镜戴上，她动了动两只脚丫子，摸了摸耳鳍部位上替换变形的人耳，大笑出声："啊！太好了！"

她从沙滩上跳起来，却跟初学走路的孩子似的摔了一跤。当了十八年的人类，怎么可能不会走路呢？她不死心地再次站起来，却又摔了……她在海岸浅滩上练了两个多小时，时不时回海里碰碰水，保持体力，总算能跌跌撞撞走路了。

她要回家了。她回头看了一眼大海，朝极远的方向小幅度地挥挥手。

再见了，神圣光海，落亚大学。

再见了，海族的朋友们。

再见了，美丽海底的幻想之旅。

再见了，活在传说中的圣耶迦那和深渊之城。

她大步向海岛丛林走去。但是越靠近丛林，里面的黑暗越让她有些退缩。她开始考虑，或许在海边过夜，等白天穿越雨林比较好。而且，今天明明是解禁日第一天，陆地上只有她一个海族，就很不对劲儿。她正在犹豫，却看见丛林里有叶子动了动，也看到了藏在大芭蕉叶下的一双眼睛。

她吓得低呼一声，转身就跑。一群狗从林中狂吠着跑向她。七八个躲在叶后的人站了起来，他们皮肤黝黑，其中一个指着梵梨，嘴里"哇啦哇啦"不知喊着什么，其他人就跟着跑出来。他们不管男女都裸着身子，脸上画着白色标记，手里握着粗陋的长矛，像艺术作品里的原始人。她逃跑时不慎被海龟绊倒，眼镜掉在沙滩上，视线一片模糊。冲在最前方的野人靠近她，她抓起两只海龟蛋，朝他脸上扔去。他被激怒，大叫一声，猛擦眼睛里的蛋壳碎片，咆哮着举起长矛。

Chapter 08 2271年的含义

第二个人赶上来,对她投掷出长矛,她对着他的腿部推翻了内个海龟,他也被绊倒在地,打了几个滚。眼见海浪就在面前,她正准备一跃跳入海中,却被一条肌肉发达的黑臂勒住脖子。一个壮妇扯着粗哑的声音指着她大吼,用长矛指着她,好像是想杀了她,但搂住她脖子的猛汉却不怀好意地笑了两声。他掐着梵梨的脖子和手腕,把她往丛林的方向拖去。

梵梨乱蹬双腿,张口就对着他的胳膊咬下去。猛汉咆哮一声,把她甩在地上。她连滚带爬地逃跑,却被一只狗咬住了脚踝。他凶神恶煞地骂了一声,从另一个人手里抢过长矛,对着她刺下来!她无路可逃,只能一只手捂着脸,一只手护着前胸,温热的液体溅在她的手背上。

但本来预料的剧痛没有降临。她张开一点指缝,从中看见长矛的头刺穿了猛汉的胸膛,溅在她手背上的是他的血。然后,一声狗叫声响起,咬住她的狗也被长矛刺死。她被人拦腰抱起。这个人明显比土著人单薄,但身体敏捷度也明显快过他们数倍。她感到整个人随着他跳动,他单手轻松地解决了另外两个土著人。其他人被他吓着了,一溜烟跑回丛林,只有他们的狗还在原地吠。

"你疯了?"男孩子扶着她的肩,第一次如此愤怒,"你一个人上岸就算了,还到这个全是狗和野人的岛上!是活腻了?"

居然是星海!是星海!!梵梨说不出话,一头撞到他的怀里,紧紧抱住他。

他的怒气瞬间烟消云散,取而代之的是些许迟钝:"你刚才差点就被他们杀了。这些野人都是会吃同类的,更别说是海族了。"

"我知道……是我没做清楚调查就乱跑……"梵梨靠在他怀里微微发抖,"谢谢你,又救了我。"

他拍拍她的背,又变回了平时冷静的样子:"他们打不过捕猎族,但过去不知有多少海洋族死在他们手里。以后你要是想出海玩,叫上我一起。"

"好……"她平静了一些,才发现他正轻轻回搂着自己,吓得心都跳停了,赶紧从他怀里退出来。

星海也变出了两条长腿,身上穿着被水浸透的薄衫和及膝的围裙,打扮有点海岛住民的异域风情,比在海里多了几分阳光气息。但他外形是高挑而秀丽的,加上海族皮肤原本就很白,就像画里的人一样。而自己刚才居然钻进他怀里……想到这里,梵梨的脸已经变成了番茄色。

星海也有些不自然,把湿润的头发全部拨到脑后,轻咳了一声,捡起她的

眼镜递给她，指着地上的野人尸体，愤愤不平地说道："刚才这个人还想对你……你这笨蛋。"他弹了一下她的额头。

梵梨戴上眼镜："我真没想到都这年代了，地球上还有这种野蛮部落……一般这种海滩不应该都被旅游公司占领了吗？"

"瞎说，人类哪有什么旅游公司，你以为是在光海联邦？"

"嗯？没……没有吗？"

梵梨正想着星海可能对人类了解不够多，但他后面的一句话让她彻底呆住了："当然没有。人类的文明虽然进步很快，但是目前比我们落后多了，只有罗马、周、贵霜、安息还算有点文化，别的地方大部分都不比你看到的这个样子好到哪里去。"

"周？"

"嗯，菩提海附近的一个君主世袭制帝国。"

"他们的君主叫什么？"梵梨有一种非常不祥的预感。

"这我就不知道了。我只知道这个国家君主没什么实权，还分裂成了七个部分，七个国家都在明争暗斗，和光海有点像。"

"他们最高的官职是不是可以治理朝中百事，对下属官员都有赏罚的权力？"

"对。"

"他们中有一个国家近百年里还推行了一个变法，"梵梨颤颤巍巍地说出商鞅变法的内容，"废井田、重农桑，实行县制、奖励军功等等，是吗？"

"嗯。对他们来说，那是很有难度的集权革命。"星海扬了扬眉，"你居然对岸上的文化这么了解？"

梵梨双眼发直地看着陷入黑暗的海平线，心中的希望也随着太阳的沦落，跌入了谷底。

"梵梨，你怎么了，脸色好难看。"

梵梨摇摇头，用手背撑了一下额头。现在她终于明白了，为什么苏伊会那么自信地说"你回不去了"，为什么苏释耶会那么笃定地说没有办法找回苏伊，以及"2271年"的意思……因为这个交换灵魂术不仅是跨空间的，还是跨时间的。

从变成海族的那一刻起，她就一直在2271年前的地球上。

Chapter 09　重回海里

沙滩上，最早的一批海龟妈妈回到了海中，迟到的妈妈不小心把其他海龟的蛋挖出来。几只黑秃鹫迫不及待地沿着海滩行走，用尖嘴挖出龟蛋当作丰盛的晚餐，为了同一颗蛋啄得彼此羽毛乱飞。这一地鸟毛的情景，正如梵梨的心情。她行尸走肉般茫然四顾："为什么你会在这里呢？"

"当然是偷偷跟着你来的。"星海沿着沙地寻找到一根强韧的树枝，做成了一个弓子，"下午我在学校里遇到当当，她说你最近表现不正常，刚才看你在这里走路，我还没太当回事，谁想到你这么大胆，突然就往林子里钻了。"

"哦……就是好奇。"梵梨有气无力地说道，"你在做什么呢？"

"准备晚餐。今天太晚了，深渊族都出来了，回去不太安全，等到日出再回吧。"

其实梵梨只是随口说说。原本以为苏伊最远也就是在地球的另一端，没想到，她与家真正的距离是秦始皇还没一统中国的时代到信息技术时代。两千年连苏释耶都觉得漫长，更别说是最多只有五百年寿命的她。她即便真的想等，也等不了。被时光抛弃了两千多年，身体跟被掏空了一样，害怕又孤单。

星海在弓子上缠了一根小木棍，打了个响指，它就被一道光带着飞起来，在硬木上旋转，钻出黑粉，黑粉因冒烟而生出火种。然后，他带着火种去了海边，对着礁石上烧了一圈，不到一分钟就拿着一堆藤壶回来了。他张开双手，藤壶失重飞到火的外焰处，自个儿旋转着被火烤熟。烤了一会儿，香味占满了嗅觉神经。梵梨禁不住吸吸鼻子。星海用一个扁平的大贝壳装好食物，递到她面前。她抱着膝盖看向藤壶，脸都皱起来了："这个能吃吗？"

平时她最常看见藤壶的地方就是鲸背上。成千上万连成一片，上面还有小眼儿，让人能直犯密集恐惧症。

"藤壶在我们这里没什么人吃，但在裂空海是小众高级食材，用清酒蒸熟，再用紫菜包起来，味道很鲜。或者就像现在这样直接火烤。"他捏住一个藤壶，吸了一口，就把壳丢了。

既然不知道明天会在哪里，先享受当下的美味吧。梵梨也捏起一块，用手指顶出肉来，吸吮进口。然后，舌尖就被冒泡的嫩肉滋润得如上天堂。因为藤壶

本身就浸满了海水，不用加盐都很入味，她捧着脸又吃了一块。

黑色的子夜笼罩着浪涛之语，满载无数生命的梦境。繁星一直延伸至海天交界处，好像随时会在海里洒下亿万银沙。此刻，任何人都能感受到宇宙的广袤与深邃，她吃饱了，心里依旧空落落的，背靠在身后的岩石上想休息，胳膊却不小心碰到了一个滑溜溜的冰凉东西。她吓了一跳，赶紧回头，推了推眼镜，看见岩石上有东西闪了过去，一下就消失不见了。她不由靠近星海一些："是什么？"

星海拿起火把，照亮了那片怪石奇岩，指向一条发亮的鱼："喉盘鱼，可以紧紧黏附在岩石上。我们平时用黏合剂，就有一些是出自它身上。"

"两栖动物吗？"

"是的，它可以生活在海岸上，以同样生活在海岸上的帽贝为食。你看，它在准备开动晚餐呢。"星海又指了指一片附在岩石上的深色贝壳，"今天涨潮，帽贝很多。帽贝的黏液的黏性也很强，而且会到处挪动，到处用齿舌刮下海藻吃。"

"贝壳也有牙齿吗？"

"当然，它的牙齿还是海洋里硬度最强的物质之一，比你们人类的牙齿坚硬十三倍。"

"这么厉害……"梵梨呆了一下，迅速回头看着他，"什么叫'我们人类'？"

星海轻轻笑了两声："没办法，谁叫你一直表现得像个人类。"

"我哪里表现得像人类了……"

"说话口音停留在舌尖，从不用喉咙发声；对海里的一切好像都很陌生，却很懂人类的东西；老想上岸，喜欢用双腿走路。要不是你生理上没有一点人类基因特质，我都会以为你是人和海族的混血了。"

"好吧……"

梵梨抬头仰望天空，在城市里竟从未见过如此多的星星，蔓延至视线的尽头，银河磅礴似雪花般把天空照亮，勾勒出深蓝星体的自然形态。暗礁和岛屿的黑影提醒她自己身在海面，不然，她会不知自己身在海里。她忽然有了一种获得自由的快乐，于是张开双臂，在海面遨游，同时仰望星空，星河也随着徐徐流转，欣赏着大自然拍摄的精彩影片。星海跟在后面，总是保持着慢她半米的距离，陪她在波光粼粼的海面上游动。

"星海，你知道吗？其实我和你是一样的，我也没有家人了。"她不敢停下来，尽量用平静的语气对他说道。但无助感是庞然大物，压得她喘不过气来。

Chapter 09 重回海里

梵梨沉到海水里，摘掉眼镜，一切又变得十分清晰了。但海洋族的夜视能力不是很好，她只能看见一片深蓝、柔弱的星光、无数黑色鱼影……星海也沉下来，面容干净漂亮，碎发凌乱："身为海族，身在乱世，最奢侈的事就是有一个家。"

"嗯，我知道……"话是这么说，梵梨的声音已经有一些哽咽了，"我的寿命好短，短到不够时间找到家了。"

如果是捕猎族还好，说不定可以熬到两千多年后，去向苏伊兴师问罪。但她是海洋族，注定死在古代的大海里。

"我也失去了双亲，但我相信自己会有家的。所以，你也一样，你会有家的。至于寿命……"星海叹了一声，嘴边有几个泡泡飘了上去，"只要过得幸福，健健康康的五百年，其实比难过的两千年好很多，不是吗？千万不要去模仿那些晋升捕猎族的傻瓜。"

晋升捕猎族？梵梨好像听到了什么不得了的消息。只是，星海用这么平常的语气说出来，这应该是一个广为人知的常识，所以，她没有让自己表现得太激动，只当随口聊天："他们都在哪里晋升呢？"

"黑市。但你知道的，转种族不光触犯了法律，还有生命危险。"

梵梨看看空旷的四周，黑夜里大海有着绝望的窒息感，甚至远超过死亡带来的恐惧感。学习奥术想办法回去是一种不错的选择。如果有办法能让她活到两千多年后，冒险晋升捕猎族，似乎也是一个选择……总之，一切又要重新开始了。

虽然心里很难过，但看看星海，她又想开了一些。现在起码有星海陪着她。接下来，可以静下心来学习一下新的知识，了解海族文化，等完成这段旅途、顺利回到21世纪的中国，可就有得吹的了。

"星海，谢谢你。"这一刻，她的心情平和了很多，对星海露出了浅浅的微笑，"你不知道，你的存在，对我的意义有多大。"

"我和你感受一样。"

当天晚上，他们在沿岸一个无人的海蚀洞里休息。海族的身体喜水，睡在潮湿的地方很舒服，两个人都一觉睡到天亮。第二天起来时，旁边的海蚀柱上停满了海鸦。梵梨和星海刚游出去，半数的海鸦作鸟兽散，他带她返回落亚，各自回了家。

推开客厅门，梵梨发现红太太似乎和她一样，一宿没睡好，黑眼圈都快掉到了下巴上。梵梨正想慰问她一下，忽然红妹妹破门而入，冷酷地说："姐姐，

他出轨了,对吧。"

红太太脸色一白。红妹妹气得要命,使劲儿拍了一下桌子:"邻居老婆那个不要脸的女人今天全都给我招了!"

"姐姐,你知道我最难过的是什么吗?这样的事已经发生了很多次了,你都知道,你也没告诉我!"说到这里,红妹妹由怒转悲,不由哭出声来。

"亲爱的,我是已经当妈的女人,有没有爱情其实意义不大。"红太太低头看了看孩子,用食指刮了刮孩子白嫩的小脸,"知道他不仅爱劈腿,还有偷其他男人老婆的变态癖好,除了不想被他碰,我也没太往心里去。有你帮我照顾宝宝,我并不寂寞。但你爱他,让你知道真相并不能改变事实,你还会受到伤害……"

红妹妹忽然停止了哭泣,变得格外冷静:"不,姐姐,你太不了解我了。我不能忍受背叛。得知他背叛我们的那一瞬,我对他的心已经死了。"

红太太愣了一下:"我知道了,我们离开他吧。"

"好。"

红太太闭着眼睛,长叹一声:"八年了,八年的婚姻……"

"姐姐别难过,这渣男耽搁了我们八年青春,也没什么好惋惜的。而且,现在你有了宝宝,确实也不太需要他了。以后我帮你带孩子,不要这渣男了。"

"你也会有宝宝的。"红太太对她坚定而温柔地一笑,"你还那么年轻,那么漂亮,不用担心。"

"嗯!"

红太太把孩子交给红妹妹照顾,自己则望向窗外的贫民窟,像是做好了什么决心一样,久久没有动静。

"啊,我这个笨蛋,一生气把重要事情都忘了!"红妹妹突然拍了一下脑袋,"梵梨,昨天晚上你不在,你们学校的老师让我转达你,今天早上九点半,你们奥术学院的所有海洋族都会做基因样本检测,让你早点去学校。"

据说,这个来"告密"的老师把整个人裹得只剩了脸,看不出种族,但脸比女生还漂亮。他说,布可婚礼命案有进展了。搜查总部增援后,他们在泡泡小姐的身上找到了嫌疑人的皮屑,查出来了这人是海洋族,要求学生配合他们彻查。

梵梨却早不知从什么时候开始,脑子里就跟装了活蜂巢似的,响个不停。她看看时间,时间指向了八点十分。现在再逃出海岸已经不行了。如果跑了,只要被抓回来,一定会被当成罪犯。可如果留下来,该如何解释她全程逃避的动机

Chapter 09 重回海里

呢？想了半天，趁她们不注意，她回房拿了一个瓶子，然后溜到她们房间里，找到洗澡的露脊鲸须刷，把上面的皮屑刮在了瓶子里，火速溜出去了。

九点二十五分，落亚大学奥术学院的侧门前，长长的海洋族队伍蔓延到了藻园后方。梵梨裹着斗篷、盖着脸颊排在队伍里，忽然星海从正前方游过来，扶着她的双肩，把她身子拧正："让你不要到处疯，现在病了吧，完事以后赶紧出来，我送你回去。"说完手掌往下一滑，漏下了一个东西，不偏不倚地落在梵梨手里。然后他游走了，没回头。

大约一刻钟后，终于排到梵梨了。

她独自进入空荡荡的房间，里面只有两个人。一个是站在窗边的壮硕旗族警察，一个是坐在桌后的头足纲女性生命科学博士。女博士戴着眼镜，穿着白大褂，每一条触手上都戴着白色的手套——没有手指的形状，只有密密麻麻吸盘的形状。这些触手有条不紊地摆弄着桌上的东西：一条在往她的眼镜下方送试管观察，一条在写字做记录，一条在往抽水垃圾桶里倒废弃的皮屑，一条拿着棉签，一条用消毒药剂洗棉签，一条在配置新的溶液，一条在撕试纸……

"来坐吧。"她最后一条触手指了指桌前的椅子，手却对着梵梨的方向扶起眼镜，"你怎么穿成这个样子？这是要带圣都红衣卫参加海博会开幕式的架势？"

"昨天出海玩，不知道吃错了什么，今天起来浑身瘙痒……"

女博士皱了皱眉，没说话，只是用那只触手把椅子推远了一些。梵梨弓着背慢慢游过去，在椅子上坐下："哪只手呢？"

"都可以，快点。"

梵梨看了一眼窗边的警察，他眼睛半闭着，头一点一点的，像是很快就会睡倒在地上。她伸出左手。果然，和星海早上告诉她的一样，博士会用棉签对她的手进行消毒，再取手指表皮一层薄薄的皮肤组织。涂抹过药剂以后，她的大斗篷忽然从胳膊上滑了下来，挡住了左手。

"搞什么呢！"女博士翻了个白眼。

窗边的警察睁了一下眼，环顾四周一下，又开始打瞌睡了。

"对不起，对不起。"梵梨在斗篷下把红太太房里的皮屑抹在食指上，然后把斗篷掀开，准备把它刮在桌上的采样片上。

可就在这时，桌上的通信仪突然闪烁起来，发出了嘀嘀的声音。女博士对梵梨举了举手，示意她暂停动作，便拿起通信仪，背对着梵梨接听了来电："什么，

你这次考试拿了S？我的心肝，你怎么这么乖，那你们老师有没有表扬你呀……"她讲了足足有六分钟。梵梨一直捏着食指，生怕皮屑掉下来，简直度秒如年。

终于，电话快讲完，女博士似乎心花怒放，忘了已经给梵梨消过毒，拉住梵梨的手，再一次取棉签用力刷了几下梵梨的食指。几片红太太的皮屑漂在了海水中，徐徐飘到了女博士的面前。

女博士眯着眼睛，全程盯着它们飘动的轨迹。梵梨瞪大眼，差点忘了呼吸。她的右手已经抓着斗篷，抖得不成样子，左手还是跟死人一样静静摊开。但女博士只是嫌恶地挥挥手，把那些皮屑挥开，指了指采样片，盯着梵梨，等她再次取样。梵梨吞了口唾沫，把左手食指放在采样片上方悬着，右手手心全是不同于海水温度的汗液。女博士挂断了电话："采呀，你在做什么呢？"

"我想，我得了传染病，是不是跟皮肤有关……"梵梨怯生生地看着她，"能采集别的吗，例如指甲？"

女博士把桌上的一把指甲刀丢给她。她低头剪了起来，"嗒嗒嗒"，非常用力，声音很响。女博士用镊子把指甲捡起来，放到了一个子弹大小的瓶子里。瓶子放置在金属支架上。梵梨双手都在腰部握成拳，一只手握着一个一模一样的瓶子，直勾勾地盯着女博士把溶液配置好，伸出触角去取瓶子……

这时，有人敲响了窗子。警察醒过来了，和女博士一起看过去。星海的脸出现在了窗边："博士，我女朋友在里面吗？梵梨，你还没好吗？快出来，我等你呢。"

梵梨赶紧站起来，把手里的小瓶子和支架上的瓶子掉包。

"快走开，这里在执行公务。"警察不耐烦地敲敲窗门，把星海轰走了。

女博士转过身来，把掉包过的瓶子取下来，注入溶液，再把试纸浸泡在里面。漫长的三十秒过去，她瞥了一眼检测结果："出去吧，下一个。"

梵梨松了口气，起身想离开。但还没动身，警察游过来，细读女博士写下的结果，喊了一声："等等。"

"怎么？"梵梨的心"咯噔"一声，全身肌理都快冻结了。

警察看看她，又看了看报告上的文字，再对照她看了看，眼睛眯成一条缝："锈红刺尻族？"

梵梨眼睛快速眨了眨，脑子短路了刹那："对。"

"你真的是锈红刺尻族？"

144

Chapter 09 重回海里

梵梨一屁股坐回椅子上，双手抱在胸前，露出一副流氓地痞催债的模样："嗨，你这态度有意思。怎么，看不起我们锈红刺尻族？还是你觉得，锈红刺尻族就只能有一种颜色的尾巴？"

最后一个问题显得很种族主义。警察原本怀疑，但被她戳破，反而不好意思继续问了。

"他可能只是觉得奇怪，"女博士轻描淡写道，"锈红刺尻族居然会交鲨族男朋友。"

梵梨有些不悦地讥笑："在落亚，什么样组合的情侣都能看到，不是吗？你们倒是说说看啊，锈红刺尻族怎么你们了，怎么就不能交鲨族男朋友了？这样的话我父母已经说了一百次，我不想今天被卷进莫名其妙的调查，还要再被陌生的生命科学专家和警察再质问一次！"

女博士礼貌地说："既然你知道我是生命科学专家，那你也应该知道，这问题是基于科学基础才问的，没有任何恶意。我只是好奇你看上他什么了，跟他在一起，对你百害而无一利。"

"我看上他能干，行吗？"

女博士大笑出声来，一副看幼儿园小孩撒泼的表情："这个理由我无法反驳。不过，鲨族有多能干，就有多花心。等你男朋友跟别的雌鲨交尾了，你是打算娶个鲨族老婆吗？你确认你消化得了？"

啥意思？她这一问，倒是把梵梨给问糊涂了。但好在她没兴趣穷追不舍，只是继续整理桌上的东西："年轻人总是要为年轻付出代价，说不定他已经不止你一个了。出去吧，下一个。"

"我不出去，没有下一个。"梵梨在椅子上正襟危坐，怒气滔天地说道，"解释解释，什么叫他已经不止我一个了。"

"对不起对不起。"女博士挥挥触手，"快让她出去。"

"诅咒别人男朋友劈腿，有病！我们很相爱，我为自己是锈红刺尻族而骄傲。谢谢你们这些长辈毫无建设性的蠢意见！"梵梨猛地拉了一下斗篷，用尾巴在椅子上甩了一下，差点把椅子掀翻，骂骂咧咧地出去了。

她怒气冲冲地游到极远的无人拐角处，单手撑着墙壁，大口大口吞吐着海水。

然后，一条鲨鱼尾出现在她面前。她抬起头，看见了星海微微弯着的眼睛。他轻倚在墙壁上："梵梨，我还不知道，你是个实力派演员。"

"别说了,我都快被吓死了……"梵梨拍拍胸口,还是没缓过来,精疲力尽地摇摇头,"还要多亏你在我进去之前,给了我一个他们采样的瓶子,不然博士那娃的电话直接要我小命了。谢谢你,星海……"

"不用谢。"

梵梨又悄悄看了他一眼,发现他还是在微笑着:"怎……怎么了?"

"没事,我要去上课了。"星海站直了身子,帮她把斗篷取下来,理顺了她被斗篷弄乱的短发,"对了,我没有和任何雌鲨交尾过。"

"啊?"

"我只是告诉你这个事实。下次如果遇到类似的争执,再有人说我会劈腿什么的,你可以这样反驳他们。如果是跟自己喜欢的人在一起,我打算从一而终。"

梵梨呆如木鸡地看着这个捕猎族异类,竟无言以对。

"好了,上课去了。"星海把书包甩在背上,游速很快,眨眼就消失在了她的视线中。

一次奥术研讨课结束后,夜迦在桌子上整理学生递交上来的作业。等其他学生离开后,梵梨轻手轻脚地游过去,小声说:"布可教授,谢谢你。"

夜迦笑了笑,但没有抬头:"嗯?谢我什么?"

"没什么,只是想说一声谢谢。"梵梨摇摇头,并没有拆穿他。

夜迦一只手肘撑在桌子上,手背托着下巴,身子微微前倾。另一只手摘下了眼镜,完整地暴露出几近媚气的精致容颜:"原来庶民小仙女想谢老师是吗?那……老师有没有荣幸邀请你共进晚餐,共度良宵呢?"

梵梨睁大眼,身体僵硬,眼睛转来转去,看遍了整个教室,唯独不敢看他——教授可以这么赤裸裸撩学生,不,性骚扰学生吗!

"一看就知道你想歪了,小坏蛋。"他缓缓眨了一下眼睛,然后低头在手里的文件上认真写东西,随性地说道,"你可别误会,我不是那么不正经的人,这个共度良宵,我跟你开个玩笑呢,这里特指美好纯洁的聚会。"

梵梨紧绷的身体骤然放松。夜迦又抬头看着她,给了她一个令人无比安心的眼神:"其实,也不全是开玩笑。"

梵梨第一次知道,原来海族吸太多水也是会被呛着的。看她咳了半天,夜迦笑着拍拍她的背:"怎么这么大人了还呛水。其实,帮你也没有什么特别的理由。"

"啊?"

"因为我特别理解从外海考入落亚的学生,尤其是你这种从风暴海那么远的地方过来的,应该会觉得被无关案件干扰是很心累的事吧。"

梵梨用力点头:"教授,您考虑得好周到。"

"我读书时也是在外海度过的,思乡情切,我懂的。"

"为什么会在外海度过童年?"

"我小的时候,深渊族大量入侵我们的领地,饥荒爆发在全光海每一个有住民的地方。七海不得不停止内斗,联合起来对抗深渊族。上阶海族们把孩子们都送到唯一安全的圣都接受教育,等他们长大了才接回老家。所以,很多现在你听过名字的人都在那里读过书,我、苏释耶、希天、摩柯、艾泽、寻月、琴雅,还有已故的风晋、消失的苏伊,等等。"

梵梨不敢多问其他人的身份,只挑自己懂的问:"希天?是加斯希天吗?"

"想不到吧,他和苏释耶曾经是好朋友。他也曾经信誓旦旦地保证过,不会让政治斗争影响他和苏释耶之间的友情。结果这才过了多少年,两个人已经反目成仇了。"夜迦的紫眸黯淡了很多,像抹了黑夜之色,蕴藏着万劫不复的感情。

梵梨又想到红月海不加入任何党派,一直保持中立。夜迦又是苏释耶和希天的共同朋友,夹在中间,应该挺尴尬的。她轻声说:"布可教授,您和他们一起长大,很难做吧……"

"怎么,心疼老师了?"夜迦抬头,眼睛又明亮起来,"放心,老师没这么脆弱。而且,这种事不是我能决定的,是我父亲决定的。我只是个大学教授,默默站在后面为舞台上的他们助威就好。"

"嗯!校园生活很单纯,这样很好!"

夜迦自下而上望着她,无辜地眨眨眼:"所以啊,你怎么可以觉得我不单纯,帮助你是别有用心呢?"

梵梨赶紧摇头摆手:"我没有这么认……"

夜迦又靠近了一些,撑着下巴,笑眼弯弯地说:"我当然是别有用心的。"

虽说梵梨回家的希望并没完全破灭,但一想到警方凶猛的调查力度,她整个人都尿了。而且,这次出海她把所有钱都用光了,这下是真的弹尽粮绝,穷到只剩了满满一包的压缩食品。每天除了蹭吃蹭喝、吃垃圾食品填肚子,她就只是蜷缩在自己的小房间里,努力读书。

但又有新的麻烦找上门来。

周日早上,房东来催租,门都没敲就直接用钥匙开门。梵梨一骨碌钻到了床下面,看见粗胖的蓝鳍金枪族尾巴上长着细尖的鳍,游来游去,在房间里徘徊了三十多秒,伴随着翻动书本和打开抽屉的声音。最后,房东咒骂了一声,就转身出去:"当当,叫梵梨交租金,十九浮都要拖,真是跟你学坏了!再违约,我可是有权利把你们一起卖到奴隶市场去的!"

房东太太走了以后,梵梨用布裹着订婚钻石,穿过污水纵横的街区,找到一家二手珠宝交易所,偷偷把钻石拿出来给老板看。老板摇摇头:"这个说实话,我就算和莫尔黑乔一样有钱也不敢买。我们工会没有这么强的背景,去收这样一个赃物。买得起的人都惹不起,说不定还和它的主人有关系。"

"赃物?如果是一手货呢?"

老板上下打量梵梨,摆摆手说:"这种生意让你主人本人来谈吧。"

"我就是钻石的拥有者。"

"我说,小妹妹,撒谎可以,咱们先打个草稿行吗?"老板皱着脸说道,"你是当我不识货吗,这钻石是'天命瞳',一年产出一颗的极品蓝钻!而且,只有圣海七宗族才有在饰品上篆刻深蓝头像的资格。你想告诉我你有海神族未婚夫吗?不仅是海神族,还是圣灵海神族?不仅是圣灵海神族,还是加斯宗族的?我说,等光海联邦出台了允许海神族和外族联姻的规定再来找我吧,好歹能编得像一些,喊。"

"加斯宗族?你怎么知道是加斯宗族?"

"有赠送者的签名啊。"老板指着篆刻字体下的鬼画符签名,"喏,这不写着'加斯'吗?除了他们,也没几个家族能买得起'天命瞳'了吧。"

难怪苏释耶恨苏伊恨到掐脖子。苏释耶和加斯宗族都已经打到追杀扔铀弹了,苏伊如此不痛不痒地逃到风暴海,跟加斯宗族的成员订婚,苏释耶的脸都被这妹妹打痛了吧。

"好吧,那你觉得我应该卖给谁呢?"她不气馁地说道。

"去黑鳄家碰碰运气吧,他们在整个光海的大城市都有人,搞不好有人愿意收,但价格你就别想了。"

"你觉得能谈到多少呢?"

"唉,最多三千万吧。"

三千万德洛普！不对……如果是三千万德洛普，他应该会说"三十万浮卢门"。后面的单位肯定是浮卢门。

三千万浮卢门！经老板的提示，她得知黑鳄工会是地底城里赫赫有名的组织，并不在落亚市内。但犹豫再三，她觉得还是很有风险。可能对这个戒指来说，三千万浮是贱价出售，但相信全光海不管哪个家庭或组织突然少了这么多钱，都不可能毫无波澜。

保险起见，她还是决定不卖钻石。本来想卖一颗苏释耶送她的美乐珠，但只是看一眼苏释耶写给她的卡片，心里就不免产生了强烈的波动。

即便以后没机会和他再见面，她也非常舍不得卖。

于是，她继续省吃俭用，专心学习，同时考虑着找一份兼职。

俗话说得好，爱情、贫穷、咳嗽，都是藏不住的。

梵梨的贫穷没藏住——星海很快发现了，于是经常带她出去吃饭，也不拆穿她，就是换着法子让她做一些成本低的美食作为交换。

琉香和尤灿的爱情没藏住——大家都发现了，并且拷问他们。

"还能怎么样？不就是这样呗。"比起尤灿的阳光灿烂，琉香有些扭扭捏捏的，"他还挺乖的，就跟他谈谈看。反正大学也无聊，找个男朋友解闷。"

"男朋友是用来解闷的？"霏思却听不下去了，有些生气，"你好好对尤灿吧，他是个好男孩。"

"我知道！他是我的男朋友，我当然会好好对他！"

开始为了瞒住大家，琉香还有点孤僻，不愿意和他们同行。但后来大家都知道了，他们也就重新合群起来。

Chapter 10　星海与理想

梵梨开始好好学习，努力寻找回家之路。她把日计划、周计划、月计划、季计划、年计划写满，满满贴在墙上，用红色羽毛笔强调重要事件，例如学海族语、复习预习功课。每天早上五点闹钟响起，她就从床上弹起来。喝药、刷牙、更衣、梳头。五点五分坐在书桌前背单词，练习听力，看课本。五点五十分，下楼吃早饭。六点五分回来读专业书。

既然学习奥术需要消耗大量的精神，那就得保持良好的体质。所以，每天早上，她还会去锻炼身体，游泳、跳海族的健美操。

奥达日早上，上了海族史的讲课和研讨课，梵梨和星海、尤灿、琉香、"双思"夫妻在图书馆学习。

和那五个人打过招呼，梵梨坐下来看《深渊邪能研究》。但看了不到五分钟，她就发现除了星海，另外四个人都在盯着她看。她抬起眼皮："怎么了？"

琉香指了指梵梨的书："你翻书的速度，是我的两倍。"

"不是两倍，四五倍了。"蓝思毫不留情地拆穿。

"真可怕……"霏思不可置信地摇摇头，"还好我们没跟你在一个高中，不然年级第一我和蓝思都没戏了。"

被蓝思呛了，琉香有点不爽，随意翻了翻自己手里的《深渊邪能研究》，和尤灿再度开始讨论课本新章节内容，他们每说一个论点，梵梨脑中就会自动为他们纠正：错。错。对。狭隘了。又错。对。跑偏了。错……随后，她意识到星海在看自己，也回看了他一眼。

"梵梨，你真的很聪明。"星海撑着下颚，笑道，"好好珍惜这份天赋，以后会有更多人需要你。"

这句话的意思梵梨懂了，也让她有些难过。因为，从现在到无期限的未来，她一直都会是"梵梨"。失去了"双S学神"这个身份，她一无所有。如果星海知道她的智慧其实不属于她，她其实完完全全是另一个人，他还会对她这么好吗？

"星海，我有一个问题想问你……"她用这两天自学的隔音术把自己和星海圈了起来，"你老实回答我，不用担心我的感受。"

Chapter 10 星海与理想

"嗯。"

"你为什么要对我这么好呢?"

"这是什么傻问题。"星海笑了起来。

"我的意思是……从一开始你就对我很好,总是很照顾我,你也说过,我和别人不一样,那不一样在哪里呢?"

"因为你成绩那么好,却很谦虚。成绩好的女孩子有很多,但像你这样低调的很少。就算是海洋族的女生,只要成绩很好,多多少少都会有些盛气凌人。我不是说这样不好,但我更喜欢你这样的处事方式。"

那是因为她没有不谦虚的资本啊。

"因为我是双S的学生对吗?"

"当然,谁不欣赏成绩好的同学呢?"

梵梨感觉一颗心空空的,更加失去了斗志。她不想被梵梨同化,更不想被苏伊同化。她只想做她自己。可现在的她,根本不知道自己是谁。

"怎么了?"星海微微勾下头,观察着她的表情,"你不太开心?"

"没有啊。"梵梨揉了揉太阳穴,"我只是有点疲倦了,想休息一下。我看完书了,走啦,我们回头聊吧。"

回到家里,梵梨倒头就睡。醒来以后,并没有觉得心情有多好,只把鱼尾盘成半圈,缩在床头和墙壁的夹角里,有一下没一下地拍打尾鳍。

忽然,玻璃窗上传来"咚"的一声。

她停止拍动尾鳍,看向窗口的方向。五秒后,又重新放松警惕,有气无力地靠在原处。但很快,又是"咚"的一声。她再次看向窗口。没过多久,她看见了,有一枚小贝壳砸了窗子上,随即被海水冲走。

她小心翼翼地接近窗边,往窗外看去。远处,波浪与岩石在争吵,海藻与海龟在旋舞,蓝鲸孤独的歌声从十五英里外的海域传来。亿万灯火点满了落亚,使它变成了涂抹在深蓝幕布上的荧光之都。海螺楼、鲸骨门矗立在市中心,就像静止的卫星。红月宗神宫真跟城堡似的,成为了繁星包围的明月,将光芒普照在夜之海底。繁华的荧光从远处延伸到近处,在贫民窟近郊逐渐减少,淹没在黑暗中。楼下只有两盏路灯亮着,路灯下立着一个银灰色短发的少年。她看到他的时候,他刚好同时抬起头,和她四目相对。

"星海……"梵梨推开窗扇,看看四周,"你怎么来了?"

"我一直在想你的事,睡不着,你又没通信仪,只能过来找你了。"

"你家离这里要一个小时舰程吧?有事明天说不好吗,跑这么远不累吗?"

星海摇摇头,笑了:"你也睡不着?"

"嗯,有点失眠。"

"我上来可以吗?"

梵梨怔了怔,点头。星海游了上来,双手扶在窗台上,但还是位于比她矮一截的位置。他已经用了很小心的方式,但这张漂亮的、放大的脸出现在她面前,还是把她吓了一跳。她本能地想后退,又觉得有点心虚,便没有动:"怎么了……"

"你的心跳得好快。"他清澈的水蓝眼眸离她这么近,荡漾着水光。

"不要随便偷听别人的心跳!"梵梨炸毛了,"你大半夜突然袭击,能不吓到我吗?"

星夜光辉流转在他们上方,也倒映在了她的眼睛里——深蓝色的,明亮的,有些羞涩的,还有一览无余的朝气。星海凝视着她的眼睛,完全没意识到,自己连声音都变得有些沉醉:"睡不着的话,我们出去逛逛?"

"我不想去。"梵梨把头拧过去。

他一秒就发现了她压抑的怒气,非但没有生气,反而变得更温柔了:"为什么不想?"

"懒得动。你打扰我睡觉了,要去自己去,没事我关窗了。"

"等等,"他按住了窗扇,"对不起。"

"为什么要道歉?"

"因为我是笨蛋。成绩没你好,却说出'因为你成绩好才对你好'这样的话。我今天已经深刻检讨过自己了。如果我周围也出现这样的朋友,我也不会理他们的。其实,比起优秀的成绩,努力的精神更值得学习。"

梵梨被星海的情商吓到了。她原本以为他是一个24K纯直男,没想到心思竟然这么细腻。

"但是,"星海撑着下巴,认真地说道,"认识你以后,我没有太仔细去留意你的成绩了。说实话,你如果不说,我根本不会猜到你考过SS。"

"啊?"

"我不知道,你或许是大智若愚吧。你经常让我觉得,你好像什么都不会。"

梵梨想说,自信点,可以把"好像"去掉。她咳了一声:"我如果真的什么都不会,你还会搭理我吗?"

"你如果什么都不会,不是更需要我的照顾吗?"

"我会自己照顾自己,才不需要别人照顾。"

"那为了证明你宽容大度,跟我出来逛十五分钟,也不会有什么影响吧。"

"好吧。"

梵梨把窗子完全推开,游了出去,星海指了指上面,率先游了出去。然后,两个人你前我后地游着,总算看见了离海面很近的珊瑚礁。珊瑚礁上方,月光洒落的海水里,鲹鱼群正在袭击大群沙丁鱼。沙丁鱼卷成一团银色的暴风,旋转上升,四下逃散,银色的鳞片随之一片片飘落,炫目壮观得令人着迷。

然后,他们冲出海面,梵梨被眼前的景象震住了——模糊一片!

"呃,我忘记戴眼镜了……"

星海体贴地递了一副眼镜给她。她尬笑着把眼镜戴上,但度数不太对,只能举着眼镜看风景。

这一回,才是真的被震住了。银河在上,星海在下,眼里只有深蓝,耳里只有涛声。呼吸着新鲜的空气,即便不是用同一具身体,不是在同一个时空,她也找回了一点点曾经的自我。

"好美。"梵梨扶在礁石上,惊叹着,大口大口呼吸着,"海上的星星好亮啊。"

星海只是跟在她旁边,静静地看着她。她不知道,她说着星星明亮,一定是因为没看见此时她自己的眼睛。她的眼中有春之花,夏之露,秋之叶,冬之雪,胜过他见过的一切光海美景。

兀自开心了一会儿,梵梨忽然像想起什么一样,看了他一眼。发现他进入空气里,便把头发拨到脑后,整张脸的轮廓因而更加凌厉俊秀。看他这么好看,她觉得氛围好像有点怪怪的,别过头去,看哪里都不看他。星海却似乎曲解了她的意思,绕到她面前,轻声说道:"别生气了,是我错了。"

"我没有生气啦。"梵梨一下跳在礁石上,把尾鳍浸泡在水里,抬头欣赏星空,"这里好美。"

"我心情不好时都会出海看看。看见这样的夜空,就觉得什么烦恼都很渺小。"

"是啊。"

"听上去还是不开心。"

梵梨笑意褪去了一些,变得有些苦涩:"没什么,我只是觉得……没有人需

要我。"

"怎么可能,我就需要你。"

"可是我什么都不能为你做。"梵梨吞了口唾沫,深吸一口气,提着这口气说道,"我……我发现上了大学以后,可能我不会再是从前那个考双S的我了,到那时候,你也不会需要我的。"

"你这是什么乱七八糟的逻辑。"星海皱了皱眉,"都跟你说了,你的成绩对我来说不重要。再说了,我是需要你给我补课吗?那我为什么不直接去问教授,或者自学呢?我的入学成绩好歹也是S。"

"你这么厉害!"看见他有些赌气的样子,梵梨歪了歪头,"那你需要我做什么……我没钱,不算漂亮,也不是捕猎族。唉,不说了,越说越沮丧……"

"我需要你的陪伴。"

"啊……"

"跟你在一起很开心,很放松,会让我忘记自己是混种,甚至经常觉得自己无所不能。"

"是……是这样吗?"梵梨看着他,忽然像一个受了委屈很久的孩子,鼻子酸酸的,"谢谢你,安慰很有用。"

"你如果觉得是安慰,那么,时间会告诉你答案的。"星海靠近礁石一些,因此也离她近了一些,"我们的未来还长着呢,一起为理想努力。"

"嗯!"梵梨用力点头。

两个人又欣赏了一会儿夜景,准备回去休息了。梵梨从礁石上跳入海中,没想到正好被夹在了星海和礁石之间,两个人的距离只有一拳之遥。她吓得后背贴在了礁石上,结果用力过猛,背撞得发疼,抽了一口气。星海扶住了她的肩,低声说:"小心。"

她一时糊涂,抬起了头。他们的距离近到不用眼镜也能看清彼此。星海的水蓝眼眸中,满满都是夜海之浪,星河之光,还有他自己都没发现的,强烈的克制。

"梨梨,别担心。"星海温柔地看着她,"你不是一个人,我会一直在你的身边。"

听见他改口,还有这番话,即便是在冷风吹过的冬季海面,梵梨也觉得心里很暖。她不知该说什么,只是笑着,慢慢点头。

星海也微微一笑:"我们会一起完成奥术晋级考试,一起去圣耶迦那,一起毕业,一起找工作……说不定,以后还会在一家公司工作。"

提到圣耶迦那，梵梨立刻想到了苏释耶。似乎近在眼前，又远在天边，就像梦一样。她说："你想在哪里工作呢？"

"圣耶迦那、落亚，或者回星辰海，都可以。看你。"

"看我？"

"我会待在你待的城市。"想了想，他又笑着补充了一句，"毕竟咱们梨梨是奥术大佬，跟着你混，找工作不愁。"

现在他已经在"海族舰艇"兼职了，毕业以后完全不愁前景。这么说，明显是为了减轻她的压力，但梵梨并没有揭穿他。

"好！"她拍了拍手，溅落了一些水花，气势汹汹地说道，"我罩你！现在，为了去圣耶迦那而战斗！"

"好。"星海用食指关节替她擦去脸上的水珠。他的手指发凉，却让梵梨脸颊发热起来。现在，整晚的消沉已经烟消云散。别说是为了自己，现在，就算是为了星海，她也要努力读书。她不当苏伊第二，她要当梵梨第一。

而多年以后，每当梵梨回想起这片红月海之夜的星海，还有与这片星海同名的少年，都会想起一句话：星河滚烫，你是人间理想。

经过一段时间的努力，梵梨很快追平了功课，到达了一个普通优等生的水平，上课不用再装睡。每次老师提问，让她回答，她也总是能给出满分答案。但她知道，距离丽娜做梦都想要的双S，差距真的就像泡泡小姐和布可逆的地位差一样。

对她来说最轻松的学科是海族史，因为历史不需要太烧脑，只要背和理解就好。可当第一篇海族史的论文布置下来以后，她却发现，并不是那么简单。

"论文主题你们翻看课程手册，就以下几个名人任选其一，剖析他们对所处时代的争议与影响。"

手册里的人名是：圣海七宗神任一（生命时代）、米瑟美娜（黄金时代）、加斯遥登（机械时代）、苏释耶（燃烧时代）。

梵梨毫不犹豫地选择了苏释耶，想要多了解他一些。但开始准备论文以后她发现，越去读苏释耶的生平，她就越觉得他做的很多事前后矛盾。例如，他在当上独裁官之前，一直是个典型的唯功利主义者、热爱战争的军事家，前任独裁官之死似乎也与他有关。对于他的种种行为，加斯宗主只点评了一句："他只是想当独裁官而已。"但是，他又多次付出了巨大代价，来维护平民的利益，推动了数次平权运动。

梵梨在图书室查了以往学生写的优秀论文,发现乍一眼看去,好像S级的论文更高深。SS通俗易懂,却观点新颖,独一无二,摆脱了抠字眼、掉书袋之嫌,进入了将深邃思想运用自如的境界。苏伊一百多年前在圣耶迦那大学写过的奥术史论文更夸张。除了专有名词的部分,让一个初中生来读都能读懂。但这篇论文在学术界,就像欧洲女性第一条穿上身的裤子、牛顿的那颗苹果、小说界的《搜神记》、电影界的《乱世佳人》。这种境界绝对不是一年半载能够模仿得了的。

如果说,一个人原本跳远只能跳一米,你跟她说,新的目标是一点二米。她会很努力去尝试。但如果你跟她说,新的目标是一百米。她大概会直接晕倒在地。这就是梵梨现在的感受。

她自闭了一个晚上,躺在床上翻来覆去、胡思乱想,凌晨两点才睡着。以往遇到这种情绪低谷期时,她总是能够很快调整好自己。但第二天醒来,她还是觉得好沮丧。她闭着眼睛,开始幻想另一个画面:如果睁开眼,她已经是个白发苍苍的老太太了。青春不再,美貌不再,体力不再,甚至连敏捷的思维也在一天天退化。这辈子就要结束了,一切都回不去了。那么,回想曾经年轻时的今日,自己会做什么?是躺在这里发呆混日子呢,还是再努力一把试试看?

想到这里,梵梨一下就从床上跳起来了。

不!今天还是"刚"的一天,还是绝不服输的一天!

她像装了电动马达一样,突突突地冲到学校自习去。

虽然没人看得出她的战斗力和愤怒,只觉得这小姑娘是不是尾巴抽筋了,或是,吃错药了……

这一天,奥术史研讨课结束后,梵梨飞速看完另一作家写的《独裁官传》,急匆匆地想去图书馆借其他书,却被夜迦叫住。

"苏释耶发动军事扩张的初衷是消除阶级,而不是像大部分人说的那样,只是为了权力。"夜迦倚在墙壁上,单手插着腰,姿态闲逸地说道,"你要知道,他原本的出身并不是文献里写的草根家庭。他父亲是立下一级战功的中将,母亲曾经担任尔国临格行政法院大法官,家族显赫,作风强势,比他父亲还能干。而且,他是父母的独子,从小在斐理镇那种和谐的世外桃源长大。"

"那为什么文献要写他是草根家庭?"

"因为苏释耶走向独裁官的路是血淋淋的,收复复活海的时候,杀人跟开推土机似的。他必须要为自己这么疯魔追求权势做出一些合理解释,所以强行给自己安了个草根头衔。毕竟稍微懂一点心理学的人都知道,对权力追求过度的人,通常都是没有什么可以失去的了,想放手一搏,或者即将失去一切,迫不得已,才起兵造反。一个在和谐温馨家庭中长大的孩子,不会如此心理变态。你呢,不要光看别人怎么写,想清楚是什么推动他这么拼,赌这么大,这篇论文就能写得很出彩了。"

"原来是这样……谢谢布可教授!"听夜迦这么一说,梵梨想通了很多东西,但也觉得有些脸红——布可教授发现她上课时在偷偷看课外书了。

之后,梵梨啃了二十三本书,翻了二百五十四份报纸,连吃饭都在思考这篇论文。旁边的尤灿琉香卿卿我我她看不到;霏思蓝思约周末去看舞台剧她听不见;他们拉着星海说摇醒梵梨,她也没注意到……

夜迦说对了。苏释耶不是一个疯魔的野心家,而是一个人格复杂的政治领袖。他所提出来的政治主张,并没有宗教推行者那种单纯付出的伪善,而是带着耦合效应的。他觉得,海底文明之所以进步越来越慢,甚至逼近于停滞不前,正是因为海族太过依赖深蓝留下来的精神遗产、奥术系统。文明像是一栋建筑,需要不断革新,才不会落后。但一栋建筑是有上限的。当它能翻新的程度到达极致时,就只能摧毁重建,或被人超越。

梵梨对自己的论文有一个大致框架了。

翌日早上,天还没亮,梵梨精神抖擞地冲下楼,准备在一楼背海族语生僻词汇。但刚到客厅,她就看到一个雄性锈红刺尻族面向窗户而立。他留着一头利落的橙红色短发,裸着上身,身材挺拔,背部、肩膀的肌肉轮廓充满了雄性气息,有一种性感野性的美。看见这个身材,梵梨心想,难怪红先生没什么钱还能娶两个老婆……但她又忽然想起红先生头发不是这个颜色。她有些好奇地走上去,小声说道:"那个,请问……"

男人转过身来。他的眼睛坚毅而深邃,薄唇,长方下颌,英俊而有男子气概,看上去不太好惹。但这张脸梵梨总觉得在哪里看过。和梵梨四目相交后,帅哥对她笑了笑:"梵梨,早。"

"早……"梵梨没好意思问他是谁,只是坐下来默默读书。

"我把早餐做好了,现在要给我老婆端一些上去,你自己盛可以吗?"

"好。"

梵梨不知道这个"老婆"是指什么人。她只看到男人从卧榻上拿起衣服，随意搭在身上，但还没系好，红妹妹就一边打着呵欠，一边慢吞吞地游下楼来："早安，梵梨。你怎么起来这么早……我都没睡好……"

帅哥赶紧过去搀着她："你起得也太早了吧。你有身孕，还是多休息一会儿。"

"亏你还知道我有身孕了呀，还把我弄那么痛！"说到这里，红妹妹用胳膊肘子撞了他一下，"浑身都要散架了，伤着宝宝怎么办。"

"我很早就想这么做。每次看见他那么对你，我就想，如果我是你的男人，一定会好好疼爱你，不让你受伤的。"说到这里，帅哥情不自禁地吻了她一下。

"不要提那个渣男啦，让他死在邻居老婆的身上好了……"

虽是说着娇嗔的话，但红妹妹是贴着他的嘴唇这么说的，没过两秒，两个人完全把梵梨当透明的，所有言语都被帅哥热情似火的吻吞了下去。

梵梨对这个情况完全不明所以，又觉得自己的存在很多余，赶紧别开视线去读书。所以，红妹妹有新欢了？那红太太和红先生去了哪里？

不知过了多久，两个人才总算停了下来。红妹妹把尾巴搭在帅哥的尾上，尾鳍与他的尾鳍缠在一起，亲昵地摩擦："老公，我们什么时候去改结婚证，把渣男给除名呀？"

"随时都可以，反正他出轨证据我都收集到了。"

梵梨终于忍不住了："除名？什么意思？"

帅哥把红妹妹搂在怀里："哦，梵梨对锈红刺尻族的法律不了解吧。我们族群规定，丈夫如果婚内出轨，妻子有权把他从结婚证上除名，不需要经过他同意。如果他的配偶超过一个，则需要所有配偶一致签名，才可以将他除名。"

"他可能觉得我这么爱他，不可能和姐姐站在一边。但我们俩就是决定不要他了，"说到这里，红妹妹抬头戏谑地看向帅哥，"是不是，'姐姐'？"

"以后你可不能再这么叫我了。"帅哥捏了捏她的脸蛋。

"等等……你，你叫他'姐姐'？"梵梨只觉得天灵盖都被劈了一样，"这位先生，难道是，是……"

"原来你没认出我来，我变性了。"

居然是真的，这个帅哥……是红太太！

"怎……怎……怎么变的？"

Chapter 10 星海与理想

"好问题。"红太太摸了摸下巴,思索了一会儿,"心里想:'不能让妹子没有孩子,我要带她私奔,是时候变成男的了',自然而然就变了。"

"有的事确实难以解释。"红妹妹笑道,"就像雌性逆戟族可以在身体里贮存许多精子,并且精准地提取自己喜欢的怀孕,我也一度好奇她们是怎么做到的,但她们就是有这个功能。我们族群的变性,在别人眼里看来也是很难理解的吧。"

梵梨想起基因检测那天,她用了红太太的指甲瞒天过海,八爪鱼女博士以为她是锈红刺尻族,曾说了奇怪的话,现在总算明白是怎么回事了。因为,锈红刺尻族族群是一夫多妻制,但雄鱼天性爱偷别人老婆。当雄鱼跑掉,最大的雌鱼就会变成雄鱼,把他的"后宫"拐跑。

真是神奇的地球,奇妙的海洋。梵梨的三观再次被震碎了,海洋生物们的节操呢?没有节操,没有这种东西。红太太和红妹妹搬家了,红先生两天后的凌晨才发现她们离开了。邻居出差了,他和邻居老婆享受完长达三天的形影不离,足不出户,哼着小曲儿回到家里,正想着如何跟两位太太绘声绘色地描述出差旅途中的风暴,却发现一、二楼大部分摆设被一扫而空。原来摆婚纱照的相框处,只剩下了一张碎片——那是他的头,从婚纱照上抠了下来。

"老婆?宝贝?"他左顾右盼,意识到发生了什么事,瘫软在地上大哭起来,尾巴抽打个不停。

当当从梵梨那得知了事情的经过,抽了抽嘴角说:"渣男,活该。"

梵梨也觉得红先生不值得同情。但很快她又想起,红先生的出轨对象原来不是当当,于是说:"当时你男朋友送你项链的时候,不是直接给你的?"

"对啊,那天渣男在当侍应生,我男朋友让他把项链给我。"

"你男朋友不也是孩子爸爸吗?"梵梨小心地说道。

"我只是喜欢有房子的孩子爸爸,又不是喜欢有老婆的爸爸。我男朋友又没结过婚。"

听到前半句,梵梨本想说她这歪成比萨斜塔的三观还有点救,但听到后一句,她又一次快晕过去了:"没结过婚,然后他有孩子了?"

"对啊。"

Chapter 11　黑鳄工会

自从海博会让苏释耶开幕，红月海就站了圣都党。梵梨身份证上明晃晃地写着"风暴海"，即便拿着落亚大学的学生证，也找不到一个像样的兼职工作。最后，在一家小型清洁护理公司，她找到了一份不需要身份证的工作。

海洋里有很多"清洁站"，在这些地方，会有很多"清洁工"清理海洋生物身上的细菌和寄生虫：如两条裂唇鱼一起工作，一条在条纹胡椒鲷的嘴里吃细菌，另一条在外面清理它的皮肤；岩虾啃食食蟹豆齿蛇鳗的死皮，也为鞍斑双锯鱼做出浑身亮晶晶的"全面保洁"；长满赭石色大斑点的豆点裸胸鳝张开厚大的唇，尖翅燕鱼舒展地躺平，等待裂唇鱼为他们的口部、皮肤做清洁；爪哇裸胸鳝专程游到"清洁站"，大大张开嘴，让丽尾瘦虾吃掉它牙缝里、鱼鳃上的寄生虫……百万年的进化令海洋生物有极强的辨识力，它们不会吃掉有"清洁工"标志的生物，例如身上有明亮白条纹的清洁虾。

海族的世界里也有类似"清洁站"的服务公司，不仅可以为海族做全身细菌清理，还可以清理他们的所有物，跟干洗店功能相似。两个最大的清洁公司的标志分别是裂唇鱼和岩虾，公司的广告也总是带着他们服务项目的对应海洋生物，例如剔除死皮和牙齿护理标志是清洁虾和岩虾，坐骑保洁的标志是新月锦鱼，等等。

梵梨的工作是在车间里照料各式各样的"清洁工"，轻松自在无压力，但薪水一小时二十五德，也是最低廉价劳动力的一种。同事不是性格暴躁的民工，就是不识字的两三百斤大妈，要么就是断尾的孤儿……别说她的同龄人，连个大学生都没有，完全没有学习的机会。于是，她花了买了个便宜的广播器，上班时就播放固定频道"落亚商政会谈节目"。这个频道只有二十四小时不间断的对话，可以锻炼进阶海族语，增进对光海的了解。

在学校，她很快交了第一份论文，开始准备奥术史的小论文。每天像陀螺一样忙，她对别的事情的兴趣也减少了很多。以至于有一天中午，她在食堂里看到惯例彪悍的画面，也没有任何反应：悍公主坐在男朋友身上，拽着他后脑勺的头发，让他仰头对着自己，把舌头直伸入他嘴里，尾巴和他跟麻花一样缠在一起——强行观赏如此画面,很多保守的女孩还是会觉得被冒犯了。"

霏思看了看悍公主,使用了隔音术说道,"虽然我见过很多还没结婚就交尾的不自爱的女生,但随便到逆戟族这样的,还真的是很少见。"

梵梨惊讶地说:"你跟蓝思不是已经在一起三十多年了吗?难道,你们三十多年来,一直都……"

像是在炫耀自己的禁欲能力,霏思特意解除了隔音术:"当然没有!你觉得我们是那么随便的人吗?"

"霏思,你们的保守程度都接近封建了。"琉香听不下去了,"三十多年没交尾,拜托,长时间完全脱离性的爱情,还能算爱情吗?你是无所谓,还可以到处显摆自己是个处女,但你考虑过蓝思的感受吗?"

霏思顿了顿,涨红了脸说:"真不好意思,蓝思和我想法完全一致。如果一个男人足够爱你,他绝对绝对不会勉强你。只有不爱你的男人,才会打着爱你的旗号,去逼你牺牲自己,让你付出惨痛代价,来满足他的私欲。"

"你说得对,如果他爱你,他是不会勉强你。但是,他在勉强他自己。"

"琉香,如果你想跟逆戟族女性学习,那是你的自由,但请不要试图把坚持贞洁的女孩拉下水!也不要试图给我扣'封建'的帽子!"

"你……"琉香提起一口气,鳃大大张开,半晌没说话,脸也慢慢变红了,"我不知道该说什么。"

"好了,每个族群文化不同嘛。"梵梨笑着摆摆手,"霏思是对的,琉香也是对的,甚至逆戟族也是对的,大家基因不同,当然与之相对应的婚恋习俗也有天壤之别,咱们求同存异吧。"

"梵梨,我以为你会有点不一样的。因为,你看上去像个好女孩。"霏思蹙眉看着她,"这么说,你也赞同婚前交尾?"

"没有,我没想那么多,我只是觉得这种事没什么好争的,谁对谁错不重要,影响不了我们的……"

梵梨话还没说完,琉香就猛地一拍桌:"霏思,是看在梨子的面子上,我才没有对你说重话。既然你连梨子都不放过,那别怪我不客气了。我就想问问你,你是个物品吗?"

"什么鬼,我当然不是!"

"那你为什么要把自己当成一个物品来对待呢?是不是以后你'终于'跟蓝

思结婚了,交尾之前,你要在自己脖子上系上一个蝴蝶结丝带,让他轻轻一拉,好把礼物拆封,再享用你?他最好不要出轨或家暴,因为你已经把自己当成他的所有物了,你离不开他,只能一直忍,绝不能离婚!因为离了婚的物品就是个二手货,而我们都知道,谁都不喜欢二手货!"

这番话杀伤力可谓十足,听得梵梨变成了木雕,针都扎不出个声音。梵梨原以为霏思会暴跳如雷,但霏思没有。她只是沉默了两秒,抬头说:"你想多了,蓝思不会有这样的机会。作为朋友,我还是想说一句,女孩子要自爱,不要随随便便把自己交给别人。交尾是模拟繁育后代的行为,我们都要对后代负责……"

"你可以闭嘴了!"琉香恼怒地打断她,"我和谁交尾,和你没有关系!"

只听见"砰"的一声,琉香把戳筷砸在桌子上,起身,把书包甩在背上,转身游走了。

看两个小姐妹闹得那么僵,梵梨觉得很头疼,但不知道该怎么劝,也不知道怎么开口。没想到下午上课时,星海主动提起了这个话题:"你们今天中午吵得很厉害。"

"啊,你听到了。"梵梨先是一愣,然后挠了挠头,"对哦,霏思后来解除了隔音术……女生很无聊吧,为这种事都可以吵成这样。"

"男生也一样。总是有一帮为睡过很多女人沾沾自喜的,又有一帮嘴里说着'真羡慕啊'其实对这类人瞧不起的。"

"哈哈!但你们不会犯蠢到吵起来。"

"只会打起来,岂不是更蠢?"

梵梨被他逗笑了。正想说,星海你居然很有幽默感。笑了半天,发现对方并没有笑,瞬间觉得笑点那么低的自己,宛如一个傻子。结果,她不笑了,给自己泼冷水了,他反而笑了:"梨梨,你的内心世界可还真丰富。其实,今天听她们吵成那样,我最想知道的是你的观点,可惜你什么都没说。"

"我的观点?"梵梨指了指自己,见星海点头,仰头想了想,"我没想那么多。可能我比较赞同霏思后来说的观点吧,觉得现在成绩最重要,该把精力都放在学习上。"

"果然是学神梨会给出的答案。我知道了。"

梵梨心里呐喊着放过我吧,每被人叫一次"学神",她对最终考试的惧怕就多一分。她说:"只问我,你很狡猾哦。少年,交出你的答案来。"

"嗯?"

这一声浅浅的、语调上扬的"嗯",听得梵梨心里一酥,不知怎的,想到了苏释耶。她清了清嗓子:"你赞同她们谁的观点呀?"

"谁都不赞同。我和你一样,觉得这是每个人的自由意志。我们无权干涉别人,也没必要去改变别人,做好自己就好了。"

"那你觉得一个女生是独立有思想更重要,还是保守顺从更重要呢?"

"男生想法很简单,没有你们女生那么复杂。我们只喜欢漂亮的、浪的。"

梵梨"噗"的一声笑出来了:"对不起,问鲨族这个问题。我的错。"

"但你要是问我个人的观点的话,我觉得爱上一个人之前,可能会有很多要求,例如希望她漂亮、聪明、专一、温柔。但真的爱上以后,这一切都不重要了。不管她是什么人,我都接受。"

星海答得很平静,又很笃定。他可能没有任何意识,但这句话戳中梵梨了,她和他想法完全一样。

一周后课下,海族史教授把梵梨留下来,面色凝重地说:"你写的那篇论文,已经被传到独裁官政府去了。"

"啊?"梵梨吓得吸了一大口水,"为什么?"

"你的论文观点太剑走偏锋,导师意见也二级分化得很厉害。因为他们讨论得太激烈,圣耶迦那有的学者读了以后,说这篇文章无论如何都要让苏释耶大人看到。"说到这里,她拍拍梵梨的肩,"你做好心理准备,结果可坏可好。"

梵梨本来只是想尽量逼近苏伊的水平,所以特立独行一下,想低调高分通过所有考验,没想到会弄巧成拙。她现在最怕的情况是警方突然来了兴趣,说,你们这个学神外形和嫌疑人挺相似啊,来,做个基因检测看看。所以,她得尽快想办法解决学奥术的障碍,不然永远也解不开灵魂禁术的谜题。她花了更多时间泡在图书馆,没有找到灵魂禁术的相关文献,但有很多刑法书籍里记载了灵魂禁术使用者的案例。她找到了三个关键线索:第一,大部分灵魂禁术使用者都与地下违法市场有联系,这些地下市场遍布光海所有大城市,像蟑螂一样赶之不尽,杀之不绝;第二,使用灵魂禁术后,可以进行二次交换;第三,灵魂交换术需要消耗大量自身储备的奥术能量,只有捕猎族的身体才承受得住二次交换。海洋族的身体如果贸然二次交换,从理论上来说,死亡概率是99.97%。目前光海史上,

尚无一个存活案例。

结论是,还是得想办法先变成捕猎族。梵梨开始在各种渠道打探去黑市的方法,不出几天就有了结果。

一天,在校园里,琉香看见一群人簇拥着"黑珊瑚女神帮"靠近,低下头想默默与她们擦身而过。但丽娜连头都没回,只是看着前方,傲慢地笑:"琉美,是你妈妈的名字吧。"

"你……你想做什么?"

"你紧张成那样干吗?我又不会吃了你。我只是看到新闻了,深潜队副队长琉美。你居然跟你妈妈姓,看来你也没我想得那么差。可惜你现在已经变成学神的小跟班了,不然,我不介意让你跟我们一起玩的——总之,恭喜你母亲了,为光海做出了很大贡献。"说完,丽娜就带着她的跟班远去了。

光海族可以根据探测地区地壳的垂直运动、速率变化、洋底版块摩擦作用力来预测地震海啸和洋流方向,在天气预报、减灾防灾甚至魔药研究中,都有很重要的意义。近期,联邦深潜队成功潜入"陨星海沟"底、完成8274米精确测定的新闻,成为了各大平台的新闻头条。

深潜队的工作一直都受人尊敬,而且高薪。琉香母亲年薪11.7万浮,父亲是小丑鱼药剂公司的普通上班族、老好人,曾经出轨,痛哭流涕三个月,哀求了整整两年,才得到原谅。但从那以后,父亲在家吃饭连什么时候动筷子都要看母亲的脸色,几十年来一直如此。由于母亲工作的原因,琉香小时在圣耶迦那生活过很长时间,加上他们一家子都是携带丽鱼科基因的神仙族——尾鳍美丽的海洋族佼佼者,所以,她骨子里有一股寻常海洋族没有的傲气。现在她母亲的工作获得了重大成果,第一个恭喜她的人,居然不是她的朋友,而是丽娜,让她没来由地感到暴躁。

正巧这时,尤灿买好了新鲜的海蓬子,摇摆着他橙色的鲜亮尾巴过来,被她迎面就是一顿骂:"你知道吗,霏思真的很恶心!羞辱我是荡妇!"

"什么,霏思居然敢凶我的大宝贝!"尤灿也怒了,"她说了什么?我去帮你讨回公道!"

听完她们的争执内容,尤灿挠挠头:"我还以为是多大事,原来你是说这个……没办法啊,霏思和蓝思是鲑族的,他们的文化就是特别保守,不要在意啦。"

"我当然知道鲛族的文化！你以为我是傻子吗？"琉香翻了个白眼，像极了丽娜，"我不开心的是，她有她的文化，那就按她老套落伍的文化过就好，凭什么对我指手画脚！"

尤灿也不知如何安慰她，只能垂下头，把手里的海蓬子送上去说："琉香，不要生气了，来吃点东西……"

海蓬子被琉香打飞出去，在水里冲散。本来琉香只是在气头上，这样一闹，也觉得自己太过分了，但她又没办法给自己找台阶下，只是僵成了木鱼。

"霏思或许强势，但她没想害你。"尤灿的语气冷了下来，"你不敢跟她吵，就欺负我，太过分了吧。"

"什么……"琉香呆住了。

尤灿气鼓鼓地离开了，但转身的刹那，委屈地抖了抖嘴唇，眼泪哗啦啦地流入了海里。

十二月底，红月节的五日假期即将到来，学校里荡漾着一股即将放假的欢快气氛。房东太太在楼下向看房的租客讨价还价，嗓门就跟她的肺活量一样大，喊得楼上的梵梨捂住了耳鳍。她认真研究着桌上的黑市地图，连当当敲门进来都不知道。所以，当当拍她肩膀的瞬间，她"哇"的一声叫出来，从椅子上弹起来。

"你在看什么呀？这么认真。"当当低下头去看。

梵梨一屁股坐在了桌子上，左右摇摆尾巴："没什么，就一张红月海的地图。"

"哈哈，难道你也想在假期出去旅游？红月海域景点区都会很挤的。"当当背着双手，一脸高深莫测的样子，"这没关系，你知道我给你准备了什么惊喜吗？"

"什么惊喜？"

当当把大辫子甩到背后，掏出两张写满行程的纸："锵锵锵！复活海三日游！双人套餐！我已经买好了！我请你去玩！"

"你可以跟你男朋友一起去啊。"梵梨已经做好了去黑市的安排。

"搞什么嘛，你看上去一点都不惊喜。他也会去啦，但他前两天要陪他女儿，第三天才会跟我们在复活海会合，接我们回落亚。前两天是只属于我们姐妹俩的！这计划不错吧？"

"你男朋友好大方，还会给我买旅游套餐，可是，我会觉得很不好意思……"

"快住嘴，这才不是他买的，是我！"当当激动地拍了拍胸口，"我买的！所

以这是个贫穷套餐,你最好不要嫌弃我,不然接下来半个月都让你吃活蟹!"

"不是,当当,我这几天有别的安排。"

"你不能有别的安排!我已经付钱了,因为是最便宜的,不能退款!所以,后天早上见!"说罢,当当把那张旅游行程表拍在梵梨桌子上,转身摔门出去了。过了三秒,她又推开门,从门缝里对梵梨坏笑道:"你也可以叫星海一起来,我们四人约哦。"

星海确实约过她,叫她一起去红月海周边的城市野餐,跟他"海族舰艇"的同事一起。但星海比当当更拒绝多了。她说有别的事以后,他索性把同事的鸽子都放了,当了那个假期也加班讨好老板的叛徒。

第二天下课后,学校里一片放假的狂欢,梵梨乘舰艇找到了西罗镇。

西罗镇拥有世外桃源般的田园风光:所有的建筑都是大海螺制的,螺壳里橙外棕,自成一座农家小屋,门种植着农作物,围满了"巨藻林"或"海草田野",腕长十米、体重一百三十公斤以上的巨型章鱼徘徊其中。小镇商业化的程度很低,交易的商品几乎都是农产品,只有市中心还有点小城镇的样子。

梵梨找到一个正在看守海藻农场的农民,给了他十五德。他接过硬币,丢入兜里,扔了一件黑斗篷给她,游到巨藻林中。她披上斗篷跟过去,见他指了一下海藻根部冒着橙光的地方,便也拨开海藻,游到了橙光之处。地上裂开一个大口,露出一口深海鱼才有的尖牙,用一股强力把她"吸"进了口中。

伴随着一声惊叫,她正面落在了干燥的沙地中,帽子盖在头上挡住视线。

人声喧哗,夹着妖艳女子高亢的调笑声;熟食、辣椒、面食、香料的味道扑面而来,刺激着敏感的味觉。尾巴很快变成了双腿,梵梨推了推挡住视线的黑布帽檐,抬起头,看见了一个繁华地底城:城市有近百米高,地面是赤红色沙漠,"天花板"却是混合了钟乳石林与热带雨林的复合形态,奇形怪状的藤本植物倒挂在"天花板"上,不往上长,而是往下长。墨绿的芭蕉科叶片不时飘落,落在红沙里,被人捡起来当扇子用。这里人口密度比上面大得多,哪怕地方其实很宽敞,也感觉十分拥挤。所有海族都是陆生状,因而看不出种族。商人披着暗金色的斗篷,旅人披着黑色斗篷。从高处看去,像一个挤满黑蚁、金蚁的地下巢穴。

梵梨慢慢爬起来,盖好帽檐,进入人海。

梵梨从一个老板那得知,很多商贩都卖种族晋升的魔药,但公认最有信誉的组织是黑鳄工会——他们老大是黑白两道通吃的大人物,会如实交代种族转化的死亡率——在地底城的正西边。

去黑鳄工会的路上,沿途有一片坟场。有人从西方抬着森白的尸骨过来,就地吟诵祭文、下葬。这些抬尸者刚好和梵梨往一个方向走去,直达她的目的地。一座巨大的建筑盖在阿拉伯式的皇宫阶梯上,垂下来的藤本植物覆住建筑大半,阶梯上有奴隶在清扫植物叶片,和人群带来的红沙。粗粝的石质拱门右侧,有一个巨大的黑鳄鱼标志,下面写着"黑鳄工会"。

抬尸者回到这个建筑里去,不时又有新抬尸者送白骨出来。同时,也有捕猎族兴奋地从建筑里跑出来,冲下台阶,拿着镜子观摩自己的尖牙、尖耳和竖瞳,就像才中了一千万的彩票:"我成功了!哈哈哈!谢谢老板,我爱你!哈哈哈!"

"你……你是成功晋升成捕猎族了吗?"梵梨惊讶地说道。

"是的!我变成了旗族,感觉实在是太好了!没有抽中鲨族和逆戟族有些可惜……但是,我已经很满足了!加油,不要害怕,食物链顶端的世界在等着你!"

他手舞足蹈地说完跑了,旁边的小吃商贩却皱眉说:"别听他瞎说。黑鳄的'冥河之心'确实是最好的种族晋升魔药,但即便成为了捕猎族,也有很大概率出现基因突变疾病,更别说失败案例了。喏,你看,死在这种地方,连个水晶棺材都没有,何苦呢。"

他抬了抬下巴,抬尸者正在捡起掉在地上的腿骨。因为只剩一堆陆生状态的白骨,明显就是晋升种族失败而死的。全光海都禁止生产种族转换魔药,在上面入殓时,如果以这样的形态下葬,追究起来就麻烦了。所以,和客户签订的死亡协议上,工会会要求他们失败后葬身于地底城坟场。

黑鳄工会内部不像黑帮,服务质量堪比苹果旗舰店——服务人员数量快跟客人差不多了。领班经理发现了梵梨进来,一脸喜色地走过来:"这位小姐,第一次来地底城吧?你好年轻,这年纪服用我们的'冥河之心',成功率是很高的。"

想到门外的场景,梵梨吓得直摇头:"我……我不敢。只是有些好奇,为什么晋升失败率这么高,还有这么多人前赴后继地成为捕猎族?"

"失败率没有你想得那么高。只是白骨很吓人,看见一架骷髅,你就会忘记成功的一百个案例。但我们从来不会私藏尸骨,都是光明正大让人抬出去的。我们对客人坦诚,降低他们的预期,成功时,他们会更开心。对于你第二个问题,答案是肯定的。谁都想成为捕猎族,翻好几倍的寿命、海洋族无法想象的生存能力和体质、备受尊崇的社会地位……比起这些诱人的因素,死亡算什么呢?"

梵梨环顾四下，迷惑不解地说道："为什么年轻人这么多？不能等快死的时候来服用魔药吗？"

"小姐，您的想法是很好的，我们也希望把'冥河之心'当成拯救濒死老人的礼物。但遗憾的是，成功率跟体质有关，越年轻的身体，成功率越高。"

"这是非法交易，即便晋升成功，也会被组织控制，对吧？"

"小姐年纪轻轻，想得挺周全的。我来为您解答一下：我们在把您变成捕猎族的业务里，还可以包括制造新的身份。您可以选择不要这个身份，也可以选择不被黑市束缚，开始新的人生。"

梵梨懂了。原生捕猎族有圈子，不会接受一个什么背景都没有的神秘同类。所以，这个新晋捕猎族为了巩固新的地位和资源，依然会与黑市进行后续的交易。有黑鳄这么大的组织让他们依靠，他们当然不会拒绝。地下世界运行的定律冷冰冰的，让梵梨禁不住裹紧了衣服："你们黑白通吃的老大是谁呢？"

"你说的是阿达先生吧，地底城首富，他的'白道'是他父亲阿萨大公的政党。至于真正的幕后主宰者，我提到了阿萨大公，你应该就明白是谁了吧。所以，我们是货源是绝对可靠的。"

梵梨的海族史还没有学到如此近代的知识，当然不知道是谁，但也不好意思再多问："懂了，谢谢你告诉我这么多。我可以先检测一下成功率，再决定是否服药吗？"

"当然，请随我来。"

梵梨被带到了一个像体检中心一样的地方，排队验血，验尿，做内脏检测，还拍了个类似X光的片。拍X光片的时候，她还是需要浸泡在水里，变回海生形态，所以成片也是海生状的：黑色的胶质片骨骼透视图上，她的上半身和人类女性一样，但从胸部往下开始，就只有一条脊椎骨和完整的尾骨了。尾骨中间还有一块是分开的，细看似乎有软骨组织。

一个小时后，经理看着魔药师递来检测结果，嗫嚅道："梵梨小姐……有些奇怪，我们查不出你的目和科，只知道你是硬骨鱼纲海洋族。"

"连目和科都查不出，医术和设备有问题吧。"梵梨不屑地说道。

"那些曾经为了梦想在落亚各种医院就职的一流医生们，最后都选择了我们的四万浮年薪，放弃了他们的梦想。或许梦想会让人医术更好，谁知道呢。"

梵梨抽了抽嘴角："那怎么会查不出？"

"这我就不清楚了,你可以到落业医院做一次体检看看。但目和科不是很重要,我们又不是体检中心。"他把报告推到了梵梨面前,"你知道这个信息就够了,对你而言,第一次服用成功率92%,第二次83%,第三次69%。恭喜,你体质很好。"

总成功概率也就一半多一点,已经很恐怖了。之后,经理拿出三瓶大小不一的魔药,举起最大的、装着蓝色液体的药瓶:"每次喝完都有不同的效果。第一次服药痛苦程度是最浅的,不适的周期较长,你会先拥有捕猎族的部分五感,但是外形不会改变。"

然后,他举起中号大小的、装着红色液体的药瓶:"第二次服药是在第一次服药两个月后,痛苦程度、不适周期都居中。这次你的中枢神经会发生45%左右的转化,随后拥有捕猎族的体能、速度和力量。"

最后,他举起仅有指甲盖的、装着浓黑液体的药瓶:"第三次服药是在第二次服药一个月后,痛苦程度最强,时间最短,失败率最高。一旦成功,从外形到神经、骨骼、寿命长度、奥术上限以及整个生命系统,都会变成100%的捕猎族。如何?我们的设计还是挺考虑顾客的心情吧,会先抑制住捕猎族的特征,以免顾客在生活里受到非议。"

"每一次失败,都会死掉吗?"

"是的,只要失败,'冥河之心'会反噬肉体的有机成分,只留下骨骼里的钙和磷。"

梵梨打了个寒噤:"既然第一次成功率这么高,怎么会没人第一步就收手?"

"只转变到一半,不出半年就会患上各种基因紊乱的重症。"

梵梨纠结了很久,觉得晋升的代价实在太大了。死在2271年前的海洋里,怎么听怎么惨。她决定搁置这个想法,先和当当去旅行。

Chapter 12　复活海之旅

红月节假期第一天,梵梨和当当一起进入了拟态洋流,随着海浪被冲到了一个又一个站点,看遍海洋中的美景,认识了很多有趣的旅人。虽然抵达给亚麦提时已经是晚上,但一点也没觉得难熬。

复活海的军事占七海的前三,但经济、技术都是七海里最落后的,给亚麦提连交通舰都是最老式的电缆款轨舰。一路颠簸着在市内前行,让人很有坐上东欧小镇火车的错觉。但是,一切都破不过当当订的"帆船酒店"。因为,它们真的就是一排被铁索拴住的小帆船,旅客们的住宿地点就是船舱里。船舱离海面只有一米远,随时可以探头出海。

船舱房间的面积有多小呢?进门后,往左转就能在床上躺下,往右转也能在床上躺下,正对窗户的位置就能照镜子洗漱,全程不用游动一下。两个人就这样惨兮兮地挤进去,把行李放在床下。然后,当当躺在床上,梵梨坐在床上,翻看复活海旅游手册。

"本来以为我们家就是全光海最破最小的房子了,没想到还能再刷新认知!太强了!"当当翻了个身,对着天窗,"哇"了一声。

"但是星空还不错,对吗?"梵梨头也没抬,微笑着说道。

"是!一个晚上十二德,还是很划算!"

梵梨笑着没接话,接着看手册。当当的旅行安排很多路线都弄错了,她得重新再制订一下计划,还可以省掉大约九浮钱。

"呃,这是什么……"当当忽然伸手摸了摸墙壁上一块红橙色的东西,发现它厚实有弹性,猛地收了手,"哇,这里好不卫生啊。"

"象耳海绵是吗?"梵梨游过去,把它取下来,发现它顶端开着大口,海绵丝呈网状,上面还躺了一只虾虎鱼,"这个东西浅海挺多的,看来它是把这里当岩礁了。"

"我看到它无数次了,只知道它是海绵。你都不出门,怎么立刻就能说出名字……"她话还没说完,梵梨感觉耳鳍内部有什么在微微震动,用手覆住她的嘴:"你感觉到了吗?"

Chapter 12 复活海之旅

当当惊恐地摇头。保持几秒安静后,微震感蔓延到了身体里。鳔脏就像是被硬物震颤着一样,很快就会破裂。梵梨收了鳔里的气,身体下沉了一些,但那个震感并没有消失。虽然是第一次经历这种感官预警,但本能与书本上的知识告诉她,这个震感来自于洋底大地震,会损伤海族的听觉细胞和鳔脏。而震感再扩大一些,就会发生……

"不好,有海啸。"梵梨推开门,拉着当当二话不说游了出去,"我们赶紧下去。"

"啊!海啸!"当当吓得眼睛都快脱眶而出,双手挂在梵梨的脖子上,跟鲫鱼附在鲨鱼身上一样,把梵梨缠得死死的,害得梵梨差点游不动。

十六分钟后,梵梨刚跟当当游到了给亚麦提市中心,海底的岩石运动就转化为水流,掀动了复活海的大片区域。海面上,时速八百公里的巨浪疯狂推进,化作一个液态推土机,带着海里的沉积物,如珊瑚、海草、贝壳、死鱼、甲壳生物类等等,拍打在海岸上。

在光海的次元中,海浪里还有建筑残体;在陆地次元中,被推到海岛房顶上的就是人类船只的残骸。但不管是在哪个空间,海啸带来的破坏性都是很大的。

越往下潜,海啸带来的影响越小,但给亚麦提的市民们还是被打扰到了。海浪对他们而言,就像卷过狂风。行人抓着路灯防止被冲走,尾巴跟国旗一样飘起来。闹市区的路灯上,则挂上了一排市民,五颜六色的,像极了鱼形彩旗。

梵梨和当当也抓着一个房子的边缘,防止被冲走。梵梨无奈地说:"出门时,是谁拍胸脯说早就看过天气预报了?"

"呜呜呜,我可能是看错了……我真的看了的!"

"这种旅行下次还是我来准备吧,"梵梨叹气,"你只要带个人出来就好。"

"哇,都是我的错,我太不可靠了!"当当又开始哇啦哇啦了。

更倒霉的是,第一阵海啸过去以后,她俩不管去哪个酒店,只要是她们消费得起的,或不屑住的,全都满人了。没有满人的那些,看见她们证件上一个写着来自风暴海,一个写着来自红月海,都要求她们先在流动外来人口登记局记录。但晚上十点过,哪还有什么政府机构是开着的。

在一波又一波的浪潮中,梵梨和当当游到了市北的复活宗神宫附近。复活宗神宫以纯白玄武岩修建,从任何角度看上去都对称而工整。中央顶着一个圆顶,像旧时苏丹的帽子。圆顶高八十米,加上下面的部分,大约有一百八十二米高,和别的建筑比,宛如巨人和蚂蚁。

这个宫殿非常贴合复活海的文化，贫富差距大到令人发指：它前方有一群金碧辉煌的建筑，都是SS级豪华酒店，政客、富豪、神职人员的别墅，奢侈品购物中心，保底消费为一夜一千浮的娱乐中心……但仅仅隔了一条五十米宽的街，就是一片破烂的贫民窟，有的房子就是海草编织的棚子，连个过渡都没有。

梵梨和当当去问了一家贫民窟的招待所，还是没有空房。她们换隔壁的招待所问，依然一无所获。

忽然，一个低沉的声音从他们身后传来："梵梨小姐，没想到在这里又遇到你了。"

"噗！"梵梨和当当一起跟鲸鱼似的喷水。

苏释耶命人帮梵梨和当当在隔壁的豪华酒店里订房间，并把她们带到自己住的套房客厅中。

睡意残留在复活海的眼中，海水中灌溉着凉意和夜色的叹息。一路上，梵梨跟在苏释耶身后，看着他劲松般的高挑身形，丝绸般轻舞的头发，还有为她们按着门的修长手指，好像所有感官体验都被放大了。海草、海藻慵懒的味道在浪里起伏。当当的睫毛翘翘的，一颦一笑多可爱。墙上时钟的嘀嗒声如此清晰，每响一下，都像情人的眼泪滴入心脏。

每次看到苏释耶，都会如此兴奋且伤感。其实距离上次分别似乎并没有过多久，但她没有哪一天没想到他。梵梨在无声中已经叹了很多次气。

"在这里稍微休息一会儿，他们把房间准备好，就会来接你们过去。"进房以后，苏释耶把披风脱下来，随手一扔。

当当瞪圆了眼睛看梵梨，打着"究竟发生了什么啊"的哑语。梵梨回望了她一眼，大致意思是"暂时收起你的好奇心，保持集中力回答独裁官大人的话"，结果当当说："苏释耶人人，您怎么会认识梨子？"

梵梨拍了一下脸，好想捂住她的嘴，免得苏释耶又想到苏伊。

"在泡泡小姐的婚礼上，有幸邂逅梵梨小姐。"苏释耶非但没生气，反而微笑着指了指冰柜。冰柜自动打开，三个酒瓶顺着水流飘过来，三个杯子、冰桶里的一堆冰块也陆续摆到了他的面前。他把酒水倒入杯子里，抬头看看她们："你们能喝吗？"

"这是……酒？"见他点头，梵梨往前游了一些，弯下腰，看着酒杯说道，"您在里面放了黏合剂是吗？酒水都不会流出来。"

"梵梨小姐，最近学到的东西挺多。不过，这里面不是黏合剂，加黏合剂就没那么醇了。"苏释耶指了指酒杯，里面的酒水晃动了一下，"是用奥术控制的。"

海里的酒很多都由被子植物酿制，原料多取自海王草、大叶藻、流苏菜等等，通常是绿色或黄色。但苏释耶喝的酒，好像是陆地上的葡萄酒。梵梨说："苏释耶大人，这是陆地上的水果酿制的吗？"

"对，葡萄。"

"葡萄酒还挺少见。"苏释耶这么会赶时髦，现在地面上的葡萄酒都还只在法国地区流行。

"海里没有人喝这个，人类才喜欢。其实，海里也有很多陆地上的进口食物，大家都喜欢吃。但不知为什么，葡萄酒流行不起来。不是价格的问题，有的海神族就喜欢买贵的东西。"

"是因为原材料不是海生的吗？"

"怎么说？"

"人类喜欢喝果酒，是因为灵长目祖先喜欢成熟果实的味道，他们已经进化出了这种食物偏好。但海族并不习惯吃水果，也没有坐在果树下吃蔬果的习惯，所以，相比葡萄酒，可能海藻酒更容易激发我们的食欲本能。"

"有道理。"苏释耶颔首，"照你这么说，嗜酒和暴食，其实本质是一样的。我还是个纵欲之人了，不光喜欢喝海里的酒，陆地上的也喜欢。"

"啊，我没那个意思……"

"逗你玩的。"苏释耶笑了一下，起身为她们介绍了三种酒，"这种酒是黑珍珠葡萄酿制的，有很重的成熟绛色果实味。这种是葡萄干酿制的，加了少许柠檬和香料，味道偏甜……这一种是我最喜欢的，就是名字不太贴切，叫'亵渎的爱'。这么辛辣浓烈的口感，叫'深爱'更适合。"

梵梨却觉得"亵渎的爱"挺贴切的。因为，烈酒易醉人，醒后除了头疼也感受不到别的，很像激情却没有结果的爱情——如果没有结果，不为结婚而去，只是找乐子罢了，对神圣的爱情是一种亵渎。反倒是清淡的酒，可以长期喝、清醒地喝，才更像爱情真正的样子。

"你们也可以尝尝混合的味道。"苏释耶把两种酒倒在一起，修长的手指在下方点了两下，里面的液体旋转，冰块也掉了进去，一片海草飘过来，插在杯口。

"苏释耶大人,你还会调酒,你好厉害呀!"当当双手捧脸,做花痴状。

"真的,这个颜色好棒。"梵梨盯着苏释耶的酒杯,像看一个展览品一样,"让人看着就很有喝的欲望。"

"尝尝?"苏释耶瞥了她一眼。

"好啊!"

梵梨正想伸手去拿酒杯,苏释耶却按住了她的手:"等等。"

他手指碰到她手背的刹那,她被电打了般将手抽回去,觉得这样反应太夸张,又把手放回去,于是这种此地无银三百两的行为,显得更尴尬了。还好苏释耶并没打算取笑她的青涩,只是接着刚才的话题:"你们酒量如何?"

"还可以,能喝两杯。"

"我酒量很不好!"当当也跃跃欲试,"但没关系,梨子会送我回去的!"

"都不太能喝是吗?那都少喝点。"

结果完全相反。当当和苏释耶对灌了满满的五杯下去,还是清醒得跟刚起来似的。梵梨喝了两口,就开始犯晕呈梦游状——这是什么酒,立竿见影地晕人。但梵梨定力还可以,尽管世界已经开始天旋地转,她还是表现得很镇定,只是当当再要求和她拼酒时,她也坚决不再喝了。

到后来,苏释耶都忍不住赞赏当当:"你这小姑娘,酒量还不错。"

"嘻嘻,那当然不能跟独裁官大人比呀!"当当害羞地扭扭腰。

接着,侍应生过来敲门,说已经帮两位小姐准备好了房间,随时可以过去。和所有与苏释耶相处的人一样,面临离别,当当有些不舍。但梵梨知道自己快不行了,就先行游到了门前。

"当当,你先回房吧,我跟梵梨聊两句。"

当当点点头,出去了。但梵梨没听到他这句话,迷迷糊糊喊着"当当等我",拉开门想跟出去。但这时,苏释耶伸出拇指、食指与中指,关上了那道门。

"来,我有点事想问你。"他重新回到窗边,坐在椅子上。

"好……"

梵梨也跟过去,但是没坐下来,只是立在床边。苏释耶对床的位置伸了伸手:"坐吧。"

"嗯……"梵梨这才小心翼翼地坐下来,但三分之二的臀部留在外面,尾巴也尽量不碰到那么柔软的床垫。

174

Chapter 12 复活海之旅

套房里寂静得只剩下水声。角落里的蓝色水晶缸里,泡螺贝壳长满了猩红条纹,发光的"蕾丝裙边"透明闪亮。角落里还有比恐龙还久远的鹦鹉螺,它们长着蜗牛般的外壳,颜色看上去真像贝类古董。垫着这个水晶缸的是"给亚麦提式纹样"毯,纹样继承了复活海的传统,是复活宗神宫的古老书法与赛菲乐司被海草缠绕的图案。在机械时代,它也是复活海的海徽图案。

"从另一方面看,苏释耶似乎并不只是为了对抗陆地才进行如此惨痛代价的革命。他出身于军官家庭,并不是草根出生,做出这么大的牺牲,夹在两个阶层中,把自己逼得进退两难,似乎需要更大的动机。而且,如果只是想对抗人类,他不用自己当独裁官。推崇平权,必然也有别的原因。而这一动机的论题,需要更多的历史学家、心理学家来探索……"苏释耶跷着长腿,一字不差地背出了梵梨的论文,扫了她一眼,"说说看,你认为我不是草根却要装草根,是因为什么?"

梵梨瞬间酒醒了大半,硬着头皮说:"是为了得到下级海族的追随吗?"

"聪明。"苏释耶眯着眼睛,瞳色变得深邃很多,"那……你知道原因吗?"

"我不知道。"梵梨沉思了一会儿,不确定地说,"我不确定。如果我非常确定,一定会写在论文里。"

"那就说说你的猜测吧。"

"因为你想当独裁官。但想当独裁官的原因我就不知道了,苏释耶大人的信息并不是完全公开的呢。例如具体的原生家庭描述、童年经历、求学经历……"

"既然你不了解,"苏释耶笑了一下,却寒冷如冰,"那就不要自以为是。"

梵梨怔住了:"对……对不起。我只是想混个论文高分,没想到坏事了……"

"以后不要再做这种研究。"苏释耶起身,又为她倒了一些酒,递过去。

"是的!"梵梨赶紧低下头,对他鞠躬行礼,接过酒,自罚喝下,"对不起,真的对不起。"

苏释耶也喝了一杯酒,但跟喝淡水一样。他态度缓和了一些,轻声说:"新的生活还习惯吗?"

"还不错,慢慢适应了。"

"学校的课程呢?"

"有苏伊院士的大脑,这种问题不愁的。"

"她也就这一个优点了。"苏释耶笑了。

又聊了一会儿,都是不重要的话题。在梵梨印象中,苏释耶做任何事都目

的明确，极有效率，包括讲话。但后来他好像没什么目的，像是只是想多和她说说话而已——当然，她知道，这肯定是幻觉。苏释耶应该是在套她的话，或者关注一下苏伊的肉身状况吧。

一个话题结束后有短暂的沉默，苏释耶突然说："你喝醉了？"

梵梨不想在他面前失态，起身说："没，只是有点困了，我觉得我该回去……"但尾巴整个儿都被酒精麻痹了一般，使不上劲儿，身体往地面倒去。只听见一声清脆的水声，苏释耶闪到她面前，想要扶住她。因为反作用力过大，他不慎把她推向了床上。但在临近倒下来那一刻，他怕伤着她，反应迅速地和她位置对调了。

泡螺贝壳因为受到惊吓，缩进壳里。等梵梨回过神时，发现自己正趴在苏释耶身上。他一只手肘向后撑着床垫，另一只手环着她的腰。

刹那间，他的雪白碎发、漂亮的嘴唇、细腻的肌理，都离她只有咫尺之遥。他的金色眼眸微微睁大，露出了些许错愕的神色。但很快，这双眼睛里就只剩下了满满的柔情："喝不了应该早点说。"

"我不敢，你好凶……不，很严厉。"

"你是女孩子，以后不要随便喝酒。"他伸手摸了摸梵梨的头发，"除非有人能保护你。"

梵梨脸蛋红红地点头。

"你这样，就好像在邀吻。"苏释耶捏着她的下巴，轻轻晃了晃，"可惜，我不吻喝醉的女人，等你清醒了再说。"

梵梨又被他吓得酒醒了大半，但他只是扶着她起来："走吧，我送你回房。"

翌日，梵梨从轻微头疼中醒来，发现她和当当的行程升级成了贵宾豪华版。红色运动型多功能私艇停在酒店门口，随着海水上下浮动，有出色的后悬架和螺旋桨驱动，能更好地应付颠簸的海流，门前还有驾驶员为她们开门。

当当尖叫着冲进去，在宽阔的舱内翻来滚去游泳，大喊着"太棒啦"。梵梨却想，如果能把升级的部分换成现金，她们继续去平民游，那该有多好……

复活海的经济不行，文化历史氛围却很浓郁，建筑风格奇想纵横，礼拜的宣礼塔、粗糙的穹隆、大圆顶、多叶拱门等等，都很有当地特色。这里盛产湿地植物制的进阶版纸莎草，一出海就能看见大量海族在陆地上工作，拯救海啸的残骸，还有大片因空气密度不同产生的蜃景。她们前一天住的帆船酒店变成一堆天然岩架上的破烂,可怜的老板正在痛心疾首地批发第二批帆船。

复活海大部分都是热带海洋,上升流少,海洋表层和底层的物质交换比较少,所以营养匮乏;热带海洋生物的新陈代谢也快,尸体残骸很快会被蚕食,因此海水清澈见底,比任何地方都适合搭建度假村。

逛遍了各种人文建筑、自然风光,一天很快就过去了,两个女孩又一起去逛夜市。在夜市里,海水被辉煌的灯火照成了金橘色。在这里,即便是捕猎族女性,也不能露出胳膊,尾巴要遮住一半;海洋族女人们连头发都不能露出来,必须拿布料盖住;至于海神族的女性,更是只能露出一双眼睛……所以,满大街都能看到把自己裹成刺客的女人。

梵梨沉醉于研究新文化,一会儿把玩着两端为蛇头、蛇尾的八角形戒指,一会儿跟摊主讨论起复活海面某海上10月间出海三千万只的红色螃蟹,一会儿蹲在深海水域打捞起来的"活化石"腔棘鱼旁边发呆,一会儿跟摊主理论他们的大白鲨锯齿剃刀是仿品结果被赶走……简直跟个考古学家似的。当当不管考古学家多么沉醉于研究异域文化,她只知道自己又饿又累,于是直奔某一个名为"珊瑚鞭油龙"的夜摊,坐下来,掏钱就买鱼吃。

梵梨只能跟过去坐下,却发现这里卖的油龙,就是旅行手册上提到过的复活海特产,鳞烟管鱼。这种鱼浑身都是赤红色,外形像海蛇,嘴跟它的海马亲戚一样长长的,甚至比海族还长。游泳时,它跟海马一样直着身子,像条移动的红鞭子,所以外号是"珊瑚做的鞭子"。又因为它是非常出名的油性美食,故而又名"油龙"。

可惜这里并没有红月海那么完善的服务,梵梨只能硬着头皮吃刺身。但是,当她吃下第一口时,立刻改观了——毫无腥味的白肉自带甜味,肥而不腻,口感滋润,让她幸福得快晕过去,跟当当一起感叹着"好吃好吃"。

"复活海的有钱人真奇怪。"当当吃到一半,指着某一群女子的尾巴,小声说道,"她们怎么这么喜欢在尾鳍上挂珍珠和黄金,不重吗?又不是订婚……"

"连珍珠、黄金都挂尾巴附近,才能显示她们对财富的不屑一顾吧?"

"可是,这样不是很不方便游动吗?"

这个问题难倒梵梨了。一个男人冷淡低沉的声音响了起来:"证明她们平时都是有豪华坐骑接送的,不需要游太多路。"

然后,一个人在她们身边坐下,跟海神族贵妇一样把自己整个人都罩了起来。

而看到他抬起头，露出刀锋般的眉角、金色的眼眸时，梵梨的身体像被按下了暂停键。当当差点从石凳上滑出去，梵梨惊讶道："苏释耶大人，您为什么……"

"我在楼上听到了你们的声音，就出来看看。"

和他目光交接的刹那，她看见他眼里有夜市之灯明暗交错的光，同时混杂了深海的冷漠，还有烈焰的热情，简直就是个自然的矛盾体。梵梨小声说："楼上？"

苏释耶指了指一公里外的复活宗神宫。梵梨无语。

"苏释耶大人，太可惜了，"当当叹道，"您如果白天就跟我们一起就好了，我们去了很多好玩的地方。"

"白天在开会，我也抽不出时间。明天你们还在吗？"苏释耶解开了隔音术。

"还在！"

"明天要回落亚了。"

当当、梵梨同时给出的答案有些尴尬。听当当说完，梵梨感叹自己在社交上的应变能力有点"捉急"，怎么都该跟他说"看您的时间"才对……梵梨赶紧随机应变，把刚上来的一盘新刺身递给苏释耶，想自己再叫一份。但苏释耶没有接，只是自己叫了一份。见苏释耶没食物，梵梨也不好继续进食，便把筷子放下，和他一起等他的那一份。

"这里的油龙新鲜吗？夹起来我看看。"苏释耶说道。

梵梨夹起一块鱼肉，送到他面前。苏释耶低头看了看，就把它吃下去了。

"味道不错。"苏释耶若无其事地说着，像完全看不到那两个女孩石化的表情，"老板，给我加十份。"

"十份！"老板拔高了音量，"先生，我们家一份的量很实在的。您是什么种族的啊，想吃十份，我看您的身材，吃两份可能都会……"

说到这里，他不再说了，因为看到了苏释耶的脸。他倒吸一口气，赶紧低下头去："现在就去给您准备。"

接下来，梵梨和当当就在惊叹中沉默，在沉默中观望，观望苏释耶吃着一份又一份鳞烟管鱼……他咀嚼的动作看上去缓慢，姿态优雅，但一口吃很多，总是刚好跟老板上菜速度同步。梵梨都不知道该把注意力放在哪里了，惊人的食量、惊人的进食效率，还是他这张长在她审美上的脸？

"明天你们要出发之前，跟我说一声。"苏释耶说道，"拟态洋流太慢了，我给你们安排私艇。"

Chapter 12 复活海之旅

"其实不用这么麻烦的,拟态洋流感觉还不错,路上有很多美丽的风……"

梵梨话没说完,衣服在桌下被当当拽了两下。当当说:"谢谢苏释耶大人!我男朋友可从来没见过您本人,他十分期待目睹光海独裁官的风采。"

在聊天的过程中,她和当当帮他端菜、送走盘子。苏释耶每次都会说一声"谢谢"。梵梨都有些不好意思了,轻声说:"举手之劳,跟我们不用这样客气。"

"嗯?"苏释耶夹起盘子里的刺身,但没送到嘴里,而是抬头,轻描淡写地说道,"梵梨小姐的意思是,希望我对你不客气一些,是吗?"

梵梨愣住了。

"怎么不客气呢?"说完,看见她在海水里都快头顶冒烟了,他笑了笑,似乎没指望她会回答,又吃了一口刺身。

当当直接张大嘴,缓缓转过头,看着梵梨。

逛完夜市,回去以后,梵梨觉得脑子里都是糨糊,连牙都不想刷,就一头倒在了漂浮的松软的被子里。当当慢吞吞地游到梵梨的床边,尾巴盘成半圈坐下:"梨子,我怎么觉得……苏释耶大人好像喜欢你。"

梵梨的心跳都停了一下,然后想了想,抬头说:"不可能啦。"

"怎么不可能?今晚你和我说话时,他总是在看你。还有啊,他还让你喂他吃东西!证据太多了,我都不知从何说起。"

"错觉。"

"如果是错觉当然好了。"当当撑着下巴,"我一直觉得真爱不计种族,不计阶级,不计相貌——"

"只计房子和孩子,是吗?"

"哎呀,你别打断我。我是想说,我这么喜欢做小女生梦,都觉得你和他不太行了。不是我嫉妒你哦,你可别误会。我是真觉得,要是爱上苏释耶大人,你一定会受伤。"

"我不会爱他的。"说完,梵梨觉得自己气势好弱,赶紧清了清嗓子,补充一句,"谁会爱新闻头条常客啊。"

"那就好……我总觉得他只是逢场作戏,我们梨宝贝要是认真了,也太惨了点。和他一比,我觉得星海好多啦,又帅,又温柔,眼里又只有你一个人。星海应该是最不会伤害你的人。本丈母娘表示,接受星海了!"

"丈母娘你个头,趁机占我便宜是吧!"梵梨拍了一下她的手背,又笑了一下,"谢啦,当当,你很认真在为我考虑。"

"唉,虽然……但是……"当当撑着下巴,有些纠结,"苏释耶大人真的超有魅力。这事儿我劝你,纯属站着说话不腰疼。如果换我自己,可能根本顶不住他那么撩。成熟男人的性感啊,顶不住顶不住……"听到后面,梵梨也忍不住默默叹了一口气。现在她只想远离苏释耶,可是,又舍不得。

到复活海的第三天,她们去参观了市中心的"赛菲乐思"古老纪念碑、赛菲宗族的博物馆。

赛菲乐思是复活海的始祖宗神,也是深蓝精神碎片中象征"无私"的部分,塑像是他被海草包围、睁开启示之眼的样子。梵梨掏出包里的1浮硬币看了看,发现雕像真就是硬币背面图案的立体版。而且,硬币发行时代是黄金时代,是所有海域里最不喜欢翻新的一种硬币。这和他们在博物馆里的艺术品一样,依然保留着两千万年前的绘画、雕塑风格,谢绝改变,让人总有一种活在历史中的错觉。

等她们从博物馆里出来时,门口亮黄色的私艇"光魔97"又把梵梨拉回了现代。这是一款星辰海的双门超音速私艇,艇后部可以被掀开,还能从三个方向检查发动机,时速可达923千米。它的发动机没有熄火,当当看见站在私艇旁边的红发逆戟族大叔,尖叫着冲过去,挂在他身上。两个人卿卿我我了半天,当当才向游向梵梨,说这是她的男朋友,伯恩。

"当当的同学梵梨对吗?"伯恩对她行了个左手礼,"又见面了,你好啊,梨子,当当每天都在提你呢。"

"你好,伯恩。"梵梨回了他右手礼,觉得很意外——当当男友居然是捕猎族,"不过,'又见面'是什么意思哦?"

"哈哈,你不记得了,我们俩是见过的。你们开学第一天,在落亚环城蓝鲸上,你和当当一起……"

梵梨猛地一拍掌:"原来她男朋友就是你啊。"

"对了,跟你们介绍一下我女儿吧。"伯恩转过身去,对着那艘"光魔97道"。

看见这艘私艇,当当下意识退缩了一下。她知道,在逆戟族里,伯恩的经济能力中等偏下,绝对养不起这么贵的私艇。音艇的玻璃窗是黑色的,从舱内可以看见外面的景象,外面却看不见舱内的景象。也就是说,她男朋友的女儿已经看到她了。可是,这个女儿没有出来,也没有开窗。私艇在原地停了十多秒,就

"轰隆"一声冲了出去,甩了他们一身气泡。

剩下的三个人面面相觑一会儿,伯恩咳了咳,掏出自己的通信仪:"之前明明告诉过她你的情况,不懂她是怎么了。对不起,失陪一下。我去给她打个电话。"

最后结果是,伯恩还是没能把女儿哄回来。梵梨和当当、伯恩一起去跟苏释耶辞别。听说梵梨小姐来了,复活宗神宫侍卫请他们到餐厅里见苏释耶。

苏释耶才刚吃上午饭,见他们来了,和他们嘘寒问暖了一会儿,就让他们先下楼,他随后来送他们。

"真没想到,独裁官大人居然这么彬彬有礼。"伯恩感叹道,"而且,他居然对梨子有意思,真有趣。"

"没有没有。"梵梨拼命摇头,觉得他们再这样捧杀自己真不行了,"他对我格外照顾,和我的成绩有关。"

"哦,他对你照顾这件事,我倒没太留意。我发现的事实是,他和你说话的时候,释放出的信息素比和我、当当说话时释放的多很多。"

"我就说嘛,苏释耶大人肯定有那意思!"当当激动地拍起手来。

"但是,梨子,有一点你要特别注意:信息素释放是一种本能,普通逆戟族、鲨族都控制不了,独裁官大人的以太之躯却可以控制住。可是,他没有控制。你懂我的意思吗?"

逆戟族和鲨族崇尚不婚多偶制,四亿多年来,他们没有需要表忠贞的配偶,结果就是在漫长的历史洪流中,始终没有演化出可以隐藏对新鲜异性"性趣"的生理功能。能够简单粗暴地让异性知道自己的"性趣",反而可以提高交尾成功率。

"什么意思?"梵梨皱眉。

"他希望你发现他喜欢你,而且希望你有回应。"

"回……回应!"梵梨错愕得有些结巴了,"怎……怎么回应啊?"

"你说呢?"

"不,不可能,怎么都不可能……"

梵梨话说到一半,看见当当做了一个"嘘"的动作。她大概猜到发生了什么事,却不敢转头,只是保持僵硬的坐姿静静等待。几秒过后,苏释耶的声音在她身侧响起:"当当、伯恩,我帮你们安排好了返程的舰艇。就在门外。"

梵梨和那俩人一起道谢,站起来,只想把自己当成火箭,一下发射到门口。可是,游过苏释耶身边时,她的手腕却被握住了。低头看了看那只大手,她就跟

被掠食者盯上的食草动物一样，动也不敢动。

"梵梨小姐，你留下吧。"苏释耶对她笑笑，"我带你去临冬海玩两天。"

"为什么？"

苏释耶笑了："玩还需要理由吗？过两天我让人单独送你回去。"

"可是，您工作那么忙，我不想耽搁您的时间……"梵梨向当当、伯恩投去求助的眼神。然而，当当的眼中只有看八点档狗血情节的期待，伯恩耸肩，没人打算救她。

"不会，我也该休个假了。"苏释耶说道。

"可是，为什么只是我……"

"明白了。"苏释耶看向当当和伯恩，"你们想不想一起去？"

而那俩叛徒，非常可恶地给出了识趣的答案：

"不想！一点也不想！"

"独裁官大人，我还想和当当独处两天呢，对不起。"

"你朋友不想去。"苏释耶又重新看向梵梨，"刚好我们俩都有两天假期，我有这个荣幸，可以得到梵梨小姐的陪同吗？"

"我……"

很显然，这并不是一个疑问句，而是一个祈使句。不等梵梨回答，他又加了一句："先陪我回去把午饭吃完吧。吃饭的时候，你慢慢想。"

发生了什么事，苏释耶到底在想什么，她不懂！

她被苏释耶强行拖向了餐厅的方向，他才放开了手。侍应生接到了他的指令，立刻进去吩咐厨师备菜，并叫另一个侍应生来接他们进去。可是，那个侍应生刚转身，梵梨就察觉到腰被人轻轻搂着，整个身子往上提了一下。她低头看了一眼苏释耶的手，惊慌地抬头。出现在她面前的，是苏释耶偏头时露出的下半脸特写。

然后，嘴唇被什么东西轻轻碰了一下，身体也跟着轻颤了一下。梵梨用双手捂住嘴，脸很快跟发烧似的变烫。她的声音从双手指缝间传出，含混不清："为什么……您在做什么啊……"

"我说了，不吻喝醉的女人。"苏释耶低下头，在她耳边说着悄悄话。他的声音充满磁性，就像浸泡在复活海湾里的热沙，"但是，这是昨天的份儿。今天的份儿，晚点你来主动，好不好？"

182

Chapter 13　冰川之吻

梵梨当然不会主动，只是内心很动荡。苏释耶对她来说太有吸引力了。她实在不想承认，自己会在这么短的时间喜欢上一个男人。但事实就是，从第一次见到他开始，她的本能反应就在说服她"一见钟情"的存在。在这种严重头脑发热的情况下，她仅存的理智又告诉她，这情况不对。

这样一个一手遮天的男人，怎么可能看上自己这个穷学生？身体还是和他敌对的妹妹的。这真的很不真实。梵梨一点也不想认为苏释耶对她有意思，可是，他做的每一件事，都在告诉她：他就是喜欢她。

难道说，她穿越到了一个"霸道独裁官爱上我"的玛丽苏世界？这副本这么开挂吗？

整个用餐过程中，她都在和本能做斗争，埋头吃东西，导致用餐结束后，有一种食物都吃到喉咙里的错觉。

苏释耶带她在复活宗神宫散了一会儿心。只要她在说话，他就会温柔地、认真地凝视她，微笑着聆听，记住她说的每一句话，并时不时地提出她特别喜欢回答的问题。一个晚上结束后，她第一次发现自己原来有话痨潜质。

后来，时间已经很晚了，他们一起漫游到一根巨大的石质廊柱下。他们在复活宗神宫的高处，这里可以看到大半个给亚麦提市、远处荒凉的岩石盆地，还有这座文明古城依傍的水下山脉。见梵梨看着那些山脉，苏释耶说："这些山脉在上亿年前都是火山岛，因变为死火山而被海水淹没了。但它们是链状结构的，有的部分伸出海面，还是会经常喷发出岩浆。"

"那这会不会影响到海里的城市呢？"

"不会。炎族与我们的生活是分割开的，在几亿年的历史中，几乎井水不犯河水。"

"炎族是什么意思，是说炎之主遗留的后代吗？"梵梨说的都是历史课上学到的内容。

"聪明。炎族是比海族更加狂暴不羁的种族，如果不是因为深蓝没留给他们多少生存空间，恐怕也无法和我们和平共处。"

"那……他们住在哪里呢?"梵梨想到了个起鸡皮疙瘩的假设,"不会是在岩浆里吧?"

"是。"

鸡皮疙瘩要被海水冲走了。梵梨打了个寒噤:"好烫啊,好黏啊。"

"看到我们的时候,他们可能也会想,"苏释耶学着她的样子,也打了个寒噤,"好冷啊,好湿啊。"

梵梨笑出声来,十多秒才停下来:"死火山沉入海底的时候,他们在里面会被影响吗?还能活下来吗?"

"当然。炎之主可是和深蓝拥有同等力量的元素之神,他的后代生命力不亚于海族。"苏释耶看向那些山脉,但比梵梨眺望得更远,像瞬间回到了百年前的世界,"如果不用极端的方法,没有什么可以彻底摧毁他们。"

梵梨总觉得他话里有深意,但又找不到根据。

"那炎魔族呢?和炎族一样吗?"

"你知道琉璃军团和火海军团么?"

"嗯嗯,琉璃军团是深蓝用奥术创造的军团——现在光海最高军团沿用了这个名字,火海军团是炎之主赤红用邪能创造的军团。前者是海神族的祖先,后者是炎魔族的祖先。"

"历史学得不错。"说到这里,苏释耶又回头看了看她,凑近一些,在她耳边悄声说,"你知道捕猎族和海洋族之间没有生殖隔离,可以生出漂亮宝宝吗?"

海洋族、捕猎族的祖先都是深蓝用奥术与海洋生物融合的生物,所以彼此可以通婚,却与100%奥术生命体的海神族有生殖隔离。梵梨回想了这些基本种族知识,点了点头。但很快,她察觉了他眼里的笑意,又不可抑制地感到脸发热。

"嗯?怎么脸红了?"苏释耶眨眨眼,竟然有几分孩子气。

"不是不是,"梵梨使劲儿摆手,"我只是觉得您说得对。我们班就有一个跟我关系很好的混血朋友,他就长得挺好看的。"

"你喜欢他?"

梵梨第一反应是想否认,但刚才苏释耶已经问出了那么尴尬的问题,似乎是看出了她的小心思。梵梨垂下头去,叹了一声,有些沮丧:"嗯,我……可能是有些喜欢他。"

承认喜欢星海,总比让苏释耶知道自己的非分之想好。喜欢上光海独裁官,

Chapter 13 冰川之吻

被任何人知道,恐怕都会笑掉大牙了。

"很好,有喜欢的男孩子,你在海里也不寂寞。"

她笑着点头,尽量表现得不敷衍。但他的目光刚转移开,她就低下头去,又叹了一声,觉得自己又傻又不自量力。

好在苏释耶转移了话题:"刚才说到哪里了——对了,炎魔族和炎族都是火海军团的后代,但赤红被埋入深渊之后,用最后一口气往炎魔族祖先体内灌注了红色邪能,所以,深海那些种族,比炎族强很多……"

这个瞬间,他想起了很多往事:现在已成定局的、曾经的灾难。在他一声令下变成地狱的城镇。那一个彻底从历史上消失的族群。未婚亡妻临死前苍白流泪的脸。在深蓝神像下发誓与他这个恶魔绝交、宁可战死沙场也不回来与他和解的兄弟。父母的死亡与托付。第一次想要保护一个女孩的青涩年华。第一次想吻又不敢吻的单恋。

两百多年光阴,人来人往,生命花开花谢。这些似乎都与他已经没有关系。唯有大海,还是四十亿年前的模样。

"苏释耶大人。"

忽然,女孩的声音把他从回忆中拉了回来。

"其实我一直有个问题想问您……"梵梨把玩着自己耳边的头发,看得出来,她很紧张,"您为什么要对我这么好呢?"

苏释耶笑了:"我觉得你很单纯,就像淡水溪流一样纯净。抱歉,我的比喻有点肉麻。但这是我的真实想法。"

"可是,我的身体是苏伊的,您不会觉得……很奇怪吗?"

"我没有把你当成苏伊。或许苏伊曾经有过你这样的单纯,但那只是曾经。你就像一张白纸,什么都没经历过,只有对生活的憧憬和热情,我很喜欢。"

"我只是一个普通的学生,学校里有很多女生都是我这样的。"

"不,你不一样。"也不知为什么,他说这句话的表情,让梵梨想起了星海。

"你可以觉得我是大男子主义,但我很希望能够保护好你,让你一直保持现在这份天真。"说到这里,他笑意不深,却很自信,"而且,我有这个能力。"

翌日,他们踏上了去临冬海的旅程。

从极热的地方到了极冷的地方,海水变得浑浊,充满了上升流带来的海底

营养物质、浮游生物。这里的生物圈与红月海、复活海都大相径庭。上有肥胖的北极熊,下有十厘米长的大王具足虫。整座城市都严重极地巨化,野外海绵能长到两米高,水产区发光磷虾产量有1到5亿吨重。滨螺生活在零下15℃的海里,已经脱了水,以防止体内结冰晶。

冰山有90%是沉在海中的。临冬海的首府安条克,是一座建立在海中冰山上的海底冰城。在安条克市的上方,四周的开放水域处,无处不见露脊鲸,还有梦幻生物般的白鲸、独角鲸——它们迁移到这里过冬,当春季到来时,又会随着消退的浮冰裂口,去结冰的峡湾取食、生活。而现在,它们只会时不时潜入550米以下的海水里,捕食马舌鲽和北鳕。

由于政治原因,他们没有在安条克内游玩。苏释耶说要带梵梨出海玩,一起去看极光。梵梨只逮着一个机会,在市外的特产店里挑选防冻剂。

"这个好像比马太冰城银鱼糖肽防冻剂还好。"梵梨拿了几个不同包装的软管做对比,自言自语道,"唔,这些糖肽附着在冰晶上的概率有96.8%,真的比冰城的防冻剂高了3.2%,临冬城果然名不虚传……"

在极寒的海域里,60%以上的鱼类都会使用防冻剂的机制,让自己的体温降到冰冻的温度以下。临冬海很多鱼会使用八种以上名为"糖肽"的防冻剂,比其他海域的鱼耐冻多了。所以,它们天然生产的防冻剂也是全光海最好的。把它们放到新鲜的肉类食材里,即便装入冰箱,也可以很长时间保持新鲜。

"为什么要买防冻剂?落亚没这么冷。"苏释耶在她身边说道。

"不是,我是买回去用来做菜……"回头时,她才发现他们之间的距离太近了,她的小心肝受不了。正想退开一些,苏释耶却凑过来用嘴唇碰了一下她的唇:"都买了吧,拿给秘书,让他去结账。我们抓紧时间出海,不然要错过极光了,我在外面等你。"

刚才那飞快的一下是什么?

苏释耶转身出去了,梵梨的大脑短路了。她捂着嘴唇,在浪中凌乱。这两天心情起起伏伏,已经让她无比纠结。现在又被苏释耶亲了,她更是羞得想一头撞散防冻剂架。

她本想自己付钱,但秘书抢着帮她把钱付了。重新进入舱内,她心跳乱成一团,坐在苏释耶身边,把买防冻剂的钱推到他面前。

"梵梨小姐,你在逗我开心吗?"苏释耶看着一把寒酸的硬币,挑了挑眉。

Chapter 13 冰川之吻

"这一路住宿费、路费我都没出钱,买特产还是把账算清楚比较好。"

"我一个男人,请女孩子过来玩,还让女孩子掏钱,传出去我还有什么形象可言?"苏释耶把硬币推回去,"收好,就当是我感谢你这两天陪我的礼物。"

苏释耶总是有办法说出让人无法拒绝的话,好像拒绝他的好处是在害他一样。梵梨只能把钱又收回去:"那等您下次来落亚,我请您吃饭好了。"

"亲手做的?"

"也可以。只要您不嫌弃……"

"好。"

临冬海有两片领土,在光海最冷的两端。等上岸抵达冰川之上,看到了北极熊、北极狐、格陵兰海豹,还有在海上悬崖筑巢的布氏海鸦,梵梨确定了,临冬海就是北极和南极附近的海域。

灰白色的天空下是蓝灰色的大海,将它们分开的是临冬海首府的天花板——冰原。这里冰冷而辽阔。海洋的气息和冷空气一起进入鼻腔,干燥而寒冷。除了那些白色系的生物,只剩下了水分子。水分子还形成了三位一体奇观:海里的水、海里的冰、天空里的雾。

这一刻,梵梨深刻地感受到了自然的恢宏,无尽海洋之主的伟大。

但是,也有一些事,让人会完全忘记这些恢宏和伟大。极地的天暗得很早,晚上越发寒冷。苏释耶摊开手心,无数星光从中飞出,升入海雾之中,把冰川照得犹如白昼。

"你好好好厉害,这里真的很很很美美美,但也实在是太冷冷冷了……"梵梨在寒风中瑟瑟发抖,小小的鼻尖都冻红了。

看到她这副模样,苏释耶忍不住笑:"刚才就让你多穿点衣服。"

"可是你你你穿得比我少少少啊……"

"我们俩的体质不一样。"

"好吧吧吧……"

梵梨哆哆嗦嗦地跑来跑去,几只小海豹也被她追得跑来跑去。但极地的气候真不是普通海洋族能承受的。她只觉得手心、脚心是微暖的,十根手指、十根脚趾都像冰棍做的,和她的身体毫无关系。打一个呵欠,不过几秒钟,流出的眼泪就在脸上冻成了冰块。脱掉手套感受白色毛皮小海豹的绒毛,整个手都像被几万根钢针扎了一样发疼。苏释耶很清楚她的体质如何,看她挣扎了好一会儿,觉

得她真能忍。他朝她挥挥手:"过来,我帮你保暖。"

"啊?我吗?"

"不然呢,难道我要帮海豹保暖吗。"

苏释耶应该会加热的奥术吧。她放掉了被她揉到逃亡的海豹,跑到他的面前。结果,他解开她的披肩,张开双臂,把她整个人都揽入了自己的皮草大氅中。他的体温与在海里截然不同,浑身热得就像发了高烧一样,她像被人从冰海里捞到了火炉旁。她幸福得头晕目眩,要不是因为矜持,恨不得整个人都挂在他身上。

"这样会好点吗?"苏释耶在她耳边轻声说道。

这里除了他们俩,没有其他人,他却还是用说悄悄话的方式,温柔又暧昧,让她心跳得乱七八糟。她这才反应过来,这个取暖方式亲密得过头了。可是,就像亲吻一样,她并不排斥和他拥抱。甚至,还挺喜欢的……

她太局促了,连"嗯"都不好意思说出来,只能默默点头,然后小声说:"苏释耶大人,你的体温为什么这么高?"

"体质不一样。"

也是,对他这种超人类身体而言,在寒冷的地方有升温功能,似乎只是小菜一碟。她很依恋这个炽热的拥抱,笑得脸都有些疼了。

苏释耶看见梵梨抬头看着自己,眼眸比身后的大海还美丽,呈现出深邃的蓝,但这片深蓝中,却满满都是手足无措和害羞。而她的小鼻尖还是红红的,衬着雪白的脸蛋,就像个红萝卜鼻子的可爱小雪人。

"身体里还是很冷吧。"他用手指捂着她的耳朵,怜惜地说道,"都快冻伤了。"

比起天气的冷,内心的颤抖才是梵梨最在意的事。和苏释耶对视,真是她做过最大胆的事。在奥术之光的照耀下,他的瞳孔呈线型,看上去就是掠食者最残酷的状态。可是,他轻微喘息着,吐出白色的雾气,因为语言与眼神的细微情绪,又有了海底洋流般的深邃和温柔。

就像有一双手在深渊中抓住了她的脚,把她往无底的诱惑中拽。她彻底沦陷了……

"嗯嗯,还好。"她飞速眨眨眼,闭着眼,把头靠在他的颈项间,"苏释耶大人,其实这里虽然冷,但很有……"

他捂着她耳朵的手往下滑了一些,摸到了她的脸颊。然后,他低下头,黄宝石耳坠在冷空气里晃出尖锐的光,趁她还在说话时,用嘴唇把滚烫的温度送到了她的口中。

梵梨僵住了。随后,修长的指尖穿入她的卷发,捧住了她的后脑勺……

他贴着她的嘴唇,轻轻说:"这样呢,温度还可以吗?"

"可……可以……"

害怕、温暖、激动、紧张……无数复杂的情绪混在一起,让梵梨完全不知该如何反应。

"需要再暖一些吗?"

"不用……"

"那我保持这个温度了。"他往她的口中又送了一些暖气,把她紧紧抱在发烫而坚硬的怀抱里。

极地的寒风吹过,扬起了她青涩活泼的小卷发,露出了她光洁的额头、小小的下巴。也吹乱了他雪色的碎发,露出了他瘦削锋利的下颌轮廓、峡谷般的眉骨和鼻骨。

如此凌厉的男人,嘴唇的触感却软得让人背脊触电。这样根本不够……不管站在什么立场上,她都不该向他索要。她甚至不知道自己在做什么。有什么东西碰到了她的舌尖。她猛然睁大眼。然后,苏释耶双手捧着她的头,加深了这个吻。

背脊上的电流直击大脑。就在她以为自己快要晕死过去时,他退了出来,继续温柔地轻触她的舌尖。于是,电流轻轻颤抖着,袭击着她的中枢神经。可她刚一放松,他又骤然深深吻下去,几乎探入她的喉间……

电路直击心脏。又死过去一次。

怎么办,这样感觉好不对……可是,苏释耶所有的一切,她都很喜欢。亲吻她时,他总是闭着眼,但偶尔睁开眼,不经意流露出冷漠又性感的眼神,让她大脑宕机,整个儿都嗡嗡作响,完全失去了平时的冷静。

"梨梨,你真可爱。"苏释耶轻抚她的头发,贴着她的唇,温柔地说,"我好喜欢你。"

春药一样的告白。她不可自拔地沦陷。

不想停下来。她甚至被他亲得昏了头,开始回应他……

她的主动令苏释耶呼吸都变粗重了一些。他不管说话多温和,本能里的强势都改不掉。她才反击一秒,他就反客为主,又充满侵略性地吻了回去。

后来,极光总算降临夜空,在深蓝幕布中拉出一条长长的柔软星河,层叠

滚动，明明灭灭，美得令人忘记了呼吸。

但他们为了更美的事物，错过了美景。

忘记呼吸，也不是因为极光，而是因为这更美的事物。

半个小时后，他们乘上了返程的私舰。

在超长舰艇舱内，新来的新闻秘书总是忍不住偷看独裁官大人和他的小女朋友。海洋族小女孩漂亮且活泼，总是心情很好地跟他分享所见所闻。苏释耶大人大部分时间在倾听，偶尔回话，也会靠过去，用手挡住自己的唇和她的耳——这个行为好像有些多此一举，因为他明明是光海使用隔音术最不费力的人之一。然后，不知他对女孩耳语了什么，女孩用双手捂住脸，害羞到胳膊和肩都缩起来，像被人挠了痒痒一样，可爱极了。

从复活海到临冬大半日的旅程中，这样的画面，新闻秘书看到了四次。他是捕猎族，从来没考虑过要和海洋族女孩交往，但看见这个女孩子，他的少男心爆棚了，突然觉得交个小鱼饵女友，也很不错。

"别看了。"独裁官秘书长佩莎倒了一杯带冰块的冷饮，给了他一个冰冷的眼色，"独裁官大人的私事，少管。"

"我……我只是第一次独裁官大人这样的一面……"

"那以后你会经常看到的。独裁官大人也是男人，没必要大惊小怪。"佩莎用吸管拌了拌饮料。

"经常看到？"说这句话的人不是新闻秘书，而是梵梨。不知什么时候，她出现在了他们一侧的舱门前。

佩莎曾经是苏伊的手下，后又因苏伊照看过风晋公主，习惯了两位公主的贵气与淡定，对于一切对独裁官犯花痴的低位女孩，她都没有特别当回事，也见怪不怪。此刻，她摇晃着手中的杯子，看了一眼面前的海洋族女孩："也不算太经常吧，三到五天总会约一次会。"

这句话像巨石一样，猛地砸在了梵梨的脑中，砸得她脑袋嗡嗡作响："三到五天？是……跟不同的女生吗？"

"分种族吧。海神族基本上没几次就换了，捕猎族时间稍微长一些，海洋族……"佩莎摸着下巴，思考了一会儿，"可能你是十九个月以来的第一个，你运气不错。十九个月以前那个也不是纯血海洋族，是一个有四分之一鲨族血统的混

Chapter 13 冰川之吻

种姑娘。她是复活海的名舞姬,舞技是我心中的前三,高鼻深目,漂亮极了,你真该见见她。"

"为什么会有海神族?不是有生殖隔离吗?"其实,梵梨根本不想知道这些问题的答案。她只是心情太乱了,想假装淡定,找点话题罢了。

"哦,原来你不知道。以太之躯跟任何种族都没有生殖隔离,甚至跟炎魔族都没问题。厉害吧,我们的独裁官大人可是一个超能繁衍者。他从不要求对方专一,但这些女生很难做到和他在一起时还多偶,所以最后总因为放不下,很受伤。"

"苏释耶大人还真厉害。"说完这句话,梵梨退到了门侧。

佩莎和新闻秘书没把这事当回事,又开始聊临冬海冰川上的人类,说一万八千年前,古爱斯基摩人就来到了这里。五百年前,多赛特人又来到了这里,发明了石灯、圆顶冰屋、地下冬季住宅还有鱼叉刺穿呼吸孔的海豹捕猎法。这些人类,简直无孔不入。

后面的话,梵梨都听得模模糊糊。她靠在墙上,用双手捂着眼睛,觉得自己真是蠢炸了,居然忘记了苏释耶的基因组成。

现在,她终于不再觉得苏释耶的热情很奇怪,也相信了伯恩说的话。苏释耶确实喜欢她。但是,她差点忘记了一件事:苏释耶的"喜欢",并不值钱。他是捕猎族的极致,当然不是单偶制。因为不是一对一的关系,所以他并不是那么挑食。只要这女生有一个让他欣赏的闪光点,哪怕极其配不上他,他也可以捧在手心呵护。就像"铲屎官"养了一屋子的猫一样,每一只都爱,每一只都养,每一个都宠到极点。但猫只能有一个主人,主人想有几只宝贝,完全看他心情。

所以,回到酒店,梵梨以十分疲倦为由,拒绝了和苏释耶用餐,先行回房休息了。

"啊,我真是个笨蛋……"她躺在床上,精疲力尽地叹息,"人家就只是玩一玩而已,我怎么会做这种傻事,唉……"

可是,只要想到和苏释耶拥吻,哪怕只是一个刹那,她都会浑身酥软麻痹,深深沉迷在回味当中。每到这种时候,她就把被子抱成一团,皱着眉骂自己没用。

晚上,苏释耶没有联系她,只让奴隶上门服务,为她送上满满一大桌丰盛的晚餐。一堆干净发亮的餐具旁边,还有一个红色的珊瑚海藻篮子,里面插了一张卡片。

"梵梨小姐,这是独裁官大人送给您的。"奴隶对她行了个右手礼,便倒退着

游出去了。

光海的红藻大约有五千种,大部分有叶绿素,所以颜色不一定纯净。这一篮红藻却完全没有叶绿素,只有红色的藻胆素,中间是薄纱一样的微小组织,周围是有分支形态大藻叶。颜色呈深红色,比最昂贵的奢侈品口红还要美丽。纯净成这样,应该是在海洋表层、特殊光线下栽培的品种。

她取出卡片,依然是苏释耶的笔迹:

梵梨小姐:

喜欢珊瑚海藻吗?

这个颜色,让我想起了你的头发。

苏释耶

又开始头晕了。

梵梨晃了晃脑袋,在抱着卡片上床花痴打滚和扔掉卡片之间纠结了十分钟。最终,她选择了后者。不仅如此,她还撕碎了它,把碎片扔到垃圾桶里,盖起来。

最后一日早上,圣耶迦那突然通知苏释耶回去处理紧急政务,他们不得不取消上午游玩的行程。梵梨有些失落,却也松了一口气。苏释耶还是坚持送梵梨到红月海的边界。整个过程中,他坐在前排,一直在忙着处理新闻秘书汇报的公务。

离红月海越来越近,梵梨靠在私舰的角落里发呆。早上入舱前,他还牵了一下她的手。虽然只是搀女士的礼仪,但还是让她心乱了很久。她不想和他分开,但也不想再见他了。

简直比单恋告白被拒还难过。

终于,舰艇抵达了目的地。送她回落亚的私舰在一片珊瑚礁旁等她。她快速游出去,对苏释耶行礼时,腰深深弯了下去:"谢谢苏释耶大人,这几天很开心,收获很大。以后您若再来落亚,我请您吃饭。"

梵梨本来只是说说客套话。其实,她一点都不想再经历这种心七上八下的感情。但苏释耶的回答却大大出乎她的意料。

"不会太久的。"苏释耶透过窗子看向她,微微一笑,"我下周末就来看你。"

听见这句话,连一旁的佩莎都睁大了眼睛。梵梨有些慌了,赶紧摇手:"您太忙了,真的不用。"

"你还没去过圣耶迦那,对吧?"

Chapter 13 冰川之吻

"没有……"

"那等你放假以后,我接你到圣耶迦那玩一段时间。下周末我先来落亚。就这么说定了,我先回去办事。"他对驾驶员做了个手势,示意他发动舰艇。

螺旋桨的声音突突响起。

如果没听到佩莎那番话,梵梨可能已经高兴得想开香槟了。但是,现在她一点也开心不起来。

"怎么?"没得到她的回应,苏释耶又对驾驶员做了个手势,然后开舱出来,走向梵梨,"你心情不太好?"

梵梨摇了摇头。

"不,你有情绪。"

梵梨还是摇头:"有点担心学业而已。"

"所有的坏情绪,都是源自欲望没有得到满足。"苏释耶微笑道,"但梵梨小姐的欲望,似乎是与我有关的。"

梵梨垂着眼帘,不置可否。

"接吻不够是吗?想得到更多的安慰?"苏释耶上身前倾,眼神狡黠,轻声说道,"我不轻易满足女人这一步的要求,但为了你,我可以破例。"

梵梨心抽了一下,后退:"不不不,我没那个意思,我只是在怪我自己。"

"怪自己?"

"对,我觉得自己是个成年人了,做事却把握不好度,和苏释耶大人一点关系都没有,请您不要往心里去,也不用浪费时间在我身上。谢谢您这一路的招待,我走了。"

说罢,梵梨转身想离开,但手腕却被苏释耶拉住了。

"梵梨,你不会跟其他海洋族女孩一样吧?"苏释耶笑了,却让梵梨感到了满满的轻蔑之意,"想要雄性捕猎族绝对给不了你的东西?"

"当然不是!"梵梨拨开他的手,转过身来,有些羞恼,"虽然我变成海族的时间不长,但你们只会繁衍,没有感情,我还是很清楚的!更何况是您呢,独裁官大人!我怎么敢向您要感情?我是真的在怪我自己,为什么要被你吸引,为什么你一靠近我,我就整个抵抗不住。我自控力差,不能拒绝男人,破坏了自己的原则,跟别人没有任何关系。"

苏释耶怔了一下,又笑了起来:"如果只是想交尾,我不用做么多,更不

会吻你。我说了，我很喜欢你，你当然可以向我索要感情。"

"但是，只有我一个人是不可能的，对不对？"

"你想要我对你专一？"

"不想。"梵梨垂下头去，更加懊恼了，"不，是不敢想。就算你愿意为我专一，我都觉得是极大的浪费。对不起，刚才乱发脾气了。"

"没事。"苏释耶温柔地看着她，"但我刚才说的话是算数的。你如果想要更进一步，随时来找我。等你到了圣耶迦那，长期的也可以。"

繁衍是生物的本能，谁都不能逃避基因的控制。但梵梨还是渴望人类创造出来的、只有浪漫没有意义的东西，那个东西叫真爱。

见她久久不说话，苏释耶揉了揉她的刘海："梨梨，我对你是否专一是没有要求的。我不介意你交男朋友，只要他不介意，我可以和他和平共处。"

梵梨的三观再次被震碎。他的意思是，我也玩，你也玩，总之大家一起玩呗！

这一刻，梵梨终于彻底想明白了，也终于甘心放弃了。

"不了，谢谢苏释耶大人的好意。"她轻轻拨开他的手。

"你不愿意？"苏释耶很聪明，很快就想到了梵梨担忧的问题，"如果以后你男朋友经济方面有困难，我可以帮忙。"

还来！那她就只能找到一个小白脸了，有尊严的男人绝对绝对不会同意的。

她深呼吸了几秒，调整好情绪。

"其实，我想要有一个幸福的小家。"虽然心都碎了，但她还是甜甜笑着，"一夫一妻制。为了那个男孩子，我会很努力地读书，变美，不断提高自己……然后，一生一世只有他。但是，苏释耶大人会这样看高我，我真的挺感动的。谢谢你！"

"一夫一妻制？"苏释耶蹙眉，就好像第一次听说这个词一样，"其实，这不利于演化。"

"只不利于您这样的大男人雄性演化，对我们普通小老百姓来说，一夫一妻制才好呢。当然，即便是普通男孩子，本质也还是想多妻的吧。所以，我要努力变得更好，好到足以让那个男孩子为我放弃其他异性。"

苏释耶静静看着她，没说话。

"当然，人的能力总是有上限的。"梵梨挠挠头，"不管我怎么努力，苏释耶大人这样级别的大佬，都是我这辈子高攀不起的。我……我就只能把你当男神崇拜啦。"

Chapter 13 冰川之吻

"既然是男神,为什么要拒绝?"

"我在等那个男孩子出现。"看见眼前的人说这些话,梵梨觉得鼻子酸酸的,"那个只要我一个人就够的男孩子。"

苏释耶沉默良久,点头:"行。"

"那我先走了,这一路谢谢您了!"梵梨对他挥挥手,"苏释耶大人,再见!"

"再见。"

目送梵梨离去以后,苏释耶又在原地站了一会儿,才回到舱内。他斜倚在窗前,听着螺旋桨的隆隆声响起,看向窗外大片美丽的珊瑚礁,眼眸被夜晚的滤镜渲染成了冰冷的古铜色。

他想起了一百多年前的往事。

他也曾经豁出一切,对自己爱的女孩子说,我只娶一个老婆,谁也别想再替我做决定。

但他的真心,换来的却是对方冰冷的笑:"爱情维持不了多久的。追求了爱情,牺牲了那么多生命,最后只维持短暂的激情,反而把自己逼到绝路,没有什么意义,对不对?想想长远的东西吧。"

想到那一幕,苏释耶就觉得很烦闷。他用手背撑着太阳穴,闭上眼睛。但是,脑子里一直出现梵梨深蓝色大眼睛——天真的、热情的、时刻在笑的。这个女孩总是用可爱的音调喊他"苏释耶大人"。他吻她时,她害怕得颤抖,却又大胆勇敢地回应……

刚才,当她说"等那个男孩子"时,眼眶红红的,但还是笑得很开心。伪装得很糟糕,但又很坚强。真烦。

佩莎拿着一份文件,念道:"独裁官大人,以下是魔药监管局发来的关于上个月……"

"闭嘴。"苏释耶睁开眼,冷冷地打断她,目光阴鸷地看着前方,"不要跟我说话。"

佩莎惊慌地停下来,嘴唇也合了起来。她的上司已经很久没有如此暴躁过了。

苏释耶放缓呼吸的频率,皱着的眉头依然没有完全平缓,但态度柔和了很多:"对不起,佩莎。我在想事情,给我五分钟时间。"

"抱歉,没经过您的许可,擅自打扰您思考了。那我五分钟之后再跟您汇报。"佩莎低下头,大气都不敢出一声。

Chapter 14　校园暴力

假期结束了，梵梨返校上课，生活又重新回到了正轨。

布可日魔药学讲课前，她第一个抢占到了角落里的黄金位置。看见双思夫妻、尤灿小天使，因为苏释耶伤透了的心，也感到了温暖。但是，最大的快乐来自最后坐在她身边的男孩子。他穿着白色江珧足丝衬衫，手腕骨感白皙，眼睛是一片纯粹的浅蓝色。

"梨梨，早。"

"早啊，星海。"梵梨趴在桌子上，故意摇了摇头，"没发现我有什么不一样的地方吗？"

"复活海的海百合发夹。"

"眼光真犀利，一下就发现了。"她惊讶道，"你真的是直男吗？"

"关于梨梨的一切，我都很关注。"

梵梨怔了一下，只觉得偷偷喜欢着苏释耶的自己更傻了。

"秀恩爱的你们够了！"尤灿愤怒地抗议，"想想我的处境，琉香完全不理我了！我要失恋了！哇——咦，那是什么声音？好可怕！"

不只是尤灿，大家都听到了一个女孩子凄惨的哭号声。捕猎族听力敏感，很多都直接用双手捂住了耳朵。

梵梨跟着人群游出教学楼看。教学楼后门外，一群逆戟族女生包围着一个海洋族女孩，都冲上去对她甩耳光，用尾鳍抽打，用指甲刮伤她的皮肤，掀开她的裙子，把她一头浓密的棕卷发抓得乱七八糟……因为受了轻伤，海水里时不时飘出猩红的细烟般的鲜血。丽娜在一旁，被六个男生高高举起，跟女王似的俯瞰着这一幕，时不时打个呵欠。

一个逆戟族女孩抓住海洋族女孩的头发，把她的脸翻过来，对着群众："看什么看，想看看得罪我们丽娜姐的女奴长什么样吗？就长这样！"

女孩嘴角裂开，眼中布满了血丝，泪水也跟珍珠似的一颗颗往外流。竟然是当当。人群突然变得安静。学生们连议论都不敢。

"其实，我对奴隶一直很宽容。"丽娜拨了一下头发，身体前倾，轻轻说道，"但

Chapter 14 校园暴力

是,如果奴隶不懂认清自己的身份,就不能怪丽娜姐下手太狠了。"

"我只是海洋族!海洋族不是捕猎族的奴隶!!"当当大叫道。

丽娜笑出声来:"少带种族之间的节奏。刚才在食堂,你都跟人说了一些什么恶心的话——'女人只要够年轻,够美,够温柔,就是能够得到男人的物质投资呀。我想要房子,他就会把房子给我。我想要爱情,他就会双手奉献给我。有女儿又怎样,女儿的东西不都还是我的。'这是你说的话,对吧?你说说看,每个海洋族都像你一样卑贱吗?"

"我怎么想,关你什么事?我又没对你说话!"

有一半原本同情当当的人,都露出了微妙的神情。丽娜眯着眼睛,语气也变得阴狠起来:"那我弄死你,也和你没有任何关系。"

她那些逆戟族小姐妹心领神会,接着对当当一阵毒打,打得她惨叫。但是,在场的学生都知道,丽娜的强势,不仅是因为丽芙在星辰海金色漂浮雨林都有一千一百平的豪宅,而是因为丽芙拥有那样一栋豪宅,却没有自己掏过一分钱。所以,没有人敢当面顶撞她。

梵梨也觉得当当的发言蠢爆了,但再这样下去肯定会出事的。她推开人群,一溜烟游入教学楼,冲到了院长的办公室:"院……院长,丽娜在广场霸凌其他学院的女生!"

"什么?"院长从椅子上站起来,"丽娜又开始了?"

梵梨带着院长下去时,当当还在被丽娜的小跟班们凌虐,抱着头惨叫。院长怒了:"都给我住手!"

暴打当当的学生们作鸟兽散。梵梨立刻冲到当当身边,把她抱起来。当当原本还有一脸接近狰狞的恼怒,一看到梵梨,她的怒气烟消云散,抱着梵梨的背,叫了一声"梨子",就哭了出来。

院长留下来继续教训丽娜等人,梵梨和星海抱着当当去医务室治疗。

在病房里忙了四十五分钟,当当疲惫地睡过去。梵梨带着星海"轻手轻尾"地游出去,把门带上:"丽娜真的太过分了!就算当当脑子短路,也没惹她,有必要搞成这样吗?"

"辛苦你了。"星海刻意放缓了游动的速度,免得她跟不上,"本来你和当当才出去旅行,应该是很有助于解压的,结果发生这种事,很扫兴吧。"

"唉,当当自己也有问题。平时我会提醒她的,没想到这才离开她两天,她

就又放松了警惕。"

"离开她两天?"星海顿了顿,"你不是和她一起回落亚的?"

"啊,不是。"梵梨也停了一下,"我多玩了两天。当当和她男朋友先回来了。"

"一个人也可以玩两天?看来我错过了很多事。"

梵梨埋头往前游,不小心在医务室门口撞到了一个腰扭伤的学生,赶紧向对方道歉。学生骂骂咧咧地进去了,星海拉着她的胳膊,往旁边拽了一些:"怎么这么不小心。"

她在心里说服自己,她和苏释耶私会,与星海一点关系都没有。可是,当她看见星海的眼睛,还是觉得心虚:"最后两天,我去了临冬海。"

"临冬海?"星海不解道,"临冬海很远,你怎么去的?"

"乘私舰去的。"

"这么快的私舰?"星海先是一愣,想到梵梨的经济条件——她支付不起这么贵的交通费,但很快,他眼神黯淡了下来,"我懂了,你是跟男生一起的。"

"嗯。"

"发展到哪一步了?"等了很久,星海低声说,"接过吻了?"

梵梨没说话。

又过了一会儿,星海声音更低了:"到最后一步了?"

"没有!怎么可能!"

有大概五六秒,海水里都弥漫着一股审判死刑般的尴尬气息。面对星海的目光,梵梨底气不足地低下头,看见一只蓝鳍刀鳅鱼钻入沙地中藏起来,她恨不得把自己也藏进去。然后,她听见星海平静地说:"挺好,恭喜你了。"

梵梨抬头,发现星海没有什么特殊的反应。本来她还想多解释几句,但现在看来,好像没必要。

放学以后,星海问她有没有人送她回家,她说自己一个人回去就好。之后,星海停止了每天接送她的"例行工作"。

随后,十二月结束,新的一年到来了。因为海族的寿命都很长,在光海的文化中,过年没有那么重要,新年只有一天假期,海族们也只会小聚一番。

红妹妹和红太太——不,是新的红先生,搬到了市区里比较干净的环境居住,寄给梵梨的新年贺卡上,都贴着他们俩一起旅游的幸福照片。她还陆续收到了双思夫妻、琉香、尤灿还有另外几个同学的贺卡。剩下最后一个金色的信封,邮戳上的印记是一只口衔红宝石的鹰。邮戳上写着:"圣耶迦那。"

> 梵梨小姐:
>
> 新年快乐。每天都在想你。
>
> 苏释耶

这两天,梵梨频繁梦到苏释耶。现在看到他的字,她不屑地笑了一声,把贺卡撕成碎片,扔入垃圾桶,继续坐回椅子上看账单。但看了一会儿,她就用手捂着眼睛,只觉得那些碎片就像她的心一样,被自己强行撕碎。

原来,喜欢一个人,并不能因为知道他渣了自己就停止。即便知道他不专一,不可靠,滥情,理性已经控制住自己远离他了,感性的那一部分还是没办法不去想他。

时间会让她忘记他的。他也不会有那么多闲情雅致,长期关注一个远在红月海的穷学生。

梵梨没睡好,布可日早上严重神经衰弱。中午吃饭时,黑眼圈都快掉到了盘子里。

"梨子,其实最近的事有点糟心,你应该最心累吧?"对面的琉香看了一眼当当空出来的位置,用隔音术把她们俩罩了起来,"你不是答应了丽娜要帮她过考试吗?现在她和当当搞成这样,你要帮哪边?"

"当然是帮当当。"

"为什么?"

"帮不了她,我能力有限,没把握自己能考过双S。"想到当当浑身的伤,梵梨皱了皱眉,"就算有把握,我也不想帮了。丽娜真的太过分了。"

没过多久,霏思、蓝恩还有尤灿端着盘子过来了。琉香翻了个白眼,端着自己的盘子,一语不发地游走了。

梵梨正想挽留她,霏思却拦住了梵梨:"算了,现在考试比重改了,咱们得加油学习,谁还有心思去照顾她的心情。"

"考试比重改了?什么意思?"

"哈哈,女神,感谢我吧,我特别帮你拿了一份!"尤灿递来一个薄册子。

打开册子一看,因为圣都教育部想培养专业型奥术人才,晋升二级奥术的考试中,奥术学和魔药学的综合比重调到了70%,其中,奥术占了45%,选修完全不考。

梵梨慌了一个小时，才调整好心态，回家重新制订学习计划。但不管学习奥术的时间安排得多短，休息时间多长，身体都还是承受不住。这样下去，她这一年就没办法去圣耶迦那了，只能等到第二轮考试。这个结果听上去似乎不算太糟，但原本双S的学生挂科，她就会在杀泡泡小姐的嫌疑犯群体中显得格外醒目。

梵梨合上奥术书，开始学习魔药。魔药对身体的折磨程度，比奥术好许多，但还是有很大副作用。只要一出现奥术公式和理论，她就会头痛欲裂。所以学习效率也很低下。她推开窗，想要呼吸一些新鲜的氧气，但流淌进屋的海水，总是混着皮革、破旧海草编织袋的气味，还有醋腌鱼的气味、黄铜的气味……这个贫民窟就是落亚的下水道，生活环境极其恶劣。

梵梨几近崩溃，但还是狠狠地拍自己脸，告诉自己：既然学不了奥术，就想办法把剩下的30%都考到满分！奥术再一点点磨好了，总归是有办法的！

同时，梵梨发现，星海除了上课还会坐在蓝思身边，其他时候就不再来主动找她了。即便在食堂遇到了她，他也只是笑着打个招呼，就跟其他男生一起用餐。

梵梨越想越觉得，如果星海真的像他表现得那么不在乎，应该会继续维持他们的友谊才对。他现在的疏远，刚好表明了他其实对她有意见。课后，得知他去了体育馆，她也跟了过去。

体育馆是落亚大学最高的建筑，里面分了很多层。在中间层，很多学生在打鲀球——跟人类的排球很像，只不过规则不同，球也长得像充气的刺鲀。

在贴着地面这一层，也是最宽敞的一层，则有两队男生在玩尾球。尾球像足球和篮球的结合，六人一队，运球方式是顺着水流推动球体，只能用尾鳍传球，把球射入对手的球筐中可得分。从球筐正面射入、从背面射入、远程射入、近程射入，打分方式都不同。

在尾球周围，一群啦啦队女孩子在旁边整齐摆尾助威。

这是非常考验眼力的运动，因为通常捕猎族的速度快到肉眼难以辨认。

进去以后，梵梨只能感受到水流冲动，还有十二道高速移动的球员。其中有一道影子速度特别快，总是甩其他人一大截，队友、对手都跟不上他。

没过多久，那个男孩子就射门了。啦啦队女孩们拥抱着彼此，尖叫起来，围观的男生则大声喊着："好！漂亮！"

比分变成40：39。

Chapter 14 校园暴力

"鲨队反超了,这个混血小哥新生好厉害,比凯墨还厉害。"旁边一个男生指着射门的男孩子,"我这辈子没见过爆发力这么强的混血,简直像经过特种兵培训似的。"

"当然了,那是我偶像!我偶像!"这个像小迷弟般亢奋的男孩子是尤灿。他们说的人是星海。

梵梨眼睛一亮,刚才射门的是星海!星海这么厉害,运动细胞还这么好?

和他同队的还有凯墨,正在对逆戟队进行第二波进攻。星海在看鲨队的球门,尾巴缓缓摆动,比刚才放松了许多。他拨了一下挡住眼睛的刘海,手臂线条劲瘦有力,蛇形臂环在海光中闪闪发亮。然后,他不经意抬眼,看见了人群中的梵梨,微微一怔。

突然,尾球飞了过来,他半旋身体,尾部转了240度,"砰"的一声,精准地把球打回去。球传到了凯墨那边,但凯墨的射门也被打下去。结果,跟瞬间移动一样,星海出现在球筐附近,帮他补了一下,球进门。

42:39。

星海回头看了梵梨一眼,水蓝色的眼睛却像结了冰一样,但那只是刹那。鲨队、逆戟队一秒转换了战场,星海又追了上去,传球三次,把球带回来。逆戟队六个队员都不管别人了,全部冲上来堵他,结果他突然停住,远程射门。

4分球。

46:39。

"哇哦哦哦!"尤灿比啦啦队的女生还兴奋。

人影飞梭,水声凛冽。当星海进入极速状态时,身体几乎与地面平行,但他又能毫无缓冲地扭转、直立、射门。接着,比分那里一直在飞速跳动:

48:39

52:43

57:45

61:45

"这混血小哥怎么了,越打越鸡血了?"旁边的男生惊叹道,"全是他一个人进的球,太牛了吧!变成他的个人秀了!"

"啊,我死了!"尤灿掐着人中往后倒,和旁边的啦啦队女孩们花痴成一片。因此,他没看到梵梨。

201

梵梨虽然不懂比赛规则,但也看得目不转睛。随着号角声响起,比赛进入休息时间。但旁边的讨论声没有结束。

"这个混血小哥的力量在这两支队里应该是倒数,但他速度太快了,他真的是青鲨族吗?我怎么老觉得他像灰鲸鲨族。"

"就是就是,我怀疑他父母有一个是飞鱼族或鲔族!"

梵梨正听得起劲儿,忽然听见旁边捕猎族女生们兴奋的叫声。她回头一看,星海出现在了她附近,不过在和尤灿说话。尤灿滔滔不绝地向他表达崇拜之情。星海单手叉腰,垂着头,胸膛上下起伏,短发也在水中摆动。

"星海……"梵梨游上前去,远远地对他说,"可以占用你一点时间吗?我有话想和你说。"

星海听旁边的女孩子说完话,才游过来,淡漠地说:"什么事?"

"最近,我们俩好像距离越来越远了……"梵梨小声说道,"总觉得你好像在生我的气,我们可以坐下来聊聊吗?"

星海笑了,他微微喘息着,还没从剧烈运动中缓过来。

"问我为什么疏远你?你自己心里清楚。"

"我清楚?"梵梨愣了一下,总觉得事情好像越描越黑了,"我们之间肯定有误会。我跟你承认那些事,是因为一直把你当好朋友,很珍惜这份情谊,所以才不想隐瞒你,我一点别的意思都没……"

"谁要你珍惜这种情谊?"星海打断她。

梵梨蒙了。

"是这样啊……"梵梨心里难过极了,但还是强笑着说道,"我知道了,对不起,给你添麻烦了。"

但她刚转过身,就被星海拽住胳膊,拉了回去。星海似乎也有些紧张,但这几日积压的怒气很快淹没了这一点点紧张。他看了看地面,又看看梵梨,努力心平气和地说:"梵梨,我追你这么久,你不接受,我不怪你。但你已经有男朋友了,还要跟我当什么好朋友,我从不跟女生交朋友。"

"我没有男朋友啊……"说到一半,梵梨猛地抬头,"你追过我?"

"你没男朋友?"星海蹙眉道。

因为这番对话太劲爆,周围的所有学生也都呆住了。面面相觑许久后,还是星海先开口:"对,我追过你。如果你没男朋友,我会继续追。"

202

Chapter 14 校园暴力

"哪……哪种追?"

"毕业就结婚那种。"

过了几秒,周围的人才迟钝地开始起哄。

这时,号角声又响起来了,星海回头看了看回到球场集合的队员,本想装得酷一点,但没控制住,转身之前,嘴角洋溢出了一丝甜甜的笑:"梨梨,我接着比赛了。在这里等我,晚点我送你回家。"

等比赛结束,已经是傍晚。

星海游向梵梨,耳根有些红。刚才人多,鼓起勇气说出来那一番话,自己觉得很帅气,等真的单独面对梵梨,见她好像比自己还尴尬,又开始琢磨自己是不是把话挑明得太早了。体育馆里剩一些零零散散的学生,路过他们时,还扔下一句"哟,早生贵子",让两个人连对视彼此,都很不好意思。

"那个……"梵梨灵光一现,把早上准备好的贝壳碗拿出来,"今天我做了一份新的料理,你尝尝好吗?"

前一天她在菜市里买了新鲜的乌贼,剥掉外皮,将白肉切成块,腌制后放在气囊里风干了一个晚上,再把墨囊碾碎,涂在乌贼干上,现在应该味道正合适。

"好。"星海接过料理,干脆利落地吃了一口。

又一个男生路过,吹了个口哨:"爱妻的爱心便当吗!星海,好羡慕你!"

梵梨快羞死了,绞尽脑汁找话题:"我……我是在美食节目上看到的这种做法。这是星辰海的美食,对吗?关于乌贼的做法,菩提海那边,似乎更喜欢把它们包在紫菜里……"

说到一半,她发现星海咀嚼的动作停了两下,但还是大口大口地吃着,说着"好吃"。她狐疑地看了他一眼,拿起另一双戳筷,扎了一块肉,塞入自己嘴里,然后立刻喷到了海水里。

"对不起,对不起……"她挥挥手,把喷出来的酱料打散,"这也太难吃了,你快别吃了!"

"不会,我觉得很好吃。"

"真的吗?"梵梨眨眨眼看他,但立刻抢过碗来,"你在安慰我,这不好吃!应该是腌它的时候出问题吧……我回去研究一下,再重新做一份给你。"

"只要是你做的,我都喜欢,更何况你做的是我家乡的菜。"

　　星海的声音就像海绵上的云雾，照入一缕温和的阳光。而抬头与他对视的刹那，心底的湖面上，有涟漪一层层荡开。刚才的紧张情绪消失了很多，梵梨没意识到，自己的眼神也不知不觉变得温柔起来："这次就算了，我会回去再好好研究的。你喜欢星辰海料理的话，那我就努力做星辰海的。"

　　"好，那我带你去一家不错的星辰海料理店，最近才发现的。"

　　"好啊好啊！"

　　然后，他们乘公交舰往商业中心去。

　　他们靠窗而坐，能清晰看见落亚市的景象。城市尽头，海底平原边界在与夜色赛跑。有许多岩石上开山凿窗的建筑，有用海月蛤壳当瓦的——宛如云母矿，又宛如月球表面，闪烁着动人的光彩。还有很多市内别墅区，它们都绕着一个周柱中庭，中庭里种满了海草，用海百合、珊瑚、贝类装点。别墅窗户对着中庭，并不面向街道，看上去像是富人区。梵梨还看到一些专供老人活动的休闲区域，他们有的人玩着骨制骰子棋盘游戏，优哉游哉，一点不像是刚搬到这里来的。但舰艇的航行速度如此之快，一瞬间就把这些景象抛在脑后，包括偶尔与舰艇擦身而过的抹香鲸。

　　"你看你看，刚才它好像一直在追着我们，好像在往我们这里看——"梵梨把脸贴在玻璃上，看着落后的抹香鲸。

　　"可能这个鲸妹子看这个漂亮姐姐会做乌贼，所以追过来要吃的。"

　　抹香鲸喜欢吃乌贼，而且乌贼迁徙到哪里，它们就会迁徙到哪里。有时候它们还会在深海里抓巨型鱿鱼，为了吃也是很拼了。

　　梵梨抽了抽嘴角："我做的乌贼，没把它毒死就好了……不过，你怎么知道它是女孩子？"

　　"抹香鲸的雄鲸和雌鲸分布不同，雌性在低纬度，雄性在高纬度。落亚的纬度低，这个时节成年抹香鲸几乎只有雌性的。雄鲸幼年时会跟母亲在低纬度的海域生活，但长大以后，他们就会迁徙到高纬度的海域去。只有八到十二月的繁殖季，才会到落亚寻找雌鲸。对了，你不是去了临冬海吗，现在那边的抹香鲸都是男孩子了。"

　　"原来是这样，好有趣。"

　　虽然梵梨最近恶补了很多书，但每天总是还能收获一些新的海洋知识，觉得很开心。只是，星海又提到了临冬海，让她再次想起了苏释耶。那个男人的后劲儿真的好大。

"星海,关于之前你说的那些……"她想了想,觉得还是要跟他坦率一些,"我可能还需要考虑一段时间。但我答应你,绝不吊着你。如果确定对你没感觉,我会直接说出来,不让你等太久。"

"没事,只要你是单身,我就不会放弃。五六十年,我还是等得起的。"

"五六十年!"

"我父亲追母亲就花了四十六年。我不应该表现比他差吧。"

"怎么会追四十六年,你妈妈不是海洋族吗?她一定有布可宗族级的美貌!"

星海笑了两声:"因为她很传统,一直坚持要和同族男性结婚,哪怕跟我父亲是青梅竹马,也不愿意嫁给他。后来裂地之战结束,她以为我父亲战死了,在家哭了一个月。多亏那次烈士名单错写的意外,才给了我诞生的机会。"

每次听到星海提到他的父母,梵梨都觉得很受触动。在这个乱七八糟的世界里,这样传统又深刻的爱情太难得了。

"我不会让你等那么多年的。只是才经历了一段不太愉快的感情,可能还需要一段时间缓缓。"

"那个男人……是你前任未婚夫?"

梵梨低头看了看自己的婚环,这才想起,苏伊还有个加斯宗族的未婚夫。她摇摇头:"是上大学之后才认识的人。我和他本来互有好感,试着相处了一下,结果发现两个人三观不合,就算了吧。"

"为什么三观不合?"

"他是捕猎族,你懂的。"想到苏释耶的言论,梵梨做死鱼眼状叹气,"为了完成多偶目标,居然提出要养我未来男朋友这种话。这是他的种族特性,我也不好指责他,但……真的不合适。"

"养你未来男朋友?"星海惊讶了两秒,笑了,"这也算是多偶雄性里最有责任感的一类了。"

确实,有很多类群的雄性海族以偷人妻为乐,偷到别人家家破人亡,自己除了精子什么都不贡献,拍拍屁股就跑。但对梵梨而言,多偶本身就是个致命问题。她摇摇头,笑得眼睛都弯了起来:"可能吧,但我还是更喜欢专一的爱情。"

"这么说来,你没有男朋友,最近还一个人上学、回家?"

"嗯……"

"你怎么对自己的安全这么不负责!要是再遇到上次那种情况该怎么办?"星海压着怒气说道,"明天开始我送你回去,一切照旧。"

"好的!"

摊开来说以后,梵梨觉得自在了很多,一路上跟他大大方方聊起了在复活海、临冬海看见的新奇事物。而星海不愧是独立生活过很多年的男孩子,对很多奇闻有很多自己的见解。两个人一路聊到吃饭,再聊到回家,才依依不舍地分开。

翌日,落亚大学出现了两个女人,她们拎着的手提包顶一套房——丽娜的母亲丽芙和红月海副执政官夫人。她们在校长办公室待了不到半个小时就出来了,然后,不管梅夫院长怎么抗议,校长都坚持取消丽娜的处分,让丽娜私下向当当道歉即可。

又过了一日,当当刚结束了高音发声课,从教学楼侧门走出来,就被一群逆戟族抓住头发拖走,把她的脸对着丽娜。

"对不起,当当,我不该霸凌你的。"

丽娜可怜巴巴地说完这句话,只听见"啪"的一声,旁边的悍公主反手就给了当当一个响亮的耳光!

"校长已经教训过我了。"

"啪!"又一个耳光。

"我妈也说了,我再欺负你,就要退学。所以,她叫我过来跟你道歉。"

"啪!"再一个耳光。

"真是对不起啊。"

"啪!"

…………

她每说一句,当当就会被打一次。想起妈妈说的话,她满心都是悔恨和痛苦。她想,如果让梨子知道,梨子一定会再帮她出头的,她不能把梨子拉下水。

梵梨确实没发现当当后来又遇到了什么麻烦,因为,她把所有心思都放在了学习上,有时从一个教室去另一个教室的路上都在看书,没发现周围发生了很多事。

Chapter 15　赐糖节

还有三分钟上课。星海跟几个男生经过梵梨身边，几个男生猛撞他，想把他撞到梵梨身上。星海拼尽全力按住桌子，才没被推出去。梵梨转过头和霏思讲话，想要回避这局促的一幕。

"你们不要闹了……"星海想要躲开这些男生。

"你别装了！体育馆告白的时候那么大胆，现在在人姑娘面前反而害羞啦？"

"梵梨，你看我们星海怎样啊？可以的话，就给个机会呗！"

男生们闹得厉害，星海却有些生气了："不要说这些了，上课！"

夜迦在外面咳了一声，慢慢游进来，教室里才恢复了安静。星海在梵梨身边坐下，在隔音术中对梵梨悄声说："对不起，梨梨，给你添麻烦了。"

"没事的。"梵梨跟他一样，都看着桌上的书，不敢迎接对方的视线。

琉香经常看见尤灿和霏思，还有另一个双马尾女孩在一起，就把尤灿叫到角落，单手叉腰，不开心都写在了脸上："那个梳小学生发型的女生是谁？"

尤灿挠了挠头："就同学啊，她喜欢我，向我告白了。"

"那你怎么想的？"琉香有些慌了。

"我说需要时间考虑……毕竟，我才和你分手嘛，伤口还没痊愈……"

琉香松了一口气，但她没让自己表现出来："对不起，是我伤害了你。可如果不是闹了这一出，我也不会知道，你对我来说这么重要……我们和好，好吗？"

"真的吗？我都没想到你会来找我。"尤灿感激地说道，"我真开心。"

"那你怎么想的呢？"

"让我回去好好想一想，可以吗？重新开始需要勇气呢。"

虽说如此，琉香却没有等到尤灿的答复。又过了一天，她就看见尤灿和双马尾单独用餐，整个情绪都崩溃了。她跟火箭一样冲到梵梨面前，暴跳如雷："那个女的到底在干什么！她干吗老缠着别人男朋友？她对自己没有数吗？"

"你对自己才没数。"回答的不是梵梨，是梵梨身边的霏思，"那是尤灿的女朋友。"

"什么?她什么时候以尤灿女友自居了?"

"是尤灿自己承认的。"

"不可能!他……"因为要面子,后面的话她没说出来——他答应过她,会认真考虑的!她又急又怒,"他和我正在和好期啊!"

"别闹,他们俩都半公开了。没公开就是因为怕你。这种结果,在你'绿'尤灿的那一刻应该就猜到了,不是吗?我建议你还是好好做自己,不要当别人口中的奇葩前女友了,好吧。"

琉香气得胸腔上下起伏,但霏思这番话却是钢针,每个字都扎在了她的痛处,让她连反驳的力气都没有。

"呵呵……"琉香冷笑,"我走!"

从这一天起,琉香的位置被尤灿的新女友取代。虽然梵梨和她没有直接冲突,但因为讨厌霏思,她连梵梨也一起讨厌了。在看见梵梨和海草学长单独用餐后,这一份讨厌更是上升到了极点。其实,梵梨只是和星海一起吃饭时遇到了海草学长。星海去买东西,她就和海草学长聊了几句。

琉香的胸腔中充斥着浓浓的羞辱感。离开食堂后,她正好看见"黑珊瑚女神帮"懒洋洋地躺在藻园里晒太阳,一头热地冲过去说:"丽娜姐,梵梨背叛你了,她和你的前男友单独约会。"

悍公主直接表达了愤怒:"招惹丽娜的前男友?她怕是不知道,丽娜的前任也是丽娜的所有物!"

丽娜反而很平和:"我看人应该还可以。梵梨和泡泡小姐,不是一类人。再说,从我前任和泡泡小姐搞在一起,还对泡泡小姐那么痴心以后,我就发现这男的是真的没出息。梵梨如果真喜欢,就让给她好了,我挺好奇,他能不能赢得过星海。"

这是丽娜第一次无所谓有人接近海草学长。琉香意识到了一件事:如果丽娜和梵梨关系真的很好,霏思再挑拨离间一下,自己接下来的大学生活,又会变得和高中一样。她停了一下,半真半假的话脱口而出:"丽娜姐,梵梨不打算帮助你过双S,而且记恨你教训当当。她想自己考过双S,熬到去圣耶迦那,投靠那边的'女王帮',帮当当打你的脸。"

丽娜猛然抬头,艳丽的双眼微眯,露出尖牙:"她这么没脑子帮当当?她知道当当男朋友是谁吗?!"

琉香先是一头雾水,很快就以她对丽娜多年的研究得出了结论:"她知道当

Chapter 15 赐糖节

当男朋友是你父亲,所以才更要帮当当出这口气。"

丽娜沉思了许久,瞳孔只剩下一条细缝:"你为什么要告诉我这一切?"

琉香把最近的事告诉了丽娜。丽娜冷笑:"所以我一直不理解,为什么有人那么喜欢一夫一妻制。行了,琉香,我不跟你计较过去。梵梨如果不是我这边的,那她就是一个必须铲除的敌人。年级第一必须是我的,谁有二心,谁就得死。"

"那我们什么时候去弄她?"悍公主摩拳擦掌。

"不能先弄她,星海现在总是跟在她身边,他在捕猎族里人缘很不错。我们先解决她周围那几个人,再把星海收回来。"

翌日早上,梵梨在校门口遇到琉香,正想和她说话,结果,蓝思游过来,推了琉香一把:"不要脸的女人,滚!"

"你推我?"琉香怒道。

"你这狗腿子有脸去向丽娜打小报告,害霏思被打到没法上学,就应该知道我们这个圈没人会再欢迎你了!滚!别逼我对女人动手!"

"发生了什么事?"梵梨看了看又惊又怒的琉香,再看看勃然大怒的蓝思,"霏思被打了?"

"丽娜昨天叫了一帮人把霏思打伤了,像对当当那样。"蓝思把袖子卷起来,作势要打琉香,"琉香,我知道就是你搞的事,你还不滚!"

"呵呵,只是村姑嘴贱的下场罢了。"说罢,琉香一溜烟逃了。

蓝思气得恨不得上去揍她,但握着拳,忍住了。梵梨和蓝思聊了一会儿,但还是没能得知前因后果,只能约好放学之后去宿舍看霏思。

到了课堂上,梵梨总觉得周围氛围有些古怪。以往喜欢和她交流的同学中,只有外校的学生还比较积极,本校学生都不说话了,也不愿和她坐在一起。下课后,梵梨从当当那里得知,"学神得罪了凯墨团伙和'黑珊瑚女神帮'"的消息,已经传得沸沸扬扬。也是这时,梵梨才迟钝地发现,当当一直在被丽娜殴打,脸上挂彩都没好。

她再次去向院长告状,但院长说,如果暴力发生在校园外的,只能报警。她当然不敢惊动警察,只是一个人坐在楼梯口,就琉香叛变这件事,思考了近一个小时。

现在,霏思、当当已经被施暴了,可自己却没有任何办法阻止这样的事情

发生。如果变成捕猎族,是不是就可以保护她们了……梵梨摇摇脑袋,告诉自己别瞎想。不到万不得已,不走这一步。

下午的选修课"奥术与经济"讲课结束后,学生们开始准备去各自的奥术史研讨课教室。凯墨等人在星海的教室附近拦下了他,拉到了与丽娜约定的过道角落里:"星海,你对梵梨也太上心了点。"

"我不太明白。"星海微笑。

"你这么聪明,怎么就不明白了?"丽娜气得横眉怒目,"我们圈子里连个普通捕猎族都没有,个个都有名有号。凯墨哥一开始不介意你是混种,邀请你加入我们,是因为他看得上你,觉得你是块料子!结果你在做什么,被一个下阶海族迷得晕头转向……你是真的让凯墨哥心寒……"

凯墨皱眉摆摆手,说:"别,兄弟之间不说这些。星海,远离那个海洋族妞。你想你爸为什么给你取这名字,也要对得起你这名字,是不是?我让丽娜为你安排了好几个逆戟族的极品,下次聚会上,带你认识认识?"

"逆戟族就算了,要参与多胎战争,我可没凯墨哥的魄力。"所谓多胎战争,就是指逆戟鲸一次怀胎十个左右,胎儿在子宫中会互相残杀,吞食兄弟姐妹,最后生下来的只有一只最强的。

这时,楼梯间的梵梨看见了星海,想游过去叫他,但也看见了回头看着自己的丽娜。丽娜眼神冰冷,嘴角有一丝嘲讽的笑。而凯墨看上去心情很好,一边大笑着跟旁边的男生讲黄段子,一边拍星海的肩。

梵梨的背都凉了半截。眼见星海转过身来,她赶紧把自己整个人都藏在墙壁后面,然后快速游入教室。

他们开始拉拢星海了,她不能让星海也和霏思一样。抱着这样的想法,梵梨低调地在角落里坐下。

奥术史一直是梵梨擅长的科目,上一回的团队论文中,她和星海的得分占了五人小组的87%。所以,这一回,她还想组织上一回的同学一起。可夜迦宣布大家可以开始找新组员后,十五个人就迅速分成了五组,人数分别是:3,4,3,4,1。那一个多出来的人是梵梨。她第一个询问星海的小组。星海的组长说:"抱歉,我们就只打算组三个人的小组。"她又去问了另外两个组,他们都不要她。

这下只剩下了悍公主和琉香的小组。她硬着头皮,抱着最后一线希望,游过去叫了一声"琉香"。琉香低下头,假装没看到她,眼神飘忽。

Chapter 15 赐糖节

"你们是怎么回事？不是都没满人吗，为什么不带上梵梨？"夜迦往全班扫了一圈，"她成绩这么好，送分组员你们都不要？"

全班一片安静。星海和组长耳语了两句话，组长闭着眼摇头，星海不理他，举手说："我们组只有三个人，来我们组吧。"

谁知，组长断然说道："我们不要多的人，三个人就足够了。"

学院有规定，不强行任何一个小组收组员。但一个小组最少要两个人，一个人是不能有小组成绩的。什么都没做就被全班同学孤立，梵梨觉得很心塞，回到座位上收拾东西，准备离开。

这时，星海回头看了看组长："组长，你确定不带梵梨？"

"确定不带。"

"那我退组。"

星海不再多看她一眼，毫不犹豫地起身，到梵梨身边坐下："布可教授，我和梵梨一个组。"

梵梨也小声说："别，不要跟我一个组，我不想拖累你。"

角落里，悍公主目光凶狠地看着他们。她手里的通信仪紫光闪烁，连接的另一头，是丽娜长时间的沉默。

"他们谁跟我在一个组都是拖累我，我无所谓。"星海撑着下巴，连眼睛都没转一下，"跟你一组，我才可以轻松一些吧。"

梵梨愣了愣："可是，工作量……"

"没关系。"

"可是……"

"别可是可是的了。如果你真的不想拖累我，就打起精神来，给他们一点颜色看看。我说过了，不会让别人欺负你，我会保护你。"

最后，教室里其他学生都是一团一团扎堆的，只有梵梨和星海是二人组，显得孤零零的。梵梨却一点也不觉得尴尬，反而心中暖暖的，有点听不进夜迦在说什么。后来，还是星海督促她抄笔记，她才拍拍脸颊，逼自己回过神来学习。

下课后，梵梨和星海并肩游出去。凯墨从头至尾都盯着星海，眼底好像有火焰在燃烧。当星海经过他身边时，他想拍拍星海的肩，但星海躲开了。

星海牵着梵梨的手，没有正眼看凯墨："走吧，我们去看看霏思。"

凯墨面色铁青。丽娜一脸嘲讽，对凯墨露出了"我早就说了吧"的表情。

梵梨知道,一旦他们把他放入黑名单,后果不堪设想。远离了教室后,她说:"你还是别跟我一起了,我预感不太好……"

"你有时间想这些,不如想想怎么考高分,早点去圣耶迦那。"星海弹了一下她的额头,"凡事往好的地方想想不行吗?"

"好!"她用力点点头,"我一定考高分,和你一起去圣耶迦那!"

"说话这么大声,是因为想掩饰心跳吗?"星海把她往自己的方向拉了拉,静静听了一会儿,"越跳越快了。"

"说了几百次,不要偷听别人的心跳!"梵梨快炸毛了。

"好,为了公平起见……"他把她的手放到自己的胸前,微微笑道,"你听,紧张的人不止你一个。我比你还紧张。"

确实,他的心跳好激烈,隔着胸肌,强有力地撞击着她的手心。她把手抽了回去,轻声说:"马上要上讲课了,快走吧。"

"好。"

看着她往前游去的背影,星海长长地深呼吸了几次。

她刚才低下头,双颊红红的可爱模样,一直在他脑海里回放。她为什么脸红心跳?是因为接收到他的信息素了吗?所以,她也喜欢他,只是还有些害羞。

尽管告诉自己打住,但鲨族的本能压抑不住了。他很快脑补出把她推到空教室桌子上的画面,接着继续脑补让她用尾巴紧紧缠着自己的画面,接着脑补用尖牙撕碎她衣服的画面,接着脑补他轻喘着搂住自己脖子的画面……

打住,不要想了。这是纯洁、耐心、温柔的爱情,考虑长远一些,不要吓到她……

梵梨被孤立的状态变本加厉了。有星海与自己一起,她没有太往心里去。一天,夜迦被一群女孩子包围着,看见梵梨无声无息地从不远处飘过,游过去挡住了她的去路:"小可怜,今天是赐糖节,你居然什么都没有收到吗?"

"没有呢。"梵梨坦然地说道。

光海并不是通过甘蔗和甜菜生产糖,而且是从大海藻中提取。大海藻的叶子上有百万个富含叶绿体的微小细胞,它们可以通过光合作用生成糖。在远古时代的光海里,吃糖是一件很奢侈的事。大约自一千二百五十二万年前开始,梅尔维尔鲸没灭绝多久的时代,奥术蓬勃发展的黄金时代,奥术研究所们研发出了提炼"大海藻糖"的技术，工厂批量生产，糖就不再是食物里的奢侈品。"赐糖节"的隆重仪式渐渐没落。但随着商业的发展，红月海的企业家又从古老的"赐糖节"中找到了灵感，提出了一个强有力的营销概念：只要在"赐糖节"把糖果送给自己心爱的人，爱情就会得到海洋之主的祝福，这个概念很快就火了。每年的"赐糖节"各式各样的糖果一上市就卖得精光。所以，今日走在校园里，她看到了很多女生送男生糖果、男生送女生海藻的画面，但震撼的还是眼前的一幕：夜迦身后跟着四个随从，他们骑着蓝鳍金枪鱼，拖拽着一个镀金的悬浮车厢，车里装载的糖果已经满出来了，时不时就会掉下几颗。女学生们依然对此毫无压力，跟投飞镖似的往车厢里扔糖果、卡片和情书。有一张卡片在梵梨面前掉下来，展开，上面歪歪扭扭地写着一行字："夜迦老公请正面冲击我！"

梵梨嘴角忍不住抽了两下。

夜迦拨了拨美丽的秀发，一脸愁容："怎么会这样，太可怜了。"

梵梨无力地道："布可教授收到这么多糖果，要准备很多海藻回送吧？我就不耽搁您时间了……"

"要么回送所有人，要么一个都不回送。为了不漏掉任何一个小可爱，我决定选择后者。你呢，打算送糖果给心上人吗？"

"没打算呢。"

"哦，可怜的庶民虐恋，连糖果都送不起。海藻我是不能送你了，但分你一颗糖果，让你拿去送给喜欢的人还是可以的。"夜迦回过头，对着他华丽的糖果车扬了扬下巴，"你想要吗？"

"不想要……"

"你居然这么说，星海会伤心的，他为了你都已经……"说到这里，夜迦停住了两秒，转而拿起一颗糖递给梵梨，"要不，老师送你一颗糖，你再送给老师？"

梵梨的逻辑快要断线了："那这样做的意义何在啊？"

"爱不需要意义。来，拿着。"即便换作二十年前的偶像剧女主来说这样一句土味情话，都太肉麻了。但不知为什么，或许是因为声音柔软多情，或许是因为眼中有桃花盛开，这话由夜迦说出来就有一种风情万种的魅力。

梵梨正想拒绝，却感觉自己快被周围的眼刀戳成了蜂窝。为了速战速决，她飞速接过糖果，说了一声"谢谢"，就赶紧溜了。但刚游了一小节，手腕就被人拽住，那力道大得让人完全联想不到脸蛋漂亮的夜迦。但她回头一看，拉着她

的人确实是他。

"梵梨,老师给你一点小小的忠告。"夜迦对她笑了笑,却是没什么温度的冷淡笑容,与平时的样子判若两人,"真心换真心,假象换假象。但愿你能听懂。"

"呃?"

"没事,我喝醉了。去吧去吧。"他松开了手,眼中又有桃花灼灼了。然后,看着梵梨远去,他的眼睛跟两片小小的紫色湖水一样,倒映着她的背影,幽暗无尽,深不见底。

讲课上,星海趴在桌子上睡着了。最近这几天,他每节课都在睡觉,连院长都有些看不过去,点名把他叫起来。他睡得太沉,梵梨轻轻叫了几次都没叫动,只能用力推了推他的胳膊。他倒抽一口水,痛苦地皱眉,坐直身子,胳膊周围的海水变成了红色。很显然,这股血腥味也没能瞒住教室里的捕猎族学生们。他们纷纷四下探看,寻找味道的源头。星海捧着一团光,用治疗术按住胳膊止血。不过多久,血腥味和血一起消失了。

"你……怎么了?"梵梨一动不动地看着他的胳膊。

"没什么,来上学的路上受了点小伤。"

她隐隐觉得情况不对,但没有多问,只是默默观察着星海的举动。他除了肤色苍白,面有倦色,和平时表现得差不多。她去追问他,是不是丽娜和凯墨为难他了,他总是一口否定,让她不要乱想,只是最近打工太累。

直到一堂研讨课上,她在他的课桌上看见了不同笔迹写的脏话,才意识到了事情的严重性,她迅速用袖子帮星海擦掉这些笔迹。

星海来时还是和以往一样,有些疲惫地靠坐在椅子上。梵梨游过去,在他身边坐下,手足无措地看着他胳膊上的新伤旧伤,急得快哭出来了:"他们果然对你动手了,是不是?"

"没事。"星海摇摇头,闭目养神。

"我们去医院看看好吗?"

"没事,不用。"

浸泡在海水里的伤口不会结痂,出了血也很快会被海水冲走,所以能清楚看见伤口的形状、肌理破裂的痕迹。梵梨用指尖碰了碰他的手指,也不敢有太大的动作:"都是因为我,你护着我,所以才会被他们欺负……我真的太没用了!"

Chapter 15 赐糖节

"傻瓜,当然不是因为你。"星海贴墙仰起头,闭着眼睛,缓缓说道,"因为我是混种吧,这样的事我从小经历很多了。即便同学们表面上什么都不说,背后也会议论。这很正常,你不嫌弃我就好。"

"你还撒谎!"

"真的不是因为你。凯墨只是想要听话的小弟。听话的他就好好罩着,不听话的他就用暴力收拾,这是他和这个世界相处的方式,和你没有任何关系。"

"我知道了……照顾好你自己。"

梵梨拍拍他的手背,咬了咬牙,正想起身离开,却听他冷不丁地冒出一句:"你不要想着和我保持距离。"

被他一下猜到心中所想,梵梨有些意外。随后,他反手握住她的手,转过头来,睁开眼睛:"我的体内流着一半海洋族的血液,一半捕猎族的血液。我有权决定自己更想成为哪一种。你不能因为我有捕猎族血统,就任性地把我推开。"

"不管你是什么种族,我不想再看到任何人因为我受伤了。"

"不,你不懂。梨梨,我想顺利大学毕业,找一份稳定的工作,在城市某个温馨的环境里落户安家,娶一个可爱的妻子,和她生两个宝宝,过简单平淡的生活。我很骄傲父亲是一个伟大的军人,但我对权力纷争感到倦怠。你理解吗?"

他描述的人生显然不被捕猎族欣赏,可由他说出来,竟像一种难以企及的奢望。她心酸地点点头:"我理解。"

"想过海洋族的生活,首先,我不能进入捕猎族的圈子。其次,我得有海洋族的朋友。"说到这里,他握着她手的力道加重了一些,"你是我的朋友吗?"

"是。"

"那就好。"为了不让她有负担,他再次强调,"记住,不管我们有没有未来,我们都是朋友。朋友之间,不离不弃。"

"好。"梵梨想了想,从包里拿出夜迦送给她的糖果,放在了星海的手里,"来,送给你,节日快乐。"

那是一个海星形的橙色糖果,只有五十德洛普的硬币那么大,但正因为小巧,显得精致又可爱。星海接过它,把它牢牢握在手心里:"谢谢。"

Chapter 16 晋升种族

梵梨在丽娜研讨课教室的阳台上找到了她:"丽娜,你到底想要什么?"

"换专业,离开奥术学院。"丽娜坐在栏杆上,看跟另外几名逆戟族女生游着嬉闹,没正眼看她。

"你认为我不会把第一名让给你?"

"这不重要。"

"我一定会让给你。"

"这真的不重要。"丽娜笑了笑,有些不耐烦,"我只要你离开奥术学院,或者等我们去了圣耶迦那,你再继续读一级奥术。"

如果没有泡泡小姐的案件,梵梨一定会答应这个提议。但如果被留下来,她几乎百分百会变成嫌疑人,她不能留级。

"可以说一说,你这么不相信我的理由吗?"

"不是不相信你,而是只愿相信100%握在手里的东西。"丽娜伸了个懒腰,"总之,你什么时候离开奥术学院,我什么时候放过你的朋友,包括你的星海王子。"

"我需要成为第一批去圣耶迦那的学生,这对我来说,真的很重要。请你相信我,我会把第一让给你的。"梵梨低下头,闭上眼睛说道,"不要为难我的朋友……求你。"

有那么几秒的时间里,只有鱼群游过的水声。然而到最后,丽娜也只轻轻说了一句:"好了,你如果没别的事,可以退下了。"

"没有一点商榷的余地? 我可以答应你不去考试。"

"梵梨,你不要死缠烂打了。"丽娜回过头来,一脸嫌恶,"我刚开学的时候就告诉过你,即便是在校园里,成绩也不是一切。你不听,吃硬不吃软。现在你知道了,你和我没有任何谈判的余地。退下吧!"

梵梨忽然清醒了。身处这个世界,被上位者踩在脚下是每一个下级海族的命运。即便她想要以旁观者的心态处理这些矛盾,也无法幸免,无法回避。而这种巨大差距,不是努力就能弥补的,必须得面对现实了。

"丽娜,谢谢你给我上的这一课。"

Chapter 16 晋升种族

"哦？你还真是一点脾气都没有的小可爱啊，但示弱是没有用的，因为我不吃……"丽娜对上了梵梨的视线，忽然不说话了。

梵梨静静悬在海水里，一动不动，若不是短发还在舞动，就跟一尊没有生命的雕像没区别。但是，她海蓝色的双眸泛着冷光，让丽娜忽然想到小时候，第一次与母亲去圣耶迦那开会时见到的一个女人。但她很快自我否定了，梵梨怎么可能像那个人。

"你少用那种眼神看我，梵梨。"丽娜讥笑道，"我知道你聪明，但你只是一个鱼饵，有很多东西你是跨越不过去的。"

"我到底能做些什么，能不能做什么，"梵梨浅浅一笑，"让我们拭目以待吧。"

她转身离去，丽娜再次有了短暂的错愕。但很快，丽娜就耸耸肩："蝼蚁的挣扎。"

梵梨不管星海怎么抗议，强行把他送去医院治疗。在公交舰上。他靠在她的肩上，没过多久就睡着了。透过海水的滤镜，她看见了对面窗子上两个人的倒影——即便是在倒影中，她都能看见星海身上大大小小的伤。

"我也会保护你的。"梵梨轻轻拥抱着星海，虽然眼中含着泪水，却前所未有地坚强。

第二天一大早，梵梨逃课了，去了黑鳄工会。

"我就知道你会回来的。"领班经理露出了毫不意外的微笑，递给她一份服药协议书，"你先把这个看一看，没有问题的话，我就叫阿达先生来了。"

这就是传说中的死亡协议书。她大致看了看内容，除了重复的"死亡"字眼让她感到恐惧，内容基本都是经理曾经告知过她的。她说："对了，价格……"

"是免费的。"

"免费！"

"你们都冒着这么大的风险来服药了，我们怎么好意思再收钱。"经理上下打量她一番，又嗤笑一声，"再说，会选择这条路的人，也不存在支付费用这种能力吧。"

其实，比起一次性支付的药物费用，大量捕猎族几近终生买断的投靠、效力，才是最值钱的资源。

"最后一个问题，"梵梨深深吸了一口气，"如果我成功变成了捕猎族，现在喝的变形药还能维持海洋族的模样吗？"

"当然可以。"

"那我没疑问了。"梵梨把协议书递回给他,"我愿意接受种族晋升。"

"来签字吧。"

双方签字保存协议,阿达先生安排好医生和药剂师,把她送到了服药室。医生示意她躺在手术台上,并让护士帮她把四肢铐了起来。梵梨怯生生地小声说:"这个……痛苦到这种程度吗?"

"只是为了防止异变。虽然第一次死亡概率低,但也不是没有可能的。"护士用各种消毒药剂帮她清理身体,还有一个护士拿出输液的针头说,"这个是镇痛剂,针头粗,会比较痛。"

梵梨侧过脑袋一看,微笑着眨眨眼说:"不说是针头,说是吸管,我感觉会好受很多。"

"梵梨小姐不错,心态很好。"医生也慈爱地笑了。

"都是装的,其实我很紧张。"

"你没有很紧张,心率低于常人。"医生没有使用任何仪器,仅仅靠捕猎族敏锐的听力和计算能力判断出了她的心率,"平时喜欢运动吗?速游?"

"不怎么运动。"

"那你成绩很好吧,好学生心态都好。"

心态好是一码事,真的扎进去痛碰到想一头碰死是一码事,止痛药本身带来的痛感更是另一码事。梵梨强忍着没惨叫出声,呜咽着说:"为什么不直接用麻醉把我弄晕算了……"

"短时间内三次麻醉,海洋族的身体受不了的,前两次只能忍痛了。接下来你的身体会有比较大的变化,保持这个心态,成功率更高。"看见她皱着眉点头,医生抬了抬下巴,"给她输'冥河之心1号'吧。"

原来,"服药"并不是喝下去,而是输液到身体里。他们拔了镇痛剂,把药水换成了蓝色的"冥河之心1号"。因为针头粗,就像直接把水龙头插入血管里一样,冰凉的药水汩汩流入梵梨的身体,把她的血液都冻结起来。哪怕提前打过镇痛剂,强烈的刺激也让她冷汗流了一身。头和心脏像被火灼烧,四肢却发冷得像被丢入了冰海深处,眼泪被刺激得大颗大颗落下来,完全是生理反应,与情绪无关。

第一次都这样了,第二次、第三次,岂不是要直接死过去……

218

Chapter 16 晋升种族

咚咚咚咚，咚咚，咚咚咚咚，咚咚，咚咚咚咚……

渐渐地，耳朵变得越来越敏感，所有的事物好像都被拉近到身边一样。她听见自己心跳与周围人的心跳混在了一起。疼痛原本缓和了一些，但很快又一波更刺激的痛感顺着药水袭遍全身，灼烧与冰冷轮流鞭笞着她的神经……

不知痛了多久，最后手铐解开的时候，梵梨想要下床，却差点从手术台上滚下来。护士们把她扶回去："别乱动，你现在走不了的，需要休息。"

她神智不清，瘫软成一摊泥，被抬起手时，才发现自己的手腕因挣扎流了很多血，而之前这些地方没有感觉到一点痛。

护士们替她包扎好伤口，把她抬出服药室，看见她担心地看着伤口，医生跟她说不碍事。然后，她彻底放松了，头晕目眩地看着周围的场景不断变幻。

泪水再次盈满眼眶，但这一回不是因为痛苦了，而是一种劫后余生的孤独感。如果这时候家人在门外等候，一定会冲过来抚摸她的头，比她还要难过。可外面没有一个她认识的人。她在陌生的世界里，与爱她的家人和生活相隔了2271年。

等恢复好以后，她要一个人回去，一个人面对被死亡威胁的恐惧。如果运气差一些，她还会命丧于2271年前的深海中，变成白骨，与一堆无名者埋葬在法外坟场里。可她不会放弃。

未来，她要回家，和家人团聚，她要过上自己想要的人生。

现在，她要保护周围的人，保护星海，不能让他再为她受伤了……

想到这里，她告诉自己，这都是自己做的选择，不要哭，不要那么脆弱。于是咬着牙关，硬把眼泪逼了回去。

这一份令她骄傲的坚强只持续了很短的时间。因为，她在诸多擦身而过的路人中，看见了熟悉的一张错愕的脸孔。

"星海……"她几乎以为自己看到了幻觉，本想说点什么，但和他视线撞上的刹那，所有在心底默默建设好的坚强堡垒坍塌了。她再也绷不住，狼狈地哭了起来。正想伸手擦擦眼泪，星海跟上来，握住了她的手。手被他的掌心完全包围，孤独与委屈排山倒海而来，反倒让她流出了更多眼泪："你……你怎么在这里？"

星海跟随着护士走动的步伐，低头看着她，直到医护人员把她安置在了病房里。病床由一个个海水池组成，把病人浸泡在海水里，伤口也会愈合得快一些。他们把梵梨放入病床，她重新变出了尾巴，却也是伤痕累累的。

星海总算开口了，却十分震怒："为什么在这里，这问题应该是我问你才对！

你为什么一个人来这里,不跟任何人商量就做出这么危险的决定?!"

梵梨怔了怔,因为没底气变得更虚弱了:"我……我不能再这么忍下去了。"

"你就是觉得我保护不了你,对不对!服用'冥河之心',你跟我提前了解过吗?你知道到第三阶段成功率其实没有那么低,但有34%死亡都是被痛死的吗!你真是太草率,太不爱惜自己的身体了!"说到这里,星海捂着额头,似乎在平息自己的怒气。良久过后,他才重新平静地看向她:"说,为什么要做这种事?你为什么不愿意相信我?"

"不是的,我……我要活两千年,我想学习奥术和魔药,但我之前的体质不行……我都是为了自己才这样做的,不是为了别人。"其实这很大程度是在撒谎。可她抬头看了看星海,对他展开了笑容,"所以,你可不要太自恋哦。"

"付出这么大的代价,你觉得值?"

"值。"

像你这么好的男孩子,付出再大的代价,都值。

星海本来想再骂她几句,但和她的视线相撞以后,他也像被击垮了。他靠近了一些,一把把她抱在怀里,把她勒得浑身发疼。

"梨梨,我不能失去你。"他身体都在微微发抖,"真的。"

"别难过,别难过……"其实她心里才难过,但还是笑着拍拍他的背,"还有一半的机会可以成功的,往好的地方想,好吗?"

星海陪梵梨在病房里休息了两个小时。这两个小时里,梵梨身体一直不适,时不时睡过去五分钟、二十分钟,又很快被反胃感、疼痛感编织的噩梦惊醒。

但过了两个小时,身体的不适总算消散了大半。她得知星海到她家附近没等到她,就失魂落魄地冲了出去,到处找她,没想到还是晚了一步。

星海发现了她在左右探看,起身正想走,却被她拉住了衣角。他低头看了看她的手,态度变温柔了许多:"我去给你弄点吃的,很快回来。"

梵梨恋恋不舍地松开了手,再次点点头。她缓缓坐起来,依偎在枕头上,用双手掌心撑着额头,闭上眼睛,皱着眉缓慢地呼吸,调整自己的状态。新的视力一直让她头疼;触觉,好像整个人都被扒了皮一样敏感;鼻腔里闻什么东西都像是狠狠吸了一口花露水一样……

听力变化特别大——

"警方没有发现凶器,我都藏好了,杀得很利索,放心……"

Chapter 16 晋升种族

"这个检测报告看不出个什么,你再带他去做一次鳔脏专项检查,我怀疑他鳔里有肿瘤……"

"我女朋友在17号病房,这个加热好了,能把它送过来吗?谢谢……"

最后一个是星海的声音,他已经到了走廊的尽头。而除他之外,杂乱无章的声音从四面八方涌来,吵得她大脑都要裂开。她捂着耳鳍,把头埋到被窝里,但又被自己身体里的各种声音吵得受不了。

"还不适应新的感官功能吧。"阿达先生的声音响起。他和医生一起进来了。

她刚想坐起来,阿达先生却伸手示意她躺着就好。看了看她尾鳍根部的婚环,他心领神会地笑道:"总是深情误人,女人想晋升的原因总是一样的。"

"我不懂你的意思……"

"梵梨小姐,"医生笑道,"阿达先生总是喜欢逗你们这些才晋升的小姑娘,他没有恶意。"

梵梨发现,她抬眼能看清七八米外医生名牌上写的名字。医生心领神会地指了指名牌:"能看清这些?很好。你坐起来一下,我教你怎么控制听力和嗅觉——视力应该不需要控制吧?"

"嗯。"梵梨坐了起来。

"首先,你听我说话,我念数字的时候,你往耳鳍里慢慢鼓气,越往后鼓越多,一,二,三,四……"他的声音从小变大,念到"五"的时候,几乎是喊出来的,"有没有觉得声音好像听起来差不多?再来一次。一,二,三,四,五!现在感觉如何?"

"声音大小好像是变得差不多了。"

"你悟性很高啊,两次就学会了。那好,现在我们重新一次,这一回,到五的时候,你要给自己脑子放一个信号:保持住,保持住,保持住……"见梵梨闭着眼睛照做,医生说道,"如何?听力敏感度变低了吗?"

"真的低了。"梵梨不可思议地拍拍耳鳍,"那以后我都按鼓气的程度和自我暗示,去调整听力吗?"

"对,等你适应以后,这个过程零点三秒就能完成。"

"捕猎族真可怕!"梵梨打了个哆嗦。

"哈哈,这只是五感而已。等三个月后,你完成三次晋升,会发现新世界的。"医生端来了七种装着不同颜色溶液的试管,"来,现在我来教你控制嗅觉……"

送梵梨回家的路上,星海发现她跟个孩子似的,对任何事都充满了好奇,光明正大地立着耳鳍,到处听别人讲话,听七百海里外的鲸鱼歌声。

"梨梨,希望你一切顺利。"星海摸了摸她被水冲乱的刘海,水蓝色的眸子里荡漾着水光,"希望你能顺利完成晋升。"

希望真有这一天,因为他希望梵梨能活下来。也真不希望有这一天。

"放心,我的运气好着呢,我不会死的。以后,就有人和你并肩作战了!"梵梨拍拍胸口,但很快又露出了担忧的神色,"但是……如果我变成了捕猎族,你是不是就会不喜欢我了。你说过,你不喜欢捕猎族,喜欢海洋族……"

星海轻轻摇头:"我喜欢海洋族,因为你是海洋族。如果你是捕猎族,那我就喜欢捕猎族。我只想要你,别的都不重要。"

回家后,这天凌晨,她从床上翻身起来,找到奥术学课本,翻开,提起一口气——这已经变成她每次学奥术时的条件反射了,因为只要读几行字,她就会感到生理不适。但这一回,她速读了好几页,身体也没有一点毛病,才过了不到五分钟,结合各科教授课上讲的内容,她很快分解了七个公式,并且按照书上的提示,在手心凝聚了一点点力量。

看见奥术光在她手心莹莹发亮,她又惊又喜。她一直坚信,身体不能学奥术是苏伊搞的鬼。因为苏伊不想她找到灵魂交换的方法。现在,或许是因为基因被修改过,苏伊不管是用奥术,还是魔药抑制的部分失效了。这是不是说明了一件事:如果三个月以内,她研究出灵魂交换的方法,最后喝"冥河之心3号"的风险,就可以让回归身体的苏伊来承担?

"哈哈哈!"梵梨笑出声来。

没过多久,当当暴躁地推开门,睡眼惺忪地说:"梨子,你在干吗?大半夜笑得像个疯子一样……呃,你在看书?为什么不开灯?"

梵梨这才发现,现在是半夜,自己一直在黑暗中读书。而且,房间里的所有东西都能看得清清楚楚。

捕猎族的夜视能力,她也有了。

"哦哦,没事。"她把书关上,"我就看看纸张……是否完好无损。"

当当丢来一个"你真奇怪"的眼神,又打着呵欠,回房休息了。

Chapter 16 晋升种族

一个月后的布可日,生命奥术学讲课比往日提早下课,梵梨去了研讨课的教室。教室里,银贝尔老师和两个海洋族女学生正在后排闲聊。梵梨对她们颔首示意,便坐在了教室第一排角落里,默默看书。

两个女学生都是艺术系的,穿着花枝招展,用海洋族绝对听不到的音量说话,殊不知每个字都被梵梨听见了——

"前面那个女的是一级奥术系的吧。"

"不懂这些海洋族怎么想的,选一级奥术专业,以后去圣耶迦那,然后呢?跟批发量的海神后裔们较劲儿吗?"

银贝尔打断道:"这姑娘成绩很好的,我们学院今年入学考试的第一名。人家有自己的追求,相互理解吧。"

留长发的女生惊讶地说:"她是梵梨?最近被丽娜孤立的那个?"

"是的。"

"这姑娘太可怜了,"头发短一些的女生说道,"因为得罪丽娜,现在众叛亲离,除了一个混种男孩,所有朋友全都不跟她一起玩了……对了,在泡泡小姐的婚礼上,和布可教授跳舞的也是她吧?"

"嗯。"银贝尔温婉一笑,"是的。"

两个女生对望了一眼,都露出了复杂的神情。过了一会儿,长发女生耸耸肩:"那也没什么,反正大家都知道布可教授喜欢银老师。"

泡泡小姐的婚礼上,夜迦与梵梨一舞成名。最近,关于赐糖节梵梨与夜迦的绯闻又传得沸沸扬扬。银贝尔知道,夜迦以前从来不送女孩子糖的。她备受打击,终于前一天晚上去问了夜迦是不是和梵梨在交往。

"当然没有。"夜迦坦然说道,"我早说过,我不介意自己爱的女人有孩子,也不介意替她养孩子。还有一件事我已经告诉过你了,今天再说一次,我是单身。"

原来,她结过婚,和前夫有过孩子的事,一直都只有她一个人在介意而已。她太开心了,开心到忍不住把这些小秘密分享给最喜欢她的两名学生,她有了辞职嫁人、专注家庭的想法。但这两个姑娘反而为此吵了起来,长发女生支持她辞职嫁人,短发女生认为嫁人也不应该放弃工作,而且两人声音越来越大,令人完全无法忽视她们的存在。梵梨转过身去,淡淡地说:"如果可以的话,声音小一点好吗?当然,现在是休息时间,我不该如此要求你们。只是,我想看看书。"

银贝尔感到了十足的尴尬,连忙笑着打圆场:"好了,你们真是一群小孩子。"

梵梨如愿以偿地获得了死一般的安静。没过多久，其他学生陆续进来，两个女生起身离开。经过梵梨桌边时，长发女生咬牙切齿地说："你真恶心。"

"我不觉得你恶心，我心情很好。"梵梨笑着看书，头也没抬，"因为，明年的这个时候，我就会到这个地方了。"

她伸出食指转了转，一道光从指尖飞出，在讲台前方跟洒落盘中的星星一样散开，落下，渐渐描绘出了一座立体的黄金之城。

在那里，有诸多几千万年、上亿年的文明建筑：光海神殿、圣都创世门、白鹰宫殿、琉璃军团神殿遗址、全光海风暴之井的最大入口、古光海图书馆……它们就像DNA双螺旋结构一样，在海水中凌空纵横交错，还有无数来自全光海最先进的舰艇穿梭其中。梵梨食指慢慢转了一圈，这座城市就跟着她的动作同步旋转。她把五根手指张开，城市细节也随之放大、再放大，就像互联网上的地图一样，一直放到一片暗金色的封闭建筑群前。这片建筑融入了圣耶迦那市，街道从四面八方穿入其中。醒目的古典式圆顶建筑上，有古海族语写着的两行大字：

奥术学院

圣耶迦那大学

这时，不仅是这个长发女生，在场的所有学生都惊呆了。

幻影术是三级奥术学的内容。大部分学生最初也只能变幻出一条鱼或一本书。变幻出复杂的建筑幻影，怎么都得到职业奥术师的级别，还得有建筑学基础。而且，因为幻影是通过施法脑部幻想投射出来的，所以，如果想投射出圣耶迦那的幻影，这个人必须先记住圣耶迦那的详细构造。

梵梨变出来的，就跟记忆型机器照出来的一模一样，还是3D可旋转版！

银贝尔也呆住了，以她对夜迦的了解，他可以变出复杂的幻影，但绝对没有这么强的记忆力和透视能力。

"如果你能成为闻名全光海的大奥术师，"梵梨轻轻一笑，晃动手指，旋转着那片圣都幻影，跟玩玩具似的，"海神族会是你的助理，捕猎族会帮你开私舰，你的海洋族朋友会因你飞黄腾达。到那时候，恐怕你对嫁人的欲望，就不会像现在这么强烈了。"

长发女生脸上一阵红一阵白，说不出一个字。

"好好读书吧，姑娘。"梵梨握了握拳，圣都幻影也随之消失。

Chapter 17　加斯少宗主

这一个月里，梵梨的奥术实力突飞猛进，知识吸收快到她甚至怀疑苏伊体内的奥术知识都从沉睡中醒过来了。晚上她有无限的动力，恨不得一个晚上把所有的书全部读完，理解透，背下来。但她也知道，即便拥有天才脑，所有的成就也都取决于长期的坚持不懈，一时的冲动式拼命没太大用。所以，每天晚上一到十点钟，她就关上打满红钩的计划笔记本，上床睡觉。

翌日早上海族史研讨课结束得比较早，梵梨提前去图书馆，等待星海赴约。抵达那一排巨大的书型图书馆附近，在其中一个过道处，梵梨看见一堆团状的东西往上鱼贯而行。游过去一看，居然是一堆由学校组织参观名校的海族小朋友，尾巴五颜六色，比成年海族明亮很多。捕猎族小时候尾巴就很长，喜欢冲刺、急刹车、时刻警惕和张牙舞爪。海洋族的尾巴过了青春期才开始发育，所以都短短的，尾鳍也小小的，扇动的频率很高。

一阵细细的水波从梵梨脸侧冲过去，一个逆戟族小男孩杀出来，挡住了那道水波。一个小影子突然停下，又原路返回，冲到了梵梨面前。那是一条木瓜鱼，只有食指的一半长。它身体像个方方正正的小箱子，像豌豆射手一样噘着嘟嘟嘴，花纹是很有时尚感的橙底黑圆斑。它身体左右摇摆，正在她面前猛扇两片透明小鳍，似乎在求助。逆戟族小男孩一把抓住它，游到了图书馆拐角后面。梵梨听见有人在说话：

"这家伙居然养这种女孩子才喜欢的智障宠物。"

"喂，你想要回你的小箱鲀吗？求我们用你尾巴打你的脸，我们就把它还给你哦，哈哈哈！"

探头一看，一群捕猎族小男孩正围着一个海洋族小男孩谩骂。其中一个拽着他的头发，把他吓得瑟瑟发抖。海洋族小男孩留着蓬松白色短发，蘑菇云似的，大眼睛水汪汪的，双颊鼓鼓的，小肚子圆溜溜的。

蘑菇云用细细的奶音义正辞严地说："你们别瞧不起嘟嘟，嘟嘟可和你们看到的普通箱鲀不一样，他是我从风暴海抓回来改良过的品种，喷出的毒液破坏力可是微子级别的！"

"微子微子微子,你看过点奥术书,就天天把微子挂嘴边。"一个男孩子狠狠拍他的脑袋,"我看你的脑子跟你的嘟嘟一样蠢!一天到晚装个屁呀!让你装!让你装……"

男孩子们扔掉木瓜鱼,对蘑菇云一阵拳打脚踢。蘑菇云用双手抱住脑袋,在地上缩成一团。梵梨看不下去了,冲过去唤道:"不要打了!"

小男孩们转过头来。

"大姐姐,虽然你比我高一倍,但就靠我一个人,依然可以张嘴就吃掉你哦。"

"姐姐快跑,你打不过他们的。"蘑菇云的眼角滚出了白亮的泪珠子。

梵梨面无表情地抓住那只木瓜鱼,用它的嘴对着这些小男生:"再废话我就摇晃它。到时候喷出不明液体,可不要怪大姐姐太胆小,被你们吓得手抖了。"

木瓜鱼黑漆漆的瞳孔对着他们,嘟嘟唇也对着他们。他们咬咬牙,一溜烟游走了。

梵梨游过去,弯腰对他说:"小朋友,你叫什么名字?"

"我叫小羽。"

梵梨卷起鱼尾,坐在小羽面前,拉住他小小的手,把木瓜鱼放在他手心:"小羽是个勇敢又有爱心的孩子,嘟嘟应该以有你这样的男子汉为朋友而骄傲哦。"

"我……我不勇敢。从读书开始就一直被人欺负,也不会打架。"

"勇敢不代表要使用暴力解决问题。你小小年纪就会用知识为朋友辩护,这就是勇敢。"梵梨很心疼这个聪明的孩子,忍不住摸了摸他的头,"出身不高贵不是你的错。你要克服这一关,保持现在的信念,认定自己是最好的。然后成为优秀的人,保护那些被欺负的同类海洋族。"

小羽张了张小嘴,欲言又止:"果然,海洋族一直被欺负吗……"

"是的,但我们和他们并没什么不同。我们要尊重每一个人,像尊重嘟嘟一样。就算有一天捕猎族、海神族变得弱势了,他们也应该受到尊重。"

这番话完全颠覆了小羽自小受到的教育,但他相信梵梨的话,毫不犹豫地点点头:"好的,听姐姐的。"

"嗯!"梵梨笑了起来。

小羽抬头木木地看着她。她的眼睛是正午时三百米深海洋的颜色,蓝得刚刚好。而她望着他,如此充满善意,没有轻视,也没有任何目的性,只向他传递着心中的温暖。她不知道,自己的眼睛会在他的心中停留很久很久。

Chapter 17 加斯少宗主

"姐姐，你叫什么名字呢？"小羽小心地说道。

"我叫梵梨，一级奥术系的学生。"

"好的，梵梨姐姐。我也会去圣耶迦那大学，然后变得很强，保护海洋族，保护姐姐。"

等他考进去，她早就不在学校了。但圣大那么强，让他有动力考进去也很不错。她顺着他的头发摸了摸："你身上还有伤，我带你去找你的导师吧，你……"说到这里，手碰到了什么东西，她愣了一下。然后，她拨开小羽厚厚的短发，看到了藏在下面的小耳朵。

他没有耳鳍，耳朵也不是尖的。然后，她才反应过来，他的头发是白色。不是鲨族的灰白色，是纯白的。

"小羽……你，不是海洋族？"

小羽歪了歪脑袋，挠了挠脑袋，鼓着腮帮子摇摇头："爸爸妈妈没说过我是海洋族。"

他举手的时候，短袖往肩膀处滑了一下。梵梨看见他戴着臂环，臂环上有海藻缠绕的鱼叉的徽章。裂空海宗族的徽章标志，就是海藻缠绕的鱼叉。低头看了一眼小羽的尾巴，虽然很短，虽然淡到几乎可以忽略，但表面确实有一层光。

难怪他年纪那么小就对奥术颇有研究。梵梨深深提起一口气，想一头撞在墙上，撞死自己这个同情心泛滥的怪姐姐。但最后她没舍得撞自己，也忍住了没有学捕猎族小男孩那样，在小羽脑袋上拍一掌然后大叫"你这海神后裔装个屁的柔弱啊！让你装！"最终只是默默起身，不管小羽在后面怎么叫她，头也不回地游开。

进入图书馆，梵梨在魔药书柜附近徘徊，为以后调制逆向交换到未来灵魂的药剂做准备。她正伸手去拿一本《时空药剂理论》，就被人拎住脖子，一路往外拖。她从周围学生的视线中，读出了即将发生的事——同样的眼神，她在当当被霸凌时看见过。

"我的布可神啊，黑珊瑚女神帮终于对梵梨下手了……"

"这算是正面交锋吗？梵梨到底做了什么，为什么这么不受丽娜待见？"

"梵梨定力还可以啊，没有像当当那样乱叫，但还是好可怕……"

伴随着杂七杂八的议论声，悍公主还有三名逆戟族小跟班凶狠地瞪着她。

"总算让我逮着你一个人了。"悍公主眼睛眯起来，露出尖牙，"让你退奥术

学院,你不退。那就别怪我们不给你留面子了,双S学神!"

现在精神力太弱,不能恋战。梵梨用一个大壁垒把她们几个人罩起来,从窗口游出图书馆。可她刚和星海会合,就听路边的学生说,当当又挨揍了。他们俩对望一眼,梵梨率先游过去。

"等等,"星海握住她的手腕:"丽娜学过攻击奥术,你现在去可以吗?"

"可不可以都得去。"梵梨推开他的手,赶到学校的广场中央。

当当被逆戟族女生拽着头发,脸上全是叠加的五指印和血痕。丽娜从男生们捧着的靠垫中站起来,慢慢游向当当:"你这万年鱼饵,谁叫你要跟伯恩谈恋爱?谁叫你好闺蜜现在偷学幻影术?"

"我跟伯恩谈恋爱,关你什么事?"当当其实心里很讶异,丽娜竟然知道她男朋友的名字。

"关我什么事?你装什么白莲花!"丽娜看了一眼旁边的逆戟族女生,声音阴沉,"让她知道,她丽娜姐不好惹。"

逆戟族女生又开始动手打当当,一道水流冲过来,把她们的手狠狠推开!然后,那道水流呈螺旋状,冲开当当和逆戟族女生,把当当往后推去。

寒流术?丽娜第一反应是院长或教授来了,赶紧收了自己的手。但回头,她看见的却是梵梨搀扶着当当。当当本来硬气得很,看见梵梨,跟个三岁小孩似的大哭起来。

围观的学生越来越多,但都保持着死一般的寂静,好像这里只剩下了梵梨、丽娜、当当三个人。梵梨直视丽娜:"说实话,作为当当的朋友,我一直觉得她的感情观很没脑子。我们每一个人都有定义对错标准的自由,也有讨厌、反对他人的权利。但是,没有一个人有伤害他人的权利,不管你有多么占理。更何况,当当与伯恩即便再为世俗所不容,他们都是单身,没有伤害任何人。"

"哟,看是谁在说话呢,原来是没有朋友的梵梨!"丽娜抱着胳膊,像一只被激怒的母豹子,"你会说这种话,是因为你弱!只有弱者才想和强者平起平坐。等弱者变强,只会站在原来弱势群体的对立面,向更强势的群体讨公平。所以,收起你那套充满妄想的理论,你自己还自身难保呢!"

"是这样吗?"梵梨拍拍当当的肩,轻笑了一声,"那让大家听听这个吧。"

她把盒子打开,丽娜和她的声音传来出来:

"换专业,离开奥术学院。"

Chapter 17 加斯少宗主

"你认为我不会把第一名让给你?"

"这不重要。"

"我一定会让给你。"

"这真的不重要。我只要你离开奥术学院,或者等我们去了圣耶迦那,你再继续读一级奥术。"

"可以说一说,你为什么这么不相信我的理由吗?"

"不是不相信你,而是只愿相信100%握在手里的……"

丽娜终于疯了。

"梵梨,你这个阴险小人!我杀了你!"她尖叫着冲过去,一掌拍掉贮音盒。然后,她涨红了脸,一口咬在梵梨的脖子上,像逆戟鲸捕食一样,左右晃动脖子,恨不得把梵梨的头咬下来!当当被她们俩震开,彻底吓傻了。但冰箭从四面八方冲过来,刺中了丽娜的背心!丽娜惨叫一声,也伸出手掌,将四周的水流在头顶凝结成奥术冰球。

梵梨捂着流血的脖子,后退一布,也幻化出了同样的冰球,速度比丽娜快了好几倍。看见那个冰球,丽娜的瞳孔放大,愤恨中透露出了掩藏不住的畏惧。然后,她们俩同时挥手,冰球在空中相撞,溅落的冰块如陨石、冰雹般落下,一部分学生作鸟兽散。

"我本来不想这么快学攻击系奥术的,是你逼我的。"梵梨也怒极了,完全顾不得脖子上的伤,她举起双手,额上的青筋暴突,"丽娜,你别怪我下手太狠,如果不小心把你杀了,我去自首,上断头台!陪你一起死!我这个不足挂齿的鱼饵贱命,换丽娜大小姐的金贵余生,我觉得很值!"

在她的头顶,水流跟暴风雨前的乌云似的,慢慢凝聚在一起,形成了巨大的漩涡。丽娜和她的逆戟族跟班们抬头,竖瞳中倒映着两片小小的漩涡,都吓蒙了。

梵梨任由漩涡越转越快,越转越大,声音却变得格外冷静,有一种赴死般的义无反顾,"这世界上总有那么一些人,他们宁可站着死,不肯跪着活!"

"说得好!"当当鼓掌鼓得手都疼了,"梨子,我跟你一起!和她同归于尽!"

很多学生不关注军事新闻,看不出她在做什么,只被她的发言震慑住了,也有预感她在做一件可怕的事。而懂军事的学生一眼就看出来了,她真的在做一件可怕的事。

"快跑!"一个男生大喊一声,"梵梨用的是'寒冰风暴'!"

这是高级军用奥术。一旦奥术力量凝聚完成,会有最少八百片注满侵蚀性能量的冰刀从漩涡中飞出,形成密集的"暴风雨",对下方的生物、建筑形成摧毁性的伤害。在非战争时期完成100%释放,即便没对他人造成伤害,也会被判80年以上的有期徒刑。

学生们在一片混乱中逃得七零八落。丽娜过度惊恐,游了两下,尾巴一软,倒在了地上。

这时,一道身影冲了过来,挡在梵梨面前。

"梨梨,不要冲动!"星海摇晃她的肩,"你的命比她的命值钱!你存在的意义比这里所有人都大!快停下来!"

梵梨把视线转移到星海身上,一脸茫然地看着他,上方的巨大漩涡忽然放缓了速度。星海紧紧抱住她:"停下来!你清醒一点!"

漩涡越来越小,梵梨喃喃道:"我……我不该和丽娜同归于尽吗?"

"不该!"

"她再欺负你怎么办?"

"今天过后,她不敢了。她如果再这么做,我先和她同归于尽!"

"好……"梵梨收了手。几秒过后,漩涡消失。被奥术能量逼走的鱼群试探着游了回来,学生们却只敢远远地看着他们,不敢再靠近。

跟班们扶起丽娜,狼狈地逃了。梵梨目光如炬地盯着丽娜远去,直到她完全消失在视线中,才总算放松了身体。她眼前一黑,倒在星海的怀里。

"梨子,吓死我了!"当当不值钱的泪水飙得到处都是,"刚才我真的以为我们俩要死在这里了,呜呜呜……"

"怎么可能……"梵梨虚弱地说道,"我要真有那本事就好了。"

"呃,什么意思?"

星海使用了隔音术,把梵梨横抱起来:"梨梨的精神力量储备不够,释放不出那么多的奥术能量。"

"啊?"

"她刚才只是吓唬丽娜的,估计过了今天,丽娜也不敢再对大家出手了吧。"

"哈哈,是啊。"梵梨笑得有气无力,但心情是真的好,"她刚才吓得都倒在地上了,吓得屁滚尿流,舒服……"

"深蓝吾主啊!"当当捂着额头,觉得比梵梨还晕,"你们俩也太能演了吧,

Chapter 17 加斯少宗主

我真的信了!"

因为和丽娜搞成那样,翌日,学校对梵梨和丽娜进行了记过处罚,全校通报批评。也要多亏了丽娜的家世,丽娜又错在先,她们俩才没有被开除。在校园里,平时被丽娜欺负的海洋族学生都觉得很解气,还有很多人慕名而来,主动要和梵梨交朋友。

琉香在食堂看见梵梨和尤灿女朋友讲话,愤愤不平地跟丽娜打小报告:"丽娜姐,今天有人说,梵梨变成了海洋族学生里的精神领袖了。"

丽娜当然知道学生间在议论着什么,现在看到琉香,她的眼神都快结冰了:"梵梨不知道当当男朋友是谁。"

"她……她怎么可能不知道……"

"你现在就从我的视线里滚出去。"丽娜的声音都是从牙缝里发出来的,把在梵梨那受到的羞辱全部发泄了出来,"以后我也不想看到你,你这个下等鱼饵。"

琉香的眼睛骤然瞪大,她只觉得周身发冷,又有一种难以呼吸的痛苦感。她本想再说两句话,但什么也说不出来,只能往后倒退着游了一些,便突然转身光速离开。

学校里的纠纷也惊动了警方,梵梨被撒科警官叫去审讯。因为上次院长强烈反对,撒科没敢提出集体抽血检测DNA的要求,只是多看了梵梨几眼:"你和嫌疑犯的外形很像,为什么皮屑测试出来的结果会是纯种锈红刺尻族?"

"可能是因为,我有一点点捕猎族的基因。"梵梨小声道。

"捕猎族?上次的结果里为什么没有显示?"

"我也不太清楚,您要再测试看看吗?"

"行,你去检测。"

原本这一回梵梨准备充分,带了自己调配的"织梦人"魔药。她把这种魔药滴入血液样本,结果显示她患有基因紊乱综合征。这是一种混种很容易得的病,在恢复健康前测不出种族。于是,撒科叫她多多休息,等康复了再来检测,她又顺利躲过一劫。但基因紊乱综合征的发病期是二到十五周,现在红太太已经变成了红先生,过了这个时间,她没法找他要血液样本来蒙混过关。

最快解决问题的方法,只有找到杀死泡泡小姐的真凶。梵梨在家里翻阅往

期报刊。关于布可逆夫妻的新闻很多,但所有关于泡泡小姐的记载,都在描述她自己就是富二代,对布可逆是真心崇拜。每次记者拍到她凝视布可逆时的样子,那双单纯美丽的眼中都有星星。关于泡泡小姐父亲公司财务状况,自己人不透露,外人很难查出来。所以,她在去学校的路上思索了一路。星海伸手在她面前晃,她总算停止了天外神游,把自己的想法告诉了他。

"这还不好办吗?"

星海拉着她,找到了海草学长。

"急缺资金?"海草学长挠了挠头,"你怎么知道的?"

"这么说,不是传闻?"梵梨与星海对望了一眼。

"嗯,认识布可逆之前,露薇雅父亲的公司赔本,资金链断过,差点宣告破产,那段时间她很焦虑。"露薇雅是泡泡小姐的本名。

"布可逆不知道她家的情况?"

"当然知道了,他还帮露薇雅解决了经济问题。"

"这么说,她嫁给布可逆是为了父亲的公司,而不是为了她自己?"

"有区别吗?一回事吧。"海草学长苦笑道,"她和她家人是不可分割的整体。这时天降英雄救了她,又让她有了爱和仰望的感觉,没什么奇怪的。"

男性总是简单粗暴地认为成功就有爱情,他们不能懂这细微的差距。

但作为女性,梵梨知道,富养的女孩在物质上得到了满足,对更上一层阶级的渴望,远小过与王子圆甜蜜小家梦的渴望。所以,按照新闻稿里写的那样,泡泡小姐在这两个男人中选择了布可逆,其实是很奇怪的事。现在补上了这个遗漏信息,逻辑就足够通顺了。婚礼那晚泡泡小姐和布可逆的争执也足够说明,她绝不是报纸上所写对布可逆"眼中有星星"的小迷妹。"星星眼"的表演,只是做给媒体看以及用来讨好金主的。可新的疑点又出现了,泡泡小姐如此富有心机,自导自演了那么多小迷妹的戏份儿,怎么会选在新婚之夜破功,与丈夫吵得那么难看?

只是说到钱,近期梵梨减少了打工时间,钱包又见底了。于是,去黑鳄工会复查身体时,她到阿达先生办公室,提出了想找份合法兼职工作的想法。

"你这问题棒极了,黑市就是良民寻找合法工作的好地方。"阿达先生用两个触手鼓掌道,"我这里有一份工作,应该是你可以接受的,就是薪水不怎么样。"

重新递来的表单上写着:

Chapter 17 加斯少宗主

"冥河之心"销售员,时薪: 2浮,每成功推出一个套餐,提成150浮。

工作周期:不限。

代理公司:黑鳄工会。

"又是这种坑人的工作,一条命一百五十浮吗?"梵梨笑。

"你可以不卖命干,把销售员当接待员就好了。其实,这份工作我本来想留给很厉害的销售,但你自己就是个新鲜的活广告,希望我预测准确。"

"为什么是活广告?"

阿达先生正想接话,办公室的门就被推开了。然后,一个公事公办的男声在梵梨身后响起:"因为您有一个全光海无人不知、无人不晓的未婚夫。"

门口停着一个穿着灰色制服的中年男子。虽然在黑鳄工会,大家都是陆生状,但从他身上的徽章数量可以看出,这个男人在军中地位非比寻常。梵梨看看四周,确定没有其他人,于是指了指自己:"我?"

"是的,梵梨小姐。请随我出去见您的未婚夫。"

"你认错人了。"梵梨条件反射地想要逃,"我还有别的事,先走了。"

"没事,不会耽搁您太多时间,他就在门外等你。"

这下死了,秘密即将被拆穿。还等不到晋升成捕猎族,小命就要没了。

黑鳄工会的大厅里,古铜色巴洛克装潢烘托下,等候她的男人就像一幅旧式油画。工作人员为他拉起一条警戒线,路过的海族都忍不住多看他们几眼。但因为是在黑市,他们都要抑制住自己的拍照欲。男人周围,有一群穿着灰色制服的军人、穿着托加的祭祀,都是辉耀海神族。他们每一个人的臂环上,都有一个四射光线的雄狮徽章。但在那么多人里,只有一个男人留着白发,全部梳到脑后,臂环上有一个两侧挂着剑的天平徽章。

阳光雄狮是风暴党最高禁卫军的标志。白发、刻印着宗族徽章的臂环,象征的是圣海七宗神的后裔。剑与天平徽章,则是加斯宗族的标志。

见梵梨出来,男人全程盯着她,直至她走到离他不足五米处,忽然快速上前,单手掐住她的胳膊!她吃痛地叫了一声。

"你简直是疯了,去服用冥河之心——"男人低下头,咬着牙说道,"你在搞什么,仗着不是你的身体,就敢胡作非为!"

他力气很大,梵梨整个人都被他拎了起来。

很好,省掉了"撒谎——露出破绽——圆谎——再露出破绽"这个流程,直

接进入死刑。梵梨酝酿不出奥术能量,抓着他的手,吃力地说:"痛,放……"

"哦,现在你知道痛了?注射'冥河之心'的时候,怎么不觉得痛!"

"我只是想……想回去……"

一条章鱼触手拍了拍男人的手,阿达先生在一旁平和地说:"请放手吧,这里不是风暴海。"

男人瞳孔紧缩了一下,缓缓松开了手:"阿达,别以为有苏释耶撑腰就无法无天,谁赢谁输还未可知。"

原来,黑鳄工会真正的幕后主宰者,是他……梵梨觉得很意外,又莫名有了一种时过境迁之感。

与男人截然相反,阿达先生看上去格外和善:"哈哈,少宗主言重了,我也不至于想冒犯您。只是,这位梵梨小姐是我们黑鳄工会的员工,您如果和她有其他矛盾,可以和她在工作时间外沟通解决。"

男人冷冷扫了他一眼,接着对梵梨说:"不管你现在身体里的人是谁,你不能再糟蹋这个身体。如果她回不来,即便是死了,我也会让你锉骨扬灰!"

梵梨揉了揉胳膊,不悦地说:"你们两口子倒是恶人先告状。是你未婚妻没经过我同意,把我的身体夺走了,好吗?如果可以,我也希望她能回来!现在还不让我使用长寿的方法,那我和她怎么换回去?等死吗?"

"长寿?"男人顿了一下,"算了,可笑。你记住,不要曝光苏伊使用禁术的事,不然你死定了。"

这么英俊的脸,也无法拯救糟糕的个性。梵梨气不打一处来:"不用你说!我知道!"

"你这是什么态度?"

"你再啰嗦我就自杀让她回不来的态度。"

"你!"

苏伊头是真的铁,订婚对象居然是风暴党的太子,加斯宗主的长子。只是,既然未婚夫是加斯希天,为什么苏伊不待在风暴海,在他那里寻求庇护?

加斯希天拽着梵梨的手腕,就把她带到了角落。他使用了隔音术,抬起雪白的眉毛:"你听好,苏伊最终会回来的。所以,不要用她的身体做不干净的事。"

"放心,我很爱干净……不对,什么叫'不干净的事'?"

"不要让别的男人碰她的身体。我的妻子,嫁给我的时候必须是处女。你如

Chapter 17 加斯少宗主

果让她身子脏了,即便回到你原来的身体,我都会杀了你,知道?"

"那你想办法让我回去啊。"梵梨不爽道。

"现在做不到,抱歉。"

"那我也没办法答应你的要求,抱歉。如果我交了男朋友,不能保证和他什么都不发生。所以,为了阻止我,建议加斯少宗主还是尽早想办法找回她,让我们各归原身。"

"你这……"希天有些怒了,但他还是控制住了自己的脾气,拿出他的通信仪,"留下我的联系方式。你听好,你想要什么,都可以来找我。钱、住宿、私舰,所有东西,都可以。但是,你不能让苏伊失去处女之身。这是加斯宗族联姻的规矩。"

梵梨本想说自己没有通信仪,但看他的架势,搞不好会帮她买一个,那可就真是搭上甩不掉的锅了。她摆手道:"我不是苏伊,我们不用有任何私底下的往来。我只是好奇,苏伊已经消失这么久了,你似乎没怎么担心过她本人的安危,只在乎她的身体是否'干净'。我好奇,你真的爱她吗?"

"爱?"希天微微睁大眼,像是听到了全天下最冷的笑话,"我和苏伊只是要结婚而已,为什么要爱她?"

海神后裔都是古老又强大的种族,以他们为主题的文学戏剧作品,几乎都是战争、权谋主题的,只有极少数是爱情故事,还几乎都是批判式悲剧结尾。加斯宗族代表的深蓝品质是"公义",不同于美丽的布可宗族,有一种残酷的冷感。加斯希天尤其好看,五官像是在阿尔卑斯山顶精雕细刻出来的,但也跟冰雕似的毫无感情。对比一下他的对手苏释耶,那份优雅与亲切真是国宝级的。

梵梨放弃沟通了,想了千言万语,最终只化作一句话:"你这回答绝了。"

"你说什么?"

"没事,我在说,加斯少宗主长得好美美,喜欢你的女孩子肯定很多哦。"

希天和艾泽一样,从小到大都是跟父亲混,很少和女人打交道。即便接触了,也都是海神族女性。活了两百多年,从来没有一个女人敢这么跟他说话。他征了半晌,白色的睫毛抖了抖:"我可是男人!"耳根都有些发红了,"你放肆!轻薄!"

"好哦,轻薄的我需要钱钱的时候,会找美美的加斯少宗主的。"梵梨笑眯眯地挥了挥手,转身望天,长叹一声,头也不回地回去上班了。

不知不觉中,已经到了深冬末期。距离升级考试还有不到三个月时间。梵梨要学习,做兼职与研究时空灵魂药剂,经常累到连话都不想说。

幸运的是,"冥河之心"销售员的薪水不错。只是休息时间坐在黑鳄工会里发呆,就有时薪两浮。前两天她狗屎运好,接待了两个客人,赚了三百一十二浮,感觉自己突然变成了落亚首富。拿着硬币在口袋里摇晃的声响,就像是听到了天堂的歌声。打开口袋,掏出里面最大的硬币——足足有1德的两倍大,它正面是深蓝的白庙,背面印着圣光海羽——这是光海至高神力"大神使"的象征,下面写着"50浮卢门"。

赚了钱,自然要改善生活。刚好深冬时期,暴风雨卷席海面,翻搅距离海面以下百米的海水,以致富裕的住民迁徙到深水区的住宅,租房市场一片黯淡,价格便宜。梵梨在学校附近找了几家两室一厅的公寓,选了一家性价比较高的,签好合同,交好租金,带回家去。当当看见她拿回家的合同,尖叫着把她扑倒:"深蓝吾主啊,这可是学校附近的房子!我不要伯恩了,梨子,你把我娶了吧!"

"等等,我还有事要跟你说。"梵梨拨开她,指了指合同上的金额,"你看好了,我跟他们签的是一年的租房合同。半年之后,一个月的租金是五十五浮。到时我有可能已经去圣耶迦那了,你现在的存款住在这个地方,应该有些吃力。所以,你从明天开始,记得就在学校里找一个下半年的室友,每个月大约支付二十到三十浮。"

"哇,梨子,你要去圣耶迦那了!"当当根本没听到她在说什么,只是抱着她的脖子哀号,"我不要你走,我不要你走哇!"

梵梨抚额:"算了,我帮你找吧……"

和当当一起搬家后,梵梨也终于有钱买通信仪了。

米瑟日的中午,梵梨和星海乘公交舰去了市中心,找到了一家最大的通信仪器商城。

看见梵梨、星海进来,一个售货员热情洋溢地举起手里通信仪:"小姐,有没有兴趣了解一下我们公司最新款的产品?您看这一款'蹈火者',款式非常酷炫,接通电话时会有火焰光影喷出;'深红护卫'就比较保护个人隐私,哪怕是苏释耶大人的太之躯都听不见电话那一头说了什么……"

梵梨好久没逛商场了,有些兴奋:"还有别的款式吗?我想都看看。"

"当然,请跟我来。"

售货员给她介绍的款式里,有的光会立起来,有的需要低头对话,还有带蓝牙耳机的,还有根据种族生产的特定款——其中,鲨族专用款可以按电流感应接听电话，双髻鲨族款可以选择减免导航功能半价购买，海豚族的语音功能可以和他们的哨音声响系统完美融合……最后，梵梨选了一百二十八浮的粉色海洋族通用款。她拿起装满了乱七八糟硬币的钱袋，正准备付款，星海却按住了她的手："我买给你吧。"

梵梨眨眨眼，歪头看着他："我虽然有点穷，但这个通信仪还是买得起的……你确定要给我买吗？"

"不希望我买给你，是吗？"星海顿了顿，"记得去年刚开学的时候，我们系里一个男生想给你买通信仪，也被你拒绝了。"

梵梨自己都差点忘了这件事，挠挠脑袋，不好意思地说："你当时也在场哦。"

"嗯，当时在附近，听到了。"

"我又不认识那个男生，他要给我买，我当然不要。"

"那我买呢？"

"我要！"梵梨笑。

"嗯？"星海有些意外，"不觉得是物化女性了？"

很奇怪，他买就不觉得。梵梨笑着摇摇头。

"梨梨，我买给你，你不怕我有企图？你说过，男生不会平白无故送你东西。"

"我是说过。"

星海怔了怔，开口想说点什么，但最终只是别过头去，不敢看她的眼睛："我怀疑你不知道自己在说什么。"

"我喜欢你给我买东西。"梵梨笑得更灿烂了一些，"所以，这份礼物我收下了，谢谢。"

"你到底是傻，还是坦率……"

星海本来是在指责她，但话没说完，耳根都红了。他从口袋里拿出钱袋，但里面装的硬币都很大。

"哇，你好有钱！"梵梨望着那堆钱币，惊叹道，"在'海族舰艇'兼职这么赚？你不知道，在黑鳄工会兼职之前，我都快吃不起饭了。"

"不可能。"星海淡淡地道，"有我一口饭，就有你一口饭。"

星海去收银台付了钱。梵梨欢天喜地地摆弄着通信仪，并且和他交换了联系方式，举起通信仪说："第一个联系人就是你。"

"嗯。"

他们一起出了商城,共同漫游在落亚繁华的街道上。宽敞大道的两侧摆满了深绿色的海藻,一路蔓延到视野尽头,街边小吃的味道侵入了嗅觉,让人禁不住食指大动。梵梨吸了吸鼻子,说:"星海,刚才你说的话算数吗?以后如果我没工作,你也会管我的饭吗?"

"当然。"

"那就这么说定了。"她的眼睛闪闪发亮,"如果两个月后,我能顺利活下来,你就要做好长期养我的准备了哦。"

星海怔了怔,这下是真的明白了,梵梨很清楚自己在说什么。看着眼前坚强笑着的女孩子,他很想紧紧抱住她,可还是克制住了自己的冲动。

但是,却有细细的手指试探着碰了碰他的手,随后穿过他的五指,与他十指紧扣。"怦怦、怦怦",他听见急促的心跳声响起。

梵梨还是第一次主动牵男生的手,紧张得头晕目眩。她脸颊红红地垂下头,清了清嗓子说:"没办法,拿人手软。只能让你物化一下了,手给你牵。"

明明是自己想要亲近他,却找了这么一个烂借口,她好想痛扁自己一顿。但是,星海非但一点都不介意,反而笑了起来:"好,我会努力挣钱,物化你到嫁给我,物化你到和我生宝宝。"

"啊啊啊,你在说什么糟糕的台词!不给你牵了!"梵梨抽出手,捂着脸冲到公交站去了。

星海在后面看着她,笑出声来。

Chapter 18　西罗镇之吻

眼见两个月过去,服用"2号冥河之心"的日子也到来了。星海陪她一起前往黑鳄工会。途经西罗镇,见梵梨一直在眺望看不到边际的野外美景,星海说:"是不是有些后悔服用冥河之心了?"

"不后悔,也后悔。"梵梨释然道,"这一次成功率其实并不低,但我又会担心,那接近三分之一的概率发生了,会怎么办……"

星海没有说话。见到他的眼神之后,她意识到不该提概率的事。她指了指周围的海螺房,顽皮地吐出许多泡沫:"星海,你说,这里是不是很适合养老?"

"嗯,很幽静,风景好,有一种极致简约的美。感觉住在这里的人都没什么烦恼。"

"如果我一开始诞生在这里就好了。"

梵梨用手指拨弄一个小小的鱼群。他与她共享海浪的滋润,随后就只是默默看着她,没有说话。过了一会儿,她抬头看了他一眼,狡黠地笑道:"你不问问我有什么愿望吗?"

"你说,但别说得跟遗愿似的。你会健康地走出来的。"

"靠过来一些,我偷偷告诉你。"

她朝他勾了勾手指。他照办,低下头去聆听她说话。看着他的侧脸,她许久没说话。然后,他低声说:"你心跳很快。"

她感觉自己的脸烧了起来:"我当然知道,不用你告诉我。"

视域里一切都是朦胧的,连海底小镇也披上了雾霭。若海浪是风,这道风已温柔地抚遍了他们的发,将发丝一缕缕扬起,舞出了十四行诗的浪漫。借着海水的浮力,梵梨拉着他胸前的衣服布料,把他拉近,上游一些,悄悄地吻了他。

她想要表现得更好一些,但事情往往是越紧张越容易搞砸。她瞄准失误,亲到了他的嘴角边缘,还撞痛了她的牙齿。然后,她再度瞄准,总算亲对了地方,碰到了柔软的部位。然而,明明想要持续久一些,越久却越紧张,越觉度秒如年。她双手发抖,连嘴唇、浑身都在发抖。所以很快,她就放手了。

梵梨原本设想的场景是唯美地亲上去,潇洒地放手,对他露出一个颇有初

恋情怀的微笑，再扭头下去黑市赴死……但是最后的结局是，她不得不为这个傻哭的、笨拙的吻补充一句："碰疼你了吧，对不起。"

大概她的表现非常糟糕，她垂着脑袋，半天也没等到他的回应。她很想装作不在乎，脸却是透明的胡萝卜色："你不要多想，我，我只是不想当一具没亲过你的尸体……"

说到这里，她想自扇一耳光——什么叫"没亲过你的尸体"！应该说"如果我不幸死去，谢谢你陪我走完最后一段"才对啊！本来设想的初吻场景，距离"浪漫"二字又隔得更远了。好想死，为什么人生不能像游戏一样读档，回到她亲他之前的存档，重来一次好不好……她偷偷瞥了一眼星海，看见他瞳孔微微放大，一点回应都没有，显然是被她这么鲁莽的举动吓着了。

"星海，你是不是生气了……觉得我都不明生死，还要亲你，让你有所牵挂？其实我没有想太多，就是觉得如果快死了，不如……我也不知道怎么说。唉，我太冲动了……"

她一边说着，一边怯生生地往后游。笨死了，不管怎么说，都应该在亲他之前问一问的……在两个人不是情侣的情况下，这种事似乎都应该是由男方主动才对……可是那样，又有点像在告白了。而且，如果她快死了，他说不定还想把初吻留给别人呢。她怎么可以这样随便把他初吻夺走了……

真是笨蛋，怎么就控制不住自己！难受，想哭。

但随后发生的事让她很快知道，她想太多了。

他握住她的手腕，把她强行拉到自己面前，拦腰抱住。然后，他歪下头，双唇精准无误地覆住了她的唇，不给她一点心理准备，就长驱直入地深吻她。这个吻来得如此急，却像倾注了他所有的感情，格外缠绵。

心脏要爆炸了。这完全不是平时那个冷淡的星海，简直像是压抑了千万年的热情被释放了，让她有了在水里都快蒸发的错觉。本能地想要退却，却被他牢牢抱紧。在他胸前被禁锢的双手从轻微推拒到握成双拳，到再度松开，微微发颤。

在侧头换气之时，她别过头去，声音细微地说："够了……我只是想仪式化一下，并没有想这……这么过分……"

"你一定要出来。"他顺着海浪波动的方向捋了捋她的头发，轻轻吻了她一下，声音却有些发抖，"梨梨，等一会儿，我就在黑鳄工会服药室门口等你。你一定要出来，知道吗？"

Chapter 18 西罗镇之吻

梵梨怔了一下,含着泪说:"我会努力活下来,我不怕痛。"

他捧着她的脸,又一次吻了下来。他的害怕与爱意全都体现在了这个吻里,因此也感染了她,很想给他一些回应。

这毕竟是他们第一次亲吻,她多少有些胆怯。可当她后缩一些,他就会强硬地把她揽入怀里,每试图挣扎一下,他就会更加用力地箍住她,深深地吻她。眼泪都被吻出来了,他也没有半点犹豫。虽然是在水中,他却像火,把她灼烧在怀里……

这个吻的后遗症好重,重到他都送她到服药室门口了,她眼中还有泪水在滚动。

进入服药室以后,医生把门关上。梵梨回头,透过门上的玻璃,看见了外面的星海。这让她想起了第一次假设与他诀别时的画面。当时,她在公交舰外,他在舱内。她擦掉眼泪,对他微微一笑,用口型对他说"等我"。他眼眶红红地笑着,点了点头。

然后,她头也不回地跟着医生往里走。

还是同一个位置,还是同样的方式。这一回,药水刚碰到她的血液,她就恨不得立刻砍了手。随后,痛苦跟蚂蚁上树似的,顺着血液一寸寸往上爬。她怀疑护士把硫酸当成药水用了。随后,药水慢慢开始发挥作用,肌肉就像热空气里的细菌般飞速生长,一边生长,一边不受控制地跳动。

梵梨惨叫一声,舞动胳膊,想要扯掉管子,想一口咬烂医生的喉咙。但双手被铁圈拷着,她又用力过猛,手腕上瞬间被勒出血痕。她持续号叫着,眼眶中布满血丝,瞳孔骤然紧缩,越变越窄,无限变窄,最后变成了细细的一条黑缝。

"怎么回事……"医生故作镇定地说道,"她为什么兽化这么厉害,刚才的捕猎族性抑制药呢,为什么会控制不住?"

"打了,这一管都打空了。"护士拿着一个空试管说道,"这……这不应该啊。"

体内的血液像能把肌肉都烫得稀烂。梵梨力气变小了,意识变模糊了。看着医生,她嘶吼着,努力克制着,因而瞳孔时而变宽,时而变窄。医生嘴唇发白地说:"不够,她还是竖瞳。再来一针。"

"可是,这个药剂太多了,她可能会死掉……要不要再观察……"

"我当然知道她可能会死!"医生怒道,"但不打,她必死无疑,你看不到她的眼睛吗?还观察什么!快啊!"

梵梨左右摇晃脑袋，嘴角持续溢出带有苦涩药剂味的唾液，嘶吼变成了呜咽。因为刚才喊得太厉害，声带受损，嗓子里像堵满了沙。第三针下去，她的瞳孔扩扩缩缩，随后无限放大，但脸色也白得和死人无异。最后，什么都看不清了，她脑袋一歪，再不动了。

护士满头冷汗地看着梵梨，声音发抖地说："失……失败了吗？"

医生抬起她的手，看了看指尖："没有骨化，只是暂时休克。"

护士闭着眼，大喘一口气，然后一屁股坐在地上。其实，她见了无数海洋族晋升失败的死亡，原本应该没有这么大的反应。但是，像梵梨这样掠食者性异变到这个程度，却又用意志力控制兽性的，她是第一次见到。"一定要活下去"的信念，仅仅透过眼神，就能强烈感受到。

"啪啪"两声，两滴水落在了地上，她低头看，摸了摸脸颊，才发现是自己的泪水……

脸颊被拍打的轻微疼痛，让梵梨倒抽一口气，醒了过来。她动了动尾巴，发现已经躺在了海水病床中。不到一分钟的缓冲，她就精神抖擞地坐了起来。因为主要改变是体能、速度和力量，没什么需要学习的，医生告诉她，现在就可以下床回家。

梵梨兴高采烈地冲出病房，却没有立刻看到星海。医护人员告知，他之前在服药室前徘徊，一直盯着墙上的钟看，一分钟像过了一整天。医生让他去西罗镇散散心，半个小时之后再回来。但是现在过了一个小时，他还是没回来。

梵梨跑出了黑鳄工会，没在附近看到他，本想打电话给他，但又想给他一个惊喜，干脆通过传送阵，回到西罗镇。她用往日的力道游泳，发现一下就冲出了一大截，也没怎么消耗能量。于是，她加快了游动的速度，而且可以更快，越来越快……而且，快成这样，周围的环境却依然能看得清清楚楚。

她惊喜地笑了起来，就好像以前的身体被捆绑住，今天突然释放天性了。

海草、巨藻在海浪中微微摇曳，橙棕色的海螺农家小屋组成了一幅田园风光图。她掏出通信仪，正想联系星海，却看见他坐在一个小屋前，上身微微弓着，脸埋入双掌中，银灰色的发像云雾般舞动，摩擦着修长的手指。旁边一个农夫正在和他说话，时不时拍拍他的肩，似乎在安慰他。

"星海？"梵梨往前游了一些。

Chapter 18 西罗镇之吻

星海全身僵了一下,水声清脆,他以为自己听错了。直到梵梨又叫了他一声,他才把脸从双掌抬起来,然后一动不动地看着她。

"你看,我不是说了吗,她会没事的。"农夫笑眯眯地道。

星海看不见任何美景,听不见任何声音,哪怕大量旋转的鱼群舞成了动态彩虹,也无法夺走他一分一毫的注意力。他只看到,那个有着深蓝瞳仁的女孩子就在他面前,还在呼吸,还在眨眼,在笑眼弯弯地看着他。

"你还好吗……"梵梨又往前了一些,"我让你担心了……对不对?但是,晋升成功啦!"

不过刹那,星海游到她面前,默默地、紧紧地把她抱在怀里。她心跳的速率变了,体能与力量也与以往有明显差别。但是,她还活着。

太好了。他想开口说出这句话,但刚才过度紧张,现在又过度激动,现在居然说不出一个字。他低下头,直接吻她。

梵梨推了他一下,别开头,有些不好意思地说:"别,我嘴里全是药味……"

"我不在乎。"星海快速吻了她的唇两下,"我爱你。"

一波大海浪卷来,摇撼了巨藻,也撼动了胸腔里滚烫的心脏。梵梨知道他喜欢自己,但当他真的开口说出这三个字,她的呼吸都好像被夺走了。

其实,她早就计划好了,如果第三次服药成功,她第一时间就和他说出自己的心意。但随他再次将舌探入她的口中,她有些混乱了,被满溢出来的爱意冲昏了头。

"我也爱你。"

她抓着他的衬衫领口,眼中盈满泪水,完全沦陷在他水蓝色瞳仁的深情中。

他不再说话,千言万语,都只能用最简单粗暴的方式表达。

他的吻里满满都是潮汐般的思念,起伏的胸膛里饱含绵长的温柔。从他的唇舌之间,她尝到初夏大海的气息。温热、包容、深邃、无边无际……

农夫笑着摇摇头,只觉得现在的年轻人真是有趣,刚才还要死要活的,现在就又浴火重生了。他把打理海藻的农具提起来,偷偷游走,把这里留给了他们俩。

他们俩都不太会接吻,但是,他们用了很长很长的时间,去尝试如何与对方更亲密一些。

这一天就像青春一样,既可以随意、任性地挥霍,又短暂得转瞬即逝。

当他们牵手离开西罗镇时,整个镇上不仅是海螺小屋,连巨藻、海草、海

底平原、沙地、鱼群、珊瑚礁,还有眼前的恋人,都被镀上了一层金橙色。发现梵梨的手腕被包扎过,星海小心翼翼地避开她的伤口。看他那么心疼自己,梵梨反而有些心疼他了。

"对不起,我没忍住。"梵梨把脸贴在他的胳膊上,"我本来想等确定自己能活下来再回应你的。"

"为什么?"星海有些迷惑。

"我不想自己如果死了,你要花太长时间来忘记我……"

"为什么要忘记你?"

"不忘记我,不是会很痛苦吗?"

"不会。"星海摇摇头,"有关你的一切,都是幸福的。"

"我都不在你的身边了,怎么会幸福呢?"

"有你的回忆,就很幸福。"

梵梨被感动了,但还是努力保持理性:"可如果不忘记前一个人,让自己沉浸在回忆里,想要进入新的感情不是很难吗?开始下一段感情的时候,还是得努力忘记。"

"不会的。不管你能不能活下来,我都不打算再和别人在一起了。"

若说刚才是感动,现在就只剩下了震撼。

"你在胡说什么呢!"梵梨快速眨眼睛,努力分散注意力,不想让泪水流出来,"你还那么年轻,又没孩子,只是死掉一个初恋女友,就要孤独终老啊?别说这种傻话了……"

"你不是我的初恋。"

"哦哦,你喜欢过其他女生……"

"不是,我的意思是,你不是初恋。你是我一生中,唯一所爱。"

他说得一本正经,语气跟平时说"我给你买点早餐吧"没什么区别。但梵梨的泪水像在胸腔中翻滚已久,再也压抑不住,汹涌而出。她一把抱住星海,呜咽着说:"我好想第三次也活下来,我不想留你一个人……"

"别担心我,梨梨。"他把双手搭在她的腰上,低头靠在她的颈项间,平稳地呼吸,"我说过会保护你,不管你活多久,我都会坚持到最后。即便你不在了,我也会带着你的回忆,好好地生活。"

后来,太阳完全沉下去,星光照入海洋,把海底世界染成了深蓝与银色。

Chapter 18 西罗镇之吻

海如此之大，但在所有光辉所能照进的海域之中，除了梵梨，再无少女的眼睛，能与海洋如此般配。除了星海，再无少年，能与星光如此般配。

在回家的公交舰上，梵梨把自己灵魂交换的事告诉了星海，并告诉了他，自己来自2271年后的人类世界。星海恍然大悟："难怪你第一次出海时那么低调。原来，梨梨竟然是人类，好厉害！"

"咦，我以为苏伊的身体会更让你惊讶呢。"

"那是苏伊，又不是你。我只关心我女朋友的事。"

听到"女朋友"这个词，梵梨的笑想控制都控制不住，但很快又难免有些沮丧："可是，我……我如果研究出了逆向灵魂交换的方法，应该还是会回到陆地上的。"

"没事，"星海摇摇头，"你不用顾虑我。只要是做你开心的事，我都支持。而且，只要你还活着，哪怕是在两千多年之后，又有什么关系呢？"

梵梨握紧星海的手，为他的过于忍让感到心疼。透过玻璃窗，她看着舱外灯火辉煌的落亚市，耳中满满都是舰艇运转时的"嗡嗡"声、乘客偶尔低头耳语的声音、水流声、自己和星海的呼吸声与心跳声。然后，她突然回想起他们的初见。当时，星海明显是认识自己的，而且说话态度很暧昧。他嘴上说着"认错人了"，但当时的笃定态度，感觉又有些像在挑衅。

"星海，其实我一直很想问一件事……"梵梨小声说，"还记得我们第一次见面时，你把我认成什么人了吗？"

星海想了想，摇摇头："我没把你认成任何人。"

"怎么可能，你没把我认成任何人？"

"如果不是负面记忆吞噬症发作，我的记忆力通常非常好。而且，如果我认识你，一定不会忘记。"

这个记忆吞噬症点醒了梵梨。她忽然抬头："你还记得我们第一次见面是什么时候吗？"

"开学第一堂魔药课之后。"

"不对，我们第一次见面是在大学门口啊。你跟凯墨、丽娜一起，还替我和当当围了……"

星海也愣了："我是帮你解围了，但当时是凯墨在教室门口骚扰你，不是吗？"

"当然不是。"

梵梨把和他初见时的经过细细地描绘了一次,星海的眉头越皱越深:"我又忘记了重要的事……这次好像还没有任何负面记忆,为什么……"

"没事没事。"梵梨赶紧抱了抱他,"忘了就忘了,反正当时你对我态度也不算特别好,好几次凶我。反而是从魔药课之后,就对我很温柔了,我更喜欢后来认识的你。"

"我很怕,梨梨。"星海无力地说道,"连见过你都会忘记。如果有一天,我连现在的记忆都忘了……该怎么办?"

"不怕,不怕!如果你真的忘了我,我就会猛追你,让你重新爱我一次,好不好?"

星海思考了很久,突然说:"这样吧,等你可以摘婚环以后,我们就订婚。"

"啊?"

"如果你是我的妻子,就算忘记了你,拿出刻着我名字的婚环就好了。"

梵梨觉得又惊喜,又好笑。她才活了十九年,就要订婚了吗?可是,和星海相处的每一个瞬间都那么幸福,人有时候可以冲动一下。

"好!"她看了看自己尾巴上的婚环,"可我不知道什么时候才能摘欸……"

"你是去年九月来的,最迟也就是今年九月底。还有半年时间,刚好够我准备一下。"说到这里,星海摸了摸下巴,"但是,你觉得我是把钱投在婚环上好,还是留着以后准备婚礼好呢?"

"星海!"看他完全陷入纠结中了,梵梨捧着他的脸,转过来对着自己,"你想太远了,不要给自己那么大压力。"

"那你想要哪个更多?"

"我只想要你。"梵梨坚定地凝视着他的眼睛,"只想和你在一起,别的东西没那么重要。"

星海顿了一下,看了看她的嘴唇,便撑着她身后的玻璃,轻柔地吻她。梵梨刚才的坚定烟消云散了,她只觉得全身酥软,快要醉倒在海水中。星海一只手与她十指相扣,也轻轻压在玻璃上,另一只手环住她的腰,让她贴近自己的身体。两个人的发丝随波舞动,唇与唇之间的急促呼吸,带出一个个泡泡……

漫长的吻过后,梵梨抱着他的腰,长长叹了一声,小小的心都被幸福填满了。她把整个头都埋在他的胸前,忍不住低头窃笑。

Chapter 18 西罗镇之吻

"怎么了，笑那么开心？"

"你好瘦，"她捏了捏他的腰，"腰细。"

"我才不瘦，"星海硬气地说道，"一百岁以后，男人会壮实很多的。你才瘦。"

他也捏了捏她的腰，她却特别怕痒。随后，少女清脆的笑声传遍了舰舱。因为轻快又有感染力，周围的乘客听了，都不由得笑了起来。

这天下午放学后，星海送梵梨回家，她邀请他上去坐坐。他去超市买食材，但两个人刚告别一分钟，梵梨就又在路口被人捂着嘴，拖进了小巷子里。这回依然是两个人。一人捂她嘴的力道之大，一点声音都发不出，另一人用绳子捆住她挣扎的尾巴，被她割伤脸也跟无痛觉似的。

然后，就在那人抬手之时，手掌被飞石击中，发出"咔嚓"的骨裂声。两秒后，他才迟钝地大叫起来。接着，浪花起伏，兵刃相接，战斗都发生在电光石火之间。梵梨还没看清发生了什么事，就看见一个人和星海正打得激烈，另一个人躲在后方，一秒召唤出了"冰爆环"，向星海袭去。星海还是一如既往动作迅速，躲开了三次攻击，但第四次，他不幸被击中背脊，整个人撞在了墙上，一时半会儿起不来。

一道白色闪光从上方落下，把星海彻底击晕了。

"星海！"梵梨慌道。但那两个人转向她，她来不及过去看他。

她攻击奥术还运用得不娴熟，刚才看他们闪来闪去，害怕下手击中星海，直到黑衣人朝她靠近，她才敢操纵冰球落下。他们一秒召唤出寒冰壁垒，冰球在上面砸成粉碎。梵梨也召唤出了壁垒，却被他们扔出的飞锤砸得粉碎。冰块碎片溅了她一脸，她晃晃脑袋，一边后退，一边酝酿第二次攻击，却发现上方有白光闪过。

这一回都是六星评级的奥术杀手，和上次的不是一个级别。

没有躲避的时间，梵梨也被白光击中，晕了过去。杀手伸出戴着奥术手套的手，轻轻摇摆。只听见"呜呜"声响起，四周的水纹都跟着发抖，一只深灰色的骷髅头从他的手心冒出来，张大嘴，穿过海水的波浪，朝梵梨游过去……

就在这时，一道细长的金光击穿了杀手的胸膛。巷口有一道轻短的声音响起，类似麻醉枪。骷髅幻影合上嘴，颜色越来越淡，很快消融在了水中。然后，又过了三四秒，那个召唤噬魂术的杀手才跟死鱼一样，倒了下去，又被海水冲起来。

圣光射线！这是……圣都红衣卫！

另一个杀手诧异地回头，那里立着一名身穿红金制服的军人，肩上佩戴着月中雄鹰的徽章。

"是谁让你来的？"圣都红衣卫举着圣光射线枪，背光而立，尾部徐徐滑动，心跳丝毫未被影响。

黑衣人不讲话，眼中闪过一丝阴狠之色，口中吐出一把小刀，直飞他的方向。他举起另一只空着的手，变出圆形镜面防御术，同时身体微微一侧，防止小刀击穿镜面。黑衣人往上冲刺，想要逃跑。随后，布匹撕裂声响起。"当"的一声，小刀撞在镜面上，顺势滑落。黑衣人也溜了，只在星海的手心留下两片衣料。星海只觉得眼前的情景模模糊糊，看见一双修长及膝的白色军靴闪现在他面前。

靴子没有影子，这人只是奥术幻影。星海抬头，想看看是什么人，却看不清那人的面孔，只能隐约看见他留着纯白的及肩碎发，一双金色耳坠摇成了六对、八对、十二对……

"送他们到安全的地方，查出刺客身份。"白发男人命令道。

"是，遵命！"

白发男人又回头看了一眼晕倒在地的梵梨，停了两秒，便再次消失。

接着，无尽黑暗吞噬了星海的意识。

当天晚上九点，星海去了黑鳄工会，对阿达先生举起手里的衣料："这是黑鳄工会的杀手制服材料吧。"

阿达先生拿起衣料捏了捏。它外面一层是薄纱黑衣，里面的衣服材料质地很好，海百合的棘皮底，外有爬行动物鳞片，防水，保温，可御强敌。他把牙缝里的虾壳"噗"的一声吐出来，恼怒道："这群垃圾，又暗杀失败了。"

"你知道他们委托杀的人是梵梨吗？"

"梵梨死了？"

星海明显也有了怒意："你们一边用着梵梨，一边给她喝'冥河之心'，还一边派人刺杀她！"

"我问你，梵梨死了？"

"没有，但她已经被刺杀两次了。贵公司的管理制度值得重新整顿……"

星海话没说完，忽然一个圣都红衣卫进来，阿达先生立刻没了怒火："上面

Chapter 18 西罗镇之吻

有什么指令？"

圣都红衣卫看了一眼星海，阿达先生心领神会地对星海大喊"臭小子快滚"，便把圣都红衣卫带入了自己办公室。

二十分钟后，手下在阿达先生的耳边低声说了几句话，阿达先生摸了摸光秃秃的头顶，试图拭去头上的汗："对不起，长官，没查出刺杀梵梨的委托人。那人来委托的时候，穿着黑斗篷，还遮脸……现在我们只知道，委托人是年轻女性，海洋族，总共只在我们这里委托过两次，都是刺杀梵梨……"

"以后刺杀梵梨的委托都不能再接了……不，你等等。"

圣都红衣卫拿起发亮的通信仪，出办公室接听来电。两分钟之后，他又进来说："不要惊动委托人。以后，如果还有人想杀梵梨，第一时间通知我们。"

"是，一切听从上级指示。"阿达先生把右手放在左胸上。

出去的时候，星海依然在外面等待。圣都红衣卫多看了星海两眼："你是星辉将军的儿子，星海？"

"是。"星海有些错愕。

"刚好，独裁官大人让我传话给你，星辉将军是一位伟大的军人，你作为他的独子，不能忘记他的荣耀。要发奋完成学业，未来报效光海联邦。"

"是！我会努力的，谢谢独裁官大人赏识。"

星海更加错愕了。虽然都是军人家庭出身，但他的父亲效忠的是复活海军队，那时复活海还没正式归顺圣耶迦那，因此他们的家庭也没有一统全海的概念，只对复活海忠诚。苏释耶正式登上政治舞台时，父亲已经过世多年了。

想到这里，久违的恐惧感再次袭来。这份恐惧是白色的，就像闭上眼什么都看不到。心跳越来越快，低于常态体温的虚汗从皮肤渗了出来，打湿了他早已晒干了的衣服。星海从兜里掏出自己的身份证，上面写着：

星海，男，未婚，燃烧时代24644年7月20日出生，捕猎族/海洋族。

抬头看了一眼墙上的奥术光影日历，上面明确写着：燃烧时代24730年1月6日晚上9点23分。

如果是负面记忆吞噬症发作，让他忘记了中间那么多年的事，他觉得不难理解。但是，为什么连证件都告诉他，他只有八十六岁？他不应该这么年轻啊。

可是，证件是真的，时间是真的，一切都是真的。唯独他自己，好像是假的。

Chapter 19 期末考试

两天后,星海在黑鳄工会抓到了刺杀梵梨的委托人。梵梨怎么都不会想到,被绳子绑住、蜷缩在黑市角落里的人,居然是银贝尔老师。

"银贝尔老师,你为什么会……"她看看星海,不知该如何说下去。

"因为第一个看见露薇雅遗书的人是你。"

"那封信和你有关?"梵梨停了停,"我没有告诉任何人这件事。"

"是,我发现了,你好像很怕别人知道你看见过露薇雅的尸体。但我每天提心吊胆,就怕你哪天不小心说出来了。"

"所以就要置我于死地?难道你是凶手?"

星海摇头:"她的疯魔之处,就在于她不是凶手。因为害怕被人发现和布可逆的私情,就想杀死她的学生。银贝尔,你是不是脑子有问题?"

银贝尔躺在地上,吃力地瞪他:"那是因为一旦这个秘密公布于世,我会失去很多东西!"

"银贝尔老师和布可逆?"梵梨吃惊道。

"是,露薇雅的那封遗书上写了她和布可逆的私情。"

"呵呵,你们这些小孩懂什么人间疾苦。"银贝尔翻过身,姿态狼狈地扭了两下,踢了踢腿,"现在可以放我走了?"

星海蹲下来,把她的绳索解开:"你如果再威胁到梵梨的安危,不管她有没有事,这件事全落大都会知道了。"

"我知道!"

"等等,你的意思是,那个红色信封里装的真是遗书?"梵梨说道,"可是,如果真是自杀的,为什么她的家人还会要求继续调查呢?我不信。"

"布可宗神在上!"银贝尔无奈道,"如果露薇雅手里拿的红色信封不是遗书,我明天出门就被海啸卷到私艇螺旋桨里碾死!你爱揭发就揭发吧,反正我说的都是实话!"

看见梵梨依然不信任的眼神,她长叹一声,重新披上落地的黑色斗篷,戴上帽子,转身快速走了几步,又突然停下来,似乎想说点什么,但最后还是没有回头。

又过了两周,梵梨调配出了两瓶灵魂交换的魔药,一瓶的功能是逆向灵魂交换,一瓶的功能是逆向时空灵魂交换。后面那瓶材料又贵又难买,还是托阿达先生帮忙,才搞到手,然后再次破产。这两瓶药成功率如何、是否对她适用,都是未知数。还好逆向交换比正向交换的难度低得多,不然她也不会这么快成功。而且,魔药经她之手,确定安全,只要在服用"冥河之心3号"前一天喝下去,她就有一定概率能回去。

为此,她在家里写了一张字条。

苏伊:

　1.我真的回去了。把这个明天就要服用"冥河之心3号"的身体当成自己的吧,不用客气。因为它本来就是你的。

　2.我已经帮你转达苏释耶了,2271年后你会再杀他一次。他很不淡定,想现在就杀你,所以我帮他这个忙,把你召唤回来了。

　3.今天不用喝变形药了,先活下来再喝吧,呵呵。

你需要知道名字的人:你梨姐

写完以后,她觉得好解气。去年刚来时有多绝望,现在就有多解气。但发泄完情绪之后,她却忽然觉得,自己并不开心。调配出魔药之前,她都干劲十足,拼了老命也要想办法把药给弄出来。现在,她却非常害怕最后一天的到来。

但是,银贝尔比她更煎熬。只要在学校里活动、在路上看到警察,她都会觉得很害怕。连续请假几天后,她终于做出了赌博式的决定。

递交辞呈后,银贝尔把夜迦拉到学校里的海草坪中:"夜迦,我终于不再畏缩了,我想要变得更勇敢一些,选择真爱。"

"嗯?"夜迦眨巴着眼睛,"怎么说?"

"我知道,海神后裔想要娶外族是一件很艰难的事,但我愿意和你一起面对,我再也不退缩了。"她的双手发抖,眼中有泪光闪烁,"对不起,这么晚才决定给你答复,原谅我之前总是那么不坚定。"

夜迦歪了歪脑袋,天真的样子让他看上去年轻了一百五十岁:"可是,我不想和你在一起呀。"

像有巨石落在了银贝尔的脑袋上,她不可置信地说:"你在跟我开玩笑吧?我已经辞职了,就是因为你说过,你不介意自己爱的女人有孩子,也不介意替她

养孩子……"

"是这样没错,但我并没说这个人就是你吧。"

"你……在玩我?"银贝尔颤声道,"你不喜欢我,那一直以来对我这么好,暗示喜欢我,是为了什么?只是撩一下吗!"

夜迦微笑着摇摇头,"我接近你的原因,是因为你女儿。因为,她可是我挚友的孩子呢。"

"什么意思……你说的人,是小石……"

看见夜迦点头,银贝尔彻底失声了。

小石和银贝尔一样,出生在马太冰城,是一个鲨族、银鱼族混血。十五岁时,他跟父母到落亚生活,为布可宗族效力。大学后,小石回到马太冰城,就读马太大学军事奥术专业,和银贝尔成为了男女朋友。通过小石,她认识了落亚大学名誉校长布可逆。布可逆对她体贴周到,一掷千金,很快,两个人有了不正当的关系。

银贝尔的母亲从事的职业介于公关与高级妓女之间。在母亲的影响下,她不相信小石有足够的能力养活她,更愿意相信布可逆当下能给她的一切。她知道布可逆很爱她,但那时海神族和海洋族绝不可能结婚,所以,她也不愿为了布可逆离开小石。她计划着从布可逆那攒够了钱,就嫁给小石,或重新换一个更好的男人。直到某一天,她觉得身体极度不适,让小石陪她去医院。同一个晚上,医生检测出她怀孕,又检测出小石患上了癌症。

十九个月后,小石病逝。死前,他委托夜迦,让夜迦照顾好自己未过门的妻子银贝尔,还有他们的孩子。

银贝尔无力而绝望地抓着夜迦的衣襟,哭道:"我对不起小石,可是,我不爱他,我只爱过你,夜迦,真的……"

"生了孩子都不爱,你怎么说服我,你是爱我的呢?"虽说如此,夜迦依旧维持风度,没有推开她,"银老师,我很好奇,你是怎么做到每天坐在我表伯身上,还能跟我说你爱我的。"

这一天,银贝尔像斗败的公鸡,彻底没了气儿。可回到家以后,她又意外地在门前看到布可逆。

"你……你怎么来了……"

"因为还爱吧。"布可逆叹息道,"听说你辞职了,就过来看看你。"

现在看到布可逆,她只觉得满腔都是委屈,想扑在他怀里大哭一场。但她知道，她现在没有了退路，示弱只会显得她更弱，于是她忍住了："你爱的是露薇雅——男人真的爱一个女人，一定会给她婚姻。"

"我的布可宗神啊！"布可逆皮笑肉不笑地说："你想现在嫁我，只是想气夜迦吧。"

银贝尔觉得心虚极了，不由得提高音量："你是我肚子里的蛔虫？你有什么证据，在这里污蔑我！"

"你别忘了我是谁。你们在学校里的事，我都知道。而且，夜迦是我的表侄。"布可逆用食指和中指夹着两封信，丢到她面前，"这些都是你写给他的情书吧。有够露骨的，就像以前你写给我的情书一样露骨。我今天来找你，也只是想告诉你，我也死心了。"

在第三次服药的前一天，就当是道别，梵梨请星海、当当、"双思"夫妇、尤灿夫妇吃了一顿饭，理由是最近打工挣了钱，想请大家聚聚。好友们都聊得特别开心。可是他们越是开心，她的心情就越是惆怅。回家后，她把写给苏伊的字条放在了桌子上，拿出早就备好的逆向灵魂交换魔药，喝了下去。

除了满嘴又涩又刺激得舌头疼，像吃了两斤盐水菠萝，无事发生。这在她的意料之中。只是想赌一把看看。她又打开逆向时空灵魂交换魔药，一股烟雾般的液体从里面流出来，还刚好都被她吸到了肺里，呛得她连着咳了几声。她赶紧把盖子关上，坐在窗前，望着外面的景色出神。

退潮后的海水将腥味带入鼻腔，路灯的光晕在水中摇晃。舰艇来来往往穿刺的水声，螺旋桨的"突突"声，混着小区外住民晚间漫游时的聊天声，一并涌入了清晰的听觉中。因为捕猎族的五感，这里发生的一切是如此真实。但因为一切太不一样，又像梦中的场景一样。就这样，又过了两个多小时，她都没有再打开药瓶。

与第一次出海、第一次服药、第二次服药感觉都不同。此刻，她对这个世界依然充满了好奇，依然有遗憾，但更多的是不舍与无助。在黑暗中，她拿出通信仪，开始尝试联络星海。蓝色的电光在水中跳跃，没过多久，熟悉的声音就响了起来："喂，梨梨。"

他的声音原本清亮干脆，总是刻意为她变得温柔。和他在一起之后，她每一天都会觉得骄傲、满足。想让全世界的人都知道，看，这就是我爱着的男孩子。

可现在一听见这个声音,眼泪就快要忍不住。她努力压制住汹涌的情绪,用轻快的语气说:"想你了,所以给你打个电话。"

"我现在过来。"

"别,不用。"她急道,"太晚了,不想麻烦你。"

"不麻烦,见你永远都不会是麻烦。刚才我本来就想到你家里陪你,但你那么坚持要自己待着,我只能走了。你马上要服'冥河之心3号'了,不应该一个人待着。"

她本来想再次否认,但最近那么忙,身体早就疲惫到了极点,加上服药和离开二选一的压力,实在有些撑不住。她轻声说:"星海,你有没有对一切都感到无能为力的时候?"

"当然。"

"都是怎么调节的呢?"

"试着感恩,满足自己所拥有的。很多事我们无法决定结果,那么只要尽力就好了。例如现在,你不快乐,就想想令你快乐的事。"

"令我快乐的事……"梵梨沉思了一会儿,"你。"

"你这么勇敢漂亮的女孩子,死亡之神都舍不得带你走的。"星海柔声说道,"而且,就算明天会遇到最坏的结果,也不要放弃今天。为了我,开心起来,好不好?"

"好。"梵梨用力点头,"为了你,我会开心起来。"

说到这里,她的房门同时被叩响,"开门吧。"

刚才胡思乱想太多,都没发现他的动静。梵梨赶紧结束通话,游到门口,打开房门:"当当给你开的门吗?我还在窗口等你,没想到……"

她的话没说完,因为抬眼对上了星海的目光。她僵了两秒,视域一片模糊,直接上去紧紧抱住他的脖子,紧到浑身发抖。

星海低下头,也用力把她抱在怀里:"在遇到你以前,我一直在外漂泊,因为负面记忆吞噬症,生命中总有大片空白。你出现以后,这份空白被涂成了彩色的。就算你会离开我,你留下来的色彩也不会消失。我会带着与你在一起的回忆,好好活下去的。"

"那……如果我死掉了,你会忘了我吗?"

"不会。我或许会忘记你死去时的痛苦,不会忘记现在的快乐。"他微笑着,捋了捋她在水波中翘起的发梢,"所以,别难过了,我带你下去吃点夜宵,好不好?"

听见"夜宵",梵梨耳鳍动了动,抬起头来,眼睛明亮了很多:"好!"

她的变化快到让人措手不及。他笑出声来,牵着她的手,一起游了出去。

这个晚上,梵梨没有再打开时空灵魂交换魔药。她决定把药剂留到最后一刻再喝。只要她还在这个世界一秒,她就想多和星海相处一秒。后来星海送她回来,她躺在床头,握着他的手,实在是困得睁不开眼,也不愿意闭眼,一直拉着星海跟她聊天。

"梨梨,快睡吧。"星海坐在地上,下巴枕在她身侧,轻轻拨弄着她的刘海,"明天要服药,今天早点休息,抵抗力也会强一点。睡吧……"

"不要。"她任性地摇头,靠在他的额头上,"如果有一天,我变得不像我了,你还会继续爱我吗?"

"只要是你,我都爱。"

"那如果我们的感情都变了呢?"

"那就分手,我再重新追你一次。"

"笨蛋,我才舍不得和你分开。"说是这么说,梵梨倦怠的眼中却溢满了泪水。

"梨梨,你该睡了……"

"不要!"

这样毫无营养的对话不知重复了多少次,梵梨才在无意识中睡了过去。因为太累,她一夜无梦。

等太阳将她唤醒时,星海依然趴在床边,短发摩擦着她的手臂,正在沉沉睡着。可是,他的手一直紧紧握着她的手,就像怕她会跑掉,会受伤一样。

她太粗心了,居然让他睡在地上!想推一下他,又不忍打扰他,于是她趴在旁边,静静看着他的睡颜。他两条入鬓长眉舒展开,呼吸平稳而深沉,肤质在水中看上去尤其白皙透亮。

梵梨伸手拨了拨他的头发,多么希望以后的每一天,每一年,每十年的早上,都能看见他这样睡在自己身边……她快速晃掉眼泪,把它们在海水中打散,然后推了推星海,用细微的声音唤道:"星海,天亮了……"

星海起来以后,便送她去黑鳄工会。到服药室门口,梵梨在兜里捏紧黑色的时空交换魔药,看着星海。

"你一定可以的。"星海看上去很镇定,但她知道,他其实比上一回还要害怕

十倍。

她点点头,最后吻了他一次,转身进去。

进入服药室内,门再次关上。医生和护士已经在里面等候。梵梨看看手术台,再低头看了一眼手中拿着的黑色药瓶,把瓶盖打开。

喝了它,让苏伊这个恶人回来受死!

但她就是下不了决心。她清楚地知道,没法下决心的原因就在自己身后。

星海从小就失去了父母,他没有完整的过去,没有家。多年来,他都是一个人带着零碎的记忆,漂泊在外。虽然他很少表达自己的感情,但她知道,憧憬他们未来的小家,是他现在奋斗的最大动力。如果她回到未来,星海又会只剩下一个人了。

不对。她是不是疯了?星海那么优秀,就算没有她,也会有别的女孩子代替她爱他,记住,自己是要变回人类的,怎么可以因为儿女情长犹犹豫豫?喝!快喝!

手像被无形的力量捆住了。她大口呼吸了几次,禁不住再次回头,再确定一下自己的心意——如果星海不在门口了,她就喝下去。如果在——也要喝啊!

然而,当她回过头,她发现星海不仅在她身后,还一直温柔地注视着她,微微笑着。他的眼眶不知何时变得通红,跟兔子似的。泪水盈满他水蓝色的眼眸,但因为硬挤出来的笑,迟迟不肯落下,只是在眼眶中打转。

"我爱你。"他用口型对她说道。

梵梨没有任何动静,但心脏被彻底击碎了。

这个她爱着的男孩,也以同样的心情爱着她。

她把药瓶盖上,装回兜里,转过身,勇敢地大步前进,主动躺了下来。

星海希望她快乐,那她也希望他继续快乐下去。所以,哪怕有31%的死亡概率,她也不再害怕了。她愿意陪他走完此生,再回陆地上。

这一回服药对身体造成的冲击和损害是最大的,即便麻醉醒来之后都有很多人被痛死。当麻药进入静脉,流入血液,她提起一口气,在纷乱的思绪中慢慢失去了意识……

"怎么会是这种结果?不可能啊。"

"这姑娘的身体到底是怎么回事……上回已经很反常了,今天我是真不懂了。

Chapter 19 期末考试

再做一次基因检测。"

再次听到医护人员的对话时,梵梨动了一下脑袋,这才意识到,麻醉效力已经过去了。刺目的强光照在她的脸上,她皱着眉,把脸拧了过去。手背下面的血管剧痛无比,应该是扎针和"冥河之心3号"残留下的后遗症。她动了动脑袋,第一反应是很开心——成功了?她活下来了!但再琢磨他们说的话,她预感不是很好。

"怎……么了?"她虚弱地说道。

"你先别动,再躺一会儿。躺着听我说。"医生把照明灯挪开,严肃地说道,"晋升失败了。"

梵梨一时蒙了。那现在她是升天堂了吗?她下意识抬抬手,看看自己是不是已经变成半个骷髅了。四肢还在。

"我……会死吗?"

"这就是奇怪之处了。"

本来失败以后,肌肉组织会被立刻吞噬,但"冥河之心3号"打到梵梨身体里,跟打了海水一样,完全没任何正负面效果。医生已经帮两万多个海洋族晋升了,这种情况是第一次遇见。而且,梵梨保留了之前一、二阶段的捕猎族的特性。医生推测,要么是因为她的基因特殊,毕竟到现在都没查出她的具体类群,要么是因为她的身体吸收过大量魔药,对"冥河之心3号"形成了抗体。

"现在我们最担心的事,是过段时间,你可能会患上基因紊乱重症。"医生神色凝重,"3号对身体产生的伤害比1号和2号加起来都要多240%,你再打一瓶搞不好失败率是百分百。所以,我们建议你回家休息,调养观察看看情况,一旦觉得不舒服,立刻过来检查。"

从梵梨从服药室出来以后,星海亦步亦趋地搀扶着她,简直跟带老婆产检似的,还向医生提各式各样的问题,还开了一大堆可能根本没有任何作用、连医生都不是很建议花钱的药,送梵梨回家以后,就一份份拿出来,叮嘱她吃掉。因为怕她会忘记,他把每天份的药用小袋子装起来,准备了一周的量,放在她的床头。她说他太大惊小怪了,还被他狠狠凶了回来,弄得她哭笑不得。

最后,他强制性地把她放平在床上,握着她的手,让她休息。他强有力的手掌让她意识到了一切都是真的。这一瞬,她觉得松了一口气,又觉得很泄气。她把逆向灵魂交换魔药放入了抽屉最深处。

这段时间神经紧绷的挣扎,都白费功夫了,但她也没有让自己闲下来。因为关于圣耶迦那,一直有一句公认的定律:"海神族的天堂,海洋族的地狱。"

圣耶迦那大学也是同样的情况。进入二级奥术学习阶段,他们就要开始接触到实践部分。这一部分靠努力没办法弥补,海神族挥挥手就能凝聚出的奥术能量,捕猎族要很努力才能做到,海洋族只能放弃属于这部分的学分。

梵梨在家里练习奥术能量汇聚训练时,发现了一件事:连续把光能转化为凝结能十次,她不再感到四肢乏力,或者精神力枯竭。于是,她打开窗子,试着使用了更高级的奥术"绝对凝冰阵"。窗外,海水中响起五次"咔嚓"声,五把冰剑跟开花似的展开。她加强了输出力,又一阵密集的"咔嚓"声响起,冰剑继续往外扩张,变成了十五把。以前五把都可以让她累得半死,但现在,精神力就好像源源不断的海水,一直在往外输出,转化为释放出来的能量。她再次加强精神力,"咔嚓咔嚓咔嚓"……最后,窗外藻园的上方,一把巨大的冰剑之花跟宫殿似的漂着,占水面积有五百平以上。她看着自己的"杰作",狂喜且惊诧。

梵梨看了看自己的手心,又因未知的力量感到有些不安。

在学校里,泡泡小姐案件搜查总部依然没有停止调查。星海也很为梵梨着急,他索性拜托夜迦带着他、梵梨去拜访泡泡小姐的家人,以寻找最新的线索。

七个多月过去,泡泡小姐的父亲露丘登一直没能从丧女之痛中走出来。进入他们家门,梵梨发现,露家客厅有三张露薇雅的巨大艺术照。但全家福照片里,并没有露薇雅的影子,只有露丘登、露夫人还有他们的小儿子。她把路上买来的糖果放在桌子上——因为材质轻,糖果在盒子里浮了起来。小儿子偷偷看了一眼爸妈,摆动着小尾巴,过来一把抓着糖果,就往嘴里塞。

"你在做什么?"这一幕刚好被露夫人看见,她一个俯冲过来,狠狠拍他的手,把糖果打飞出去,"妈妈说了多少次,不准吃甜食!再吃甜食,晚饭你就别吃了!"

"多可爱的孩子啊,为什么不让他吃甜食?"夜迦奸奇道。虽然泡泡小姐是他的表伯母,但这还是他第一次到她娘家做客。

"我和他妈妈对他要求比较严格,"露丘登摸了摸小儿子的脑袋,"谁叫他老管不好自己的小嘴。"

"那露薇雅呢,你们对她要求严格吗?"

"不严格,对露薇雅,我都是当亲女儿一样宠的。"说到这里,露夫人看了一眼露薇雅的照片,叹了一声。

"亲女儿?"梵梨捕捉到了关键词,"露薇雅不是你们亲生的吗?"

露丘登面露尴尬之色,露夫人却坦坦荡荡地说:"不是,她是我先生前妻的女儿。我很幸运,嫁了一个老公,收获两个孩子。"

案件进展这么久,竟然遗漏了这么重要的信息。梵梨再次试探道:"露先生,你们觉得露薇雅是自杀的吗?"

"不是,我女儿人生才刚开始,怎么会想自杀呢。"

露丘登率先说道,露夫人也跟着否认。梵梨又对小儿子说:"你觉得呢,你姐姐可能是自杀的吗?"

小儿子看了一眼父母,摇摇头。

梵梨一直觉得,泡泡小姐和父亲的相处模式有点不同寻常。尽管露丘登一直在媒体面前说,女儿是他的宝贝,他的小公主,儿子不重要,女儿更有出息,等等。但是,反复拿女儿名气出来炒作,让她长期处于"人生巅峰"却很压抑的状态,真的是爱她吗?而他一直强调儿子不重要,却对儿子严格到连甜食都不让吃,这不像是不关心的表现。

露丘登所谓的"爱",让人总觉得表里不一,非常古怪。这一份古怪,在得知小儿子和泡泡小姐生母并非同一人后,越发有水落石出的趋势了。

6月12日,圣耶迦那大学的升级考试日到来。每一场考试,梵梨都提前最少半个小时交卷。看见她在考场内外无比淡定的样子,同学们都投去了羡慕的目光。结果一周后,考试成绩出来,所有人都大跌眼镜。

在大教室里,院长对大家高声宣布:"恭喜丽娜同学,获得了我们的年级第一,总分377,评级S!"

丽娜杏眼圆瞪,随后抱着双臂,把整个身体舒适地靠在椅背上,挑了挑眉毛。

虽说如此,全班三百颗脑袋转向的方向不是丽娜那边,而是梵梨这边。梵梨撑着下巴,像无事发生。直到院长再次宣布"恭喜丽娜",同学们才迟钝地开始鼓掌。

"第二名,霏思,375分, S。第三名,琉香,372分, S。第四名,星海,369分,S。"又一阵掌声响起,院长咳了两声,"我们这一届男生不行啊,冠亚季军都没你们的份儿。海洋族表现格外突出,捕猎族的孩子们,你们觉得脸红吗?"

不管院长念出第几名的学生,全班同学都会不由自主看一眼梵梨。最后,她的名字终于出现在了院长的口中:"现在,我要点名批评我们班一个同学,梵梨。270分,评级C。"

全班哗然,连丽娜都控制不住了,回头对梵梨露出了错愕的神情。

"梵梨,你能不能解释一下,为什么你要在卷子上留那么多空题?而只要做了的题,你都拿了满分。"院长拿起一张试卷,甩了两下,有些不悦地说道,"论文不写,完全留白,刚好踩在270分的及格线上,你明明可以拿双S的,为什么不拿?逆反心理这么重,是青春期还没结束?"

教室里传来了各种议论声和笑声,更多的是这类评价:

"大佬还没到圣大,已经开始挑衅他们的教育体制了。不愁以后去了圣耶迦那没依靠了。"

"真不愧是梵梨,刚好270分,简直跟照抄答案一样。"

"我偶像锁死梵梨了,以后如果有海神族嘲笑我们红月海的学生,一句'梵梨就是我们这一届的'糊他们一脸。"

梵梨维持着原来的姿势,微微一笑:"因为我答应了班里一个女生,最后考试分数不能比她高。我不知道她能考多少分,所以,及格就好。"

所有人都知道她在说谁。轻描淡写一句话,令丽娜刚才那点得意荡然无存。丽娜在桌下紧攥着拳头,手腕微微发抖,但脸上依然硬撑着假笑。

梵梨说的当然不是实话。关于升级考试,她对做题很有信心,却一直害怕奥术和魔药两门课的论文部分。她不是不能写出两篇好论文,但要现在达到院士的境界,是绝对不可能的。为了不曝光自己的真实水平,只能用丽娜来挡枪,一举两得。

院长皱着眉说:"考试是公平竞争,以后不要在私底下做这种承诺。到了圣耶迦那,都好好读书。"

"好的,谢谢院长。"

看见梵梨甜甜地笑了起来,小脸跟被阳光照亮了似的,干净又充满朝气,班里许多男生都神游天外了。还有男生不爽地瞪了一眼她身边的星海:"星海真是走了狗屎运了。"

"就是,他到底哪里好,学神为什么会答应当他女朋友啊?"

"因为长得比你帅啊。快住嘴!"旁边的尤灿怒道。

Chapter 20　荧光海

次日中午，布可逆夫人命案的搜查总部，署长办公室里，巨大仿章鱼皮电视荧屏中，正播放着几艘军舰航行的画面，标题是："圣都风暴两军舰边境挂实弹交锋，紧贴凝视45分钟，战争一触即发。"

撒科最近调查的结果摆在桌子上，署长深深蹙眉看都没看，就冷冰冰地说："如果圣都党和风暴党打起来，你觉得他们会把战争引到圣耶迦那或吠陀吗？"

"不会……"撒科低下头。

"你也知道他们不会啊。他们只会把夹在中间的红月海当成战场！"署长不满地敲了敲桌子，"而你呢，连个杀死泡泡小姐的凶手都查不出来！你要布可逆先生怎么向圣耶迦那交代海洋族新娘嫁给上阶海族当夜就死了的事？"

撒科不敢说话。

"圣耶迦那M88战略轰炸舰可不可怕？"署长把桌上的一枚10浮硬币扔出去砸他，"就问你，可不可怕？"

"可……可怕！"

"想不想你全家被M88轰？"

"不想！"

"那赶紧滚出去给我调查！"

撒科根本没胆子解释，就屁滚尿流地游了出去。

奇文就在门外，看见奇文露出的同情眼神，撒科勃然大怒："再次彻查！把婚礼上所有海族都查一遍，奴隶和奴隶的孩子都不要放过！"

"可是，老大，"奇文小心翼翼地说道，"落大一级奥术的学生已经完成升级考试了。今天他们在布可小宗子的岸上别墅里聚会以后，就会去圣耶迦那了。"

"什么……"撒科猛地拍了一下脑袋，"我这笨蛋，居然把一级奥术生这事都忘记了。带好医生，今晚我们就去派对现场。"

一个小时后，夜迦打了一通电话给苏释耶："真是扫兴啊，我都好久没开派对了，今晚好不容易开一次，还要被警察把宅子搜个遍。"

夜迦不是一个喜欢发牢骚的人。他会打跨海电话给苏释耶,自然也不可能只是为了发牢骚。苏释耶很快明白了他的意思:"派对几点开始?"

"晚上九点。"

"我知道了。"

"你会来吗?"

"不来。"

"真的假的?我才不信。"夜迦来了兴趣,"我觉得,你会想来见一见梵梨。"

"并不是太大的事,你安排人拦截掉警方,不让他们进去就好。其实,查不出新娘的死因,并不会造成太大的恶劣影响。主要是布可宗族的态度,宗族如果表现得对她惋惜,布可逆无比悲痛,可以省掉很多麻烦。"

"得了吧,你别处心积虑想把我卷到政治事件中,我不掺和。警察随意查现场,我不介意。"

"行。"苏释耶笑。

傍晚时分,梵梨和霏思、当当还有尤灿的女朋友一起出海,去夜迦的小岛参加聚会。男孩子们则分开行动。

火焰流云覆盖了燃烧着的天空,烙上了金橘色的伤痕。海浪翻滚着白玉之光,涛声与风动丛林如出一辙。还没抵达大陆架边缘,梵梨就从深水区海面看见了三百名海族上岸的盛景:他们一个个脱离海水,幻化成人类的样子,踩着沙滩,走向雨林包围的别墅;有一些学生不急着进去,撑着身子坐在礁石上,半浸在海水里,任浪花一阵阵打在尾巴上;海面、岸上,传来人鱼唱晚的天籁之音。最终,夕阳把这一切都染成了火焰的颜色。

"真美……"梵梨不由感慨。

"晚上会更美的。"霏思快速朝岸边游去,"在这片海域,会有'荧光海'和'蓝眼泪'。"

梵梨怎么都不会想到,自己会在最后关头掉以轻心。她们进去以后,她正想打电话问问星海到了哪里,忽然一群露薇雅案件搜查总部的警察进入了别墅,全场氛围热闹程度骤减。现在她身上没有携带"织梦人"魔药,可警察们带上了医生,医生带着抽血和取皮屑的设备,正挨着个儿抽血。

"又要抽血,好烦啊……"搜查总部的成员过来要求她们抽血时,霏思卷起

Chapter 20 荧光海

袖子,不耐烦道,"这么久没查到凶手,就知道拿我们抽来抽去。"

"那没办法,我们也是接到了上级指令才这么做的。"

眼见试管一点点装满霏思的血,梵梨脸都白了。她看了一眼门口,再看一眼贴满名字的各种试管,思考该击碎试管还是直接击晕警察以及计算逃到门口需要多少时间……结果,撒科看见了她,径直朝她走来:"梵梨小姐,又遇到你了。你的基因紊乱综合征好些了吗?刚好上次检测没结果,今天继续。"

糟了,撒科警官认得她,还记得她的检验结果,如果击退他,之后是妥妥的嫌疑犯跑不掉了。梵梨把手背在背后,凝聚了一团奥术光。

"撒科,先等等。"这时,年轻的白发男生走过来,身穿军装,手握通信仪,"苏释耶大人来电,需要你接听,梵梨也一起来。"

奥达艾泽会主动找自己讲话,已经很神奇了,听到苏释耶找自己,撒科难以置信地指了指自己的脸:"苏释耶大人?找我?"

"是。"

艾泽把他们带到了一个密闭的房间,把通讯信仪开成扬声模式。然后,苏释耶的声音从中传出,带着一丝电磁音:"撒科警官,露薇雅的案子辛苦你了。"

"没有没有,这是我分内的事!"撒科受宠若惊道,"谢谢苏释耶大人关心!"

"梵梨最近身体很不好。关于她的调查,请先暂停一段时间。"像是能猜到撒科在担心什么,苏释耶又补充道,"当然,我们也不能违背红月海的法律。梵梨如果是嫌疑人,我会替你们盯好她,也可以给你们提供案发当日她的不在场证明。"

刚才紧张万分,现在诧异万分,梵梨站在旁边,跟个木鸡似的。

撒科根本不知道该说什么。哪怕不提供不在场证明,他又怎敢不听?但苏释耶都如此通情达理了,他也只能配合地说:"请……请您说。"

"案发时,梵梨全程与我单独在一起。所以,她不可能有机会出去杀人。"

"单独在一起?"

其实,撒科只是脑子短路,茫然地重复他的话,并没有表示质疑。但苏释耶听进去了:"梵梨是我的女朋友,那天晚上她在和我约会。"

梵梨倒抽一口气。但苏释耶还在睁着眼说瞎话:"梨梨最近经常跟我抱怨,说她身体不太好,还频繁被抽血。我很心疼她,所以有这一个小小的要求。等她身体恢复以后,如果你们还没破案,我会把她再重新交给你们。"

"原……原来是这样……"撒科抹了一把头上的汗,"既然如此,那我们立刻

停止对梵梨的调查。"

撒科出去以后,梵梨原本想和苏释耶说几句话,但艾泽那边还没动静,苏释耶已经主动挂断了电话。

梵梨受不住刺激了。回到聚会现场,等到警方调查结束,她到处寻找星海,只想和他待在一起,放松一下。但始终找不到他的身影,打电话也没人接听。就在她以为星海不会再来的时候,忽然在人群中看到了他。

"星海!"她朝他挥挥手,开心地跑过去。

星海转过身来,静静地站在远处等她,嘴角的微笑很收敛。他的身姿有一种军人式的笔直,但又比军人多了一丝放松,好像如此站立已是一种习惯。

她停在他面前,眨眨眼说:"路上是有什么事耽搁了吗?"

"嗯。"星海低下头看她,眼睛看上去比平时深邃、幽暗很多,"想我了?"

他的声音又低沉又撩人,让梵梨愣了一下,有些手足无措:"想!"

"有多想?"

"超……超级想!"

星海浅笑一下,微微弯腰,在她耳边悄声说:"我也是,每时每刻都在想你。"就连鼻尖上的痣,都有了一丝魅惑的气息。她霎时面红耳赤,不由自主后退了两步,看着星海的眼睛。他们在一起挺长时间了,为什么今天她会如此心慌意乱?她小心地又走上前,拉了拉他的手:"你喝多了吗?怎么感觉说话和平时不太一样?"

"嗯,喝了两杯。"星海反手扣住她的手,把她拉到怀里,"这么主动?那我也不克制了。"

眼见他就要吻下来,梵梨焦虑地别开头,脸都涨红了:"人多……"

"那等会儿,我们去人少的地方继续。"他轻轻吻了一下她的额头,"对了,记得去调查一下露薇雅的家人。"他说的每一句话都弄得梵梨魂不守舍,她用力晃了晃脑袋,半天才回过神来,正想问他泡泡小姐怎么了,却看见旁边有一个人把用斗篷自己裹得严严实实。同时,有两个女生说着悄悄话:"银贝尔老师怎么可能有脸来?才辞职,就跟布可教授闹掰了。"

"说到底,还是一个和泡泡小姐一样的傻女人嘛。对自己的美貌过度自信,压根忘记了自己是谁。"

"是啊,布可教授怎么可能真心喜欢她呢?人家只是想撩一撩,她就迫不及待想嫁了,真是……啧啧。"

Chapter 20　荧光海

梵梨发现，她们说话的时候，那个裹着斗篷的人身体微微发抖，直至最后，"哐当"一声巨响，那个人摘掉了斗篷，居然就是银贝尔老师！

她才打翻了一个花瓶，一阵海风穿过窗棂，把里面的花瓣和芭蕉叶吹得破布般飘散。她弯腰拾起一块花瓶碎片，压在自己的脖子上，另一只手举着一个红色的信封，歇斯底里地喊道："布可，整个光海最肮脏的宗族！迫害了露薇雅，现在又迫害我，最后还高高在上，说得好像都是我们的错！布可逆，布可夜迦，你们给我滚出来！"

所有人都扭头看着她。布可逆穿过人群，对她摇摇头。夜迦在台阶上，神情冷漠地看着她："谁迫害露薇雅了，谁又迫害你了？"

银贝尔恶狠狠地撕开信封，因为用力过猛，把信纸也撕坏了一半。当着所有人的面，她开始高声朗读信里的内容：

"这是我这辈子最后一次写信，也是我最后一次向我的父母、我的丈夫说一声：我恨你们。今年四月，布可逆对我穷追猛打，说他可以解决我父亲的资金链断裂问题，说他爱我。其实那时候，每天晚上，都有一条叫银贝尔的银鱼族女的睡在他的床上！私底下，我父亲和布可逆早就勾结在一起，还签订了合同——把露薇雅嫁掉，一个拿钱壮大他的事业，给他的小儿子未来铺路；一个完成政治任务、从而继续赖在布可宗族里混吃混喝，每天躺着挥霍别人奋斗一生都攒不够的财富。而在表面上，他们假装互不认识，双方都从各种角度精神控制我，攻击我的男朋友，用金钱至上观洗脑我。我没脑子，所以上当了！我受到了相应的惩罚，就是以自杀谢罪，带着我肚子里的孩子！最后我想说的是，我爱的人，自始至终都只有司空，我不配拥有他！这个世界是如此龌龊，已经没有任何值得我留恋的地方了！如果可以重新选择人生，我不想当泡泡小姐，我不想当布可夫人，我只想当我自己，当露薇雅！但是，没有这样的机会了，没有了！再见，恶心的光海，恶心的人们！露薇雅绝笔。"

司空是海草学长的名字，他也在场。听到这封遗书的内容，比在场所有人都要感到震惊，以至于往前走了一步，把餐盘碰到地上，再度摔得粉碎。

银贝尔攥着信件，指着布可逆说："你以为我不敢曝光你的丑事，是吗？"

"你……你真的厚颜无耻！"布可逆气得浑身发抖，从脸到脖子根都红透了，"银贝尔，所有人都有资格抨击我，唯独你没有！因为你比谁都脏！而爱上你这条脏鱼，是我这辈子做过最错的事！"

"我当然知道你爱我,但你看到露薇雅的信了吗?哈哈哈,不管是在我心里,还是在她心里,你就只是一个提款机!露薇雅爱司空,我爱夜迦!"

大概是被她气过头了,听她说完这些话,布可逆突然平静下来。他抱着胳膊,露出了轻蔑地笑:"然而你们俩,一个怀了我的孩子,一个为我打过四次胎,你们在装什么高贵呢,嗯?"

这下轮到银贝尔被彻底气炸了。她握着信件的手抖到不能自已,直掐得手心流出血来:"你们听好,我和露薇雅都是你们逼死的!杀了我们的人是你们!!"

说罢,她举起那块花瓶碎片,刺向自己的喉咙——

"别!"

梵梨离她最近,飞奔过去,将她扑倒在地。但她下手太狠太重,直接把花瓶碎片扎到了梵梨的背心。梵梨痛苦地喊了一声,脸都拧成了花卷。

"梨梨!"星海赶紧过去扶住她。

银贝尔从来没有这样亲手扎伤过别人,吓得猛地抽出手。但梵梨站起来,扬手就给了她一个耳光,把她的头重重打偏过去!

"这一巴掌是替我自己打的,因为你对我很恶毒!但是,你死了,爱你的人最痛苦,死了就再也没有重新来过的机会了。银老师,你还是珍惜生命吧!"

"我,我……"银贝尔眼中噙满泪水。

梵梨不再理她,拉着星海说:"快,快带我回落亚的医院,我感觉整个人都被刺穿了,痛死了……啊,痛……"

星海立刻把她横抱起来,径直送到了布可宗族的护卫队中,点名叫奥术治疗师为她疗伤。银白色的光没入她的肌肤,血很快止住,即便拔出碎片,疼痛感也可以忍耐。梵梨活动活动胳膊,居然感觉跟没受伤似的。她握住星海的手,感激地说:"谢谢你,你果然是我的万能好男友。"

星海接过治疗师递来的魔药,没给她好脸色看:"为不值得的人搏命,我看你是闲得慌。"

"也不知道她为什么这么想不通,还骗我们泡泡小姐的遗书已经被她销毁了,结果她保留得好好的嘛……"

梵梨现在还记得,婚礼当晚,泡泡小姐看上去状态差极了,还对她说了很绝望的话。结合今天遗书的内容,她想,泡泡小姐见她与星海在一起,应该是想到了自己与海草学长的种种过往。

Chapter 20 荧光海

之后,星海带梵梨到阳台透气,梵梨终于明白了霖思说的"荧光海""蓝眼泪"是什么意思。

浪涛声由远及近,大海是一面被风吹皱、抖动着的巨镜,倒映着辉煌的星空。好像天上有一半的星星都掉在了海里,海水把亿万星光染成了蓝色。夜间的大海延伸至天边,带着荧光也蔓延至视野的尽头。而"蓝眼泪",就是指"荧光海"的海滨沙滩。从上往下看,这片海滩也冒着一片蓝光。陆生状的海族们在楼下散步,也会留下一串串蓝光闪烁的脚印。

"哇,好漂亮!"梵梨被这一幕美到了,拉住星海的手,"走,我们下去看看!"

星海低头看了看他们牵着的手,微微一怔,任由她拽了下去。

近看了才知道,"蓝眼泪"现象原来是浪花冲上岸的小生物——海萤组成的。它们受刺激就会发光,但停止刺激后,它们会一直维持光亮,像被摁下开关一样。梵梨早就忘记了自己受了伤,提着裙子在沙滩上走,刺激了上面的海萤,也留下了"蓝光脚印"。她起了点鸡皮疙瘩,但又觉得神奇而美丽,情绪很亢奋。

星海停下脚步。眼前的女孩像被人挠了痒痒一样紧闭双眼,缩着肩,握着拳小频率地摇晃,"嗷嗷"叫着:"星海星海,每走一步,我都像走在火海上一样。"

她冒犯了那些小海萤,却好像自己受了刺激一样,真是幼稚。但是,这个幼稚鬼的每一个细节、每一个动作,却令他一直一直看着,挪不开眼睛。

一切都是如此新鲜,又是如此似曾相识。

梵梨看向海洋,用手压住着被海风吹乱的短发。因为海浪声大,她提高了一些音量,有一丝甜甜的沙哑:"考考你哦,你知道现在海里还有什么会发光吗?"

他知道答案,但想多听她说话,于是静静看着她,摇头。

"现在发光的还有黄平轴螺哦,它螺口附近有荧光腺体,散射面积平均,能让它整个变成绿莹莹的!"说到这里,她刚好踢到一个黄平轴螺,把它举起来,递给星海,然后接着说,"还有夜光藻!如果我们现在去海上划船,它也会受到船桨拍打的刺激,变成蓝色的……我示范给你看。"

"你还有伤,别乱动。"

但他拉不住她。梵梨使用双腿很不便利,但还是跌跌撞撞地跑到了海水和沙滩的交界处。她弯下腰,一只手拽着裙子,踩在浅浅的海水里,另一只手用力拍打浪花——果然,被她拍打的部分都开始发光了。

"神不神奇,厉不厉害!"她激动地说道,"我只在书上看到过这些知识,没

想到可以亲自做实验！哇！真的太刺激啦！"

她越拍越激动，尖叫着，手腕灵活地晃动，海水溅在她的脸上，头发上。相比优雅站在一边的星海，她简直像个疯丫头，一会儿"嗷呜"，一会儿"啊哈哈"，一会儿"哇哇哇"，一会儿"呀哈哈哈"，在浅水滩旁边跳来跳去，跑来跑去，完全没有注意到星海已经什么都看不到了，只看得到她。

"梨梨……"星海轻声唤道，但她没有听到。

她既要玩那些夜光藻，又要回避浪花，免得膝盖以上冲到太多水，变回海生状。但她忍不住追着浪花跑，总是在作死的边缘试探。一次，一个大浪从远处袭来，她没能及时撤退，跑得特别狼狈，不小心踢到一个大海螺，绊了一下，整个人都往沙滩上扑去……

星海一个箭步上去，伸手接住她。她顺利扑倒在他的怀里，上气不接下气地喘了几次，拍拍胸口："吓死我了。"然后她挣脱开来，牵着他的手，把他往海里拽，眼睛又笑成了弯弯的两条大长缝："你不要光站着呀，也过来玩玩看嘛。"

她的手腕被他反手扣住，整个人被拽回了他的怀里。

深黑色的大海把荧蓝色的"纱"推到岸上，上面镶嵌着"银河"，比最澄澈的星空还美。她抬头的瞬间，好奇地睁大眼，看着他："星海，怎么了……"

所有星光都汇聚在了这双明亮的、深蓝色的眼眸里。

星海眼中的诱惑却消失了。现在，他的眼中好像也只剩下了一片海。这片大海不是明亮的海面，而是不见底的深海。她歪了歪头，用手按住扰乱她视线的短发："你怎么了……"

这一歪头，正好够他低下头，含住她的唇。她轻吸一口气，很快被他捕捉到了舌尖。两下轻微的试探后，他猛地深入，加重了这个带有酒香的吻。她倒吸一口气，手一抖，短发也被放飞，在海风中凌乱地抖动，就像她疯狂跳动的心。与他刚才的淡定截然相反，他的吻很激烈，直吻到她双腿发软，差点跪在地上。

"梨梨……"他轻轻说道，"我好想你。"

"在说什么呢，我们不是每天都……"她的话没能说完，便再次被吻堵住了。

在她快要撑不住的时候，他终于变得温柔一些。此刻，五感如此清晰，一个浪花退下，世界好像只剩下了他们俩的心跳声。她头晕目眩地搂住他的脖子，幸福却又无力地轻轻回应他……可是，他接下来的吻又一次积极到让她心脏再度跳停。她终于站不住了，脑中嗡嗡作响，背脊到大腿全部麻痹，不由自主向下滑,却被他搂住腰,强势地输出好像永远宣泄不完的激情……

她不知道他们吻了多久。十五分钟,二十分钟,半个小时?

总之,结束的时候,她已经完全倒在他的怀里,即便是星光都掩盖不了小脸上泛起的红潮。

太色气了。今天是怎么回事?她第一次意识到,自己原来有那么多潜在欲望,让她觉得很害怕,又很羞耻。难道是因为一部分捕猎族因子被激活了……

"哼。"她有些别扭地推了他一下。

"嗯?"他的声音轻得几近耳语。

她原本还想骂他太色了,但又知道,雌性因青睐而产生的身体变化、荷尔蒙分泌,雄性鲨族是最敏感的。他连她身上的电流都能感受得到,怎么会不知她其实很喜欢这种方式的吻。所以,口头上的否认根本没有用了。

经验教训是:要相信科学,不要沉迷于文学。

不管外形、气质,还是谈吐,星海都很像文艺作品里会拉大提琴的美少年。但不管皮囊如何弱,一到这种涉及本能的事,他捕猎族属性暴露无遗。

"没事。"她摇摇头,"有一点点害羞……"

这么主动的星海很迷人,就是小心肝儿有点受不了。

"会讨厌这样的我吗?"这一个晚上,星海的声音比平时低了好几个度。

"不讨厌。"梵梨再次摇头,嘴角含笑,"喜欢。"

星海没说话。她没看到,他有几秒愣怔,连眼睛都忘了眨。最后,他闭眼晃了晃脑袋,似乎是想让自己保持清醒。但低头的时候,他刚好看到了俯视角度中,她甜蜜窃笑着的样子。

这一刻,在他面前,她如此放松、自然、快乐,没有一丝一毫的防备。

他再次出神了。

"你什么样子我都喜欢。"她的声音软软的。全世界最美的轻音乐,也美不过这一番风中呢喃。

星海的眼睛微微睁大。听见自己如此急促强烈的心跳,他想要保持清醒,压住心底滋生的可怕念头。可是,还没能顺利把自己从这种下坠的情绪中拔出来,她就又往他怀里钻得更深了一些。她抱着他的腰,靠在他的胸膛前,听着他的心跳,眼神温柔得可以令冰雪消融:"你的一切我都好喜欢……"

他从来没有回避过自己的欲望,相反,他为自己的强欲感到自信,素来坦

然面对。可是,这一刻的欲望却令他感到了,他不想用这个词——害怕。

曾经能够那么随意说出口的"我好喜欢你",此刻却一个字都说不出了。他甚至没有回应她的勇气。不管如何回避,可怕的念头到底是滋生出来了,并且迅速侵蚀了他的所有思绪。

不。不是。只是因为今夜星夜太灿烂,荧光海太美。浪漫氛围之中,怀里有一个热情可爱的小女生,让他想到了少年时光,意志力难免薄弱。睡一觉,明天一切都会回到正常状态。

今夜,稍微放纵一下,也无伤大雅。看到梵梨笑着玩浪花的时候,他想把她呵护在怀里。当梵梨踮脚主动吻他的时候,他脑子里却一再次嗡鸣,浑身上下触电一般酥麻,只怕拥抱她在怀时,过度的热情灼伤了她。

"梨梨……"他再次悄声唤道,有一些慵懒。

"嗯?"她的声音却是快乐的,充满活力的。

"我喝多了。"

经过荧光海之吻,梵梨对星海的感觉大大改变了。

若说以前是很爱星海,为他的善良所感动。那经过昨晚,她就是喜欢他喜欢到浓情直接溢出胸膛了。这是她第一次知道,爱上一个人,连生命好像都重新开始了。其实,他们昨天没有说太多话,只是拥抱,接吻,拥抱,接吻,但一个晚上过去,一点都不觉得腻。他们亲吻时,哪怕他的手只是轻轻搭在她的后腰上,触感都与以往大不相同,都像会隔着衣服,在她身上留下烙印……

这是他们俩第一次如此亲密,亲密到第二天睁眼看到阳光时,梵梨都觉得激动又害羞,在床上翻来覆去地打滚。

后来星海来家里接她,她都紧张得一颗心怦怦乱跳,几乎不敢看他的眼睛。遗憾的是,星海前一夜喝太多了,整个晚上的记忆都断片了。

但她还是感觉很好。因为,昨夜那种感觉不是第一次发生。她曾经对苏释耶也有过这样的感觉——致命而绝望的,无法抵御的,就像戒都戒不掉的毒瘾。理智反复敲着警钟告诫他,"你会被他伤害",也没法不被他吸引。

和苏释耶彻底断了联系之后,她一度认为,不会再对谁产生这样的感情了。但事实说明,爱情的本质都是一样的,苏释耶没有那么特殊。她总算从那个男人那里毕业了,真好。

圣耶迦那篇

Chapter 21　圣耶迦那

梵梨、星海还有夜迦再次登门拜访了露丘登一家。得知了露薇雅遗书被公开的事，露丘登本不乐意与他们沟通，但有夜迦同行，他也只能勉强请他们到家里坐。

他们再次询问露丘登为什么不承认泡泡小姐有自杀倾向，他只是很不自在地说："理由还需要问吗？如果是你，你也不希望公众认为，你给女儿压力大到让她想死吧？"

"你知道因为你这里提供信息错误，浪费了政府多少资源吗？"夜迦难得严肃与不悦。

露丘登不置可否，只是和妻子进厨房为他们准备晚餐。就在梵梨等人已经几乎确认结论的时候，夜迦接到了一通属下的电话，把自己和梵梨、星海圈了起来。对方告知案件有了新的进展："今天早上重新做了尸检，他们在死者的头发里找到了嫌疑人的六根头发！而且，他们再次重新检查，案发当日，死者有大量掉发的痕迹，疑似被人拉拽过。但因为死者受到致命伤的部位是咽喉，法医忽略了头发和发根。加上嫌疑人身上没有其他殴斗痕迹，匕首刺入咽喉的方式也很像自杀，但……"

"等等，嫌疑人的头发？"夜迦打断道，"这么明显的证据，你们没发现？"

"这也是让警方觉得不可思议的地方——因为嫌疑人的发色与死者一样。之前扫描时用的是魔药检测，法医使用的药水对基因重合率高的毛发判别颜色一样，就没有辨识出来。换了仪器扫射，才发现这六根毛发不属于死者。"

"基因重合率高？"

三个人面面相觑，不由自主把目光投向了厨房的位置。

挂断电话后，梵梨看了看在墙角玩耍的小男孩，游过去，递给他一颗糖："小弟弟，等一会儿姐姐会和你爸爸妈妈玩一个游戏，叫'凶手的谎话'，需要你配合一下，从头到尾不管我们问了爸爸什么问题，你都只要点头就好。游戏结束后，姐姐偷偷送你一大盒糖果，好不好？"

"好！"

Chapter 21 圣耶迦那

开饭后，露丘登夫妇邀请他们一起上桌。梵梨说："露先生，刚才您儿子说，杀了姐姐的人，就是自己家里的人。"

露丘登夹菜的动作停了一下，笑了："小孩子乱说，怎么可能。"

露夫人的脸色却很难看。她看看梵梨，又看看儿子，还没等梵梨等人动筷，就不顾礼节先吃了。梵梨看向小男孩："你说，凶手是不是在家里？"

小男孩点头。

梵梨又看向露丘登。露丘登对儿子勃然大怒道："瞎说！谁教你乱说的！"

小男孩依然只是点头。他只觉得，爸爸好生气，演得好逼真啊。这游戏好玩。

"小弟弟，下一个问题哦。"梵梨转过头，对他眨了眨眼，"你说，你是不是偷听到了爸爸妈妈聊怎么处理死者尸体的？"

小男孩点头。

这下，露夫人的脸色已经变得比尸体还要白。夜迦咳了一声："小弟弟，你知道包庇犯人，会有怎样的结果吗？"

小男孩还是点头。

"没有什么包庇！"露丘登猛地一拍桌，整张脸都涨成猪肝色，"你再张嘴乱说试试，你试试！"

"露先生，你儿子都已经招了。你从背后，用她的角度刺穿了她的喉咙，清理了她掉落的头发以及身上其他部位的痕迹。现在你说的每一句话，我们都录制下来了。露夫人，如果你不选择坦白，继续包庇你的先生，恐怕孩子的日子就不好过了。现在是你最后的机会，你选择站在哪边？"

露夫人手一抖，筷子掉在了地上。她呜咽了一声，卑微地捂着脸："露薇雅是……是，是我先生杀的。"

露丘登大叫一声："我做这一切都是为了你，为了儿子，你现在居然背叛我！"喊到后面，他嗓子都破音了。

"既然如此，为儿子牺牲一下又有什么关系呢？"露夫人大哭起来，"我早就跟你说过，这件事瞒不下去的，你不如一开始就自首，说是情绪上来了误杀，可能还会好些！你不听我的！现在怎么办！"

"我去自首了，以后孩子的未来，能保障吗？啊？啊！"露丘登大叫着，把桌子掀翻了，所有食材酱料都被打翻，少许碎片混在水流中。

夜迦闭着眼，长叹一声："放心，你儿子的未来我会好好安排的，会让他的

实力得到最好的发挥。你安心地去吧。"说罢,他用手指了指大门,大门自动打开,一群警察冲了进来。

去年夏季,在入学考试论文提交处,泡泡小姐曾经见过以梵梨身份出现在学校的苏伊。得知她就是风暴海的状元,便说想向她请教感情问题。

"学术上的我可以,感情上的恐怕不行。"苏伊不怎么感兴趣,"我对这事一窍不通。建议你去找情感导师,或者布可教授,或者后者更好。"

经过她的苦苦哀求,苏伊总算答应听她的请求。她说了半天,其实也就是在纠结该选布可逆还是海草学长的问题。

她问过父亲,父亲非但没有怪她不够坚定,反而说了让她很难过的话:"对不起,露薇雅,爸爸做得不够好。曾经我总想,不管再难,爸爸也会赚钱养好我的小公主,让她漂漂亮亮嫁给自己爱的男孩子。没想到现在公司遇到这么大的事,唉……总之,企业的事不用你担心,你放心追逐真爱就好。"

本来她还有些犹豫,听完父亲这些话,她觉得父亲说得没错,什么都帮不上她、只懂陪伴的男朋友,并不是真爱。真爱是包容与付出,与颜值、年龄无关。

和布可逆在一起之后,她越发相信,布可逆才是她的真命天子。他挥挥手就帮她解决了所有的困境。他交尾时的表现,让她体验到了什么是激情。可随着时间推移,她却觉得,少了点什么,而且总是忍不住对布可逆发脾气。她拼命告诉自己,一个男人能同时给你激情与物质保障,不就是真爱吗?她到底在不满什么?没有答案。

故事讲到这里,泡泡小姐哀怨地看着苏伊:"我问了很多人,他们给我的回答都是'这种事要随自己的心'。可是,我也不知道我到底在想什么,想要什么。"

"我觉得,你不会想听实话。"

"我想听!"

"实话很残酷,你会受不了。"

泡泡小姐先是一愣,然后双手交握,紧张地说:"没事,我想听。"

"好吧,"苏伊转过身,直面她,"你对布可逆的'激情',我感觉只是布可逆拿出大量资源解决你父亲困境之后,你产生的一种被物质征服的欲望。赠送雄性受孕机会以交换物质、以确保后代有足够富裕的生存环境,是所有雌性的动物本能。你父亲也在努力说服你,你爱布可逆,可本能不会撒谎。不管是从繁殖能力还是基因的角度,他是不是你的最优人选,你的焦虑已经告诉你答案了。"

泡泡小姐脸色苍白,但还是点了点头:"有道理。可是,你说我父亲努力说服我,我要反驳。我父亲很爱我,一直很尊重我。在择偶方面,我坚信传统的说法——听父母的,总没错,父母不会害你。"

"害你,那倒不至于。但为你考虑,没有说服力。除非他控制住本能,不劝你跟布可逆在一起。但目前听你的描述,你父亲的所作所为,都是在遵循他的本能。父母的审美和我们的审美是不一样的,相较貌美聪明的另一半,他们更喜欢资源优渥的,因为更能光宗耀祖。"

"胡说,我的后代也是他们的后代,父母怎么会不在乎他们自己后代的质量呢?我和爸爸,是在同一条船上的啊。"

"当然不是。孙辈只能继承父辈25%的基因,却能继承女儿50%的基因。女儿当然会比父亲更在乎另一半的基因。你有兄弟姐妹,对吧?"

"是的,我有一个弟弟。"

后面的话不用苏伊再说下去。泡泡小姐显然明白了,她嫁入布可宗族后,获得布可宗族资源人脉的弟弟可以得到最好的教育,可以用这些资源在雌性中广撒网,让父亲拥有很多很多的孙辈。而她只是一个女孩,在一个时期只能怀一个男人的孩子,而她的孩子、弟弟的孩子,对父亲来说,都是那25%。许多许多的25%,比她与丈夫是否恩爱,有吸引力多了。

泡泡小姐还是不说话,她握着的双手微微发抖,直至连全身都在发抖。那时,她已经怀孕了。

泡泡小姐确实受到了极大打击,有轻生的念头,但没有勇气自杀,只是越想越恶心。她在家里大闹过很多次,最后都被父亲安抚下来。

婚礼当晚,她又和布可逆大闹了一场。当时她想,如果布可逆转身就走,她还愿意相信布可逆是爱她的。但布可逆只是一味地安抚她、哄她,更加让她确定,自己是被所有人合起来骗了。她最后一次找到了露丘登,说她决定不去死了,她要和父亲,和布可逆,鱼死网破。她攥着自己写好的遗书,转身就游了出去。也是这时,露丘登抓住她的头发,用随身携带的匕首刺穿了她的喉咙。

露丘登是第一次杀人,杀的对象还是自己的女儿。看见女儿的血染红了海水,他胆都快被吓破了,赶紧把她拖到更衣室最里间,往四周海水里喷了一公升的清新剂,以至于她握在手里的遗书都忘记抽走。

事后,他逃离案发现场很远,才想起遗书这回事,但也不敢回去拿,只心想等警察来了以后,再让布可逆使用家族关系,要求他们对女儿的遗书内容保密,不要公开,让她自杀之谜变成悬案。布可逆和他是同一条船上的,不会拒绝。由于这是她的个人行为,哪怕是因为他们而自杀,也无法对任何人判刑。

结果,这封信被银贝尔看到了。银贝尔把信藏了起来,反而加大了调查难度。露丘登只能将错就错,假设自己不是凶手,看到没有遗书的女儿,会有怎样的表现。他一定会坚持她是被杀的。所以,他也就对外多次强调,露薇雅是被人杀的,请警方一定要查出凶手。

露丘登被警察带入警舰之前,还在不可遏制地大骂:"我不觉得我错了!嫁给布可逆有什么不好,她会变得好,她的孩子虽然不能生育,也能变得很好啊!再说,布可逆也答应过我们,会让她用卵生的方式得到其他孩子,我们都是为她好,她恩将仇报,拿自杀威胁我们,是我们的错吗?"

"你快闭嘴吧!"夜迦难得发怒。

梵梨也怒了,"冠上爱女儿的名义做自私的事,还好意思强词夺理!牢底坐穿吧!"

"你这杂碎鱼饵算什么东西,眼界如此低,想嫁混种,你以为我女儿和你一样?我女儿是闻名红月海的'泡泡小姐',她绝不低嫁!"露丘登没意识到,骂梵梨的时候,他连自己都骂进去了。

"所以你这么爱她,就杀了她?"梵梨冷冷道。

"我生她养她,她的命都是我的!"露丘登两手被铐了起来,用力撞了一下舱门,却被警察强行制服,但他还是不死心地喊道,"我当年能给她这条命,就有资格收回她这条命!她如果不听我的话,那我就尊重她想死的意愿,让她去死!"

"你有病,真的。"星海也难得露出了厌弃的神情。

时隔八个月,泡泡小姐的尸体被翻来覆去查了八个月,总算可以下葬安息。由于父亲被逮捕,母亲去世,为她操办葬礼的人是她的舅舅一家人。舅舅家对露家深恶痛绝,不允许露丘登的任何亲戚来参加葬礼,而且把她葬在了他们的家族陵园。

在光海,海族死后,尸体会被陈列在水晶棺里,然后一直放在墓园,三百年内尸体保存完好,三百年后允许腐化,水晶棺自动变黑。所以,墓地中有的棺

Chapter 21 圣耶迦那

材是亮的，有的暗的，可以据此判断是否是古墓。

落亚大学的学生出乎意料地冷漠。露薇雅生前人缘不好，死后也没什么人同情她，只有寥寥几个学生来参加她的葬礼，其中就有梵梨、星海、海草学长。仪式上，海草学长遇到布可逆，相差两万多岁的两个男人会意地点头，便擦身而过，从头至尾没有说过一句话。

仪式结束后，海草学长把一束金藻留在泡泡小姐的水晶棺前。水晶棺里，彩色的海藻环绕着泡泡小姐的周身，在她的脖子上绽开一朵美丽的花——为了遮掩她的伤口。

"露薇雅。"

他轻轻唤了一声，任海浪卷乱了他的黑发和白色的托加。他还如此年轻，和当年初见露薇雅时没什么区别。当年，旋转的水纹中，微光照耀的走廊里，他不知道，那个女孩子已经对他一见倾心。

尽管她身负"家族使命"、父亲的重托，也依然没能好好控制自己的感情。但他知道的是，从开始到结束，他都没能顺利忘记她。曾经，他认定她是一个虚荣的女人时，还感觉好受一些，可自从听到了她遗书的内容……

"她很可怜。她除了是你的女朋友，还是父亲的女儿，弟弟的姐姐。"梵梨游过来，也看了看水晶棺里的女孩子，不由感到万分惋惜。这大概就是"扶弟魔"的最惨结局了吧。

"我知道。"海草学长双目空洞地说道，"我宁可没听到这样的后续。"

如果没有后续，他也没什么好怀念她的了。

而如今他知道，她除了笨和过分善良，什么都没做错。

泡泡小姐的类群是前鳍吻鲉族，这种基因的原始鱼类是一种极漂亮的热带鱼。在自然光中，它们能与大自然融为一体，连吃东西都是很隐蔽的，原本是和平而快乐的生命。被卷入这样的事件中，在捕猎族和海神族的钩心斗角中，泡泡小姐，最后真像人鱼公主一样牺牲了。

只不过，这个人鱼公主不是为了爱情，而是爱情的对立面。

爱情很纯粹，但爱情的对立面却有很多很多。有金钱，有权势，有自尊，有仇恨，有虚假的亲情，有家族荣耀……所以，这世界上真正能一生拥有爱情的人其实并不多。

"这世界上有很多女孩子被家族和亲情道德绑架，不能得到自由，露薇雅不

是唯一。"梵梨无奈地笑了笑,"只希望这些女孩子能多一份勇敢,不害怕失去,勇敢地做自己吧。"

"真爱说来复杂,其实也很简单。"星海没有他们俩那么多无奈和悲伤,情绪很平静,"你会希望对方快乐,给对方自由,让对方选择想要的人生。任何冠名为他好的控制,都是为了一己私欲。可惜很多人并不懂这道理。"

听他这么说,梵梨下意识看了看星海,他也正在看着自己。

"哈哈,躺在这里的是个傻瓜,她当然不会懂的。"海草学长笑了起来。

其实他知道,如果她不懂,只会继续傀儡般走着父亲安排的路,不会这么痛苦,只会在无数个夜晚,半信半疑问自己一句:"我这么不快乐,是不是因为选错了?"

但最终她懂了,而且彻底明白了,从她走上"泡泡小姐"之路的那一刻起,她就不再是露薇雅了。在她的人生末端,只有两个选择:糊涂、奢侈而愚蠢地活着,清醒、孤立而绝望地死去。

所幸的是,他们所有人都终将会老去,他也终究会老去,而她会永远如此年轻美丽。

离别前,海草学长看了看墓碑上刻下的字:

露薇雅

燃烧时代24638年——24729年,落亚

"再见,安息。"他含泪笑道。

翌日清晨,夜迦接到一通苏释耶的来电:"夜迦,我回圣耶迦那了。"

夜迦睡眠被打断,听到苏释耶的声音,皱了皱眉:"你回圣耶迦那也要给我打个电话?最近我看你跟风暴党斗得挺厉害,应该没这么闲啊。"

"下次来圣都时,记得告诉我。"

"咦,你居然没呛我?"

电话那一头沉默了五六秒,苏释耶第二次忽略了他的问题:"我有一个问题想问你。"

"你说。"

"你觉得我的外表如何?"

Chapter 21 圣耶迦那

"啊?"

"你觉得我长得好看吗?"

"你吃错药了?"夜迦黑人问号脸,"等等,给我打电话的是苏释耶吗?"

"是我。"

"那你问的是什么问题,你不是一直觉得男人好不好看无所谓吗?"

等了半天,苏释耶没说话,不知道是不满意答案,还是在思考。夜迦说:"颜值这个东西根本不需要问吧,看看周围人对你的态度,一下就知道了。"

"所以,答案是什么?"

夜迦怀疑苏释耶要么被人绑架了,现在打电话的是个木头脑袋替身;要么就是他脑部受到了重击。他深吸一口气:"虽然我不知道你受了什么刺激,但我还是得说,两个大男人聊这个话题,太诡异了。我只给你一次答案,请你以后不要再问了。你长得还凑合,虽然比起我还是有差距,但还行。"

"比起你有差距,是好看还是不好看?"

"我是光海第一帅,勉强给你个第二。"

"明白。谢了。"

电话被挂断了。夜迦看着电光消失的通信仪,一脸蒙。

7月8日早上八点半,梵梨牵着星海的手,和同学们一起立在落亚大学校门口,静静等候着一艘舰艇到来:它全长一百六十五米,宽十二米,潜航深度可达五百五十米,拥有全光海最顶尖的发动机、操舵装置技术和最精密的陀螺仪。在这艘超长舰艇里,奥术式潜望镜替代了传统的光学潜望镜,客舱里不仅有大型投影屏、全奥术装置休息室、高精度的显示面板,还有室外活动空间——但仅限捕猎族和部分体能较强的海洋族可以使用。它的周身都是银白嵌黄金色,舰身上印着醒目的王冠雄狮和振翅蓝鲸校徽。在校徽旁,有一排古体红色大字——圣耶迦那大学。

"我的布可宗神啊,这校舰比我家院子还大两三倍吧!"有学生惊叹道。

舱门打开,一级奥术系的学生们推着、扛着自己大包小包的行李,和送行的家人道别。

当当一把抱住梵梨,哇啦哇啦哭号起来:"呜呜呜,梨子,我才和伯恩分手,你就要去圣耶迦那,我活不下去了!"

"走了一个伯恩,千万个伯恩站起来。照顾好自己,和新室友搞好关系。我在圣耶迦那等你,"梵梨拍拍她的肩,笑道,"等著名歌唱家当当来进行巡回表演。"

依依不舍了半天,当当终于放开手,目送梵梨进入校舰。

找到空位后,梵梨装好行李,不小心碰到了行李架,"嗷"了一声。星海赶紧揉了揉她的额头:"怎么这么不小心。你坐下,我来吧。"

"嗯,谢谢你……"

梵梨刚坐下来,旁边有男生用力揉另一个男生的头,说:"哎呀呀,怎么这么不小心,小亲亲,你坐下,我来吧。"

另一个男生捏着嗓子说:"哎呀呀,谢谢你,星海海。"

蓝思冲过来,对着他们各自的脑袋来了几锤:"你们有毛病是不是,阴阳怪气的!"

"追到女神了不起!哼!"

男生们灰溜溜地逃了。梵梨笑得眼睛都快没了,拉着星海手,让他在身边坐下来:"我们就要去新的城市啦!"

星海把一个留有气孔的球状透明鱼缸拿出来,放在面前的桌子上:"她也要搬家了。"

"小葵花!"梵梨靠近看了看,薄荷图案的龙虾在里面生龙活虎地剪一堆海藻,"她居然长这么大了……你居然一直养着!"

"没办法,没良心的妈妈不管她,爸爸得尽心尽力才可以。"

梵梨觉得脸有些发热,但心里像被甜甜的蜜灌满了一样。她搂着星海的胳膊,把头靠在他的肩上:"来日方长,以后我会和你一起养她的。"

"嗯。"星海吻了吻她的额头。

前一天兴奋过头,梵梨一整夜未眠。到早上时,她索性不睡觉,熬到了校舰来。现在总算放松了,她困得上下眼皮直打架。星海打开一本名为《圣耶迦那》的旅游书籍。扉页印着星辰海著名吟游诗人雅夏写的一首诗:

> 四亿三千万年前的记忆啊,
> 地核魔与熔岩军丢盔卸甲。
> 跨越了光明之海四个时代,
> 犹记纵横海之霸者裂口鲨。
> 海之女神的精神化作星辰,

Chapter 21 圣耶迦那

> 原始文明孕育了首座圣城,
> 她朗诵着光海的宏伟诗篇,
> 由琉璃军团意识守护城门。
> 这是海之一族的圣都,
> 美酒都注满了奥术的甘露,
> 海族拨弄着历史的琴弦,
> 天才的真理拨开重重迷雾。
> 曾经七宗神诞生伴随着赤红之光,
> 翌日又流淌回正常。
> 宗神诞生结束的极乐世界,
> 今有大神使的祈祷,独裁官的猖狂。
> 圣都,每个人心中的至高无上。
> 对她的神往如同飞蛾思念星光,
> 如同憧憬永不凋零的珊瑚礁,
> 又如夜幕对晨曦的渴望。
> 她绽放着最璀璨的文明之花,
> 她是一幅四亿年的油画。
> 她呼唤的风轻抚着历史的长发,
> 她的名字是圣耶迦那。

"她呼唤的风轻抚着历史的长发,她的名字是圣耶迦那……"梵梨轻轻念诵着,"星海,你说,我们以后会不会就在圣耶迦那定居了?"

"看你,你所在的地方,就是我的归宿。"

"可是,住在圣耶迦那成本会不会很高啊?圣耶迦那不是海神族的天堂吗?我们在那里工作会很苦很累吧……"

"不管再苦再累,我也会赚钱养你。"

"我也会加油,不会让你累着的……"梵梨打了个呵欠,没过多久就靠着他睡着了。

和星海在一起之前,梵梨经常觉得人生很长,甚至不怕搏命。

和他在一起之后,她经常觉得那个没有尽头的人生,好像很快就会走到头。她开始害怕生命结束,只希望这辈子过得慢一点,再慢一点,让她有足够的时间

牵着他的手,靠在他的怀里入眠……

后来,把梵梨从睡梦中吵醒的,不是校舰到站的提示,而是周边同学的嚷嚷声:

"哇,这个新闻也太劲爆了吧……所以,我们是亲眼见证了历史吗?"

她揉了揉眼睛,从星海怀里起来,见一群学生围着荧屏惊叹。

"发生什么事了?"梵梨迷迷糊糊地看向星海。

"圣都刚出台的婚姻法,海神族可以和外族联姻了。"

"确实够劲爆的。"

梵梨从椅子上跳起来,也凑到电视前看。右上角的标志从红月海电视台的柳珊瑚冠,变成了圣耶迦那电视台的深蓝白描。新闻拍摄的场景是婚姻登记所,一名海神族男子正和捕猎族女子登记结婚,两个人一起举起结婚证,并对此发表感言。

新闻同时播报道:"……历经142年的法典对现行的婚姻法进行了修改、完善,对海族人民的婚姻生活做出了更有针对性的规定。在以下条件满足的情况下,海神族可以至婚姻登记机关,与外族进行三人及以上通婚:第一,保证不与外族孕育后代;第二,已有海神族配偶及子女;第三,第一遗产继承人为海神族。对此,圣耶迦那律师协会民事法律首席大律师赛菲阳认为,放低海神族与外族的通婚'门槛',是促进光海婚姻自由、保护各族群自由意志的条款,这一规定的出台,也意味着光海已经正式进入了推进平权主义的时代。该法典将先行在圣耶迦那市及周边二级海域实施,政府将对此进行为期三年的考核。圣耶迦那电视台综合报道。"

翻译一下就是,海神族不管男女,可以纳外族妾,但正房必须是本族。只要保证完成了繁衍使命,他们就可以追求自由恋爱了,纳二房、三房、四房……无限多的房,让他们和异族的情人公开化、合理化。

为了挽救生育率越来越低的海神族,圣都政府也是够拼的。而且,泡泡小姐的案子才结没多久,这条婚姻法就被通过了。二者之间有微妙的联系。

因为大家都在热烈讨论这个新法典,舱内都没有人留意窗外越来越逼近圣都的风景。直至即将到站,忽然机械声"吱吱"响起,所有遮光板整齐下落,阳光透过占据墙面80%的玻璃窗,把在校舰舱内所有景象都照成了灿烂的金色。

"哇哦……"学生们这才看清了他们所处的位置。

Chapter 21 圣耶迦那

这是一座金色的神圣海之都,建立在海底山——翡翠山脉之上。因为早在40亿年前,无尽海洋之主就在此定居,凝聚了整片海洋的奥术之力。这里是整个海洋原动力所在,连海水都注满了奥术。所以,阳光进入圣耶迦那所在的海域,波长较长的红、橙、黄、绿等光都不会被吸收,而呈现出它原本的样子。奥术上限较高的海族在圣耶迦那住过,往往就很难再适应普通的海域。

因为翡翠山脉地貌陡峭,很多建筑是漂浮在海水中心的,俯瞰圣耶迦那,它不是2D的,而是3D的,比绕晕导航的8D立交桥还令人眼花缭乱。舰艇高速行驶,留下无数条白沫轨迹,但因为海洋太过广袤,从远处看去,这些轨迹就像是细细的白线一样,更远的甚至看不见。

虽然梵梨早就在书上看过它的样子,但真的到了这里,还是不由感慨:圣耶迦那比她想得要大太多太多了。

绕过风暴之井,穿过雕刻了海之神灵的圣都创世门,仰望高耸在山峰上的琉璃军团神殿……她即便从未到过这里,也感受到四亿五千万余年的文明气息扑面而来。那些记录在史书上的一段段故事,那一场场由此爆发的战争,都成为了这座圣城的光辉伤痕。

一座城市,怎么可以美到如此程度?一定是造物主创世时,不小心把它从宇宙的中心碰了一下,它才遗落在了海洋深处。而海水中如飞梭般的最先进的舰艇、市中心八面旗帜漂浮的白鹰宫殿门、泛着银光的"捕猎者"声呐信号塔、人潮翻涌的永恒广场、全光海最昂贵的西区住宅区……又提醒着每一个仰慕它的过客,它给人第一印象里的神话感,确实已经是过去式了。现在,它是一座现代化的海族都市,它在圣都党的引导下,一天天在发生着改变。独裁官政府最近才批准了一百零九个建设项目,裂口鲨企业排名第一的莫尔集团在城东盖了最新的一片商业大楼。

梵梨上看下看左看右看,竟然不知道该把目光停留在哪里,以至于校舰停下来,她还觉得有些意犹未尽,想要来个环城一日游。

圣耶迦那与海面的距离平均约三百一十二米,比落亚深了近两百米。出舱后,咕噜噜的海水暗涌,水压也比在舱内高很多,梵梨一时间还有些没适应过来。她调整了一下听力,降低了水声带来的影响,各种都市之声取而代之——今天,所有人都在谈论这个四亿多年来最疯狂的婚姻法,简直比卖淫贩毒合法还令人不可思议。

圣耶迦那大学建立在圣耶迦那市中心,占地面积十一点七万平方米,却没有校园围墙。奥术学院却是封闭式的,校门上有巨大的校徽和名字。隔着一条街,它的斜对面是白鹰宫殿。

虽然在落亚,市民们对苏释耶的讨论度也非常高,但他的存在感绝对没有在圣耶迦那这么强。白鹰宫殿是他的行政地点,那个远在天边的男人,好像一瞬间就到了随时可触碰的地方……梵梨摇摇脑袋,让自己不要胡思乱想,哪怕只是想到这个男人,都是对星海的亵渎。

"我……我们进入圣耶迦那大学了……"看见圣大奥术学院的标志,尤灿跟打了鸡血似的上蹿下跳,"我是圣耶迦那大学的学生了!星海哥,我们到圣耶迦那了!"

"嗯,一起加油啊。"星海笑道。

"你别看着个校门就激动成这样,刚才我在校舰里往外看,看到咱们校区里好多暑期图书馆发奋党,你猜怎样?"蓝思补充道,"黑压压一片海神族,估计海洋族都爆肝死掉了。"

"而且,听说我们这一届二级奥术系里,海神后裔和学霸还特别多。裂空海状元、复活海探花了解一下,都是高中读完了直接来圣大的。"说到这里,霏思沉痛地拍拍梵梨的肩,"梨子,你的压力大了。裂空海状元也是个双S,而且是姓兼特的。"

"对对,我知道,兼特羽烬。"尤灿凑过来说,"他和女神还不太一样,不是那种均衡发展的学神,是奥术鬼才。"

兼特是裂空海宗族姓氏,而且裂空海一直以教育严苛闻名。梵梨愣了一下,打了个哆嗦:"他是海神后裔啊,我只是柔弱的海洋族,大家不会拿我和他比吧。"

"会。"尤灿、霏思、蓝思异口同声道。

这一回,梵梨总算有钱申请了大学宿舍。因为学校位于市中心的繁华地带,寸土寸金,圣大的宿舍活动空间都不大,但宿舍每年都会翻新,海水干净得连根海草碎片都找不到,还有噪声防护网将之环绕,适合学习。不幸的是,梵梨和星海并没分配到一栋楼里,只能通过窗口看到对方的房间。

到宿舍里她收到了一封邮件,寄件方是"落亚市流行疾病控制中心"。她以为是广告,扔到床头,倒头就睡。

休息了一个下午,天色渐晚,梵梨拉上窗帘,在卧室洗了个澡,整理了一

Chapter 21 圣耶迦那

下头发，便准备去参加当晚的新生聚会。洗到尾鳍的时候，她碰了碰婚环，发现它有些松动，顿时惊喜，毫不犹豫地把它取下来，跟那颗夸张的"天命瞳"塞在一起。

透过窗棂往外看，星海正坐在宿舍楼下的珊瑚礁上等她。她锁上门，带好钥匙，正准备冲下楼去，随意扫了一眼隔壁学生的名牌，却看见上面写着：兼特羽烬。

不是吧，未来的劲敌，就住在她隔壁？

梵梨决定暂时不想这事，游到了楼下，牵住了星海的手："嘿嘿，发现我有什么不一样了吗？"

星海上下打量了她一会儿，很快看到了她的尾鳍，也露出了喜悦之色。

"我知道了。"他吻了吻她的额头，声音款款如风，却有着深不可测的情浓。

海月朦胧，星河恢宏，圣都之夜的最美之处，都倒映在了眼前女孩子的眼中。他静静看着她，良久，拉着她向着学生俱乐部的方向游去："梨梨，就这样牵着你度完此生，是我能想到的最美人生。就这样很好，我不想要更多了。"

"嗯，我也是！"梵梨靠着他的肩，跟他卿卿我我地游到了俱乐部门前。

远处，俱乐部里传来快节奏的音乐，七彩酷炫的灯光闪烁着，跟把烟花埋在大盒子里似的。梵梨靠近以后，突然一群人整齐"哇"的一声响起，门从里面被轰然推开！一大群人冲出来，抱着梵梨冲进去，一下就把她和星海牵着的手拆开了。

梵梨被吓得个半死，正伸手想使用防御奥术，却听见他们都在振臂高呼："梵梨！红月海学神、风暴海状元来了！"

"哟哟哟，快带她去见昆蒂！"

周围的学生不是海神族就是捕猎族，人人手上都有刻字的金臂环——在光海，只有荣耀家族才会在臂环上刻上姓氏。海洋族的臂环一般只是装饰而已。

"等等……"梵梨回头看了看，星海早就不知道被挤在什么地方了。她往后退缩了一些："请问，现在是什么情况……"

喧闹的音乐、跳跃的灯光中，一个男生抽过来一张报纸，指了指上面的科技医疗版头条——《落亚在校新生研发出抗禁药成分，专家称注入传染病疫苗可全光海推广》。

原来，梅夫院长把她提交的抗禁药魔药拿去申请专利了。因为以往的禁药

疫苗副作用都很大,而且无法与其他疫苗混合在一起使用,所以一直没有普及。但她随手研究的魔药,误打误撞让禁药疫苗有了实际操作的可能,落亚流行病控制中心正在用她的配方做临床实验,新闻自然也把研究者的名字"梵梨"单独提出来报道。

一个白发海神族男生游了过来,夺走了她手里的报纸。

"双S的成绩,击败奥达宗族御用的捕猎族,招点考270分,禁药疫苗的研究……我们这边也听说了你的传说,干得很漂亮。"男生微微弯腰,用放大的漂亮瞳仁对着梵梨,挑眉笑道,"从今天起海神族和外族都可以通婚了,梵梨小姐姐要不要和我先谈个恋爱?"

"那个,这位同学,"梵梨挠了挠脑袋,"我有男朋友了。"

"不会吧,那个幸运儿是谁?不会是凯墨傻小子吧。"

"才不是我。"凯墨在人群里不爽地说道,"老子不喜欢用奥术打人的女人,她是星海的女朋友。"

"星海是谁?"

"被你们挤在门外了。"梵梨说道。

随后,人群自然分出一条道,星海赶紧冲过来,把梵梨护在怀中:"梨梨,你没事吧?"

周围所有非落亚大学的学生都看呆了。海神族笑了起来,对星海露出了一个微妙的笑:"兄弟,真有你的,你可以的。"

星海却并不为此感到开心,他皱了皱眉,没搭理对方,搂着梵梨游到角落里,找到了他们的朋友。

梵梨觉得有些心烦。自从她的奥术能力上来以后,好像全世界的人都觉得星海配不上她,到圣耶迦那以后更是如此。因为,海神族的祖先是深蓝用奥术神力创造出来的,这是他们在海洋里四亿多年屹立不倒的原因,也是他们的绝对优势。所以,他们对奥术有着很强的执念。梵梨奥术强,因此在他们心中地位很高。而没有奥术能力的学生,不管是什么品种的,都跟普通海洋生物一样。

霏思也意识到了这点,耸耸肩:"这就是我和蓝思一直对圣耶迦那不怎么期待的原因。在落亚,我们好歹算是海族。在这里,只是鱼而已。"

"真是奇葩的海神族!"尤灿哭唧唧地说道,"不知道我媳妇什么时候才能考过升级考试……她如果不来,我在这边连女朋友都交不到了,呜呜呜……"

Chapter 21 圣耶迦那

"我是有点意外,他们居然对梨梨做了这么多调查。"星海感慨道,"圣大的学生果然不一样,信息捕捉速度快。"

"不用理他们,我们跟他们不是一类……"

梵梨话没说完,忽然他们的隔音术被撤销了。梵梨抬起头,看见一个白发海神族女生收回屏蔽奥术的手,朝她们露出了一抹自信中带着些娇气的笑:"晚上好,梵梨,我是昆蒂,赛菲昆蒂。"

赛菲昆蒂个头不高,可能最多一米八,但看上去气场有三米八。若说丽娜像女王,她就像一个公主。而现在女王在她身后不远处站着,好像变成了女保镖。

尤灿呆了两秒,才迟钝地"哇"了一声:"复活海的大佬!"

"你好。"梵梨颔首示意。

昆蒂抬了抬眼皮,像是对马屁早就习以为常。

"梵梨,你有空出来和我们聊聊吗?我有话想和你说。"

梵梨几次与星海交换眼色,才决定出去听听她想说什么。

跟昆蒂同行的四个女生全是海神族。虽然没有黑珊瑚女神帮看上去凶狠,压迫感却更胜丽娜团伙。昆蒂转过来,初雪般的白色眉毛弯弯:"虽然我们听过很多你的事迹,但你的政治态度一直不明确。现在,可以先表态吗?"

"政治态度?"梵梨有些茫然。

"好啦,别装了,你自己心里很清楚,不管是我还是'寡妇帮',都是想要你的。"

"寡妇帮?"梵梨迷惑道。

"米瑟某某、布可某某喽。"昆蒂嗤笑一声,"好了,咱们就不绕弯子了——我从来不会亲自下场邀请人,但听说你是落亚大学海洋族的精神领袖,所以,我猜测你也是独裁官大人这边的,对吧。"

成为海洋族的精神领袖,意味着推崇平权、消灭种族主义,这是圣都党的政治态度。

星辰海的奥达宗族对苏释耶最死忠,也和风暴党打得最厉害。留下来的菩提海、红月海,对抗风暴海,态度都比较中立,比起搞革命,更主张建设本土经济。

因此,圣耶迦那大学的学生中,一派是民粹派,代表者赛菲昆蒂;一派是中立派,代表者是"寡妇帮"米瑟和布可的两名女同学。

梵梨想了想说:"我觉得两边都差不多,可以不选吗?"

昆蒂笑了起来:"跟我们一起,不可能有人敢欺负你。圣都党必胜,一旦光

海统一，米瑟宗族、布可宗族，得到的待遇，不会比风暴党好到哪里去。"

"我很好奇，复活海不是一直挺反对苏释耶大人的吗？"

"你没听过一句话？有多爱，就有多恨。和很多人想的恰恰相反，苏释耶大人在复活海呼声其实很高。"昆蒂看了看俱乐部上的时钟，"好了，不要浪费时间在犹豫上了，加入我们吧。我们的要求只有一个，很容易完成。"

"什么要求？"

"换一个男朋友，海神族的。"

"为什么要换海神族？"梵梨一头雾水，"你们不是民粹派吗？"

"正因为是民粹派，才更需要你不拘泥于和同为海洋族的男生在一起。你是我们现在重视、未来要重用的人，身边的男人必须是海神族。"

"这是什么鬼才逻辑？再说，星海不是海洋族，他是混血。"

"混种更不行，太卑贱了。我赛菲昆蒂用的人里，怎么可以有混种？"

梵梨气得差点给她一耳光。她自己被骂没关系，但不能忍受别人这样骂星海。她微微一笑："这位尊敬的赛菲宗姬，我突然想起来了，在我们家乡有一句话很出名，超级适合你这样可爱的女孩子。"

"什么话？"昆蒂一脸骄傲，声音更嗲更细了。

"脑子是个好东西，我真希望你有。"梵梨双手捧心，看上去是楚楚可怜的贱样儿，其实早就已经气糊涂了。

昆蒂骤然瞪圆了眼。

"要我和他分手，明确告诉你，不可能。真不懂为什么要浪费时间和不同物种沟通，羞辱我的审美，羞辱我男朋友，顺便再让我羞辱回你呢？"说完，梵梨头也不回地游回了俱乐部，只留昆蒂面色发白地僵在原处。

Chapter 22　永恒广场

梵梨回到宿舍，打开了落亚市流行疾病控制中心寄给她的信。原来这是研发成果奖励，一看上面写的数字，她惊诧得揉了揉眼睛：两千五百九十九浮。而且，等后续临床实验有更多成效之后，她还会陆续得到分红。

两千五百九十九浮！有了这笔钱，课本费暂时不愁了。

当晚，梵梨和星海一起去超市买食材，认真研究起了是买颌针鱼的头浸盐煮熟，还是拿中段烤熟，还是用尾段切片做生鱼片。

"很好，颌针鱼初夏长得最为肥美，现在虽然晚了一点，但味道应该还是不错的……"她喃喃自语地看着一条条白肉，没发现星海不见踪影了，只想到星海胃口不怎么小。她放弃了纠结，打算买下整条颌针鱼。

柜台处，售货员阿姨把胖胖的身体挤在小椅子里，用勺子挖着蜘蛛卵似的飞鱼卵，一大口一大口地往嘴里送。听见星海"那个"了一会儿，她从橱窗里捞出五个大小不一的彩色盒子，扔到桌子上。

"款式自己选，如果不够就说。"

胖阿姨发现，旁边的男孩子没吭声，回头看了他一眼："原来你是鲨族，不好意思，我看你女朋友是海洋族，把你也当海洋族了……"她把盒子全都收下去，重新拿出两个比那四五个都大的盒子，丢给星海："我们家现在只有这两种，超薄和圆珠的，大小也只有均码的。"因为雌鲨可以自体避孕。鲨族男的和海洋族女的交尾，也不在乎海洋族女生是否会怀孕。所以鲨族避孕套的销量很低，店里进货也很少。

星海买了超薄的，打开盒子，拿出里面密封好的十二个透明胶状物品，便把盒子扔了。正想把东西装进衣兜，那东西却被梵梨抢走了。她把它和选好的食材装在一起，打算放在一起付款。

"我来吧。"星海有些尴尬，挡在梵梨和袋子中间。

"这怎么可以，你帮我买那本书就好了，剩下的我来。"

"我买菜，你做饭，很合理。"

"也是。"梵梨开开心心地让到一边。

两名售货员看到,星海背对着梵梨松了一大口气。等梵梨和星海离开,小妹才弯下腰,小声说:"你说,他们俩是男女朋友吗?"

"很像,说不准。"

"我还是第一次看见鲨族男生主动买套。这个鲨族小哥哥好像很喜欢这个海洋族小姑娘,都有点怕她的样子。"

"捕猎族怕海洋族?恐怕圣耶迦那的出租艇司机都很少听见这种事。"

圣耶迦那大学的宿舍楼里,厨房是一层学生共享的。星海和梵梨回去时,厨房里没人。梵梨把购物袋里面的东西一一拿出来。然后,她碰到了星海买的东西,举起来看了看:"这是什么呀?"

星海张了张嘴,只是僵在原处,没有说话。

"神秘兮兮的……你不会是在干坏事吧?"梵梨朝他狡黠一笑,做了一个要撕袋子的动作,"你不说的话,我打开了哦。"

星海转过身去,打开电视,假装成一副不在乎的样子:"嗯。"

里面的东西有点像医用透明手套,但比手套薄很多,里外都有胶状物质,黏黏的,有点像面膜。而且,"手套"只能放下两根手指的套,但目测下来,尺寸不合。梵梨困惑了:"这个……是做菜用的吗?伸哪两根手指呀?"

星海没有回答,他一脸淡然地看电视,五秒钟换一个台。梵梨把食指和中指伸进去,却发现她的手指才到这两个"指套"的二分之一。她终于投降了:"星海,这到底是什么呀?"

星海双肘撑着尾中,已经把整张脸都埋入了双掌中,一副好绝望的样子。

"不会是保鲜袋吧,装鱼的?"提问依然没有得到回答,梵梨拉了拉两个"指套",惊叹着拿来和刚才买的领针鱼对比,"哇,可以拉好长,果然是可以装入一整条鱼的。是这样吧?你怎么了……"

星海立即起身,游到梵梨身边,把"指套"抢过来,对着开口使劲儿吹气,并让海水流进去,把它灌得满满的。眼见它鼓成了兔子耳朵一样的形状,他在根部打了个结,把它放在了梵梨的脑袋上:"它是这么玩的。"

"装饰用的?"

"嗯。"他把她身子转过去,对着镜子,摇了摇两只充气透明耳朵,"可爱吗?"

不知道是不是错觉,梵梨总觉得他的耳根有些红。但她没多问,只是用力点点头:"可爱!"

梵梨当然知道这不是什么兔子耳朵,但看星海那么为难,也没有再逼问。做饭时,她突然想起,雄性鲨族有两个鳍脚。星海买这个,是想和她……

还好她手里有事情做。如果是在他面前,估计两个人都会尴尬而亡的。

忙了好一阵子以后,梵梨用气囊把做好的颌针鱼头端过来:"来,饭做好啦。真好,你们宿舍有做熟食的厨具。"

"嗯。"

梵梨把菜夹到他的盘子里,他把食物直接喂到了她嘴边。她愣了一下,张嘴吃了他喂的东西,低下头小声说:"谢谢。"

"我才该说谢谢,菜是你做的。"

他们的交流方式,突然变得很客气。用餐期间,气氛也很怪,两个人说的话大概只有以前的十分之一。好不容易熬到吃完饭,收拾好残局,梵梨不知该不该留下来,却见星海游出了厨房,回头又看了她一眼:"梨梨,过来。"

虽然平时他叫梨梨的声音就很温柔,但这一次,好像还有一些……故意压抑着的情绪。

梵梨游了过去,从厨房到他卧室的过程中,心一直在怦怦乱跳。她人刚进去,房门就被关上了。水波冲击在她的皮肤上,连皮肤都变得格外敏感。接着,她整个人被推在了门上,他低下头,一次次触碰着她的唇,一只手与她十指相扣,把她压在门板上,另一只手抬着她的腰,把她的尾巴缠在自己的尾巴上。

梵梨惊慌失措地看着他,没来由地感到害怕。他持续吻她,声音轻轻的,有些沙哑,却问出了一个宛如惊雷的问题:"这样会不会很吃力……要不,坐我身上?"

她整个人都呆住了。

"不要怕,梨梨。"他低声说,"我没那么可怕,不会吃了你的。"

他沿着她的耳廓细细碎碎地吻下来,吻到她的后颈,便停住:"放轻松。"他的声音温和,胸腔里却有什么在震动,发出了兽类本能的呼噜声。这声音危险而令人血脉喷张,令她血液都跟着沸腾了。身体释放出如此明显的信号,他的声音比平时还更温柔一些,像是在哄她走进他布置的陷阱,令她感到很错乱。

两个人相拥着,她终于清楚地感知到了鲨族鳍脚的体积。外貌会骗人。星海不是什么食草系暖男。梵梨一边真情实感地被他的变化吓到了,一边不知道自

己隐隐在期待着什么。

"可是,我……"梵梨闭着眼睛,"等等,星海,我还是好害怕……"

"什么?"

"我本来是不接受婚前性行为的,但为了你,我愿意放弃这个原则。就是……我们能慢一点吗?我其实很期待的,但就是没有经验啊,我就……"她有些语无伦次了。

星海放开了她的手,胸腔里的声音也渐渐放缓:"等等,你以为我要和你胎生交尾吗?"

对混血来说,交尾既可以用海洋族的撒播式,也可以用鲨族喜欢用的方式:卵生、卵胎生、胎生。梵梨有些迷茫:"不是吗?"

"当然不是,我们现在并没有做好当父母的准备……"说到这里,星海停了一下,苦笑道,"不对,你可能会回到陆地上,我好像想得太远了。"

"不远。"梵梨摇摇头,"我现在寿命够长了,可以留下来一直等到两千年后。"

霎时间,连海水都好像凝固了。星海快速眨了眨眼睛,以为自己听错了:"你知道你在说什么吗?"

"当然,我要和你白头偕老。"梵梨刮了刮他的鼻尖,微微笑道。

星海又愣了四五秒,然后,他突然把她举起来,在房间里不停转圈圈。

"哇,我要晕了,晕了晕了我晕了……"梵梨按住他的肩,本想说他反应太夸张了,却被他按在床上,狂野地吻了起来……

梵梨几乎招架不住,感觉自己的整条鱼尾有了奇怪的变化……她预感不太好,正想推开他,谁知星海先行放了手,直起身,大口大口吞吐海水。过了一会儿,他握着她的手,顺着海水捋顺她有些凌乱的头发:"我们把第一次留到婚后,就这么说定了。"

这个学年里,必修课是宏观奥术、微观奥术、魔药学二级以及搏斗论基础。梵梨选修的课程有奥术政治、奥术思想史、海洋生物学和一级深渊语。在开学之前,她大部分时间还是专心预习、熟悉新环境。有几次早上十一点前后,霏思叫她一起逛街购物,却发现她在睡觉。本以为她熬夜了,一问才知道,她早上四点起来,学到了十点才小憩一会儿,午饭后会继续战斗,而且每个工作日都这样,害霏思差点以为暑假已经结束了。

Chapter 22 永恒广场

于是，霏思默默收起了自己的打折券，也滚回宿舍学习了。

有时候，梵梨突然抽风大叫一声"啊啊啊我不想学习了我想结婚"，把朋友们都吓得"噗"水。但梵梨也只是叫一叫而已，叫完了又接着学去了。

充实的日子过得很快，转眼间，暑假结束，新的校园生活开始了。

圣大的开学日是9月1日。奥达日的上午，第一堂课是魔药学。按照惯例，梵梨的五人小团体挤在了前排角落里。与以往不同的是，这回很多学生都通过落大的学生介绍认出了梵梨，还主动和她打招呼，表达钦佩之情。那些跟着昆蒂、丽娜关系好的，察觉昆蒂看向她的冷漠眼神后，也不敢和她有任何往来。

刚坐下来没多久，梵梨就觉得身边好像有什么东西漂过去。她抬头看看前方，没发现异样，袖子却被人拽了两下。

"梵梨姐姐……"听见下方传来奶声奶气的声音，不光是梵梨，周围的女孩子全都看了过来。

梵梨和星海中间坐着一个小男孩。他顶着一头蘑菇云般的白色头发，睫毛长得跟鲸须刷子似的，眼睛又大又圆，卧蚕巨大，好像时刻都在笑。梵梨和他视线对上之后，他真笑起来了："梵梨姐姐，早上好呀……"他的头小小的，一扬起嘴角，脸颊鼓起了两团嘟嘟肉。

周围的女孩全都被萌化成了软体动物。梵梨觉得他很眼熟，却一下想不起来在哪里见过，捶了捶脑袋说："你是？"

"我是小羽啊……"

小羽一点都不介意被彻底遗忘这件事，反而积极地转过身去，抽出一张涂鸦纸，上面有幼儿园画法的四格漫画：第一张，小男孩被一群捕猎族男孩殴打；第二张，短发大姐姐抓住箱鲀对准坏蛋小朋友，他们逃跑；第三张，大姐姐摸小男孩的头；第四张，大姐姐特写，温柔笑着的眼睛用深蓝色的笔涂过，她的背后全是阳光。

"啊，小羽！"梵梨击掌道，"你怎么会出现在这里？你们学校也组织你过来圣大听课吗？"

"嗯！我是特意过来找梵梨姐姐的哦！"

"这孩子……"星海愕然道，"是从裂空海过来的？"

"是的！"小羽又对星海乖巧地点头，"星海哥哥好！"

"你怎么会知道我的名字？"

"来之前,我把全班同学的名字和照片……"

他话还没说完,突然教授进来了。

"早安啊,欢迎各位新同学!尤其欢迎那些刚从外海过来的同学,刚到圣耶迦那,一切都还挺新鲜的吧?希望你们顺利度过了适应期……"

教授是一个短发女人,比梅夫院长年轻幽默很多。这一堂课她提了一些基础的互动问题,自愿举手的学生就比落大学生多了至少三倍:"下一个问题会稍微偏门一点,有没有哪位同学能够介绍硝化黄貂溶剂在军事中的运用模式?"

梵梨在书上看到过硝化黄貂溶剂的介绍,但因为她把精力都放在了医用魔药上,军用方面都是一扫而过,不确定能不能具体介绍出来。她没打算举手,但随着班里同学的沉默时间变长,直觉自己就快要点名了。

"没人知道吗?成绩最好的学生都不知道吗?"教授四顾教室,"那就有请风暴海的状元、红月海的风云人物吧——梵梨。"

梵梨硬着头皮站起来:"硝化黄貂溶剂的主要成分提取自海绵与黄貂鱼毒液,因此,还有一个名称叫'黄貂火毒',在枪管细小的空间里,它爆炸、释放毒液的力量足以让它替代98%的爆炸式魔药。同时,溶液的硝基中,有大量氮原子结合形成氮气,可释放更多气体,为枪管后方提供大量压力。"

"很好,很好!"教授兴奋道,"我们都知道,硝化黄貂溶剂中还有大量的漆料,那么,如何解释这个漆料的原理呢?"

听见教授说"我们都知道"的时候,所有同学都很想说一句"我们真的不知道"。当她提到漆料时,梵梨眼前直接一黑。

这么刺激吗?漆料这一块,真没关注过!

"等等,梵梨同学,你别回答。给其他同学一些表现机会。"教授拍了两次手掌,"这个问题,不如请裂空海状元来回答好了——兼特羽烬同学,你在吗?"

与听见梵梨的名字不同,全班同学都露出了肃穆的神情。

兼特,裂空海的宗族。

裂空海,政治倾向一直是偏风暴党。

裂空海的文化,素来民族意识强烈,克己寡欲,正直上进;兼特宗族的男性成员,有一种古老贵族的气质。

兼特羽烬,裂空海的宗主小公子,这么小就不怕被当作人质,来圣耶迦那大学读书,到底意味着什么?难道,裂空海也叛变了?苏释耶大人统一光海的时代真的即将到来？！

不管是什么原因，这个神秘的东海宗子，出身如此高贵，成绩如此优秀——还是那种偏科型的天才男子，他的各方面都令人肃然起敬。

"我在。"

听到这个声音，全教室的学生耳朵、耳鳍都竖起来了。

"硝化黄貂溶剂中的漆料是由……"

教授打断道："兼特同学，请你站起来回答好吗？大家都看不到你。"

梵梨身边，小正太摆动着可怜的小尾巴，跟热气球升空一样，从桌子下方的位置，徐徐升到和梵梨同高的位置。他握着两只小拳拳，跟蜜蜂拍打翅膀似的摆动尾巴，异常认真地说："是由博比特虫的毒素与紫胶虫分泌的树脂状物质融合而成，两种主要成分与十七种次要成分蒸发变干后，通常以薄片状贮存……"

教室里仿佛有乌鸦呱呱飞过。小羽的小奶音回荡在教室里的海水中，内容让大家觉得自己在十级奥术班，声音让大家觉得自己在上幼儿园或小学。

他回答结束后，全班安静了很久，只有教授一个人在热血沸腾地讲着接下来的内容。

都知道一般海神族、宗神后裔成长慢，读书晚，周期长，大部分大学入学年龄为一百五十岁到一百八十岁，所以，今年只有六十七岁的兼特羽烬会比别人看上去小一些。但这这这，这也太小了吧？

梵梨和星海目不转睛地看着小羽。

"以后我们就是同学了。"坐在椅子上，小羽碰不到桌子，只能立起来，趴在桌子上，"梵梨姐姐、星海哥哥，以后要请你们多多指教了！"

"小羽，你知不知道，你住在我隔壁……"

"嗯，我在住宿申请表备注里写了要跟梵梨姐姐一个楼。"小羽快乐地甩着尾巴，"也不知道为什么，不小心就申请到了！"

"那可真是要太不小心了。"梵梨抚额。

下课后，几名海神族女孩一拥而上。一个高挑的女孩拽住梵梨的手："你好呀，我叫米瑟和歌，是米瑟寻月的堂妹。今天晚上我和纱纱组织了活动，一起去永恒广场的歌剧院，还可一醉方休，你有兴趣一起来吗？"说到"纱纱"的时候，她搂了一把身边的白发女孩。

"你好，我叫布可纱纱。"布可纱纱头发上别着海星发夹，目光呆呆的、空空

的,被搂着也持续面瘫,没什么反应,一点宗神后裔的架子都没有。她们应该就是昆蒂口中的"寡妇帮"了。

"别看她这么呆,却有一个颜值和智商都开挂的亲哥呢。"米瑟和歌笑了起来。

"也很不检点。"布可纱纱淡定地"补刀"。

"你们说的该不会是布可夜……"发现自己说错话,梵梨赶紧住了嘴。

"就是他,我哥就是每天都混在女人堆里。"

"好啦,认亲仪式结束!先讲活动。"米瑟和歌就低头摸了摸小羽的头,"羽烬同学如果有兴趣,也可以一起来啊。"

"梵梨姐姐去,我就去。"

"我还挺有兴趣去逛逛的。"梵梨拉过星海,"星海,晚上我们一起去?"

米瑟和歌看了看星海,尴尬道:"那个……梵梨,这是正式场合,要穿正装的,我们名额不够呢。"

"这样啊,那我就不去啦,我要跟我男朋友一起。"

见米瑟和歌一脸为难,星海很快明白了其中深意:"这是女孩聚会,你不要让她们为难。"

"可是……"梵梨看了一眼小羽,"他又不是女孩子。"

"啊,我弄错啦,"米瑟和歌反应迅速道,"是女孩聚会,那羽烬,你下次再来好了。"

"虽然我很喜欢我的女朋友,但她如果什么时候都黏着我,我也会担心照顾不好她的心情。"星海刮了刮梵梨的鼻子,"去吧,今晚我和尤灿他们去玩尾球。"

虽然觉得星海只是不想给自己添麻烦,但他话都说到这个份儿上了,梵梨只能答应。

下午四点钟,奥术政治课结束后,梵梨就回到宿舍去研究穿着了。来到光海一年,她只买过两件新衣服,并不了解这边的服饰文化,只知道在正式场合,正统托加是绝对不会出错的衣服。于是,她换上了一套托加,看了看镜子,又觉得这身打扮太素了一点,怎样都和"正装"搭不上边。她又翻箱倒柜,在压箱底的首饰盒里找到了美乐珠耳环和额饰。把首饰戴好,重新照照镜子,觉得可以了。

六点半,一个捕猎族女生开着私艇,载着米瑟和歌、布可纱纱等人来接她。进入舱内,米瑟和歌撑着下巴看梵梨:"这首饰太棒了,看不出来你成绩那么好,还很有时尚品位。"

Chapter 22 永恒广场

"哈哈,谢谢……"有品位的是苏释耶,不是她。

"和歌,昆蒂今晚也要去。"纱纱跟背报告似的说道。

谁知,米瑟和歌突然美目圆睁,"砰"的一声,拍了一下座位扶手:"做她的美梦!昆蒂这个公主病,还真把圣大当成复活宗神宫了?我看那个丽娜挺配她的,梵梨就算了吧!我的人!昆蒂如果敢跟我抢人,我让她知道什么叫奥术能量爆发现场!"她又看了一眼梵梨,拨了一下梵梨的下巴,"你说是不是,梨子!"

"是……是吧。"好像加入了什么不得了的战争……

窗外的景色飞速闪过,不到半个小时,她们就抵达了永恒广场的十字路口。

这里也叫"光海的十字路口",每天有九点二万人次的过客流动,他们来自不同的海域,说着多样口音的海族语,传播着只属于他们的文化。

黑夜完全笼罩了圣耶迦邦,永恒广场失去了金色日光,但灯光缤纷,把它重新照得比白昼还时尚繁华。中央拟态洋流站在东,无尽海神大道在西,这里曾是神圣的领域,如今却是最为狂野热情的地方。在这里,每游几米就能听见不同建筑里传来的不同音乐,看见不同的街头表演,闻到不同的料理清香与融化在海水里的酒香。海族市民们摩肩接踵,闪闪发光的奥术广告展示,犹如一场露天的盛宴狂欢。

交通灯上,红色舰艇的标志暗下去,绿色的鱼尾巴亮起,穿过舰路,她们抵达了圣都歌剧院。歌剧院门口立着一大群衣着华贵的海族。

"和歌,我看到苏释耶大人了。"纱纱往上游了一些,面无表情道,"又没警戒线,强。"

"苏释耶"这个名字就像体内警报器的开关,她们提起以后,梵梨不由自主直了直背脊,看向圣都歌剧院门前。

然后,在人群中,她看见了苏释耶数月未见的侧脸。他被一群商界、慈善界和政界的名流围绕着,单手叉腰,低着头,聆听身边圣都商业顶尖企业家的发言,轮廓有一种冷兵器般的逼人锐气。他点头时,黄宝石耳坠也跟着微微晃动,只是因为水流频率变得很低。

苏释耶似乎心情不错,时不时接一句话,逗得企业家哈哈大笑。

他也会笑,但笑得总是很克制,就笑声都是刻意压低过的,且最多笑两下。

兰迪玫瑰介入到他们中间,深蓝碎钻长裙完整地包裹着她性感的长腿。她绿松石般的眼睛上贴着2400浮一对的假睫毛,浑身上下每一个时尚挂件都是赞

助商提供的。哪怕只是第二个耳洞上的小钻耳钉,这辈子也绝不会在她身上出现第二次。因为她的出现,旁边想接近苏释耶的女士们一脸憋屈。

此刻,歌剧院里面,是万年艺术堆积的时光气息。贴在墙上的画报里,流泪的、巧笑的、妩媚的、优雅的已故女演员们永远不会老。她们涂着烈焰红唇,旋转着轻薄的江珧足丝裙摆,从一幅画里游到另一幅画里,展现着只属于她所属时代的辉煌青春。绅士淑女们挽手进去,与一百万年前比,似乎也只有着装上的区别。

歌剧院外面,嗖嗖飞过的私艇都是最新款的,均价七万浮。时不时有"蛇影"和"冰霜暴龙"等超奢音艇闪过。除此之外,还有一些古董爱好者不追求舰艇的速度与外观,开着老爷舰改装的大马力私艇经过,一下把时光拉回两百九十万年前。年轻海族们在永恒广场中结伴而游,肆意挥霍着洒脱的年华。当他们路过歌剧院时,看见了传说中的独裁官,有的还会尖叫着喊一声:"苏释耶大人我爱你!"

在永恒广场每一栋楼上,奥术幻影播放着品牌广告、商业宣传、经典海舞片段、新出道歌手的舞台倩影……就像烟火一样,照亮了夜间的圣耶迦那。

在这里,时光交错纷杂,上亿年的文明变迁积攒在每一个角落,海族们经常忘记自己所处什么年代,只知道自己还在奋力地活着、心脏真切地跳动着。

这里的苏释耶,与红月海、复活海、临冬海的他,都不一样。流光溢彩渐次渲染了他的纯白碎发,令他时而高贵淡雅,时而透露着灯红酒绿的俗世之美。他是如此放松,听到有人向他告白,也会回头对他们轻轻挥手,就像在自己家楼下散步,遇到了认识几十年的邻居。

他属于圣耶迦那。

就像命运,就像枷锁。当梵梨正看得出神,他的目光从她身上掠过,又迅速扫回来。然后,四目相撞,心底深藏的某一处也被撞了一下。

他先是怔了两秒,然后完全抬起头来,远远凝望着她。

他深邃的眼眸,是这迷幻夜色中,静静蛰伏的温柔。

这一刻,梵梨再也无法否认一个事实了……她从来就没有忘记过苏释耶。

只是过去几个月不见,繁忙的生活、巨大的变故、学校和工作里一大堆破事、星海带给她的温暖,让她淡忘了那份邂逅他时的冲击。

可是,只要他出现,不管是第一次、第二次、第三次、第四次……不管几次,冲击都是一样的。

"梵梨,梵梨?"米瑟和歌伸手在她面前晃了晃,"纱纱她们现在要去买点零

Chapter 22 永恒广场

食和饮料,你想要什么?"

梵梨觉得有些呼吸困难,趁机摇摇脑袋,从和他纠缠的视线中,强行把自己拉回来:"我一起去看看。"

转身的同时,一艘舰艇从街边飞驰而过,掀起一阵浪潮,也卷来了临冬海的回忆:极光之下,炙热的拥抱,比此处霓虹还狂野的吻,还有那句几乎把她灼烧了的"梨梨,我好喜欢你"……

她知道苏释耶不是认真的,也知道自己不该喜欢他。他们不是一个世界的人,不该有交集。道理她都懂。

她真的什么都懂。

苏释耶一直在原处,一动不动,淡淡地看着多日未见的女孩。女孩瘦瘦的身影转过去,垂着头慢慢游开,用手背擦拭眼角,不知道是想到了什么伤心事。

因此,不管旁人怎么说笑,苏释耶都再也没有发自内心地笑过。

"这就有些荒谬了。苏释耶大人肯定不会像他们那么无知,他总是想得最周到……苏释耶大人?"

听见女伴的声音,苏释耶轻晃了一下脑袋,皱眉道:"对不起,我刚才没注意,你再说一遍。"

可是,她再说了一遍,他也没听进去,最后只能抱歉着说:"昨天没休息好,失陪一下。"然后追向梵梨的方向。

Chapter 23 深海黑珊瑚

零食店里,梵梨研究着来自各大海域的精美食物,但眼角余光看见橱窗外有人影停住。她抬头,差点当场口吐白沫。外面漂着两个巨大的灰色鲨鱼头,都张着血盆大口,跟蛇爬行一样扭来扭去。

室内很明亮,显得外面暗很多,仔细看,才看清他们是两个海族乔装的青鲨。接着,他们俩一前一后进来。

"小姐姐,合照吗?"小青鲨粗着嗓子说道,但明显是个小男孩的声音。

大青鲨游过来,熊抱住梵梨。然后,小青鲨掏出相机,拍出的是梵梨用手肘撞得大青鲨翻白肚的画面,吓得他手一抖,装着手的前鳍跟小媳妇儿似的护在胸前。

布可纱纱漠然地抬头看了他们一眼,又漠然地继续挑零食,很是淡定。

"强买强卖,还非礼女孩子!"梵梨一个手刀,凶悍地把大青鲨的头劈下来,"走,跟我去一趟警察……"

大大的布偶装中露出一颗小很多的头。他揉了揉后脑,水蓝色的眼中满满都是委屈:"呜,媳妇好凶……"

梵梨呆了两秒,忽然兴奋地叫一声,手尾并用地缠住他:"你为什么会在这里?不是跟尤灿去玩了吗?"

星海抱住她,笑道:"尤灿临时有事,我就来打工了。巧吧,我今晚的打工地点刚好也是永恒广场。"

"那这个是……"梵梨逼近瑟瑟发抖的小青鲨,强势地摘下他的"脑袋",果然看到了一脸怕怕的羽烬,"你们俩真是够坏的,刚才吓死我了……"

"梵梨姐姐才吓人好不好……"羽烬躲到了星海身后,露出半颗小脑袋,嘴唇抖啊抖的。

梵梨揉乱了他的头发,又重新一头钻进了星海的怀里,紧紧抱住他,深深呼吸,吐出了很多不安的泡泡:"我好想你。"

"这不才分开半天吗?"星海笑着捋了捋她的头发。

她摇头,依依不舍地抱住他:"半天也想。"

Chapter 23 深海黑珊瑚

她觉得很愧疚。有星海这么完美的男朋友，心里还因为一个花花公子起波澜，真是太不应该了。

但除了她，在任何人看来，这一幕都是一个甜甜的女孩子向男朋友亲昵地撒娇。包括露出一脸羡慕之色的店员，包括橱窗外的苏释耶。

为了来见她，苏释耶使用了幻象奥术——除了梵梨，谁也认不出他来。但看见了里面的情景，他静止了十多秒，面无表情地一闪，消失在了人潮中。

随后，兰迪玫瑰也随苏释耶追了过来。她留意到了梵梨，还有梵梨的美乐珠首饰套件。不管是对物质还是细微的情感变化，她都有很高敏感度。刚才看见苏释耶和梵梨对望的反应，她隐约觉得不对。现在看见梵梨戴着的耳环和额饰，她又立刻想到去年，苏释耶身边的人曾经八卦过一句："独裁官大人最近口味变了？听说他买了一套美乐珠首饰给一名落亚大学的女学生……"

落亚大学的女学生那么多，兰迪玫瑰却就是觉得这个红发海洋族女孩有猫腻。但好在这女孩地位低下，产生不了任何威胁。不然，就算是死，她也不会让这女孩接近苏释耶，她有这样的决心和魄力。

过了一会儿，梵梨也与星海、羽烬道别，重新回到圣都歌剧院。

苏释耶已经不在刚才的位置了，梵梨松了一口气，跟着朋友们进入歌剧院内部。在一片仪式感很重的寂静中，看到了她们的位置，梵梨差点再次口吐白沫——托米瑟、布可两位大小姐的福，她们的座位在至尊贵宾区。而且，她的位置就在苏释耶后排右方。

所以，坐下来以后，只要苏释耶与旁边的女伴说话，她都能清楚地了解他的每一个细节：慵懒的眼神，淡色而饱满的唇，动听低沉的声音，大手与长长的手指，甚至连呼吸的频率都有极致的诱惑力。而且，这双看过来的金色眼眸，有一种雪山下黄昏冰湖的美感……不对，他为什么看过来了？

梵梨指了指舞台幕布："这幕布好看，一看就知道是大剧院的幕布。"

但是，旁边的朋友没人回答她，都在向苏释耶打招呼。

"今天是你们开学第一天吧，这么快就组织活动了。"苏释耶倒是很亲切，笑了一下，又看向梵梨，"梵梨小姐，真巧。"

"是好巧，"梵梨笑，"来看演出都能遇到独裁官大人，今天是我们的幸运日。"

"耳环和额饰很适合你。"

梵梨有些尴尬地道谢。

苏释耶这么一说,周围的人,包括他身边的政商界名人,都齐刷刷地把目光投到她的额头上,耳朵上,并且绞尽脑汁地开始吹首饰的彩虹屁。只有光海银行首席投资官一人发现了其中的玄机,他记忆力一向很好,包括独裁官在红月海那点风流韵事。他没有吹捧梵梨或她的首饰,而是直接对梵梨身边的米瑟和歌说:"米瑟小姐,我想和你聊聊你表姐最近在菩提海的慈善计划,可以吗?"

米瑟和歌爽快地答应了。投资官对梵梨抱歉地笑道:"麻烦这位小姐让个座。"

貌似是要谈很重要的事,梵梨光速让位。投资官在她的位置上坐下,又对他的位置伸了伸手:"你可以坐我的位置。"

梵梨回头看了一眼他的位置——苏释耶右边。

不!

梵梨恨不得在尾鳍上装根火线,把自己当火箭发射到歌剧院外:"没事,我不好意思占你的位置,就站着好了,你们慢慢谈。"

"那可不行,我们要聊很久,一会儿演出开始了,你还站着,就不太礼貌了。不用客气,请坐吧。"

"来。"苏释耶道。

不!

梵梨只能硬着头皮就坐。苏释耶使用了隔音术,回头对她浅笑:"真的挺漂亮的,以后多给你买一些。"

不光是投资官,连与苏释耶同行的女伴都看出了异样。他们都知道,在公开场合,苏释耶和女人对话,从不用隔音术。

"不用不用,这一套够我用一千年,谢谢您的好意。"太闹心了,他说话时的声音、语气、表情,她都喜欢。

"对了,你在安条克买的防冻剂都用完了?"

其实都是他买的,但她还是很意外:"早就用完了,我和当当吃东西很快的。独裁官大人的记忆真的很好啊,这么小的事都记得……"

"对我来说,不是小事。"

歌剧院穹顶上的灯光熄灭,舞台被照亮,把他半边脸隐没在黑暗中,但不改眼中的专注与坚定。梵梨心跳乱了,皱眉扭过头,把目光投在舞台上,再用奥术把心跳掩盖住。但是,好像画蛇添足了。她刚屏蔽了自己的心跳声,苏释耶就轻轻笑了一声，关掉了隔音术，左手撑着下颌，也开始欣赏表演。

随着一阵海浪般的美声颤音响起，兰迪玫瑰从舞台上方游下来，银蓝色晚礼服闪闪发亮，把她烘托成了海间仙子。不管外界如何评价，对梵梨而言，她的歌喉无疑是动人的。她的歌词里夹了很多古海族语，有时也会出现有特殊含义的专业名词，梵梨有些听不懂。但每次她有问题的时候，苏释耶就跟会读心术似的，在她耳边简短解说：

"'47分'指的是圣都凝聚了光海中47%的奥术能量。"

"黄金时代以前，衣服是不能贴身的。"

"只有深受主人喜爱的奴隶才有资格留长发。"

…………

解说完了之后，他不会多说一句话。这让对光海艺术充满好奇的梨宝宝得到了很大程度上的满足。

他们交头接耳的样子，远处的昆蒂、丽娜等人都看在了眼里。琥香跟在其中，对她们说，梵梨最擅长的就是抱独裁官大腿。昆蒂被梵梨这行为恶心得不行。因此，中场休息的时候，她带人过来搞事了。

"苏释耶大人，晚上好哦。我爸爸才与莫尔黑乔共进晚餐，聊了一下现在圣耶迦那的金融市场。莫尔先生建议我们在圣耶迦那买一套房子，您觉得现在的房子适不适合做投资呀？"昆蒂对苏释耶行了个左手礼，有些傲气地看了梵梨一眼，刻意强调了光海首富的名字，好像是在说"这个话题你插不进来。"

"这座城市的房子永远都适合做投资。"

"那您觉得买哪里的房子比较好呢？"

"有钱当然是在峡谷旁边买房。不过，难得赛菲宗主这么关心圣都的房价……"苏释耶若有所思道，"明天你让他直接致电圣耶迦那地产局，我会给你们安排好。"

"谢谢苏释耶大人，那……"

昆蒂话还没说完，兰迪玫瑰游了过来，径直坐在了苏释耶身边的扶手上，比他高了一截，低头看着他的眼神却是含情脉脉的："苏释耶大人，我今天表现还好吗？"

"天籁之音。"

"靠您这句话，我可以不吃不喝快乐一个月了。"兰迪玫瑰暗暗地瞪了昆蒂一

眼,"以后您没事就来看看我的表演嘛,我的第一排票永远是你的。"

"哇,超级大美女下来了,兰迪美人,每次看你都是如此惊艳,我可太开心了。"米瑟和歌吹了个口哨,跟个小男孩似的。

感受到了兰迪玫瑰的敌意,昆蒂噘了噘嘴:"这年头,唱歌的也变得了不起了。"

"超级大美女吗?我喜欢这个称呼,又不是很喜欢,有时候会带来一些困扰。例如,很多女孩子会过度关注我——其实我一点都不想她们关注的,毕竟我性取向是正常的。我只关心苏释耶大人来不来,但现在有的女孩子呢,就是不要脸,还是学生呢,遇到有权有势的男人,就把自己姓什么都忘了……"

"放屁!跟独裁官大人打个招呼,就是你暗示的那个意思?"昆蒂怒了。

"我说的是不要脸的女孩子,又没说是你。"

梵梨围观得津津有味,苏释耶也忍不住笑了起来:"聊得很开心吗?"

"这件事不开心,开心的是好多人都觉得独裁官大人对我有好感呢。"兰迪玫瑰把矛头重新转向昆蒂,还盯着昆蒂,轻轻勾了一下他的胳膊,笑得很是挑衅。

"你这样说就不太好了,兰迪小姐。"苏释耶抽出了手,保持礼貌,"不光是我,像你这样的女人,我想全光海的男性没有不为你着迷的。"

兰迪玫瑰还是笑着,但脸上的肌肉有点僵。苏释耶从来不会给人难堪,不管遇到再主动的女人,他都能滴水不漏地避开。对于他这种应付女人的能力,周边的政客、商人都感到佩服。

下半场演出结束后,开始散场。苏释耶对梵梨开启了隔音术:"所以,你现在变成小富婆了是吗?"

"您怎么知道的?"

"我或许比你想的更关心学术界的发展。"

"是啊,穷了好长时间呢。"梵梨挠挠头,"赚了两千多浮,暂时生活不愁啦。"

"只有两千多浮?"苏释耶笑,"挺好,但在圣耶迦那还是不够用。"

"啥?两千多浮还不够!"

"我的小富婆,这里是圣耶迦那。你听他们讨论了吗,峡谷的普通商品房,四百万起,顶级富豪区有五千万到一亿的,别墅都是一亿起。"

"那是有钱人的世界,不在我的考虑范畴……"

"你刚来,不了解行情很正常。要不,周末我带你去峡谷看看?那里有圣都

Chapter 23 深海黑珊瑚

第一豪宅,直接挖到地下五层,五千二百五十个房间全是完全干燥的,可以在里面进行陆地上的活动,例如斗兽场、影剧院、葡萄酒窖、游戏室、桑拿间、高级奴隶交易中心、器械魔药博物馆等等。圣耶迦那的首富莫尔黑乔在那买了一个片区,在里面盖了一个人工沙滩,上方用奥术布置出了仿真天空,可以随时在里面体验99%真实度的出海感受。我新闻秘书和他认识,想过去看看吗?"

"不!"意识到自己反应过激了,梵梨捂着嘴假装嗓子不舒服,"那个,不用了,谢谢独裁官大人的好意,我还是以学习为主吧。今天太晚了,我先回去了……"

"也好,我跟你一起出去吧。"

其实梵梨知道,如果不是因为他太有吸引力,她一定会很希望能多跟他学习。苏释耶豁达又见微知著,见她表现得有些敏感,他也就拉大了两人的距离。

晚上的永恒广场沉醉在迷幻之夜中。霓虹在海水里摇晃,超豪华音艇掀起海浪与泡沫。圣都红衣卫为他们拉起了警戒线,苏释耶绕到了梵梨面前:"太晚了,我送你回去吧。"

"不用,"梵梨条件反射,强烈抗拒,"我和星海在同居,他还在等我,不太方便。"

打了出租艇后,他递给她一张名片:"好,那你回去以后,给我打电话报个平安。"

梵梨接过名片,却不小心碰到了他的手指。她收回手,没拿稳,名片晃荡着落下,两个人又同时伸手去接,结果再次碰到了对方的手。她这回直接把手背在了身后。

"抱歉,我没拿好。"苏释耶笑了笑,把它重新递给她。

她小心翼翼地避开他,接过名片。

"梵梨小姐,今天聊得很开心。以后有机会再联络。"他浅浅一笑,"待会儿上楼前跟我说一句话就好,不要让家里那个误会了。"

她头也不回地钻入舱内,关上门。透过玻璃窗,他看见她心事重重的侧脸。她的脸颊在霓虹与夜色中依然白如月光,长长的睫毛垂下很久,又抬头对他甜甜一笑:"谢谢独裁官大人今晚的帮助。"

"不要把我当成独裁官。"出租艇发动后,他凑上来了一些,低头看着她,"梨梨,把我当成一个普通男人吧。"

她的心跳又加快了,但也就一秒钟,又被奥术控制住。她笑了笑,客气又疏远:

"独裁官大人,再见。"

直至舰艇开出去很远了,苏释耶脸上的笑意才渐渐散去,眉心快速地蹙了一下,又回归平淡。

"再见,是吗……会再见的。"他神情是淡的,声音却很冷。

苏释耶的名片谦虚又自大。因为,上面只有"神圣光海联邦政府"及其标志,"苏释耶"的签名和他的号码。除此,什么都没有。

她把苏释耶的名片撕成碎片,扔到垃圾桶里。可是没用了。她现在不是在落亚,他不是在大海的另一头,而是在她随时可能遇到的地方。而且,她的第六感一直在告诉她,不管他表现得多有绅士风度,多么云淡风轻,多么放下过去往前看,都只是完美的掩饰。雄性捕猎族怕惊动猎物的掩饰。

果然,第二天中午,她接到了一通电话。

是她日思夜想,理智却一点也不想听到的声音。

"昨天没接到你的电话,我有些担心。"苏释耶柔声道,"所以今天找人要到了你的联系方式,希望你不要介意。"

"我很安全,谢谢关心。如果您没事的话,可能要先挂了。"她冷淡地说道,"等一会儿还有课。"

"好,那先不打扰你了。"

挂了电话以后,坐在对面的星海好奇地说:"是谁?你态度好像不太友好。"

"是一个昨天在歌剧院遇到的一个政客,场面上表示了一下关心。"

"政客?"星海皱了皱眉说,"为什么现在会打电话给你,这个人不会对你有意思吧?"

"没有的事,他们和和歌、纱纱聊的话题都不是我接触的层面,我完全融入不进去呢。而且他们都知道我有男朋友。"

"原来是这样。"

星海出去以后,梵梨觉得心情有些复杂。到底要不要告诉星海她对苏释耶的感觉?她特别想说出来。而且她知道,说出来星海会很难受,但不会离开她,甚至还会开导她,然后表现得更好。这样做听上去好像是很坦诚,但其实除了会给他添加负担,让自己感觉好受,解决不了任何问题。

她要做的是消化不该滋生的欲念,彻底从心里根除这个男人。

Chapter 23 深海黑珊瑚

关于新的课程表,梵梨心中一直有一个大大的问号:每一天的课程基本都是早上八九点,或下午一两点开始上三百人的讲课,接着上十多人的研讨课。唯独赛菲日的微观奥术课,上课时间是下午六点整,先是一个小时的研讨课,然后上两个小时的讲课。这个时间安排和上个学年的奥术史,是如此的相似。梵梨有了一种微妙的预感……

赛菲日的六点,她到了微观奥术研讨课的教室,坐下来,足足等了二十三分钟,等到班里学生都开始交头接耳,梵梨知道了,事实就是她猜的那样。她转过身,对同学们淡定地说:"因为这位教授白天都在睡懒觉,没有时间观念,当着三百个人迟到不太好,先用个小课来缓冲一下,会没那么尴尬。"

"你真了解老师,不枉我又一次把你调到我的研讨课上,庶民小仙女。"

听到这个声音,梵梨回过头,果然看见了夜迦。他倚在教室门口,班里的女生已经融化成了一摊烂泥。然后,他徐徐游到讲台中央,一本正经地道:"那么,现在我们开始点名。"

同学们绝倒,梵梨也满头黑线。同一个把戏,真是怎样都玩不腻呢……

圣耶迦那处处都是藏龙卧虎,夜迦的名头没有那么人尽皆知。但这一堂三百人的课下来,夜迦亲卫队分分钟成立了。因为他,布可纱纱都多了一层女神光环,令昆蒂分外不爽。

下课后,梵梨追上夜迦:"布可教授,你怎么会来圣耶迦那了?"

"因为我跟我父亲说,我在这边有涉及军事机密的工作要做,随时可能有生命危险,但也能够拯救整个光海包括红月海,他就放我过来了。"

"生命危险?真的假的?"

"当然是假的,我早就想来圣耶迦那了,在落亚快闷出新的菌群了。"

梵梨抚额:"那你为什么会教微观奥术呢?"

"这我就要提醒你这个小笨蛋。"夜迦弹了一下她的额头,"你当了我一年的学生,都没有好好看过老师的学术背景吗?老师是微观奥术学博士哦。"

"原来是这样……那为什么之前又教奥术史呢?"

"因为轻松。"

"既然喜欢那么轻松的生活,为什么又要来圣大呢?"

"我的梵梨小天使,你是问题宝宝吗?不过,为什么要来圣耶迦那,这是个好问题。因为,这里有我想见的女人。"夜迦目光深邃地看了她一会儿,摸了摸

下巴,"毕竟是嫖娼合法的地方。"

看见梵梨无语翻白眼,夜迦用食指关节顶住下巴,笑得肩膀都微微发抖,却没发出声音。

米瑟日的搏斗论基础实践课结束后,梵梨回到宿舍,却在楼下看见一名穿着军装的海神族,身上佩戴红宝石鹰徽章。

"梵梨小姐,东西已经放在您的房间门口了。"他向她行了个左手礼,便游向了白鹰宫殿的方向。

家门摆着一个大箱子,梵梨把它挪到房里,打开一看,里面装着五个首饰盒,一箱原产地为安条克的防冻剂。首饰盒上写着"石高沃琳——你心中的黑珊瑚",里面装着一个额饰、一对耳环和一个手串,均由纯正的黑珊瑚制成,散发着低调华贵的黑金色泽。

黑珊瑚别名"王者珊瑚",是柳珊瑚里的特殊品种,骨骼成分是最致密、耐久度最高的石灰质、矿物质,一年只长五毫米,且生长越慢越坚固,生活的海域越深长得越慢。

里面有一张贺卡,手写文字。

梵梨小姐:

  这是圣都海域深处7564米的黑珊瑚,寿命两千年。款式只为你一人设计,代表了我与苏释耶大人的一份心。望笑纳。

沃琳

确认了一下落款,居然就是品牌创始人兼设计师。这才三天,就设计并加工好了?好不容易平静的心情,又被苏释耶搅乱。

除此之外,陆续打开其他首饰盒,一盒是一千七百浮一克的顶级红珊瑚,一盒是菩提海盛产的宝石,一盒是星辰海产的24K纯金额饰,一盒是风暴海产的黑珍珠……每一盒里都有设计师手写的卡片,附带了"苏释耶大人的心意"。

这些首饰都不能用贵来形容了。要知道,七千多米深海处,珊瑚几乎不存在,得是多强的变异品种才能存活下来,才能有幸被制成首饰,还有幸到了梵梨手里?这已经不是值不值钱的问题了。

梵梨毫不犹豫地把这些贵重物品都寄回了独裁官官邸。

Chapter 24　海雾树

周末,星海陪梵梨去逛市中心。他们选了一家以螃蟹闻名的餐厅——水晶螃蟹居。餐厅门口排了二十多号顾客,他们足足等了一个多小时,连尾巴都酸到不像自己的了,才总算排到了餐厅里面,开始享用面前的美食了。

黄油蟹是青蟹中的极品,顾名思义,就是壳内有许多金色膏脂的青蟹。盛夏时青蟹卵膜因为高温破裂,汁液流遍体内,与每一寸蟹肉融为一体。蒸熟以后开壳,里面就是金灿灿的一片,充满绵密的蟹黄颗粒,飘出近乎松子的油脂味,鲜味远胜于普通螃蟹。因为黄油蟹成因复杂,无法人工培育,所以只能在酷暑期间,等待浑然天成的巧合与大自然的缔造,价格也比普通螃蟹贵得多。

离开水晶螃蟹居,他们打包了一些黄油蟹,漫游在街道上。这一个区域有很多海底喷泉,政府故意没有覆盖喷泉,所以他们每游一段,就会碰到从地下冲上来的大量泡泡。梵梨的尾巴每被喷泉冲一下,她就忍不住缩着肩膀叫一声,但她又控制不住自己,总是喜欢往喷泉的方向游。

游过三条街,出现一座圆柱形的巨大建筑,每一层透明的落地窗后都展示着刚出厂的舰艇,建筑高处挂上闪着醒目金属光泽的标题"海族舰艇"。

梵梨看得入神了,以至于面前有个喷泉她也没看到,差点被冲走。星海赶紧把她拽回怀里,她也就顺势抱住他劲瘦的腰,靠在他怀里往上看他:"星海星海,我有一个好棒的点子。"

"嗯?"

"你看那里。"她指了指"海族舰艇",想起暑假时星海就说要在那里打工,"你不是在'海族舰艇'的企业工作吗?以后如果你在那里正式就职,我就在旁边的魔药监管局工作,怎么样?等我们结了婚,你来接我下班,我为你做早餐……到了周末,我们牵着小宝宝,一起到自家附近的藻园玩,就这样当一对平凡小夫妻,一代又一代,把我们的幸福延续下去……"

这个幻想让星海的心都快融化了。他苦涩地笑了一下,轻轻抱住梵梨,没有说话。

最后,她缠着他的胳膊,与他一同回宿舍,把羽烬叫出来,再吃一顿黄油蟹。

打开蟹壳的时候,羽烬看见那么多金灿灿的蟹肉,握着两个包子般的小拳拳高频抖动,大大的眼睛发光,哈喇子明显流到了海里。还好食材有奥术气囊保护,不然梵梨都要伸手捂住他的嘴了。

三个人在厨房吃得开开心心,看上去颇像一家三口。饭后,梵梨躺在沙发上,用清洁剂清洗盘子,哼着小曲儿,尾巴不停摆动。星海游过来,在她身边坐下:"梨梨,其实有一件事,我一直没告诉你……"

"嗯?"梵梨眨眨眼。

"我没在'海族舰艇'工作。"说出来以后,星海垂下肩,有些泄气,也松了一口气。

"没事啊,不喜欢,咱们就换一个工作。"

"不是,圣耶迦那的造舰业竞争激烈,履历强的人太多,很多人拿着兼职的薪水做全职工作,我说是落亚分部过来的也没用。他们说得很明确,我想应聘的职位,不管是兼职还是全职,都只收海神族和纯血鲨族、逆戟族。"

"又是种族歧视!"梵梨气得差点摔盘子,"他们不明白,你比纯血、海神族优秀一万倍!"

"我不优秀。"星海苦笑道,"现在我才知道,在落亚吃得开的实力,在圣耶迦那是寸步难行。"

"不不不,你很优秀,在我心中,所有男人加起来都比不过你一根手指头!"

"梨梨,我不会让你跟我一起颠簸,过四处流浪的生活,我会努力。"

"我不在乎,'你所在的地方,就是我的归宿。'这话可是你说的哦,对我来说也是一样。你在的地方就是家,地理位置不重要。哪怕是睡在野外珊瑚礁上,晚上不也可以看到最美的海上明月吗?"

星海笑了起来,但这个笑里有几分快要流泪的感动:"如果真过成这样,那我可能会更希望一个更有实力的男人来娶你。"

"不准乱说话。"梵梨猛地坐起来,双手拍了一下他的脸,"我爱的人是你。再说,我在清洁站都工作过,你还觉得我不能吃苦吗?"

"我还真不知道……什么时候?"

"在落亚啊,那时候怕你笑我,没敢告诉你。你每天送我去打工的时候,我就在里面打理那些清洁鱼。现在我看到清洁站都能一秒分辨出哪种鱼虾适合清理哪种污垢……"

Chapter 24 海雾树

"我不会再让你做这种事。"

"当然不会,我们俩都会变得越来越好的!"

梵梨满满的活力让星海备受鼓舞,她自己却受到了不小的打击。

第二天,趁星海不注意,她偷偷打了一艘出租艇,尾随他去了打工地点。结果,他的目的地是在一个建筑工地,跟一帮五大三粗的男人一起搬运材料。

"那边那个混种,滚过来!"旗族包工头对星海暴躁地喊道,"你是混种,不是杂种,也不是残废,搬点东西还会掉出来?"

梵梨看得清清楚楚,地上那些东西明明是前一个工人掉下来的,不是星海。但是,星海一句话也没说,身上还扛着二十米长、十米宽的钢板,弯下腰把前一个人掉下的材料捡起来,继续往前运送。

这里的海水混杂了各种化学气味和建筑工人的汗液,令梵梨好几次窒息,把鳃紧紧闭上。但等到发盒饭的时候,星海一屁股坐在岩石上,大口大口吃着,两颊都被食物鼓满了,一点也不介意这些味道。旁边的壮汉分享了一块鱼肉给他,他还频频点头,谦卑地表示感谢,好像得到的不是食物,而是金块。

梵梨捂着嘴,忍了很久,才没让自己的眼泪流出来。

现在,她相信了苏释耶的话。在圣耶迦那生存,真的比她想得艰难。她多次跟星海暗示过自己做牌照租赁赚了不少钱,现在生活并不困难,但这并没有让他少拼一些。他每次都说:"你的钱是你的钱,作为男人,我应该肩负起养家的责任。"她没办法拆穿他的谎言,只是悄悄塞了一些钱到他的口袋里,却又被他当面还了回来。

"我不接受被女朋友养,你再做这种事,我就不理你了。"

男人真是既脆弱又坚强的生物。

梵梨只能到处替星海寻找兼职的机会,并绞尽脑汁,想怎么不经意地让他发现这些工作。

布可日早上下课后,霏思抱头,比她还焦虑:"梨子,怎么办啊?我和兼特羽烬、赛菲昆蒂在一个微观奥术研讨课,上周看见他们分在一个小组了。"

"羽烬和昆蒂?"梵梨有些紧张了,"昆蒂学习好吗?"

"非常好,当然没有你和羽烬好,但是,非常好。"

而梵梨的微观奥术课上,班里的同学她都不认识。如果组到了猪队友,哪

怕她的个人分数是满分,总成绩也"凉凉"。

晚上,她接到一通苏释耶的电话。

"梵梨小姐,新的学习环境还适应吗?"

梵梨停了停,笑道:"谢谢苏释耶大人的礼物。"

"你有没有想过,退掉礼物可能会伤害到我呢?"

"崇尚多偶制的男人,有什么伤不伤害的。"

良久,苏释耶都没说话。回想最后一次约会的时间,竟然是去年十月的事。那一天,他本来和一个落亚时装周的名模约好见面,但见了以后,模特贴满碎钻的媚眼在他看来黯淡无光。他连对方的手也没牵一下,就跟个祭司似的回家休息了。听梵梨这一说,他骤然发现,自己现在压根儿不是多偶,是"零"偶。但他不想让梵梨知道自己是个单身狗,只笑了一声:"好好好,是我错了。总之,你现在就是不想从我这里得到任何好处。"

苏释耶的声音很清冷,用这种宠溺的口吻说话,让人的心都不由得变柔软了。梵梨拍了脸两下,让自己清醒:"我有男朋友,确实不想从别的男人那里得到好处。独裁官大人,从一个普通男孩子手里夺走他的女朋友,可能对您来说是家常便饭。但这样的行为,我是不接受的。所以麻烦您自重,以后不要再联系我。"

"你是这么想我的。"苏释耶笑了,"对我来说,女人不是稀缺资源,我还犯不着从别的男人那里抢。"

"您不缺女人,还找我做什么呢?"

"因为我喜欢你。"

心跳又停了一下,梵梨说:"最近看您的举动,猜测您可能以为只要钱再多一些,再多浪漫一些,再包容一些,就可以当作谈判筹码,让我放弃'专一'这一选项。但'单偶制'是我恋爱的必要不充分条件,不是充分不必要条件。而且,现在我有男朋友了,我和他感情很好,不想有任何人介入。我话都说到这个份儿上了,您看还有哪里没表达清楚的吗?"

苏释耶一时间无语,不知该如何回答。随后,电话被挂断了。苏释耶看着骤然消失的紫光,脑袋空白了两秒,嗤笑了一声,靠在椅背上。他用手指关节撑在鼻尖下,半掩着唇,过了一会儿,又不带感情地笑了一声。

赛菲日晚微观奥术讲课上,霏思带来了一个好消息:"兼特羽烬从赛菲昆蒂

Chapter 24 海雾树

他们小组退出来了,跑来我们组了欸。"

刚好这时羽烬也过来了,梵梨讶异道:"小羽,你怎么换组了?"

"因为看你和霏思姐姐关系比较好,我就到霏思姐姐那里去了。"

"昆蒂没有怪你吗?"

"她说我是宗神后裔的叛徒。我跟她说,我从梵梨姐姐那里学到的是'人人生而平等''助人为乐'。赛菲昆蒂成绩已经够好了,所以我要帮霏思姐姐的忙。"

虽然似乎得罪了昆蒂,但梵梨不得不承认,她被羽烬这番话爽到了。她摸了摸他的蘑菇云脑袋:"乖,你是真的乖。"

前排,昆蒂生气地抱着胳膊,跟丽娜没完没了地说了半天:"你开始跟我说梵梨讨厌,我还没发现,她是真的讨厌,居然和寡妇帮抱团,还把羽烬骗走了!"

丽娜很淡定,"梵梨讨厌是讨厌在非敌即友,但当她的朋友,要被她压一头。所以,对她,只能打服。"

一日,梵梨在图书馆提前读完了安排好的书,但还是觉得不过瘾,在路边的报刊亭拿了一份《圣耶迦那日报》——圣耶迦那日报和晚报都是免费的,边游边读,看看能不能找到合适的兼职。

海底喷泉旁的石质长椅上,一名失业的青年垂头丧气地坐着,尾巴沉重得跟灌了铅似的,颜色也黯淡得跟涂了铅似的。他也在翻《圣耶迦那日报》,扫了两眼,却看见招聘栏里写着"餐厅应聘变色鱼服务员",眼睛骤然被阳光点亮。他掏出通信仪,打了一通电话到餐厅,起身的刹那,耳鳍、尾巴已经变成了最为华美的色彩:"你好,我是青点鹦嘴族,我是男的,对,本来就是男的,不是女的变的,所以我的颜色肯定比女变男的鲜艳啊!我就在路上,半个小时就到……"

别人连应聘服务员都如此卖命,自己还有什么资格困呢?梵梨晃晃脑袋,打起精神,接着翻阅报纸。

"困了就休息休息吧。"

听到这个声音,她手一抖,报纸随水漂走。回头一看,苏释耶正游在她的身侧。他似乎刚出席过重要的场合,首饰比平时更多,而且也以海生形态出现,长长的圣灵鳍在水中发光,就像天神下凡一样。

"独裁官大人……"梵梨立即行礼。

"你怎么又看房了?还没做好决定?"见她点头,他微微一笑,"我知道有一

个地方,房价不高,但环境非常好,就是离市中心稍微远一些,你想去看看吗?"

对上苏释耶的视线,晕眩感又一次袭来。她赶紧把目光挪开:"算了,改天吧。谢谢您的帮助。"

"那里有一家很美味的餐厅,在树上,有全光海最美味的黄油蟹。"

"你知道我喜欢吃黄油蟹?"

"相信我,只要吃一口,你会觉得一整天的疲劳都消失了。"

这下又加上美食暴击。她强忍了半天,还是摇头:"下次吧。我先回去了。"

"今天我的朋友,'海族舰艇'的创始人,约我在那里聊聊经济局势。你确定不想去听听看?他应该会有兴趣见见未来的光海大奥术师。"

听到"海族舰艇",梵梨的耳鳍立起来了:"好,我去。"

海雾树在圣都的北部、翡翠山脉的中部,是圣耶迦那一个很著名的景区。这地方确实有点远,但真的抵达现场,梵梨发现书本上的图片比不上实景的十分之一。它不仅在海底山上,周围还全是珊瑚礁、岩石和七彩鱼群,五花八门,炫丽得不像在地球上。

整棵树高三百多米,直径大得可以住人。标志为红宝石鹰的深蓝色舰艇停留在一家餐厅门前。圣都红衣卫一个个出来,列队目送苏释耶和梵梨一起出去。偌大的餐厅里装饰得像马上要举办婚礼,但三十张餐桌里,只有一张前面坐了一个灰发海神族男人。见苏释耶进来,他行了一个左手礼,苏释耶回右手礼。他看了看梵梨:"这位美丽的小姐是?"

"梵梨,我的朋友,圣耶迦那大学的学生,奥术系,双S。"

"我的布可宗神,这姑娘是个天才啊。"男人对梵梨颔首示意,"梵梨小姐你好,我叫马文,很巧,也是苏释耶大人的朋友。"

梵梨被他逗笑了。随后,跟他们一起坐下来。苏释耶说是聊经济,就真的一点别的话题都不提。梵梨的知识体系里没有经济学基础,只觉得他们说的每一个词她仿佛都能听懂,但合在一起就完全不懂了。

两个小时过后,梵梨强撑着快合起来的眼睛,马文结束了这个话题,并和苏释耶交流了一下他们最近看的书。他送给了苏释耶一本《演化之河》,苏释耶送了他一本《光海史与星辰鲨的一天》。目测分别是进化生物学类和大历史观类的书。梵梨暗自把名字记下来,强势在书单里插队到最前面。

最后,苏释耶看了一眼梵梨:"对了,梨梨,在来的路上,你说有一个重要

Chapter 24 海雾树

问题想问马文，是什么呢？"

梵梨本想说没问题，但随即反应过来，苏释耶是在给她提供自由选择的机会："我想问问马文先生，圣耶迦那的'海族舰艇'现在为什么不招有海洋族血统的员工了呢？"

"哈哈，这个问题。因为现在上阶海族越来越喜欢往圣都搬，导致很多海洋族血统的应聘者与海神族、捕猎族产生了巨大冲突，才会出此下策。但您或您的朋友如果想到'海族舰艇'工作，你们随时有我的推荐信。我相信苏释耶大人的眼光。"

"啊，不提我的名字，就推荐我男朋友可以吗？"

"你朋友叫什么呢？"马文像是没有听到那个"男"字。

"星海。"

"稍等。"

马文拿着通信仪出去了。过了十多分钟，他打完电话回来，坐下来，神色凛然："我问过了，星海过去在我司落亚海域总部担任过兼职奥术芯片研发助理。他的工作能力，落亚那边是认可的。但这孩子怎么说呢……他虽然头脑聪明，有上进心，但会有无故失踪逃班的情况。如果把他转到圣耶迦那总部来，其实也就是我打声招呼的事。但对于'海族舰艇'极度讲究公平的企业文化来说，他在里面的日子可能会不好过。"

"那这件事，你觉得该怎么解决呢？"苏释耶说道。

"要么换一家公司；要么，让梵梨小姐先进公司工作一段时间，再用她的名义推荐他进去。"

"我？"梵梨指着自己，"可我从来都没有在'海族舰艇'工作过……"

"你能做好的，我相信自己识人的眼力。通常你这样的学生毕业前一年，就会有最少五家大公司抢破头。介绍你进去，我的压力也小很多。"

随后，三个人一起离开了餐厅，马文与他们分道扬镳了。梵梨压着被海浪冲乱的额发，抬头看着苏释耶："独裁官大人，今天您帮了我好大的忙。不知道该怎么感谢您呢。"

"帮我做一顿饭。你答应过我，如果我到落亚，你就做饭给我吃的。结果我还没找到机会赴约，你就过来了。"

"好的，那您想吃饭了，打电话给我，我随叫随到！"梵梨对苏释耶挥挥手，"今

天有点晚了,我也回家啦。"

"我送你回去。"

每一次被他温柔对待,每一次与他目光交会,每一次得到了不该从他这里得到的好,都像吃下一颗裹着糖浆的药,初时是满满的幸福与甜蜜,慢慢地,苦入心脾。梵梨摇摇头:"不用麻烦啦。"

"你别多想,我只是不放心你一个人回去。"苏释耶把手轻轻放在她的背上,似乎只是在礼貌地催促她进入舰艇,她还是弹开了,并且拿出通信仪。

"不用管我了,我叫男朋友来接我就好。"

"那我陪你等他。"像是怕她拒绝,他补充道,"明天要去一趟须陀洹,要四天才会回来,今天想多和你待一会儿。"

又是一颗糖浆药入喉。梵梨赶紧岔开话题:"要去菩提海啊,我还从来没去过呢,应该很好玩吧。"

"菩提海也有海中菩提树,静谧山脉、麝香花铃谷,都很美。你要跟我一起去吗?我带你去这些地方玩玩。"

苏释耶太主动了,太主动了,她受不了了,发大招:"不不不,我就不打扰您了。听说菩提海漂亮妹子很多的,多去玩几天,好好享受。我们这种凄凉学生党,只有羡慕的份儿。好了我走了……"

这个语气温和、态度坚定的拒绝,让苏释耶想到了不太愉快的记忆。所以,她刚转身,他就一把把她拉回去,手劲大得她以为骨头都会被捏碎。

"提别的女人,你在开什么玩笑。"虽然没什么表情,但苏释耶眉心微蹙,双目幽深,显然生气了,"你是不知道我喜欢谁?"

海水里,红绿海藻的碎片似杨花般飘散,软珊瑚舞出徐徐忧伤的姿态。海草包围着海底树干,树根深深陷入平原"土壤"之下。她的短发也似红藻,有规律地摩挲着白皙的脸颊。她的眼睛是繁星,是日落在潮中的倒影,比这里任何一处的海水都要清澈干净。可是,这一刻,这双眼中只有满满的惊诧。

"不要说了。"梵梨的胸膛剧烈起伏,"该说的话上次我不都已经说过了吗?我有男朋友。"

"你不接受我也可以,让我陪在你身边就好。"苏释耶松开了手,低头看着她,"不经你许可,我不再碰你。"

"不行,在我身边也不行,以后我们还是不要来往了。"

Chapter 24 海雾树

"其实,梨梨,你也喜欢我,对不对?"苏释耶没有一点退缩,"认识我这样一个朋友,并不是什么坏事。你拒绝得这么厉害,更像是怕克制不住自己。"

梵梨被戳中痛处,干脆跳过这个话题:"今天已经在这里耽搁很多时间了,我得回家陪男朋友,再见。"

可是,她刚转身,苏释耶又追上来:"如果可以两个都要,你会不会考虑?"

"对不起,我只想要星海。"

"我有那么糟糕?"

"你不是太糟糕,是太好了。"梵梨声音冰冷,一点情面也不打算留了,"我不是傻子。如果真的'两个都要',你我也依然心知肚明,我最后会两个都失去。"

"为什么?"

"星海不接受多偶,就算我同意,他也会第一时间离开我。只有你的时候,我又有什么话语权?到那时候,是你N个都要,而不是我两个都要。你这样用男性优势欺压我,却装得好像是在为我好,真的太虚伪,也太瞧不起我了。"

苏释耶怔住了:"我没想过那么多。但梨梨,我向你保证,不管是否失去他,你不会失去我。"

"我不想拥有你,我选星海。对不起。"

梵梨游开,他又游到她面前:"梨梨,不要这么固执好不好?给我一次机会。"

他语气是温和的,却积极至此,令梵梨无法呼吸。最让她懊恼的是,她并不因此感到厌烦,反而觉得防线在一层层被击毁。她的脑海里甚至出现了一个小恶魔,在对她说,你一见钟情的男人,现在真的对你动心了,要不要跟他谈谈在一起的条件……最后,她扼死了小恶魔,断然道:"再见了,苏释耶大人。"

她又游出去一截,他不再追上来,只是在后面轻轻说:"那,我是你的,只是你的,好不好?"

梵梨回头,不解地看他:"什么意思?"

一阵海浪卷过,带来大量绛红色的海藻雨。在这片纷乱的碎红中,他的白色碎发与衣摆无声抖动。

"从今以后,只跟你在一起,你可以两个都要,你觉得可以接受吗?"

Chapter 25　星之尘埃

"为什么……"梵梨心脏都快跳停了,可是也更加不解了,"你说过,单偶制不利于演化。"

"那是在你出现之前。"苏释耶凝视着她,"我是一个欲望很强的男人,过去一直认为,长期跟一个女人在一起是不够的。但跟你在一起,我觉得我会比跟一百个女人在一起都满足。"

"别闹了,只是以前没有哪个女生会这么拒绝你,你冲动劲儿上来了。"

"不是冲动,我知道。而且,说不好听一些,我的寿命比你的长,用两千年只陪你一个人,我不亏。"

他口才太好了,梵梨几乎就要被说服。不行不行,她得清醒一点。泼他冷水吓跑他的时候到了。

"你想跟我在一起两千年?"

"嗯。"

"那跟我结婚吧,我就信你会专一。"

"结婚?"苏释耶愕然,"直接结婚?"

"是啊,我不想婚前性行为。"她又开始用那套对付捕猎族的法子了,"对了,我可以每天在家做饭,等丈夫回来。你想,每天回家有我这样的小娇妻在等你,让你只能看到我,再也碰不到外面的美艳姑娘,有不有趣,惊不惊喜?"

"我知道了。"苏释耶又沉默了一会儿,"这是一件大事,我回去好好想一想。"

"行呀,我等你答复哦。"

但梵梨知道,她不用再等了。

果然,从第二天起,苏释耶彻底消失了,就跟想送她通信仪的逆戟族男孩一样。纯种捕猎族太现实了,一谈结婚,逃起来跟发射导弹似的。虽然是预想到的结果,梵梨还是觉得很无奈,毕竟苏释耶的话语动听到她都信以为真了。还好她脑子够清醒,才幸运地避免了受伤。

换个角度看待这件事,她觉得很超然。海洋很美,天空很美,满郊野的红玫瑰很美,舞台上演奏出的大提琴曲很美,苏释耶也很美,但这些美好的东西都

Chapter 25 星之尘埃

是无法成为私有的。学会旁观,学会欣赏,挺好。"

两天后,"海族舰艇"让梵梨去面试。又过了三天,她收到公司寄来的录用文件档案,职位就是星海曾经做过的奥术芯片研发助理。

周末正式上班第一天,团队正好在开发新款芯片,没什么人带梵梨做事。她只能帮他们打印文件、分发盒饭以及当寄件小妹,同时旁听他们正在制作的项目内容。下班以后,她前去圣耶迦那最大的图书馆——古光海图书馆,借了《奥术芯片入门》,坐下来翻看。一个小时后,她又借了《芯片简史》;又四十五分钟,她借了《水中的王者——舰艇时代》;又一个半小时,她借了《图解奥术芯片》……古光海图书馆藏书量达十二万卷,主阅览室面朝东方,寓意能迎接清晨第一缕阳光。梵梨累了就趴着睡一会儿,等她意识到体力有点支撑不住的时候,还真的迎接了清晨第一缕阳光。

她又借了《芯片制造奥术建模与安全调度控制》《声呐信号处理芯片技术》《舰艇惯性导航芯片装置》《弹道导弹中的奥术芯片》等进阶书籍,带着回宿舍。结果到宿舍楼下,她碰到了一脸焦虑游出来的星海。

"梨!"星海冲过来,扶住她的肩,"你去哪里了,怎么消失了一整天?"

梵梨这才迟钝地拿出通信仪,发现奥术能量早就耗尽了,她有些懊恼地拍拍头:"我在图书馆看书,忘记给它续能了。这两天在恶补工作中需要的知识。"

像紧绷的弦突然放松,星海双肩垮下来:"这就是你说去应聘的兼职工作?"

"嗯。"

"是什么工作?怎么会让你累成这个样子?"

总算到了不得不面对这个话题的时刻。梵梨不想让星海知道,但更不想撒谎,只能坦白:"是以前你做的工作,奥术芯片研发。"

星海愣了一下:"在哪家公司?"

"'海族舰艇'。"

梵梨想要说得很轻松,星海也想装作很轻松,但是他们对望彼此的眼神中,有那么大约两三秒的时间里,都明显感到他们之间的关系,有什么在无声地发生着改变。

"原来是这样。"星海摸了摸后颈,有些尴尬,"作为海洋族,都能轻松拿下这份工作,我们梨梨真的好厉害。"

对女生而言,感情里最尴尬的瞬间中,一定有让对方感到自己不够男人的

那一刻。

梵梨想说让他感到好受点的话,例如:"并不容易,第一天上班,根本没人搭理我。"但是她又知道,星海情商很高,不会听不出她的安慰之意。安慰比打击还要令人挫败。所以,她干脆挺了挺胸脯说:"你女朋友是很能干的,不要小瞧我哦。"

星海笑了起来:"从来没小瞧过你,你一直很优秀。前期你如果有不懂的地方,可以来问我。"

"好,爱死你啦!"梵梨跳过去,搂住他的脖子,跟挂件一样吊在他的脖子上,"忙了一个通宵,我体力被掏空了,快快抱我上去!"

"在这里?"星海环顾四周,"不太好吧……别人会看到。"

"就是要秀恩爱,秀到所有人都知道我是你女朋友,抱我!"

星海既无奈又开心,把她和一大堆书都横抱起来,"搬运"回她的房间。幸运的是,路上没遇到其他人,只有羽烬听见他们的动静,在房间门口等他们,结果看见星海抱着梵梨游了过来。

梵梨平时比羽烬高那么多,但在星海怀里显得瘦瘦小小,脸上洋溢着甜蜜的笑,简直就像会发光一样。羽烬用下嘴唇包着上嘴唇,嘟嘟唇抖了抖,两只食指轻轻对了几下,挺着鼓鼓的小肚子,尾巴跟狗尾巴似的快速摇动:"我也想抱梵梨姐姐……"

"小羽,你太小了,就算是在水里,你也抱不动我哦。"梵梨被他逗笑了。

"那不行,梵梨姐姐是哥哥的,你长大以后抱别的女孩子吧。"

"好吧……"羽烬摇着小短尾巴回房间了。但是,星海抱着梵梨的这一幕,又一次烙印在了他的记忆中。

之后的很多年里,他都总在想,如果他能长到和星海哥一样高,能这样抱梵梨一次,该有多好。可是,海神后裔真的长得好慢,呜……

回到房间后,得知羽烬喜欢养箱鲀,还有一只宠物叫嘟嘟,星海说:"我挺理解小羽的。鲀鱼确实很可爱,以前我星辰海的家门口也养了很多鲀鱼,不过不是嘟嘟的品种,是毛柄粗皮鲀,绿色的,藏在海草里,几乎看不见。"

"星辰海?"梵梨歪了歪头,"我怎么记得毛柄粗皮鲀活跃海域是红月海、菩提海、裂空海……"

"梨梨真厉害,我们家的毛柄粗皮鲀是从菩提海带过去的。"

Chapter 25 星之尘埃

"哇，有钱人，搬这么远？"

"不是我爸妈搬的……"说到这里，星海皱了一下眉，陷入了很长时间的沉思，"对不起，我记不住它们是怎么来的了。"

"没事没事，这有什么好道歉的，小细节而已。"

但记不住事让星海觉得很糟糕，他还是捶了自己脑袋几次。

接下来的生活，让梵梨深深理解了"社畜"一词的残酷。在跟进军校似的磨炼学习中，她感觉到自己知识储备量与日俱暴增。半个月内，团队领导把她从助理转为"掀背舰奥术芯片研发师"，薪水从每小时一百五十浮提到了四百浮。受到重用，她看到了曙光，工作得更加卖力了。

两个月过去，她没有休息日，睡眠不足是日常现象，脾气暴躁的并发症隔三岔五就会来那么一次。有一回微观奥术研讨课结束，星海到她的教室来接她。他们的课还没结束，依然在进行最后的讨论。星海听到的第一句话就是："我不要你觉得，我要我觉得，都听我的！"而说话的人，正是他的女朋友。

"这问题你到底觉得难在哪里？"过了一会儿，她又不耐烦地说道，"这么简单都不会？要我讲几遍！"

提出疑问的组员是个个子小小的眼镜妹，被她吓得海笔都掉在了地上。夜迦坐在她们对面的椅子上，睁大眼看着他们，眼镜滑到了高高的鼻尖上，半天没推上去。

后来，梵梨虽然跟眼镜妹道过歉，但游出教室时，还是为自己控制不住的情绪感到懊恼。同时，她遇到了星海质疑的目光："梨梨，你最近是怎么了？"

"没事，就是没睡好。"在他面前，梵梨变温柔了很多，觉得自己的太阳穴突突乱跳。

"你是不是不应该再做'海族舰艇'这份兼职了？这份工作占用了你太多时间了。"

"不行，这份工作对我来说很重要。"

"能有学习重要吗？现在把那么多精力都放在一份无关紧要的工作上，是不是有些本末倒置了？"

"别说了，我不会辞职的。"梵梨不想解释太多，急匆匆地往前游。

她太需要睡眠了，不想再去搞那个狗屁芯片研发。可是再坚持一下就可以做完，她不能前功尽弃。一旦这个项目获得大成功，她就可以跟公司谈判，说如

果想我留下来,就把我男朋友也招了。对这个谈判,她没有百分百的信心,甚至连一半都没有。那么大一家公司,怎么就会因为她的"威胁"而妥协呢……但星海真的不能再做那些体力工作了。就算预期会落空,她也要试。

这世界上没有让人走得舒服的上坡路。在最疲惫的时候想要走的路,肯定是下坡路。这份工作,她还是得做。

"梨梨,你最近到底是怎么了?"星海也有些懊恼了,"你需要钱,我给你,我们现在是有很大的经济开销吗?你为什么……"

"拜托,星海,你都问了两次同样的问题了!"

星海被她的气势震住了,但很快,他便平静而有些不悦地说:"我们很久没有一起好好吃过一顿饭了。最近你吃饭的时候都在看书,打电话,看文件,周末相处的时间甚至比工作日还少。"

他的问题是一根针,把她气鼓鼓的怒气皮球戳破了。她苦笑:"我只是不想放弃现在的项目,只是这一个而已。不要阻止我,给我多一点点支持,好不好?"

星海默然凝视了她许久,才低声说:"行。"

这个周末,梵梨迎来了第一个真正的双休日。

自11月21日起,连续三个周末,光海舰艇运动协会都会举办圣耶迦那最大的舰艇赛事——光海SS级赛艇锦标赛。这个比赛是当今光海水平最高的舰艇大奖赛,与圣耶迦那大奖赛(全圣都舰艇运动竞赛)、落亚舰艇大奖赛齐名。这场比赛中,赛艇沿着既定路线飞驰而过,平均时速达到五百九十千米。每场赛事持续两个小时,每一名赛艇手都会完成一万千米里程,是速度与激情的结合体,也是"海族舰艇"大量投资的商业比赛。

项目接近尾声,领导跟梵梨说,她可以先休息一个周末,等第三个周末来参加闭幕式。梵梨本来想和星海出去逛逛,但星海出去工作了,直到晚上十一点过才回宿舍。自从上次气氛有些不愉快以后,星海确实用实际行动给了她"支持",让她连着睡了两天。

加斯日,梵梨一觉睡到了早上九点。人得到足够休息的时候,心情也变得非常愉悦。她到厨房里转了转,看见一个奴隶正在做早餐,羽烬跟个小少爷似的趴在躺椅上玩拼图,小尾巴翘起来,摇来摇去。他玩得正带劲儿,没留意到梵梨游到他身后。她拍了一下他的肩:"小羽?"

羽烬抬头看到她,吓得手一甩,拼图哗啦啦落了一地。他没有觉得前功尽

Chapter 25 星之尘埃

弃很可惜,两只大大的眼睛反倒写满了心虚:"梵……梵梨姐姐……"

"你怎么了,这么害怕?"

"我不是故意要用奴隶的,哇……"羽烬快哭出来了,"我不会做饭,又不想一个人去买东西吃,更不想麻烦梵梨姐姐,可是肚子好饿,呜呜呜……"

梵梨看了一眼奴隶:"我没有不允许你用奴隶啊。"

"梵梨姐姐不是说,人人生而平等吗?那奴役别人就不对了,不是吗……"

"只要你尊重他们,把他们当成普通的员工而不是奴隶,不要打骂他们,侮辱他们,就不算奴役呀。"

"咦?是这样吗?"

"你只是请他来为你做饭,就像请厨师一样,等不用他们以后,放他们自由,还算做了一件善事。"

奴隶虽然没再回头,眼睛却转了转,偷偷瞥梵梨,觉得一个海洋族女孩能令海神族小男孩如此听话,堪称天方夜谭。

"好的,那我现在就去给他写赎身契,把他当成我的厨子!"

"好啊,小羽真乖。"

看见羽烬一溜烟地游出去,那个奴隶扑通一声趴在地上,给梵梨磕了几个响头,哭了起来:"谢谢你,好心的小姐,我这辈子都没敢想过能获得自由,谢谢你……"

"不用谢我,你该谢谢你善良的小老板。"

接着,梵梨和羽烬在厨房里嗑瓜子般嗑着裂空海的美食"龟脚",同时打开电视,看看当日新闻。

打开新闻频道,看到的第一个人就是苏释耶。原来,他最近又去复活海了,和复活海政府签订了十七项条约,还促进复活海推出最新的海防法,今日正式实施。海防法的条款都是有利于巩固圣党党统治的,看样子,苏释耶在复活海又要多出一大批黑粉了(圣耶迦那的媒体肯定不会播报这样的新闻)。

新闻里,苏释耶总是冷峻的,专注的,略带攻击性的。但私底下,她经常会忘记他的种族,只觉得他是一个浪漫温柔又很难驾驭的男人。

两个多月没见,如今再次看到他,哪怕是在电视里,也有些恍如隔世。她用双手托着下巴,看着苏释耶发呆。现在,他们彻底变成陌生人了,对着电视机稍微走神一下,应该没事吧……

新闻还没播完,刚获得新生的奴隶倒完垃圾回来,说:"梵梨小姐,楼下有人找您。"

梵梨游到走廊尽头,从窗口往外看,然后惊呆了——楼下停着的军事舰艇印着宝石鹰徽章,一排圣都红衣卫整齐地列在门前。

会是苏释耶吗?他为什么还会来联系她?

好想见他一面……

想到这里,她贴着墙壁,闭着眼睛,深深吸气,重重吐气,深深吸气,再重重吐气……因为速度很慢,她没有吐出一个泡泡,只是在沉寂的海水中,听着自己的心跳声逐渐趋于缓慢。可是,紧张消失了,渐渐袭来的却不是平静,而是胸腔中无声的疼痛。

想见苏释耶。冷静了以后,还是想。

她垂着头,回到自己房间里躺下,把通信仪关机,头钻在枕头下面,用被子把整个人卷起来。没过多久,她便因为大脑缺氧睡过去了。

黄昏时分,残阳把房内的水流都染成了金色,梵梨被两声敲门声吵醒。她抓了抓乱七八糟的头发,慢吞吞地游到门前:"谁啊……"

"是我,苏释耶。"

她顿时睡意全无,跳下床,游到房门前,却没有拉开门:"你怎么还在这里?我不方便。"

"那方便下楼吗?"好像知道她在乎什么,他把声音放得很轻,"我有事想和你私下聊聊。"

梵梨看了看四周,觉得现在实在不是什么讲话的好时机,只是蹙眉道:"很重要吗?"

"对我来说是的。有一件挺严肃的东西,得亲手交给你。"

"唉,好吧。你先下去,我等等就来。"

过了几分钟,梵梨游到楼下。圣都红衣卫为她打开舱门,待她进去以后,又关上了舱门,继续严防死守。

窗前,男人的背影被夕阳勾出光晕,肩宽而平直,腿长而笔直,听见她进来,便缓缓回过头来。两个月没见,好像连海水里都注满了醇酒一样。苏释耶的面容熟悉而陌生。她听见了自己几近破裂的心跳声。苏释耶指了指沙发,她还是按过去见他的一贯姿势,只在沙发边缘坐了三分之一的臀部。

Chapter 25 星之尘埃

她强迫自己集中精力,不去看苏释耶,不去想他,想想工作的烦心事,却听见苏释耶说:"我其实喜欢给人制造惊喜,但我觉得你的做事风格还是喜欢提前准备……"

他游过来,在梵梨身边坐下。两个人的距离突然拉近。他的部分侧脸被阴影遮挡,水光刚好在他脸上照出伦勃朗式布光的效果。明暗交界线勾勒出他脸部清晰犀利的线条,让她看起来就像许多明艳女人到满脸皱纹时依然埋藏在心底的秘密——那个只存在于青春激情记忆中的旧情人。

如果他现在再和以前一样,把她推在座椅上吻,她很难保证自己能第一时间推开他,若他再玩失踪,她恐怕又会在伤心和对星海的自责中度过很长时间……

不行不行,清醒。

"梨梨。"

不要用这种低沉温柔的声音叫她!梵梨,这就是百分百纯正渣男的声音!一点杂质都不含!不想被渣就清醒,他碰你就狠狠推开他然后骂他是条狗!

但是,她没有迎来苏释耶的肢体接触。

"你是怎么了,看上去好丧。"苏释耶笑了起来,把一个大首饰盒放在了她的手上,"来看看这个,心情会不会好点?"

"这是什么……"

梵梨疑惑地打开盒子,先是被一道强光刺得眼睛眯起,别开了头,然后回头一看,她急促地倒抽一口气,用手捂住嘴。

"喜欢吗?"

首饰盒里装的是一颗切割工整的、一百六十帝克的钻石。无色,只有完美切工中一片璀璨华美的银白。顶级艺术品的形状,毫无瑕疵,正被镶嵌在婚环上的铂金六爪之中。

"这是在红月海南海岸产出的,有个动听的名字,叫'星之尘埃'。同级别的钻石一般要等三到五年才会产出一颗。我运气还不错,只等了两个月就等到了。拿起来看看?"

梵梨眼睛都快被闪瞎了。她晃晃脑袋,把钻石从里面取出来,拉出了婚环。随着海水流动,钻石也反射着晃动的银白之光,就像液态的铂金星星在水中跳跃。

与加斯希天那个冷硬风的镍婚环不太一样,苏释耶送的这个婚环线条柔和,特别有女人味;上面还镶嵌了满天星般的小碎钻,又显得很有少女心。不管是切

工、线条、色泽，还是设计，都太经典了。那么大，也找不出一丝缺陷——每一颗碎钻取出来，若放到人类的大牌珠宝店里，都可以单独制成一克拉钻戒里最贵的一款，导致它环绕着一种极不真实的幻梦感。

"这太美了……"梵梨捧着它，心都快化了，"你也太懂女生喜欢什么了……"

"你喜欢就好。其实我不是很喜欢太大的钻石，更讲究净度、切工，但这种事，我不能输给加斯希天吧。"

听到他的回答，梵梨都没立刻反应过来是怎么一回事。直到看见婚环内部，有一排微微凹进去的手写字体：

给我爱的梨梨。燃烧时代。苏释耶。

她这才猛地抬起头，指着那排字说："等等，这是什么意思？"

"这是你不能外送的意思。"苏释耶轻轻笑了一声，"你说是什么意思？"

天灵盖像被雷劈中了。

"我现在脑子里是空白的，你等等……"

"我知道你这小骗子提结婚是没安好心，想吓跑我。"苏释耶刮了刮她的鼻尖，眼中有化不开的旖旎情意，"现在我只想知道，我们梨梨对这款钻石还满意吗？你如果满意，我就用它正式求婚了。时间你定，我知道你喜欢做日程规划。然后，结婚证我们就领一夫一妻制的。"

《圣耶迦那婚姻法》规定，在一夫一妻制的婚姻中，如果因一方与第三人有不正当性行为导致婚姻破裂，离婚后，出轨方将用其65%的收入赡养另一方，直至另一方进入下一段婚姻。光看这规定都该知道，领这种证的夫妻有多罕见。

梵梨摇摇手，想让自己不要那么头脑发热："我不懂，我们才见过没几次……"

"我相信自己挑妻子的眼光，已经考察到位了。另外，我建议你选一夫一妻证，是因为领多偶结婚证，如果我出轨，离婚几乎不需要付出代价，还是一夫一妻制比较保护你。我和星海你嫁给谁都可以，我觉得嫁给我更适合，物质条件更好，这个证对我束缚也比较大。你觉得呢？"

"我觉得很凌乱。"

"不过，我们得先说好，我只接受你有星海一个情人，别的男人绝对不可以。你要是跟第三个男人好，我会和你离婚。"

梵梨根本没想那么远，她还是不敢相信这是真的。

"有男人求婚的感觉还不错，对吗？"苏释耶笑道。

Chapter 25 星之尘埃

其实梵梨的物欲并不是很强烈,"星之尘埃"也只让她晕眩了一会儿。但她不能表现出喜欢他,没法解释自己为什么有些开心:"我可以只要钻石不要你吗?"

"不能。我是钻石的附加赠品,还是强行赠送的那种。想要钻石,你就必须把我收了。"

梵梨被他逗得更开心了,呵呵呵笑了半天。而不管她是开心还是紧张,他只是微笑地看着她,看到她害羞得不敢和他对视。

"怎么不说话了?"他眼中透露出比以往更胜百倍的占有欲,哪怕他用温柔的微笑掩饰着,"知道玩大了把自己坑了?有时间和星海商量吧——你可以跟他说,他提出任何要求,我只要能满足他的,都会答应。我等你答复。"

别说和苏释耶结婚,就算只是当他唯一的女友,都是从前梵梨从来不敢想的事。这一切美好得就像童话一样,让她开心得想要大叫。

但和苏释耶分开,回到宿舍,冷静思考了以后,狂喜又变成了悲哀。

星海看上去温柔,其实很有脾气。苏释耶给她提供的选择,本质上不是要星海还是要两个都要,而是让她二选一。

她和星海是彼此的初恋,一同经历了那么多事。她之所以现在还没喝下那瓶逆向时空灵魂交换魔药,也都是因为星海。

她晋升捕猎族之前,星海红红的眼,她忘不掉;她从服药室出来后,他亦步亦趋跟着她,比父母还担心她的样子,她忘不掉;星海的正义、善良、仗义、坚定、忠诚、人穷志不穷的精神,一直都是她发自内心喜欢的地方。

因为遇到了大众眼中"更好的人",就放弃曾经生命中最重要的灵魂所爱,真的是正确的吗?

理性与道义在告诉她,选星海,绝对没错的。

晚上,她打电话给苏释耶:"独裁官大人,我想好了……对不起。"

苏释耶没有太大反应,只是轻轻笑了一声:"我就猜到你是来说'对不起'的。你不用急着拒绝我,多花点时间考察一下,把我当成备胎吧。"

"我不想做不尊重你,也不尊重星海的事。"

"你没有不尊重我。我已经爱上你了,每天对你日思夜想。如果让我完全和你断了联系,我反倒很痛苦。偶尔让我听听你的声音,让我见见你,比你的'尊重'有意义多了。"

不管脑子里几次对自己说,你不喜欢这个人,也做出了正确而理性的选择,

但心到底骗不了自己。她含着泪,声音却很冷酷:"如果你早点出现,或者在临冬海就告诉我你是认真的,可能结果会不一样。现在,太晚了。"

"是我的错。"

"你没有错,只是晚了。我们没有缘分,还是不要再联系了。再见。"

不等他回答,梵梨就挂断了电话。然后,她抬头看着波光粼粼的窗外,有一群多棘马夫鱼游过。它们是噘嘴小可爱,背鳍很长,呈三角形,黑白条纹,是典型热带鱼模样。这种鱼会为翻车鲀做清洁,她以前在清洁公司经常接触到。她出神地看着这些鱼,全然没有留意到门外的情况。

"你刚才在跟谁打电话?"

听到星海的声音响起,梵梨整个背都挺了一下。她慌张地回过头,脑中一片空白,凭本能快速说道:"没……没跟谁,就朋友啊。"

"哪个朋友?"

看见她眼眶发红、茫然失措的样子,星海甚至不忍心让她接着撒谎,索性拆穿:"是跟你一起去临冬海玩的那个男人吧,你们还有联系。"

梵梨站起来,勉强地笑:"放心好了,我已经拒绝他了。"

"我听到了,但你心里有他。"

"我喜欢的人是你。"

"你喜欢的人是我,和你心里有他,没有冲突。如果你不喜欢他,为什么要跟他说,如果当时认真,结果会不一样?"

"不聊这个人了,好吗?他不重要。"

梵梨只觉得很累。骗自己已经很累了,她不想再戴着面具骗星海一次。可是,星海较真了,游了进来,盯着她说:"他现在认真了?"

"对,但我拒绝了。"

"真是可笑。"星海冷笑一声,"当初你单身可得手的时候,他不珍惜你。现在你有男朋友了,他反倒认真了。"

"是啊,他就是个渣男。所以,你看,我这不已经拒绝他了吗?一点机会也没留给他……"

"你留了!"星海突然怒道,"你刚才跟他说话的方式,就是让他觉得你现在还喜欢他。你这么说,他是不会放弃的。"

这还是星海第一次对她发这么大的脾气。梵梨有些被吓到了:"对不起,我

Chapter 25 星之尘埃

做得不好。他如果再找我,我态度会更坚决一点的。"

"算了,不用。"见她怕成这样,星海也心软了,坐下来,抱住她,"你还爱我,对吗?"

"是,我爱你,而且会一直爱下去。"

刚才忍了半天的眼泪,一下汹涌而出。梵梨紧紧抱住他,只觉得全身都像被拆散了再重组一样:"你不仅是我爱的人,还是曾经救过我无数次、在我最失落时陪我走过的人。我懂得辨认是非,懂得感恩。如果你不放弃我,我是绝对绝对不会放弃你的。"

"好。"星海也加大了拥抱她的力道,"对不起,刚才我太凶了。"

虽然两个人讲和了,但这天之后,星海变得非常紧张,上课时,他不会再与梵梨分头行动,而是像曾经在落亚那样寸步不离地接送她;下课后,不管她是在宿舍复习,还是在图书馆借书,他都会与她一起学习,而且有一半的时间会走神,盯着她;他放弃了两份兼职工作,就是为了能够准点把她从"海族舰艇"接回家;即便是在她工作的时候,他也会隔两三个小时就打一个电话过来,随意问候两句,就把电话挂了;不管他们在什么媒体上看到苏释耶,他都会第一时间关掉电视,扔了报纸,将图书翻页……

梵梨知道星海在害怕什么,但这个话题很敏感,不能拆穿。

两周后,梵梨的团队完成了最新芯片技术的研发。同一个周末,光海SS级赛艇锦标赛即将进行闭幕式。

领导赠送了梵梨四张一等座的票,她受宠若惊——这些票都只有公司高层才有,没想到他这么大方。她给了星海一张,其他的都分发给小姐妹们。

星海本来是舰艇爱好者,但这一回,他却没有显得特别高兴。

这一天,四十多只高速行驶的赛艇围绕着S环形道长距离疾驰。不管坐在观众席里的哪个位置,赛艇经过时都是眨眼飞过。若不是有"隆隆"的螺旋桨声和激烈的水声,还有飞溅的泡泡,很难察觉它们的运动轨迹。

赛场中央的奥术立体幻影中,360度展现着赛场上的景象:舰手坐在发动机前面,穿着防爆服,戴着厚厚的手套、颈支具和头盔。当舰手们将赛艇开入维修站,舰队工作人员们帮忙更换双螺旋桨,给舰重新补充太阳能源,擦亮舰手的头盔,一切都在十秒钟以内完成。遥遥领先的赛艇是亮红色,由于是冠军热门选手,主办方给了它很多特写镜头……

下方的字幕上,滚动着一排排科普内容:

"赛艇的螺旋桨寿命不足以支撑到比赛结束。"

"舰手需要戴上防撞头盔,舰内也带有由钢管构成的带有保护性内置框架的防撞驾驶室。"

"赛艇看起来和日常的舰艇很像,其实是高动力赛艇,动力是普通家庭舰艇动力的5倍以上。"

"根据不同的洋流情况,会配备不同的螺旋桨。"

…………

旁边的广告屏上,一家家舰艇公司的商标轮流滚动,"海族舰艇"和"圣都音速"重复频次最高。

广播中,声音沙哑的中性女解说时而冷静理性,时而热血激昂,与观众席中的安静与高呼保持高度的一致性。

梵梨本来看比赛看得很专注,突然听身边其他部门的同事说:

"你听说了吗,这回研发部的新型F8245奥术芯片有史诗级的改革。"

"听说了,都是狄瑞一个人扛下来的。上半年他差点被大老板炒了,现在立了这么大的功,人品爆发啊。"

"狄瑞看上去是个好好先生,没想到做事这么有魄力,对他刮目相看了。"

听到这里,梵梨心都悬了起来,F8245就是她研发的那一款芯片。她靠近一些:"我就是这个团队。你们是怎么知道的啊?"

"开幕式那天大老板在,狄瑞跟大家已经公开了。你们领导是真厉害。"

这两个月,梵梨拼死拼活地加班、熬夜,撕了七百多张设计图草稿,为了挑选最轻的单晶硅片,她专门又嗑了十九本晶体硅片的书,最后第一个成品的封装、测试、筛选等程序,她都是亲自盯下来的,尾巴都游断。现在,这个上班就只会拿着一串虾内游来游去的滑水领导,就直接把功劳挪到他身上了?

她不想让任何人察觉到自己的情绪,所以离开座席,一口气游到赛场外。比赛正进行到最热烈的时候,场地内外的呼声没有什么差别。

如果换成以前,她不会气成这样。但是,最近和星海的关系如此紧张,她想用最快的速度向公司推荐他就职。她本想,只要解决了这个问题,他们就能回到从前,可是现在……梵梨气得叫了一声,但满腔愤懑依旧无处发泄。

忽然,一个熟悉的声音在她身后响起:"看来我们梨梨聪明是聪明,还是单

Chapter 25 星之尘埃

纯不设防了一点。怎么可以把研究成果直接交给同事？"

回头一看，竟然是苏释耶。梵梨苦笑："狄瑞不是我的同事，是我的领导。"

"领导也是同事，也要防着。你要知道，你被抢走的可不是叫外卖、打印文件、打扫办公室的功劳，而是一项可以写上专利的研究成果。图纸交给领导之前，写自己的名字，提交到开发管理部门，备份一份发到公司总部，是基本常识。"

"唉，我就是个书呆子。"

"把你这段时间的图纸和材料都寄到我那儿，我来帮帮这个可爱的书呆子。"

"不要。"梵梨抗拒地说道，"这点小事让独裁官出马，我以后在公司还要不要混了。"

"这种事我当然不会本人出面，小傻瓜。不用为了这件事懊恼，一个人不可能成为全才。你这样不把心思放在人际关系上的人，才能真的做出实绩。以后不管你做什么工作，那些'政治'的部分，都交给我吧。"

"欠你这么多人情，我自己会过意不去。这件事我会回去好好反省的。"

"这不是欠我人情，梨梨，是我需要你。不久的将来，光海将面临一次历史上最大的变革，会出现人才极度稀缺的现象。也就是说，我极度需要你。现在，你只要专心读书，做好研究，就是对我的报答。"

"最大的变革？"

"嗯，会有很多人重获新生。那会是全新的时代，海族真正走向人人平等的时代。"

梵梨很想知道苏释耶打算做什么。但她明白，如果苏释耶想让她知道，会说出来。于是，她只是点点头。

"虽然专注事业的女人最美丽，但你还是要注意休息。"苏释耶靠近了一些，摸了摸她的下眼睑，"都有黑眼圈了。"

梵梨往后退了一截。

"对不起，我只是表达一下关心，并没打算僭越。你已经拒绝过我了，我知道。但我会继续等你。"

"不要等了，我爱星海。"

"拒绝是你的自由，喜欢你，等你是我的自由。"苏释耶淡淡地笑道，"希望梵梨小姐不要干涉我的自由。"

Chapter 26　翡翠山脉

回到宿舍以后，梵梨翻箱倒柜，按时间整理最近工作的图纸，忙到了晚上十一点过后。

星海不知什么时候来了，轻倚在窗台前，抱着胳膊，却久久不说话。抬头看见他，梵梨起身游过去，想拥抱他，却被他避开了。

"今天是周末。"星海冷漠地道。

"啊，我是不该忙这些……"梵梨回头看了一眼图纸，"我刚才只是随便弄弄，结果忘记时间了……这只是暂时的，下周不会这样了。"

"梨梨，你发现了吗？现在苏释耶更适合你。"

梵梨不可置信地看着他："你在胡说八道些什么……我爱的人是你，不要再聊其他人了。"

"你真的爱我吗？"星海笑得很苦涩。

"你不相信我了？"

看见梵梨受伤的目光，星海转过头去，在黑暗中皱了皱眉："对不起，是我自己心态不好。你先休息吧，我回去了。"

"等等，星海！"

梵梨站起来，想追上去，星海却背对着她，急促地道："让我自己静一段时间，不要打扰我。"他长吐一口气，"你也静一静，想好再做决定。"

"决定什么？我没什么好决定的啊！不要冷战可以吗？有什么事，我们坐下来好好沟通……"

"梨梨，你愿意沟通，我很感动，真的。但我们之间的问题，不是靠沟通就能解决的。不要跟过来了。"说完，他头也不回地远去了。

梵梨颓然地坐在椅子上，把头埋在双掌间，很久都没有动静。

她和星海总是形影不离，这天后，星海很快有了自己的捕猎族圈子。谣言偷偷在人群中传开，但她已经不是很在乎了。

领导的脸挨打来得很快。周末梵梨刚进入公司，狄瑞就毕恭毕敬地当着所有人道歉，说自己提交F8245奥术芯片档案时出了差错，忘记把梵梨的名字放进

Chapter 26 翡翠山脉

去,其实功劳全都是梵梨的。同事们虽然不知道发生了什么事,但也都不觉得奇怪,因为他们都是亲眼看见梵梨研究出成果的,狄瑞确实什么也没做。

看狄瑞点头哈腰伺候自己的样子,梵梨没有想象中那样解气,也不好奇苏释耶动了什么手脚。现在对她来说,这份工作已经失去了意义。

苏释耶没再来打扰她。但每过三四天,都会有"人肉"快递送红藻给她,都是人工养殖的进口款,大老远看过去都知道品种非凡。于是,在学校里,流言悄悄传开了:神秘大佬追求梵梨,星海被甩。两个当事人被问得耳朵生茧,但保持缄默。

梵梨一直麻木不仁地过着,直到当当表姐来圣耶迦那的那一天,一件小事,终于让她大彻大悟。

经当当的要求,梵梨请表姐吃饭。表姐已经结婚了,总是特别注意自己的美貌,才能当好一个尽职的花瓶小妈。所以,她拒绝了所有易胖的食物,理由是:"我已经养成了要控制热量的习惯,会远离那些只会勾起我食欲却会害了我的食物。"

"吃东西的过程也很快乐,不是吗?怎么会是害了你呢?"

"梨子,你还是太年轻。美食永远不会让你满足,尤其是夜宵——人到晚上食欲是很难克制的,如果你每次想着只吃一小口,很快你就会停不下来,越吃越多,越来越胖,还不能尽兴。不如晚上看都不看夜宵,保持清心寡欲,每天吃健康的海藻鱼肉营养餐……"

这番话是一道雷,把梵梨从混沌的矛盾梦境中劈醒。

她终于明白了,为什么每次见苏释耶,她都会觉得很痛苦,而只要避开苏释耶,她休息一段时间就不会再惦记他,能保持热情继续生活。可一离开星海,不管过多久,她都活得如同行尸走肉。

因为,苏释耶是她的欲望,星海是她的理想。

在强大的诱惑面前,欲望也会被无限放大。意志力每被欲望消磨一分,理想也会随着黯淡一分。从她被欲望蛊惑之后,她的人间理想,那片红月海之夜的璀璨星海,也随之变得黯淡无光了。

她并不是在两个男人之间摇摆,而是在两种不同的人生中摇摆。

如今她终于做出了决定。她要当一个烈性的女人,绝不屈服于欲望与本能。

从这一天开始,梵梨删掉了苏释耶所有的联系方式,彻底和他断绝来往。

她申请了另一份工作,得到了聘用书,准备用来跟"海族舰艇"谈判,让他

们接受她招聘助理。事情比她想得顺利,她还没提到要跳槽的事,领导一下答应了她的要求,还说,你想请个助理,就不用通过我了,跟人事部提交申请吧,人来了我签字。

很快第一个学期进入尾声,寒假即将来临。期末考试前半个月,按照惯例,校方为学生们组织了一场翡翠天坑旅行。

翡翠山脉又名"女神山",因为从海洋上层俯瞰,这片海底山脉的形状像一个躺着的长发女人。"她"的头发是由珊瑚和海藻组成的,海草组成了睫毛,覆盖在"她"身上的是大片生命和洋流。翡翠上方有几千个天坑,其中大约五分之一都是钟乳石洞。这里的钟乳石像面条下锅,又像鱿鱼丝悬在水中。因为都在水里,不怕被氧化。水中树枝草叶摆动,水底美丽的光影汇演,简直是梦中的场景。

天坑里的海水,没有波浪,水质特别干净,因此没有浮游生物,也没有鱼,在里面游泳,就像在太空遨游。又因这里是海族们的旅游胜地,所以这里有很多野外自助酒店,也有很多商家在景点区贩卖食物。学生们背着旅行包,跟随导师们在天坑之间穿梭,游泳,买东西吃。胆子大一些的男生,会往封闭水域的深处游,探索一些前人很少去的地方。

梵梨在人群中看见星海,他避开了视线。

见星海和三个男生一起出水,在一个巨岩后面拍照,梵梨跟过去,静静漂在水面等候。活动结束后,三个男生都看到了梵梨,面面相觑了一会儿,自觉地游开,留空间给他们。星海本也想游开,却被梵梨叫住了。

"星海,等等。"

星海停下来,但人停在岩石后,她看不到的地方:"什么事?"

听到他的声音,她的眼眶立刻湿了。很熟悉,因为是星海的声音,很陌生,因为他从未用这么疏远的语气和她说过话。

"这段时间,我没有一天不想你。"梵梨扶着岩石,鼓起勇气,努力让自己冷静一些,"可能在你眼中,你不是我最好的选择。但对我来说,你就是最好的。你的一切,我都很喜欢。只有跟你在一起,我才觉得自己的生活是有意义的。"

星海没有说话。梵梨贴在岩壁上,继续说:"你愿意为我变回那个勇敢的星海吗?不畏流言,勇往直前。即便我有过分强势的地方,你也大胆地说'等我超过你',然后跟我一起努力好吗?"

水波动了一下,她听见那边有沉沉的呼吸声,但星海还是没说话。

Chapter 26 翡翠山脉

"到现在,我依然爱你,想和你共度余生。如果你不要我,那我就这样永远孤单了。"说到这里,梵梨的手指都有些发抖,声音却还是镇定的,"你愿意尝试和我重新开始吗?"

等了十多秒,她没等到他的答复,只能长叹一声,抹掉眼角快要溢出的泪水,默默转身游走。

没游出多远,响亮的水声传了过来,她停了下来,但没转过身去。然后,一双修长的手臂从身后伸过来,紧紧抱住她。

"是我太没自信了,对不起。"星海把头埋在了她的肩窝,"梨梨,我也爱你。"

梵梨怔了几秒,眼泪腺突然决堤。她转过身去,搂住他的脖子,紧紧地。

就是这样的感觉,这才对。

这才是她爱的男孩子,她熟悉的、心安的拥抱。就算过了这么久,已经分开过,他说不出太多动听的话,但她知道他们的心是紧密相连的。

迷雾中,梵梨面庞清秀,深蓝水晶玻璃般的眼睛倒映着水光。可能是风景太美,太令人动情,星海紧紧搂住她的后腰,把她整个人往上提了一些,贴在自己的胸口,然后没有任何缓冲地深深吻她。她轻叹一声,也用力搂住他的脖子,与他缠绵地亲吻。但她每次回应一些,他都会加强回击的力度。

从这个吻中她知道了,过去的星海真的回来了。不仅如此,他还很僭越地把手伸到她衣服下、腰部的位置,然后慢慢往上攀。

然后,她被推倒在岩石旁的草坪中,尾巴还浸泡在水里。他把她两只手腕按住,亲吻她耳鳍下方的肌肤以及锁骨……

什么把第一次留到婚后,都是形式主义。

满满的爱意让人迷失,只剩下了想要拥有对方的本能。

她是如此深爱这个男孩子,愿意把自己最好的一切都给他。而且她相信,他同样如此爱着自己。

"梨梨,可以吗?"他轻声道。

梵梨闭着眼,点头。像是感受到了她的惧意,他将顺了她的短发:"是我,不是别人,不要怕……"

"好……"

虽然早就从书本上了解过具体流程,但真的做了这件事才知道,很多东西光靠看书还是不清楚的。

星海好像变成了两个人，上半身是爱着她、抚慰她的清纯少年，下半身是海洋里最凶猛的掠食者。他的眼神也是如此，一半是绵绵的爱意，一半是兽性本能。

梵梨抓着他的肩，发抖着说："星海，我……我还活着吗？"

星海本来皱着眉，很严肃，这下被她的反应逗笑了半天，而后叹息了一声："你还活着，我死了。"

言语是柔情似水的，行为却如海啸卷席。说是天崩地裂，也不为过。在全世界都崩塌的时候，她听见他在耳边用低沉的声音说："幸福至死，不过如此……"

确实像死过去了一次。偶尔鸟雀叫声提醒他们，让他们知道，这并不是一个没有生命的孤岛。

除此之外，世界小到只有他们俩。

事后，她浑身酸痛，挂在星海的脖子上，"嘶嘶嘶"地抽气："好痛。"

星海后悔死了。他没经验，刚才完成的一切都是靠本能，做错了很多事。等他反应过来以后，梵梨已经被他整"残"了。

"对不起，让我们梨梨受苦了。"星海尴尬地吻了吻她的额头，"明年我们就会学幻化陆生的奥术，到时就算在海里，我们也可以用陆生的方式交尾，就不会那么痛了。"

"明年？"梵梨花容失色，"别吧，我去学，学好了教你，我怕了海生交尾了。"

"好，下次陆生。"星海甜甜地笑了起来，把她紧紧抱在怀里，"陆生还会更亲密一些，我好期待。"

听着他加快的心跳，梵梨忽然反应过来陆生意味着什么，伸出双手把脸埋到双掌间："啊啊啊，你不要说了，差死了！"

他们掉队了，没跟学校的队伍一起回去，而是在天坑一直卿卿我我到半夜，还在大坑下方的水域里找到了投币式野外酒店：一个坑位被奥术光环绕，无法进入结界。往光壁旁边的投币机丢入十浮硬币，光壁消失，人进去以后五分钟，光壁再次出现，但从外面看，里面就像没有人一样。

星光是诗人的文字，海水是纸张，互相穿透彼此，在酒店的坑位里落下一片银白。

"有个事我们需要谈谈。"梵梨依偎在星海的怀里说道。

"嗯？"

"我在'海族舰艇'现在要到了一个招聘助理的机会,你把别的工作辞了,来当我助理吧。"她很怕他拒绝,迅速补充道,"等你助理当稳了以后,我就想办法把我的位置转给你,然后我就辞职去找一份自己喜欢的工作。"

星海眨了眨眼,一时像没反应过来。

"不要拒绝哦!"梵梨坐起来,严肃地和他对视,"你已经重新接受我了,那就要接受我是个工作狂、有可能赚的钱会比你多的现实。以后我们俩在事业上差距可能会拉大,但这与我们之间的感情无关。如果因为短期的不同步,我们俩就要闹到分开,那就太得不偿失了。"

"如果是长期的呢?"星海迟疑道。

"如果你长期比我强,你会抛弃我吗?"

"当然不会!"

"那我也一样,不管你变成什么样,就算去搬砖,我也不会抛弃你的。"

星海诧异地看着她:"你……知道了。"

"你就算没工作,处于人生低谷,也没关系。我们有存款,够我们生活很长时间。我会陪你慢慢走出低谷,再陪你找一份更好的工作。现在,你手头这些糟糕的工作真不能再做了。至于'海族舰艇'的工作,我不勉强你,但我最近这么拼命,就是希望能让他们有机会看到你。"

星光与水光中,星海的眼睛也像有蓝色的水光在闪烁。他很受触动地笑了一会儿,拍拍梵梨的肩膀,一脸正气:"好的,领导。以后我就跟领导学习了。"

"我这个领导很不好对付的,不仅在公司要求高,连在家里也要求很高。"梵梨扬起小小的脑袋,骄傲地说道,"你要爱我,疼我,眼里只有我,知道吗?"

"确实好难伺候。"虽说如此,星海却抱紧她,爱不释手地揉她的头发。

她拼命护住自己的头发,和他互戳对方的腰,闹腾了一会儿,便伸了个懒腰,重新钻入他的怀里,没过多久就睡着了。

这个夜晚,很短,也很长。

> 惺忪的晨曦照亮深蓝,
> 目光所及之处都是挚爱之眼。
> 现在的你如此近,
> 在我触手可及的身前。
> 燃烧时代无事发生的这一年,

不起眼的戏剧开始上演。
一个美丽的女孩游过来，
平凡的男孩陷入了爱恋。
拥抱她是拥抱灌了蜜的甜，
多想一切都不再改变。
光明之海缀满太阳的斑点，
暗之主的呼唤远在天边。
两个普通的恋人，
简单地相爱，述说着诺言。
褪去使命之衣的光鲜，
幸运的我们不曾遥远。
若有一天这份爱坠入深渊，
随着抹香鲸一同长眠，
我有一愿：
当银之帷幕在鬓发上搭建，
仍能怀念与你度过这个夏天；
当时之刃在脸上划出皱褶，
仍能有大海轻吟我的思念……

　　黎明时分，梵梨迷迷糊糊地半睁着眼，喊了一声星海。
　　"嗯？"星海一直没睡着。
　　"你听，海声像诗歌一样，有一点点悲伤欷……"梵梨紧紧抱住他的腰，有点害怕地说，"你会一直爱我吗？"
　　"会。"
　　"我们会永远在一起吗？"
　　"只要你不离开我，"星海低下头，对她微微一笑，"永远。"
　　不知为什么，梵梨总觉得很不安。老觉得她稍微不注意，星海就会消失一样……她晃晃脑袋，让自己不要胡思乱想，但还是没办法甩掉这种不安。
　　"星海，我们今天中午上岸那、那个什么，可以吗？"
　　星海愣了一下："真的不用等到婚后吗？"
　　梵梨要暴走了。她到底该怎么开口，才能让他知道，她只想跟他在一起，

Chapter 26 翡翠山脉

想通过更亲密的方式来加强他们之间的羁绊,是否婚后根本无所谓。她纠结了半天,脸上的表情像开了染坊,让星海饶有兴致地观察了半天。

"那……"星海低头笑了出来,"其实,梨梨也会想要我,对吗?"

梵梨跳起来咬他的胳膊,脸都红透了,想说的话却被他的吻堵住。

一阵头晕目眩的亲吻过后,梵梨靠在他的怀里,幸福感已经快溢出胸膛了。星海也有些意乱情迷了,捧着她的头,胸膛起伏,轻轻喘息着:"不行,我们还是先去领个证。我们说好的,婚后再……"

梵梨捂住他的嘴,摇摇头:"真的不用,一直以来都是你为我付出,我总是不能给你回报更多。能把第一次给你,已经是我最大的幸运了。"

良久,星海才点点头,眼眶有些发红。

他们约好下午两点去西海滩,然后又继续睡了过去。

西海滩是圣耶迦那西边正上方海岛上的一个海滩,有一家酒店是海族冒充人类开的。想到他们可以在海滩上约会,梵梨就觉得很雀跃,一觉睡到早上十点。

醒来的时候,星海已经不在了。梵梨本想联系他,但想想他可能是为了仪式感,所以故意先回去了。她也赶紧回到圣耶迦那,跟霏思去买了一条白色的陆用长裙,连饭都来不及吃,就戴好隐形眼镜,穿着这条裙子,手腕、脚踝上戴着雪白的珍珠链,并在红色的鬓角佩戴满白色贝壳头饰,游向岸上,准备赴约。

途径翡翠山脉头部时,一阵海浪冲来,她的脑袋像被千斤巨石狠狠砸了几下一样,周围疾驰而过的舰艇差点把她撞飞。她捂着头,想弄清楚发生了什么事,却觉得恶心想吐。胸腔内部感到一阵剧痛,甚至有了胸腔破裂的错觉。她本能觉得不对劲儿,闭着眼一口气往上冲。

出海之后,阳光洒在她的头上,肩上,刚才的不适感散去。她一手按着胸口,一手按着嘴,吐出了一口血。手心的海水很快稀释了血,她又惊又惧,洗了洗手,忍着胸腔内部的余痛,游到了沙滩上。

坐了十多分钟,痛感完全消失了。她迷惑了半天,但想想马上要见到星海,也就没再把这件事放在心上。

这时是正午,阳光炽热,她刚上岸不到十五分钟,裙子就干了一半。她走路时用两只脚插入沙滩,任沙粒覆盖着她的脚背,暖暖软软的,就像滚烫的爱意一路蔓延到了心底。但是,抱着新娘待嫁般的心情,她等了一个小时,也不见星海的身影。这么重要的约会都要迟到,星海也太粗线条了吧?

但海底的通信仪在岸上不能使用。她又怕下海把裙子重新弄湿,就失去现在被海风吹起的飘逸之美了。于是,只能心急如焚地继续等待。

两个小时后,梵梨有些紧张了。她忍不住了,下海去打电话给他,没人接。她又重新回到岸上,重新晒干裙子,看着岸上偶尔有其他海族路过,不时向她投来好奇的眼神。

开始那种激动的心情已经没了大半,留下更多的是担心。她焦虑地踢着沙子,只觉得度秒如年。星海不可能不赴约的,他保护了她那么长时间,从来没有迟到过。他该不会是遇到什么危险了吧……不可能,他是化险为夷的高手。

就这样,在慌乱中,漫长的一个下午过去了。太阳的热度减低了很多,一些海族旅人跳回大海,变出鱼尾,迅速消失在一缕光中,回到了光海的次元。

天还没完全暗下来,一抹巨大的铅灰色云层张开魔掌,无声无息地遮住了阳光。天气变得潮湿,热带雨林里的蚊虫恣意飞舞。梵梨靠在礁石上,抬头看看天空,不知道该不该回去。正在纠结的时候,她听到身后传来了年轻男人的声音:"你想等到什么时候?"

回头一看,她揉了揉眼睛。

"苏释耶大人?"她将身体慢慢地完全转回去,"你……你怎么也上岸了?"

真的是苏释耶,他的头发和衣服都是干的,应该上岸有一会儿了。相比她的惊讶,他的竖瞳中只有一片平静与冷漠:"你还没回答我的话。"

"我是在这里等星海……"

"你想和跟星海陆生交尾,是不是疯了?"苏释耶压抑着怒气说道,"你在我面前一直自诩保守,就是这么保守的?"

她涨红了脸,又羞又怒:"你偷听我和他说话!"

苏释耶冷笑一声,没回答她。

"谁说保守就不能和自己喜欢的人发生关系?这是我的决定,与你没关系。"

"那你说,我是怎么知道你想和他做什么的?"

梵梨狐疑地看着他:"星海不可能告诉你这些,你在他身上装了监视器吗?"

"你对他了解有多少,他的出身、他的过去、他的种族、他的健康状况、他的家人……你知道多少?"

"我知道他是星辰海军人家庭出生的,父亲是青鲨族,母亲是海洋族,他有负面情绪吞噬症……我知道他不健康,但无所谓啊,我也没有好到哪里去。在

Chapter 26 翡翠山脉

我眼中,他就是什么都好。"

"那你知道这些都是他骗你的吗?"

"他骗我?"梵梨觉得星海比苏释耶可靠多了,所以也不反驳苏释耶,"他说什么我就信什么,骗我我也信。"

"他甚至连一个独立的生命都不是,你接受吗?"

"什么……"梵梨后退一步,开始感到害怕了,"什么意思?"

"他只是一个拟态生命,军用的。"苏释耶缓缓地道,接着的话如晴天霹雳,"而且,现在这个拟态生命只剩下一周的寿命了。但我看你开始犯蠢,居然想和他做到最后一步,所以提前中止了他的行动。"

"我不信。"梵梨条件反射,第一时间就使劲摇头,"我一个字都不信。"

"还记得你第一次和星海见面的场景吗?"他停了一下,见梵梨只是脸色苍白地看着自己,接着说道,"那时他的意识是我操纵的。"

梵梨当然不会忘记第一次与星海见面的情景。这也是让她困扰了一段时间的谜题。因为第一次见面的星海眼神、气质、说话方式比后来的星海成熟很多,说是苏释耶换了个壳,她真的会相信。

"苏伊逃出风暴海以后,没过几天就被我追到了踪迹。"苏释耶的笑容冷淡,"但是那一次我抱过你,发现你的反应非常奇怪,我就开始觉得,是不是苏伊在假装灵魂交换。我没时间一直盯着你,就往这个拟态生命里注入一个人的部分记忆,让他来完成任务。这就是你要爱一辈子的星海。"

"我不信……"梵梨虚弱地说道。

"不信是吗,那你还记不记得你和星海一起在落亚荧光海亲热了一个晚上?"见梵梨脸色越来越难看,苏释耶云淡风轻道,"那个也是我。"

"不可能!"

虽是这么说,但她不可能忘记荧光海之夜的细节。那时的星海确实和平时太不一样了,狂野又性感,一颦一笑都散发着迷人的气息,让她晕头转向地爱了好长时间,后来每每回忆起来,都会觉得很不好意思……

"你看看,你连星海发生了巨大变化都没察觉出来,还好意思说了解他。"

梵梨抱着双臂,眼眶湿润,但还是保持着镇定,轻轻摇头:"我不信,苏释耶大人,您不要跟我开这种玩笑了。一个拟态生命,怎么可能有那么完整的人格。他除了偶尔会假死,有负面记忆吞噬症,根本就是一个活生生的人啊……"

"我说了,因为我往他身体里注入了一个人的部分记忆,他当然看着很真实。"

"那个人是谁?"

"你不会想知道的,那个人已经不存在了。"苏释耶叹了一声,"星海的意识与我是互通的,但不是即时的。他会'假死',其实就是到了他把观察到的情报提取到我意识里的时刻。你可以把他当成一个机器,那时候正在返厂修理。"

梵梨突然想起很久以前发生的一件事。

"我和星海第一次去奴隶市场的时候,有个奴隶主卖与苏伊有血缘关系的奴隶,后来被深渊族杀了……其实那是你做的事,对不对?"

苏释耶低头沉思了一会儿:"好像是有那么一回事。那天,星海也跟你聊过他的'负面记忆吞噬症',对吧?其实他没得这种病。所谓'负面记忆吞噬症',就是因为有很多记忆不利于他间谍的身份,我刻意让它消失了。例如,他是怎么知道父母死前那么多细节的。"

经苏释耶提醒,梵梨才察觉这件事很奇怪。星海说过,他的父母是饿死的。那么,在饥荒的状态下,如果他也在附近,应该也会因为没有食物饿死了才对……

"他……是怎么知道的?"

"他父亲濒死的时候,无论如何都不肯吃母亲的尸体,并且对他说:'儿子,你记得,找到你的妹妹,她的人生决定了整个光海的存亡。所以,你不能死,你一定一定要活下去。'所以,他的父母死了,他却活下来了。"

梵梨本想问他"所以呢",但反应过来他在暗示什么,脸色瞬间变得更加惨白了。然后,一道惊雷在海上的天空"轰隆隆"响起,像是要把人的灵魂都从身体里震出来。晕眩感排山倒海涌入大脑,让梵梨立即有了呕吐感。她不敢相信,星海居然经历过这么可怕的过去。

"等等,"梵梨眯着眼睛说,"星海……有妹妹?"

"嗯。"

梵梨浑身的鸡皮疙瘩都快竖起来了:"你往他身体注入的记忆的主人,到底是……是谁?"

"那个人就叫星海。"雷声伴随着苏释耶的声音响起,让他的声音听上去虚虚实实,"但这个拟态生命的身体里,只有星海七十四岁以前的记忆。"

"那七十四岁以后呢?他去了哪里?"

"这不重要。你只要知道,你所认识的星海只有七十四年的心智,这也是你

Chapter 26 翡翠山脉

们俩认识这么久,你能前进,他却一直停滞不前的原因。他不是一个真实的生命,因此也不会成长。"

说到最后,大雨倾盆而下。

"不可能……"梵梨擦掉脸上的雨水,颤声说道,"不可能,怎么可能。星海怎么可能不是真的,我不信,你说的一个字我都不信……"

苏释耶没说话,只是对着一个地方伸出食指。一道金光冲出去,星海出现在了梵梨面前。他晃了晃脑袋,看到梵梨,看看灰色的天空,冲过来抱住她:"对不起,梨梨,我又进入假死状态了。我……是不是迟到了很久?"

梵梨只觉得眼眶、鼻尖都很酸涩,好像再也无法听清任何人说话。但她不知道自己是不是在哭。她一头埋入星海的怀里,紧紧抱着他,抖得不像样,整个身体都疼到仿佛不属于自己。

苏释耶静静看着他们俩相拥,面无表情。

雨下得越来越大,把梵梨的白色连衣裙又淋得湿透了。没过多久,她就变回了海生状。她无法站立,整个人都瘫软下去。

星海赶紧接住她,捧着她的脸,着急道:"梨梨,你怎么了?发生了什么事?"

"我,我……"梵梨用力摇头,哽咽得说不出一个字。

苏释耶又指了一下星海,星海浑身一震,被冻结的雕塑般,半睁着眼,一动不动,梵梨从星海的怀里滑倒在地。

"不要!"她趴在地上,胳膊上、脸上全是肮脏的泥沙,"苏释耶大人,你一定有办法让他活下去的,是不是?"

"他根本就没有活过,你要我怎么让他'活下去'?"

"不,他活过!他真的活过!虽然你说他只是拟态的,但我知道,他是有灵魂的!苏释耶大人,求求您,让星海活下去,好不好?我不介意他是不是真的生命,我爱的就是这个人,这个在落亚大学和我认识的男孩子,这个一路保护我,陪伴我,和我许诺要在圣耶迦那一起生活,一起创造未来的男孩子……"

她说得很真切,似乎有条理,但内心早就崩溃了。

"我可以让他回来陪你最后一周。但是,在他生命结束那一刻,即便我不想看,也会知道他所经历的所有细节。你如果不想让我再看到你的裸体,再体验一次睡你的感觉,就不要和他搞到最后一步。"

这样的话已经刺激不到梵梨了。

"一周太短了。"她抓着他的衣摆,苦苦哀求着,胳膊上的泥沙都蹭在了他的白色足丝衣料上,"再给我们十年时间可以吗?"

他没说话。

"五年,五年好吗?"

"那三年,三年就够了。"

"一年?"她回头看了一眼被冻结的星海,声音沙哑而绝望,"只要一年就好,求你……"

苏释耶终于低头看了她一眼。地上的海洋族女孩尾巴被雨水淋得发亮,头发湿漉漉地贴着脸颊,鬓角上漂亮的白色贝壳早就散落了一地,就像沙滩上随处可见的贝壳残骸。她垂着头,哭到瘦削的肩膀和手指都在颤抖。他皱了皱眉,弯下腰,轻松地把她横抱起来,静静地望入她的眼:"很伤心,是吗?"

梵梨缩在他的怀里,很想抱着他大哭一场,但一想到这个人就是罪魁祸首,就不愿这么做。她确实很伤心,连发怒的力气都没有了,只能缩着双肩,任雨水拍打在他们的身上。苏释耶的声音很轻,在她的上方响起:"我不懂你为什么要如此执迷不悟。如果星海是你爱的人,那我可以肯定地告诉你,他早就不存在了。"

"既然如此,你为什么要让他留在我的身边?"她呜咽道,"我是如何和他相爱的,这一路你也看到了,不是吗?你为什么要纵容我们相爱,再把他带走?"

"是我自大了。"

她听不懂苏释耶的话,但苏释耶也没打算让她明白。

是他自大了。他以为梵梨如此迷恋自己,等她到了圣耶迦那之后,他就可以顺理成章地把她从星海手里抢过来。因为如此自信,所以他放任自己回味每一个与梵梨相处的瞬间。

其实,何止是梵梨一人会依赖与星海纯洁的恋情。他也一样,他也曾经像星海一样爱过一个女孩了,但他们从来都没有机会开始。

星海与梵梨,和他们俩是如此地像。每当星海的记忆进入到他的意识,他都产生了一种极度真实的幻觉。就好像那一场被战争与政治摧毁的初恋,终于得到了圆满的结局。每当梵梨用天真而狡黠的眼神看着星海,他好像都透过星海的眼睛,看见了那个他单恋过的女孩子过去的倒影。

在这一场过于美丽的梦境中,她终于不再只是留给他冷漠的背影,她终于愿意回头看他一眼,对他说出那一句永远也听不到的"我爱你"。

Chapter 26 翡翠山脉

大雨把苏释耶的白发淋湿,狼狈地挡住了他一只眼睛。

"梨梨,对不起,这件事责任全都在我。"他低头看着完全崩溃的梵梨,疲惫地说道,"我如果一开始就非常确定你不是苏伊,也不会任事态发展到今天这一步。对不起。"

"我和星海,还能相处一周,对不对?"梵梨却没法思考别的事。

"嗯。"

"那,可以把他的时间贮存起来吗?"

"可以。"苏释耶把她放下来,单手抱住她,不让她滑落下去,取下她的珍珠耳环,挥挥手,星海便化成一道光,进入了她的耳环里,"你想他出来的时候,用力握紧珍珠,他就可以立刻出现。等你不需要他陪伴的时候,再握紧珍珠,他就会回去了。他还有一百七十三个小时。"

梵梨双手捧过耳环。因为注入了奥术与拟态生命,珍珠散发着淡淡的灰白色荧光,就像星海的头发。她把那颗珍珠小心翼翼地抱在胸口,身体微微发抖,却不敢用力握它。说好要在一起一辈子,如今只剩下了一百七十三个小时。

她回头,眺望灰雾之下的苍茫大海,只觉得那里空空一片,什么都没有。什么落亚,什么圣耶迦那,什么光明的未来,都和她没有任何关系。梵梨这个海族女孩的人生,抑或是大奥术师苏伊的身体,也与她没有任何关系了。

她把珍珠递给苏释耶:"独裁官大人,可以帮我保管一下这颗珍珠吗?我先休息一段时间,再找您要回来。"

"可以。"苏释耶接过珍珠。

"谢谢您把他最后的时间留给我。"说罢,她纵身一跃,跳回了海里。

梵梨一口气冲回圣耶迦那大学的宿舍,在床上发呆了两个小时。最后,她拉开抽屉,找到了藏在了最里面的黑色小药瓶——逆向时空灵魂交换魔药,一口气喝了下去。

意料之中也是意料之外,无事发生。然后,她发疯一般在图书馆寻找军用拟态生命的书籍,遗憾的是,一无所获。

梵梨又致电苏释耶,得知拟态星海寿命没办法延长,他只能重新制造一个拟态生命。而且,她和星海的记忆不会保留。

"不保留也可以,可以再造一个吗?"梵梨不死心地说道。

"只要你愿意为圣都党做事,我可以答应你这个无意义的要求。但我得告诉

命,这种拟态生命是必须依附以太之躯而存在的。不管再造几个星海,他的所有感受都会同步反馈到我这里。"

"你不能选择不听不看吗?"

"不能,以太之主创造我这躯体时,只想打造一个战争机器,所以,宿主与拟态生命之间的功效只适合发挥在军用间谍上,没办法变成你想要的恋爱玩偶。"

"那你可以告诉我,真正的星海去了哪里吗?"

"他已经死了。"

意料中的答案。梵梨早就有这样的预感了。

"那,苏释耶大人,真正星海的家乡在哪里,他妹妹叫什么名字,他真实的家庭是什么情况……还有那些他没有告诉我的事情,你可以告诉我吗?"

其实,她也不知道自己为什么这么执着于星海存在过的痕迹。就算找到又能如何,那根本就不是她的星海。

苏释耶很长时间没说话。她只能听到电话里水声潺潺,他的呼吸平稳得好似在出神。

"苏释耶大人?"

"真正的星海,你不会喜欢的。别研究那么多了,往前看吧。"说罢,苏释耶挂断了电话。

梵梨彻底失去了人生目标。接到苏释耶的电话后,她只是叫他把藏了星海生命的珍珠还给她,便有气无力地挂了电话。

在学校,新的奇奇怪怪的流言又传开了——星海为了躲梵梨,连课都不上了。最初的流言散播者是琉香。她几次冷嘲热讽地提起梵梨和星海,梵梨也再愤怒不起来,只是混沌度日。

她以为自己会号啕大哭,但其实回来之后,她没什么悲伤情绪,快乐也同时消失了。原来,哀莫大于心死,是这个意思……

她到实验室把苏伊的魔药变形成分提炼出来,制作出了一模一样的变形药,但剔除了消除记忆的部分。然后,停止了喝苏伊的药,打算通过苏伊的记忆,找到变回范梨的方法。她知道,一旦恢复了两百多年的记忆,她的个体很可能会被吞噬,被苏伊取而代之,或者她会连自己是谁都不知道。

但她现在连这种事也不是很在乎了。

从这一天开始,苏伊的记忆一点点涌入了梵梨的生活。

Chapter 27 苏伊的追忆

　　追忆碎片一

　　我和米瑟姨妈远离了菩提海，乘了两天十七个小时的舰艇，抵达星辰海，准备开始新的生活。

　　我们舱内外都印有鱼尾缠绕的星星徽章——米瑟宗族的象征，窗外的景象对我来说却无比陌生。我指着外面说："米瑟姨妈，你看，好奇怪，外面好多树都泡在水里！"

　　"这就是斐理镇最美的地方。全光海只有这里才有海底森林，而且一年里只有四个月的涨潮期才能看到哦。即便是在菩提海和圣耶迦那，我们也只能看到海里的一棵树，看不到那么大片的森林呢，漂亮吗？"

　　我捧着脸，花痴地憨笑："漂亮亮！"

　　"那我们小梵梨期待住在这里吗？"

　　"不期待！"我使劲儿拍打着小尾巴，"海底森林没有菩提海的麝香花铃谷漂亮，我想回菩提海！我想寻月姐姐！"

　　"虽然这里没有寻月姐姐，却有一个很漂亮的哥哥在等你哦，不想见见他？"

　　"漂亮的哥哥？"我觉得自己眼睛都亮了一下，但很快又垂下脑袋，"不想，再漂亮也没有寻月姐姐漂亮！"

　　"好啦，不是已经告诉过你了吗？米瑟姨妈有很重要的事要做，不能再继续照顾你。你要把星辰海当成你的家，把斐理镇这一家人都当成你的家人。从今以后，他们就是你的爸爸、妈妈，还有哥哥，知道吗？"

　　来之前我就哭过、闹过，但以前的卖萌装可怜对米瑟姨妈一点用也没了。连米瑟寻月姐姐也跟我说，为了我好，我必须得搬走。米瑟姨妈摸摸我的头："小梵梨，从今天开始，你就有姓了。以后如果有人问你姓什么，就说你姓星，知道吗？"

　　"星梵梨，好难听啦。"

　　"明明很可爱。"

　　我是一个孤儿，从小就不知道父母是谁，名字是米瑟姨妈给起的。我本以为自己姓梵，但在光海字典里，查无此姓。

忘了说,我的同龄人别说查字典了,他们连字都不认识。从小我就知道自己是个聪明的孩子,可我这么聪明的孩子居然也会落得被抛弃的下场,真是太惨太惨了。

舰艇穿过海底森林,停在一片珊瑚礁环绕的双层别墅前。有一对夫妻在门前迎接我们。米瑟姨妈把我从座位上抱起来,游出舱门:"来,梵梨,这是你的新家,他们是你的爸爸妈妈哦。"

对上那个女人温柔的眼神,我脸一热,把头扭过去,埋在米瑟姨妈的肩窝里。那个女人笑了起来,连笑声都那么温柔:"梨梨,不要害羞,以后你就是我们的亲女儿,是我们儿子的亲妹妹。"

我悄悄转过头,悄悄看他们。男人清秀冷峻、高大挺拔,留着一头利落的银灰色短发,尾巴肌肉线条分明强劲,应该是青鲨族,女人眉目美丽,气质温婉,厚厚的金色长发盖在背后,有一条冒着金光的辉耀鳍——她和米瑟姨妈一样,是一个海神族。咦?这对夫妻……种族差距这么大?我怎么记得寻月姐姐和好多海神族姐姐聊过,海神族是不能与外族通婚的……

还没来得及多想,米瑟姨妈就把我抱到了他们面前。我特别喜欢这个海神族阿姨,她一伸手想抱我,我也没怎么排斥,就乖乖坐到她胳膊上了。海神族阿姨摸摸我的头:"老公,你看,我们女儿长得可真漂亮,星海一定会喜欢她的。"

这对夫妻别墅的客厅空间不算大,但餐桌上摆着紫红色的珊瑚草,电视柜上摆着一家三口的娃娃,茶几上摆着舞动的鹿角藻和新鲜的海葡萄,窗帘上有人工缝纫的海面日出图……所有摆设都是整齐的,唯独桌上有一堆深海战舰的玩具乱七八糟。海神族阿姨牵着我游过去,把它们收在桌子底下。鲨族叔叔过来,把我另一只手拎起来了一些。我一看不远处的镜子,里面有一个系着两条辫子的红发小女孩,脸圆圆的,下巴却是尖的,头发蓬松得像被炸弹炸过,一双蓝色眼睛大到让人看不到她脸上剩下的部分。她的青尾肥而短小,小尾鳍"啪嗒啪嗒"地快速扇动,跟小蜜蜂似的。她被夫妻俩同时提起来,像被十字架架住了一样,场面有些搞笑。很显然,这就是可爱的我了。

"星海,星海,快来,妹妹来喽。"海神族阿姨喊道。

随着水声淅沥作响,楼梯间传来尾巴碰扶手的声音,一个小男孩冲下楼梯。他的尾巴是鲨族叔叔的同款缩小尾巴,却长着海神族的耳朵,脸和他妈妈特别像,白皙秀丽,鼻尖一侧还有一颗小小的美人痣。果然如米瑟姨妈所述,是个漂亮的

Chapter 27 苏伊的追忆

哥哥。但是,他脾气不怎么漂亮。

我好奇地看向他,对他眨了眨眼睛。他皱了皱眉,一脸嫌弃的样子:"妹妹?"

鲨族叔叔点头:"对,这是你妹妹,梵梨。"

我跟荡秋千似的前后晃尾巴,尾鳍保持蜜蜂的高频扑打,镜中的小女孩大眼睛也笑成了两个弯月的形状:"星海星海,我是梵梨哦。"

小星海仿佛受到了冒犯,只是不耐烦地往天上看了一下。海神族阿姨轻声说:"梵梨,他是哥哥哦,叫星海。这个是爸爸,星辉。我是妈妈,赫柏。"

我睁大眼,嘴先是变成正圆形,然后犯了大错般抿成一条缝,用力点了两次头,再次回头对星海露出了笑容:"哥哥!"

星海好像不怎么喜欢我。他迅速从桌子下方找到舰艇玩具,就想回到楼上去。但他被星爸爸叫住了:"星海,妹妹初来乍到,你做什么呢,坐下。"

星海只能乖乖坐下。

在光海,孩子的姓氏和社会阶层都由家庭里地位高的家长决定。打个比方说,如果一个混血孩子跟爸爸姓,他的母亲就是海洋族。可是在星家,妈妈明明是海神族,孩子却跟爸爸姓,好奇怪哦……于是,我大胆地提出了自己的疑惑。

"那是因为爸爸是个很伟大的军人,相比爸爸,妈妈除了血统一无所有呢。"新妈妈捏捏我的脸,"梨梨真的好聪明,这么小就知道这么多,哥哥一定也会很喜欢你的。"

她把我牵到星海面前,陪星爸爸和米瑟姨妈聊了一会儿,就带着米瑟姨妈去厨房了。接着,又有人打了星爸爸的电话,客厅里只剩我们两个小朋友在。

没有父母的监督,星海完全忽视了我的存在,自顾自地玩着玩具。我短短的手肘撑在桌子上,双手捧着脸,静静看他玩。因为害怕打扰他,我的尾巴不再"蜜蜂扇"了,而是死蝙蝠翅膀似的贴在粉色砂岩地板上。看他玩得认真,我凑近观察了一下,却被他瞪过来的水蓝色眼睛吓得后退一些。呜呜,捕猎族哪怕是小时候都很恐怖!

"看够了?"星海凶巴巴地说道。

我乖巧地摇摇头,决定不再害怕他,强行凑过去盯着看。他又瞪了我几次,没用,于是后来的时间里,他都一直在自己玩耍,任由我在旁边静静守着。

我是一个很有自知之明的宝宝。不光知道自己聪明,还知道自己长得萌。所以,在星家住下来的第一天,我就没担心过,自己和哥哥以后会相处不愉快。

我很喜欢毛柄粗皮鲀,特意把小宠物从菩提海带了过来,放养在新家门口的海草坪中,蹲在外围默默观望,时不时还抓住鲀鱼摸一把。看见我把初吻都奉献给了鱼,爸妈都觉得我超可爱,哥哥却嫌弃得不行了。

没错,事实说明我错了。这是燃烧时代24500年,我十九岁,星海二十六岁,直到十年后,我们开始念小学之前,这个哥哥都是个在邻居小朋友面前对我温柔,私底下动不动就抢走我玩具的坏蛋。但我也不怕他,因为我有自己的撒手锏,每次都可以让自己处于不败之地。

那就是,跟爸妈告状。

追忆碎片一结束

这段回忆令梵梨陷入了呆愣的状态。

难道这个身体其实根本不是苏伊的,是苏释耶弄错了?不可能啊,之前有那么多证据……还是说,苏释耶是星海?这个假设太疯狂了。她越想越头疼,干脆让自己放空了一天,等待又一天过去,新的记忆涌来。

追忆碎片二

我的成长速度很慢。一般海洋族在我这年纪都挺大个儿了,我却还是一副发育不良的可怜样,让爸妈很担心。但我自己感觉很好,每天活蹦乱跳,无不良症状。

星辰海的厄斯郡是捕猎族最多的一个郡,斐理镇又是鲨族的大本营。二十九岁那一年,爸妈把我送到了哥哥的学校——斐理第一小学,我才知道了什么叫"鲨山鲨海"。作为一个发育不良的海洋族,我躲在妈妈背后进入学校,在捕猎族孩子们强势围观下,穿过操场、升旗台,颤颤巍巍地进入一年级教室。

刚坐下来,就有两个鲨族男生来抓我的耳鳍,说怎么会有女生把食材戴在脑袋上。我被他们扯得耳鳍都有些发疼了,感觉心脏被插了一刀。接着,我抱着头想甩掉他们,但他们力道太大,完全没办法。

"你们活腻了吗?这女孩是星将军领养的女儿。"一个鲨族女生说道。

"星海的妹妹?!我的奥达宗神啊!我错了,不该说您高贵的耳鳍是食材!"

还提食材。心脏又被插了一刀。

第一天上课,除了同学们用讲鬼故事的表情向我科普了"考试"一词的意义,

Chapter 27 苏伊的追忆

我最大的收获,是看见了哥哥的另一面。以前只觉得他凶巴巴的,很讨厌,现在却发现了,"星海"这名字还可以用来当护身符。不管是谁想欺负我,只要大喊"我哥哥是星海",就跟对妖魔鬼怪喊"恶灵退散"一样奏效。

在捕猎族的世界里,我还知道了一件事:女孩子比男孩子勇敢。男生对哥哥都会露出畏惧的眼神。但当哥哥跟一帮男生游过操场时,总有那么几个女生在后面,用甜甜的声音整齐地喊道:"星!海!"

哥哥果然是哥哥,不给她们任何眼色,却给了我眼色——目光和我对上了,然后冷冷地瞪了我一眼。

"呀,好像这个妹妹在家里地位不怎么样欸,好可怜……"后面有女生说道。

"这是不是意味着,以后我们可以继续说她耳鳍是食材了?"

插刀暴击!我翻身用小尾巴踹开一团自上而下养殖的藤条状海草,结果被海草钩住尾鳍根部,挣扎了几下甩不开,还有被拽走的趋势。我惊慌失措地摆尾往前冲,但反作用力越来越大,整个人被它拽了回去,随着"哗"的水声,飞到高处,做了十几圈离心运动,又被海草缠住脑袋和手,落了下来,倒吊着,跟条晒干的咸鱼一样在水中晃来晃去。人群里爆发出怎样的笑声,我已经不在乎了,"弃疗"。

哥哥慢慢游过来,抱着胳膊,抬头看我:"第一天上课就这么多事?"

我面无表情地跟着海水摇晃了半天,"星海,你最好不要跟我讲话,我现在火气大得很,会咬你的。"

他嗤笑一声,居然转身就游走了。

因为星海这个坑货,很快班里的同学都知道了我和我哥亲情非常不牢固,毕竟是捡来的孩子,大家都懂的。我一直被他们翻来覆去地说,直到第一次考试结束,才洗尽了耻辱。

"咱们班的第一名,也是年级第一,梵梨,三百分。海族语一百五十分、数学一百五十分。"

从班主任公布完成绩那一刻起,我的形象大转,突然多了很多迷弟迷妹。用"耳鳍食材"暴击我的男孩子晋升为"舔狗"。从他们真诚的眼神中,我知道了,他们以后考试想抄我的卷子。

在光海,没有姓的孩子很多,几乎都是卵生弃子。一次,班里女孩子提到了班里的某某是卵生弃子,一脸同情。想起以前我没有姓,大概率是因为我也是

351

卵生弃子。于是,我把自己的想法告诉了她们。

"难怪你哥哥要欺负你。星海真的太过分了,他连小孩都不能生,有什么资格欺负你?"

我第一次知道,生物学有个名词叫"生殖隔离"。海神族和非海神族的异性结合,生出的小孩叫"海神族混种",海神族混种是不能再生小孩的。哥哥就是爸妈无视生殖隔离强行结合的产物。因此,学校里总有一些小人乱说他。

有一回,一个鲨族男生喜欢的女孩子向哥哥示好被拒,鲨族男生就到处讲哥哥是混种的事。不知道为什么,我虽然经常私底下讨厌哥哥,但别人一说他不好,就觉得很生气很生气。我气呼呼地去反驳,说你这是嫉妒我哥哥有女生喜欢。

"噗,学妹,嫉妒星海?那还犯不着。毕竟你哥哥是不会有人嫁的,因为……"他回头看了看周围的男生,爆发出充满恶意的笑声,"哈哈哈!"

"我觉得就算你这么说,你喜欢的女孩子也还是喜欢我哥,她是永远不会喜欢你的。"

那个男生发怒了,挥着拳头就要过来打我。我一溜烟游到教室门口,对他做出一个鬼脸:"男生的嫉妒,好可怕哦。"

"我嫉妒?嫉妒你们兄妹俩?!断子绝孙的哥哥,卵生鱼饵的妹妹!"

说实话,我很快就接受了自己是卵生弃子这个设定,一点感觉也没有。但是,"断子绝孙"这个词用在哥哥身上……我活了三十年,第一次感到了胸腔都要被焚烧成灰的愤怒。接着,我们俩在门口进行了为时七分钟的骂战。

"你喜欢的女孩子就算断子绝孙也不要你!"最后,我在门前高喊道,"因为,你就是一个坏人,人品和基因都太低劣了!"

男孩的眼睛变成了竖瞳,攥着拳头向我冲来。我往教室里躲,但他好像气过头了,打算直接进我们班……我在教室里绕着课桌打转,班里的同学也被高年级男生的冲动吓到了。这时,"嗖"的一道水声响起,闪电般的身影挡住了教室门口。我们还没看清发生了什么事,那个男生被一拳打在地上。

"梵梨,你给我出来。"哥哥的声音冷冷响起。

男生抬头一看,发现面前的人就是星海本人,一点反抗都没有,道着歉,屁滚尿流地逃了。

我知道自己惹了祸,垂着脑袋,跟着哥哥慢慢游出去,到了一片空无人烟的珊瑚礁旁。看见他的背影,我几次想开口,都没勇气说话。

Chapter 27 苏伊的追忆

"对于别人的厌恶,永远不要正面回应,因为解决不了任何问题。"

本来以为会被他痛骂一顿,没想到他语气很平静。可是,他越平静,我就越难过,揉着眼睛,委屈巴巴地拽着他的衣角:"可是,我不喜欢别人那么说你,太不公平了……"

"他们说的都是事实,没什么公不公平。"

本来还抱有一丝不切实际的希望,得到哥哥如此肯定的回答后,我眼泪再也憋不住了,大颗大颗流到海里:"可是,哥哥……我不希望哥哥以后没有孩子,我想哥哥和所有人一样,有家庭,娶一个漂亮的老婆,有可爱的宝宝……"

"不要幻想没可能发生的事。爸爸以前就跟我说了,身为男人,我能做的事还有很多。"他转过身来,背着光看着我,眼中有我从未见过的温柔,"例如,保护自己的家人。"

"家……家人?"我指了指自己,"包括我吗?"

"爸爸不需要我保护,妈妈有爸爸保护。你说我说的是谁?笨死了。"哥哥伸出食指和拇指,在我额头上弹了一下。

被哥哥打的那个男生是个厌包,跟老师告状了,但对自己骂哥哥、想打我的事绝口不提。晚上回家,爸妈把哥哥教训了一顿,但不管怎么问他动手的原因,他都不解释。哥哥回房休息后,我偷偷把真相告诉了妈妈。刚说完,妈妈豆大的银色泪珠就滚到了海水里。她伸手捂住悲伤的脸,额上有青筋暴突,许久才平复情绪:"星海太懂事了,妈妈只觉得更对不起他。"

原来,爸妈并不是夫妻。曾经他们互生情愫多年,但一直隐忍克制。直到战事结束后,爸爸的名字被误报在死亡名单里,妈妈痛不欲生,后悔莫及,他们才离开了尔国临格的上阶海族阶层,私奔到这个与世隔绝的小镇。八百多年来,每一次同房,都谨慎地做好防护措施,但还是意外怀孕了。

要不要这个孩子,他们矛盾了很久。放弃孩子的生命,他们问过他的意愿了吗?如果把他生下来,没有生育功能,他说不定会在遗憾与阴影中度过一生。

最后,他们互相问了对方一个问题:"如果你是这个孩子,会不会想来到这个世界上?"

爸爸的回答是"会"。他觉得,英雄与繁衍无关,男人还可以钻研学术,寻求真理;锄强扶弱,维护正义;保家卫国,赤胆忠心。

妈妈的回答也是"会"。她觉得,任何生命来到世上,并不只是为了繁衍后代,

也可以是为了看日出,赏珊瑚,与鱼同游,与海共舞,体验世间万物无声变化的每一个细节。

所以,他们让哥哥出生了。

哥哥是个在父母的爱中长大的男孩子,童年很幸福。随着年龄长,他渐渐知道了自己的秘密,性格也越来越安静。可他从来没有怪过父母一次。他学习很认真,人缘好到隔壁学校的学生都经常慕名而来,与他结交。所以,哪怕孩子们都知道他是海神族混种,也敬佩他,把他当成精神领袖追随。

和妈妈聊天结束,我上楼敲了敲哥哥的房门,得到了他的应允后进去。

哥哥背对我侧卧着,瘦瘦的背影让我有点想哭。我小声说:"我可以睡在你旁边吗?"

"嗯。"

我一个冲刺到他上方,轻飘飘地沉下来,故作开心地说:"我作业写完了哦!你是不是没写就睡觉了!"

"早写完了。"

"哥哥。"我拉了拉他的衣角,没得到任何反应,索性把小脑袋撞在他的背心,"谢谢你今天保护我……你是全光海最好的哥哥……"

"不要拍马屁。"哥哥冷声道,"你跟妈妈在外面嘀嘀咕咕半天,说那么多我小时候的糗事,觉得好笑,想来取笑我,是吧。"

"我没有想笑!我只是想说,哥哥如果以后真的没有人要,我就一直陪着你。"

"停止幻想不可能发生的事。爸妈说过,你的未来很重要,还要让你生一大堆小梨子。"

"不,我不嫁人,我要陪着你!"我攥着他的衣服,坚定地说道,"你在的地方,就是我的归宿。"

"归宿?"哥哥好像听不懂海族语似的,慢慢转了过来。

"嗯!"

他完全转过来,短发落在枕头上,轻微荡漾,水蓝色的眼睛里也荡漾着温暖的笑意。他在我额头上弹了一下:"笨梨,小小年纪,就会嘴甜。"

"嘿嘿。"我一头钻到他的怀里,学着爸爸抱妈妈的样子,拍了拍他的背,"有梨梨在,哥哥不怕哦。"

这一天过后,我和哥哥的感情就变得特别好了。他再也不抢我的东西,我

Chapter 27 苏伊的追忆

也不会总跟爸爸妈妈告状。而且,不管在什么地方,只要有人欺负我,他总是会第一时间挡在我面前。

而且,看见我在家门前"吸"鲀鱼,哥哥虽然不欣赏,但也不嫌弃了。看我经常趴在地上,翘着,盘着尾巴看小鲀鱼们游来游去,他就像个老父亲一样,把我拽起来,拍打沾在身上的海草。

追忆碎片二结束

没几天,梵梨拥有了小梵梨三十多年的记忆,包括学前教育。她有时说话甚至会冒出斐理镇的俚语。但是,这个爱着她的星海却一点也没有褪色,反而好像变得更清晰了一些。

她还记得,星海说过,他的父母接受在一起这件事实,花了几十年的时间,其实是一个疑点:捕猎族和海洋族的组合虽然不常见,但也不至于让他妈妈逃避那么多年,直到以为爸爸死掉才开始后悔。现在知道了真相,更合乎情理了。

学校里,课程都进入了最后的复习阶段。梵梨一个字都听不进去。羽烬察觉到梵梨姐姐不太对,在一侧用小手抓抓她的衣角,又不敢太用力,只能怯怯地看着她。

放学以后,梵梨和羽烬去星海的房间整理东西。他的衣物、夹着海草书签的课本、洗漱用品、写到一半的论文……都还摆在原处。小葵花奄奄一息地蜷缩着,羽烬赶紧把饲料丢到她的球状鱼缸里。几分钟后,小葵花又活过来了。梵梨把星海的东西都拿回宿舍,抱着他最喜欢的一件白衬衫,看着墙角的小葵花走神了三个半小时。

突然,"咚"的一声,一个小贝壳击中了宿舍的玻璃窗。她跟条件反射似的从床上跳起来,爬到窗台往外看。

圣耶迦那寸土寸金,积攒着全光海最鼎盛的繁华。城市被照得灯火通明,已经看不见星光,听不到蓝鲸的歌声,只能看见白鹰宫殿锃亮的窗在水光中荡漾,圣耶党的旗帜在斜对面的街道上飘扬。高速飞过的新型舰艇替代了大量的海龟与鱼群。街边没有路灯,只有建筑自带的奥术之光。而站在楼下的,不再是昏暗箱子里的星光少年,而是年轻却复杂的白发男人。像是幻觉一样,梵梨觉得自己做了一个很长的梦,醒来后,当初的少年长成了这个男人。

她晃晃脑袋,回到了床上。没过多久,苏释耶就在外面敲了敲窗。

多么神似的场景,又多么令人失望的场景。梵梨不想看他,但他又敲了几下窗,亮出了手里的生命珍珠。她这才起身开窗,把珍珠接过来。

"心情好一点了吗?"苏释耶伸手拦住她正想合上的窗扇。

"还可以,平静得跟死了一样。"

梵梨回到床上坐下,没看他一眼。本以为他会识趣地离开,没想到他翻窗进来了:"梨梨,别把自己憋坏了。有什么想法和诉求,都跟我说说。"

"我只有一个诉求,你做不到。"

"除了那个拟态生命,只要是海洋里的东西,我几乎都能给你。"

"那我没有想要的了。"

苏释耶对椅子勾勾手,椅子漂浮过来,他在上面坐下:"如果你不介意,我可以成为星海,继续照顾你,实现你们的愿望。例如,帮小葵花买个新的小家,在'海族舰艇'上班,听梵梨领导发号施令。"

听到苏释耶说出小葵花的名字,还有和星海一模一样喊"领导"的口吻,梵梨感到说不出的诡异。她皱眉道:"我只想要星海,你不是他,你也不懂他。"

"梨梨。"苏释耶靠近了一些,拨开她的发,在她耳后根轻轻吻了一下,见她习惯性地微微颤抖,他笑了,"如果我不懂他,怎么会知道你的敏感点在哪里呢?"她很想给他一耳光,但看了一眼手里的珍珠,忍住了。不能激怒他,他是唯一有可能让星海回来的人。

"只要你让星海回来,让他活下去,你要我做什么都答应你。"梵梨快绷不住了,把那颗莹莹发光的珍珠抱在胸口,"我知道你一定有办法的。"

苏释耶先是一怔,而后眼神冰寒:"星海连生育功能都没有,懦弱又无能,根本没办法保护你,你不要再沉醉在自我感动中了。"

"我爱的是他这个人,不是他的生育功能!"梵梨眼眶发红,声音发抖,但还是不敢用力碰珍珠,"就像现在,我知道他只是一颗珍珠了,即便放出来也只有不到两百个小时的生命,我还是爱他啊!"

苏释耶静静看了她一会儿,笑了一下:"那你和这颗珍珠过一辈子好了。"

捧着星海的生命珍珠,就像捧着他最后的心跳一样。梵梨太过专注于星海的事,连苏释耶是什么时候离开的都不知道。

追忆片三

Chapter 27 苏伊的追忆

哥哥对我的态度真正有转变,是从一件小事开始的,这件事我做得太机智啦。

我们家在一个大陆架上,上方的森林退潮时曝光在空气中,涨潮时被浸泡在海水里。每晚,我们一家四口吃完饭,我、哥哥还有邻居小朋友就会游到森林里玩。男生们喜欢玩尾球,拿着长条的珊瑚骨骼打打杀杀,寻找被水淹死的甲壳虫。女孩们喜欢把五颜六色的海藻、海星别在头上,把奇奇怪怪的海草披在身上,扮演女神,捏着嗓子讲话,掐着兰花指矫情地装柔弱,时不时地期待最好看的男孩子(只要哥哥在,那个男孩就是他)能看到自己的"美貌"——当然,他们看不到。他们忙于高喊"保护光海,消灭深渊族"的口号。女孩子们偶尔办个小型舞会,让他们扮演王子,他们很显然更想保护光海,消灭深渊族。但这些男孩子还是挺听我的话的。只要我叫他们帮忙递个东西,他们总是第一时间赶来,游得比飞鱼还快,不至于像对别的女生那样欠打。

这一晚,我读了很多关于甲壳虫的书籍,就叫他们带我去森林里找虫子做标本。哥哥似乎不喜欢他们巴结我的样子,把他们全部赶走了,亲自带我找虫子。我沉浸在观察中不可自拔,等回过神来时,其他小朋友早就回家了。

"没事,你慢慢找。我跟爸妈说过了。"哥哥察觉了我的担心。

尾巴早就酸得快没知觉了,我一屁股坐在森林边缘的石凳上:"不行了,休息一下,你也过来坐呀。"我拍拍身侧的石凳表面。哥哥游过来,在我身边坐下。我们并排看着小悬崖下方,半边灯火通明的斐理小镇。

这片海域周边陆地被山谷环绕,风平浪静,是光海最安静的"仙境小镇"。我们所坐的位置离海面是如此近,抬头就能看见树林大片延伸出水面,星光在水面摇荡出璀璨之光。周围礁石上长满苔藓,白色的小花朵随水摇曳。星海般的蓝光乌贼散落在森林中,如柳絮般飘动。

哥哥低头帮我整理标本,鼻尖很小巧,但鼻梁比同龄人挺拔很多,嘴唇粉粉的,让我想到了初生的海绵。

好像察觉到我一直看他,他抬起头来。他的眼中,也有两片小小的星海。我笑了起来,凑过去,亲了一下他的嘴。他蒙了两秒,睫毛抖了一会儿。刚好有乌贼从他脸侧游过,蓝色荧光照亮了他的脸,投下了深深的睫毛倒影。但他只像个石雕一样,完全静止了。我被他的样子逗得更乐了,又凑过去亲了他一下。

"哥哥,我爱你哦。"电视剧里都是这么演的,爸爸妈妈也是这么做的。亲一下嘴,说一声"我爱你"。

但哥哥没有电视剧男主或爸爸的觉悟,没有说"我也爱你",只是凑过来,也亲了我一下。然后,我们俩就坐在这里,你来我往地亲了好几个回合,最后两个人都笑了起来。

回去以后,我们俩像约定好一般,谁也没跟爸妈说我们偷偷玩的亲亲游戏。

从这一天起,哥哥变得特别温柔体贴,有时我闹脾气不理他,他为了哄我开心,还会亲手喂我吃东西。爸妈一向宠我,看他宠得更厉害,都忍不住说,你这样下去这姑娘会被惯坏的,会嫁不掉。有句话说得好:"有妹妹的哥哥都温柔如水,有弟弟的姐姐一秒变泼妇。"我算是深刻领悟到了。

三年半以后,爸妈开始长期不在家。

据说是因为深渊族大规模袭击光海,释放大量热能白化珊瑚,导致光海生态受到严重破坏。星辰海是重灾区,有很多地区珊瑚白热化到鱼群大量死亡,已经开始出现了饥荒现象。爸妈去星辰海的其他城市支援救灾,一去就是大半年不回来。家里只剩下了我们兄妹俩和爸爸请来的两名奴隶。在这个期间,我们感情变得更亲密了,经常躲在柜子里玩亲亲游戏。有时候奴隶做的东西不够好吃,哥哥都会亲自下厨为我做饭,然后喂我吃。

三十年小学生涯结束,我们开始读中学。星辰海一直处于水生火热中,深渊族防不胜防,除了斐理镇,星辰海几乎全部沦陷。中学第十二年,我七十一岁、哥哥七十八岁那一年,发生了一场大事:爸爸的战友来电告知,爸妈被困在了大饥荒的重灾区,和外界失去了联络。

刚好那一天我和哥哥在闹别扭,理由是他已经很长时间不肯抱我、亲我了,问他原因,他总是找各种理由搪塞过去。他离开前试图联系我,我故意不接他电话。很快,从老师那里得知发生了什么事,我冲出学校,一路往家的方向游去,可就在我从小巷抄近路穿过时,却在路上被人在后脑上重重砸了一下,晕了过去。

之后,我被捏我脸的粗糙手指弄醒。慢慢睁开眼看,自己正在一个笼子里,外面是鱼龙混杂的奴隶市场。我猛地跳起来,想逃脱,但金属链条铐住了我的双手和尾巴,皮肤、鳞片被剐开的血腥味扩散在水分子中。透过红色的海水,我看见了手腕上的奴隶编号"83"。

此后,与哥哥一别,就是二十三年。

追忆碎片三结束

Chapter 28　燃烧之子

期末考试到来,梵梨笔试成绩很完美。但搏斗论基础实践考试上,她被昆蒂打到昆蒂党集体喝彩,而且趴在地上,连起来的动力都没有。

无声无息,上半学期结束了。假期里,梵梨买了一堆速食品放在家里,每天都窝在床上,静静等待大片的记忆涌入脑海。她看不到未来,只能凭借关于星海的记忆支撑着精神世界,哪怕真正的星海根本不认识她。

"即便你不在了,我也会带着对你的回忆,好好地生活。"星海曾经这样对她说过。

有趣的是,当星海在的时候,每次想到这句话,梵梨都会忍不住鼻子酸酸的,稍微感性点,还会哭得稀里哗啦,像个第一次摔跤的小孩子。她觉得他坚强过头了,多希望他偶尔透露出一丝脆弱,不要让人那么省心。如今轮到她说这句话时,她才知道,爱真的可以让人变得坚强。

这时,有几个年轻捕猎族男人经过梵梨身边,其中一人随意看了她一眼,眼睛瞪得快要掉出眼眶了。他用胳膊肘子撞了撞身边的兄弟,快速地指向她。剩下的男人都露出了同样的表情。他们推推搡搡了半天,其中一个胆子最大的率先游过来,挺直背脊,跟刚入伍的新兵似的:"这……这位小姐……"

梵梨抬头看了他一眼,眼中没有任何情绪。但是,男人却低低吸了一大口海水,鳃全都大大张开,一片红潮从耳根快速冲到了耳尖:"我们有荣幸可以和您合个照吗?"

停止喝药以后,她的容貌也在慢慢改变。梵梨皱了皱眉,摇头:"不了,抱歉。"

"哦,那真的好遗憾。您是不是做演艺行业的?所以不太方便?"

"不是。"

梵梨无力地转身游开了。但她的无礼非但没有令男人们感到不悦,反而令他们沉浸在她离去的背影中,痴痴地憨笑着,久久难以自拔。

追忆碎片四

我现在处在星辰海首府尔国临格的奴隶市场,离斐理镇很远。

在光海，只有罪人、战俘以及奴隶的后代，才能作为奴隶在市场上交易，不然就是非法奴隶，涉嫌贩卖人口，查到就是七十五年起的有期徒刑。现在战乱时期，奴隶价格暴跌，居然有奴隶主冒险绑架我，我也是倒了八辈子血霉了。因为咬了几个捏我脸的客人，我砸了奴隶主的场子，差点被打死。奴隶主的老公建议把我关在后院配种，风险小。其实他想把我留下私用，却被他老婆打得尾骨都断了两根，于是，他们把我贱价卖给了现在的奴隶主，一个头足纲捕猎族。

不管他们怎么打我，我都只管咬人。老板卖不掉我，回去日常免费赠送我一顿毒打。

打了几天，转机来了。地底城的一个奴隶工会来跟老板谈一项五年的合作：他们向老板低价供应未经训练的一手死囚、战俘奴，老板向他们供应鱼肉。老板一秒拒绝。他们降价，老板又拒绝。他们降到不能再降了，老板开了一个让他们差点吐血的低价，他们也只是留着和老板吵架，没吓跑。战乱时期，"奴隶制造商"也不好过。

"老板，地底城有领头人吗？"我在旁边小声说道。

"你妈老家的黑市有领头人，所以才生出你这么一个没常识的智障。"

说话真难听。但我没动怒，只是静坐着，听他们扯着嗓门讨价还价。思索了几分钟，我在旁边冷不丁冒出一句："老板，如果我是你，会做这笔交易。"

老板伸出一只触手，在我脑袋上狠狠拍了一下，意思是"给老子闭嘴"，接着对奴隶工会的人喊道："不如你给我鱼肉，我把奴隶给你！我家奴隶都快放成老奴了还卖不掉，你看那个83号，外形值这个数吧，卖不掉！你们工会的奴隶一个个歪瓜裂枣，还想往我这里塞呢，老子塞你妈一嘴好不好……"

"老板，你这么想，"我被他拍得脑袋都晕了，还是不为所动地说，"现在奴隶称重来卖都比鱼肉便宜，你如果实在肚子饿，把我们都杀来吃了就完事。那么低的价格不如多买一点囤着，我有一计献给老板。"

因为这番"舔狗"言论，今天回去我没被老板打，但被其他奴隶围起来暴打了仿佛一年。其中一个叫小兰的珍稀海神族女奴一边打还一边骂，骂功不输给老板。然后，老板来跟我谈白天的事了："你这个方法我懂，现在食物升值、奴隶贬值，买入奴隶，等食物贬值时，奴隶短缺，那时候再抛出，我是做生意的，这点道理会不懂？问题是，小智障，你考虑过饲养成本和场地吗？老子现在养你们都快养破产了，还买呢，你以为我破产了你就能自由？"

"老板这提议也可以小赚一笔,但我可以让你赚得更大,大到您这辈子都不用到市场上与人讨价还价了。"

"什么方法?"

"以后再告诉您,我们走一步算一步。"

"呵,无稽之谈。都跟你说了,你想得太简单,饲料、场地、租金,怎么解决?"

"所以不要饲养他们,放养。"

"放养?奴隶是鱼,不是羊,放了他们,你是希望老子赔到血本无归,早点把你宰了吃吗?"

"他们既不是鱼,也不是羊,他们和我们一样,有基本的常识判断力,知道什么对他们好,什么对他们不好。"

"你想说什么?"

"跟所有奴隶签一份协议:从现在开始,他们出去捕猎,每天带回来十份食物,自留五份,每坚持一天,他们就可以多一天自由选择买主。"

阿萨先生做了这么久的奴隶买卖,当然知道对奴隶而言,能够自由选择买主有多么诱人。奴隶市场没有哪个奴隶主会给他们这样的待遇,所以,他们肯定不会跑。看他的样子本想反驳我,但想了一会儿,又好像觉得这方法可行,便默默去操作这事了。接着,几乎所有奴隶都接受这个提议,积极地出去捕猎。只有两个没去,其中一个是海神族的小兰。

小兰的卖家是她的养父。继父和她生母勾结,让她生母卖身给养父做奴隶,因此小兰也变成了奴隶。继父给生母赎身,夫妻俩拿了钱跑路,小兰就跟着养父生活几年,随后又被卖了。所以,虽然本质上小兰是非法奴隶,表面上她却是合法的。她对我意见大得很,看到我都咬牙切齿翻白眼。我游过去说:"你怎么不去?"

"卖给什么人不都是卖?"

"卖给富婆带孩子和卖给饥渴谢顶老男人,还是有区别的。"

"一个是精神上的被干,一个是身体上的被干,总体说来,自由意志都被干了,没什么区别。"

"你和我一样,是非法奴隶,有志气。"

"我和你不一样,我是海神族,你看清楚了。"

"抱歉,我记错了,你是合法的。"

小兰被我气得差点再次掐死我。

另一个没去捕猎的女生,自然就是我。老板看我悠哉悠哉地坐在旁边,"呵"了一声:"我看你是不想自由选买主了。"

"不用选,你又不会卖我。"

"你倒是自信。"

"我的学校成绩比我的脸好用多了。次次双S,老板了解一下。"

"成绩好用能当饭吃?这里是奴隶市场,不是魔药公司!"

我保持沉默,让几天后的结果给了老板回答。

第一笔鱼肉与一手奴隶的交易结束。谁都不会想到,这一笔看上去我们老板注定被坑的交易,却让地底城的各大"奴隶制造商""翻车"了。因为,现在鱼肉是稀缺资源,想用这个价格进行奴隶换鱼肉的交易,他们只能从我们老板这里完成。但我们老板可以选择的范围就广了——整个地底城,乃至其他海域的地底城,都把奴隶往我们这里送。

虽然道上的人都很遵守道义,但对于一种全新的交易模式而言,没有所谓的"潜规则",他们抢得头破血流,纷纷降价。趁这个机会,老板不知道通过黑市的什么手段,把我的公民身份正式改成了奴隶,真是条狗。

因此,他对我的信任也越来越多,允许我自由活动。我借机溜回斐理镇寻找家人,整个镇都搬空了,完全没了他们的下落。我从一对老夫妻那里得知,星辉将军夫妻已经确认死亡,星海下落不明。

身为奴隶,我没钱,没有独自离开星辰海的资格,我只能失魂落魄地回到奴隶市场,先跟老板混口饭吃。

老板的奴隶越来越多,不到一年,他变成了星辰海最大的奴隶主。养是养得起,但奴隶拥有了自主交易权后,交易完成率低得可怕,这让其他奴隶主天天看笑话,说老板是开养老院的。老板没赚到什么钱,也对我露出了质疑的眼神:"你这是打算让我转行做鱼肉贩?"

"老板,现在我们奴隶只有不到一万,我们要囤五万。"

"五万奴隶,你想做什么?一万已经卖不出去了!"

"把他们都放了。"

我又被打了一顿。老板解气以后,我鼻青脸肿地去跟他解释了原因。讲第一遍的时候,他没听懂,又慢慢讲了一遍,他才知道错怪了我。

"妈的,你怎么不早说!"

Chapter 28 燃烧之子

"也要我有机会才行……"我揉着自己的猪头脸，口齿不清地说道，"五万奴隶，大概要多久才能攒够呢？"

"最少五年。现在最低价的一手奴隶都快被我们买空了，要慢慢等，不能急，不然他们要涨价。"

"行，那就等五年。"

"你这小女孩，脑子是什么做的，什么鬼点子都能想得出来！"

"老板，我是24480年出生的，可能出生的时候被火海烧出了个坑，所以脑洞略大。"

"原来，你是'燃烧之子'？"

"是的，老板。"

燃烧时代24480年是我的出生年。听米瑟宗族的叔叔阿姨们说过，我诞生那天，刚好是"燃烧之海"又一个十万年周期日。在这天诞生的孩子，都叫"燃烧之子"，这称号还是很酷炫的。

"不要叫我老板了，奇奇怪怪的，叫我阿萨吧。"老板用章鱼触手拍了一下我的脑袋，把一个八爪鱼小朋友拉出来，"这是我儿子，阿达。以后你多教教他经商，他要有你头脑，我们家业不愁了。"

"没问题，阿萨先生。"我对八爪鱼小朋友挥挥手，"你好，阿达先生。"

阿达把八只小爪子全部用来盖住自己红彤彤的脸，扭成了一个诡谲的形状。

"小女孩，你叫什么？"阿萨先生说道。

作为燃烧之子的我，自然不能让自己的大名流落在奴隶市场。我说："我的真名吗？很有味道的。古海族语里，意为'智慧'的那个词。"

"老子不懂古海族语。"

"苏伊。"我扬眉笑了笑。

自这日起，我从奴隶身份转成了阿萨先生重用的手下，负责管理奴隶、清点账簿、与黑市商人进行协议交易细节等等闲杂事。我自作主张"滥用职权"，命奴隶们出去干活时，帮我打探一个"星海"的斐理男孩子的下落。

从小，对于光海种族间的不平等，我常听见父母讨论，也因为哥哥的血统被人歧视愤怒过，所以向阿萨先生提出的建议，其实也在一定程度帮助奴隶们重获自由。但是，我本人对这些事很难感同身受。直到看见鲨族警察虐杀海洋族奴

隶那一刻,我才第一次,因为身为海族、海洋族,产生了一种怒极后的深深无力感。

那天下午,我去星辰小学帮阿萨先生接阿达,在路上看见了一群人在围观什么。凑过去一看,一个捕猎族警察正坐在地上,盘尾缠着一个犯了偷窃罪奴隶的脖子,那个奴隶呼吸道被压迫,脸涨得通红。

这个奴隶我认识,是阿萨先生的老竞争对手,一个奴隶主的家奴。

"放……放开我……"奴隶声音微弱,"我不能呼吸了……我要死了……"

警察一脸无所谓,加重了缠他咽喉的力道。奴隶本来是很一个很粗壮的男人,被他这样制服,连尾巴都动不了。他的眼睛先是骨碌碌地乱转,然后停在了我的尾部,翻着白眼想往上求助,但发不出一点声音。我忍不住说:"警官先生,他已经没反抗了,让他起来吧。"

警察看都没看我一眼,跟玩似的缠着他,不知道脑子里装了什么。过了十多秒,奴隶眼睛翻了几下,缓缓闭了起来,似乎休克了。

"放开他,让他起来吧!"我往前游了一些,有些着急,"这样你会杀了他的!"

但他才刚迈出一小步,另一个旗族警察就拦住了我:"不要影响警方执法。"

看见那个奴隶完全没了动静,我预感非常糟糕,没再靠近,但对那个鲨族警察怒道:"放开他啊,他已经失去意识了!再这样下去真会出人命的!"

路人们也跟着纷纷劝那个警察松开尾巴,但那个逆戟族警察却换了个姿势,把奴隶压得更紧了。

"你们看不到他在做什么吗?"我对旗族警察说道,"他根本就没在执法,他是在享受屠杀的过程!就跟鲨鱼喜欢咬死生物又不吃一样,他的兽性被激活了,你们为什么不阻止他!"

话音刚落,我就被旗族警察狠狠推到了人群里,还撞到了两个人。

八分钟后,几名警察才把奴隶从地上抬起来,扔到了警舰里。但奴隶于尾失力,软得跟面条一样。

两天后,他的奴隶主告诉我们,他死了。政府赔了他们两百浮,这件事不了了之,这个奴隶一声不吭地消失在了世界上。

从这天起,我的状态变得很不好。以阿萨先生的话来说,就是"从一个可爱小女孩变成了中二叛逆的愤青"。他是个父亲,觉我处于青春期,每天看这个不爽、看那个不爽,很正常。他还跟我说:"你现在年轻,天天就想着改变世界。等你到我这年纪,会觉得只要钱给到位,你会跪求被世界改变成它喜欢的样子。"

Chapter 28 燃烧之子

我真不这么想。我要改变它。从这天开始,我把所有闲暇时间,都用在了自学奥术和魔药上,并且花了很多时间去读学术杂志。《自然奥术》是我最喜欢的一本,因为杂志社不像有的杂志那样,总是养着一堆语言高端、言之无物的专栏作家,他们每一期的文章中,有超过三分之二是从海量投稿中选出来的。虽然编辑很辛苦,但内容十分有趣。要想被他们在一年内抽中两次,那得有上辈子拯救过银河系的好运。其中,有一个名叫"帕姬"的野生作者就相当彪悍,三年内被刊登了七次。我可太喜欢帕姬的文章了。用一句话描述她的风格,我会说,是"一针见血的刻薄"。

阿达先生与黑市紧密合作,几年里成为了黑市奴隶主们的头号金主。同一时间,战火未停,在这场旷日持久的战争中,出现了很多广为人知的名字。有一天,阿萨先生说:"我听说,最近星辰海特种兵里有一个后起之秀,和你有点缘分,名字里也有'苏',也是古海族语名字。他第一次上战场后,就被提升为七队支队参谋,后来在黑曜石海沟五进五出救了奥达宗主的小儿子,现在已经是中尉了。我们里很多正规战俘转奴隶的文书,都是他批下来的。你能想象吗,这男孩才八十几岁,比你大不了多少。"

"那以后咱们得跟他搞好关系了,他叫什么?"

"苏释耶。"

苏释耶。想到它在古海族语里的意思是"星海",我的心都咯噔了一下。但冷静了几秒后,我又失落了。因为,海神族混血没办法成为特种兵。苏释耶不可能是哥哥。

燃烧时代24561年,经过悉心筹划,我们将囤到的五万奴隶全部"放生"。

他们原来的主要工作是捕猎、开采星辰海盛产的锡和钢,现在突然重获自由,大批涌入尔国临格的社会,但文化程度很低,也没有太多谋生技能,有的成了混混,有的当街乞讨,有的在街头卖艺,一时间成为了星辰海公民们口中的"新型病毒"。星辰海执政官甚至直言不讳地说:"奴隶不可能融入公民的集体。希望某些奴隶主不要扰乱社会秩序,配合政府完成发展经济的工作。"

如我所料,不过多久,很多奴隶重新回来找阿萨先生讨工作。阿萨先生和他们商定好了秘密协议,让他们去闹政府。

为了减少公民的不安感和海域内的社会矛盾,星辰海政府同意了他们的要

求,给予他们资金援助,把他们遣送到海洋黄昏区——光海与深渊的交界处,伺机在风暴海无法反抗的情况下,抢夺了两大海域中间黄昏区的海底平原,霸占了原本的海族土著领地——卡律平原。

看见奴隶在新闻里从暴动到殖民,我和小伙伴儿们挨个儿击掌庆祝,路过阿达小先生时,看了看他举起来的八条爪,我有点迷茫,不知道该怎么拍。

我的阴谋诡计得逞了。星辰海裔自由奴隶们与平原土著们进行了种族融合,按照光海联邦与星辰海的法律法规,制定了当地宪法,形成了星辰海的自治区。他们的领导人是给予了这些奴隶自由的精神领袖,阿萨先生。

但是,风暴海不承认卡律平原的宪法,不承认这个自治区的主权。24569年,风暴海政府派遣军舰前往海域边境,把卡律平原一艘装满了黄金的货运舰艇拦截扣留,指控他们与深渊族从事非法贸易。星辰海请求他们承认卡律平原的主权,惨遭风暴海外交发言人打脸:"我们无须遵守无主权商业性实体的法律,更何况这个实体位置暧昧,疑似与深渊族有密切往来。"我们与深渊族的战争接近尾声,但任何一个光海公民对深渊族都避之不及。风暴海以此为借口驳回,连星辰海的公民都有些赞同。

无偿放生奴隶本来就影响了星辰海其他奴隶主手下奴隶的稳定性,他们借机疯狂抨击星辰海殖民中心外送奴隶的行为。星辰海政府扛不住他们24×365小时不间断的抗议,也发现卡律平原地势遥远,鞭长莫及,加上风暴海外因的干扰,便停止了对他们的财政支持。

24572年10月,他们宣布将自治区的统治权、外交关系处置权都转交给当地住民。卡律政府的立法委员会全票通过该决定。翌年1月8日,以光海族夺回陨星海沟黄昏区以上海域的根据地为标志,深渊抗击战正式宣告胜利。全光海在一片灾难中欢呼深蓝之名,连小兰这种愤怒的奴隶都流下了感动的眼泪。

同月17日,卡律自治区没有了,卡律海公国诞生。他们的大公,自然是阿萨先生。

"苏伊,你真的可以。一切都按照你的计划一步步在进行。我能走到今天这一步,真要多亏你了。"制定公国国旗国徽那一天,阿萨大公在电话里听上去非常愉快。当上一国首脑以后,他遣词造句斯文了很多。

他对星辰海有很深的感情,连国徽的图样都定了头戴星辰之冠的鳗鱼——星辰海的海徽是头戴星辰之冠的雄鲨。

Chapter 28 燃烧之子

卡律的主权也得到了其他海域的认可,但星辰海政府很不满意。为了防止我再搞一次奴隶独立事件,以动摇我在民众间的威信为目的,一些下三滥党羽乱放小道消息,说苏伊是被卖到奴隶市场配种的女性,现在有我血统的奴隶后代都长大了,在市场上高价出售。他们还真的弄了一堆红发蓝眼的海洋族小孩子扔入市场,阿萨大公为我公开澄清,可惜头脑健全的人永远不会是100%。

对这些男人的手段,我该怎么说,不就是欺负我是个女的嘛。恶心。

阿萨大公命我在星辰海为他的儿子们招兵买马,扩大势力,却遭到了星辰海政府的阻拦。于是,我把他三个儿子发配到了其他海域,让他们各自栽培新的奴隶。众所周知,阿萨大公在遥远的卡律平原治理国家。一手掌控了星辰海奴隶市场命脉和黑市资源的人,自然第一时间曝光在政府面前。

政府告知他们的军官要找我谈话时,我知道我惨了。

要跟我谈话的是全光海12.7万年以来最年轻的少校,刚满一百岁。在深渊反击战中,他冷静沉着,屡立奇功,美名传得奴隶市场都尽人皆知。他过百岁生日那天,奥达宗主亲自为他贺寿。他就是阿萨大公提到过的苏释耶。

进入星辰海特种兵训练基地,正好有一支野营拉练部队返回,最前方的两名军人举着星辰海的海旗和军旗,游动得跟切割的一样整齐,即便好奇怎么部队上来了个女人,也只会用眼角看我。我正被他们的方阵吸引,一个小胡子鲨族中尉游过来接我。他脸颊瘦到微微凹陷,高高细细的鼻梁上,有一条细而长的刀疤。

"少校看上去平易近人,其实很严厉,而且极度聪明,在他面前最好顺从一点。他说不定会看你是个美女,对你从轻发落,你懂的。"中尉抛来了一个让人鸡皮疙瘩乱跳的媚眼,"对了,我叫阿诺,是少校出生入死的好兄弟。如果他太为难你,你来求求我,我可以帮你说点好话。"

进入办公室,进入眼帘的是垂在办公桌上的巨大蓝色军旗。军旗后面并排摆着六个通信仪,一堆文件,一个相框。年轻男人是以陆生状站在窗前的,因此无法确定种族。但他有尖耳,肯定有捕猎族血统。阳光照入室内,把他的灰白色短发、蓝黑军装上的肩章照得熠熠生辉。

"十年前,我就不允许他们批准释放大量罪犯、战俘去当奴隶,哪怕最终流动地点是星辰海的合法奴隶市场。我没猜错,出事了。"

还好你被调走了,不然我们的大业不知何时才能完成呢——我腹诽着,但脸上还是尽量挂着不怎么尴尬的礼貌微笑。

"苏伊,名字取得挺好。"男人的声音年轻凌厉,却又低得恰到好处,念"苏伊"的时候,"酥"得让人尾巴软,"我很好奇,这么有智慧的女人,为什么不做一些正确的事呢?"

"解放奴隶,不是什么错误的事,苏释耶少校。"

"哦?你以为你是谁,星辰海执政官?"

"当执政官形同虚设的时候,即便是奴隶也可以有所反抗,而且……"说到这里,我突然安静了。

因为,通过墙上的镜子,我看见了办公桌上相框的正面倒影——那是爸爸妈妈、哥哥和我的照片。

"自作聪明,你们这样做,是给光海政府增加负担!"年轻的少校有些火了,转过头来,"苏伊,你们不是政府官员,却在替政府完成使命,这很不合适。你们有没有想过,如果每个奴隶主都像阿萨那样……"

说到这里,他愣住了,我也愣住了。虽然上次分别是二十三年前,我们俩都还是孩子,现在彼此相貌都成熟了不少,但我们还是第一眼就认出了对方。

他闭上眼,晃晃脑袋,再睁开眼。我用双手捂住嘴,眼眶瞬间发热。

"不可能……"他愕然道。

我很想发声,但一个字都发不出来,只有身体在发抖。

终于,他大步朝我游来,动作极快,一把将我抱在怀里,紧紧地,几乎把我揉碎在他宽阔而滚烫的胸膛中。

"我是在做梦。"他沉重地喘着气,却用肯定的语气说道,"梨梨,我怎么又做梦了。"

我还是说不出话,只是用力抱住他,把头埋在他的怀里。从被卖到奴隶市场后,每次被人殴打,我都最多流下生理性的眼泪,从不曾伤心流泪。哭得像小时候被欺负那样,这是二十二年来第二次。上一次,是在听说父母去世的消息后。

拥抱越久,哥哥的力道越大,心跳剧烈,让我感到极度脆弱的同时,又感到了极度的安全。但是从这个拥抱我知道了,这二十三年来,哥哥过得比我惨——不对,到奴隶市场后,其实我还赚了。哥哥好可怜。

海洋之大,光海纷乱,我几乎已经不敢再奢望与他重逢。能重逢,当然是万幸至极。但是,我没想过,有的人相见不如不见。

追忆碎片四结束

Chapter 28 燃烧之子

苏释耶说，他把一个人七十岁以前的记忆，放进了军用拟态生命"星海"的身体里。这个人居然就是他自己。

虽然早就有了预感，但从记忆碎片里看到真相时，梵梨还是觉得很震惊。她给苏释耶打了个电话，再次询问他星海的过去，但没有跟苏释耶提起自己得到苏伊记忆的事。

"还记得吗，你答应过我，要为我做一顿饭。"在电话里，苏释耶略带笑意地说道，"你可以兑现你的诺言了。"

追忆碎片五

和哥哥聊了一整天，交换了彼此经历的故事。我知道了，这么多年来，哥哥隐藏了自己的身份和血统。和我失散后，他很快学会了变幻奥术，把自己变成纯种捕猎族的样子。加上各种体检时偷换血液的骚操作，他顺利混进了特种兵部队，四处打听我的下落。当然，对于捕猎族来说极有优势的特种兵训练，哥哥完成起来就要吃力百倍。但我哥是个什么人物呢，他想完成的事，除了生孩子，什么都能搞定。

在深渊抗击战中，哥哥尤其吃了很多苦。24557年，他们部队在战争中陷入绝境，哥哥冒死救了阿诺，差点被鱼雷炸成碎片，回去昏迷了十三天，"小军帽"艾泽在他的床边哭得稀里哗啦。战场上他几次差点饿死，阿诺还把尾巴上的肉切下来给他吃过。割肉这事似乎让哥哥特别痛苦。哪怕阿诺很骄傲地说，这是很够哥们儿的事。哥哥却脸色惨白地捂着额头，休息了很久，才跟阿诺再三道谢。

接着，我跟哥哥聊起了在奴隶市场的经历，还有向往和平与平等的梦想。

"你这个想法是很好。"他思索了一会儿，"但是，你不能把希望寄托在奴隶或奴隶主身上。"

"咦，为什么？"

"你在上阶海族的家庭中长大，接受的教育是高层次的，但对于底层海族的想法还是琢磨得不太到位。卡律公国后面的情况会很难预测。"

"哦，这样呀……"臭哥哥认识几个底层海族，有我接触的奴隶多吗？他才不懂我是否琢磨到位呢。

但是，既然苏释耶少校是我哥，阿萨大公的产业算是保住了。我还拿我和他的关系回奴隶市场吹了一番。对此，小兰都感到很惊讶："少校是你哥哥？那

你接下来打算怎么办?"

这问题把我难倒了。二十多年过去,我习惯了与奴隶市场、黑市打交道的生活。和哥哥重逢,我觉得很亲切,但我们俩都成年了,他应该有了自己的人生规划,我的未来似乎不太用考虑到他。所以,面对她这个问题,我干脆装傻:"我还是坚持过去的观点。作为奴隶主,与其奴役一群工具,不如把他们化为更加有力的下属。员工有理想,肯定比流水线生产的机械化奴隶好。但我们不能砸了政府的饭碗,不然下次可能就没这么好运了。我们可以考虑走'暗道'。在地底城成立新的工会吧,合并黑市里的组织,拓展我们的业务。"

"工会名字叫什么呢?"阿萨大公的大儿子说道。

"业务还没想好,就开始想名字啦?"我笑了起来,"先把业务想好,名字以后再说,取个霸气点的就行。"

我们开完了短暂的会议,小兰游到我的办公室,对我说:"苏伊,以后你有什么打算吗?一辈子做奴隶生意?"

"我帮阿萨大公干活以后,积攒了不少财富,现在有一件事是确定要做的。"

"什么事?"

我从抽屉里拿出一张纸,推到她面前。她一脸狐疑地接过去看,翡翠色的大眼睛瞪得圆圆的:"什么!赎身协议!我的!"

"嗯,你应得的。"

小兰是个傲娇的女孩,我最开始巴结老板时,她对我很有偏见,以至于最后出现反转后,她都有些别扭,不太愿意承认错怪我。但我感觉得出来,她其实一直想向我示好。而且,自从知道她的养父侵犯过她,我对她更是感到十分同情。所以,在她的人身自由上,我做了点努力。

这下可好了,她冲过来就对我又抱又啃,异常认真地说:"苏伊,你这个朋友我交定了。我看得出来,你以后一定会成大事。你做的那些事,我是一件都看不懂。但以后只要你有用得到我的地方,我随时愿意为你献出一切。"

我挑了挑眉:"那也要你先有利用价值才行。离开了这里,好好做事业,先出人头地,再想报恩。不然,你用什么奉献?用你漂亮的小脸蛋吗?"

"哈,你可别小看颜值的力量。就靠我这张脸,每天就算只是呼吸,都有人送钱来。"

"对自己的长相很有信心嘛。"

"美貌可是稀缺资源。你如果好好利用自己的美貌,事业会更成功的。可惜,你更喜欢动脑子。动脑子太累了,我学不来。"

"我可不是海神族,老得很快的,花期没你那么长,还是累一点吧。"我拍拍她的肩,"靠美貌也可以,好好发挥自己的长处,咱们在下个人生巅峰见。"

小兰对奴隶市场深恶痛绝,第二天溜得很快,没跟任何人道别。而我留下来,一时间迷茫无比:这二十多年里,我一直想解放奴隶,帮阿萨先生搞个异域商业性实体,为自己寻得自由。现在真获得自由,反而不知道该何去何从。

然后,一个星辰般的男人忽然造访,出现在了破烂热闹的街道中央、众多奴隶主们污浊的目光中。

"梨梨,我来接你了,走吧。"

哥哥命两名随为我开了道,不让别人靠近,便拉着我的手腕,往他的舰艇游去。

"等等……"我轻轻挣扎了一下,"接我去哪里?我在这里有工作……"

"你小学就用研究生级别的水平写奥术小论文,拿了海域级特等作文奖,被相关部门调查是不是有代笔,爸妈都差点被你拖下水丢工作,这事你忘了吗?"哥哥对着我们的奴隶门面扬了扬下巴,"你这种能力,长大以后就做这种工作?"

"欸,别瞧不起我好不好,这都是表面上的,你明明知道我做出了什么成绩的!没有我,就没有现在的卡律公国!"

"那你接下来准备做什么呢,弄个卡律公国2.0?"

"也不是……"我挠挠头,"我不知道,换个工作,我未必能做很好吧,那就吃不起饭了。"

"你需要去读大学,而不是想工作的事。"

"读大学干吗啊,浪费一大笔钱,去学我小学就会的东西?"

"自大。我都没怕浪费钱,你怕什么?"

"你浪费钱?"我吃惊道,"哥,你打算养我吗?"

"你好奇怪啊,我不养你谁养你。"他握着我的手腕,径直把我拖走,"走了。"

"等等,哥,我……"

"不要废话,我找你这么多年,你还想跟我分开?不行。在你真正成家立业之前,你都得和我在一起。"他把我拖到了舰艇门口,"上去吧。"

"我才不要!"我严厉地与他对视,"即便我是你妹妹,你也不能这样对我!"

"我这是对你负责,上去。"哥哥温柔了很多。

"不是!"我叉着腰,态度没变,"就算成家立业了,我也要和你在一起!"

哥哥有些错愕,但我没给他时间反应,就抱住他的脖子,在他的脸颊上"吧唧"了一口:"谢谢哥,我又有家的感觉了……我再也不要和你分开了。"

他的身体有点僵,不像小时候那么放松了。可能是因为当过兵,身上肌肉增多的缘故吧。

最终,我得出了一个结论:我没有什么当大领导的天赋,只是一个王佐之才。因为,从阿萨先生变成阿萨大公之后,我就迷失了。遇到哥哥以后,我又有了新的追求,就是为新的领导卖命。我跑路的事让阿萨大公知道了,他原本很生气,哥哥一通电话让他缴械投降了。

"梨梨,我们去圣耶迦那吧。"没过几天,哥哥对我说道,"战争结束了,我也可以不用一直守在星辰海了。最近我找到了在那边当保民官的机会。虽然军衔不如少校,但我可以一边在军事学院进修,一边做这份工作。你如果有本事,去考一下圣大的奥术学院。"

"好啊好啊,去去去!"我激动起来。

"但是,有个问题。"他摸了摸下巴,"你确定能考进圣耶迦那大学?很难的。"

我"呵呵"笑了两下:"这个激将法也太低端了点。"

24574年9月,我们踏上了去圣耶迦那的旅程。在前行的路上,哥哥打开报纸,关注着菩提海执政官大选近况。我拿着一本名为《当时间为你停留》的诗集,靠在窗口阅读。封面上是诗人的油画肖像,上面写着:星辰海·雅夏。雅夏英年早逝,肖像都很年轻。而且,他眼神忧郁,气质柔弱,有一张中气不足的女性化脸孔,所以女粉丝无数,直男们却对他欣赏不来。

阿诺和哥哥的几名战友也追随他一起来了,一路上都在捏着嗓子,阴阳怪气地学我叫"哥哥"。他们完全没打扰到我,哥哥转过身,有些生气地"嘘"了一声,反倒让我从诗歌里回过神来。我翻动着手里的诗集,念诵道:"4.3亿年前的记忆啊,地核魔与熔岩军丢盔卸甲。跨越了光明之海四个时代,犹记纵横海之霸者裂口鲨。海之女神的精神化作星辰,原始文明孕育了首座圣城……哥哥,你听,圣耶迦那真美。"

"听说他的散文也很好,有一本叫……"

"《星辰海的涟漪》。"我俩一同说道。因为这份默契,我们相视而笑。

Chapter 28 燃烧之子

"听说那本很悲苦,我还是看看唯美的诗集吧。"我又开始兴奋了,"哥哥,你说,我们以后会不会在圣耶迦那定居?"

"看你。"

"如果那里有一群人,想建立一个没有歧视和欺凌的国度,我就会想和这样的人共事。"

"我和你想的一样。但这个梦想,要建立在保护好家人的前提下。"

他说得很含蓄,但也很直白,因为谁都知道,他的家人只剩我了。我一时感动得不得了,更加用力勒住他的胳膊,把头埋进他的肩窝:"那以后我就誓死追随哥哥了!"

"别只顾着撒娇了。"他拍拍我的胳膊,"再睡一会儿吧,到了我叫你。"

这一年,我九十四岁,哥哥一百零一岁。我们俩一起带着彼此的梦想,踏上了全光海的中心——圣耶迦那的旅途。

我们都进入了圣耶迦那大学。我就读于奥术学院,他就读于圣耶迦那军事大学,同时成为保民官。因为与深渊族的战争持续了整整五十八年,光海迎来了前所未有的团结和统一。这样的这个时期,上阶海族们都纷纷把孩子们送到圣耶迦那,圣耶迦那也迎来了前所未有的繁荣景象。

和哥哥同居之后,我总觉得他变成熟了很多,又变幼稚了很多。成熟自然不必多说,更帅、更稳重了,讲话的节奏、思维的深度与广度,都比他的同龄人要老练很多。幼稚的一面,是他偶尔会很神经质,比小时候更没安全感。经常做噩梦,从深度睡眠中大叫一声,然后猛地惊醒过来,抱头喘息。早就听说战争结束后,士兵会经历长时间精神上的折磨,甚至会产生炮舰弹药声音的幻听。想来哥哥在战场上见了太多的生离死别,才会有同样的症状。每到这个时候,我都会第一时间游到他床边,给他一个大大的拥抱。哥哥把头靠在我的肩上,眼睛发红,身体发抖,喘息声渐渐趋于平静。对于这种情况,他从未解释过,我也没有问。但我知道,我的拥抱对他来说是有用的。所以,有时候我会像小时候那样,抱着他睡一整夜。

之后,我在学校里和米瑟寻月姐姐重逢了,还认识了其他来自各大海域的海神后裔。

其中,加斯希天二百二十三岁,是哥哥他们学院的高年级学生。他是一个男生缘极好的大帅哥,聚会中的买单狂魔。但据说他爸年轻时抓到他妈和他爸的司机滚床单现场,他妈跟司机私奔到了菩提海,此后他爸每次和朋友聚会喝醉了,都会高歌一首《你爱他却嫁给我》,以祭奠心里已经火葬场的前妻。或许是因为父母这段插曲太劲爆,他又诞生在风暴海最封建的家族,所以他对女人的态度很有问题。因此,发现他对我总是献很别扭的殷勤时,我也躲他躲得远远的。

布可夜迦一百六十七岁,我的同班同学,是个嫉妒心超强、长得比女人还漂亮的小白脸。好吧,这么说他有点过分,他女人缘其实特别好,好到可以用女孩子们寄给他的情书天天烧熟食吃。但他只要看到我,说话的态度总是酸酸的,经常用一点都不羡慕的表情说:"这种题好难,恐怕只有苏伊才会吧,羡慕啊。"我懂,我的横空出世,让他这个红月海状元面子挂不住,我原谅他的阴阳怪气了。

赛菲摩柯是政治外交学院的博士,寻月姐姐是法学院的院士,都是他们海域的少宗主。我们入学时,他们已经快毕业了。

兼特羽燃是裂空海的宗主兼特羽之子,据说他爸妈是一对热衷规划人生的秀恩爱狂魔。他们六千多年前还在读书时,就打算以后生一打孩子,每一个孩子的名字都想好了,儿子名字里一定有爸爸的名字,女儿的名字一定有妈妈的名字。

圣提琴雅是临冬海宗族的成员,他们宗族的古板程度堪称七海之最。据说宗主家里用餐的时候,会有几十个人跟雕塑似的坐着,一起默不作声地咀嚼着食物,画面堪称诡异。但是,这个宗族也盛产美女,琴雅就有一个大名远扬到圣耶迦那的妹妹,她这个妹妹后来成了我的准嫂子。

大学期间,我的学术表现出色。三年后,首次提出了奥术场论;四年半后,写了一篇微子自旋法则论文,轰动了奥术界;九十九岁那年,市面上已经有二十七本以我的奥术理论为基础的书。"苏伊"变成了闻名全光海的名字。

这个期间,我在《自然奥术》中又读到了帕姬的文章。她的文章还是那么精彩,但有时也让人很不舒服,例如某一篇有两段话是这样的:

倘若尤尽海洋之主遗留下来的自然界与她一样慈爱,它至少会在高体金眼鲷用牙齿刺穿猎物身体时,在猎物身体里灌输麻醉剂;会在逆载鲸围剿误入领地的大白鲨时,减少一些大白鲨的恐惧;会让洪堡乌贼吃掉灯笼鱼时,直接用喙刺穿它们的头部,一击毙命,而不是一点点啃食它们的肉体……但是,自然界并不慈爱,除非减少痛苦能够增强演化力度。除非高体金眼鲷的利齿中分泌麻醉剂,能够增加它的基因传递到未来海洋的概率,那么,自然界就会慢慢让它演化出分泌麻醉剂的机制。然而猎物死前的痛苦与演化毫无关系。所以,自然只是冷眼旁观就在我写一句话的短短几秒里，这个星球上无数的生命正在忍受被疾病与重创的悲痛，数以万计的孩子因为优胜劣汰的偏好承受着无家可归的哀伤，心怀恐惧的海洋生物想从捕食者的锯齿中逃脱却又只能被生吞活剥。我们少数人的同情能够改变自然选择的法则吗？改变不了任何。这个世界里痛苦的总数，远超过海族的想象。确切说，从细菌诞生的那一刻起，一种叫作"基因"的怪物就诞生了。有性生殖出现后，世界上有许多雌性，承受着身体被撕裂的痛苦，承受着衰老或提前结束生命的代价，承受着孩子可能会带给她们伤害、掠夺她们资源的代价，也要拼尽全力怀孕、分娩，被本能操纵着生育后代。极少有人明白这种本能的真相，只冠名为"母爱"。事实上，基因是一条跨越亿万年时间的河流，自然界里的所有生物都只是其中的水滴。基因只想将自己传承下去，不会管水滴个体转瞬即逝的一生是否会感到痛苦。我们每一个个体，都不可幸免地终将成为它们的奴隶。精神、梦想、爱，都不过是人造的文明产物，在自然法则面前，不堪一击。

学术大牛里，悲观主义者比乐观主义者多多了，但悲观到这个份儿上也实在少见。我再也按捺不住，写信给杂志社，让他们替我转交给帕姬，肯定了她的智慧，反驳了她的态度，并且表达了我想要认识她的意愿。

帕姬很快就回我的信了。而且，她在信件中的说话方式一点也不高冷，和我想得完全不一样。

苏伊院士：

您好。

不敢相信自己会收到您的信，我不知道该说什么好。其实，我发表在《自然奥术》中的文章，说是学术讨论，却夹了很多私货，观点有些偏激，很抱歉，让您感到不适了。我已经深深检讨过，下次注意控制语言。但怎么说，我并不后悔，因为"快乐"是一种很容易被忘记的情绪。如果我写得太乐观，或许这篇文章也就不会被您留意到。说出来不怕您笑话，我仰慕了您很久，书柜里全是您的文章，钱夹里是您获奖的照片。说我是你的小粉丝，毫不夸张。

关于您提到想见我，由于生活里的一些原因，恐怕我无法答应。但能认识您，我真的真的很荣幸。如果有机会，希望我们还能这样交流。

感恩，盼复。

帕姬

　　不管帕姬现实里是怎样的人,在学术界就是一个天之娇女。我一直读她的文章,特意用了真名与她交流,反复检查自己的措辞,就是担心被她刻薄回来。没想到她私底下居然如此谦虚。于是,我很快回了她的信,和她滔滔不绝地用知识交流。一来一回下去,我得知这位帕姬大佬的知识储备量和联想能力强得惊人。现在可好,我不光喜欢上了她的文章,还喜欢上了她这个人。每个月和她书信往来,交流新学到的东西,变成了我新增的爱好。

　　同一时间,我还偷偷研究出了种族晋升的魔药,但这种药成功率低得可怕,我只跟哥哥一人说了这件事。

　　我一百岁生日那天,发生了一件有点恐怖的事——我休克了。醒来的时候正躺在哥哥的怀里,他哭得眼睛都肿了。然后我才知道,我生日都过完两天了,感觉全身的血都被抽干了一样,照镜子一看,脸色苍白得就像女鬼。

　　医生说检查不出病因,哥哥似乎知道原因,但他什么都没告诉我。

　　又过了十四年,哥哥从军事学院毕业,我跳级成为了奥术学院的博士。他没有接着进修,而是与我暂别,回到星辰海。

　　我沉醉在学术研究中不可自拔,和他保持一周电话联系一次。他很少跟我聊他的工作,反而喜欢问我在做什么。我总是口若悬河地跟他讲自己的研究内容,他最后的结束语一定是:"加油,梨梨。"

　　只有听到这个称呼时,我才会想起自己是谁。不是传说中的苏伊,而是梵梨。现在没有人叫我梵梨,"梨梨"只属于哥哥一人了。

　　哥哥回星辰海三十七个月的最后一个月,突然不再给我打电话。我打电话过去,接电话的人却是阿诺。

　　"苏伊博士,您找执政官吗?"阿诺按捺着喜悦之情,"等他的就职仪式结束后,我会通知他给您回电话。"

　　"执政官?"我蹙眉道。

　　"是啊,苏释耶大人现在是星辰海执政官了。您不如打开电视看看?"

追忆碎片五结束

(上册完)

标有"*"的都是海洋生物。

A

阿萨： 捕猎族，头足纲，曾经是星辰海最大的奴隶主，后来成为了卡律公国的元首，死于奴隶解放的战争中。

阿达： 捕猎族，头足纲，红月海黑鳄工会的头目。阿萨的儿子。

*鮟鱇： 深海鱼，长度不到10厘米，拥有可怕的牙齿以及和身体其余部分完全不成比例的大脑袋。每个种都有一个特化的背鳍，像一根长竿一样从头顶伸出来。竿的末端是一个布满了共生细菌的诱饵，这些细菌会产生生物荧光。鮟鱇把诱饵悬在嘴巴前面，并温柔地闪烁着荧光，用以捕捉猎物。雄鮟鱇和它们的配偶看起来完全不同。它们小得多，有时只有雌性的十分之一大小。不同于它们肥胖、迟缓的伴侣，雄性具有强健的身体，可以自由游泳。

奥达： 1.星辰海宗族姓氏。2.八大宗族之一。宗族徽章是衔尾鳗鱼。

奥达艾伦： 星辰海宗子。艾泽的弟弟。梵梨在圣耶迦那大学的同学。

奥达艾泽： 星辰海宗子，艾伦的哥哥。自小参军，随父亲游历四方，喜穿军装，不喜佩戴他们的衔尾鳗鱼徽章，因此有个外号叫"小军帽"。

奥达刻思： 奥达宗族的宗神，代表的深蓝品质是勇敢。

奥达琼： 奥达艾伦和赛菲晴的私生子。被昆蒂和夏弥抚养长大。

奥达日： 海族世界的周二。

奥术： 奥术是深蓝遗留下的神力，遍布在海洋中，海族的体内。光海族赖以生存的技能之一，拥有强大精神力的海神族是擅长奥术的佼佼者。

奥术系： 奥术是一门结合了神力与科学的学科，已经融入海族生活的大小细节中。这个专业有50%以上的学生都是传说中的海神族，在顶尖学校里，海神族的比例更高。

B

巴曼薄亚：深渊帝国的首都，于赤月纪132年1月1日定都，位于裂空海正下方七千米深的超深渊带，占地面积达462470平方公里，政治经济中心，深渊中最大的金融中心，一座种族、文化、宗教、阶级大熔炉帝都，也是被黑色笼罩的永夜城。在古海族语里，巴曼薄亚的意思是"无尽"，因此别名"无尽城"。

***白点河豚**：最会筑巢的海洋生物，能打造繁复多样的水下建筑，其精美性堪比风景园林大师奥姆斯特德，或是现代主义建筑大师高迪。

***白鲸**：身体呈白色，外号"海中金丝雀"，可以发出汪汪、喳喳、咕哝、吱吱、哞哞声。刚出生时蓝灰色，6岁时变白色，生活在冰冷的海水中。身体由一层像人手掌长度一样厚的鲸油保护着。

白鲸脂皂：香皂。临冬海特产。

白鹰宫殿：光海独裁官的住所和办公地点，位于圣耶迦那。

***滨螺**：红树林中数量最为丰富的螺。如果生活在北极会迁离海冰。冬天通过脱水避免组织内形成冰晶，便可以在低至零下十五摄氏度的温度内存活。

波平：耀光时代的独裁官，231年至322年在位，因光海渔业利益部门发起的抗议，被弹劾下台。

布可：1.红月海宗族姓氏。2.八大宗族之一。宗族徽章是一双眼中间一朵花（鲜花眼）。3.布可宗族的宗神，代表的深蓝品质是美丽。

布可巴路：红月海宗主。

布可逆：布可宗族的成员，落亚大学名誉校长。布可巴路的哥哥。

布可日：海族世界的周一。

布可纱纱：红月海宗姬。布可巴路的女儿。布可夜迦的妹妹。梵梨在圣耶迦那大学的同学。

布可夜迦：红月海宗子。布可巴路的儿子。著名奥术学教授。

捕猎族：中上级海族。捕猎族是海族中的掠食者，携带鲨鱼、逆戟鲸等凶猛生物的基因。肉搏、力量与速度的象征。虽然捕猎族只有不到四亿人口，但他们拥有绝对实力，凌驾于十八亿海洋族之上。捕猎族的祖先深蓝用奥术与海洋生物里的掠食者融合形成的海族。

C

*长颌梦鱼： 鮟鱇类。诱饵悬在嘴巴的顶端，嘴巴边缘还排列着锐利的牙齿。

超音速私舰： 线条流畅、动力突出的舰艇类型，最大的特质是不断追求航行速度极限。

赤币： 暗海通用货币，源自深渊帝国。赤币现金分皮币和硬币。皮币上的水印是深海鱼背上的线。初版的硬币刷红漆印记，因而取名"赤币"。暗海赤币最初是镍本位的货币，但因为帝国发展速度太迅猛，帝国的镍金属储备不足，印钞速度赶不上经济发展，于是《深渊帝国赤币管理条例》正式宣布废弃镍本位的条款。

戳筷： 海族餐具，有一根是普通筷子的样子，另一根上面有个"戳子"，是可以把肉从鱼骨、蟹壳剔出来的工具。

赐糖节： 在远古时代的光海里，吃糖是一件很奢侈的事。那时候生活在深海里的住民有一句俚语叫"海洋雪里飘下大把糖"，意思与"天上掉馅饼"差不多。每年二月的第一个赛菲日，在圣耶迦那，大神使都会以深蓝的名义向全城子民举行隆重的发糖仪式，七海纷纷效仿。久而久之，便有了传统节日"赐糖节"。

D

*大白鲨：鲨鱼。视力极好。强有力的流线型身体。身体大部分是银灰色的。将自己和海面反射的阳光融为一体，而且任何水下的猎物从海底都看不见它灰色的肚皮。新月形的尾鳍用来加速。游动速度快的鲨鱼和大白鲨一样，尾叶大小几乎一样，这让它们的尾巴更长，力量更大。大白鲨有三百颗牙齿，一直在换牙，一生中可能有过三万颗牙齿。牙齿像锯齿剃刀，新牙从下颌长出来指向口腔内侧，当旧牙向下颌外移动、脱落时，这些新牙开始慢慢变得直立。牙齿呈倒三角形，两侧有锯齿边，看起来就像锯子一样。用来撕咬海中的哺乳动物等猎物。

*大王具足虫：生活在海底一百七十米至两千一百四十米之间，每只脚有十厘米长，木虱或鼠妇的近亲，却要大很多倍。

*大王乌贼：身长至少达十三米，体重超过1吨，无论在陆地上，还是海洋中，都是目前所知最大的无脊椎动物。

*大青鲨：大脑的三分之一是用来识别气味的，它使用自己敏锐的嗅觉来比较左右鼻孔中异味的强弱。没有逆流系统调节血液温度，但喜好追逐垂直迁移的乌贼和深海章鱼直到远在温跃层之下的寒冷水域。会啃食鲸鱼和其他海洋哺乳动物的尸体。

*刀鱼：长颌鯮，洄游鱼类。生活在海里，每年春季由海入江。

大神使：光海的最高宗族领导者。

当当：海洋族，丁氏丝鳍鹦鲷族女性。梵梨的室友兼校友。

德洛普：海族世界的最小货币单位，简称"德"。分1，5，10，20，50几种面值。

*灯笼鱼：大小介于五厘米到十五厘米之间，具有很大的头和圆圆的大眼睛。它们名称的由来，是因为沿着头、腹和体侧都排列着会产生亮光的发光器。

*邓氏鱼：古生物，活于泥盆纪时代（距今约3.6亿年至4.15亿年前），身长仅次于房角石，体重可达4吨，以海底各种捕猎者为食，是它所在时期的海洋霸主，连直角石和鲨鱼都是它的盘中餐。

地底城：分布于光海各大海域的地下非法交易市场，完全干燥的世界。

帝克： 光海的宝石质量单位。一帝克大约是0.4到0.6克拉。

*鲷鱼： 体呈长椭圆形，背部略隆起，头大，口小。种类很多，如真鲷、黑鲷。准备攒肉过冬的叫"红叶鲷"。

丁氏丝鳍鹦鲷族： 海洋族。这个类群的雌鱼不在乎雄性的尺寸、活力、外形，她们喜欢已经有后代，或者即将有后代的雄性。

*豆蟹： 寄生在贝类瓣鳃的外套腔中的螃蟹，汲取宿主食物存活，会使宿主瘦弱。

独裁官： 光海的最高政治领导者。

*独角鲸： 生活在北极的海水中，随着季节变换，会跟着北极的浮冰而移动。长牙可以长到一米长，十千克重。

*多筛指海星： 红白相间，能够无性生殖。它用五条腕中的四条握住基底，余下的一条自行分离，直到最后联结的组织撕裂。那条单独的腕会逐渐生长成为一只完整的海星。

E

厄斯郡：星辰海捕猎族最多的一个郡，厄斯郡斐理镇是鲨族的大本营。

尔国临格：星辰海首府。意为"天国降临"。尔国临格曾经拥有最大的奴隶市场，诞生了光海史上最大的奴隶主阿萨。后来阿萨在卡律海底平原成立了卡律公国，称号为阿萨大公。

尔国临格奥术研究奖：光海最权威的奥术奖项。最年轻的获奖者为苏伊梵梨，获奖时不足两百岁。

尔国临格方阵：整个海洋最高效的机动性的方阵。士兵肩并肩排列，手握三米长的三叉戟和圆镍盾，每个纵队由十二名士兵排成。

F

防冻剂：海里的生物都会使用自己组织里的防冻剂，防止水温太低被冻结。在极寒的海域里，60%以上的鱼类都会使用防冻剂的机制，它们会生活在"过度冷却"的状态下，让自己的体温降到冰冻的温度以下。这些鱼类只有在冬季才会使用八种以上名为"糖肽"的防冻剂，比其他海域的鱼耐冻多了。所以，它们天然生产的防冻剂也是全光海最好、最耐用的。把它们放到新鲜的肉类食材里，即便装入冰箱，也可以很长时间保持味美、新鲜。

翡翠山脉：位于圣耶迦那的海底山脉，深蓝本体的遗迹。又名"女神山"，因为从海洋上层俯瞰，这片海底山脉的形状像一个躺着的长发女人。"她"的头发是由珊瑚和海藻组成的，海草组成了睫毛，覆盖在"她"身上的是大片生物和洋流。

斐理镇：位于星辰海厄斯郡。大神使苏伊梵梨和独裁官苏释耶的故乡，有著名的海底森林。斐理镇有很大一部分建立在一个大陆架上，上方的森林退潮时曝光在空气中，涨潮时被浸泡在海水里。

霏思：海洋族，鲑族。梵梨在落亚大学的同学。

风暴党：以风暴海加斯宗族为中心的光海党派。

风暴海：光海七大海域之一，宗神是加斯蒂琪雅，加斯宗族的领海。象征是风暴与天空，首府吠陀。

风暴宗神宫：加斯宗主的住所。整个吠陀占地面积最大的建筑，时刻透露着被海水与岁月浸泡的磅礴沧桑感，和加斯宗族成员的个性非常般配。

风暴之井：连通光海和暗海的据点，从这里进入对面的世界，不会被结界阻拦。

吠陀：风暴海的首府。在海底山上精雕细琢的石之城。从两千多万年前开始，风暴海的海族们就在岩石上切割洞穴，一点点修筑成了华丽宏伟的建筑。

复活海：光海七大海域之一，宗神是赛菲乐司，赛菲宗族的领海。象征是海草，首府给亚麦提。

复活宗神宫：赛菲宗主的住所。用纯白的玄武岩修建，从任何角度看上去都是对称而工整的。中央顶着一个圆顶，有点像旧时苏丹的帽子。这个圆顶高度有八十米,加上下面的部分,大约高一百八十二米。

浮卢门: 光海货币单位,简称"浮"。1浮卢门等于100德洛普。分1、2、5、10、50几种面值。

G

哥尼征服号：光海第一台舰艇，诞生于机械时代1年，是机械时代开启的标志。

戈茜：炎魔族，奈希国前王后。深渊帝国公民院议员。

隔音术：日常奥术的一种。施展以后，在一定时间内可以防止声音从施展范围内传播出去，主要用以防止捕猎族的顶级听力。

给亚麦提：复活海首府，存留着最古老的交通工具——轨舰、电缆舰，乞丐数量比整个红月海的加起来还多。

给亚麦提式纹样：继承了复活海的传统的纹样。图案由复活宗神宫的古老书法与赛菲乐司被海草环绕的画像组成。这个图案同样是1浮硬币背面的图案。在机械时代曾作为复活海的海徽图案。

*跟踪海鞘：一种只会栖息在超深渊带的水母，外形像个风筝，深蓝色的"风筝"外伞上有几个雪白圆斑，"风筝线"肉茎下面有个小水母，缓缓漂移，像一个蓝色的幽灵。

公义之殿：加斯宗族在圣耶迦那修筑的宗族宫殿，耗资7800万浮。墙壁上雕刻着加斯宗族的徽章，门前飘扬着八面加斯宗族的天平剑旗帜。

古光海图书馆：藏书量到达十二万卷，主阅览室面朝东方，示意能迎接清晨第一缕阳光（奥术折射）。

光海：1."神圣联邦共和光海"的简称。2.指海洋中透光层、弱光层区域的海域，以风暴之井为通道将海洋一分为二的上层区域，即阳光所能照到的海洋范围。

光海神殿：穹顶是整个海洋里最大的。由第一任光海大神使主持修建，原只为宗族成员使用，在501年后被改建为公用殿堂，一直使用至今。

光海SS级赛艇锦标赛：光海水平最高的舰艇大奖赛，赛舰沿着既定路线呼啸而过，速度达到590千米/小时。每场赛事持续90分钟，在这段时间里，赛舰手完成500千米里程。速度与激情的结合体。

光魔97：星辰海尔国临格出产的超音速私舰。这款双门音舰在燃烧时代10528年发布。舰后部可以被掀开，可以很容易地从三个方向检查发动机。时速可达923千米。

***龟脚**：石蜐，雌雄同体。蔓足纲，围胸目。幼虫会游、爬，找到合适的礁石就把自己固定住，成年后变成龟脚的样子，附在礁石上。

H

***海百合**：长得像植物,其实是动物。长长的茎让伞状的进食触手可以在海流中找到最有利的位置。

***海龟**：只能在陆地上筑巢。处于繁殖期时,它们会不远千里横跨大洋回到它们出生的海滩上。一千只海龟宝宝中只有一只能活到成年。

海葵族：携带小丑鱼基因的海洋族。小丑鱼雄性丧偶后,自己就会变成雌性。儿子有俄狄浦斯情节,会和变成妈妈的爸爸交尾,孕育后代。

海魔族：上级深渊族。跟随苏释耶叛变的海神族群体。因为是从环境巨变中适应应激反应生存下来的种族,平均战斗力也比海神族高。

*海蓬子：典型的盐沼植物,另一个较为人们所熟知的名字是海马齿。美味佳肴。

海神后裔：顶级海族。又名宗神后裔。与海神族同源,但因为是深蓝分裂后形成的,所以奥术能力与寿命远高过一切种族。

海神族：上级海族。琉璃军团的后代,奥术能力最强的海族。

海生状：指海族半人半海洋生物的外形状态。这也是海族的原始形态。

*海兔：海蛞蝓的一支,因头上的两对触角如兔耳而得名。海底栖息,体裸露,分布在世界暖海区域。

海兔防护液：药名,正式名称是"长尾背肛海兔线性缩肽类细胞毒性防护液",适用于防鲨、旗鱼等海洋捕食者。因为海兔触角上分泌的黏液有毒,可令天敌产生呕吐感,这是它们用来自卫的方式。海族厂家利用这一点,把黏液做成了旅行必备产品。

海雾树：圣耶迦那著名的景区。整棵树高三百多米,在圣都的北部、翡翠山脉的中部的海底山上,周围全是珊瑚礁、岩石和七彩鱼群,五颜六色,炫丽得不像在地球上。

海洋博览会：在落亚举办的博览会。其中包括文艺馆、奥术馆、海产馆、军备馆、医疗技术馆、生活馆等等十二个展馆。

海洋族：下级海族。海族中拥有无攻击性海洋生物基因的类群,能力比较平庸,但种类繁多,文化也是海族里最丰富多样的。海洋族的祖先最初是深蓝用奥术与海洋生物里的普通海洋生物融合形成的海族。

海族： 海之主创造的生命，生活在海洋中的高等智慧生物。

海族舰艇： 光海最大的舰艇工厂，主产私舰，每天生产五千二百艘，总部在红月海。

赫柏： 海神族。星海的母亲。

*颌针鱼： 硬骨鱼纲、颌针鱼目、颌针鱼科鱼类的通称。骨头是绿色的。

*黑唇丝虾虎鱼： 又名"黄金虾虎"，活动于近海珊瑚礁区，鲈形目虾虎鱼科丝虾虎鱼属。金色外表可作为观赏鱼。

黑鳄工会： 光海地底城最大的连锁黑帮工会，创始人是阿萨大公。

*黑腹乌鲨： 深海鲨，乌鲨体内有特殊的细胞，能够在黑暗中发光，通过发光来找到同伴或者吸引异性。在明亮的浅水区不发光。

*黑珊瑚： 别名"王者珊瑚"，是柳珊瑚里的特殊品种，骨骼成分是最致密、耐久度最高的的石灰质、矿物质，一年只长五毫米，且生长越慢越坚固，生活的海域越深长得越慢。

*黑线鳕： 黑线鳕属与其他种类的底栖鱼一样，住在海底附近，使用自己的鱼鳔作为一架体内的鼓，发出与众不同的咚咚声。雄性越是性欲高涨，体内的鼓就敲得越快。

*红堡乌贼： 体长可达两米的乌贼，是世界上最大的乌贼之一，也是最凶猛的一种。西班牙渔民称它们为"红魔"，因为它们在打猎时闪耀着红色和白色的光。

红月海： 光海七大海域之一，宗神是布可，布可宗族的领海。象征是红月，首府落亚。

红月花舰： 只有两个座位的小私艇，燃烧时代4490年第一次出现。它们那么短小，能在停在两辆舰艇之间，如果这是唯一剩下的舰位的话。

红月节： 红月海的立海节，每年十二月最后一个星期庆祝，假期为五天。

*喉盘鱼： 两栖动物。可以生活在海岸上，以同样生活在海岸上的帽贝为食。含住帽贝时，会用牙齿固定住一半贝壳，把另一半旋转九十度，这就破坏了贝壳的真空密闭性。然后它把整个帽贝吞下去，胃里的黏液顺着缝隙流进壳里，消化掉贝肉，再把壳反刍出来。

*花蛤： 壳斑驳，仿佛羽纹。

荒川岛监狱：风暴海上方的岛屿监狱，风暴海维护费用最高的监狱，专门用来关押政治重犯。风暴海政府之所以把监狱设置在岛上，是因为在海域管辖范围外，监狱不用遵守光海或风暴海的法律，可以对犯人为所欲为。

荒格：幽影族。深渊帝国宰相。外号"铁骨宰相"，极端鹰派。

黄昏区：指海洋里阳光难以照入、光线微弱的区域，大约在海平面以下两百米到八百米之间。

*黄平轴螺：螺口附近有荧光腺体，散射面积平均，让整个螺都发出绿色的光。

*黄油蟹：青蟹中的极品，顾名思义，就是壳内有许多金色油脂的青蟹。

*灰鲸鲨：时速97千米。最快的鲨鱼。

辉耀族：海神族中的中级类群，拥有辉耀鳍，金光，奥术评级上限SS。

回忆神殿：最初是以太之主创造的神殿，后来沉入深海，经苏释耶在圣耶迦那重建。进入回忆神殿的海族，可以唤回最珍贵的记忆。

婚环：海族里的订婚信物，通常套在尾鳍根部的关节处。套上婚环后，婚环被誓约术束缚住，强制一年不可摘落。

混种：海族对海洋族与捕猎族混血的蔑称。

火海军团：远古时期，炎之主用以与海之主交战的军团名称，由邪能之力创造。

火山之城：深渊帝国的城市，建立在海底火山附近，也是深海生命起源之地。这座城市的建筑都是尖尖的塔状，平均高度55米，起初是一座工业城市，后来转型为旅游城市。

J

加斯：1.风暴海宗族姓氏。2.八大宗族之一。宗族徽章是天平两边挂着剑。

加斯蒂琪雅：加斯宗族的宗神，代表的深蓝品质是公义。

加斯日：海族世界的周日。

加斯希天：风暴海宗子，加斯宗族的继承人。琉璃军团大将军。

兼特：1.裂空海宗族姓氏。2.八大宗族之一。宗族徽章是海藻缠绕的鱼叉。3.兼特宗族的宗神，代表的深蓝品质是平和。

兼特日：海族世界的周六。

兼特羽烬：裂空海宗子。梵梨圣耶迦那大学的同学。

***桨鱼**：世界上最长的硬骨鱼，足足有15米长，头顶"王冠"，抓住那些急冲冲"通勤"上浅海区的小型甲壳纲美餐。

鲛绡：布料的一种，轻薄、质感好。菩提海特产。

角鲨烯化妆品：鲨鱼的肝油，但需要融合特制魔药和少量藤壶胶合剂，也就是触角底部的腺体，才能不被水溶解。

杰力：燃烧时代的光海独裁官，24731年至24831年在位。

"金色漂浮雨林"：星辰海的亚热带环流中的度假胜地。"雨林"中有大量金色马尾藻，故而得名。位于四个大洋流中间，气流相互作用，力量相互平衡，令这里的海水以顺时针方向流动。海域是光海中公认最清澈的，透明度最高可达七十二米。

***巨齿鲨**：最知名的古代鲨鱼，被很多古生物学家誉为地球史上最强悍的生物，是其生存年代的海洋顶级掠食者。最大身长范围是二十一米到二十二米，体重五十吨到七十吨，是有史以来最大的掠食者之一，同时是最大的鱼类，生活在距今0.2~2亿年。至今还没有发现完整的巨齿鲨化石，我们也就无从得知它的外貌形态。

巨藻森林：位于红月海西罗镇，由平均35米高的巨藻组成的森林。里面有很多巨型章鱼。

K

卡律: 1.地名。2.国名。

卡律平原: 海底平原,位于海洋黄昏区,星辰海与风暴海的交界处。

卡律公国: 由苏伊梵梨一手操纵的星辰海"五万奴隶解放事件"成立的国家。燃烧时代24561年起,星辰海裔自由奴隶们与平原土著们进行了种族融合,按照光海联邦与星辰海的法律法规,制定了当地宪法,形成了星辰海的自治区。24573年1月17日,卡律公国诞生。建国元首是阿萨大公。

凯墨: 噬人鲨族男性。琉璃军团大军校的儿子、红月海副执政官的外甥。梵梨在落亚大学的同学。

拉罕村：红月海的村庄，鲛族的大本营，蓝思和霏思的故乡。

*蓝鲸：地球上最大的动物，身长三十米，体重相当于二十六只成年公象。蓝鲸舌头上可以坐下一只公象，舌头有一只大象重，心脏和汽车一样大，血管宽到可以在里面游泳。以磷虾为食，夏天，一头蓝鲸一天可以吞食四千万只磷虾。

*蓝鳍金枪鱼：鲭科，大洋性中上层洄游鱼类。高超的游泳技巧造就了肌肉和脂肪的完美比例，也使它们成为了世界上人们最梦寐以求的美味佳肴。

蓝思：海洋族，鲛族。梵梨在落亚大学的同学。

鳓鱼骨玩具：骨片拆开可拼成鲨鹤的玩具。

丽芙：奥达宗族的大管家。丽娜的母亲。

丽娜：逆戟族，奥达宗族大管家丽芙的女儿。梵梨在落亚大学的同学。

烈火吻：耀光时代319年红月海出产的钻石，正红色。100帝克，韶安向梵梨求婚时赠送，内有刻字："苏伊女神，若能与你度过一生，会是我最大的荣幸。韶安。"

裂空海：光海七大海域之一，宗神是兼特，兼特宗族的领海。象征是峡谷，首府天照阐幽。裂空海是礼仪之邦，经济、奥术与科技实力强劲，素来与风暴海有着深厚的友谊邦交。因为有着深厚的奥术发展历史，裂空海的教育一直以严苛闻名，教育水平在光海也总是处于顶尖水平。天照奥术院与圣耶迦那奥术院齐名。

*裂口鲨：已灭绝的鲨鱼，生活在泥盆纪、石炭纪。最早的鲨鱼之一，长约1.2米，尾巴类似灰鲭鲨或白鲨。

临冬北路600号：圣都精神卫生中心，专治精神分裂症、抑郁症、焦虑症等众多精神疾病等精神科疾病，位于圣耶迦那市。海族经常用"该去临冬北路600号了"来骂人有毛病。

临冬海：光海七大海域之一，宗神是圣提，圣提宗族的领海。象征是雪、冰，首府安条克。

*磷虾：南极食物网的基础，数量为1到五亿吨。夏天，大片磷虾会把海面都染成红色。

*鳞烟管鱼：浑身都是赤红色，外形像海蛇，嘴跟它的海马亲戚一样长长的，可以比海族还长。游泳时，它跟海马一样直着身子，像条移动的红鞭子，所以外号叫"珊瑚做的鞭子"。又因为它是出名的油性美食，故而又名"油龙"。

琉璃军团：远古时期海之主用以与炎之主交战的军团，由奥术之力创造。

琉璃军团神殿遗址：位于圣耶迦राँ。深蓝瓦解后，这里慢慢被遗弃。建筑都是破碎的，大小不一的碎石块漂浮在水中，就像宇宙里的星球碎片。除此之外，很多艺术家去世后都被埋葬于此，包括著名画家、诗人、作家。

*六鳃鲨：顾名思义，比普通鲨鱼多了一对鳃，是海洋里最古老的大型鲨鱼，从侏罗纪时代就没有变化过。只会生活在一千八百米以下深海。

琉香：海洋族，神仙族。梵梨在落亚大学的同学。

龙城：深渊帝国的第二大都城，离黄昏区很近，在八百多米深的位置，曾经是深海文明相较进步的古都，由许多领主轮次统帅，曾经军队多达七万人。苏释耶占领该地以后，一夜之间募兵四十七万五千人，开始了长达数百年的版图扩张史。帝国旧都，于燃烧时代24753年1月1日定都。

*龙虱：俗名水鳖，药食两用淡水昆虫，被誉为"水中人参"，美味下酒菜。龙可致雨，雨后田里有很多水鳖，因此，中国古人认为它是龙身上掉下的虱子，因为此命名。

*露脊鲸：鲸鱼的一种。头部有几块增厚的皮茧，很粗糙，适合藤壶附身。它们在英语中被称为"North Pacific Right Whale"，因为捕鲸者认为它们正是他们的捕猎对象，它们会在陆地的视线范围内游泳，在被杀死后会浮上水面。

陆生状：指海族变出双腿的外形状态，需要消耗大量能量。

落亚：红月海的首府，处于热带地区，很少有大风大浪，所以才能在上亿年的历史中，一直吸引大量海底住民前来居住，成就了这里经久不衰的商业繁荣。落亚是除去圣耶迦那之外，光海经济最为发达的城市。

落亚大学：红月海排名第一的学府，光海联邦"耀光工程"大学。位于红**月海首府落亚市中心。**

落亚舰艇大奖赛：第一届落亚舰艇大奖赛于燃烧时代18437年举办。这场赛事激动人心，见证了赛舰在狭窄、曲折的城市水路上完成一百圈的壮举。著名的"180度回头弯"是赛舰手所经历过的最有名的险弯之一。

M

马太冰城：红月海马太郡的郡会，位于极地，盛产银鱼。特产生物防冻剂糖肽和几个世纪的老海绵。

马尾藻：金色的海藻。能吸收二氧化碳，释放大量氧气，并为周边的鲸类、龟类、洄游鱼类提供住所与能量。

*马尾藻鱼：与马尾藻是共生关系，外形完全按着马尾藻的样子长，几乎不会游泳，在海藻筏中度过一生。它的嘴巴可以张大好几倍，把整个半透明的鱼身都扩充两三倍。

梅夫：落亚大学奥术学院的院长，魔药学教授，落亚大学魔药学博士。年轻时在《红月海奥术周刊》和《圣都魔药志》这类海域级刊物上发表文章，研究出了毒鲉抗体激素、新型海葵鱼油、深渊辐射瓦解剂等魔药，分别在圣耶迦那大学、尔国临格奥术学院、落亚大学任职。著有《魔药学》，此书成为了主流魔药学课本。布可巴路的老师。

*梅氏利维坦鲸：利维坦鲸属中最大的物种，是一种在南美洲发现的一种中新世时期的已灭绝的齿鲸。以《白鲸记》的作者、美国著名作家赫尔曼·梅尔维尔的名字命名。目前样本只有一个头骨，科学家推测梅尔维尔鲸长十七米、重六十五吨。牙齿目前发现最长三十五厘米，但2013年发现长达四十厘米的焦形鲸齿，所以这只梅尔维尔鲸可能有17米以上。但因目前化石样本较少，科学家只得出其和巨齿鲨同为顶级掠食者的结论。

*梦幻海参：表皮是红色的，却散发着自我防御用的金色的光点，一旦受到攻击，有黏性的表皮会脱落下来，粘到捕食动物的身上，在黑暗中发出危险的光芒。身体两端都有蹼状结构，可以让它们游离栖息地，旅行至黄昏区，甚至光海。

梦幻玛瑙：宇宙中爆发力最强的武器，由苏释耶亲自监工打造，位于临冬海。可以让整个地球文明都像做梦一样完全不存在过。有冰山追踪回旋导弹装置。即是说，激活以后，即便不考虑它的巨大质量，用发射器把它丢到太空都没有用，它一定会回到激活地点。

*毛柄粗皮鲀：辐鳍鱼纲鲀形目鳞鲀亚目单棘鲀科的其中一种，热带海水鱼，栖息深度八至二十五米，体长可达二点五厘米。在圣都、红月海、菩提海、裂空海的海草里均有分布，和叶子一样，翘翘的小嘴，藏在浅海海草里。

米瑟日： 海族世界的周五。

米瑟和歌： 梵梨在圣耶迦那大学的同学。米瑟寻月的堂妹。

米瑟寻月： 菩提海宗主。

冥河之心： 种族晋升魔药，有致死概率，发明者是苏伊院士。

明火烹饪： 海族仿造人类研制的陆地烹饪法，方法是在气囊中生火烹饪，与人类的料理方法大有区别。

*抹香鲸： 体型最大的齿鲸。头部巨大，仅下颌有牙齿。食乌贼。乌贼迁徙到哪里，它们就会迁徙到哪里。抹香鲸的雄鲸和雌鲸分布不同，雌性在低纬度，雄性在高纬度。雄鲸幼年时会跟母亲在低纬度的海域生活，但长大以后，它们就会迁移到高纬度的海域去。

N

奈希：深渊国家，总人口二百八十五万，工业发展适中，资源严重匮乏。在帝国入侵之前，除了贵族，国人和很多深渊族一样，长期处于吃不饱饭的状态。

妮妮：炎魔族，戈茜的好姐妹。

逆戟族：捕猎族中的至尊。携带逆戟鲸基因的海族。

P

帕姬： 梵梨通过学术杂志《自然奥术》认识的笔友。

*庞贝虫： 生长在火山口、烟囱口的深海生物。像刺猬一样长满了银蓝色的刺，头埋在20℃的碳酸钙洞里，尾巴露在40到90℃的高温海水中，依然可以生存。

泡泡小姐： 本名露薇雅，诞生于燃烧时代24638年。因为拍了一组和泡泡共舞的广告，意外爆红。

佩莎： 苏释耶的独裁官秘书长。

葡萄果市： 位于星辰海的亚热带环流中，光海著名的旅游度假城市。

Q

气囊：在海洋中以能源发动支撑的空气囊。

鳍脚：雄性海族的生殖器。雄性鲨族一般有两个鳍脚，交尾时鳍脚合拢，进入泄殖腔孔。鳍脚上有倒刺，用来勾住雌性，方便卸货。

***前鳍吻鲉**：一种极漂亮的热带鱼。在自然光中，它们能与大自然融为一体，连吃东西都是很隐蔽的。

***腔棘鱼**：腔棘目硬骨鱼。远古海洋的残存者，最早出现于3.77亿年前衍化形成，当时在地球上极其丰富。

腔孔：1.雌性海族的生殖器。2.粗口。

乔乔：海神族少女，圣耶迦那艺术大学舞蹈系系花，加斯希天的女朋友。

***青点鹦嘴鱼**：又名"鹦哥鱼"，鹦哥鱼科鹦嘴鱼属。可以变性。原生雄鱼最初颜色暗淡，但是有可能变成色彩最艳丽的鱼，甚至比次生雄鱼，既雌鱼变性而来的雄鱼，还要艳丽。

穹火教：信奉赤红为宇宙中唯一神灵的宗教。每日向主祈祷三次，每周向主进贡祭品，每个月到热泉口的炎之主庙堂祭拜一次，是教徒必须进行的仪式。信奉《烈火经》。

裘沙：热砂岛炎族的酋长，后被苏释耶所救，成为炎魔族，任职深渊帝国大将军。

S

赛菲：1. 复活海宗族姓氏。2. 八大宗族之一。宗族徽章是三曲腿图。

赛菲昆蒂：赛菲宗姬，圣耶迦那大学的学生，未婚夫是奥达艾伦。

赛菲乐司：赛菲宗族的宗神，代表的深蓝品质是无私。

赛菲晴：赛菲宗族管家的女儿。因为与赛菲宗族的关系更紧密，拥有赛菲的冠姓权。

赛菲日：海族世界的周四。

赛菲夏弥：赛菲宗姬。梵梨在圣耶迦那大学的同学。

赛菲永：复活海宗主。昆蒂、夏弥的父亲。

鲨族：捕猎族中的至尊。携带鲨鱼基因的海族。

蛇影：圣耶迦那出产的超音速私艇。气泡式座舱罩，剪式移动门可以向上、向外开启。最早出现于燃烧时代10423年，剪式移动的舱门由铰链固定在舰前方，并能向上开启。司机打开舱门的时候不得不小心。时速可达八百七十四千米。

深蓝：无尽海洋之主的名字，大海的创造者，光海的最高神。

深渊：又名"暗海"，是与"光海"相对应的领土，阳光照不到的深海区域。在深渊，寻常生物会因无法承受水压死亡，大部分奥术会失去效力，生命的生存模式和文化传承与光海截然不同，是有诸多未知与恐怖的危险区域。

深渊帝国：成立于光海燃烧时代24753年的暗海帝国，正式名称是"元老院与深渊民族"，开国帝王为苏释耶，纪年为赤月，首都为龙城，后迁都到巴曼薄亚。

深渊之眼：位于巴曼薄亚的旋转正圆高台人工藻园，巴曼薄亚地标性建筑。

神圣联邦共和光海：简称"光海"。指以海之造物神深蓝和圣海七宗神为信仰的海域，由红月海、裂空海、风暴海、星辰海、菩提海、复活海、临冬海和圣耶迦那八个自治海域组成。

神仙族：携带丽鱼科基因的海族，尾鳍美丽的海洋族佼佼者。

圣都：圣耶迦那的简称。

圣都创世门：建立在圣耶迦那的地标性建筑。创世门上，深蓝的塑像双手捧胸,半眯着眼,俯瞰着脚下的城市盛景。她的周围一圈还有七座雕像,依次是加斯蒂琪雅、布可、奥达刻思、圣提图多、赛菲乐司、米瑟热热、兼特七位消散在三千万年前的宗神。

圣都党:以圣耶迦那苏释耶政府为中心的光海党派。

圣都歌剧院:永恒广场的大剧院,圣耶迦那市中心落亚北路6号。

圣都红衣卫:圣耶迦那的禁卫军,可越过一切统治阶级、神职人员直接完成独裁官安排的任务。穿红金双色制服,佩剑上有红衣卫雄鹰月中展翅的徽章。

圣都之心:燃烧时代23273年圣耶迦那出产钻石,淡粉色,170帝克。莫尔黑乔向梵梨求婚时赠送,内有刻字:"苏伊吾爱,愿余生都有你。莫尔黑乔。"

圣灵族:海神族中的最强类群。拥有圣灵鳍、黎明之光,奥术评级上限SSS。

圣提:1.临冬海宗族姓氏。2.八大宗族之一。宗族徽章是雌鱼的子宫。

圣提风晋:临冬海宗姬,苏释耶的前未婚妻。父亲曾任独裁官,母亲是临冬海的宗主。

圣提日:海族世界的周三。

圣提图多:圣提宗族的宗神,代表的深蓝品质是圣洁。

圣耶迦那:海洋的"心脏",光海的第一座文明之都,建立在海底山——翡翠山脉之上。海神族的祖先——深蓝的琉璃军团在风暴之井的巨大通道之上建造的宏伟都城,这里聚集了深蓝与琉璃军团的神力,把赤红和深渊族镇压在深海。早在40亿年前,无尽海洋之主就在此定居,凝聚了整片海洋的奥术之力。这里是整个海洋原动力所在,连海水都注满了奥术。

圣耶迦那大奖赛:全圣都舰艇运动竞赛,是圣耶迦那非常流行的一系列舰艇赛事。四十多只高速行驶的赛舰围绕S形环形道长距离疾驰。第一届圣耶迦那大奖赛于燃烧时代18219年举行。

圣耶迦那大学:海族世界排名第一的大学,光海联邦"耀光工程"大学。位于光海的权力中心、经济心脏——"圣都"圣耶迦那。大学建立在圣耶迦那市中心,占地面积有11.7万平方米。

噬魂谷:深渊帝国地名,全暗海最大的峡谷。三十六座魔神像镶嵌在海底山中,与山等高。

食尸族:下级深渊族。因邪能诞生的食腐怨灵,有强大的破坏力,却没有清晰的意识,以低级生物的形态生吃其他一切可食用生物。

*鲥鱼: 鲱科鲥属鱼类,春末夏初时节,由大海溯河,作生殖洄游繁殖,因时节甚准,故名"鲥鱼"。彭渊材曾说平生有"五恨":"一恨鲥鱼多骨; 二恨金橘带酸; 三恨莼菜性冷; 四恨海棠无香; 五恨曾子固不能诗。"

*鼠尾鳕科: 深海鱼。用自身的感应器来寻找腐肉的味道。可以在大洋盆地长距离游行觅食。

*树须鱼: 鲛鱇类。字义上的意思是"用网捕鱼的蟾蜍"。十分独特,具有两个不同的发光系统。除头上常见的诱饵之外,它们的下颌上还有一条特别的触须,会自行发光。

霜冻暴龙: 圣耶迦那出产的超音速私舰。在燃烧时代24623年首次上市,目前它是光海史上速度最快的量产私舰。这款舰艇的动力和速度意味着它需要十个散热器来冷却系统。时速1231千米。

双髻鲨导航系统: 双髻鲨和海龟海鸟一样,可以通过跟随看不见的地图找到捕食和休息的热点。这得益于它们感知地球磁场的能力。磁场充当了看不见的高速公路,可以在开阔的蓝色世界里为双髻鲨指明方向。双髻鲨导航系统是装在不同的舰艇上,利用双髻鲨导航系统制作的奥术机械。

*睡鲨: 又名格陵兰鲨。栖息于一千二百米到两千二百米的海底。长七米。深海中最大的鱼之一。在北极及北大西洋海域可以看见这种鲨鱼的踪迹。

苏释耶: 以太之躯拥有者,以太之主的神识。著名捕猎族政治家、军事家。先后任职星辰海少校、星辰海执政官、光海独裁官、深渊帝国帝王、海洋帝国帝王。

苏伊宫: 加斯希天为妻子苏伊修建的宫殿,位于圣耶迦那。

苏伊梵梨: 光海第八宗神,著名宗神后裔大奥术师、魔药师、政治家。圣耶迦那奥术院士、尔国临格奥术研究奖得主。先后职神圣光海军事研究部的副监察官、首席魔药师、光海大神使、圣耶迦那宗主。

苏伊璃: 梵梨和苏释耶的女儿,赤月公主。

苏伊繁星: 梵梨和苏释耶的儿子,赤月王子。

*梭子蟹: 俗称"白蟹"。因头胸甲形而名。

σ

*藤壶：甲壳动物，像贝类，雌雄同体，异体受精。喜欢附在礁石、贻贝、龟背、螺壳、鲸鱼身上。

天命瞳：燃烧时代24689年风暴海产出的钻石。深蓝色，130帝克，内部有深蓝白描徽章，徽章下方铸有一行字母："G·A·I·O·D"。加斯希天向苏伊梵梨求婚时赠送，刻字："赠吾妻。燃烧时代，加斯希天。"

天照闸幽：裂空海首府。

天照闸幽意志：机械时代294.53万年，兼特宗主在天照闸幽建成了研究所，自己成为了所长。凭借着他对学术积极乐观的追求精神和领袖人格魅力，吸引来了来自各大海域的年轻人，并把天照闸幽变成了裂空海最大的学术中心。这种充满激情与活力、永不放弃的学术精神，被人们称为"天照闸幽意志"。

通信仪：海族世界的移动通信终端。作用同人类的手机。

*吞噬鳗：生存在一千米到三千米海底的深海鱼，胃具有弹性，可以张大到足以吞噬特大号的食物。它们不能游到海面上来，因为水压的改变会要了它们的命，所以一辈子都不可能看见阳光。

托马：黄金时代的著名大奥术师。

W

*鲔鱼： 牙齿很小，唯一的武器是速度。时速四十英里，以速度为生的掠食者。最好的武器就是自身的速度。靠冲力把食物推进喉咙。

无尽城： 巴曼薄亚的别名。

无尽宫： 深渊帝王的宫殿，就在巴曼薄亚东方的海沟旁，建立在邪能之上。

无尽海洋生物馆： 全暗海最大的海洋生物博览馆，位于巴曼薄亚。馆高二百二十米，是按1：50的比例盖建的缩小版海洋。

午夜区： 指海洋无光层，八百米米以下到海洋最深处完全漆黑的深海领域。

x

西罗镇：红月海的小镇，拥有世外桃源般的田园风光，所有的建筑都是大海螺制的，围满了"巨藻林"或"海草田野"，腕长十米、体重一百三十公斤以上的巨型章鱼徘徊其中。商业化的程度很低，交易的商品几乎都是农产品。

*虾蛄：皮皮虾。分布于热带和亚热带的海岸，底栖性。抓它时，腹部会射出无色液体。

*象耳海绵：海绵。顶端开着大口，海绵丝呈网状，在浅海的岩礁上不规则地分布。

小丑鱼解毒药剂：海族公民用以治疗被海葵蜇伤的部位的药剂。不同海葵的毒性不同，在海葵里生存了一段时间的小丑鱼就会分泌相对的免疫黏液。医药商会在工厂里养殖几百种海葵，把小丑鱼放置其中，提炼它们分泌出的抗毒黏液，再按魔药师给的方案对其进行综合调配，生产出可以治疗绝大部分海葵毒的药剂。

亵渎的爱：酒名。红葡萄品种，辛辣强劲，橄榄和果脯味重。

*新种狮子鱼：可以在八千一百四十五米深的海水里生活，周身是淡淡的樱花色，胸鳍跟鬼魂一样，舞起来懒懒散散，飘逸得就像半透明的湿巾。内有一种化学物质，可以稳定蛋白质，防止蛋白质被深海水压扭曲。

星辰海：光海七大海域之一，宗神是奥达刻思，奥达宗族的领海。象征是星辰，首府尔国临格。在光海，星辰海是七海中军事实力与风暴海齐名的海域，军规严谨且细致，因此诞生了闻名全海洋的"尔国临格方阵"。苏释耶当上星辰海执政官后，对星辰海的军事进行了大幅度的改良，后来光海军团、琉璃军团的很多军规，都是源自星辰海。因为有漫长的强势军事历史，星辰海的奥达宗族也有自小从军的习俗。

星海：海神族、捕猎族混血，星辉将军的儿子。

星辉：青鲨族。星辰海大将军。星海的父亲。

星之尘埃：燃烧时代24730年红月海南海岸产出的钻石。无色，切割工整，160帝克。顶级艺术品的形状，毫无瑕疵，被镶嵌在婚环上的铂金六爪之中。

同级别的钻石一般要等三到五年才会出产一颗。苏释耶向梵梨求婚时赠送,内部刻了他的手写字:"给我爱的梨梨。燃烧时代。苏释耶。"

*胸脊鲎: 大小与现代鲨鱼类似的肉食鱼类,约两米。食物包括鱼、甲壳类和头足类动物。生活在距今3亿年前。头上尖锐的牙齿可能用于防卫。

锈红刺尻族: 海洋族,携带锈红刺尻鱼的基因,可变性。

*雪人蟹: 生活在寒冷的甲烷冷泉附近,自己种植食物,钳子上生长着一个细菌花园,以这样的细菌为食。进食时,它把长毛的钳子刷过像梳子一样的口器,吞下细菌颗粒。因毛茸茸的外表得名。

*蕈珊瑚: 深海的软珊瑚。从远处看去,它很像一个粉红色的蘑菇,顶上长出红色的棕榈树。"棕榈树"实际上是巨大的珊瑚虫——是海洋里所有珊瑚中最大的——它们的顶上排列着长长的触手以捕捉猎物。

Y

雅夏： 海族吟游诗人。出生富贵，但家道中落，从小过着饥寒交迫的生活，八十七岁就病逝了，死前和他老婆分隔两地，最后写下了散文《星辰海的涟漪》。他老婆哭瞎了眼，终身未再嫁，两个人都没留下后代。

言灵族： 海神族中的最低类群，拥有言灵鳍、紫光，奥术评级上限S。

炎魔甜蟹： 菩提海名菜。外号"海鲜冰激凌"。

炎魔族： 深渊族的分支。炎魔族都是火海军团的后代，拥有强大的邪能天赋，力量强大且攻击性强。进入战斗状态时体温高达400℃。

焰之眼： 炎之主遗留下来的神器，可以让佩戴者自由转换奥术与邪能。

炎族： 又名不死火山族。炎之主创造的生命，有近四十亿年的历史，比光海族、深海里的炎魔族存活的时间长了近十倍，分散在海面的无数火山岛上。炎族骨骼特别坚硬，但皮肤很脆弱，只能在干燥的环境中存活，碰到水就会被腐蚀得只剩骨头。等火山喷发时，岩浆流出来，他们又会变回原来的样子。

***椰子螺：** 珠母。椭圆球体的涡螺，表面是淡橙色，有一些深褐色斑点。生产的珠子是橙黄色，表面有繁复华丽的火焰纹。

阳光区： 指距离海平面大约两百米以内的明亮区域。

***贻贝：** 全球性食物。繁殖时期，红肉为雌，白肉为雄。常有豆蟹寄居。

以太： 在本书的世界观里，"以太"是一切时间、空间与非物质世界的总和，会影响元素神灵的存亡。在物理学中，"以太"原意是十七世纪的物理学家为解释光在真空中的传播而提出的没有质量但有极大刚性，并且无处不在（包括真空和物质内）的一种介质。

以太之主： 掌管时间与空间的神。

以太之躯： 以太之主创造的肉身实体，顶级捕猎族。有17种光感受器，移动速度超越音速，有能看见紫外线和偏振光的视力、超越双髻鲨的导航能力、超越树蛙的微子热量抗体、接近拟态章鱼的变色能力、接近深渊族的隐形能力，还有足以弥补一切鲨族和逆戟族基因缺陷的DNA。超能繁衍机器，与任何种族都没有生殖隔离。

银贝尔：海洋族，银鱼族。落亚大学的生命奥术学导师。

*鮣鱼：第一个背鳍变成了吸盘。经常附在鲨鱼、海龟背上，搭便车，求保护，捡拾大型动物的残羹剩饭。到了饵料丰富的海域，才会脱落下来觅食。

银鱼族：携带银鱼基因的海洋族。银鱼是防冻剂生产原料，透明，不注意看像行走的半透明器官。银鱼族演化了适合在氧气丰富、寒冷环境下生活的特征，雌性外形美丽，深受海族雄性的喜爱。

*鹦鹉螺：活化石，生活在五千米的海底。其他头足类都已丧失了软体动物特有的坚硬外壳，鹦鹉螺仍保留了一个又大又重的外壳，其中还分隔成许多密封的壳室。不进食的时候多半是在深海中"睡觉"，以保存能量。

永冻冰山：临冬海的千年冰山，长度为十五公里。

永恒广场：全光海最出名也是最古老的广场，建立于3.3亿年前，七位宗神陆续在一周内诞生，第一次"燃烧之海"发生之后。从那以后，圣耶迦那就以这个广场为中心往四周扩散，是这座城市的绝对核心。也叫"光海的十字路口"，每天有九万二千人次的过客流动，他们来自不同的海域，拥有各自的种族特色，说着多样口音的海族语，传播着只属于他们的文化。

尤灿：海洋族，海葵族。梵梨在落亚大学的同学。

*有孔虫：世界上最大的单细胞生物，有的长达十厘米，丝状假足有许多细胞核，但没有细胞壁。

游牧人广场：落亚市最大的广场，有1.7亿年的历史。广场中央矗立着伟人塑像，还有很多俱乐部环绕四周而建，一些餐厅故意把食品冻结，作为展示品，摆在外面。

*鼬鲨：十年换掉两万多颗牙齿的鲨鱼，能将视野可见的生命全部吃掉。

幽影族：中级深渊族。以邪能将烟囱灰烬拼凑而成的智慧生物。

鱼饵：上级海族对海洋族的蔑称。

鱼酱油：用鱼的内脏、鱼血和鱼、盐、香草放在坛子里碾碎发酵而成的食材。

陨星海沟：位于风暴海和星辰海交界处的超深渊带海沟，深8274米。

Z

执政官： 七海政府的最高政治领袖，全称"海域执政官"。

*皱鳃鲨： 生活在海面一千五百米以下，它们身体瘦长，身体和鳃部像有很多褶皱，看起来更像吓人的黄鳝。有三百多颗突出的牙齿。

宗姬： 宗主的女儿。

宗神： 大约4.3亿年前，深蓝将本体分裂成七个宗神，耗时一亿年孕育成形。宗神分别象征了她的七个品质：公义、美丽、勇敢、圣洁、无私、慈悲、平和。若用古海族语写出来，便是加斯蒂琪雅、布可、奥达刻思、圣提图多、赛菲乐司、米瑟热热和兼特。

宗子： 宗主的儿子。

宗族： 宗神后裔发展成的民族共同体。

罪恶鲨巢： 深渊部落，位于平均深度为三百七十四米的海沟。海沟最大宽度为三十三米，最小宽度才不到一米。最早的住民在这两两相望的岩壁上挖出了巢穴，这个部落的住所都建立在这些巢穴里。住民全是饥饿的深渊鲨族，信奉穹火教。

完

君子以泽
——著

她的4.3亿年

下册

羊城晚报出版社
·广州·

目录
Contents

Chapter 29	焰之眼	001
Chapter 30	禁术的真相	021
Chapter 31	浪迹花丛	034
Chapter 32	霜月晚宴	053
Chapter 33	太阳与业火	068
Chapter 34	鲸落	085
Chapter 35	权力交接	096
Chapter 36	莫尔大财阀	112
Chapter 37	四百四十二年	131

深渊篇

Chapter 38	巴曼薄亚	145
Chapter 39	帝国之旅行	158
Chapter 40	琥珀梦境	168
Chapter 41	公主生日宴	180
Chapter 42	时光的长河	190

Chapter 43	黑色欲望	200
Chapter 44	重温旧情	213
Chapter 45	光海的访问	227
Chapter 46	结婚领证	243
Chapter 47	罪恶鲨巢	250
Chapter 48	帝国的王后	262
Chapter 49	熔炉之中	274

无尽海洋之主篇

Chapter 50	神的私心	291
Chapter 51	以太的回归	310
Chapter 52	星辰海的涟漪	325
Chapter 53	重回落亚	342
Chapter 54	微小的思念	352
Chapter 55	我们的4.3亿年	367

Chapter 29　焰之眼

　　打开电视后,梵梨很快想到了初次见面的星海:头发留到了及肩的长度,因为地位提升已经可以佩戴耳坠,五官也越发深邃了——眉骨如峡谷一般,眼中有大海,万千星辰都洒落在大海之上。

　　但到苏释耶别墅见过他之后,她发现,若说当年他眼中有万千星辰与大海,那现在他的眼中,所有星辰都沉到了大海深处。

　　"进来吧。"苏释耶亲自出来接她,见她一直看着自己,不解地微微一笑,"怎么,不认识我了?"

　　"不是,我……"梵梨有些回不过神,"我当然认得您,独裁官大人。"

　　苏释耶带她进去,面无表情地说:"放假就放飞自我了?变形药也不喝了。"

　　梵梨摸了摸脸,这才想起最近自己的外形改变了很多,同时感觉到了苏释耶的不悦,抬头道:"您不喜欢这张脸?"

　　"不喜欢。"苏释耶淡漠道,"算了,你也不可能一辈子都喝变形药。我尽量适应吧。"

　　苏释耶的别墅在海底山坡上。在这里,可以听见鲸鱼的歌声、悠扬的竖琴声,还能看见远处雄伟的金色创世门。

　　在古代,打理海草需要大量的人工,所以,浅水区门前海草的整齐度表示社会地位。后来发明出了自动修剪海草的器械,平整的海草不再只是贵族的象征,浅水区家家户户都有,但是大家依然注意修剪。再后来,魔药师发明了令海草在一百五十米以下水域中也能完成光合作用的药剂。现在在圣耶迦那,大量私人住户门前也有海草。但因为药剂价格不菲,所以在较深海域能养海草的都是权贵家庭。又因为海草的叶子净化了海水,保持了海水的透明度,低调的家庭会把海草种在外人看不到的石槽中,只通过干净的海水展示他们的地位。

　　苏释耶的家门口就有一片齐整的海草坪,有星海家门口草坪的影子。而且,仔细看去,很多毛柄粗皮鲀和叶子一样,翘着小嘴,藏在一片片草叶里。她停留在海草坪前看了一会儿,就看见苏释耶对一个奴隶挥挥手:"拿个鱼缸给梵梨小姐装一些毛柄粗皮鲀带走。"

"啊,不用,"梵梨摆摆手,"我宿舍空间小,养一只小葵花已经忙不过来了。谢谢您的好意。"

室内装修和在红月海的别墅风格很像,进门就是珊瑚毯子,列着两排迎接主人的奴隶。墙上处处挂着手工镶嵌画,紫水母穿梭在客厅中、中庭里。苏释耶说要梵梨为他做饭,但其实只让她做了一道菜,便用另外十二道菜来招待她。偌大的餐厅里,卧榻包围着八九米长的餐桌,后方摆着巨大的镶嵌画《无尽海洋的伊始》,均由贝壳拼成。但做好饭后,这么大的餐厅里,只有他们俩用餐。奴隶站在他们身后,摆设般一声不吭。梵梨觉得有些窒息,轻声说:"你平时在家都是一个人吃饭吗?"

"怎么了?"苏释耶抬眼看了看她。

"一个人吃饭,不会觉得有些孤单……哦,没有,当我没说。"她打住了。苏释耶可不缺女人。

"我没有把女人带回家的习惯。"苏释耶一眼看穿她心中所想,"以前一个人吃不孤单,习惯了。但最近会有点这种感觉。还好,平时工作忙,我在家的时间也不多。"

"为什么最近会有这种感觉?"

"不知道,我觉得可能是分裂了个拟态生命出去的原因吧,体感和以前比有点变化。烦恼变多了,就算是在海里,也会很在意季节变迁。"

"海里怎么察觉季节的变迁?"

"例如到春天,能明显察觉到硝酸盐、磷酸盐还有别的矿物质;夏天,水域开始变得浑浊,很多鱼产完卵变瘦了;秋天,有的鱼,例如真鲷,开始积攒脂肪准备过冬,变成了胖胖的'红叶';冬天,海里悬浮物变少,水变得很清澈。"

"你的五感也太强了吧。"梵梨惊叹道,"我都晋升捕猎族了,也没这么强。"

苏释耶笑了笑,未作解释,切了一块刀鱼,本想给梵梨,但又把手收了回去,对身边的奴隶说:"换烧熟的刀鱼过来。"

奴隶立刻去办。苏释耶把刀鱼放在自己盘子里,等他把熟食送过来,再递给梵梨:"来,菩提海的江刀,你一直嚷嚷着要吃的。"

梵梨和星海两个吃货,经常换着口味在家里做新鲜的鱼。刀鱼是她最喜欢的鱼肉之一。而且,来自不同水域的刀鱼,味道还有优劣之分,最劣湖刀,居中海刀,最优江刀。其中,菩提江刀是河鲜里的大熊猫,她没钱的时候买不起,有钱以后因

Chapter 29 焰之眼

为太忙,总是错过,以至于现在都没尝过正宗的菩提江刀。对此,她非常执念,每次加班以后都会抱着星海说:"明年的菩提江刀,我一定要吃!"

现在苏释耶如此自然地把生鱼换成了熟的,如此自然地聊起刀鱼的话题,让她有些蒙。

"看我干吗?"苏释耶帮她把鱼肉切块,"能有你梦寐以求的美食好看?吃吧。"

当脱离了权力光环的包围,苏释耶在家里的表现与星海很相似。就连切鱼肉的动作、专注的表情,都很像。她终于忍不住了,轻声说:"苏释耶大人,其实,星海七十四年的记忆,都是你的记忆吧。"

"你猜到了。"苏释耶开始切自己的食物,反应很平静。

"为什么不跟我说呢?"

"说了也没用。我真正的少年时期是快两百年以前的事。你觉得很多事都发生在当下,但对我来说,都是历史。"

"是啊……"半响,她只挤出这么一句话。

"所以,关于星海,你还有什么想问的?"

梵梨摇摇头,接着埋头吃饭。

用餐结束后,苏释耶带她到楼上天台去看风景。白天的圣耶迦那总是金光闪闪,水波潋滟,像是海底的天堂。而它的夜景又璀璨如星斗,将四亿年积累的荣光燃烧至视线的尽头。天台上还有一个望远镜,梵梨透过望远镜,看见了远处翡翠山脉上、琉璃军团神殿遗址旁边,有一鼎与别墅同高的巨大金属炉子,似乎是个半成品,上面还搭着修建者的梯子。

"那是什么?"梵梨指着那个方向,疑惑道。

"那是造物熔炉。"苏释耶靠过来,低头看着她,"你记得吗?我曾经跟你说过,过段时间,光海就会发生一个重大的变革。届时,这个熔炉的作用就很大了。"

"嗯,有什么用?"

"现在不能告诉你,是一个惊喜。"

"好吧。"

梵梨不再使用望眼镜,但挺起背脊,却察觉到她与苏释耶的距离特别近。近到她一抬眼,就能看见他的雪白发丝一根根在海水里轻微起伏,能看见他眼眸中荡漾着星辰与水光,有着令她无法挪开视线的吸引力。他的目光是漠然的,心跳频率却加快了一些。她知道,他也能听到自己的心跳声。

不能再这样对望下去了，感觉好危险。

可是，控制不住自己。看见海浪拂动他颧骨旁的发丝，挡住了他的眼睛，她忍不住伸手，替他拨开那一缕头发。但这个动作刚做完，她就觉得太亲昵了，赶紧抽回手——真糟糕。有了苏伊的部分记忆以后，想到苏释耶童年和少年时的经历，她没办法把他当外人看。甚至还有了苏伊的习惯。

像被人扇了一耳光，她晃晃脑袋，猛地往后缩了一截："那个，苏释耶大人，我要回去了。"

"好。"苏释耶没有挽留她，只是亲自送她出去，再叫佩莎来送她。然后，她转身就冲到了舰艇上，用手背捂着脸，为刚才的情动感到难过不已。

"和独裁官大人吵架了？"佩莎半扭过头来，"适当作一些可以，他很喜欢，但别过头了。过头了他现在会哄你，但得到你以后会很快厌烦。"

"我和独裁官大人不是你想的那种关系，我有男朋友。"

"什么男朋友，本体就在你面前，你却要跟他的拟态生命体谈恋爱？这算是另一种情趣？"

"你知道？"

"当然知道。最初的星海就是独裁官大人少年时的复刻版，但一个信息追踪者，不适合拥有太强的攻击性、欲望和显著的个性。所以，我们减少了他25%的睾丸酮产量，为他的大脑里增加17.3%的模拟杏仁核，修改了部分记忆。所以，他的个性比独裁官大人更温柔、谦虚、保守，具有同理心。很完美，对吧？但真正的星海是有缺陷的，你应该学会接受这个现实。"

梵梨愣了愣，很快反应过来，拟态星海确实比真正的星海更完美——在光海接触了很多混种，她发现了，真正的混种其实很难拥有拟态星海这样健康又有安全感的心态。

佩莎淡淡地说："为独裁官大人效力这么多年，我是第一次见他把过去展示给女生看。希望你懂我话里的意思。"

追忆碎片六

阿萨大公给了我地底城新工会"黑鳄工会"的股份，让我务必继续当黑鳄工会的意见领袖。我觉得他没那么善良，逼问他半天，找到了原因。

卡律公国从宣布独立起，境内海洋族也划分了两个阶级：星辰海裔海洋族（解

Chapter 29 焰之眼

放的奴隶)和土著海洋族。这些奴隶虽然在星辰海饱受歧视,但并未因此对海洋族同类心生怜悯,而是把自己遭遇的不公施加在土著海洋族身上。

七大海域外,或夹缝间,有很多零碎的部落和国家还在使用传统驯兽术发展交通业。在土著面前,来自文明海域的解放奴隶堪称得意忘形。他们继承了星辰海的方言、习俗、宗教信仰,还拒绝与土著通婚,自成一个星辰海海洋族群体。阿萨大公"登基"之后,卡律公国换了七任总督,全都是星辰海裔海洋族。

被霸占领地,土著们本来就很不爽了。后来,星辰海裔海洋族把高等教育带到了卡律公国,新一代年轻土著对世界文化的认知也得到了刷新。土著们渐渐知道,卡律公国政府只为星辰海裔海洋族服务,对他们歧视、压迫,还总是通过我,跟哥哥的政权"勾结"。土著们失去了话语权,在沉默中爆发了。

阿萨大公告知,从他统治卡律平原以来,土著爆发了四次大规模的起义,无数次小规模游行示威。截至今日,这两个团体的矛盾冲突越来越尖锐,严重影响了国内治安与稳定。

我把这事告诉了哥哥,哥哥派星辰海军舰过去,军官指挥,大奥术师轰炸,镇压了起义,抓到的人全都让阿萨大公处理。我和哥哥成了星辰海裔海洋族心中的偶像,土著海洋族却在首都市中心涂抹撕碎我们兄妹俩的画像。

我有点自闭,但也觉得一切都在情理之中。控制奴隶市场和黑市,终究是要遭到反噬。与其想办法怎么平均分配资源,不如想办法创造资源。所以,还是要指望奥术、科技和经济的进步。

哥哥也没时间搭理这些小事。菩提海与裂空海互为邻海,但一直在边境打来打去。自从当上了星辰海执政官,他和奥达宗族坐山观虎斗,时不时挑拨离间,彻底激化了他们的矛盾。接着,菩提海向哥哥发出救援信号,星辰海变成了菩提海的幕后大哥。哥哥一直是鹰派代表,但不知为什么近期会"鹰"成这样。七海长时间处于割裂状态,他突然搞这么醒目的联盟,总感觉会惊动别的海域,尤其是军事帝国风暴海……

我的第六感总是那么准。

哥哥从星辰海回到圣耶迦那的第一天,我们俩就收到了加斯宗主的晚宴邀请。

加斯宗主包了圣耶迦那最贵的餐厅之一,请了很多上级海族来参加这次晚宴。我和哥哥抵达餐厅后,他专程把我们叫到餐厅后的藻园里聊天。

"执政官大人,我从寻月那里知道了令妹的真实背景,说实话,有点惊喜。因

为我夫人一直很喜欢苏伊这丫头,说若有机会认识她,想收她当干女儿。结果,你们兄妹俩和我儿子居然是校友,你和希天居然是好朋友,你说巧不巧。"

"希天是特够义气,毕业前,大家都很喜欢他。"

"他就是脾气急躁。算算他年纪也不小了,比苏伊大了一百二十九岁,还这么不懂事。"

听到这个"一百二十九岁",我只觉得这加斯宗主数学可真好。但哥哥的第一反应却很奇怪——他的眼中有一抹惊慌之色闪过,很快又恢复了正常。他看了看我,又看了看加斯宗主:"别吧,希天那么优秀,已经给我们这群兄弟很大压力了。您还是对他要求放松一些,让他缓缓,也让我们缓缓。"

加斯宗主大笑起来。哥哥这张嘴是真的会说,从不"尬吹",总是能为不同的人量身定做让他们身心舒畅的赞美。

又聊了一会儿,加斯宗主先回到了餐厅里面。我开心地说:"哥,我之前还挺担心咱们和风暴海的关系。现在看来,好像担心有点多余。加斯宗主这是在主动向我们示好吗?"

哥哥忽然神色凝重:"梨梨,有两件事我想跟你说说。"

"好啊。"

"第一件,我要当光海独裁官。"

"噗!"我狂喷一口水,惊悚地拍拍胸口,"不要把这么大的事说得跟要逛街一样轻松好不好!你什么时候有的这念头啊,从来没跟我说过……"

"三四百万年以来,光海独裁官就跟圣耶迦那市政官没什么区别,有时候手里的权力还不如市政官。我想当的可不是这个市政官,我要当的是真正的独裁官,手握光海绝对大权的统治者。现任独裁官还有七十多年才到期,我等不了那么久。我要尽快把他弄下台,拿下圣耶迦那。"

"好的,可是,为什么呢……"

"为了统一光海。"

这一刻,哥哥变得很陌生,很霸气,又有些令人害怕。我点点头:"我会全力帮你的,但是……哥哥能答应我一件事吗?"

"我会想办法废除奴隶制,下一步就是要解放圣都的部分奴隶。"

"太好了!你果然知道我在想什么!那没什么好说的了,冲呀,独裁官苏释耶大人!"

Chapter 29 焰之眼

我自己激动了半天,但哥哥看上去始终有些沉重。然后,我凑近看着他,歪了歪脑袋:"哥……"

"还有第二件事。"他低头看着我,眼神黯淡,"梨梨,你有喜欢的人吗?"

"有啊。"

"谁?"他愕然。

"你喽。"

"不是。"他失落地说道,"我说的是,喜欢的男人。"

"呃,"我抽了抽嘴角,"你……你不是男人吗?"

"我说的是,结婚的那种喜欢。"

"哦,那没有。"

哥哥眉心又皱了一下:"那你觉得加斯希天如何?"

"长得帅,直男癌,仇女癌,下地狱会被关在露阴癖劳改犯隔壁。"为此,我还特意做了一个模拟呕吐的动作,以表自己的真情实感。但很快,我觉得情况不对,骤然抬头道:"等等,刚才加斯宗主是来提亲的?"

哥哥把双手抱在胸前,轻声说:"希天不会讨女生喜欢,但责任感很强,对家人负责,大概率会是个好丈夫。认识他这么久,我觉得我看人眼光应该不差。而且你们结婚,有助于风暴海和我们的联盟。你认真考虑一下吧。"

"前面那些都是废话,关键只有一句'有助于风暴海和我们的联盟'。"我冷笑了几声,"哥,我不想揭你的伤疤,但你作为一个海神族与捕猎族的混血,已经很清楚生殖隔离的痛苦了,不是吗?如果我嫁给希天,我也会生出不孕不育的孩子,这就是你想要的吗?"

"放心,你和他没有这种问题。"

"为什么没有……"

"你的血统特殊,跟什么种族结婚,就能生出什么种族的纯血孩子。加斯宗族和圣提宗族的血统最纯净,所以我才觉得希天不错。"哥哥游过来了一些,伸手摸了摸我的头,微微笑道,"这也是哥哥最希望看到的结果,看到我的梨梨血脉能够延续下去。"

我的重点却不是希天的血统是否纯净。我只听到了关键词:"那如果是跟海神族混血结婚呢?"

说完以后,哥哥怔住了,我也尴尬了。

"我……我只是随便问问,好奇而已。"

"没有生育功能的种族怎样努力都没用,别做这种假设了。"

气氛一瞬间变得很低落。哥哥拍拍我的肩,游向餐厅的方向。但这一刻,我似乎想通一些事了。我上前了一些,鼓起勇气说:"哥哥,那如果我喜欢的人和你一样,是海神族混血呢?你会支持我嫁给自己爱的人吗?"

哥哥的背脊僵了一下,声音却是冰冷的:"你如果爱上这种男人,我会杀了他。"

心底蠢蠢欲动的想法又被压了下去。我只顾着反驳道:"什么叫'这种男人',你这样会把自己也骂进去的,知不知道!"

我有些生气了。但哥哥似乎比我还生气,径直回到了餐厅内部。

餐厅里,阿诺以及一群男生探过脑袋,用莫测的笑脸对着某个方向。我游过去顺势看了一眼,应该也露出了同样的表情。那里坐着一个少女,正低头和寻月姐姐逗弄一只小龙虾。少女身穿一身白色露肩丝制长裙,银白长直发搭在肩上、锁骨上,延至腰际,宝蓝色的修长耳坠贴着瓜子脸摇晃,拨弄龙虾的手腕纤细柔美,戴着一圈莹白的大珍珠,手腕像会被珍珠压碎。听到有人进来的声响,少女抬头看过来。

这哪里是个海族,活脱脱是传说中月神的少女形态。我真的被她惊艳到。但想到这种海神后裔仙女都很高冷,我还是决定矜持点。

"小梵梨,你来了。我来给你介绍一下。"寻月姐姐起身,把身边的少女也拉起来,"这位是我的好姐妹,圣提风晋,临冬海的小宗姬。风晋,这位是苏伊,和我一起长大的妹妹,我跟你提起很多次了,她小时候挺倒霉,被人绑架到了奴隶市场,结果没被卖掉,反倒变成了幕后大佬,还搞了个公国出来。"

原来她就是风晋公主!

圣提风晋双手交握在胸前:"我知道,大家都知道。苏伊……我的无尽海洋之主啊,女神。"

"女神?"我指了指自己,不好意思地挠头,"不是呀,我就是个搞研究的。你才是女神呢。风晋公主,久仰大名了。"

"不不不,我才久仰你的大名了。你本人比书上看上去还漂亮,太漂亮了。"

"好了好了,"寻月姐姐把我拉过去,按在风晋身边坐下,"你们俩不要再商业互吹了,坐下来低调点吹吧。"

我和风晋互相看了对方一眼,气氛居然有点紧张兼兴奋。然后,我们不约而同地开口,又叫对方"你先说",最后捂着嘴偷偷笑了起来。

Chapter 29 焰之眼

这时,红发逆戟族女性游了过来,在旁边默默站着。

"丽芙,怎么了?"风晋回头看看她。

丽芙弯下腰,对风晋小声说:"圣提宗姬,我来为您引见一下星辰海执政官吧。"

"嗯?你在说谁?"风晋还是很单纯,虽然因为矜持假装听不懂,但还是快速看了一眼哥哥,双颊泛起了一层粉色。

"是苏释耶大人。请跟我来。"

丽芙把风晋带走了。风晋起身前,小声跟我说了一句"我马上回来"。她一路游向哥哥,金色尾鳍似薄纱般翩翩起舞,璀璨发光,阿诺都已经快酥倒在地了。但哥哥看她,跟看阿诺的眼神没什么区别。

"不行了,执政官大人好帅,太有男人味了吧。"风晋回来以后,把我和她用隔音术圈起来,拍了拍自己的胸口,用手捂住滚烫的双颊,"跟他说话,我要一直猛用奥术控制心跳。如果每个捕猎族男生都和他一样,那可就太难过了……"

"我哥是挺帅的,就是对我凶死了。"我看了一眼哥哥,果不其然,又被他瞪了一眼。他还有脸瞪我。无耻,他居然想把我当政治联姻工具!

"啊。"风晋掩了一下嘴,"对啊,我忘记了,你是他妹妹……我的圣提神啊,你可千万别告诉他我的话……"

"我才不想让他知道你觉得他帅呢,不然他不得得意死了。哼。"

当晚回家的路上,我一个劲儿对哥哥挤眉弄眼:"哥哥,风晋公主怎么样呀?她说你很帅,很有男人味哦,你的艳福不浅哦!"

"无感。"哥哥并没我预料中开心,连万分之一的愉悦感都没有。他撑着下巴,面无表情地看着窗外。

这个男人真是虚伪,刚刚在餐厅里,明明风度翩翩,笑容可掬,私底下却是这么个鬼态度。我真想化为吸盘鱼,把他的面瘫表情吸成大嘴猴。

男女之间的思想有壁垒,就连跟那么亲的哥哥也不例外。我决定暂时抛弃哥哥,投入小姐妹的怀抱。

闺蜜这种生物,真有一种"冥冥之中"的玄学意味。有的天天聚会还是话不投机半句多,有的见一次就可以好到比谈恋爱还好。圣提风晋就是我的那个真命天女。她跟我同岁,但是因为海神族入学晚,所以今年才刚入学,是光海艺术系的学生,入学成绩是S,对"美"的鉴赏能力与她的颜值呈正比。我跟她说,跟她一起在校园里散心,回头率高得我都不好意思了。结果她跟我说了同样的话。

009

风晋最难得可贵的优点是支持解放奴隶,这也是她之前就很喜欢我的原因。一个宗姬会提出这样的想法,我当然欣喜若狂。但听我倾诉后,哥哥却又一次泼了我冷水:"不要什么都听一个娇弱大小姐的。政治哪有你们想得那么容易。"

其实,我们和风晋的邂逅并不是巧合。这时临冬海没被任何一个党派收服,丽芙为临冬海政府工作,通过临冬海执政官,抱上了圣提宗族的大腿,想为风晋公主和奥达宗子安排一次完美邂逅。但事与愿违,风晋喜欢的人是哥哥,没看上奥达宗族的男性,丽芙就顺势抱了哥哥的大腿。临冬海执政官坚决反对哥哥一个捕猎族权倾光海,想要制裁丽芙。丽芙先下手为强,把他的政治机密卖给了圣提宗族。于是,他无声无息地被炒了。

这样一个狠角色,哥哥当然不会自己用。成为独裁官后,他把丽芙安插在奥达宗族里,当自己的眼线。此后,丽芙大名响彻星辰海。但发现她越发深陷权欲之海不可自拔,她的男朋友伯恩离开了她。那时,她与伯恩的小女儿还没读小学。

当然,这些都是后话。认识风晋的第二天,夜迦在学校堵住我的路,一脸讥讽:"你要嫁给加斯希天?苏伊博士,你和他话都没说过几句。没有爱情,能结婚?"他念"博士"的时候,加重了语气。

"哦,布可巴路的儿子还支持自由恋爱?你这辈子就别想当宗主了。"我很淡定。

"不是宗主你就瞧不起了?那是不是只要能当宗主,就能娶你呢?"

我白了他一眼:"布可夜迦,你不要羞辱人,小心我下次辩论呛得你尿裤子!"

"我没羞辱你,是认真在问你这问题:是不是只要当了宗主的男的,就能……"

"当然不是!"我不耐烦地打断他,"我才不想嫁人。哥哥如果逼我,我就跳深渊自尽给他看。"

"你尽管放心,这不是你应该烦恼的事。除了加斯希天,没人会这么眼瞎。"

"给我受死!"我扔出奥术水弹,追着他杀了好几条街。

当晚回去,我向哥哥表示了强烈抗议:我要读书,我才不要嫁给加斯希天。哥哥没说话,只是一把揽过我,默默地抱了我很久。

在昏暗的灯光中,我听见自己的心脏怦怦跳,忍不住抬头多看了哥哥一会儿。哥哥好好看,比什么夜迦,什么希天,还有学校里公认的帅哥都要好看。我小声唤了他一声,想要再次钻入他的怀里。他和我对望了两秒,却推开了我。

"为什么……"我终于憋不住了,"哥哥,你现在为什么会疏远我?"

"我没有疏远你。"

Chapter 29 焰之眼

"我只是想抱抱你而已，你为什么这么排斥？你还记得吗，小时候我们经常在柜子里……"

"那时候我们是孩子，不懂事。"哥哥打断了我。

"不懂事？可是我没觉得做错了啊。那时候我们比现在亲密多了，不是吗？"

"不是……"

我抓着他的衣领，想亲他，却被他躲开。他别过头，深深皱眉，没说话。我有些愤怒了，不顾一切地捧着他的头，吻上他的双唇，却被接下来电击一般的感觉吓了一跳。小时候只觉得哥哥的嘴唇软软糯糯的，亲起来很舒服，而不是现在这样。浑身上下的肌肤表层下有电流流过般，细小的神经跟着不安地跳动。

"我……"我不敢再亲他了，只是捂着嘴唇，害怕地看着他。

"别碰我。"哥哥踉跄后退，眼中藏着深深的恐慌。显然，他的感受和我一样。

"对不起，哥哥，我错了。"也不知道为什么，道歉过后，我却委屈得想流泪。

没有人解释为什么，但我却清楚知道，我们真的长大了，一切都回不去了。要么永不往来，要么礼貌地保持距离。再亲密下去是不可以的。我低下头，擦掉泪水。哥哥伸出手来，想摸摸我的头，但手指在上方悬了一会儿，还是收了回去。

很快我知道了，传出我和加斯希天婚讯的人不是哥哥，而是加斯希天本人。他到处跟人说我特别想嫁他，但他还在考虑。这样的传闻会给我带来多大的麻烦，可想而知。而自恋的男人会被"打脸"，是一条举世公认的定律。

"直男癌"引发的愚蠢舆论很快被淹没在了他苏伊姑奶奶的光环下。我发表在各种刊物上的文章，几乎每一篇都得到了学术界的认可；我捣腾出了很多乱七八糟的无害魔药配方，全都扔给了黑鳄工会，那群很有商业头脑的家伙又把魔药包装贩卖，赚了钱，便给卡律公国教育资金拨款；我与裂空海天照奥术院院士的隔海打笔杆子战，互呛了七年零六个月……

24617年12月3日是我人生的巅峰之日。在圣耶迦那大学，当着一千多号人的面，我宣读了关于以太辐射的论文，把微子的概念强势地打在了公屏上。所有对手终于选择了安静和自闭。这一天起，我就不再是博士了，而是著名大奥术师，圣耶迦那奥术院的苏伊院士。

同一时间，哥哥联合奥达宗族、菩提海，开始逼宫光海独裁官。

一切都好像那么顺利，我们在朝着自己计划的人生方向进行着。

追忆碎片六结束

一个寒假过去，梵梨拥有了苏伊完整的记忆。知道了前因后果，只觉得很想笑，又有些想哭。

重新打开窗扇，看向外面的圣耶迦那，她的心境和以往完全不同了。记忆赋予了光海更多的意义，也让她清楚知道，自己接下来该做什么事。只是，现在时机不够成熟。开学后，梵梨开始服用变形药，掩盖了苏伊的容貌，还是照常去上课。

米瑟日，第一堂搏斗论基础课上，按照惯例，还是测试每个学生的奥术潜力评级，只不过这一堂课是在室外，三百个人分五组同时进行。琉香在队伍前列，她游过去，把手放在测量仪上。"嘀、嘀、嘀"三声响起，神似温度计的表盘上，一条红线从刻度底部升了一小截，表盘最上面出现了暗橙色的大字"C"。

奥达艾伦测试时，"嘀、嘀、嘀、嘀、嘀""嘀、嘀、嘀、嘀、嘀"两组声音响起，刻度被刷新两次，表盘最上端出现了"SS"。

轮到赛菲昆蒂时，她游到最前面，骄傲地把玉手伸出去。只听见"嘀、嘀、嘀、嘀、嘀""嘀、嘀、嘀、嘀、嘀""嘀、嘀、嘀、嘀、嘀"三组声音响起，红线飞速跳了三次。教授满意地说："依然是3S，很好。"

再后来是羽烬。他假期跟人玩尾球，扭伤了尾巴，游起来跟断了一只鳍一样，重心不稳。教授看了看他的小尾巴，吓得他用下唇包住了上唇，闭着眼把手伸出去。"嘀、嘀、嘀、嘀、嘀""嘀、嘀、嘀、嘀、嘀""嘀、嘀"三组声音。SSS。

"增加了一格？"教授回头看看昆蒂，"有没有压力，这孩子有前途。"

"哼。偶尔测量误差而已，就算他还在发育，天赋哪有这么容易增长。"昆蒂不屑一顾。

这时，有几个男生不时回头看看后面的队伍，偷偷讨论：

"你们发现了吗，梵梨一个假期回来后，好像气质变了不少？"

"有点冰山女神的感觉，不敢靠近了……"

琉香故意大声说："梵梨气质当然好了。虽然是海洋族，但人家觉得自己可以和海神族媲美，觉得混种男朋友配不上她。"

琉香说话煽动力极强，昆蒂党的学生听了，都被恶心得不行。梵梨只想赶快混到下课，但米瑟和歌又和她们拌起嘴来。终于快排到梵梨了，她声音不大不小地说："琉香，你少说几句，别骂人拍马屁，把自己也骂进去了。"

琉香冷笑："我起码记得自己是海洋族，不像你，打着海洋族代表的旗号，却自以为自己是海神族，妄图与昆蒂平起平坐！"

Chapter 29 焰之眼

昆蒂快到爆炸边缘了:"梵梨,你之所以这么讨人厌,就是因为过于自大,忘记了自己的出身和种族!"

"到底是谁自大呢?"梵梨笑道,"是我,还是口口声声说自己是民粹党却种族歧视的宗姬?"

昆蒂终于被点爆了。她双手交叉抱在胸前,然后大幅度张开,一只冰龙从她正面的海水里冲出,张着巨口和獠牙,咆哮着向梵梨冲去!

所有人都吃了一惊——冰刃之龙!这是大奥术师级的攻击奥术,学生通常驾驭不了,而且一不小心就会弄出人命!教授赶紧游上去,想要阻止灾难的发生,无奈方位和距离都很难做到,只是惊惧地睁大眼。

梵梨的右手在海水中画了个半圆,然后握成拳。一个长长的幻影神杖出现在她手中,她用力往前一挥!

周围的海洋生物都静止了两秒,速度加快三倍,往更远的地方逃窜;海葵像乌龟一样,把触须缩了起来;螃蟹和龙虾都躲到了岩石、珊瑚枝下方……海啸般的巨浪向昆蒂的方向涌去,冰刃之龙当场发出哀号,被浪涛击碎!昆蒂等学生都被海浪冲到了几十米以外。

以梵梨为中心往外扩散的三千多个珊瑚整齐停住运动,一秒后喷发出气泡和"烟雾",提前完成了随月亮和潮汐进行的产卵仪式。

因为身体深处的奥术被激活,变形药水失效。随着这个动作,梵梨的短发一秒变长,红玫瑰色瀑布般流到了腰部。跟接力一样,一道银光从她的腰际往下流动,渐次把她的暗青色尾巴染成了水蓝色,并且把尾鳍"拉长"了50厘米以上。之后,银光没再消失,而是一直悬浮在她的整片尾部表面。

梵梨用奥术控制住了容貌的反弹,才没让她变成苏伊的样子。但这不妨碍所有人都看得惊呆了——在整片海洋,只有一个人有银色近透明的尾光,就是苏释耶。这是圣灵鳍的象征,也是奥术神力封顶的象征。

"你……"半响,只有丽娜愕然地开口,问了一个傻问题,"梵梨,你……你是海神族?你既然是海神族,为什么要冒充海洋族,骗大家这么久?"

"海神族,海洋族,对我来说,都是一样的。"梵梨张开右手,任神杖的幻影消失,"我是海族。"

她游到测试仪前,伸出手。奥术银光在她的手心转了好几圈,就像手机没信号一样,半天读不出数。教授正想上去做故障检测,就看见一条红线冲了上去!

速度之快,堪比音速。接着,上面的符号跳动起来:

"嘀嘀嘀嘀嘀!"——"S"

"嘀嘀嘀嘀嘀!"——"SS"

"嘀嘀嘀嘀嘀!"——"SSS"

"嘀嘀嘀嘀嘀!"——"SSSS"

"嘀嘀嘀嘀嘀!"——"SSSSS"

"嘀嘀嘀嘀嘀!"——"SSSSSS"

重复了六次以后,数据已达上限,但那条红线冲到最顶端,还因梵梨的奥术能量转化为动能在往上冲刺,像一枚子弹撞在薄片上,激烈地左右摇晃!

砰!

水花四溅,奥术潜力测试仪爆炸得四分五裂,碎片溅向周围的学生。他们纷纷往后退,人群中一片惊叹声。

昆蒂捂住了嘴,喝了一大口水。丽娜、琉香的下巴快掉在了地上。

没人留意到,梵梨微微皱了一下眉。他们只能看到梵梨的美。她泛着光泽的长卷发微微挡住侧脸,连皱眉的样子都那么美丽动人。

对于炸了测试仪的事,梵梨当然不用赔钱,但奥术爆表一事也上报了。

这一天过后,《圣耶迦那大学惊现顶级奥术潜力海神族学生》《与独裁官大人并驾齐驱的以太之力?》《光海唯一海蓝尾海神族惊现圣大奥术学院》这类新闻标题随处可见。

宿舍外有好多记者在蹲点,梵梨把自己藏在窗帘后面,不敢冒头。看着全身镜里自己泛着璀璨之光的长长蓝尾,她摆了摆尾部,只见圣灵之光跟细碎星点般落在海水中。现在尾鳍大得很难适应,游泳速度比以前快了两三倍,只要轻轻抖动一下尾部,就能冲到很远的地方。

但她还是不理解,为什么自己的奥术潜力会高得那么变态。就算是海神后裔也没有这样的……

追忆碎片七

哥哥逼宫独裁官的阶段,我在私底下问过阿诺,如果想让哥哥当上独裁官,是不是会涉及种族问题。

"妹子,你说到重点了。三千多万年前,自圣耶迦那设置独裁官一职开始,光

Chapter 29 焰之眼

海历任独裁官都是海神族,而且海神后裔占了一半,一个捕猎族都没有。圣耶迦那政府、光海神殿,恐怕都不会支持你哥参加竞选。所以,我和他一致观点是得到两件东西:'以太之躯'和'焰之眼'。"

"聪明啊。"我感叹道,"如果能得到以太之躯,有上古之神的力量,别人应该不会再提出异议了。但是,得到以太之躯的成功率不是非常低吗?"

"是,死了多少人了? 没有一万也有五千个吧,一个成功的都没有,全都被以太之力吸得只剩下白骨了。这玩意儿真的邪门,需要精神与肉体意志力都达到极致境界,才可能成功。苏释耶迷之自信,觉得他就是这个人。"阿诺叹了一口气,"我也不懂他为什么如此执着于亲自完成统一光海的大业,但他既然有这么大的目标,兄弟只能全力以赴。"

焰之眼是炎之主遗留下来的神器,可以让佩戴者自由转换奥术与邪能。以太之躯是基于邪能创造的身体,没有焰之眼的调和,会被能量相反的光海奥术侵蚀,直至死亡。之前那么多人企图获得以太之躯失败,跟没有拿到焰之眼有很大关系。而且,拥有了焰之眼,以太之躯的主人不光拥有了食物链最顶端的肉搏战斗力,还能拥有全光海最强的奥术之力,也更容易获得元老的认可。

阿诺他们做过调查,焰之眼现在藏在火山一族——炎族的家乡深处。炎族是最早炎之主创造的生命,有近四十亿年的历史,比光海族、深海里的炎魔族存活的时间长了近十倍,分散在海面的无数火山岛上。在陆地上,只要被他们袭击,海族就会变成蒸汽。所以,哪怕经历了四十亿年的洗礼,炎族只剩下那么一小撮人了,如何把他们重重防守的至宝拿到手,依然是个无解的难题。

我用三个月的时间做好充分准备,前往了炎族的中心部落,位于风暴海上方的热砂岛。这天,雷电交加,大雨磅礴,浇灌着火山岛附近的岛屿,却把热砂岛的火山浇得像一块巨型墓碑。云朵像铅块般压在低沉的天空,好像踩踩脚便会掉下来。上岸走了一段,我被吓傻了,差点一头撞回海里。我脚底下有一大片骷髅,密密麻麻延伸到火山脚下。它们以各式各样的姿势躺在地上,雨水把它们淋得雪白锃亮。

过了一会儿,雨停了。一个青年从火山脚下走出来,时不时蹲下来检查这些尸骨。青年身高两米上下,海岛住民打扮,裸着的上身皮肤是小麦色,有八块腹肌,手臂上,肩胛上有一些红色纹理,一头暗红色的长发被拨到脑后,胸肌上挂着两串金属项链。

"喂！什么人！"青年忽然对我大喊一声。

我吓得拔腿就跑，但海族的"小弱鸡"还没跑出几步，就被他猎豹似的步伐追上了。他捏着我的手腕，把我强行拽回去："海族？为什么这里会有海族？"

他脸部轮廓硬朗，浓眉深目，鼻梁高如他身后的火山峰。我抽了抽手，没成功挣脱："我是来旅游的……"

"你居然会说我们的语言？"青年诧异道，"不对，你多大岁数啊，知不知道岩浆温度是沸水的七到十二倍？想被烫烫看看？"

"不想不想，我真只是过来旅游的，来看看传说中的不死火山族。"

炎族又名不死火山族，骨骼特别坚硬，但皮肤很脆弱，只能在干燥的环境中存活，碰到水就会被腐蚀得只剩骨头。等火山喷发时，岩浆流到骨头上，他们又会变回原来的样子。不算骨化的时间，他们的寿命长三百五十至七百岁，而且每次骨化复活，就跟磐涅重生一样，会延长他们的寿命。但这个青年让我有些困惑了，我说："你为什么没和他们一样呢？"

"我是他们的族长裘沙，得保护他们安全。免得偷尸贼把他们偷到海里去。"

"族长还有点幽默感。"

"如何，我们炎族很酷吧？在这里多待几天，你就可以看到他们重生了。"

"好啊，我很想看！"

我在热砂岛的浅水滩住下。裘沙族长一直在辛苦照料族人们的骨头，实在不容易。当他说要去打猎时，我就把自己捞的鱼肉分给他吃。他咬了两口就生吞了，还嫌味道腥。我忙于捕鱼，他坐在滚烫的沙滩上，远远地看着我："你叫什么名字？"

"苏伊。"

"好听。"他笑了起来，目光炙热，整个人像一把火焰一样，"苏伊，海族女孩是不是都像你这么漂亮？眼睛大，胸部滚圆，屁股翘，大白腿长又直，让男人很容易就想拖回家。"

我目瞪口呆了半天："我跟你讲，你要是在光海这样对女生说话，属于性骚扰，会被警察抓的。"

"对老婆这么说话，也属于性骚扰？"

"那不会。"

"那你当我老婆好了。"

"神经病。"

Chapter 29 焰之眼

四天后,火山爆发了。岩石和岩浆翻滚着从山顶冲出来。火山把大面积的火山灰喷到了大气层中,杂物挡住了阳光,令天气变得寒冷。千百吨有毒气体也随之喷薄而出,令附近的鸟类野兽窒息而亡。这些气体还渗透到了岛内湖泊中,把湖泊污染成了堪比硫酸的酸水。岩浆流过火山脚下的尸骨,骨头上迅速长出了血管、神经、肌肉、皮肤,变成了活生生的炎族。炎族们一个个站起来,踏着岩浆跑向自己的家人朋友,彼此热情拥抱,高声欢呼:"感谢赤红吾主!"这个过程中,裘沙每帮助一个族人,都会看我一眼。我拍打着尾巴,看着这奇迹般的一幕。

等火山喷发结束,天也暗了下来。炎族们在沙滩上举办篝火晚会,唱歌跳舞,品尝烧烤,搬运大量的椰子、菠萝蜜、榴莲到篝火附近。裘沙朝我挥挥手,示意我过去。我便跳到海里,游到了沙滩边,但刚爬过去,还没接触到干燥的地方,他就一把抱住我,翻身用巨石般的身体重量把我压在身下,压得我喘不过气,说话都吃力:"你在做什么……"

他双手扣着我的手腕,一双深红色的眼眸离我越来越近,松软的唇压上我的唇,温度高得几乎要把皮肤灼伤。我慌乱地别开头,大叫一声。

"苏伊,当我的族长夫人好不好?"裘沙柔声道。

"你疯了吧,我们俩是不能生孩子的,物种都不一样……"

"我不在乎,我想要的是你,不是你的孩子。"

不顾我的躲避,他在我的嘴唇上又重重亲了几下,大声喊道:"大家都听好了,我爱上了这个来自海洋深处的女孩——苏伊!她当我们热砂岛的族长夫人,你们说好不好!"

"好!好!好!"岛上的炎族们鼓掌高呼。

曾经,我一直以为炎族暴躁、肆虐、攻击性强,但没想到同时也热情、直率、平等互爱。族长想娶一个外族女子,不用经过任何人同意,大家就会集体送上鲜花和祝福,这在光海是绝对不可能存在的现象。这里的气氛多么单纯美好,让我和哥哥的对话显得更加可悲。

"哥哥,那如果我喜欢的人和你一样,是海神族混血呢?"

"你如果爱上这种男人,我会杀了他。"

水与火不一样。大海看上去平静而包容,却总是将悲伤的故事藏在最深处。在上级海族的世界,爱是羞耻的。利益与权力永远高于情感。不可能有一个有裘沙地位的海族的领袖,会这么轻松地对全世界宣布:"我爱上了这个女孩。"

我本是抱着寻找焰之眼的目的而来,两手空空回到圣耶迦那后,却有了一种疯狂的想法:我想逃离光海,逃离哥哥,逃离连爱是什么都不懂的宗族后裔,逃离冷冰冰的政治联姻,逃离总被期待着为海神族繁衍后代的余生……

阿诺知道我和裘沙搞好了关系,激动得小胡子都飞起来了:"他们这么快就对你放下防备了!苏伊,真有你的,如果苏释耶能成功融入以太之躯,就可以和宗姬联姻了。"

"宗姬?"我像被人当头敲了一棒,"哥哥能接受?"

"为什么不能接受?他又没老婆,如果成为独裁官,娶宗姬是顺理成章的事,他自己也应该求之不得吧。既完成了政治目标,又直奔人生巅峰了。"

我过了很久才回过神来:哥哥如果获得了以太之躯,他就可以像我小时候希望的那样,娶老婆,组建幸福的家庭,有一群可爱的孩子……

这一晚,哥哥回家很晚,我回头看着他,提起了阿诺说的事。

"他怎么和你聊到这个了。"哥哥看上去没什么兴趣,"先成功了再说吧,不成功人都死了,还谈什么联姻。"

"如果成功呢?"

"我不想联姻。但如果到了不得不联姻的地步,也可以接受。"

现在,我已经没办法说出"你怎么能将婚姻和爱情区分开"这种幼稚的话。我们如此努力拼搏,不是为了爱情,是为了责任与使命。

接着,我长时间待在热砂岛,和裘沙搞好关系。只要我过去,他就全程陪伴我,带我乘船在海岛之间穿梭,亲手帮我剥最新鲜的热带水果,心情一好,就在沙滩上抱着我举高高。跟他在一起,我能感受到一个男人奉献真爱时百分百的热情,觉得特别放松,又很有安全感。

就这样,我很快套出了热砂岛和焰之眼的秘密,惊讶于它居然如此简单,只要再等一次大雨,稍使手段,就可以轻松将它取走。

"我的爱,焰之眼是我们的至宝,这秘密我只告诉了你一个外族。因为你是未来的族长夫人,你有知道它的权利。如果以后焰之眼遇到了危机,你可要代替你老公守护好它哦。"

如果我偷走他们的至宝,却不嫁给他,那恐怕一辈子都会感到良心不安。可是,要助哥哥坐上真正独裁官之位,这又是一条必经之路。

我反复扪心自问:我真的有必要做到这一步吗?不管问几次,都没有答案。

人生就是这么矛盾,总是有很多选择得自己做,没有任何人可以给你答案。

回去以后,我试探着对哥哥说:"哥哥,我想和一个男孩子结婚。他很爱我,我也挺喜欢他的。"

"谁?"

我把裘沙的事告诉了哥哥。我开始讲得兴致勃勃,但越到后面,面对他越皱越深的眉头,我越没了底气,声音渐渐微弱下去。听到最后,哥哥只说了一句话:"你忘记我说过什么话了?不行!"

"裘沙又不是海神族混血。"

"比海神族混血更糟糕。不光不能繁衍后代,种族习俗、文化教育、童年经历、生活环境,完全不一样,你跟他有什么好爱的?"

我抓着衣角,鼓起勇气,抬头看着哥哥的侧脸,只听见自己的心脏乱跳起来,声音也颤颤巍巍的:"这些一样,就可以爱了?"

"那肯定比不一样的好。"

"哥哥,除了希天,还有什么男生,你觉得是适合我的呢?"我也不知道自己在说什么,只知道自己紧张得头皮和手指都发麻了,"和我差不多大的,我们有很多共同点的……"

"暂时没有。你如果不满意希天,我帮你留意其他人。"

我特别想大声说,怎么没有这个人,怎么会没有?你知道有!只不过他是个野心勃勃的胆小鬼,没勇气面对我的感情,也放不下对权势的渴求!现在,他连正眼看我都不敢!

但是,我做不到。我只感到内心深处,有什么东西在坍塌。

"你知道吗,苏释耶——对不起,我现在不想叫你哥哥,因为,你让我太失望了。"我强忍着眼泪,平静地说道,"裘沙说,他要的是我,不是我的孩子。但你呢,我在这个世界上最爱的人,只把我当生育工具,你根本就不懂爱。"

"我不懂。是,我不懂。"哥哥冷笑,"你信裘沙的话,觉得他爱你,不顾一切只想要你一个人。但等你被他占有了,等你和光海的生活完全割裂,他对你腻了,想要找个炎族女子传宗接代,你用什么来保护自己?炎族的法律?他们连'法律'怎么写都不会,他们能有个部落守则都不错了。"

"你别试图洗脑我。"我抗拒地看着他,"你认为你给我安排的生活,就是我想要的吗?我只想要一个和我相爱的丈夫,而不是一个想和我生孩子、给我充足物

质生活的丈夫!"

"一个男人可以爱你,和你生孩子,又给你充足的物质生活,这三者并不冲突。而你,现在过度追求所谓的自由,把不负责的激情定义为相爱,真是幼稚!裘沙不考虑你的未来,不考虑你年纪大了可能会想要稳定的生活,想要享受天伦之乐,只是说一句要娶你,不要孩子,你就感动得不行了?是我和爸妈没给足你情感上的安全感还是怎的,你怎么会变成现在这个样子?"

"不,认识了裘沙,我才知道,原来爱是可以无视后代的。就像我们爸爸妈妈那样,就算基因无法延续下去,他们也要在一起。可惜,这样的感情你不懂!"

"对,我不懂。"哥哥又笑了起来,笑声很悲凉,"如果我是裘沙,不管有多爱你,都会放你走。"

那句"放你走"就像尖刀一样,扎得我的心脏千疮百孔。但为什么这么痛,我不愿去细想。想多了一定会再次崩溃。

"对不起,你这种方式的爱我一点都不稀罕,如果裘沙和你一样,我才不会想嫁给他。"我恼怒地看着他,"哥哥,我会帮你取回焰之眼,帮你走上独裁官之路,算是报答你多年对我的恩情。但我累了,不想再参与你的夺位之争。事后我会向裘沙磕头谢罪,只要他原谅我,我就嫁给他。"

"你嫁他试试看。你敢嫁,我就敢……"说到这里,哥哥忽然不说话了,过了一会儿,才露出了一丝冰冷的笑容,"行,你取了焰之眼再说吧。"

"你真的打算尝试融入以太之躯?你很可能会成为以太祭坛下的白骨啊!"

"我暂时想不到第二个成为独裁官的方法了。"

我看着眼前的星辰海执政官,只觉得他看上去很陌生:"你不觉得现在你有点过度追逐权力了吗?哥,你以前不是这样的人。"

"我说了,我要统一光海,让七大宗族全部听命于我。"

他说得如此直白,还有什么好说的。我苦笑:"我相信你的选择,而且会一直支持你。"

虽说如此,我并没有立刻去取焰之眼,只觉得能拖就拖。但24621年的六月,我们在圣耶迦那囤了四年的七万奴隶获得自由后,从圣耶迦那搬迁到了卡律平原旁的山脉下。这时期突发了一件事,让我心态彻底崩溃了,改变了主意。

Chapter 30　禁术的真相

一天，我从大学魔药实验楼出来，游到无人的角落，一艘全黑的私舰停在我面前。窗口打开，一个全身武装过的士兵转过头来，举起了一个通信仪。电流跳动了一会儿，一个只会出现在新闻里的人脸幻影了出来。

"苏伊院士，没想到我会专程来找你吧。"独裁官露出了典型的政客式笑脸。

"独裁官大人，您好。"我向他行了礼。

他似乎对我的淡定有些不满，扬起一边眉毛："在私底下，我们就不要说这些虚的了。今天我来找你，只是想告诉你，我很认同你对学术界的贡献，但在大格局上，你还是太年轻。你忘记了自己身份，也害惨了你的同伴。我不知道阿萨大公是怎么想的，为什么会选择如此相信你这个鱼饵小妞，还因你丧命……"

听到这里，我警觉地竖起了耳鳍："等等，你说什么？"

"苏伊院士，你和你哥哥如果愿意为我做事，独裁官政府随时欢迎。"说完，窗口关上，黑色私舰冲了出去。

我掏出通信仪，第一时间打电话给阿萨大公，但没人接听。我又打电话给哥哥，同时路过一家正在播放时事新闻的超市，便游进去看。

新闻中，圣耶迦那外交部发言人对星辰海记者微笑："独裁官政府有义务对圣耶迦那海域负责，维护公民的合法权益，镇压叛党。请星辰海不要介入圣耶迦那的内政，不要出于一己私利，打着解放奴隶的名义，推行强权主义、霸权逻辑，离间圣耶迦那公民与奴隶之间的和平稳定关系。全光海社会的眼光是雪亮的，看得清苏释耶政府是和平破坏者的既定事实……"

"梨梨，我现在正在赶去卡律公国的路上。"哥哥的声音从通信仪中响起，"那边现在说不清楚是什么情况，这件事你别插手，不要去，太危险了。"

在直奔卡律平原的路上，我接听到了无数个奴隶主、黑鳄工会负责人、卡律驻外大使馆的电话，得知圣都裔自由奴隶抵达卡律平原后，有几个暴徒在天然岩架峭壁上游行示威闹独立，攻击圣耶迦那政府和光海神殿，并声称要归顺星辰海，与星辰海一起攻打圣耶迦那。

不用猜，重获自由的奴隶收了圣耶迦那政府的钱。

于是，独裁官借此发兵围剿暴徒，在卡律公国外进行了名为"镇压叛党"的大屠杀。阿萨公国出兵保护新的盟友团体，死伤惨重。很快，阿萨大公的遗照出现在了所有海域电视台的新闻中。

抵达卡律平原时，我简直不敢相信自己的眼睛：鲜血把海洋染得通红，在四百多米以上的海平面都能闻到血腥味。卡律平原只剩下了一片血海，人死了三分之一。听说苏释耶出兵救援，圣耶迦那的部队早早就撤退了。

卡律总督吊着断了的胳膊，把我带到前线军舰指挥室，给我放了一段阿萨大公录制的两段幻影。

第一段他的对话对象是全光海。在流动的水光中，他做了一个伸手扶镜头的动作，挺直背脊，理了理军装的领口："对于圣耶迦那政府泼向卡律公国的脏水，以个别言论掩盖普遍观念、歪曲事实真相的行为，我不想再多做解释。我曾经是一个奴隶主，每天麻木地赚钱，活得浑浑噩噩，哪怕心中认为这是不正确的，还是跪着活到了四百多岁。后来，我鼓起勇气去做出改变，才知道生命的意义是什么。作为一个国家的领袖，我有义务保护自己的子民，保护我们的朋友。不仅要为国家而战，还要为全光海每一个受压迫的海族而战。不管命运如何不公，我们不愿苟延残喘，宁可用鲜血染红大海，换取民族的骄傲，换取后代的昂首挺胸。我是阿萨，卡律大公，星辰海曾经的奴隶主。现在是24621年6月22日早上4点42分，燃烧时代。"

第二个段他是录给我的。他在同样的位置，但放松了一些，又变回了从前痞气的模样。

"梵梨——"说到这里，阿萨大公笑了一下，"老子上个月才从苏释耶大人那里得知你的真名，你可真是会玩，还杜撰了一个古海族语典故忽悠人，骗了我们这么多年。算了，老子叫你苏伊叫习惯了。苏伊，在认识你以前，我就只是想挣多多的钱，娶一堆年轻听话好生养的老婆，生一大堆小章鱼过日子。但认识你以后，老子发现，嘿，这小妞有点意思。嘴上说得什么都不在乎，就想混日子，其实只要有钱、有食物，就会把你的东西分给那些奴隶孩子们。你经常说，孩子是世界的希望，叫我把卡律公国的教育搞好。但我还是不行，水平不够。唉，我今天老在想，我就是个曾经充过军、后来在奴隶市场混饭吃的粗人，是不是不适合当一国元首？我对这个国家，实在心存愧疚……"

不是，这不是你的错。阿萨，你做得很好了。这是底层人民解放的必经之路，

Chapter 30 禁术的真相

以你一己之力是无法在一个时代完成的,这需要世世代代子民的努力啊……

"所以,今天我想明白了,虽然我是粗人,但好歹当过几年兵,打打仗还是可以的。独裁官真是个伪君子,老子现在就想打死他。你说吧,圣耶迦那来的那些奴隶,有一半以上是未成年的孩子。我觉得哪怕冒险……"说到这里,阿萨大公看着镜头,大概过了十多秒,狠狠地咬了一下牙,"老子不该尿,应该保护他们。"

他的样子是凶狠的,我的心里却难过极了。

"苏伊,我不懂奥术,但我在哪里都能听到别人讨论你。作为你曾经的老板,我觉得很骄傲。我相信你,你能做好这一切的。记得,不忘初心,坚持到最后。你和苏释耶大人都是好样的,你们是全光海十八亿海洋族的希望。"

说到这里时,有火光、爆炸光在他的脸上闪耀,一座座城池在海底平原上坍塌的声音隐隐传来。阿萨大公回头看了一眼身后,又回头,语速快了一些:"卡律军队的战舰在外面等我,不说了。你们如果来得及,过来支援;来不及的话,希望我们能挺过去,解放卡律,解放圣耶迦那的奴隶。苏伊,老子会带着奴隶孩子们回来的。理想之旗,永远不倒。一起加油。"

幻影播放结束后,奥术光线一直在我面前跳跃,在一片寂静中发出"吱吱"声,我却没法伸手关掉播放器。我闭着眼睛,任眼泪汹涌夺眶而出,流入海水。

室内安静了三分钟。

"阿萨大公的生命力很强。"总督神色沉重地说道,"他的触手被一段段斩下来,最后只剩下身体和双手,都没有放弃,还用最后一口气,向圣都军队一个大队发射了炮弹,和他们同归于尽了。"

我点点头,请他和士兵们回去休息,然后一个人双手抱头坐着。

我做错了,是不是……我用的方式太激进了?

如果换一个方式,是不是就不会有这么多人死……

"梨梨。"哥哥的声音在门口响起,"你没做错任何事。三千多万年以来,光海一直是这样的。很多革命者都失败了,无力反抗的疲软期持续了十多万年。现在,有一个人愿意出来为底层海族发声,那么,不管用怎样的方式,她都是对的。何况你的方式已经是最迂回的了。没有不流血的革命,不要因此自责……"

我伸出手摇了摇,阻止了他继续说下去,也阻止了他前进的脚步,把脸埋在两掌间。他懂我的意思了,退出去,把门关上。

新闻主播用不带感情的声音念着一组组数字:"24621年6月21日,圣耶迦那

独裁官在卡律平原起兵镇压圣都裔自由奴隶中的暴徒。卡律元首阿萨大公率兵出战,在两国边境全力反抗,截至6月23日凌晨2点,圣耶迦那击毁卡律公国219艘战舰。包括阿萨大公在内,24721人死亡。"

这条新闻,很多人顶多只是觉得惋惜,残酷。但在我听来,每一个字却是锋利的刀刃,一刀刀插在我的心脏上。

出去以后,我平静了很多,对哥哥轻声说:"你觉得我们现在该怎么办?"

"杀了独裁官。"哥哥毫不犹豫道。

追忆碎片七结束

赛菲日下午六点半,微观奥术研讨课结束,夜迦依然是那个女学生不肯放走的教授。她们纷纷提出各式各样的问题,他都一一耐心解答,小女生们崇拜不已。

"太厉害了……布可教授,你是不是什么都会啊?有什么不会的东西吗?"

"那就欢迎各位来一点点探索了。"

他太会撩了,引得周围的小女生都尖叫起来。

后来,女学生们都散了,他发现梵梨趴在桌子上,忍不住起了逗她的心思:"庶民小仙女,变成了海神族还如此用功,也太……"

梵梨没听到他说的话。她微卷的刘海落在额间,擦着长长的睫毛,呼吸均匀而沉稳,似乎在做一个好梦。他游过去,停了一会儿,轻声说:"教室水温低,在这里睡觉会生病的。"

教室的窗门大大开着。城外黄昏中,建筑流云般奇幻,游过的鱼群是点缀它们的生命。此刻,在上方的海洋中,有海豚群跳跃,教室突然一暗,被大片阴影笼罩。窗外的教室上方,一条大青鲨游过去,镰状的胸鳍就像机翼般伸着,半月形的嘴巴居然有些可爱。

在大片阴影下,夜迦的眸子也变成了深紫色,但在海水微光中,依然泛着一丝晶亮。他单手扶着梵梨身后的椅背,垂头静静看着她,眼神黯然。

他总是想起三年前,苏伊来红月向他求助的那个夜晚。

"小夜,我躲不过了。"

如果不是因为看见通信仪上浮出的苏伊幻影,夜迦一定不会相信,这个声音是她的。他认识她一百五十多年,她素来很会隐藏负面情绪,现在的她声音却很无助,简直像一个找不到回家路的小丫头,再哄几句就会大哭起来。夜迦也慌了:

Chapter 30 禁术的真相

"别急,你慢慢说。"

"苏释耶快追杀到风暴海来了,我的身份又被他发现了。他总能在很短时间内找到我。"

"傻瓜,他当然能找到你。"夜迦无奈道,"圣都红衣卫的搜查能力是全光海最强的,更别说苏释耶本人就是海洋里最强的掠食者……如果他想追击一个人,没有人能逃过。"

"我该怎么办……"苏伊捂着头,几乎快要哭出来了。

看她这个样子,夜迦心疼得不行:"别难过。苏释耶是杀了很多人,我们谁也不用为他洗白,但是,哪个独裁官不杀人呢?你呢,现在回圣耶迦那,好好地跟他赔个不是,等他气消了,撒撒娇,我保证没几天,他就又会疼你如初……"

"没有那么简单。他在计划很可怕的事,真的很可怕。我不能说,会害了你。康乃馨就是知道太多才丢了性命,现在我知道这个秘密了,说不定就会是下一个。但是我能确定地告诉你,这是他想统一光海的真正原因。"

"你说得我都有些慌了……那现在该怎么办?"

"我有办法和他对抗,只要他不再盯着我,就有办法。"

"别开玩笑了,他不可能不盯着你。"

"只要我消失,他就不会盯着我。"

"消失?"夜迦的脸突然变色,"你想做什么?"

"只是我的灵魂消失就好。我的肉体对他产生不了任何威胁。"

夜迦停了一下:"不不不,你不想做这种事。你不想。"

苏伊只是默默看着他。

"不,这个是你的底线,你不会去碰的。这也是我的底线,我不会接受你去碰的。"见苏伊还是纹丝不动,夜迦拍了一下脑门,大叹一声,"苏伊你真的是个疯子!说吧,你想跟什么人交换灵魂?"

"我自己。"

"啊?"

"陆地上人类的我自己,两千多年后的我自己。"

"什么鬼,你这段时间不搞奥术,开始搞玄学、时空论还有跨种族研究了?"

"你还记得我跟你说过的以太奥术吗?苏释耶教我的,可以推出未来世界模型的那种时空奥术。"

"记得啊。"

"这几天,我已经推出了大约2271年后菩提海旁边'周'文明的模型了。我是在菩提海长大的,周国挺好。"

"所以?"

"本来想再往后推一些,但来不及了。"她叹了一口气,"所以,就2271年后吧。一个叫范梨的女孩子,十八年来一直过着平静安稳的生活,和爸爸出去旅行时,意外溺水,被迫灵魂交换,进入了光海的世界。"

夜迦怔了一下,明白了她的意思:这相当于她写了一本发生在2271年后的小说,用小说主角的记忆融入魔药中,覆盖她原有的记忆,让她以为自己就是2271年后的人,被身体的主人骗到海里了。等她慢慢停止喝药,就会一点点想起来,这只是一个虚拟故事。这样一个未来的人类,对苏释耶没有任何威胁。他会放过她的概率很大。

"你真的绝了!"夜迦倒抽一口气,"还好我一直是站在你这边的,不然要是跟你作对,怎么被你'阴'死了都不知道!"

"不到万不得已,我也不想这么做。苏释耶很快会发现她,到时候,就需要你配合这个范梨小姑娘演戏了。"

"我?"

"嗯,我设置了秘术,让身体承受不住太快的奥术进步。不然奥术太强,可能很快就会引起太多关注,总归有些危险。所以,前期需要你保护我。"

"我怎么保护她?"

"我进来和你细说。开门,我现在在你家门外。"

夜迦脸上写满问号,差点气吐血:"你一开始就在'阴'我!"

苏伊只是甜甜一笑,不置可否。

"你装什么可怜啊!还说你不知道该怎么办,我看你很知道自己该怎么办!那你还演什么,戏精上身?直接进入主题不好吗!"

苏伊还是笑着:"不好,那样我不知道你是不是真的站在我这边。"

"你赢了,真的。我让奴隶给你开门,赶紧滚进来。"

"多谢。"这句话,苏伊说的是中文。

"你在说什么?"

"'周'的文字,好听吧。我派人找了很多他们的书籍,最近已经学会这门语言了,而且推出了它未来演变的形态，做了一个意识翻译字典，好留给'范梨'使用。不然，她怎么用海族语和别人沟通？"

夜迦已经不知该说什么好了。

"你都想得这么多了，为什么不自己演……"

"演不了。我有脑子，没演技，尤其是演一张白纸，我做不到。苏释耶察言观色的能力，你又不是不知道。而这个女孩子，越简单越好，苏释耶会对她放松防备的。最多两三年时间，他就不会管她的死活了。他只会充分做准备，等待2271年后与我一战。或者在2271年之内，完成他的变态计划。"

时隔近三年，夜迦还是觉得，苏伊真的是个疯子。

此刻，青鲨彻底远离了窗外，夕阳之光重新洒进来，把黑暗也一并带走，却也同时预示着黑暗的降临。他捋了捋她的头发，便收回了手。

拟态星海已经消失了，苏释耶没再盯着她，确实放松了防备。而且最近，《圣耶迦那大学惊现顶级奥术潜力海神族学生》《与独裁官大人并驾齐驱的以太之力？》《光海唯一海蓝尾海神族惊现圣大奥术学院》这类新闻标题随处可见。

苏伊，你快要回来了吧。

这两年多来，他总是叫梵梨"庶民小仙女"。一是调侃之意，二是他其实希望她一直是个海洋族平民，跟个小仙女一样没有烦恼。因为，一旦她回想起自己的真正身份，这个无忧无虑的小女孩就会消失了。

夜迦苦笑着，转身游了两米，回头又看了看她。最后，头也不回地离开了教室。

他不知道，他刚出去，梵梨就微微睁开了眼，没什么情绪。

追忆碎片八

哥哥太猛了。他让阿诺冒充卡律公国的代表，与圣耶迦那签订停战协议，一枪崩了独裁官，而后金蝉脱壳。特种兵的战斗力，不得不服。

阿萨大公、光海独裁官相继非自然死亡，在民众里会引起多大的震动与惶恐，可想而知。但听说这个噩耗，我笑得不能自已，去阿萨的棺材前送上了巨大的藻篮，望他安息。

当然，这件事不可能就这么了结。独裁官膝下儿女有十七个，哥哥这么杀了独裁官，群众不知道真相，但独裁官家人不可能不知道。于是，哥哥被独裁官政府

和全家老小追杀,一路逃回星辰海,但还是没能逃过对方的追杀。

他被敌人的毒液袭击,陷入了昏迷,身体慢慢浮了上来,呼出了所有鳔内的空气,海水大量涌入鳔中,整个人石头般沉入海底平原。等人们发现他的时候,他已经没有了心跳,没有了任何生命迹象。医护人员对他使用了心脏复苏术、鳔脏复苏术,他的心脏微弱地跳了几下,又停止了跳动。

他们用最快的速度把哥哥送回星辰海最好的医院,但脑部受到了不可修复的摧毁性损伤。医生告知,他只保留了最基础的神经反射和代谢能力,完全丧失了包括自我在内的所有认知能力。

看见倒在病床上的哥哥,我除了大脑一片空白,做不出任何反应。

我无法想象没有哥哥的世界是怎样的。

不是不敢想,是完全想不到。

奥达宗主立刻赶到了医院,查看哥哥的病情。他当机立断,要派人把哥哥送到以太祭坛去,尝试融合以太之躯。

"先等等!"看着那些人正准备运送哥哥,我冲出去说道,"我去取焰之眼!"

重新回到热砂岛,裘沙举办了一场盛大的求婚仪式。炎族婚嫁文化中没有订婚期,答应求婚后,两个人就算正式成为夫妻了。

裘沙半跪在我面前,把花环套在我的足踝上,便在众多呼声中,把我抱回了婚房。这一晚,有闪电划过,雷声阵阵,灰尘色的天空又在酝酿着一场哭戏。但这并不是自然产生的现象,而是由一支三十六人的大奥术师队伍制造的幻象。

我靠在裘沙的怀里,看着无尽广袤的大海,泪水一直在眼眶中滚动,满脑子都是哥哥躺在病床上失去心跳的样子。我恨不得把自己的心都掏给他,换他恢复往日的健康。

瓢泼大雨淹没了热砂岛。炎族们都一涌而出,打算接受雨水灌溉后的又一次新生。

"居然这么快又下雨了。"裘沙抱着我说道,"这么多年,我从来都没有新生过,因为要看守族人。"

"现在不是有我了吗?我可以帮你看护一切,你去吧。"

"可是,我们还没有……"

我捂住他的嘴,轻轻说:"等你新生以后再回来……不是更好吗?"

"也是……好!那我先去了,老婆等我!"裘沙出去以后,很快变成了白骨。

Chapter 30 禁术的真相

我狂奔到焰之眼的看守地,跟守卫说让他们也去淋雨,这里有我在。他们犹豫了一下,我趁机用奥术把他们袭击到雨里,一口气冲到山洞里。

一个石质台座上,两团青黄色的火焰交替旋转,跟幽灵似的。我慢慢走过去,把它取了下来。然后,轰隆声响起,山洞摇撼了几下,碎石也跟着纷纷震落,洞内火光全部熄灭。我吓得赶紧冲出去,发现外面没有发生任何改变,松了一口气,便将焰之眼藏在一对透明宝石耳坠中。它们全部被吸收以后,宝石变成了金黄色。我握着它们,上气不接下气地跑到海边,跳回大海。

以太祭坛在八百米以下的深海里。我和阿诺等人都是第一次下潜到那么深的地方。在深海,植物无法生存,只有动物和矿物质。随着深度加大,舰艇受到的压力也在不断增加,每下潜一分钟,我们就觉得呼吸沉重几分,还要平衡耳压,避免耳膜破裂。

在狭窄的空间里幽闭了一个多小时,我们每个人都忍不住开始胡思乱想、神志不清。舰艇的舱壁是冰凉的,上面覆了一层雾气。而舰艇窗外,像是下起了一场大雪——在海洋里,任何不能漂浮的东西,如浮游生物的尸体、海洋生物的排泄物与外皮、鱼类的残骸等等,都会往深处下沉,被海浪分解成白色的"雪片",旋转飘零,这个现象叫"海洋雪"。而且,越往下潜,海洋雪飘扬得越快,窗外就像下起了密密麻麻的流星雨。

时不时地,有"砰"的声音响起。跟恐怖片似的,深渊族撞在窗上,皮肤苍白,獠牙尖锐,用惊恐的眼神看着我们,紧紧贴着舱门或窗。深海真的太可怕了。我不敢再看外面的景象,只是趴在哥哥的身边,祈祷我们能尽快抵达以太祭坛……

终于,窗外泛起了机械性的幽光,一闪一闪。海水变成了夜空,海洋生物的荧光变成了焰火,在漆黑的海之深渊中,爆发着一簇簇紫、粉、绿、白的亮光。海洋生物被几百米外的悬浮建筑吸引,跳动着在它周围旋转。悬浮建筑是厚重的石块修建的。石块被海水腐蚀,有很多裂缝。邪能红光从缝隙里渗出,在流动的海水中摇摆。

"我带他进去就好。"阿诺把哥哥扛在肩上,拦住了前进的我,"这里奥术施展不开,你扛不动他,还是别来了。"

他整理好抗压铠甲,穿过水压缓冲舱门,带着装着焰之眼的耳坠,跟哥哥一起进入了石门。

接下来我度过了人生里最长的几分钟。我太害怕融合会失败了,怕到手和尾

都在不断发抖,无法理智思考。

无尽海洋之主啊,求求你,一定要成功。只要哥哥能回来,我什么都愿意做,哪怕拿我的命和他换都可以……只要他回来,求求你,让他活过来……

"苏伊院士,你太紧张了。"驾驶员担忧地看着我,"放轻松一些,结果不是我们可以决定的。我们现在在深海,本来舱内就有点供氧不足,这样下去,我怕你会晕过去,那可就麻烦了。"

"好,我放轻松,我放轻松,我没事……"

忽然,阿诺神色慌张地从同一道门里冲出来,身后石建筑上的缝隙里,红光满溢而出,轻微晃动着石块。我们赶紧打开舱门,放他进来。

"快快快!快逃!"不等驾驶员反应,阿诺已经冲过去掌舵,把舰艇开得跟导弹一样。

隔着舱门,我听见了闷闷的爆炸声。建筑被轰成了无数碎石块,几次撞到舰艇上,差点把舰艇击毁。荧光生物死的死,逃的逃。我们在里面摇晃得快要脑震荡,只看见邪能之光满照进来,把舱内染成了血红色……

漫长的一分钟过去,一切趋于平静。我们把舰艇又开回了以太祭坛的方向。就像礼物盒被炸开,失去四面壁垒的建筑消失了,只剩下无数上下悬浮的巨大石板,包围着一个风格古老华美的深蓝色祭坛:它由四根大理石柱包围,柱墩底座是千年扇贝;地面是镜面的,白纹黑底;邪能提灯悬在祭坛上方,照亮了祭坛上悬在海水中的男人。

男人未着衣物,陆生状,身体线条、肌肉组成,都像是精心设计过一样完美。他的鼻梁和眉骨如此醒目,隔得那么远都能看清轮廓。他的白发、黄宝石耳坠在海水中上下起伏,胸腔也因呼吸徐徐起伏。八百多米深海的水压,对他来说好像完全不存在。

"成功了?"阿诺双手贴在窗子上,想看仔细一些。

"这要问你啊。"他们另一名战友说道。

"我把苏释耶的身体放在以太之躯旁边,就有爆炸趋势了。说实话,我还以为失败了……现在这状况,是……是成功了?"

"成功了。"

那个男人向我们游过来,随手捏断了两个袭击他的深渊族的颈骨。我不由退缩了一段。他将修长的十指贴在窗外,一眼就捕捉到了我的视线。他的金瞳被舱

Chapter 30 禁术的真相

内的光芒照成了线形,嘴唇淡到无色,鼻尖却保留了哥哥的美人痣。对上那双冷漠得只剩兽性的眼睛,同为捕猎族的阿诺等人都敏锐地感到了他的攻击性,尖耳颤了几下。

就这样,他和我们对望了几十秒,阿诺声音有些发抖:"给……给他开门?"

"哦哦哦,我……我去给他开。"战友游了过去。

"住手!"我提高音量,吓得他手一抖,"你能确定现在外面的是你认识的那个苏释耶吗?"

他们立刻不动了,只用求助的眼神看着我。我在舱内来回游了几圈,眉头拧成一团,时不时回头看一眼安静等待的白发男人。

以太之主制造的杀戮机器,复苏了。如果哥哥的意识已经被他吞噬,那么即便我们现在不给他开门,他也能自行回到光海。我们救不救他,其实没什么区别。

打开潘多拉的盒子,就要当最先为它负责的人。终于,我提起一口气:"让他进来。"

随着"吱吱"声响起,舱门打开,压力缓冲水门泛着粼粼波光。白发男人从窗口处游过来,穿过了水门,进入舰内。然后,"吱吱"声再次响起,舱门关上。

所有人都屏住了呼吸,舱内蔓延一股肃杀之气。

"苏释耶……"阿诺对他挥挥手,"是你吗?"

"嗯。"

阿诺赶紧去拿衣服给他披上。他却全程都淡淡地看着我。我狐疑地回望着他,慢慢向他游过去:"真的是你?"

"嗯,我们成功了。"白发男人微微一笑,"回去吧,圣耶迦那是我们的了。"

本以为我们会有一个流泪的拥抱。但他只是微笑:"梨梨,以后不论你想要什么,我都可以给你。"

哥哥重新回到了圣耶迦那,参与了新一轮的独裁官大选。我却一直有着非常不好的预感,没等到选票开始,就先赶回了热砂岛。

恐怖的现象发生了。整个热砂岛上,没有一个活的炎族。几千具枯骨还是躺在原处,身上覆盖的厚厚火山灰证明了,火山爆发过至少一次。

"这……这是怎么回事?"我环顾四周,背脊发凉,自言自语。

热砂岛变成了一片真正的坟场。没有人回答我。我四处狂奔,想要在茫茫一片

森白中寻找裘沙的影子,但仅靠骸骨辨认不出谁是谁。

"这是怎么回事啊!"我崩溃地跪在地上,捧着一个小孩子的头骨,火山灰扑簌簌落在我的手心。情绪越不稳定,呼吸越是急促,刺鼻的火山灰越让我窒息。

"因为,一个叫苏伊的魔鬼偷走了焰之眼。"

听见这个声音,我立刻回过头去,却被眼前的炎族少女吓得差点吐出来——她的额头、鼻尖、肩膀、锁骨和脚背都像在硫酸中泡过一样,流脓,露出白骨。

"什么意思?为什么所有炎族都没有活过来?"

"焰之眼是炎族续命的根本,一旦它与主火山断开联络,我们淋雨后就会彻底坏死掉。"少女的脸色是死灰色,声音幽幽的,"除了我,炎族已经没有活口了。全灭了。如果你见到了苏伊,记得跟她说,这都是她做的好事。让她永远不要忘记,炎之一族终结在了她的手上。"她一跃而起,跳到了大海里。没过多久,她的白骨就陆陆续续浮了起来,只留我一个人久久震惊,不能释怀。

后来,我一边擦眼泪,一边跪在地上把尸体一个个埋了起来,一直没有回去。

半个月后,我正在挖坑,听见有人在远处喊道:"报告长官,找到苏伊院士了!"

一群穿着红金双色制服的士兵跑过来。他们腰间悬挂的剑上,有雄鹰月中展翅的徽章。我说:"你们……是哪个军队的?"

"报告苏伊院士,我们是圣都红衣卫,独裁官大人的禁卫队。"

"独裁官大人?"

"是的。"其中一人走上来,举起了通信仪,"苏伊院士,独裁官大人有话要和你说。"

随着紫光跳动,熟悉的声音响了起来:"梨梨,你在哪里?"

望着剩下的半个岛屿的枯骨,夕阳西下,渐渐与苍茫的大海融为一体,把无数枯骨也染成了橙红色。我站直酸痛的身子,僵硬地看着天海交界处,轻笑了一声:"我在埋葬一整个岛的枯骨,独裁官大人。"

哥哥转移了话题:"想不想学以太奥术?可以一定程度上预测未来的终极奥术。回来吧,我在圣耶迦那教你。"

"你早就知道取下焰之眼的后果,对不对?"

"炎族和我们从四亿多年前就是死敌,他们只是失去了炎之主的庇护,才会如此不堪一击,不然海族可能早就没了。没什么好难过的。"

"这是我亡夫的家乡,我确实没什么好难过的。"

Chapter 30 禁术的真相

"亡夫?"哥哥的声音警惕了一些,"……你嫁给裘沙了?"

"他死了。"我声音虚弱地说道。

大局上,我和哥哥的方向还是一致的。革命需要付出代价,他舍小取大,我没有立场指责他。但自这天起,我频繁做噩梦。梦里有太多死去的人。阿萨先生、卡律平原上刚获新生的两万多奴隶、前任独裁官、独裁官政府大批死掉的士兵、裘沙、热砂岛上的所有炎族……我天天被噩梦和良心的谴责惊醒,又在无声的恐慌和哭泣中度过漫长的后半夜。

我很累,欠了太多人。太多人因我而死。

我可能,没有自己想得那么坚强。

燃烧时代24622年,苏释耶成为光海独裁官。截至我成为"范梨",任职了一百零七年。在苏释耶政府时期,整个圣耶党乃至光海实力都高速增长,并在事实上达至海族文明史三千多万年以来的巅峰状态。

苏释耶政府有四项傲人的战绩。

第一,在苏释耶任内,光海经济实现了连续一千二百六十个月的高速增长。所谓的高速增长,就是低通胀,低失业,与史上历任独裁官相比,堪称完美。

第二,从加斯宗族第一百七十八代起,光海分裂,进入长达三百多万年的七海战争,在这期间,圣耶迦那作为光海的心脏,一直名存实亡。但苏释耶成为独裁官以后,不仅将圣耶迦那内政处理得井井有条、团结一致,还令红月海、星辰海、复活海、菩提海全部归顺"圣都党"。圣耶迦那的权力与版图在这个期间到达了巅峰。

第三,在苏释耶任内,圣耶迦那的军事实力也到达了极致。苏释耶管辖下的琉璃军团是光海唯一以全海洋为作战范围的军队,设立了十一个海域司令部,涵盖整片海洋。圣都党军队在役人数最高时曾达273.78万人。

第四,光海的经济飞涨后来因24727年的复活海金融危机终结,但苏释耶打破传统,成立了光海宏观经济金融交流中心,成功阻止了这一危机,交出了极为漂亮的答卷,以至于下一任独裁官任职时,首次出现了财政的黑字盈余,改写了历任独裁官赤字接盘的历史。

苏释耶是光海史上唯一的捕猎族独裁官,也是光海史上战绩最骄人的独裁官。

然而,他从出发点就错了。

Chapter 31　浪迹花丛

任职独裁官后,哥哥要对付的不仅是风暴党,还有议会和光海神殿的反对党。因为联邦规定,捕猎族的最高军权只有琉璃军团的十二分之五。裁判官冥顽不灵,大法官睁眼闭眼,光海神殿更是海神族的死忠推崇者。

曾经,哥哥被敌军追杀到仅剩十七名士兵,被封锁在海洞里八十三个小时。他都在积极寻找解决方法,但这一回,他一直保持沉默,没有与任何人探讨解决方案,逼得属下们在会议上开门见山地说:"独裁官大人,迎娶风晋公主吧。"

听见"风晋公主"这个名字,阿诺骤然抬头,露出了惊恐而悲伤的眼神。他张了张嘴,但半天没说出一个字。

此人一开口,一呼百应。其他人也纷纷赞同。

哥哥看了看我,焦虑地打断了他们:"我不会娶圣提风晋的,另想办法吧。"

会议散后,偌大的厅堂里只剩下了我、哥哥、我的侍女。

"你不娶她?"我怔怔地看着他,以为自己听错了,"你在逗我玩吧……我们走到了今天,牺牲了这么多,付出了这么多,现在只要和风晋结婚,你就能不动一兵一卒解决所有难题了。哥,你最近没休息好,脑子不清醒?"

哥哥眉心皱了皱:"我不想通过联姻完成我们的梦想。我现在已经有了以太之躯,不再需要其他宗神的支撑了。"

"没有宗神支撑,你想拥有琉璃军团的军权?你把光海联邦当成什么了,童话世界?"

"总会有办法的,梨梨,你不要逼我。"

"联姻而已,还是跟复活海地位最高的美丽女性,她一心一意喜欢你,有这么让你讨厌吗?"

"我对她只有兄妹之情。"

"那我对裘沙就有爱情了?"

"我让你嫁给裘沙吗?我一直强烈反对,是你自己坚持要嫁!"

心脏像被刀捅了一样,血淋淋的,生命力随着刺痛一阵阵消失。我竭力平静地说:"是,你没让我这么做。我拿婚姻当筹码,只为得到无上权力,是个不择手

Chapter 31 浪迹花丛

段的下作女人。你最纯洁,最善良,到这一刻了依然保持初心,想和喜欢的人结婚。"

"我没有这个意思。你冷静点好不好?"

我按着自己发疼的额头,吐出了几个泡泡:"我冷静了,你说。"

"梨梨,我知道你帮了我很多,我很感动,但我真的接受不了。抱歉。"

"你只是不想被一个女人绑住而已,我知道。但没有关系啊,风晋私底下跟我说过,独裁官怎么可能只有一个女人。你可以跟她聊聊,她不会在这方面限制你太多的。"

哥哥冷笑一声:"那她可真会作践自己。"

"请你注意措辞,我不准你这么说她!"

哥哥忍耐也到达了极限。他闭着眼,深吸一口气,不再说话。我也有些生气了,让自己平静了十多秒:"已经太多人牺牲了。哥哥,真的不能再任性了。"

"我知道了。我会好好考虑的。"

我的侍女也禁不住小声说:"独裁官大人,苏伊院士说得没错。您已经是独裁官了,想得到什么样的女人都由你说了算,就算有了正宫,还怕得不到你想要的情人吗?"

"她说得对吗?"哥哥淡淡说道。

"当然。哥哥对领土有征服欲,对女人有征服欲,我们都是懂的。到时候你想要什么样的女人,我都会帮你到底。"

"什么样的女人都可以?"

"什么样的女人都可以。"

之后,我经常把风晋带到白鹰宫殿里玩,让她和哥哥培养感情。风晋以前就喜欢哥哥,现在更是看见他就说不出话,完全无法直视他的眼睛。哥哥的反应很有礼貌,也很冷淡。我很满意风晋这个嫂子,所以不满哥哥的态度。

一天,我把一群朋友都叫到了白鹰宫殿。等哥哥一回来,我就带着剩下的人溜了,只留下他和风晋独处一室,还偷了他们的通信仪,反锁门窗。

但我倒把自己坑了。换到娱乐室后,按照常态,还是一群女生围着夜迦转,夜迦时不时酸我一句。寻月姐姐看看我,又看看夜迦,撑着下巴说:"其实,小梵梨,你是不是在撮合你哥哥和风晋的时候,忘记了还有人对你关心过度呀?"

"啊?"我歪了歪脑袋。

夜迦的耳朵瞬间红透了,尴尬地岔开话题,对一个捕猎族女生说:"宝贝,你今天真可爱,是换了新发型的缘故吗?"

女生被他撩得更加面红耳赤。寻月姐姐用手背掩嘴笑:"风暴党和圣耶迦那已经不行了。加斯希天这个潜在威胁消失,某人为什么不愿意代表红月海和圣耶迦那搞好关系呢?成为一家人,速度最快啦。"

"太直接了,太直接了啊。"夜迦怨怼地看向她。

我"噗"的一声笑出来:"你的意思是要我领养布可夜迦吗?这么年轻就要我养女儿,太狠了。"

夜迦讥笑:"就算是被领养,我也要性感的女人当妈妈,苏伊这种男人婆就算了。毕竟,我已经有老爸了呀。"

"两个爸爸也不错呀。"

"苏伊你这女人!"夜迦被气得直吐泡泡,"你这女人真是……"

"打是亲,骂是爱,赶快在一起吧!"

在一个男生的起哄下,其他朋友一拥而上,把我推出去,撞到了夜迦怀里。夜迦下意识护住我,却被我和冲过去的水波撞到了墙壁上,整得像我在"壁咚"他。抬起头,那双紫罗兰色的眼睛变得幽深了许多。他没有推开我,只是慌乱地转移视线,任我压着他。

起哄声更大了。我正想推墙壁,从他身上游开,胳膊却被一只大手抓住,拽出去。

"啊,痛……"我捏着自己的手腕,疼得龇牙咧嘴,却发现拽我的人是哥哥,"你怎么出来了?"

风晋跟在他身后,天使般的面庞上挂着担忧的表情。

"今天你玩过分了。回房去。"哥哥面无表情,但我明显感到了他的怒意。

"可是我朋友都……"

"我会接待好他们。你现在就给我回去。"

我承认,即便到了这个年纪,我还是有点怕他。于是,只能气鼓鼓地冲回自己的卧室,躺在床上,生了一整天闷气,晚饭也没出去吃。

这天晚上,我在自己的房间里睡得迷迷糊糊的,有什么柔软的东西压在了我的嘴唇上,撬开了我的唇瓣。我皱了皱眉,想伸手去推,手腕却被扣在了脑袋两侧。一个直击神经中枢的深吻把我唤醒了。我立刻没了睡意,正想挣扎,但这个人把我

Chapter 31 浪迹花丛

按得死死的,粗重的喘息声将我环绕。

我第一反应是遇到了入室盗贼,拼命挣脱开了他的吻。因为身体被压制无法施放奥术,只能大喊救命。可是叫了半天,听见门口有奴隶游来游去,却没有人进来。这一刻,我才反应过来是谁在吻我。

"哥哥?"

"是我。"

远处,奥术之光闪过夜之海,在房间里晃了一下,哥哥的面容也亮了一下。我不敢相信眼前发生的一切:"你……你为什么……为什么……"

"你说过我想要什么样的女人,你都会帮我到底。"哥哥的声音喑哑而深沉,"我想要你。"

静谧而寂寞的夜色里,除了水声、布料碎裂的声音、我的呜咽声,就只有他微微恼怒的声音:"你还拼命把我推给圣提风晋,这游戏好玩?"

"我没有拼命,这是你的任务,我只是帮你们培养一下感情……"

"我的感情需要你培养?"哥哥笑了两声,"我的感情我自己都培养不了,你能培养?"

然后,他用奥术之力撑起了一个气囊,把整张床罩了起来。进入空气后,自然变成了陆生状。接着,哥哥往下退了一些,做了一件让我无法描述、后来很多天都不敢回忆的事。

剧痛把我整个人都撕裂了。我抓着金制鹰头床柱,哭喊出声。

"不要,好痛——"尽管整个人都努力往床头缩去,但我知道,就像被截肢一样,不可逆转的事发生了。

哥哥也蒙了,瞠目结舌地看着慢慢流到床上的一缕鲜血。

"为什么……"他睁大眼,呼吸不过来一样,急促地喘着,"为什么,你和裘沙……你们没有……"

刚才我抓着的是金鹰的翅膀。翅膀很锋利,把我的手心都割出血了,这才慢慢感觉到痛。这与身下的痛比起来什么都不算。我连动都不敢动,只是缩成一团,低声呜咽着。

"梨梨,我……"哥哥慌了,整个像被泼了冷水,进退两难地看着那摊越来越多的血,想要上来摸我的头,"对不起,我……"

啪!

037

我扬手甩了他一耳光。

"你出去！不要靠近我！！"

这一巴掌打得又重又实在，把他的脸重重打偏过去，响得走廊里的侍女们都窃窃私语起来。她们知道这里发生了什么，但没有人来救我。他是故意不躲的。绝望、无助侵袭了我所有的情绪，哥哥却握着我的手说："梨梨，联姻解决不了的事，我会再想办法的，我们不要再闹别扭了，我们结婚好不好？"

"你滚。"

"不行，我现在一定要陪着你。"他把衣服搭在我的肩上，刚才的气势完全弱了下来，"今天都是我的错，是我嫉妒过头了，我怎么会这么蠢……"

"你滚不滚？"

"梨梨，我……"

"你不滚，那我滚。"

我正想下床，他就拦住了我："好，我出去。我明天再来和你谈。"

他欲言又止地站了一会儿，还是转身离开了。然后，我把破碎的衣服抓起来，掩住身体，无声地哭了一个多小时。这是我出生以来，第一次如此崩溃。

这天过后，我每天躺在床上，不吃不喝，跟植物人一样。哥哥强迫我吃东西，我不吃，急得他来回踱步，宛如热锅上的蚂蚁。

"梨梨，我错。你吃点东西，不要把对我的愤怒发泄到自己身上。"

"我不知道你和裘沙没有过，我要是知道，绝不会那么冲动。对不起，真的对不起。哥哥错了。我太后悔了。"

"吃点东西好不好？我很担心你的身体。"

但不管他说什么，我都没给任何回应。

我冷了他十三天，饿得偷偷搞了一些食物狼吞虎咽，但表面上还是绝食。就在我绝食这段时间，圣提宗主在记者采访中说，临冬海是追求和平的海城，无意参与到圣都党和风暴党的斗争中。但对于女婿的事业，她会全力支持。至于这个女婿是谁，大家很快会知道的。

其实他们可能自己也不知道女婿是谁，但这是一个谈判嫁女的好时机。

风晋曾经跟我说过，从出生到父亲过世，她从未见过父母睡在一张床上过。他们用毕生的努力，向整个临冬海展示了一对没有感情的光海宗教政治联姻夫妻模板，这样的思想观念也影响了她的一生。年初，她父亲去世了，临冬海又是七海中比较弱势的一个,圣提宗族的权力摇摇欲坠。所以,对于母亲的安排,她没有不满。嫁给一个能延续圣提宗族荣耀的男人,比追求真爱更重要。

政治、战争中如果夹着点桃色新闻,人们是喜闻乐见的。因此,圣提宗主刚放出关于女婿的消息,整个光海都沸腾了——光海独裁官和加斯太子爷,哪个男人能成为这个终极幸运儿?

有趣的是,加斯宗主表态了,说三儿子和风晋年龄相仿,愿意和圣提宗族见面聊聊,并没有让希天出来。如果这位三宗子和风晋成功联姻,加斯希天未来的宗主之位就保不住了。这位不认感情只认联姻的太子爷居然没有抢联姻的机会,他的心思可真奇妙,谁也不敢问,谁也不敢猜。

相比风晋顾全大局的眼界,我觉得自己很幼稚,哥哥的任性就让我更加看不顺眼了。刚好这一天,他又提到了气死我的话题。

"梨梨,现在我怎么道歉都弥补不了你的损失,我只能为你负责。走吧,我们去结婚。"

"不可能。"

"不可能!"哥哥有些生气,但又压住了脾气,"你第一次都给我了,难道还想嫁给别人?"

"我的无尽海洋之主啊!你还有处女情结?你是活在一百万年以前?"

"我没有处女情节!"他愤怒了。

"你是真心道歉吗?是的话,那我告诉你,我需要什么补偿。"看见他期待的眼神,我冷淡地说道,"等你稳住光海大局后,把解放奴隶的职权交到我手里。如果我需要政治资源,你要全力配合我。"

"然后?"

"没有然后。在这之前,你需要和风晋联姻。不然,一旦她被风暴党抢走,我们之前所作的所有努力,全都白费了。"

"不可能。"他笑了一下,摇了摇头,"我不可能娶她。我只娶你。"

"我不想嫁给你。在你做出这么龌龊的事以后,我更确定了,你是个不择手段的混蛋,不是我的理想丈夫。你对我做的事,我当是噩梦忘记了。不要再提了。"

哥哥本想说什么,但提了一口气,眼眶却红了一圈。他别过头去,但似乎情绪没调整过来,干脆转身游出了门外。

接下来几日,看我肉眼可见地瘦下去,哥哥终于缴械投降。

"你到底什么时候才肯吃东西?"见我跟尸体一样躺在床上,哥哥恼怒道。

"答应我两件事。"

"说。"

"第一,以后给我解放奴隶的权力。"

"行。"

"第二,跟风晋联姻。"

很长时间里,我都只能听见海水波澜不惊的声音。但最后,哥哥终于开口了:"行。我娶她。"

比起上次失了智般的狗血闹剧,这次谈话很理性,很成熟。

追忆碎片八结束

二月底,梵梨在报纸上看到一则不起眼的新闻:红月海雅尔舰艇公司到圣耶迦那举办关爱残疾儿童的爱心活动,并于3月4日在霜月酒店举办慈善晚宴。

雅尔舰艇公司是一家中型企业,它的经营范围包括:生产民用舰艇零部件,零部件的进出口及代理,为客舰提供维护服务、维修保养和技术咨询,等等。乍一眼看去好像平平无奇,但以这家公司的规模,慈善是做不到圣耶迦那的。调查了一下它的背景,发现这家公司有49%都是落亚福地公司的,她心里有数了。

落亚福地公司是红月海最大的军火商,目前已经拥有了铀弹核心研发技术,而且红月海归顺圣都党后,他们依然我行我素,是风暴海的合作对象。

梵梨给夜迦的办公室打了一个电话。

"布可夜迦教授,3月4日是否有空?带我参加一个活动。"

"庶民小仙女居然这么主动,老师太感动了。说吧,想去哪里,老师都在最大程度上满足你。"

"雅尔公司在霜月酒店的慈善晚宴,可以吗?"

夜迦不说话。

"老师,您怎么了?"

"你别这样跟我说话,我怕。"夜迦之前调侃的语气烟消云散,只有满满的惊恐,"你怎么这么快就回来了?我还以为起码还要个十年二十年呢。"

"真不愧是大学时代永远稳定考第二名的小夜,如此聪明。提个晚宴名字,就知道我想干吗了。"

Chapter 31 浪迹花丛

"我看你还是变回去吧,这两年里你小可爱的样子多好啊。"听到电话那一头梵梨笑出声来,他觉得自己提这建议是提了个寂寞,"话说回来,你为什么想去参加雅尔的晚宴?不会是想去阻止他们和圣耶迦那政府的交易吧?"

"他们想卖什么给圣耶迦那?"

"MI-200系列吧。"

"不太可能,MI-200载人数、有效载荷、发动机都与圣耶迦那的K-38b系列不分伯仲。而且,用的是固定螺距式螺旋桨,还不如K-38b。苏释耶买他们什么,买全海独一无二的皱纹金属外壳?"

"这你问我,我就不懂了。"

"行吧,我还是自己去看看。帮我弄两张邀请函,记得准时出现。"

"我说苏伊,你跟我说话就不能改改态度吗?你在苏释耶面前那副娇滴滴的可爱模样呢?"

"你想见我娇滴滴的样子吗?像我对苏释耶那样?"

"算了。"夜迦抽了抽嘴角,"你能瞒过苏释耶,也是厉害。但我觉得,这也不完全是因为你的计谋很精密,而是因为,他动心了。"

"不管是因为什么,目的达到了。"

"你不觉得这样很无耻吗?利用女性优势完成目的。"

"不觉得,漂亮也是我的本事。你如果羡慕,你可以去变性。以你的颜值,变成女人来实现政治目的,不会比我弱。"

"得了吧,你变成梵梨以后才没那么漂亮,但刚好是吃了不够漂亮的红利。你要是天天用本来的脸对着他,恐怕他跑都来不及——长成那样的女人突然爱自己爱得什么都不要了,连我都会觉得事出反常必有妖。不知道你到底给自己的记忆魔药里放了什么,但你把自己弄得好像是爱星海爱得不得了……我要是不知道实情,都会相信你了。"

夜迦这番话,让梵梨短暂地走神。她闭上眼睛,让自己不要再去回想和星海的点点滴滴,笑着说:"不说了。晚宴开始之前,你记得给我准备这几样东西:加斯宗族的军团势力图、红月海航海部的舰艇数量种类汇总、落亚奥术院的最新人员部署列表……"

"是是是。"

"对了,夜迦,谢谢你。"

"为什么突然谢我?"

"没,只觉得你做得很好,"梵梨微微一笑,"一直帮我保守秘密,还护着我。要不是你,可能我早就没脑袋了。"

半晌,夜迦才轻轻笑了一声:"跟我就不要客气了。"

挂了电话,梵梨又联系了另一个人。接通后,一个男人低沉的声音响起来:"喂。"

"希天,"梵梨低声说道,"我回来了。"

"这么快?"

"是不是太早了?"

"嗯。能再争取四个月吗?"

"那我再想办法拖一拖。你不要急,按部就班做事就好。"梵梨想了想,"对了,你把你们跟福地公司的协议寄一份复印件给我。"

"行,你注意安全。"

追忆碎片九

收到哥哥与风晋订婚邀请函那一天,夜迦第一时间就来研究院找我吐槽:"苏释耶还有几万年的寿命,居然就这样自甘堕落,要步入婚姻的坟墓了,不可置信。"

大部分人都是说哥哥和风晋郎才女貌,天生一对,夜迦的答案简直是诸多好评中的一道泥石流。我面无表情地看着他:"婚姻哪有这么可怕,组建家庭而已。"

"那我这辈子都不要组建家庭。"

"你要想想,没有你爸妈的婚姻,也就没有你呢。他们也很不容易。"

"他们把我丢到菩提海长大,哪有不容易? 轻松得很。"

"等等……在菩提海长大,那你和寻月姐姐从小就认识?"

"嗯。"

被送去星辰海之前,和我一起玩的海神族小朋友里,有一个叫"小夜"的男孩子。他性格超自闭,每天都蹲在角落里玩手指,还因为身体柔弱,长得太像女孩子,经常被其他男生欺负。

"小夜!"我惊叹道。

"亏你还记得啊。"

"呃,以前我好像经常掐你的脸哦……"

Chapter 31 浪迹花丛

"呵。"夜迦翻了个白眼。

夜迦那时候虽然年纪小,但可能因为不适应环境,得了长时间的自闭症。治好以后,他性情大转,天天和名妓、各种交际花鬼混在一起。布可巴路自然不喜欢儿子如此放浪形骸,所以最近一直催他回落亚,好在自己的管教下生活。

看着他那双无辜的紫色眼睛,我撑着下巴说:"所以,你已经摆脱童年阴影,玩得很开心了嘛。"

"那肯定的,我快活得很,所以不懂苏释耶呀。"

参加哥哥订婚仪式前两天,我得知了一个消息:我研究的种族晋升魔药实验结果外泄,而且在星辰海小范围流行,被打压住了,但很快又像瘟疫一样,流传到了其他海域的黑市。它甚至有了名字,叫"冥河之心"。

魔药配方一传出去就无法收回了,只能加强惩罚力度,但很难杜绝。为了这件事,我跟哥哥吵了一个晚上。吵到最后,除了他不断说"对不起"和我说"对不起有什么用,对于因此丢掉性命的海洋族你说对不起就有用了吗",没有任何结果。虽然知道是哥哥手下的人传出去的,并非他本人授意,但我觉得他把太多心思放在了铲除前任独裁官余党上,对这件事的粗心大意,也间接说明我俩的政治态度早就产生分歧了。想到不让流传这种药的人也是他,我就觉得分外讽刺。

所以,参加他们的订婚仪式,我心不甘情不愿。

在光海神殿的礼堂尽头,大祭司吟诵完了誓词,阿诺双手捧着装着婚环的红垫子靠近哥哥,有些悲凉的祝福眼神,却是给风晋的。风晋坐在雪白的婚椅上,哥哥半跪在地上,亲手为她戴上婚环。

全场爆发出激烈掌声,风晋捂着嘴哭了起来。她总是那么有教养,连哭泣都怕打扰别人。蓝鲸高唱出神圣的海洋歌谣,大奥术师们在礼堂里把海水都变成了彩色的。像有七彩的星斗从夜空中直坠入海里,四处跳跃,整个圣耶迦那以庆祝重大节日的规模,盛放出了十六万发海底烟花,全光海所有电视台都在同步播报这一重大新闻。

我跟着所有人一起用力鼓掌,跟着他们一起大声喊"恭喜",不知不觉,眼泪也涌了出来。仪式结束后,哥哥抱了风晋一下,拍了拍她的背心,才牵着她的手转过来,对大家挥手表示感谢。

他们一路游下来时,哥哥看了我一眼。

这一瞬间，我的心停止跳动了几秒，好像迟钝地明白了什么事。

路过我的身边，风晋也回头看我，冲过来紧紧抱住我："谢谢你，苏伊。我的美梦实现了。我真的成为他的未婚妻了。"

她哭得这么厉害，我也终于有借口可以哭出来了。

"太好了，以后你就是我准嫂子了。等你们婚礼的时候，要让我当伴娘哦。"

"一定！"

原来，我不是一个可以随意控制自己所有情绪的人。

原来，爱不是可以控制的东西。

我爱着哥哥。

爱并不会因为政见不同、外貌改变，他对我做了狼心狗肺的事，抑或是对他频繁的失望而消失。潜意识里我早就发现了，只是不愿意承认。因为作为他的亲人，我可以无私地付出，为了两个人以及家族的利益而战。但是，一旦这份感情变了质，就会因为欲望无法得到满足而感到痛苦。

我又觉得有些庆幸。因为我们的关系维持现状是最好的，不然，不仅那么多人的牺牲都会白费，我与哥哥还都会在风暴海上方的荒川岛监狱里，等着被判刑——风暴海政府之所以把监狱设置在岛上，是因为在海域管辖范围外，监狱不用遵守光海或风暴海的法律，可以对犯人为所欲为。这个监狱专门用来关押政治重犯，维护价格比吠陀所有监狱加起来都高。那样的结果比现在的处境糟糕多了。

但这一晚我还是彻夜失眠了。因为，哥哥没有回白鹰宫殿。

按照圣提宗族的要求，风晋的初夜应该是在新婚夜给另一半的。但时代变了，谁也说不准。可能他们俩聊一聊，来了感觉，先滚了床单也说不定。

我一边想着，好闺蜜成了哥哥最疼爱的准嫂子真是太好了，一边又满脑子都是哥哥和她缠绵的画面。尤其是不久之前，他还在我的房间那样对待过我，想到他会用同样的方式吻风晋、抚摸她，甚至有更亲密的行为，我翻来覆去怎么都睡不着，无法否认，心如刀割。

凌晨两点四十、四点一刻、早上六点半，我都起夜了。而且每次醒来，都会不断脑补哥哥和风晋在做什么。直到快到七点，天都全亮了，我才因为过度疲惫睡过去，而且睡着前一刻还在想，如果能永远睡着就好了……

然而第二天，我才从风晋那里得知，她比我睡得还少。因为，昨天哥哥没有碰她。

044

Chapter 31 浪迹花丛

我松了一口气,又在心里唾弃自己:"正常的,你们只是订婚,又不是结婚,说明哥哥是个很负责的男人啊。"

"不是,我的意思是,他连我的手也没有牵,和我没有任何交流。然后,今早……"风晋拿出一张照片,递到了我的面前,"别人给我了这个。"

照片上,哥哥挽着一个逆载族女人的手,进入了一家酒吧。那个女人披着北极熊皮制的披肩,金发红唇,前凸后翘。我揉了揉眼睛,诧异道:"这女的是谁?"

"永恒广场酒吧里的驻场歌女,很出名,每个月小费都能赚接近十万浮。"

"他昨天跑到这种地方花天酒地去了?"

"是啊……"风晋哭丧着脸,"其实,你哥哥跟我交代过,他是多偶制的。但刚订婚就这样,是不是我母亲把他逼得太狠了,他现在看到我就想逃……"

"你在胡说什么呢?"我捏住她的双颊,"风晋,这不是你的错,是他的错!等着,我现在就去找他!"

阿诺告知哥哥在市政厅,我一路杀过去,看到了照片上的歌女。她懒洋洋地坐在露天餐厅吃生鱼片,看见我,还挑衅地上下打量一番,拨弄着金色大卷发和昂贵的项链。

这时,哥哥和一群随从从市政厅里面出来。那女人立刻迎了上去,我挡在他们中间:"哥,你想玩可以,但现在为时过早了。而且,外面的女人没有风晋好,还是先陪陪未婚妻吧。"

哥哥挑了一下眉:"风晋哪里比她好?"

"家世、气质、教养、学识……哪里不比她好?"

哥哥轻笑出声:"梨梨,男人娶老婆和找情人,两个标准。你还是太年轻了。"

歌女一听他叫他哥,瞬间改变了态度,绕到我面前,眨巴着厚厚的睫毛:"原来这位就是苏伊小姐啊。苏伊小姐,我……"

"苏伊'院士'。"我打断她。

歌女怔了怔,气势弱了很多:"苏伊院士,我相信风晋公主是个好妻子,但对于大部分成功男士而言,妻子是用来尊重的,不是用来谈情说爱的。你哥哥是全光海压力最大的男人,需要一些让他没有负担的女人短期陪伴、解压,你多多体谅他一下。"

"什么狗屁逻辑!我压力不大吗,难道我也要去找一堆唱歌的男人帮忙解压?你闭嘴,退一边去。"

"好……好的，苏伊院士教训得是。"歌女畏畏缩缩地游到很远的地方了。

"你不能再做这种事了。"我又对哥哥说道，"不要欺负临冬海弱，他们遵守光海传统，话语权很大。一旦他们倒戈风暴党，我们会非常被动。"

"你脑子里难道只有政治？你知不知道爱一个人的感觉是什么？苏伊'院士'。"

我怎么会不知道。我似乎比你先动心呢。但是，在我爱你的时候，最勇敢的时候，你给了我怎样的回应？现在沧海桑田，要我再回到最初那样，不可能了。

"哥，爱情维持不了多久的。"我微笑道，"追求了爱情，牺牲了那么多生命，最后只维持短暂的激情，反而把自己逼到绝路，没有什么意义，对不对？想想长远的东西吧。"

"你真的变了。"

"是我们都该成长了，独裁官大人。"我叹了一口气，语气软了很多，"回去跟风晋道个歉吧，态度好点，我会帮你说好话的。"

我本以为这个歌女的出现，可能是哥哥和风晋之间的威胁，但她只在哥哥身边待了不到一个月，就被各式各样的妖艳贱货取代。于是，连夜迦都声称苏释耶夺走了他"圣都第一渣男"的称号。但风晋心态反而变好了。真是难以理解，外面有一个女人，她怕得要死；外面有无数个，她反而还有点得意。

最后一次找哥哥抗议，我气势已经弱了很多："多关注一下自己未婚妻，毕竟她才是要和你过一辈子的女人。"

"正好是因为与情人相处的时光如烟花般短暂，我才要抓紧时间多陪陪她们，不是吗？"哥哥无比从容地低头办公。

"其实，那些女人看上去不都差不多吗？"

哥哥继续翻看他手里的协议，笑道："你总算说对了一件事。所有女人，包括风晋，对我而言其实都差不多。对于差不多的东西，男人总是喜欢新的。"

事实证明，对自己放松要求，躲过了眼前的困境，却会有新的困境出现。

没过半年，风晋新的危机出现了。这个危机出现在圣耶迦那每一个歌剧院、电影院和商业楼的广告上：她留着黑色短发，两鬓的头发在双颊像逗号一样勾起来，勾勒出一张娇俏的小脸和红唇。她头上总是别着海羽星，有点印第安人的野性气质，但她酷爱银色亮片短裙和雪白皮草披肩，又为这份野性添加了一份优雅奢华。当然，她脸上最美的部分莫过于那双眼睛，深蓝色，有着大海的宁静与深邃。只要对着镜头轻轻扫一眼，路过的行人便会跟中了魔似的买下她代言的产品。

她的名字叫康乃馨。

康乃馨独立、大气、性感、富有，连风晋最有价值的精致脸庞和学历，在她面前都无法成为优势——她是圣都戏剧学院导演硕士。风晋唯一能赢过康乃馨的，只有端庄和家境。但我们都知道，拥有这两个优秀特质的女人会让男人想结婚，却决定不了能否让男人陷入热恋。而且，哥哥的口味一直挺新潮的。相较于柔弱纤细的公主，他更喜欢对事业野心勃勃的烈性女子。因此，他身边的女人还是时常在换着，却总是"铁打的康乃馨，流水的其他女伴"，康乃馨的名字就像置顶在他的约会列表中一样。

时间久了，人们都在猜测，独裁官不跟康乃馨分手，也不跟风晋公主结婚，是否在等着一个时机解除婚约。

红玫瑰与白玫瑰，永远会让男人们向往又不想面对的选择题。

康乃馨影后，风晋公主，光海独裁官苏释耶。燃烧时代最让人津津乐道的桃色新闻，大概就是他们三个人爱恨纠葛最多的那四十年。

闺蜜在一起有个爱好，就是吐槽渣男和坏女人。康乃馨自然就变成了我和风晋吐槽的对象。风晋又不想把康乃馨贬得一钱不值，毕竟那是她最大的情敌，所以给出的都是"她漂亮是漂亮但没气质""男人不会对她认真的，只是花瓶""她在爱情上不怎么自爱，但演戏还行吧"这类纠结得不得了的评价。

康乃馨那边我也有来往。和哥哥出席一些活动时，他总是带着康乃馨。作为风晋的闺蜜，我都不得不承认，在情商、为人处世方面，康乃馨吊打风晋十条街。对于风晋，康乃馨处理得很聪明，不管是当着面还是背着哥哥，她只给予风晋正面的评价，没有风晋式的"虽然但是"。因此，我内心深处并不太讨厌康乃馨，不得不承认，风晋是藏在深闺的妻子，这个女人却可以与哥哥并肩作战。当然，因为她情商太高了，我对她没有保护欲，加上是情妇身份，我们也没法成为朋友。我经常想，渣男哥哥不如娶康乃馨算了，风晋这种外在女神私底下真实又小家子气的金丝雀，我来把她抱走，皆大欢喜。

这个期间，在圣耶迦那西北部，哥哥按照以太祭坛的风格盖起了一座神殿，名为"回忆神殿"。站在回忆神殿的顶楼往外眺望，不仅可以看见圣耶迦那全貌，还可以看见翡翠山脉上的琉璃军团神殿。

原来，与以太之躯融合之后，哥哥的深层记忆里有一些模模糊糊的影子，其

中一个就是这座神殿的样子。他一时好奇，就把图画下来了，拿给建筑师看是否可操作。建筑师说，这是已经被上亿年文明湮没的远古建筑，请独裁官大人务必允许他把它盖出来。他想，或许这是以太之主的记忆。那就尊重神灵吧。

自从"冥河之心"出现在各大海域黑市，就被炒成了天价，很多海洋族为了晋升种族，就会花低价去买一些替代品，结果以几乎100%失败的可能葬送了性命。最终，我想通了。与其想办法阻止，不如自己去垄断。我让黑鳄工会采用免费服用"冥河之心"的战略，用自由管理奴隶的方法依葫芦画瓢，用在晋升捕猎族的海族身上。我同时研究成功率更高的配方，只要出了新的，就会让黑鳄工会升级。

因为需要与底层社会打交道，去别的海域参与学术讨论，我长期漂泊在外，有时一走就是好几个月的时间。对于每次回到圣耶迦那就会看见新的"独裁官女郎"，我的感想是，哥哥不愧是顶级捕猎族，精力真旺盛。

这一次，我离开圣耶迦那又是三个月的时间。回来以后，哥哥在圣都创世门亲自部署阵仗，用迎接宗主和海域执政官的待遇迎接我。但是，我没什么精力，只是倦怠地说了一句："我累了，想回去休息了。"就想离开。

看见哥哥满脸的尴尬，阿诺赶紧打圆场："苏伊院士，苏释耶大人为了给你接风洗尘，昨天一个晚上都没睡好。好歹跟我们一起用个餐，算是感谢他这份心意。"

"那好吧。"我对阿诺笑了笑。

"那，请这边……"阿诺不敢直视苏释耶，引领我进入宴会现场。

整个晚上，我虽然没什么力气，但只要有人前来搭话，我总是笑着回应。哥哥开口说话，我也会停下来静静听着。可是，只要他开口叫了我的名字，我就会再次觉得"我累了，说不动话"，并且把这个情绪写在脸上。这样碰了几次钉子，哥哥终于失去了耐心，不再主动搭理我。

接下来，我过着"快乐的时光总是飞逝"的日子，经常和风晋一起出去玩耍，跟研究院的同事一起出去探险；哥哥在谈正事的时候，我从他窗边路过，见他看过来，也尽快回避，不打扰他；没朋友在身边，我可以把自己锁在房间里，跟瓶瓶罐罐耗一整天……

"梨梨，你不能这样对我。"连续数日冷战后，哥哥终于忍不住开口了，"我现在处在这个位置，很多事身不由己，你不会明白的。"

"我并没有多管闲事，不是吗？"

"你的态度明显不对。"

"那你希望我怎么做呢？"每天跟所有的女人一样，每天跟在你的屁股后面，摇尾乞怜，"独裁官大人独裁官大人"个没完吗？

"和以前一样。"

我笑了："你和以前一样吗？"

"不一样。"哥哥断然道，"对你，我只会比以前更重视。"

"不，你只是个征服欲过于旺盛的控制狂而已。你要周围所有人对你百分百忠心，对你百分百顺从。一旦我像以前那样对你言听计从，你很快又会试探我的底线，设陷阱让我去做破坏我原则的事。愿意为你卖命的人有很多，放过我吧，独裁官大人。"

"在你眼中，我就是这样一个人？"

"你心里清楚自己是什么样的人。从融入以太之躯以后，你就被这具身体彻底控制了——抑或说，你原本就是这样的人，只是拥有了更强的实力，才终于愿意露出自己的獠牙。毕竟，若没有过强的野心推动，你也不会动融合以太之躯的念头。"

"随便你怎么说，我会对你负责的。"哥哥有些发怒了。

"这种责任感留给未来的妻子吧。如果你真的愿意，对她多那么一点点关心，也好过为其他男人未来的妻子操这么多心。"

哥哥愣了一下："你什么意思？"

"以后我也会再嫁的。"

"嫁人？你以前不是这么说的。"

确实，以前哥哥想撮合我和加斯希天的时候，我软硬不吃。一会儿强烈拒绝，一会儿挽着他的胳膊说，我才不嫁人，我要永远和哥哥在一起。哥哥如果结婚了，那我就黏着嫂子，帮你们俩带孩子。反正吃你的喝你的蹭你的，一辈子当你的小跟班，你别想甩掉我啦。哥哥故作严肃地说，那你可是要变成老姑娘了。我说，在哥哥面前，我永远都是小姑娘。到现在我还清晰记得，他说："放心，我不会娶其他女人，我养你一辈子。"

但当年我们说过的话、做过的事，现在看来都像不存在过一样。我看着海水荡漾出的波光，叹了一声："以前我还小，现在我长大了。"

哥哥出神了几秒，淡淡地说道："你想嫁给谁？那些跟苍蝇似的嗡嗡绕着你转的，你看得上吗？"

追求者从来都是不缺的，走哪里都有男生说"肚子饿了吗带你去吃好吃的""想

去哪里我来送你""我出差给你买了礼物,什么时候给你送过来呢"……只是以前完全没想过要考虑这些人。因为乍一眼看去,他们都是优秀的青年俊才,好像条件都非常优秀,但每一个单独拿来和哥哥比,就觉得没一个能看的,是被哥哥从圣耶迦那甩到复活海那么远的差距。

现在我不这么想了,挑一个嫁了也挺好。毕竟和哥哥这场虐恋,搞得我有点累。他又订了婚,各自展开新生活,很有必要。我说:"还行吧。"

他皱了皱眉说:"还是我来帮你找吧,起码可以保护你。"

"好啊。"

"喜欢什么性格和家世的,我挑几个给你选。"

"家世随意,温柔、专一,安分守己就好。"

"知道了。我去安排。"

通常哥哥只要说了"我去安排",一般最多三天就会有结果。但这一回,他什么都没有做,我也没催过他。这事就这么搁置了。我还是过着和以往一样的生活,他把精力完全都投入到了政务和战事中,累到每晚上床倒头就睡,一秒闲下来的时间也不给自己。听白鹰宫殿的管家说,那段时间,哥哥的耳坠、项链和额饰,没有一次是醒着被奴隶摘下来的。

后来有一次在宗族宴会上,哥哥带了风晋出席,没想到康乃馨也在一名宗姬的邀请名单中,三个人第一次同时出现,别提有多刺激。

哥哥不愧是做大事的人,顿时稳住气场,宛如无事发生。风晋平时和他同行保持半米的距离,这一天也缠住了他的胳膊,频繁亲昵秀恩爱。但康乃馨也不示弱,趁人少的时候,直接塞了一把钥匙给哥哥,说:"亲爱的,这几天我演出多,你如果想我,就直接到家里,冰箱里有炎魔甜蟹。"

风晋知道哥哥喜欢吃蟹,尤其喜欢炎魔甜蟹。但这些信息都是我告诉她的,她不会做饭,也没找到机会露一手。风晋心中大概早就爆炸成了火球,但还是挽着哥哥的手,笑道:"好的,我们俩会一起去品尝康乃馨小姐的厨艺的。"

"嗯?如果我赶得回来,我们一起伺候亲爱的,也不错。"康乃馨凑近了一些,小声说道,"姐姐可以教会你很多让他快乐的小窍门哦。"

她的声音特别轻,我只从她口型看出她在说什么。

冷知识:风晋初吻还在。

所以,她先爆发了。

Chapter 31 浪迹花丛

"你……不知羞耻!"

"哎呀,这种事怎么会羞耻呢,不是恋人之间的情趣吗?是不是呀,亲爱的?"

…………

看过了热闹,我淡定地转身朝人群的方向游去。哥哥喊着我的名字追过来,我转身,看看他身后着急追过来的风晋和康乃馨,又面无表情地看看他:"我不是避难所,你自己惹出来的风流债,自己想办法还。"

"梨梨,我……"哥哥着急道。

"风晋,嫁出去的哥哥泼出去的水,对于我哥这里——"我指了指自己的脑袋,"的问题,可能还要麻烦你这未来嫂子操心一下了。姐妹只能帮你到这了。"

一个小时后,我在阳台上跟一个在魔药监局工作的小帅哥聊得正欢,小帅哥被哥哥强行遣走。我笑不出来了,转过头看向远处的风景。

"我想退婚。"哥哥双手撑在扶栏上,一缕白色碎发落在鼻尖上,嘴唇苍白。

我被他气得不行,低声说:"不用跟我说,这与我没有任何关系。你想摆脱风晋,那去问议会,去问海域外交部,去圣提宗主、临冬海、琉璃军团、大祭司。我是最没发言权的人。"

哥哥垂下眼睛,睫毛被月光照得一片雪白。他笑了笑:"我的人生真可笑。"

"你不是可笑,是不知足!"我终于忍不住了,"这种事也要有个度吧?情人可以不用那么高调吧?她在教训风晋的时候,好歹管管她,让她不要这么嚣张?你这么做,有考虑过风晋的感受吗!"

"风晋没你想得那么单纯,她知道我喜欢谁,她什么都知道!"哥哥也愤怒了,"她比你想得聪明得多,也就只有你傻乎乎地天天想保护她!怎么在面对女生示弱时,你的头脑就被打到幼儿园水平了?我真怀疑你骨子里是个男的!"

"她知道你喜欢谁……"我皱眉沉思了半晌,不确定地说,"你对康乃馨认真了?"

哥哥先是一怔,似乎想辩解些什么,但最后只是轻轻"嗯"了一声。

"为什么?"

"康乃馨和之前那些女人都不一样,她有事业心,喜欢读书,喜欢奥术,通权术却不滥用,关心穷苦人民,希望解放奴隶……"

康乃馨确实事业心强、喜欢读书,也关心政治,但其他特质似乎是没有的。例如奥术,她完全不会。我正想提出自己的质疑,哥哥接着说:"她的个性也很让人喜欢,坚强、聪明、坦率、专一,私底下还特别粘人可爱,经常会在我身上

051

蹭蹭……她的优点太多了,我数不过来。"

说到这里,他用手背撑了一下额头——这是哥哥喝醉的习惯性动作。

"哥哥,你喝多了。"

"我没有。"他颓丧地微微低着头,带着一丝醉意,却又努力让自己表现得清醒,"梨梨,你说,这样的女人,我怎么能不心动呢?对了,我还忘了说最重要的事——她好美。你看到她的眼睛了吗,深蓝色,我最喜欢的瞳色就是深蓝色……她只要看我一眼,我就头晕,不知道自己在做什么。如果不是她,任何女人,都是一样的……"

听到这里,我闭着眼睛,想要调整自己的情绪,但泪水还是汹涌而出。好在哥哥已经喝醉了,他看不到我这边的反应。我憋着气,游过去扶他:"你喝醉了,我先扶你进去……"

但是,我被他重重推开了。

"不要碰我。"他冷冷道,"梵梨,请你不要碰我。"

我立在原地,进退两难。就在这时,康乃馨找到了我们,过来扶住哥哥,担心地说:"苏伊,他怎么喝成这个样子?唉,亲爱的,你这样让我好心疼。"

"我没事的。"哥哥笑着把她搂到怀里,用挺拔的鼻尖轻蹭她的耳垂,声音变得慵懒而温柔,"宝贝,我没事。你今天真美,耳环是新买的,嗯?"

"当着你妹妹,在说什么呢。"康乃馨的耳根都红了一圈,随即搀着他往休息室游去。我看她一个人驮得有点辛苦,跟过去想帮忙,却又一次被他推开了。

"让康乃馨陪我。"哥哥半侧过头来,露出了冷漠的侧脸,声音哑哑的,"苏伊,你赶紧嫁掉。我看到你就很烦,不想再见到你了。"

我看了他一会儿,叹了一口气,对康乃馨说:"今晚哥哥要麻烦你照顾一下了。"

"好的。"康乃馨扶着哥哥游开,用责备的口吻说道,"你怎么可以对苏伊这么凶,她那么关心你,真是醉成这样什么话都能说……"

追忆碎片九结束

Chapter 32　霜月晚宴

3月4日晚,梵梨服了变形药水,以八十四岁梵梨的模样,到霜月酒店参加雅尔公司的慈善晚宴。

按照惯例,夜迦迟到了。在人群中,梵梨看见雅尔公司的负责人正在和一个黑衣男子隔音聊天。等雅尔负责人离开后,她游过去低声说:"我想聊聊MI-200外挂鱼雷的事。"

如她所料,这人是落亚福地军火公司的负责人。黑衣男子使用了隔音术:"二百一十万浮,出钱可立刻成交。"

梵梨心想,真是狗叛徒。已经跟风暴党签署了独家交易协议,居然毁约来圣耶迦那涨三成价倒卖。梵梨正在思考,他又说:"如何?想要吗?想要的话,我现在就打电话回总部,让他们调货。"

"我现在不买。"梵梨看向他,拿出一张三万浮的支票,塞到他的手里,"麻烦你带一句话回去:'请福地公司履行和风暴党的合同义务,不要和任何协议规定范围外的第三方完成交易。'"

福地公司负责人没接支票,反而把它塞了回去:"为了三万,错失几千万的交易,你觉得我是傻子?"

"我知道,你们仗着有圣耶迦那罩着,想敲诈风暴海一笔。所以,我想给你看看这个。"说罢,梵梨伸出手,变幻出一张3D奥术地图,呈现的方位是红月海海底。

"以后,风暴党只要在战场上看到了你们公司产的武器、战舰,这里、这里、这里、还有这里,"梵梨指了指地图上红月海的几个经济繁荣区域,其中包括福地公司的总部地区,"就会连续向你们投为期十四天的鱼雷和铀弹。等停战后,不管风暴海是否战胜,也会向红月海政府解释为什么这么做,以及向他们出示你们和风暴党的合约。到时候,你们不仅没法从两边抬价中牟利,整个公司也会从实体上被炸成碎片,从实质上也大概率会被红月海政府勒令关闭。"

福地公司负责人面色苍白,露出了有些惊恐的表情:"你……你到底是谁?"

"别管我是谁。好好遵守承诺,这三万起码还可以支付今晚的酒店场地费。多出来的钱,你可以留着当小费。"

看见眼前女孩子微笑地递出支票,福地公司负责人手指发抖地接过:"好的。"

"合作愉快。"

取消隔音术的那一瞬,她差点跟看到地雷似的趴在地上——宴厅正门处,苏释耶和一群人进来了。她溜到角落里,想到今晚已经登记过了,不能走。但如果留下来,被福地负责人当着苏释耶的面揭"马甲",就死翘翘了。在角落里憋了几分钟,她突然灵光一现,从包里拿出了变形溶解剂,喝了下去。

几分钟过后,她变成了原本的样子,游了出去。

苏释耶在人群中与人交流。他单肩披着紫色斗篷,上以金线镶边,用肩章扣在右肩上。他头上戴着宝石金制抹额,胳膊修长,肌肉线条充满力量,臂环上有一只代表独裁官政府的鹰,漂亮的手指上戴着紫水晶、蓝宝石等多色戒指。看这身隆重的打扮,他对这个晚宴早有准备。福地负责人的交易对象真是他。

这时,福地公司负责人过去跟他低声说了几句话,他眼神警惕了一些,抬抬下巴,示意他指出威胁他的人。但负责人当然找不到梵梨了。

正好这时夜迦来了。梵梨松了一口气,大大方方地游向夜迦。

一个青年奥术师对苏释耶说:"独裁官大人,好久没见令妹公开亮相了,今天居然能在这里见到她,不知道我有没有这个殊荣,能和她认识认识?"

苏释耶抬起头,迅速捕捉到了梵梨和夜迦的身影。仅一秒不到,他就闪到了他们俩面前:"你们怎么来了?"

梵梨也一秒闪到苏释耶背后,看着夜迦,指了指自己,比了个叉,指了指苏释耶,疯狂挥手,再对自己嘴巴做了一个拉拉链的动作。

夜迦以前以为聋哑人无法吵架。如今见了梵梨才知道,其实聋哑人也是可以吵得跟火影似的。

看见夜迦一脸迷茫,苏释耶又回头看了看梵梨。梵梨迅速归位,对苏释耶淡淡笑了一下:"是我约夜迦出来的,他选了地点。"

"你约夜迦?"苏释耶眯着眼道。

"是的。"

"你为什么要用这个样子暴露在公众视线中?"

"独裁官大人的妹妹,听上去多有面子。让我用这身份爽一下。"梵梨干笑着缩在夜迦背后,趁苏释耶还没想明白,拽着夜迦游到了宴会厅的另一端。

得知发生了什么事,夜迦替她捏了一把冷汗:"疯女人,你胆子也太大了!"

Chapter 32 霜月晚宴

"但帮希天省了一大笔钱，不是吗？"

没有任何人能破解他们在隔音范围里说什么，苏释耶只能看见夜迦摇头笑得无奈，梵梨笑得很轻快，眼神渐渐变得冰冷。这时，一个金发红唇的鲨族女人夹着长长的水烟杆游过来，吸了一口烟，在水中吐出一圈圈"烟雾"，轻佻地看着他："苏释耶大人，这两年您怎么彻底失踪了呀？您是不是把人家给忘了……"

这种女人一直是苏释耶偏好的款式。所以，苏释耶看向她时，习惯性地露出了多情的笑："像玛姬这样的美人，我怎么可能忘……"但是话刚说到一半，就对上了梵梨没有任何情绪的目光，就好像在看一个路人。苏释耶的笑容立刻褪去："说吧，找我什么事？"

玛姬愣住了。

"无事勿扰。"

梵梨忙得不得了，因为那名青年奥术师也游了过去，和她攀谈起来。这个奥术师十年前才拿下博士学位，有很强的个人观点，现在是学术圈内的新星，和梵梨、夜迦很快就打成了一片，三个人时不时发出一阵愉悦的笑声。

对苏释耶而言，这种笑声无疑是刺耳的。他游向梵梨："聊什么呢，这么开心？"

梵梨立刻不笑了。夜迦很会察言观色，也跟着不说话了。

"我们在聊苏伊院士早年做的一次实验中，有微子乱窜，让她对研究产生了挫败感。这是她一辈子都没解开的谜题，也是她早期被奥术界抨击的原因。苏伊院士刚才说，那时候的她就像小学生一样，哈哈哈……"

奥术师笑了半天，夜迦抽着嘴角笑不出来，梵梨全程做放空状。

"他说的是真的？"苏释耶微笑看着她。

梵梨："是吧。"

夜迦沉默。

奥术师：发生什么事了？

苏释耶："是因为微子数越少的实验里，这种混乱的无规律就越明显，对吗？你当年跟我说过。"

梵梨："啊，对吧。"

夜迦继续沉默。

奥术师：其实他真的很想跟独裁官大人说点什么，但这种约定好的尴尬是怎么回事……

苏释耶的心理素质向来很好,不管梵梨怎么给他脸色,他都可以接着找话题。直到艾泽过来通知说有人找他,他才不得不离开。但他刚转身没多久,梵梨三人又哈哈大笑起来,游到了露天阳台上去。

梵梨回头看了看,苏释耶正与一个政客对话,两人喝了点酒。两个年轻漂亮的女人就在附近徘徊,目的很明确。她们一个羞涩,一个热情,看上去是如此熟悉,让她想起了百年前的那个夜晚,风晋和康乃馨都没死,一个是圣洁的,一个是鲜红的,也都绕着苏释耶团团转。

窗外的圣耶迦那夜景还是和一百年前一样,但一切早已物是人非。

和夜迦聊天的时候,奥术师见苏释耶频繁看向他们,还对苏释耶做了一个胜利的手势,用口型说:"我感觉我有戏,谢谢独裁官大人。"

之后,他和夜迦说了什么,梵梨没有听进去,只是随着他们的笑声跟着应付笑笑。但笑到一半,她察觉到有人靠了过来。

"梨梨。"

随着一声温柔的呼唤,一只手轻松搂住她细细的腰。她小声惊呼,但还没来得及抬头,便有软软的唇瓣碰了一下她的唇。这个吻跟眨眼一样快,以至于另外两人都以为自己出现了幻觉。

"不要生我的气了,好不好?"苏释耶侧过头,在她的脖子上又轻轻吻了一下,"非要我在大庭广众之下向你服软,你才肯原谅我吗?"

三个人的眼睛都瞪成了正圆形。

"独……独裁官大人,你们这……这是……"奥术师颤声道。

"我在追苏伊。"苏释耶坦荡地说道,"你们想加入竞争?"

"不不不,不想……"

夜迦没说话,只丢给梵梨一个自求多福的眼神,拽着奥术师离开了阳台。梵梨整个人都紧张到僵掉了:"你不怕别人误会你和妹妹的关系?"

夜空下是万千光辉跳跃的星海,海面下是万千荧光水母跳跃的深海。这里的景象与落亚风动宫殿阳台上有点像。

"以后苏伊真回来了,我再向大家解释。现在无所谓了。"苏释耶似乎不想聊这个话题,"小葵花还好吗?"

"我没把她带过来,已经委托小羽帮我照顾了。"

"那你要叫他别把小葵花和嘟嘟放在一起,不然嘟嘟会被欺负,然后放毒喷小葵花。"

　　昔日情景，一幕幕在脑海中重现。梵梨告诉自己不要被情感左右，但又得表现得很重感情，难度真的不小。她苦笑道："我很想知道你是谁。是星海，还是苏释耶？"

　　水流往后推动梵梨的头发，完整露出她的脸庞、纤长的肩线、深深凹陷的锁骨，还有一身在水中飘荡的银色长裙。她刚放松一些，奥术潜能又回来了。蓝色的尾鳍云雾般散开，随着水波起起伏伏。

　　他目不转睛地看着她，轻声说："你希望我是谁呢？"

　　苏释耶身上有只属于他的味道。这个味道随着以太之躯融合时转移了过来，并没有因为换了躯体而改变。只要和他靠近一些，这股气息就会溶解在他周围的海水里，顺着她的呼吸，侵入她的身体，她的血液中，她的细胞中。

　　"我不知道。"梵梨想了一会儿，低头摇摇头，又想了一会儿，"真不知道。"

　　"你希望我是谁，我就变成谁。我不在乎自己是什么名字，什么身份，我只在乎你是否还爱我。"

　　梵梨的手偷偷藏到背后，又偷偷地、用力地握紧，指甲在手心里都掐出了八条弯月，硬把自己的感情掐走。她知道自己演不下去了。别说四个月，就算是一天都不行。她假装咳嗽掩口，把早就准备好的失忆魔药吞下去。

　　就像临死前的告白一样，她终于敢面对他了。

　　"苏释耶，"她的嗓音略微沙哑，如烟熏玫瑰木的香味一般，"……你爱我吗？"

　　苏释耶被她逗笑了。但笑着笑着，他渐渐收敛了表情，朝她招招手："过来。"

　　梵梨往前游了一小截，后腰却被他再次揽住。随后，他轻轻一拽，就把她搂在了怀里。她回头看看自己的腰，错愕地抬头，却再次被他吻了。但这回和刚才蜻蜓点水的一吻不同，他直接吸吮她的下唇。她微微张嘴，想拒绝，却又被他乘虚而入，更加纵情地吻下去。也因为这一份惊讶，握紧的十指全部松开，指尖轻颤着，陷入了麻木。

　　心脏破裂的感受，大概就是如此。

　　她沉入了一千米以下的深海，对他的思念是夺走呼吸与生命的水压。

　　星辰四落，海浪缠绵，圣耶迦那之夜永远是世间极美。

　　就下一次地狱吧……

　　可惜，魔药生效很快，她没听到他的答复。头脑里的神经在一阵阵收缩。苏

伊的记忆在这个吻中渐渐远去。

"我爱你。"他抚摸她的头发,嗓音里有直击内心深处的柔情,"我会只爱你一个人,不会再跟任何女人有来往了。我向你保证。"

苏释耶对女人从来不会撒谎,更不会为了得到对方而做出虚假承诺。如果他做出了保证,那就一定会做到。如果拥有完整的记忆,她一定不会有一点怀疑。

但这一刻,她又一次误以为自己是个人类少女。记忆被改成了以为星海就是苏释耶的少年时期,不再为拟态星海的事情纠结。她看看周围的环境,有些困惑,但还是好奇地回望他:"真的?"

追忆碎片十

燃烧时代24669年6月28日,康乃馨在她的落亚豪宅中死亡。

体内有过量蓝环章鱼毒液的海族,没有一个能死得很好看的。她一头短发就像鸡窝,眼睛瞪得跟金鱼似的,仿佛在告诉世人,她死不瞑目。

这之前两年,我一直住在裂空海,和奥术师们准备第一届全海微子奥术会议。哥哥就像完全忘了风晋这个人一样,非常高调地搞多边恋。康乃馨嚣张得几乎住到白鹰宫殿去。哥哥的绯闻女友多到什么程度呢?每次风晋给我打电话提起她们的名字,我都很有挫败感——她到底是怎么能够把那么多女生的名字、外貌、年龄、种族、学历、职业、家境、出生地、第一次和哥哥见面的时间、最后一次和哥哥约会的地点等等详细信息都挨个儿记住的?

"你直接给我个编号吧,宝贝。"最后,我认输了。

风晋给她们安排好编号,又把她们的故事跟我讲了一通。听了不到五分钟,我随手翻了一下面前的《生命奥术与燃烧时代的文化沿革》,走神了,摇摇头,让自己集中精力听风晋说话,随后皱着眉头说:"几号是哥哥上周米瑟日戴着的黑珊瑚项链的赠送人,几号是昨天在圣耶迦那市政官生日聚会上向哥哥求交尾被康乃馨撕走的,几号是你觉得漂亮温柔但特别讨厌特别装的?"

"7号,27号,12号。"风晋秒答。

挂断电话后,我背了《生命奥术与燃烧时代的文化沿革》五十页的内容,确认自己记忆力没出问题,才找回了一点院士的尊严。

行行出状元。以后我真不能太骄傲了,要用敬畏的心态面对每一位在其专业领域拥有极高天赋的学者。

Chapter 32 霜月晚宴

康乃馨和哥哥的感情走势，则是由极度甜蜜转为极度崩坏。她在媒体面前情绪失控大哭两次，旁人都不懂她是怎么了，只都猜测与哥哥有关。然后，她突然搬回落亚，事业开始走下坡路，出了新电影，要全海到处亲自宣传。以前，她只需要参加圣耶迦那大剧院那一场就好。

一次，她到裂空海参加她新电影的发布会，送了我最前排的贵宾票。我去参加了首映，到后台送了她一篮新鲜的海藻和贺卡，本想早些回去做实验，没想到刚好看见绛红色的帷幕下，她被一群高大的捕猎族保镖围着。经典逗号鬓角黑色短发，白色皮草披肩，低胸红裙勾勒出波澜起伏的身材……她是惊艳到令人挪不开眼的第一眼美女，也难怪阿诺会说："在部队，哪个士兵每天如果不对康乃馨的海报傻笑幻想一下，都不能算是男人。"

但康乃馨看见我那一刹那，完全失去了过去的自信，眼眶红了一圈，发抖着哭出来。

"苏伊，没有什么比在异国他乡看见你，更让我感到伤心的了。我一开始就告诉过自己，你哥哥不会爱上我。但是，这么多年了，他始终没有放弃我，我就忍不住想，他会不会真的和风晋结不了婚，来娶我。但最近我才知道，即便不是风晋，也轮不到我。"

确实，我远在天照阐幽，都听说了哥哥可能会退婚的传闻。又因为寻月姐姐几度在媒体前夸赞他，所以传闻又变成了他会娶寻月姐姐。没想到这竟然是康乃馨和哥哥完蛋的导火索。我叹息道："你认真了。"

"对，我认真了。"她捂着眼睛，不想露出自己的泪水，"曾经因为他，我拒绝了很多优秀的男人。然后我想不开了，故意把别的男人带到他面前，希望以此让他嫉妒。但是，你知道他说什么吗？"

我知道答案，但摇头。

"他说，如果我男朋友事业上遇到难题，他可以提供帮助——他说这话时，没有生气，没有难过，甚至看上去还有一点放松。"

"那你就交男朋友，让他为帮你男朋友飞升好了。不是两全其美吗？"

"苏伊，我不是捕猎族。可能我看上去洒脱，但其实内心只能爱一个人。"

其实，她说的每一句话我都懂。我不懂的是和哥哥成为情侣关系是怎样的心情，是不是会像康乃馨一样饮鸩止渴？还是每天能收获甜蜜，好过像我现在这样无期限地单相思。但我知道，我和康乃馨本质是一样的，都明白爱上哥哥是怎样

的感受。时而狂喜，时而大悲，日积月累着孤独，无穷无尽地心碎。心里有了苏释耶，怎么可能再容得下第二个人？看她那么伤心，我多想抱着她一起哭，跟她说，我懂你，我真的懂。即便给我全世界剩下的所有最好的男人，我也不想要。我只想要他一个人。

可暗恋就是如此可悲，我连这样做的资格都没有，只能当坚强理性的开导者。

"虽然他是我哥，但我还是想说，这个男人你跟他玩玩就好了。只是玩玩，他是很不错的对象，有颜有钱有情调。考虑到结婚，那你得太失望了。"

"我知道他不是什么好男人，但我还是想成为他想娶的女人。"康乃馨的眼泪断线珍珠般落下，"我虽然一直在挑衅风晋，但她有我怎么努力都得不到的东西，我好嫉妒她，苏伊，我真的好嫉妒她，又好向往变成她……"

"别这样说，可能风晋还向往变成你呢。"

其实，我和康乃馨一样，好羡慕风晋，以后会成为哥哥的妻子。虽然风晋最喜欢说："我好想变成苏伊，什么都不在乎，不靠男人，自己发光发热。"但她不知道，我一点都不洒脱。我还很讨厌自己。她们俩都爱得光明正大，我却只能躲在黑暗的角落。在感情中，我是一败涂地的输家。唯一值得欣慰的事，就是霸占了哥哥的初吻和初夜。可是，那又能怎样呢。自损一千，伤敌八百罢了。

"我离开圣耶迦那之前，因为知道了一个秘密，才会想到威胁他和风晋分手，但我失败了……"说到这里，康乃馨谨慎地抬头，眼神有点骇人，"这秘密我藏了好久，没办法告诉任何人，但我真的好想告诉你……"

"是关于什么的？"

"是圣都党的最高军事机密。"

"你怎么会知道的？我哥告诉你的？"

"不是。"她顿了一下，凛然道，"是圣提风晋。"

最后，康乃馨还是什么都没说。不知道是不是因为见到了我，触景生情，她又想到了和哥哥的点点滴滴，当晚便对媒体说，她要公开圣都党的秘密。这一天是24669年6月27日。

6月29日，康乃馨疑似自杀的新闻传遍了全光海。

但所有人都知道，她的死亡和自杀应该没有关系。

24669年7月1日，全海第一届微子奥术会议正式在裂空海天照阐幽召开。十九位全光海顶级的奥术师参加了会议，并集中讨论了微子理论和邪能辐射现象

Chapter 32 霜月晚宴

等议题。遗憾的是,长达十四日的会议中并没有任何突破性的进展。

我承认,我被康乃馨的死讯影响了。哥哥不是第一次杀人,康乃馨也确实触碰到了她万万不该插手的政治军事敏感点,但她放出这句话的目的,无非是要他去哄她一下。连我都知道的道理,我不相信哥哥不懂。他们相恋了四十一年,她到死都还爱着他,他说杀就杀,还是隔空杀的,连她最后一面都懒得见。他还有什么人是不可以杀、不可以抛弃的?

我第一时间赶到落亚,参加了康乃馨的葬礼,然后回圣耶迦那。见了哥哥,我们谁也没提到康乃馨的事。他问起我天照阐幽会议的进展,我把早就想好的话告诉了他:"没什么进展,但我个人的研究有了质的飞跃。最近,我在研究一种灵魂交换术,它可以超越时间和空间,超越种族和介质,把任何人的灵魂都带到被交换人的身体里来。"

"真的假的?怎么听起来这么玄乎。"哥哥半信半疑地说道。

"是挺玄乎的。这不还没成功嘛。"

"别忘了你做的是非法研究,被抓到是会判死刑的。想继续做下去就留在圣耶迦那,最起码我可以保护你。"

"好,那我接着加油啦。"

当然没有这样的灵魂交换术。我早早地做好了逃亡的准备。

24669年是百年来最和平的一年。自24670年开始,因为边境领土的摩擦冲突,圣都党正式向风暴党宣战了。星辰海、临冬海、菩提海属于圣都党。裂空海站在了风暴党那一边。红月海保持中立。复活海态度强硬又暧昧,似乎有点偏向风暴党,又像两边都不想帮,想自成一党。

自从哥哥和风晋联姻之后,圣都党实力到达了前所未有的高峰。所以,明眼人都能看出,风暴党完全不想和圣都党打,纯粹是哥哥逼加斯宗族归顺不成,去找人家一家子的碴儿。

这一仗打到第十一年,也就是24681年时,我满两百岁了。然后,我又休克了,这次时间是一周。

追忆碎片十结束

中午十二点半,梵梨和朋友们吃过饭,便坐在教学楼外的长椅上聊天,等一点的奥术政治课讲课。她的尾巴太醒目,刚坐下来,就吸引了很多人的目光。

"梨子,奥术政治你预习了吗?"霏思抱着课本,唉声叹气道,"我觉得好难,哪有什么奥术,全是政治,有点后悔选这门课了……"

"还没呢。"

"没预习,是不是又没钱买书了?我带你去印一本。"说话的人不是霏思。

听见这个声音,梵梨等人齐刷刷地抬头,都露出了惊诧的神色。梵梨低头揉了揉眼睛,再抬头看了一眼身后说话的少年……她没看错,是星海!

蓝思:"我……星海你最近是在搞什么,消失那么久!"

尤灿:"星海哥回来了!我们好想你!"

在羽烬一声奶声奶气的"星海哥哥"之后,他摸了摸羽烬的头,一一接受了朋友们的"严刑拷问",似是而非的答案竟然还算不上撒谎。

"原来你是忙别的事去了,我们还以为你和梨子分手了呢。"霏思拍拍胸口,"梨子变成海神族,你怎么一点也不惊讶?你早就知道了,对吗?"

"嗯,早就知道。"

"那……你们想过未来怎么解决孩子的问题吗?"

"只要真心相爱,繁衍并不是最重要的。"星海牵着梵梨的手,"我是无所谓有没有孩子。但梨梨如果想要孩子,可以求助海神族精子库。"

"太好了!"霏思感动得都快哭了,"我就知道你们肯定不会这么轻易分开的。你们就是天生一对!"

梵梨却看得有些头晕了,起身把星海拽到角落里,施展了隔音术:"苏释耶?"

"现在是星海。"

"你这是在做什么……"

"想你了。"

梵梨脸上有些发热,"不是,我的意思是,你怎么会变成这样的?"

"拟态星海本来就是以太之躯的副产品。现在副产品没了,但还是可以变回以前的样子。所以我才说,你想我变成什么样,我就会变成什么样。"

"这样啊……"

"现在没有分身了,时间不会有拟态星海那么多,只能偶尔陪你上上课。但晚上我还是有时间陪你的。"

"晚上?"

"嗯,每天晚上睡在我怀里,好不好?"

现在和苏释耶也不知道是什么关系，梵梨觉得很不好意思，只能干巴巴地说："你是不是……变成星海以后，就会变得有点黏人？"

"当然不是，我现在就是自己的身体，只是外形变了。"星海笑容散去，冷冰冰地说，"所以你在怪我黏你是吗？"

"没有没有没有，不是这个意思。"

"真的没有？"

"没有，黏人挺好。"梵梨自下而上看着他，在他面前挥挥手，"只是好奇而已，没有别的意思……"

然后，星海笑得眼睛都弯了起来，双手捧着她的脸，舌尖在她嘴唇里卷了一圈，然后霸道地往深处入侵。胸腔中又被浓稠甜腻的蜂蜜灌满了。但梵梨还是很想说，苏释耶，你好幼稚啊……

其他学生只看见，星海回归后变得很有占有欲，把那么端庄禁欲的梵梨亲到神魂颠倒，软软地倒在他的怀里。

以前，连蓝思和尤灿都偶尔会想，星海似乎跟不上梵梨的脚步，他们俩越来越不合适了。而现在，梵梨变成了海神族，在星海面前反而变得像个面对男神的小女生，这是怎么回事……

尤灿："原来星海哥征服女神，靠的是……真是一言难尽。"

追忆碎片十一

两百岁生日上休克结束后，我只觉得有什么东西由内而外地在吞噬我。但比起肉体上的摧残，精神上的打击更令我无法接受。

这次醒过来，我没有在第一时间看到哥哥。等我醒过来时，哥哥已经带着大规模生化武器、奥术导弹、先进战舰，沿途推了三座城。

起因是一艘给亚麦提货艇途经星辰海运往风暴海，星辰海发配第二舰队拦截并强行拆装检查，发现里面有军用魔药原料。独裁官政府以"背叛圣都、分裂光海"的理由要求复活海道歉并赔偿巨额款项，复活海拒绝。圣耶迦那宣战。

当然这些都是废话。想恢复和平，往往需要经历艰难险阻。但想打仗，有一百万种轻而易举的借口。

圣都军进入七海中最落后的复活海边境，就像核弹进入了冷兵器的世界。最开始，战争死亡人数哗啦啦地飞涨，就跟冬季临冬海打捞磷虾数的机器计数一样。

一周以后,为了防止民心动摇,人数变成了不可见。

不知道哥哥为什么突然像得了失心疯一样搞军事扩张。但是,他每次给我打电话,语气平常得好像只是下楼买了一篮菜。

"哥哥,复活海有什么好打的,那么穷,又守旧,越穷还越守旧,就算殖民成功,也捞不到好处,只有圣都政府赔钱给他们的份儿。放过他们吧。"

我想方设法从理性角度说服他,但换回来的只有他一句话:"好好休息,这不是你该管的事。"

我知道没有不流血的革命,也知道现在再提解放奴隶的要求很不合适,毕竟圣浮货币储备用来打仗和发展经济已经很紧张,再发行货币,硬币就得注水,如果这时候别的海域生了二心,搞个冷门货币投机交易,圣耶迦那可就亏大了。可是,我也失去了为他出谋划策的动力。

哥哥对复活海展开的一系列暴行,终于引起众怒。24682年秋,风晋踏上了从临冬海回圣耶迦那的旅途。复活海突击队包围了她的舰艇,把她绑回了给亚麦提。他们公开威胁圣耶迦那,说如果不投降,不交出兵权,就杀了圣提风晋。

听说这个消息,我把哥哥的电话都快打爆了,才总算听到了他的声音。

"哥,撤军吧。"听到那边只有沉默的回答,我着急道,"城可以再打,风晋只有一个啊!"

"现在撤军,他们如果反攻,临近的星辰海子民会很危险。"

"你总有办法防守的,是不是?"

"我再想想。先挂了。"

然后我和他彻底失去了联络。没几天,新的噩耗传回了圣耶迦那:风晋公主为了大义,在给亚麦提跳深渊自尽了。圣都军士气暴涨。两年后,圣都军一举攻破边境首府给亚麦提,复活海丧失土权,成为了圣都党的领海。圣耶迦那全城欢呼战争的胜利,同时哀悼在这场血腥战争中逝去的烈士英豪。又一个月,临冬海部队在深渊海底平原中找到了风晋。她只剩下了被食腐生物啃噬光的白骨。风晋公主的遗骸被运送回安条克后,圣耶迦那虽记得她倾尽一切的奉献,但依然是喜多于悲。临冬海就不同了,她死后两个月,安条克街巷里都时常能听到哭号声。

收拾风晋留在圣耶迦那的遗物时,我找到一封她留下来指定我阅读的加密信,一直没有寄出来。信里的秘密是康乃馨的死因。读完信,我知道了哥哥发动战争的真正原因。

Chapter 32 霜月晚宴

童年阴影之所以叫阴影,就是因为发生在背后与过去。

小时候我一直觉得,哥哥是个心态很好的孩子,哪怕受人轻视,他也没有受到任何影响。但我忘了一件事:孩子的世界观遭到扭曲的时候,往往外人是看不出来的。因为,他们年纪太小,不知道自己受了伤。就像一个女孩子小时候遭到性侵是不会哭的,只会懵懵懂懂地混过去。但等到长大了她懂了什么是性,负面的情绪和心理阴影也会随之而来,直接影响到她的人生与对异性的看法。

哥哥看上去很正常,很健康,但童年阴影早就烙印在了内心深处。并不是战争或是父母的死让他改变了。因为,他的世界一直都是黑色的。

所以,阔别多年后与我重逢,我们拥抱时,他会那么痛苦。

这也是为什么很多人说,不幸的人用一生治愈童年。哥哥从来都没有原谅过这个世界。

这次他用霸权主义换来了胜仗,并未换得复活海的服从,反而换来了次年临冬海的叛变。

追忆碎片十一结束

最近,苏释耶总是会回想起多年前的两段往事。

第一段是圣提风晋生前与他的最后一次对话。在复活海军官的监督下,她和他接通了幻影电话。

幻影中风晋白长直发随波翩翩,天使一样。她眼睛一红,把眼泪憋了回去:"你什么都不用说了,我知道你希望我怎么做。"

"风晋,对不起。现在我辜负了你,你可以向世界公开我的秘密。但我没办法保护你。"

"不,我不会公开的,因为我爱你。你做什么,我都理解,也都支持。哪怕是要我去死。"

"对不起。"苏释耶疲惫地道。

"其实你我都知道,如果现在在这里被扣押的人是苏伊,你会把整个光海都交出去,你可以把你的命都交出去。我知道。所以,我不会再让你难堪。"她含着泪,微微笑道,"再见了,苏释耶大人。"

她切断了电话。

第二段是阿诺奔赴战场之前约他在光海神殿的谈话。

当时,他们站在深蓝的塑像下面,神殿里空旷得只剩了海水和他们的呼吸。那是风晋死后第五天,阿诺终于跟他摊牌了:"苏释耶,你曾经信誓旦旦向我保证过,即便不爱风晋,也会保护她,不让她受到伤害。"

"对不起,我尽力了。"

"不,你没有尽力!我认识的苏释耶不是你这样的。我认识的苏释耶,他有血有肉,有情有义,热爱他的家乡与光海,对兄弟够义气,对家人充满责任与关怀……即便结了婚,也是会对另一半负责的。而现在这个冷血无情的独裁官大人是谁,我不认识!"

"尽管我和风晋从来没有爱情,但已经有亲情了。牺牲了她,我也很痛心。"

"如果你能在任何情况下都做出这种选择,我不怪你。但你摸着良心告诉我:如果处于风晋位置的人是苏伊,你会怎么选?"

他问了和风晋同样的问题。苏释耶觉得更累了:"不要做这种不存在的假设。"

"这就是我最恨你的地方。在重要的人面前,你从来不撒谎,即便是善意的谎言,你也说不出口。你既然这么爱苏伊,为什么不娶她?一定要藏着掖着,把你们俩的感情搞成一种畸形的不伦恋,你才会感到开心吗?为什么要利用风晋,为什么要让她痛苦那么多年,再在被彻底抛弃的孤独中死去?"

"阿诺,我不想聊这个话题了。停止吧。"

"这世界上是不是只有苏伊一个女人是真实存在的,别人都是陪衬?连你自己都是陪衬?"得不到苏释耶的回答,阿诺握紧双拳,咬紧牙关,悔恨令他消瘦的脸颊肌肉都变了形,"我在想,如果进入以太之躯的人是我,而不是你,会不会一切都会不一样。风晋就不会死了?"

"你进不了这个身体。"苏释耶平静地道,"因为这具身体只有我能使用。"

"为什么?"

"因为过去那些失败,并不是他们意志力不够顽强。而是只有以太之主的神识才能进入以太之躯。"说到这里,苏释耶叹了一口气,"——这才是我最原始的样子。"

"等等,你是以太之主的神识?"

"不完整的。"

"也就是说,当初你被人追杀至死,都只是演出来的?"

"当时我确实快死了。"

"但你是故意的,不然苏伊不会为了你去偷焰之眼。"

Chapter 32 霜月晚宴

苏释耶不说话。

"我就说嘛,你的速度是我们这一届战友里最快的,怎么这么容易就中招了。"阿诺忽然笑出声来,"我算是全都明白了。以太之主,哈哈,操纵空间与时间的神灵,强者至上主义的开辟者,无尽海洋教义中最大的两大异教主之一,哈哈哈……是我不配,是我不配!苏释耶大人,把您当成此生挚友,是我高攀了您啊!"

苏释耶依然不说话。

"我终于释然了。我的好兄弟苏释耶曾经叫星海,从他进入以太之躯那一刻,他就彻底灰飞烟灭了!不管你有多强大的力量,我不认识你!"阿诺指着深蓝的雕像,做出了发誓的手势,"深蓝在上,感吾主造海之恩。我,谈阿诺,与苏释耶永远断交。若我此生再与你成为朋友,立即死无葬身之地!"

阿诺前往给亚麦提战役的当日,苏伊来找他了。从风晋自杀以后,她除了第一次哭到晕厥,之后就再也没有理过他。这一回,她找他自然也不会有什么好态度:"你去把阿诺叫回来,向他磕头赔罪,求他的原谅。否则,苏释耶,你会后悔一辈子的。"

"你以为你是谁。"苏释耶回头,瞳仁像被夕阳染金的冬季潭水,"命令我?还轮不到你。"

因为光海最高法院的规定,和独裁官正式用餐时,任何人都要坐到五米之外的距离。苏伊已经很久没有和他有私下往来了,这还是第一次站得这么近。但是,这一次的距离却比以往更远。

"是,是轮不到我。"苏伊笑得毫无感情,"那我退下了,苏释耶大人。"

苏释耶不会道歉,不是因为放不下身段,而是因为太了解阿诺,阿诺认定的事从不会改变。如今风晋已死,他们的友谊走到了尽头,阿诺的人生也没有意义了。

男人变成朋友,不需要说太多。反目成仇,同样不需要说太多。

这天过后,苏释耶做好了准备,打算战争结束后就放阿诺自由,从此老死不相往来。他一个人站在琉璃军团神殿遗址的顶端,俯瞰翡翠山脉下记录了四亿年文明的圣城。圣耶迦那,光海的心脏,已经是他的了。可这一切,是他想要的吗?

独裁官之位,以太之躯,光海最高权力拥有者,琉璃军团的指挥权,一夜之间令十四座光海城镇变成废墟的能力。他终于拥有了绝对能保护梨梨的力量,但是,他身边的人,一个个都离他而去了。

Chapter 33 太阳与业火

三个月后的早上,梵梨趴在苏释耶别墅的后院中,在购房报刊上写写画画。突然有两只手按住了她的双肩,吓得她喝了一大口海水。那双手在她的肩上揉揉捏捏。她不再写字,跟猫被捏了背脊骨一样,整个儿瘫软下去:"不要这里,下面一点,对对,就这里,手劲儿轻点,嗯嗯,舒服……"

"真难伺候。"苏释耶笑了。

"太解压了,太解压了,你是专业的,舒服,舒服,太舒服了……"梵梨爽得眼睛眯成一条缝,露出了痴汉的表情。

"梨梨整个假期有什么安排吗?有没有特别想去的地方,我带你去玩玩?"

"有!"梵梨立刻翻过身来,"我想去你的家乡,距离这里只要不到两个小时舰程吧?"

"斐理镇?"苏释耶愕然。

"听说那里涨潮期有很多海底森林,现在正好是涨潮期吧?"察觉到了苏释耶的迟疑,梵梨小心地看着他,"是不是……不太方便?"

"不是,太久没回去了而已。你想去,我就带你去。我正好回去看看。"

金色漂浮雨林位于四个大洋流中间,气流相互作用,力量相互平衡,令这里的海水以顺时针方向流动,特别安静。而且,这里的海域是光海中公认最清澈的,透明度最深可达七十二米。如果没有海族或舰艇经过,这里就像草原风光,感受不到是在海里。可现在有旅人经过,窗外的马尾藻又像放大十倍的金色麦田,在海浪中左右摇摆。因此,这里的房价比圣耶迦都的西区与峡谷的房价还高。梵梨看着外面的景色,再次沉醉:"我一定要在这里买房!攒钱攒钱!"

"你那个攒法,就算把存款加进去,这辈子都没办法攒够一套这里的房。不如用别的方法。"

"嗯?什么方法?"梵梨游到修长的金色马尾藻林中,观察着穿梭其中的马尾藻鱼。

马尾藻鱼与马尾藻是共生关系,外形完全按着马尾藻的样子长,几乎不会游泳,在海藻筏中度过一生。它的嘴巴可以张大好几倍,把整个半透明的鱼身都扩

Chapter 33 太阳与业火

充大两三倍。有小鱼从它面前游过时,它一口就把小鱼吃了,速度极快。

"这也太快了!根本找不到捕食的证据!"

意识到苏释耶游到了自己身侧,梵梨用眼角余光瞄他。他没看鱼,而是在看她。她假装没有看见他,只是模仿马尾藻鱼捕食的样子,猛地伸出手,一把抱住他的腰,又把手收了回来:"你看,我这样快速抱你一下,你没有证据。"

苏释耶无视了她的调皮,从身后环住她的腰,用手指戳了一下她的小腰,在她耳边轻轻说:"那我快速捅你一下,你也没有证据。"

懒懒的嗓音传到了耳蜗里,她一边耳朵都变得滚烫。她怀疑他在"开车",可是没有证据,只能挣脱开他的手,一个人待着,平复和他在一起频频受刺激的小心脏。

这个假期她答应了苏释耶的旅游邀请,但对于他们之间的关系,她还是觉得很不明朗。这三个月以来,他并没有提出要和她成为男女朋友的要求,对她提出的要求统一回答都是"好"和"都听梨梨的",两个人最亲密的行为,最多就是轻轻抱一下。可是,哪怕只是碰一下手指,她都觉得浑身快要焚烧起来。

有时候,梵梨会有很可怕的念头:他如果再不提出"当我女朋友吧",他们恐怕就会变成情人关系了。她无法像和星海谈恋爱时那样理性,两个人可以坐下来谈论几个小时关于未来的规划。她不想考虑什么未来,现在只想睡他。

其实,苏释耶不是不想表达感情,而是不知道如何表达。之前,每次当他提取星海的记忆时,他都想置身事外。可星海不愧是他过去的倒影,恋爱风格也与曾经的他一模一样。渐渐地,那些美艳的捕猎族女子再吸引不了他。他就像看了一部纯恋小说,不知不觉代入了男主角,爱上了里面的女主角。所以,在临冬海,他把星海想对梵梨做的事,全都做了一遍。

但人一旦成长,就回不到最纯粹的少年时代了。像儿时最喜欢吃的糖果,当时吃觉得是全世界最好吃的东西,长大也会无限回味当时那种狂喜。可真再去吃那种糖果,却不再是当初的感觉。当梵梨被他撩到不能自已时,向他婉转地表明了她想要一对一的关系,他知道自己给不了。这个小女孩很可爱,但不够分量。

后来,她开始想变成捕猎族,拿出死磕的劲儿争取自己的人生,为重要的人付出一切……他才真正地被触动了。

太像苏伊了。他知道她不是苏伊。但是,越是观察她,他就越控制不住,被她一点点地改变吸引。

她到了圣耶迦那以后,不管他怎么试探她、诱惑她,她都不愿意放弃弱势的星海。她知道星海会拖她后腿,他才是她的最优选择,但她不在乎。不仅如此,等她变强以后,她还对星海越来越好,只希望他幸福。等到某一天,他终于发现,他其实只是借"试探"为由,来追求自己爱上的女孩子。

晚上,梵梨和苏释耶抵达了斐理镇。苏释耶一百多年没回来过,现在他有了重新面对过去的勇气。乘坐私艇在斐理镇里参观时,他跟她耐心解释这座小镇的起源与历史:为什么这里曾经是偏僻的富人区,为什么鲨族这么多,战后这里经历过了什么萧条景象,后来涌入的住民对小镇做出了怎样的改造……

最后,天色晚了,他们穿过了儿时的旧居,去后山与森林中游逛。海水是起伏的呼吸,拂动着海底森林。水母是神秘的烟花,舞出了整夜的耀眼荧光。听见附近男孩子们念着打打杀杀的口号,梵梨对苏释耶小声说:"我们人类世界也有这样的玩法,只是喊的东西不一样。"

"大概全世界的小男孩都这样吧。"苏释耶笑。

他们在森林里又转了几圈,梵梨看到了小悬崖边的石凳,率先过去坐下,然后拍拍身边的位置:"快来坐哦。"

苏释耶怔了片刻,从身后的随从那拿了一个东西,便遣散了他们,慢慢游到了梵梨身后。

斐理镇中,华灯初上。星光照亮海底的世界,岩石上的小白花就像雪花一样,渐次被乌贼照得发出蓝光。眼前的女孩背对他而坐,尾巴顽皮地左右摆动,一头红藻色的大卷发泛着微光,落在了石凳上。察觉苏释耶靠近,梵梨轻松地说:"苏释耶大人,有没有女生说过,你是理想情人的典范?"

"你觉得我是吗?"

"当然……有人说过吗?"

"现在有了。"苏释耶微微一笑,"那看来我的表现,梨梨还算满意。"

"何止满意,也太完美了……"梵梨没敢扭过头,只是假装不在乎地看着前方,"那……我是你的理想情人吗?"

苏释耶笑意更深了一些,没说话。梵梨这才想起来,他好像一向喜欢烈焰红唇的大美女,自己完全不是那一款的。有点尴尬了。他偷偷瞥了她一眼,蓝色的尾巴轻缓摆动,皮肤光亮如珍珠,白嫩如羊脂,腰线、臀线都美极了。但最美的还是天然长的睫毛、与尾巴同色的大眼睛,明亮动人到有一点点无辜。

Chapter 33 太阳与业火

"你是我理想的妻子。"

那双无辜的眼睛再次转过来,像受惊的小鹿。

她还是妹妹的样子,没有了后来发生的一切,不再是痛恨他的苏伊,只有一个宛如小梵梨的纯真灵魂,这大概就是最完美的结合。

苏释耶用标准的姿势抱着盒子,绕到她面前,单膝跪地,握着她的手:"梨梨,嫁给我吧。"

梵梨惊讶地睁大眼,立刻用双手捂住了嘴,颤声道:"为……为什么?我很早就想问了,为什么……"

"什么傻问题。"

"你太好了,可我真的没有那么好。"梵梨忍不住哭鼻子了,"说实话,我觉得当你的女朋友都有些勉强了,当你的妻子,我……我不知道……"

"你相不相信一见钟情?"

相信。不像只爱了一天,像爱了几百年,几万年,上亿年,突然洗去所有记忆,重新遇到"那个人"一样……

见她迟迟不说话,他笑了:"别想了。可能就是年少时没冲动过,两百多岁反而冲动起来了。所以,你最好在我后悔之前,赶紧点头答应。不然你就失去成为独裁官夫人的机会了。"

苏释耶这句话,堪称神预言。

后来很多年里,他也没有后悔迈出这一步,但也真的认为自己太冲动——男人钩心斗角的对象,只能是男人,一定不能是女人,尤其是让他们头脑发热的那个。

都说女人是为爱而生的动物,其实只是爱哭而已。她们可以爱完了一个再爱下一个,每一个都爱到死,哭到崩溃,当永远的少女。而男人,一旦把婚姻和爱都完全奉献给一个女人后,往死里摔一次,就再也年轻不回来了。

但这一刻的苏释耶还是很年轻的。他把婚环从盒子里拿出来,轻柔地捧起她的尾鳍,抬头看了她一会儿。见她维持原状,没有一点点抗拒,便低下头,把婚环套在了她的尾鳍根部。他的每一个动作都很慢,似乎是在给足她时间考虑,但她没说一个字。最终,只听见"嗒"的一声,婚环扣了起来,表面闪过一道金光,牢牢地锁住。

苏释耶把那颗璀璨的"星之尘埃"扣在上面,里面有浅蓝色的树根状细光往上生长,钻石也被锁在了婚环上。像完成了重大任务一样,苏释耶吐了一口气,微

微笑道:"好了,梨梨,从今以后,我整个人,整个人生,都是你的。"

这时,梵梨才迟钝地尖叫一声,一下冲过去,抱住他的脖子,浑身都在打着幸福的小哆嗦。就在不久前,她还觉得他们会变成情人,没想到……梵梨又有些想哭了:"谢谢你,谢谢你对我这么认真!我不知道该说什么了……"

海水无声流淌,无声浸入他们的呼吸。

"那是因为你值得。"苏释耶吻了吻她的鬓发,"回到圣耶迦那,我们就公开婚讯吧。下半年办婚礼,可以吗?"

"可以!我可以!"梵梨跳到他身上,在他的脸上亲几下,"快快快,公主抱,旋转几圈。此处应有浪漫!"

苏释耶被她逗笑了:"好。"

他抱着她旋转的时候,她又成了疯丫头,搂着他的颈项尖叫:"啊啊啊,我好开心,简直像做梦一样!我要成为你的妻子啦!"

造物主揉碎银河,一半捧成男人与月亮,一半撒开少年与星光,照入她的少女时最美的梦境中,组成了她完整的心上人。

这应该是梵梨人生中最无忧无虑的一夜,最肆无忌惮爱着这个男人的一夜。

而不像过去的二百四十八年的万里夜色中,只能成为散发着微弱光芒的一颗星,在无声之中,偷偷凝视着生命中的星海。

他们又在斐理镇玩了几天。一晚,梵梨从一场噩梦中惊醒。

梦里她又动手杀苏释耶了。只是与上次不同的是,这回她成功了。匕首刺穿他的心脏,海水都被染成了鲜红色。他握着她的手,用悲伤而疲惫的眼神看着她,心跳在消失,手的力道也在消失。

但醒来时,自己却睡在他的臂弯里。她想起来了,这几天他们俩依然是睡不同的房间,但这一晚他们去镇上看了恐怖电影,她被深海食尸族老太太吓到不敢一个人睡觉。苏释耶便抱着她,她很快就睡着了。现在失忆魔药药效已经消失,她红着眼眶,把他垂在眉间的刘海拨开,冷冷地看着他的睡颜。

光海的独裁官大人,从来没在任何人身边睡着过,除了曾经的梵梨。所以,也只有她一个人知道,他独自睡着时,凌厉的眉峰大部分时间是皱着的。在她身边睡着时,却会毫无防备地展开,就像个孩子。

可惜这个美丽的男人,无邪的孩子,是个恶魔。现在是动手的最好时机。奥

Chapter 33 太阳与业火

术邪能攻击对他几乎都无效,但只要近距离刺穿他的脖子,他必死无疑。她拨开他搂住她腰间的手,起身下床,游到楼下,拿出通信仪,使用隔音术,联络真正的未婚夫。

"我等你这通电话有一段时间了。"希天很快接听了,似乎这个点还在忙工作,"我们这边一切准备就绪,回来风暴海吧。"

"好,我回去把工作收尾就动身。"

"苏伊。"男人的声音没什么温度,却明显缓和了很多,"辛苦你了。"

"为了光海,不辛苦。"她笑了。

"嗯,我不会让你失望的。"

梵梨到酒店前台要了一把小刀,又悄悄游回了卧房。但刚一开门进去,她看见苏释耶在穿衣服。她赶紧把小刀背在背后:"你怎么起来了?"

"这话应该是我问的吧。你怎么半夜不好好睡觉,跑到外面去了?"

"我……我有点失眠。"

"失眠就跟我说,也不要随意走动。外面不一定安全。"苏释耶有些责备地看着她,朝她招招手,"过来。"

"哦,好,我先上个洗手间哦。"

梵梨拉开洗手间的门,关门锁上,把小刀装进了镜子下面的抽屉里,假装抽了一下坐便器的水,拉门游了出来。

苏释耶抱着她重新睡下,她却再也没能睡着了。窗外,星影浸泡在斐理镇的海水里。梵梨摆动着自己的尾鳍,看见婚环在银光中熠熠闪光。

从决定伪造记忆开始,到改头换面后发生的一切,与理性相关的,她几乎推测得滴水不漏,但她没有顾及感性的一面。她记得自己有多想让苏释耶挫骨扬灰,也记得自己有多沉溺在他的怀抱之中;她记得他眼中的冷酷与杀意,也记得他投以自己极致温柔的凝视;她记得他掐着自己脖子时的愤怒,也记得因为思念而粗鲁亲吻她的疯狂……她这步棋没走错,可是也大大地错了。

如果没有爆发战争,梵梨没有变成苏伊,星海没有变成苏释耶,他们有幸在大学重逢,大概会发生的事,就像在落亚一样吧。星海保护她,她全心爱着他,两个人渐生情愫,恋爱、毕业、结婚,甜蜜而平淡地过一辈子。

但是,那样乌托邦的世界并不存在。

回到圣耶迦那,梵梨到学校里取成绩单,在食堂请三个海洋族好朋友重新吃

了一顿饭。

"霏思,蓝思,你们打算什么时候结婚呢?"尤灿随口说道。

"双思"夫妻抬头看看向他,有些迷惑。他说:"我的意思是,如果你们打算结婚,记得打电话让我参加婚礼!我和梵梨、星海可以一起来见见你们爸爸妈妈!"

"爸妈?"霏思尴尬地说,"我爸妈很早就去世了,他们不会来参加我们的婚礼。"

"那蓝思的爸妈呢?"

"他爸妈也很早就去世了。"

"这么说……你们是两个孤儿啊?"尤灿挠挠头。

"嗯。所以,从小到大,我和他只有彼此。"

梵梨知道"双思"夫妻的情况不太一样,但她还是想到了自己和星海,有些触动:"我理解。因为你们在世界上都是孑然一人,所以就更需要对方的存在,对吗?"

"是……蓝思就是我的未来,我的全部。不管发生什么,我们都不会分开的。梨子,我希望你也能和我一样坚定,好好地跟自己最爱的人在一起。"

梵梨实在说不出那个"好"字,只是转了个话题:"这个期末结束后,我有很重要的事要做,会先暂时离开一段时间,所以在此与你们道个别。"

听见梵梨这么说,霏思、蓝思、尤灿面面相觑。

"啊,你要去哪里?"霏思握着她的手。

"其实,我有件事没告诉你们……我早就已经从圣耶迦那大学毕业了。这次离开,我是真的有重要的事……"

梵梨话还没说完,琉香尖酸刻薄的声音就从身后响了起来:"真是从没见过这么死要面子的人。"

梵梨转过头去,平静地看着她:"琉香,这里没你什么事,不要多管闲事好吗?"

"我点指道姓了吗?搞笑。"琉香冷笑一声,"而且,我们会走到今天这一步,都是被你们逼的,你可记清楚了吧。"

"谁逼你了?"

"你们所有人。"

梵梨被逗笑了:"那你有没有想过,如果所有人都觉得你有问题,可能你确实是有做得不妥当的地方。"

"你真的是在搞笑吧,梵梨!按照你的逻辑,一个女的如果被一群男的轮奸了,那她也该反思一下自己的问题?"

Chapter 33 太阳与业火

"这能是一回事吗？在你眼中，我们大家都是要轮奸你的人？"

"精神上跟轮奸也没区别了。"琉香抱着胳膊，看她的眼神像在看一个小偷，"霏思和蓝思，他们觉得鲛族的文化了不起，觉得他们一路奋斗起来了不起，所以瞧不起我；尤灿，大家的'舔狗'，现在分了手，我都觉得跟他谈过恋爱很丢人，恨不得从来没有开始过；当当，就是你的拎包婢，你说什么她就是什么；星海，你的最忠实'舔狗'，反正除了你他什么都看不到。那你说，我在这圈子里待着，有什么意义呢？还是说，你希望我跟他们一样，把你当女神捧着、哄着，完全放弃我自己？"

"你被丽娜和昆蒂洗脑了。哪有什么女神女王？我们没有领袖，都是朋友。"

琉香笑出声来："你在我面前提'朋友'？你根本就没把我当朋友看过！"

她最后那一句话喊得很大声，引起了旁人的注目。梵梨也被她强烈的怨恨震住了，半晌才说："我以前怎么没把你当朋友了？"

"你什么都帮着霏思，帮当当换房子、全心全意维护她，尤灿一个男生被打了，你都要出面制止……反观我，你为我做了什么？"

这个问题是梵梨从来没想过的。确实，她是有意帮当当和尤灿多一些，但那是因为他们比较弱。而霏思和蓝思恋爱已久，散发出了一种已婚姐姐的气息，所以她喜欢听霏思的意见……

"真的够了。"霏思不悦道，"琉香，你这样甩锅给梵梨，没有任何意义。你希望变成丽娜那样的人，但我们都只想平等相处，没人愿意捧着你，所以你就远离我们了。这是很显而易见的根本原因，不是吗？"

琉香指着自己的鼻子，不可置信地瞪大眼："我向往丽娜？滑天下之大稽！你是一直针对我、排挤我、嫉妒我的那个人，谢谢！"

"哈哈，真是可爱的宝宝。你有什么值得我针对的？你成绩有我好吗？你有愿意为你的未来负责的男朋友吗？就凭你的家境？我呸，三十年后再看谁混得更好，再来秀……"

听她们俩吵成这样，梵梨反而觉得有些欣慰。学生时代可真简单，为了这点鸡毛蒜皮的事都可以脸红脖子粗。她低头用餐结束，便放下筷子先行领成绩单了。

圣耶迦那大学学生的成绩单都是保密的，要一个个排队去教授的办公室领。

给梵梨发成绩的是文南教授。进入办公室的时候，丽娜和琉香刚好领了成绩单。看见梵梨进去，琉香故意拽着丽娜不离开，饶有兴致地等着看她的笑话。但

075

站在梵梨的身后,丽娜看见她大片垂落背心的头发,只觉得这个背影实在太眼熟。

她想起了小时在圣耶迦那看见的一幕。当时,那个女人不带感情地对在场的宗主与海域执政官说:"你们认为我没有资格挑战这三千多万年的制度,但两亿奴隶、十八亿海洋族的求救声会告诉你们答案,我手里有全光海超过一半奴隶主的控制权会告诉你们答案,时间会告诉你们答案。历史的车轮在前进,总有一个人会做这件事,不是我,也会是别人。所以,让我们拭目以待吧。"

苏伊的外形就是丽娜梦想中女人最完美的模样。但她身上令丽娜感到震撼的部分,恰好与她的美貌没有任何关系。见过她本人,是丽娜这辈子最骄傲的事之一。留这一头红色的长卷发、攻读奥术学位,是因为她。丽娜一个严重的种族主义者,却对成绩好的海洋族十分宽容,还是因为她。

丽娜发现,不知从什么时候开始,梵梨的发型、身材、气质,和苏伊都高度重合了。

"梵梨,这个学期你的成绩是年级第一。"文南教授把成绩单递给她,"你确实是很优秀的学生,但上个期末你的搏击成绩不行,一整个学年还是没有达到我们约定的标准。"

"退学是吗?"梵梨接过成绩单,扫了一眼,"行,我退。"

文南教授本以为她会认个错,没想到她这么硬气,有些意外,但也下不了台阶了:"以你的奥术实力,离开大学一样可以找到很不错的工作,但……你喝了什么?"

梵梨喝下了一小管魔药,把试管丢到了垃圾桶里,转过头来。然后,她的脸孔以肉眼可见的速度在改变。直到最后完全定型,文南教授吓得尾巴一软,靠撑着课桌才站稳身子:"我的……米瑟神啊……"

文南教授以前只在天照阐幽见过苏伊院士一眼,有幸与她聊上几句,后来因为仰慕她,申请调到圣耶迦那大学工作。得到入职证明那一刻,文南教授那种雀跃的心情,让她感觉自己又变成了七八十岁的孩子。遗憾的是,她在奥术院只是挂名工作,文南教授来到圣耶迦那以后,她早就不怎么出没了。

丽娜和琉香绕到梵梨前方看过去,都和文南教授一样惊呆了。

"抱歉,文南教授,最近给你添了不少麻烦。我只是想跟你说一声,这一年我观察下来,觉得你是最适合接手奥术院的学者。所以,以后的研究要麻烦你了。相关手续已经安排好,你届时直接联络我的助教即可,他们会来接待你的。"梵梨看看墙上的钟,握了一下她的手背,"我得走了,后面的事拜托你了。"

这时,门外的凯墨和艾伦等人早就不耐烦了,径直闯进来,都被琉香和丽娜

Chapter 33 太阳与业火

的样子逗笑了,本想嘲笑一番,但看见梵梨回过头来,也都露出了同样的表情。

"苏……苏伊院士?"凯墨被吓到了,但是更多是被美到了,"我看到了苏伊院士本人!"

艾伦想故作镇定地拍拍凯墨的肩,但不小心拍到了门板,痛得"嘶"了一声。

梵梨游到办公室门口,刚好碰上了夜迦。她上前去抱了夜迦一下,低声说:"战争结束后见。谢谢。"

夜迦先是一愣,笑了起来,拍拍她的背脊:"等你回来。"

梵梨游出了圣耶迦那大学。直至她离开后三个小时,学生们都在激烈讨论着"见到了苏伊院士本尊"的话题。

这一天是燃烧时代24731年7月1日,梵梨踏上了回到风暴海的旅途。同日,回忆神殿竣工。

得知这一消息,苏释耶在办公室安排新闻秘书预约媒体,打算近日便公布与梵梨的婚事。但行程安排到一半,佩莎突然拿着通信仪过来,难掩神色中的慌张:"独裁官大人,刚才斐理镇酒店总经理来电说,他们在你房间的洗手间里找到一把精工小刀,问那是不是你们的。"

"小刀?"苏释耶迅速回头。

"然后我说我们路上应该没带刀,他们又说弄错了,是梵梨小姐向前台借的。借刀时间是你们退房前一晚,凌晨两点四十左右。"

有很长时间,苏释耶都没有任何反应。新闻秘书也不敢说话,只是目光反复在他和佩莎之间移动。苏释耶摸了一下耳朵,脸色苍白。他拿着通信仪,眨眼便消失不见,只留下满室泡泡。

在海域交界处,梵梨从舱内出来。不远处,印着阳光雄狮徽章的风暴海军舰前,一名中校和四名禁卫士兵正在等候。将军对她行了左手礼,向军舰门摊开手:"苏伊院士,加斯少宗主命我们来接您回吠陀,请入舱吧。"

梵梨的通信仪响了,冒着蓝光的名字"苏释耶"一闪一闪。她手心冒起一团冰雾,将通信仪环绕,把通信仪冻出了金属断裂的声音,直至通讯光完全消失,机器损毁,她把它递给中校:"麻烦处理一下,谢谢。"

她钻入舱内,看见了正襟危坐的白发男人。他一向如此,有着军官式的英俊,也有着军官式的不苟言笑。

"希天?"她看看外面的将军,"你不是说,他命你们来接我……"

"他自己也跟过来了。"中校笑着耸耸肩。

希天起身游过来,一把抱住梵梨。他的拥抱和本人一样冷硬,力道很大,勒得她有些喘不过气来。但与苏释耶不同的是,他从头到尾都没说一个字。梵梨笑着拍拍他的背:"还是这么不会表达感情啊。说一句'欢迎回来'有这么难吗?"

"东西拿到了吗?"

"没有。"

"那就有些棘手了。"希天皱着飞扬的长眉,"没事,再想别的办法。"

"逗你的。我怎么可能忘记这么重要的步骤。"梵梨举起两枚金色耳坠,"如果没有这个,这一仗会打得很吃力吧。"

"很好,苏释耶完了。"希天笑了。

追忆碎片十二

24684年,圣都党成功收复了复活海。但是,复活海有一些残留死士,以血肉之躯与圣耶迦那的军舰武器硬碰硬。他们采取游击战术,圣都军靠近,他们就跑,圣都军跑了,他们又来,就逗留在圣耶迦那边境东杀杀西杀杀,还是弄死了好几百号人。光脚的不怕穿鞋的,在什么体系下都是定律。但哥哥"军神"的头衔也不是吹的。他兵分三路,很快把游击队一网打尽。这一场战役异常血腥,暴力美学爱好者多半都能成为他的粉丝。

战争还没完全结束,哥哥又跟像打了鸡血一样搞经济,让人怀疑他有八爪鱼血统,而且每个爪子上都有脑子。他用兵如神,用人也如神,连奥术研究院的项目都要亲自过问。有时他甚至会直接布置我的工作任务,详细到让我怀疑他在研究院装了二十四小时监视器。所以,圣都党海域内的经济恢复得跟飞一样,没两年就又进入一片欣欣向荣的景象。

圣都元老们一开始对他颇有微词,后来都改口了,有一部分甚至认为,若苏释耶有朝一日统一全光海,必无一分侥幸。

元老们大部分都信奉时势造英雄论,这已经是他们能给出的最高赞誉了。但他们给他的赞誉越多,我的压力越大。因为我已经不打算跟他干了。

临冬海叛变后,复活海局势不稳,风暴党逐渐占了优势。风暴海原本就有老牌帝国主义的架势,这下军心振奋,士气高涨,和圣都党多次产生摩擦,都在等待那一场真正的决战。

之后,我一直都在搞军事奥术研究,并告诉哥哥我会努力为他做事,减少下一次战争的伤亡。他把我分配到了光海军事研究部,担任首席魔药师。但首席魔药师还是专注学术的职位,我没什么机会接触核心军事机密。但我不催任何人,尤其没有催哥哥,只静候时机。

复活海被征服以后,在战略与经济上都失去了目标,也没了需求。借着这个机会,我只用3.4万浮就向他们买下了十五张生化武器数据、奥术装备设计图纸,但并没有把它们上缴给研究部。

24696年,圣都军队假装追击风暴军队,却扭了个头向红月海投九号深潜生化铀弹,落亚被炸出一个深坑。紧接着,哥哥给红月海盖了全光海最奢华的酒店。这一番操作当时很多人都没看懂,还以为圣都军真的误投了,想和红月海修复关系。但我知道了,哥哥下一个目标是红月海,而且打算搞迂回战术。

红月海毕竟是七海里最有钱的一个,经济体大约是圣耶迦那的三分之二,教育水平与圣耶迦那基本持平,军事实力仅次于风暴海,如果用对复活海那种推土机的方式去推它,恐怕刚推完,风暴海黄雀在后,就能一口就能把圣耶迦那吃了。而且,红月海就像是一块松松软软的美味大蛋糕,硬打下来坏了也没法吃,不如想办法把它磨到手。但要红月海死心塌地是不可能的,它也是最认利益的海域。为了收红月海,哥哥施展了一套又一套软硬兼施的外交手法、军事演习、谈判技巧、互利协议,让我深深感受到了"最优越的政治家必然戏精附身"。

举例说来,哥哥从当兵起养成了晨游五十公里的习惯,从政后依然保持。融入以太之躯后,这个数据翻了一百倍。即便是对他现在的体质而言,这运动量也不小。每个清晨结束锻炼后,他会在圣耶迦那海族公园里休息。消耗大量能量的时候,生物的精神会处于一个很放松的状态。掠食者会选猎物长跑后发动进攻,记者们也会蹲在海族公园,选他长游后发问,以求得最诚实的答案。以前哥哥休息时间很短,不接受采访,但打了红月海的主意以后,他都会很放松地和记者们聊上二三十分钟。众所周知,哥哥是个颜值很棒的男人。当他脸上露出放松多情的微笑时,记者们知道,他说什么都可以信。但他们不知道,哥哥每天睡觉前都会背演讲稿,就是背给红月海媒体听的。

我觉得,等哥哥连任结束,去当作家写一本《我与红月海的往事》,肯定能成为全光海畅销书前茅,不愁余生收入。

24726年,我成为了光海军事研究部的副监察官,拥有查看光海最高机密武器库的权限。又两年后,我搞到了九号铀弹和所有圣都党核心战舰的性能数据和图纸,然后找哥哥进行最后的谈话。

那是他准备访问菩提海的前一晚八点半,我回到白鹰宫殿,去了他的书房。

"梨梨,你回来了?"他放下手里的东西,有些惊喜地看着我。

"有一件事,我已经好奇很久了……但你总是不给我答案。"我顿了顿,"我是海神族吗?"

"嗯。"

"那你现在弄那个造物熔炉,是打算把我也杀了吗?"

其实,在有康乃馨前车之鉴的情况下,提出这种问题很危险。但我总觉得哥哥不至于那么丧心病狂,只想找和平解决的方法。

哥哥错愕地停滞了两秒:"……你都知道了?什么时候知道的?"

"我只是猜测。"

深蓝分裂成七部分以后,成为七个始祖宗神。每一个宗神身上都有深蓝魂片。宗神死去以后,每个魂片留在了各自宗族最机密的宝库中。风晋在信里说,苏释耶曾找她询问过圣提宗族魂片的去向。之后没过多久,他就打造出了造物熔炉。造物熔炉的作用是将原本分裂的碎片凝聚在一起,启用原始奥术之力。联想苏释耶想要统一光海的愿景,他寻找魂片的动机,还有打造巨大熔炉这事本身,风晋很快推测出了,他想要启用的原始奥术之力,就是深蓝之力。届时,所有海神族都会进入熔炉,灰飞烟灭。

"都是风晋告诉你的吧。"苏释耶笑道,"她大概没想到你是个直性子,会来问我,所以捏造了这个事实,想骗你与我对抗。"

"啊?是她捏造的?"

"梨梨,我怎么可能会想害死你呢?"我刚松了一口气,他便又说出下一句骇人的言论,"造物熔炉,只会让七大宗族都消失而已。你不是宗神后裔,不会消失的。"

我微微张开嘴,却觉得大脑里严重缺氧,失去了思考的能力,半天才吐出一句话:"……你疯了?"

"我打算做三件事。"哥哥淡淡地说道,"第一,把海神后裔全部丢进熔炉,启用深蓝之力,重造新的海族;第二,所有海洋族全部可以自由选择晋升为捕猎族;第三,管制海神族,如果他们不听话,也进熔炉再造。所以,你老说我没为平权

Chapter 33 太阳与业火

做些什么,其实我只是想给你一个惊喜而已。"

三场亿人血祭的大屠杀,被他说得如此云淡风轻。

不是万人血祭,是亿人血祭!

最可怕的是,他越是平静,就说明思考的时间越长、预谋越久,这件事他就越是志在必得。他现在是一个冷静的疯子,我不能跟他一起疯:"你忘记七宗族里有多少朋友了吗?"

"我知道。"苏释耶沉吟了很久,"可是,这件事是必须做的。"

"为什么?"

"我不知道原因,我只知道自己得做这件事。"

"是谁告诉你的?"

"我的身体。"

"因为你的身体有杀戮本能。哥哥,你清醒一点,尊重我们的神做出的决定吧,如果深蓝的最终目标是让你复活她,当初为什么又苦苦分裂呢?"

"我想,神也不是完美的吧。"他站起身,慢慢游到窗前,看着窗外游过的抹香鲸,瞳中反射着粼粼水光,鼻梁上也流动着一层层波光,"从原子到海族,自然界里的一切都在演化。演化是宇宙中最强的力量,任何物种都会消失,但能量是永远守恒的。这些演化失败的物种只是回归原始,重新排列组合罢了。海神后裔全部加起来也不如深蓝,他们在腐化,在奴役着更弱的种族。平等已经不可能了,只能等深蓝之力来改变这一切。"

"怎么可以说海神后裔在腐化呢,他们只是进化很慢而已。"

"不进化的东西,留着没有意义。"哥哥把手指放在玻璃上,玻璃后是深黑的夜晚,玻璃上清晰地倒映着他的影子,"不应该存活于这个世界上的生命,会失去繁衍下去的资格,应该被自然选择遗弃。"

我知道他在想什么。他曾经是弱者,被自然选择抛弃,所以等他强到可以影响自然选择时,非但不会有同理心,还会把同样的"奴役"施加给弱者,心态与卡律公国那些星辰海裔海洋族很相似。

"海神族不是不进化,只是进化很慢。"我摇摇头,上前一些,"越不完美的东西,越容易演化。越完美的东西,越不可能改变,也就是越难继续演化。我相信你是一个善良又有理想的人,你有办法让这个世界变得更好的,换一个温和一点的方式来处理,可以吗?"

"大家都这么说。但梨梨,你知道我其实并不是这样的人。"他冷漠地望着窗外的圣耶迦那,"如果可以,我不介意让光海所有生命都消失,只剩下你和我。"

此刻,光海神殿的钟声响了。数头鲸鱼闻声过去,绕着钟楼徐徐旋转。神殿上方,深蓝的塑像被流动的奥术金光照亮。她头戴海洋之主的神圣冠冕,头发藏在厚厚的纱中,双手抱在胸前,微微颔首,眉头轻蹙,神情悲悯,像是在怜爱世界,又像是在忏悔,又像是痛失孩子的可怜母亲……等金光流过,这个塑像又沉寂在了黑暗中。映入眼帘的,还是圣耶迦那之夜的满目繁华。

我打了个哆嗦:"如果所有生命都消失,只剩下我们,我们就算能活下去,也不会开心。我还是想和哥哥一起生活在现在的世界里。它还没有那么不可救药。"

苏释耶再次陷入了沉默。过了很久,他慢慢回过头来,与我视线相交:"我知道了,我会认真考虑的。"

听到他这个回答,我就知道没戏了——他每次说"会考虑",都是敷衍。

事实与我预测的一样,"造物熔炉"的启动计划并没有停下来。他也没再和我提这件事。我终于认清了一个事实:这个男人如果只是被权力冲昏了头,都没有现在这样可怕。现在他似乎能把自己的欲望控制得很好,但思维异于常人,已经疯了。

我和加斯希天通了一次电话,说自己有意投靠风暴党,问他们是否接受。他答应了,没问理由。我有些意外:"你就这么相信我了?"

"我相信你对苏释耶的忠心。在他弱势的时候,就算有人拿枪指着你的头让你离开他,你会选择赴死,连眉头都不会皱一下。你陪他一路走到现在,终于助他登上了光海巅峰,如果不是他做了太多让你失望的事,你不会选择离开。而且,看看他这些年的疯魔行为,我也不难猜到你对他失望的原因。"

他的评价很客观,一点煽情成分都没有,却字字说到了重点,几句话就简短概括了我和哥哥的前半生。我不由笑了:"加斯少宗主居然如此精通人性?厉害。"但笑着笑着,泪水就流了出来,而且越是笑出声,泪水就流得越多。

是啊,我曾经是真心对苏释耶的,既爱他,崇拜他,又无怨无悔地追随他……再往前,在斐理镇的上万个日夜里,我们曾经睡在一张床上,两只小手牵在一起,一觉就到了天亮。他曾经是点亮我人生的太阳,现在却是我不得不扑灭的业火。是什么让我们走到今天这一步的?

"直男癌也有厉害的一面,没想到吧。"希天冷哼一声。

他一点没笑,我却被逗笑了:"你是我肚子里的蛔虫吗,我在心里吐槽什么你都

Chapter 33 太阳与业火

知道。"

"呵,你那点小心思。"

"告诉你一个好消息,我可不是只带个人来就完事,我还有很多圣都党的……"

"不用。附加条件不重要,我只用忠诚的人。你要对自己的忠诚有信心一些。"希天还是很酷,"说说你的要求。"

"战胜之后,我想推翻奴隶制度。"

希天沉思了几秒:"来吧,我在吠陀等你。"

当晚,我在床上辗转反侧,钻到牛角尖里出不来了。如果我叛变,去了风暴海,之后该做什么事呢?和风暴党一起联合攻打圣都党?最后说不定还要跟星辰海和菩提海开战。我的青春,我的童年,全都是在这些地方发芽的。

需要制裁的人只有苏释耶。虽然他和整个光海密不可分,但只要他从独裁官的位置上下来,或者彻底消失,我就不用背叛自己的朋友、故乡,就不会再有那么多的伤亡。

这个月我冻了十五颗卵子,存放在奥术院,交代他们,如果革命失败,可以用我的卵子培育后代。然后,我才开始了下一步的动作:花了九十五万浮,聘请了圣耶迦那黑市里最顶尖的杀手,去狙击苏释耶。

在1.7公里外的图书馆楼顶,杀手蹲等了苏释耶一个早上,终于等到他从光海大法院里出来,用博比特虫毒素狙击枪瞄准他的额心。他原本与人谈笑风生,但这一刻,却不疾不徐地抬起头来,目光漠然地看着杀手的方向。杀手以为自己产生了错觉,但不管停滞多久,即便旁边有人喊苏释耶离开,苏释耶也没动,还轻轻偏了偏头,看着他。

杀手满头大汗,还是大着胆子摁下了扳机。毒素子弹飞出,直击苏释耶的额心。然后,苏释耶伸出食指和拇指,接到了那颗子弹。

杀手惊呆了,本想逃跑,但控制不住自己看下去。他看见苏释耶把那枚灌满毒素的子弹丢到嘴里,轻轻咬碎,一口吐在地上,就像在吃一颗难吃的糖一样。杀手终于落荒而逃。但眨眼的工夫,苏释耶已经出现在了他身边,掐住了他的喉咙,把他拎了起来。

"你如果自杀,我会查到你家族谱,全杀。"苏释耶说道,"说,是谁派你来的。"

杀手还是自杀了。但他随身携带的监视器把这一切都录制了下来。我知道自己的身份藏不了多久了,用最快的速度打包好东西,逃向风暴海,和加斯希天讨

论联姻事宜。

希天想和我结婚的理由很简单：我在圣耶迦那、菩提海和星辰海都有很高的威望，一旦苏释耶下台，公开我与他订婚的事实，更有利于风暴党获得圣耶迦那的统治权。理由满分，我毫不犹豫接受了提议。

订婚仪式举办得很低调，只有加斯宗族和风暴海政府的高层参加。订婚宴举办之前，加斯希天把通信仪递到了我面前："苏释耶有话要跟你说。"

"苏释耶？"我用口型说了这个名字，没发出声音。没想到他会直接联系希天。

通信仪另一头安静了一会儿，苏释耶的声音响了起来："苏伊，你会为今天所做的一切后悔的。"他停了一会儿，没得到我的回话，又平静地说道，"你等着。"

我始终没有说出苏释耶的秘密。因为，这个消息一旦放出来，不是所有人杀死苏释耶，就是苏释耶杀死所有人。之后，我把自己掌握的军事情报递交给了加斯宗族，包括九号铀弹的秘密、载弹量660千克L-13圣都军舰的图纸、824级奥术动力轰炸艇、M240突击毒素枪、星辰自动导弹发射器等等。风暴海军事研究部立刻投入了研究中。

可谁也没想到，24729年5月7日，琉璃军团的炮舰携带着九号铀弹，径直从圣耶迦那开向了风暴海。谈判代表发来了信号："三日内交出苏伊院士，否则我们就向风暴海连投五枚铀弹。"

现在绝不是风暴海与他们决战的时刻。于是，我让希天放消息说我离开了风暴海。可苏释耶认定我一定还在希天的庇护下，开始在风暴海附近搞军事演习，以各种方式拦截风暴海的货舰，试图挑起战争。

我只能开启了又一次的逃亡。这一回，我躲到了风暴海哈里真郡薄伽市，伪造了个全新的身份，参加了一次高中毕业考试，直奔红月海去了。我也不知道苏释耶到底有多少眼线，连我在薄伽市办了个证都能查出。我前脚才离开风暴海，圣都红衣卫后脚就追杀到了薄伽市。

我只能使出撒手锏。24729年7月15日夜，我先打了一通电话给小兰，又在红月宗神宫门前，打电话给了多年未见的老同学——

"夜迦，我逃不掉了。"

追忆碎片十二结束

Chapter 34 鲸落

转眼间,距离那个求助夜迦的夜晚已经过了两年。

24731年7月4日,风暴党的军舰缓缓驶入吠陀境内。这是一座在海底山上精雕细琢的石之城。从两千多万年前开始,风暴海的海族们就在岩石上切割洞穴,一点点修筑成了石巨人般的建筑。仅仅在这座城市里游动,仿佛都能听见修建石城"叮叮当当"的敲打声。

风暴海是白点河豚族的大本营。白点河豚是最会筑巢的海洋生物,能打造繁复多样的水下建筑,其精美性堪比风景园林大师奥姆斯特德,或是现代主义建筑大师高迪。因此,海族里的白点河豚族也是盛产光海著名建筑师的族群。在吠陀市,无数著名白点河豚族建筑师完成了最为坚固的构架。在这些山石雕刻建筑室外,又有无数来自复活海的意识流雕刻家雕出栩栩如生的塑像——敬神者、忏悔者、舞蹈者、海洋生物、珊瑚图案等等。而在室内,建筑通常用重复的造型完成整体的和谐感,连浮雕壁画、门窗、吊灯,甚至床和桌子都是与石块融为一体的。

风暴宗神宫不是一座富丽堂皇的宫殿,却是整个吠陀占地面积最大的建筑,时刻透露着被海水与岁月浸泡的磅礴沧桑感。在贵宾接待厅,加斯宗主夫妻亲自请她和其他宗族成员吃了晚饭。他们的礼节并不烦琐,但相当庄重。即便是用餐时,也要正襟危坐,大家依次恭喜梵梨取得阶段性的胜利时,就变得很安静了。

"对了,我听说了一个情报。"加斯希天的弟弟突然说道,"星辰海执政官和兰迪玫瑰搞在一起了,这对我们来说是不是好消息?"

梵梨倏地抬头看着他。加斯希天也看向他:"什么意思?"

"苏释耶肯定没对兰迪玫瑰认真啦,但执政官就难说了。他如果因为女人对苏释耶颇有微词,你们说有没有可能也劝降?"

加斯希天蹙眉思考了一会儿,先看了看梵梨,又看了看父亲。

"苏伊,你觉得呢?"加斯宗主说道。

"不要劝。"梵梨果断道,"不要管他们,专注风暴海防御工作。"

"好。"

吃好饭以后,除了梵梨和希天,所有人都离开了。梵梨正准备回房休息,希

天忽然看了一眼她的尾鳍,迷惑道:"这个,不是我送你的婚环吧?是谁送你的?"

"苏释耶。"她老实地答道。

"什么?"希天猛地站起来,"你伪造的那个人类女孩,和苏释耶……"

"对。这部分超出我的预料了,很抱歉。"

"我早就跟她说过,让她不要谈恋爱!"希天气得直拍桌子,"她根本没把我的话听进去!她和苏释耶进展到哪一步了?牵手?拥抱?不会接过吻了吧?"

梵梨沉默。希天的视线转了过来,用一种有些恐慌的眼神看着她:"他们不会已经……"他忽然笑了一下,轻声道,"不可能,你是洁身自好的女生,你创造出的人类也会洁身自好的。她肯定没有犯过错,对吧?"

梵梨提起一口气:"希天,我……"

就在这时,希天的秘书带着六名军人出现在了门口。秘书用手快速叩门五下,意味着有最高优先级的事要汇报。希天调整了一下情绪,重新坐下来,示意他们进来。秘书施展隔音术,弯下腰在希天耳边说了几句话。得到希天首肯,他对那几名军人做了个手势,军人们整齐地游进来,在地上放了一个小型幻影仪。

"圣都军向风暴海进军了。"希天看着前方说道,"他们那边的谈判代表似乎想和我们进行幻影对话。"

梵梨笔直地站在他身边,不怎么意外:"他必须得打闪电战,不然耗得越久,他的身体状况越差,战况对他越不利。"

"……要决战了吗?"希天原本眯着眼睛,但随后幻影逐渐浮现,他坐直了一些,眼睛微微睁大,"怎么回事,本人?"

梵梨也震惊了——面前的幻影不是谈判代表,而是苏释耶。没了焰之眼,在圣耶迦那每待一分钟,他的体能都会受到严重损害,只能尽量待在奥术能量少的地方。但奥术存在光海的每一滴海水中,所以他脸色很苍白,讲话前还按了一下胸口:"梵梨,我就知道你在风暴海。"

想到梵梨的婚环,希天心里不舒服极了,挡在梵梨面前,也想挡住她的婚环:"你找我未婚妻有什么事?"

"你的未婚妻?"苏释耶又下意识按了一下有些窒息的胸口,看向他身后,"梵梨,你出来,跟加斯少宗主说说看,你还是不是他的未婚妻。"

梵梨游了出来,态度同样冰冷:"苏释耶,投降吧。"

看见她美丽的深蓝眼眸,令人心动的飘逸长发,一股无名火从苏释耶心底往上涌,几乎把整个脑袋都烧了。

"所以,你从头到尾都是梵梨,就没有什么人类女孩范梨。"苏释耶轻笑一下,"你这个荡妇。"虽然笑着,但后面的话几乎是从牙缝里说出来的。梵梨浑身都僵硬了。

"苏释耶,注意你的措辞!不要羞辱我的女人,否则你死得太惨可别怪我!"希天怒了。

"梵梨,你觉得我是在羞辱你,还是在说实话?"苏释耶扬了扬眉,"你说,一个女人跟一个男人才订过婚,就无缝衔接去跟另一个男人结婚,算不算荡妇?"

希天预感很不好,只是看着梵梨,脑中有些混乱:"你让苏释耶碰你了?回答我的话!"

虽然变成人类后,她和苏释耶并没有发生什么,但她和苏释耶更早的时候就已经……她已经做好受死的准备,淡淡地说:"独裁官大人,你尽管骂,骂完了投降,我会劝他们免你一死。"

"苏伊,我再问你一次。"希天焦躁地说道,"你和苏释耶是不是……"

"没有。"

说这句话的人不是梵梨。她错愕地看向苏释耶。

"这就是苏伊院士的无耻之处。"苏释耶冷冰冰地说道,"她骗你跟她求婚,但不让你占便宜。"

希天放松很多,得意地把梵梨往自己身边揽了一些:"苏伊是很自爱的女人,你也占不到她的便宜。"

梵梨静静地与苏释耶对望着,觉得心中最脆弱的地方被击穿了。她不敢把头转向希天,怕他看出她神色中的异样:"希天,我想和他单独说几句,可以吗?"

"行。"希天出去了。

希天带着其他人出去后,梵梨在桌旁游了两圈,然后抬起头:"你现在还是不愿意放弃造物熔炉的计划吗?"

"不可能。这是我一定要做的事。"

"为什么?"梵梨有些生气了,"你这样不光会让海神后裔消失,还会让整个光海的政经体系崩塌!你是独裁官,比谁都清楚海神后裔数量虽不多,影响力却是巨大的,不是吗?"

"你不要再说了。如果你今天是想来阻止我这个计划,只会白费力气。"

"为什么?为什么啊!"

"都是为了我的一己私欲,你问那么多做什么。"

"我不相信你是这样的人!我们再坐下来好好沟通一下,可以吗?"

苏释耶很想跟她说出熔炉计划的另一个原因,但最近就她对这整个计划的反应,他知道他们确实不是一类人。就算告诉她,也不会改变彼此的立场。于是,他轻笑一声,态度变得更冷淡了:"还有别的事吗?没事的话,战场见。"

"行,你放弃沟通,不管你是为什么目的,你在光海的革命之路已经走到头了。投降吧,交出独裁官的位置,不要再执迷不悟了。"

"投降?回去坐在牢房里,被剥夺终生政治权,同时恭喜你和加斯希天新婚快乐?"苏释耶笑了半天,突然大怒,"你是怎么做到这么不要脸的?和你未婚夫勾结起来搞我,策划着婚期,却钻在我的怀里,娇滴滴地说着你爱我!"

脑袋"嗡"的一声,但她极力维持镇定:"用这样的方法很奏效,不是吗?"

苏释耶又笑了起来:"这种话你在我面前说得可真硬气,那刚才为什么这么怕你未婚夫知道呢?你知道他的个性。他如果知道你跟我睡过,是绝不会原谅你的。"

梵梨被他说得脸上红一阵白一阵,但还是嘴硬道:"被多偶的苏释耶大人强迫发生关系,我也不想的。"

"你给我闭嘴!你天天在我面前转,我跟谁多偶了?"苏释耶按着胸口,激烈地咳了几声,"现在你说是被我强迫的,是吗?梵梨,你既然不爱我,为什么要骗我?除了你我什么都看不到了,结果我被蒙蔽的时候,你可以这样毫无负罪感地在两个男人之间周旋,你……难道你就没有一点点不舍?"

"没有。对不起,我不纠结儿女情长。"梵梨一动不动。

"哈哈,对,我的错,我纠结儿女情长……我什么都没做错,就错在爱上了你这个冷血无情的女人。"苏释耶自嘲地大笑起来,又咳得很厉害,他提起一口气,原想再说点什么,但眼眶红了一圈,好像控制不住情绪,就把通信仪关了。

"苏释耶!"望着消失的通信光线,梵梨气得狠狠一咬牙,把桌上的玻璃雕塑扫出去,摔了个粉碎。

苏释耶看着很惨,下手却一点也不温柔。自24731年7月6日凌晨起,圣都军团和琉璃军团开始联合攻击风暴海。导弹、炮弹、炸弹在海中频频爆炸,摧毁了无数城市与村庄。虽然吠陀早就做好了军事防护,但面对苏释耶火力全开的攻击,风暴海大部分遭到攻击的城市还是被轰得满目疮痍。7月10日,连续两日的海啸让

Chapter 34 鲸落

风暴海才喘了一口气,裂空海与临冬海的风暴党援军、菩提海与星辰海的圣都党援军也陆续赶到,多方军队在风暴海上方海域及周边激烈交战。奥术魔法与毒液齐飞,苏释耶下令扔下了第三颗九号铀弹,海中碎石滚滚,火光冲天,大片风暴海住民还没回过神,就葬身于炮弹之中。

吠陀表面上看去毫无动静,其实内部早就乱成了一团。军方频频报来噩耗,又有几座城市沦陷,多少人死亡,多少艘军舰报废……每一条都是在暗示加斯宗族应该下达指令出城迎战。希天有很多次坐不住,都向梵梨投去焦虑的眼光。梵梨只是摇头:"不是时候,再等。"

"听到了吗,再等!"希天不耐烦地挥挥手。

苏释耶曾经下过一条禁令:不经独裁官允许,圣都党任何军队不得对外海平民发起进攻。但其实这一条,他特指风暴海首府吠陀。原因他跟梵梨说过:吠陀是风暴党最后的根据地,轰炸它会制造最大程度的恐慌,只适合留到致命一击时。按照苏释耶以往的风格,他一定会慢慢打下风暴海的周边城市,从根本上动摇风暴党的军心,再动吠陀。但这次他的身体和心理状态不允许他这么做。

"进攻目标直指吠陀!"在圣都党指挥室内,琉璃军团大将军暴跳如雷,"杀了一万个吠陀市民,加斯一窝狗贼才会求饶。我们这一回连独裁官大人都亲自出马了,还磨磨叽叽什么?"

"不行,绝对不行。"艾泽使劲儿摆手,"如果我们不摧毁风暴海的各大基地,贸然直袭吠陀,等于把我们的部队架在火上烤啊。到时裂空海和临冬海如果在吠陀周边对我们展开围攻拦截,我们不仅没办法轰炸吠陀,还很可能落单进入险境,太冒险了!"

"可是,苏释耶大人撑得住吗?"大将军脸朝苏释耶的方向偏了偏,眼睛瞪得跟铜铃似的。

两个人一起看向苏释耶。苏释耶坐在椅子上,背脊是直的,但因为身体能量急剧缺失,脑中一片混沌,嘴唇已经白得跟脸色差不多了:"问阿诺,阿诺知道该怎么做。"

"苏……苏释耶大人,谈将军已经战死快五十年了啊……"艾泽小声道。

是啊,现在是24731年,阿诺早就不在了。苏释耶从桌上取下小匕首,在大腿上刺了一下,周边海水变成了红色。他紧紧蹙眉,脑子清醒了很多:"不打吠陀,继续袭击他们的军事基地。"

过了两天,风暴海又有七座城市沦陷。上方援军打得正激烈,难免误伤海底平原和天然岩架上的城市。

"这样打下去,风暴海可以降雄狮旗、升猎鹰旗了!"连加斯宗主都忍不住发怒了,"苏伊院士,你到底在等什么呢?"

梵梨看着屏幕里的一条条战报,眼睛高频眨了起来。她心跳很快,手指握紧了又放松,放松了又握紧,陷入了深深的不确定中。

苏释耶怎么会这么有耐心?他还能这么清醒,要把风暴海的基地一个个打下来?不,对他现在的状态来说,拿下风暴海绝不是他的目标。他没有做好和风暴海决战的准备,是她偷走了焰之眼,激怒了他,才有了这一战。他必须闪电战,不然他会输。她赌他没有这个耐心。

"继续等。等他们打吠陀。"

"什么?"加斯宗主震惊道,"为什么?"

梵梨没有回答。不过几秒,他明白了,如果圣都军袭击吠陀,风暴党就可以在全光海得到其他海域的同情,站在道德制高点上反击,还能削弱敌对援军的士气。而且,吠陀的军事防御最为强大,如果圣都军将目标转移到吠陀,可以减轻其他地区受到的摧残,舰艇站、雷达站、海防设施、军事基地也能得到短暂的休息,恢复元气。

梵梨补充道:"吠陀太远,有一半的圣耶迦那战斗舰都超出了攻击范围。缺乏它们的护航,轰炸舰过来是很脆弱的。他们没有机会投铀弹。"

"继续等!"希天命令道,想了想又说,"还有,下令将东部第11、12、17大队全部调离风暴海,全力出击,突袭圣耶迦那!"

因为圣都军主力都在风暴海,圣耶迦那防御薄弱,回防也来不及,苏释耶更回不去,圣耶迦那陷入了燃烧时代最大的恐慌与灾难中。

但这没能影响到苏释耶的意志。梵梨每晚都睡不好觉,好不容易陷入轻度睡眠,很快会被远处连续的爆炸声吵醒。那些爆炸在当地都是毁灭式的,但在她这里听来就像冒了个气泡。这细微的声音也让她戳棘,极度缺乏安全感,好像世界小到无处可逃。但同时,她又希望这些声音早些过来……

某一刻,她想起一件事:没有生育功能的小白脸、生育能力极强的糙汉子,在雄性世界的评价里一直都是两个极端,前者受尽唾骂,后者被男性敬仰。星海

Chapter 34 鲸落

小时候不管怎么"钢铁直男",都还是没法避免被人归为第一种。他讨厌自己原本的身体,讨厌自己白皙漂亮的皮囊,讨厌自己的出身,甚至讨厌星海这个名字,但他成为了独裁官以后,还是有意无意护着他的家乡,星辰海。这就很矛盾。

梵梨有了一个新的战略方针。

"希天,派遣一支部队,全力向星辰海斐理镇进军,快抵达的时候高调一些,让苏释耶知道。"

战争进行到这个阶段,风暴海各大基地的损伤已经到达了临界点。如果苏释耶坚持现在的打法,破坏风暴军战斗舰艇的指挥系统,最终霸占风暴海的制海权是必然的结果。

幸运的是,圣都党真的派遣了五支部队杀回星辰海,剩下的全力驶向吠陀领海,投射大规模杀伤性武器。这一行为彻底激起了战斗民族——风暴海海族血液里的愤怒,全民士气大涨。又因为圣都党攻击目标的转移,风暴军全基地也终于有机会喘一口气,起死回生。

加斯希天在吠陀进行了一次直播全海域的演讲。群情激昂,呼声响彻海洋,摇撼了海底山脉,连几千公里外的鱼群也因此溃散逃亡。

圣都党的主力部队刚一靠近,吠陀军就倾巢出动,全力以赴。比起早就疲惫不堪的圣都军,吠陀军养精蓄锐到现在,简直像刚成年的雄狮,很快就击落了四百多艘战舰。

苏释耶崩溃了。在火焰与生命中,这一战风暴党敲响了胜利的鼓鏊。

梵梨最后押注成功了——斐理镇是苏释耶的软肋,是他的脆弱、伤感、童年阴影、内心深处的唯一光亮以及最美的回忆。

苏释耶因为身体状况极其恶劣,与大将军待在了吠陀境外。但琉璃军团全员都意识到了,轰炸吠陀是致命的错误。苏释耶神志不清,他们也失去了精神支柱,大将军下令撤军。但是,苏释耶的战舰撤退,风暴军却跟鳖似的咬住了它的尾巴,一路追杀它,不死不休,把它追赶到了风暴海的中央十字路口。

一切都在梵梨的算计之中,她就在天然岩架上等着他。

战舰被击毁的那一刻,岩壁上烟尘四起。大奥术师施展了禁术后,战舰被圈了起来,风暴海士兵们涌过去,撬开了舱门。琉璃军团大将军和奥达艾泽被扣押出来。梵梨看了看他们俩,瞳孔微微紧缩:"苏释耶呢?"

"报告苏伊院士,独裁官大人还在里面,我……我们在等候您的最后指令。"

梵梨游入了舱内。然后她明白了,那些士兵不是在等她的指令,而是害怕——苏释耶正坐在窗前,悠然地喝着红酒"亵渎的爱",就好像马上能听见下属的捷报一样。他眼神懒懒的,手指在桌面上轻轻敲击,头上仍旧佩戴着象征圣耶迦那最高地位的圣光海羽,看上去高贵不可侵犯。见她进来,他云淡风轻地笑了一下:"终于又见面了,苏伊院士。"

"独裁官大人,请出舱吧。"梵梨对他行了个左手礼。

"其实我不懂,你为什么老想着要击败我?"苏释耶撑着下颌,对她露出一个浅浅的笑,"拥有我,你就拥有了一切。而你需要付出的很少很少,为我生个孩子就好,除此之外,什么都不需要做。"

"你是繁殖狂魔吗?"

"不,我只是想告诉你,当我的女人很轻松,你却选择了一条异常艰辛的路。"

"如果不是因为你在罪大恶极的道路上一路走到黑,我也不用如此艰辛。你只要保证配合我,我会永远替你保守熔炉计划的秘密。"她慢慢游向苏释耶,并向他伸出手,"走吧,我带你出去。战争结束了。"

梵梨虽然个子高,但骨架很小,连手腕和手指都是如此——她的手白皙而修长,指尖细细的,很有女人味。看见这只手,苏释耶想起她依偎在自己怀里时,用手指在他手心画圈的模样。他依然想把她紧拥入怀。但是,他没有力气了,也没有立场这样做,只能淡淡地说:"以后我不再是独裁官了,你是不是会嫁给希天?"

"是。"

"因为他可以继续助你完成你的理想。"

"对。"

"你觉得希天爱你?"

"都到这个份儿上了,怎么还在谈爱不爱?'爱'太飘忽不定了。你可以今天爱一个人,明天不爱一个人,利益却是永恒的。"梵梨深蓝色的眸子就像窗外的大海,美丽而空旷,"我和希天是利益共同体。即便不爱我,他也会重视这份婚姻。"

"是,你说得很对。希天不爱你,所以他赢了。"

苏释耶知道,她现在连谎都不撒了,是因为他失败了,失去了话语权。他低头,自嘲地笑了一下:"你爱过我吗?"

"我爱过星海。"

"回答这句话的人是谁?梵梨,还是苏伊?"等了一会儿,没得到她的回答,

Chapter 34 鲸落

他又笑了一下,"当我没问。"

因为,不管是苏伊还是梵梨,爱的都是星海。曾经他以为,他能战胜自己的过去。梵梨对抗他,只是她钻牛角尖,只要他愿意温柔对她,她一定会被感动。后来他才发现,这个女人太清楚自己想要什么,无法被打动。很多女人可以因为男人的爱变成另一个人,适当放弃一些自己坚持的东西,但她不可以。

苏释耶向来尊重对手,即便对方击败了自己。此刻,他更敬佩她一分。但是,他们之间,也就这样了吧。

梵梨又靠近了一些,还是维持着刚才伸手的动作:"走吧。"

现在,她成功在即,风暴军想活捉他,所以她才变得温柔了一些。可之后呢?苏释耶的体能早已坍塌,但他看看她的手,眯了一下眼睛,忽然体温飙升,撞破舱壁,冲到了海里!

舱壁上留下了与苏释耶一样的人形,边缘是明亮的火焰。梵梨猛地睁大眼,大叫一声:"快逃!"抓着旁边的两名士兵就往舱外冲出去。所有士兵都跟着逃出来,有一名动作慢了一些,刚到舱门处,就听见"砰"的巨响,随着整个发红的军舰爆炸得四分五裂。海水里都是燃料与血腥的味道,士兵戴着手套的手被炸在了他们的脚下。

梵梨和其他人呛得连连咳嗽,却看见苏释耶早就逃到了极远处的山峰上。

"我去狙击他,你们不要动,在这里等我!"她抢过士兵手里的两把射线枪,向苏释耶疾游而去。

海里的奥术把苏释耶的体力榨干了。他跪趴在最高的山峰上,按着胸口,疯狂咳了几声,嘴唇和肤色一样白。脱离了士兵们的旁观,梵梨放松了防备,但也因为放松而陷入了巨大的悲痛中。

这个男人曾经是她的神,她的太阳,她迷茫路途上最明亮的灯塔。他也是她的童年,她的青春,她清楚意识到自己是个女人的无数个心酸瞬间。

而现在,是她或他自己,把他逼无路可逃。

他身后山峰下方是深达八千二百七十四米的陨星海沟,再远一些,下方是深达一万多米的超深渊带,附近没有任何栖息的地方。他连站起来的力气都没有,更别说游过这么远的开放水域。她握紧双拳,让自己不要心疼他:"你在拖延时间,等援兵到来?"

"对。"苏释耶笑了一声,"所以,杀了我吧。杀了我,这一切就结束了。"

"你一路走过来,会轻易放弃生命?你还有什么阴谋,说吧。"

"梵梨,我不是你的对手。"内脏开始破裂,他捂着完好无损的胸口,像在安抚一个包裹着被玻璃碴儿灌满的完整皮囊,然后轻轻咳了几声。血顺着胸腔往上涌,把他嘴边的海水晕染成了红色。他笑了一声:"今天为什么我会在这里一败涂地,你心里清楚得很。我不是你的对手。永远都不是。"

"你只是在麻痹自己,洗脑自己,或者说感动自己。"梵梨刚硬地说道,"我们是一样的人,手里沾上了太多血腥,都向往单纯的另一半。单纯的我们可以相爱,但最后撕下面具,是两个刽子手在相爱。刽子手能有什么爱情。"

苏释耶依然只是笑。

"我没后悔爱过星海,星海确实很好。我知道你也一样,爱的是人类女孩梵梨,不是现在的我。"

"我是爱梵梨,而且一直觉得自己怎么这么蠢,栽在了一个小女孩的手里。但知道你的这一场灵魂交换大戏的真相以后,我不觉得自己爱梵梨很奇怪了。"

"……什么意思?"

"你那么聪明,已经听懂我的意思了。"

"你住嘴。"此刻,害怕已经超过了伤感与愤怒,梵梨的声音微微发抖,几乎是在下命令,"你根本不知道自己在说什么!你跟我一样,只是爱一尘不染的对方而已,不要再骗自己了!"

"是谁在骗自己?"

"你别闹了,一切都回不去了。"

"是回不去了。"苏释耶用最后一口气儿撑起身子,却只是朝陨星海沟的方向后退了两步,"真羡慕你,可以说爱就爱,说不爱就不爱。"

"你不爱我,你爱的是你一厢情愿认为单纯的'梨梨'!而她和星海一样,已经死了!现在你面前只有害你变成这样的苏伊!"她把一把射线枪扔给他,同时用自己那一把指着他,"来,反击啊,你不是想一统光海吗,这么没斗志!"

苏释耶接过那把枪,单手捂着胸口,又咳出了几口血。然后,他把那把枪扔到了陨星海沟里。

"苏释耶,你……你不要以为这样我就会同情你,放你走!"

他抬头,对她微微一笑:"我爱你。"

这句话彻底把梵梨击垮了,她虽然没有露出任何表情,但整个身体乃至灵魂,

Chapter 34 鲸落

都像是风干的千年木雕,轻碰一下,就会垮得一塌糊涂。这时候,不管苏释耶是拧断她的脖子,还是紧紧拥吻她,她都不会有一丝反抗的力气。可是,他什么都没做,他只是最后淡淡地看了她一眼,转身跃入陨星海沟。

梵梨追上去,拉住他的手。

苏释耶的身下是无尽深渊。他抬眼望着她,眸如深海,眉如峡谷,好像还是初见时的温柔模样。他轻轻推了她的手一下,没推开,于是和她两两相望了片刻,给足了她思考的时间。

"你的政权已经被推翻了,回来只有死路一条。"梵梨眼中有大颗大颗的泪水滚动,脆弱得不堪一击,"离开以后,永远、永远不要再回来了。"

光海是很大,但是,哪里还有他的容身之处呢?

他笑着点点头,再一次推她。

她还是牢牢地抓着他,狠不下心放手。他已经濒死了,只能用最轻的力道呼吸,用最微弱的声音说话:"梨梨,是我不好,不是这个世界不好,更不是你的理想不好。放了我,不要放弃你坚信的一切。你可以做到的。"

梵梨眼眶通红,却说不出一个字。

海底山上方,鱼群在旋转的微光中游过,在他们身上投下潋滟的光影。她海藻般的卷发在水中轻舞摆动。

她松手了。五指放开的刹那,囤积的泪水终于决堤而出,四处散开。

海洋中有一个伤感的名词,叫"鲸落"——鲸鱼死了以后,尸体最终会缓缓沉入深海,一切回归原始。

深海中还有一个美丽的现象,叫"海洋雪"——在透光层微暗的光中,动植物、藻类、泥沙等有机物组成的碎片飞散,像一场茫茫大雪,从光明飘落入深渊。

就这样,称霸光海的巨鲸陨落了。

在眼前这场无尽的海洋雪中,海洋四亿五千万年来最强的捕猎者落入了碎梦栖居的深渊。

苏释耶摘下头上的圣光海羽,而后松开了手。像有一道慢镜头里的风从深渊吹来,圣光海羽像蒲公英,也像白鸽的羽毛,随着水流漂到山峰上、梵梨的身下。他的白发擦着脸颊,总是比身体的动作慢一些,因而无声无息,翩翩起舞。

隔着鱼群穿梭的海水,苏释耶温柔地凝望着她,直至徐徐消失在微光的终点。

深海——这片黑色的无尽之夜,从此横亘在他们之间。

Chapter 35　权力交接

两年前,梵梨给一个老朋友打过电话。

"小兰,最近还好吗?"

听见"小兰"这个名字,兰迪玫瑰恨不得在周围竖起警戒线。但作为歌手,她对声音的分辨很敏感。这个声音空灵干净,总让人想起香薰,她一下就听出来了是谁:"苏伊?"

"嗯,我有事要请你去办。"

"尽管说。"兰迪玫瑰连隔着通信仪都是低眉顺目的,"我还记得你说过,下个人生巅峰见。一直在等你向我开口呢。"

"我要你去勾引一个人,但条件很多。"

"这你找对人了。你说。"

"第一,不能表现得太喜欢他。这个男人不喜欢女伴对他认真,你得虚荣一点,让他感觉你对他有所图。"

"没问题,本色演出。"

"第二,不能表现太聪明,得无脑一点。"

"没问题,本色演出。"

"第三,尽可能地公布你和他的亲密关系,吓跑宗姬,恶心她们,不让她们和他联姻。"

"没问题,恶心人,我最擅长。你这任务找对人了。"

"小兰,做这件事可能会丢掉性命,也可能会影响你的终身幸福,但事关整个光海、所有海神族的安危,我也走投无路了。"

"我本来就不相信男人,不在乎所谓的'终身幸福'。我愿意把生命奉献给我的民族。"兰迪玫瑰笑了几声,"再说,潜伏在苏释耶身边有多危险,我还是知道的。我会小心的,放心吧。"

"你知道那个人是苏释耶了。"

"有时候我也没有那么笨,是不是?"

"很聪明。小兰,如果我能顺利活下来,以后好处少不了你的。"

Chapter 35 权力交接

"不要跟我讲什么回报。没有你,我就没有自由,更别提今日的成就。交给我去办吧。"

此后,兰迪玫瑰很快在一次公开活动中和苏释耶讲上了话。他很忙,等了两个多月,才顺利等到了和他的第一次约会。之后,他变得非常积极,红藻、首饰、昂贵的餐厅,什么都做到满分。他仪态与情话技能满分,把她搞得神魂颠倒,数次被反撩。但突然间,他再不主动联系她。她等了很长时间,故意在社交场合邂逅他,他只说自己忙,没提什么时候再单独见她。

那是24729的10月。兰迪玫瑰想打电话找梵梨求助,但梵梨也人间蒸发了。她开始主动出击,要请苏释耶吃饭。苏释耶拒绝几次后答应了,还是为她买单,但之前两个人之间的荷尔蒙烟消云散。她焦头烂额地寻找机会,直至四个月前,梵梨又一次打电话给她。

"苏伊,对不起,我失败了。"她丧气地说道,"我没睡到苏释耶。"

"谁说你失败了?你不知道,你成功劝退了多少想和苏释耶联姻的宗族。接下来目标变了,你的任务是搞定星辰海执政官。"

"这个简单。"兰迪玫瑰自信地笑了,"那个老家伙本来就喜欢我。"

"他对苏释耶十分忠诚。你听好,这些是你接下来需要做的……"

接着,兰迪玫瑰施展下一个美人计。她天天对星辰海执政官吹枕边风,让执政官跟她一起叛变。执政官暧昧不清地回答她,和她夜夜笙歌,其实在心里对她很防备。吠陀之战开打后,她跟他说,风暴党的主力部队已经在陨星海沟上方北部、西部埋伏,叫他派兵去南部人少的地方蹲苏释耶造反。她和梵梨都知道,对执政官而言,苏释耶比兰迪玫瑰有人格魅力。但他却不知道她们知道。所以,他毫不犹豫地把原话告诉了苏释耶。

苏释耶疑心病很重,即便是在状态极差的情况下,他也保留了最后一份理性,既没有去北部、西部,也没有去南部。他逃去了死路一条的东部——在这里,只有通往海岛的天然岩架,和通往深海的漆黑水域。所以,梵梨等到了他。

回到风暴海军事基地后,梵梨向希天汇报了苏释耶沉入深海的事。

"你没杀了苏释耶?"希天愣了一下,平静得有些可怕,"你疯了?"

"是我的错。他逃得太快了,我追不上他。"

"怎么可能?他受了那么重的伤,随便找个鱼饵都能杀了他,你怎么会追不上?"

听到那个"鱼饵",梵梨皱了皱眉:"我也不知道,他速度真的很快。"

"是,有道理。他只是失去了奥术之力,但即便是重伤的情况,速度应该也没有影响。"

"怎么了,他已经失去了焰之眼和权力,以后就算回到光海,也不能再做什么事了吧。"

"不一定。"希天来回游动,用手按着额头,"我很担心。你忘了吗,深海里还有一个睡了很久的魔鬼。"

梵梨猛地抬头。糟了。她刚才一时心软,忘记了这号人物。

"如果苏释耶唤醒他,和他联手,光海就完了。"希天咂了咂嘴。

但是,他并没有太多的时间顾虑未来。很快有士兵来报:"报告加斯少宗主,星辰海上校罗加刚才战败,把他们的军舰开往陨星海沟上方,熄火坠入深渊,好像是,是追随独裁官去了。"

"什么?"希天骤然回头。

"报告加斯少宗主,罗加上校的三支部队追随罗加上校而去了!"

"他们是去找苏释耶的?"希天有些焦虑,"没办法追踪他们?"

"追踪不了,我们的舰艇最深只能下潜到……"

"算了!别说了,我知道!"

看见希天那么慌,梵梨说:"星辰海的军舰也没办法下潜太深,基本上到七百米以下,就会扛不住水压。他们如果真追随了苏释耶,要么死路一条,要么早晚得回来。不用着急。"

"嗯。"希天沉声道,"我知道了。"

"加斯少宗主,琉璃军团大将军和奥达艾泽追随独裁官跳入深渊了。"

"呵,"希天冷笑,"奥达艾泽一直是苏释耶的狗,早就被驯化了,他跟过去,不奇怪。一个蠢货,死路一条。"

"加斯少宗主,独裁官整个秘书团队也追随独裁官去了!"

"又一堆蠢货。他们去好了,反正下一届独裁官也不可能再用他们了。废物留在光海,没有任何意义。"

"加斯少宗主,圣都党的第6大队、第7大队、第12大队都开舰艇驶入深渊了!"

"我知道了。想死的人很多。"

"加斯少宗主,赛菲永也跳了!"

"什么!"希天猛地站起来,"赛菲宗主?怎么可能,复活海和苏释耶一直势不

Chapter 35 权力交接

两立啊!"

"我……我们要去阻止他们吗?"

"不用!"希天咬牙切齿道,"让这些冲动的蠢货后悔去吧。一次不忠百次不用,留着他们毫无意义!"

"加斯少宗主——"

"闭嘴!我现在忙,不想听了!"希天大怒道,"退下!"

"是……是……"

当房间里真的只剩下一片死寂,希天逡巡着,又觉得窒息,最后看向一直没表态的梵梨:"看看你做的好事!"但刚说完,他就后悔了。因为他知道,如果没有梵梨,现在沉入深海的人说不定就是他们父子俩。若再意气用事,梵梨也被激怒、跟着跳了,那光海就完蛋了。

梵梨只是投以毫无感情的眼神,提了另一个问题:"你认为我杀得了苏释耶?"

没来由的感激之情,混入了希天快要爆炸的情绪。他深深蹙眉,又来回游了几圈,转移了怒气:"这些人疯了吗?下去就是死!"

"我们低估苏释耶的影响力了。对他死心塌地的追随者很多。"

希天徘徊了半天,坐在角落的椅子上,双手抱头:"你去看看,我们还剩多少人。"

"不用看。主要跑的都是奥达和赛菲两个宗族,他们本来就不属于我们党,没什么好遗憾的。"

"可是他们跟的是苏释耶!"

"现在我们又高估苏释耶太多了。深海的生存环境有多恶劣,你比我清楚。他被打得只剩一口气,即便活得下来,也翻不了身。"

其实希天知道,梵梨很会照顾他的心情。她口中的"我们"从来都不是"我们",是只有他而已。梵梨从来没有低估过苏释耶,也没有高估过苏释耶。反倒是他,一开始过于低看苏释耶,后来又过度畏惧他。在情感把控上,他和苏释耶,没有一个人是梵梨的对手。

苏释耶向风暴海发动进攻的那一天,他有四个半小时没说话,连兼特宗主都在电话里听出了他的紧张,说:"别担心,你要知道,苏伊院士是帮你的。有苏伊这个终极武器在,你还怕什么呢?"

听到这句安慰,他觉得压力缓解多了。是,苏伊是影响他和苏释耶胜负的人。她站在哪边,哪边就是赢家。她很早就站在他这边了。苏释耶必败。想到这里,

他眼眶红红地看着梵梨:"你不会跟他走的,对不对?"

梵梨游到他面前,盘尾坐下,把手放在他的手背上,抬头看着他:"希天,你应该知道,我帮助你,是因为在我心中,你是正确的,苏释耶是错误的。不是因为你强,或者苏释耶强。你不应该问我,应该相信自己。"

"可是,苏释耶是你的哥哥……"

"不管他是谁,我只追随自己坚信的王道。只要你坚持这份王道,我就会永远追随你,只对你一人忠诚。"

他情绪紧绷太久,终于在某一秒垮了,呜咽出声。梵梨右手紧握他的手,对他行了左手礼:"期待你成为更加优秀的领袖,加斯少宗主。"

"我会的。"希天双手握住她的手,泪如泉涌,"只要你在,我就会的。"

梵梨静静地看着这个哭得像个孩子的男人,能理解他的痛苦和不安——苏释耶的光芒太灿烂,以至于他离开后,留下了大片阴影,令那些驱赶他的人感到恐慌,怕自己没办法再照亮光海。

梵梨知道怎么安慰希天,才能让他感觉好受一些。她也理解苏释耶为什么会放弃挣扎,是如何一步步心甘情愿走入她的圈套的。经历了重重困难,她终于大局在握,让一切都发展成了她计划的样子。但她也知道,她成功是因为找到了苏释耶的弱点。

希天可以哭,苏释耶可以哭,唯独她不能哭。她如果哭,就太矫情了。因为在感情方面,她当了一个彻头彻尾的坏人。坏人没资格流泪。

她必须挺住,支持希天,追逐大家的理想,努力创造一个更好的新光海。

要问她是否心疼。那是肯定的。

要问她是否还爱苏释耶,也是肯定的。甚至可以说,如果对苏释耶的感情就是"爱",那她这辈子只能爱这一次了。遗憾的是,她必须在大爱与小爱之间做出选择。

陪希天睡着后,梵梨轻轻把门带上,开始安排返回圣耶迦那的行程。

苏释耶政府被推翻后,所有新闻媒体都第一时间报道了此事。落亚新闻主持人描述圣都党最后一支军队被击溃实况时,五分二十一秒的时间里,结巴了十三次,直到最后说出"全光海经济将萎缩6.5%,十年内有望恢复5%",才稍微正常了一些。

新的一轮独裁官大选即将展开。时隔多年,加斯宗族又一次回到了圣耶迦那,

Chapter 35 权力交接

把两个心腹推上了政治舞台的幕前。

第一个是内定独裁官杰力。有全光海最大党派作为幕后推手,他很轻松赢得了大选。

第二个是他们钦定的大神使。

7月29日,新任独裁官任职典礼上,百年来出现了风暴海、红月海、星辰海、临冬海、复活海、菩提海、裂空海七个海域政客与宗族都参加的盛况。看见杰力凝重的模样,梵梨想起曾经苏释耶任职时,面带微笑。他不畏惧权力,不怕厮杀,有把整个世界都踩脚下的自信。他的笑是浴火重生,是光海开启崭新时代的标志。

她还是觉得不像真的——苏释耶的时代已经结束了。

两个活动的中场休息时间,梵梨和兰迪玫瑰视线相撞了,正想要和对方讲话,梵梨和希天却被记者拦住。

"加斯少宗主,宗族会实现圣耶迦那与七海的统一吗?"

加斯希天身着军装,看上去一点也不像"少宗主",反而有一种凯旋的意气风发:"不会统一,我们尊重彼此的差异性。但是,光海大神使之位将不再会是摆设。"

"光海大神使已经跟叛党逃亡了,这个位置会有人来接替吗?"

"有。"希天搂着梵梨的腰,把她揽到自己身侧,"就是我的未婚妻,苏伊院士。"

此言一出,就连隔壁的捕猎族记者都飞驰而来,把希天和梵梨围得水泄不通。梵梨猜到了希天让她担任重要职务,但没想到一来就是这么大的——大神使,统领全光海宗族的领袖!

这时,记者们才发现,苏伊的外形变了!

"苏伊院士,请问您为什么会突然变成了海神族?这与您一直致力于社会公平有关系吗?"

"苏伊院士,请问您为什么会拥有圣灵鳍?对于您的血统和奥术实力,您是不是还有不便公开的原因?"

"请问下一任大神使,您是什么时候与加斯少宗主订婚的呢?过去两百多年,您为什么选择潜藏在海洋族里?"

…………

看样子,加斯宗族打算躲在幕后,把独裁官与大神使都拿捏住。有她的支持,可以压制住苏释耶支持者的反对声。只要能制衡好她与杰力的关系,光海会是加

斯的天下。他们笃定了她有所求,不会拒绝,所以也没有提前通知她。但是,她也不是省油的灯。

听到记者询问他们的婚期,梵梨挽着希天的胳膊,把头靠在他的肩上:"我当然是想越快越好,但大神使的任职仪式会在明年进行,我们现在的关注点应该是杰力大人,还有他的婚礼。"

杰力听到了这句话,一脸懵地看着她:咦,我要结婚了,我怎么不知道?

"杰力大人的婚礼?"记者更激动了,"那他的妻子是?"

"就在那里,你们都认识的。"梵梨指向他们的身后,对金发海神族歌后挥了挥手,"兰迪玫瑰,未来的独裁官夫人。"

兰迪玫瑰惊愕得张大嘴,还没反应过来是怎么一回事,就被记者们包围起来。希天露出了有些生气又有些欣赏的笑容,使用隔音术后说:"聪明,真不愧是我老婆,绝不让自己陷入被动状态。"

"还不是你老婆呢,是否要结婚的问题,咱们还是再都考虑考虑。"梵梨松开了他的手。

"消息都公布了,你还叫我考虑?"

"我和苏释耶睡过。"梵梨淡淡地说道。

"什么意思……"希天呆住了,"怎么回事,他不是否认了吗?"

"他撒谎了。鉴于你特别在意妻子是否是处女的问题,还是再考虑一下我们的关系。"

"你……你什么意思……你想现在退婚?"

"不,我的意思是,我们之间要合作,还有很多种方法,靠杰力的婚姻同样可以当作连接桥梁,不一定要靠我们俩的。当然,你想和我结婚,我也同意。决定权在你的手上。"梵梨拍拍他的肩,朝着人少的地方游去。

经过一个小型休息室时,她从半敞的门里看到了夜迦。他面朝门的方向,叉着腰,一脸愤懑地看着背对梵梨的女生。女生留着一头及腰的长直发,脑后别着雅致的一排金海星发夹。她的头发颜色如此纯粹,跟把十二月山顶的雪取下来,涂抹了满头似的。这个背影如此熟悉,熟到让梵梨脱口而出,唤出了一个不可能出现在这里的名字:"风晋?"

女生转过头来,海藻形铂金耳环在海水中摇晃,眼角微微下垂的大眼睛瞪得更大了。不可能成了可能。夜迦看见梵梨,白了风晋一眼:"她来了,你自己跟她解

Chapter 35 权力交接

释吧。"

圣提风晋眼眶一红,轻声说:"苏伊,对不起,我利用了你。"

终于,梵梨知道了燃烧时代著名三角恋事件的全貌。

苏释耶曾向圣提宗主购买了五千吨火种合金。火种合金的原料产地在临冬海的深海中,它的价格昂贵,有一项功能是可以提取生物体内极其微弱的奥术神力。买了合金之后,苏释耶开始命人打造那个看上去就很不祥的大熔炉。

这之后又过了三年,苏释耶向风晋旁敲侧击地打探圣提宗族的深蓝碎片在哪里。他很会拿捏聊天的度,问得踏雪无痕,风晋的话被他套了出来。但聊天结束后,他的一个秘书跟人打电话忘了使用隔音术,她听到他提到了深蓝碎片,感觉不对。偷偷跟踪打探了一段时间后,风晋大致猜到了苏释耶的变态计划,吓得每天晚上做噩梦。但她知道苏伊一定有办法,就没把这件事告诉任何人,而是想着怎么才能让苏伊接受并处理这件事。

只是在告诉苏伊之前,康乃馨开始作妖了。三角恋到了中后期,康乃馨越发恃宠而骄,觉得自己有希望成为独裁官夫人,多次隔空向风晋挑衅"你未婚夫又到我家里了",但没能刺激到风晋。因为风晋知道,康乃馨的分量不够。在深蓝后裔统治的世界里,以太之主属于异教之主,邪能捕猎族之躯没资格肆意妄为。苏释耶曾经放弃了苏伊都要娶她,就是因为她有宗族背景,背后支撑她的,是整个临冬海。和她宣布了订婚消息之后,他才总算得到了全部的琉璃军团指挥权。

与风晋的父母一样,他们俩的组合再次验证了上级海族中"宗族名誉+政治实权=无上的地位与权力"的公式。任康乃馨拥有23亿光海族都知道的名气、数以亿计的粉丝、17个超级影后奖杯,她依然只是一个演员。她可以从风晋这里夺走苏释耶的宠爱,但想夺走婚姻,绝无可能。

但康乃馨就单纯很多了。她总觉得苏释耶对她那么温柔,那么浪漫,肯定是因为真爱已然悄悄降临。于是,她有了"风晋死了=她能上位"的幻觉,私底下多次安排杀手暗杀风晋,都失败了。风晋觉得火大了,觉得她要想玩大的,就让她死。她把康乃馨约出来,告知了苏释耶的秘密。为了康乃馨更有危机感,她故意把苏释耶准备屠杀的对象扩大到了"所有海神族"。原本以为康乃馨会选择和苏释耶分手,没想到她去找苏释耶谈判了。

说到这里,风晋都气笑了:"你说你能理解影后的脑回路吗?看上去大气洒脱,八面玲珑,结果听说这么可怕的事,她找苏释耶谈判,谈的居然是爱情。"

杀死康乃馨的并不是圣都党的人,而是圣提宗族。"康乃馨说要公布圣都党秘密"本身就是圣提宗族放出的假消息。康乃馨还在家里哭着思念苏释耶,没来得及反应外面发生了什么事,就香消玉殒了。

苏释耶自然知道一切,但没发表一个字的评价。对他而言,这不过是他平衡的两股势力厮杀多年,终于分出了胜负。因此,他甚至没有参加康乃馨的葬礼,只是让手下以祭奠著名杰出艺术家的名义,为她送上了海藻。风晋也知道,死了一个康乃馨,他还会再整什么红牡丹、满天星出来,以此报复在他弱势时圣提宗族逼他做选择的尴尬。这也就意味着,复兴圣提宗族的愿望泡汤了。

但没过多久,风晋等来了第二个机会。复活海的士兵把她抓走后,圣提宗族将计就计,安排了一出公主舍生取义的大戏,又故意让梵梨找到她写的信。苏释耶知道风晋没有死,但他也没告诉任何人,尤其是梵梨。因为梵梨如果知道风晋活着,会逼他把风晋救回来。但这也陷入了一个死循环——风晋死了,梵梨不原谅他;风晋活着,梵梨不要他。

梵梨看上去和以往没什么区别,他不确定她到底知不知道自己的计划。他在等,等她来向自己亲口询问这件事。

"苏伊,对不起,我不知道你是不是帮苏释耶的,所以没立刻跟你说明这一切。"风晋怯生生地看着梵梨,"但你果然没有让我失望,你拯救了整个光海。"

"你要道歉的就是这些事吗?"梵梨迷茫道,"我觉得你没做错啊。"

"这还没做错?你忘记听说风晋死以后,你哭成什么样了?"夜迦惊叹道。

"可是,如果她不这么做,可能早就被苏释耶杀了吧。她这么做,也只是想让我们阻止苏释耶的阴谋而已,不是吗?"

"是这样没错,但是……风晋,你是真厉害。"夜迦嗤笑一声,"我理性上知道你是对的,但还是觉得你'绿茶'得不行。"

"对不起,布可教授,让你失望了。"

"还在装柔弱,这套你拿去对付加斯希天那货,我不吃这一套的哦。"

风晋对梵梨行了一个标准的左手礼,鞠躬都超过了九十度,长长的雪发顺着肩胛往后飘动。然后,她维持这个动作,一直没有起来。

"小夜,你怎么跟个女人一样。咱们对事不对人,风晋和我们是站一边的,你别再欺负她了。"梵梨游到风晋面前,把她扶起来,然后抱住她,"不管你做了什么,只要你还活着,我就很满足了。"

Chapter 35 权力交接

"苏伊,我好想你。"风晋瘦瘦的肩微微颤抖,声音带了哭腔,"这几十年我一直待在复活海的小村庄里,很孤独,很想家,想你们,但我知道你肯定会有办法的,所以……"

梵梨用力点头:"你做得很好。"

聊了一会儿,梵梨和风晋一起回到典礼现场。风晋公主之死是史书上的名场面,她的回归会引起多大的轰动,不言而喻。兰迪玫瑰也游过来,给了梵梨一个大大的拥抱:"谢谢你,苏伊,你不知道我想当独裁官夫人多久了,终于美梦成真啦,哈哈。"

"成为独裁官夫人以后,你可不能再拍太性感的照片了,要端庄一点哦。"

"好的,都听大神使的!"

兰迪玫瑰虽然是低配版康乃馨,但比康乃馨幸运多了。想到这里,梵梨就觉得很心累。她现在需要保持忙碌和冷静,不为过去的感情消耗太多精力。

典礼结束后,希天对她说:"明天陪我出席一个社交晚宴。"

"以什么身份?"

"未婚妻。"

梵梨想了想,知道他考虑清楚了,也没再多问:"好。"

"我们只是政治联姻,不必谈感情。领多偶制的证,没有问题吧?"

"没问题。"

接下来的几天时间里,梵梨没有让自己闲下来过。她先向米瑟宗族打听自己的身世:为什么她会是孤儿,为什么她小时候会是海洋族,长大却变成了海神族。米瑟姨妈告诉她,她是被扔在菩提宗神宫门口的。至于血统问题,她们也不是很清楚。她对自己的身世好奇极了,但因为太忙,很快又把这事抛在脑后。接着,她开始着手准备奴隶制推翻方案,配合希天出席各种活动,和风晋一起安顿新生活,回到研究院检查工作……最后,她返校联络了老朋友聚会。梵梨突然变成大神使苏伊,他们受到了不小的惊吓,但见梵梨还是曾经的说话口吻,也就很快接受了。

这几天梵梨一直住在酒店里。等一切安顿好了,她从黑鳄工会调了之前存放在里面的现金,让霏思陪自己在海雾树物色了一套房子。完成一切手续后,她乘坐在返回宿舍的私艇中,总算喘了一口气。

"其实,梨子……"霏思握着她的手,"你如果难过,就哭出来吧。"

"啊?为什么要哭?"

"别装了。你有多爱星海,以为我不知道吗?"说着说着,霏思的眼眶都红了,"如果让我把蓝思这样推到深海里去,我大概会恨不得跟他一起跳进去了吧。所以,你现在的痛苦我都懂。难过不要憋着啊,你这样让我好心疼。"

"我没有憋着,你放心好了。"梵梨回握着她的手,微微笑道,"谢谢你,你是个痴情的好女孩。"

"梨子,呜呜呜,为什么……"霏思的眼神更悲恸了。

"但痴情不符合我的人设,我是聪明又冷静的那种人,你懂的。"

霏思在心里吐槽:还有偶像包袱,白为她伤感了。

"我难过,但也没有那么难过。人只要生活充实,有很多事都是可以替代爱情的。所以,你尽管放心我,我没问题。"

看见梵梨弯眼笑着,霏思抽了一下嘴角:"行吧,你果然非一般女人。那你回去好好休息。"

失去了苏释耶,梵梨原本都以为自己会痛不欲生,但没想真的经历过后,好像也没有想象中那么难过。她只是觉得很疲惫,精神被掏空。想想她和希天都快结婚了,以后还有大把的时间去搞研究,做实验,开发出更多造福光海的魔药和奥术,挺好。

苏释耶是过去式了,她没有自己想的那么爱他。经历了这么大的事,也可以如此镇定,自己果然是个成大事的女人。

回到大学宿舍中,梵梨准备搬运行礼,搬家到海雾树。可是,当她游到宿舍门前,把钥匙对着门锁的那一刻,一种不好的预感开始蔓延,无孔不入,融入了周围所有水分子中,进入她的身体。

她摇摇头,告诉自己不要多想,事情没那么糟。然后,她保持清醒,把钥匙插入锁孔。

随着"咔嗒"一声,心中紧闭的门,与眼前这道门同时解锁。

随着"吱嘎"一声,眼前的门打开了,心中的门也打开了。

房间里的一切,都和以往一模一样。笔筒、藻瓶、日历、工艺摆设、绣花靠垫、书本……所有的东西,都摆在原来的位置。就她托羽烬帮忙照顾的小葵花也依然摆在桌子上。苏释耶离开前最后看的那本书,现在还倒扣在躺椅旁的小桌上。不久前,他还懒洋洋地靠在那里,对着窗外柔和的光看书。桌子上,还有她和星海的合照。在照片上,他们站在圣耶迦那大学的校门前。他是鲨族尾,她是平凡小

Chapter 35 权力交接

美女的脸,他搂着她的肩,笑容很帅气。她缩在他怀里,身体小小的,身上有所有情窦初开女孩的影子。

这一切看上去是如此真实,却又是如此虚无。

梵梨在门口停了半晌,摆动尾巴,无声地游进去,再轻轻地关掉房门。

又是"咔嗒"一声,门锁上了。

她环顾四周,大脑里一片空白,在心中告诉自己,没事的,没事的……

她坚持到了在桌旁坐下,拿起藏在桌子角落里的星海生命珍珠,忽然意识到,自己并没有特别想见拟态星海。她想见的,是那个完整又残缺的他。

最后抬头看了一眼空荡荡的房间、窗外对面星海的宿舍,还有那本小桌上的书,她呆住了。几秒后,她抱着双臂,像兽类受了致命伤一般,大叫一声,然后号啕大哭起来。

苏释耶不在了。

她最爱的男人,不在了。

她永远失去了他!她这辈子最爱的男人,她曾经发誓要和他共度一生的男人,跪在海底森林向她求婚的男人,再也不会回到她身边了!

原来,人的心真的可以彻底破碎的。

她抱着双臂,因为泪腺愤张而耳朵嗡鸣,因为心痛而浑身颤抖,因为浑身疼痛而灼烧。她活了两百多岁,曾经被丢到奴隶市场,被别人暴打虐待,凌辱威胁,最委屈的时候,也没有崩溃成这样。

而她越是崩溃,越是痛苦,最甜美的记忆就越不肯放过她。

"谢谢你把最多的温柔留给我。

"你这小笨蛋,怎么又乱丢东西呢?

"快别闹了,过来。

"梨梨,嫁给我吧。

"好了,梨梨,从今以后,我整个人,整个人生,都是你的。"

…………

她高估了自己的承受能力。甚至说,现在的痛苦,比她曾经设想得还要强烈。

这条路她没走错,她知道。但是,她也知道,如果肩上没有那么多的责任,她一定一定不会做出这样的选择。

如今,就算救了整个光海又怎样?

她的生命里,不会再有苏释耶了。

两天后,当当也赶到了圣耶迦那,想亲眼"瞻仰"一下梵梨在海雾树买的大豪宅。但是,她和霏思都没有收到任何来自梵梨的邀请。

霏思赶到苏伊的宿舍,按了半个小时铃,没人开门。她索性游到窗门前,透过玻璃窗前、里面的窗帘缝隙看向梵梨的床。梵梨躺在床上,一头玫瑰色的长发散开,和尾鳍一样,半垂在床沿。

"梨子!梨子!"霏思用力敲了几下窗门,"梵梨!"

梵梨醒过来了,揉了揉眼睛,耷拉着肩,慢慢坐起来,又慢慢靠到窗边,为霏思打开窗门,用原来的姿势在床上睡下。

"你怎么突然消失……真的吓死我们了!"

没得到她的任何回应,霏思明白了。梵梨的反射弧一向比一般人大。遇到重大挫折,她通常第一反应就是开心,无所谓,坚强。可是,当热闹散尽,她独自一人时,会比所有人都坍塌得彻底。霏思叹了一口气:"你先睡,我叫当当过来,一起帮你整理东西搬家。"

梵梨再次醒过来,是四个小时以后。这时候天已经黑了,霏思和当当帮她打包了七个箱子的东西,现在正在收拾厨房。她起身出去,依偎在厨房门上,看着眼前杂乱无章的一切,连说"谢谢"的力气都没有,就回到了客厅。

霏思和当当还没收拾客厅,这里的所有摆设仍在,只是苏释耶的东西都被收走了,包括桌子上那张合照。她知道,她们是故意的。

她弓着身子,把脸埋在双掌中。这两天哭得太多,不分醒着还是梦着。现在感觉泪都干了一样,已经哭不出来了,连生理机制都在阻止她继续伤害自己的身体。但是,大脑不听话,总是会自作主张地勾出很多回忆。

"谢谢你们。"梵梨轻声说道。

"谢什么!老姐妹啦!"当当还是一如既往地爱挺她的小平胸,"我现在不用嫁男人了,有个土豪闺蜜罩,还结什么婚哦!"

"不谢,收东西而已,举手之劳。说谢就太见外了。"

其实,她并不是谢她们帮她搬东西,而是谢谢她们,能让自己早点离开这个家。

此刻,在陨星海沟底部,近一万米的深海,在可以将所有陆地生物压扁的水压中,深海掠食者的荧光照亮了深海珊瑚礁花园。这里没有可以完成光合作用的

Chapter 35 权力交接

藻类，珊瑚得靠自己的触须捕捉光海飘下来的海洋雪，所以，这里的冷水珊瑚丛比光海的珊瑚礁更大、更难接近。

年轻的捕猎族男人趴在珊瑚礁旁边，海洋雪稀疏飘落，落在他的微微舞动的白色碎发上。

这是被放逐的海域，完全脱离了深蓝后裔的统治范畴。洋底玄武岩裂开的缝隙中，黑色、红色的邪能之光交错往上蔓延，却又像是被风吹歪的烟一样，飘到了男人的皮肤上，迅速被吸收。从八千米以上黄昏区传来的通信信号，微弱地传入了他的耳中："苏释耶大人，您在哪里？您能听到我们说话吗？"

脑中收到了追随者发来的信号，苏释耶睁开眼，金色的瞳仁变得幽深了一些，邪能之光在他的眼中渐次流淌。他眨了眨眼，迅速坐起来，揉揉脑袋，发现精力恢复得差不多了。而且，身体在光海那种束手束脚的感觉也消失了，手中的力量有一种前所未有的超脱感。

他平静地看着周围一望无垠的黑暗，继续集中精力，听那些人说话："苏释耶大人，您还好吗？我们现在在风暴之井外面集合，您听到了我们的声音，就来找我们吧！"

"我在陨星海沟底。"苏释耶低声说道，同时挥挥手指。一道红黑缠绕的邪能光携带着他的声音，眨眼飞到了上方海域，一秒就不见了。

那些人的声音喜极而泣：

"啊啊啊，苏释耶大人！您还活着！太好了！"

"真的？是苏释耶大人？能听到我们说话？您能上来吗？"是艾泽的声音。

"苏伊真的太可恶了，居然这样背叛您！我们都恨不得把她千刀万剐！咱们在黄昏区集中一下兵力，再杀回圣耶迦那！"

"我回不去了。"苏释耶格外冷静，"焰之眼在他们手里，光海实权也肯定落入了风暴党的手中。你们还是回去吧，深渊的生活环境太恶劣了。"

"不不不，就算是死了我们也要陪您一起！"

"苏释耶大人，输了没事，我们陪您东山再起。有朝一日，我们再陪您君临天下。"是星辰海执政官的声音。

"行，那我再想办法。等我，我就上来。"

但他还没出发，就听到了另一个声音。这声音不是从耳朵外部传来的，而是在他脑中响起，像心魔一样：

"以太之主……"

"以太之主……"

"以太之主……"

"什么人?"苏释耶回头看了看,眼睛、发梢都泛起了邪能之光,"炎之主?"

"老友,阔别四十多亿年,我甚是思念你。你这是被深蓝臭婆娘的后人摆了一道吗?把我放出来,我们一起杀回去。"

"我不是以太之主,我只是他的神识。"

"你可以变回来的。把我放出来,我教你。"

"不必了。"苏释耶再次看向前方,"在我看来,你比深蓝后人危险得多。"

说罢,他一秒就消失在了洋底。

"你这乳臭未干的小子!回来!以太之主!回来啊……"后来炎之主说了什么,苏释耶都不关心。他直直地向风暴之井的方向冲去。

加斯希天搬到了圣耶迦那,担任琉璃军团大将军一职,控制了圣耶迦那的兵权,同时等待梵梨和苏释耶的婚环到期。杰力让他优先居住白鹰宫殿,他没同意,只让近千名奥术师用将苏释耶建造的回忆神殿沉到风暴之井底下,耗费7800万浮重新修建一座"公义之殿",并把加斯宗族的徽章雕在宫殿墙壁上。从开始修建的第一天,八面加斯宗族的天平剑旗帜也飘扬在了公义之殿门口。

梵梨依然在马不停蹄的操弄将来的工作,风晋来和她一起商量挑选婚纱的事,她也没有露出一点新娘的喜悦。得知希天特意强调要领个偶证,风晋觉得很惊讶:"这不像他的为人啊……"但想了想又说,"苏伊伊,你是不是……跟别的男生交过尾了?"

"嗯。"

风晋先是一愣,本想问是谁,然后恼怒道:"苏释耶这个王八蛋,那个晚上果然让他得逞了!"

"你知道?"

"我知道苏释耶喜欢你,因为他看你的眼神实在太明显了。"风晋提起一口气,酝酿了好久,才低声道,"开始我都不是特别确定,后来我收买了白鹰宫殿的仆从,得知他对你用强……我以为他没有得逞,所以才让母亲逼他订婚,结果,他真的……这个男人真是太可恶了!"

Chapter 35 权力交接

"别说了。"梵梨捂着额头说道,"我……我不是完全抗拒的,如果真的特别抗拒,他不会做到那个份儿上……哎,算了,不提了。"

风晋震惊了几秒,随后便是长时间的沉默。她苦笑了一下,露出了悲哀的表情:"原来,你也喜欢他……"

"不是,风晋,我……"

"没事,你不用在我面前掩饰。我对他的好感,早就在明争暗斗里消失殆尽了。苏释耶这男人很有魅力,但爱他真的会折寿的,还是不要想他了。现在你听我的,去告诉希天,你想归顺风暴党初期,被苏释耶发现,苏释耶就把你强奸了。"

"啊?这也太夸张了吧!"

"肯定不能让加斯希天知道你和苏释耶两情相悦啊,他的个性你还不清楚吗?就算你和别人只接过一次吻,他都会让一打清洁工来消毒你的嘴。所以,跟他讲苏释耶强奸你的细节,越惨越好,相信我,他是个蠢直男,他会信的。"

不愧是能和苏释耶长期暗斗的风晋,梵梨无比佩服。但是梵梨没有这么做。她无所谓希天怎么想。反倒是一直没有苏释耶动静,让她极度担心。她派人去深渊寻找苏释耶的下落,想确保他平安无恙,结果一无所获。但这事很快让希天知道了,把希天引到了她家里。

她才搬家,客厅全是乱七八糟的箱子,她只能把卧榻挪出一截空位留给他。他坐下来,垂下脑袋,不想看见这乱糟糟的景象。梵梨也保持着沉默,继续整理书本,时不时还翻开一页往下看。后来,他的一声冷笑打破了寂静:"你还在打听苏释耶的下落?"

梵梨皱了皱眉:"你还有别的事吗?没有的话我要忙搬家了。"

希天起身想帮她搬东西,但被她伸手拦住,他说:"我加斯希天的老婆,被别的男人夺走了第一次,还是在未婚的情况下。我真是不敢相信。"

"我还不是你老婆。我说了,可以退婚。"

"退婚,怎么退?我们俩现在政权都不稳定,退婚等于让别人有机可乘。"

梵梨叹了一口气,把手里的书合上:"是啊,我们俩只是合作关系,你纠结那么多做什么呢。"

"对,只是合作关系。"他咬了咬牙,"那你最好是管好自己的嘴,不要让第三个人知道。你记得,不管以后发生什么,都是你自找的。"

Chapter 36　莫尔大财阀

10月1日,梵梨与希天在光海神殿正式举办了婚礼。这场婚礼的隆重程度,甚至超过了苏释耶与圣提风晋订婚的场面。婚礼上,七大宗主都带着宗族成员前来参加,各海政客、军阀名将、商业巨头、学者专家……每一名宾客,在各自的领域中都能叫得出名字。

露天的穹顶中,光华洒落神殿,照亮了希天雪白的托加、黄金额饰、黄金耳坠和曳地披风。他的轮廓深邃,气质威严,与所有人一起等待新娘的到来。

肥嘟嘟的小羽烬和一群孩子游进来,拎着篮子,里面装满了红藻,边游边往水里撒藻。在蓝鲸与圣童们的歌声中,四只小海豚的头部绑着纯白足丝的蝴蝶结,它们叼着梵梨的婚纱一角,游入神殿。雪纱边缘是手工编织的金色水纹,半遮半掩着梵梨窈窕的身段。随着歌声起落,她泛着圣光的尾鳍也在水中翩翩起舞。那一颗篆刻了"赠吾妻"的深蓝大钻石"天命瞳",就在她的尾根反射着动人的水光。

隔着头纱,她抬头看了一眼希天,眼睛比"天命瞳"还要蓝。

希天的目光再也没有离开过她。直至大祭司在祭坛上念诵誓词,他都只是恍惚地配合接下来的婚礼流程。

随后,大祭司宣布他们可以接吻了。小海豚揭开梵梨的头纱,露出了新娘端正到几近完美的脸庞。心跳几乎把希天震得双手发凉,他握了握双拳,告诉自己不要紧张,然后捧着她的脸,吻了她。全场响起剧烈的掌声,他觉得那一刻时间太短,又太长。

这一天,风晋、霁思、和歌、纱纱、寻月闺蜜团都当了伴娘,或喜极而泣,或送上最甜的祝福。夜迦和另外四名宗子组成伴郎团,但他们就敏感多了,聊天总会刻意回避那个曾经最有存在感,现在却缺席的故友。

"你总算还是嫁了。"仪式结束后,夜迦对梵梨微笑道,"我以为你这辈子都嫁不掉了呢。"

"我怎么也得赶在你嫁人之前嫁掉呀,你说是不是,萌妹子小夜?"

用餐时,希天在别人面前洋洋得意地说,要给自己老婆盖一座大神使宫殿,名为"苏伊宫"。梵梨完全不知道有这一回事,在他耳边低声说:"别,现在战后

Chapter 36 莫尔大财阀

全光海经济都需要修复,不要花太多钱在铺张浪费上。"

"我亲爱的太太,你是第一任拥有极大实权的大神使,怎么能没有宫殿?"

"只要对外公布我和你住在一起,就排场十足了。公义之殿已经很华丽了。"

听见那个"对外公布",希天没来由地感到烦躁:"政治联姻,不用住在一起。"

"那你随意安排好了。我不主张修。"

梵梨有些无奈,离开他身侧,到自己朋友那边聊天去了。看见她的背影,希天更加愤懑,气到新婚之夜都没有和她独处。梵梨内心毫无波澜,第二天她就换回了普通的衣服、戴上了眼镜,回到研究院干活,还收到了一封来信。

苏伊院士:

恭喜新婚。我从电视上看到了你们的婚礼,您状态真好。羡慕您有那么乐观的生活态度。能娶到您,加斯希天是一个幸运儿。

曾经我也想过,如果能够穿上婚纱,成为一个相信婚姻的美丽新娘,但那是不可能的。所以,我想,算了吧。看您幸福,我沾沾喜气就好。

帕姬

梵梨好奇地问了她原因,也很渴望能像以前那样和帕姬交流。但这次之后,不管写多少信给帕姬,都石沉大海了。

一周后,梵梨与圣耶迦那大法官成功确认了法案终稿,兴奋得犹如快乐飞舞的小鸟,拿着这份稿子赶到了希天的别墅。她游到二楼卧室的门前,看见大床上气囊鼓起,希天和一个海神族少女没穿衣服,正在里面以陆生状激情四射地翻来滚去,吻得如饥似渴。

梵梨的笑容凝固在了脸上。她是该走呢,还是该礼貌地敲门,表示自己来过呢?

少女一个性感后仰,把早就干透了的头发拨到脑后,却看见了梵梨,尖叫一声,缩到了床脚。希天则是先一惊,而后害怕。

少女第一次看见梵梨本人。只见梵梨穿着白大褂,高高的鼻梁上架着眼镜,一头蓬松的卷发都梳成了马尾,几缕碎发落在双颊,却有了修饰的功效,让她多了几分妩媚。她没有化妆,嘴唇却红润饱满,散发着一股颇有距离感的知性气息。

"苏……苏伊院士……"少女用衣服挡着胸口,进入水中,边爬边游过来,趴在梵梨身下,拽了拽她的白大褂,呜咽道,"你不要怪加斯少宗主,都是我太爱他了,情不自禁才会发展成这样。我知道你们才新婚,我破坏了全光海最完美的一对夫妻

的感情,都是我的错,我是坏女人,我是祸水,你们可千万不要因为我离婚啊……"

"那个……这位小姐,我有点急事,麻烦稍微让一让。"梵梨绕过她,游到了希天面前,把文件递给他,"这个你这两天抽空看看,没问题的话,就可以正式启动了。"

"然后呢?"希天冷冷地抬头看她。

"我很高兴。"梵梨眼角眉梢都是激动之色,"为了这一天,大家都太难了。但没关系,我们正在成功的路上!"

"这就是你想跟我说的话?"

"啊,呃。"梵梨不知道他想听什么,只觉得自己的出现有点扫兴,清了清嗓子,讨好地说道,"身材很好啊,八块腹肌。"

希天气得嘴都抿成了一条缝。梵梨知道这不是他想要的答案,他希望她吃醋又伤感,对自己的过去悔不当初。但她一点也不后悔和苏释耶相爱过,并不想迎合希天说他想听的话。

"对不起,打扰二位了。"梵梨游到了门口,低头对那少女说道,"快上床去吧,地上冷。"

少女泪都还没流完,一脸蒙地掩着胸,又看了一眼希天。希天完全没了兴致,重重地捶了一下床头。过了几秒,梵梨又游了回来,但没探脑袋进来,只是在门口轻声说:"对了,希天,记得让杰力签字拨款哦。"

11月9日,由苏伊院士、独裁官政府提出的《海族奴隶废除测试法案》在圣耶迦那部分区域优先实施。

这是苏伊第一次实施政府官方的奴隶解放,话题成为了全光海的热点,有人欢喜有人忧。但梵梨是最忧的那一个。前两次的奴隶放生让她知道,接下来,如果政府毫无作为,被解放的奴隶没有工作,这个测试法案最终可能就真的只是测试一下了。但很显然,杰力对奴隶是否自由没有兴趣。他只知道,他得新官上任烧几把火,才能熄灭民众对前任独裁官的热情。

于是,杰力政府搞出了贸易新政策,准备大幅度削减关税。这会严重消耗储蓄,削弱政府的财富分配力,对奴隶解放而言百害而无一利。他不像苏释耶那样,有星辰海和强势的军事实力作为支撑,是真正意义上的独裁官。不管他有什么想法,都必须经过加斯宗族的同意。所以,向加斯宗主提出这一想法后,他第一时间遭

Chapter 36　莫尔大财阀

到了梵梨的强烈抗议。两个人展开了各式各样的钩心斗角。梵梨拼命让兰迪玫瑰给他吹枕边风,无用。他就是跟关税杠上了,他妈从水晶棺材里爬出来也拉他不动。

最后,加斯宗族给出的解决方案是折中的:不管是奴隶,还是贸易的改革,都同时进行,平缓进行。

梵梨气得想掀桌子,但加斯宗主就是老狐狸,比起综合海力的发展,他更在乎如何稳固住自己的地位。杰力又完全不听劝。有时,在白鹰宫殿门口遇到他,梵梨特别想说:"苏释耶搞了什么,你都全想一个个推翻是不是?你是不是想用整个光海的未来演示什么叫普通人与一百万年诞生一个的天才军事家兼政治家的智商差距?"但最后只能莞尔一笑:"独裁官大人下午好。"

"大神使,下午好。"杰力也莞尔一笑。看他的表情,她就知道他在心里也没少吐槽她。

翌年二月,梵梨正式任职光海大神使一职,三分之一的圣耶迦那市民都前来围观。圣都创世门上,深蓝的塑像双手捧胸,半睁着眼,俯瞰着脚下的城市盛景。她的周围一圈还有七座雕像,依次是加斯蒂琪雅、布可、奥达刻思、圣提图多、赛菲乐司、米瑟热热、兼特七位消散在三千万年前的宗神。梵梨披着四米长、三米宽的金线白披风,以陆生状单腿跪在门前。披风随水流动,托起了她瀑布般的长发。

"无尽海洋之主深蓝,爱万物于深海之中,守吾于灵魂之上。一心赦免吾之罪,赞吾荣光,赐吾圣规。终痛悟此生重罪。以神之名,回馈吾主《四谢礼赞》。一谢深蓝造海之恩。二谢深蓝救赎之恩。三谢深蓝击退恶魔守护之恩。四谢深蓝七分海域牺牲之恩。今吾以深蓝之名,赐汝光海大神使之位。"

大祭司把圣光海羽别在梵梨的铂金额饰上,用奥术之光在她的额心点了一下。这一首经文,让梵梨想起曾经她误入风动宫殿的下方,在回忆神殿幻影祭坛前,看见了朗诵经文的男人。他抬头看了她一眼,从此便是无期限的深陷。她叹了一声,双手接过大祭司递来的大神使权杖,额心出现了海之光的标志。

同年,圣都银行为保证货币流动性,计划明年圣都币贷款将新增近二十一万亿浮,比去年高出七万亿。针对战后经济危机金融政策,圣都银行提出要关注政策后遗症,提前考虑适时退出。大规模刺激政策都是啤酒杯上的泡沫,启动时欢欣鼓舞,停止时都分外痛苦。梵梨多次暗示独裁官,珍惜黑字,别搞大水漫灌和

赤字货币化。但随着时间推移，吠陀双党之战带来的后遗症越发明显。经济学家们都预言，24731年将会是过去一千年里最好的一年。吃不起饭的失业公民到处暴动，警察局被烧，警舰被炸，逮捕暴动分子数万人。

按照以往的规定，圣都所有政府官员、神职人员7月都会增加2%薪水。但6月，光海大神使苏伊宣布，未来五年圣都所有神职人员全部冻薪，保就业，撑经济，求稳定。年初她自己已经减薪，在此标准上再减薪。虽然公共财政面临很大挑战，但不会裁减神职人员。同时，她也在暗中操作，让地下城收留那些暂时无家可归的自由奴隶。

就这样，在忙不迭的生活中，十二年很快过去。

24744年下半年，梵梨在报纸上看到一条新闻《超深渊带出现神秘死亡洲，二十七名深潜队员无一生还》。

深海资源部会定期派遣深潜队去深渊地带挖掘自然资源，也会不定期进行深海探索。这一回，这支二十七人的队伍探索的是一个从未去过的超深渊带，位于裂空海下方七千米上下，结果他们刚接近那个区域，就和总部断了联系。后来，他们就像掉入黑洞的宇宙飞船，或是卷进死亡三角洲的船只，消失得无影无踪。

之后，深海资源部又派出了一艘无人潜艇，下潜到同一位置，但情况和之前一样，刚到"神秘死亡洲"，所有信号就被瞬间切断。

这种诡异的现象吓到了不少人。科学论者和神学论者展开了激烈的辩论。但看见这条新闻之后，梵梨激动得报纸都拿不稳。因为这十多年来，她一直没有停止寻找苏释耶，但他彻底人间蒸发了。每次听到失望的消息，她都会庆幸又害怕，担心下次被他们捞出苏释耶的尸体。现在她知道了，苏释耶还活着，在深渊好好生活着。那个别人无法靠近的地方，应该就是他的新家。

看着冷冰冰的新闻报道，她的心里是暖的，眼眶是暖的，却不由自主笑了起来。

太好了。即便他们以后不会有多少见面的机会，甚至永远不见面，只要知道他和她在同样的大海中呼吸着，经历着日月更替，春夏秋冬，她就已经很满足了。

24781年，梵梨三百岁生日当日，她觉得头痛欲裂，想呕吐感，本以为会再次休克，却奇妙地挺过来了。过了生日当晚，第二天身体又恢复正常。她很惊喜，但也对此感到疑惑。

就这样，抱着一颗理想必胜的心，一百多年时光匆匆流去。

24853年11月，梵梨从圣耶迦那坐舰艇急匆匆地赶到复活海边境的米雅市，当着三万市民宣读了《光海奴隶废除法案》第37版。

法案的内容因为有太多细节和专业词汇，很多奴隶其实没有听懂。但是，他们看得到演讲台上，这个穿着朴素的海神族女子面色疲惫，却目光如炬，好像无论多大的磨难与困境都无法将她绊倒。这一幕在全光海直播中。因为大神使的眼神坚强，却滚满了激动的泪水，她的灵魂已经美过了皮囊，少有人会再去留意她动人的容貌，少有人会去在意她少女时期就是闻名圣耶迦那的美人。

这一刻，就站在波光粼粼的海水中，在阳光招摇的演讲台上，梵梨的眼前浮现了很多人的面孔：阿萨大公那张痞里痞气的笑脸、裘沙阳光的笑脸、千万个革命者死前宁死不屈的坚毅笑脸……还有哥哥在陨星海沟上方，最后的、温柔的笑脸。

——梨梨，是我不好，不是这个世界不好，更不是你的理想不好。

——不要放弃你坚信的一切，你可以做到的。

她等这一天太久太久了，这一天终于来了。

"我，苏伊，代表光海全宗族与最高政府，现在正在复活海米雅市，正式宣布——米雅市的所有奴隶从今日起全部恢复自由！这是光海最后一座奴隶制城市，各位，这意味着什么？"梵梨一手举起大神使权杖，一手举起法案文书，"三千万年的奴隶制，在全光海范围内都废除了！"

群众里响起了热烈的呼声和掌声，连数百公里外的城镇都能听到。同时，四面旗帜在她身后的建筑前冉冉升起：复活海的海草旗、赛菲宗族的三曲腿图旗、圣耶迦那独裁官政府的猎鹰旗、圣耶迦那大神使的海之光旗。

"不管是什么种族，我们都是无尽海洋之子。我们有海之一族的骄傲，我们不肯跪着活，我们宁可站着死！"梵梨用尽全身的力气高声喊道，声音都破音了，但丝毫没有减少她的亢奋之情，"海洋族，我们自由了！全海族，我们都自由了！革命才刚开始，我们要为我们的亲人、朋友，我们的子孙后代，都建立和平自由美好的大海！我们一起努力！谢谢你们！"

谢谢，阿萨！

谢谢，裘沙！

谢谢，那些为这一天抛头颅洒热血的无名战士！

谢谢你，哥哥，我做到了！

耀光时代初期有一抹晨光,
为未来描绘了崭新的淡妆。
平民世界诞生的高贵女子,
光海荒原里不眠的波浪。
蓬勃的卷发有红藻的绵长,
深蓝的眼眸比星斗还明亮;
她的微笑有春夏的鲜艳,
玫瑰色的红唇令众生荡漾。
苏伊院士,梵梨神使,
她的叛逆为后者歌唱。
她的智慧启迪了二十三亿个灵魂,
吐露知识轻捷的雾气,
为奥术界升起新的太阳。
深蓝的第八个品德在上,
圣耶迦那新添宏伟的塑像。
她紧握着大神使权杖,
她展开阳光所照之处的希望。
觉醒吧,光明之海的奥术师们,
用你们智慧的钥匙打开理想乡之锁,
渡过这日益沉没的世界桥梁。
终有闪电劈开四亿年的迷茫,
有一条路,通往光海圣女的梦想。

  这一刻,在蓝思和霏思的家乡,春寒料峭,溪流冰冷,年轻的鲑族夫妻完成了结婚仪式,都牵着手出水。新婚是家家户户的喜讯,从复活海传来的成功革命也是他们的喜讯。水面上,霏思披着新娘的银白长纱,握着蓝思的手,激动地说:"梵梨做到了,她真的推翻了三千万年的奴隶制!"

  "这女人,真的太能忍了,当年把苏释耶政权都推翻了。"说到这里,蓝思故意露出有些嫌弃的眼神,"难怪当时课上教授要说,这是让我们男人觉得自己没用的

Chapter 36 莫尔大财阀

女人。"

"好可惜,她和苏释耶一直是对立关系……他们明明那么相爱,这太残忍了。"

"是啊,所以对比下来,你也不会觉得有什么可惜的。最起码,我们俩的爱情是很圆满的。"蓝思低下头,情意绵绵地看着她,"所以,今天,你是不是应该把更多的精力放在你的男人身上呢?我的新婚小娇妻。"

霏思害羞地把脸埋了下去,挽着丈夫的手,潜入了鹅卵石布置的溪底洞房。洞房床头上方,挂着一张他们初中时就牵手的照片。他们终于要把第一次献给对方了。而且,这个洞房时间会很长很长,持续到他们的生命终点。

关上洞房的天窗之前,霏思又探头出去看了看外面的世界。阳光灿烂,把河床上的鹅卵石照亮,令河水宛如不存在般透明。在无数鲛族尾巴摆动的河流表面,水花是阳光开出的金盏花,缠绵铮亮,书写着天地间最自然的美丽。水花也是跳动的钻石,象征着一对对鲛族夫妻至死不渝的爱情。隔壁的新娘也探头出来,对霏思笑了笑——她和周边所有的新婚夫妻一样,都是和霏思、蓝思一起长大的。他们也曾经早早离开了家乡,在大城市里闯荡,将所有的智慧与青春都奉献给了社会。在这些辛勤钻研的年岁里,他们每一个人都遇到无数魅力异性,但最后都放弃了异乡之恋,选择回到家乡,把贞洁的自己交给中学时代的初恋,在溪水中完成大婚,进行庄严伟大的交尾仪式,释放他们的配子。

半个月后,村里那些未婚的青年整齐列队来到溪边,打开一个个洞房的门,从里面取出他们产出的大量的卵,抬走这些父母紧紧相拥的尸体。

近看那些小小的鱼卵,里面有蜷缩着的新生鲛族孩子。

所以,没有鲛族见过他们的父母。

蓝思和霏思总共产了一千七百多个卵,最后大约会有百分之一能存活。能够顺利长到成年的,大约一半以上。

这段时间,梵梨自己在研究所闭关钻研魔药,吃饭睡觉都在里面完成。若不是因为她的奥术能量彻底耗尽,她不会出来,也不会这么快知道,自己的两名朋友去世了。她读了霏思的遗书,把凌乱的头发拨在脑后,一屁股坐在椅子上,尾巴跟死鱼尾一样拖在地上。

那么多人都觉得捕猎族好、海神族好。但他们不知道,一个人孤独地生活在这个世界上,看见朋友一个个离自己而去,其实并不值得羡慕。此刻,她反而很羡慕霏思,能和自己爱了一生的男人死在一起。

闭上眼,苏释耶的眼睛出现在一片黑暗中,一会儿是冷酷的金色,一会儿是柔情的蓝色,但合二为一,就是她最熟悉的双眸。如果她的生命没有太大的意义,如果没有那么多的责任需要扛,她也很想和苏释耶死在一起。

霏思,蓝思,走好。

"来人。"她唤了一声,两名鲨族手下立刻敲门后进来。她轻声交代,"去红月海拉罕村,把霏思和蓝思的孩子接到圣耶迦那来,给他们安排最好的生活环境,以后送到圣都小学读书。"

"是,大神使。"

"去跟独裁官提交申请,把他们整个村都重建一下,照顾好其他的鲛族孩子。"

"是,大神使。"

"对了。"她抬了抬手,"接他们过来以后,帮我们安排一次会面。今天就去吧。"

"可是,大神使,您已经很长时间没有休……"

"没关系。安排吧。"

"是。"

苏伊闭着眼睛休息了半个小时,忽然"啊"的叫了一声,从噩梦中惊醒。她捂着头,不确定到底哪个才是噩梦——现实,还是刚才这小憩中遇到的危险。这段时间压力太大,即便很困,也会很快醒过来。

现在,"自我"这个概念早已不存在了。她是光海的苏伊。

她抬头看了一眼桌上的酒瓶。那是苏释耶最喜欢的酒"亵渎的爱"。他曾经说,这么辛辣浓烈的口感,叫"深爱"更适合。她却觉得"亵渎"很贴切。因为当时在她看来,谈没有结果、过分激情的爱情就是在找乐子,亵渎了神圣的爱情。在她心中,可以长饮的淡酒才是真爱。

现在她终于知道了,真爱一个人,就算没有长久的未来,也不是亵渎。

此生至爱,确实不一定会永远在一起。

苏释耶,你现在过得好吗?深渊没有光,资源匮乏,你一定要照顾好自己……我要谢谢你,不仅是为了最后愿意做出那一步的退让,还因为你一直我最大的精神支柱。和你相恋的时光,是我此生仅此一次的最美记忆。凭借这些记忆,我走到了今天。

"通知这家酒厂,"她挥了挥手,让酒瓶落在另一个手下的手中,"这种酒,改名叫'深爱'。"

Chapter 36 莫尔大财阀

以苏释耶"鲸落"为转折，以光海大神使苏伊奴隶制推翻为标志，光海又一个时代终结了。

24853年的12月31日，耀光时代的前一夜，梵梨在家里整理箱子的时候，看见了一颗160帝克的钻石。它完美无瑕，璀璨生辉，闪得让人不由闭上眼睛。"星之尘埃"是这个时代最顶级的艺术品，产自红月海南海岸产的金刚石矿坑。里面有一行漂亮的手写字：

给我爱的梨梨，燃烧时代。苏释耶。

燃烧时代短暂得如同它的名字，短暂得如夏天。

这个时代过去了，他们的革命结束了，她的爱情也结束了。只留有星星留下的一粒尘埃，默默记录着它所目睹的一切。

耀光时代二年，梵梨和希天离婚了。导火索是前一年的一次矛盾。

那年，梵梨的工作告一段落，大半年没见的丈夫先来找她了："现在工作忙完了，你不打算要孩子？"

"别逗我啦。工作哪有做完的时候？我只是暂时休息一下。"

"你就打算一直这样工作下去，不考虑孩子的事？"

"有什么不可以呢？"

"苏伊，你只是一个女人。"希天被她那副无所谓的样子气着了。

梵梨反倒是笑了笑："嗯……这个女人的政绩，好像还说得过去。"

希天提起一口气，看向远处，又纠结了半天，忽然回头说："你帮我胎生一个孩子，生了以后，我就再也不怪你了。"

"不怪我？"

"不怪你让苏释耶骗了贞操啊！"

"那你可以继续怪我。"

"你也可以继续做你想做的事。"梵梨绝口不提他一百多年来源源不断的情人，"但我现在不会生孩子，以后也不会给你生孩子。"

"你在怪我吗？怪我这多年一直很风流？"

"不是，我只是不想生。你如果有需求，可以找别的女人帮你生。"如果小孩脾气跟你一样怪，妈妈我会疯了的。还是苏释耶的孩子比较好。不对，苏释耶的

孩子万一跟他一样也有反社会人格怎么办?算了,还是去研究一下雌性海族有丝分裂的可能性吧。"

像是早就知道的答案一样,希天很快说道:"那这段婚姻也没必要继续了。"

他们提交离婚申请后,第二年批了下来,三个月后低调宣布了离婚的消息,但还是掀起了一阵舆论的轩然大波。之后,独裁官让她任职圣都银行监督部执行官,配合政府执行下一个发展经济的计划方针,相当于被发配去做苦力。

从得知她离婚消息那一天起,夜迦频繁约她去圣耶迦那最新的娱乐场所散心。有一回,他们在外面聚会时,还遇到了夜迦的一帮小迷妹。她们看见夜迦和梵梨同时出现,都露出了"我懂了"的表情。梵梨立刻说,只是朋友而已。

"是啊,我又不急着结婚。"夜迦一脸嫌弃。

"布可教授,你不急着结婚,是不是因为挑花眼了呀?喜欢你的女孩子一定很多。"其中一个迷妹说道。

"喜欢我的女孩子很多?我怎么不知道。"

寻常人这么说是谦虚,或是有自知之明,夜迦这么说,就夸张到有些好笑了。等周围的女生都笑够了,那个女孩子还是不依不饶地追问刚才的问题。夜迦只是笑着说:"我不是不想结婚,只是没有遇到过真正合适的人呢。要不,我等你长大?"

不难看出,那女孩很喜欢夜迦。被他这么赤裸裸地反撩,女孩儿捂着脸跑开。

梵梨一直知道,夜迦的油嘴滑舌只是表面现象。他是个奇特的人,每天吊儿郎当地生活,轻松实现了别人一辈子的终极梦想,但他对此毫无成就感。他几乎每十年就会拿一个学术类奖项,每五年就会写一本学术类书籍,却没有一天会好好睡觉,没事就泡在妓院里,跟最肤浅的女人厮混,重复着日夜颠倒的作息。

作为一个满级玩咖,夜迦总是有让时间过得飞快的本领,经常逗得她哈哈大笑。但赴约了几次后,她觉得他把自己想得太脆弱了,其实自己并不是那么需要被安慰,于是给自己安排了一个长假,好让夜迦省心。

梵梨选择的旅游地点是给亚麦提。

从长途舰艇中出来,除了复活宗神宫,所有建筑都矗立在衰败之中。整个海底平原上,深黑的轨道蜘蛛网般纵横交错,一艘艘公交舰艇上方牵连着电线,行驶时发出陈旧的线路摩擦声,与轨舰的钢铁声交织在一起,成为了给亚麦提的主旋律。这座城市的乞丐数量比整个红月海的加起来还多。市中心曾经挂着苏释耶死亡倒计时的大楼下,处处都是睡在椅子上、依偎在平房上的乞丐。广场中,保留了复活海最后一尊苏释耶石制雕像。梵梨路过时,有一群工人正用器械拆走它。

"左边一点,扣住,小心地吊起来……"工头在指挥属下,挪动着那一尊雕像。

雕像碎发及肩,轮廓犀利,一手叉着腰,同时轻握着披风的一角;一手随意握独裁官权杖,杖尾与披风同样垂落在地。粗制石头雕刻出的额饰和断掉的耳坠无法展现出原物的奢华,却能展示出这个男人曾经统领光海的气势。

如今,当人们想到维护平民权益的领导者,第一个想到的就是苏伊,智慧女神般的存在。对现在的孩子而言,苏释耶是教科书上的历史人物,曾经有很大的作为,但除了狂热的历史爱好者,像燃烧时代末期一旦提到"独裁官"就跟打鸡血似的情况,已经不会再发生。

看见那个雕像被搬走,就好像心里某个位置也被剜空了一样。

"您是……苏伊大神使?"

听到路人的声音,梵梨回过头,看见了一家三口海洋族,父母牵着孩子的手,正用期待的眼神看着她。她点点头。夫妻二人同时对她行了左手礼,并按着孩子也做了同样的动作。

"太感谢您了!"孩子妈妈热泪盈眶地说道,"我丈夫曾经为了让我和孩子吃饱饭,自愿卖身到奴隶市场,再努力挣钱赎身。真到赎身的时候,奴隶主耍赖,趁机加价。我们正感到绝望,您就废除了奴隶制,让我们一家人团圆了!真的,太感激您了!"

"这是我应该做的。"梵梨回了右手礼。

因为这个动静,广场里的其他人也都留意到了她的存在,纷纷过来感谢她。能帮到那么多人,看见那么多家庭团团圆圆的,她发自内心感到开心,觉得自己很有用。但看见乞丐也过来感谢她让他们自由,她又觉得,还是得想办法解决他们的就业问题才行。

梵梨正准备离开,忽然有人从背后拍了拍她的肩。

梵梨回头,第一反应是好漂亮的男孩子,鼻梁高高窄窄的,看上去好像比她还年轻一些。然后才意识到,他穿的是军装,陆生,腿超长,比她陆生时高了大半个头。看徽章,是个少校,难免又令她想到了曾经的星海。但星海即便是最年轻的少校时期,眼中也总是有温柔的绝望,眼前的男孩子要正气、轻快,温暖很多。见他留着一头雪白的碎直发,梵梨正想是哪个宗族女性生了这么干净的男孩,却见他灿烂地笑道:"梵梨姐姐。"

"小羽!"梵梨惊喜地上下打量他,"你不是在圣大读书吗,怎么去当兵了?"

"那都是多少年前的事了。我毕业之后就回裂空海当兵,现在是天照阐幽第七部队的奥术师和参谋,今天路过给亚麦提,没想到在这里遇到了梵梨姐姐。"

"我就说嘛,你成绩那么好,应该做点动脑子的事。"

他们一边顺着街道漫游,一边聊天。路过一张丁氏丝鳍鹦鲷族女歌手的海报时,梵梨指了指海报说:"这是我在落亚大学的室友,以前就是音乐系的,现在当了个人气小歌手。"

"你落亚大学的同学,我好像认识得不多。就记得琥香、丽娜、尤灿哥了。"

"他们过得如何了?"

梵梨从羽烬那里得知,昆蒂、丽芙母女都追随苏释耶跳陨星海沟了。她们离开后,琥香在学校里完全没了朋友,很孤独。后来,她服用了"冥河之心",晋升成了蓝鳍金枪族。比起她原本的种族,这跟没晋升也没区别。琥香过得郁郁寡欢,用十年时间修完四级奥术便毕业了,在圣耶迦那一家奥术能源公司担任研发人员。几年后,她嫁了一个蓝鳍金枪族的丈夫,被家暴到鼻骨都断了,上法院起诉离婚,分到了两万多浮的财产。之后她带着儿子,换了四任男朋友,每次分手都会上演闹剧,现在还在同一家公司工作,前年刚升为主管。

尤灿的故事就很普通了。梵梨离开圣大后第二年,他的女朋友总算考到了圣大。他们谈了几年,尤灿又被甩了,然后单身到毕业,回到红月海的老家利尔市,娶了一个和他同姓的年长妻子。

听到这里,梵梨不由感到有些唏嘘。

"那你呢,小羽,你的工作如何?"

"我们核心队伍随长官被正式调到圣耶迦那工作了,从后年开始,我们会在那边参与导弹和奥术武器的研发。"

"那太好了,你果然是最有出息的。"梵梨抬头对他笑道,"还有,欢迎回圣耶迦那。"

"谢谢梵梨姐姐。等我到了圣耶迦那,如果你周末有空,我可以约你出来吃饭吗?"羽烬长长的睫毛抖了抖,"会不方便吗?"

"不会的,你可是小羽呀。虽然现在已经长高到我都认不出来了。你的变化可真大。"

"梵梨姐姐变化也很大。"

"嗯?怎么说?"

"好像缩小了。"羽烬一脸乖巧。

说完,羽烬变回了海生状,伸手放在梵梨的头顶,对着自己的下巴比画:"到我这里。"

"记忆真会骗人,大学时期,你明明高大威猛,结果现在看居然这么小,真是太可爱了。"

梵梨无语,心想算了,不跟小孩子计较。

"对了,梵梨姐姐最近是离婚了吗?"

梵梨咳了两声:"是吧。"

"那没事,有我保护你。"听到这句,梵梨正觉得感动,羽烬又对她温柔地笑了笑,"毕竟离婚以后,也没男人可以保护梵梨姐姐了。"

"……"

这个臭弟弟是怎么回事?曾经分明是软萌小可爱,现在怎么如此毒舌腹黑!

临走前,羽烬还特意绕到了梵梨面前,低头看着她,微微笑道:"梵梨姐姐,最后两年了。我很快就会回圣耶迦那了,等我。"

"好啊,我们把圣大的老朋友都叫上聚一聚。"

接着,梵梨完成旅途,回到圣耶迦那。

刚回去那两周,夜迦大约她出去了几次,而且每次都没叫其他人。她觉得,夜迦虽然说话贱贱的,但心思也是真的细腻,会担心她离婚有后遗症,于是说:"小夜呀,最近我工作比较忙,忙完了我请你吃饭。"

"还真是永远不忘自己的汉子属性呢。行吧,等你忙完。注意身体。"

然后她就把这事忘记了。

奴隶解放后,梵梨动用了很多地底城的资源来帮助他们,搞得阿达先生致电问她,是不是打算让黑鳄工会转行做慈善。她也知道这样会破坏黑市的平衡,但没办法,杰力担任了独裁官一百年,才在第三次大选连任失败。新上任的独裁官智商不错,可巧妇难为无米之炊,现在的光海财政是个大窟窿。然而,只有经济修复了,那些解放的奴隶才算是真正解放了,不然奴役他们的只是从奴隶主变成了饥饿。

在新的岗位上,梵梨提出了一系列新的财富公平分配政策,例如限制精英阶层收入、大幅度增加富人个税、加强海洋族工会实力等等,并真的让政府开始推

行了部分,以至于上级海族和富人都对她咬牙切齿,恨之入骨。

耀光时代4年1月中旬,梵梨从银监部回到了海雾树。正想往私邸的方向游去,却看见一个小女孩在珊瑚旁玩海雾树的风景拼图。她一手滑,把一块拼图弹了出去,落在离梵梨不远处的珊瑚礁下方。梵梨游过去,弯腰去捡,另外一只大手也伸了过来,碰到了她的手。然后,珊瑚礁后面露出了一张熟悉的脸。

"大神使?"男人愕然道。

"你是……莫尔先生?"梵梨也很意外。

莫尔黑乔今年四千二百一十九岁,辉耀海神族。莫尔家族是圣耶迦那最大的海神族家族。莫尔集团是《圣光报》企业排行榜"裂口鲨企业"位居第一,价值一万亿浮。在这个榜单里,有六家来自圣耶迦那,红月海以一百七十一家成为全海最多"裂口鲨"企业的海域。而这个集团的创始人的孙子,闻名全光海的大财阀,圣耶迦那的首富,就是眼前这个男人。

即便在海神族里,莫尔黑乔也不年轻了,眼角和额头都有了少许细纹。但是,他很帅,身材高大魁梧,有任何一个海神族绅士都会羡慕的衣帽间,穿定制正装,佩戴落亚产的臂环、质感最上流的手工护鳍,即便是在洪流中头发也一丝不苟地梳理在脑后。所以,岁月没有让他失色,反而令他在保留了五百岁成为财富新贵时的气势,又添加了五百岁时没有的成熟与大气。

黑乔把拼图递给小女孩,又游回到梵梨身边:"我一直想请你吃一顿饭,但总没找到机会,今天你可一定要给我这个机会。"

"莫尔总裁要请银监部执行官吃饭,听上去有点微妙呢。尝试说服我。"

"苏伊院士果然是有趣的人,我更坚持了。"黑乔爽朗地笑出声来,"择日不如撞日,就去这树上的一家餐厅吧。我的好朋友马文强烈推荐我去那里吃,但我总是以各种借口推托,咱们去试试看。"

那家餐厅是梵梨和苏释耶、马文用餐过的地方。二十五年前,莫尔集团收购了"海族舰艇",也难怪马文成了黑乔的好朋友。

黑乔把两个保镖留在门外,带梵梨进入了靠窗的包间。坐下来以后,他们从餐厅的美食聊到了光海的经济。

"你觉得自由贸易是否对维护光海和平带来了好处呢?"黑乔双手放在餐桌上,十指轻轻交握,眼神分外专注。

光海统一后,跨海合作更加普及,跨海公司可以获得更高利润。复活海、风

Chapter 36 莫尔大财阀

暴海这些贫富差距较大的海域中,底层海族可以寻找圣耶迦那、红月海大型企业的外包工作。任何两个拥有顶级跨海企业的海域都不可能再打得起来,光海终于恢复了平静。

梵梨摇了摇头:"不管有没有自由贸易,随着奥术、通信和交通的发展,跨海合作都会普及的。"

"很有道理。那苏伊院士怎么看待复活海与星辰海长期边界的摩擦呢?"

"没什么看法。"梵梨想了想,笑了,"你说到重点了。为什么复活海是最闹腾的海域,平时存在感这么低呢?"

"因为你不负责外交,而复活海也没有什么影响力很大的企业和文化输出。但是,复活海公民的思维是很跟得上光海节奏的,他们只是本土化比较弱。"

梵梨过去跟政客打交道比较多。尤其是苏释耶,他是典型的元首思路,不管讨论什么主题,他都会把它们与内部关系、外部关系、敌对关系、盟友关系结合分析,思维之广袤,总是让她崇拜不已。但黑乔是企业家思路,与苏释耶截然不同。他详细解释了复活海的历史、文化、商业之间的关系,而且谈得很深,让她从另一个角度看到了世界。因此,她也听得津津有味:"莫尔先生的观点很有意思。好久没跟人聊得这么开心了。"

"回馈社会,是每一个资本家的终极梦想。这种成就感是金钱买不到的。我已经过了赚钱就能满足的阶段,现在想做一点更有意义的事。"

"例如呢?"梵梨期待地看着他。

"例如娶一个苏伊院士这样的女神当老婆。"看见她处于宕机状,他笑出声来,"我开玩笑的。我想做的更有意义的事,是分一笔资产给政府,支持他们的决策。至于剩下的财产,那就由我妻子来决定吧。她觉得怎么处理对光海比较好,我就怎么处理。"

"那你妻子的答案是什么呢?"梵梨在心中默默祈祷,期望他有一个眼界宽广的太太。

"你觉得是什么,她就觉得是什么吧。"

这天聊天结束后,梵梨去查了一下莫尔黑乔先生的太太,却发现他是圣耶迦那的头号钻石王老五,除了谈过两场长达几百年的恋爱,就没传过花边新闻。于是,她便不再想着避嫌,和莫尔黑乔继续交往下去,企图拉拢一下这个大财阀,解救一下现在的经济困境。

在苏释耶执政期间,圣都党海域虽然经济繁荣,但圣耶迦那一直采用极高关税贸易保护主义政策,工业品关税高达35%到45%,同时,政府对贸易自由放任。而在风暴海,工业品关税为15%~25%,政府态度是强制干预加监控,同样是保护主义政策。两个海域都把对方当成敌人,闭关搞制造业。

红月海归顺后,圣都党以绝对优势碾压了风暴党,议会曾经提议大幅度降低关税,增大贸易自由度,以便稳固圣都党内部的稳定。这一提议的另一层意思是把资源配置到附属海域,同时控制附属海域的媒体、教育,在当地培养掌权者,完全打开市场。如此,当地政府、宗族都会变成圣耶迦那资本的工具,实现真正意义上的圣都集权、海域融合,也用经济地位宣布了圣都党政治军事也登上了光海霸主之位。

杰力任职后,废除了苏释耶在位时推出的《圣耶迦那海产法》,将原料进口关税降到了7%,将制成品关税降到了19%。同年12月,排除其他海域在贸易上竞争、保护圣都及二三级海域本土产业的《舰艇运送法案》也被废除了。

如此巨大的变革,引来了民众的欢呼与经济学家的不满。

"在苏释耶的统治下,光海不可能统一。"面对记者的采访,杰力从容笑道,"他想成为光海的唯一独裁者,所以限制了整个光海的经济发展。我们都知道,这是在给全海族公民增加负担。如果有最好进口的产品,我们为什么要使用本土制造的次级替代品?仅仅因为害怕其他海域的经济强过圣耶迦那吗?不,我们不能让自己陷入囚徒困境,要先张开怀抱,行使圣都数千万年以来的职责,扶持贫穷的海域,让公民们享受自己应有的福利……"

于是,七大海域在自由贸易中迅速赶上圣耶迦那,经济强大自然也带动军事发展,变得越来越不听话。杰力任职期满后,把烂摊子和一屁股债务丢给了下一任独裁官。圣耶迦那再次衰落,转向保护主义。

如果现在莫尔大财阀愿意伸出援手,一定能让光海经济缓一口气。

凑巧的是,黑乔似乎也很想和梵梨合作。后来三个月时间里,不管她去哪里,他都第一时间安排舰艇亲自接送;只要她主动找他,不管提出什么要求,哪怕是跟企业相关向的,他都无条件地答应;他带她去很多至交和亲友在的聚会,毫无保留地让她进入了自己的生活……看见他们俩频繁出入各种场合的新闻,连风晋都来打趣说莫尔黑乔是不是喜欢你。梵梨觉得风晋"恋爱脑",敷衍地说着"是是是",心里却在等着黑乔开口,找她要政府资源——他这么费尽心思讨好她,肯定有一笔大生意想和政府做。

结果三个月以后,她收到了他送的170帝克的粉钻"圣都之心"婚环,刻字:"苏伊吾爱,愿余生都有你。莫尔黑乔。"

也不知道是不是已经第四次被正式求婚了,看见那颗巨大奢华的"圣都之心",梵梨没太大感觉。她只是觉得很震惊,不敢相信风晋说的才是对的。

"你想和我结婚?"看他跪在自己面前,梵梨觉得脑子有些短路,"你不是想做买卖吗?"

"我是想做买卖。想用我对你的呵护,买你后半生的幸福。"

梵梨承认,她很感动。但她也不得不坦然面对自己的内心:"我很愿意答应你,但只是为了光海的经济修复。那些解放的奴隶很多都变成了乞丐,吃不起饭,孩子们上不起学,作为大神使,我给了他们自由,却没给他们未来的保障,我……"

"我懂,为了全海族的自由,政府与民众都付出了很大的代价。"黑乔善解人意地点头,"而且,现在已经不是苏释耶的时代了。"

"我可以给你平稳的夫妻生活,和你成为长期战略伙伴,也可以做到绝对专一,但给不了你爱情。"

"没关系。"他笑着,"我爱你就够了。"

又过了半年,羽烬刚回到圣耶迦那没几天,就再次收到了梵梨姐姐的婚礼邀请函。他是一脸蒙的。

得知梵梨答应莫尔黑乔求婚的事,朋友们都在恭喜,风晋尤其开心。因为在风晋看来,嫁给宗子只算是"嫁得可以",嫁给宗主和莫尔黑乔,才算"嫁得好"。

夜迦给梵梨打了个电话:"你不是已经废除了奴隶制吗,为什么现在还要做到这一步?那些穷人过得好不好,跟你一点关系都没有。废除奴隶制,就一定会出现有自由奴隶饿死的情况,是不能完全避免的!"

"不能完全避免,能少饿死一个也算一个吧。"梵梨很平静。

"那也不值得你用婚姻去换啊!你有必要为那些穷人做到这一步吗?他们会感激你吗?"

"小夜,你一直生活在优渥的环境中,不会理解那些人的苦。而且,比起卡律平原两万无辜牺牲的人,比起阿萨、裘沙、死去的炎族、在双党争中牺牲的士兵……我只是付出婚姻而已,不用那么娇气。"

夜迦沉默了一会儿:"被你这样一说,我觉得很自惭形秽。你说得对,你在做

正确的事。而且,你现在已经是上级海族了,却还能保持初心,一直为下级海族做斗争,真的很伟大。但是,你毕竟是一个女孩子,不要给自己压力太大了,知道吗?"

"没有没有。"梵梨笑了起来,"只要不是那个人,是单身,是嫁人,对我来说没有任何区别。我反倒要感谢莫尔先生愿意娶我,他是一个很好的人呢。"

"你还是爱着苏释耶,还是忘不了他,对吗?"

婚礼在即,她不想提到这个名字。听到"苏释耶",她只觉得心里很痛。

没有一天不会想到他,没有哪一夜不会梦到他。好像是深蓝在惩罚她,当初对他下手那么狠。梵梨在电话这头悄悄抹了抹泪水,说:"小夜,记得来参加我的婚礼。"

耀光时代4年,梵梨和黑乔在圣耶迦那举办婚礼,一时间结婚的消息传得尽人皆知,而且收到了绝大部分群众的祝福,这让梵梨感到有些意外。

她又一次收到了帕姬的新婚祝福。因为有很多事要忙,她回了一次以后,再收到信,就回得比以前慢了很多。但帕姬总是回得很快,而且每次信都写得很长,让她觉得有些对不起这位多年老笔友。

梵梨和黑乔的婚姻平淡而稳定,持续了整整三百一十三年,黑乔始终对她温柔如初。

Chapter 37　四百四十二年

这三百一十三年里,第一波救市计划完成后,梵梨把地底城的部分业务转移到了莫尔集团,壮大了莫尔集团的魔药研究力量。一百五十年后,圣耶迦那莫尔魔药公司成为了光海规模最大的魔药企业。在夫妻俩的共同努力下,圣耶迦那连整个光海的经济都以超出预期的速度重生着,莫尔集团大幅度拓展业务,和政府关系更紧密,也收获很高的盈利。原本被"裂口鲨企业"第二名紧紧咬着,现在集团估值也甩开后面近一倍,还被评为最受民众欢迎的企业TOP3。

每当别人夸莫尔黑乔挑老婆眼光好时,莫尔黑乔总是说:"我只是追求女神的同时,得到了一些额外收获。"

遗憾的是,这段婚姻也没能走到最后。

两个人一起在面对难关的时候,有很多话题。但等困难解决、目标达成后,黑乔发现,他看错了自己的妻子,也错看了他自己。

首先,在他向梵梨求婚前,就相信梵梨的能力和形象,知道她可以让他的商业帝国再一次飞升。事实验证他对了。

其次,梵梨和希天婚姻持续期间,希天在外面一直有情人,梵梨却没和任何男人有过暧昧。这说明她是一个忠诚且自控力强的女人。事实验证他也对了。

再次,也是最重要的一点:这样的女人,全光海只有一个。"妻子是苏伊"——任何男人,不管是宗神后裔、海神族、捕猎族,还是海洋族,听到这个假设,都不可能不动摇。达成了事业的最高成就,再娶苏伊回家当老婆,人生圆满了。事实再次验证他对了。这三百多年来,他每一天都很骄傲。他从前不是虚荣的人,但和梵梨结婚后,他无数次把她带到各种场合去炫耀,"莫尔黑乔高调秀妻"的新闻,经常霸占报刊头条。

最后,他活了四千多岁,对自己的双商和耐心都非常有自信。他觉得只要给她足够的关怀,她就一定会感动并且爱上他的。即便不爱,也无所谓,夫妻之间可以相敬如宾。唯独这一点,他大错特错了。

他就像她的战略伙伴,只要聊到合作的事,总是能意气风发,"情投意合"地讨论几个小时。可一旦他开始说"我爱你""我想你"的时候,她的回应永远都是实

质上的利益。这不是他想要的东西。他已经有足够多的钱了,他不想要钱。他有时候想,哪怕她演演戏也好,骗骗他也好。他见惯了人生百态,已经过了那个想看透人心的阶段。一个人对他好是不是发自内心的,他并不在意。但他的妻子偏偏是个完全不会演戏的女人。

后来,偶尔和朋友聚餐,发现他们和妻子非常恩爱,子孙满堂,他渐渐开始羡慕他们。终于有一天,他忍不住对她开口了:"你能给我生个孩子吗?"

"我们开始不是说过,不生孩子吗?"

很长时间后,他叹息:"亲爱的,你或许还年轻,有很多未来在等你。但我老了。对不起。"

梵梨先是一怔,很快明白了他话里的意思:"那以后,我们还是朋友吗?"

"当然。一辈子的朋友,一辈子的亲人。"

离婚后,两个人确实维持了很好的友谊关系,而且瞒了很长时间才公开离婚的事实。随后,莫尔黑乔很快有了孩子。但在他的余生中,再也没结过婚。

虽然和黑乔之间没有爱情,但对梵梨来说,他已经是亲人了。亲人的分离,有时比爱情还要令人痛苦。黑乔从家里搬出来以后,她一个人留在空荡荡的豪宅,连续几个月都没有缓过劲儿来。

她离婚的消息没有完全公开,但上级海族社会很快都知道了,希天第一时间就来找她复合。她猜测,原因是星辰海的执政官正在追她,星辰海和加斯宗族是不对付的。

"希天,你尽管放心,"梵梨微笑着回答道,"不管是单身还是结婚,我的政治态度都不会转变的。你的担忧完全不存在。"

"不是,我不是……"希天提起一口气,"我只是觉得,我们俩其实可以重新尝试一次。"

"对不起,我不想试了。我们非常不合适,你心里是清楚的。"

"当时我心里有气,但我气的是苏释耶,不是你啊。我知道错了,我不该对你要求那么严苛。再给我一次机会吧。"

对希天来说,这个道歉已经非常有诚意了。但梵梨还是拒绝了。

小夜闺蜜得知消息,也又一次积极约她出去玩。她本来觉得离婚没什么的,但给朋友添加这么多麻烦,实在是不好,于是把风晋、夜迦在内的一群人都请来吃了一顿好的。这次聚会上,她还邀请了兰迪玫瑰和银监部的三名女同事。她们经常与宗族成员打交道,但还是挡不住夜迦的魅力,三个人把夜迦包围了一个晚上。

聚会结束后,夜迦说要送梵梨回家。梵梨叫了驾驶员来接自己,本来想送闺蜜回去,就跟夜迦说:"刚好,你有时间,那就送风晋回去吧。我送小兰回去。"

"我们俩先送她们俩回去,我再送你回去,不影响。"

"我私舰在外面等着呢,不用那么折腾,你送风晋就好了,谢啦。"

"真把自己当汉子了?"夜迦看了看风晋,"行,那你路上小心,我送她。"

在回去的路上,兰迪玫瑰咂了咂嘴:"可惜了,布可夜迦什么都好,就是太没上进心,这么多年一直都只是个大学教授。不过嘛,他是布可巴路最喜欢的儿子,搞不好哪天他想通了,回去继承布可宗主之位,那就真的厉害了,这男人完美了。"兰迪玫瑰也离婚了。杰力转到财政部工作后,收入和实权都大跳水,她跑得比马还快。

"你怎么还在拿权力衡量男人的价值。夜迦是普通大学教授吗?他圣耶迦那大学的奥术学教授,双博士学位,现在市面上卖爆的那本《从细菌到海族:海洋奥术简史》就是他写的,跨学科圣经呢。"

"听不懂。"

"怎么,你对他有兴趣?"梵梨饶有兴致道。

"怎么可能,我是在说你和他。"

"说啥呢,小夜是闺蜜。"

"我想也是。"

过了几天,夜迦给梵梨打电话说,风晋想去一个光海奴隶历史主题的博物馆,问她要不要一起去。梵梨本来挺感兴趣的,但仔细一想,不对。她试探道:"风晋叫你去?"

"是我叫她去的。"

"然后她答应了?"

"对啊。"

"然后她叫我去?"

"不是,是我想的你对这个也有兴趣,就问问你想不想一起去。"

"就我们三个吗?"

"嗯。"

"哈哈哈,好,我去。"

原来是这样,这俩冤家认识这么多年,居然开始有点那方面的苗头了。不好意思单独约会,要拉上自己一起。梵梨非常识时务者为俊杰。赴约当天,看展到一半,她就以工作为由跑了。

这之后,夜迦还是经常约她吃饭,对她嘘寒问暖,无微不至。她懂的,夜迦希望她在风晋面前美言几句。她觉得两个人的事,第三个人插手太多不太好,就想和他AA制,但都被夜迦抢着付了。她不想吃人嘴软,后来夜迦约她,她索性都推了,打算等他过了对风晋的头热期再和他见面。

320年秋季的一个半夜,梵梨刚结束一个商业会议,正饿得头晕目眩,突然接到了夜迦的电话。

"刚忙完?你一个人吗?"

"对呀。"她看着窗外圣耶迦那的夜景,无声地叹了一口气。

"那……我带你去吃点好吃的?"夜迦虽然平时说话就很柔和,但这个晚上柔得有些过分了,有点平时撩妹的腔调,却又无比自然,不像是在故意勾引人,像是情不自禁。

梵梨很想答应他,但因为第二天她安排了旅行计划,不想吃太晚,她只能说:"最近我刚读了一本关于黄昏区生物的书,准备一大早要去黄昏区研究灯笼鱼、栉水母、斧头鱼和吸血鬼乌贼呢,等我回来再说吧。"

"嗯?黄昏区生物,我也很有兴趣,我跟你一起去吧。"

"明天学校不是开学第一天吗?缺席也行?"

"当然行。"

他说得这么理直气壮,梵梨哭笑不得:"你别闹了,圣大可不是落大。你还是专心工作,我就去一天,回来咱们再约。"

"好。"夜迦听上去很开心,"我等你回来。"

第二天,梵梨穿过风暴之井,到海洋黄昏区游玩。不过是深海不到五百米的位置,极强的水压都令人心跳加速,血液流动速度变快。但调整了一会儿,待身体适应了水压,一切又变得好玩起来。开阔水域里有飘落的大把海洋雪,她看见了很多弱光层生物,还偶遇了一只十三米长的大王乌贼。回忆神殿落在了一个悬崖峭壁上,半边建筑在下坠过程中毁坏了,而且伸出崖边一截,看上去就像腐坏的巨大沉船。

苏释耶早就说过,等回忆神殿盖好再带她进来看。但从开始修建到它下沉到

Chapter 37 四百四十二年

深海,她都没机会参观。踏入门的刹那,看见熟悉的古老琉璃建筑的残垣断壁,时光像是倒转了很多很多年。地面光滑明亮宛如镜面,奥术提灯早已熄灭。在神殿中央,有一尊石雕:女孩子留着瀑布般的长发,牵着裙摆,眼角弯弯,回眸一笑。微光透过彩绘玻璃,在她身上洒落斑驳的光点。梵梨游过去观察,发现这是自己的陆生雕像。

海水是时间的羽毛,穿透皮肤的毛孔,浸入回忆与灵魂。

还有八年,她就要七百岁了。距离最后一次与苏释耶见面,已经过了四百四十二年。

可与他相爱的感觉却依然熟悉,恍如昨天。疯狂地,幼稚地,张扬地,毫无保留地,不顾一切地把一生所有热情都留给一个人,只有那一次而已。

甜蜜而痛苦。极乐而悲伤。疯狂而胆怯。憧憬而绝望。

突然间,梵梨凭本能感受到了灭顶般的压迫感。她不知道这个人在哪里,只知道这是令她窒息的邪能之力,于是赶紧躲了一根坍塌的圆柱后,用奥术隐匿了自己的气息和存在感,大气都不敢喘一下。

随着强大的威压一点点靠近,她听见了一个男人的声音:"我知道你在这里,不要再躲了。"

风暴之井所有海浪都好像停了两秒。那些自光海飘落的海洋雪,就像电影里的慢镜头,每一颗、每一片都清晰得可以看见运动轨迹。她还没从震惊中回过神来,那个男人又带着笑意说道:"害怕见到我?嗯?"

怎么可能,怎么可能……

但是,是他。

时隔四百四十二年,她又听到他的声音了。

泪水笔直地从胸腔涌上来,在她眼中打转。她赶紧用双掌捂住眼睛,但还是控制不住,在柱子后面哭得不能自已。

"面对我有这么困难吗,我又不是海啸猛兽。"

苏释耶的语调轻松而慵懒,和他第一次在落亚拥抱她时比,没什么变化。可是,她不能听他说话。不管他说什么,都能把她内心所有的防线击溃。她不想让他看到自己失态的模样,想用笑脸重新面对他,所以一直抱着双臂,在柱子后面拼命控制眼泪。但越控制越收不住,排山倒海的思念蚕食了所有的理性。

是真的,他就在她身后,这么近的地方。她好想拥抱他,想告诉他:苏释耶……

你还好吗？如今我完成了自己的使命，如果你能原谅我，还对我有一点点感情，我愿意放弃一切，跟你去深渊重新开始。就算那里没有食物，没有阳光，也好过没有你的光海。我什么都不想要了，我只想要你。

"真的不理我了？"苏释耶的声音很温柔。

梵梨鼓起勇气，正想出去，可就在这时，一个女人委屈的声音响了起来："我也不想躲，可是，妮妮姐姐喜欢你啊。我们俩说好的，永远不共享一个男人。我不能做让她难过的事。"

梵梨僵住了。

"那你喜欢我吗？"苏释耶更温柔了。

"喜欢。"女人秒答，嗓音沙哑，带了一些哭腔，"我喜欢陛下很多年了，是真的真的很喜欢。只要能和你在一起，哪怕是一天，不，一个小时，我也满足了……"

陛下？梵梨听糊涂了。

"那就忘记其他人，选择我。你看，我都从巴曼薄亚追你到这里了，还不够有诚意？"

"已经受宠若惊。"女人颤声道。

"你这坏女孩，真会欲擒故纵。"接下来，苏释耶的声音变小了很多，似乎离她很近了，"其实，你知道我会追过来的，对不对？还特地换上了你最喜欢的裙子，是在勾引我……"

"陛下，不要……"

"真的不要？那我走了哦。"

"不，不是……"

"宝贝，你等等我。"苏释耶的声音突然变得严肃，"躲在柱子后面那个光海族，你偷听够了吗？"

梵梨倒吸一口气，用手心捂住嘴。

"是不是以为使用了高级奥术，我就发现不了你。出来。"

心跳几乎把胸腔都撞碎了。她蜷缩在柱子和墙壁的夹角处，恨不得把墙壁都撞穿逃出去。但很快，一道影子闪现在水光中，挡住了原本就很微弱的光芒。

就这样，四百四十二年后，她又重新见到了他。

苏释耶穿着黑色的敞胸托加，头发雪白。他还是惯性地将一边头发别在耳后，露出铂金耳坠，轮廓锋利美丽，竖瞳凌厉冷漠，充满攻击性。察觉光海族的存在，

Chapter 37 四百四十二年

他本来想直接杀了就好，但刚举起手，他被吓到了，瞳孔骤然放大。

蜷缩在角落里，抱着双臂的海神族，居然是梵梨。

梵梨原本就很苗条，这样缩成一团，头发把她上半身大半部分都盖住。她的深蓝眼眸中滚动着泪珠，连带奥术的防护壁中，都满满是她尚未散尽的泪水。四目相对的刹那，她抱在胸前的手瑟瑟发抖地往上伸，捂住了鼻口，睫毛上又粘上了几颗银白色的泪珠。

苏释耶放下手，眼中的惊愕渐渐转成了冷漠。他的左臂上戴着篆刻了赤月徽章的臂环，手臂肌肉紧绷了又放松。

"苏释耶陛下，您怎么了……"与他调情的女人游了过来。她的长卷发和高腰低胸上衣都是暗夜般的黑，发梢在双颊微微卷起，樱桃小口呈猩红色，尖耳红瞳，深红尾巴泛着邪能之光。这是一个纯种炎魔族女子。

"这……这位是……"炎魔族女人吃惊地掩了一下口，手指甲长长的，"光海大神使？"

"我还说是谁，原来是苏伊院士。"苏释耶的笑容比这里的海水还冰冷，"四百多年不见，知道你还活得好好的，我也就放心了。"

"苏释耶……"梵梨放下双手，站直了一些，也挤出了一个笑容，但眼中的泪水从来就没有断过，"……知道你还活着，我也放心了。"

"你希望我活着？当时不是恨不得杀了我吗？"

"那只是政治立场，是我欠了你的。"

"政治立场？"苏释耶这下真的笑了起来，"把我赶下深渊，是政治立场；为了巩固政权嫁给希天，也是政治立场；之后为了挽回光海经济，成为了莫尔夫人，还是政治立场。真不愧是光海第一女政客，为国为民，大爱无我。"

不是没有听出他话里的嘲意，但梵梨还是好脾气地说道："可以这么理解吧。"

"大神使三次结婚都是为了政治联姻？女中豪杰啊。"炎魔族女子惊叹道。

"算了，她的事我不关心。宝贝，走了。"

苏释耶揽了一下炎魔族女子的肩，转身朝外面游去。梵梨没有跟上去，只是轻轻说道："谢谢。"

"不要谢。"苏释耶背对着她，停下来，却没有回头，"我不知道你想谢什么，也不需要你的感谢。"

"那么，'对不起'。"梵梨正式地鞠躬九十度，朝他行了一个左手礼，"我确实对

不起,愿意补偿你。哪怕是现在杀了我可以表达我的歉意,我也愿意。"

"我不会杀你。你知不知道原因?"

梵梨摇头。

"我不恨你,所以无所谓。"苏释耶微笑。

"嗯。"梵梨抿着唇,点了点头。

她懂的。"爱"的反面不是"恨",而是无所谓。

没有了恨,也就没有了爱。

"好了,我要走了。"苏释耶始终没有回头,"以后不要离掠食者那么近,不然怎么被吃的都不知道。"

说罢,苏释耶做了一个打响指的动作。那只十三米长的大王乌贼脑袋即刻旋转了360度,然后鲜血喷涌而出,染红了海水。梵梨猛地捂住嘴,被血腥味冲击得几乎窒息。

她立刻使用奥术,做好防御壁垒。但等鲜血散去,苏释耶早就没了踪影。

苏释耶带着炎魔族女子冲到了几公里外的岩壁旁。心脏里的痛楚令他呼吸不顺,他张开口,吃力而压抑地呼吸了几口气,又缓慢地把海水从体内排出。在七千米以下的深海生活了这么多年,他第一次感受到了光海族口中的"窒息的深渊水压"。他撑着岩壁,头昏脑涨,五感的反应都变迟钝了千万倍。

"苏释耶陛下,您还好吗?"炎魔族女子紧张地道。

不应该啊,这里是黄昏区,奥术与邪能的能量呈中和状态,连她这个炎魔族都没有任何异常反应,陛下不应该会感到不适才对。可是,他看上去好像很痛苦,而且是精神上的。

"没事。走吧,回巴曼薄亚。"苏释耶疲惫地说道。

在过去的几百年里,对光海族而言,"巴曼薄亚"这个名字是陌生的。但短短一年多时间里,全光海都知道了深渊帝国的历史。

燃烧时代24753年1月1日下午两点,龙城的行宫正殿挤满了深渊族。如果不是因为他们个个都穿着品级最高的正装、军装,每个人手中都掌握着至少十万人的命运,没有人会以为这是宫殿,只会认为这是商业集会或菜市场。在王座前的阶梯上同样站满了威严的男人,将苏释耶围在中间。

"今日是赤月纪年的1月1日,那些不愿向光海压迫统治屈服的英雄们,都来到了这里。从今以后,不管你曾经从哪里来,是炎魔族、海魔族、捕猎族,还是幽影族,都可以成为我们伟大国度中的公民……"一个叫荒格的幽影族男子拿着曳地长的镶金文书,念诵了一段誓词,语气里透露出百年难得一见的激动,"深渊帝国即将成立,请我们的最高元首做最终的确认。"

所有人的目光都集中在了最中央。苏释耶穿着黑色军装,戴着白手套,一手扶着腰间的枪与佩剑,另一只手举起来,带着轻松怡然的浅笑,停了一会儿。他知道,他接下来的动作,不管是进行在哪一秒,都会撼动全海,被载入史册。

牺牲与热血,困难与顺利,屈辱与光辉,泪水与荣耀……种种与兄弟们奋战的回忆,熬夜商讨大计的无数个日子,修筑龙城时在城池上方冷眼下望的瞬间,在他脑中走马灯般跑过。

如今,他一手创立了一个崭新的帝国,开创了崭新的时代。

他左眉微微扬了一下,那只戴着白手套的手点了点自己的眼角,便转向群众,做了个轻巧的敬礼动作。

骤然间,整个深渊都爆发出了掌声与亢奋的呼声。

年轻的帝王成功了。那是他一生中最为意气风发的一刻。独裁官时期都没能自由惬意至此。

他知道,无上荣光与奋斗现在才开始,他只能放松一秒。这一秒,他不用再去操心战事、政治、谋略、大局,只要享受成功就好。

也是这一秒,梨梨的笑颜出现在了他的脑海中。

他冷漠地笑了一下。这个致命弱点,他会克服的。

三百多年前,一支又一支由炎魔族、海魔族、捕猎族、幽影族组成的超舰部队,从帝国的各大城市出发,四处征战,扩大他们的版图,把宇宙星辰般的部落碎片结盟在一起,巩固了帝国在深渊的统治地位。他们用一百多年建立了一座真正的深海超级大都市,并在赤月纪132年1月1日,从龙城迁都过去。它的名字叫巴曼薄亚。

定都巴曼薄亚的赤月帝王,有一个光海人尽皆知的名字。

苏释耶没有死!这个爆炸式新闻传遍了光海,唤起了无数风暴党的噩梦。但是,巴曼薄亚派遣外交使者,与光海代表在风暴之井的守望神坛进行会谈,提出的要求居然很和谐:深渊帝国想要和光海联邦合作,共同发展全海贸易和市场。

于是,各种阴谋论平息了许多。原来,苏释耶也不过如此。不管他以前多有能耐,都是苏伊女神和加斯宗族的手下败将。他一个人的力量是强大的,但他能和整个光海文明抗衡吗?

因为两个国度使用的货币不同,深渊帝国代表提议双方先用原始的商品置换方式交易:用他们最先进的舰艇和通信设备,交换光海提供的肉类、藻类资源。

他们的要求令光海代表发笑。深渊帝国提到的这些东西,不都是从光海学过去的吗?怎么有脸、怎么敢说这是交易。光海政府想,既然深渊发展了一些技术,却连饭都吃不起,不如就把肉类赠与他们,以展示光海的风度。听说光海要赠送,帝国代表很开心,开出了他们期望的数字。

"4000万吨鱼肉?"独裁官被气笑了,"他们怎么不直接要求把光海送给他们算了!他们有那么多人可以喂吗?苏释耶是不是下去以后脑子被水压挤傻了!"

谈判结果自然是光海拒绝。

"真的不考虑一下?"对方代表没有生气,只是平静地说道。

"你们心里清楚,你们最值钱的东西是深海珊瑚、稀有金属、深海鱼油这些东西。不拿这些东西来换,反而用我们最不缺的技术,那就显得没什么诚意了。"

"我们无法提供不可再生资源,抱歉。"

"那我们也无法把你们想要的鱼肉给你们。"

一周后,下午四点三十分,圣耶迦那发生了巨大爆炸。

爆炸发生点至周围数公里的海水里,浓烟滚滚,巨浪翻天,产生了火光与水光交织的大范围奇景。根据光海电视台卫生部统计,爆炸至少造成一百二十四人死亡,三千人受伤,另有五千人受到严重邪能辐射,其震波相当于发生一次四点二级地震。爆炸后两个小时后,烟雾仍未散去,救护艇、工程艇和控场奥术师队赶去抢救清理现场,随后警方封锁了现场。圣耶迦那所有医院人满为患,多出的伤患人员被送到圣都二级区域的医院进行治疗。光海独裁官、圣耶迦那市政官同时发表申明,圣耶迦那将进入为期一周的紧急状态。

就在圣耶迦那水深火热的时候,深渊换了一个代表前来谈判。

在录制好的奥术幻影中再次看见丽娜的脸,梵梨有一种穿越的错觉。而对方明确提出,如果不想打仗,就请光海认真考虑他们的贸易请求。他们将在三个月内再次在风暴之井等候光海讨论的结果。

所有人都知道了,爆炸就是深渊帝国搞的。但是,除了知道爆炸中释放出了大量邪能,居然没有一个部门调查出爆炸的原因。光海再不敢掉以轻心了,派深潜队再度进行调查。而这一回,舰艇没有再神秘失踪。深渊帝国大大方方让他们去探

Chapter 37 四百四十二年

测了,但不知为什么,拍出来的照片和录像全是一片漆黑,就跟被"和谐"了似的。

深潜队只能口述告知,巴曼薄亚位于裂空海正下方超深渊带,占地面积高达四十六万平方公里,是一座每一个角落都繁华到令人不可置信的城市。

"怎么可能?不可能!"听到这里,独裁官从椅子上跳起来,"七千多米?别搞笑了,别说苏释耶那些愚蠢的追随者了,就算是他本人去了那里,也会一瞬间被水压挤扁的!他还在那盖一座四十六万平方公里的城?四十六平方公里都不可能!你知道四十六万平方公里有多大吗?圣耶迦那都只有三十四万,已经是全光海最大的城市了,最大!没有之一!"

希天却和梵梨一样,蒙了。

液体不能被压缩。深渊族的体内充满了水,他们可以承受深海的压力。而鳔脏的功能近似于鱼鳔,是用来调整浮力的器官——海族可以通过外界压力的大小来膨胀或缩小鳔中的气压。很多深渊族的鳔早就退化了。

深潜队队长很无奈:"最早那一批人做了鳔脏改造手术,到深海寻找了光海族很难寻觅的地方,然后在附近搭建了海山幻象。这样即便我们的深潜队员下去了,也看不到他们的营地。再后来,他们一点点用邪能改善体质,现在所有被放逐的光海族都能在万米深的海底生活了。当然,在这过程中也有光海族因不适应环境死掉,或者因深海幻觉变成精神病,但他们之中绝大部分活下来了。"

"鳔脏改造手术?每一个人?"

"是啊,每一个人⋯⋯很可怕吧,第一批过去的有两千多人,每一个都做了。而且没人反对,都很积极地举手参加。"

到最后,独裁官都不太愿意接受现实。梵梨却早就接受了。

就在这三个月里,继裘沙、加斯希天、莫尔黑乔以后,梵梨遇到了红月海的大军阀、福地军火的企业创始人韶安。

红月海对待圣都的态度一直很暧昧。如果不是因为他们太富有,可能早就从光海联邦中独立出来了。

自从光海统一后,加斯希天要求所有海域都将兵权上交,统统隶属于琉璃军团管辖。因此,红月海这种很不听话的海域,就搞出了一些乱子。例如,允许培养私人军阀。经过四百年的发展,大财阀都变成了大军阀,本来就是做军火交易的福地,更是成为了光海中最大的军阀。

从圣耶迦那大爆炸事件发生后,韶安对光海政府态度一直很差。他觉得政府

很蠢,这么基础的防范工作都做不好,连圣耶迦那都能被炸,简直让全光海颜面扫地,并声称如果类似的事再发生一次,他会考虑让企业脱离联邦政府的管控。

只是借机闹独立而已。梵梨一眼识破他的目的。于是,她带人去红月海,想试试看能否把这个野了很久的狼收入囊中。然而,在布可宗族的聚会上,她和韶安聊了几句,对方就对她展开了疯狂的追求。梵梨不想激怒他,但现在也没什么结婚的心情,就给了他模棱两可的答案。结果这个信息在韶安那里,就解读成了她很喜欢他。她与他谈政治,他迎合着她的话题,想的却是感情。不过两天时间,他送了她正红色的求婚钻石"烈火吻",刻字:"苏伊女神,若能与你共度一生,会是我最大的荣幸。韶安。"

"韶安,你是个很优秀的男人,这种事不能这么草率决定吧……"梵梨第一反应是把钻石退回去。

"不,你先收着。认真考虑,考虑清楚,如果觉得我不值得托付终身,再把钻石退给我。"

拿着钻石回家,梵梨很迷茫。韶安除了性格冲动什么都挺好,一表人才,又手握重权,如果和他结婚,可以防止红月海军阀及盟友叛变,光海防御的力量会加强很多。但是,哪怕她已经结婚三次了,还是觉得这种事应该再慎重一些……

可事态发展比她预想得还要离奇。她正犹豫着,韶安突然就打退堂鼓了。

"苏伊,我爱你,是真的爱。"韶安痛苦地抱着她,"如果可以,我恨不得一辈子都跟你在一起。但我手下有那么多人要糊口,当他们的生命安全受到威胁时,我必须得保护他们。我没办法和你结婚了,对不起!"

"为什么?你还能和圣都政府合作吗?"

"别问了。'烈火吻'就当是我给你的补偿吧,再见!"

谈了这么久的合作,前功尽弃,还很浪费时间。她被韶安气死了,但都没时间向他发火,就火速赶回圣耶迦那,与独裁官、宗族、议会秘密召开数次会议。他们都觉得事出反常必有妖——既然深渊帝国那么能耐,为什么只做如此简单的交易就满足?为什么不像以往那样直接上来抢呢?

梵梨回家把四颗钻石并排放在一起,想起"集邮男"的典故:男人睡尽可能多的女人,像集邮一样。

"所以,我现在算是集钻女吗?"

"是,拿的还都是顶级男人的一婚。可以载入史册了。"风晋无限哀怨地长叹一

Chapter 37 四百四十二年

声,"羡慕啊。"

终于,三个月期满,在第二次谈判中,深渊帝国增加了一个新的条件:交易模式还是和上一回提的一样。但是,光海得向他们输出研究型人才。这个研究型人才,就是苏伊大神使。考虑时限是三天。毫无疑问,这是苏释耶搞出来的把戏。梵梨让光海代表转达丽娜,自己想与苏释耶直接对话,但对方高傲到连个声响都没给。

梵梨第一天就想好了答案。光海没有在七千米以下作战的军事技术,现在他们的处境很被动。如果用她陷入危机能换回光海短期的和平,给足时间让光海政府做准备、让她去探测更多的深渊帝国情报,她是愿意的。而对独裁官政府而言,如果梵梨能回来,肯定是有利于光海的;如果她回不来,那正好,他们可以栽培一个新的大神使,比不听话的梵梨好多了。所以,独裁官的态度很随意。

希天觉得这是丧权辱国的条约,坚决反对,但遭到了梵梨的驳回。

"你只是想见苏释耶而已!"最后,希天先破功了,"你就想和他旧情复燃!你就这么迫不及待要倒贴他吗!"

"你说完了?说完会议结束。"

"苏伊,你别忘记自己的身份!是我扶持你登上大神使之位的,你没资格这么胡来!"

"那你大可把我的职位撤销。如果那时深渊帝国不要我去,我自然可以不用去。"

面对她的无欲无求,希天突然感到害怕了。他拉住梵梨的手腕,几乎是在哀求她:"不要去。苏伊,真的,不要去。你甩了他,又嫁给了我和莫尔黑乔,他现在肯定杀了你的心都有了。苏释耶现在就是要玩你,然后用你来侮辱光海。我是男人,我知道他在想什么。"

他难得坦率,梵梨很欣慰,上前轻轻抱住他:"谢谢你,希天。但苏释耶的个性你也知道,他不发动战争时是绝对和平主义者,但一旦开始打仗,就一定会打到死。光海的经济近五十年来才有了明显的好转,我们实在是不能再来一场大型战争了。相信我自保的能力吧。"

"为什么我认识你这么晚,如果比苏释耶更早认识你,是不是一切都会不一样了……"希天用力回抱她,把她勒得骨头发疼,又哭得跟小学生一样了。

深渊篇

Chapter 38　巴曼薄亚

第三天一早，梵梨准备出发。政府派遣了一个秘书、一支护卫队与她同行。

风暴之井中，从帝国驶来的黑色舰艇悬停在他们的面前，上面印着醒目却不大的赤月帝国国徽。对他们所有人而言，都是第一次看见如此光滑的舰艇——连窗口、舱门都与舰壁连为平整的一体，在水光中呈现出极为完美的流线型，看不到一点缝隙。梵梨再次确定，没有强硬拒绝苏释耶的请求是正确的。

梵梨进入舱内，看见里面的人，吓了一跳：" 怎么是你们？"

政府派遣的护卫队长是兼特羽烬，秘书是米瑟和歌和布可纱纱。

"是纱纱她哥和加斯少宗主安排的，我们又可以一起行动啦！"和歌雀跃道。

纱纱两眼空空做迷糊状："顺带去看看赤月公主长啥样。"

"赤月公主？"梵梨蹙眉。

"赤月公主是苏释耶的女儿。"羽烬补充道，"刚才我听隔壁舱的深渊士兵说，她最近要过七十岁生日了，整个深渊帝国全都在为她庆祝。"

"苏释耶有女儿了？"

"嗯，听说苏释耶很疼她。"

像有一块重石砸在了头上，把梵梨砸得头晕目眩："他跟谁生的呢？"

"这就不知道了，没听他们提起过深渊帝国有王后呢。"羽烬摸了一下下巴，"梵梨姐姐，我突然想起了，苏释耶的名字和星海哥哥的名字居然是一个意思，好巧啊。"

梵梨没说话。

"那个……我是不是说错话了？你和星海哥哥都分手那么多年了……"

"你是补刀小能手吗？"

"这次真不是故意的！"

这时，舱内的海水被抽空，巨大的气囊撑在舱内，所有人都变成了陆生状。和歌的腿又长又直，纱纱的腿又细又白，羽烬的腿又长又白。但他觉得男人穿"裙子"太"娘"，躲到休息室里换上了裤子。

舱门还没关，但水进不来，只往下流动，就像水帘洞一样。一名深渊族走过来，把手伸到门外，确认气囊没问题，就关上了舱门，准备回驾驶室。

梵梨突然想起，光海族潜入到一千米深的地方时，压力比他们离开水面时大一百倍，同时拥有肺和鳔的他们，肺部会先被压到只剩在水面时2%的容量。如果潜到一万米的深度，水压将会比在海面大一万倍，任何光海族到了这个深度，使用奥术支撑水压，精神力都会不够用。

"请问，我们潜下去以后该怎么解决水压的问题呢？"

深渊族拿了几件折叠好的衣服和头盔，递给他们："到巴曼薄亚以后，请把这个换上。"

"这是……自动调节水压的抗压服？"和歌翻开衣服看了看，"我们在巴曼薄亚得一直穿成这样？会不会太惨了一点啊。"

"那倒不会，帝都有很多气囊房，你们只要出门时穿上这套衣服就好。"

"你们要那么多气囊房干吗？"

"为了科技。"

舰艇开始下沉。梵梨在舰艇内部研究了一下，在墙角找到了印在舱壁上的生产信息，其中一行是这么写的：

气囊装置：巴曼薄亚空气能源技术集团——舰艇气囊技术有限公司

深渊的空气能源制造业似乎比光海还要发达。在七千多米以下的海水里充气需要消耗多少能源，简直不敢想。他们难道还嫌自己资源不够少吗？带着这个疑问，梵梨打开了电视机，看到的第一个广告就把她看傻眼了。

"龙城霜月面包，你所能尝到最好吃的卤水塘香咸天然面包！"——画面中，一个椭圆银白色面包在空气罩里旋转。

右上角电视台标志是深渊帝国的赤月标志，不是人类世界。她又目瞪口呆地接着看广告后续："最纯正、最地道的卤水塘盐！"——面包旋转着，撒出一些盐巴，然后画面切换到了一片深海"湖泊"。湖水在"金黄沙滩"海岸轻轻拍打，一对深渊族夫妻牵着孩子的手，在"湖泊"上上蹿下跳。

深海中，海底平原的岩石中渗出很多富含盐分的卤水塘，液体浓度比周围水域高，所以海族无法穿过它，还可以把它当弹簧床来玩。那些"黄金沙滩"，其实都是生长在卤水塘附近的深海贻贝。因为岩石里还会渗出甲烷或硫化氢，所以这些贻贝里也有很多化学合成细菌。

"最新鲜、最美味的贻贝！甲烷口味和硫化氢口味，都是最新鲜的、最自然的产出，绝无人工添加剂，任君挑选！"——镜头对着"金黄沙滩"拉近，就看到密

Chapter 38 巴曼薄亚

密麻麻的贻贝张张合合,露出白色半透明的嫩肉,一眨眼就变成了黄金色的海鲜熟食,热腾腾地冒着香气。

光看画面,口水横流,但一听介绍,梵梨觉得自己快被毒死了……

"赤月公主七十岁生日月,一包只卖99赤币!"——广告到这里,又回到了最开始的画面,面包旋转到一半突然停住,开始发光。然后,叮叮咚咚的钱币声响起,旁边写着巨大的"99"。

众所周知,面包的原料是小麦、酵母、油脂、鸡蛋等等。鸡蛋可以用鱼卵代替,但小麦是怎么来的? 带着满满的好奇,梵梨接着看了四个多小时电视,终于知道了,在深渊,主要能源来自于邪能、地核之力、矿产资源、热能、水力。

最初深渊首都还在龙城时,离黄昏区很近。龙城是深海文明相较进步的古都,由许多领主轮次统帅,曾经军队到达过七万人,梵梨小学时爆发的那场袭击光海战,就是从这里发起的。苏释耶占领该地以后,一夜之间募兵四十七万五千人,开始了长达数百年的征战史。后来,为了更方便统治帝国、更好采集能源,他迁都到了七千多米以下的巴曼薄亚,就是为了更好地接近有大量邪能产出的深海海底。于是,巴曼薄亚及周边地区也变成了空气能源业最发达的产地。

这一路往下潜的过程中,梵梨看见无数个途径的深渊城市。虽然相对比较分散,有很多半成品,但每一座城都规划得井井有条,而且潜力无限。这非常可怕,因为大海的平均深度是光海平均深度的四倍。换言之,大部分的海洋区域都是深渊族的领土。只是因为环境太恶劣,深海的部落像宇宙中的无数行星一样,荒凉、广袤而贫瘠。深渊族在炼狱般的环境中长期挣扎,像从地狱中走出来的恶魔。如果他们拥有了光海族的科技与军事,整个海洋的格局会发生多大的转变?

在旅途过程中,深渊族厨师为他们送来了新烤的面包。见梵梨再三检查面包成分,他笑着说:"放心好了,没有硫化氢,都是按着你们的饮食习惯调整的口味。"

羽烬、和歌和纱纱都没吃过面包,刚入口,都被这个新鲜又美味的食物感动到了。

四天三夜后,舰艇终于抵达了深渊帝都巴曼薄亚。

I
造物伊始生命源头的要塞,
波光粼粼压着漆黑的大海。

幽影存活于细菌火山生态,
吐出邪能火是赤红的后代。
银蛟盲鳗蜿蜒着爬行食腐,
无人将深蓝之神顶礼朝拜。
来啊,这里有死亡之圣台,
那腐蚀光海族内脏的天堂;
来啊,这是深渊之海。

II
大沟壑中激流奔腾焚烧意识,
山与山之间闪光夺走了呼吸。
七子的奥术掀起了雷霆暴雨,
远处冲来的玄武石破碎支离。
殿堂堡垒下落荒而逃的奴隶,
火山熔岩流淌在平原寻真理。
三十七亿年随红色烈火消逝,
死亡记录着岁月静美而孤寂。

III
宏伟建筑被洪流推翻遗弃,
蓝鲸之尸下坠七千八百米。
不绝的大水与雷霆,
为后世留下万古遗迹。
复苏的上古之神,
被爱人背叛的独裁之子,
悲伤浸满了呼吸。
暴风雨前的烟雾,
永不可修复的爱意,
以及所有荡然无存的记忆,
告别了往日的甜蜜,

Chapter 38 巴曼薄亚

跨越了生与死。
火舌舔走了那圣灵的躯体,
将绝望的目光拽入深渊,
他呼吸着甲烷与辐射,
觉醒为杀戮机器。

IV
以太汹涌的力量,
支配着深海的思想;
他的权威既是法律,
凌驾于一切反叛之上。
将深渊披在肩上的帝王,
带着他黑色的理想,
震撼着大地、星辰,
与无尽主宰的海洋。
他轻轻耸肩,
使得圣都在红雾中摇晃。

V
海族疲乏陷入沉寂灰暗,
时光洋流穿行海山之间。
智慧女神像在广场轻颤,
海面晴云万丈飞鸟慵懒;
一切恰似造物伊始,
昼有海草的茎叶舒展,
夜有繁星璀璨。

VI
巴曼薄亚的黑影是一块殓布,
轻盖在圣耶迦那苍白的脸上。

还没有进城，他们就穿过了许多个邪能光环，上面飘着庄重而华丽的字体：无尽城欢迎您。

在古海族语里，巴曼薄亚的意思是"无尽"，因此别名"无尽城"。

现在是赤月纪年 421 年 10 月 21 日，他们进入了深渊帝国的政治经济中心。巴曼薄亚也是深渊中最大的金融中心，一座种族、文化、宗教、阶级大熔炉帝都，也是被黑色笼罩的永夜城。从上方俯瞰这座城市，它仿佛只有黑与金两种颜色，璀璨程度可以刷新每一个光海族的世界观。它是纵向建立的，有的楼房盖在岩壁上。细看下方车水马龙的街道，会发现闪着光亮的都是抗压力最强、外形最完美的流线型舰艇。一条长长的深海沟像一道闪电，横跨海底，把巴曼薄亚劈成了两半：西边的左手操纵着商业与金融，摆下了帝国中心大厦、午夜角斗场、巴曼薄亚空气能源集团总部大厦、潮感满满的火花夜市、旋转正圆高台人工藻园"深渊之眼"；东边的右手操作着政治与人文，堆砌了帝国博物馆、噬魂谷三十六座魔神碑林、全海最大的永夜钟塔、金砖街、艺术街……红黑色的邪能之光从海底冒出，从海沟及周边裂开的悬崖缝隙中透出，就像燃烧的玫瑰花瓣、黑暗流血的伤口、倒流的红色流星雨，吸引每一个路过的旅人共沉沦。

无尽宫——苏释耶的宫殿，就在巴曼薄亚东方的海沟旁，建立在邪能之上。

其实，在帝都周围，有将海水加热到 400℃ 的海底热泉、红色邪能光球漂移的深海古文明建筑、冷泉甲烷城市、火山之城……但在巴曼薄亚上方，完全看不到它们的存在。因为这座城市太大了，它的繁华是秋季草原上的火，是赤月帝王的雄心壮志，一直烧到视野的尽头。

舰艇停留在了无尽宫外。舱门打开后，梵梨套着手指，试探了一下水压，确定没问题，才敢整个人游出去。因为 4 摄氏度的水密度最高，会以对流的方式流传到深海，所以深海的水温其实比光海的高一些。海生状的身体对温度特别敏感，刚出去没多久，哪怕穿着抗水压服，梵梨也觉得自己流了一些汗。

无尽宫的主殿是一座五层方体暗金色建筑，两侧围着一排侧殿，环绕着中间广场。广场中央是大片人工藻园、珊瑚园。水中有红色的邪能光球漂移，红色的邪能光源从刻意开凿的两条长沟中流出，倒流的红色流星雨一样，游在上面可把人脸照得闪闪发亮。鱼群为了节省能量，游动速度也特别慢。它们散发着生物荧光，连在一起，因而有了艺术的美感。无尽宫正上方有一个旗杆。若飘扬着赤月旗，表示赤月帝王在宫中。如果旗帜降下来，意味着他外出。此刻，赤月旗正高高升起。

Chapter 38 巴曼薄亚

一个长官带着一行士兵游过来,把梵梨等人带到了宫殿内部。里面水压全都做过调整,他们游进去,总算可以把身上那套抗压服脱了。

"陛下正在接待扭曲虚洋的领主和永冻部落的酋长。烦请大神使稍等一下。"

过了五分钟,正殿门大开。珊瑚毯子蔓延到大厅尽头,两侧是来自不同深渊国度的领导者和他们的随从,再外侧是戒备森严的帝国军人。他们原本正毕恭毕敬地对苏释耶鞠躬、献礼,听到"苏伊大神使"的名字,都不由自主回过头来。

在毯子尽头的日蚀王座上,坐着称霸深海的男人。他身穿黑色军装,食指轻点着下巴,银色军徽闪闪发亮,与那一头雪白交相辉映。

袖珍水母散发着浅浅的蓝光,追随着梵梨的步伐往里游动。为庆祝公主七十岁生日,罗马柱包裹的落地窗外,邪能烟花与幻影在巴曼薄亚上方海域中绽放,发出悦耳的水声;永夜城不分时段的喧嚣声,和黄昏区的抹香鲸一样遥远而真切;变幻的色彩透过玻璃洒落在他们身上,一帧一帧,是铭刻了六百年前回忆的剪影。

这里谁会知道,现在的斐理镇已经是断壁残垣,只留下了他们儿时手拉着手游过森林的回忆。

谁会知道,落亚大学千万年不动的校门前,曾有他们惊鸿一瞥的重见。

谁会知道,他们曾经在白鹰宫殿中有过心碎的亲吻。

而如今,一切都是过去式了。只剩他的波澜不惊,她的天崩地裂。

梵梨一直以为自己坚强。已经在风暴之井见过他一次,再一次,一定能做到情绪稳定。但没想到这到这一刻,表演都很艰辛。她含着泪水,掐胳膊掐手心,想要分散注意力,去想想别的事。

但没用。他就在这里。

苏释耶,这个总会在午夜梦回让她哭着醒来的男人,他就在这里。

停在阶下时,她觉得自己一秒都不能再待下去。想逃离这里,找一张床,把整个人都藏在里面,肆意发泄情绪。但她的表情管理一向很好,从头到尾,连眉头都没皱一下,只有眼眶有泪水滚动。

这个眼神忧郁、来自光海的美人,穿着红月海产的江珧足丝裙,轻舞翩翩,成功唤醒了领主与酋长的肾上腺素。他的视线无法从梵梨的身上挪走,都露出了惊喜的神色。

扭曲虚洋领主:"光海大神使果然名不虚传,太漂亮了。"

永冻部落酋长:"难怪称号是'光海圣女',我恋爱了。"

151

苏释耶微微一笑,态度却淡漠得多:"欢迎四位光海的朋友来到巴曼薄亚。"

苏释耶的身侧站着帝国宰相荒格,一个灰发幽影族青年,外号"铁骨宰相",极端鹰派。荒格戴着单边眼镜,一脸厌世地看向梵梨:"与其叫她'光海圣女',不如叫她莫尔太太。哦,不,是裘·加斯·莫尔太太。我们的老邻居选了一个不得了的女人当大神使呢。"

深渊帝国公民不爱结婚,崇尚一夫一妻制的自由恋爱。领主和酋长作为帝国的附属国,也受到了他们的文化冲击,因此,听到梵梨的婚史,都有点惊:

"大神使结婚三次了?"

"不敢相信,她还如此年轻……"

"光海跟我们不一样的。"宰相笑道,"上级光海族结婚不为爱情,尤其是像莫尔夫人这种海神族,他们结婚,只为利益、宗族地位。"

那俩人不敢再问了,不由自主都有些失望。

苏释耶只是冷冷地看着别处,没说一个字。

"大神使嫁给莫尔先生,确实是为了政治。"羽烬往前游了一些,与梵梨肩并肩,微笑道,"但是,他们俩结合后,积极参与了光海经济修复中。光海近两百年新增就业人口是前一百年新增就业人口的300%。多少光海公民因为他们重获新生,多少读不起书的孩子因为他们俩完成了梦想,这些难道不与为爱结合一样高贵吗?"

"原来是这样。"扭曲虚洋领主叹息道,"那大神使夫妻俩真是令人敬佩的人物。"

"啧。"宰相瞪了一眼羽烬。

苏释耶稍微握紧了一下扶手,起身说:"好了,不聊这个话题了。"

"是啊是啊,我们刚才跟陛下聊到什么话题了来着?"永冻部落酋长立即迎合道,"哦,对,聊到深海文化博览会。"

"嗯,各位请随我来。"

苏释耶离开日蚀王座,游到了窗前,待他们靠近后,指了指远处大片正在施工的岩壁:"展馆以后就会定在那里。暗海里每一个国家、部落都可以在那里展示自己的文化和商品。不过,我觉得场地稍微小了一些。"

"这样还不够大吗?"

"当然不够。"苏释耶靠近窗子一些,从下往上看,"这里看不到全貌,要到顶层才能看到。可以再扩大几倍。"说完,他对着窗子张开双手,比画了一个长方形:"我打算把那一整面岩壁都挖开,只用来做文化交流。"

Chapter 38 巴曼薄亚

"苏释耶陛下真厉害,要在我们那里盖个方圆十公里的房子,我手下那群废物都会纠结半天,说没有吃的,饿死了,没精力,真是烂泥扶不上墙。"

"食物,我们这里不缺。你们可以随时到我们帝国来做贸易,只要人工就够了。"

"那真是太棒了!可以鞭策那一群懒家伙来做做事了,谢谢苏释耶陛下!"

"共同发展,促进彼此文化交流,应该的。"

望着自己仰慕了两百多年的男人,扭曲虚洋的领主完全控制不住眼睛发亮:"苏释耶陛下,您是怎么做到在这么短的时间里,把国家治理成这样的?"

"那也要感谢我的家乡。没有在光海学到的那些东西,我们也不能这么快取得这些成就。"

苏释耶说得很自然,但旁边的酋长用尾巴打了领主一下,眼角瞥了瞥梵梨。领主捂了捂嘴,清了一下嗓子:"那个,我很想到上面的楼层看看,请问宰相大人可以带我们去一下吗?"

"走吧。"宰相又对梵梨等人露出了厌恶而倦怠的眼神,"你们一起,我可不想展示两次。"

羽烬等人也跟了过去。梵梨回头看看苏释耶,他依然抱着胳膊,遥望着远处的岩壁,就像一个小男孩在欣赏自己精心搭建的积木。知道她正在看自己,他也没回头,只指了指岩壁的方向:"你看,那个岩壁下面的商业区,都是一百七十多年前修建的了。当时他们有人很不满意,跟我说到深渊应该先求生存,别发展太快。但我说,现在不发展,以后更跟不上。"

"因为领土扩张太快对吗?"

苏释耶怔了一下:"嗯。"

没想到过了这么多年,梵梨还是能一秒领悟到他的想法。他已经快忘记被人秒懂的感觉了。

领土越多,资源越多,帝国越强盛,帝都的子民生活越富裕。但领土越多,资源越不够分配,那些新晋的子民就很难安定。他近期一直在为这件事发愁,可惜巴曼薄亚的手下都看不到那么长远,只知道帝国强大。抑或说,他们都不是君主,不懂君主的烦躁。

强势的帝王就是这样。所有的事他都操够了心,底下的人就不会太卖力了。曾经当独裁官时,他不是这样的。那时他很懂放权,很懂利用人心去让别人为自己做事。现在不知是年纪大了还是怎的,动不动就烦躁。

153

"还要再努力。"苏释耶又补充道。

"你对自己要求很高,但在我看来,"梵梨抬头看着他,轻声说道,"热爱自己的事业又能把它做到极致的人,一个时代也不会有几个。像你这样做到光海、暗海史册里都能记载功绩的人,我想应该是史无前例了。"

"谢谢。能被光海第一女神如此肯定,我很开心。"苏释耶回望着她,"你进步也很快。我一直关注你的消息,废除了奴隶制,颁布了新的宗族贸易法案,调控光海族养老政策,提出三十二条染色体合一的假设……每一件事都很有你的风格,实在又直击重点。很棒,我为你骄傲。"

梵梨第一反应是感到诧异。三十二条染色体假设是她去年做的跨界娱乐研究,记者采访时,她也就敷衍着说了几句,没想到苏释耶连她这么近期的小事都知道。她想挤出一个笑容,但只是牵动了一下嘴角:"陛下的消息可真灵通。"

"你的事我当然都会关注一下,不然怎么会让你来这里做研究。研究的任务等你到实验室会有人布置给你,你看过以后,我们来谈协议。"

"哈哈,好,我努力。"

苏释耶沉默了两秒,声音低沉如深海里的微浪:"生活方面呢,你现在过得还好吗?"

梵梨几乎立刻落下泪来。

"挺好的。"

"很好,你幸福就好。"

"嗯嗯,同样的问题我就不问你啦。"梵梨笑着揉揉眼睛,不由自主变得孩子气起来,"厉害的人在哪里都厉害。而且,你进度比我快多了,孩子都有了。"

想到孩子,苏释耶的表情都无意识变柔和了很多:"是啊,赤月都快七十岁了。她学习成绩很好,就是脾气有点倔,你晚点会见到她的。"

"你的孩子能不聪明、脾气能不倔吗?"梵梨只觉得心如刀割,笑得脸都僵了,但始终没敢问出那一句"孩子妈妈是谁"。

苏释耶轻笑了一声:"我们都加油吧,不说了。"

他们都没过问对方的感情。可是,梵梨还能想起他们曾经的点点滴滴。她还是人类梵梨时,他还是拟态星海时,他们拥有连时光、种族、空间、生死都击垮不了的爱情。她愿意把未来和信任全部交给他,他愿意等她两千年。他们相爱,只认彼此,任何艰难险阻,都无法阻止他们在一起。她好怀念那时的他们俩。

154

Chapter 38 巴曼薄亚

如今站在他面前,这份感情却粉碎得连灰烬都找不着了。没有两千年,没有未来。他是笑里藏刀的宿敌,是其他女人孩子的父亲,是连负面情绪都不屑给她的陌生人。

眼见他离去的背影,梵梨张了张口:"苏释耶陛下。"

"怎么?"他回过头。

"没事。"她摇摇头,"看到你过得这么好,我真的很开心。"

苏释耶静静看了她一会儿。她的眼睛是海之色,额心有象征大神使的印记——海之光,连头发都如最新鲜的海藻般蓬松,轻微舞动。光海地位最崇高的女人,在他面前展示着最优雅、最无懈可击的甜美笑容。

她的眼中好像有泪水。

"时间过得很快。"苏释耶的瞳仁变成了暗色的金,与窗外巴曼薄亚的金色融为一体,却也有一种夕阳将尽的黯然,"你看,四百年眨眼就没了。最近我一个人看着窗外的风景发呆,经常想,一辈子可能也很快就过了。"

"嗯。"

苏释耶,为什么要让我再见到你呢?

重见,不如不见。

等只剩一人的时候,在偌大的殿堂中,梵梨把脸埋入双手手掌中,但泪水把周围的海水都冲洗成了温暖的。

当晚,苏释耶到红蔷薇殿去探望女儿。一听到父亲的脚步声,赤月公主苏璃从床上蹦下来,冲过去,把一张相片递到他面前:"爸,你看这个。"

照片上,一个女生举起相机自拍,背后是一个粉色系的房间。房间虽然不大,但一看就知道是精心打理过的:洋娃娃、粉色窗帘、悬浮在海水中的床铺、生机勃勃的海藻、装满了玻璃鱿鱼的鱼缸……就像房屋广告中那些样本房。

"这是什么?"

"这是我同学的家啊,你看这个卧室,好不好看?"

"嗯,好看。"苏释耶有些心不在焉。

"你知道这卧室是怎么来的吗?是她爸爸亲手设计装修,她妈妈亲自打点的。"

"所以呢?"苏释耶知道,女儿老毛病又要犯了。

"所以爸爸也帮我设计装修这样一个房间好不好呀?"苏璃抓着他的胳膊,左

右摇晃,"拜托,拜托,我同学提到爸爸,都有好多可以炫耀的。而我爸爸呢,虽然是赤月帝王,但并没有什么可以炫耀的。"

"行,我去帮你弄。"苏释耶接过照片。

"你是不是又想让艾泽叔叔去办了?我不要他给我办,这跟你打钱给我有什么区别!你就只知道给我打钱!我不想要钱了!"

"璃璃,你不要胡闹了。"

"是我在胡闹吗?是吗?从小到大,你就没有亲自为我挑过一件礼物,什么东西都是让秘书买,让艾泽叔叔买,结果我生日过完了,你连我收到什么礼物都不知道。今年生日一定又是一样吧?"

她提高了音量,带了点哭腔,但语气里愤怒压住了悲伤,是这个年龄女孩子最容易患上的毛病。苏释耶耐心地摸摸她的头发:"宝贝女儿,我能给你的关心确实没有其他父亲给的那么多,但你应该知道,你爸爸既然是苏释耶,整个深渊就没人敢欺负你,也没有人地位能比你更崇高。"

"我不要崇高的地位!我要你多陪我!!"

"我不是你一个人的父亲,还是这个国家的君主。无数孩子的父亲是否有工作,都取决于我是否愿意多花一些时间在工作上。"

以前苏释耶这么解释,苏璃再委屈也会乖乖点头。但这次,她就跟中了邪似的,撒泼打滚:"我不要我不要我不要!你用同样的谎言骗了我这么多年了!别跟我讲你的其他身份,当父亲,你就是没有认真!"

"你觉得你这么任性,像个公主吗?"

苏璃和他对视了一会儿后,突然眼眶红了一圈,扑到床头哭了起来。他想摸她的头,她却别扭地把身子转过去,不让他碰。他叹了一声,拍拍她的肩,离开了她的寝宫。

艾泽在外听到了这一切,想起父母生自己时已经三千多岁。陛下才六百多岁,对于当父亲而言,还是太年轻了点。所以不久前,他就向苏释耶提议,帮孩子找个后妈。因为苏璃个性这么男孩子气,跟她常年与爸爸还有一堆叔叔相处有关。如果让她多和女性相处,她会变得温柔可人。

苏释耶办事一向高效,几天就搞来了一个炎魔族女朋友,戈茜。但苏璃并没觉得多了个"妈妈"很开心,反而更加愤怒了。戈茜很头疼。她知道,苏璃不喜欢自己,是因为后妈的出现会夺走父亲的宠爱。但如果再出现一个对苏璃不够好的潜在威胁,情况就不一样了。

她知道,苏璃非常讨厌光海,尤其讨厌把她父亲驱逐出境的光海大神使。

梵梨等人在无尽宫住了一晚。第二天早上,梵梨换好抗水压服,游出分殿,便看见广场里有一道影子闪了闪。见那里没有人,她本以为产生了幻觉,却转眼看见眼前站着一名白发海魔族少女。

"你就是光海大神使苏伊?"少女漠然地看着梵梨,冰蓝色的眼中有一丝怒意。

"是的。"梵梨眼睛眨也不眨地看着少女,只觉得基因实在是太可怕了。

"你知道我是谁吗?"

"赤月公主。"

"呵,你还不傻。"

这种复制粘贴级的基因相似度,考验的只是基础视力,完全达不到要动用智商的程度吧……

而且,按照以太之躯的繁衍定律,孩子必定会显示出母亲的种族特性,梵梨还知道了,赤月公主的母亲是海魔族。

"我告诉你,'大神使'。"苏璃咬牙切齿地说道,"父王不和你计较,是因为他宽容。但我可没他这么大方,我超讨厌你!如果不是因为你把父王逼到深渊,他才不会这么累,这么忙!我和父王会过得更幸福的!"

"可能没有我,他会过得很开心。但没有我,也就没有你啊。"

"呃?"

"你妈妈是海魔族,不是吗?"

"呃,是啊。"

"他如果不来到深渊,怎么认识你妈妈呢?"

"啊,这个……"苏璃飞速眨了眨眼,这张和苏释耶几乎100%一样的脸很快涨红了,堪称奇景,"那又如何,你还是那个害了爸爸的坏人,很讨厌呀!"

果然是自己家的孩子怎么看怎么好。苏释耶夸他女儿聪明,但这孩子不怎么聪明的样子……

"行吧。"梵梨面无表情地望天,"我是坏人,我讨厌。"

Chapter 39　帝国之旅行

这时，羽烬开着一艘运动型舰艇过来，打开窗子，提起一个充电式金属鱼缸："梵梨姐姐，你看这个。"鱼缸透明的玻璃窗后，一只橙底黑圆斑的箱鲀噘着嘴游来游去。

梵梨第一反应是看到了嘟嘟，但又想，嘟嘟寿命没这么长，于是说："嘟嘟的后代吧？"

"嗯，这是小小嘟。我才知道，在巴曼薄亚可以买到饲养光海宠物的鱼缸，我就赶紧去商场里买了一个，这下不用消耗储备奥术能量啦。深渊的邪能转换率超高，不愧是以吞噬闻名的强大力量……怎么，梵梨姐姐为什么要用那种看咸鱼的目光看着我？"羽烬摸摸下巴，一脸严肃，"我知道了，梵梨姐姐这个年龄的姐姐经历过大饥荒、经济大衰退，给自己的压力都很大，不太能理解我们年轻人的爱好，总觉得我们是垮掉的一代。"

"我只比你大一百八十六岁，对海神族来说不到两百岁差距很大吗？不要装嫩。"

"虽然只差一百八十六岁，但我还没结过婚欸。"

"那是……箱鲀？"一直沉默的苏璃望着羽烬提着的鱼缸，慢慢游过去，蓝蓝的大眼睛中写满了好奇，"我还是第一次看见箱鲀活物，它的嘴好翘呀，小尾鳍怎么摆动这么快……"说罢还模拟了一下箱鲀的动作，快速摆了摆手。

"赤月公主没去过光海吗？"羽烬温柔地说道。

苏璃抬眼看了看羽烬，被这个光海来的宗族大哥哥帅到。她轻轻摇摇头："没有呢。"

"那可实在是太惨了。我小时候，爸爸就带我到暗海玩过。"

苏璃不说话。

"苏释耶陛下很严格吧，都不让你出去玩。"

苏璃瞪了他一眼，又在红光里闪了一下，便消失得无影无踪。

然后，梵梨等人前往"深渊之眼"旁的住宅区。政府为他们安排的房子是气囊房，像住在岸上一样，活动很便利。

深渊邪能价格比光海的奥术能源便宜五十倍以上。帝国建立起来以后，苏释

Chapter 39 帝国之旅行

耶妥善地利用了资源充足的邪能,发展空气能源业,在海底也弄了很多气囊温室,模拟陆地种植,培育了陆地上才有的植物,通过调整水压,在海底饲养浅海区的海洋生物,温饱问题也就解决了。但不管科技怎么发达,在深渊获得食物的成本终究还是很高,所以,他们依旧主张与光海进行鱼肉贸易。

帝国的工厂还会批量生产气囊。气囊里装满了各种气体:氧气、氮气、甲烷、硫化氢、氢气等等。气体浓度高的价格贵,而且不同类型的空气瓶包装和商家也不同。气囊房就是由空气能源公司向物业提供空气运作的,住民大多数是来自于三千米以上、无法适应巴曼薄亚水压的深渊族,也有少部分是喜好干燥甲烷和硫化氢的炎魔族。这种房子不比普通商品房的价格贵,但每个月要交的物业费比房贷、房租还贵。

听房东介绍完这些,梵梨说:"那如果不小心机器出现故障,能源停供,那我们不是立刻死了?"

"放心,您担心的情况是不会出现的。"说罢,房东游到墙壁角落,关掉空气总闸。突然室内灯光都变成了暗红色,天花板里传来了"嘀!嘀!"的刺耳警报音。同时,一个机械女音也响了起来:"您的空气总闸已关闭,请在半个小时内穿好防水压服,做好撤离准备。您的空气总闸已关闭,请在半个小时内……"

"半个小时?可以撑这么久?"

"是的。而且还有这个。"房东又从总闸旁边拔出一根红色的管子,插入开关旁边的小孔上。

随后,那个女声又说:"您的空气总闸已关闭。现在我们为您接上了临时供能系统,请在二十四小时内与我们联系,尽快对您的空气能源系统进行维修。超过24小时,若您未与我们联系,将每个小时收费两千赤币,将从您的银行账户中直接扣除……"

"可以,是这样我就放心多了。"竟然有这么完善的自动化系统,梵梨觉得很不可思议,又想到现在光海和暗海的汇率还没出来,"那,两千赤币大概是个什么水准呢?"

"我女儿是做服装销售的,一个月的工资五万五千赤币。"

为什么要做服装销售,开一家空气能源公司,体会一夜暴富的快乐。

梵梨打点好新居,给帕姬写了一封信,更新了新的住址,便到研究所特级生命邪能部去报到。然后,她接到了一个电话。通信仪是政府给她的,里面存了很

多工作用的名字和号码,但来电的却是一个邪能光跳动的陌生的号码。

"你好。"

"喂。"

这个"喂"用的是深渊族的语言,比光海的方式生硬、清脆。她的心跳变快了:"苏释耶陛下?"

"来无尽宫,签协议。"

"哦,好,我现在就来。"真是疯掉了,只听他的声音,都紧张得浑身发抖。但她还不想挂电话,赶紧咳了两声:"对了,刚才我看到一条魔药局改革的新闻……算是心有灵犀吗?我也才提出这样的改革。"

"不算。本来就是照抄你的点子。"

"哈?谁这么无耻!"

"我。"

"快来,我让人到殿外接你。"苏释耶顿了顿,"我等会儿还有事,速度。"

"好。"

挂了电话以后,梵梨游向无尽宫。一路上她看到了很多路人,但每次看到一些捕猎族、炎魔族女性,总是觉得分外辣眼睛:她们可以随意不穿上衣,胸部晃来晃去,勾得男人们眼睛上来又下去。尤其是身材姣好的炎魔族,游动时留下邪能之光的燃烧痕迹,连胸部也会在水中留下同样的影子。

但在无尽宫门前看到的人,这些女人的胸都远远称不上"震惊"。梵梨看见了高高大大的青年朝从远处她游过来,还朝她挥了挥手:"苏伊,看这里!"

梵梨揉了揉眼睛,把眼睛都揉得发疼了,见他飞快抵达自己面前,才确认自己看到的不是幻觉——跟她说话的人,是裘沙!只是,青年身上有火焰般的邪能流出,红发在海水里上下浮动,分明是一个炎魔族。

"你……你是什么人……"

"你连我都不认识了吗?"青年爽朗大笑着,露出一口雪白的牙齿,"虽然不是事实夫妻,但好歹也是夫妻一场,你也太薄情了吧!"

"裘沙?真的假的……"梵梨双手在胸前握住,用力掐了自己几下,"是真的吗?我做梦了?"

"你这坏姑娘,当初不经我许可,把'焰之眼'偷走,我还没找你算账呢。要不是苏释耶陛下救了我们,我们就真的灭族啦。"

Chapter 39 帝国之旅行

原来,炎族、炎魔族是炎之主创造的同源种族,只是炎族诞生在火山里,炎魔族诞生在邪能中。少有人知道,炎族的尸骨只要接触巨量邪能,就能变成炎魔族。苏释耶沉入海底后,命人把热砂岛的所有尸骨都搬到了深海邪能之源中,把他们全部转换成了现在的样子。之后,裘沙和热砂岛的族人组建了一支部队,效忠于深渊帝国,成为了苏释耶开拓疆土的得力助手。现在裘沙是帝国第一军团的元帅。

"对不起,裘沙,真的对不起!都是我的错,是我害了你们!"梵梨化为陆生状,跪在他的面前,把头埋在手背上。

"唉,别啊。我没有要你道歉的意思。"

裘沙连忙去扶她,但她坚决不起来:"当时你们用那么多的热情来接待我,我却害你们灭族,请你给我一个机会,让我弥补你们!"

裘沙强行把她搀扶起来,然后抱住她,拍拍她的背:"不用弥补。前因后果我都知道了,你是为了救陛下才那么做的,不是吗?如果是为了别人,我一定会很生气的,但那个男人是苏释耶,我就一点都不气了。真的。"

梵梨紧紧抱住裘沙,一个劲儿地道歉。

"看来前妻还不一定是前妻啊……"裘沙的语气有了一丝柔情,"我还是单身哦,如果你和莫尔黑乔离婚了……"

"裘沙!"低沉的声音打断了裘沙。

两个人回头一看,苏释耶正在台阶上,单手叉腰,冷漠地看着他们。

"我们先进去吧。"裘沙扭了扭脖子,搂着梵梨的腰,把她往台阶的方向揽,但看见苏释耶的目光落在他手上,又把手收了回去,"办正事,办正事。"

进入苏释耶的办公室,梵梨第一眼看到的是书柜里的相框:一张照片是海草中毛柄粗皮鲀的特写,一张是宇宙星辰般的深海远景照,一张是深海平原的写真。第三张照片上有一些热泉、深海泥火山、烟囱口和一些依附在上面的生物,但同时又有一些火山口被夷平了,修建了一些地基。右下角写了一个日期:赤月纪年78年。

"你在看什么?"苏释耶说道。

"这是哪里呀?"梵梨指了指第三张照片。

"巴曼薄亚。"

梵梨看看窗外,算了一下时间,不敢相信建造这座城才用了三百多年:"伟大的工程。"

"那么,我相信签下这份协议后,这份工程会更伟大的。"苏释耶抬了抬食指,

水中一道红光闪过,桌上的卷轴飞到了梵梨手里,自动展开,拖到地上,"坐下慢慢看吧,有需要修改的地方,跟我说。"

梵梨坐在沙发上,开始读手里的《巴曼薄亚邪能研究院魔药师临时员工协议》。有很长一段时间里,房间里就只有细细流动的水声、隔音窗扇外细微的声响。她阅读速度一向很快,但这一天不知道怎么了,半晌都集中不了精力。

苏释耶也在办公桌前看其他文件。他单手撑着太阳穴,眼皮时不时抬一下,看了一眼梵梨顽皮摇摆的蓝色发光尾鳍,然后目光顺着往上挪动,停在她的腰上、戴满宝石手链的细细手腕上、波澜起伏的头发上、挂着长长蓝宝石耳坠的小巧耳垂上、白皙明丽的脸上、饱满的嘴唇上、浓密扇子般的睫毛上……她的尾鳍从左右摇摆转上下摇摆了,嘴巴还动了几下。

在想什么?明显在走神。苏释耶的眼睛眯了一下,皱了皱眉,又一动不动地把目光转回文件:"还没看完?"

梵梨像上课开小差被老师点名的学生,眼里闪过一丝慌乱:"还……还没。要不,我拿回去看好了。"

"也行。"

"看好了还需要找您确认吗?其实这个协议不需要劳烦陛下亲自过目吧,我找研究院的负责人签就好。"

"里面有一些政府约束条款,还是需要和我交接。"

"哦,好,那我先看。"梵梨起身就向门外游去,但刚到门前,一只修长的手就按住了房门。她被苏释耶的速度吓了一跳,回头说:"还有事吗?"

"你现在准备去哪里?在城里逛?"

"你怎么知道?"

你那颗在大量知识外就只装了那么点东西的小脑了,很难识破吗。苏释耶轻笑一声:"我找个导游陪你吧。你可以把朋友都叫上。"

"那太好啦!"梵梨双手交握在胸前,眼睛变明亮很多,"谢谢苏释耶陛下,帮了大忙了!"

"不谢。去吧。"

说罢他伸手去开门,但同时梵梨也伸出了手。她的指尖碰到了他的手背,像被碰到开水一样抽了回去,然后还真像被烫伤一样,用另一只手把它捂住,低头捧在胸口:"谢谢你,我,我走了……"

Chapter 39 帝国之旅行

面无表情地目送她离去,苏释耶又重新回到办公桌前读文件。但五分钟过去,他忽然把文件推出去,用手指关节揉了揉眉心。

她的眼睛如此明亮,眨巴两下,睫毛扇得跟蝴蝶翅膀似的。散下卷发时,当海水从身后往前流动,头发挡住一些脸颊轮廓,尤其显得她楚楚动人……如果钻到怀里撒撒娇,哪个男人受得了?难怪最开始莫尔黑乔会拿这么多钱出来给她,简直像中了蛊一样。当女人可真好,把野心藏起来,在男人怀里蹭两下,什么都可以解决。

苏释耶越想越烦,把桌上的书扔到墙上,书脊摔"骨折"了。

给梵梨等人安排导游的是帝王秘书长佩莎。

"导游是普氏夫妇,鮟鱇族。"佩莎看着梵梨,眼神比临冬海的浮冰还冷,"明天你们去帝国中心大厦楼下等他们。"

"谢谢佩莎。"梵梨笑道。

"不用谢我。如果不是陛下亲自安排,我不会为你做任何事。"扔下这句话,佩莎转身就游走了。

第二天早上,到了人来人往的闹市区,四个光海族特别醒目。梵梨等人都被看了个透彻,才总算在海底山脊上的帝国中心大厦门口,找到了佩莎所说的导游:一个健壮的鮟鱇族女性背鳍上长了一根弯弯的竿子,从背后绕到前面,竿一头吊着发着荧光、装满共生细菌的诱饵。诱饵上现在贴着寻人旗子,在她面门前晃来晃去。梵梨游过去说:"请问,是普太太吗?"

"是的是的,苏伊大神使您好。"和很多深海掠食者一样,普太太下牙齿比上牙齿更长、更尖,地包天般伸出来,即便笑着,看上去也挺可怕。

和歌望着普太太吊着的诱饵,捧着脸,花痴地说道:"好幸福……"

"我也是……好幸福……"纱纱也痴痴地说道,还慢慢朝光源靠近。

"我也……"羽烬变成了天然呆。

他们三个人都被梵梨轮次敲了一下脑袋:"清醒点,这是用来给我们指路的,不是用来让你们被吃的。"

"哈哈哈,没关系,我们不会吃他们的啦。"说话的不是普太太,而是普太太腹部拴着的小男孩,声音尖尖细细的。

小男孩没有尖牙,眼睛又大又圆,脸蛋小小的,小尾巴也跟发育不良似的,只

有短短一小截。他的体型只有普太太十分之一,显得他无比袖珍。深渊族居然也有这么萌的一面,和歌感到很意外。但想到这么可爱的小男孩长大会长成他妈那样,她又不免感到有些忧伤。她摸了摸孩子的头:"小朋友,你好可爱呀,你叫什么名字?"

"叫我小普就好啦!"小男孩激动地握住小拳拳。

梵梨用胳膊肘撞了撞和歌,意思是不要对别人这么不礼貌,和歌才收了手。

接着,普太太带着他们在巴曼薄亚进行三日游。因为运动不多,鲛鳏族的黑色尾鳍也产生了一定变异:他们用尾鳍在地面上行走,所以尾鳍乍一眼看上去像腿。就在普太太肥胖而迟缓的步伐带领下,四人小组感受到了与光海截然不同的深海魅力。

首先,梵梨从普太太那里得到了一张银行卡和一些现金。

从前,因为每个国家或部落使用的货币不同,深渊住民进行跨国交易,都是货换货的原生态交易。而现在,暗海已经有了通用货币,就是深渊帝国的暗海赤币。赤币现金分皮币和硬币。皮币上的水印是深海鱼背上的线。初版的硬币刷红漆印记,因而取名"赤币"。

赤币最小的币值就是1赤币,只有硬币,没有皮币。目前,帝国银行已经发行到了第五套皮币。最新这一套皮币,是在赤月纪400年1月份举行的深渊纸钞设计比赛中获得亚军的设计,设计者是一个幽影族女设计师。

之所以没有采用冠军设计,据说是因为冠军的设计上,印着苏释耶、荒格、奥达艾泽、赛菲永、裘沙等帝国开国元老的头像,苏释耶不满意。现在的皮币设计就很值得玩味了:背面是清一色的无尽宫,正面则印着邪能机械美学风格的建筑大师、深海作曲家、舞蹈家、海底山雕塑家、著名诗人、艺术家。硬币的背面都是赤月帝国的标志,正面则是数学家兼工程师、海底地质学家、博物学家、大建筑师、自然历史学家、大邪能学者兼菌类生物学家。

野心勃勃的军事大国使用这些东西当门面,展示着一种重商抑军的文明国度气质。梵梨觉得苏释耶好笑又拧巴,不禁感慨苏释耶还是当年那个影帝。

带着手里的钱,三个女孩完全不顾羽烬的感受,在闹市区采购全海最佳面膜——海底火山地热煮沸的泥浆。这种泥浆中富含矿物质,几千万年前,就常常被深渊族女性用来护理皮肤。现在,美妆公司更不会放过这一商机,用此大量制造面膜和护肤品。他们用高温气囊把泥浆保护起来,打开面膜以后,气囊还可以与脸部紧密贴合,不让任何一粒营养物质溜走,做到完美护肤。

Chapter 39 帝国之旅行

"我刚才已经研究过了,断华沙海的泥浆面膜是最好的。"和歌指了指一侧的两个食尸族女性,小声而激动地说道,"她们说,断华沙海产的这一款外号叫'婚礼面膜'——敷了这种面膜以后,参加你前男友和小三的婚礼,他们一个会后悔到哭,一个会嫉妒到爆。"

"那梵梨姐姐可以买下来。"羽烬看着和歌的面膜袋子,一本正经地说道,"等以后希天哥二婚了,你就敷它!敷它!敷它!"

柜台导购认出了梵梨,服务态度非常良好,还现场帮梵梨用面膜敷了半边脸感受效果。十分钟后洗掉面膜,这半边脸跟剥了壳的熟鸡蛋一样,白嫩、柔软、光滑。梵梨捧着双颊,轻轻拍了两下:"效果也太好了吧,立竿见影欸。"

"如果是在泡温泉时使用,效果更佳哦。"导购微笑道。

梵梨正准备掏钱,羽烬却拦住了她的手:"梵梨姐姐,我买给你吧。"

"嗯?为什么?"

"我是男生,没什么想买的东西。当是感谢你让我有了一次深渊旅行的机会吧。"

"既然如此,你怎么不把我们的也包了呀!"和歌围上来,兴致勃勃地说道,"都是老同学,你就偏心你的梵梨姐姐!"

"就是就是……"纱纱气鼓鼓道。

"给二位姐姐买也可以,不过梵梨姐姐优先。她的买完了,钱够用,再给你们哦。"

"可以,有异性也有人性,成交!"

"在乱用什么俚语呢?"梵梨横了她一眼。

买好面膜以后,羽烬主动把三个女生的购物袋接过来,当起了无怨无悔的拎包侠。梵梨朝他伸了手:"小羽,我的那份给我吧。"

"梵梨姐姐的胳膊太细,拎不动的。"羽烬说得她正感动,很快,下一句插刀的又来了,"人到了一定年纪,还是要对自己的身体素质有自知之明。"

"兼特羽烬,我就比你大一百八十六岁而已!"

与此同时,商场的旁边的气囊咖啡厅里,艾泽看了一眼望向窗外的苏释耶,小心翼翼地说道:"苏释耶陛下今天很有闲情雅致啊,突然逛街喝咖啡了?"他发现,苏释耶还使用了幻影邪能将自己的外貌隐藏,似乎不想被任何人打扰。

"就是出来转转。"苏释耶淡淡地说道。

刚才,梵梨和朋友们的对话全都传到了苏释耶的耳里。他低下头,搅拌了两下杯子里的咖啡,感知到那一行人的体温和气息靠近了。

165

　　四个人和导游从海水中进入到空气里，也沉浸在咖啡的美味里。梵梨扫读了墙上的咖啡简介，诧异道："这里有种咖啡，是一种动物的粪便里排出来的，价格还是普通咖啡的几百倍。"三名海神后裔的脸都拧起来了，她反倒欣然点了一杯猫屎咖啡，还请普太太喝了一杯。

　　炎魔族喜欢辐射，幽影族喜欢甲烷，食尸族喜欢硫化氢的臭鸡蛋味儿，连他们混血的后代也有保留这样的喜好。所以，在咖啡厅里，还经常有携带不同基因的顾客要求享受贵宾辐射房，喝带有甲烷、硫化氢气泡的咖啡。而好像不管在什么时候，女人只要愿意脱，男人总是愿意看的。哪些女人裸着上半身，店里的男人们目光也跟着哪些女人走。只有羽烬，正襟危坐，目不斜视，颇有军人风范。

　　"小羽，你居然不看！"和歌使用了隔音术，伸手在他面前晃了晃，"难道……女人的身体，你已经看腻了吗？"

　　"瞎说什么。"羽烬脸红了，"真正的男人应该有自制力。"

　　"哦哟，这么说，你还是喜欢的嘛！"

　　"我是男人，当然会被女人的身体吸引。这很奇怪吗？"

　　虽然说得很硬气，但羽烬的耳朵已经红到脖子了。看他吃瘪，梵梨也来了兴趣，撑着下巴说："小羽喜欢什么样的女孩子呀？这里就没有一个让你心动的吗，你真的看都不想看？"

　　咖啡厅角落，在蓝鲸音乐的伴奏下，有一名驻唱歌手拿起话筒，闭目吟唱着一首电影配乐《午夜之城》。歌手身姿轻摇，声音沙沙的，有一种慵懒而有格调的浪漫：

　　　　建立在无尽黑暗中的无尽之城
　　　　愿我的蓬勃青丝记载你的无尽之恩
　　　　紫色波涛，黄金冰雹
　　　　四百年沉没的日轮
　　　　无眠中悄悄夜已深……

　　"如果真的心动了，我会看的。"羽烬回过头，虽然耳根还是红着，却坚定不移地注视着梵梨。

　　梵梨愣住了。她有些尴尬，想向那俩姑娘求助，但她们在研究刚才买到的面膜。收回视线时，梵梨看见了咖啡厅角落里，艾泽和一个男人坐在一起。那个男人相貌普通，她确定自己没见过。他也没怎么注意看她，不过目光与她的目光交接时,多停留了两秒,便又继续无视艾泽,对着窗外喝起了咖啡。

意识到不管看见谁都会想到那个人,梵梨笑不出来了。

在这一个瞬间,她只觉得巴曼薄亚好大,人好多,苏释耶好远。

"星海哥已经去世了吧。"羽烬忽然说道。

梵梨再次被吓到了:"为什么会提到星海?"

"因为在我看来,梵梨姐姐虽然不止结婚一次,但真正爱过的人,似乎只有星海哥。从你们分开以后,我再也没有从你眼中看到过看星海哥时的光芒了。"

"是吗……"梵梨神色有些黯淡,"这么明显吗?"

"每次看到你这样想他,我总是一边被姐姐的痴情打动,一边又会觉得这样对姐姐太残酷了。所以我想说,其实已经过去几百年了,不管当年发生了什么,姐姐都可以看淡一些,留意一下下一段真爱了。"

"真爱?"

"对啊,可别说和莫尔总裁是真爱。你们年龄相差那么大,都不是一个时代的人,怎么可能爱得动?"

"那你觉得怎样才算是真爱?我感觉早就失去爱人的能力了。"

"能让你快乐的人。如果姐姐不介意,等回到圣耶迦那,我可以陪你到学校里去找找。就像当年在学校里遇到星海哥一样,说不定在学校里能遇到下一个真命天子。"

"好啊。"

"作为报答,我要的也不多,只要梵梨姐姐唱一首歌给我听就好。听过你声音的人都说过,这是玫瑰熏香般的声音,不要浪费了。"

"唱歌?"梵梨皱了皱眉,"可是说话好听和唱歌好听是两回事啊。我唱歌五音不全。"

"我知道,如果你很擅长,还有什么乐趣可言呢?"

Chapter 40　琥珀梦境

晚上,他们去吃了一顿巴曼薄亚的特产美食——直径三十厘米的大型贻贝(去硫化氢和甲烷)。比起光海贝类的弹性十足,深海贻贝的口感比较松软,就像在吃刚出炉的面包,入口即化。厨师烹饪技术很硬,撒了大量黑胡椒、酱料和海带,把大型贻贝加工得多汁又味美。接着,他们听了演奏会,有交响诗篇《赤红王》、清唱剧《大峡谷下的女人》、交响乐《深海国》和电影配乐《七子》《海神之罪》等等。

在音乐厅对面的夜市上,大老远就能听见长了三百颗细牙的皱鳃鲨族小贩吆喝着:"普天同庆普天同庆,龙城护鳍厂老板带着小姨子逃跑了,原价五百赤币的护鳍现在清仓大甩卖,只要一百一双!"和歌和纱纱被价格打动了。普太太淡定地说:"你过五十年来看,他们台词还是一样的,唯一变化可能就是一百变成五十了。"

夜市上还有贩卖"觅食器"的摊铺。所谓"觅食器",其实就是注入邪能、驯化后的鼠尾鳕。它们可以用锋利的吻部挖掘海底平原上的泥沙,高效找出底栖可食小型动物。

这一天活动结束后,一行人回去睡了个好觉,第二天乘了三个小时舰艇,抵达火山之城。

火山之城顾名思义,就是建立在海底火山附近的城市,也是深海生命起源之地。城内建筑都是尖尖的塔状,平均高度五十五米。最初尖塔都由沉积的碳酸钙凝结而成,随着时间推移,碳酸钙也变得坚硬如同钢铁。最初这是一座工业城市,能源工厂利用火山加热海水所提供的热量发电。后来,政府把高温水域和低温水域隔离开,将这些塔改造成了酒店、赌场、商场、娱乐场所等等消费场所,吸引了大批深海游客,转型为了旅游城市。

乘坐耐热导游舰艇,梵梨看见了窗外的热泉口、几十米高的黑烟囱,同时舱内自动响起了播音员的声音:"现在我们抵达了海底火山地带。海水被地壳中的热岩加热到350℃,融入了岩石中硫化物为主的化学物质,从中央裂谷的缝隙中渗出,与较冷的海水相遇,又因巨大水压无法沸腾,迅速冷却,化学物质凝固、变成黑色,并长时间积累,形成了黑烟囱。注意这些黑烟的主要成分是碳酸钙,呈酸性。火山的喷口呈碱性,水温约40℃到90℃。水中富含甲烷和氢气,吸引了大量生物群落在此寄居……"

梵梨第一次亲眼看见深海黑烟囱,还有一点点激动。它们温度极高,如果现在开门出去,分分钟就死翘翘了。但这种完全与光海不同的生态环境,反而更有一种迷人的气息。

"哎呀,那些海沟虫真的好多哦……我的密集恐惧症要发作了啦!"和歌嘴角抽搐。

热泉延绵数千里,生长在它们附近的是两米长、跟手臂一样粗的海沟虫。它们因血红素呈现出美丽的红色,密密麻麻连成一片,没有嘴,没有内脏,看上去像珊瑚,且几年就可以发育成现在的样子,跟深海珊瑚完全是相反的品种。

播音接着讲解:"这些热泉口的生物不需要依赖太阳能也可生存,他们与我们的炎魔族朋友一样,拥有超强的生命力和与众不同的生理构造。例如这些海沟虫,被套动物门的唯一物种,它们身上的细菌能将硫转化为有机物,就像植物能进行光合作用一样,同时,它们也散发出硫化氢的臭味……"

羽烬指了指同样生长在热泉口的贻贝、蛤蜊:"我们昨天吃的就是这个,它们和海沟虫、炎魔族属于一种系统的生物,有一样的化学合成细菌,可以固定住硫和氧,分别与它们结合,就可以避免它们合成毒性强的混合物了。一般生物可没有这么伟大的功能。"

"海沟虫是不是可以用来培育细菌?"梵梨好奇道。

"按照原理说,炎魔族也可以。"

"别说了,我要吐了。"和歌捂着嘴,演得比孕妇还逼真。

"炎魔族有点可怕……"梵梨忽然激动地敲了敲窗子,"看,那边还有庞贝虫!"

高温海水是能量的来源,但也可能会杀死生物。庞贝虫很分裂,像刺猬一样长满了银蓝色的刺,头埋在20℃的碳酸钙洞里,尾巴露在40℃到90℃的高温海水中,还都好好活着。

梵梨每次到了新的环境,总会有点亢奋,连说话语速都变快了。看着她的侧脸,羽烬自己都没发现,他的嘴角不知不觉扬了起来。

"嗯?"梵梨回头看看他,"小羽你看我干吗,看虫子呀。"

"我在比较你和庞贝虫谁更可爱。"羽烬认真思索了一会儿,"这种显而易见的答案,好像不需要我说了——"

"当然是庞贝虫更可爱。"梵梨和羽烬异口同声地说道。

接着，他们去参观了遇难者尸骨遗迹。

在深海，有一些探险的光海族和深海生物毙命于火山之中。在烟囱附近的旅行博物馆中，就有探险的光海族被烟雾和火山灰掩埋而死的遗迹。他的尸体被食腐生物或原始的食尸族吃掉了，留下一个空洞。然后，一些深渊族艺术家便用泥沙填充了空洞，制成一个人体铸型。普太太向他们认真地介绍上述内容，梵梨听得津津有味，却看见羽烬的脸都白了，看了他一眼："你……不会怕了吧？"

"怎……怎么可能。"羽烬眼睛眨得飞快，睫毛跟雪白小刷子似的扇动，"我可是军人。"

后来，他们到旅游景点的商店里购买纪念品：有火山灰、烟囱灰——这些灰被装进瓶子里，当作纪念品出售，瓶身上还印有购买年份，年份越久远的，价格越贵。有装在盒子里的火山石、碳酸钙；有养在特殊容器里的热泉生物；有当地岩石做的雕刻明信片；有纸质纪念明信片，正面图片各异——火山之城全景和夜景照、从火山之城眺望巴曼薄亚的远景照、灰色尖塔林照、热泉口海沟虫特写照、桌上白色大贻贝美食照、躲在洞里的庞贝虫照、火山之城开发者兼第一任市长的肖像以及各年代画家手绘的风景图复刻版等等。这里也有火山泥浆面膜出售，价格居然和巴曼薄亚市内的完全一致，这也是高度商业化的标志。

在一堆纪念品中，梵梨找到了一套深渊帝国的伟人纪念邮票，第一张就是苏释耶的半侧脸白描，左边印着"深渊帝国邮政"，右下角印着"500赤币"。其他人的邮票价格都低很多，肖像旁边都印有名字，苏释耶的却没有。

当晚，他们在城郊的温泉池度假村庄住下来。这里有大片温泉池，海水用火山能源加热过，海族们在里面洗浴和放松。四个女生泡得不亦乐乎，羽烬一人寂寞如雪。

第三天早上，他们返回巴曼薄亚。梵梨回家迅速扫了一遍协议，在需要修改的条款上做上标记，便带上纱纱，把它送到无尽宫的裂变殿，没想到在门口的珊瑚礁旁看到了苏释耶。他与在风暴之井与他调情的炎魔族女人坐在长椅上，打开一个包装精美的大红色盒子，从中取出一对黄宝石耳坠，有片刻的出神。

"苏释耶陛下看看这个，喜不喜欢？"女人轻轻缠着他的胳膊，语气里有无限柔情，"我看你以前在光海时，总是喜欢戴黄宝石耳坠。刚好我的家乡盛产这个，所以选了最好的一对给您。"

"宝贝，这个太贵了吧。"

Chapter 40 琥珀梦境

"您眼力这么好,能看出来是很好的质地,对不对?"女人双手交握在胸前,低胸衣上挤出了一条明显的沟,身体微微往下倾。

"当然,有劳你费心挑选了,我很喜欢。不过,我更喜欢……"

苏释耶靠过去,在她耳边不知低声说了什么,她低下头,脸蛋染上了浓浓的桃花色,喊着"你太坏了",却又靠近他一些。苏释耶却颇有绅士风度,只低头吻了吻她的额头,然后说:"大神使有事?"

这一幕是梵梨最不想看见的。如果不是苏释耶叫住她,她甚至有当场逃跑的冲动。

"我来返还协议,有七条需要改一下。"她把协议递给纱纱,纱纱往前游了一些,用奥术把协议推向苏释耶。

"麻烦您看看,看好了通知我就好。我先走了。"

梵梨正想离开,苏释耶说:"不用,别瞎折腾了。我让他们重新弄一份修订版,跟我进去签字吧。"

可是,他都还没看……

他们进入裂变殿,等待佩莎去准备新的合约。这过程很难熬。梵梨向苏释耶请示过后,就开始翻看柜子里的《415年——420年巴曼薄亚城市建设记录》。她穿了一件普通的白色套头衣,只露出一点深陷的锁骨,像是吝啬向人展示自己的牛奶白肌肤。而且,她浑身上下的首饰只有印有海之光的大神使臂环,连妆都没有化。看见梵梨,戈茜不禁开始幻想两个人都素颜会是什么样,然后就会不由自主攥紧衣服。好像自己唯一的胜算,就只有一身九十万赤币的名牌低胸黑裙。更让她郁闷的是,梵梨好像不在乎自己美不美。手肘撑在柜子上,时不时拨一拨头发,"咔嗒咔嗒"地拧了两下脖子,面对他们的都是一般女生的死亡角度。

越漂亮的女人,越明白男人喜欢什么样的女人。以前遇到姿色不如戈茜的女人,苏释耶都会坦坦荡荡地欣赏,大大方方地夸对方漂亮。可对于梵梨,他却没有任何反应,甚至没有多看梵梨一眼。

"宝贝,今天下午你有什么安排?"他站在办公桌旁,随手翻着报纸。

苏释耶很懂照顾女人的情绪。戈茜知道,他是在给自己安全感。可是,这只会让她感到更加不安。她径直游过去,从侧边抱住他,心不在焉地说:"您有时间带我去吗?"

"去哪里都可以,我下午的时间都是你的。"

听到他们的对话,梵梨有些讶异地抬起头,但没有说话。苏释耶笑道:"对了,苏伊大神使,忘了跟你介绍,这位是戈茜,我女朋友。"

"奈希国的戈茜?"本应该是"戈茜皇后",梵梨省掉了称谓。同时,佩莎把新的协议送了进来。

"你知道我?"戈茜有些意外,有些开心。因为,奈希是暗海里很小的一个国家,总人口只有二百八十五万,资源严重匮乏。在帝国入侵奈希之前,除了贵族,国人和很多深渊族一样,长期处于吃不饱饭的状态。

按照外交惯例,梵梨只捡好听的话说:"这两天旅行时,导游就跟我们说了,奈希国有一个著名的美人。"

戈茜更开心了,刚才丢掉的自信回来了许多:"苏伊,你也不差呀,虽然没我年轻,也结过好几次婚了,但还是算大美女。"她平时说话不会这么低情商,这些话她是故意说给苏释耶听的。

"我们大神使不需要'也'不差。"梵梨还没说话,纱纱已经抢先说道,"她是光海大神使,望这位女士有点自知之明,称呼她'苏伊大神使',不要直呼姓名,谢谢。"

"凭什么?"戈茜瞪大了眼,"你们不会真的以为,光海联邦现在还比深渊帝国强势吧?"

"不,这与光海和暗海没关系。我的意思是。她是光海大神使,而你,是一个暗海小国前皇后。所以,你要对她使用尊称。"

"你什么意思?"戈茜有些怒了,但用委屈地语气说道,"小国前皇后怎么你了?我和我前夫结婚,是为了爱。现在和苏释耶陛下在一起,还是为了爱。为爱结婚,我不卑贱。"

她来来回回说了好多个"爱",暗射梵梨政治联姻,但又让人找不到痕迹。梵梨觉得,这"茶术"真是绝了。如果风晋在场,不知道她俩谁能赢。

"灭国了,立刻就跟着赤月帝王跑了,好伟大的爱。"以前不知道,纱纱看上去佛系得很,脾气还挺大的。

"好了好了,纱纱,安静一会儿,我要看合同。"梵梨用口型对她又补了一句"这点事没必要争",然后游到办公桌前,快速扫读新版协议,检查错漏。

"布可纱纱,你说话有点过分了。"苏释耶搂过戈茜的腰,见她眼中涌出泪水,赶紧伸手刮了刮她的眼角,"可怜我宝贝,受委屈了。"

"被两个国君喜欢,是我的错吗?"戈茜更加委屈了,无声哭得分外美丽,"我也不希望发生战争,我也不想成为你的战利品啊,我也不想依附你……"

"乖,你不是战利品。就算是战利品,你也是全暗海最美的战利品。"

苏释耶越是哄,戈茜就越是放肆:"可是,我就是学不会政治联姻啊,不然,我也想变得跟苏伊大神使一样坚强呢……"

"不,我就是喜欢你的单纯。"苏释耶眼中的柔情消失了大半,"你要真是那么复杂,我就不会让你当我女朋友了。"

"苏释耶,建议你们两口子少评价别人的感情。"梵梨签好字,把笔重重拍在桌子上,"你们怎么就知道我是政治联姻?有一种婚姻,既能互利,又有夫妻之情。你和这位戈茜小姐还在热恋期,就嘲讽别人几百年的婚姻,不觉得自己很偏执?"

苏释耶闭上眼,满脑子都是光海新闻里,莫尔黑乔频繁说着"我和我妻子又如何如何"的样子,只觉得胸腔都快被怒火和疼痛炸开了。他强行按捺住情绪,回头看她,微微笑着:"一个对婚姻如此草率的女人,没办法说服我。而且,你嫁的是莫尔黑乔,还是莫尔集团,自己心里有数。"

如果今天这里的人是别人,梵梨可以用一百种以上的回复,堵得他呕血三升。但他是苏释耶,她就完全没办法了。

她是辜负他的人,现在不管他说什么,她都不该计较。

"随你怎么说吧。"梵梨笑了一下,"我无所谓了。纱纱,走吧。"

三天旅程结束后,梵梨投入到了新的工作环境中。暗海的研究中,总有大量化学合成细菌,部分来源是食腐动物——当它们吃完尸体后,骨骼能够分解富含硫化物的化学合成细菌,一些细菌是硫化氢固定的海沟虫合成细菌,还有一些,是甲烷固定贻贝的合成细菌——主要产地是陨星海沟下的龙城冷泉口,与巴曼薄亚相隔甚远……梵梨对新的工作抱有强烈的兴趣。因为,过去几百年心思在政治经济上,她在光海的研究水平都一直原地踏步。现在每天读书读得如饥似渴,过了一段时间,就把自己失恋的糟糕心情化解了。

她还收到了帕姬的回信。

苏伊大神使:

不知为什么,我们并没见过面,但看到您去深渊的消息,我还是觉得有些失落。最近频繁降温,我经常一个人出海去陆地上看落叶缤纷的树林,细数自己活过的几百年记忆,思考生命的意义,想起童年起就喜欢过的人,觉得迷失,苍白。

您说,我们那么费心学习,就算弄清了世界的定律,又有什么意义?何况,没有人能完全了解这个世界。生命是一个伴随着失去的过程,在探索的过程中,我们或许已经早就一无所有。如今,追求真理也不能使我快乐。我只想一个人待着,直至死去。只愿远在深海的你,不要拥有我的悲哀。

帕姬

梵梨很早就留意到,帕姬很消极,但最近写得何止消极,像有抑郁症一样。她很担心帕姬,询问发生了什么事,然后,她收到了很长的回信。

苏伊大神使:

很抱歉,又让您为我烦恼了。不用担心我,我很好,只是最近总是会想到小时的事。我还从来没有告诉过您吧,虽然我脾气挺怪,但长相还可以,是那种有很多异性喜欢的类型。这要多谢我父母,他们都很好看。但也没什么用。因为外形太好看,有嚣张的资本,父亲那边的男人都是花心离婚狂。我母亲因为眼睛美得独一无二,一度被菩提海媒体评为最美艳有钱的女王。遗憾的是,她的婚后生活不怎么幸福,因为没办法做到对情妇的存在睁一只眼闭一只眼。

对于这种事,她的观点只有"凭什么"。凭什么她这么优秀,还要被丈夫背叛?他们结婚的时候,我父亲连家族继承人都不是。跟她在一起之后,父亲从她那里得到了很多人脉资源,才代替哥哥成为了第一继承人。她觉得,这个比她年轻一千多岁的丈夫是她"一手带大"的。每次父亲和各种年轻女孩偷情被她抓包,她都会气到心脏病发作。后来她终于不忍了,和父亲离婚,带着我两个姐姐回到菩提海生活。

可是,父亲却是个实实在在的渣男情圣。他追到了菩提海,以陆生状给母亲跪下道歉,总算得到了母亲的原谅。但后来的事你或许能猜到吧,母亲刚怀上我,父亲又管不住自己了。因为舍不得让我在支离破碎的家庭中长大,她没再选择离开他,而是选择了继续忍,日常对父亲破口大骂,言语极尽羞辱。随着我年龄增大,父亲的风流变本加厉,常年不关心母亲,更让她把自己气得体质变差,每天只能跟我倾吐自己的伤心和愤怒。

我的童年几乎没怎么见过父亲,都是在母亲的怨恨中度过的。

有一次,父亲搞了一个辣椒般火爆的鲨族艳星回家,成功把我恶心吐了。她当着我的面无所顾忌地坐在父亲大腿上,我骂了她一句"不要脸的臭婊子",父亲就把我骂得狗血淋头。艳星反倒劝架说孩子不懂事,别怪孩子。但趁父亲不在时,她就偷偷找我麻烦了。我从小骂人就犀利,把她气得疯掉了,掏出一把辐射枪,就向

Chapter 40　琥珀梦境

我开了一枪。

我当然没有死,但冲过来护住我的母亲死了。

寻常情况下,海神族母亲面对辐射的攻击没有那么脆弱,但那段时间母亲一直在生病,体质很差,辐射迅速扩散到她身体每一个角落,送到医院抢救也来不及了。医生说,她的体质变差跟她的心理状态有很大关系,劝我们一家人节哀。

如果您要问我什么时候原谅父亲,这辈子都不会。一个连父亲都厌恶至此的孩子,也没什么资格谈论喜欢自己吧。

我不懂。本来大部分海族就是天性多偶的,只要繁衍就好了,为什么要勉强对着深蓝发誓,保证自己会爱一个人一辈子呢? 真虚伪啊。

苏伊大神使,我很羡慕您,能在一个温馨的家庭中长大,所以您比我有安全感多了。不像我,不管看到多少幸福的例子,都无法想象幸福的家庭、与人生活在一起是什么样的画面。我只能一直在外漂泊,与不同的异性有肉体上的亲密关系,却没办法与任何一人稳定下来。一定下来,我就会怕到心慌意乱。任何有家庭感的装饰、服装,我都讨厌,不想看见。就这样,我表面做着有模有样的工作,实际上却是一个身体和心灵都脏了的妓女。我这辈子,也就这样了吧。

这是第一次跟你聊到学术外的内容。吓到你了吧,很抱歉。我只是想和人分享自己的秘密,因为藏了太多年了。但如果你就在我的面前,你不会看到我这一面。所以,回信的时候,请不要安慰我,不要同情我,不要对我的人生作出任何评价,说说你最近的研究就好。

帕姬

信的内容令梵梨很震惊。从帕姬过去的言谈中,她完全感受不到帕姬是海神族,总觉得应该是一个怯弱的海洋族。想想帕姬的经历,她又觉得说得过去。而且她觉得,帕姬说不原谅他父亲,其实更多的是不原谅自己。她很想开导帕姬,但考虑到对方最后说的话,还是选择了尊重,回复了关于研究的信。

大神使来到深渊帝国后,帝国宰相荒格成为与深渊族首席谈判代表,再次与光海族代表进行会晤,决定共同遵守全海洋和平的共识,维护风暴之井、黄昏区海域的安宁。这是光海耀光时代320年,深渊赤月纪421年,光暗海域有史以来最和谐的一年。

11月9日是苏璃的七十岁生日,深渊帝国举国上下都在为这位可爱的公主欢庆。苏释耶把庆祝地点定在无尽海洋最深处的回忆神殿里。

回忆神殿最初的设计者是以太之主。苏释耶刚获得以太之躯时，获得了以太之主的部分记忆，他把建筑画下来，让白点河豚族大建筑师重建了一模一样的宫殿——也就是现在落在风暴之井的那一个。在落亚风动宫殿的地下，也有回忆神殿内部的奥术幻影。很多海域的建筑师都被回忆神殿的风格诱惑了，纷纷打造各式各样的仿品。

其实，在无尽海洋最深处的这一座，才是真正的回忆神殿。它早就随着四亿多年的时光，沉没入了大海心脏最隐秘的角落。它比仿品大了四五倍，因为时间的洗礼，矗立在海底山中间，三座分殿与连绵的山脉融为一体，就像一座大理石、彩绘玻璃、镶嵌画与邪能灯盏糅合的琉璃巨山。来自海洋各个文明与国度的舰艇飞驰而来，宾客们从中游出来，又游入神殿，渺小得就像纷沓而至的蚁群。

看见它的外观，梵梨想起了圣耶迦那的翡翠山脉。

翡翠山脉是深蓝的遗迹，回忆神殿是以太之主的遗迹。不得不说，两位上古神的力量有点凶猛。靠一己之力就整出这么大的家伙来。

从4.3亿年前开始，以太之主在这里一待就是一亿年，沉浸在无人知晓细节的回忆中。如今，他制造的琥珀梦境还在。只要进入琥珀梦境，聚集大量邪能，就可以让回忆真切地重现，就跟再次经历了一遍一样。在这里，所有人都可以唤醒自己心底深处最难忘的、最美的回忆。

"我们去琥珀梦境玩玩吧？"看见人潮翻涌的东侧殿入口，和歌跃跃欲试地拽了拽梵梨和纱纱，"走走走。"

回忆神殿里面有气囊保护，所有人进去统一陆生状。从侧殿门口往里看，琥珀梦境呈现出奶黄色的迷雾状。超过一半的宾客都停留在原地，跟空荡荡的海水讲话，或露出笑容。这种集体梦游的现象把梵梨逗乐了，待在门口围观老熟人陆续进去。

丽娜进入了和父母一起经历的童年回忆。

和歌进入了和好姐妹大学前的潇洒青春回忆。

纱纱进入了伏在已故母亲膝盖上的童年记忆。

羽烬是最甜的孩子，进入的全是很有安全感的美好回忆。

因为回忆中的画面频繁出现干扰，所有宾客都走走停停，只有苏释耶从宫殿内部往外走出来，始终没有受到任何影响。来这里太多次了，接受着一次又一次的回忆冲击与重现，他始终面不改色，甚至有一丝认命的冷漠。看见了梵梨，他抬

Chapter 40 琥珀梦境

了抬雪粒渲染过一般的睫毛:"苏伊大神使在那里做什么?不想进入琥珀梦境,可以从正门进来。"

从上次争执到现在,他们一直没有联系过。现在再看到他,心情是说不出的复杂。

"没,我只是随意看看。"梵梨朝他颔首示意,也缓缓游了进去。

走进琥珀梦境的刹那,四周的景象都像有夜幕降临一样,全都变成了黑色。人们的身影变成了半透明状,发亮的白色星斗连成了虚拟的银河,雪花大片大片落下,在黑夜中铺陈了时光的寒冬。

记忆带着她生命中最重要的人,向她走来了。

这一刻,真实的人变成了幻影,由模糊转为清晰的回忆轮廓,反而变成了真实。

梵梨进入了一个很长很长的梦,长到几乎无止境。而梦里的男主角,从头到尾都只有一个人。

繁盛的海草恣意生长,森林的枝叶在海水中飘摇。乌贼闪烁着生物荧光,从她身边游过,或是穿透她的身体。小星海瘦瘦小小的身影在她的前方快速游动,带着周边的景物也跟着流走。然后,他蹲下来,在地上捡起一只浸泡在海水里的甲壳虫,向梵梨挥了挥:"梨梨,你看,我找到了。"

这是斐理镇的过去。这是哥哥带她在海底森林里玩耍的回忆。

匆匆六百多年过去,她已经快忘记小星海的模样了。他的眼睛和她一样,也是蓝色,颜色却要浅很多,也不知是不是发色浅的缘故。

"梨梨,不要怕,我会保护你的。"小星海挺着男子汉的胸膛,认真地说道。

"好的,哥哥!"小女孩的声音像从她脑海里、喉咙里发出来一样,因而听上去就像自己说的。

画面一转,小星海背对她躺在床上,银灰色的头发落满枕头。

"哥哥不要怕,有梨梨在哦,别人不敢欺负你。"一双小手凑过去,抱住了星海的腰。

"嗯。"

梵梨知道这只是回忆。因为,不管苏释耶的幻象如何来回出现在自己眼前,那个冷漠的、真实的苏释耶,都始终站在幻象后面,哪怕是半透明的,也在时刻提醒她,这不过是一场幻觉。

一个是真实,一个是幻觉,很好分辨。

苏释耶已经往前走了,不爱她了,她知道。

但她也知道,回忆里的他深爱着她。

和回忆里的那个人相爱,真的很好。

一个人守护两个人的记忆,虽然很寂寞,但也可以使人变得更坚强。

画面再次旋转。

"梨梨,过来,把手给我。"苏释耶在她面前温柔地笑着,雪白碎发摩擦着黄宝石耳坠,向她伸开了手,"来,我带你去看看海底森林。"

梵梨没有伸出手,她很理性,静静站着,看着他,没动。没有做出任何其他沉浸在回忆里的宾客的怪异举动。

对面的苏释耶蹙眉看着她。

她看到什么了?

他只看到梵梨双眼充血,被泪水泡得通红,但抿着发抖的唇,憋着气,倔强地没流下一滴眼泪。

算了,他认识她这么多年了,还不知道她能看到什么。无非是那些他觉得无足轻重、她却视若生命的牺牲者。

幻象苏释耶消失了。像走马灯一样,又一个幻象苏释耶出现在她面前,在她面前跪下:"梨梨,嫁给我,好不好?"

梵梨不由自主抱紧双臂,眼泪快憋不住了。到这一刻,她就像深海里浸泡了千年的铁制沉船,外表看上去还庞大且稳固,但只要轻轻碰一下,就会顷刻间坍塌成碎片。

幻象苏释耶再次消失,少年星海回来。

时间是打散的拼图,一块块拼凑起来,拼出了她最甜美的七彩少女时光。少年在她面前微微笑着,白衬衫在水中阵阵颤抖,水蓝色的眼眸是清澈见底的海湾:"梨梨,你所在的地方,就是我的归宿。"

然后,星海换上了六百年前的老版少校军装,看上去却是焕然一新的。

"我是在做梦。"他伸出双臂,将梵梨抱住,沉重地喘气,"梨梨,我怎么又做梦了。"

下一个又是苏释耶。

"笨梨,你要多休息。"苏释耶把她放到床上,眼中只有看不到头的温柔情意,"等我,马上回来。"

Chapter 40 琥珀梦境

"我爱你。"

"梨梨,是我不好,不是这个世界不好,更不是你的理想不好。放了我,不要放弃你坚信的一切……"

在这片碎心的黑色星河中,来来回回穿插着的,都是他,只有他。

终于她忍不住了。即便只是回忆,她也没办法让苏释耶单方面地告白,而自己不给任何回应。于是,她用手掩住了嘴,只是动了动嘴唇,几乎没有发出声音:"带我走吧……"

苏释耶听不到她在说什么,只能看见两条笔直的泪水从她的眼中滑落,又在她的手背上转了个弯,快速滑落。

苏释耶眼睛愕然睁大,身体僵了两秒,往她的方向走了一步。

"梵梨姐姐?"这时,羽烬拍了一下梵梨的肩,担心地说,"你怎么了,怎么哭了?"

梵梨看了看他,又看了一眼对她温柔笑着的苏释耶,但最终却碰到了真正苏释耶的目光。

再做梦有什么用。

他不爱她了。

这才是真相,不管她用多少年去遗忘,他都不会从她生命中消失。但是,这一切都全是过去。

"小羽,只要一会儿就好。"她把头埋到他的怀里,无声地痛哭起来。

"好,好。"羽烬手足无措,只能小心翼翼地回抱她,"多久都可以,我一直在。"

邪能提灯散发着柔软的金光,渲染了苏释耶的白发和半边轮廓分明的侧脸。

他看了一眼在别的男人怀里哭泣的苏伊大神使,又看了看在自己面前甜甜笑着说"我也只爱哥哥哦"的幻影梨梨,麻木地笑了一下,觉得这一切都很无聊。

苏释耶转身走出了琥珀梦境。

Chapter 41　公主生日宴

在宴会厅外，梵梨和和歌遇到了普太太，和她打过招呼，发现她的腹部不光挂着小普，还挂了另外一个可爱的小男孩。这个小男孩体型比小普体型还小一些，眼睛更圆，脸蛋更粉嫩。和歌再次被鲛鳙族的小男孩萌到了，摸了摸他的头："普太太，这是你家老二吗？"

"是的，他是昨天才变成老二的呢。"普太太说道。小普横了一眼"老二"，气鼓鼓地把头拧到相反的一边。

"昨天？这才一天，他就长这么大啦？"

梵梨知道和歌误会了什么，用胳膊肘撞了她一下，但没来得及阻止她。她说："你和你老公太厉害了！鲛鳙族都太能生了！"

"应该是像他爸爸吧。"普太太摸了摸"老二"的头。

"他爸爸长得这么可爱？今天他在这里吗？"

"没有呢。"普太太摇摇头，"我还没来得及去见公公和婆婆，见'老二'这么可爱，就把他强行带走啦。但小普就不高兴了，吃了一天的醋了。"

"谁愿意跟别人共享老婆呀！"小普抬头，大眼睛恶狠狠地瞪着普太太，"他有我可爱吗？有吗！别说了，你觉得有！我们都结婚多少年了，你凭什么不跟我商量就找老二？啊？"

"老二"可怜巴巴地说："哥哥不要怪我们的普亲亲啊，若不是我昨天死咬着她的腹部不放，她也不会被迫就范的……"

"你不要替她讲话！她想甩掉你还不简单吗，你这个小弱鸡！你们就是奸夫淫妇瞄对眼，勾搭上了！"

"老二"甜甜地说："哥哥，我会和你和平共处的，不会跟你争宠的。你陪着我们媳妇儿这么多年了，我肯定什么都听你的……"

"哼！灌迷魂汤没用！"小普抱着胳膊，强势地拧过头去，"帝国政府真的不靠谱，废除了我们族群的二夫制有什么用，根本没有有效阻止有钱女人花天酒地啊，气死我了！烂政府，烂政府！我讨厌这个奴役男人、物化男人的女权社会！"

"哎呀，老公，你的包容可是在为帝国做贡献呢，怎么开始愤青了呢？"

普太太摸了摸他的头,却被他狠狠推开:"不要碰我!不要为自己的花心添加冠冕堂皇的借口!我们男人结了婚,没有人权,都是婚驴,太委屈了,啊啊啊,呜呜呜……"

和歌呆如木鸡地看着普太太,再看看小普,再看看"老二",再看看普太太,嘴巴大大张开。梵梨跟普太太打了个招呼,拽着她的手腕,溜了。

经梵梨解释,和歌才知道,原来陪伴他们三日游的,一直是"普氏夫妻",而不是"普太太和她儿子"。

雄性鮟鱇族没有雌性鮟鱇族头上的诱饵,所以不会觅食。从生下来之后,他们就会到处物色未来的另一半,当一个合格而讨老婆喜欢的"软饭男"。所以,经过上亿年的演化,他们拥有了便于寻找雌性荧光诱饵的大眼睛、引发雌性母爱情怀的可爱外表、眼睛前方寻找雌鱼释放化学物质的嗅觉器官,还有比迟缓雌性游泳速度更快的本领。一旦他们咬住了雌性的腹部,就会说各种说甜言蜜语,来乞求未来妻子的垂怜。如果女方愿意和他们结婚,他们就会和老婆逐渐融合,用老婆的循环系统来顶替掉自己的。他们变成了老婆的"附属肢",在老婆需要生孩子的时候向她提供精子。除此之外,他们唯一保留的功能,就是呼吸。

帝国主要推崇一夫一妻制,除了少数生存模式特殊的种族。鮟鱇族曾经就是其中之一,多年前的《深渊帝国婚姻法》规定,在雌性鮟鱇族身体足够健康、可以保障血液满足两名雄性的生长营养需要时,一名雌性鮟鱇族最多可以和两名雄性结婚,以确保有足够的、可靠的精子来源,以及深渊帝国人口数量稳步增长。但是,自从深渊帝国的文明飞速发展,很多雄性鮟鱇族开始大力推行男权主义。他们在各种媒体上发表文章和言论,表示:在蛮荒时代,男人只能靠女人才能存活下去,但现在时代不同了,这是一个温饱解决、拼脑力的时代,男人要挺直腰板子,靠自己的努力,赢得在社会上的话语权。他们坚决抵制男性过度注重可爱的外表而放弃事业,坚决抵制被舆论逼得不得不与女人结婚的恶劣氛围。

"对鮟鱇族男性而言,男权就是平权!我们只有自己独立了,才会得到全帝国的尊重!"

赤月纪215年,鮟鱇族男权运动发起者在龙城做出了这一革命性的宣言。在这次演讲中,他讲出了自己的故事:曾经,他也是一个貌美可爱的小正太,但结婚遇人不淑,被渣女妻子家暴、劈腿,最后带着孩子被赶出家门。从那以后,他痛定思痛,到帝都进修,不依赖于任何人,成为了巴曼薄亚大学的博士,活成了骄傲的

自己。于是,他决定站出来,为所有男性发声。

那是鲛鳒族男性历史上壮烈的一幕,也是改变了全鲛鳒族落后女权思想浓墨重彩的一刻。他的发言令全暗海所有受到歧视的男同胞们泪流满面。从那以后,越来越多的雄性鲛鳒族打着"一日不废除一妻二夫制,一日不婚"的旗号,忍受职场上的性别歧视,在工作岗位中拼死拼活地工作,只为争取与女人地位的对等。

终于,赤月纪303年,鲛鳒族的一妻二夫制废除了。但与光海的奴隶交易一样,制度可废除,根深蒂固的思想却很难废除。在鲛鳒族的上流社会里,依然有大量"包二爷"的情况出现。而且,不管男权主义兴起得多么轰轰烈烈,总有一些颇有影响力的鲛鳒族男性作者,在他们自己的平台上推广以矮化男性为手段、"跪舔"女性以换取女性投资为目的的"好婚风"婚恋理论,被男权主义公认为是"女人的跪舔狗"和"邪教"。男权主义爹毛了,其中一些极端人士发文章唾骂女人、唾骂"好婚风""绿茶男",甚至出现了严重仇女和支持离婚的现象。两边吵得不可开交。

其实,在这两边带节奏的名人们都互相认识,只是相互合作,相互炒作,靠在男性中贩卖焦虑,试图拉动两性对立,同时大量兜售他们的"三无"产品,赚得盆满钵满。

时钟指向了6点45。越来越多的贵客抵达了回忆神殿。一国元首、某市首富,都不会令所有人感到惊讶。但是,有一个首富的降临,却是重量级的。那就是光海首富,莫尔集团的董事长。

听说莫尔黑乔来了,还带上了贵重的生日礼物,苏释耶在"去迎接"和"完全无视"之间纠结了半天,最终让裘沙去迎接,并带到宴会厅来见自己。

曾经莫尔黑乔只和苏释耶打过两次照面,对他印象深刻,但都是停留在他的政绩和社交手腕上。这一回,看见苏释耶的第一眼,他就想起了一年前,在一个工作场合偶遇前妻,他们之间的一次对话。

"苏伊,你老实跟我说,你是不是和风晋是同性恋?"

"当然不是!"

"那你怎么看上去总像对男人没什么兴趣的样子?我开始以为你心中有一个难以忘记的男人,所以才会对我没什么兴趣。但时间久了,我发现你是真的对男人没兴趣……现在我们都离婚了,你可以满足一下我的好奇心了吧。"

"我不是同性恋,真的不是!"

Chapter 41 公主生日宴

"那你喜欢什么样的男人,描述一下。"

"我喜欢那种看上去挺冷酷的,有捕猎族气息的,笑起来又像海神族的男人吧。"

"这也太抽象了。性格呢?"

"性格也一样,不说话感觉像捕猎族,一开口就觉得是海神族,结果内心深处还是捕猎族。"

"你说的这种人很适合从政。面具有好几副,你还得一个个拆下来。让你很有挑战欲,是不是?"

"嗯!还要有点撩,说话声音低沉但声音要年轻一点,他要让我很崇拜,年龄嘛,比我大一点点就好……"

"我的无尽海洋之主啊,曾经我是娶了个什么女人!"黑乔大笑起来,"苏伊,我终于知道你为什么不能爱人了,你说的这种男人不存在。就算比你大四千岁,我都不敢说自己能让你崇拜。和你同龄的,根本就是乳臭未干的小子。还要撩?哪个男人看到你不被你撩得不要不要的,你还要他反撩,太难了。"

现在黑乔知道了,她不是在描述自己喜欢的类型,她描述的就是苏释耶。但很显然地,他可怜的前妻陷入了单相思。因为苏释耶看见他,完全没有一点反应。但凡一个男人有一点点爱一个女人,都不会面对她前夫而毫无波澜。苏释耶甚至还挺友好:"欢迎莫尔先生光临深渊帝国,参加我女儿的生日宴会。"

其实,没人知道,面对两万岁宗主都毫无惧意的苏释耶,这一晚心虚了。只要想到三百多年的日夜,梵梨都和这个男人朝夕相处,恩爱甜蜜,苏释耶就会反复质疑自己:莫尔黑乔到底哪里好?他懂梵梨,就算是政治联姻,她也很难和讨厌的人相处。这个男人,到底有什么?

但苏释耶一向极擅长掩藏自己的情绪。他还和黑乔聊起深渊和光海的贸易和经济。

苏释耶知道,如果不是为了梵梨,黑乔不可能冒着生命危险,亲自来到一万米以下的深海,只为给一个外国公主送一份生日礼物。黑乔也知道,苏释耶会和他说这么多的话,也是因为看梵梨的面子,不然,这个不可一世的赤月帝王,多半会让财政部大臣来接待他。但两个人都是极为聪明的外交高手,谈笑风生,妙语如珠,谁也不主动提那个女人的名字。

"圣都币和帝国赤币的汇率法案最近都定下来了,以后我们的企业,会有很多机会与莫尔集团合作。"苏释耶一边对那些进来对他频频点头的宾客点头微笑,一

边说道。

"近期我一直在密切关注贵国的新闻,对于贵国的科技、能源、教育等等发展速度真心感到佩服。"

"对深渊一族而言,食物短缺是普遍现象。最初我们建立帝国的三十年里,帝国公民每人每天只能领取两条鱼或一只水母。而在帝国外,更是有成百上千万深渊族备受饥饿折磨之苦。"苏释耶笑道,"只能说,科技很多时候也是被逼出来的吧。"

"现在不仅是佩服,还意外了。"黑乔轻轻抚掌,"认识苏伊这么多年,她竟然从来没有跟我说过,她哥哥是一个如此谦逊低调的人。我回去一定得跟独裁官美言几句,让他主动推进两国的贸易合作,尤其是食物上,多多给予支持。"

苏释耶秒懂,黑乔说这句话有三层意思:第一,夸赞他。第二,让他知道,和苏伊朝夕相处的人是谁,得罪了黑乔,即便是赤月帝王,黑乔也不会害怕。第三,但他如果维持像现在这样给梵梨礼遇,黑乔会动用所有资源,保梵梨回光海。

"那倒不必。"苏释耶轻描淡写地挡了回去,"你太太的价值远超过独裁官能给我的任何东西。有她过来帮助我,我已经很感动了。至于在生活上,尽管放心,虽然我们几百年没见了,苏伊也做了一些调皮捣蛋的事,但兄妹情分总是在的。我会安排好她的生活起居。"

黑乔也听懂了苏释耶的言外之意。但是,那个"你太太"却非常耐人寻味——苏伊没有告诉苏释耶,他们已经离婚了?那正好,只要表现得他们夫妻感情很好,对她就有利。

"这样就好。说实话,我一直很担心她的身体。这么多年来,她工作过度繁忙,我们之间没有孩子,一直是我的遗憾,我还期待她回去以后给我生个可爱的宝宝。现在把她交给她哥哥,我是真的放心。"莫尔黑乔看了看怀表,"那么,我先回光海了。四天后一大早,集团有很重要的会议等我参加,我得连夜赶回去,原谅我不能参加完整个宴会。"

"行。"

苏释耶的表情管理依然很到位,但胸腔中有什么爆炸了。

想和梵梨生孩子?他这个前夫也配?

"那个莫尔黑乔。"苏释耶看着黑乔远去的背影,气得声音都低了几个度,"裘沙,你现在就给我追上去,把他杀了!大卸八块,尸体给我带回来!"

"遵命,我现在就去。"裘沙刚杀到门前,就被艾泽拦住了。

Chapter 41 公主生日宴

"别别别啊,别冲动啊!"艾泽拖着裘沙走回来,急忙低声对苏释耶道,"陛下,您为什么要杀莫尔黑乔啊,他不是大神使的丈夫吗?"

就因为是她曾经的丈夫,苏释耶就更忍不了了。

裘沙娶了她,加斯希天娶了她,莫尔黑乔娶了她,就连韶安也差点娶到她。他算什么?他们从小一起长大,就算没爱情,也该有亲情,可她偏偏对他最绝情。最后两个人都分手这么多年了,他都不知道自己究竟算什么。没有任何身份,任何头衔。前男友都算不上。

无名火把苏释耶气得脸都白了。

"你把他杀了,大神使岂不是要恨你一辈子了?"艾泽怯怯地说道。

苏释耶怔了一下,想起了过去得知熔炉计划后梵梨的反应。他闭上眼,深呼吸几次,调整了自己的情绪,才总算睁开眼:"行,不杀。"

艾泽蒙了。陛下最近是怎么了……从大神使来深渊之后,他每天都跟个炸药包一样,一点就炸。淡定和优雅全要靠演,真是太可怕了。

七点整,赤月公主登上宴会厅的高台。彩绘玻璃下,水光潋滟,她草绿色的修身长裙如同海面的波纹,裙摆上金线就像星辰海的金色漂浮雨林,寂静无声,兀自美丽。她低下头,对话筒说:"在座的各位来宾,你们好,我是赤月帝国的公主,苏璃。谢谢你们来参加我的生日宴会。"

全场响起了热烈的掌声。所有人都陶醉在公主的魅力中,唯独梵梨,一个人躲在最偏僻的小角落,看着苏释耶唯一的女儿散发耀眼荣光。而台下,苏释耶和戈茜坐在一起。苏释耶看着苏璃,戈茜看着苏释耶。

他有了女儿,有了女朋友,有了帝国,有了新的生活……而就在半个小时以前,她还沉浸在写满他的回忆中不可自拔,真可悲。

听着宴会上数不清的热闹,梵梨觉得心情很乱,干脆走到回忆神殿外。黑夜笼罩下来,四周只有与神殿相比小如积木的村落,海床上布满了毛毯一样的细菌垫。还有把神殿夹在中间的两座海底巨山,它们高高耸立在深海中,形成了一道将村落揽入怀中的大峡谷。海底山峭壁上有成片纯白色的海葵,远处有被压平的沙堡,里面住着长达10厘米的单细胞生物有孔虫。

梵梨慢慢绕到神殿外墙前,靠在一扇高高的彩绘玻璃窗下,见它在石柱上投落被剪碎的方形彩光,叹了一口气,抬头往上看。然而,这里是海底一万一千米的超深渊带,没有光,没有鱼群,没有希望,连新种狮子鱼都无法在这里存活。在回

忆神殿外,只有会夺走她性命的水压。

"这里没有月色可供你欣赏,回去吧。"

梵梨迅速抬起头,背脊僵硬:"您怎么出来了?"

站在不远处的男人是苏释耶。从成立帝国后,苏释耶都穿着很简单。这一晚,他戴着赤月王额饰、红钻耳坠和重叠的宝石项链,身姿修长,披风曳地,足见女儿对他的重要性。但看见梵梨,他却完全不像父亲,反而满眼桃花地笑着:"想回光海了,对吗?"

"我在这里有工作要做,没那么感情用事。"

"果然是我熟悉的那个苏伊大神使,只要是为了达到目标,可以保持绝对冷酷,连对自己都不放过。"苏释耶轻轻拍了两下掌,为她喝彩,"我们都知道你嫁给加斯希天和莫尔黑乔的原因。我就很好奇一件事:你为什么要考虑嫁给韶安?"

信息量太大,梵梨诧异得说不出话。

"你和韶安订婚的事还是秘密吧。"看见她的神情,苏释耶却没受到半点影响,还是温柔地说道,"为了我可爱的妹妹,我当然要守住秘密。"

"果然是你搞的鬼!"梵梨有些怒了,"你威胁过他,是不是?"

"搞军事的人,对武器总会有敬畏之心。我只是给他看了看帝国的战舰和武器,他就软得像只海兔一样,还没谈判,就答应我的所有要求了,包括抛弃你。"

"你为什么要这么做……怕他和琉璃军团联盟,是不是?"

"十个韶安的军团都打不过我一个师。我真的好怕他。"

苏释耶说的话绝无夸大成分。梵梨告诉自己不能冲动,不要激怒这个男人,于是放缓了语调说:"算了,没事,都过去了,那就让它过去吧。"

"怎么,害怕了?"苏释耶抬眼,用一种无辜的眼神看着她,样子是该死地好看,深不可测的性格是该死地可怕。

"你答应过我不会动光海,我相信你的为人。"

"好的,我不出尔反尔。"

看见苏释耶的笑,梵梨立刻懂了:政治家,尤其是以苏释耶为代表的政治家,做出的任何承诺都是模棱两可的。就算签了协议,他都有办法走迂回路线,在遵守承诺的情况下,行为上违背道义。她急忙道:"苏释耶!"

"嗯?"

"你到底想光海做什么,或者想对光海做什么,你有什么目的,直接说,不要

Chapter 41 公主生日宴

这样讲话。"

"我不想'光海'做什么,我想'光海大神使'做什么。"

梵梨愣了一下:"你想我做什么?"

"把我伺候好就可以了。"苏释耶指了指地面,微微笑道,"把上衣掀起来,然后跪下来。"

梵梨简直不敢相信自己的耳朵。苏释耶,竟然会说出这种话。她长时间没有说话。苏释耶也不急,只是从容地等着她。

漫长的四十多秒过去,她在他腿前跪了下来,但没有任何动作。

对苏释耶而言,女人说怀上他的孩子,不要抚养费,不过是隔几天就会发生一次的事。女人自愿服务他,更没什么好大惊小怪的。但对象是梵梨,他就震惊了很久。

"苏释耶,我有三件事想告诉你。"

"说。"

"第一,你有女朋友。对我而言,她只是一个陌生人,她如果因为我对你做这种事感到痛苦,我是不会有任何感觉的。但是,伤害她的人就是你。你想好要不要这么做。"

"然后?"

"第二,我不相信你真的会攻打光海。"见苏释耶没有反驳,梵梨顿了顿,"深渊帝国在暗海确实是最强的军事大国,但依然没有统一。风歌之脊、罪恶鲨巢,都不听你的话,不是吗?"

苏释耶抱着胳膊,不置可否。

"所以,我随便猜猜,苏释耶陛下现在想执行的是远交近攻策略。和光海搞好关系,在暗海展示自己的国际关系,也是向这些不听话的小国施加压力的方式。"

"分析得头头是道。"苏释耶轻微挑起一边眉毛,不慌不忙地说道,"你既然如此笃定我不会攻打光海,为什么还要屈服呢?"

"这是我想说的第三件事。"梵梨提起一口气,屏住呼吸,"我是自愿这么做的。"

"什么意思?"苏释耶忽然凝神。

刚才,梵梨反复问了自己一个问题:如果提出这个要求的人是别的男人,她愿不愿意为光海做到这一步?答案是完全否定的。她愿意这样做,仅仅是因为对他的愧疚和爱。哪怕她已经没资格和他说爱。

"如果这样做能让你快乐,我就愿意这么做。没有什么外部原因。"

"所以,你觉得这种事能让我快乐?"苏释耶冷笑一声,"随便玩玩而已,你不会以为我还对你有什么感情吧?"

"当然不会。"

"为了避免你多想,我还是把事情说清楚一些——我对现在的你,没有任何想法。你就不是我喜欢的女人类型。"

"嗯,我知道。没有多想。"梵梨把双手放在膝盖上,虽是跪着,背脊却挺得笔直,"对了,我是第一次操作这种事,如果你感觉不够舒服,不要怪我。"

梵梨开始解他的皮带,但他躲开了。发现并没有得到羞辱她的效果,他咂了咂嘴:"苏伊大神使如此端庄,原谅我,提不起兴趣。"

戈茜感觉特别糟糕。因为,苏释耶消失了很长一段时间,从侧门进来。她从侧门出去,结果看见梵梨正靠在柱子上走神。

和康乃馨、风晋的待遇一样,戈茜一开始就被告知,这不是一段一夫一妻制的感情。但她没有在意。她对自己的美貌有信心。可看见梵梨之后,她不这么想了。戈茜第一时间就找到了公民院的总督导,把他带到角落,告诉他自己的所见所闻。

深渊帝国实行两院议会制:苏释耶的追随者组成的精英院、深渊族本土领袖组成的公民院。公民院的总督导也兼任财政部议会大臣,是戈茜身后的支持者、奈希国的总理大臣。自从苏释耶和戈茜在一起之后,公民院议长开始重视总督导了。总督导知道,这是奈希国贵族们重新获得权力的机会,所以,他手把手引导戈茜诱惑苏释耶,想靠戈茜登上暗海权力的巅峰。

此刻,他满怀希望地打算听好消息,结果遭到了晴天霹雳。

"什么?陛下和苏伊?绝无可能!苏伊的丈夫是莫尔黑乔啊,怎么可……"总督导声音突然拔高,又赶紧平复情绪,思索了一会儿,"不,不对,让我想想……"

诚然,莫尔黑乔是纯种海神族,英俊、幽默,教养好,拿着黑乔的照片到暗海,会有很多女人觉得这男人挺有魅力。但如果和苏释耶陛下比呢?他只想起,他老婆都曾经背着他对闺蜜说过很蠢的话:"我爱我的丈夫,但如果有机会和苏释耶陛下睡一觉玩玩,走肾不认真,那应该是无聊人生中最激情的岁月了。"气得他立刻就去打印了离婚协议。但想了想,陛下也看不上她,也就作罢。

连他那中年老婆都会说出这样的话……苏伊大神使和陛下互相看对眼的概率

Chapter 41 公主生日宴

有多大？总督导头疼了："苏释耶是个很有雄才大略的君主，为了达到目标，他可以不计前嫌，专注完成眼前的事。如果他的目标是和光海联盟，那他想和苏伊搞好关系也是应该的。"

"现在我们该怎么办呢？"戈茜哭丧着脸，"我不知道该怎么对付苏伊，说实话，我看到她就觉得很焦虑，我……"

"别急。搞好关系，不代表陛下就要去偷别人老婆。如果苏伊和陛下真有一腿，曝光了可是丑闻。我们先慢慢观察吧，可能是你敏感了。"

"是这样吗……"戈茜的眼中燃起了希望。

"但你也别高兴太早。有件事我还是得跟你说：苏释耶陛下不会娶你。所以，对你来说，最好的结果就是一直陪伴他，生下他的孩子，越多越好，主动放他出去玩，让他朝三暮四，和无数女人风流。当他习惯了这样的生活，就不会有立一个王后的冲动了。"

无奈他说了一堆，她只捕捉到了关键点："他为什么不会娶我？"

"苏伊的背景，你有吗？看到她你的焦虑感告诉了你实话。"

"之前有那么多情敌，你不都教我怎么击败她们了吗？那你也可以教我怎么让他娶我啊……"

"那是击败一群同样可能成为陛下情人的对手。你有这资本。但想成为王后，你就算拿了辩论赛冠军兼无尽电影节影后，也没有可能。你现在就别东想西想了，看好陛下，尽量减少他和苏伊在一起的频率吧。"

Chapter 42 时光的长河

宴会后期,音乐响起,艾泽邀请赤月公主跳了一支舞,引导舞会的开场。

远远地,梵梨看见米瑟寻月和苏释耶开着隔音罩在讲话。苏释耶眼神散漫,话少。寻月却神情严肃,时不时露出怒意。等他们俩聊完,梵梨走过去,对寻月说:"寻月姐姐,好久不见了。你怎么会出现在这里?"

"当然是为你而来。"寻月收敛住了刚才的怒意,也笑了起来,"苏释耶陛下太任性了,就这样把你弄到巴曼薄亚,也没考虑过你的未来。"

"我的未来?"

"是啊。深海很危险,可他还是那么我行我素,非要说他能保证你的安全。你打算什么时候回光海呢?没有苏伊大神使的光海,可是不完整的呢。"

"为了不显得你这番话有夸大成分,还是直接告诉我吧——我的血统里到底隐藏了什么秘密?"

"我也很想知道。"

梵梨知道她在撒谎,有些火了,但还是笑着说:"好吧,你们一天不告诉我实话,我就一天不生孩子。"

"梵梨!"寻月宗主的强势劲儿来了,"你用自己的终身幸福和未来威胁我,对你有什么好处?"

"我不觉得生孩子的女人就一定幸福。你知道我的,我更喜欢做事业。既然你对我的血统全不知情,那也没必要急啊。"

"唉!就知道瞒不过你。我早就跟我妈说了,她不信……"

原来,米瑟宗族有一个流传了三千万年的预言卷轴,以远古文字记载了4.3亿年前海洋的秘密。宗族内部有人尝试破译卷轴,也没能成功读懂全文。他们所知的信息是:"燃烧之海"的现象每隔十万年便会出现一次。直到某一个特殊事件触发——"火海圣婴"降临世间,从此,"燃烧之海"不会再发生,圣婴的诅咒将会长伴光海。但火海圣婴非但不能死,还必须继续繁衍下去,才能维持光海奥术的平衡。否则,无尽海洋里所有的生命都会灭绝,文明消失,一切重归原始。

"所以,我是那个火海圣婴?"看见寻月点头,梵梨讶异了两秒,笑了起来,"原

Chapter 42 时光的长河

来我是个奇人啊。"

"何止是奇人,你的生命是被诅咒的,而且每一百年会有一场劫难,每次都可能要你的命。"

"原来是这样……那为什么这三百年来,我的情况好了很多呢?"

"原因我们也不知道,只知道卷轴上有一句前人破解的文字:'光海之主拥有复苏火海圣婴之力。'其余部分我们还未读懂。只有一个人看懂了全文,但他一个字都不说。"

"苏释耶?"

"对。"

梵梨一百岁那年休克后,苏释耶就要走了一份卷轴的复刻本。他用有以太之主的神识,完全读懂了卷轴,却不愿跟任何人透露卷轴的秘密。

"虽然不知道光海之主如何才能复苏火海圣婴,但很显然……"寻月长叹一声,"他发动战争是为了你。"

"啊?"

"卷轴上那句话,再想想。他怕你死掉,才会想要得到复苏你的力量,所以才会想办法统一光海啊。"

"不,不是。"梵梨摇摇头,"他想统一光海有其他原因,现在过去这么久,就不说了,但肯定不是为了我……"

梵梨越说越觉得不对劲儿。

确实是在苏释耶得到以太之躯之后,才有了造物熔炉的计划。之前,他只是想统一光海。

现在的苏释耶还是和以前一样,周身散发着一股掠食者的冷酷气息,让人不由自主感到畏惧。但是,梵梨已经快忘记了,这个男人是个怎样的恶魔,怎样的疯子,只记得小小的他就是一个天使,曾经在海底森林荧光乌贼的环绕下,眼睛清澈,声音细而干脆,唤她"梨梨"。

她好想他。即便他就在她面前,也抵挡不住从胸腔中满溢而出的思念。

最终,梵梨找寻月要了一份卷轴复刻本,便结束对话,走到苏释耶身边:"苏释耶陛下,你还记得吗?四百多年前,在泡泡小姐的婚礼上,也有这样一场舞会。"

"都过去了,不提了。"

"好的。"

但等了一会儿,苏释耶看着舞池,低声说:"那天你跟夜迦跳舞了。"

"我对你的印象更深刻呢。"梵梨微笑道,"对我来说,那时候一切都重新开始了。不管是星海,还是独裁官大人,都是我梦想起点的引路者。即便一切重新开始,我还是会爱上这片海洋。"

还有爱上你。就像轮回的宿命一样。

这时,羽烬走了过来,对她微微弯腰:"梵梨姐姐,不知道我有没有这个荣幸,请你跳一支舞?"

"好呀……"梵梨还没把手放到他手心,整个人就被苏释耶拽到了身后。

"苏释耶陛下?"话音刚落,她被苏释耶拽到了舞池中央。

君主下场跳舞,最亮的灯光自然照在了他们俩身上。梵梨看看他握着自己的手,再小心翼翼地把空出来的手搭在他的后颈。触碰他后颈与头发的感觉,把她一下打回了四百四十二年前。所以,本来条件反射般觉得会对上他的温柔目光,对上的却是一双冷漠的眼眸,让她心里有些悲凉。

音乐奏起,把深海的光辉编织到了希望里。苏释耶使用了隔音术,而后带着她起舞,宝石随着灯光轻摇。

"这好像是我们第一次跳舞。"她看向他,眼中有星光,也有水光,"我还以为自己再也没机会和你跳舞了。"

"我不喜欢跳舞。"

"哈哈,小时候你总说跳舞很娘。但你跳得好,很厉害。"哥哥不喜欢一切让他看上去不够男人的活动。

"娱乐而已,在光海时随便学学的,有什么厉不厉害的。"

"在光海时就会了?"梵梨笑了起来,"该不会是因为我和夜迦跳过一次舞,你吃醋了吧?心想'下一次,我一定要和梨梨跳'……"

"对。"

梵梨怔怔地看着他。她原本只是开个玩笑。

"那时我爱你,不管做什么,都是为了你。"苏释耶望着她,好像在说别人的故事,"我不为自己的过去感到羞耻,所以你不用猜,我的过去,一切都与你有关。"

国际象棋棋盘般的黑白格纹地面上,邪能灯盏的光影磷火般荡漾,琥珀色的疆域,扩散在海洋最深的殿堂。就是这一场神秘的美梦,把他们又拉回了最初的地方。几百年来,这是梵梨最珍惜的几分钟。和所爱之人跳一支舞,就像在做梦。

Chapter 42 时光的长河

她抬头,对他甜甜地笑道:"我也一样。我的过去,一切都与你有关。"

"嗯。我知道。"苏释耶的声音低低的,很好听,却没有感情。

"如果当初你想出熔炉计划时,也问问我的感受,那该多好……"

"你都知道了。"

"是啊。"虽然心里几乎有了答案,但听他亲口说出,心情还是说不出地复杂。

苏释耶看着窗外荒芜的海底山群,没有尽头的海水:"放眼无尽海洋,愿意为你颠覆整个光海的男人可能只有我一个。有这样能力的男人也只有我一个。但是,我的爱你并不想要。所以,我也不要了。"

"你以为我会为此感激涕零吗?"梵梨哭笑不得,"当初让炎族灭族,我都已经痛苦成那样了,当初你要让全光海的海神后裔都灭族,里面还有我那么多好朋友……你觉得用他们的死换回我的性命,我会快乐吗?"

"我知道你不会快乐,所以没打算告诉你真相。"

"你觉得让我不快乐却活着,是为我好?"

"你快不快乐不是最重要的,你活着对我来说才重要。"

"如果我自杀呢?"

"你不会自杀。因为你知道自杀会带来什么后果。其次,就算你真的自杀了……"苏释耶回过头来,金色的瞳仁里只有冷冷的杀意,"我依然会这么做。因为,这个世界并没有对我心软,那我也没必要对这个世界心软。"

"你的反社会心理还是很严重。"

"你要这么理解,也可以。"

在整支舞进行的过程中,梵梨总希望时间过得慢一点,因为这或许是他们最后一次跳舞了。但她又希望时间过得快一点,因为不管是和他对视,还是说话,她都得一直强撑着对他笑,这很痛苦。

终于,一曲终了。赤月帝王第一次在公开场合跳舞,对象还是光海大神使,这意味光暗海之间会有怎样的合作前景,大家都心知肚明。因此,全场响起了热烈的掌声。梵梨松开了手,最后小声说道:"你现在已经不爱我了,对吗?"

"嗯。"苏释耶反应还是很冷淡,没有任何情绪波动。

"好的,我知道了。"她把手抽回去,对他露出了最后一个笑容,"刚好,我也一样。这样我们都不用难受了。"

她转身,逃了出去,但刚到门口,就被苏释耶抓住了左胳膊,强硬地拽到了一

边:"你跑什么?我允许你走了?"

认识苏释耶这么多年,这是梵梨第一次知道,他手劲可以大到这个程度。那只捏住她胳膊的手,就像打上了螺丝钉的钢铁架子,把她死死卡着。她试图挣扎了一下,却一毫米都没能挪动。梵梨的眉毛都拧起来了:"好痛……痛,放手。"

"你想去哪里?"

"回家啊。"梵梨用右手推了一下他的手,这只手腕也被苏释耶抓住。他眼神冷酷地盯着她,满满都是杀气:"想回去找谁搬救兵?"

"不找任何人搬救兵。我只是准备回巴曼薄亚的公寓……"

"哦?是吗?"

他无声地深沉呼吸,蛰伏的野狼般,一动不动地注视着她。她被捏得手都疼了,咬着牙说:"苏释耶陛下,请你放手,真的很疼。被人看到也很不好,别人会乱想的。"

"乱想什么?"

"乱想我们有什么暧昧关系,这像什么样子……这真的不好。"

"我们之间难道没有暧昧关系?"苏释耶眨了一下眼,看着别处,假装在思考,"说得对,我们之间确实不暧昧,因为什么都做过了。"

梵梨被他说得心惊肉跳,压低了声音说:"还提那些陈年旧事做什么,你现在是有女朋友的……"

"已经是陈年旧事了?那谁是你的新事?"苏释耶无视了她的话,目光重新转回来,徐徐从她的下巴看到颈项,看到胸部、腰间、臀部、腿部,越来越冰冷,"跟我做的事,你跟他们都做了,对不对?"

这几百年来,他就像她心底一根长长的刺,碰都碰不得,一碰就会从心脏痛到四肢百骸。她只想拼命忘记他,让自己少想他一些,他居然还有心思问她别的男人的事……不能让他再这样霸道地操控她所有情绪了。

"这和你没有关系!"她故意装作很愤怒,用尽全力开始挣扎,大声了很多,"放开我!"

"梵梨姐姐!"羽烬惊诧地看着他们俩,她的声音把门口的羽烬引过来了。

苏释耶走了一下神,梵梨趁机挣脱他,却用力过猛,撞在了身后的大理石柱子上。后脚跟踢到柱墩,她没站稳,小腿被雕像的"裙摆"剐了一条十公分的血痕。她吃痛蹲下来,按住伤口。苏释耶轻吸了一口气,往前走了一步:"梨……"

但因为短暂的迟疑,羽烬抢先冲到了梵梨面前蹲下:"梵梨姐姐!"

Chapter 42 时光的长河

"小羽……"其实没有想象的那么痛，但梵梨看了一下自己满是鲜血的手心，顿时觉得天旋地转，"这个这个……我要死了……"

"不会不会，只是受了一些外伤，不会死的。"羽烬摸了摸梵梨的头，"别怕，有我在。我背你回去。"

羽烬小时候自带萌神被动技能——只要是女人看到他，不管是少女还是老太太，都激活"姨母笑"属性，想去揉他的脸。现在他失去了这个技能，却有了新的能力。他弯下腰来，把梵梨横抱起来，吓得她抽了一口气。

真轻，像抱起一个玩具娃娃一样。为了防止自己掉下去，梵梨条件反射地勾住了他的脖子，抬头看着他："小羽，我自己可以走的……"

他的眼睛幽黑，不知何时已经变得细长且深邃。认识梵梨姐姐四百四十三年，这是他们之间距离最近的一次。他凝视着她的眼睛："你受伤了，还是不要冒险。"

他长大了，她比以前还要美。现在她在他的怀里，她是如此娇小，腰好细，手指也好细，就像当年他看见星海抱她时一样。她海藻般的红色长发摩擦着他的手臂，流淌在他的军装上，宽阔的肩膀上，银色肩章上，让他觉得思绪有些恍惚，呼吸有些困难。

"梵梨姐姐，抱紧我的脖子，不要掉下来了。"

如果能不用再叫"姐姐"，就更好了。梵梨看了一眼苏释耶，只觉得像被捅了几十刀一样，只想和他彻底断干净，永远不要再有往来。她把头靠在羽烬肩上，故意说："谢谢小羽，小羽可真是好男孩呀。"

"尊老爱幼嘛，正常的。"

她用口型对羽烬说："配合我一下啊，小羽！"

羽烬眯着眼，知道她在说什么，假装听成了另一个意思："嗯？你问你的体重如何？我可是练过的，胳膊都快断了，保佑我胳膊能'苟'到明天吧……"

"对不起，苏释耶陛下，梵梨姐姐受了点伤，我带她去治疗。"

"放她下来，我带她去治。"苏释耶说道，看不出情绪。

"陛下这边的医护人员都是邪能体质的，不好给奥术体质的梵梨姐姐治疗吧。"羽烬虽是笑着，气势却很强，"这种小事就不劳陛下了。"

"我说了，放她下来。"

"不放，陛下打算怎样？"羽烬用眼角淡淡地扫了他一眼，"杀了我？"

苏释耶指了指地面，十二个骷髅从他所指的方向冒出来——他们都拿着镰刀，

披着黑色斗篷,镰刀上灰色的幽影缠绕,连续发出死人喘息般的"哈"声,挡住了羽烬的去路。这是高阶邪能噬魂术"死神降世"。无可破解的方法,能量储备高者胜,输家会先被蚕食掉所有精神,然后是肉身。

现在整个海洋里,邪能储备至高者就是苏释耶。梵梨的奥术不亚于他,但在**深海却被削弱了**。

"苏释耶陛下,让小羽带我去治疗。"终于,梵梨鼓起勇气说道,"我不想劳烦您帮忙。谢谢了。"

苏释耶没有动静,但金色瞳仁中,瞳孔已经变成了两条细而尖锐的黑缝。

梵梨对羽烬使了个眼色。前方那么大一片死神,令人毛骨悚然。但羽烬大大方方地往前走去。那十二个死神幻影转向他们的方向,但因为没有接到苏释耶的下一步指示,便只是停在原地,不过多久就消失了。

透过羽烬的肩,梵梨又偷偷看了苏释耶。他一直站在原处,白色碎发挡住了一只眼睛,**身材挺拔,面无表情,就像他身侧沉睡在深海上亿年的石雕一样**。

此后,梵梨彻底断掉了对苏释耶的念想,同时又找到了另一种娱乐方式——找苏释耶要来了进入回忆神殿的通行证,闲暇时间就去琥珀梦境待着。刚开始是很难过的,但渐渐地,当她习惯了在现实与梦境中切换,就有些沉迷了。因为,琥珀梦境是没有时限的。在这里,爸爸妈妈永远不会过世,苏释耶永远都是温柔的哥哥、疼她的恋人。他们可以牵着手,在斐理镇玩耍,在落亚市的街巷漫游,享受着没有终点的青春。

双休日,她还会把新买的书都带到琥珀梦境里去看。读书时,最美的读书回忆也会出现在她面前——苏释耶就坐在她的旁边,也拿着一本书,和她同时翻阅。每翻几页,他就会抬头看她一眼,对她笑着说:"笨梨,别看我,认真看书。"他看上去和真的苏释耶并没有什么区别,唯一的缺点就是不能碰,所以,她养成了不去碰他的好习惯。她越来越喜欢暗海了。有时甚至想,后半辈子都住在这里,似乎也不错。

光海是个完全现实的世界,只有永无止境的钩心斗角,没有琥珀梦境,没有每天陪伴她的哥哥。

有一天,光海几名政府人员来访巴曼薄亚。梵梨到无尽宫去接待他们,又在宫殿里看到了苏释耶和戈茜。

"陛下,您什么时候才肯到我家里来住一个晚上嘛……"戈茜吊在他的脖子上,

Chapter 42 时光的长河

"或者说,我和妮妮姐姐搬到无尽宫来也可以。您这样太有绅士风度了,会把我们姐妹俩弄得很难耐呀……"

戈茜放弃了不和姐妹分享男人的原则,跟她的小姐妹们使出浑身解数,想要稳固无形的后宫地位。可惜,结果不尽如人意。

"有这样两个大美女愿意和我同居,我当然求之不得。"苏释耶笑着刮了刮她的下颌,"但是,再过一段时间吧,我最近在忙处理外交的事。"

"您忙工作,我们又不会打扰您!我们保证每天伺候好您,让您尽情放松……"

"这件事我们晚些再说。"苏释耶对她眨了眨眼睛,吻了一下她的额头,"你想买什么新衣服、新首饰,都告诉佩莎。我现在还有一些事……"

话说到一半,他抬眼看到了不远处的梵梨,又低头对戈茜柔声说:"今天我带你去买,走吧。"

戈茜挽着他的胳膊,和他并肩从梵梨身边游过,下巴抬得高高的。苏释耶原以为梵梨会主动向他们问好,但梵梨却像一只惊弓之鸟,或是刚从噩梦中惊醒的孩子,飞速抬头看了他们一眼,就深深埋下头,脸色苍白地游走了。苏释耶张了张口,但没叫她,只是笑了笑,转而温言细语地问戈茜想要什么。

过了年少轻狂、喜欢挑战的年纪,男人会把体贴留给不会伤害自己的女人。但陪戈茜买好东西以后,苏释耶没什么心情工作。他去了一趟回忆神殿,没想到在琥珀梦境门口看见了里面的梵梨。

梵梨很奇怪。她并没像第一次到梦境里那样感伤,只是坐在墙角,正在聚精会神地翻阅一本学术书籍。要不是因为人还没进去,苏释耶都要以为那是回忆里的她了。

他走进去,小梵梨惊喜地尖叫着"哥哥",迎面朝他扑过来。他没看幻象一眼,直接走到梵梨面前:"你怎么在这里看书?"

梵梨看看自己的身侧,又看了看眼前的男人,反应过来这是本尊,把书合上,站了起来:"只是随便过来逛逛,找一点魔药的灵感。"

"在回忆里找灵感?"苏释耶笑了一声,"真是有够创新的。"

相比身边恋人的昔影,苏释耶连笑容都是冷漠的。想到他和戈茜的亲昵姿态,梵梨想起了自己的决心,态度也很冷漠:"多陪女朋友吧,别管我了。"

"女朋友我当然会陪。"苏释耶更加不客气了,"和你说几句话,影响不到我的私人感情。"

"挺好，恭喜。祝你们幸福。"

"谢谢。希望你也早日遇到让你幸福的人。"苏释耶想起了羽烬，又笑了起来，"不，说不定那个人已经在你身边了。姐弟恋很好，时髦。"

与此同时，身侧的星海正低头看着她，眼中满满都是爱意："梨梨，只要你在我身边，我就觉得很开心了。"

她回头看看星海。在琥珀梦境里，星海才是实体的，苏释耶反倒是半透明的，让她一时间有些糊涂，伸手摸了一下星海。

摸空了。两条笔直的眼泪夺眶而出，甚至没给她一点时间准备。她第一反应是他不喜欢看她哭，立刻狼狈地别过头，擦眼泪。但苏释耶没有给她调节情绪的时间，把她推上墙上，有些怒了："你哭什么？"

梵梨连呜咽声都不敢发出，只用手捂着眼睛，摇摇头。

"从把我赶到这里来以后，你是理想也完成了，事业也飞升了，还嫁了两个宠你爱你的丈夫。你有什么好哭的？"

梵梨还是摇头："对不起，我不是故意的。"

"你和莫尔黑乔，不是离了婚还能做永远的亲人吗？你看他多护着你，生怕我伤了你，冒着生命危险，跑到一万米以下来替你求情，痴情得我一个旁观者都感动了。所以，现在我提一下羽烬你就要哭了，因为耽搁你和黑乔夫妻情深了？"

"对不起，都是我的错。"

"你就是用这些招式骗他们的，对不对？男人看到你流泪，都会可怜你，为你心碎，最后被你啃得骨头都不剩。"

"我没有，我真的没有……"

"现在你又用这招来对付我，是想从我这里得到什么？资源、武器，还是技术，直接说。"

"我什么都不想要……我只想为你做点什么，但我表现得很糟……"

话没说完，阴影落下，后面的话被苏释耶的嘴唇堵住了。他本来只是不想听她说一些道貌岸然的话，但很快，就失控了。

舌尖触碰的刹那，情况反而更糟。

脑子里"嗡"的一声，所有理智神经全都断开了。手腕被他强势地扣在墙壁上，与他交换呼吸、唇舌纠缠的每一秒，世界都在迅速崩塌。

吻到一半，苏释耶停了下来，晃晃脑袋，告诉自己不要再昏头了。

Chapter 42 时光的长河

"你想为我做什么,可以,给你机会。当我的情妇。"

梵梨一瞬间清醒了很多。所以,苏释耶其实并不想要她远离他。他对她还是有所求的。

"好。"她抿着唇,笑着点点头。

"你不拒绝我,我就会继续了。"

她没说话,也没反抗。就这样,他把她抱起来,压在墙上,用她的腿缠住他的腰,开始亲吻她的耳垂,轻声说:"只上床不谈感情的关系,接受吗?"

"好。"

"多偶制的床伴关系,接受吗?"

"好。"

"等我玩够了,随时可以离开你。"

"好。"她把手搭在他的手腕上,抬头看着他,眼眸是两片悲伤的蓝色汪洋,"我什么都愿意做。"

终于,时间的长河也凝结成了永恒。

即便是在一万米以下的深海,也有万里赤红花朵瞬间绽开。

四百四十二年的时光,似乎都没有活过。直到这一刻,生命之门才重新开启。

刚才精神的思念都烟消云散了,迅速被生理上的过分刺激取代。再次大颗大颗流出的泪水,都与情绪无关。梵梨抱着苏释耶的脖子,闭着眼承受着一波又一波高频率的撞击,一次更甚一次的心绞痛,格外珍惜这来之不易的幸福:"谢谢。"

"不用谢,只是肉体关系,和爱没有任何关系。"苏释耶的声音平静无波。

与此同时,另一个更加清晰的、彩色的苏释耶,就在她面前,温柔地看着她,微微笑着:"梨梨,我爱你。"

昔日的恋人,踏过四百四十二年时光的长河,又走到了她的面前。那时的苏释耶总是如此风度翩翩,温柔有礼,将几乎焚烧一切的爱意藏在了平静的外表下。如今,那个他已经不在了。但是,她很感激命运,让她还有机会补偿他。

梵梨紧紧抱着他,用自己都快听不见的声音说道:"谢谢你。"

谢谢四百四十二年前的你,曾经那么疯狂地爱过我。

Chapter 43　黑色欲望

结束之后，梵梨腿软到完全站不起来。本想在地上休息一会儿再起来，没想到一个不小心就睡着了。四十分钟后，苏释耶把防水压服丢到她身上，才把她唤醒。但他没有等她，安排好送她回巴曼薄亚的舰艇，就自行离开了。

回到公寓里，和歌和纱纱正在厨房里吃夜宵，把梵梨也叫了进去。梵梨能量几乎都耗光了，饿得不得了，大口吃了两盘鱼肉。

"你的手怎么了……"纱纱凑过来，盯着梵梨的手腕说道。

梵梨发现，她两只手腕被苏释耶捏出了长长的五指印。但她不想解释，也不想撒谎，只是埋头吃东西，含混不清地说："没事，我没危险，放心。"

休息了两天，苏释耶都没有联系她。她反复检查通信仪，连睡觉都不敢把它放到太远的地方。每次有人联系自己，她都会很激动地接听，但都不是他。她想，应该是他太忙了，于是说服自己耐心等待。

可自第三天起，她不管做什么，都感到心神不宁，开始感到绝望。有一个声音在告诉她，苏释耶并不是太忙，而是对她兴趣没那么大，或者压根儿就把她忘了。可是她忘不掉。身体残留的痕迹时时刻刻在提醒她，这一回和初夜的惊吓不一样，她和苏释耶毫无保留、彻彻底底地做了。第一次陷入到这种毫无地位的关系中，被玩弄、被轻视的感觉始终盘亘不散。但只要想想，当年苏释耶被她推入陨星海沟时，感觉只会比这更糟，就数次说服了自己，这是她应该承受的。她反复告诉自己：不要有那么强的需求感，你和他是多偶制床伴关系，不要对他有任何要求……

而且，他很有可能正在和别的女人享受鱼水之欢。

仅是这样假设，梵梨都觉得自己的心快碎了。高估了自己对开放式恋情的心理承受能力，她无法像苏释耶那样在多个异性中周旋，每一个都只有一点点喜欢。除了他，没有人可以和她亲密得那么深入。之前精神上对他的迷恋已经很折磨人了，经过这一次，连身体都开始迷恋他，以后该怎么办……应该有很多女生都像她这样，喜欢他喜欢到快崩溃，却不敢提出更多要求，实在太卑微了。

终于，第八天，苏释耶的生活秘书到实验室通知她，晚上九点半陛下有事要找她，然后给了她一个信封。

Chapter 43 黑色欲望

打开信封一看，里面是一家酒店的订单信息。研究了地址和房间号，心跳吵到妨碍大脑思考。梵梨去买了一条黑色的低胸修身连衣裙，回家化了一个半小时的妆，搭配上他以前送她的首饰。最后，她在镜子面前涂上正红色的口红，把扎起来的头发放下来，几乎有些认不出镜子里的女人。她从来不知道，自己也可以这么妖艳。但既然是这种关系，就没必要太端庄了，要有当情人的自觉。

九点半，梵梨来到酒店房间门口，摘掉头盔，用奥术抵抗水压，整理了一下头发，轻轻敲了两下门。

"来得很准时嘛，我正想打电……"苏释耶一边轻快地说着，一边拉开房门，但眼前的美人令他停了一秒，而后又恢复到了刚才眉目舒缓的模样，"正想打电话给你，你就到了。房间里水压调整过，进来吧。"

"陛下吃过饭了吗？我刚才在路上看到了几家热点餐厅，本想买点过来，但想到这么晚了，你应该吃过饭了，就打消了这个念头……"梵梨游进去，关门，把东西放在桌子上。

"如果是你买的东西，我不介意再多吃点。"他全程目光没有从她身上挪开过。

梵梨很紧张，但还是鼓足勇气回过头去："那……我现在再去买一些？"

对望也就是一秒，全身火种都被点燃，呼吸也有些急促。她努力调整状态，但本能与欲望快要吞噬了她。苏释耶游过来，拨开她耳边的头发，微笑着说："晚点吧。"

"好的。"

"宝贝，你今晚好美。"

手搭在她的后腰上，撩人的轻吻顺着眉心沿路吻向耳垂下方。梵梨知道，"宝贝"并不是某个女人的专有名词。她抓住他的手，吻了吻他的指尖："今晚你只是我一个人的，对不对？"

苏释耶怔了怔，而后笑了："当然。"

爱情是危险的。他是她黑色的欲望、红色的力量、色彩鲜艳的幻觉和梦想。

与苏释耶缠绵的整个夜晚，梵梨把鳔脏的气都放空。不然，鳔脏恐怕都要被震碎。地震、海啸，都没这么夸张。她没有死过，但如果一个人能死过去好几次，应该就像这一个晚上这样。

亲吻时她经常会想起星海不带欲望的爱恋目光，可是，他的热情与狂野又打碎了这份纯情，侵袭她的感官。几百年前的事历历在目，但她不想提起，不想让自

己的感情给他带来额外的负担。只要享受现在的绝对快乐，就很好。

事后，苏释耶坐起来穿衣服，梵梨也跟着坐起来，从背后抱住他，在他耳边低声说："苏释耶陛下，现在你要回无尽宫了吗？我们去吃点东西？"

"太晚了，算了吧。"苏释耶回头，眼角眉梢都是满满的暧昧，"下周同一时间，还在这里，嗯？"

"好的。"梵梨态度很顺从，眼神空空地靠在床头。

"那我先走了。房钱我付了，你好好休息。"

苏释耶离开以后，梵梨抱腿坐在床上，深刻地进行了自我反思——刚才是她逾越了。从严格意义上来说，这并不是苏释耶需要履行的义务。下次不可以再提了。

两天后，梵梨收到了米瑟寻月寄来的鲨皮卷。她打开鲨皮卷随意扫了扫，本想推测一下卷轴里的文字属于哪个年代、哪个文化，但奇迹发生了——她居然能完全读懂里面的内容！而且，最后的落款人，更是令她惊呆了——无尽海洋之主。

读到最后，梵梨明白了一切。为什么她会休克，为什么休克的时间长短不一，为什么"火海圣婴"会被藏起来，为什么那么多人都一定要她生孩子，为什么她曾经经过翡翠山脉时会感到头疼……

原来，她不是没有姓的。她的姓就是苏伊。

把所有事连起来思考，她总算找到了自己未来的人生方向。她现在所做的一切都没有错。她大概预测到了接下来会发生什么，要如何才能守护好光海的宁静，所以她把大部分的秘密都告诉了夜迦。

生活还是照常进行着。每个周末，梵梨和苏释耶都会准时在同一家酒店上床。结束后，苏释耶都不会多逗留，离开速度之快，简直就像怕被老婆发现的出轨男人。

但是，这一点也没影响到梵梨对他的喜欢。每次约过的第二天，她都没办法工作。不管别人说什么，脑子里只有苏释耶。只要想到他，身体的每一寸肌肤都麻了。而且，和他有了这种关系后，她非但没戒掉"琥珀瘾"，瘾还越来越大了。她甚至连工作日都会抽时间泡在里面。

有时，临近十二点都有些犯困了，也舍不得离开，便蜷缩在里面睡着了。而最美的事，莫过于即便在进入梦乡前，都能看见小星海在自己面前躺下，对她露出浅浅的笑容。睡了一觉，被神殿外的灯光照醒，她揉揉眼睛，还能看见苏释耶就睡在自己面前。

琥珀梦境那一次交尾后，苏释耶跟戈茜提出了中断来往，理由是没时间陪她。

Chapter 43 黑色欲望

戈茜哭得整个人都快晕厥过去了,拼命挽回他。

"我在和别的女人交尾,会一直冷落你。"苏释耶开门见山道。

"没关系啊,我可以接受,我们不是一直说好的吗?如果别的女孩子能伺候好陛下,我是会很开心的。"

苏释耶没回应,只让佩莎拿了一张银行卡给她无限刷,刷到她解恨、愿意离开他为止。这之后一周,他只要醒着就在工作,一点休息的时间都不留给自己。但即便如此,听荒格做报告时,他经常走神,脑子里全是梵梨。而只要闲下来两分钟,他就会想给她打电话。他告诉自己,一切不过是她的惯用招数。在每一个男人面前,她都是这种惹人怜爱的样子。所以,裘沙才会为她放下所有防备导致全族遇害,加斯希天才会明知她和自己有一腿还硬着头皮接盘、给了她大神使之位,莫尔黑乔才会把自己毕生大半财富都交给她掌管,而他自己……

绝对不会对她再认真。这种女人,玩玩就好。只是陪睡,她确实是个不错的对象。脸蛋身材都是顶级的,不听她说话,就不会感到心痛,只有快乐。他自控力很好,每周只见她一次,只与她身体交流,肤浅地调情。

渐渐地,梵梨也开始满意这样的安排了。苏释耶比她想的要柔情多,尽可能地给了她情人应有的浪漫,还拥有五星好评一定回购的技术,不管从什么角度看,他都不像希天说的那样是在报复她。而且,在不见他的日子里,她可以生活在美丽的琥珀梦境里。光海没有这样的地方,没有这么好的情人,她不想回光海了。

或许是因为精神世界太饱满,梵梨以肉眼可见的速度瘦了下来。她以前瘦得刚刚好,没有丝毫赘肉,外形足够健康,又有些惹人怜爱。但最近,她瘦得有些夸张了,手腕和肩膀都成了皮包骨,看上去像大病初愈一样。而且,她的精神状态很奇怪,经常神游天外,吃不下饭。但神游天外只会持续到与苏释耶见面之前。每个周末与他欢爱的夜晚,她又会变得生机勃勃且甜美。

最初,苏释耶捏了捏她的腰说:"宝贝,你是不是最近瘦了一些?"

"好像是的。"梵梨靠在他的怀里,轻轻说道,"我在减肥嘛。"

过了两周,他觉得情况不对——梵梨连胸口的肋骨都凸出来了。他说:"是不是瘦过头了?我身材火辣的宝贝快扁成比目鱼了。"

"才不会,我不管怎么瘦,罩杯都不会掉的。"梵梨呵呵笑了起来。

"还在减肥?"

"对啊。"

"你的审美有点病态了,不要减了吧。稍微长胖点,更好看。"

"你的审美才奇怪,女孩子难道不是越瘦越好看吗?"

"谁跟你这么说的,男人喜欢有点肉的女人。"

"你一个人又不代表所有男人,而且,"梵梨横了他一眼,"就算代表所有男人,那又和我有什么关系?我又不是为了男人才减肥的,是为自己减的。"

苏释耶叹了一声,摸了摸她的手腕、腰和后背:"太瘦了,真的太瘦了。长胖点。"

"嘘,先别说这个。"梵梨把头埋在他胸口,静静感受着他的体温、与他拥抱的短暂幸福。在他怀里,她总觉得自己变得无限小,每一分每一秒都弥足珍贵,好像偷来的一样。

其实,她并没有刻意减肥,只是食欲不佳,每天吃饭都像在喝药一样。但苏释耶和她聊到这个话题,她就会说自己在增肥,只是还看不出效果而已。羽烬也发现了梵梨情况不对,告诉了风晋这件事。风晋打电话给梵梨,找了个借口,要求看梵梨的幻影。刚看到她瘦成这个样子,风晋心都抽了一下,但沉住气没提出来,只问她最近在做什么。她老实交代了和苏释耶的关系,撑着下巴说,终于有性生活了。

认识风晋几百年,梵梨第一次见她暴怒。

"性生活个屁!"风晋气得嘴唇发抖,声音都破音了,"苏伊你当你是小兰,可以把男人当'鸭子'玩?你是玩得起的女人吗!"

"怎么玩不起……"梵梨被她吓了一跳,但很快又笑了,"我很开心啊,苏释耶对我很好的。跟他在一起我赚了。"

"你还在学兰迪玫瑰说话?你是什么人我还不知道?你打从心底压根儿就不接受婚前性行为,现在说什么当苏释耶的情妇,你能把性和爱分开吗?你是能单纯享受身体快乐无视感情的人吗?你跟苏释耶比放荡,你放荡得过他吗?你以前这么清醒的一个人,怎么现在会傻成这样!"

"我不知道……"梵梨捂着额头,"风晋,不要管我了,我觉得现在这样很好。这么多年,我有点累了。只要能跟他在一起,不管是什么形式,我都能接受……"

风晋如醍醐灌顶。这么多年来,苏伊扛着巨大的责任,为光海的下级海族努力着,甚至牺牲了爱情。现在她完成了最重要的使命,那份压在心底对苏释耶的爱、对他的愧疚,一夜之间蓬勃生长,把她整个人都吞噬了。

"不管什么形式?"风晋很心疼她,但平静了很多。

"嗯。我不想离开他。"梵梨微笑地看着风晋,即便隔着奥术幻影,都能感受到她眼里的坚定,"我不知道自己还能活多久,只想任性一些。"

风晋没听出她的言外之意,只是焦急地道:"就算想放纵自己去爱,也不要选苏释耶啊。他是什么人你还不知道吗?一开始说不会爱的女人,到最后也不会爱。以我对他的了解,他周围的女人只会越来越多,不会减少的。苏释耶这个男人,你图他什么都可以,不能图爱情,看看康乃馨吧……"

"没事,我还有琥珀梦境呢。"

"然后,你就一边和现实里的他上床,一边和回忆里的他谈恋爱?"

"嗯,有点精分是吧……"

"不睡他了,可以吗?"风晋一脸担忧,"虽然我没经历过这种事,但见了太多一开始洒脱跟男人玩,到最后把自己玩崩的女人。如果真的很喜欢,默默陪伴就好,柏拉图式的爱也是爱啊,可以做到吗?"

梵梨笑:"我试试。"

挂断电话后,风晋越想越生气,越想越心疼,甚至想给苏释耶打电话,臭骂他一顿。但想想她和苏释耶曾经有婚约关系,作为梵梨的闺蜜,也不太方便和他说太多,闷头想了半天,组织好语言,联系了羽烬。然后,羽烬去无尽宫找到了苏释耶。

"我也不知道你们在琥珀梦境里放了什么邪术,梵梨姐姐的状态很不对,像得了抑郁症一样。"

"琥珀梦境?"苏释耶错愕道。

"是啊。听说在琥珀梦境待久了,里面的虚假幻象还会根据参观者的需求做出调整,是真的吗?"

"是,待久了就不只会出现回忆里的画面了。梦境会按照你内心深处的渴望,变出你最想看到的东西。"

"我就说梵梨姐姐为什么会那么沉迷……怎么会有这种邪门的地方!"

"奥术的本质才是'创造',邪能的本质是'吞噬',忘记了?"

"那现在该怎么办?"羽烬焦急地说道。

苏释耶没回话,而是立刻去研究所观察梵梨。果然,她病快快地观察着细菌,动作比以前慢了起码一倍,时不时还会打呵欠,趴在桌子上睡觉。这不是他认识的梵梨。他认识的梵梨在做学术研究时,比大部分女孩子谈恋爱还亢奋。

等梵梨下班后,苏释耶跟踪她去了琥珀梦境。但进入琥珀梦境,梵梨的疲惫

一洗而空,整个人都轻快了起来。她脱掉了身上的抗水压服,整理好头发,伸了个懒腰,可怜巴巴地说:"今天我都没有好好梳头,我是不是不够可爱了?"

"我们梨梨超可爱的。"幻影按照她的记忆模拟出苏释耶过去的样子,给出了符合他性格的回答。

"好开心。"梵梨有些害羞,把书包里的书和菜盒拿出来,盘腿坐在地上,一边用餐,一边翻书,"嗯嗯,今天吃的是白对虾,热泉口产出的。你不知道哦,这种虾如果不做好清理工作,我可是会被毒死的。但我都再三检查了哦。"

身边的"苏释耶"也拿起一本书,在她身边坐下:"我陪你一起学习。"

"你在看什么书呢?"梵梨探了探头,看见他手里的《纯粹光海经济纲要》,"好认真!我今天看的是《临床常见热泉细菌鉴定手册》。"

"梨梨,你也好认真。但注意身体,别太累着了。""苏释耶"伸手"摸"她的头。

她往他的方向靠了一些,闭着眼睛,好像真的在享受恋人的抚摸。即便没有触感,也甜蜜地笑了起来。

"你在搞些什么?"苏释耶的声音突然沉了下来。

"啊?"梵梨坐直了些,看了看眼前的"苏释耶"。他看上去很正常,还是以往那种柔情似水的模样。

"你给我站起来。"

还是苏释耶的声音。但她这才意识到,声音方位不对。她抬头一看,看见一个半透明的人影站在黑夜与银河中,低呼了一声。然后,那个人大步走过来,握着她的手腕,把她从地上拽了起来:"我允许你进入琥珀梦境,是因为笃定你自制力好,不会像别人那样,对这里不可自拔。结果你在搞什么,比任何人都沉迷!"

梵梨被吓醒了,身边的独裁官苏释耶烟消云散,赤月帝王苏释耶站在她面前,二话不说,把抗水压服和头盔套在她的身上,再把她往外面拖:"出来。"

看见神殿外面的真实世界,梵梨没来由地感到恐怖,她使劲摇头,往后退缩:"不,不要,我不出去……"

"你以后不能再来这里了,跟我出去。"

"我不去!"梵梨把头盔摘下来,砸到了神殿外,躲到角落里,凶悍而强势地防着他。

"你不出来是不是?"

"对,我不出来!你如果非要我出来,我就再也不做研究了!"

Chapter 43 黑色欲望

"那我就攻打光海。"

"你打啊,我都死了,还在乎你打不打光海?"

"你不介意我打光海?"苏释耶诧异地看着她,扫视她周围,想从她的一举一动里找出吞噬她理性的蛛丝马迹,"梵梨,你到底看到什么幻象了?"

"才不是幻象,是真实存在的人。"

"你想要什么?"

"我要常驻琥珀梦境的权利。如果还想我为你们做研究,就给我这个权利!"

曾经琥珀梦境还没有限制进出时,苏释耶见过很多被梦境控制的人。所以,他知道现在不管怎么努力说服她,她都听不进去,只能说:"行。那你继续待在这里吧,我先走了。"

"好的,谢谢陛下!"梵梨开心地笑了起来,又重新坐下来,打开书本。因为情绪的放松,邪能汇聚的幻象再次侵蚀了她的视野……

三个小时后,梵梨打了个呵欠,靠在墙壁上,对身边的人笑道:"我有点困了,你唱歌给我听好不好……"

等了一会儿,她慢慢滑倒在地上,把双手枕在脸下,软成一摊烂泥:"你真的好好看,我最喜欢看你了。还有这个。"她指了指自己的鼻尖,"就连这里的痣我都觉得好迷人,你说,我是不是没救了。"

幻象说了什么,做了什么,旁人是看不到的。但很显然,幻象给了诱人的答案,因为梵梨的声音变得更加绵软了:"哥哥,要是每天都能像这样和你一起睡觉,该有多好……"

苏释耶站在琥珀梦境的殿门外,听得一清二楚,眼睛骤然睁大,整个人都僵住了。他靠在墙壁上,用手捂住眼睛,没发出一点声音。所以,她这段时间发神经,其实源头都是这个?火气没来由地侵袭了苏释耶的理智,差点进去再次把她从地上拽起来。但是,他忍住了,在门口静立了几分钟,就离开了回忆神殿。

这一天晚上,苏释耶整夜没睡。他开始觉得,与梵梨保持情人关系是错误的了。因为跟她在一起,他总是习惯把别的女生都从自己生活里踢出去。现在只要一想到她和他一样,他就想把她按在床上折磨到她哭,折磨到她道歉。但是,他是单身,梵梨也是单身。一对单身男女每周都发生关系,如果再多一点互相喜欢的感情,还算什么床伴?和谈恋爱有什么区别?

想到梵梨曾经对他做的事,他就决定宁可放弃这段关系,也不能再陷入被动

局面。

这个周末,和梵梨在酒店见面时,他不再对她温柔。

梵梨技术非常不熟练,几分钟后,他实在不怎么享受,叫停了。

从头到尾,她好像都没有一点不愿意,只是顺从地跪在他面前:"不……不舒服吗……"

"不舒服。"苏释耶站起来,穿好衣服,云淡风轻地说道,"也可能是最近我对你有点失去兴趣了。"

梵梨也赶紧站了起来,本想说自己还可以再努力一下,但想想他们已经维持这种关系三个多月了。她很快就懂了。

"是啊,好像我们这样做的时间是有点长了。我的保质期已经差不多到了吧。"

苏释耶气得差点把她按在床上打一顿。但那一阵火气过后,他又扪心自问:他想得到什么样的结果?让她坦率一点,说出喜欢他?不,他不想听到她的告白。可是,若说只是把她当成情人来对待,他的情绪又太沉重了。情人应该是愉快与激情,而不是无时无刻不想她,想她就会心痛。

他按捺住再次腾升的怒气,决定不上她的当,反倒微笑着过去,低头吻了一下她的脸颊:"为了保证新鲜感,你也可以见见别的男人,羽烬挺好,试试看弟弟型的男人吧。"

如果她真的去和羽烬暧昧不清,刚好。一刀两断。

这之后的周末,苏释耶没再联系梵梨,同时加强了琥珀梦境的看守力度,不允许梵梨访问。如传闻所言,戒掉"琥珀瘾"比戒毒还难。这一周,她每天都过得浑浑噩噩,无数次想主动联系苏释耶,最终虽然控制住了自己,但就像热锅上的蚂蚁一样心慌意乱。

终于,第二个周末,又一个辗转反侧的夜晚,苏释耶给她打电话了。

"见面聊聊?"

一句话就把她召唤到了之前的酒店。但他们在一起五个多小时,说话不超过十句。就这样,他们又恢复到了从前的关系,而且这一次比以前稳定、持久。

梵梨过度沉迷于苏释耶的肉体和回忆的伤感中,直至422年2月才总算被现实敲醒。因为,她在《深渊帝都日报》的经济版上看到一条新闻《深渊帝都谷物出口持续三个月大增》:

风暴之井海关加斯日统计数据显示,421年深渊帝都谷物出口总额达7400亿

Chapter 43 黑色欲望

赤币，一年来增长了一倍，同期出口量增长了3.82倍……

梵梨既感到意外，又觉得这是情理之中。

深渊帝国成立后，深渊人口呈指数增长。据统计，6亿多人口的深渊帝国，每天能吃掉3亿个卤水塘面包。但对于食物储备充足的光海族而言，谷物并不是必需品，为什么会选择高价购买深渊产出的谷物呢？

梵梨让和歌和纱纱迅速调来了两份报告。一份是近十年来光海族在陆地上的领土面积报告，一份是红月海媒体做的《全海洋文化喜好民意调查》。从这两份报告的数据中她知道了，自己的推测是正确的：首先，人类在陆地上领土扩张速度极快，西方的安敦尼王朝将罗马帝国引领入了黄金年代，东方的三国战乱带动军事实力大增，海族在陆地上的领土大幅度缩水；其次，圣耶迦那长时间采用地方保护主义政策，导致中央权力再度分散，团结性下降。在光海的不同海域中，除了风暴海、裂空海和圣耶迦那，所有海域对深渊帝国好评多过差评。

看过这些报告，梵梨再去要了圣耶迦那最新的经济报告，发现贸易绝对逆差了。她总算明白了，为什么苏释耶会把她弄到深渊帝国来。不是把她当人质，而是使用怀柔政策，进一步拉拢光海民心。

她正想着神职部门或光海政府，就接到了一通加斯希天的电话。

"波平是个白痴！"念出现任光海独裁官的名字，希天发出喷出唾液的爆破音，"白痴带的团队也是白痴！你猜他们想出的方针是什么，保证你想都想不到！"

"联合限运？"

"不，他们想的方法比这个无脑多了，他们居然说……"希天思考了几秒，恢复了平静，"联合限运？我们怎么没想到！苏伊，这方法不错啊！比他们睿智多了！"

"别，只是听上去不错。考虑到现在光海的政治格局，我觉得可操作性很低。"

"我知道了，我再想想吧。对了，你在巴曼薄亚还好吗？他们没欺负你吧？"

"没有，我社交并不多，没什么机会被欺负。"

"苏释耶呢？他没有说轻薄你的话吧？"

没说轻薄她的话，却一直在做轻薄她的事。梵梨晃了晃脑袋，把上一回和苏释耶在酒店的画面从脑袋里晃出去："没有。不用担心我。"

"那就好。"希天冷硬地说道，"如果他敢欺负你，告诉我，就算我们军事实力不如他们，我也敢跟他对着干。"

为了对抗深渊帝国的商业入侵，加斯宗族采用了希天从梵梨这里听来的方法，

以赊账的方式向暗海小国提供鱼肉,其中包括一直让苏释耶很头疼的风歌之脊和罪恶鲨巢,以免他们倒向深渊帝国。深渊帝国很依赖鱼肉的进口,所以被光海牵制住了。波平政府找帝国政府谈判:我卖你鱼肉,你卖我谷物和舰艇技术,都打个折,我们不带其他海域玩——看似双赢策略,其实波平政府"阴"了深渊帝国两次。既稳定了深渊帝国以外的暗海基本盘,还收获一群能威胁苏释耶的"小弟"。

红月海军阀早已臣服于深渊帝国,和圣耶迦那关系愈发紧绷。但深渊帝国突然接受和圣耶迦那政府搞独家合作,就等于给盟友甩了一耳光。同时,圣耶迦那又向其他海域提出,不要向深渊帝国出口鱼肉,关税由圣耶迦那把控。

看上去好像是无懈可击的方法,其实并非长久之计。因为,听上去都属于大宗商品范畴,其实在海洋里,转基因小麦等谷物属于技术类产品,出口价格很高,成本很低。而光海提供的鱼肉和海藻属于自然资源,大量捕捞会导致光海生态遭到破坏。

而且,联合限运操作起来很难。为了抢占市场,七海之间都会彼此激烈竞争。只要有一方率先打破规则,就能得到最大的市场占有率。所以,限运令颁布不到一个月,七海就陆续开始向深渊输送肉类和藻类,赚得盆满钵满。最惨的莫过于圣耶迦那。圣都政府早就公开发布了新闻,表明与深渊帝国独家贸易的立场,所以圣都二三级城镇及周边村庄的渔民都开始贷款养鱼,过量捕捞,结果因为七海的暗箱操作,鱼肉产量过剩,价格暴跌,大量渔民破产。对此,光海渔业利益部门发起了对独裁官政府的强烈抗议,波平被议会弹劾后下台了。卸任那一天,他在白鹰宫殿怒骂加斯希天,说他鼠目寸光,纸上谈兵。希天对此没有回应。

因为七海之间恶意竞价,贸易逆差持续了整整一年,光海财政部苦不堪言。

赤月纪423年2月,读过了最新的海税财务报表,梵梨凌晨四点半也没睡着觉,干脆爬起来看看窗外的"深渊之眼"发呆。6点23分,她总算有了主意,给希天打了个电话,说:"不管用什么方法,全光海提高关税——不排除用强制执行的方法。"

"好。我现在就去办。"

然后,表面风平浪静实则波涛汹涌的贸易战开始了。从深渊帝国出口到光海联邦的谷物分成了两部分,少部分流到了市场上,被富人所购买。绝大部分流到了光海黑市中,卖给了光海的粮食公司。深渊帝国以出售给代理商的方式,把"谷物技术"卖给了这些公司。其实,光海的空气能源业远远落后于暗海,他们如果拿了深渊帝国的技术在光海产出谷物,成本只会比进口更高。所以,这只是走一个避税流程而已,那些谷物依然是深渊帝国制造的。得知这一消息,新上任的独裁官速度抱紧了加斯宗族的大腿,准备搞一个大动作。

半个月以后,加斯希天通知梵梨,因为涉及政府的高度机密,需要她亲自回一趟圣耶迦那,他们好商量下一步对策。梵梨去了一趟无尽宫,见赤月旗升起,便直接进去找到了苏释耶,请他批准自己一个十天的假期。

"十天?"苏释耶在办公桌后站起来,"回光海?"

"嗯。"

梵梨原本都编好了理由,等他继续提问,但苏释耶只是静静看了她一会儿,便走到了窗前,看向窗外的巴曼薄亚盛景:"行,你去吧。"

"是挺重要的事,需要我亲自处理。"梵梨小心地走过去,"我会按时回来的。"

"你当然会回来,不然圣耶迦那得再吃一颗炸弹了。"

真是孩子气的发言。梵梨无奈地笑了笑:"你还是不太相信我,对不对?"

"你还是挺聪明的,这也能感觉得到。"

"要我怎么做,你才能相信我呢?"

苏释耶沉默了一会儿,转过身来:"带着我给你的东西回圣耶迦那。"

"什么东西?"

苏释耶低下头,在她耳边悄悄地说了一句话。内容太劲爆,梵梨猛地闭上眼,整张脸一点点变红,然后睁眼怒视他:"苏释耶陛下,即便是男人,也要稍微注意一下廉耻。"

"我们俩之间还谈什么廉耻。"苏释耶不为所动,温柔地看着她,还捋了捋她的额发,"答应我,好不好?"

梵梨紧紧咬着下唇,睫毛发颤,最终点了点头。

五天后,梵梨回到了圣耶迦那,和加斯宗族、新任独裁官开了一场紧急会议。夜迦现在担任了独裁官的光海安全顾问,所以也在场。

原来,独裁官重金聘请了星辰海著名的侦探公司的顶尖团队,收集谷物并非源自光海,而是暗海的证据。这家公司混入交易市场内部,最后出来的数据精准而惊人,都在第一时间内,把这些证据送到了独裁官手里。独裁官又把资料递送给了加斯宗族,请示他们的旨意。

"再高调一点。"梵梨翻看着他们递来的资料,"高调到引起七海政府的关注,但又不能高调到让他们抓住把柄。"

"让他们关注,他们岂不是就会想方设法避开我们了吗?"希天说道。

"证据是要收集的,但你觉得到时候深渊帝国会乖乖把关税交给你吗?太理想化了。"

希天摸着下巴想了一会儿:"知道了。那接着讨论下一个问题……"

这天会议内容很长,他们调动梵梨需要的资料,还得花一定的时间,所以梵梨需要在圣耶迦那多待几天。结束后,她上舰艇前,夜迦跟了过来。

"我大概知道你要做什么事了。"夜迦"啧啧"咂嘴道,"苏伊,你的头是真的铁。"

"解决问题还是要从根源做起,深渊帝国胳膊伸得再长,也没法干扰我们内部的整顿。"

"行吧,你总是能出其不意给我们惊喜。但是,你记得做好防护措施,等你十年合约到期回光海的时候,别带个深渊小王子回来就行了。"

梵梨本在享受地吞吐着光海的海水,被他这么一说,差点喷水:"说什么呢!"

"别装。"夜迦扬了扬眉,"我可是在你身上种了追踪奥术的,你每周都会去同一个地方过夜,见赤月帝王去了吧?小心被抓到。"

"什么追踪奥术……能持续一年多?我怎么不知道?"

"被你知道还有追踪功能吗?"夜迦眯着眼睛说道,"你注意自己的言行哦,约一下可以,不可以做出背叛光海的事。"

"当然不会!你赶快把这个追踪奥术拆了,你这样是侵犯我的隐私权!"

夜迦伸手在她面前晃了一下:"好了好了,拆了,别生气嘛。"

梵梨被踩着痛脚,郁闷极了。但她不知道,夜迦其实没弄什么追踪奥术。等她的舰艇驶远后,夜迦感叹一声:"傻姑娘。"

为什么知道梵梨和苏释耶还藕断丝连,很简单。因为,即便是在正式会议上,每每提到"苏释耶"这个名字,梵梨的眼神都在告诉他精准的答案。

Chapter 44　重温旧情

回到光海,梵梨的心情是愉悦的。不需要穿防水压服,白天可以沐浴阳光,随时随地可以吃到浅海滩海鲜,还能和风晋、兰迪玫瑰等小姐妹一起逛街……她玩得"乐不思深渊帝国",即便开完会,也还是多玩了四天,才动身回去。

从她请求假期延期那一天起,苏释耶就开始烦了。他没有催她,也没能从她那里得知她什么时候回来,因此,她每离开多一秒,他的心情就会暴躁一秒。他们除了那一层关系,就没有任何关系了,凭什么要他在巴曼薄亚等她?既然她在外面玩得不想回来,他也可以。于是,苏释耶让荒格做好了惯例的"新领海新女人"计划——到最新打下的领海,征服当地最漂亮的女人。

然后,他带着荒格、魔神大主教、大法官、艾泽等人去了维科海域,安排了一大堆热舞女郎跳舞。维科最为倾倒众生的幽影族大美人从这堆暴露的女郎里钻出来,脸上挂着面纱,穿着露肚脐的闪亮紧身衣,在女郎们的推搡下,倒在了苏释耶的怀里:"没有人告诉过我,赤月帝王是这样的美男子……"按照惯例,苏释耶撩得她心神不定。但他却一点兴致都没有,跟完成工作似的。最后,他们让这个大美人穿了一件面积只有两颗葡萄横切面那么大的贝壳内衣,用金色链条在脖子、背心吊成了三角形,送到了他的房间。在去苏释耶房间的路上,她遇到了艾泽,艾泽的鼻血把水都染红了。

两周后,刚得知苏释耶回到巴曼薄亚的消息,梵梨就接到了他的电话:"来无尽宫,我要半个小时内看到你。"

梵梨把手中试管里的测试做完,赶向无尽宫的裂变殿。她很高兴能再见到他了,但也听说了维科海域的传闻,只能用工作来麻痹自己的低落情绪。然而,她出发了十五分钟,苏释耶就又打电话来了:"你在哪里?"

"就快了,还没到半个小时啊。"

又过了六分钟,她人已经在无尽宫门口了。

"怎么还没到?"苏释耶再次来电,不悦道。

"就快了,我在裂变殿门口了。"

"谁叫你去裂变殿了?来永夜殿。"

裂变殿是君王的办公地点,永夜殿是君王寝殿。永夜殿的气囊全都打开了,梵梨摘掉头盔,接了苏释耶最后一通电话。

"梵梨,你到底到哪里了?"

这电话打得很有恶意。他能感知到她在哪个方位,还在催催催个不停,不知道在急着做什么。结果,人刚进入苏释耶的主卧室,她就被推到大门上。铺天盖地袭来的,是苏释耶狂野的吻、热情的爱抚。气囊才刚开没多久,所以苏释耶身上还是湿的,头发也是湿的。像嫌头发碍事,他把头发全部拨到脑后,以他们俩的作用力,将厚厚的大门"砰"的一声关上。她双手被他紧握着,高高扣在墙壁上,身体也被他钳制住,动弹不得。她倒吸一口气,抬头,但只见阴影落下,微张的嘴唇被他的深吻直接侵犯了。

接下来,被粗暴地吻着,她好像失去了呼气功能,一直在急促地吸气,却完全缓解不了现下的冲击。心脏受到强烈刺激,她想推开他的手,但他抓得好紧,丝毫使不上劲儿,她甚至怀疑自己的手腕要断了……

"等等,现在是……"她试图躲开他,却被他横抱起来,大步走向床边。

"嘘。"苏释耶不悦道,"你忘记自己的身份了?"

"为什么这么急?这几天你不是已经在维科……"根本没机会把话说完,她只听见自己甜腻地叫出声来。

其实,距离上一次在酒店见面,他们才分开了不到一个月。但苏释耶受不了了。

"今天你还算乖,给你点奖励吧。"他把头埋了下去,贪婪地吸吮、舔舐她陆生状态下最脆弱的部位。正餐还没开始,梵梨已经死了两次。接着的陆生欢爱,在她的世界里摇撼起了十级地震。苏释耶是有点疯了。在他的身下,她被无法抑制的狂喜割裂,纵情流溢在"喜欢"的疼痛中。心在他任性的漩涡中浮沉,灼人的热度在她的身体里酝酿着火苗,终于在微光中,他将爱情注入她生命的琴弦,乐章的泉水满溢而出,足以滋养最明艳的花朵。

到清晨时,她觉得自己就像一个拆开重组的提线木偶,现在线放倒了,她也动弹不得了。她困得眼睛都睁不开,说话声音含含糊糊:"苏释耶陛下……我,我就睡五分钟就起来……五分钟就好,你叫我,我……保证不赖床,赖床的后天早上也不用再去做海沟虫血红素的第428型……"

看她眼睛慢慢闭上又骤然睁大,又慢慢闭上,说出一通逻辑混乱的话,苏释耶笑了起来:"笨。"

Chapter 44 重温旧情

眼睛完全睁不开,但好像是为了能起来,她抓住了苏释耶的手,叽里咕噜不知说的哪国语言。他拨开她的头发,在她额头上吻了一下。

"哥哥……"她用蚊子般的声音唤道。

他的吻在她额上停滞了两秒。像是在犹豫,他的唇慢慢往下滑落,最后轻轻撬开她的唇。他一手放在枕头上,一手与她十指交握,把她禁锢在自己的双臂中间,而后绵长地加深这个吻。不想研究这个吻的意义。"爱"是一个虚无缥缈的东西。只要不说爱,爱就不存在。

吻了一会儿,梵梨迷迷糊糊地睁开眼,看上去好像醒了,其实并没有。但她含笑地凝视着苏释耶,双手环绕在他的脖子上,主动回应他,发出了懒懒的、有些沙哑的哼声,哼得他想再来一次。但她回应到一半就停了,因为又睡着了。

苏释耶轻叹一声。算了,今天放过你。

凌晨一点半,梵梨才从疲惫中醒过来。她抱着枕头,翻了个身,却看见了斜倚在床头看书的苏释耶。

"醒了?"他眼皮也没抬一下。

梵梨呆了两秒,迅速起身,想下床捡之前扔了满地的衣服,却发现衣服都好好地叠放在了床头:"这是谁叠的?"

"侍女。"

"她看到我在这里睡觉了?"

"是'她们'。"

梵梨飞快穿衣服,无奈道:"你应该叫我起来,我自己叠就好……被侍女看到我在这里,这,以后该怎么办啊……"

"什么怎么办?"

"算了算了……我先回去了。"她跑了两步,又倒回来,"让她们为我们的事保密。"

"梵梨,我有一个想法。"苏释耶顿了顿,答非所问道,"我们以后每周改见两次,你觉得可以吗?"

梵梨一时没反应过来。苏释耶离开的这段时间里,她本来以为她再也没有机会和他亲热了。这一份惊喜来得太快,她感动得有点想哭。很想小鸡啄米式点头,但这样似乎有些不太矜持……

苏释耶放下书本,淡淡地看着她:"你觉得频次太高了?"

"不是……我只是有点好奇,陛下,您现在同时在见几个女人?"

苏释耶愣了一秒,又咳了一声:"三……四个吧。算你四个。不固定,看心情。"

除了戈茜,还有两个女人。想到他会用同样的方式去和别的女人亲热,梵梨心里还是不免刺痛了很久。她垂头调整了一会儿情绪,终于挤出一个笑:"您体力可真惊人,这样还能跟我一周见两次……改次数我可以啊。但是,我有点担心被人发现,我们不要在固定地点见了吧。"

"不去酒店了,你来无尽宫。"

不太好吧?万一和别的女伴撞见,那不是很尴尬吗?但梵梨想了一会儿,觉得自己还是不用替苏释耶操心了。他是老手。她点了点头:"定每周哪两天呢?"

"不固定时间了吧,我每次提前和你约,可以吗?"

"嗯嗯,好的。"梵梨指了指门口,"那我先走啦。"

"今天太晚了,外面不安全,就在这里睡吧。"苏释耶指了指自己身侧,"下次记得不要睡着了。"

"好。"

梵梨又脱掉衣服,乖乖躺回床上,把被子拉到下半张脸上,只露出一双眼睛,眨巴眨巴看着他。他瞥了梵梨一眼,觉得她好可爱,他很心烦,便把书拿起来,下了床:"我去隔壁睡了。晚安。"

第二天是工作日。连着两天,苏释耶把她叫到了永夜殿。被这种体质的男人折磨两天,换谁都受不了。梵梨第三天逃班了,睡到了下午一点才起来。到晚上,她很想他。唉,为什么要连着见?这样安排,会有五天见不到他……

可第四天早上,苏释耶就给她打电话:"今天晚上过来。"

欸?三次?梵梨很迷惑,但没提,当晚八点就去赴约了。紧接着两天,他都约了她。周末他没让她回去,连着滚床单。

这是回光返照的热恋期?还是说,他撒了谎,其实只见了她一个人?

梵梨告诉自己,不要期望太高。但不管苏释耶是不是只和她发生关系,他都成功让她缴械投降了——除了特别忙的时候,他每天都要和她泡在床上两三个小时,折磨得她从心率紊乱,到体内麻木,到全身疼痛,到最后哀求说"今天休息吧,拜托了",他才会不尽兴地停下来。周末更别说了,简直是灾难。

纸是包不住火的,哪怕梵梨已经把保密功夫做得很好了,她时常出入苏释耶寝殿的事,还是传到了戈茜的耳里,戈茜又第一时间告诉了公民院总督导。

"这个女人是真的疯了。"总督导恨得咬牙切齿,"她破坏游戏规则,就不怕别人也破坏游戏规则?"

"破坏游戏规则能拿她怎么办,她是苏伊啊。总不能杀了她。"

"为什么不能?"

总督导轻飘飘一句话,让戈茜脸都白了,但很快,她又微微笑了起来:"对啊,在暗海,她手无缚鸡之力……只是,如果杀了她,陛下肯定会很生气吧?他说过,不想和光海把关系闹僵。"

"既然陛下和苏伊没公开,说明他最多只是有点喜欢苏伊而已,不会动真格的。最近,光海已经让陛下非常动怒了,公民院最近和星辰海、菩提海的外交都做得很好,杀了一个苏伊,他不会贸然惩罚我们。"

"好!如果我们成功稳固了光海那边的势力,是不是……是不是我有机会能当王后呢?"

"不是没有这种可能。"

听到这个答案,戈茜的眼睛仿佛冒出了璀璨的光芒:"现在我知道权力的美味了。爱情什么的,确实没那么美。"

"但是,为了以防万一,"总督导沉吟片刻,"我们还是要找个替罪羔羊比较好。"

总督导所言光海令苏释耶动怒的事,就是梵梨早就预计好要做的事。从帝国谷物进入光海的黑市以后,她跟进两边的消息,同时又放任帝国与光海的各大粮食公司在黑市进行谷物交易。终于到年底,到了"割韭菜"的时间。圣耶迦那政府以《光海产权保护法》为依据,声称公平对待全海每一个国家,包括深渊帝国,并以此起诉了所有与深渊帝国交易的粮食公司,要求他们替深渊帝国生产的谷物农民和发明者缴纳专利费,其公司数量和交易额都大得令人咋舌。

这种官司通常一打就得是好几年,粮食公司被大幅度限制交易,他们耗不起,来向圣耶迦那政府求和解。圣耶迦那以放贷的形式,向他们提出了各种限制深渊帝国出口贸易、有利于光海境内经济发展的要求。结果如梵梨计划的那般,光海对深渊的谷物需求断崖式大跌。深渊帝国的农场损失惨重,而且哑巴吃黄连有苦说不出。

接着,也如梵梨所料,有人通知她,苏释耶陛下让她去裂变殿谈话。

"梵梨,你是真的聪明。"办公室里,苏释耶颇有绅士风度地为梵梨开了门,"人在巴曼薄亚,都能想出这么个无懈可击的法子,我甘拜下风。"

既然他猜到是她做的,应该恨不得把她劈成两半才对。可苏释耶笑得那么柔

和,梵梨只觉得心里毛毛的:"等光海政府收齐专利费以后,会全给你们补齐的。"

"你还很善良,还想着给我们补齐。"苏释耶回到椅子上坐下,跷起长腿,修长的手指轻掩着嘴,微微笑道,"不用了,这些钱留着给你们的人买水晶棺材吧。"

梵梨差点一屁股坐在地上:"别……别开这种玩笑。政治不是你这么玩的。"

"怎么玩?你还不懂我做事的风格?"苏释耶面不改色,"比智慧,我比不过苏伊大神使,但杀人我很在行。"

梵梨不由自主打了个寒噤:"这种自损八百伤敌一千的仗,打起来有什么意思呢?想要合作,我们可以再谈啊。你不能一点不如意就大开杀戒,政治真不是这么玩的。"

"谁跟你们玩政治了,我现在想玩狩猎游戏。"

梵梨按捺住自己的惧意,只表现出怒意:"一切都是我的主意,你为什么要迁怒光海?你如果真的很生气,可以杀了我,拿无辜的人泄愤算什么英雄!"

"无辜的人,你说谁?加斯希天?"

"什么意思……"其实梵梨指的是光海公民,提到希天,她是蒙的。

"你年初回圣耶迦那,就是去见他了,然后呢?"苏释耶的脸色渐渐冷下来,"旧情复燃,再联合起来搞我?"

梵梨持续发蒙。

"黑乔呢,见到了吗?"苏释耶声音越来越低沉,"有没有很怀念你们三百多年的夫妻时光?"

梵梨这才明白,她和苏释耶不在一个频道。她不是第一次有这样的感觉了——苏释耶似乎对她有独占欲,提她前夫的样子,也很像是在吃醋。她不是很确定,但还是打算试探一下。于是,她轻轻走到他面前,拨开他的手。苏释耶怔了一下:"做什么?"

梵梨坐在他的腿上,双手捧着他的脸,望入他的眼睛:"苏释耶陛下,谢谢你这一年对我的照顾。可能这句话现在说得有点晚,请你多多见谅。"

苏释耶先是身体紧绷,而后不服输般挑眉:"你是想说,谢谢我睡你?"

他故意用了粗俗的字眼,让她脸涨得通红。她好想骂他无耻,但她也没错过他刚才神色中的紧张。于是,她柔声说:"这是我发自内心的想法。"

苏释耶抬起她的下巴,左右晃了两下,并不买账。他身体往后倾,靠在靠背上,金制红宝石耳坠轻轻摇摆,眼神冷漠:"说吧,你有什么目的。"

Chapter 44 重温旧情

"让光海把专利费补贴给深渊帝国,然后让他们正式给您道个歉,您就大人不记小人过,不要动怒了,好吗?"

"你发现打仗可能打不过我,就开始用这种方法?"苏释耶笑了笑,"苏伊大神使,你要不要脸?"

梵梨确定,情况不对。苏释耶一直都是温柔情人的形象,如果他突然变冷酷了,只说明……再进一步试探看看。她委屈地垂下头,从下往上看着他:"我这不是斗不过你嘛,认输还不可以吗?"

"呵。"苏释耶不为所动。

"答应我,好不好?"她拉了拉他胸前的衣领,眨眨眼睛,"答应我嘛……"

这个女人真是可恶。苏释耶在心中痛骂她。平时强势得不得了,一旦硬的玩不过,就开始服软、撒娇,什么好处都要被她占了。

可是,她好美。深蓝色的眼睛就像春末夏初的大海,还有一丝凉意,但很快就能看到明灿灿的阳光。海藻般的大波浪卷发流满她的肩膀,随着她的一举一动,微微弹动。皮肤吹弹可破,鼻尖秀气挺拔,嘴唇……他闭着眼睛,让自己打住。但想说"不行",怎么都开不了口。

看见他喉结滚动了一下,梵梨的心怦怦乱跳。苏释耶好像喜欢她,而且难以自拔。只是,他藏得太好,导致她这么长时间都没发现。如果不是发生了贸易战这件事,她不知道还要被他忽悠多久。

"苏释耶陛下……"她的手钻入了他的手掌中,"你都让我享受了这么长时间的美色福利了,现在再帮我一次,对我温柔一点,好不好嘛?"

"下去,不要坐我身上。"

苏释耶真的喜欢她!他越是防备,越是冷酷,就越说明扛不住!梵梨忍住没有笑出来,直接发大招,变回小时候惯性卖萌的样子:"哥哥,你不是最疼我了吗?"

可就在这时,她的手被苏释耶反手扣住,整个人也都被拉到了怀里。接着,一个吻印了上来。她愣了一下,却不小心放松了防备,舌尖碰到了他长驱直入的舌尖。电流直击心脏正中央,酥麻感把她整个人都快电晕了。他捧着她的头,粗鲁地吻她。他的喘息声带动了她,让她的呼吸也变得急促,全身上下,每一寸肌肤下,都流淌着一阵一阵的滚烫之流。

救命。她本来是想勾引他,让他退让的。怎么现在,变成了她失控了……不行不行,不是这样……她几次想推他,都没能成功。最后一次,手刚放在他的胸前,

耳边就响起了他轻轻的、喑哑的声音:"我答应你。"

"真的吗……"她搂住他的脖子,笑眼弯弯地说,"真的答应我哦。"

"你对帝国有什么要求,都可以跟我提,我会尽量满足你。但不准再背着我见别的男人。"

"好,以后我见谁都先跟你报备!"她迟疑地说道,"那……可不可以不要再反击光海了呢?现在光海已经快四分五裂了……"

"行。"

"专利费可以给我们多点时间准备吗?"

"不用给了,赤月政府不差这点钱。你留着自己分配吧。"

"真的?谢谢哥哥!"梵梨激动起来,"这次深渊帝国的损失我会和你一起想办法补救的,只要你不针对光海,我随时听候你差遣!"

"知道了。还有什么要求?"

"那你可不可以答应我,不再找新的女伴?"见苏释耶有些错愕,梵梨赶紧悄声补充道,"在和我保持情人关系的期间,暂时先不要认识新的女生了,好吗?"

"好。"

"太好了。"她开心得眼中都盈满了水光,"哥哥,你太伟大了。我爱你,我会努力让你重新爱上我的。"

过分直白的甜言蜜语突如其来,让苏释耶整个人都呆住了——说这番话的人不是别人,是梨梨。他还没能从头晕目眩中回过神来,梵梨已经开始主动吻他。同一时间,他的心跳停了一下。

晚上,在永夜殿的床边,苏释耶正想离开,梵梨就握住了他的手:"可以陪陪我吗?我想和你一起睡。"

她的手滑而柔软,有让人无法抗拒的魔力。她把他拉到床上,重新解开他的衣服,再把他推倒。他微微蹙眉,转身背对着她。她不假思索地靠过去,从背后抱住他,把头靠在他的背心:"哥哥,我们好多年没有这样一起睡过了。"

"不要叫我哥哥。"苏释耶冷冷道,"不要跟我说话,睡觉吧。"

梵梨不理他的抗拒,把他翻过来平躺,然后坐到他身上,俯下身去吻他:"我爱你。我活了六百九十四年,你是我唯一爱过的男人。"

"你爱的是光海,不是我。"

"既爱光海,也爱你。"梵梨与他十指紧扣,小声说道,"等你觉得我伺候得差

Chapter 44 重温旧情

不多了,我生个你的孩子好不好?"

在黑暗中,苏释耶的呼吸变快了许多,但他声音还是低沉的:"为什么?"

"你想要几个,我都给你生。你不用娶我,什么都不用给我,只要让我能随时吻你、抱你,就好了……"梵梨吻了吻他的耳垂。

"你以为这是我想要的?"

"这不是你想要的,是我想要的。"梵梨轻轻笑了两声,"生一个哥哥的孩子,是我从小到大的梦想呢。"

苏释耶静静呼吸着,本能地排斥她这样给他灌迷汤。

但是,他又本能地抵挡不住想要和她亲近的诱惑。她在他怀里动来动去,动得他心神恍惚。最后,他决定不说话,不做承诺,不被她骗,只是默默把她抱到怀里,用最缓慢的呼吸,汲取她身上的气息。

"睡吧。"他的声音冷淡平静,一如窗外七千八百米深的海水,"这些事以后再说吧。"

"好的。"

不是没听到她那一声甜甜的窃笑,像一个终于得逞的小坏蛋偷心贼。苏释耶无声地叹了一口气,半眯着眼睛,却一点睡意都没有。

因为有梵梨在中间协调,帝国和光海政府之间的硝烟在无形中化解了。光海政府代表向深渊帝国提出了代收专利费一事,帝国给出的回应是用以投资风暴之井的交通建设。这一提议促进了双方的交流,增加了未来合作的机会。独裁官政府很快答应了这一要求,表示愿意与帝国会晤详谈。于是,苏释耶向独裁官政府发出了邀请函,请他们与加斯宗族到深渊帝国进行国事访问。

这天,梵梨在实验室写海沟虫的染色体的观察报告,得知这一消息,吓得眼镜都滑下来。

她相信苏释耶宽容。但她也相信,他的宽容绝对和做慈善没什么关系。她翻了翻前几日的报纸,看见了风歌之脊元首陆续访问罪恶鲨巢和红月海的新闻。原来如此。前段时间的贸易战改变了光暗海的政治局势。风歌之脊和罪恶鲨巢都建立在海洋另一端的热泉口上,虽然国力弱,态度却一点也不弱,与深渊帝国发生了几次边境摩擦后,彼此互屠了很多的公民。换作别的国家,苏释耶大概率会直接把军舰开过去宣战了,但对这俩小国,他没有这么做。对于能源大国深渊帝国而言,

热泉就是一片富到流油的宝地。罪恶鲨巢的鲨族们强硬得不得了,强攻他们,他们搞不好把热泉全毁了,就失去了发动战争的意义。相比热泉能源的诱惑,和加斯宗族几百年前一段深仇大恨,早就被苏释耶抛在了脑后。

因为知道苏释耶邀请光海代表访问的目的,梵梨知道这事跟光海关系不是太大,也就没在后续关注这个消息。她最近对海沟虫的研究有了新的进展,对外界失去了兴趣,还多次拒绝苏释耶的邀约。

"大神使胆子是越来越大了。"在电话里,苏释耶有些不悦地说道。

"我也很想见你,可这不是工作上有新的进展嘛……陛下忘记叫我来深渊帝国的目的了吗?"

"看不出来你想见我。"

"我真的很想,你可是我最爱的人。拜托,再给我一点点时间,等我忙完这一阵,所有时间都是你的,好不好?"

"到那时,我就要去访问别国了,没时间见你。"

"那我会在巴曼薄亚静静等你回来的。"梵梨甜甜地笑道,"这段时间就麻烦戈茜多陪陪你了。"

什么戈茜,他不想见戈茜!苏释耶差点把这句话说出来,但强忍了下来,挂断电话。

这个女人目的性很强,很烦,很难搞。远离她,她就可怜巴巴地流泪、卖惨。稍微给她点甜头,她就跟完成任务指标一样,把他扔在一边。他也会很操心国务,但不管怎样都能抽出一个小时见她,她却连跟他通话五分钟的时间都挤不出来,每次都是两分钟就迫不及待地想要结束对话。

苏释耶的烦躁是显而易见的。裘沙在外征战,刚收了一个领地,来电向他请示下一步指令。

"接着打,四日后打黑石国。"苏释耶说道。

"黑石国?之前调查过他们那边的部队部署,我们这边可能……"

话未说完,苏释耶已经打断他:"有增援,你在驻地等。休息几日,调整好状态,一口气打下来。他们如果不听话,就打到死。"

"是,陛下。"

苏释耶挂了电话,满满的烦躁感再次涌上心头。然后,他拿起通信仪,拨打了一个电话。漫长的十多秒后,电话那头传来了梵梨软软的声音:"哥哥,又怎么啦?"

Chapter 44 重温旧情

"我现在就要见你。现在。"语气里满满都是命令的意味。

"可是,刚才我们不是才说好……"

"你如果不来,我就过去找你了。"

"好好好,我来我来,但我今天时间不多哦,最多见你一个小时,可以吗?"

"两个小时。"

"不行,我这边两个半小时后要观测实验结果,我得预留一点时间,提前回来等待……"

"那你不用来了。"

"嗯,好,我们改天……"说到这里,梵梨稍微停了一下,"等等,你不会是想过来吧?"

"我在路上。"

"啊,那你别太快,我先叫他们离开……"

太累了。这个男人是哥哥,经常任性得像个弟弟。想要什么立刻得要,想做什么立刻得做,完全不考虑别人的感受。不光要做研究,还要抽时间陪他,梵梨恨不得一天有四十八个小时。转眼间两周过去,到了12月21日,她都忙到忘记了,这是光海独裁官和加斯宗族访问深渊帝国的日子。

上一个实验她搞了通宵,凌晨六点半才睡,身上抽痛,胃都饿疼了。她没力气吃饭,躺在沙发上倒头就睡,早上十一不到就醒来,只觉得整个人冒着一股酸臭的气息。她抓了抓头发,睡眼朦胧地用海草头绳把头发扎到后脑,戴上眼镜,眯着眼睛,随便吃了几口纱纱叫来的外卖,就又走向实验室。

"等等,梨子……"和歌看着梵梨的背影,一脸看到"翔"一般的表情,"你要不要先去洗个澡再进去?你已经在空气里待了好几天了,如果长时间不沾水,不是很卫生……"

"在暗海洗澡太浪费时间了,见苏……见人之前再洗吧。"梵梨举起胳膊闻了闻,"还行,没有特别臭。"

梵梨一进去,又是三个小时。纱纱和和歌在研究所待得无聊死了,就听见一阵娇俏的笑声传来。接着,在艾泽的带领下,一群光海族进来。带头的是加斯希天和一个清纯貌美的金发海神族少女。希天早上才跟独裁官与苏释耶在无尽宫见过面,大致聊了一下光暗海发展的方针,得知梵梨在忙工作,他就来研究所看她。

"她在实验室里面?"希天看了看实验室门上的玻璃窗口,果然见到梵梨在里

面走来走去。

"是,我过去叫她。"纱纱答道。

金发海神族少女也跟了上去:"我也过去。好多年没看到苏伊姐姐了,我有点想她。"

"你是?"

"叫我乔乔就好。"乔乔笑得天真可爱,摸了摸自己还未显肚的平坦小腹,"我是加斯少宗主的女朋友,也是加斯少宗主孩子的母亲,苏伊姐姐认识我的。"

纱纱带乔乔进入了实验室,梵梨背对着她们挥挥手:"出去,没我正忙嘛。"

"苏伊院士姐姐,是我,乔乔。"

梵梨转过头来,看了纱纱,再看看乔乔,推了推眼镜,眨了几秒钟眼。

在这短短的几秒钟内,乔乔的心情从期待、紧张、求胜,变成了失望、愧疚与怜悯。她曾经是圣耶迦那艺术大学舞蹈系系花,虽然在校时总是被明艳的校花压着,但她贵在从来不化浓妆,迎合大男子主义的"白幼瘦"审美,因此成功追到了希天。而校花的老公除了特别疼老婆,似乎就只是普通的有钱帅哥而已,收入还没校花高。为此,她一直沾沾自喜,觉得自己赢得漂亮。可这份沾沾自喜遇见梵梨就终结了。她一直忘不掉初见苏伊院士时,她跪在地上求苏伊院士原谅,苏伊院士穿着一身白大褂、头发如海藻般浓密美丽,云淡风轻,高高在上,素颜的美貌都极具震慑力。那时,她一下就明白了,为什么希天会为了苏伊院士砸重金买"天命瞳",盖苏伊宫。

现在,她终于与苏伊院士再次见面了,没想到外形令她无语:眼镜没戴好,头发油腻,手里捏着一条海沟虫尸体——软趴趴地挂着,又长又肉,恶心得不得了。虽然五官还是如此精致,但一个女人做这么恶心的事,也谈不上什么光华耀眼可言……更可怜的是,苏伊院士看着她,似乎被自己的精致与奢华服饰震惊了。她无论如何都想不到,当初跪在地上苦苦哀求她的狼狈女孩,现在会母凭子贵,变成加斯希天的正牌女友。她应该对自己这张清纯无害的脸孔有心理阴影了吧。

梵梨确实很震惊。因为,她完全忘记了这是什么重要的日子。作为光海大神使,她没有第一时间去迎接独裁官和加斯宗族,还认不出眼前这个女孩子是谁了。女孩这么年轻,还颇有态度,应该是光海新上任的重要人物才对。于是,她向纱纱递过去一个求助的眼神,想让纱纱旁敲侧击提醒她一下,这个乔乔是谁。但纱纱双目呆滞,跟猫头鹰似的转了转脑袋,把她的求助信号挡在了外面。这个靠不住的笨纱。

Chapter 44 重温旧情

梵梨把海沟虫丢到了桌子上,拍拍手:"你好,乔乔,好久不见,你现在真是美得我都认不出来了。"万无一失的开场白。

曾经的光海圣女,光海族心中的唯一女神,是真的不行了。乔乔心中的同情更多了一分,走上前去说:"其实,苏伊姐姐,我一直觉得特别愧疚。你过得这么不好,都是我的错……所以,如果你对光海有什么要求,可以尽管提。"

"啊?"

"我毕竟是孩子的母亲,你又是孩子爸爸的前妻,也算孩子的半个母亲。所以,不用对我客气。"

终于,梵梨想起来了。这是希天的那个小女朋友啊!她笑了起来:"有宝宝了?太好了,恭喜二位。"说完看看通信仪,五个未接电话全是苏释耶打的,心里咯噔一声。

"苏伊姐姐,你真是个好人。"乔乔感动得快流泪了,"当初如果不是因为我,你其实可以过得更好的……你现在就这么一个人在帝国受苦,真的不怪我吗……"

"不怪不怪。那个,我还有点事……"

梵梨大步走出实验室,对希天挥挥手,抱歉地说:"希天,真对不起,最近我忙过头了,把这么重要的事都忘了。你们先去休息,晚宴时我再来接待你们。"

希天原本坐在沙发上,见梵梨冒出头,眼睛都被点亮了,缓缓站起来说:"好,晚上见。"

和歌都快被恶心坏了。他们走了以后,她翻了个白眼:"加斯希天这个小老婆真恶心,来秀优越感。我们梨子过得不好,跟她有什么关系啊。"

"她和戈茜还挺像的,她俩肯定能成闺蜜。"纱纱啃着面包,口齿不清地说道。

梵梨回家收拾打扮,六点差十分赶到无尽宫。看见广场整齐的十六支皇家骑兵队列,宫殿上方飘扬的光暗海彩色旗帜,她开始心态不平衡了。所以,哪怕苏释耶叫她,她也赌气地站在门口,不和他说话。苏释耶走过来,低头轻声说:"消失了一个早上的人,还好意思生气?"

"不要跟我说话,我心情好了再理你。"梵梨面无表情地看着外面,光海代表团已经抵达了广场中央。

"你总要跟我说一下生气的理由。"

看见独裁官等人游出舰艇,两侧的军队都整齐地向他们低头行礼,梵梨更不爽了——她可是光海大神使。她刚到深渊帝国的时候,为什么没独裁官这待遇!

"哦,我知道为什么了。"苏释耶看了一眼外面,眼里满溢着笑意,"没想到我们宝贝对这些形式上的东西挺在意。"

"哼。"梵梨气鼓鼓地看着外面。

"你想要仪式,我明天就补给你。"苏释耶拉了拉她的手腕,"乖,别生气了。"

"我是大神使欸,你怎么可以这样对我?"梵梨还是很不爽。

"我不觉得你来深渊是访问性质。"

"你……"梵梨回头怒视他,"你早就做好准备,要把我扣留在这里了?"

苏释耶只笑,笑了几秒才说:"有的问题不需要问了吧。"

"我是光海大神使!你要弄清楚我的立场!"

"好的,尊贵的苏伊大神使。"

梵梨在这里气得半死,可在旁人看来,完全不是这么一回事。身后的宰相、精英院和公民院的大臣、刚下舰艇的独裁官、加斯希天还有同行的光海政客、乔乔等等,都只看到苏伊穿着一袭银色晚礼服,脸红红地轻微别过头,苏释耶一身黑色军装,温言软语地低头哄她,眼中满是笑意。两个人就跟油画一样养眼。

"深蓝吾主啊,这两个人不会是在谈恋爱吧……"光海代表团里有人低声说道。

"瞎说什么,不可能。"希天呵斥道,"苏释耶才追不到她。"

乔乔看见梵梨现在的模样,原本已经很受刺激了,希天这句话,更让她囤了一肚子郁闷:"是她高攀不上苏释耶吧。"

见希天的脸色暗了一下,乔乔才想起来,虽然是自己从苏伊那里把希天抢走的,但苏伊好歹是希天的前妻。自己却贬低苏伊,抬高苏释耶,不是在打希天的脸吗?

"我说的高攀,是说地位上的高攀嘛。"乔乔赶紧补充,"其实,苏释耶除了有权有势,什么都没有,人品差劲,脸那么窄,一点都不霸气……"

"你话怎么这么多?"希天打断她,"你这么注意苏释耶的长相做什么?"

"那还不是因为太在乎你了,才关注一下你的对手嘛。"

听见她说"对手",希天火气消了不少,但还是板着脸说:"进去安静点。这种场合女人不要讲话,知道?"

"好的,我就是加斯少宗主一个人的乖乖小女人!"

同行的人都觉得乔乔乖巧又懂事,希天却只觉得她事多。如果不是她拿孩子要挟他,想到深渊炫耀一番当母亲的快乐,他就不想带她来。

Chapter 45 光海的访问

宴厅中,赤月公主在逗羽烬的小小嘟。梵梨走进来,赤月公主没来得及调整花痴的表情,强行把脸拉下来,转过身背对她。

荒格的祖先是诞生在冷泉口火山灰里的幽影族,属于对光海完全无感的暗海族。他双目无神,单边镜片后的眼睛半睁半闭,嘴角还做出了一个嫌弃的形状:"欢迎光海独裁官、加斯宗族来访巴曼薄亚,对此,我们帝国全民感到诚挚的欢迎和荣幸……"声音拖得长长的,语气和他的言论完全割裂。

"这宰相是怎么回事——"

希天愤怒了,但苏释耶挡在希天和荒格中间,胳膊搭着希天的肩,把他转向了另一个方向:"希天,关于风暴之井的交通拓展,我有一些想法,想跟你聊聊。"

这次会面之前,希天有些忐忑,总担心苏释耶会记仇。但他想多了。早上在无尽宫初见,苏释耶就和当初在圣大军事学院时一样,对他客气又尊重。他对吠陀双党之战心存芥蒂,不时提一下,但苏释耶笑笑就过了:"兄弟之间打打架,正常。这事翻篇了,我说好啊,不准再提,再提你就没把我当兄弟了。"

希天虽然还是板着脸,但心中升起了一阵暖流。其实,撇开政治立场,他是真喜欢苏释耶。以前在校就喜欢,现在还是很喜欢。可是,苏释耶身边的人总是那么讨人厌。希天火气没消,把话题又转了回来:"我一直很佩服你用人的眼光,但这个宰相你是怎么选的?跟活死人一样。"

"荒格这个人怎么说呢……"苏释耶蹙眉想了一会儿,"你给他一组20位数的数字,他看一眼,一秒就能把这数组字倒着念出来,然后一秒把重复频次最高的数字依次念出来。这是我用他的原因。太好用,性格臭,忍忍也就过了。"

"你也是太不容易了。如果是我,绝不会容忍这种人。忠心永远是第一位的,不够忠心,那什么都别谈了。"希天下意识看了一眼把苏璃逗夸毛的梵梨,"不过,他既然这么聪明,那他和苏伊,谁比较厉害?"

"那还是大神使厉害一点。大神使是全才,最近才跟我提了一些关于舱内加压技术的合作建议,一些拓展帝国外交实力的法子,让我有了很多灵感。不得不说,光海人才辈出,我很羡慕。"

"那是因为在深渊,只要有您一个人就够了呀。"乔乔走上前一些,说道。

其实,和苏释耶正面对话,她紧张到发抖,但想到希天还有三个女朋友,每一个都很会讨男人喜欢,她就觉得很没安全感,决定迈出这一步,要成为能上得了台面的女人。

"这位是?"苏释耶回头看了一眼乔乔。

"孩子妈。"

"苏释耶陛下晚上好,原谅我现在有孕在身,早上没有第一时间来问候您。"乔乔睁大眼睛,歪了歪头,甜美地笑起来,"久仰大名,谢谢您对光海和希天的照顾。"

苏释耶对乔乔微微笑了一下,又对希天说:"眼光很好,嫂子一看就是个好女人,情商也很高,夸得我都不好意思了。"

"好什么,小女孩不懂事,乱说话。不用理她,你接着说苏伊和荒格的事。"

乔乔跟希天那么长时间,没从他那里得到过一句赞美之词。苏释耶那一笑,眼波流转,深情款款,让她呆了几秒。就在这几秒时间里,她特别后悔怀了这个孩子,恨不得现在就去把它打掉。不过,如果不是怀了孩子,她也没机会来无尽宫,和苏释耶这么近距离地交流,就觉得遗憾又失落。尽管如此,她还是忍不住偷看苏释耶的一举一动。

"他俩都是天才,天才都是有共同点的。例如,大部分都比较清心寡欲。"苏释耶想着在实验室,某人坐在自己身上动情地喊"哥哥"的画面,笑着说道,"荒格就很有意思,我才让艾泽送了他一对幽影族美女双胞胎,他没要,退给艾泽了。"

"啧,便宜了艾泽这小子了。"希天嗤笑一声,"你为什么不自己留着?"

苏释耶还在回想实验室里的美味,一本正经地说:"现在我只想好好把帝国好好弄一下,还有个女儿要操心,太忙了。其他事随缘吧。"

"对了,小公主今年都七十多岁了吧?"

"对。璃璃,过来。"苏释耶对苏璃招了招手,把她叫过来,"来,这位是希天叔叔,这位是乔乔阿姨。"

苏璃跟所有小孩一样,敷衍地叫了他们,就飞也似的逃了。

宾客就坐后,菜肴陆续端上来。苏释耶坐在主位,与希天很近。梵梨和羽烬、纱纱等人坐在一起,和苏释耶中间隔了四个人。他们在谈国事时,梵梨对羽烬说:"小羽,这么久了,你一直待在深渊,不想家吗?"

Chapter 45 光海的访问

"有点想家乡的荧光海。但因为一直从军,已经习惯不回去了,也就还好。"

梵梨每次去裂空海都是讨论学术,没时间在那边玩。但她知道,春季萤乌贼会在海岛山湾聚集繁衍,形成别致的荧光海,有些期待地说:"对哦,裂空海的荧光海很漂亮。以后有时间了,想沿海在那边走一圈看看。"

"你还是别走一圈了。"

"为什么啊?"

"别忘了,裂空海卖淫是合法的。有的荧光海滩可是特殊行业女性的聚集地。不想被人拖到树林里去,还是乖乖地在兼特小英雄的带领下去散步吧。"

"哎呀,表达善意的方式还是这么别扭,你这小羽毛。"梵梨戳了他的胳膊一下,却把他戳夯毛了。

"我可是男人,怎么能叫这么肉麻的名字。"

"姐姐叫一个可爱的名字,有什么不可以。在我心中,你永远都是弟弟嘛。"

"什么永远是弟……"

羽烬话还没说完,他们就听见苏释耶的声音传了过来:"羽烬,你梵梨姐姐读书的时候就这么调皮,那时候不是可喜欢捏你脸吗?她就这性格,改不掉了。"

"为什么苏释耶陛下会知……"羽烬怔了一下,想起了"苏释耶"在古海族语里的意思,看了看苏释耶,把目光挪到苏释耶鼻尖的痣上,又看了看梵梨,轻声说道,"原来,苏释耶陛下就是星海哥……"

"嗯,是啊。"看见羽烬眼睛空空的样子,梵梨也觉得有些难受。她知道,羽烬不是很喜欢苏释耶,却非常喜欢星海。

"那你们俩还真的挺配的,从小一起长大,大学时重逢了,后来分离这么多年,还能在这里重逢……"

梵梨不明白羽烬为什么这么低落,一时不知该怎么接话。独裁官却说:"羽烬,话不能这么说,苏伊大神使的丈夫是莫尔黑乔,你可以说大神使和苏释耶陛下有缘,但不能说他们配,知道吗?"

"是的,独裁官大人。"他想起外人并不知道梵梨离婚了。

"羽烬年纪小,不用对他太严苛了。"苏释耶对羽烬始终是温和兄长般的态度,"再说,当兵的都是大丈夫,不拘小节很正常。"

"苏释耶陛下,这话您说出来可就很有说服力了。"独裁官端着酒杯站起来,"不愧是星辰海部队出身的男人。期待以后我们和贵国的合作。我敬您。"

　　星辰海与风暴海一直是光海军事最强的两大海域。星辰海的军规严谨且细致,因此诞生了闻名全海洋的"尔国临格方阵"。苏释耶当上星辰海执政官后,对星辰海的军事进行了大幅度的改良,后来光海军团、琉璃军团的很多军规,都是源自星辰海。深渊帝国建立后,苏释耶把星辰海的军风更加发扬光大了。所以,独裁官这番话绝不是场面话。

　　面对他的敬酒,苏释耶彬彬有礼地微笑道谢,两只手却交叠在身前,没有站起来。这一个小细节传达了很多层意思,原本缓和的气氛,瞬间像被冰封了一样。但苏释耶只是静静坐着,没看任何人,没打算救场。

　　"说得好!"艾泽激动地鼓掌,"光暗海交流合作,我们星辰海的就是最开心的!独裁官大人,我敬您!"

　　独裁官举着杯子,不知是进是退。

　　荒格露出了一如既往的更年期厌世神态:"所以,今天到底还要不要讨论交通建设的问题了?如果不讨论,我想用风暴之井测试新型轰炸舰的舱内加压技术。"

　　乔乔没听懂他话里的意思,只知道这个人不好惹。希天的神色却很难看。他早就听过"铁骨宰相"的名号。这个瘦瘦的病弱青年,解决什么问题都是靠发动战争,现在居然赤裸裸地用轰炸圣耶迦麻来威胁光海。早上苏释耶带他参观过军事演习后,他深知光海不是深渊的对手,只是苏释耶把他当哥哥对待,他就理所应当地认为,光暗海以后都会一家亲。他下意识看了一眼苏释耶。苏释耶身体前倾了一些,对荒格说:"你怎么这么急躁?合作至上,不懂吗?"

　　苏释耶说的是"合作至上",而不是"以和为贵"。意思就是,如果你们不配合,荒格丧心病狂的点子也不错。

　　藏了一整天,苏释耶才把獠牙露了出来。希天终于明白梵梨为什么反复强调苏释耶不好对付。乔乔听不懂他们在说什么,但从希天的表情中她知道了,刚才苏释耶叫的那一声"嫂子"的含义,并没有他表现出来的那么谦卑。独裁官也懂了,硬着头皮和艾泽碰了碰酒杯,把酒喝了下去。梵梨的心情是最复杂的。她知道,苏释耶喜欢这样的谈判方式。所以,她现在是应该示弱,感谢苏释耶没给她也来这么一场鸿门宴,还是应该提起刀子和他拼了?

　　她忍着气,继续听他们交谈。荒格提出了三种关于长途舰艇的合作方案。第一种是有利于光海的;第二种是有利于深渊帝国的;第三种是帝国出技术,按专利费抽成的共赢方式,听上去好像很公平,其实灰色地带很多,国力强者更有话

Chapter 45 光海的访问

语权。然后,金银斧头的选择丢到了光海代表团的面前。

"你们觉得哪一种比较好呢?"苏释耶身体微倾,用手指关节撑着下巴和嘴唇,温言说道。

独裁官和希天交换了一下眼神,见希天久久不说话,就说:"第……第二种好像挺不错的?"

"第三种吧。"希天有些动怒了。苏释耶直接说第二、第三种方案,都比摆出第一种侮辱人好。绝不接受第二种,这是涉及尊严的问题,大不了打就是了。打不过死就是了。

"大神使,你觉得呢?"苏释耶看向梵梨。

"陛下,您觉得呢?"梵梨冷冰冰地说道。

"我听你的。"

"我选第一种。"

苏释耶的眼睛弯了一些,但还是忍住没笑得太多:"好,那就第一种。荒格,记下来。"

梵梨傻眼了。在场的诸位都傻眼了。接着,荒格又提出了经停站的建设位置,四个选择。苏释耶又假惺惺地挨个儿问了一次,最后问梵梨,梵梨做出选择后,他说:"好,大神使说得对,按她说的去做。"

然后是动工时间、考虑合作的海域、暗海国家的选择等等。

"好,大神使说得对。

"嗯,大神使的意见很好。

"听大神使的。

"苏伊大神使,怎么这么厉害。"

…………

到后来,独裁官和希天都不给意见了,只听梵梨给答案。梵梨和苏释耶本来就坐得远,每次问问题,对话声音都不小,足以让所有人都听到。她快被苏释耶尴尬死了,只求尽快结束会话,可是荒格做事又太细致,厚厚的文件问了两个多小时才问完。

晚宴结束后,梵梨送希天和独裁官出来,希天看着梵梨的眼睛更发光了:"苏伊,加油,以后我们都要靠你罩了。"

"唉,不得不承认,美女的力量是真的惊人。"独裁官捏了一把冷汗,"大神使,

231

你放心,我们一定守口如瓶,莫尔黑乔不会知道的。"

本来乔乔对梵梨还挺纠结的,但这顿饭过后,她态度全变了,怯怯地说:"以后我和我孩子的未来都在你手里了,苏伊姐姐,加油啊。我们力量很小,但只要能用得上我们的,尽管说。"现在,她一点都不想和梵梨比了。还是希天的其他女朋友比较惹人厌。

"放心,我会尽力的。"梵梨向他们一一道别。

回到酒店的舰艇中,乔乔缠着希天的胳膊:"苏伊姐姐牺牲色相救光海,太不容易了,还是我比较幸运,能和爱的人在一起呢。"

"你怎么什么都能想到色相上?"希天憋了一肚子火,现在说话更不客气了,"你认为苏释耶听苏伊话,是因为她漂亮吗?漂亮的女人有很多很多,每个都能成为苏伊吗?你老大不小了,怎么想事情还这么不带脑子,以后怎么教我们孩子?"

乔乔被他呛得整个人都成木雕了。过了好一会儿,她眼眶发红地说:"凭什么?你看看苏释耶对苏伊姐姐多有绅士风度?她都离过婚了,你又是怎么对我的?"

"那是她有本事,你有本事吗?"

"好好好,我是没本事!我现在就带着你的孩子跳出去,鳔脏爆裂死给你看!"

乔乔想开舱出去,被希天叫手下抓住了她。她躺在地上哭得撕心裂肺,死去活来,但希天不想哄她,去休息室隔音躺下。乔乔觉得自己好委屈,再次对怀这个孩子后悔到极点,但在场所有人,包括她自己都知道,第二天,她还是会洗脑自己:她爱希天爱得很认真,永远是加斯少宗主的头号小迷妹。

整个晚宴上,梵梨用脑过度,几乎没吃东西。宾客散去以后,她按着咕噜叫的肚子,揉着有些发酸的后颈,回去永夜殿找苏释耶。为迎接光海代表的访问,整个巴曼薄亚都释放着邪能礼花。苏释耶的寝殿里没开灯,梵梨在一片黑暗中看见他站在阳台前,背影挺拔颀长,连走过去的步伐都不由放轻了一些:"谢谢你,哥哥。"

"你知道吗,"苏释耶没回头,平静地说道,"今天见到希天我才回想起来,四百多年前,我也是光海族。"

梵梨抿了抿唇,低声说:"对不起。"

"我不是想说这个。我想说的是,这四百多年里,你都一直在光海。不管是跟加斯希天还是莫尔黑乔,你们的婚姻持续时间都很长。可是,最后你都因为政治离开了他们。"

"不是这样……"梵梨蹙眉摇摇头,"不是因为政治,是有别的原因。"

"说实话,我觉得今晚的自己很蠢。因为,不管我多么努力展示自己的实力,最后依然是可以被替代的。我为什么要做到这一步,我为什么要忍不住碰你……"说到最后,苏释耶靠在墙壁上,单手捂住眼睛,叹了一口气。

"你在胡说八道什么……你现在还在怀疑我?"

"你我都清楚是怎么一回事。我不是独裁官了,你就跟加斯希天在一起;政权稳固了,你就离开加斯希天,跟莫尔黑乔在一起;钱赚够了,三百多年的莫尔你也不要了,然后是韶……"

"不是的。"梵梨急切地说道,"我不是因为政治离开他们的,提出离婚的人也不是我,是他们。"

"他们怎么可能主动和你离婚?你看希天今天看你的眼神……别说了,梨梨。我不想听你花言巧语了。"苏释耶垂着头,声音很低。

"离婚是因为他们想要孩子啊。因为我不想要孩子。"梵梨提起一口气,停了几秒,"我不想要他们的孩子。"

苏释耶慢慢站直身子,回头看向她。有很长一段时间,他都没有任何反应。

梵梨不敢催促他,只是静静地站在原地。礼花之光是巴曼薄亚的心电图,色彩斑斓,明明灭灭,在他们的身上染出跌宕起伏的乐章。在潺潺流动的水声中,苏释耶的手松了松,不确定地说:"你想要我的?"

"非常想要。"

"让我自己待着冷静一下吧。"苏释耶的情绪缓和了一些,但听上去很疲倦,"我现在不想说话。"

"好……那我先走了。我先不打扰你,等你想说话时再找我。"

离开无尽宫后,梵梨脑内一直在回放这个晚上的事。

其实,别人或许觉得苏释耶大权在握,做什么都游刃有余,她却觉得自己能懂他为什么这么疲惫。一整个晚宴上,他戴了好几副不同的面具:一边拉拢希天,一边打希天的忠犬独裁官的脸来制服希天;挑拨了希天和乔乔的关系,让乔乔对梵梨心服口服,给足了梵梨面子;同是情敌,他的处理方式完全不同,对级别接近自己的希天是边给耳光边给糖,对羽烬却是伸手不打笑脸人的温柔哥哥路线,因为知道羽烬比较乖,只要秀一下和梵梨的恩爱就退了……而且,在对待独裁官

和希天的关系上,他一直在危险的边缘试探,态度稍微偏一点,就会满盘皆输。

当然,苏释耶素来擅长玩弄权术,这些事都不足以让他疲惫。让他疲惫的是他的目的。最后,他展现出什么都听梵梨话的样子,看上去好像是昏君无主见,其实是放权给她,用他和她的暧昧关系转移了光暗海的矛盾。这样做有两个目的:第一,以后如果光暗海之间发生摩擦,光海都可以直接找梵梨,帝国可以避免直接的冲突;第二,梵梨手里的权力是他给的。他知道她会接下这份责任,就像他手中千丝万缕的王权之线一样,他可以操纵她如同提线木偶。但同时,他又会陷入了新的自我怀疑中:梵梨离不开他,究竟是因为他这个人,还是因为他系在她身上的这根线?

听他这一系列质问,梵梨知道了,这个无坚不摧的男人,其实也会脆弱,想要被她安慰。

经过这个晚上的对话,他们俩都主动往前迈了一步。情人的关系失衡了,接下来关系要么更亲密一些,要么会彻底崩塌。其实,她比谁都害怕。

为了不让自己胡思乱想,梵梨又把注意力集中到了研究上。两天后,她终于融合了多次实验的结果:用暗海的邪灵沙虫溶剂做调配,可以把海沟虫的染色体合成三十六条,同时融入奥术或邪能,重新激活沉默基因,让它拥有超级强大的生命模仿能力。接着,这只海沟虫就会变成一个神奇的魔物,拥有短时间内进化的功能。换言之,只要找对方法,突破海族类群差异瓶颈,让海洋族、捕猎族、幽影族和食尸族等中下级海族,都有海神族、炎魔族那样长的寿命,不再只是天方夜谭,而是极有可能实现的事。在这种情况下,下级海族不再需要冒险喝"冥河之心"改变种族,而是可以通过摄入魔药、激发奥术上限的方式,循序渐进地变强。

发现这个重大突破,梵梨第一时间就联系光海的团队,开了一场电话会议。

但一名教授并没有感到开心,而是恐慌:"苏伊院士,原谅我说实话,你有点疯!你想过这样做会引发新的矛盾吗?我不想地图炮所有的海洋族,但你应该知道,有很大一部分海洋族是很愚蠢的。当他们拥有海神族的能力后,会引发怎样的社会危机?你想过吗?"

"海神族是奥术体质,哪个种族都不可能取代海神族。"

"不不不,你用海洋族的身份生活了很多年,可能会对他们产生同情。但是,海神族从某种意义上来说,代表的是精英群体,而不仅仅是宗教的象征。只有小部分海族拥有无上的能力,才能维持海洋平衡啊。你如果试图改变海洋族的基因,

Chapter 45 光海的访问

就是在挑战整个海洋的社会体制。这太可怕了。苏伊院士,你要知道,'变强'并不意味着'变好',甚至意味着'变坏'。"

梵梨几乎被说服了。她又看了看坐在对面的幻影夜迦,疑惑道:"夜迦,你觉得呢?"

"我觉得你很棒。"夜迦眨了眨紫罗兰色的眼睛。

"那你对什么事有想法呢?说说你最近的研究。"

"我最近没做出什么有意义的研究。"夜迦耸耸肩,不以为然地笑了,"硬要说,那就是发现了蓝藻也可以拥有意识吧。"

"蓝藻拥有意识?怎么可能?"

不光是梵梨,另外四名学者都露出了不可置信的眼神。蓝藻是单细胞原核生物,连有性繁殖都不会,没有神经元,又怎么可能有意识?

"噢,我不是说蓝藻本身拥有意识,而是我发明出了一种奥术,可以把人的部分意识移植到以太之中,再通过以太移植到蓝藻上。"

"哇,"梵梨身体前倾了一些,惊讶道,"这是很大的发明啊,你再多说说?"

"这个奥术是可以超越以太存在的,也就是说,可以超越时间和空间。"

"你的意思是,通过这种方法,我们可以把自己的意识分给微生物,再把微生物的记忆带回自己身上,从而改变过去,改变未来,是吗?这不是和以太之躯的分身奥术很像吗?而且威力更强?"

"噢,不太一样。以太之躯的主体可以收获分身的记忆,但我这个奥术把意识移植到微生物上就没后续了。逆向是不可以的,而且你不能操控它。分裂意识后,你们俩就毫无关系了。"

梵梨的笑容渐渐消失,"哦,我懂了,通过你这个奥术,我可以把自己的意识分一部分给一亿年前的蓝藻,再拿一部分分享给一亿年后的蓝藻,让它们带着我的意识在海里漂几天就死了,对吗?"

"它还可以把你的意识通过营养繁殖传递给下一代呢,是不是很新颖的奥术。"

"新颖爆了。"

"感兴趣吗?"

"太感兴趣了。"

"那我把学习这种奥术的卷轴寄给你。你会喜欢上它的。"

所以,为什么要浪费精神力在这种施展了跟没施展一样的奥术上啊……最后

会议结束了,梵梨抽了抽嘴角,叫住了他:"我说,你是怎么做到一直这么'佛'的……"

"因为我知道,世界的不完美并不只是因为种族呀,苏伊·全校第一学霸·梵梨。每一个伟大的发明,都有把世界变得更好的可能,但没法消除生物本性里丑恶的一面。只要想通这一点,你也能跟我一样'佛'。"

真是难以想象,这么擅长交际的一个人,居然是个标准的犬儒主义兼不婚主义者。

过了一会儿,梵梨沉醉于染色体合成大法,时不时把实验用的海沟虫盆抬到海水里研究。因为换防水压服很麻烦,有时候她进入海水里,就直接使用奥术抗压。在海水和气囊中穿梭了几次,有一回实验是在海水实验室铁笼中进行的。为了确保栽培无误,她进入笼中,检查了一下热泉模拟器。可刚进去不到两秒,突然"哐当"一声,上锁声让她慢慢直起了背脊。她回过头,发现自己被锁在了笼子里。她抓住金属栏杆摇了摇,没有一点动静。使用奥术攻击金属笼子,但没有任何作用——这是一种军事常用的暗海合金,经常与深渊寒铁搭配使用。以她被严重削弱的奥术实力,根本动摇不了它半分。她开始扯着嗓门大喊"救命"。然而实验室的墙壁有最强隔音处理效果,听力再好的捕猎族也发现不了她的存在。她喊得嗓子都疼了,同时用奥术击碎实验室里的东西,想要引起外界注意,但是效果比呼救还差。

在这种水压里,被严重遏制过的精神力撑不住多久,抗压奥术就会像电池耗尽一样消失。想到奥术消失后的画面,梵梨连脸颊上都爬满了鸡皮疙瘩。她尝试各种方法,坚持了八十七分钟,正想尝试换一本书去砸门,一道红光闪起一下。

苏璃出现在铁笼外,上下抛动一把钥匙,嫌弃地看着她:"真是不死心啊,这么久了,还在挣扎?"

"原来是你……"梵梨差点把自己逼出幻觉来,却还是努力保持清醒,"赤月公主,你这是什么意思?"

"你这个光海臭女人,一天到晚都在勾引我父亲,现在胆子太大了,都敢睡在他寝殿了啊。怎么,光海大神使不够满足你的野心,非要当深渊王后才可以?"

"我和你父亲不是你想的那种关系。"

"还要撒谎?他跟戈茜阿姨她们都不来往了,就是因为你!你当年背叛他还不够,现在还有脸勾引他?恶心!"

苏璃越说越生气,再次把钥匙抛到空中,使用邪能攻击术把它击得粉碎:"你今天就好好感受一下深海的水压吧!感受感受精神力被消耗的痛苦,我父亲被你

Chapter 45 光海的访问

抢走的感觉,不会比这好受到哪里去!"

"公主,我和苏释耶不是可以结婚的关系啊。我不可能取代你母亲。"

"你都睡在永夜殿了,还狡辩?"

"他不会娶我的。"梵梨精神力消耗太快,身体已经开始感到轻微不适,"像我这样的女人,你父亲一辈子不知道经历了多少个,我不会是第一个,也不会是最后一个。对他来说,唯一不可能被取代的就只有你,你才是他的血亲。"

苏璃有些动摇了,狐疑地说:"你可是光海大神使,怎么可能愿意当他随意玩玩的对象,你图什么?"

"我爱他。"

"爱?你爱我爸爸……"苏璃先是错愕了两秒,但很快又冷眼说道,"你都结过好几次婚了,还谈爱?"

"他有没有告诉过你,我和他是一起长大的?在星辰海斐理镇,我是他爸爸妈妈的养女……"

"养女?怎么可能!他们家养女只有一个,叫梵梨。"

"我就是梵梨。苏伊是我的姓,梵梨才是我的名字。"

"什么……"苏璃惊呆了,晃了晃脑袋,"你骗我,我不信。你怎么可能是梵梨……梵梨是我母亲,我刚出生她就过世了……"

梵梨也呆了两秒,但很快推测,苏释耶可能是编了个故事骗苏璃,让她对母亲有一些憧憬。但她的头已经开始犯晕,双手和鱼尾感到乏力,尾部的光芒也一闪一闪,逐渐变暗。

"你先放我出来,让我出来说……"她抓着栏杆,强撑着身体,"我……我现在头好疼……"

"七十年前,你见过我父亲?"

"没有……我们出来说行吗?"

"原来他在骗我。"苏璃失望透顶,眼中一片空洞,"他心里想着你,结果跟我妈妈生下我,还把我妈妈的名字抹灭了,是这么一回事吧?"

"赤月公主,真的,快让我出来。精神力耗光以后,我会立刻死掉的……你是想杀了我吗?"

看见梵梨无力地滑下去,蜷缩在地上,苏璃迷惑道:"杀了你?怎么可能,你不是可以撑一天吗?"

"一天？不可能，我今天工作了一整天，精神力早就空了，现在这个状态能撑半个小时都不错了。"

"什……什么……你又骗我，他们不是这么告诉我的。你是海神族啊，怎么可能这么弱？"

"处在七千八百多米以下深海的海神族，跟废了没区别。"

苏璃游过来想开门，才想起刚才冲动把钥匙毁了，便使用邪能袭击金属，结果自然和梵梨刚才尝试的一样。

"如果精神力耗空后你没出来，会怎样？"苏璃看看上方，脸都白了，"这个水压，你一点都受不了？"

"我的器官会爆裂，血喷你一脸。"

苏璃完全乱了阵脚，"你等我，我现在就去找人来救你，你等我啊！"

"等等，你会气囊术吗？"

"不……不会！"

"没事没事，没关系的。你听好，现在你去找保安，或打研究所的紧急电话，他们应该有备用钥匙……"梵梨虚弱地抓住栏杆，对外伸了伸手，"还有，把我的通信仪给我……"

苏璃出去把通信仪扔给梵梨，急急忙忙冲出去了。但是，通信仪落在了离梵梨手指大约五十厘米的位置，梵梨够不着，叫了两声"公主"，也没把苏璃唤回来。

精神力消耗的速度不是匀速的，而是变速加速的。梵梨连手都抬不起来了，只感到撑在全身皮肤外的那一层无形壁垒越来越薄，越来越软，深海水压的存在感也越来越强，像巨人在她肩上抬着一片百层高的摩天大楼，此刻一点点抽掉抬它的力道。她本想使用奥术，把通信仪"抓"回来，但不断往体外输送抗强压的能量，已经释放不出来更多能量。

公主，你到哪里去了……快回来啊……

不行，她等不到苏璃回来。最多再三十秒，她身体里整个奥术系统都会坍塌。

就在这时，通信仪忽然亮了。远远看见跳动的名字，她毫不犹豫地耗掉所剩无几的精神力，推动海水，击中了接听键。

"我被关在研究所海水实验笼里，快死了，救命。"说完这句话，她知道自己连十五秒都没了。

电话那头只有呼吸声。她的视野开始一明一暗，像大脑就要停电一样。

Chapter 45 光海的访问

就在最后一刻,她预见自己即将炸开的那一刻,一个熟悉的身影出现在实验室门口。四周的海水瞬间被抽空,一个气囊迅速撑起来,把她罩在里面。

红色的邪能之光晃了一下,只听见清脆的金属折断声,跟机器切割的一样,笼子被劈成两半,往后倒去。接着,她被苏释耶紧紧搂在了怀里。他胸膛凶猛起伏,心跳声剧烈到快要爆炸,抱着她的手都在颤抖:"梨梨,说话。"

"我没事。"梵梨蜷缩着身体,抬头露出了一个自嘲的笑容,但侵蚀到肉体里的恐惧让她抖得很厉害,"谢谢你……我以为自己真的会被压成比目鱼呢……"

苏释耶没说话,只是加重了拥抱她的力道,无声地大口喘气,精神世界里一片混乱。他凭着本能把她横抱起来,放在沙发上,坐在旁边说:"你现在身体很虚弱,睡一会儿吧。"

"你会走吗?"她抓住他的手,像个抓着大人要糖的可怜小女孩。

"不走。"

简简单单的回答,让她阿Q精神的面具被击碎。她另一只手也抓住他的手,贴着自己的脸,小声说:"刚才……我其实好害怕……"

"没事,有我在。"苏释耶淡淡地说道,"我不会让你受伤的。"

这一瞬间,眼前的男人好像又变回了她的初恋情人。刚才,她很害怕死亡。但现在如果死掉,因为握着他的手,也没有任何遗憾了。

可是,对苏释耶而言,一切都不像他表现得如此平静。他心里很清楚,刚才赶过来那十多秒里,他的脑海里一直在想一个问题:如果梵梨死了,该怎么办?只有唯一的答案。他不会喜欢这个答案的。

十多分钟后,苏璃拿着钥匙,跟保安心急火燎地赶过来。看见苏释耶在沙发旁守着梵梨,梵梨沉沉睡去,她松了一口气,走过来说:"爸爸,刚才真的吓死我了,我差点以为苏伊大神使会……"

苏释耶起身给了她一个耳光,耳光声巨响无比,把后面的保安都吓得缩了一下肩。苏璃被打得撞到墙角的书柜上。书柜重重晃了两下。她下意识弯腰抱着头,七八本书从上面乒乒乓乓掉下来,砸在她的肩膀上,后背上。这是她第一次被父亲打,整个人都被打懵了。过了几秒,她捂着脸,眼中噙满泪水,又因为仇恨变得通红:"深渊帝王陛下,您为了一个光海的女人打我?您就这么爱她?"

"我爱不爱她不重要,你不能伤她。"苏释耶冷冷地说道。

"凭什么!"

"因为她是你的生物学母亲。"

戈茜在公民院总督导家里,和这对夫妇一起用餐,讨论接下来排除异己的计划。听说梵梨没死,她很震惊,没想到梵梨找到了向苏释耶呼救的方法。但是,什么都不如苏释耶的即刻召唤来得意外。

"戈茜小姐,陛下有事找你。"听见艾泽在电话里这么说,戈茜手一抖,通信仪掉在了地上。

"不要怕,戈茜。"总督导夫人抱了她一下,"等他们这阵激情期过了,她一回光海,一切都会回到正轨的。"

"我……我好怕面对他……说不定公主已经把我们的计划告诉他了,那该怎么办啊……"戈茜快要哭出来了。

"告诉公主的人又不是我们,我老公已经除掉替死鬼了,没事,乖啊。今天你去见了陛下,他肯定会很生气,你记得默默流泪,说点好听话,把责任全都往公民院身上推就好。记得,你永远是最单纯、最爱他的,斗争的部分交给我们,不要多话,知道吗?"

"好,我知道了。"

戈茜做好挨骂的心理准备,在裂变殿见了在桌前批阅文书的苏释耶。然而,她并没有迎来苏释耶的怒气。见她来了,他放下手中的笔,眉宇之间甚至还有一丝柔和:"戈茜,我好像很久没联系你了,你最近怎么样?"

"我……"戈茜先是一滞,眼泪就吧嗒吧嗒流到了海水里,"我很想您。"

"唉,怎么哭了。"

苏释耶一秒闪到她的面前,用手指关节拨开她的眼泪:"别哭了。"

他越是温柔,她就越是伤心,一把抱住他的腰,在他怀里哭得乱七八糟。苏释耶拍拍她的背,柔声说:"你啊,就是太天真了一些。怎么可以让人当刀使呢?"

"陛下,我……我真的不是故意的!你能懂我,我就死而无憾了,呜——"

"我当然懂你,你是个傻女孩,太善良,太痴情。看你陷得这样深,我都觉得有些心疼了。"

"是他们让我这么做的,我也不想的……他们说如果我不这么做,就永远不让我见您了……"

"嗯?都有什么人呢,说来我听听。"

Chapter 45 光海的访问

戈茜按照总督导的意思,把他们和盘托出了。苏释耶静静听她说完,说:"我懂了。他们对苏伊不满,是因为我和光海签的协议太偏袒光海了吧。而且,苏伊是有丈夫的光海女性,我和她如果传出绯闻,似乎是有点影响帝国的形象。但戈茜,你也要意识到自己的错误。我是不是一早就跟你说过,不要动她,我是打算和光海合作的?"

"对不起。"戈茜低下头,悔恨地说道,"对不起,对不起,都是我太爱您了,是我情不自禁……"

"没事,我从情感上并不怪你,但是理性上我需要责罚你了。"

"不管是什么责罚,我都愿意承受!"

"你回奈希待一周,好好反思了过错,再回来。"

"好,什么时候去?"

"现在就去吧。我已经安排好了舰艇,在无尽宫门外等你。"

"好的!"

游到办公室门前,戈茜又回头看了一眼苏释耶。他身后的落地窗旁,有两面旗帜。左边是黑底的深渊帝国国旗,以金色狮鹫兽徽章为十字中心,标志着来自深海第一大国的强势力量。右边是赤月帝国的海沟红月军旗,图案与苏释耶的臂环一模一样。舒缓的流水中,苏释耶身姿挺拔,白发小幅度地飘动,落地窗外的巴曼薄亚光景全部加起来,也比不上他金瞳中满满的柔情。她还记得,赤月军舰第一次开进奈希国首都时,苏释耶是最后一个从舰艇里出来的。看见他的第一眼,她就想好了:宁可当赤月帝王的妾,也不想再当奈希国丧权辱国的皇后。

苏伊,我恨你的程度不至于到要杀了你,但在深渊帝国,有你无我,有我无你。

戈茜咬了咬唇,脸上渐渐露出了一丝阴狠之色。

这时,她接到了总督导的电话。

"什么?苏释耶陛下让你回奈希一周?"总督导糊涂了,反复琢磨着这句话,"只是一周?这是什么意思?"

"就是字面上的意思啊。像关禁闭一样,只是时间比较短。"

"不,这不是陛下的做事风格。不是的。"

"怎么不是呢,他可能就是没跟我计较呢?而且对我好温柔,还安慰我,让我不要哭。"

"他没跟你发怒?"

"没有。"

"一点都没有?"

"没有啊……"

这时,舰艇停了下来,舱门自动打开。戈茜抬头看了一眼舱门,久久不见有人进来。她喊了两声,没有人应答。电话另一头,总督导一直急促呼吸着。她慢慢起身,游向舱门。但人刚到舱门口,就听见总督导低声说了一句:"完了,真完了。你现在立刻去火山之城,我和我老婆到那里和你会和,帮你想办法逃……"

他没机会得到戈茜的答复。只听见电话那一头传来了"噗"的一声,通信就被切断了。他脸色苍白地看向自己的妻子:"现在立刻收拾东西,巴曼薄亚待不住了。"

"什……什么意思?"

"戈茜死了。"

"死了?怎么可能!"总督导夫人惊诧得眼珠子都快掉出眼眶了,"是不是苏释耶陛下不知道议长也支持戈茜?不行,我们得打个电话给议长……"

总督导夫人拿起通信仪,转过身去,正在呼叫议长,胳膊却被总督导推了两下。她挥挥手让他别动,却不知道他正用惊恐的眼神看着窗外。接着,"噗噗"两声响起,海水中混杂了火药味和血腥味。

第二天早上六点,议长睡得迷迷糊糊的,被电话声吵醒。他打着呵欠,翻身坐起来,拿起听筒:"喂……"

"早安,端亮议长,我打扰到您老人家休息了吗?"

听到这个懒懒的声音,议长瞌睡全无,坐直了身子:"当然不会,宰相大人,有事您请尽管吩咐。"

"没什么大事,只是陛下有三份微薄的礼物要送给你。烦请您老人家查收一下。"

"苏释耶陛下送我礼物?这……无功不受禄啊……"

"你立了大功了。"荒格的声音低沉了很多,拖得更长了,"礼物就在你床脚,回头看看吧。"

议长拿起床头的眼镜戴上,看向床脚的方向。然后,他的大叫声吵醒了身边的妻子。妻子抱怨着坐起来,看了一眼床脚,尖叫的分贝比他还高好几倍。

他们的床脚摆着三个立起来的长条"礼物盒",用彩带精心包装起来,但礼物盒里装的是三个人。

Chapter 46　结婚领证

到这一天下午,梵梨一直被关在永夜殿的卧房里。苏释耶说有事要去办,命令她不许离开寝殿。她快被闷出病来了,只能靠在床头,翻看他床头那本讲机械时代海藻贸易的长篇小说《七海的英雄》。看完了两百多页,正沉醉在三百万年前的文化和历史中,她听见了苏释耶的声音:"好看?"

梵梨抬头,看见他正坐在床边。这移动速度和惊人的蛰伏能力……

"好看!这个作家好有才,怎么可以把小说写得跟真的一样。他肯定学过骑术,不然怎么能把骑鲸、骑鲨的不同感受写得那么逼真?"梵梨一时没能从小说里走出来,撑着下巴说道,"海族发明出机械、舰艇,真是一项革命性的壮举。你想,驯兽业受到那么大的冲击,那时候市场和全海经济得有多动荡,米瑟圣和凝凝常年分居两地,一定很想对方……"

梵梨说的两个人是小说中的男女主角。苏释耶见她眉头都拧了起来,轻笑了一声:"好了,先别看小说了,我们来讲讲我们俩的事。"

"啊,好。"梵梨把书放在床头,正襟危坐。

"你说想和我生孩子,是认真的?"

梵梨把书慢慢合上,脸也慢慢变热:"嗯。"

"好,那我们就生。"

"可是,我……"梵梨闭上眼,皱着眉,半晌才说出自己的担忧,"我最终是要回光海的,不能一直待在巴曼薄亚,哥哥是知道的吧?到那时,孩子该怎么办呢?"

"这就是我想跟你说的事了。"苏释耶声音提高了一些,"艾泽,东西准备好了吗?进来。"艾泽进来了,在苏释耶的办公桌上放了一份文件。

苏释耶坐在桌前,拿起海笔,在文件上飞速签好了字,说:"过来签字。"

梵梨下床走过去,整个过程都感到惴惴不安。苏释耶不会是想要她签署什么孩子给他的协议吧……

最先夺走她注意的是协议右下角,"丈夫"一栏填上了漂亮潦草的字迹——苏释耶。然后她抬头一看,傻了:《深渊帝国结婚登记表》。

脑袋里一片空白。但梵梨没问原因,就在"妻子"旁边签下了自己的名字。

243

"把这个送到注册局去,今天我要拿到证。"苏释耶把申请表递回给艾泽。

"陛下,为了避免您忘记,我想说一下,帝国有一夫一妻制。法律规定了,哪怕是跨国,也不得重婚,多偶的代价也很大。结婚后,您就只能有一个老婆了哦。"

"所以?"苏释耶挑眉道。

"很多事不一定要结婚才能做吧……我觉得等大神使回光海以后,您可能没时间经常去看她,把人家冷落了多不好……"

艾泽这番话的真正含义是:陛下您想清楚了?真要娶苏伊大神使这个离婚狂?万一她回光海再和别人领个多偶结婚证,陛下您可就成后宫了……

"真是多谢你耐心解释了,艾泽。现在可以去办事了?"

苏释耶说得很客气,却令艾泽打了个哆嗦:"是,我现在就去办。"

"为什么?"梵梨有些紧张地说道。

"我想通了。"苏释耶十指交叉,目光淡漠,"我不用这么跟自己过不去。你喜欢玩政治联姻,那我就陪你玩。我倒是想看看,你能玩出什么新花样。"

艾泽人刚到门口,听得冷汗涔涔。陛下可以撩妹撩到别人面红耳赤,辗转难眠,怎么一谈到婚姻就别扭成这个样子?大神使也是够奇怪的,没一点抗拒,这么大的事就让陛下单方面决定了。艾泽虽然一直腹诽,办事效率却高得令人咂舌。十五分钟后,他就带着两本证回来了,封面是帝国的深渊赤月标志。苏释耶打开本子看了一眼,就把它塞到了抽屉里。然后,他捏住她的下巴,轻声说:"不管你以后打算住在哪里,待在巴曼薄亚也好,回圣耶迦那也好,记住了,你结过婚了。你如果回光海敢再和别人来这么一出,马上就可以见到世界毁灭的样子。"

"我不敢,我也不想。"梵梨抬眼看着他,整个人还是呆滞状,"我……我会对你忠诚的。"

苏释耶却一点也不买账,笑容越发冷漠了:"你当然会忠诚。我可是深渊帝国的统治者,你理想的联姻目标,不是吗?"

"当然不是。"梵梨想了想,又呆呆地摇头,"不对,你是……但这不是我想忠诚的理由。"

苏释耶松开手,淡淡地笑道:"想想这场婚姻你能给我什么吧,现在看起来我比较吃亏。"

"好……"梵梨还是有点神游天外。

苏释耶出去后,梵梨重新坐回床头,拿起《七海的英雄》,翻了两页,但什么

Chapter 46 结婚领证

都没看进去。她整个人都缩成了一小团,捧着脸,轻轻地说:"深蓝吾主啊……"

她拿起结婚证,打开看了看,嘴大大张开,合不拢了:"啊啊啊……"

她把整张脸都埋在双掌间,深呼吸几次,揉了揉眼睛,又把那个结婚证翻开看了一眼,丈夫"苏释耶"!妻子"梵梨"!她抑制不住发出激动的声音:"啊啊啊!!!"

她躺在床上,滚过来,滚过去,扭过来,扭过去,从床上跳起来,双手握拳挥舞,猛虎落地式趴下,抱住枕头,抽气,持续亢奋:"啊啊啊……"

"你在鬼叫什么?"随着推门声响起,苏释耶出现在了门前。

梵梨滚到一半,卡了两秒,用被子盖住红扑扑的脸,只露出一双圆溜溜的眼睛。和苏释耶对望了一会儿,她慢慢用被子把眼睛也盖住。苏释耶嘴角扬了一点点弧度,但被他强行抑制住:"快休息,别发神经了。"

三天后,梵梨收到了夜迦寄来的奥术手卷。内容和他说的一样,只能单箭头向微生物输出意识。出于对小夜同学辛苦研究的礼貌,梵梨还是把它学会了,并对着海底的微生物实验了一下。果不其然,效果就像是对着空气吹了一口气一样。她把手卷放在了床头柜抽屉里,刚转身,就看到了卧房门口露出了半张小脸。苏璃用两只手抓着门框,用防备又好奇的眼神看着她。

"公主?"梵梨把抽屉关上,朝苏璃走去,"今天就你一个人吗?"

梵梨怕吓到她,没敢靠近,停留在离她几米远的位置,笑着说:"今天不上课?"

苏璃轻手轻脚地走进来,像一只傲娇的小猫:"上次的事……对不起。"

苏璃小小年纪眉眼就很深邃了,鼻梁窄而高挺,属于英气、精致,又有一点点邪气的长相,但现在却只有满脸强行掩饰害羞的倔强。梵梨本来还对她有些生气,但因为她长得太像苏释耶,越看她越喜欢,只摇摇头说:"不怪你,都是意外。"

苏璃抿着唇,踢了踢门框,没有离开的意思。梵梨这才发现,公主穿着裤子和一双小靴子。这说明她一早就陆生化了,是有备而来的,应该是特意来道歉的。梵梨觉得她更加可爱了,好奇地说:"所以,你剪头发了是吗?"

"啊,对……"

"这样和你爸爸真像,可是你明明可以更漂亮的……想过换个发型吗?"

"并没有活动要出席呀。"

"谁说女孩子一定要出席活动才能换发型了……我帮你梳梳?"

从小到大,苏璃都不是很喜欢女孩子那些玩意儿,侍女服侍她,她总是很没

245

耐心。但知道眼前的人是妈妈以后，苏璃没办法说"不"，只是点点头，走到梵梨指定的位置坐下。梵梨打量了一下她的衣着："你的脸型可真好，什么发型都适合。今天就给你编个歪辫子吧。我大学时的室友就喜欢这么打扮。"

"啊，好……"

接下来半个小时，梵梨沉醉在了把公主当洋娃娃玩耍的乐趣中。她还把自己的裙子给苏璃穿。苏璃只比她矮四公分，等成年后或许会比她高一些，穿她的裙子刚刚好。开始苏璃只是为了迎合她才让她折腾，但等辫子梳好，换上裙子以后，照了照镜子，她呆住了：金色海星发饰爬满了她歪歪的雪白辫子，两缕碎发落在瘦削的双颊；雪白的及膝连衣裙上也镶满金色海星花饰。她拎了拎裙边，蓝色的眼睛好似晴天下的海面，散发着轻盈美丽的少女气息……

"妈妈是蓝眼睛，对吗？"

听见梵梨温柔的语调，苏璃睫毛颤了一下："啊，嗯。"

"你爸爸基因太强了，女儿全身上下居然只有眼睛颜色和他不一样。"

基因强，性格也强，爸爸讨厌死了……苏璃不爽地噘嘴，正想回话，却听见远处有幽微的声音传来。她猛地回头，身形一闪，就消失在了一道红光中。

"公主？"梵梨左看右看，"公主，人呢？"

但等了半天，只等到了苏释耶。

"你刚才是在叫苏璃？"苏释耶在门口说道。

"对啊，她过来跟我道歉了，我还给她梳了个头，但她一眨眼就不见了。"

"她是不想见到我，已经好几天没跟我说话了。"

"为什么？"

"不为什么，青春期罢了。"苏释耶看看时钟，"你现在可以回研究所工作了，但暂时还是住在永夜殿吧。还有，下个月我要出一趟远门，你跟我一起。"

"好啊。"

"嗯。"

见苏释耶转身，梵梨上前一步："等等……"

"怎么？"

"你现在要做什么呢？"

"处理一点公务。有事？"

"没……没事。"

Chapter 46 结婚领证

就这样，两个人结束了三天来的第一次对话。不是已经结婚了吗？怎么比结婚前还疏远……梵梨越想越觉得郁闷，便去求助好闺蜜。

"什么？你们俩领证了！"风晋在电话里惊喜道，"真是好事啊，苏伊伊，这真是太好啦！"

"不怎么好。"梵梨唉声叹气，"他对我比之前纯情人关系时冷淡多了。当这种老婆有什么意思，不如不结婚。"

"我的圣提宗神啊，你真是结了四次婚的女人吗？"风晋恨不得摇醒她，"男人对老婆和对情人，能是一个要求，能是一个态度吗？在情人面前当然是完美男神啊。只有在老婆面前，才会暴露出最智障的一面。他在你面前不藏了，真的是好事。"

"可是，他为什么要这样对我……还是因为不信任吗？"

"唉，这是你们俩的事，我就不知道了。但你要知道和苏释耶结婚意味着什么，你以后不光是光海大神使了，还是赤月王后，拥有深渊帝国的一半统治权欸。"

梵梨差点被自己的口水呛死："什么赤月王后啊？"

"你是苏释耶的老婆，不是赤月王后是什么？"

"我是苏释耶的老婆。"梵梨被这个称谓迷住了，又把脑袋垂了下来，"他连我的手都不牵一下。你说，他有没有可能只是和我结婚，然后继续情人不断呢？"

"他在深渊帝国和其他女生来往吗？"

"有吧。我不知道。"

"这……这就很难说了。我最近在看深渊选美小姐的总决赛，第一名、第二名是幽影族和炎魔族，这两个种族确实有光海族美女所没有的气质呢。跟她们一比，我们似乎就显得有些无趣了……"

想到苏释耶那三四个女朋友，梵梨就很泄气。但随即想起自己时间不多了，不管他是不是只有她，能这样待在他身边，就已经胜过一切了。

周末，艾泽邀请梵梨四人小组参加朋友们的聚会，地点是巴曼薄亚山壁上的一家热门餐厅包间。到场的人有艾泽、昆蒂夫妻、丽娜等十五人。在餐桌一角，有一只被邪能驯化的跟踪海鞘。

跟踪海鞘是一种只会栖息在超深渊带的水母，外形像个风筝，深蓝色的"风筝"外伞上有几个雪白圆斑，"风筝线"肉茎下面有个小水母，缓缓漂移，像一个蓝色的幽灵。经过驯化后，跟踪海鞘拥有了"强制真心话"的游戏功能：绕着餐桌走，随机停在一个玩家身后，在外伞上书写问题，被抽到玩家必须在三十秒内回答，

如果不回答,或者撒谎,它将会按照玩家的身体激素变化,给出接近真相的答案,并且强制该玩家回答下一个问题,直到该玩家说出真心话为止。

梵梨坐下来没两秒,艾泽就被抽中了。主持人丽娜念出了跟踪海鞘提出的问题:"你最后一次发自内心笑出声是什么时候?"

艾泽大笑三声:"现在。"跟踪海鞘冒出蓝光,回答正确。

所有人都一脸问号。

忽然,有服务生打开门,恭敬有礼地说:"请您来这边。"

看见出现在门口的男人,全场石化——为什么苏释耶陛下会出现在这里?

"苏释耶陛下是我叫来的。"艾泽赶紧起身,搬了一个新的椅子到梵梨身边。

"我有事要跟大神使谈谈,谈完就走。你们玩你们的,不用管我们。"苏释耶笑着走向梵梨,在那个空着的椅子上坐下。

但从他坐下后,大家都集体走神,目光时不时落在他身上。苏释耶对此也习惯了,使用了隔音术,在梵梨耳边低低地说:"玩够了吗?"

"还没啊,我才来没多久。"梵梨觉得耳朵有些发热,他离她好近,让她说话都有些不自在,"陛下想说什么事吗?"

"我只允许你到研究所工作,结果你跑到这么多人的地方。上次差点死掉还不够?"他语速很慢,侧头的样子、微笑的样子都分外优雅,说话声音十分轻柔,"别忘了你的身份,跟我回去。"

"哥哥!"梵梨握紧拳头,头皮都发麻了,"我有社交需求,又不是你的玩具!"

"那我在这里陪你。"

"你在这里陪我,我还怎么玩?"梵梨有些怒了,拍了一下桌子,"你快走,我要聚会,再见。"

可是,那只拍桌子的手刚收下来,就被苏释耶在桌子下面握住了。她拼命挣扎了两秒,没拧过他,只能作罢。这时,只听见有人惊呼了一声"海鞘停在陛下身后了",所有人都往苏释耶和梵梨身后看去。

"好,看看给苏释耶陛下的问题是什么——"丽娜看了一眼跟踪海鞘,一脸便秘般的尴尬,"这个……在过去五年的时间里,您和几名异性交过尾?"

"哇……"不仅男生,连女生都不由自主抱成一团,好奇问题的答案。

"记不清楚了。"苏释耶淡淡地道。

"听到没有,陛下说他记不清楚了!"有女生指了指周围的男生,"哪像你们,骗

Chapter 46 结婚领证

到了两三个女生就恨不得全世界都知道！傻子！"

"记不清楚没关系，这个问题我记得答案可以选择范围的。"艾泽知道这个海鞘的惩罚机制，赶紧绕到它后面，朗读追加选项，"A. 0名；B. 1名；C. 2到10名；D. 10名以上；E. 30名以上，A，B，C三个答案首先排除了。陛……陛下，请给出您的答案吧……"

苏释耶瞥了一眼梵梨，又瞥了一眼跟踪海鞘，有点不耐烦，却没说出一个字。

三十秒之后，跟踪海鞘帮他给出了答案。所有人都惊呆了。梵梨却站起来，检查了一下这个跟踪海鞘——这是出故障了吧？

悲剧的是，因为第一个问题没有回答，苏释耶还得接受惩罚机制的灵魂拷问。艾泽颤颤巍巍地说："补……补充问题……请您说出这一名异性的名字。"

苏释耶看了一眼艾泽，艾泽秒懂，二话不说就毁了它。在场的诸位反应也很快，没人敢多问，只有刚才感慨过的女生再次感慨："苏释耶陛下这样最有多偶资本的男人，居然都如此专一，你们这些狗男人，以后还敢不敢吹自己约了什么妹！"

梵梨醍醐灌顶，苏释耶总是如此欲求不满，原来是因为……她开启了隔音罩，眨了眨眼，克制住拥抱苏释耶的冲动，"我不知道该说什么了，就……"

"和你没关系。帝国有一大堆要事需要我处理。把欲望分在别的事情上，会消耗不必要的精力。"

"那为什么我出现以后，又那么放纵了呢？"梵梨一脸不信任。

苏释耶想了一会儿说："羞辱全光海男人心中的女神，我有成就感。"

嘴硬。发现苏释耶也有如此直男的一面，梵梨不仅不反感，还觉得有些幼稚些好笑。她在桌子下面握住苏释耶的手，回头对他微笑："只要能让你开心就好。"

苏释耶把手抽走："我开心得很。"

梵梨知道，他现在还是没有安全感。本来在他心中，这是一段彻底死掉的感情，但在她一步步的攻势下，他沦陷得越来越深，如今主动迈出结婚这一大步，肯定还是有点郁闷，所以不想碰她。她只能选择静静陪伴，等到他愿意完全接受她为止。

她把双手放在鼻翼两侧，做出了一个喊话的动作，但声音却小小的："今天还是爱你的一天。还有，谢谢你关心我，因为担心我，专门过来找我。"

"不要说没用的话。我不吃你这套。"苏释耶取消了隔音术。

Chapter 47 罪恶鲨巢

临近十月,苏释耶打算出征风歌之脊。

风歌之脊和罪恶鲨巢难以收复,除地理位置占优势外,还有两个原因。

一是他们都是穹火教徒。对穹火教徒而言,赤红是宇宙中唯一的神灵。每日向主祈祷三次,每周向主进贡祭品,每个月到热泉口的炎之主庙堂祭拜一次,是他们必须进行的仪式。《烈火经》融入了教徒的生活,包括婚姻、政商、军事和戒律等等领域,自成一个精神疆土,教徒之间有亲兄弟般的情谊。对他们而言,不信教的深渊帝国公民是"被神抛弃的民族"。现在,为了教义与尊严,风歌之脊、罪恶鲨巢和红月海为首的光海反圣耶迦那党展开了密切往来。

二是罪恶鲨巢的酋长有十七个老婆。她们来自十七个不同部落,每一个都是部落首长的女儿。换言之,这十七个部落都认可他的统治,牵一发而动全身。

"强硬打他们下来,不光会丢掉热泉资源,还会恶化和各个部落还有红月海的关系。"在会议中,梵梨禁不住说道。

"我不想再等了。"苏释耶翻看着风歌之脊所在海底平原的地图,"现在打不下来,以后也打不下来。现在他们会毁掉热泉,以后他们也不会放过。其他势力如果想插手,那就打。没必要再浪费时间。"

一旁的荒格听得爽极了,他知道,跟巴曼薄亚的军事实力比,落亚就是个小弟弟,所以皮笑肉不笑说道:"听到了? 光海如果想插手,那就打。"

"其实哥哥,你有没有想过一件事……即便他们全身而退,把疆土让给我们了,可能帝国也没有那么多的资源再养活新的一批公民?"

"这一直是很难解决的问题。"

"对啊,那为什么不试试你一直最擅长的事呢?"

"我一直最擅长的事?"苏释耶停了两秒,"我知道你的意思了。"

"嗯?"

苏释耶游到了窗前,看着外面思索了十二分钟。办公室里只剩下一片寂静。

"荒格,你去拟定一份《深渊组织保护协议》。"忽然,苏释耶背对着他们说道,"给对方领土和经济自治权,军事上允许他们搭帝国的便车,如果有外敌侵略他们,

Chapter 47 罪恶鲨巢

帝国负责保护他们。"

"不在协议上要求他们让出一定比率的热泉能源使用权?"

"不用。"

"那这完全就是一份损己利人的协议,为什么要和他们签?"

"我有安排。"

梵梨可太喜欢和苏释耶共事了。过去,他擅长放权与制衡,是到了深渊以后,才开始使用了强势的集权手腕。但在这件事上,老方法很可能会更奏效。他不仅明白了她的意思,还能在这么短的时间里,想出如此具体的解决方案,不愧是她的头号男神。

"什么,不打仗了?"看见梵梨对苏释耶露出花痴的表情,荒格恶心得嘴角都歪了,嫌弃地说道,"行吧,我去拟定这个大神使的娘娘腔方案。但愿你不要坑害我们吧。"

"点子都是陛下自己想出来的,宰相大人可别把功劳往我头上揽。"

"哼。"

荒格离开后,梵梨小声说:"哥哥是打算开始养这两个部落吗?"

"嗯。你说得对,我之前太心急了。这两个部落除了热泉,也没什么值得我们大动干戈的好处。"

深渊帝国是军事大国,分一部分兵力去保护主权实体,任其发展经济,看上去好像是利他的行为,其实就像对一个寄居蟹说:"我给你一个最坚硬、最漂亮的壳,你以后不用再居无定所了。"等寄居蟹躲在新壳里长得膘肥体壮,爬不出来了,就会变得非常被动。

梵梨不由想起,苏释耶完全可以对女人也这样,可现阶段他对自己却很严格……看到他站在窗前的背影,她心里一动,游过去,从背后抱住他的腰,把头埋在他宽阔的背脊上蹭蹭。

"怎么了?"苏释耶半侧过头来,鼻梁高高的,眉目低垂,特别好看。

"没事。"梵梨低头笑了起来,"喜欢你。"

"你又自己脑补了什么,突然发情?"

"哥哥!"

之后,苏释耶派遣使者到凤歌之脊,事情并没有计划中那样顺利。凤歌之脊对于保护协议的态度模棱两可,似乎有点在乎盟友罪恶鲨巢的看法。

"那很简单,一颗'蛇鲨5号'教他们做人。"荒格抱着双臂,细细的十根手指在胳膊上依次敲击,单边眼镜闪了一下。

"可以用更巧妙的方法解决,你怎么这么喜欢打仗?"梵梨叹道,"一打,热泉都没了。"

以往,苏释耶会赞同荒格的做法,但那是在梵梨没在的情况下。现在他知道,荒格在内政管理上不如梵梨,应该多考虑梵梨的提议。他再次使用了迂回战术。月底,他准备暗访罪恶鲨巢,让梵梨、裘沙、艾泽陪他一同前去。

赤月纪10月21日清晨,一艘从无尽宫出发的全黑舰艇驶向巴曼薄亚邪能魔药研究所,接走了梵梨。驶向罪恶鲨巢的路上,梵梨一直贴着窗口往外看。暗海的海底平原比光海崎岖得多,有大量峡谷、裂谷、深沟悬崖、巍峨的深海山脉、陡峭的山脊、活跃的海底火山等等。深渊帝国的文明全都建立在这些波涛起伏的平原上,因为缺乏光照,深海的建筑光总有一种冬季北欧童话的孤独美感。生物荧光、闪烁的灯盏成为了城市的点缀,高科技舰艇川流不息,争分夺秒地完善着帝国的疆域。

每个海沟的物种都完全不同。刚出巴曼薄亚,窗外就出现了深海鳕鳗、蛇尾海星和新种狮子鱼。新种狮子鱼可以在八千一百四十五米深的海水里生活,周身是淡淡的樱花色,胸鳍跟鬼魂一样,舞起来懒懒散散,飘逸得就像半透明的湿巾。这种狮子鱼体内有一种化学物质,可以稳定蛋白质,防止蛋白质被深海水压扭曲。

三个小时后,他们出了城镇领域,途经噬魂谷。在这个全暗海最大的峡谷中,三十六座魔神像镶嵌在海底山中,与山等高,途经的舰艇只有魔神的指甲盖那么大,从远看去,黑压压的,像密集而工整的蚁群。他们曾经是赤红的手下,赤红彻底战败后,他们就统一在此栖息。

梵梨脸都快贴在了窗上:"真壮观……这些上古魔神现在都还活着吗?"

"当然,他们平均寿命有十万年,与宗神性质很像。"苏释耶靠过来,与她一起看着外面,"只要继续繁衍后代,他们在深海就会变成与宗神后裔一样的群体。"

"那会出现不平等的现象吧?"

"绝对的平等并不存在。但是,要避免阶级主义过分嚣张,还是有办法的。"

"我以前一直以为深渊就是贫瘠之地,来了以后才知道,自己目光短浅了。"

"跟光海比,深渊确实很贫瘠,但也很有趣。譬如说罪恶鲨巢,在光海并没有那样外形的群落。"

Chapter 47 罪恶鲨巢

罪恶鲨巢的地理位置很古怪：两座海底山夹住一个平均深度为三百七十四米的海沟。海沟最大宽度为三十三米，最小宽度才不到一米。最早住民在这两两相望的岩壁上挖出了巢穴，这个部落的住所都建立在这些巢穴里。这里住着的全是饥饿的深渊鲨族。在他们食物资源最匮乏的时候，如果从海沟上方丢一头抹香鲸的尸体下去，会看见几千个鲨族冲出来，一分钟内就把它啃得只剩下白森森的骨架。帝国觊觎了很久的两千多个热泉口，就在这个海沟的最深处。

虽然早就在书上看到过罪恶鲨巢的立体幻影，但二十三小时的旅程结束后，真的抵达了实地，感受还是很不一样。当舰艇从海沟上方往下潜，梵梨竟然有一点头晕。但抵达海沟最深处，从舱内出来，她发现什么冲击都比不上鲨巢部落里的视觉冲击：这真的是一个典型的原始深渊部落，没有一个鲨族是穿了衣服的。

酋长是一个六鳃鲨族，是海洋里最古老的大型鲨鱼，从侏罗纪时代就没有变化过。因此，酋长的耳朵后面也比普通鲨族多了一对裂口，延伸到了脖子上，像多长了一双嘴。起初，酋长对苏释耶很有防备，一直拉长着脸，嘴角下撇，宛如荒格再现。但不到二十分钟，他就彻底对眼前这位传说中的暴君改观了。

"赤月帝王，你根本不是别人说的那样啊！"当他笑起来的时候，鳃也跟着大大张开，有些骇人，"你是个真汉子，又很有想法和远见，我喜欢你！来来来，我带你去我私藏的酒泉，我们俩喝个痛快！"

苏释耶被带走了，梵梨等人在外面干等到了晚宴时间，才重新见着这两位首领。看见酋长的表情，梵梨知道，这协议妥了。接着便是令梵梨无比尴尬的"男人时间"。酋长不仅跟苏释耶分享了美酒，还把他私藏的美人都召唤出来。美人们都是舞姬，踩着鼓点，跳了十多分钟充满异域风情的舞，便一个个围着帝国的男人们转。梵梨终于明白传说中的"贝壳美人"有多劲爆，穿了比没穿还令人面红耳赤。

哪怕是被叫去服务艾泽和裘沙的女人，都游到了苏释耶身边。酋长呵呵笑着："赤月帝王，你喜欢哪个，或者都喜欢，都可以带回去。"

"这些姑娘都很漂亮，让我心动不已。"苏释耶抬了抬一个女子的下巴，游刃有余地回避她的香吻，"不过我们国家推崇一夫一妻制，我现在有固定伴侣了。"

"我知道你们搞一夫一妻制，所以都没好意思提出要让你在我六个女儿里挑一个当老婆。我是真不懂啊，你们怎么就推行了一个绑死在一个人身上的政策？"

"一夫一妻制不利于衍化，但有利于治国。"梵梨说道。

酋长显然没能听懂她的话，也显然不赞同，只摆摆手说："一夫一妻就一夫一

妻吧,但现在你不在你们国家,这也不是要结婚,享乐而已,不用客气!"

苏释耶再三推拒后,酋长发现他不是谦虚,他又看了一眼梵梨,笑道:"哎呀,看我这记性,把光海大神使忘记了。"

说罢,他打了个响指,又召唤进来九名"美人"。但这一回,"美人"都是军人出身的鲨族青年,平均年龄八十五岁,个个面容清秀,有线条健美的肱二头肌、八块腹肌。带头的留着一头珍珠黑色长发,全部系在脑后,只留了一瞥碎发,挡在轮廓分明的瓜子脸旁。他的眼睛细长到有些媚气,眉目、鼻梁的角度跟雕刻似的完美。他是唯一一个陆生状站立的,见了梵梨,微微笑着,在她面前单腿跪下,握着她的手吻了一下。

我的深蓝啊,好帅。梵梨捂着胸口,快被这一群小鲜肉电晕了。

"看来大神使还是比赤月帝王会享受一些。"酋长很满意梵梨的反应,摸着下巴说道,"这都是我早就为大神使准备好的,大神使好好享用啊。"

苏释耶看着梵梨和这群小鲜肉,目瞪口呆。

"能有机会亲眼见到全海第一美人,是我的荣幸。"半跪着的那个青年抬起头,眼睛居然是和星海一样的浅水湾蓝。

"这个孩子是黑腹乌鲨族,你看他的眼睛,颜色很纯的。"酋长在一旁当起了解说,"你把他带到完全无光的地方,他会发光。他今年刚成年,就让他来接待你了。"

这时,另一个留着米白卷发的鲨族游过来,对梵梨鞠躬行礼:"苏伊大神使,您一直是我的梦中情人。可以带我回去吗?我很好养活的,会自己捕猎,只要让我每天看到你就够了。"

梵梨看看第一个男孩子,再看看第二个男孩子,再看看后面一堆漂亮的男孩子,眼花缭乱。酋长大笑起来:"都喜欢对不对?都是你的了!"

"都是……我的?"梵梨双手呈祈祷状放在胸前。

酋长观察了一下苏释耶的表情,忽然懂了什么,一时玩心大起,说:"如果给你选,这九个小帅哥和苏释耶陛下,只能二选一,你要哪个呢?"

"那……嗯……那还是苏释耶陛下吧……"

"你中间停了一下?"苏释耶云淡风轻地道。

"我没有!"

"苏伊大神使,我们都是你的。"黑腹乌鲨族青年依然跪在地上,抬头深情地看着她,"我们什么都听您的,愿意为您做任何……"

Chapter 47 罪恶鲨巢

他话没说完,突然停住,脸色发白地站起来,后退了一些。另外八名美青年脸色都变了,集体后退。海水里有汹涌的邪能之气,就跟万米水压对梵梨的胁迫感一样,把他们逼得瑟瑟发抖。

然后,他们集体看向了苏释耶。苏释耶看着前方,没什么表情,过了五秒才慢慢投过来轻描淡写的一眼。但仅仅是这一眼,让九名青年立刻领悟到了他们在这个房间里食物链的位置。他们缩成一团,一溜烟退到了大门口。

"怎么都逃了?"苏释耶回头,微笑地看着梵梨,"梨梨,你想要哪个?"

"不想。"梵梨坚定地说道,"不想要,哪个都不想要。"

因为一直忙着应酬,梵梨不敢吃太多,免得犯困,所以到宴会结束,她都觉得有些饥饿。等人群散去,她拉了拉苏释耶的衣袖:"哥哥,我没吃饱,我们去外面逛逛,找点吃的好不好?"

"不想看帅哥了?"

梵梨眨眨眼:"哪有什么帅哥,我没看到。"

"男人长得好看,一点用都没有。你看这一群绣花枕头,刚才还不都吓得作鸟兽散。"

"可是,他们所有人的优点加起来,也帅不过哥哥呀……"

苏释耶低头看了她一眼,轻轻推了一下她的脑袋,就带她朝舰艇的方向游去:"这里可能没有什么太好的餐厅。艾泽,你去打听一下哪里环境比较好吧。"

"不用不用,在这里就不要挑环境啦,要吃当地特色。"梵梨俯瞰着海沟深处的平原,"我们去下面看看?"

"那里只有烤摊,而且邪能物质很多,对你来说很不卫生,还可能中毒。"

梵梨只当没听到,牵着他的手,径直往海沟深处游去。他们穿过一个天然岩石桥下方,金红色的灯光自下方的夜市透上来,照得她脸蛋黄澄澄的,小太阳一样。部落鲨族在三十多米高的深水里密集游动,因背光而只剩下了黑影,像光海里凌乱的鱼群。极远处有一个巨大的热泉,但那里水温过高,被隔离处理过。但深海有很多热泉,当地商贩利用这里免费的地热来烹饪食物,在平原上摆了烤摊云集的"海底烤箱",做了许多具有罪恶鲨巢当地特色的贻贝、热泉虾、幽灵章鱼、雪人蟹等美食。

"我看到了什么,不用气囊的熟食!"梵梨游得慢了一些,看得目不转睛,"你见过吗?"

苏释耶扬了扬眉:"你到巴曼薄亚两年了,都不知道烤摊不用气囊?"

"我比较宅嘛。在巴曼薄亚也有这样的烤摊?"

"市中心禁止摆摊,郊区有很多。"

"这里和巴曼薄亚美食的口味应该不一样吧?我们都尝尝看!"

作为"唯二"穿衣服的海族,他们俩引来不少当地居民的注视。在这个原生态的部落,当然也有雄鲨对梵梨虎视眈眈,放缓游动的速度,抖动着鱼鳍。但只要和苏释耶对望一眼,哪怕苏释耶是陆生状,他们看不出种族,都会做出和晚宴上小鲜肉团体一样的本能反应。然而,这个全海移动速度最快的顶级捕猎族,现在却很被动,被梵梨拖着在海沟里窜来窜去。只要看见新鲜事物,她就跟学前班小男孩看见枪械玩具一样激动。苏释耶无奈地吐了一串泡泡,不使力,任她去了。

"呀,他们还吃管虫。"经过一家管虫专卖铺,梵梨看见店长把两米长的管虫卷起来切片,脸都皱起来了,"这能吃?"

"只要你想吃。"

梵梨搓了搓脸上冒起的鸡皮疙瘩,和他游到了另一个雪人蟹摊位前。雪人蟹做法很简单,打开壳,用有机物去腥去毒素,撒香料,用锡纸卷起来,在热点烤熟后,用海带卷起来吃。见她逗留了一会儿,苏释耶拿出一个粉蘑菇般的珊瑚,递给老板:"来两只蟹。"

"这不是蕈珊瑚吗?"梵梨好奇地探头观察。

"嗯,他们没有中央财政机构和铸币中心,一般都用软珊瑚、鱼皮、黄金作为货币。"

"那不是很难进行贸易?"

"嗯,部落都算了,这附近的国家光货币就有二十多种,汇率也不稳定。所以值钱的还是黄金。"

"他们还在用金本位哦,那以后会不会影响到帝国货币流通呢?"

"那就要看我们发展状况如何了。"

等烤熟的雪人蟹送上来,梵梨把盖子掀开,顺着水流吸入它的香味,连叉子都没用,就把螃蟹掰成两半,大口享用。苏释耶撑着下颌看她,饶有兴致地说:"你怎么会喜欢在这种地方吃东西,真不像苏伊女神的风格。"

"只要是跟你在一起,吃什么都是女神。"她嘴里含着两大团蟹肉和蟹黄,小小的双颊鼓鼓的,看上去分外满足,"你怎么不吃?"

"都是给你点的,我不吃。"

"为什么,这么好吃。"

苏释耶摇摇头,还是默默看着她吃。梵梨耸耸肩说:"对于赤月帝王陛下而言,这种食物太不优雅了是嘛,那不好意思,都是我的了。"

"不怪你,都是你的。"苏释耶嗤笑一声。

"这位帅哥,你们都是光海来的吧,你女朋友长得可真漂亮。"老板娘笑盈盈地看着梵梨说道。

罪恶鲨巢政府对媒体管控很严,所以他们只知道白头发是光海贵族的象征,却没认出苏释耶和梵梨的相貌。

"不是女朋友。"苏释耶说道。

"喔?"老板娘看看梵梨的反应,"难道我眼光有误?只是单纯的那种关系?"

苏释耶没再接话。

不知道是因为尝到了新口味的美食,还是因为跟苏释耶在一起,这一顿夜宵梵梨吃得特别香。雪人蟹体长十五厘米,她吃掉了整整八个,吃得肚子都鼓起来了。整个过程中,苏释耶没吃一口,只是静静看着她,似乎比她还满足。离开摊位后,梵梨游动的速度都放缓了许多:"我知道了,你没有那么喜欢吃熟食,所以才不在这里吃。不过,雪人蟹的口感和其他螃蟹还真是不太一样,不知道做成炎魔甜蟹会不会好吃……我回去买一些雪人蟹做给你吃好不好?"

"好。"

"今天你话好少哦。"

"我们回去吧。"苏释耶拿出通信仪,本想叫艾泽过来接他们,却被梵梨按住了手。

"好不容易只剩我们俩,我不想和别人一起回去。"梵梨往四周扫了一圈,看到了一个超小型的出租艇,前排尖尖的,后排只有两个座位,居然是红月海产的"红月花艇"的双排型号,燃烧时代4490年才第一次出现。

"红月海真的和他们在做贸易欸。"梵梨游过去,对驾驶员说道,"师傅,能载我们去锯齿酒店吗?"

见师傅点头,她正想上去,就被苏释耶拉住了。

"光海的舰艇扛不住那么大的水压,运送到深渊的都是改造版,在这里速度很慢的,还不如我直接带你游回去。"

"你带我游,那不是一秒就到了?才不要。"

"快还不好?"

"不好,这么美好的晚上,当然是要慢悠悠地回去。"梵梨二话不说,跳到了出租艇后排坐下,又对苏释耶挥挥手。

"这太小了,会很挤的。"

"快来啦!"

被迫无奈,苏释耶只能挤进来。然后梵梨才知道,确实挤。苏释耶看上去瘦高,但真的坐下来体积一点也不小,小半个身子都压在了她的右肩上。但她还是坚持让师傅出发了。

速度方面,慢得"感人",舒适度方面,肚子里的食物都快抖出来了。一艘小型私艇,开出了拖拉机的效果。梵梨大笑出声:"这也太慢了吧!"

"这还是红月海的私艇,复活海的根本下不来。"苏释耶一脸的嫌弃,"光海的抗压技术就是很落后,我早告诉你了。"

相比私艇的乘坐体验,明显苏释耶吃瘪的样子更令人感到舒适。梵梨往角落里钻了钻,用双手缠住他的胳膊,以节省空间:"如果是跟风晋坐,肯定比跟你坐舒服。你腿太长了。"

"风晋才不会跟你坐这种东西。"

"你怎么知道不会?"

"一般女孩子都想坐好的舰艇,你以为谁都跟你似的。"

"你不要这样冒犯师傅好不好,这样抖一抖,有按摩效果。这样敞篷式的设计,可以让我们感受到海沟里柔软温暖的水波,你感受一下……"梵梨微微扬起头,拨了拨自己的长卷发,深深吸了一口海水,体验着迎面流来的水流,"多舒服啊。比在封闭式舰艇里待着舒服多了。"

"你真是个怪女孩。"话虽如此,苏释耶却一直笑着。

过了一会儿,他们看见一个鲨族妈妈牵着女儿从旁边游过去,很快甩掉他们一大截。梵梨没觉得有什么不对劲儿,却看见苏释耶掩了一下嘴边的笑意。

"你在想什么呢,笑这么开心。"她迷惑道。

"你还记得小时候我们一起看的动画吗?《超级尾球手》。"

"我知道你在说什么了!"

《超级尾球手》里有一个场景:男主角为了参加尾球比赛,快迟到了,就让他的三个好兄弟开上小破私艇载他去赛场。然而，私艇属于老爷艇款，开起来"突突突"响，跟挖掘机似的，旁边一个海洋族小女孩游泳路过，把他们四个人甩到了身后。

梵梨笑得比苏释耶夸张多了，前俯后仰："这么老的动画，你居然还记得。"

"这部动画是我们这一代男人的童年和青春，我当然记得。倒是你，这么爱看运动主题的动画，才不正常好吗？"

"我还不是被你带的。那时候女孩子们都喜欢看《少女的轨迹》，但你每天霸占着电视机，我只能跟你一起看了啊。"

"你又开始耍赖。那时候我们俩商量好一人看一天的，笨梨自己看尾球手不想换台，还激动到在沙发上跳。进个球，你把沙发弹簧都跳坏了，忘记了？"

"忘记了。"梵梨傲娇地看着别处。

"那沙发是妈妈才买的，你跳坏后被她打屁股的事总没忘？"

"忘记了！"梵梨涨红了脸。

脑门又被苏释耶推了一下，梵梨跟不倒翁似的倒向一边，再倒回来，就把脑袋靠在他的肩膀上。之后，轻波袭来，拂动着他们俩的头发，给了他们充足的时间，平静地享受着这个美丽深邃的暗海之夜。

这一路上，梵梨偷看了苏释耶很多次。但不管是哪一次，他都面带微笑。已经几百年没看到他如此放松的样子了。她轻声说："这个私艇坐得很值，对不对？"

"如果我带你回去，早就到了。"

"偶尔放慢一下节奏，也不错嘛。"

私艇在峡谷中穿行，绕过了许多石制建筑与天然石桥。接着，他们进入了奇迹般的美景中：成千上万梦幻蓝乌贼跳动着上游，将他们环绕，就像夏季的萤火虫森林。它们点亮了深蓝色的大海，照亮了岩壁上沉睡的"活化石"鹦鹉螺，与梦幻海参相映生辉——这些海参表皮是红色的，却散发着自我防御用的金色的光点，而且身体两端都有蹼状结构，可以让它们游离栖息地，旅行至黄昏区，甚至光海。当梦幻海参往上移动时，黑暗鲨巢中就有了金色与蓝色两种荧光，渐次落在梵梨与苏释耶的身上。梵梨趴在出租艇边上，沉醉地看着眼前的一切："哥哥，生活在这里也是很不错的选择啊……"

"可以天天吃雪人蟹，还可以不穿衣服，是挺不错的。"

"扫兴！"她用胳膊撞他一下，"人家有自己的文化，你稍微尊重人家一下。"

终于到酒店门口，下了私艇，因为承受了苏释耶半边身子的挤压，梵梨右边

臀部都麻了。见她别扭的游动姿势，苏释耶笑出声来。

"你在笑我？生气了。"梵梨横了他一眼，径直朝里面游去，但靠近门口，她又回头对他笑了一下。回头的动作带动了玫瑰色的长发，又因水深而节奏缓慢，像是老电影中的回忆镜头。

苏释耶瞬间游到她面前，紧紧抱住她，将头埋在她的肩窝里，把她上半身的骨头都勒疼了。

"嗯？你怎么了……"话没说完，苏释耶低头吻了她一下。

酒店的门童、裘沙、长老，还有艾泽……门前所有人都被这一幕惊呆了，而且保持了惊诧的沉默。在所有人的印象里，苏释耶陛下是一个处于盛年、野心勃勃又冷静优雅的男人，不管出入什么场合，都绝不会和任何异性做出亲密行为。

"这里人太多了，我们回去……"梵梨都不敢看其他人了。

"不要管别人。"苏释耶压低了嗓音，暗哑地说道，"梨梨，跟我回房间吧，我想要你。"就这样，所有人都看着赤月帝王在大庭广众之下，疯了一样吻着他不该吻的女孩子，个个瞠目结舌……

这时，一道白光在他们身上闪了一下。梵梨被刺激得眯了一下眼。

"什么人？"裘沙怒道。

"在偷拍？"艾泽环顾四周，往各个方向都游了一下，却不知道该往哪里追，"怎么会……我们这一回是暗访，怎么会有人知道我们的行踪？"

"裘沙，不用追了，拍照的人不在这里。"裘沙刚冲出去，苏释耶看了看四周的地形，说道，"瞒不住了。回巴曼薄亚。"

第二天早上，梵梨还返程的舰艇上，就听到了苏释耶接二连三地和人打电话。电视台里播放着光海的新闻：

"10月24日，光海大神使苏伊因性丑闻一事，引起广大光海族舆论的强烈关注。根据本台记者报道，有匿名人士指控苏伊私下陪同深渊帝王苏释耶以经济军事合作为目的，暗访罪恶鲨巢，并在锯齿酒店门口深夜激吻，发生了婚内出轨行为。对此，苏伊未曾向光海任何政府部门交代过，她出访深渊帝国会参与政治事件。红月海执政官对其进行强烈谴责，大骂她是'被苏释耶诱惑的光海女叛徒'。日前，罪恶鲨巢的烤摊老板娘接受记者采访，声称自己目睹苏伊和苏释耶二人曾在她的烤摊上深夜幽会，苏释耶亲口否认二人是男女朋友关系……"

然后，画面切换到一个鲨族中年妇女身上。她的眼睛被马赛克处理过，但梵

Chapter 47 罪恶鲨巢

梨一眼认出就是卖雪人蟹的老板娘:"那个白头发金眼睛的帅哥,他说他们不是男女朋友。我说,那你俩就是单纯的那种关系啊,他没说话。其实这种关系在我们部落还挺常见的,不算什么大新闻,你们可别给人小姑娘扣不好的帽子啊。"

主持人的声音继续响起:"苏释耶疑似承认苏伊的情妇身份。记者已经第一时间与苏伊的丈夫莫尔黑乔联络,但莫尔黑乔本人拒绝接受采访,他的助理表示对此不予置评……"

看到这里,梵梨整个人都慌乱了,拨通了黑乔的电话,但线路一直繁忙,试了四次,才听到黑乔的声音:"苏伊,现在麻烦大了。"

"怎么办?我们公布离婚的消息?"

"我觉得不好。"黑乔沉默了一会儿,"不好,现在真的不是公布的时候。公布了对你我都不好。"

"那该怎么办?总不能什么都不管啊。"

"你让我再想想。"又是一阵短暂而漫长的沉默,黑乔突然说道,"有电话进来,我晚点再回你。"

但过了半个小时,黑乔都没再打电话过来。梵梨晃了晃脑袋,让自己保持清醒,垂头思索了一会儿,起身游向会议室想求助,却听见苏释耶在对电话另一头的新闻秘书说:"控制住帝国的媒体,把这件事压下去,什么都不要回应。光海媒体控制不住不用管,你们管好帝国的就行。不,不需要替我或苏伊说话,对,保持沉默就行……"

梵梨贴在门前,许久没有动静。黑乔是前夫,他考虑到公司前景,不想说出离婚事实就算了。没想到苏释耶也这样……想到这段时间他对自己的种种态度,梵梨开始动摇了,会不会苏释耶对她冷淡,其实并没有什么难言之隐,他只是没有那么爱她而已?但没关系,她不后悔。她原本就不该存活于世界上,重生在这个时代。能坚持到现在,做了这么多事,命运已经给了她许多额外的馈赠。最后的时间全部留给苏释耶,她一生唯一爱过的男人,不管别人看来值不值,她觉得很值。

梵梨敲了敲门,轻声说:"哥哥,我联系不上黑乔。现在我得回一趟光海,处理好这件事再回来。"

苏释耶太专注听新闻秘书的报告,没有注意到她。她致电让手下到黄昏区接自己,打开舱门,顺着水流冲出去。

Chapter 48　帝国的王后

《光海大神使出轨赤月帝王，疑似背叛光海》
《深渊帝王在罪恶鲨巢激吻苏伊大神使，深度剖析当代最背德的爱情》
《苏伊和苏释耶四百年的政治勾结性丑闻》
《苏伊：两个男人的妻子，一个男人的情妇》

梵梨和苏释耶亲吻的照片以最快的速度出现在了《光海周刊》《圣耶迦那日报》《全海大人物》《吠陀时刊》《天照阐幽晨报》《给亚麦提政治日刊》《红月海晚报》《今时安条克》等等报刊上，附带了哗众取宠的标题。

舰艇停在光海神殿门口时，梵梨看见门口有警卫防护，预感不是很好，就叫保镖先下去。一堆乌贼墨囊扔过来，在他们脸上爆开了一脸黑浆。警卫们拔枪呵斥，闹事群众退却了一些，但还是面有怒色地看着舱门。梵梨提起一口气，出了舱门，对周围的人微笑了一下，便朝神殿的方向游去。

"苏伊，你实在太让我们失望了！"

原本以为会被骂很脏的话，没想到听到的第一句话是这个。梵梨默默往前游。那个人接着喊道："曾经以为你是无尽海洋之主派来拯救我们的女神，结果你是一个被欲望操纵的女人！你如此自甘堕落，让整个光海，让你丈夫蒙羞，你良心不痛吗？"

长长的谴责声回荡在海水中，接下来才是"无耻""叛徒""荡妇"这一类的骂名。那些人持续发出嘘声，还有个别胆子大的继续朝她扔墨囊，都被保镖用奥术挡住。梵梨脑子里持续空白，反而感受不到什么痛苦，游完了全程。

进入到神殿内部，她以大神使的名义，邀请莫尔黑乔前来见面，又安排好公关团队的工作和媒体的见面会，便在办公室里打开了电视机，刚好看到了希天接受采访的画面。

"肯定是苏释耶强迫她的。你们再看看那张照片，她不是很愿意。"希天看上去有些愤怒，"苏释耶是我敬重的合作伙伴，但他在女人方面一直都挺随性的，你们不要把两个人的责任全推在苏伊一个人的头上。再说，苏伊的私德重要吗？"

然而，记者提出了一个很尖锐的问题："加斯希天少宗主，您之前似乎说过：

Chapter 48 帝国的王后

'女人不管在什么时候都应该注重私德,男人在这方面就没那么多限制。'为什么对苏伊大神使就如此例外,您这算不算是双重标准呢?"

希天像喉咙里被塞了鸡蛋一样,发了两秒钟的呆,说:"请你们多留意她在政绩和学术上的成就。我言尽于此,不再多说。"

希天很少接受采访,漏洞一大堆,收到的吐槽也一大堆。有人表示,更反感梵梨和苏释耶的丑闻了。

风晋也发表了观点:"苏伊是我大学同学兼好朋友,以我们几百年的交情来看,她绝不是那种会背叛丈夫的人。我真诚建议大家再多等等看,一定会有反转。"

采访风晋的记者同样尖锐:"风晋公主,有人觉得好奇,你和苏释耶曾经有婚约关系,现在他又和你的闺蜜被拍到这样的照片,这对你们的交往不会有影响吗?"

"不会有任何影响。"风晋很平静,"我和苏释耶订婚的成功与失败,都是建立在政治联姻的基础上。我和他之前没有爱情,也没有身体接触。而苏伊就像我的家人一样重要,要我对此产生情绪,反倒有些为难我了。"

风晋的回答,令更多人开始敬佩她了。但这并不能扭转梵梨的形象,随便换一个台,都能听到这样的新闻:"'出轨门'事件发酵后,光海大神使苏伊从暗海的罪恶鲨巢直奔回圣耶迦那。当日下午两点三十分,有三百余名圣耶迦那公民在光海神殿游行示威,向苏伊扔乌贼墨囊,但被同行保镖挡住。苏伊全程保持沉默,没有接受任何采访,进入光海神殿,没有再现身……"

梵梨关掉了电视,抱头坐在办公桌前。她一度认为自己是个洒脱又务实的人,不在乎别人的眼光和评价。失去大神使的位置无伤大雅,知识与爱会一直陪伴着她,直至她生命终结。但事实并不是如此。被人如此误解,还是会很难受。人最害怕的词,莫过于"失望"。心像被掏空了,背脊上有无形的百只小蚂蚁在爬。她现在很想躲起来,谁都不想见,一句话也不想说,可逃避终究不是办法。

黑乔最后还是来了。梵梨认识他这么多年,这是第一次见他沉重又有些畏惧的模样。她说:"情况不太好,是吗?"

"嗯,集团股票暴跌。"他轻轻带上门。

"为什么会有这种影响?这事与你没有关系啊。"

"很多人预测我们会离婚。这么长时间里,莫尔集团和你的形象已经挂钩了。"黑乔对着地面长长吐了一口气,又抬头看向梵梨,"其实,我很能理解你和苏释耶之间的爱情。作为你曾经的家人,我也会向你们送上祝福。不管现在公司多困难,

看见你得到幸福,我还是很欣慰的。"

"谢谢你,黑乔,你真是我遇到过最大度的男人了。这件事是我的错。"

两个人对视了一会儿,都感到有些混乱。黑乔垂头游了两圈,忽然回头说:"要不,我们公开说领的是多偶结婚证,可以吗?如果是我默许你和苏释耶在一起,就不存在是否出轨这种问题了。"

"这样的方法解决得了一时,解决不了一世。"即便承认多偶,她还是会背负骂名的。因为苏释耶并不打算承认,就显得她越发辜负黑乔。

"苏伊,现在真的挺难的。那么多人要吃饭,如果集团垮掉,大批人失业,我不敢想他们和他们的家人、孩子会怎样。"

梵梨觉得心很累。她不想伤害别人,也不想背负子虚乌有的骂名。但哪怕后来莫尔集团因她得到了更多的利益,也不能否认最初黑乔帮她实现了很多抱负。现在他首次恳求她,她不想当一个恩将仇报的人。她无力地说:"我再好好想想。"

"谢谢你,苏伊。"黑乔游过来,给了她一个轻轻的拥抱,"你经历了那么多风雨,这件事我相信你也一定能处理好。"

黑乔把主动权交在了她的手里,她更加没法狠心对待他。她想了很久,拿出通信仪想打电话给苏释耶,却发现她忘记在暗海为通信仪开通光海的服务了,现在什么信号都收不到。刚把手放到座机上,她就接到了一通电话。

"你都不跟我说一声,就直接跑回光海了?"苏释耶冷冷地说道。

"我正想打电话给你……"

"哦,你还记得我这个人的存在,可以,我很感动。"

"你别生气,现在这个情况确实有些棘手,所以我得抓紧时间回来。你也要好好检讨一下自己,为什么要在公开场合做那种事,不是吗?"

"为什么要做那种事?深渊是我的领地,我想做什么就做什么。"

"罪恶鲨巢并不是啊。"

"以后也会是的。"

太任性了。真是完全不讲道理。梵梨有些气不过,但还是好脾气地说:"咱们先不讨论这些,情况紧急,我先跟你讲讲我这边的解决方案……"

"行,你说,我听着。"

梵梨把黑乔的提议告诉了他,然后说:"放心,你不用承认我们俩的关系。我只是跟你说一下,我和黑乔打算这么做。"

Chapter 48 帝国的王后

"多偶？"苏释耶停了一下，笑出声来，"梵梨，你的欲望是越来越收不住了，开始幻想开后宫了。"

"这只是一种公关手法，怎么就是后宫呢？私底下我还是只有你啊。"

"你是不是觉得我和你以前的老公都一样，像个玩具一样随你把控，不顾大局，什么都得听你的？不管你提什么要求，我都得立刻满足？让帝国公民觉得他们的君主是你许多男人中的一个，你很有面子，是不是？"

"谁叫你要在那种地方亲我的？我也不想搞成这样的！"

"你真的太强势了。"苏释耶压低了声音说道，"这段时间你在我面前表现得那么乖巧，搞了半天都是装的。"

梵梨一下没了气儿，急促地呼吸了一会儿，觉得委屈，想问他为什么不愿意承认和她的关系，却无法开口。因为，尽管他没爱过风晋，也曾经第一时间向全光海公开了和风晋的婚约，订婚仪式的动作也很大。可从自己和他领证到现在，他没告诉过任何人他们的关系。她和风晋是闺蜜，年龄相仿，血统相仿，都挺漂亮，事业能力上她远强过风晋。要说比起风晋她有什么巨大短板，那就只有一个。

她以前从来没在婚史上自卑过，现在却开始怕了。

"所以，其实我们俩的性格是不合适的，对吧……"梵梨知道，"强势"很可能只是他嫌弃她最后的遮羞布，所以，也就顺着他的话说下去了，"两个太强的人在一起，是很难走到最后的呢。"

"是。"苏释耶思考了一会儿，叹了一声，"你说得对。"

梵梨觉得心碎成了一片一片的，但还是给自己打气，用轻快的语气说："没事，强也有强的好。例如现在你就不用管我和黑乔的方案了，控制好帝国的舆论风向就好。我搞定一切就回巴曼薄亚，好不好？"

"你现在这样做，还想回巴曼薄亚吗？"

"什么意思……"

"梨梨，我现在很累，最近都不太想见到你。"苏释耶疲惫地说道，"你在光海先待着吧，暂时不用回来了。"

挂了电话以后，窗外群众抗议声还很大。梵梨伏在桌子上一动不动，时间的流逝失去了所有的意义。有好几次，她都拿起电话，想再找苏释耶，对他说："哥哥，我以后什么都听你的，你不要不理我。"或者"你是不是后悔和我领证了？"或者"是不是从我来到深渊之后，你就没有再爱过我？"

但她最终什么也没做，只是回到海雾树的家里，睡了一觉。醒来以后，第一个出现在脑海里的就是苏释耶。她还是很想他，觉得很脆弱，想被他抱一抱，也不想再管光海舆论的事。然后，她又想到了黑乔的提议，觉得他给的方法是最适合的。至于和苏释耶的"偷情"事件，群众们骂一段时间，估计也就变成茶余饭后的笑料了。但不到一个小时，她接到了一通黑乔的电话。

"韶安说的都是真的？"黑乔听上去很着急，"他是不是收了别人的好处，怎么会在这个节骨眼儿上自曝？如果是假的，还是赶紧澄清。"

梵梨打开电视，换了几个台，看见韶安对记者说："我就觉得奇怪了，她如果和黑乔还有婚约关系，怎么在婚姻登记所会是离异状态？"

"韶安将军，您确定您所言属实？"

"不然这是什么？"韶安举起一张离婚证明，"对不起，我曾经想向她求婚，所以偷偷去查了一下她的婚姻状况，这不重要。我就想知道，她和黑乔怎么就算是夫妻了？早就离了。"

"啊，竟然是这样……请问我可以看看这份离婚证明吗？"

记者求证的过程中，韶安还不悦地滔滔不绝道："我养了那么多部队，军事间谍也培养了很多，还是第一次听说，为了扳倒对手，安排群众演员向对手前妻扔墨囊的？这玩法够新鲜。扔几个墨囊，带一下节奏，诋毁她的私德，能一时半会儿让群众对她有意见，还有什么比用这样的方法摧毁一个人更可恶了……"

这种直接的澄清方式，让舆论风向一下就变了。对于梵梨和黑乔离婚的事，媒体自然又是大篇幅宣传。在大部分报刊里，评价几乎都是对她的同情，称她为"女英雄""传奇的革命者""杰出的政治家与社会公平主义者"。在有些抵制她的富人报刊中，她被描绘成了一个骗钱不成、净身出户还倒贴赤月帝王的蠢女人。

有人说，一个人如果被一个群体极力抵制，而这个群体的人数低于支持者的数量，那么，这个人就已经成功了。但看见这些描述，梵梨还是盘算着要搞一波废除大公司管理层税收优惠政策，以此回馈这些控制不住自己嘴的媒体。得让自己忙起来，才没时间去想苏释耶。同时，她打电话让羽烬、纱纱还有和歌回光海，让他们把她在巴曼薄亚的东西都带回来。

翌日中午，梵梨和风晋、兰迪玫瑰还有两个朋友去永恒广场的餐厅吃东西。隔壁桌两个海神族没发现她们的存在，还是兴致勃勃地谈着她和苏释耶的八卦。她不想面对朋友们的尴尬神色，只是无奈地看向窗外。结果，在对面商场的屏幕上，

Chapter 48 帝国的王后

她看见了来自深渊帝国的新闻。正在接受采访的人是苏释耶，位于黄昏区，回忆神殿外。因为怕打扰到行人，大屏上只有字幕，没有声音。

"苏释耶陛下，这是您第一次公开回应您和苏伊大神的传闻。有很多人认为，您和苏伊大神使并不是男女朋友关系，只是逢场作戏。对此，您是怎么看的呢？"记者小心谨慎地说道。

"我们9月25日才领证，现在还没来得及定婚礼日期，就传出了这些子虚乌有的谣言，有些不可思议。她不是我的女朋友，而是我的王后。谣言止于智者，我没什么别的好说的了。"苏释耶淡淡地说道。

风晋等好友震惊得合不拢嘴。这个新闻意味着什么样的政治变革，在接下来的一分钟之内，会有成千上万种说法。但梵梨管不了那么多了，头也不回地乘舰艇朝风暴之井赶去。

但刚出圣耶迦那，她就在黄昏区看见了深渊帝国的长舰。两艘舰艇同时停下来，她和苏释耶也同步从舱内游出来。她冲到他面前，张了张口，却不知该说什么。

"不用质疑了，韶安是我安排的。"苏释耶刚才遣散了记者，冷冰冰地说道，"莫尔黑乔倒大霉了吧，但我不在乎。我知道你又要跟我发脾气，但我的做事风格就是这样，你不接受也……"

他话没说完，就看见梵梨眼眶里的泪水狼狈地转了一圈，语气不由放柔软了一些："觉得我过分是不是？但是，我真的不能接受什么公开多偶的关系，哪怕是名义上的也不能接受。我们都结婚了，我不想再跟你这么偷偷摸摸下去了。"

梵梨扑到苏释耶的怀里，用尽所有力气抱紧他。苏释耶怔了怔，无奈地笑了一声，也低头默默地抱住她。她抿了抿唇，很想淡定一些，但还是忍不住往他的怀里钻得更深了一些："哥哥……"

"嘘。"苏释耶用食指覆住她的唇，"我是你老公了。"

"可是你之前，都不想承认……"

"这么大的事，从别人嘴里杂七杂八漏出一些传闻，对你反而不好。我自己亲口承认就行了，就是得花时间准备。但你跑得实在太快了，都不知道你在急什么。"

"你不是说我强势吗，还说不想和我在一起了……"

"你是很强势啊，性格强，实力强，说不定当女王都能做得比我好，我还不能反驳，真是被你压怕了。"

"那你为什么还要跟我在一起？"梵梨抬起头看他，有些得意。

"谁叫你美,我又离不开你,只能顺着你了。"

梵梨灿烂地笑了起来,不依不饶地在他怀里蹭。他却没打算放过她:"所以,你可以解释一下吗,为什么你跑那么快?"

"我只是怕了……"

"怕什么?"

梵梨没说话。

"哦,我总算知道了。你怕我不承认你。"见梵梨没有否认,苏释耶轻笑一声,"我都和你结婚了,还会不承认你吗?我可和你不一样,我只跟爱的人结婚。"

"你夸自己就夸自己吧,还要'我可和你不一样'来踩我一脚。"

虽然他嘴硬,但梵梨回想了一下她与苏释耶在电话里的吵架经过以及为什么苏释耶会说她强势。前两天他们刚得知新闻爆出,他还在处理紧急情况,她便立刻跑回光海了。消失那么久,第一个电话里,她就跟他说,要和前夫公开多偶。也难怪他会那么生气。

"谢谢你,这么包容我的冲动和任性。"

"少说好听话,你现在要做的是跟我走,我的王后。"苏释耶对她伸出手。

梵梨背着手,笑嘻嘻地说:"你不是叫我待在光海不要回去吗?"

"我看你这是要作妖。"

苏释耶二话不说,把她抱起来,回到帝国舰艇中。她全程吊着他的脖子,笑得眼睛都没了。

回到舰艇中,两个人聊到了老同学的近况。苏释耶提议去看看尤灿。于是,梵梨找羽烬要了尤灿的电话,舰艇向红月海方向前行。路上,苏释耶接了几个电话,结束采访的工作。窗外有明亮的灯笼鱼和栌水母、飘飘洒洒的海洋雪,黄昏区的一切有一种暮色笼罩的炫丽。梵梨双手撑着下巴看他,忍不住坐过去,把头靠在他的肩膀上。苏释耶快速结束了电话,把她带入娱乐室。

看苏释耶在外面的态度,好似还挺高冷。但谁会知道,他一进去,就用把她抱在腿上,用嘴喂她"亵渎的爱"。梵梨抓着他的领口,只觉得很可怕。两个人已经心意相通了,但和他接吻,还是会有强烈的电击感,整个脊椎到尾骨都只剩一片酥麻……

和他在一起越久,就越喜欢他。越亲昵,越喜欢,完全感受不到倦怠,只有被越拓展越无边界的欲望,连长途旅程都变成了弹指一瞬间。

Chapter 48 帝国的王后

舰艇前往红月海下方海域,穿过了黄昏区,抵达了红月海利尔市。苏释耶变成了星海的样子,还让外貌变得成熟了一些。这个样子令梵梨很怀念。她牵着他的手,一起游向尤灿家。

吠陀双党战争后,梵梨跟尤灿只在一次同学聚会上见过,但那一次他有一个小孩刚出生,没待多久就溜了。他们的海洋族大学同学差不多都死光了,尤灿今年五百二十九岁,属于海葵族里的高龄老大爷。他背脊微微佝偻,头发也从曾经的橘黄色变成灰色,耳鳍、尾巴上的橘黄色也像橘子风干一样。看见远远游过来的两位老同学,他瞬间年轻了一百岁,对梵梨和苏释耶举起手:"女神,星海哥,这都多少年啦,我居然还能再看到你们……"

跟在他身后的是一群曾曾孙,长得都像缩小版的尤灿,可爱极了。他们家里还有各色各样的巨型海葵,有的长得像向日葵,有的像泥金九连环,有的像螃蟹,但里面都装着一些新生的海葵族卵和宝宝,自带在海葵里蹭来蹭去的天性。

"我儿子女儿、孙子孙女,都喜欢把孩子丢给我和老太婆养。"尤灿把一个从海葵里爬出来的宝宝又重新塞进去,"我家老太婆走了以后,我可就忙得不得了了。"

梵梨看了一眼电视机柜上的黑白照,那是一个老年女性的照片,相貌和尤灿有八分相似,下面写了她的名字"尤波"。梵梨指了指照片说:"这就是你太太吧?"

"对。已经走了一百多年,她也算高龄了。"

"一百多年?"苏释耶来了兴致,"她比你大一百多岁?"

"是的,星海哥。"

梵梨赶紧从背后拍了苏释耶一下,让他不要再说了。苏释耶却无动于衷:"真时髦,对海洋族来说,能接受这么大的年龄差,是真的时髦。"

"咳,是啊。当年我回老家的时候,我老婆差点就被我的同龄男生抢走。还好我把她抢回来了。我们俩夫妻生活很圆满,可惜就是她走太早了。"尤灿望着亡妻的照片,长叹了一声。

"那也是因为你们家人寿命都长。"苏释耶说道。

"也不是这样,我大学毕业以后我妈就走了。"

"嗯。"苏释耶摸了摸下巴,耐人寻味地笑了起来,"没事,男人活得久就好了。"

梵梨又戳了一下他的后腰,他才回头瞪了她一眼,示意她不要干扰自己找乐子。后来尤灿进厨房拿食物,梵梨开起隔音术说:"你别乱问题呀,你知道他老婆是谁吗?"

"梨梨,我好歹也在光海生活了两百多年。"

"你知道?"

"当然知道,姓都一样。"

小丑鱼有变性功能,雌鱼在族群里有绝对话语权。一对小丑鱼夫妻中,若妻子早逝,丈夫就会变成雌鱼来顶替妻子的位置,他们的儿子就会来把变过性的爸爸娶了。其混乱程度,最狗血的泰剧编剧见了,都会感慨自己想象力匮乏。再看一眼尤灿的老婆"尤波",梵梨不由自主打了个哆嗦:"总之,尊重别人的文化,不好奇不偏见不打听。"

"你说,为什么尤灿没有变性?"苏释耶还是很好奇。

"因为那时候他已经老到不能再变了。"梵梨向他投去一个狐疑的眼神,"……怎么感觉你挺期待他变性的?"

"很有趣,不是吗啊?"

"哪里有趣了!"梵梨戳了戳他的腹部,"你这一肚子坏水,真是的。"

因为光海奥术太多,苏释耶身体有些虚弱。梵梨找人联络到了红月海出海登记局,让他们开了特殊通道,从利尔市上方的海域出海,好让苏释耶恢复一下邪能之力。

第一缕阳光透过空气洒落在他们肩上,为他们的发梢披上了晶莹的金色头纱。虽然干燥让人感到不适,但这确实是久违的感受。苏释耶抬头看了看天空,聚集大量光线,瞳孔因为无限变细。他眨了眨眼睛,很快适应了这么强烈的光线。反倒是梵梨,一直眯着眼,即便戴上早就准备好的眼镜,也还是有点受不了这么强的光。看苏释耶视力自动调整成适应陆地上的状态,不由产生羡慕之情:"捕猎族是真好啊……"

"四百多年了,一直生活在最深的海底。"苏释耶把头发全都拨到脑后,笑得意味不明,"我居然还有重见阳光的一日。"

深海固然神秘而美丽,无阳光的生态系统、邪能之力的源头固然很强,但这种沐浴在阳光中的感受,黑暗之都再伟大的文明也无法取代。梵梨愧疚得不得了,轻轻拉了一下他的衣服:"以后只要你想出来,我都会陪你的。我们在海面多转转?"

"嗯。"苏释耶伸手,看了看手心被照得发光的清澈海水,顺着海水眺望远处的红树林,便拉着梵梨,朝那边游去。他用的是他的普通速度,但梵梨就像坐了一场云霄飞车,吓得手脚并用吊住他的脖子。

Chapter 48 帝国的王后

游吧！海里欲乘风破浪的初心，
为发梢戴上海藻编织的花束；
游吧！云中影召来灵魂的宁静，
哪怕生命如薤露任晨风摆布。

游吧！远离无尽城的明灯精灵，
去红树林寻找离巢穴的仙妖；
游吧！信天翁疾驰撕裂天之影，
恋人的凝视是世间最美魔药。

游吧游吧！沐浴珊瑚林间星光，
洗尽耀光时代灰烬血的阴暗；
忘却蓝色视域里的秩序与无常，
大地的泪水将抹去深红灾难。

流星在无尽海空缝制雪色纹理，
渲染写着琉璃色幻想的周遭；
今夜回忆是长夜中救赎的洗礼，
铭刻与我的神在天地间拥抱。

  红鹮行走在水边，捕捉着含有红色物质的虾贝，一如大红花开满了盘根错节的潮间带森林。阳光穿过枝叶和潮湿的空气，在沼泽地、海草层、瘤状树根上，留下流动的金斑。树根周围的浅水清澈见底，里面挤满了小鱼苗，它们成年后都会游向珊瑚礁生活。这里有蚂蚁群集，蜘蛛编网，鸟类迁徙筑巢，还有大量陆海生物，如羚羊、猴子、水獭、浣熊、招潮蟹、滨螺等等。
  刚一上岸，梵梨就被奇形怪状的弹涂鱼吸引了。它们的尾巴跟弹簧似的，在泥巴地里上蹿下跳，要么用吸盘爬树，要么就是一下躲回了水底洞穴里。她蹲在岸边研究这种海底见不到的鱼，听苏释耶说"我去里面找点好玩的东西给你看"，也只是点点头，没太留意。

然后,苏释耶在她附近设置了防护邪能壁,就瞬间闪到了红树林深处。他的动作很轻,轻到林间只剩下了树叶风声,虫鸣鸟叫,仿佛一片无迹可寻的幽影。但很快,他找到了目的地——一个古墓般的华丽洞穴。洞穴门口站了四名海神族守卫。

"苏释耶,几百年不见了,你最近还好吗?"

听到身后温润的男声,苏释耶立刻就辨出了是谁,也知道没发现他的存在,是因为他在这里已经待了很久。苏释耶转过身去:"我承认,在这里遇到你,是有些意外。"

夜迦依靠在一棵粗壮的千年老树上,悠闲地望着他:"让我猜猜你为什么会单独出现在这里吧。因为你的邪能之躯现在和奥术防护网完全无法兼容,你没法在不惊动光海出海登记局的情况下出海,所以,你假装放弃了熔炉计划,用分外心痛、分外无助的样子,怜惜你的梨梨,换取她的信赖,让她带你来到布可宗族存放魂片的红树林,杀光守卫,偷走布可宗族的魂片,再次启动你的熔炉计划。"

"曝光我和梵梨恋情的人是你。"苏释耶没有正面回复他,"——这对你有什么好处?"

"没什么好处,只是好玩罢了。看看你们俩手足无措的样子。"夜迦咂了咂嘴,"没想到你把她娶了,速度可真够快的。"

"所以?"

"所以,你自始至终弄错了一件事。"夜迦抬头看了看上方垂落的湿润的条形树枝,笑道,"4.3亿年前,无尽海洋之主将自己的精神分裂成了碎片,不是七个,而是八个。"

"什么?"

"公义、美丽、勇敢、圣洁、无私、慈悲、和平,都是深蓝的品德。但苏释耶陛下,你说,身为海洋之主,她的品德里怎么会没有'智慧'呢?"

苏释耶错愕地睁大眼。他瞬间就明白了夜迦的话,却始终不愿承认事实。

"其实我来告诉你一件事,让你对当年熔炉计划失败不那么遗憾吧。"夜迦支起身子,拍了拍衣角,"即便你当年成功了,最后梵梨也会消失。因为,最后这个魂片就在她身上。你动用全光海的力量,不仅无法使用深蓝之力,还会把碎片重新拼凑成深蓝。然后,梵梨会消失,深蓝会回来。"

苏释耶没有说话。

"还是说,其实以太之主的内心深处,更想要的是深蓝,而不是梵梨?"

Chapter 48 帝国的王后

"夜迦，我知道你做了很多关于光海史前历史的研究，但你现在满口胡言，走火入魔了。"

"是我走火入魔，还是踩你痛脚了？我相信星海爱梵梨，但以被太之主神识唤醒的苏释耶，到底爱谁，只有你自己心里清楚。"见苏释耶一动不动地望着自己，夜迦大笑起来，"我猜，你想动手杀了我取魂片吧。告诉你个坏消息：布可宗族的魂片，与我的意识已经锁定了。也就是说，如果我不同意你执行熔炉计划，你即便得到它，它也只是一块普通的红水晶而已。"

"你可以保守住这些秘密的，为什么要告诉我？"苏释耶冷冷地说道。

"我只是想让你知道，你的梨梨把一切都告诉了我，对你却只字未提。她对你早有防备，不管是从'灵魂交换'开始，还是从收到米瑟宗族的卷轴开始。苏伊梵梨，根本就没有相信过……"

夜迦话没说完，苏释耶闪现在他面前，单手把他的脖子扣在树干上，两只瞳孔变成了细缝，散发着猎杀的气息。夜迦咳了几声，看向别处，表情从痛苦转向释然："你可以杀了我。好好享受和你的梨梨剩下的每一天吧……"

"夜迦，你以前不是这样多事的人，你现在……"忽然，苏释耶的手放松了一些，"哦，我知道了。你拍我们的照片，是希望梵梨回光海？"

夜迦猛地将视线转回来，又故作轻松地笑了："她回光海，对我有什么好处？"

"梵梨或许什么都会告诉你，她的心对我确实有所保留。但那又如何，她的身体是为我开放的，我们已经有孩子了。"

"什么……你和她……"

"你肯定以为，她结婚多次可以再离婚吧。"苏释耶微笑道，"但她之前，为哪个男人生过孩子吗？"

"那又如何，我只是苏伊的朋友。"夜迦回以不服输的笑。

老婆有一个这么了解她的男闺蜜很可恶，但苏释耶偏偏又拿夜迦没办法，最后只能把他放走。

树干上，海水中，滨螺啃噬着成片的树叶与海藻，秋季蝗虫般无处不在。苏释耶闭着眼，无助产生的愤怒感烈火般在他的体内燃烧，让他几乎有摧毁掉整片红树林的冲动。梵梨不会同意他启动熔炉计划的，绝对不会同意。如果他再提这件事，她说不定还会离开自己。但他真的不知道她的身体状况到底如何。

Chapter 49 熔炉之中

苏释耶的舰艇回到巴曼薄亚,停在无尽宫门口,苏璃第一时间飞奔出来迎接他们。苏释耶揽着她的肩,游到梵梨面前:"我来重新帮你们介绍一下吧。梨梨,这是你的女儿,苏璃。璃璃,你已经知道了,她是你的母亲。"

梵梨环顾四周,确定没有第二个"梨梨",指了指自己:"我女儿?我怎么不知道自己有个这么大的女儿?"

苏释耶勾着手指,掩嘴,清了清嗓子:"还记得你留在圣耶迦那奥术院的那十五颗卵子吗?"

梵梨呆了十秒钟以上,"你把我冻的卵偷了?"

"不是偷的,直接找他们要的。"

"无语吧。"苏璃露出了近似荒格的嫌弃表情,"这世界上怎么会有这么随意处置孩子出生权的爸爸……"

梵梨扶着她的肩,认真观察她蓝蓝的眼睛、线条清晰的漂亮轮廓:"我就说为什么一开始就这么喜欢你,原来是因为,你跟我长得也很像……"

"是……是吗?"

"嗯!"

梵梨抱住了苏璃。虽然没机会陪苏璃成长,但只要想到这是她和苏释耶的孩子,就觉得心里的幸福感快溢出来了。

"除眼睛颜色以外,女儿明显就是百分百像我。"苏释耶微笑地摸摸梵梨的头,又对苏璃说道,"所以,璃璃,其实你的名字应该是苏伊璃。"

"叫我一声妈妈听听。"梵梨拍拍女儿的背。

苏伊璃憋着一口气,脸蛋红红的,半天没发出声来。梵梨退开了一些,期待地看着她。她硬憋了差不多四五十秒,才口齿不清地唤道:"妈妈……"

这个晚上,他们一家三口在永夜殿吃饭。苏伊璃止不住好奇心,一直问他们曾经在光海的往事。以前每次聊到母亲的事,苏释耶都要编一百个谎言来圆第一个谎。而现在,可以把一切都和盘托出,他感到十分放松。他发现,这是一个很长很长的故事,长到好像一辈子都讲不完。

Chapter 49 熔炉之中

后来聚餐结束，苏释耶和梵梨抱着女儿回红蔷薇殿安置好，又一起游回永夜殿。宫殿外的街道闪烁着霓虹，号称"女包之王"的奢侈品店里，炎魔族富婆挑剔地选着新款的吐火银鲛皮包包，擦得锃亮的私艇在门外等她，艇壁上倒映出对面一排发亮的大厦，包括投资一百八十五亿赤币的荣耀广场。大厦集合办公楼、顶级商场和酒店于一身，出入其中的全是社会名流、深渊族精英。这是一个暗金流光渲染的斑驳世界，贵气且深沉。对苏释耶来说，这座城市一度就像新买的积木。它流转、进步的速度越快，他的成就感就越大。但这一刻，好像这一切都失去了意义。

梵梨有些累了，进入正门时，身体歪了歪。苏释耶闪过去接她，她刚好撞到他的怀里，抬头对上了他的视线。

他眼中满是掩埋在平静下的深邃暗涌，她的眼中满是浅浅的、甜甜的明媚。她快速躲开他的凝视，干脆搂住他的腰，把头埋在他的胸口。然后，她小声抽了一口气，察觉整个人被横抱起来，守卫们都在看他们，赧然地把头埋在他的肩窝。

他抱着她回到卧房，放到了床上，把她困在自己的手臂与怀抱里。

"梨梨，我是真的怕了。"他的声音轻柔无比，就像这一切都是梦，只要大声了，梦就会醒来，"我到底要怎么做，才能不失去你？"

"你不会失去我的。"梵梨捧着他的脸，微笑道，"现在，什么都不要想，跟我开开心心每一天就好了。"

"可是，你就要七百岁了。"

"过去几次百岁生日，我不都活得好好的吗？你怎么现在开始担心了呢？"

"过去几次生日你都没休克？"

"没有呢。"

"那深蓝的惩罚到底是什么？"

"说不定惩罚已经过了。"虽然是睁眼说瞎话，但梵梨知道，这很有必要。如果苏释耶会一直这么痛苦，还不如什么都不让他知道。

看见苏释耶还是愁眉不展的样子，梵梨摸了摸他的脸颊，强忍着伤感，对他露出了灿烂的笑："别想太多。你爱我，我也爱你，一切都很圆满。"

苏释耶轻叹了一声，拨开她的刘海，将轻柔的吻落在她的额心。

苏释耶把他们的婚礼时间定在了一年半以后。在这之前，他动用了最大的资源，加快了黄昏区的建设，并且尽量减少工作量，因为梵梨怀孕了。随着时间推移，孕期反应越来越难控制。梵梨减少了研究所的工作，但每天晚上还是会在床上翻来

覆去,感到恶心想吐,一点也不想面对第二天的清醒。负面情绪和黑暗一起吞噬了她,让她开始害怕面对将在五年后到来的惩罚。

幸运的是,她对苏释耶的预估有误。她曾经暗地里做过比较,认定苏释耶会是她历任丈夫中最适合谈恋爱,也最不适合过日子的一个。但事实是,不管她脾气有多大,多往死里作,苏释耶总是会第一时间安慰她,抚摸她的额头,温柔地为她念童话故事集,没事就抱着她游来游去,哄孩子般对她说"没事,我在"。而且,漫长的十二个月里,只要苏释耶在身边,她从来没有亲手吃过饭,每一口都是他喂的——等孕期反应缓和了一些,她数次说想自己来,他都不给她这个机会。

有一次,吃完苏释耶喂的鲸奶,梵梨蜷缩在床上,见他马上要出去了,连忙抓住他的手。他把杯子放在床头,反握住她的手,坐在她身侧:"怎么了?"

她笑了起来:"哥哥,可不可以答应我,一辈子对两个孩子好?"

"我答应你。"

半年以后,小小的尾巴在她的肚子里鼓动。这种感觉与爱上苏释耶的感觉很像,但又很不一样。

在这一瞬间,他们都变得特别坚强,同时又觉得自己变得特别脆弱。有了无坚不摧的武器,又有了不堪一击的弱点。

425年9月14日,深渊帝国的繁星小王子在巴曼薄亚诞生了。小王子全名苏伊繁星,是赤月帝王苏释耶和光海大神使苏伊梵梨的第二个孩子。因为他的诞生,帝都绽放了十万支烟花,把海水照得比白昼还明亮。

护士把繁星抱出来的时候,苏释耶冲进病房看老婆去了。小王子闭着眼睛哭得撕心裂肺。艾泽激动地凑过来看他,并声称这孩子眼缝好大,长大要祸害多少女孩子。荒格只觉得他一派胡言,乱拍马屁。但下一秒就"真香"了。因为,小王子睁开了眼。和他的姐姐一样,他继承了父亲的银白头发,但和母亲一样头发是微卷的。同时,他还有父亲的金瞳和能看出未来挺直雏形的小鼻子。荒格喜欢大大的炮台、大大的舰艇、大大的鱼雷、大大的爆炸,一向讨厌小小的东西,但看见繁星那么可爱,都禁不住挤着眉,戳了戳他的小手。

与此同时,医院轻微晃动了一下。整层楼的邪能灯盏也左右摇动,暗了一瞬间。所有人抬头,警惕地交换视线,发现没有异样。但繁星却笼罩了金光,慢慢从护士手中升起,悬在上方。

病房里,苏释耶本来在低头与梵梨说话,却发现梵梨也笼罩上了金色。

Chapter 49 熔炉之中

"怎么回事……"苏释耶回头看了一眼门外,发现儿子也发生了变化,"……是谁做的?"

梵梨还有些虚弱:"这……这是发生什么事了?"

"有人把七个魂片放到熔炉里了。"苏释耶的脸色惨白。

梵梨警觉地看了一眼门外,见儿子慢慢升空,从床上翻下去,不顾身体的痛楚,冲刺到门外,牢牢地抱住繁星。但他们都知道,没有用。魂片集齐后,造物熔炉会强制把所有海神后裔招到它那里,进行种族大融合,重新凝结成深蓝的形态,并在七天后彻底成形。

"夜迦。"苏释耶也过去抱住梵梨和繁星,声音沉重,"是布可夜迦做的。"

"为什么?不可能啊。他也是宗神后裔,如果启动熔炉计划,他和整个布可宗族也会消失,他不可能做这种事!"

"可除了他,没人能解锁布可宗族的魂片。"

为什么苏释耶会知道?梵梨只意外了一会儿,就被繁星吓到了。他小小的身体变得僵硬,持续颤抖,像是被急速冷了一样。

"我现在就去找熔炉,梨梨,想办法向圣耶迦那寻求帮助,其他人都随后跟过来。"苏释耶消失在了一串密集的泡沫中。

到医院门口,他看到了刚放学赶来看弟弟出生的璃,还有陪同她一起过来的羽烬。但他们也和繁星一样,被一团奥术金光推了上去,不能说话,不得动弹,身体还在发抖。

"璃璃,你坚持住,我现在就去想办法。"苏释耶握住她的手,又看了看羽烬,"小羽,挺住。"

璃和羽烬吃力地点了点头。

苏释耶继续向上方海域冲刺。以太之躯可以无视水压保持最高速度穿行在海洋中,四五个小时就能赶到圣耶迦那。他同时打电话给夜迦,无人应答。他啀了啀嘴,有些不耐烦地切断通信,又加快了速度。

梵梨联络了圣耶迦那的神殿与政府,那边早就乱成了一团。打电话给希天,他的秘书接了电话,却告诉她,所有海神后裔都被冻住了。看看自己的身体,她也在冒金光,却可以自由行动。她想起米瑟宗族卷轴最后的内容:

复苏的"火海圣婴",象征了我的缺陷,我的自私。她不可逝去,亦不可重用。逝去,意味着我的八个精神体的崩塌。重用,将意味着她被邪恶吞没,从而引发海

洋世界崩塌。

因此,我将赋予她新的枷锁:当她被缺陷侵蚀时,将会自己走向灭亡;当她竭力反抗时,将会免于此难。

无尽海洋之主:深蓝

远古时代的海族学者认为,一个人过分聪慧,就会太过清醒,不懂得付出。而一个人愚笨、鲁莽一些,反而拥有勇敢与利他的品质,成为英雄。因此,在古海族语里,"智慧"与"自私"是同一个词,它的写法都是"苏伊"。

梵梨选择把诸多秘密告诉夜迦,是因为她知道,让任何人知道苏释耶熔炉计划的秘密,都极有可能爆发光暗海战争,除了夜迦——七大宗族中,夜迦和她关系最好,也对光海纷争最"佛系"。他有操纵魂片的权利,又远离权力的中心,看守魂片最安全。她并没有告诉夜迦所有事实。但她忘记了,夜迦头脑聪明,心思细腻,能见微知著,推测出事情全貌。例如,梵梨曾经每次到翡翠山脉头部,都会吐血、甚至晕过去,夜迦知道,那是因为翡翠山脉是横卧女神的形状。头部象征的是智慧。翡翠山脉的头部,与智慧会有感应。

梵梨依然不相信夜迦会背叛她。他不可能不知道召唤深蓝的结果,怎么会做这种玉石俱焚的事?

在前往圣耶迦那的舰艇中,繁星、璃和羽烬都消失了。

"就在刚才,所有被冻结的海神后裔都消失了!深蓝吾主啊,宗神后裔都消失了!"若不是因为坐在电视机前,没人会猜到,这么情绪化的喊声源自新闻主持人。

她眨了眨眼睛,却在闭眼的那一刹那,听到了嘈杂的声音,看见无数个宗族朋友的身影。每快速眨一下,那些人和声都会出现,就跟幻听似的。于是,她完全闭上眼睛,灵魂出窍一般,意识进入了造物熔炉的异次元空间里。眼前的世界被分割成两部分:上方是漆黑无星的夜幕,下方是一望无垠的蓝色荧光海。海没有浪花,鱼却都会发光,随着流水游动,在海面点缀出粼粼流动的纹理。天海交界处,有一片黑色的山脉。那是翡翠山脉的形状。海面上,有八个比山还高大的荧光水母环绕成一个圈。水母的伞状体下,触须杨柳般摆动,上面挂满了海族。

梵梨的意识飘了过去,发现每个水母下挂着的海族,都是按他们的宗族分类的。第一个是加斯宗族,第二个是布可宗族,第三个是奥达宗族,第四个是圣提宗族,第五个是赛菲宗族,第六个是米瑟宗族,第七个是兼特宗族,第八个上面只有两个人:璃和繁星。

Chapter 49 熔炉之中

"妈妈,这到底是怎么回事?"隔得远远的,璃就拼命摆动自己的身体,害怕地哭了起来,"为什么我们会被困在这里?"

繁星只是号啕大哭。

"璃璃乖,你先在这里乖乖待着,我去问问看。"梵梨摸了摸璃的头,飘向了布可宗族的水母下。

和其他所有宗神后裔一样,大部分人都没弄明白发生了什么事,有的扯着嗓子大骂,有的又哭又骂,有的就只是哭,只有夜迦一个人静静挂在触须上,神色淡然依旧。看见梵梨来了,他挥挥手:"苏伊,你可终于来了。"

"我不相信是你做的。可是,如果你没参与,怎么会……"

"你相信我真是太好了,不是我故意的。是独裁官那个混蛋,趁我睡着的时候用奥术给我洗脑,操纵我的意识,让我解封魂片。"

"什么!"梵梨又惊又怒,"他居然做这种事!那你现在还可以操纵回去吗?"

"我们都到这里了,当然不能了……"

"试试看?"梵梨靠近他一些,两只手无助地抓住他的胳膊,却没有任何触感,"试试看,说不定会有改变?"

"好,我试试看。"

夜迦闭上眼,嘴里念念有词,朗诵着布可宗族的经文。念了一会儿,他偷偷睁开一只漂亮的紫眸,看见梵梨一脸担忧的样子,忍了一下笑,咳了两声,又接着念了起来。

"你在玩我。"梵梨松开了手,冷冷地说道,"是你做的。"

"果然是聪明的苏伊。被你发现了。"夜迦微笑道。

"为什么……为什么会是你?"

"为什么会是我?"夜迦好像在讲一件日常小事,抬头微笑道,"不,我不是什么幕后主使者。我只是一个帮助海之主觉醒、推波助澜的工具。"

"哪怕代价是宗族从这个世界上消失?"

"为了她,我觉得可以。"

梵梨只觉得他好陌生,陌生到自己似乎从来没认识过这个朋友。她眯着眼睛说:"所以,从我把信任交给你的那一刻起,你就已经做好了背叛我的准备,是这么一回事吗?"

"不,我一直都支持苏释耶做这件事。如果不是你相信我,可能这一天会来得

更早。正是因为你信任我了,我才改变了主意,等待你能有所改变,来拯救这个世界。但是,苏伊啊,你真是让我好失望呢。苏释耶也让我失望,他知道你可能会死,动摇了。所以,我干脆让独裁官来完成这个任务。他早就不爽宗族的存在了……"

"等等,你是说,要我来拯救这个世界?"梵梨笑了起来,"你觉得我一个人能拯救一个世界?"

"以前的你当然可以。可惜,女人过度沉溺于男人的爱情,就会变得很没脑子。从你和苏释耶结婚开始,就和所有女人差不多了。只有完全摆脱男人的女人,才是历史舞台上的王者。"

"你父亲也是男人。如果不是因为他和你母亲的结合,也不会有你。"

"可是,我并没有要求他们把我生下来啊。"

夜迦理所应当的模样,让梵梨不由打了个冷噤:"夜迦,你到底是怎么了,在说什么鬼话?苏释耶可以发这种神经,是因为他原本的身体是海神族混种。你体内流着最纯净的海神后裔血液,有无数人憧憬的布可姓氏,你有很多人奋斗一生都得不到的学识和社会地位……你对这世界到底是有什么不满的?"

"因为我厌倦了这个世界的权力斗争,厌倦了用血统、宗族来判定一个人高低贵贱的生活。多少悲剧,都是源自这种人与人之间的斗争。如果我去争了,我就会变成自己最讨厌的人。但如果我不争,我……"说到这里,夜迦看了她一眼,轻轻一笑,"算了。生命是一个伴随着失去的过程,不是吗?"

听到这句话,梵梨出神了两秒,突然想到很久以前笔友信里的一句话。她又看了一眼夜迦的眼睛。他的母亲,菩提海的海神族名媛,曾经以"全光海独一无二的紫眸"闻名。而笔友那封信里也写过:"我母亲因为眼睛美得独一无二,一度被菩提海媒体评为最美艳最有钱的女王。"

"你是……"梵梨提了一口气,缓缓说道,"你是……帕姬?"

夜迦愣了一下,笑了:"这不重要。"

帕姬的几千封信在梵梨脑子里飞速闪过,所有的信息都一一对上号了,梵梨笃定地说:"你就是帕姬!为什么不早告诉我?"

"告诉你什么,告诉你我活得像条狗,告诉你我觉得自己脏?"

"你不脏啊!父母造成的悲剧,不是你的错!"

"我知道不是我的错,不用你强调。"

"真的不是你的错!你是一个很有魅力的人,我们大家都很需要你,你为什么

Chapter 49 熔炉之中

却不把我们当朋友,把什么都藏在心里呢?"

"需要我……"夜迦的眼睛微微睁大,就像装满了水的两颗紫水晶,但随后他又目光浑浊地笑了起来,"这真的不重要。说实话,苏伊,如果你能不被苏释耶的爱情诱惑,好好一路把革命走到底,或许我会选择追随你,而放弃那个已经消失在4.3亿年前的远古之神。但你,唉,不说了。现在,我们一起回到深蓝母亲的怀抱吧。等我们全部融到一起,心与心之间就没有距离了……你和大家,我和大家,我和你,都可以用这样的方式在一起。"

梵梨确定,夜迦病得不轻。可怕的是,这么久以来,他比谁都表现得像个正常人。她试着做最后的挣扎:"我是不会和你们'在一起'的。因为,我是深蓝最抵触的一部分。"

"深蓝会抵触她的智慧吗?不可能。"

"不,'苏伊'的含义不光是智慧。"

"你的意思是,自私?"夜迦蹙眉思考了一会儿,"我不相信。你一点也不自私,甚至可以说很无私。"

"你看为什么大家都被绑起来了,只有我能自由活动?我的身体依然在舰艇里,我只要睁开眼睛,就会从你面前消失。"

梵梨睁了一下眼睛,在夜迦面前消失了。过了两秒,她又从现实进入到了造物熔炉中:"看到了吗?深蓝本体很排斥我,她不让我进来。如果你是希望通过这样的方式'惩罚'我,那可能没什么用。"

"谢谢你耐心陪我说了这么多。我只有两件事想告诉你。"

"你说。"

"第一,再造深蓝是个不可逆的过程。哪怕你们现在毁了熔炉,也无济于事。但是,即便可以反悔,我也不会后悔这么做。"

"为什么?"

"因为,第二,"夜迦面带微笑看着她,静止了很久很久,才缓缓说道,"你能活下来挺好的。能继续当个平庸的蠢女人,挺好的。"

梵梨咬紧牙关,眼中滚动着愤怒而悲伤的泪水:"是我蠢还是你蠢?不,你不仅蠢,还疯!我跟你真的无话可说了!"

她甩手离开了。但夜迦并没有受到任何打击,而是长吁一口气,抬头看了一眼上空。那里除了黑暗什么都没有,他却像一个行刑前的死囚,在生命的终点,看到

了不同于往日的星空与月色。

梵梨又去找了其他老朋友。希天气得暴跳如雷,恨不得穿破次元空间,去把独裁官碎尸万段;寻月很难过,但也很淡定,一直安抚上下的"邻居",和梵梨道别;昆蒂反应就像女版希天……

"梵梨姐姐,真没想到,我还能在这里看到你。"羽烬笑道,"真可惜,最后一刻在你身边,与你并肩作战的人不是我。"

"小羽,别怕,这不会是最后一刻。等我,大家都会没事的。"

风晋坚强得让人联想不到曾经的哭包:"苏伊伊,尽力而为。救得了我们,那当然最好。如果救不了,你也不要自责。我们都活了大好几百岁了,如果是海洋族,早就只剩骨头了。你应该比我们更难过,因为我小外甥才刚出生……"

刚才还憋着的泪水汹涌而出。梵梨过去"抱"住风晋,呜咽道:"我一定会想办法救你们的!"

"我不明白,你为什么可以到这里来,又不被束缚住?"

"我也不是特别确定。总之,我体内应该有深蓝最不想要的魂片吧。"

"魂片?"风晋往四周看了一圈,才知道了第八只空荡荡的水母是什么意思,"你的意思是……你也是宗神后裔?"

风晋的母亲圣提宗主听到了她们的对话,从下方大声说:"体内有魂片的不是宗神后裔,应该是宗神。"

"宗神?"风晋倒吸一口气,"怎么可能,宗神不是 4.3 亿年前诞生、三千万年前消失了吗?"

这是梵梨不得不活着并繁衍后代的原因。她是沉寂了五个时代的第八宗神,也是深蓝保存最完整的碎片。如果她消失,深蓝会永远消失,奥术神力也会从无尽海洋中彻底消失。邪能与奥术将不再是正负两极的关系,邪能将会吞噬奥术,谁也不知道会发生怎样的灾难。

抵达圣耶迦那的时候,苏释耶累得胸口剧烈起伏,心跳快要爆炸,无法合上嘴。街上除了警察护卫队,几乎没有人。外观是侧卧女人身形的海底山蜷缩了 4.3 亿年,引起了史无前例的巨大地震。鱼群开始混乱,海豚在水中跳跃,珊瑚整齐地喷发出大雪般的配子,女神山的"身体"从青灰色变成了暗金色。大量海洋生物冲向翡翠山脉,盘旋在山脉上方,本能地期待这一场跨越了 4.3 亿年的盛宴。

Chapter 49 熔炉之中

苏释耶远远地就看到了造物熔炉,本想过去把魂片取出来,但那里凝聚了大量奥术神力,他每靠近一米,就能感觉精力被吸走。他用最后一口气儿施展了邪能之术,召唤虚洋能量,形成了旋转的雷电洋流,集中在造物熔炉上方,然后挥手,爆发出足以毁灭一颗小行星的能量!金属破碎声轰然响起!熔炉炸得七零八碎,金属块撞坏周围的建筑,粉尘与碎砖呛死了诸多海洋生物。但是,七块魂片停留在原本放置熔炉的地方,徐徐旋转,依然在聚集奥术。

因为精神力缺失,大脑消耗过度,苏释耶的身体摇摇欲坠。他一手按着胸口,一只胳膊撑在墙壁上,又挺了一会儿,转身游回风暴之井下方。等邪能之力补充完成,他回到圣耶迦那,再次想要拆开魂片,还是失败。

就这样,他反反复复试了两天,也在周围寻找别的解决方法,但都是无用功。翡翠山脉的金色越来越明亮,凝聚了圣耶迦那海域七倍以上的奥术能量。最后,像太阳般的宇宙星体一样,它的光芒刺眼到令人无法直视。

等梵梨的舰艇抵达圣耶迦那时,彩色石板地面碎成了彩色大雪,在金光璀璨的海水中纷纷扬扬。蓝鲸失心般围绕着魂片遨游,像海洋中的林野巨禽,照看着无尽海洋之主的金色摇篮。这座拥有四亿年历史的荣光之城在坍塌,糅合了末日暮色的绝望与万物重生的希望。

梵梨在光海神殿外看到了苏释耶。旋转的强光之中,他的雪色头发、高高的身影也被染成了金色。感知到了她的靠近,他回过头来,臂环反射着耀眼的光,眼中露出了满满的惊诧:

"梨梨,你还在外面……"

梵梨疾游过去,和他紧紧相拥。苏释耶把她藏在怀里,头埋在她的肩窝,因为失而复得,而有一种几近贪婪的禁锢感。

"是好事也是坏事,海洋之主似乎不想要我的魂片。"她调侃道。

"那璃璃和繁星呢,进去了?"

"对,他们进去了。但一定会有办法的。"她拍拍他的背,"我们一定能救回女儿和儿子的。"

"嗯。"

梵梨到光海神殿取出焰之眼,亲手替苏释耶戴上。她摸了摸他的脸颊,笑了:"好像又一次看见了燃烧时代独裁官的模样。"

苏释耶没说话,只是闭着眼,侧头吻住她的手背。

"好了，不肉麻了，"梵梨抽出了手，"我们一起攻击魂片试试看。"

"听你的。"

梵梨双手在胸前交握，开始储备能量，准备释放究极奥术"无尽天命风暴"。魂片球体下方，出现了暗紫色的旋转阵法。然后，一双大手从背后绕过来，握住了她的双手，能量顿时翻倍，阵法中冲出了六道一百五十米高的冰蓝光柱。

两个人精神与力量的完全融合，梵梨的信心增强许多，在奥术之力储备到达极限后，骤然睁开眼，长发随波翻舞，将风暴之术释放出来。

更强的光照令她禁不住遮了一下眼。

"砰！"爆破声震耳欲聋。苏释耶绕到她前面，把她护在身后。她闭上眼的熔炉世界里，有巨浪掀起，八只水母也跟着摇晃起来。

"砰！"更大的爆破声响彻圣耶迦那，金色魂片球体被奥术炸散了。

"太好了！"梵梨激动地喊道，"快，我们快去——"

她想要赶过去，拦截魂片，却被苏释耶抓住。他神色凝重地看着那些散开的魂片："它们的颜色还是金色的。"他的嘴唇渐渐变得无色。梵梨不敢直视金光，但从他的瞳仁里，看见了七个魂片又重新凝结在一起的倒影。

"没用……"梵梨尾巴一软，几乎整个人都滑倒在地，"不管多强的摧毁力，都没办法阻止了……"

"都是我的错。"苏释耶痛苦地皱着眉，"如果当年我不做这个熔炉，就不会有今天。我应该跟你商量后再做决定，是我太独断专横了。"

"不要自责。当年你或许是错了，但有人做出这样的选择，和你一点关系都没有啊。我们再等等。"梵梨握着他的手，坚定地说道，"你就算不相信别人，也要相信我，我可是总是能逢凶化吉，是不是？"

"嗯。"苏释耶抱住她，"梨梨，对不起。"

"没事没事，梨梨可以保护哥哥。"她笑着说道，和小时候一样。

"答应我，不管发生什么，保护好你自己。两个孩子，我们尽量去救。实在救不回来，我们可以再生。但我真的不能失去你，你不能做傻事。"

"我不会做傻事的。"

接下来，他们联络了圣耶迦那的神职人员和政府部门，想尽各种方法，也试着再次积攒能量击碎魂片，但得到的结果都是一样的。随着时间增加，深蓝的复苏之力还向七大海域扩散而去。

Chapter 49 熔炉之中

在落亚，地震撼动了潜行者酒店。空荡荡的客房里，已故流行巨星的艺术肖像摇摇晃晃地砸在地面，摔得粉碎。

在天照阐幽附近的荧光海上，萤乌贼要么上蹿下跳，要么就跟中了蛊一样，不要命地朝圣耶迦那地方游去。

在须陀洹，海中菩提树上的金银叶子纷纷抖动，纷纷飘散，令游过的行人不由睁大了眼。

在给亚麦提的市中心，玄武岩修建的复活宗神宫岿然不动，但对面的贫民窟早跟纸糊的一样倒成了一片。

在尔国临格，手握三叉戟的白色军队方阵环游在市中心，大声喊着"少安勿躁"的口号。

在安条克的深海之中，冰山龟裂，大量滨螺从冰壁上掉下来，白鲸在冰海中扭动，发出刺耳的尖叫。

呋陀的影响是最小的，因为建筑全都建立在山石上，但海底山持续晃动，市内一片死寂，反倒有一种死亡前夕的幻觉……

最终，谁也无法阻止神灵的力量。翡翠山脉的头部，女神闭着的眼睛睁开，露出了一双楼房体积大小的海蓝色眼睛。这双眼睛只有看淡一切的冷漠和拥有至高无上力量的神性。任何光仿佛都无法进入这双眼睛，只能在上面投落绝对防御的镜像。

梵梨进入的熔炉世界里，所有海神后裔都跟雕塑般被金光环绕，一动不动，都僵硬了。而在八只水母包围的内环中，一团银光上下起伏，抑或说，像心脏一样跳动。她漂过去，正想开口说话，却发现自己和它可以进行意识交流。

——深蓝？

——是。

——你要回来了？

——是。

——你既然选择了将自己分裂，为什么又要复活？

——选择分裂的人不是我，是你。

——什么意思……我只是你的一部分，怎么能替你做决定？

——错误诞生的你，做出了错误的决定，现在要由我来替你救赎。

——不，你现在回来不是在救赎，而是在屠杀，屠杀你创造的无数子孙。

——我没有杀他们,他们只是重新与我融合了,以新的方式获得了永生。

——那你为什么不让我融合进去?我也是你的一部分。

——我不需要你。

——可是我需要你。把我融合进去吧。

——不,我不需要你!你是我最无用、最应抛却的一部分!智慧与欲望不可同时存在,否则会诞生私心,降低神的维度。你走吧。

意识交流终止。梵梨被强行"踢"出了熔炉世界,回到了现实世界。她有些高兴,又有些失落。高兴是因为她知道,深蓝对自己如此抗拒,是因为还有机会改变局势。失落是因为,她最不想面临的那一天即将到来。

魂片凝聚的第七日,翡翠山脉的头部,"女神"闭上了眼。接着,奥术之光的范围在迅速缩小,集中在了山脉的正中央。一团银光之中,一个女人出现在了山顶上方的水域中。她手持海神权杖,尾巴和眼睛都是纯正的海蓝色,大卷发是奔腾不息的雪白瀑布,顺着她的肩膀落下,一直垂到尾巴根部。

她俯瞰着世界,眼神冷漠。所有海族子民都认出来了,除了头发颜色不同,苏伊大神使和她长得一模一样。只是,苏伊的眼中有大海,也有蓝天,有时又像是繁星的国度,但这个女人的眼中,只有海的广袤,宇宙的浩瀚,四十亿年的寂寥,就连月色也不敢探测它们的深邃。

"我的孩子们,是谁在呼唤我?"女人开口了,嗓音也与苏伊一样,却低沉许多。

独裁官游到她面前的山脚下:"您是……无尽海洋之主……?"

"我是你们的母亲。"

"您是深蓝吗?那您为什么会和苏伊大神使长得一样……"

他没有得到对方的回答。但是,她的反应完美地诠释了答案:不是她和苏伊长得一样,是苏伊和她长得一样。

独裁官发感到了畏惧,不敢再说话。苏释耶游到离她不近不远的地方,皱着眉,低低地说:"你是谁?"

他们隔得很远,但他的话一字不漏地传到了深蓝耳中。她将视线转到他身上:"你认得我。"

"我不认得你。"苏释耶不可置信地摇头,"即便是借着神识,我也不认得你。你到底是谁?"

"我是深蓝。"

Chapter 49 熔炉之中

"你不是。"他百思不得其解。现在的深蓝缺失的是"智慧"与"私心",又不是"温柔"和"善良",怎么可能会因为少了苏伊的魂片,就变得如此冷酷且充满机械感?

深蓝不再说话,只是勾扬一下嘴角:"自私让我创造了捕猎族、海洋族,导致这个世界变成了现在这个模样,所以……苏伊,你在做什么?"

此刻,梵梨在苏释耶身后,闭上眼,集中精力,试图再次融入深蓝的意识。深蓝挥了挥手,一道强力水波向梵梨冲过来。苏释耶闪过去,挡了这一下。这道奥术波纹擦过他的身体,"轰隆隆"跟龙卷风一样,击碎了大片建筑。他身后半径为五公里的半圆范围内,所有文明的痕迹都跟着灰飞烟灭。

深蓝冷漠地举起了权杖,又朝苏释耶和梵梨的方向挥了一道银蓝色的光团。这一回,苏释耶为了保护梵梨,被击退了三百多米,十公里范围内的建筑全部粉碎。苏释耶捂着胸口,咳出一口血,染红了海水。

"以太之主制造的躯体很强,但你终究只有那么一点他的神识,不是我的对手。"深蓝淡漠地说道,"苏伊,你更不是我的对手。融入我的意识,你很快就会被吞噬,连尸体都不剩,不要自取灭亡。"

"融入你的意识?"苏释耶回过头,"梨梨,你为什么要——"

他没来得及说完话,梵梨已经消失在了一团金光中。

"苏伊,我说了,让你走——"深蓝话没说完,像被按了暂停一下,僵硬了几秒。

"梨梨……"苏释耶看着深蓝,语气平静,心里却恐惧极了。

和深蓝完全融合,梵梨看见了无尽海洋之主几十亿年的过去,瞬间明白了一切。同时,深蓝本体也露出了灵动的笑容:"是我,我好像成功了。"

她如此高兴,苏释耶却觉得脑袋被千斤巨石重重砸了一下,"嗡"的一声,无法再进行思考。

"真可怕啊,深蓝思维还停留在远古状态,你知道她想做什么吗?"梵梨不由打了个哆嗦。

"她想做什么?"独裁官说道。

"她要把奥术神力回收,重新塑造一个只有海神族的进化新世界。如此一来,那些海洋族和捕猎族失去了奥术,都会退化成海洋生物。这比起独裁官时期的哥哥温柔不到哪里去啊。你们神都是这个思维模式吗?"

"梵梨,你这是在做什么?"苏释耶睁大眼睛,他看见世界又开始摇晃,天旋地转,"你答应过我,不会牺牲你自己的。"

"我也没有办法。除非深蓝接受我和其他魂片合一,我才可以重新回到她身上,主宰她的思维,但她早就对我设防了,4.3亿年前就尽全力压制我,把我孤立出来,所以现在我只能短暂控制她一会儿。"

"我当然知道这些!"苏释耶拔高音量道,"但你知不知道这样你会死!"

"我本来就活不过七百岁。"梵梨摇摇头,"现在这个结果其实挺好的。因为我不用死了,只是代替大家回到母亲的怀抱。"

"骗人。我一个字都不相信。"

"是真的。不然你想,以我的个性,怎么可能忍受你多偶呢。"

"梨梨,不要说这种话,真的。"苏释耶抑制着所有情绪,其实已经临近崩溃边缘。

"但是,你总是那么令我意外。"梵梨还是坚持说道,"你不光给了我陪伴,还给了我家庭和孩子。我们在一起的时间虽然不长,但知道你爱我,已经远远超过了我的预期。"

海水声潺潺,摇动着彩色的软珊瑚、醉酒般的海藻。海草层层摆动,一如没有穿上身的金色婚纱。大海、苍穹与时空都没有了界限,苏释耶年轻的脸与曾经的挚爱重叠在了一起。但是,他的姿态却悲哀至极,卑微至极:"不要消失。就用深蓝的身份活下来,不要管其他人了,求你。"

梵梨又何尝不想做一次自私的选择呢?但是,不管她怎么做,七百岁的时候都一定会消失。而现在,深蓝本体的力量实在太强,如果没有另外七个魂片的支撑,她连一分钟都驾驭不住。

"你看,我并不是那么值得被留恋的女人呢。"她浅笑着的双唇带着一丝自嘲,"不管做什么事,都那么不考虑你的感受。所以,等我消失了,你稍微思念我几年、几十年就好。然后,就往前看吧。"

"梨梨,不要。真的,不要……"

"你看你都为我做了多少,可是,我能给你的却很少……所以,我希望有朝一日,你能遇到比我爱你的女人。这样,我的哥哥就不用那么辛苦了。"

"你不要再说这种话,我不要别的女人!"

苏释耶冲过来想抱她,却从她身体里穿过去了。

因为还没完全复苏,深蓝的身体处在两个次元中间,只能看,却没法触碰。他背对着梵梨,看看自己的双手。

Chapter 49 熔炉之中

"能这样活一次,以梵梨的身份,真是太好了……"

听到她温软的声音,苏释耶回头看去。她也正回头看他,对他微微笑着。在她的身后,光海神殿的穹顶分外醒目,风暴之井在远处吟唱着歌声,创世门准备迎接着一场巨变后的新生,圣耶迦那似乎一夜间回到了史前,贵气而寂静,在无数诗人的笔下酝酿着鸿篇巨制。

只有这一刻,她才不是深蓝,而是白色头发的苏伊梵梨。

超越四亿年的思念,被战歌的浪潮覆灭,被泪水组成的海水浸泡,只为这一刻与他几秒静默的对望。

短短几秒,已是永恒。

梵梨举起权杖,杖头射出金光。旋即,她消失在了海水中,一道金光出现在翡翠山脉正上方,又决绝地落下。

苏释耶想要追向她,但她已经没有了踪迹。万道金光陆续从翡翠山脉射出来,像下了一场倒流的流星雨,一道道"星光"砸落在光海的每一个角落,变成了一个个差点消失的宗神后裔。

在嘈杂的人声中,羽烬到处寻找梵梨的身影,游遍了圣耶迦那,也没能找到她。

夜迦揉了揉太阳穴,慢慢从地上站起来,看了一眼翡翠山脉、造物熔炉消失的地方,还有远处面无表情的苏释耶。即便不去询问,他也能从苏释耶的表情中得知发生了什么。但他还是不太愿意相信,只是游到苏释耶面前,低声说:"苏伊?"

苏释耶没说话。

长久的沉默后,夜迦渐渐咬紧牙关,泪水大颗大颗地流到了海水中:"杀了我。"

苏释耶一动不动,一语不发。

"是我害死了她。"夜迦眼眶发红地说道,"杀了我吧。"

苏释耶依然沉默。

"苏释耶,给我个痛快啊!"夜迦用力摇了摇他的肩。

苏释耶还是没有任何反应,只是拨开他的手,转身默默游开了。夜迦发自内心悔恨的哭声没令他同情,或者是憎恨。他游向没有目的的方向,没有回头。

无尽海洋之主篇

Chapter 50　神的私心

海族将创世时代的开端定在一百三十八点二亿年前。

那时，造物主创造宇宙，大爆炸使物质四散，宇宙膨胀，温度下降，逐渐诞生了星系、恒星、行星。

太阳系诞生于五十亿年前，地球诞生于四十六亿年前。在地球的形成中，以太之主——操纵时间与空间的神灵，在漫长的星际旅程中，被地球上的战争夺走了注意。那是四十亿年前的风暴时代，地球上什么也没有，只有无尽海洋与火山熔岩在与彼此厮杀，争夺着这颗星球的主权。

即便是在神灵中，母爱的力量也是伟大的。三十七点七亿年前，大海孕育了最初的单细胞生命。它藏在海洋最深层的热泉口，预示着未来繁荣与悲凉历史的开端。不同于海之主，炎之主的代表是破坏与毁灭，认定火焰才是地球的唯一主宰，不能忍受不受控制的生命存在。

意识到以太之主就在附近，炎之主化身为实体生命，飞入高空，与以太之主沟通。以太之主却不屑化身，依然保持着高维空间里的虚体状，听他暴躁地控诉对海之主的不满。

"造物主为什么要创造海之主这个玩意儿？"炎之主的实体是个红发棕肤的男人，二米四的个子，看上去凶猛极了，"他知道一个小小的细菌会带来多大的失控与灾害吗？最后我们自己也会被吞噬的！"

"你没有资格剥夺自然选择中生命诞生的权利。"

回答这句话的人并不是以太之主，而是一个女人。炎之主回过头，看见了悬在云层中的海之主。神灵没有性别，但是因为大海是孕育生命的，她凭本能成为了女性。淅沥雨歇后，她的眼睛大而幽深，是被囚禁在荒芜界内的海洋。她的头发是湿漉漉的雪白海藻，流动到膝盖的长度，在旋转的金阳中熠熠生辉。她把天空的颜色编织成了长裙，亦像用湖水包裹着身躯，款式简单，却美得令万物都将因此窒息。

意识到了海之主的变化，以太之主没说话。

"呸！"炎之主愤怒道，"你那么争强好胜，在造物主的使者面前装什么善良呢！"

"你自知理亏,来挑我的刺。不要求助于第三人了,回归虚体,我们凭本事说话。"海之主又消失在低维空间里。

"以太之主,干掉她,我和你共享地球。"

"可是,没有生命的地球,和其他星球又有什么区别?"以太之主淡淡地说道,"尝试说服我。"

炎之主怔住了。

"我想,即便是造物主看见这一切,也会同意海之主的做法。"

"胡说什么啊!这些生命不会被我们控制!"

"你太小瞧主之力了。"以太之主扫视着混沌的海洋与岩浆,笑了一下,"这一切都是玩具。作为元素神灵,你可以说是想要就要,想毁灭就毁灭。所以,你只是想战胜海之主而已,何必找那么多借口。"

炎之主怎么都没想到,求助于以太之主,对方非但没帮他,还把自己一半的创造能量——奥术神力给了海之主。于是,原本处于平衡状态的他,只保留了邪能之力。海之主借机对炎之主进行了最后的袭击。炎之主在哀号与不甘中,陷入了深海海底。这一场战争,大海赢了。以太之主在高维空间里看见浪涛卷席地球的表面,汹涌而疯狂,但一旦吞没了目标,海水又会格外包容地恢复平静。这与狂躁的炎之主,确实不同。最终,海洋变成了后代们印象中最初的模样,温度也渐渐调整成了适合孕育生命的状态。

炎之主留下来的最后一股邪能之力,在海面火山岛上激活了炎族的生命。但失去了炎之主邪能源头的支持,炎族并不强大,而且碰到水就会变成白骨。下一场雨,他们就在腐烂之中哀号。以太之主召唤了两团旋转的光焰"焰之眼",扔向了火山岛,那些炎族因此得以繁衍生息。

"谢谢。"海之主用神识与以太之主交流道。

"不客气。"以太之主又回归了沉默。

三亿年后,浅海里也出现了微生物叠藻。每一日、每一年都等待着细微的转变,无尽海洋之主并不厌烦,但是,以太之主也不厌烦吗?

"你不准备离开了?"三亿年来,她第一次与他交流。她知道他一直在,但没有动静。

"离开,去哪里?"

"我不知道……去宇宙里,其他空间里,过去和未来看看?"

Chapter 50 神的私心

"在没有生命的星球上，看什么都是一样的。而在地球上，我也不想窥视未来，任生命自由发展吧。这是我三亿年来唯一的乐趣，在这方面，我与你没什么不同。"

两位上古神无声陪伴着彼此，一起度过了接下来的年年岁岁。

渐渐地，光海的黎明时代降临。十到十三亿年前，海洋上形成了联合古陆。这是地球史上唯一的超级大陆，联合古洋将这片大陆环绕，有性繁殖才刚刚开始，有一种创世伊始的壮烈之美。

又孕育了一些年份，地球迎来了寒武纪生命大爆发。就在5.3亿年前起的两千多万年时间里，地球上出现了各种各样的动物：腕足类、节肢动物、海绵、脊索动物……后来演化史舞台上扮演重要角色的动物始祖们，都在这个时期纷纷亮相。

"你还是不打算离开吗？"海之主对以太之主说道。

"不打算。"以太之主停了停，眨眼又把海洋的变化都扫了个遍，"我反而更好奇了。"

"你从来没有幻化过实体吧？"

"实体太弱，没必要幻化。"能用虚体感受高维度的世界，能够直接穿行在宇宙中，他想不到变成实体的理由。

"其实用实体感受这个世界，去留意海里的细枝末节，一切会不一样。"海之主用实体进入了海洋中，欣赏着四周生命繁盛的美景，"要不要试试看？"

以太之主没有回应。海之主想，他应该不屑玩这样的游戏。她在水里游动，用手掌感受着海水的温度，用呼吸汲取植物的气息，用耳朵聆听着气泡与波浪的声响……

"有什么不一样吗？"

听到这个声音，她回过头去。在闪烁的水沫中，年轻的男人出现在她身后不远处，正在侧头看岩壁上的一只椭圆形的三叶虫。浪花是海里悠闲的风，摇曳着他珍珠白色的发。繁星之光坠落到了他的肩上，铺满他宽而平直的肩。生物很少，海洋里空荡荡的，毫无阻碍地，他的视线越过海水，落在她身上。

"你说得对。"男人眉眼深邃，略微隐没在黑暗中，又因瞳色是金的，而泛着星辉版明媚的水光，"很多东西要以实体状态近距离观察，才能感受得到。"

随后，他游到了她面前，低头对她笑了一下，便往更深的海域游去。海之主赶紧跟上去，但以太之主在宇宙中的速度能超越光速，化为实体也比她动作快很多，她只能在后面喊道："等等！"

他又游了回来。

"我跟不上你。"海之主上前一些,抓住他的衣角,"这样,应该就跟得上了。"

"好。"

他带着她,下潜到深深的海里,在一片黑暗岩壁下看见了金色的海百合。它的壳是石灰质的,外形呈花状,长着蕨类叶子般的腕足。以太之主游过去,把它取下来,戴在海之主的头上。

"别,这是动物呀……"她话没说完,海百合在她发间收缩又张开,像瞬间经历了花谢花开。

"很美。"以太之主把她的头发别到耳朵后面,"你很适合当女人。"

不知为什么,海之主产生了特殊的情绪:有些开心,但又害怕面对这种开心,只能回避他的注视,雪白的睫毛跟海百合的"枝叶"般轻轻颤抖。她很快回到虚体状,这种有些奇怪的情绪也随之烟消云散。

即便是神灵,对低维生物产生更多了解,也需要时间摸索。所以,她不知道,高等智慧生物拥有自我意识时,就会产生"害羞"的情绪。当一个女人面对男人产生这种情绪时,更多是源自繁衍欲和消极的自我认知矛盾混合下的本能反应。

寒武纪的生命大爆炸,将海洋带入了蓬勃的生命时代。四点五亿年前,海底出现脊椎动物、鱼类。起初,鱼都是无颌类,无法捕猎,只能靠吸吮的方式把海底微生物摄入体内。它们大多数是甲胄鱼类,身上还覆盖着厚厚的"骨制铠甲"。随着时间推移,第一条拥有颌骨的鱼诞生了,并开始主动高效地捕猎。鱼类的颌骨越进化越强,咬合力也越来越强,开始产生了前所未有的食物链位置的激烈竞争。然后,一种颚骨肌肉强壮的软骨鱼出现了。它拥有流线型的身形,遇到猎物时,能高速追击,用叉形尾包住猎物,一口牢牢咬住,再活吞下去。

"我简直不敢相信,"海之主感受着大自然的力量与变革,叹息道,"我们的世界里居然会诞生出这么美丽又残酷的生物。"

"是,而且它们影响着演化史。"

这是海洋里最早的关键物种,裂口鲨。此后,鲨鱼影响着整片海洋,所有生物都因它而发生基因上的转变,从而进化成全新的不同模样。

海之主每天都憧憬着海洋发生新的变化,而且经常与以太之主分享自己的心得。但就在生命时代最灿烂的阶段,一种新的智慧生物出现在了海洋的透光层,开始肆意虐杀这些生物。他们上半身是人形，瞳孔是红色，遇强光时会变成竖瞳，耳朵尖尖的、长指甲。下半身是邪能笼罩的深红长尾，体温可以令海面的水瞬间蒸发。他们从暗海杀到光海，吞噬光海的生命，所及之处，生灵涂炭。海之主知道了，这不是自然演化出的生物，而是炎之主火海军团化为实体的产物——炎魔族。

海之主以自己和以太之主为模板，制造了一批奥术意识体，放他们到海中寻找海洋生物融合。如此一来，他们既有了海洋生物的基因，又有了无尽海洋之主的的庇护，可以保护大海不被邪能吞没。于是，生命时代的初期，海族诞生。和掠食者融合的意识体成为了捕猎族的祖先，和普通海洋生物融合的意识体成为了海洋族的祖先。

炎魔族很快被赶回了深渊。海族们将海之主奉为信仰，并且在她的周围建立最早的光海部落。他们开始忙于搭建石房时，海之主也热衷于化身实体，在附近观察他们。他们习得了她与以太之主创造的语言，熟练地运用，给彼此起了名字。

化为实体最不方便的地方，就是没法精准把意识传达给对方。听见他们起了名字，海之主自言自语道："他们有名字，我们是不是也该给自己起一下名字？"

"那是低维生物才会使用的东西。"以太之主说道。

"深蓝，这个名字如何？"看着欣欣向荣的海族部落，无尽海洋之主无视了他的轻蔑，笑道，"我是海洋的母亲，海是蓝色的，这名字适合我吧。"

"你只是创造了海洋，是大海的主人，并不是一个母亲。"

"意思差不多。"

以太之主出现在了深蓝身边。他把她的身子转过去，对着两个正在交尾的海族："那样做了以后，这个雌性才会成为'母亲'。你是他们的神，即便他们抵达进化的终点，也无法像你这样直接创造生命。你不会用他们这样低等的方式完成繁衍，所以也不要随便用这个词。"

这一番话令深蓝忽然有了觉悟：高维虚体状和低维实体状，除了维度、感知范围、交流方式等等的差距，还有一个巨大的差别，就是前者没有"欲望"，后者有。欲望产生了情绪，却不会受到情绪的影响，只会促使生物做出有利于演化的事。高等智慧生物之所以会感到痛苦，是因为比起低等生物，他们的思考会令他们克制本能，做出有悖于演化至上原则的选择。这种智慧会令愚昧的繁衍，变成一种狡黠的私心。

深蓝越来越喜欢以实体状的方式生活了。她经常独自坐在月下礁石上，眺望

壮健的山峦、阔大的海洋,看潮起潮落,看荧光明灭,思考着关于宇宙与生命的种种未知与定律。然后,她也渐渐体会到了一种全新的感受——对于四周景象的变化,如花朵的绽放、海鸟的啼鸣、海风的咸味,都让她对"时间流逝"的概念越发强烈。可每次独自发现新的生物,只有她一个人开心,就会觉得有些失落。

"这种海蜘蛛的颜色好炫丽,有蓝色,有红色,都像会发光一样。"一次,深蓝在海里又开始自言自语了。

但没有人理她。

"出来一下嘛。"她叹了一口气,没有意识到,她越来越像一些海族少女了,"我一个人有些无聊呢。"

"有事?"

"你下来嘛。"

"有事直接说。"

"下来嘛。"

几秒后,以太之主以实体出现在了她面前。看见他的实体,她大喜过望地笑了起来,眼睛弯弯的,睫毛翘翘的:"你总算来啦,带你看海蜘蛛。"

"我知道海蜘蛛。"

"记得我怎么和你说的吗?低维的观察更有趣呢。"她情不自禁地牵住了他的手,想带他过去。

以太之主低下头,看了看她的细细的手腕,很快反握住她的手:"走吧。"

深蓝也愣了。她感到胸膛里有器官在跳动,牵动了整个人的神经,以至于耳根都有些发烫。这是虚体状时从未有过的感受,她还没摸索清是源自何处,只知道这样很不好。刚才的小女儿情态全都烟消云散,她挣脱了他的手,埋头往前游去。

这时,一只鲨鱼刚好经过。

"小心。"

以太之主再次握住她的手,把她藏在身后。她躲在他的背后,抬头看见他高高的背影和宽肩,心跳更剧烈了。他半转过头,露出漂亮的侧脸:"在没有防备的情况下,鲨鱼还是可以伤你的。"

"怎么可能,我不至于这么弱……"

"既然选择了外观漂亮的女人实体,那就要接受男人的保护。你想去哪里玩,我陪你。"以太之主没有再放开她的手。

Chapter 50 神的私心

接着,一道强烈的水波袭来。深蓝回头一看,刚才那条裂口鲨从另一个巨型海洋漂浮者旁躲开。这头巨怪是房角石,头足纲,像一条十一米长的巨型老北京鸡卷,触角全都从头部喷出来,是目前海洋里体型最大的掠食者。不过它没兴趣和鲨鱼生死搏斗,而是在海底迅速捕捉到一只三米长的史前巨蝎——巨型羽翅鲎,用触角缠住鲎,再用喙猛地戳穿鲎壳,吸食它的内脏。

"这种生物真是又大又凶猛。因为它们数量的增加,三叶虫都进化出了好多针刺,就在这里、这里。"她拍了拍胸口和尾巴。

"这么庞大,应该不会存活太多年。"

"不要乌鸦嘴,我还期待看它们进化呢。"

除海蜘蛛外,他们还在岸边看到了史前巨蝎。它们长达三米,刚才蜕了壳,行动笨拙缓慢地爬到浅水区,和大量同类聚集在一起,趁势交配繁衍。深蓝来了兴致,用手指去戳了戳其中一只,把它吓得乱扭一通。她笑个不停,却听见以太之主在一边说:"幼稚。"

"我都三十多亿岁了,怎么幼稚啦?"

"心智与年龄没有任何关系,你比大部分海族孩子还幼稚。"

"我才没有。不戳就不戳。"

虽是这么说,但到淡水湖以后,深蓝又忍不住开始戳陆相地层的节肢动物。这些节肢动物都长了小短腿,好不容易爬上岸晒个太阳,却要被它们的神反复打扰,实在苦不堪言。以太之主再次露出了鄙夷的眼神:"你说你幼不幼稚?"

"是吗?那我不戳它,戳你。"深蓝站起来,用手指戳了戳他的腰。他条件反射地缩了一下胳膊,把她逗笑了。

"不要靠近我。"

他越是害怕,她越是开心,追着他到处跑:"就要!我来啦!"

绕着一块巨岩几圈后,以太之主停下来,单手扣住她的两只手腕,反击她的腰部。她比他怕痒多了,夹着胳膊,整个世界都是她的笑声。他本来只是给她一点警告,没想到她反应这么大。这是他第一次看见她笑成这样,还真跟个孩子似的。然后,他就忍不住一直挠她痒痒,挠到她站都站不稳,身体往后大大后仰,差点摔倒在地。他连忙接住她,一不小心就把她揽在了怀里。

深蓝脑子里嗡嗡一片,思考能力大幅度下滑,还有些腿软。这个时期,地球的海平面整体都在下降,冰雪覆盖了赤道以南的大部分陆地。在这个生命刚开始

旺盛繁衍的奥陶纪,空气冰冷,世间寂静,像只有他们两个和他们的心跳一样。她又一次凭本能挣脱了他。

一对海族男女从水里冒出头来。他们不能在空气里生存,男方远远地对深蓝喊道:"请问你们怎么上的岸呀?我们在空气里待一会儿就不行了。"说罢潜入水中,过了几秒才冒出头来。

"你们需要什么,我们帮你拿吧。"深蓝说道。

"可以摘一些地耳给我们吗?这边的已经被我们摘完了。"陆地上荒芜一片,但真菌、藻类的共生体等原始植物已经登上陆地了。海族男女说的地耳,就是其中一种。

"好。"

深蓝接过他们递来的粗制铲子,拍了拍以太之主的肩,让他一起帮忙。但他还是大爷得很:"我不手动做这种事,用邪能可以。"

"那还是我自己来吧,你在旁边等我。"

他还真就这么在旁边等着了。就在深蓝忙碌的时候,海族女性指着以太之主,对她悄悄说:"那位是你的丈夫吗?"

"丈夫?这是什么意思?"

"在你们的族群里,没有结婚仪式吗?看来每个海域不一样。结婚也是近百年才诞生的仪式,就是指两个或多个男女约定永远在一起,一起生活,一起抚养后代。男的叫丈夫,女的叫妻子。"海族女性拉过身边的男人,"这就是我的丈夫,我们结婚十二年了。"

"恭喜。"深蓝笑道。

"跟你一起的那个男的长得真好看,你也好看。你们应该是类似结婚的关系吧?"

"是的,我们俩做什么都是在一起的。"

"那你要小心别的女生抢他。在我们部落里,他这样的可是太受欢迎了。"

深蓝发现了,每当这个女性赞美以太之主时,她的"丈夫"总会不爽地横她一眼。帮这对夫妻采集够了地耳,深蓝目送他们离去,偷偷为海族添加了幻化陆生的能力。然后,她回到以太之主身边,兴致勃勃地说:"跟你分享一个好有趣的事。海族们创建了一种新的关系,叫'结婚',男的叫丈夫,女的叫……"

"我听到了。"以太之主说道,"他们不是最早有婚姻的部落。最早的部落的婚

298

姻模式已经进行六百多年了。"

"那我们是不是也算是结了婚哦?"

"你在想什么,当然不算。"以太之主似乎不是很想聊这个话题,转身沿着湖畔走向附近的一个溶洞。这里的陆地都是由石灰岩构成的,附近有很多溶洞、岩溶池。深蓝光脚踩着湿润的石地,跟在他后面说:"为什么不算呢?"

"海族用婚姻束缚彼此到'永远',是为了抚育后代,是利于低维生物保护后代的一种策略。他们的'永远'最多也就上千年,眨眼就过去了。而我们的寿命是没有期限的,怎么可能实现'永远'在一起的誓言?"

"你的寿命才是没期限的,我的寿命有啊。如果大海干涸,地球毁灭,我的一生也就结束了。"

"那也是不短的时间。"

跟着以太之主进入了溶洞,深蓝灵机一动:"那不如这样,我们现在算结婚,如果你打算离开地球,我们就不算结婚了,好不好?"

她的声音比月夜的风还动听,在溶洞里传来了层层回声。以太之主回过头来,略微诧异地看着她。洞外的微光落在他的身上,清风在他的发梢上流下涟漪。因为阳光,他的眼睛比平时的颜色淡了很多:"虽然婚姻是低维生物发明的概念,但也是承诺、誓言的一种。对待这么严肃的事,你的态度怎么可以如此草率?"

"那不是在为你着想嘛。"

深蓝背光而立,阳光为她的长发周围编织了一圈金边。她的眼睛还比平时幽深了一些。但她始终笑着,有一种神秘柔美的蛊惑感。他知道,她美得如此令人心动,拥有操纵全海的能力,脑子里也像进了水。在生命和欲望前,她是一张白纸,压根儿不知道这种东西低级又消磨神性。

"不好。"以太之主不留情面地说道,"我没兴趣。"

虽然他嘴上说得果决,但深蓝能感知到,他并不是真的没兴趣。而且,她知道,他其实挺喜欢她的。至于他为什么要拒绝,大概就和她有些回避他与自己牵手的原因一样。她抱着胳膊想了一会儿,说:"你看,你都陪我三十多亿年了,我们实质上也算结了三十多亿年的婚。不管你答不答应,事实都是存在的。"

以太之主原想再解释点什么,但最后只扔下一句"随你吧",就回到了虚体状。

这天晚上,深蓝坐在礁石上,抬头看着凡人无法企及的天空星辰,聆听着汹涌的黑夜浪声,有了新的感悟:"时空之神,你在吗?"

"在。"

"不管是海族也好,鲨鱼也好,房角石也好,三叶虫也好,蓝藻也好……所有的生命确实都是有强弱之分的,我们无法做到让所有物种都平起平坐,但也不应把他们视作我们的奴仆。我觉得,在宇宙无尽的时光长河中,他们都是和我们一样漂泊的不同种族。"

"那是你的观点。你深陷尘世太久,忘记了自己是谁。"

"你别总是这么高冷嘛。"深蓝摆动着自己发光的蓝色长尾,发梢在星光中闪着宛若珠宝的光,"神多么寂寞啊,但只要把自己当成这世界的一部分,是不是就不再感到寂寞了?"

"我不觉得寂寞。"

"那是因为有我陪你唠唠叨叨。要是没有我,你会寂寞啦。"

"自我感觉太好。"

"这叫有自知之明!"

深蓝仰起头,在广袤空寂的海洋上方轻声吟唱。她的声音不大,似被春季的第一波涨潮海水抚摸过,一点点打开聆听者紧锁的心扉,抖落出灵魂中的珍宝,很快吸引来了大量海族子民。他们游到了海面,以深蓝为圆心,逐渐扩大了一个"海族圆环"的范围,与她一起,用空灵的嗓音对月唱晚。最后,她不再唱歌,而是听着她的"孩子们"歌唱,抬头眺望星辰,好像能通过这低维的地球大气层,看见身处宇宙高维的以太之主:"可能失去我你不会寂寞,但失去你,我会很寂寞。谢谢你一直陪着我。在我心中,你已经是我丈夫了。"

深蓝的感情如此充沛,似乎很深情。但以太之主知道,她之所以如此放松,是因为她最爱的东西一直是她的海洋、她创造出的亿万个孩子。对她来说,他不是必需品。如果他愿意陪伴,她会很开心。如果他离开,她难过一段时间,还是会回到原本母爱满满的状态。更糟的是,无尽海洋之主处于实体状和虚体状时,思维方式完全不同。在高维空间时,她冷静而博爱,对万物都平均分配感情。一旦她成为实体,就很容易被生物体的欲望影响。也就是说,她对他特别的喜欢,只有成为女人时才会产生。可他不一样。或许是因为掌管时间与空间,他的思路始终清晰,几乎不被维度影响。三十多亿年前他会选择守护她,跟他在什么维度,是实体还是虚体,没有任何关系。

对于这样变化无常的女人,他不想和她有任何约定。接下来的八百多万年时

Chapter 50 神的私心

间里,以太之主绝大部分时间依然待在高维空间里,不主动与她交流,就与静静流淌的时间一样,时刻存在着,又毫无存在感。深蓝还是跟得了精神分裂症似的,虚体状比任何神都要像神,实体状就是个满世界乱跑的丫头片子,还经常叫他实体化陪自己玩。他每次都是千呼万唤始出来,忍受着她天真又残忍的撩拨。

这几百万年时间里,气候越来越冷了。原始的珊瑚随着无脊椎动物大量出现,形成了小片珊瑚礁,曾经蓬勃生长的叠层石开始没落。同样一个夜晚,同样的位置,亿万星斗投落在大海之中。深蓝在浅水区游来游去,研究着逐日茂盛的珊瑚,说:"下来看看嘛,好多珊瑚哦。"

"多几棵珊瑚而已,感兴趣就去找你的族人,不用什么都叫我。"

"可是我想叫你呀。"她把头冒出海面,倚靠在礁石上。

"你叫我,我可没义务每次都来。"

"我们可是结婚的关系,你当然要来。"

"你怎么又开始开这种结婚的玩笑?"

"不是开玩笑,我喜欢你嘛。"

她没再得到他的意识回应。正感到好奇,忽然看见礁石上出现了一道人影,她刚转过身去,就被实体化的以太之主压在了后面的大石上。她不由全身战栗。

"害怕,是吗?"以太之主淡淡地说道,"你想要的那种关系,不可能让你一直维持这样圣洁的状态。你会被我羞辱,接受我的占有,还需要和我做低维生物才会做的事。"

"我……我知道啊。"深蓝雪白的睫毛长长的,随她的情绪牵动而微颤,"我都研究海族那么长时间了,当然知道结婚意味着什么。"

以太之主的喉结动了动,声音比平时低了一些:"这种喜欢,你能接受?"

"能……"

"别回答那么快,你想清楚再说。我和你不一样,我一旦决定做一件事,就再也不会后悔、回头。你如果想和我变成这种关系,那就是真的永远在一起了,我不会再放过你的。"

他说得平平淡淡,但深蓝睁大眼,情绪受到了剧烈的冲击。她确实没像他想得那么多,只是想现在粘着他,所以才天天向他告白,想着能征服他一点算一点。可现在看来,她好像是在邀请他做一件覆水难收的事……

"其实,我挺好奇一件事的……"她挠了挠头,"我看不管是在海族部落,还

是在其他动物界，雄性生物好像都是喜欢广撒网的，不太喜欢保持一对一的关系。尤其是带头的那一个，孩子都好多好多，跟很多雌性生的。你为什么没有这样想呢？"

以太之主望着夜空，叹了一声，似乎很不满意她这个问题。

"第一，生物体只是我的载体，它控制不了我的思想。第二，即便生来就是雄性，也不一定遵循绝大部分的现象。看看你自己，选了当雌性，不也跟雄性生物似的朝三暮四吗？"

"我哪有！"深蓝脸红了，"我只喜欢过你，没喜欢过其他人呢！"

以太之主轻轻笑了一下："但你一会儿喜欢我，一会儿又不喜欢。一会儿想我，一会儿自顾自玩去了。现在嘴里说着喜欢我，却连想不想和我永远在一起都不知道，只想立刻占我便宜。"

"我没有！只是没想到你这么认真……"

"所以我才跟你说，想清楚再说话。不要一天到晚瞎表白。"

"好嘛，我再想想。那你要等我。"

"嗯。"

以太之主知道，深蓝只对海洋特别上心，对于他们之间的事，她可能会花很长很长的时间考虑。但他耐心一直很好，三十三亿年都过去了，再等三十三亿年，也不是什么难事。

深蓝与以太之主的形态幻化不太一样。以太之主可以即时适应虚体状，深蓝每次回到虚体状，总需要用几年时间，才能完全和海洋融为一体。自从她习惯了低维世界的快乐，对时间的感受增强，就不乐意等上那么多年了。维持现状很好，当一个快快乐乐的海族姑娘。

可是，当一个快乐的姑娘，也难免会有一些烦恼。例如，心上人身体不舒服。

这一天，深蓝与以太之主在冰川上散了一整天的步。她兴致勃勃地一路念叨，却发现他的精神比平时差很多。她凑上前去看看他的脸，又摸了摸他的脸，倒抽了一口气："怎么烫成这样？"

"大白天的，耍流氓吗？"以太之主笑了一声。深蓝的身体非常耐寒，但他只耐热，对零下的温度的耐受能力，只比普通生物好上一些。当全球气温下降，气温跌至零下二十度，他就不太行了。

深蓝也意识到，在冰川上，他需要释放大量热量，才能保持身体不受冷空气

Chapter 50 神的私心

侵蚀,便拉着他的手,跳到了海水中。他们深潜下去,游到了一个温度最适宜的水域。她把他安置在一片海底山上。一个庞然大物从远处深蓝海水中靠近。以太之主警觉地站起来,正想带她躲避,她却按着他的双肩,让他坐下来:"亲爱的,你要注意身体。"

"深蓝,那边有一个……"以太之主忽然蹙眉道,"你叫我什么?"

"'亲爱的',现在小年轻海族夫妻都是这么叫对方的。"

"我知道它的意思,我只是觉得……"他话没说完,盯着深蓝身后说道,"小心,我现在没太多精力作战。"

一头完全成熟的房角石游了过来。它光是触角都有近十米长,铜铃巨眼瞪着他们俩,就像看到两块新鲜美味的鱼肉。可翻转触须刚靠近,深蓝反手就抓住那一条,用力一拽,房角石经历了一百八十度大摔跤,半天爬不起来。以太之主看呆了。可深蓝还是如此分裂,仿佛和这个重量级摔跤冠军没有任何关系,捧着他的脸,贴心地说:"以后身体不舒服,第一时间跟我说,我虽然是个弱女子,但也会尽量保护你的,不要让我心疼,知道吗?"

哪里弱了?以太之主笑出了一串泡泡:"好。"

"好了,你稍微节省一下能量,让你的小妻子来温暖你。"

以太之主已经放弃尝试为"夫妻"这个词的定义做争辩了,乖乖坐好,"束手就擒"。她游过去,抱住他的脖子和肩,把他的头搂在怀里。

"这样,会不会温暖一些?"

"嗯。"

低头看看怀里的男人,他们从未距离如此之近。他靠在她的胸前,鼻尖高高的,睫毛长长的,只是静止不动,都让她的胸腔灌满了流动的蜜糖。他释放的热量减少了一些,但体温还很高,呼吸灼烧了海水,又随着流淌在她的肌肤上。她加大了拥抱他的力道,想传递给他更多的体温。

"你用这个姿势抱一个男人,"以太之主闭着眼,似乎在抑制着某种呼之欲出的情绪,"很危险。"

"嗯?"

深蓝放空了两秒,猛地后缩了一下,浑身的血液都冲到脸颊上了。她视线乱转,就是不敢再与他对视:"那个,反正我喜欢你,这种事,也没什么关系……"

看见她害羞地掉头就跑,以太之主笑了起来,冲上去抓住她的手腕,顺着水

流把她拉回去:"过来。"

可她刚回过头,就看到他身后出现了大片黑压压的影子。她睁大眼,挣脱他的手,朝他身后的方向游去。接着,海水的味道变得呛人,视野越来越清晰,她整个人都好像被冻住了——那是一片尸体。有房角石的,有鲨鱼的,有鹦鹉螺的,有小鱼群的,也有海族的。

这是四点三九亿年前的地球。六千光年外,老态恒星爆炸,放射出伽马射线,击穿了臭氧层,直击地球陆地表层、进入海洋,杀死大量浮游生物,破坏了海洋的食物链。伽马射线还打乱了空气分子中的化学成分,令不同元素组成了毒性气体,导致阳光无法进入海洋,全球气温骤减。于是,海侵广泛,南方古陆进入南极地区,影响了环流变化,第一次物种大灭绝也在这时期爆发了,灭绝数量高达了85%。同时,36%的海族死于海族文明开始以来的第一次大饥荒。

这一场灾难像一颗彗星,在天上时好像美丽而无足轻重,真正砸到了深蓝的世界以后,才令深蓝感知到了它的分量。而且她知道,如果不是因为她变成了实体,完全有可能预防这一次灾害。以太之主发现了她情绪上的波动,说:"自然法则存在的意义,就在于选择出那些适应环境的生物。而那些孱弱的生命,即便消失在历史长流中,也是正常的现象。"

深蓝听进了这些话,反复说服自己,没有人制定了一条规矩,要为自己创造出来的生命负责。况且,这属于自然灾害,制造者并不是她,她完全没必要为此感到愧疚。成为一个少女,而不是一个神,只是一个中性的选择,并不存在对与错。可当她变回虚体状,用神灵的视角去俯瞰众生,看见小海族们被濒死的父母送到了冰川上,用发育不全的嗓子哀号如同围着空巢悲鸣的海鸟;看见一片片中毒的鲨群在沙滩上翻过身来死去,最终被太阳晒干;看见房角石的庞大身躯失去了生命,沉入深海……奥陶纪生命的繁盛,在这个转折点画下了大句号。"她的选择不是错的"这句话,显得如此无力。

深蓝召唤出了琉璃军团,将他们实体化,拯救并守护这些处在水生火热之中的生命。他们成为了最早的海神族祖先。因为他们的诞生,海族文化有了飞跃式的发展。他们创造了最早的文字——古海族语,在深蓝召唤他们的海洋中心,建立了一个琉璃军团神殿,以此作为他们聚集和议会的地点。他们在神殿附近修建了彩绘琉璃式的住所、礼拜堂、祭坛、学校、部队训练营、集市等等,并在面向太阳升起的方向,修建了一道纪念无尽海洋之主的创世门……渐渐地,群落变成

Chapter 50 神的私心

了城镇，城镇连成了一座巨型城市。这便是第一座海洋的文明之城。海族们将它命名为"圣耶迦那"。

在高维空间里，时间的流逝几乎是无感的。深蓝经常听到海族们的朝拜与忏悔，眨眼间，海神族的繁衍便经历了四千多代。感受到深蓝的自责，以太之主却没再一直保持虚体状，而是用各式各样的身份在海洋里生活，帮助那些处于苦难中的海族。他和以前一样，默默陪伴在她身边。只是这一回，她没再主动与他说话。

智慧的进步往往伴随着不安。宗教的诞生，也带来了大量神学者的思考。他们最喜欢思考的就是罪恶与痛苦的本质。因为深蓝长时间没有显示实体，也有海族渐渐开始质疑，这个传说中的海洋最高神是否真实存在。

"如果真有这样一个对我们充满关爱的神，她怎么可能允许近两千万年前，那场几乎毁灭世界的灾难发生呢？"

"如果真有这样一个善良的神存在，她怎么会允许海洋世界存在那么多的邪念滋生呢？"

怀疑者们最喜欢提出以上两个问题。海神族拿出了深蓝创造他们祖先的记载，每次都和他们辩个你死我活。

回归了虚体与理性，深蓝明白了，如果没有价值，就没有所谓的善与恶。如果自然界里只有电子和基因传递，就没有所谓的快乐与痛苦。从高维的空间看待这个低维的世界，不代入情感和欲望，这个世界发生的一切，就没有任何意义。可对低维生物而言，他们生活在一个混合了基因传递和物理作用的世界，没有规律，充满概率，有人收获幸运，有人遭受痛苦，没有任何公平可言。就连她，海洋的造物主，也无法给予他们绝对的公平。她的没心没肺、不理不睬，甚至会带给他们灭顶之灾。

海族创造了伟大文明的雏形，却对更加庞大冷漠的自然法则无能为力。他们唯一能做的，就是努力在宇宙黑色的巨大幕布下，配合万物运作的节拍，迈出响应的步伐，何其可悲。

痛苦是低维生物的特权，是独立个体的特权，是自私者的特权，不应是神拥有的特质。神即便无法为他们创造出公平，也不应增加更多的不公。于是，无尽海洋之主决定，如果不是特殊原因，不再使用实体进入低维世界。

4.3亿年前的早上，深蓝听见了一个海神族少女的祈祷："无尽海洋之主啊，我偷偷喜欢的那个男人就在我身边，希望他能爱上我……"

这本来是一个很普通的祷告内容,但深蓝从她的意识中,看见了以太之主的模样。深蓝一时好奇,就把注意力都集中在了少女所在的地方。然后,她真的看见了以太之主。那个少女正靠在他的怀里。

不知道发生了什么事,深蓝实体化了,出现在那两个人面前。

少女留着一头金色的头发,皮肤白嫩,面容娇俏,身材足以让任何年龄段的雄性海族都想入非非。此刻,她钻在他的怀里,眼泪汪汪,委屈巴巴,像第一次摔跤的小女孩,伤心极了。

深蓝整个人都呆住了。她虽然想要以虚体状永生下去,却没想过一个问题:以太之主可能并不会永远等她。而在他抬头与她四目相撞的瞬间,她终于知道,自己不得不认命。

原本以为自己心回神性,不能再爱,其实只是自欺欺人。这一份对以太之主的爱意只是被她藏了两千万年,却不曾消失过。并且,就像藏在酒窖里的酒,随着时间的推移,越发浓烈。察觉他可能会爱上别人时,她甚至对他怀里的少女有了很强的攻击性。不过是她创造的弱小生命,也敢来和她抢恋人!

深蓝酝酿着奥术神力,眼神冷漠,只想动手杀了少女。少女还是哭个不停:"先生,我喜欢你很久了,你既然和妻子不住在一起,为什么要对我这么残酷?我什么都不要,哪怕只有一夜的爱也可以,不会影响你对她的责任的,为什么要拒绝我……"

以太之主没说话,只是看着深蓝。两千多万年前没见,深蓝还是以前的样子:盈盈一握的腰,海藻般湿润的长发,柔软的唇,白皙纤细的手指,她的每一寸肌肤、每一点体温……都让他很思念。但他也感受得到,她的眼神完全不同了。她海蓝色的瞳仁中含着泪,却倔强地不让它流下来。

深蓝往后游了一些,几乎站不稳。她被两件事吓到了。第一件是刚才那一瞬间产生的念头。第二件是这一瞬间产生的念头。

所有不满的情绪,都是源自于欲望的不满足。她现在有很强的欲望,想放弃神性,再次回到以太之主的身边。

最后一次实体化的见面,深蓝落荒而逃。游走的时候,她又没出息地回头看了他一眼,发现他依然看着自己,全程微笑着,冷静而客气,没有一丁点儿心动的手足无措,像是猜到了她最终会做出的选择。

最终,深蓝分裂成八部分,封印住了智慧与自私,令圣海七宗神进入孕育成

Chapter 50 神的私心

形期。

对以太之主来说,他永远失去了挚爱;但对深蓝来说,不过是与她最爱的海洋彻底融为了一体。海是她的灵魂,她的希望,他没有资格替代。

以太之主很坦然地接受了这一切,并且在深海中建立了一座回忆神殿,创造了一片只属于他与深蓝的琥珀梦境,从此不再出去。

就这样,一亿年漫长而又短暂的时光过去。

从加斯蒂琪雅开始,七位宗神陆续在一周内诞生,在海洋中扩散出强大的奥术之力,并且守护着各自的海域。第八日,海洋一夜之间变成了赤红,翌日变回正常,海族们将这"燃烧之海"的诞生,标记为七位宗神诞生结束的象征。

以太之主离开了回忆神殿,到七海分别拜访了这七位宗神。但等他真的见到他们以后,他才终于接受了一个现实:魂片终究是魂片,他们并不是深蓝。全部合在一起也不是她。可不知为什么,他觉得她还在。与这七位宗神无关,他思念的那个女人,还没有完全消失。

他漫无目的地在大海里逡巡,一日,经过菩提海时,那个强烈的熟悉感侵袭了他所有的感官。然后,就在一抹晨曦中,一个留着白色短发的女人悬浮在海域上方,逼近海面的地方。她抱着一个正在啼哭的婴儿,慈爱地拍着婴儿的背。这是菩提海的宗神,米瑟热热。

"以太之主……"米瑟热热惊讶了一秒,弯腰向他颔首示意,"没想到竟然会在这里遇到您,我们都以为您已经离开地球了。"

"那是你的孩子?"

"不是的。这是深蓝的最后一个魂片。"

"她有八个魂片?"

"嗯,只是这个魂片是她不想要的部分,所以,这孩子始终无法见光。"

"她不想要的部分?我看看。"

以太之主游过去,看了一眼襁褓里的婴儿:这是一个留着玫瑰色卷发的小女孩,才刚生下来没多久,头发就跟炸开的蘑菇云似的。她本来在大哭,一看见以太之主,立刻就不哭了。她停止哭泣后,附近的开放水域中瞬间变得空旷,只剩下了水声、遥远的鲸鱼歌声。她安安静静地看着以太之主,深蓝色的大眼睛也睁得圆圆的,时不时还眨两下。以太之主伸出手指在她面前晃了晃,她跟小猫似的左右转了转头,伸出肉肉的小爪爪,一下抓住他的食指,咯咯咯地笑起来。

"为什么你们都是白发的成年模样,这孩子却是红发的婴儿?"

"我也很费解,大概因为她是最特殊的魂片吧。"米瑟热热看着孩子,叹了一口气,"深蓝说,如果不封印她,海洋就会陷入混乱。我们本来都按照指示,在十年内将她封印起来,但每次封印后,她总是会很快醒过来。其实我一直很好奇,她真的有那么大的破坏力吗,这明明是个很可爱的孩子……"

"她叫什么?"

"苏伊。"

苏伊。他懂了。深蓝一直对物种大灭绝的事悔恨不已,认为是她过度放纵自己实体化造成的。她痛恨自己的私心,把它单独分裂成了一个魂片。但是,私心又带给了她无穷无尽的热情:对未知的好奇、对每一天新生活的向往、对个体的过分偏爱、对学习新知识持之以恒的热爱……所以,苏伊的头发是象征了热情的红色。

后来的几年时光里,苏伊的成长验证了以太之主的猜测:她的学习能力很强,不到一岁就学会了游泳和海族语,拥有了二十岁孩子的智商。每当有新生动物经过家门时,她总是会第一时间摆动着小尾巴,不怕死地跟过去看,叽里呱啦说着一大堆自己的"观察报告"。而且,随着她一天天长大,未来的美丽容貌也越发有可预见性。

从她身上,以太之主看到了越来越多深蓝的影子,就好像重温了一场持续了上亿年的旧梦。

海族在圣耶迦那建立了永恒广场,以迎接全新宗神的诞生。从保护海族文明的角度看,深蓝做出了一个绝对正确的选择:由她分裂出来的七大宗神和寻常海神族完全不同,他们七人经过一亿年的"发育"期,拥有了控制与发挥全海洋奥术神力的能力,甚至比深蓝本体集中使用奥术还要物尽其用。他们守护着七大海域,为海族世界撑起了一个巨大的保护伞。

在后来的三亿年里,地球上又爆发了三次物种大灭绝事件。第一次发生在二叠纪,陆地面积扩大,对太阳光照与气候产生巨大影响,96%物种灭绝,是地球生命史上最残酷的一次物种大灭绝;第二次发生在三叠纪,地壳运动导致海平面上升,陆地生物走向了繁衍的巅峰,海洋生物却走向了末日;第三次发生在白垩纪,恐龙灭绝。但这些自然界和宇宙的重创,并没有影响到海族的繁衍、光海文化的蓬勃发展。宗神和他们的后裔帮着全海族躲过了所有物种大灭绝危机、上万次深渊族的袭击和光海内乱。他们还继承了深蓝将奥术与海洋生物融合的能力,随着

Chapter 50 神的私心

海洋中新物种的诞生，不断创造最新的海洋族、捕猎族，使得整个光海进入了生生不息的循环。

最后的三千万年里，七宗神的三亿年实体寿命结束，也逐渐意识化，留下了他们各自的后代，也就是后来的各大宗族中的海神后裔。这些后裔的诞生令这个世界变得不公平，他们中有很大一部分并没有深蓝的悲悯之心，忘记了神灵保护弱小的使命，对中下级海族肆意欺凌。但是，因为无尽海洋之主的付出，海族的历史持续了四点五亿年。地球史上除了极少数生物，如鲨鱼、蟑螂、鲎，没多少生物可以撑过四次以上的物种大灭绝。

"不公"尽管不完美，但在"生存"面前，几乎可以忽略不计。

四亿多年的变迁过去，地球上的美景始终缤纷秀丽，阳光和月光轮流替换，雷电震碎夜空，风雪与原始森林融合，繁星在夜晚绝望的面容上闪烁，万物从冰雪中复苏，极光穿过蓝天疾驰而落……生物严格遵守着适者生存的定律，相辅相成。如果深蓝还在，一定会很珍惜她守护的这一切，每一天都会亲自去感受世界的一点点改变。

但是，以太之主并没有给自己机会去欣赏她欣赏的东西。从看见苏伊的那一刻起，他确定了一件事：无尽海洋之主作为深蓝的一生终结了。没有深蓝的世界，没有任何意义。苏伊才刚满一岁，他就没有继续留下来观察她的成长，而是进入了无期限的沉睡。

之后，七宗神一起封印了苏伊，封印最长时间是十万年。每一次苏伊苏醒，米瑟热热和她后代就需要再次抑制她的力量，将她埋藏在海洋里，再封印十万年。

终于，数不清的十万年过去，燃烧时代24480年，长达三日的"燃烧之海"结束后，苏伊梵梨再度复苏了。即便是米瑟宗族也压制不住她的奥术之力，他们所有向她施展的封印奥术，都被她吸收到了身体里。米瑟宗族不知道原因是什么，只能把这冻结了四亿多年的孩子抚养长大。同时，米瑟寻月一家因为害怕她带有诅咒，被其他宗族杀害，就把她送到星辉一家，让她远离海神后裔的世界。

Chapter 51　以太的回归

耀光时代1426年，翡翠山脉又发生了一次摇撼全城的大地震。一道红光从"深蓝女神"扫过，由珊瑚和海藻组成的头发、海草组成的睫毛因此震动。红光所碰到的地方，都有生命和洋流出现，就像大块云彩从苍穹中掉在了海洋中。

在翡翠山脉醒过来时，梵梨完全没想到，自己还有机会目睹未来的世界。她身上没有证件，也没有通信仪，只能游到山脚下，向路人打探现在的年份，得知距离她带着深蓝"同归于尽"，已经过了一千年。

梵梨觉得不太对，抬头便在一个政府建筑上看见赤月帝国的军旗，还在街上看到了戴着呼吸器的幽影族——圣耶迦那被赤月帝国占领了！

原来，从深蓝短暂复苏以后，苏释耶回到了暗海，销声匿迹。五十一年后，苏释耶带着释放出来的噬魂谷三十六魔神，向光海联邦发动了全方位的战争。两百余年后，帝国军占领了圣耶迦那，光海的政府与宗族陆续缴械投降。苏释耶正式宣告光海联邦更名为"海洋帝国"，与深渊帝国合二为一。但是，很多光海族不服输，组织了起义军，与帝国对抗到底。这些年，赤月公主苏伊璃负责驻守深渊帝国，赤月王子苏伊繁星则跟苏释耶征战四方，进行各海外交。

苏释耶在圣耶迦那上方的一个陆地岛屿上盖了一座梦幻宫殿，以便邪能强劲的深渊族栖息，并在四周设置了滴水不漏的军事防御基地，杀死所有靠近的人类。梵梨游到了岛屿附近，上岸，顺着路径找到梦幻宫殿。湿润的海风吹开了林间的花朵，粗莽的浪花在海岸上撒落散乱的珍珠。黑夜中，掌灯者、深渊族士兵徘徊在小径中，殿门前。梵梨靠过去，大声喊了一句："我是苏伊梵梨，想见苏粹耶陛下！"

侍卫进去报告后，请梵梨进去。梦幻宫殿的内部，所有墙壁、地板、吊顶的材质都是一样的，看上去像琥珀，又像玻璃，流动着粉紫色的邪能，令人有一种进入异世界的错觉。顺着回廊，她看见了整齐排序的三十六魔神石雕，还看到了不少真魔神的身影，他们比寻常深渊族体积大两到四倍，穿着繁复的正装或铠甲。

走了很久，梵梨才抵达宫殿的最深处。王座前的桌子上，放置着一个水晶心脏一样的模型，两个男人正在低声讨论着什么。苏释耶穿着一件黑色开领衬衫和

Chapter 51 以太的回归

黑色长裤,高高的身材,宽肩长腿,略显清瘦,焰之眼金耳坠随着他点头的动作轻摇。魔神大主教以半魔神火焰状态,悬浮在苏释耶的右上方。

看见"炎大主教"的真身,梵梨的震惊程度,不亚于重见苏释耶时的冲击。

"炎之主!"她提高音量说道。

"海之主!"赤炎模仿着她说话的口吻,粗着嗓门大笑起来,"不,现在应该叫海之主的八分之一了。因为在深蓝的世界,什么都是可以分裂的,哈哈哈……"

苏释耶原本在与赤红说话,听见门口的动静,他转过身来,低头看向台阶下方的梵梨:"嗯?看看是谁来了。"

"苏释耶……"她试着唤道。

"你也叫我苏释耶?"苏释耶愣了一下,"我以为你已经拥有深蓝所有的记忆了。"

"我有。"

"哦,那很好,省掉了很多沟通上的成本。"苏释耶笑着,继续和赤红研究那颗水晶心脏,没有多看梵梨一眼。过了几分钟,他才总算回过头来,对梵梨说:"还有什么事呢?"

"我可以私下和你聊聊吗?"

"现在我有事要忙,你如果急着今天和我聊,那要麻烦你在外面等我了。"

"好。"梵梨点点头,"我在外面等你。"

这一等就是七个小时。在这过程中,苏释耶还离开过宫殿,过了一个小时又回来,也没时间搭理她,而是接着忙下一场会议。等他完全空下来,夜已深了,繁星在夜空中格外清晰,梵梨站着都快能睡着。

"辛苦你了,苏伊。"苏释耶彬彬有礼地笑道,"你有什么事要跟我说呢?"

原本以为重逢后,他们会做的第一件事是拥抱。她以为苏释耶会有失而复得的喜悦。但是,他看上去就像一个刚才认识没多久的朋友。她想了半天,不知道该从哪里引入话题:"你为什么要叫我苏伊?"

"苏伊不是你的名字吗?"

"苏伊是我的姓。"

苏释耶停了停,像是想起了什么,轻拍了一下自己的额头:"对,真抱歉,我失礼了,现在是耀光时代,你的全名是苏伊梵梨。"

"所以,现在你是以太之主。"

"嗯。"

"好的,我明白了。苏释耶已经被你吞没了。你都把赤红放出来了,立场很明确了吧。"

苏释耶不置可否地笑了一下,她本想问他为什么要放出赤红,但这一刻,相比较对赤红的好奇心,她受到的打击大多了。她笑了一下,后退两步:"那我没什么好说的,先回去了。"

"好,慢走。"

梵梨转身走了几步。丛林间,有萤火虫和蛱蝶翩翩起舞,棕榈树为了汲取更多的阳光,都竭尽全力往上长,以至于体积太庞大,只在小道上遗漏下了少数美丽的月光。看见这条四亿多年后的道路,她想起了空旷的史前岛屿,还是忍不住回头说:"就算是曾经的你,对我也应该是有感情的,不是吗?"

苏释耶原本都进去了,听见她的声音,又重新走出来:"在跟我说话?"

"你不要装傻!"

"不是我装傻,苏伊小姐。我只有一个问题:你知不知道自己是谁?"苏释耶站在一抹冷月光之中,笑容也是冷冷的。

梵梨微微一怔,张了张口,却说不出话。

"其实有的话说出来伤人,但看你这么纠结,我觉得还是早些告诉你比较好,这样不耽误大家的时间。"他缓缓走下台阶,走到了梵梨面前,低头看着她,目光温柔,"我爱过深蓝——确切说,现在也爱。但是,对于虚体的神来说,'爱'没有你们文化里理解的那么崇高。这只是我和深蓝玩的一个游戏。"

身体像被装上枷锁一样,无法动弹。梵梨定定地看着他。

"所以,如今深蓝不在了,游戏结束,这份'爱'也就不复存在了。明白吗?"苏释耶说道。

"我不信。"梵梨轻轻摇摇头,声音也轻飘飘的,"你没有你说的那么薄情。不管是以太之主、星海,还是苏释耶,对我来说都是一样的,你都是我最爱的人。"

"可是对我来说,你和深蓝并不一样。"

"什么意思……"

"你只是她记忆和情感的载体而已。将这些信息从一个个体移植到另一个个体身上,会让人产生两个个体相同的错觉。但站在旁观者的角度看,也确实只是错觉。"

他的话语飘散在了深浓的夜色里,不留痕迹。游荡的月光横在羊肠小道上,

Chapter 51 以太的回归

梦幻宫殿在海浪的思慕中酣睡。梵梨只觉得浑身发冷,连说出话的声音都是发抖的:"你爱的是无尽海洋之主、大海生命的创造者,可以和你一同在高维空间俯瞰众生的那个神。"

"你是个聪明的女孩。"心像被刀狠狠扎了一下,扎得梵梨喘不过气来。他似乎发现了她的痛苦,轻轻拍她的肩,"不要难过。我不是不爱你,而是整个低维空间的所有生物,都爱不上。你们没有与我们意识交流的能力,无法产生高维的情感。如果我现在说喜欢你,那就只是有低级的欲望而已,这不是你想要的。"

冷淡的风拨动着回忆之弦,却只能在梵梨一个人的心头奏出涟漪。她苦笑:"原来是这样,是我被记忆糊弄了……"

"嗯。"

"可是,苏释耶呢?"梵梨抬起头来,不死心地说道,"你没有苏释耶的记忆吗?难道不会被他的感情和记忆影响吗?"

"当然有,他是我的神识。但对我的寿命来说,太短了。短到就像一滴雨水落入大海,影响不了我。"

苏释耶是以太之主的神识,也就意味着是他必不可少的一部分,无法单独分离出来。

"我不相信。"她再次坚定地摇头,"你以前像苏释耶那样爱过一个人吗?"

"什么?"苏释耶皱了皱眉,"我不懂你在说什么。"

"虽然记忆短暂,但我们真的很爱对方,怎么可能因为你寿命长就会淡忘?所以,你说没什么影响,肯定是在说谎!"

苏释耶低头,无声地笑了半天:"你确实太聪明,想骗都没法骗。你说得没错,我没有淡忘和你的过去。"

梵梨挺直了背脊,露出了期待的眼神。

"但没有淡忘,不代表就会继续爱。"苏释耶抬起头,眼中满满都是遗憾与调侃之意,"其实,如果我真爱你,根本不会介意你是不是神。只是,男人是很简单的,对你彻底腻了,就会想办法摆脱你。现在我已经腻了。这样说,够直白了吗?"

"我不相信……"梵梨用双手捂着嘴和鼻子,几近崩溃,"我不相信!我不信!"

"对不起,是我辜负了你。"

"可是,我们的孩子呢?我们并不只是谈恋爱啊,我们都有两个孩子了……"

"爱情与家庭有什么关系呢?"

"你怎么可以说出这么不负责的话!"

"是啊,是很不负责。"苏释耶叹了一声,"你可以到处诉苦、抱怨,让所有人知道我是个渣男,我不介意的。只要你能放手,我怎样都可以。不要纠缠我了。"

话都说到这个份儿上了,一点余地都没留,即便想反驳也没办法。像全身都被车轮碾过,梵梨再也无法控制情绪,也顾不得形象,瘫软无力地跪在地上,双手捧着脸,还是一直说着"我不信"。但不管她说多少次,都无法说服自己。

"让我见见两个孩子,可以吗?"梵梨用最后的力气说道。

"你是他们的母亲,当然有见他们的自由。自己联系他们吧。"苏释耶拍拍她的头,转身回到了宫殿中。

原来,被喜欢的人拍头都会如此难过。

丛林中,花朵繁盛,草木青翠,云雾悬挂在热带雨林的叶片上,就像翡翠山脉上深蓝的层叠发丝。大海的涛声由远及近,将风雨的呼唤拍打在沙滩上。海风掀起梵梨的长发,扰乱了她的视线,她却连拨弄它的力气都没有。在他离开后很长时间,头顶乃至全身的肌肤都像被扒了一层,完全暴露在冰冷的空气里。

离开之前,荒格为梵梨准备了一些生活必备品,银行卡、通信仪、舰艇设备等等。通信仪里储存了两个孩子的电话。梵梨给他们打了电话。璃璃尤其开心:"真是太好了!妈妈,我很快就带弟弟来圣耶迦那看您!"

"你真的是妈妈?妈妈还活着?"繁星说话都有些不清楚了,"不敢相信,我一直以为自己是没妈妈的孩子……"

挂掉孩子的电话,梵梨又难以自拔地想起了苏释耶。大脑告诉她,别做傻事,你压根儿就不知道找他该说些什么。但她的行为不听使唤,还是拨通了他的电话。

"喂。"

他的声音无情却动听,让她的心都悬了起来。她轻声说:"你睡了吗?"

"快了。"

她不知该如何接话,没再说话。心里很清楚,不管找什么话题,最后结果都是一样的。一次次碰壁,一次次有所期待,实在有些愚蠢。可是,只要想着他就在电话那头,哪怕是听着他的呼吸,她就不可能无动于衷。

过了一会儿,他说:"有事?"

"我想你。"

声音沉到了谷底,梵梨抑制着哭声,没让他发现自己的失态。苏释耶却只回

Chapter 51 以太的回归

应了她无限的沉默。她张开口,半晌,声音喑哑地说:"关于我们俩的事,我想再和你聊聊。"

"怎么?"

"你说你对我一点感情都没有,我觉得是妄下结论了。是,可能我不能替代深蓝,但是,就算是作为梵梨,我们也有很多的回忆,不是吗?"

"你想说什么呢?"

她听得出来,苏释耶的客气只是出于修养,而不是发自内心的温柔。但她还是硬着头皮,鼓起勇气说:"我认真反思过了。作为妻子,我有很多不合格的地方,很多时候都把自己的抱负放在第一位,没有顾虑你的感受。对于女人而言,这确实是很难平衡的点。我向你保证,以后我会把生活的重心转移到家庭上,不再忽略你的感受了,你觉得怎么样呢?"

苏释耶没有说话。

"哥哥……"梵梨声音小了许多。

"嗯?"

"一千年时光,真的会改变那么多吗?我不相信你是这么薄情的人。我们再重新见面,像成年人一样坐下来谈谈,好不好?"

"已经没什么好谈的了。"苏释耶淡淡地说道。

"深蓝已经分裂成了宗神后裔,她回不来了。现在光海都是你的国土,宗神后裔都归你管辖,就算有人不听话,也是少数,对不对?宗神后裔属于你,我也属于你,那不就等于深蓝回来了吗?你为什么一定要执着于本体呢?"

"梨梨,我已经不爱你了。"苏释耶疲惫地叹了一声,"还有什么事?"

"真的不爱了吗?"

"嗯。"

梵梨知道,再说下去也毫无意义,但还是不甘心,不想放弃,忍不住带着哭腔说:"再努努力,好不好?我会乖的。"

"对不起。我没办法给你想要的。"

"试试而已,对你又没有损失……试试都不可以吗?"

"真的不爱了。"

梵梨抹掉眼泪:"可是我还爱你,怎么办……"

"不要活得那么痛苦。"苏释耶的声音低沉,情绪毫无起伏,"不要爱我,也不

要恨我。索性忘记我吧。嫁个好男人,忘记这段过去。"

"你能接受我嫁给别人?"

"能。"

"我和别的男人睡觉,生孩子,你也接受?他会对我做所有你做过的事,你能接受?"

为了让他嫉妒,她说了很大尺度的话。但他的回答依然言简意赅:"那是你的自由,已经和我无关了。"

他回答得这么快,让她最后一丝幻想空间都没了。她苦笑:"苏释耶,你真狠。"

"记得,不要跟你未来的丈夫提起你和我的过去。如果对方坚持要问,你就说我是个渣男,朝三暮四,你受不了我。男人一般听到你说这种话,都会好好珍惜你。"

"谢谢你教我这些。谢谢你为我未来着想。但我只爱你,没办法爱别人了。"

他认为,和他分开后,她还能再嫁,不知道是看轻了她,还是看轻了他自己。她只觉得很好笑。但更好笑的是他后来的回答:"你以为自己很痴情,把自己感动了。但拿不起放不下的人,在我这里没有魅力。"

"反正我已经没有魅力了,随便你怎么说吧。"

嘴上说得好像无所谓,但挂了电话后,梵梨再次陷入了极度的痛苦中。她不懂。明明在她离开之前,一切都还好好的。为什么苏释耶找回了完整的以太之主的记忆,就可以变得如此决绝?虽然等了苏释耶七个小时,腰背都有些酸痛了,但梵梨躺在床上睡不着,太阳穴一直突突跳。最后,她干脆坐起来,看着窗外发呆,等到天亮,联系了老朋友和曾经的同事们,他们都对她的回归感到惊讶又激动。

这些年,希大依然掌管坑塌军团的大部分实权,但祖父身体有些不行了,所以他一直守在风暴海尽孝。夸张的是,他虽然没结婚,但现在有了八十九个孩子,孩子妈就有快六十个(他记得孩子的精准数量,却不记得孩子妈的数量),其中有多少个孩子是他亲生的,他有没有帮别的男人养儿子,可能他自己也不知道。但他资源多,也不是太在乎这种事,还想生满一百个。

夜迦则是走到了另一个极端。他还是坚持原则,完全不想结婚,没有固定的女朋友,没有孩子,每天泡在花街柳巷,听说和几个名妓有过可以写入《耀光时代宗族野史》的生死恋绯闻。至于工作方面,他做的事和一千年前没有任何区别。

风晋和夜迦一样,也是一千年不换工作,安于当娇弱的金丝雀。三百多年前,

Chapter 51 以太的回归

她嫁给了兼特少宗主,羽烬的亲哥兼特羽悠。他是天照阐幽大学的博士,比她大七百二十岁,沉默寡言,是实干派。他本来在裂空海航海奥术集团担任奥术委主任,到圣耶迦那出差时,很快就被风晋迷住了。两个人谈了九年恋爱,在临冬海、裂空海、圣耶迦那都举办了婚礼。后来,羽悠为了风晋调到圣耶迦那工作,在光海奥术委员会担任政府关系主任,职位晋升很快,深受帝国器重。羽悠长得就像成熟冷峻版的羽烬,有点大男子主义,不爱社交,唯一的爱好就是回家陪老婆。

"是的,我觉得自己真的嫁对人了!"风晋在电话里甜甜地说道,"苏伊,你和苏释耶陛下也再生个孩子吧,以后我们的孩子订个娃娃亲?"

"这……可能有点难以实现吧。"梵梨有些不忍破坏气氛。

"可是繁星现在都一千岁了,我们打算再过几百年才要孩子,繁星会不会比我孩子大太多啊?再说了,繁星帅过头了,笑起来眼睛弯弯的跟你一模一样,桃花实在有点多,都多少女明星对他飞蛾扑火了?我怕我女儿驾驭不住他……唉,不对,你们生多少个都会很帅吧,我好愁哦。"

"你这幻想的细节也太多了吧?"梵梨笑出声来,"你怎么就知道你会生女儿?"

"因为我想要女儿啊,你不觉得当女孩子很幸福吗?不用有太大的工作压力,还有老公疼。"

"那是你的女儿,像你的女儿肯定会有老公疼的。不是每个女孩子都有你那么幸运。"

"瞎说,咱们苏伊伊不就是吗?虽然折腾了点,但结局很好呀。"

梵梨不想再聊苏释耶,把话题转移到了兼特宗族上。她得知羽烬事业有成,在帝国军团里工作。四五百年前,他交了一个女朋友,谈了几年分了,然后一直单身到现在。

"小羽好像特别想你。"风晋叹息道,"有一回和几个兄弟喝到烂醉,他突然哭了起来。他们都以为他是想前女友了,结果他一直喊着'梵梨姐姐'……你尽快联系他吧,他如果知道你回来,一定会特别开心的。"

黑乔的孩子成年了,现在是莫尔集团董事会成员,在公司基层工作,锻炼自身实力,父子俩感情很好。但黑乔和梵梨联姻结束对公司影响很大,加上社会结构发生巨变,莫尔集团没有跟上第一阶梯,现在业绩下滑了很多,变成了二流公司。

梵梨休息了一天,夜迦就上门拜访她了。

海草、海藻碎片是红与绿色的大雪,随着海水漂流,萦绕在海雾树周围。海

雾树下,夜迦似乎刚从学校过来。他抱着两本书,戴着圆框眼镜,防滑链落在锁骨上,雪白长发垂在腰际,似乎与静谧的海浪合二为一了,潺潺倾诉着无声的温柔。看见梵梨,他的紫眸中有光影滚动:"苏伊,好久不见了呢。"

梵梨一肚子火:"看看是谁来见我了,哦,原来是犯了反海族罪的布可夜迦教授呢。怎么,你还没被砍头?"

夜迦瘦瘦的肩膀抖动起来,笑得花枝乱颤:"我错了,还不行吗?"

"不行,真的不行!我觉得你很可怕!"

"别这样,我是想和你聊一些苏释耶近期的活动,你没兴趣知道?"夜迦还是笑得不正经,但他也抓到了梵梨的软肋。见梵梨冷酷的双眸突然变得脆弱,就好像来了一只海鸟,离开巢穴时,把他所有的思绪都带走了。

他成功说服了她,把她带到附近的餐厅用餐,并且递给她一张《圣耶迦那日报》。头条新闻是《临冬海最大稀有宝石艺术"梦幻玛瑙"即将竣工》。配图上,临冬海一片高耸的冰山上方,伫立着一颗全透明的蛋型宝石。和冰山不同,宝石的形状很工整,冬季冷冷的阳光穿透了它。在动态照片上,它还会随着阳光的流转,闪耀着梦幻的光芒,让人误以为是一颗巨型肥皂泡,一戳就破,还会溅射出水珠。这个艺术品完美而诱人,堪比苏释耶向梵梨求婚时送的"星之尘埃"。梵梨有些出神:"这是'梦幻玛瑙'?'苏释耶亲自监工',为什么?"

"我问问你,你知道宇宙中已知的最高温度是多少吗?"夜迦答非所问地说道。

"五点五万亿摄氏度?"

想要制造这样的温度,需要在圣耶迦那微子中心把铅离子加速到接近光速,再用冲撞机对撞,可以把质子和中子都融掉,新生成一种夸克——胶子等离子体的物质形态。因为成本非常大,温度又高到严重溢出,所以哪怕是在最残酷的战争里,也很少有人用到这个极限温度。

"对,就是'地狱式神'冲撞系统能达到的最高温度。现在只有门罗反潜驱逐舰、巴曼薄亚QX-71重轰炸艇、T-97式深渊榴弹发射器等十三种军事武器应用了地狱式神系统。"

"已经有十三种了?一千年前我记得只有三种。"

"曾经的深渊帝国,暗藏了很多军事机密啊……"夜迦吐了一口泡泡,心不在焉地看着远方,"你有没有想过,如果有一个长度超过十五公里、高度超过两百米的巨型武器,全部用来爆发'地狱式神'的温度,再燃烧一百二十二点八亿支

Chapter 51 以太的回归

UMM-89邪能生化铀弹的能量,粗略估计,你觉得会发生什么事?"

梵梨计算了几秒:"我怎么觉得你在描述一颗超新星的爆发?"

"就是模拟超新星。"

超新星是指在没有预兆的情况下,宇宙中某一颗星突然爆炸形成的星体。爆发的时间只需要几十天。在这几十天内,这颗星的亮度会突然增加几亿到几十亿倍,爆发的能量会超过普通恒星几十亿年生产能量的总和,然后彻底黯淡下去,走向生命的终结。

"所以?"梵梨等待着后文。

"你知道临冬海有一片永冻冰山吗?"

想到他提起的十五公里的长度,刚好就是那片冰山的长度,梵梨心都凉了半截:"那片冰山怎么了?"

"苏释耶的新宝贝就在里面。"

梵梨头皮都全麻了。她晃了晃脑袋,又低头看了一眼报纸:"你在逗我玩?'梦幻玛瑙'不是艺术品,是个武器!"

"是真的,它看上去好像不是太大,其实那是冰山一角。永冻冰山被掏空了,里面装的全是'梦幻玛瑙'剩余的部分。它真正的体积和冰山差不多大。"

"厉不厉害?你老公和炎大主教造出了全宇宙最可怕的武器。"夜迦微笑道,好像是在夸自己老公一样。

"这是帝国最高军事机密吧,你是怎么知道的?"

"要多亏我对苏释耶的了解吧。你说,苏释耶是不是一个有品位的人?"

"是。"梵梨毫不犹豫地说道。苏释耶对珠宝矿石、藻类工艺、葡萄酒类、雕刻绘画、戏剧文学……研究都很深。深海已知黑珊瑚的数量和品种,他都能细分出来,还知道什么珊瑚怎么设计会烘托出什么气质,简直像在帝国生物地理研究部和时尚杂志社都上过班似的。

"那你觉得,他会用怎样的态度去打造'梦幻玛瑙'这样外观的艺术品?"

"他的目的性很强。"梵梨慢慢说道,"他只喜欢研究这些东西,但在没有目的的情况下,不会消耗巨额资金去做彰显自己的品位。"

"没错,跟苏伊院士聊天就是轻松,既是心旷神怡,又能迅速直奔本质。"

"好了好了,不吹彩虹屁,奔你的本质吧。"

"遵命。"夜迦又笑得防滑链都抖了起来,"三百年前,他就开始策划'梦幻玛瑙'

的计划了,以他的效率,这么一个山顶的透明蛋,怎么也不至于耗时这么久。而且,在宣传'梦幻玛瑙'的过程中,我没有从相关新闻稿中读懂出任何政治目的——动用那么多人力物力建造'梦幻玛瑙',理由是在临冬海打造新的光海标志,还亲自监工,是苏释耶的作风吗?"

"而且,他把它做成全透明的,让人没法想到它会是什么危险的东西……"

"所以我没事做,就好奇地去转了转,顺手取了一块冰,化验了一下。你猜我发现了什么?"看见梵梨认真听着,夜迦身体前倾,靠近了一些,小声说道,"等它融化以后,总溶解固体除了氢、氧,里面最多的成分是碳、钠、钙。"

"这……不是挺正常的吗?水很干净啊。"

"都已经能测出碳、钠、钙了,说明离工业源很近,不是吗?"

梵梨拍了拍脑门:"没错。那里的水没有被腐蚀,反而像是为了隐瞒什么,故意净化过水源一样。"

"所以,我全副武装再去了一次,用了最新的奥术测量仪器,结果真实冰层里,铱的含量爆表了。"

"你还真有探索真理的精神啊,小夜。"

"是呀,用了七十二年的时间呢。"

真不是闲的吗?

饭后,夜迦把"梦幻玛瑙"调查数据文件交给梵梨,让她拿回去研究一下。但梵梨还没见着儿子、女儿,和苏释耶又搞成这样,没什么心思做研究,回家就把文件袋扔在了一边。

第二天,风晋和兰迪玫瑰到家里来看她,顺便帮她打理家务。

"其实,苏伊伊,我老想不通一件事。"风晋一边整理书架,一边歪头说道,"你说,你和深蓝合体了整整一千年,怎么就突然回来了?不觉得很奇怪吗?"

"觉得。而且时间刚好是一千年差几天,所以我也不太明白。"

"可能被深蓝封印就是刚好一千年呗,这有什么好奇怪的。"兰迪玫瑰耸耸肩,翘着涂了红指甲油的小拇指,在桌上摆弄她刚给梵梨买的藻盆,"比起这个一千年,我比较好奇,苏释耶陛下看到你是什么反应。是不是哭得一把鼻涕一把泪,大喊'老婆我想你'了?"

"我也好奇。"风晋游到梵梨面前,用双手撑着下巴说,"说出你们的故事来,我们都想知道。"

Chapter 51 以太的回归

"我们俩没在一起了。"说出这句话,梵梨松了一口气,吐出一长串泡泡。

"为什么?"风晋像被人打了一拳一样。

梵梨简短地交代了一下,只是没提以太之主和深蓝的前尘往事。

风晋怒了:"苏伊伊什么都没做错啊,他凭什么说分就分?他们还有两个孩子欸,太让人失望了!"

"无所谓,失去苏伊是他的损失。"兰迪玫瑰拍了拍梵梨的肩,"反正你是大名鼎鼎的苏伊梵梨,只要你哪天又想谈恋爱了,什么男人你都搞得定。到时候,让他后悔去。"

"说得好,我站小兰!他既然做到这个份儿上,我也觉得是时候放下他了。苏伊伊,咱们换个人爱。"风晋凑过来小声说,"你觉得小羽怎么样?"

"啊?"

"作为他的嫂子,我单方面宣布:嫂子决定给他一个机会,追我闺蜜!"还不等梵梨给出反应,风晋拿出通信仪,拨通了羽烬的电话。

几乎没有等待时间,电话就接通了:"喂,风晋姐。"

虽然叫着"姐",但羽烬的声音比以前稳重许多,还更低沉了。兰迪玫瑰被这声音迷住了,伸出大拇指。风晋清了清嗓子:"你现在在哪里呀?你还记得吗,你梵梨姐姐回来了,也不给她打个电话?"

"我在回圣耶迦那路上,今天晚上十一点就到。明天早上就去看她。"

风晋紧闭着嘴,努力忍笑了一会儿,指了指通信仪,仿佛在说"看吧",然后又用嫂子语气说:"那你动作快点,别让你梵梨姐姐等太久了。"

"好。"

挂断以后,风晋才笑出声来:"看没,小羽喜欢你!我这神之慧眼。"

"小羽的反应就是一个普通好朋友的反应……"梵梨抚额,"别闹了,我头疼。"

"兼特宗族的男人可以,个个都是好老公的苗子。苏释耶这种男人还是少碰。"兰迪玫瑰望天想了一会儿,咬了一下下唇,"但是,如果苏释耶约你,共度良宵还是可以的。"

风晋震惊了:"小兰,你是个女孩子,怎么可以动不动就提这个词……"

她俩闹了一整天,梵梨觉得好受多了,晚上很快就睡着了。

半夜,她睡得迷迷糊糊的,只觉得有人在轻抚自己的脸颊。她睁了一下眼,发现自己梦到苏释耶了,又翻过身,咂咂嘴,继续睡。但刚跌入梦境,她就猛地睁开眼,

翻身看向眼床边,吓得心跳快要停止——不是梦!真的是苏释耶!

"你为什么……"梵梨拍拍自己的胸口,"大半夜的,你怎么来了?"

"苏伊,现在在我的位置,已经没有什么人可以信得过了。"在黑暗中,苏释耶的眼睛泛着孤独的冷光,"即便是再柔弱的女人,我也不是很相信。"

"我理解……你如果觉得不开心,可以跟我聊聊。"虽然不知道他为什么会突然聊到这个话题,但梵梨太想他了,哪怕能和他多说一个字,她也是开心的,所以尽量去聆听他的倾诉。

"我不想说话。"

"那,那就不说话,我陪你出去转转?"

"和我做一次,好不好?"苏释耶轻声说道。

梵梨差一点喷水。这是什么迷惑言论?他刚才说的不相信别人,翻译一下,原来是这个意思:"这么多年来,我想找人交尾,但不相信别人,也不想别人近自己身。我相信你,所以交尾对象就你了。"

梵梨有些囧,但还是点点头:"好啊。"

"你想好,只是一次。"

"既然你想放松,又不想谈爱,那我们就不谈爱。"梵梨不假思索地搂住他的脖子,主动吻了他一下,脸颊红红的,"这么久没女人,一定很寂寞吧。可以温柔一些吗,我怕我受不……"后面的话,都被疯狂的吻淹没了。苏释耶压根儿就没听进她说的话,温柔是不存在的。

这一夜短暂而漫长。苏释耶一直是她的欲望之源,哪怕他碰一下她的手,肌肤与神经都格外敏感。但过去没有哪一夜会像这一次,全程心脏像坐过山车,上上下下,心惊肉跳。每次都是刚舒缓一些,迷离一些,整个人就再次像从悬崖上被推下去一样,有一种面临死亡的快乐与绝望。

曾经,以太之主是神,即便是在没有生命踪迹的海洋,也能无声无息地唤醒她的整个世界。

曾经,哥哥是光,在斐理镇的海底森林中,在红月海的星夜下,徐徐照亮她稍纵即逝的青春。

这是圣耶迦那也进入黑暗的静默之夜。苏释耶不是神,也不是光,只是一个男人,用带刺的吻,细腻而残忍地亲吻她的伤口。他摊开双手,放松牢笼,却把她的爱与恨,情与欲,全都封锁在了无光无氧的空间。

Chapter 51 以太的回归

凌晨五点过,圣耶迦那已经进入了又一个白日,最后一刻,他原想抽离,梵梨低声说:"再给我一个孩子,不用你负责。"

他皱了皱眉,有些恍惚:"不要我负责……没有父亲的孩子,真的可以?"

"可以。"梵梨按住他的背,害怕他离开,"真的可以。我不是一般的女人,我做得到。"

苏释耶闭上眼,眉头皱得更深了。他内心很挣扎,呼吸很粗鲁,但还是猛地退了出去。梵梨先是一愣,然后自嘲地笑了一下:"这是我唯一想要的东西。"

苏释耶没有看她,起身穿好衣服。他本来就没有把衣服完全脱下来,很快就恢复到了衣冠楚楚的模样。梵梨抱着双臂,只觉得心都要碎了。若说和他亲密的过程中,心是强烈撞击与受刺激的痛,现在就像即将死去前,被慢慢撕成一片片的钝痛。见他马上要离开,她快速起身穿衣:"等等,我送你。"

"那你快点。"苏释耶游到了客厅大门前,连卧榻都没坐。梵梨刚一出去,他就把手放在了门把上。

"等等……"梵梨追上去,挡在他面前,"再吻我一下,好不好?"

好像是因为已经尽兴,不太愿意逗留,苏释耶低下头,冷漠地碰了一下她的嘴唇,就退开了。梵梨本想留他再多待一会儿,但面对这个态度,她说不出一个字,只能为他拉开家门。可是,门外却站着两个人。

"苏伊,你居然出来了,我刚想敲门呢。"风晋惊喜地看看她,把身边的人往自己身侧拉了一下,"你看看,是谁回来了……"

然后,梵梨和风晋同时露出了错愕的眼神。梵梨错愕,是因为风晋拉过来的人是羽烬,风晋错愕,是因为她看到了门后的苏释耶。

"梵梨姐姐……"虽然早就听说梵梨回来了,但看见她本人,羽烬还是很动容。

"怎么……怎么苏释耶陛下会在这里?"风晋白色的长睫毛扇了扇,满满的喜悦再掩藏不住,"哇,你们俩和好了!"

"没有没有,只是……"

梵梨摆摆手,话未说完,苏释耶淡淡地说:"苏伊,我先走了。"

风晋脸上的笑容一秒消失,挡住了苏释耶的去路:"没和好你在她家做什么?"

苏释耶和梵梨都没说话。风晋看了看梵梨扣错的扣子和微乱的头发,还有她卑微又受伤的表情,立刻明白发生了什么,眯着眼睛说:"苏释耶,我再问你一次,你和你老婆和好了没有?"

323

"风晋,别问了。"梵梨急忙道,"他只是来和我聊孩子的事,别的事不重要啦。"

风晋狠狠一咬牙,"啪"的一声,扬手就给了苏释耶一耳光!

"你这渣男!"

苏释耶的脸被打得重重偏了过去。他张了张嘴,双唇又抿成一条缝,唇角向下,却一直没有再把头转过来。

"风晋姐,别!"羽烬挡在风晋和苏释耶之间,抓住风晋的手,"有话坐下来好好说,说不定有什么误会,不要动手打人啊……"

"我打的就是渣男!"风晋气得胸膛上下起伏,连声音都抖得不像样,"苏释耶,你说,你明知道她喜欢你,还占她便宜,你有没有心?我告诉你,从苏伊去深渊帝国做研究那会儿我就看你不爽了!你什么女人得不到,偏要和她逢场作戏,真是个大渣男!"

"是因为苏伊看我不爽?"苏释耶笑了一下,回过头,带着点嘲意看她,"真的?只是为了你的好姐妹打抱不平,还是因为你自己得不到我,所以因爱生恨呢?"

"你说什么……"

"既然你心疼她……"苏释耶笑得有些邪气,在这张轮廓锋利的脸上显得格外魅惑,"你如果想要代替她得到我,我不是不能考虑的。"

风晋眼睛瞪得圆圆的,简直不敢相信自己的耳朵。羽烬也怔住了。而下一秒,又是"啪"的一声,苏释耶的另一边脸上也挨了一耳光!

这一回动手的人是梵梨。但她没有任何怒气,分明是应该谴责他的时刻,但下手这么狠,她只怕打疼他了,几乎要哭出来:"我怎么会爱上你这种人?太差劲了!"

"不是说好了不谈爱,说话不算数?"苏释耶用手背轻擦了一下脸颊,叹了一口气,"你这女人真是挺麻烦的,享乐而已,不能简单一点吗?"

"恶心!你好恶心!"梵梨泪珠在眼眶里打转,转身游回房间里去。

其实,如果不是为了风晋,她连打他耳光的力气都使不出来。她压根儿感觉不到任何恶心感,也感觉不到任何愤怒。除了心痛,她什么都感觉不到。

Chapter 52　星辰海的涟漪

随后,风晋进入了梵梨的卧房,难掩羞恼:"对一个已婚妇女讲出这种话,苏释耶简直有毒。他最近是受了什么刺激?"

梵梨现在其实任何人都不想见,只想一个人待着。但看见羽烬停留在门口,她收拾了心情,起身对羽烬说:"小羽,对不起,让你看笑话了。"

和许多上级海族男性一样,羽烬的头发留长了,贴着背心扎了起来。他戴上了一对湖水色的钻石耳坠,两鬓有几绺细碎的头发,穿着帝国的黑色军装,气质秀美,神态严肃。与梵梨再次对望的一刻,他的眼中有沉寂的清波,比以前客气了很多:"真好,梵梨姐姐回来了。那个……陛下应该还没游远,要不我去叫他回来一起?"

"小羽,我理解你是想对帝国尽忠,但是,"风晋抱着胳膊,"对帝国尽忠,不代表在君主私生活特别乱的时候,还无脑帮他。气死我了。"

"没有,我只是……"羽烬微微垂下头,摇了摇头,"算了,没事。梵梨姐姐,不管发生了什么事,我都会一直陪着你的。"

这番话如果换个语境,风晋肯定要起哄了,但他的语气太沉重,让她失去了调侃的乐趣。她自然就认为,羽烬有些吃醋。

又过了两天,繁星和璃也回到圣耶迦那。璃褪去了稚气,越来越像性转版的苏释耶了,眼神冷峻,就算笑起来,也和冬末春初的初融冰雪一样,美丽而疏远,但看见梵梨后,瞬间变成了小女孩,扑过来抱住了她,一句话也没说。梵梨欣慰地拍拍她的后背:"你越来越像你爸爸了,他肯定很爱你。"

"切,他才不爱我,他重男轻女得很,肉眼可见偏心臭弟弟。"璃倔强地说道。

"他不是偏心我,是对姐姐期望高,才对姐姐要求更严格。"

没有陪伴繁星长大,是梵梨极大的遗憾。但看见儿子从个小奶包变成大帅哥,感觉又是很奇妙的。原本以为母子相见,多少有些尴尬,但因为繁星长得就像性转版的她,她只感到异常亲切。他一头凌乱的白色卷发下,面容端正而典雅,虽然快一千岁了,但始终有一股大男孩的气质,笑起来甜得可爱。见他游过来,梵梨放开璃,微微笑道:"见到妈妈,是不是觉得挺奇怪?"

"一点也不。"

梵梨往上游了一些，摸了摸他的头，随后也给了他一个拥抱。繁星紧紧回抱住她，低声说："这一千年的时间里，虽然爸爸不让我们提你，但我觉得，他应该比任何人都想妈妈……"

梵梨没有告诉他们事实，只觉得和苏释耶生活在平行世界，未来互不干扰，也很好。但就在满一千年的前两天，梵梨打开电视机，看见所有新闻频道都在播放同样的画面：乌云密布的海平面上，一个尖锐的红色巨大倒三角体"插"在海洋中央。

"据裂空海当地媒体报道，高芬郡小珍市东南方向海洋的开放水域中，突然出现一个底面积为一千五百平方米、高为八百米的红色倒三角体单方向'沙漏'幻影。该幻影约五十米浸泡在海水里，七百五十米延伸出海水上方的空气里。该奇异景象引来了许多当地市民与游客的围观与合照。目前，幻影流沙正在以极快的速度往下流动，粗略估计，大约四十六小时五十七分后流尽。对此，裂空海执政官表示：'我认为这不是什么高等文明入侵倒计时，而是不知名奥术师的无聊把戏，目的是引起社会动乱。请大家少安勿躁，我们正在极力调查中。'……"

梵梨本能地开始研究夜迦给的"梦幻玛瑙"报告，然后开始冒虚汗。因为，"梦幻玛瑙"被激活就无法撤销，而且有一个冰山追踪回旋导弹装置。即是说，激活以后，即便不考虑它的巨大质量，用发射器把它丢到太空，它也会幽灵般回到临冬海。但很快她松了一口气，因为从激活"梦幻玛瑙"到引爆它，需要整整十年时间。但又研究了一会儿报告，她彻底傻眼了，她从"梦幻玛瑙"的各项指标中算出了两个可怕的数值：1. 当它被激活以后，所释放的能量，刚好够摧毁地球文明，精确到个位数。2. 小珍市和临冬海的距离，刚好是报告上出现的"最效率激活距离"。

梵梨立刻打电话给苏释耶，连手指都在发抖。可是，不管打多少次，都无人接听。她只能联络夜迦。

"你到现在才看懂吗？"夜迦的笑声随着奥术光波抖动，"怎么说，苏释耶变态是变态，但还是有点浪漫情怀的，还给这东西取了如此唯美的名字……"

"现在不是开玩笑的时候，我找不到苏释耶人——我们得让他赶紧停下来，这太离谱了！"

"你都找不到他，我可能就更……"

"夜迦，有时候我是真的讨厌你的不怕死。"

Chapter 52 星辰海的涟漪

挂断电话,梵梨联系希天,让他给准备前往临冬海的最快私舰。希天二话不说就去办了。可她知道,现在即便动用全海洋的资源,都无法阻止"梦幻玛瑙"的爆炸。

就在她正在认真衡量是否要公开秘密的紧要关头,苏释耶接了她的电话。

"你是不是想炸了地球,换回深蓝?"梵梨急促地呼吸着,"不管你用什么办法,让它停下来。如果你需要,我的命是你的,不要再伤害无辜了!"

"这么快就知道'梦幻玛瑙'的作用了?厉害。"

"苏释耶!"

苏释耶笑了两声:"你放心,今天只是个测试,你担心的事不会发生。"

"测试?什么意思?"

"你难道没有计算过引爆'梦幻玛瑙'最终需要消耗能量吗?那个量级需要赤红动用虚体之力才能完成。赤红如果变回虚体状,会有多大动静,你是知道的。"

确实,赤红恨深蓝入骨,如果他变回虚体状,可能第一件事就是摧毁海族文明。可梵梨又有了新的疑问:"赤红为什么那么听你的话?以他的个性,不可能啊……"

"那当然是我和他完成了特定的交易,他现在没办法回到虚体状。地球很安全,你不用担心太多,求知欲旺盛的苏伊院士。"

"行吧,你真吓死我了……"梵梨拍拍胸口,"你现在在哪里,还在圣耶迦那吗?"

"不在。"

"那等你回来联系我,我想再和你聊聊这件事。以后不要再擅自做危险的研究,行吗?"

"嗯。"

"唉,我真是怕了你了。"梵梨吐了一口气,"我没别的事了,等你回来吧。再见。"

而后,苏释耶沉默了很久,久到梵梨都以为他已经挂断了,他才轻轻地、低低地说了一句:"再见。"

挂了电话,梵梨本想掉头回圣耶迦那,但她总觉得哪里不太对劲,在舱内来回游动。她又拿出那份"梦幻玛瑙"的报告研究,忽然发现,引爆梦幻玛瑙需要天文数字单位的能量,但根据她和夜迦推导出的公式,这个能量的消耗就像一个大型催化剂,可以在十年里的任意时候"添加"进去,不一定得在最后这几天。所以,苏释耶的话不能成为"梦幻玛瑙"没被真正激活的佐证。

又打了一通电话给苏释耶,无人接听。

梵梨始终觉得心里不安,改行程,去了临冬海。

其实,如果赤红真的没被苏释耶束缚住,他确实也不至于如此安静。她到底在不安些什么呢……因为用脑过度,梵梨疲惫不已,靠在窗边上睡着了。

不知过了多久,四周的温度下降了很多,窗子凉得宛如冰块,让她在睡梦中打了个寒噤。她迷迷糊糊地睁开眼,发现窗上结了冰,舰艇停在了临冬海的永冻冰山旁。警卫打开舱门,侍女为她披上一件北极熊皮草大氅。她走出去,踩在一块浮冰上,摇了两下,踏上了永冻冰山下的冰原。眼睛被白晃晃的一片刺得睁不开,她在呼啸的风雪中行走,抵达冰山下。

她拿出通信仪,尝试联系苏释耶。睡了一觉,她的情绪没有之前那么紧绷了,只是心里觉得有什么压着,始终无法完全放松。还是和之前一样,无人接听。梵梨吐出白雾,正想挂电话,却透过白雾看见不远处发光的东西。她眯着眼睛看了看,发现冰山脚下有一个通信仪。她快步走过去,见它还在冒着紫色波光。冰川就像一座为地球万物修建的美丽坟场,除了这个微小的机器,就只剩下了苍白与空茫。她切断信号,这个冰块上的通信仪也不亮了。然后,她又拨通了苏释耶的电话。通信仪又亮了起来。

她脑袋里也只剩下了一片空白。

"苏释耶。"梵梨原地转了一圈,想寻找他的踪迹,但除了水分子三位一体的水、冰、雾,她看不到一点点关于生命的信号。自从帝国政府把这里改造成了武器基地,这里就没有生物活动了。

"你在这里是不是?"她大声说道,"苏释耶,你在这里,是不是?"

没有人回答。

"苏释耶!"她用最大的声音,拼命喊道。

无边无际的冰原上,除了她的回声和冰刀挥舞般的风声,她什么也听不到。糟糕的预感又来了。每次她的第六感都准得可怕,但没有哪一回像这次这样强烈。

她觉得,苏释耶可能会出事。这个设想只是闪现一下,都差点令她情绪崩溃了。不行不行,肯定不是的。他是那么强大的男人,当初被放逐到深海,都很快满血复活了,他不可能有事的。

"你在哪里——"她在心里告诉自己不要慌,苏释耶一定没事的,一定没事的,但是喊出来的声音在打哆嗦,"苏释耶!"

Chapter 52 星辰海的涟漪

冷空气侵袭着她的皮肤,眼前连成片的雪白是死亡的幕布,自始至终笼罩极地冰冷的白昼。在毫无生命的地方,人对时间的流逝感知很迟钝,可这就像温水煮青蛙一样,让她越来越害怕……

一头小海豹不知道哪片海域游来,在海里的浮冰碎片中冒了颗头。它本想爬到冰川上来,但看到了梵梨,便怯生生地钻到了海水里。它刚下去两秒,海水就变亮了一些。梵梨揉揉眼睛,再看了一眼海水,是混合着灰黑的深蓝色,不知下面有多深。风化身为自我放逐的野兽,在冰川上凶猛地咆哮,刮得她耳朵刺痛。作为海族,这是她有生以来对水感到恐惧。随着预感增强,她越发不敢下去。

海水再次变亮,泛着银光,有规律地闪动,像心跳,又像那个再无人接听的通信仪。

梵梨闭上眼睛,跳到了冰海里。然后,眼前的奇景让她惊诧地睁大眼——海里的永冻冰山内部会发光,因此它全都变成透明的了。它是如此庞大,往下延伸到了她视线看不到的地方。冻结成这样的体积,需要上千年的时间。它是临冬海的巨大心脏,光芒一明一暗,速度极慢,也像海族的心脏。然后,她看见了下方冰山内部漂浮的影子。

那是苏释耶。

以往哪怕是在十多公里以外,他都能听到她的动静,且敏锐地将视线投向她的方向。但这一次,她快速向他游过去,他没发现她的存在。她游到他面前,隔着厚厚的冰山壁,把双手贴在上面:"你……为什么会在这里?"

回头看到她,苏释耶的眼睛亮了一下,也慢慢游了过来,开口说了一句话。

她什么都没听到,就像他也没听到她的话一样。

"再说一遍,我听不到。"她拍了拍冰壁,但它纹丝不动。

他又试了试,但还是一点声音都没有。他摇摇头,用食指关节叩了叩冰山壁,又说了一句话。从他的口型,她看出来他在说:"太厚,听不到。"

"你为什么会在里面?"她拔高音量,几乎整个人都贴在冰山壁上,"你出来啊!"

苏释耶摇摇头,用口型说:"出不来的。"

"为什么出不来?那里面太危险了,如果真的发生什么意外,你……你会……总之,你别以为你是以太之主就不怕,它有超新星的爆发力!你快出来!!"

看她又急又气的表情,苏释耶大概能猜到她说了什么。他浅浅笑了一下,隔着冰山壁,抬起双手,和她双掌贴在一起,然后说了一句话。梵梨看懂了,但她不愿

意相信眼前的事实,还有将她吞噬的可怕预感。

"我听不懂你在说什么。"她嘴唇发白地摇头,"你要说,就出来说,我在外面听不到。"

他没再重复,只是微笑着,伸出修长的食指,在冰上写下了这句话。梵梨知道了,他现在一点邪能之力都没有了。不然,他会用邪能之术写出来的。而在他写的过程中,"梦幻玛瑙"依然在闪烁,只是频次越来越慢,就像濒死之人的心跳一样。

看着他的笔迹,她再也不能逃避了。那句话是:

忘了我。

梵梨蒙了。

在冰川上,她的预感真的没有错。

她慌到了极点,牙关打战:"忘了你,可以,你……你出来。你出来了以后,我……我立刻就忘了你。"

苏释耶缓缓眨了一下眼,又抬眸看着她,笑了笑。

"不要开玩笑,真的,你不要再开玩笑了。"梵梨用力捶打着冰山壁,但随着他沉默的时间增加,她的音量越来越大,"我答应你,再也不纠缠你了,再……再也不会求你和好!我会和别人谈恋爱,一定会忘了你的!真的,真的,真的,我再也不会主动找你了!你赶快出来!"

苏释耶还是保持原样,笑靥冷静而淡然。梵梨终于知道了,他已经做好了决定,不管她做什么,都无法阻止他。不久的将来,他不仅会从她身边消失,还会从这个世界上消失。只要想到这一点,所有强撑的防备,在这一瞬间,全都如高楼坍塌,她只觉得自己由内而外都被撕裂了:"苏释耶!你出来啊!"

她开始用奥术攻击冰山。但是,在"梦幻玛瑙"内部作用力的保护下,它纹丝不动,连一块冰渣都没掉下来。

"你出来!出来!你出来!"她每说一个字,都要发动一次攻击,哪怕每一次都是无用功,很快消耗她的精力,她也拼尽了全力,"出来!你出来!"

"苏释耶!"

"你为什么永远这样!不管做什么都不跟我沟通!"

"自大!以自我为中心!"

"你说你不爱我,我真的信了!爱一个人不是像你这样的!"

"你不爱我就算了,我不稀罕!我找小鲜肉去,我不要你这老男人了!你心机

Chapter 52 星辰海的涟漪

太重了！我早就受够了！我要谈普通的恋爱，不要再继续被你折磨了！你给我出来，要发什么神经出来发！"

千年冰山中，海水缠绕着苏释耶暮雪般的发丝，一如缠在心头的无尽岁月。因为海水深沉，他的每一个动作都是慢镜头，用最后的力量，在她被泪珠模糊的视域中留下最后的影子。

他张了张嘴，但停了两秒，还是什么也没说。折腾了许久，她的精神力消耗光了，体力严重不足，几乎要滑到深海里去，但意识还像沸水一样跳动，无法得到宁静。她贴在冰山壁上，哭到红红的脸全都皱起来了："你出来，只要你还活着，我什么都听你的，我再也不给你添麻烦了……"

苏释耶只是静静看着她，眼睛因背对微光而深邃，但还是看得出红了一圈。

"我知道我不好，我配不上你的好，我真的知道，但是……"梵梨抽泣着说道，"哥哥，不要把我一个扔下来，求你，你是我这辈子最爱的人啊……"

深海里忽然有微弱而大片的荧光亮起，像千万点萤火虫在飞舞，又像亿万的星辰在旋转，眼前的男人一点点地开始消散。

虽然知道这个冰块是绝对不可能敲开的，但梵梨使劲拍打它，拍到手都红了、肿了、把海水染成红的了，也没能动摇它半分。

"苏释耶！"

她贴着冰块号啕大哭，声音喊到沙哑，却无法阻止他的身影流沙般消逝。

他始终微笑着，比以往任何时候都从容。

她不是离开他不能活。事实上，他们在一起的时间很少，没有他，她一个人过得很好。可是，这一切都是建立在他还在的基础上。不管是在世界的哪个角落，不管是以什么样的姿态、什么样的身份、甚至什么样的物种存在，哪怕只是一只寄居蟹、一条沙丁鱼，或是一片海草，只要他的呼吸还在，她就有再活一亿年、十亿年、一百亿年的勇气。

她不用和他在一起的。只要他还在，人生就永远有希望。哪怕他爱的是别人，哪怕永远忘记她，哪怕她连和他擦身而过的机会都不会再有。

可是，她不能接受没有这个世界没有苏释耶。

这是她最后的底线。除这一条以外，她什么都接受。

荧光消失后，"梦幻玛瑙"不再冒光，周围一片深暗。像是尸体里彻底死去的心脏，像是宇宙里彻底死去的星体。

最后,全世界只剩下了她和大海。

没有她的时空之神。没有苏释耶。

身体被悲恸填满,梵梨深深地提起一口气,想要叫一声,可痛苦溢满了胸腔,让她无法发出任何声音。然后,脑袋里有什么抽了一下,眼前的一切都变成了完全的黑。

失去意识的前一刻,她想,如果这一刻就死掉,该多好啊……

这样,就能永远和他在一起了……

伴随着飘零的海洋雪,梵梨纤细的身体下沉,坠向了大海深处,就像她爱的男人曾经也经历过的"鲸落"。

一千年前,"苏伊梵梨在翡翠山脉舍身救世"的新闻传遍了全海洋。因为险些引发海族末日的对象是无尽海洋之主,所以,宗族、政府与民众之间发生了极大的冲突。高呼"废除宗教信仰""支持唯物主义"的声音很大。但是,废除信仰也等同于把海神后裔拉下水,所以,他们编了一个关于"海之主之惩罚"的谎言,把错误归咎在海族头上。

上级海族又知道,因为熔炉计划一事,所有海族都差点跟着陪葬。他们以"触犯神灵罪",而不是"反海族罪"将独裁官送上了断头台。所有参与者也因此入狱,被判处有期徒刑四百五十年。布可巴路动用了一切人脉,瞒天过海,让夜迦逃过一劫,但同样给他下了同样四百五十年的禁足令。

大灾难后,一切要务处理完毕,宗族与政府之间的地位重新稳固,但经济陷入了大萧条。整个光海惨淡经营,民不聊生,一切都显得那么荒凉,令人们更加怀念苏伊的时代。朋友同样想她,风晋难过得天天在梦里哭泣,希天有一次当众发言都不禁泪目,夜迦活得如同行尸走肉……但苏释耶却没有表现过半点伤感。

只要梵梨没有死在他面前,他就不会放弃把她救回来的希望。他动用帝国所有可以分配的资源,争分夺秒地寻找梵梨。但数年过去了,结果不尽如人意。

苏释耶知道,时间过得越久,他就临近绝望越近。他不得已去了回忆神殿深处,在绝对黑暗中看见了一片光源。这片光源是以太之主的本体。他知道,融入其中,他会拥有怎样的力量。他也知道,自己没有战胜神灵的能力。到时,不管是"星海",还是"苏释耶"的一生,都会像一粒沙落入沙漠,被彻底吞没。然而,事到如今,他不得不冒险这么做。他在光源前静默了半天,游了进去。

Chapter 52 星辰海的涟漪

就这样，沉睡的以太之主苏醒了。但令人意外的是，以太之主长达百亿年的记忆一点都不复杂。确切地说，比起很多在肮脏与黑暗中成长的海族，无尽海洋之主、以太之主，都异常智慧而单纯。以太之主尤其如此。他一直高高在上，所有记忆都是在高维空间里诞生的，思维宏大而深邃。除了悉知宇宙万物运作的定律，他所有的彩色记忆，都只与一个女人有关。

之前很多想不通的事都有了答案。但是，苏释耶却有了新的疑问：他究竟是谁？他究竟爱的是谁？

他没有时间去思考。既然已经作为以太之主复苏，他就要接着做他应该做的事。

他回到了深海平原上方。

"以太之主，我就知道你会回来的……"赤红源自深海海底的声音响了起来，有些惊喜，"咦，这一回居然不是神识，而是本体。"

"是。"苏释耶说道。

"如何？是不是发现深蓝那个臭婆娘的游戏不好玩了？还是跟我玩点大的，才有意思嘛。"

"解释一下什么是'玩点大的'。"

"你现在身体里只有邪能之力，还需要问我，对我们而言什么最有趣吗？"

奥术意味着创造，邪能意味着吞噬。苏释耶的语调总算有了一点点期待："你能玩得多有趣？说来听听。"

"四亿多年的地球文明，够不够你玩？"

苏释耶笑了两声，没再说话，只是向上方海域冲去。

"喂喂喂，你怎么又跑了？"赤红暴躁地喊道，"如果不满意，我们可以商量，你每次都这么搞，有意思吗……"

几分钟之后，一片红黑缠绕的邪能之光便从高处降落，纱幔般铺在深海平原上，与平原融为一体。随后，洋底板块剧烈震动，表面龟裂，海底烟囱大量喷发，黑色的烟雾、赤色的光喷薄而出。此时，陆地上夕阳刚落，第一抹轻薄的夜色包裹着大地与海平面。因为洋底的动静，火山群也被带动着一起震动，集体喷射出高达数百米的火焰！接着，岩浆跟涨潮时的海水一样，轰隆隆流到了岛屿上，海水中。

苏释耶悬在火山岛上方，冷漠地看着这一切。他的头发和脸颊被火光染成红色，气流吹得他衣衫乱舞。在最大的一片火山后，一双五公里宽的燃烧大手伸了出来，攀爬到山顶上。一个比山还高大的红色巨人也燃着熊熊烈火，撑着山顶爬起来，

伏在山峦上，但比火山还大，就像扒了皮的人类，浑身都是赤红色的肌理线条，眼睛是两个巨大的光洞，会喷火；手指也是金红色的，动的时候掉落大量石块和熔岩，灰尘满天飞；他的头顶没有头发，只有冒着黑烟的熊熊烈火；他一张开嘴说话，就有能毒死人的烟雾冲出来……

"老子终于自由了！"炎之主赤红大笑起来，"四十亿年过去，一直被臭婆娘压在海底，现在老子终于自由了！"

任赤红发了半天疯，苏释耶始终不语。

"以太之主，你怎么不说话？是不是等着找我要报酬？但我跟你说，我早就看你们俩不爽了，你放我出来绝对是一个非常错——"他本想回到虚体状，却发现自己飞速缩小下去，"正确的决定……我的能力怎么被封锁了？"

"我怕你搞事，你把虚体之力先借给我用，不然你就回到深海去。"

"反正你不放老子，老子也不能出来。"赤红压着火气说道，"行，你先用。"

"你听好，我会让你管三十六魔神。战争不会少的，你可以尽情杀人。但你得听我的安排，不能有二心。"

"行！"赤红努力好脾气地说道，"你想要做什么？毁灭世界？哈哈哈……"

"对。"

赤红愣了一下，反而不笑了："看来你和臭婆娘真的闹掰了？她辛辛苦苦盖了这么久的世界，你也舍得给她毁了？"

"做好准备吧。一千年后，完成我们的计划。"苏释耶俯身坠回了海里。

当晚，苏释耶回到高维空间，再三思索这个千年计划的可行性。

纵观宇宙近一百四十亿年的历史，最大的恒星爆炸有两种，而且处于两个极端：一种只需消耗一瞬间，一种需要极长的时间。

第一种就是物质大爆炸。除了最初的大爆炸，在银河系停留的四十亿年里，以太之主观测到了无数次超新星爆炸。每当这样的爆炸发生，这颗星都会向四周辐射激波，形成超级宇宙射线，在漆黑的无垠幕布上绽放出孤独的明耀之光。最后恒星燃烧殆尽，结束漫长的一生。

第二种是信息的遗传。从别的星球发现一颗恒星发生这样的爆炸，要等上几十亿年的时间。它微弱渺小，循序渐进，会从两个变成四个，四个变成八个，八个变成十六个，十六个变成三十二个，三十二个变成六十四个……无尽海洋之主给了大海生命以后，从第一个连神经都没有的细菌的诞生，到海族运用着他们意识产

Chapter 52 星辰海的涟漪

生的智慧,在海洋中创建出政府与宗族、军事与组织、公司与教会……还有巨型发射器、炮舰和铀弹、奥术与科技……没有人会知道这种爆炸的结果是什么,或许会走向毁灭,或许会持续重复遗传的信息,最后人为地将这些信息爆炸带到太空中去,继续引爆其他的星系。这种大爆炸的别称,又名"生命的演化"。

无尽海洋之主因宇宙大爆炸而诞生,因为信息大爆炸拥有了"苏伊"的意识。现在苏伊快被她的本体吞噬了,如果发生第三次大爆炸,就有一定概率能够使她自我的意识从长眠中被唤醒。用文艺一些的语言来说,就是:深蓝对海洋的母爱,可以让她在危机的威胁中醒来。

苏释耶没有创造的能力,但现在有了赤红的虚体之力,完全可以制造一次模拟超新星的大爆炸。

于是,"梦幻玛瑙"的计划雏形诞生了:如果计划失败,深蓝回不来,很简单。炸了地球,把死掉的地球丢给赤红,让赤红创造理想中的全新火海世界。如果计划成功,深蓝回来,他可以帮深蓝把赤红再次打败,打造一个新的蓝色星球。

他还考虑到了,深蓝本体很排斥苏伊。万一苏伊再次被她抛弃,就会和所有海族一样消失。但这不是什么大事。失去苏伊的深蓝,最多不喜欢待在低维空间而已。那么,他就带着她停留在高维空间,他们还可以像过去四十亿年一样相守。苏伊不过是她的八分之一,剩下八分之七还在。

想通一切,苏释耶启动了"梦幻玛瑙"计划。因为临冬海是最好的"梦幻玛瑙"最佳安置地点,所以他把光海打了下来。

就这样,九百九十年过去。

梵梨融入深蓝以后,会慢慢被吞噬,预算吞噬时间刚好是一千年。这一年的某个晚上,他忽然意识到,再过十年,苏伊就会彻底消失了——万一深蓝不排斥苏伊,那也没必要丢了这八分之一。

苏伊回来,会不会影响他的决定呢?

不可能。

因为每当他在无尽宫眺望巴曼薄亚的盛景,总会想,没有深蓝的海洋,还有什么意义?不过是低维世界的一场无聊游戏。如果不是深蓝喜欢,他对这个世界早就失去了耐性。所以,他激活了"梦幻玛瑙"。

然后,他等了九百九十年。

"梦幻玛瑙"就要爆炸了,梵梨也真的回来了。梦幻宫殿中,台阶下的梵梨亭

亭玉立,比天上的繁星还要美丽。她及腰的大卷发还是湿的,海蓝色的眼眸也是湿的。那双熟悉的、幽深的眼睛就这样朝他望过来,直击他内心最深处。

这个彼此凝望的刹那,他知道了,自己犯下了一个天大的错误。但是,他有了完整的记忆,比以前还要更加喜怒不形于色,他没有表现出任何异样。

他足足思考了七个小时,想明白了很多人没想明白的事:为什么作为深蓝"自私"的象征,梵梨却那么无私?

原来,就像"爱"与"恨"、"快乐"与"悲伤"一样,"自私"与"无私"是正负两极、相辅相成的概念:一个母亲的私心,往往会成就对孩子的无私;一个一个帝王的私心,往往会成就对自己帝国的无私;一个大海造物主的私心,往往会成就对海洋儿女的无私……换言之,无私和私心就像阳光下的人和影子,都不可以独立于对方而存在。如果让"私心"彻底消失,一个人并不会因此变得博爱,而是变得无欲无求。

深蓝对物种大灭绝太有负罪感,所以彻底磨灭了自己"人性"的一面,用尽一切方法去抑制她不可告人的私欲。"火海圣婴"诅咒真正的解释是:只要这个孩子和以太之主走得近,生命就会被消磨殆尽。这一点,以太之主在3.3亿年前就察觉到了。

原来,深蓝一直那么喜欢实体化,并不只是因为她享受低维世界的别样视角。更主要是因为,这样就可以近距离地与自己所爱的人接触。

爱情的根源是欲望。欲望是罪恶的根源。

神不应,也不该自降身价,被欲望操纵。

深蓝完成了最狠的自我放逐,但神也不是万能的。她对以太之主的这份执念,强大到了只要他还身处这片海洋中,她就一定不会被抑制住。所以,只要他的神识和实体还存在于光海世界,七宗神就无法封印她。于是,为了不让苏伊消失,他只能选择避开她,进入无期限的沉睡。除非有一天他回来,神识在海中再次降落,不然米瑟宗族可以维持十万年抑制一次的频率,把"火海圣婴"压在海底。

沉睡前,以太之主重新打造了一个实体化的身躯,把它置放在深海的祭坛中,希望有一天能与苏伊邂逅。同时,他留下了一片神识、最后一线希望。这个神识像一片没有生命的羽毛,在三点三亿年的岁月中漂泊,最后在战场上被星辉将军无意中带走,成为了他与妻子结合时的意外产物。凑巧再过七年就是又一次十万年,苏伊受到强烈感应,复苏了。更加巧合的是,十九年后,米瑟宗族把她送到了星辉

Chapter 52 星辰海的涟漪

将军家中,好像冥冥之中有什么将他们的命运衔接在了一起。他们有过世间最美好的童年和少年时光。但是,这并不能改变深蓝的诅咒。只有梵梨与苏释耶光暗海两隔的四百多年时间里,她的身体状况才越来越好,但一到深渊帝国,她就很快垮掉了。作为深蓝的一部分,梵梨早就知道自己会死,但她还是坚持留在所爱之人的身边。

这一次"梦幻玛瑙"计划成功了,地球文明会消失,深蓝会复活,将会继续完成她的重造世界计划。

想到这一幕,苏释耶知道,自己错了,大错特错了。

对以太之主无尽的寿命而言,苏释耶的记忆确实太短,比眨眼还短。但是,在以太之主漫长虚无的灰色记忆中,苏释耶的一生,也是唯一的色彩。

他真的错大了。

他所做的一切,都不是为了得到"无尽海洋之主"。他爱的人,一直都是在外面静静等候他的女孩子。他只想让这个被诅咒的微弱灵魂能存活下来。他不在乎她是以怎样的形式存在,海洋主宰也好,可爱的妹妹梨梨也好,大神使苏伊也好,他知道那个她始终没有改变过,始终因爱他而脆弱,因爱他而坚强,因爱他而胆怯,因爱他而勇敢。

这一回,苏伊果然被深蓝抛弃了。她现在已经不是深蓝,不会有能力在大爆炸中自保。即便带她到太空里,她也活不下去。即便她活得下去,也只会生不如死。所以,必须有人在她醒来后,强制中止爆炸。但是,启动"梦幻玛瑙"就需要用那么大的能量,有谁有这么大的能耐去阻止它呢?

他是以太之主,可以让"梦幻玛瑙"整个时间倒流到启动前。但神的创世定律中,以太之主只能以虚体状穿梭于不同时空中,而不能介入到低维世界里来。如果强行用以太之力改变低维物质的时空状态,他的本体也会被混乱时空吞噬。

这就意味着,他会从宇宙中消失。

接到梵梨的电话以后,苏释耶一夜未眠。自第二天起,他进入了没日没夜的忙碌中,立王储、准备王位交接工作,写了很长的政治格局分析信件给两个孩子,并且为荒格、裘沙、艾泽等老干部重新分配任务和工作。

他知道,梵梨一时半会儿不会爱上别人,但只要她不知道真相,他又做出踩她底线的事,等他消失,她再难过,也会慢慢走出来的。相反,如果她知道了真相,不知会做什么傻事。所以,哪怕不给她知情权很过分,他也觉得没有丝毫告诉她的必要。所以,忙完了公务,他联系了羽烬,委托他照顾梵梨,但也没将一切如实交代。为了梵梨未来的幸福,这个故事的最好结果,就是再也不让任何人知道。

在这浩瀚宇宙的历史长河中,他早就习惯了孤身一人。守住一个长达数亿年的秘密,对他来说并不是什么困难的事。

一切都处理完毕后,时间很晚了,苏释耶身心俱疲,却还是没有睡意。他躺在床上,金色的眸里没有快乐,没有悲伤,没有愤怒,什么都没有。

他们没有可能了。永远不会再有。

他翻了个身,漂亮的眉心微微皱起,让自己不要再想了。但不管睁开眼还是闭着眼,她始终都在。她的温柔,她的美丽,她的任性,她的俏皮,她的崇拜……这些,以后都会属于别的男人。

他用手背遮住眼睛,可是没有任何作用。当一切陷入黑暗,她还在。

他决定最后去见她一次。

凌晨,梵梨睡着时,苏释耶守在床边,沉默地看着时钟一分一秒走过,想起了很多往事。

从小梵梨就很喜欢他,无理由地当他的跟屁虫。记得有一回,她拽着他的衣袖说:"哥哥,今天我跟爸妈去尔国临格逛了一圈,发现有一种海洋族可有意思了!他们的尾巴都是亮橙色的,男的都很龟毛,每年三月都把家里打扫得干干净净,用来吸引他们同族的美女。这些美女也是够挑剔的,会在十五个男里挑一个,去跟他们生宝宝。但是,她们挑他们的唯一标准跟花园是否漂亮、男主人帅不帅完全无关,而是看有没有别的女的和他们生过宝宝。这些男的就更逗了,一旦女的生完孩子,他们就会把她们赶走,自己在家里带孩子。你说,是不是很神奇?"

"这难道就是所谓的非处情节和家庭主夫?"

"嗯?什么是非处?"

"咳,没事。"

"我们什么时候才能长大呀……"小梵梨捧着脸,摇着短短小小的尾巴,甜甜地笑着,"我好想多出去看看,多品尝不同海域的美食,了解一下不同的文化,结交来自四面八方的朋友……我有太多太多想知道的啦!总之,哥哥,你有没有觉得我们的世界真的好有意思?"

"…………"

"你说得对,这世界很有意思。"

Chapter 52 星辰海的涟漪

这是苏释耶在永冻冰山里说的第一句话,可惜她没听到。

这个世界很好。你的守护是对的,你愿意为它牺牲是对的,是我自私了。总想用一切你不想要的方式,让你活下来。你的人生没有错,只错在有我误入。

梨梨,这是我最后一次自以为是。

在这之前,苏释耶怎么都不会想到,他还有机会再见梵梨一次。

就在临冬海的冰川下,就在他生命终结的前一刻。对他来说,这已经是意外的收获。

他的神识被冰封,在深海里,周围什么都没有,只有无尽的蓝色海水。梵梨敲打冰块,他却心如止水,好像即将消散的人不是他。他隔着冷漠的冰块凝望她,看见他美丽的梨梨为他伤心,居然有一种悲伤的快乐。

他头发随浪起伏,露出了微笑。

这一刻的他什么都没有了,失去了权力,失去了地位,失去了野心,失去了生命,反倒像在落亚大学重逢时那样,只有浸泡在深海里的绝望爱意。

虽然听不到她的声音,但在他面前,她这个全海洋第一聪明的女人,脑容量总会缩减到跟核桃一样大,来来回回说的也无非是那些傻话。他太了解她了。

看她那么痛苦,他张了张嘴,本想说"要幸福"。但觉得这句话太温柔了,会让她觉得他还爱她。

一定不能让她知道自己的心意,不然他所做的一切都前功尽弃了。还是冷漠一点吧。

可是,过了半晌,他虽然没有做出任何动作,却禁不住再次露出温柔的微笑。

他们之间,发生了一段很长很长的故事。

该说的,不该说的,他们都说过了。

该做的,不该做的,他们都做过了。

他们如此了解彼此,其实,就算没有他最后这段时间的掩饰,也已经不需要再做多余的表达。相爱却不能在一起的结局不会改变,所以,说出希望她幸福这样的话,不如在心中默默祝她幸福。有时间浪费体力去说话,不如享受最后的时光,再多看她几秒。

他的梨梨,就在他的面前,陪他走完最后一程。

这一生很长,长到已经除了与她长厮守,什么事都做了。

这一生很短,短到连静静坐下来拥抱她的下午都寥寥无几。

还想争取些什么吗?没有了。

还有遗憾吗?

他把手贴在冰块上,看她眼眶通红地把手也贴在了相同的位置。只有冷硬的触感,刺痛直击心脏。可是,她离他这么近。

是的,还有遗憾……

他还欠她一个婚礼。

但低维人生的美,大约就在于总有残缺,不够完美。在此画下句点,挺好。

深蓝,谢谢你的私心。

苏伊,谢谢你的坚持。

梨梨,谢谢你的4.3亿年。

苏释耶极少阅读细腻感性的文学。但最后时刻,他突然想到了某一个巴曼薄亚的夜晚,他和梵梨又因为一点小事争起来了。

那晚,他躺在床头看帝国经济报告,梵梨蜷缩在他怀里,读海族吟游诗人雅夏写的散文集《星辰海的涟漪》。她有些感动地抱着书,背下了她最喜欢的一段,轻柔地说:"哥哥,是不是好美?我们的爱情也结果实了呢。"

"刚才我翻了翻你这书,看到这一页了,就知道你会喜欢这段。"

"啊?为什么?"

"除了看学术书籍,你就喜欢从诗人名到文字都悲花伤月的文学作品,看上去似乎有点腔调,其实空泛,没有任何实际含义。光海就是因为这种矫情文学盛行,经济才老搞不起来。"

"你不是还推荐这本散文集给我过吗,现在改变主意了?"见他无言以对的样子,梵梨气鼓鼓地说道,"还有,你攻击光海经济就算了,怎么连人家诗人名字都要攻击呀?"

"这名字是他自己取的。男人这么玩弄风花雪月,还不够娘?"

"那是因为他情感纤细,你这霸权主义战争分子攻击他不说,还搞性别歧视!雅夏很可怜,他出身富贵,但家道中落,从小过着饥寒交迫的生活,87岁就病逝了,死前和他老婆分隔两地,最后写下了这篇散文。他老婆哭瞎了眼,终身未再嫁,两个人都没留下后代,简直太虐了……不行不行了,说着这些,再读这段话,我都要哭了。"说到最后,梵梨揉了揉眼睛。

Chapter 52 星辰海的涟漪

"这么早就结婚,没钱养老婆还要结婚,害他老婆后半生生无可恋不嫁人,大概就是他早逝的原因和惩罚。"

"你这个毫无同情心的男人,居然这样诋毁我们光海古典文学史上的大才子,我不理你了!"

"不是实话?男人没钱结什么婚。"

"没钱就不能结婚吗,人家老婆愿意,人家为爱结婚不行吗!"

"爱情能当饭吃?"

"现在开始鄙视爱情了,追我的时候你怎么天天爱爱爱不完的?你以为你自己有钱有权了不起是吧,我也不缺这些东西!要是没爱情,谁嫁给你,嗯?结果嫁了才发现上当受骗,你一点都不温柔,你就是个冷酷的臭男人……"

"嫁都嫁了,后悔来不及了。接受现实,看你的书去。"

"我就没后悔过,但你要把思想扭转过来。雅夏的文字就是很美,你要学会欣赏。"

"娘。"

"苏释耶!"

苏释耶还记得,当时梵梨用胳膊撞了撞他,对他翻了好大一个白眼,好像在说"和暴君真的没有共同语言"。他抱住她,想吻她,却被她躲过去,她还瞪了他几眼。显然,她又开始作了。

那样的她多可爱,他喜欢。他最不想看的,就是现在贴着冰壁哭泣的她。

但结果,最后对的人还是你,我的梨梨。

散文确实很美,很适合当作这最后一刻给你的情书。可惜我没有雅夏的文笔,写不出那样让妻子感动的文字。

我重获新生,把记忆点成离愁的火苗,燃烧着以太之主的流光孤灯,仰望着无尽海洋之主的倒影。

我敬爱的、可爱的爱人啊,在烟火猎猎的海洋尽头,在荒漠向森林的求爱中,你可收到了我寄给你的,晨曦里的第一滴露珠?

我的心之叶不小心坠入你编织的情网,用四十亿年的岁月逐步绽放出花朵。

花朵越开越旺,一秒也不曾凋零。终于,在这一个微小的瞬间,就结成了果实。

——雅夏《星辰海的涟漪》

Chapter 53　重回落亚

赤月纪1528年，在无尽城巴曼薄亚，苏伊璃继承了王位，成为了深渊帝国的第二任帝王、第一任女王。她将年号定为"自由纪"。

圣耶迦那又一届独裁官大选结束，新上任的独裁官顺应了时代的号召，是一名纯种海洋族。虽然他的靠山是苏伊繁星的团队，并没有摆脱傀儡元首的命运，但光海史上出现了第一个海洋族独裁官，依然是一个时代变迁的里程碑。

自由纪214年，也是耀光时代1641年，加斯宗族宣布了梵梨回归的消息，轰动一时。梵梨却向希天请了个长假，没有回到大神使的岗位，而是继续做奥术研究。而且这二百一十四年来，她只做了一个项目，所以也有了放松的时间。

8月的第三个兼特日，梵梨和羽烬坐在圣都歌剧院附近的露天餐厅中，桌子上摆着一个三层点心塔：第一层是海蓬子、海藻和江刀至尊，第二层是"水中人参"龙虱和乌贼饺子，第三层是精巧除了鳞又保留了脂肪的新鲜鲫鱼肉。他们在这里已经等了两个小时了。梵梨撑着下巴，看着川流不息的永恒广场，和羽烬有一句没一句地聊天，静静享受着惬意的周末。

这一个下午，圣耶迦那市政官到歌剧院参加活动，一群逆戟族警察为他拉起了警戒线。两个年轻的当红女演员想方设法与他攀谈。不从四周的尖叫声判断，梵梨都不知道她们的人气有多高。

在歌剧院的上方，播放着一张怀旧老电影的巨幅动态照片：女人从复古的大马力私艇上游下来，拿着酒杯大笑，不小心把酒水泼到了海水里，染红了面前男主角的衣衫。她披着雪白皮草，红唇如血，海羽别在她黑色的短发间，两鬓的头发在双颊上打了个逗号，充分诠释了"美到摄人魂魄的肤浅美"。此刻歌剧院门口的女明星，每一个都模仿过她的这身造型，但无人能超越她。这部电影叫《落亚淑女》，并不是她拿下影后的代表作，却因为导演拍出了那个时代最美女演员的最美模样，而被影迷们永远记住，时常重温。

那是燃烧时代的黄金时期，深渊族依然是蛮荒的民族。他们的入侵战争结束后，微子奥术的研究进入了全新的阶段，种族晋升的违禁魔药在星辰海的黑市中偷偷扩散，卡律公国的解放奴隶们为革命洒出鲜血，热砂岛所有部落成员因为怀璧其

Chapter 53 重回落亚

罪变成了万千枯骨,全时代最盛大的一次婚约标志着社会体制的变革开端,光海经济与军事正在走向前空前绝后的最高峰。历史的洪流在时光中不断前进。这是一片无边无垠的星海,每一颗星在深海里的影子,都篆刻着一个熟悉的名字。

"苏伊伊,小羽,啊,真的对不起……"

听到身后传来这个声音,梵梨没有回头,只是把玩着手里的戳筷,笑着说:"当了妈妈是迟到两个小时的理由吗?买单。"

"好的,我买。"风晋一手撑着后腰,一手搭着高高隆起的肚子,游到了她面前。她的丈夫兼特羽悠搀扶着她,让她在梵梨面前坐下来。她抬头,柔和地对他笑:"谢谢亲爱的老公!"

"我瞅着这形状,是个儿子。"梵梨说道。

羽悠在羽烬身边坐下,很自觉地装聋作哑,不介入女性话题,和羽烬聊起了近期的工作。

"别啊。"风晋备受刺激,"你别诅咒我,本来就是意外怀孕,如果再是儿子,就太悲伤了。"

"如果是儿子就再生嘛。"

"我才不要呢,养一大堆孩子,我都没时间和我老公过二人世界了。"风晋戳了一块刀鱼,送到嘴里,吃得津津有味,"对了,苏伊伊,你最近都在忙什么呢?"

"还是跟你提过的魔药研究。"

"深蓝吾主啊,你真是不死心,都两百多年了,别做无用功了,思考一下另一个问题。"风晋使用了隔音术,凑近了说道,"小羽本来在裂空海有更好的晋升机会,他都没有去,而是一直留在圣耶迦那,你说是因为什么……"

大概是因为太喜欢羽悠了,风晋热衷于撮合梵梨和羽烬。梵梨并不领情,关掉了隔音术:"研究基本成功,已经进入临床阶段了。"

"啊?"

梵梨笑了笑,又为她夹了一块刀鱼:"我过几天就会去落亚验收成果。"

"那也太棒了吧?也是,有夜迦帮你,应该是事半功……"

就在这时,一个高大的男人在他们身边坐下来。他还是和以前一样,一头白发全部梳到脑后,脸庞雕刻般英俊深邃,不管去哪里,迎来的都是别人的低头、谦卑、行礼和马屁。但此时此刻,他却变成了姿态较低的那个,身体前倾,对风晋说:"你们继续聊,不用管我,我只是恰好路过,顺路看看你们。"

"'恰好'路过'顺路'看看?"风晋用玩味的眼神看了一眼梵梨。

他上下打量了梵梨一下,假装很惊喜:"苏伊,这么巧,你也在这里?今天真漂亮啊。你最近还好吗?"

梵梨一眼看穿了他的小把戏,无语地翻了个白眼,有气无力地说:"我好得很。你的八十九个孩子还好吗?"

"都好,都好。"他笑得开朗而尴尬。

服务生游过来,把他买好单的票据递给他,小声说:"加斯少宗主,您订的珍稀蓝鳍金枪鱼可能要稍微等等,这道菜只有首席主厨会做,他今天休假,现在正在赶来的路上。"

"还在路上?"希天冷冷地命令道,"叫他快点!"

"是……是……"

希天接过票据,看也没看,就对梵梨说:"下周圣提日,有空吗?我带你去看一场圣耶迦那大奖赛的决赛,第一排的位置。"

梵梨面无表情地扬起嘴角,友好地表示很好笑:"带你六十个老婆和八十九个孩子去吧,第一排够他们坐吗?"

"没有六十个,也不是老婆,前女友而已。"

从梵梨回来以后,希天的"百娃生产计划"就中止了。从苏释耶消失后,他又和六十个孩子妈彻底划清了界限,讲清楚只给钱养娃,不谈别的。梵梨觉得丢掉那么大的后宫挺可惜的,但也没什么立场去阻止他。可惜没过多久,他就开始频繁地向她求爱,想复婚。梵梨一开始拒绝得还挺客气的,后来被他说烦了,便懒得搭理他。

"我知道,你一时半会儿忘不掉苏释耶,但我会等你。这次我很有耐心,很认真,不会再错过你了。"希天曾经如此说过。

"希天,你是挺优秀,挺帅的,但我对你一点都不来电。在我眼里,全世界的男人只有两种:苏释耶和其他人。所以,对不起,麻烦你断了这个念头吧。"

然而,希天特喜欢被拒绝的感受。因为在他看来,梵梨越是对苏释耶专一,等他追到她了,她就越会对他专一。而且他会自行脑补她对别人说出"全世界的男人只有两种,希天和其他人"的画面,沉醉其中,不可自拔。他有一套自成体系的独特闭合逻辑,所以,不管梵梨怎么说,他都只相信自己相信的,越发对她穷追不舍。可惜,如今她不再参政,他的权力优势在她面前发挥不了作用。所以,他又开始

Chapter 53 重回落亚

怂恿她:"你什么时候继续大神使的工作?光海需要你。"

梵梨抚着额,不想说话。羽烬咳了一声:"希天哥,梵梨姐姐想休息,不要让她太累了。"

"她回来工作,挂名就好,我不会累着她的。"

"还是让她做自己爱做的事吧,爱她就要尊重她,不是吗?"

"全光海没有人比我更懂如何尊重苏伊女神。"

面对这宇宙级的自大狂,梵梨要窒息了。她正想着怎么脱身,就接到了夜迦的电话。

"苏伊,快来落亚。"夜迦说道。

"为什么……"梵梨停了一下,忽然抬头,"我现在就来。"

梵梨直接站起来,对四位朋友挥挥手,一边和夜迦继续说话,一边快速离开了。风晋看着梵梨远去的背影,叹道:"苏伊伊太痴情,是一件挺头疼的事。就算实验成功又怎样,她寿命那么长,最后还不是得守寡。"

"你就别操心人家的事了,孩子都快生了。"羽悠故作严肃道。

"我这就去给她安排舰艇。"希天决不放弃任何讨好她的机会,把他订的足够买一套小房子的金枪鱼扔在了脑后,一溜烟消失了。

"希天真是……啊,看不下去了。"风晋嫌弃地咂咂嘴,看向羽烬,"小羽,你有耐心再多等个一两千年吗?"

"我没觉得自己是在等什么。"羽烬淡淡地说道,"我向梵梨姐姐承诺过,会一直陪着她,那就一定说到做到。"

"这个心态好呀,就知道我没看错人。"风晋笑眯眯地道。

希天并没有成功讨好到他的女神。因为,繁星正好打电话向母亲问好,得知梵梨要去落亚,他第一时间就把一切都替她打点好了。

回家收拾好行李,梵梨在一个陈旧的箱子里看到了几个钻盒,忽然想起自己曾经跟风晋打趣说,自己是"集钻女"。

第一个盒子里装着深蓝色的钻石"天命瞳",130帝克,刻字:"赠吾妻。燃烧时代,加斯希天。"

第二个盒子里装着粉色的钻石"圣都之心",170帝克,刻字:"苏伊吾爱,愿余生都有你。莫尔黑乔。"

第三个盒子里装着正红色的钻石"烈火吻",100帝克,刻字:"苏伊女神,若

能与你共度一生,会是我最大的荣幸。韶安。"

但这些她都没打开。她只打开了一个因为被打开太多次,有些磨损的盒子。里面没有环,只有钻石。这是红月海产的无色顶级钻石"星之尘埃",160帝克,赠送者是她此生唯一爱过的男人。

他们之间有很多遗憾。对她而言,最大的遗憾就是,从未完全了解过他。

他为什么会死,她问遍了所有人,到处疯了一般寻找答案,一无所获。他应该是有意为之,一点线索都没留下。但她相信,苏释耶心里还有她。

只是在他心中,深蓝远比她重要。

伸出手指,轻轻抚摸着钻石的表面,却无法摸到它内部的字迹,就像两百多年前的深海冰山中,她只能隔着冰山抚摸他的手心。

她原以为,她能接受的底线是和他在一个世界,却不在一起。但现在她竟然坦然面对了他已经离开的事实。面对他,她总是能让底线一退再退。现在她想,只有回忆,也挺好的。

前些年,风晋跟她说,如果你想重新谈恋爱,记得把结婚证注销。但打开那本一千多年前深渊帝国旧版的结婚证,看见里面的"丈夫:苏释耶,妻子:梵梨",还有他们各自的身份证号和出生年月日,梵梨一点都不打算往前看。

她是苏释耶的妻子,以前是,现在是,以后也是。不会因为他死去,就有任何改变。

苏释耶挺狠的。后来赤红来找过她,愤怒地吐槽,自己被苏释耶玩了——苏释耶答应他,一旦他帮忙完成"梦幻玛瑙"的计划,就会让他解开束缚,拥有完整的神灵之力。

"以太之主把老子晾在一边,自己去死了,老子现在跟噬魂谷那三十六个没用的东西有什么区别!"赤红暴怒道。

"我看他的做法没什么不好。如果给你神灵之力,你怕是立刻就要把地球毁了。"梵梨却很淡定。

"谁说我会毁地球?让水海变成火海,就是毁地球?谁给你的脸,让你觉得海族即是王道?说实话,老子在海底待了几十亿年,本以为你可以搞出点名堂,结果嘛,还是一个如此糟糕又不公平的世界。所以,我想不破不立,毁掉一切,再给地球新生,有什么不好?"

"哦?那你做好牺牲的准备了吗?"

Chapter 53 重回落亚

"老子为什么要牺牲?"

"绝对强势的力量,都是为弱者奉献的。只有没有生命的地方,才没有不公平。你重新建立的世界里,可以没有生命吗?"

"深蓝,我不得不服你了。为这个破世界,你牺牲的是够多了。"

"我不是深蓝。深蓝早就没了。"

"可你最像她。"

"那是因为我们都是母亲。你是男人,你不懂母亲的感受。"

"还可以这么比喻吗?别闹了,我和深蓝都是没性别的。"

"但是她本质上是像女人的。"

"哈哈哈,也没错。唉,你到底不是深蓝,总是要死的。等你死了,老子是真的要寂寞了。"

"那你觉得,4.3亿年和几百年,有很大区别吗?"

"很大。"赤炎想了想,又说,"也没区别。"

因为人事调动的原因,这两年夜迦回到了落亚大学工作。所以,拟态生命延续的临床试验部分,他也是在落亚完成的。

三天后,梵梨回到了红月海。羽烬也跟着她一起来了。他们第一时间赶到了落亚大学的实验室,见到了夜迦。梵梨着急地问道:"如何,他能说话吗?生理机构正常吗?"

"能是能,而且寿命延长了,但……可能不是你想要的状态。"夜迦从桌上拿起一颗黯淡的珍珠,把它递给梵梨。

"怎么?"

"他没有以太之躯本体的记忆呢。"

"哦,你吓我,我还以为怎么了……"梵梨拍拍胸口,把珍珠放回书包里,"我知道。怎么可能用拟态星海的生命珍珠换回苏释耶的记忆呢?我没这么贪心啦。"

"你知道就好。"夜迦吁了一口气,看看羽烬,又看看梵梨,"我觉得吧,你们俩还是先变回他熟悉的样子再去见他,他可能接受程度会高点。但不管怎样,都别告诉他他只是拟态生命的事实,那样太残酷了。"

"好。"

他们早就有所准备了。梵梨拿出变形药喝了下去,羽烬也用奥术变成了小孩的

347

样子。

"哎呀,真是怀念的脸蛋啊,庶民小仙女。兼特羽烬小朋友也好可爱。"夜迦笑了半天,推了推眼镜,游到临床实验室门口,拉开门,"他就在里面,去吧。"

梵梨和小羽烬对望一眼,提起一口气,游到门口:"星海,我来了。"

但没有人回话。

"星海?"梵梨眨眨眼。

"星海哥?"

还是没人回答。

小羽烬伸出短短的小胳膊,挡住了梵梨的去路,甩动着小尾巴,用防备的姿态游进去探探情况。梵梨和夜迦随后跟进去。但是,里面没有人。夜迦楞了,又低头看了一眼里面的门把手——已经被拧坏了。他用力拍了拍脑门,"我忘记了,这孩子是鲨族。只是锁门不够的,要用奥术关着。"

"走,我们快出去找他,不然他面对未来世界,肯定会被吓着的。"小羽烬说道。

三个人一边喊着星海的名字,一边冲出建筑,在大学校园里四处搜寻他的身影。

落亚大学里,除了生机勃勃的海藻,还有盛夏最常见的海月水母。它们成片聚集在一起,形成了透明的樱花色。所经之处,好像连海水都染成了粉红色。这是一个很好的季节,桡足类生物依然很多。再过一段时间,浮游生物衰退,海月水母也会大量减少,直至完全不存在。这些美丽的生物寿命很短,但它们并不会因此伤感,而是上下跳跃,化作一个个恬静优雅的芭蕾舞者,为校园里假期补习的学生献上舞蹈。

梵梨拿出通信仪,才发现自己错过了好多个电话。所幸它现在还在发亮。她赶紧接听。

"梨梨?"

听到少年的声音,梵梨整个人都呆住了。

陌生又熟悉,遥远又近在眼前。

"梨梨?是你吗?"

梵梨眼睛瞪得大大的,除此之外没有任何表情:"……是我。"

"我是不是这次假死的时间有点久?"星海有些担心地说道,"为什么我会出现在落亚?是你把我带到这边来治疗了吗?"

"不是几天。你在哪里?"

Chapter 53 重回落亚

"校门口的投币式通信亭里。"

"等我,我就来。"梵梨灵魂出窍般游向校门的方向。

"不是几天,那是多久?"

"是挺长挺长的时间……"梵梨摇摇头,"但没关系,你没有错过任何好事。现在的光海,已经变得很好了。再晚些,我会跟你详细解释的……"

"那太好了。真遗憾,我的记忆还停留在昨天的幸福中。"

真的是他,他回来了。

这是年少时的他,毫无瑕疵的他,未受玷污的他,没有任何黑暗与悲伤记忆的他,她记忆中无数个他的影子中最完美的那一个。

而那个一身巨大缺陷的他,魅力四射的他,冷酷的他,暴躁的他,脆弱的他,无助的他,从这个世界上永远消失了。

"没关系,这就很好了。"梵梨微笑道。

小羽烬游在梵梨身侧,抬头看了看她,一瞬间想起了很多他们读书时的故事。随后,又想起了两百多年前的一个月夜,他与赤月帝王在梦幻宫殿散步时的对话。

"小羽,梨的性格不是你看到的那样。"苏释耶略微颔首,看着眼前窄小的道路,脸上带着浅浅的笑,"她只想给你看到她想让你看见的一面。在所有人看来,她是个女神,完美聪慧,坚强稳重。其实她很娇气,脾气上来了就蛮不讲理,还很敏感,有时候作到令人发指。但是,她又特别可爱,会撒娇,实在是让人拿她没办法。"

"既然你这么爱她,为什么最后几天不和她在一起?明明知道她也爱你,却要这样伤害她,我是真的看不懂。"

"恰好是因为我知道她爱我,才要这么做。如果她没有这么爱,扛得住失去我的打击,我会选择和平地和她告别的。可惜她扛不住。如果直到最后一刻,还让她看到我的好,我害怕她这辈子会一个人孤单地过下去。"

"陛下……"

"虽然我不想被她忘记,但我希望她忘记我。"

羽烬反复品味他这句话,只觉得心里受到了极大的冲击,半晌说不出一个字。

"我和她运气不怎么好,幸福的时光总是很短暂。唉……算了。不管在什么情况下,我希望她幸福。"苏释耶停下脚步,回头看着羽烬,"小羽,前因后果我只告诉了你一个人。"

"我不会说出去的,这个秘密会一直伴随着我,直到我死。"

"不。"苏释耶顿了一下,"我的意思是,我把她完全托付给你。她的生活方面你不用太操心,我都处理好了。即便她不工作了,璃璃和繁星也会给足她物质保障。如果她在光海遇到了困难,荒格和艾泽会在巴曼薄亚为她打点好衣食住行。只是精神方面,只有当有一个男人专一地疼她,爱她,她才会收获完整的快乐。这个任务,我就交给你了。"

那是潮湿的海边,明月是一轮弯刀,未展愁容。水红色的帝王花开了,把花香荡漾在月光浸泡的空气里。苏释耶的碎发比鸽羽还白。他背对清辉,把黑暗留给自己,眼睛和耳坠却像金色的泉水,或是荒漠里坚韧的烽火,弥漫着深邃的故事。

羽烬愕然地看着他,简直不敢相信,这还是那个独占欲极强的男人:"苏释耶陛下……"

"我很差劲,老是让她哭。我希望你能多让她笑,能做到吗?"

"为什么啊……为什么要我……"羽烬眼眶红了,"她爱的人是你啊。"

"爱一个人的形式有很多种,'在一起'只是其中的一种形式。以后你就会懂了。"说到这里,苏释耶露出了略有深意的笑,"小羽,你年纪也不小了,应该懂的,只要你对梨梨好,她的儿子女儿都会记住的。"

这句话的意思羽烬听懂了。繁星和璃现在手握大权,只要他们"记住了他的好",就会全力辅佐他的事业,为他的前程搭建比普通宗子高很多的平台,甚至提升裂空海在光海的综合实力。

苏释耶还是从前那个苏释耶,典型的政客,老奸巨猾,请人办事时,总是给足了信任,又给足了好处。所以,他身边的人对他都信服且死忠。但是,这些话并没能让羽烬开心起来。他反而觉得被侮辱了。"请陛下不要说这种话!就算梵梨姐姐是个普通女人,我也会好好照顾她的!如果您想用利益来交换我对她的好,那就请您另谋高就吧!"

苏释耶好像猜到他会说什么一样,一点都不意外,笑得特别开心:"好,很好。你会这么想,就说明星海哥没选错人。"

羽烬更生气了。

为什么到这种时候,还要试探人性,设局算计,苏释耶陛下这样活得不累吗?他到底图什么啊……

羽烬张嘴,本想说话,但飞速抬起胳膊,低头把眼睛埋到袖子上,嘴角往下撤,

Chapter 53 重回落亚

肩膀抽个不停。

苏释耶被他孩子气的样子逗笑了，拍拍他的肩，无声叹了一口气。随后，他清了清嗓子，严厉地说："小羽，不准哭了。你是男人，要坚强起来，不然怎么照顾你梵梨姐姐。"

"好，我不哭。"羽烬咬着牙关，像过去他在部队听见长官指令那样站直身子，眼泪却还是不听话地往外涌，"我是男人！我会照顾好梵梨姐姐的！！"

…………

梵梨终于游到了大学外面。

看看四周的环境，珊瑚多得可怕，还有许多鱼进行着古怪的仪式——它们在岩石、珊瑚、海龟甚至鲨鱼身上轮流擦背，好像是在磨去身上的寄生虫或污垢，以保持光鲜亮丽的仪表。

一千七百多年后重归落大校门口，一切都是那么真实又虚幻。没看到星海，梵梨从书包里拿出通信仪，想再等他的电话。但这时，小羽烬对她身后喊了一声："啊，星海哥！"

忽然，一双手从她身后绕过来，搭在她的手腕上，轻轻拥着她。那双手修长而骨感，手的主人声音也是清脆而动听："梨梨，我找到你了。"

名为星海的少年，在夏日浅海湾中表达着爱与谢意。

一切都像是巧合，一切都像是宿命。

两百多年前，曾经也有一个男人眺望着星海，感谢着他们的4.3亿年。

Chapter 54　微小的思念

梵梨回过头，发现真的是星海。

她又重新在同一个地方见到了他，以同样的方式。只是，这一回从背后拥抱她的人，不再是苏释耶冒充的。没见到他时感觉还好，真的见到他，她只觉得百感交集，伸手抱住他的腰，把头埋在他的胸口。

对星海来说，他们前一天才身心融合，没有半点伤感，只觉得甜蜜无比。他温柔地笑了起来，给了她一个紧紧的、安全感十足的拥抱。

她也满足地把眼睛闭上，深深呼吸。

这一天，梵梨告诉了星海许多经过润色的真相：因为体质特殊，他的寿命比一般捕猎族短很多，所以她暂时把他冻结起来，直到研究出了让他续命的方法。现在已经是1765年后的耀光时代，很多已经发生的历史事件需要他自己去探索。

既然回到了红月海，他们就在这里多逗留了几天。通过各种信息调查，星海自己发现了很多秘密，也知道苏释耶已经离世的真相。但他什么都没有说。梵梨知道很多事是瞒不过他的，心想只要他不知道他只是拟态生命，别的都可以老实跟他摊牌，便说："在你沉睡的这么长时间里，我以为你已经死了，所以就跟……"

"不需要解释。"星海微笑道，"梨梨，我知道你经历了很多痛苦。那些都是你的伤疤，我不想揭开，只想帮你治好它们。"

不管过多久，他还是没变。

像是年少时的哥哥，又比那时的哥哥少了尖锐的防备。

当晚，他们一起回到了她住过的贫民窟小巷逛了逛，一起追忆他在这里接她上学的点点滴滴。因为过了太多年，很多事她都忘记了；但对他来说依然是一两年前的事，还是那么记忆犹新。

就像跨越时间，这个少年从过去来到了现在，把他们的青春都再赠予了她。

他们还一起从曾经出海的方向，游到了红月海的海面上。这一晚，海面持续下了四个多小时的大雨。乌云遮蔽了夜空，海豚在天边的海洋中央冲天而起，暴风刮过孤独岛屿上的灌木丛林。他们在雨中大声说话，看着鱼群跳跃，浪涛翻涌，一起穿梭在狂风骤雨之中，过了疯野的四个多小时。

Chapter 54 微小的思念

随后，暴雨停歇，乌云散去，露出澄澈的万里星空，梵梨突然也变得安静起来。她只能听见海的声音。

这是亿万年不变的星辰之下，风暴之中，大海之上。

这里有人鱼唱晚，海鸟啼鸣。

大海如此广袤，有海神族、捕猎族、海洋族，还有数以万计的海洋生物。在这深深海洋之中，珊瑚可以活四千年，相爱的海神族夫妻可以厮守上万年。按理说，他们的寿命那么长，应该有很多很多时间去忘记过去，走向新生，寻觅新的爱情。但是，她却悲哀地发现，不管游多久，即便精疲力尽，她也再遇不到那个人了。

苏释耶。

她的以太之主，她唯一的神灵，已经不在了。

在海风中，她只是渺小一粟。在夜晚中，星斗之光动人至此，让她变成了遗落在天地之间的沙砾。她张大口，胸膛随着音节剧烈起伏，唱着长而凄婉的歌曲。沉睡的鲸鱼浮出水面，无数海豚在海面跳跃，似乎都被这带有诅咒般的歌声蛊惑了。

"梨梨。"

在歌声编织的幻想中，她听到他在耳边低低地说着，宛如一场久违的、陈旧的梦境。

"过来，我牵着你。"

星海说着这样的话，就好像他在她的眼前。

从苏释耶离开以后，梵梨相信，只要能把星海找回来，就等于找回了半个苏释耶，她就会快乐的。但现在星海回来了，她却发现，她没办法带他去见他们的孩子，没办法和他一起讨论光暗海的政治，没办法和他牵手去斐理镇，没办法叫他哥哥……

有的人是注定活在回忆中的。和他所有美好的未来，永远只会出现在梦中。不会再有重逢。

他是真的不可能回来了。

之后，梵梨和星海回到了圣耶迦那，她在圣耶迦那大学陪他修完了学业。因为怕遇到太多老朋友，毕业后他们又换了几个海域生活，最后回到了红月海。现在种族歧视现象比以前少了很多，以星海的学历和能力，他很轻松地便在"海族舰艇"就职，梵梨则在落亚魔药监管局工作。他们在落亚买了一套房子，便到星辰海旅

行结婚了。

"这里是我的家乡。"途径斐理镇,星海指了指对梵梨而言再熟悉不过的小镇楼房,"曾经,我和父母就住在这里。"

遗憾的是,因为苏释耶团队的修改,他没有任何关于妹妹的记忆。

"嗯,很美。"梵梨微笑。

就这样,幸福的一百五十年过去,星海作为拟态生命的寿命到了极限。他们度过了最纯粹的一百五十年夫妻生活,彼此都觉得这一生毫无遗憾。

他去世那一天,身体各项机能大幅度衰退,自己对大限的到来已经有所感应了。他没有同意让梵梨送他去研究所,而是在他们的小家卧房里,握着梵梨的手,缓缓闭上了眼睛。

直至走到生命终点前,星海依然面带微笑。她抚摸着他的额头,看着他全身越来越放松,心跳声越来越幽微、缓慢,最后完全停止。

办好了星海的葬礼后,没再等希天来找自己,梵梨主动回到圣耶迦那。

第二年,圣耶迦那举办了一场空前繁荣的典礼,庆祝圣耶迦那宗主的诞生。苏伊大神使回归的消息传遍光海,引起了极大的震动。一夜间,圣耶迦那的来访人次刷新了燃烧时代以来的历史最高记录。在圣都创世门前方的高台上,市政官一番热血沸腾的演讲后,对下方十多万民众喊道:"现在,有请我们圣耶迦那的宗主、深蓝的智慧宗神——苏伊梵梨!"

梵梨拿着大神使权杖游上来,圣灵海羽像刚落在她发梢上的花瓣,还在海浪中轻轻摇曳。她身穿海浪般的白裙,蓝色长尾缓慢摆动,尾鳍上的圣灵之光熠熠生辉,赛过所有宫殿的珠宝。

她抬头看了一眼上方,好像能透过海浪,看见那个把她抛弃的、栖息在无穷宇宙中的至高无上神。

梵梨深吸一口气,举起权杖:"愿神庇佑圣耶迦那。"

下一刻,欢呼声撼动整个圣城。

如今,梵梨已经收获了名誉和权力,在海洋的全盛的和平年代,拥有了呼风唤雨的能力。她可以参政,也可以投入到神职事业中,抑或是挂着闲职,与家人朋友消磨光阴……但是,绝大部分时间里,她选择了与自己独处。

一百七十三年后的一天,黄昏时分,梵梨一人游到光海神殿附近闲逛。因为城

Chapter 54 微小的思念

市太大,生活在光海心脏的海族们不像是在游泳,倒像是被风吹动的蒲公英冠毛,漫无目的地在海洋中缓缓流浪。随着光海深渊文化的融合,圣耶迦那的街边出现了许多深渊企业家开的气囊咖啡厅、书店、甜品店。这一日,不管是这些店铺、钟楼、还是公交舰站上,都贴满了以头版示人的报纸,醒目的镶金字体打破了这座都城的宁静:"苏伊梵梨回归!"

街头巷尾都陷入了关于这个主题的热议中,梵梨却一个人游下风暴之井,来到了回忆神殿。

这座建筑虽然是仿品,但也经历了近两千年的风霜。而它的原身寿命长达三点三亿年,至今仍是海洋现存的神殿中规模最大的前三名。因为,当初是以太之主亲手创造了它,它曾经是深渊族们寻找回记忆的圣地,曾经承载过上万人的颂歌,也曾饱经沧桑。而事到如今,它已变成了一个供海族旅客们参观旅游的重要景点。为了照顾下阶海族,这里的门票不贵,所以只要他们经过黄昏区,就很容易被这里吸引。

放眼望去,八十间陈列室中一直都有海族进进出出。梵梨身披白色斗篷,头戴圣灵海羽,随着人群游动。一路参观下来,发现这里增添了很多以前没有东西,例如一些大大敞开的石制的镶金书本,上面有古海族语写的故事和连环画一般的战争革命事件。这里还展示了一些蛮荒时期深渊族用过的东西,大部分是戒指和鱼叉。它们被展示在橱窗里,下面以银牌标了好名字、古海族语的名字、年代、历史事件等等。

梵梨在二楼看见了一个苏释耶用过的铂金戒指,过了这么长时间,它的外形竟没有丝毫改变。她依然记得,当年她很喜欢这枚戒指,因为和他的发色配极了。原来,它是在一次巴曼薄亚的万人集会中遗失的。真有意思,如果不是看见这些介绍,她都不记得有这么一次集会了……

"苏伊大神使。"

听见这个声音,梵梨愣了一下,然后抬头看见了夜迦摘掉眼镜的脸。她朝他微微一笑:"好久不见,小夜。"

"这么久不见,你回来也不通知一声,看到我也不怎么激动,我是真伤心了。我可是激动得一个晚上没睡觉呢。"

"我是表面看上去无所谓,内心波涛汹涌。"梵梨看看四周,发现他也是一个人,"你为什么一个人在这里?"

"我只是无聊而已。"夜迦扬了扬下巴,示意她与他往窗台走。

"看来圣大的工作对你来说还是太轻松了,要不你跟我到光海神殿工作吧?"

"那就不必了。除了工作,什么事都不太感兴趣。"

"那为什么还……"

"工作我是特别没兴趣。"

他们两个人沿着神殿二楼的墙壁走,与许多好奇的游客擦身而过。每隔一段距离,就有微弱的光透过大窗洒在他们身上,偶尔带来一两只海洋生物徐徐游过的影子。每次经过这些石头堆砌的大窗,她都能看见窗外成片的白色崭新建筑跑马灯般掠过。

他们绕着那么大的神殿游,绕了很多圈,聊了很久。聊到最后,梵梨竟发现自己记不住他们到底说了多少东西,反正,都是过去的话题,一切平静如水。相反,她所能记得的却是与他游动时看见的东西:海洋雪的舰艇新站,游动的海族,盘旋的抹香鲸,窗外由岛屿组成的居民区,上方粼粼水光中,圣耶迦那浸透的些许金色光芒。

最后,两个人即将道别时,她从夜迦那里听说了一个她曾怀疑过、奢望过,最终又选择逃避的事实。

"我不相信。"即便到现在,她还是不愿意承认,只是不停摇头,"不可能,他的'梦幻玛瑙'计划,目的是召深蓝回来……我确定,和我没什么关系。再说,苏释耶已经不可能再活过来了。现在告诉我,他是为我而死的,除了会让我痛苦,并不能给大家带来任何好处。以我对你的了解,你不会做这样的事。"

"是真的。上次我们一群人聚会,羽烬被他们灌醉了,之后就跟个娘们儿似的在我怀里倾诉,把什么都说出来了。"夜迦把那个晚上羽烬说的话,一字不漏地转达给了梵梨。

"你为什么要告诉我这些?"为了让自己听上去不要太崩溃,梵梨压抑着自己的情绪,试图理性地说道,"这对你有什么好处吗?"

"因为你过得不幸福。"

"胡说什么,我只是一时间得到了一切,没有什么渴望的了,所以看上去无所事事而已。"

"不,没有人会因为'拥有一切'而满足。人们对财富、权力的追求,一向是饮鸩止渴,拥有得越多,就想要更多。而你,恰好是因为失去了一切,失去了欲望,

Chapter 54 微小的思念

才会过得如此行尸走肉。"

"失去了一切?"梵梨笑了起来,但心里却跟被钢针扎了似的痛,"从什么时候开始,苏释耶变成我的一切了? 我曾经那么多次为了事业放弃他,你是第一天认识我吗?"

"那是因为你知道苏释耶爱你。你知道,只要他还活着,你们就有希望。我猜,就算他不爱你了,你会痛苦,但还是会祝福他,也不会活成现在这个样子。反正你这个女人认定了一个人,哪怕他死了,你都没考虑过改变心意就是了。既然你都决定一头碰死了,那是否得知这个真相,又有什么区别呢?"

"我很理性的,没你想得这么深情。你过分抬高我了。"

"那当然更好。你这么热爱生活,苏释耶没有白白牺牲,人家小羽守着这个秘密这么多年,也很辛苦,我帮他们都解脱了。只不过,苏释耶给你留的东西可能就派不上用场了,但我觉得还是应该留给你作纪念。"

"什么东西?"

夜迦带梵梨回了一趟斐理镇,进入海底森林深处,念了一道密语。在一群荧光水母的团团环绕中,出现了一道泛着蓝光的拱门。

"这里是……"梵梨被眼前的奇幻景象迷惑了。

"这是以太之门,苏释耶用最后的力量创造的。它把以太之主的部分虚体能力浓缩到了实体世界中。进入这道门的人可以选择回到过去的时间与空间。"

宇宙的形态具有多样性。即是说,在每个人所处的宇宙外,还有无穷个独立宇宙。在平行的独立宇宙中,每一个人都有不同的命运。时空穿梭者可以自由进入不同的宇宙,只要在那个宇宙,他们是活着的,就可以和另一个自己融合。但是,因为宏观世界平行宇宙几乎都是垂直的,所以没有记忆,穿梭者原本的自我会被吞噬。

梵梨并没有因此大喜过望。因为,无尽海洋之主和以太之主都是多宙神,他们和造物主一样生死在多宙重叠中,所以不管她去哪个宇宙,最后作为以太之主的神识,苏释耶都会在同一个时间点结束生命。深蓝都会产生私心苏伊,梵梨的诞生都是必然,只是这个期间发生的故事可能不一样。所以,如果她选择与另一个平行宇宙中的自己融合,也只是把与苏释耶不能相守的悲剧重新经历一次而已,而且会失去这个宇宙的记忆。这么做无异于在这个宇宙中自杀,似乎没什么必要。

这一天,梵梨回到了斐理镇的旧居,打扫了一下已经长满了微生物的客厅,赶

走了趴在沙发上的海龟。与哥哥的童年回忆一点点涌入脑海,遥远又仿佛就在昨天。他们一起长大,那么信任彼此,他怎么可能说变就变?如今回想起冰山道别前苏释耶的态度,她猜那时的他一定比谁都难过。她很心疼他,想回到过去抱抱那时的他,但也没有机会了。

苏释耶确实和以太之主合体了,但即便拥有以太之主记忆的他,爱的也是她。

真好,她真的拥有了全世界最好的、最纯粹的爱情。

从生命诞生的伊始,到现在,他只爱过她。她也只爱过他。没有别人,没有遗忘,没有遗憾。

她从未如此思念过他。

仅仅过了一个晚上,梵梨就改变了主意。

她不知道另一个世界里会不会有苏释耶,但她知道,这个世界里没有他。所以,她觉得冒险试试看去找他,似乎也不错。

天亮以后,梵梨到海底森林中,进入了以太之门。世界变成了黑色,她被无数半透明的小型星体包围。星体表面滚动着光芒、闪电、星点、火焰等等,跟幽灵似的四处飘浮,互相穿透彼此——以太之主的能力实体化以后竟然是这样。在这个时间与空间的重叠点,无数重多宇宙的记忆也像星体一样,袭入她的脑海,让她愣住了:原来,这一次在以太之门里的,真的只是很多个平行宇宙中的其中一个自己。她不是第一次选择在多个宇宙中来回穿梭了。虽然没记忆,但那些即视感让她知道,她做过同样的选择。

在这些宇宙中,什么不敢想象的离奇故事都发生过,唯独没变的是她始终爱着苏释耶,最终都做出了同样的选择。

只要改变多宇宙的重叠历史,就能阻止深蓝对苏伊的惩罚、以太之主的死亡,让苏释耶活过来。没有人可以带着记忆回去。想去平行宇宙,记忆就一定会被吞噬。

她坐在以太之门前发了很多天,忽然想起了一个投影中的微观细节:她的一次实验中,有微子乱窜,总是不按常理出牌,让她对研究产生了挫败感。这是她一辈子都没解开的谜题,也是苏伊的微子论被奥术界抨击的原因。然后她想起微子数越少的实验里,这种混乱的无规律就越明显。然后她画了数轴,发现是因为离数轴的轴心越近,两个平行宇宙不垂直、重叠的可能性就越高。那些少数的微子是被平行宇宙中的同一颗微子影响了。

而宏观世界里,因为数轴无限长,只有偶尔有一些时间节点不垂直,有投影,

Chapter 54 微小的思念

会互相影响,所以会有似曾相识的感觉,这就是既视感。所以人才经常会问身边的人,是不是发生过什么事。是因为在另一个平行宇宙中,这段记忆是存在的。

如何让自己尽可能拥有更多宇宙记忆?那就是让自己变到最小。例如,变成微生物——于是,夜迦那个无聊的奥术就派上用场了。

尽可能分离自己的意识,附着在蓝藻上,就可以使微子乱窜频率增加,加强多宇宙中自己的记忆重叠率。虽然,这些比一纳米还小的意识可能要等上千万年,才只能与苏释耶擦肩而过几次而已。而且,拥有高等智慧生物的认知能力,却只能蜷缩在小小的空间中,没有相应的行动力与身体,应该比成为植物人还要痛苦。面对死亡和这样的生活,大部分人应该都会选择死亡吧。她真的要对不同形态中的自己,做出这样的事吗?

可是,想到这样一件绝望的事,她除了轻微害怕,更多的是期待。因为,那些微子中的她,可以带着她所有记忆重见苏释耶了。

苏释耶一生都在海洋中四处迁徙,居住时间最长的地点是巴曼薄亚,其次是圣耶迦那。蓝藻在深海不能生存,所以最好的选择是圣耶迦那。尽管海藻很可能会随海水漂移,但选这里作为起点,总是没错的。

当天,梵梨去白鹰宫殿门口的蓝藻群前站了很久。她知道,自己爱生活,爱生命,爱这个世界。她很坚强,哪怕把她放在火上烤,经历地狱般的挫折,也不会有一点轻生的念头。但是,只有当这个世界有苏释耶的时候,她才会真真切切感到自己正热烈地活着。

梵梨使用了夜迦的奥术,并且把自己大量的意识转移到了蓝藻上。

当然,一如既往地,不管转移多少过去,都无事发生。但是,无数个"她"进入了以太,又进入了蓝藻之中。

天旋地转,混沌迷乱,微子中的她失去了活动的能力。

我的神,你在何处?
我正在饱受甘甜之痛,回忆之苦。
逡巡着,世界是海与辰星;
徘徊着,独留下梦和幽影。

我的神,你在何处?

抹香鲸沉沦时大雪轻舞。
鱼群是苍白稀疏的胡须,
顷刻间,扰乱了失血的薄暮。

我的神,岁月老去,无尽之城中,
可有炎魔美人用七彩梦境为你轻舞?
时光是磷火,终将洗尽一切罪孽。
却无人告知,如何熬过思念的夜。

我的神,与你相恋很美。
但若不曾,没有记忆如雪伤悲,
我宁愿不曾有如此梦境,
梦中你雪发在深海翻飞。

梵梨回到了4.3亿年前,她生命孕育期的时代。

意识没有眼睛,感知却和幽灵一样,洪水般涌进蓝藻附近几乎可以忽略的空间。4.3亿年后的白鹰宫殿,现在只是一片乱石临时堆砌的台阶。这时海族文字才刚刚诞生,台阶上摆着很多被遗弃的石碑,上面写着文字不统一的经文,都是由海族住民近千年刻下的。

梵梨意识所依附的蓝藻,就在其中一块石碑上。

全球海水都很冷,圣耶迦那还是一座年轻而粗糙的新城,面积远小过耀光时代人们记忆中的样子。以太之主自我封闭在了回忆神殿中,海族们为他与深蓝的消逝日日祈福,朝拜在两千四百万年后就被战争销毁的第一圣殿之下。

意识不可以流泪,但梵梨知道,如果她有泪腺,现在一定已经喜极而泣了。

因为,在这个世界里,他活着。

作为小小的微子,她开始高频运动,试图改变肉眼不可见的微观世界的历史轨迹。

然而,第一天过下来,梵梨觉得整个人都不好了。因为这时海族数量很少,除了远古海洋生物,她没见到几个海族,对话更是一次都没听到。

不管是任何人,如果什么都不做,只坐在窗边看外面,都会抓狂的。可是,

Chapter 54 微小的思念

这只是一个开端而已。

春夏秋冬，日月星辰的更替，从未如此之慢。

太慢了。未来太长了。想到无穷无尽的未来，梵梨痛苦得想要自尽，却偏偏连自尽的方法都没有。

于是，每次感到痛苦，她就会告诉自己，苏释耶就在这片海洋里。她会想起他在冰山后与自己最后的对望。比起永远失去他，现在的无聊、寂寞，算什么呢？

再等等，再等等，他就会出现了……

蓝藻生命周期只有一个月。死去以后，梵梨的意识也跟着转移到了它的后代身上。然后，她继续在最小单位的空间里，拼了命地振动，数次冲破了原本轨迹的束缚。在这微观的世界中，她好像已经飞跃了一万光年。但在宏观世界里，即便把她运动过的轨迹画成线，也短到肉眼都看不到。

在延绵不绝的繁衍中，梵梨看着眼前这座城市一天天发生着改变，也随蓝藻一起迎接日出日落，潮起潮落，进行光合作用，释放氧气，为所有好氧生物的诞生做好准备，目睹着海洋生物的演化。有时候，蓝藻会被海胆、海兔等生物吃掉，梵梨的意识会自然附着到没被吃掉的部分里。

头五百万年，梵梨从一些海族先知口中得知，星辰海一个岛屿上出现了千足虫，它们仅用了四千万年的时间，就从湖泊群居的系统，演化出了丛林生存的系统。

一千多万年后，一种身长仅次于房角石的庞然大物在海洋中出现。它体重可达4吨，以海底各种捕猎者为食，成为数千万年里新的海洋霸主，连直角石和鲨鱼都是它的盘中餐。它的名字叫邓氏鱼。虽然它们不攻击海族，却会破坏贮存食物的设备，攻击菜市场。海族们为了抵抗它，甚至为圣耶迦那盖上了五十米高的城墙和奥术防护网。

这个期间，梵梨蓝藻所在的杂乱石碑被海族搬到了城外，但因为被石块的拐角缠住，蓝藻的位置一直没有改变。

五千万年后，陆地上出现了古老的昆虫，都是无翅亚纲种类。

接着，泥盆纪晚期，地球爆发了一次全球性的火山喷发，烧死了无数海洋生物。陆地上的残枝败叶腐化后进入海水，消耗巨量氧气，又一次生物大灭绝带走了无数生物的性命，也让邓氏鱼、裂口鲨等凶悍的掠食者彻底消失在了历史舞台上。同时，携带邓氏鱼和裂口鲨等生物基因的海族的寿命也终结了。

六千五百万年后，鱼进化出肺部，其中一部分和千足虫一样，走上了陆地……

终于，一亿年后，八大宗神陆续诞生，以太之主从回忆神殿中出来，出现在了圣耶迦那。

梵梨以绝对旁观者的身份，等到她此生的唯一所爱。

可惜，在一亿年后的海洋里，以太之主谁都不认识。现在的文明对他而言只是小儿科，失去了深蓝，他也失去了探索未知的乐趣。他匆匆而来，匆匆离去，便再也没有出现过。

接着是一千万年以后的古生代石炭纪，有翅亚纲种类的古网翅目昆虫诞生；恐龙用四千万年的时间出现在了陆地和海洋中。

中生代时期，联合古陆解体，慢慢分裂成了南北两片大陆：北方的劳亚古陆、南方的冈瓦纳古陆。在这大型恐龙统治地球的时候，史上最强悍的生物——巨齿鲨也出现了。虽然在不少史书上看到过关于巨齿鲨的记载，也知道它的习性，但当它出现在圣耶迦那的上方海域，以三十米的长度遮挡了光线，露出18厘米长的两百多颗牙齿时，还是让梵梨感到震惊。更狡猾的是，从上往下看，巨齿鲨的背与海水融为一体。从下往上看，它的腹部又与天空融为一体，又强又善于伪装，简直就是"鱼版"苏释耶。

梵梨曾经多次碰到巨齿鲨捕食猎物的场景。它们总是先袭击猎物的尾部，让猎物游泳产生障碍，再一口从下方一跃而起，用远超霸王龙的咬合力，将猎物的头骨一次性咬碎。每到这种时候，鲜血就会染红海水，很快流到圣耶迦那城内的海域中，让捕猎族们兴奋又饥渴。

因此，携带巨齿鲨基因的捕猎族也很嚣张，经常肆意捕杀海洋族，连海神族都镇压不住他们。在宗神后裔诞生前，巨齿鲨族数次成为了圣耶迦那的最高领袖"圣城之主"。"巨齿鲨"也俨然成为了称霸海洋的代名词。

一次，巨齿鲨族在圣耶迦那城外铸造基地，搬走了牵制蓝藻的石碑，并把蓝藻丢在了海水中。梵梨所在的蓝藻群随着海水缓缓漂流，环绕全球海洋无数次。

巨齿鲨诞生后的三千万年中，冈瓦纳古陆也逐渐解体。一部分向北方海域移动，成为了后来的印度。另一部分向东北移动，并用了九千万年的时间，再次解体为南美洲和非洲两个板块。非洲持续北移，印度抵达亚洲，古地中海被封闭起来，把喜马拉雅山脉从海底推成了后来的世界第一高峰。

在这个地球板块不断发生改变的时期，光海的少部分文字传播到了深渊，但并没能带动深渊的发展。胎盘类哺乳动物、灵长目动物陆续出现，标志着大型生物即将从历史舞台上陆续退出。于是,恐龙灭绝了。它们的消失,给予了哺乳动物更多的生长空间。哺乳动物开始变大,呈现出多样性。一次火山活动致使海洋酸化,引爆了又一次90%物种消失的大灭绝,也为鲸鱼的出现孕育了摇篮。

海族生命长,海洋的活动空间巨大,没有人类的冲突和领地意识,在这个漫长的演化史中,海族的文明进程一直很慢。

七宗神逐步意识化后,他们的子孙海神后裔出现,将圣耶迦那以外的海域分割成了七个部分,由七个宗主统治,在七海范围内,每一个新的宗主也是海神后裔,有十万到三十万年的寿命。最初,圣耶迦那由七大宗主一同管辖,最有发言权的宗主则是距离圣耶迦那最近的米瑟宗主。但其他宗主渐渐不服米瑟宗主的治理方式,便在圣耶迦那设立独裁官与大神使的职位,以民选的方式决定统治者,以上级海族举荐的方式决定宗教统治者,奠定了后来长达三千万年的光海政治形态。

首位独裁官提出了"奥术是海洋文明的核心力量"这一理念,光海因此进入了奥术发展的全胜时代,并用奥术推动传统工业的发展。金属冶炼技术提高,产量增加,逐步与石头、珊瑚等原材料同步应用于各大领域中。

比起七宗神,他们子嗣的神性也在文明的发展中被削弱。随着他们和普通海神族通婚次数变多,他们的寿命也在一代代变短。他们越是血统至上,就越无法阻止普通海神族攀附他们的心理,大量的通婚产生了大量的摩擦、悲剧与新生。随着私心与欲望的增强,海神后裔的品格与普通海神族越来越像。他们学会了训练军队、发明武器、御用猛兽、建造堡垒、栽培势力、钩心斗角……以各式各样的方式,争夺海洋的主宰权。巨齿鲨族原本就与海神族是死对头,如今更是与海神后裔势不两立。遗憾的是,在海神后裔面前,他们如此渺小——寿命不够长,不会奥术,智商不够,只能斗勇,不能斗智,只能以犯罪与杀戮的形式表达自己的不满。因为他们的不听话,海神族对巨齿鲨产生了很强的敌意,大量驱赶、私藏它们的猎物鲸鱼,加速了巨齿鲨的灭绝,顺便也消灭了海洋霸主巨齿鲨族。之后的鲨族虽然依然对海神感到不满,但因为实力悬殊,也只能认命地为海神族服务。至于海洋族,一直和蝼蚁一样,在强大势力对抗的夹缝中努力生存。

海洋的权力从捕猎族手中彻底回到了海神族手中,这并没能让海神族就此满足。巨齿鲨逼近灭绝的期间,他们的征服欲无处发泄,便开始了长达三百万年的内斗,推动了机械舰艇的发明。

梵梨流浪在无尽海洋之中,一天天看着这个世界的改变。有一天,这片蓝藻

群被裂空海的海族采走,做成观赏性质的球藻,带到市场贩卖,被人买走,放置了两百多年,又被扔掉,继续繁衍、漂泊、随着洋流环绕地球……终于有一回,蓝藻回到了圣耶迦那,被园丁修剪好,放置在了才修建好的独裁官居所——白鹰宫殿门口。

这也太巧合了。梵梨原以为自己再也回不来了。虽然这时光海舰艇还没完全普及化,圣耶迦那还是充斥着大量的驯兽师和生物坐骑,但已经无限逼近她所熟悉的样子了。

因为身处权力的中心,白鹰宫殿人来人往,梵梨得知了无数政治黑幕,见证了二十四个政治家被杀的过程,有趣和可怕的事也越来越多,但她丝毫没觉得时间比以前过得快。就像一个坐牢大半辈子的囚犯,前面几十年可能眨眨眼就过了,到临近出狱的一两年里,会变得格外焦虑、难熬。

等到燃烧时代来临,星云首次到白鹰宫殿拜访独裁官时,梵梨简直恨不得跳出海藻群,跟他离开圣耶迦那,随他爱上自己的夫人,等待他儿子星辉的出生。

24472年12月31日,独裁官夫人圣提宗主从临冬海来到圣耶迦那,与聚少离多的丈夫一起跨年。晚上,独裁官与她坐在白鹰宫殿的门前,一起仰望波光粼粼的星光海。

"咱们再生个孩子吧。"独裁官说道。

"叫微风,如何?"

"那不如叫风晋。更好听,也有徐徐微风往上流动的感觉。"

"很温柔的名字。好,就叫风晋,男孩女孩都适合。"

这对常年关系冷冰冰的老夫妻难得有浪漫的夜晚,虽然他们知道自第二天开始,可能又会回到平时公事公办的相处模式中。

但是,对于梵梨来说,最重要的是凌晨正点那一刻。

独裁官夫妻聊着聊着,圣耶迦那全城进入了倒计时中。永恒广场灯火通明,响起了民众们整齐的喊声:"5、4、3、2、1!"

最后一声响起,钟楼指向12点。奥术烟花绽放在圣耶迦那上方海域中,"新年快乐"的庆祝声传遍全城。

"24473年了。时间过得好快。"圣提宗主不由把头靠在丈夫的肩上。

是啊,燃烧时代24473年了。

终于到了这一年!

Chapter 54 微小的思念

虽然此时此刻,他还在母亲的肚子里,但梵梨却感到了无上的幸福。因此,后来的一百多年时间里,她每天都沉浸在想象他在做什么的快乐中。

一百多年之后,独裁官在门口与人交流时说:"这回深渊抗击战中,有一个立了大功的年轻男孩,老家是星辰海的,很厉害。"

"我知道他,他和奥达宗族关系很紧密,作战能力甩同级十条街。"

听到此处,梵梨激动不已——他来了,他来了!那个改变光海历史的男人就要来了!

在一片蓝藻里躺尸四亿多年,无聊地做着同样的运动四亿多年,梵梨原以为自己已经是老人心态,可是听见这个名字,她还是沸腾了。

她更加用力地逃窜、运动,仿佛已经变成了宇宙中最强大的力量。

倒霉的是,下一任独裁官任职时,蓝藻群被搬到了室内。梵梨气得想爆炸,因为这意味着她没办法在室外看见想看的人。她度日如年地熬着,熬到办公室里听见独裁官轻蔑地提起苏释耶的名字,熬到他开始天天骂苏伊和苏释耶,熬到有很长一段时间里,白鹰宫殿里都无人居住,熬到一群保洁人员进来打扫卫生……

终于,一个阳光洒满室内的下午,房门"吱嘎"一声被推开,一个高大威严的中年男人率先游进来。

"尊敬的独裁官大人,这边请。"

在这名政客的带领下,新上任的独裁官游入他崭新的办公室。

"直接叫我的名字吧。"年轻的男人微微一笑,"苏释耶。简单,方便。"

此时此刻,微子中的梵梨第一次长时间停下来,不再使用吃奶的力气运动。她只有意识,不会流泪。没有心脏,也感受到心痛。但她却知道,自己并没有感到狂喜。

只觉得,值了。

就算一生在此刻结束,好像也没什么缺憾。

原来,幸福是如此简单。只要再看见你一次,它就唾手可得了。

苏释耶移动速度很快,眨眼便抵达了窗边,摆放着球藻的台前。在这么近的距离里,他抬头眺望窗外的风景,"焰之眼"黄宝石耳坠轻轻摇晃,面庞素净俊美,眉眼中翻滚着这个时期他独有的飞扬风采:

"这里采光不错。"

"是的。光海独裁官的办公室,必须得有最好的采光。苏释耶大人,您看还

有什么需要添置的吗?"

"书房再多加几个书架吧。"

"您看过书房了?那么多书架也不够吗?现在都是空的。"

"等苏伊院士搬进来以后,就不会是空的了。她整理房间的能力很糟糕,放不下的书会放在地上。"

"哈哈,明白。我这就让他们去办。"

"好的,苏释耶大人。"

独裁官在窗边站了很久,脸部的轮廓因为光暗的交错而留下大片阴影。梵梨花了同样长的时间,确认这一切。

真的是他。是他的样子,他的声音,是他这个人。

对无数海族而言,他是威严的独裁官,传统的背叛者,不论是在光明与黑暗中,都永远站在高位处的男人。可是,当一切最美最痛的回忆把梵梨从意识中唤醒,他的面容也渐渐变得熟悉又充满感情。那些感情是她赋予他的,因为在他离去后,每个经历噩梦的夜晚过去,睁开眼后,她总是怀着满腔的炽热与悲痛,如此渴望看见这个侧脸。

哪怕他们之间相隔几亿年的时间,不同次元的空间,哪怕他们再不能拥抱在一起,她还是感到庆幸。

真好,我终于又见到你了。

即便是在已经逝去的时光中,即便是在注定会流向悲剧的长河中,我们还是重逢了。而且,不是在冰山后,不是在午夜梦醒的悲伤回忆中,而是真实的你,自信地,鲜活地,意气风发地,在我的面前,呼吸着。

Chapter 55 我们的4.3亿年

就在梵梨的大部分意识重复经历过去时,以太之门中,梵梨认真地观察着时空之门中的变动,发现自己好像失败了。因为,微子还是没能和神之力相抗衡,无法影响苏伊诞生前的深蓝记忆。也就是说,只要深蓝对苏伊释放了诅咒,后面的事还是注定会发生。

果然想太多了,人死不能复生,再努力也没用,苏释耶不会再回来的。

梵梨在无数星体中颓然坐下,用双手环抱着脖子,百无聊赖地回顾着不同宇宙中发生的事。她发现,原来宇宙能量守恒,在"幸运能量"中也是通用的:一个在A宇宙中特别倒霉的人,在B宇宙往往有幸运的一生。

她认识的每一个人都曾经是舞台的主角,拥有最好的宇宙。

丽娜最好的宇宙里,有一个转折点在燃烧时代24729年。

在泡泡小姐的婚礼上,丽娜正在偷听苏释耶和别人谈话。忽然有人来说:"奥达先生,有一名自称是丽娜父亲的逆载族男子说要见女儿,现在正在门外等候。"

"丽娜是?"苏释耶抬起头。

"是我们大管家的女儿。"艾泽答道。

"哦,父女团聚啊。"苏释耶笑道,"挺好,快去吧。"

这一刻,丽娜产生了一种既视感:父亲临死前给自己打了一通电话,她没接到。父亲刚死那一段时间,她都没有任何感觉,直到又一个假期回到旧居,看见他住过的破旧宅子、摆在窗台上的女儿照片,她才失声痛哭起来。

虽然她不知道这并不是既视感,而是另一个宇宙中的记忆,但这种既视感让她害怕了,魔怔了一样想出去找父亲,却被母亲发现了她目光里的期待。丽芙冷冰冰地说:"你不要忘记,他和别的逆载族父亲不一样。他给了我们承诺,却又抛弃了我们母女俩,是我历尽千辛万苦,受了无数委屈,才把你带大的。"

"妈妈,爸爸爱我,我的成长过程中也需要父爱,你不要这样说他,好吗?"

丽芙尖酸地笑了起来:"哎哟,你怎么现在变得这么爱你爸爸了?以前怎么不见你这么爱他呀?"

"我……"丽娜说不出话来。

"啧啧啧,你忘了吗,他早就不要你了!"见她有些退缩,丽芙变得更加暴躁了。

"不。"丽娜第一次如此坚定地反驳了母亲,"他只是离开了你,却没有抛弃我。他爱我,我的成长过程中也需要父爱。"

"什么?你说什么?丽娜,你知道你在跟谁说话吗,你再说一次?是谁把你带大的,你忘记了?那个人渣为你付出了什么,你居然帮他说话!"

丽娜一向害怕母亲,这一刻也不例外,但她不能再让自己后悔了。她说出了多年来内心的真实想法:"你不能因为和他分开,就把我据为己有,我也是他的女儿。"

"你……你这个狼心狗肺的东西,给我滚出去!"

丽娜冲了出去,在门口看到了伯恩。

上次来找丽娜,伯恩已经碰过了一次钉子,但每次见到女儿,他总是笑得很开心:"女儿。"

丽娜二话不说,扑到了伯恩的怀里:"爸爸,对不起。我以前对你太凶了。"

"哎呀,傻孩子。"伯恩拍拍她的背,"为什么要道歉?你那点小脾气,爸爸还不知道吗?爸爸永远不会真的和自己亲闺女怄气。"

"爸爸,呜呜呜……"

"好了好了,别哭了,爸爸是来给你送生活费的。"伯恩掏出一个钱袋,放在她手里,"虽然你妈已经很有钱了,爸爸这钱不算多,但也是我的一番心意。"

"不要。你生活已经很拮据了啊……"

"就当是多一点点零花钱,收着吧。"

那么多年来,丽娜第一次对爸爸放下敌意,开始频繁和父亲团聚。丽芙对此生气得不得了,但后来看女儿这么开心,也就不再和她计较。只是每次她要去看爸爸,丽芙都要阴阳怪气地呛她几句。

奇怪的是,从这天起,丽娜也放下了对男性的敌意,还交了一个帅气的逆戟族男朋友。男朋友成绩没她好,但人缘好到逆天,到哪里都把女朋友夸上天,以至于她"不务正业",没过多长时间,就慢慢退出黑珊瑚女神帮了。到了圣耶迦那以后,她也没有加入昆蒂的小团体,而是专心读书,为成为优秀的大奥术师做准备。

夜迦最好的宇宙里,母亲因为保护他中弹后,被送到医院抢救,虽然受了重伤,昏迷了四天三夜,但还是活了下来。醒来后,她第一眼看到的就是哭成泪人儿的

Chapter 55 我们的4.3亿年

小夜迦,幡然醒悟:丈夫是否对她忠诚,现在已经再不重要,因为她已经有了更重要的天使。她不应该,也没有必要,把大量的时间都消耗在怨恨丈夫身上。

所以,她果断选择彻底离开布可巴路,带着儿子回到娘家生活。她身体不好,脾气还是很大,时不时拿夜迦当出气筒,所以夜迦个性还是多情又圆滑,但心中的阴影并不像"帕姬"那样不可挽救。

大学时期,听闻梵梨要嫁给希天,他知道要娶她的必要条件是有政治地位,于是和哥哥们努力竞争,想要拿下宗主继承人之位。结果是,他当上了继承人,却还是没追到梵梨。他一时间对结婚完全失去了兴趣,到年纪很大了,才遇到了真命天女——裂空海的少宗主,一个外表妖艳无比,内心却充满梦想的女人。

希天最好的宇宙里,梵梨和苏释耶没有发生过关系。所以,也就没有发生关于"希天的老婆怎能失贞"的那一段争吵。即便如此,梵梨对希天的严重洁癖还是很受不了。当他问梵梨到底有没有谈过恋爱时,被梵梨狠狠呛了回去:

"我没有谈过恋爱,但这跟你没有任何关系,因为我和你是政治联姻。我既不会让别的男人得到,那么这'别的男人'里,也包括你!离我远点,我最不喜欢的就是直男癌!"

谁知,被她这样骂了一通,希天不但没有生气,反倒耳根红红地挠了挠头:"我是直男癌吗?"

"你说呢?"梵梨给了他好大一个白眼。

吠陀双党之战后,梵梨按照约定,与希天推进政治联姻,并等到公义之殿修建完毕,才在里面举办了婚礼。因为希天一直没得到梵梨的好脸色看,新婚之夜就变得格外有趣了。梵梨自顾自地躺在床上翻书,希天坐在另一头,时不时偷瞄她一眼,跟个等着被挨骂的小学生似的。过了很久,梵梨吐了一口气,放下书本:"该干吗就干吗吧。毕竟结婚了,不是吗?"

希天却摇了摇头,没吭声。

"怎么了?"梵梨打量了他一番。

希天坐过来了一些,双手握着她的手,慎重地说:"苏伊,我决定不当直男癌了。"

"啊?"

最近,希天跟他妹聊过了梵梨的想法,说梵梨是不是太强势了一些。平时很害羞的妹妹突然爆发了巨大的能量,格外坚定地说:"这真的是哥哥你的问题,如

果不是为了你的钱和地位,没人会真心想和你过日子的,相信我!苏伊姐姐只是说出了大部分女生的心声而已!"

希天大受刺激,自闭了好几天,看了很多关于女性解放、两性心理学的书,从知识的层面知道了女性需要怎样的关怀,并且试图开始对周围的女性尊重一些,不再说一些类似"女人在这种场合就应该闭嘴"的蠢话。但是,他到底和天生的绅士有天壤之别,一个不小心学过头了,从绅士变成了"舔狗",把女孩子们吓得更加瑟瑟发抖。加斯宗主直接让他赶紧恢复正常,不要以精神病人的状态结婚。

恶补了这么久,希天知道自己没救了,干脆硬着头皮把最近发生的事都告诉了梵梨。见梵梨呆了好一会儿,然后笑到捶床,他也不知道发生了什么事,只挠挠头说:"你开心,就很好。"

梵梨笑个不停:"你有这心思,我已经很感动了,真的,哈哈哈……"

"老婆,我会等你的。等你能接受我,我再碰你。你别看我脾气很怪,身材还是可以的。"他掀开衣服,露出一小节腹肌,"你看。"

梵梨过去戳了他的腹肌两下,惊叹道:"八块呢,这光靠练都不够了,要天生才行哦。"

"嗯。"

后来,梵梨和希天成为了实质上的夫妻,两个人生了四个女儿、三个儿子。令所有人意想不到的是,希天变成了不亚于苏释耶的宠妻狂魔。在他粗枝大叶的言行举止下,居然有一颗细腻炽热的心。因为他卸载掉了所有的武器,梵梨也变得越来越温柔,把更多的精力倾注在家庭里。工作日,他们都忙于彼此的工作。周末,他们就会带着孩子到苏伊宫放松,欣赏宫内的珊瑚群和五彩缤纷的海葵。

梵梨无数次觉得,这样很好,她已经活成了海族普遍意义中最幸福的模样。人生是有变数的,感情是可以培养的,所谓的真爱、唯一、命中注定,都只是文学作品中的传说,她没必要太执着于记忆中的某个人。她甚至停止了继续寻找苏释耶的行动,只是为了告诉自己,不要作,不要犯贱,自己的选择是正确的。

因为大神使夫妻的感情十分稳定,后来深渊帝国曝光在光海大众视野中,苏释耶也没有再提出请大神使到深渊做研究的要求,而是直接开放了与他们的贸易合作。在一次风暴之井的两海会议中,梵梨和苏释耶重逢了。

与苏释耶四目交接的刹那,她知道,他们之间的东西没有消失,从来就没有过。或许她自以为是了,误以为苏释耶对她和以前一样,她不知道,不确定。但她清楚知道自己的感觉。

"恭喜你。"苏释耶游过来，淡淡地微笑道，"一切都那么好。"

"谢谢。"

那一天，她格外兴奋，兴奋得简直不像她自己。了解她的人都知道，她表现很失常。希天神经粗，并未发现。但即便隔了很多年，风晋都会用一脸恐惧的表情对她说，苏伊伊，你已经结婚了，家庭幸福，不要让苏释耶破坏这一切啊。

"你想太多了，我心里只有希天。"

梵梨撒谎了。这是她后半生中，不曾告诉任何人的秘密。她很好地控制住了自己的表情和眼神，甚至直到听到苏释耶死去消息时，也只表现出她想表现的震惊。

时间永无止境地蔓延，吞没了很多很多的记忆。苏释耶死后的岁月里，不管是在光海还是在深渊，人们提起他，情绪也不再像以前那样复杂，带有强烈的恨与爱。梵梨知道，这个世界终会将逝去的人遗忘。她也知道，她有能力将家庭经营得很好，有能力将那个秘密锁在心底，直至此生终结。

有些遗憾的是，希天最好的宇宙，并不是梵梨最好的宇宙。

以太之门中，小小的宇宙像静止了，又像湍急的河流眨眼带走了千万年的时光。这里就像琥珀梦境，会让人轻易忘记了时间的流逝。梵梨抱着腿坐在星河之上，抬头叹了一口气。苏释耶重生的希望破灭后，她既觉得有些生无可恋，又觉得，自己真不该再钻牛角尖了。

人生与四季一样，亦有春夏秋冬，若总是缅怀万物蓬勃的春季，就永远也欣赏不了冬季的凋零之美。

"失败了吗？"夜迦的声音在以太之门前响起。

"嗯。"梵梨站起来，回头对他笑了笑，"也不算失败。起码，我有了新的收获。"

"嗯？什么收获？"

"我要回圣耶迦那了。"见夜迦露出了疑惑的表情，梵梨果断地说道，"我是回去工作。"

夜迦微微一怔："为什么？不想苏释耶了？突然想通了？"

"当然想。正是因为想他，才更要努力工作，努力生活。我想了想，他那么努力守护好这个世界，一定不是想看我过得浑浑噩噩，沉浸在思念他的苦痛中……"梵梨闭上眼，回忆着苏释耶渐渐模糊却越发深刻的面容，笑得更灿烂了一些，"他

会希望我过得很快乐,一边惦记着他的好,一边大步往前走!所以,从今以后,我不会再试图想办法找他回来了。我也不需要再去找他。因为他永远活着,活在我的心里。"

夜迦苦笑:"坚强的女孩。"

"好了,小夜,我在斐理镇再逛逛,你先回去吧。咱们圣耶迦那见。"

"好呀。"

梵梨大步走出以太之门,进入了海底森林,蓝色的长尾在水中轻摆。看见周围生生不息的水母群,梵梨终于释然了。冬季结束,新的春季很快也会到来。

在门内,夜迦无奈地摇头。曾经年少时,他一直觉得苏释耶是个狗东西,不值得梵梨那么拼尽全力待他好。可知道苏释耶在背后为梵梨同样付出一切后,他竟然越来越觉得,这个男人值得。值得梵梨这么爱,值得她现在想他想得疯掉。

只是,他很心疼她。

这时,夜迦发现四周的星体在无规则地跳动。他下意识伸手去抓,却抓了个空。星体在黑空中乱窜,不慎将满怀的光华漏在了这无尽而狭小的空间中。它们与冷空气时而缠绵,时而推拒,穿过了夜迦冰冷的皮肤。

他盯着手背看了许久,忽然有了一种大胆到让他觉得可怕的设想。他没有离开以太之门,而是站在原地,默默观望着这些星体的变化。

梵梨找借口说要逛逛,其实只是想自己待着。这样,她就不用强颜欢笑,让夜迦替自己担心。

她打了一艘出租艇,前往斐理镇的舰艇站,乘了一艘前尔国临格的长途公交舰。斐理镇人少,哪怕是去尔国临格的公交舰上乘客都是稀稀拉拉的,而且大部分是打扮朴素的当地鲨族住民,讨论的也多是尔国临格的食物价格、斐理镇住宅的发电机经常停运、家里的柱子上有一窝乌贼寄居怎么都赶不走这类生活话题。梵梨觉得选择这样回到圣耶迦那明智,既让自己停留在人群中,又可以保持内心的平静。

看着窗外左右摇晃的珊瑚、海藻,成群结队的海洋生物,她用了大把时间放空思维,没过多久就到了尔国临格。

星辰海首府的舰艇站就气派多了,多元化与热闹程度不亚于圣耶迦那城市舰艇站。梵梨买了去圣耶迦那的票,在站内买了当月的《星辰海航海杂志》,便随着人群游入站点,排队上了客艇。虽然舰艇是圣耶迦那奥术股份有限公司产的最新型号的全自动款,时速也是目前全光海最快的,但舱内没有一个位置是空着的,氛围也远不如斐理镇那一艘让人舒适:时不时就有人接起电话说一句"低于两百万浮的单子我不谈",然后怒气冲冲地挂断;海神族女孩子摆出各种姿势叫男朋友拍照,拍完了嗲声嗲气地说"你把人家的尾巴拍得太短太粗了啦",吵得前面正在看深渊经济学书籍的男人直咂嘴;要么就是两个知识分子为了圣耶迦那马上禁用非环保材质餐具争得面红耳赤……

梵梨没了欣赏沿途风景的心情,看了一会儿《星辰海航海杂志》,便戴着海绵耳塞,靠在椅背上睡了。

舰内播报员提示抵达圣耶迦那后没多久,旅客们都陆续起身,提着行礼出去。梵梨稀里糊涂地睡了一路,起来打了个呵欠,又抱着胳膊打了个哆嗦,随着人群游出舱外。

圣耶迦那城市舰艇站是一个下陷的八十米圆形深坑,贴着坑壁的发光海水区是海族游道,中间的柱形海水区是交通工具道,无数出租舰、豪华私舰、市内公交舰等舰艇在其中高速行驶。

梵梨刚进入出租舰队列,就接到了一通风晋的电话。

"苏伊伊,你回圣耶迦那了?"风晋在电话里有些雀跃地说道,"刚好,今晚九点小兰的歌剧首次登台演出,我们都会去,我们七点半来接你,跟我去永恒广场哟。"

"好啊。"

虽然有些累,但梵梨不想让自己闲下来。她回家换好了一套披肩式的水蓝色晚礼服,在发间佩戴好圣光海羽,化上了完整的妆,下楼进入了风晋的舰艇。

除了风晋,驾驶座上的米瑟和歌,同行的还有布可纱纱。

从梵梨进入舱内后,她们三人就一直叽叽喳喳说个不停,热闹极了。听她们聊着圣都最新的时装、小吃和八卦,梵梨觉得好受多了,不由自主也露出了笑容。

这是耀光时代1792年冬的夜,这一款全新的锃亮超音速私艇被主人第一次开出来,便迫不及待地穿过富人聚集的西区、无尽海神大道,螺旋桨轰隆隆地旋转,引起无数路人的注目,留下一串细碎的泡沫。它一鼓作气,驶向圣耶迦那的永恒广场,在绿色舰艇标志交通灯亮起时,与众多新款舰艇停在了"光海的十字路口"。

与风晋的音艇并排停靠的私艇窗口眨眼便打开,里面的海神族公子哥儿向路

边身材姣好的海洋族女孩吹了个口哨。女孩朝他伸了个中指,头也不回地游开了。公子哥儿不为所动,把舱内音乐开到最大,他搭在窗上的手指与建筑上方的动态奥术广告商量好了似的,有节奏地跳动。

最繁华的地段一分为二,南边是欣欣向荣,北边是高贵奢侈,中间是65米宽的无尽海神大道。

东边有许多购物街、接头表演和餐厅。在街边,有从菩提海老家来到圣耶迦那读书的艺术留学生在街边跳舞,她是黑唇丝虾虎族,摆动着鲜艳的黄色尾鳍,每一个动作都和谐到位,当别人抛硬币给她时,她总能很精准地用尾鳍接住,再抛到上方,拉开腰间鼓鼓的口袋接住。

从这条街往对面看,舰艇按大中小型号从下往上排列,下方是公交舰鱼贯而行,最上方是音速艇竞赛班嗖嗖飞过。而它们对面,只隔了一条道,就是聚集了最多政商界、艺术圈、演艺界名流的落亚北路。其中,最醒目的建筑莫过于圣都歌剧院。

在那里,宗神后裔、海神族、高级捕猎族占据了大部分比重,但自耀光时代以来,海洋族也越来越多了。

这里是圣耶迦那,海之女神的精神化作了星辰,原始文明孕育的首座圣城。她绽放着最璀璨的文明之花,是一幅四亿年的油画。

街边,一个鲉族男孩发现了一个同族女孩,激动地过去摇头摆尾示爱,却冷不防被女孩一口咬伤了手。

梵梨被这一幕吸引了注意,却没发现,刚才一直热闹非凡的舱内,此刻鸦雀无声。这对坐着这三个女人的私艇来说,绝对不正常。等她发现情况不对劲以后,转头却看见她们都像被人打了一拳一样,懵懂地看着圣都歌剧院的门口。

梵梨顺着她们的方向看去。长长的队列门口,有一群商政名流、宗族权贵、演艺巨星,其中包括加斯希天、兼特羽悠兄弟、莫尔公子、赛菲永等等。他们簇拥着一个头发雪白的男人。加斯希天狂放地笑着,他却用很轻的声音回应,时不时点两下头,"焰之眼"黄宝石耳坠轻微晃动。

顷刻间,灯红酒绿,流光溢彩,都好像只剩下了光影。

这幅四亿年的油画的中央,只剩下了他一人。

"咚咚、咚咚",心脏好像不会跳了。

Chapter 55 我们的4.3亿年

大概是和歌、风晋还有纱纱的尖叫声太突兀,男人敏锐地回过头来,一半脸颊被灯光照亮,鼻梁另一侧的面容被暗影吞没。

他也很精准地捕捉到了梵梨的视线。他的眼中满满都是夜的深邃,光的温柔。

"梵梨姐姐,你在发什么呆呢!"羽烬朝她用力挥了挥手,"你看谁回来了!"

梵梨不知道发生了什么,只知道自己眼中溢满泪水,却连眼睛都不敢眨一下。生怕这是一场梦,眨了眼,他就会消失。不,就算是梦也好,她要把这个梦做完。

在三个姐妹的齐心协力下,梵梨被猛地推了出去。她看看从人群中走出来,面向自己的苏释耶,又低头看了看自己的蓝色纱裙和尾巴,听着心跳剧烈犹如擂鼓,最终决定冒一把险。

她提着裙摆,不顾一切地冲了出去。

生命张开了它巨大的翅膀。

蓝色的晚礼裙就像潮汐海浪,抖出延绵不断的波纹。绰约如云的长发大大张开,是落日压抑已久的激情,迸发出霞光万缕。一道道闪烁的灯光和舰艇之光在她身上掠过,令她纯粹如黎明,倩影纷飞在所有行人的眼中。

男人张开双臂,精准地将她接住。

梵梨钻入了他的怀里,紧紧地抱住他的腰,而后把手往上挪动,一寸寸确认他的真实度……许久,她才畏畏缩缩地喊道:"苏释耶,是……是真的吗?"

他双手捧着她的头,搂得她浑身发疼:"梨梨,我回来了。"

不远处,风晋抹着眼泪,也钻到了自己丈夫的怀里:"虽然不知道到底是怎么回事,但我好感动,呜呜呜,我好感动!"

其他老朋友看见这一幕,即便有不明白的,也都为他们鼓掌起来。

接着,这两个人很不够义气地缺席了兰迪玫瑰的演出。

苏释耶头也不回地把梵梨拽走,一路游向他的私舰。圣耶迦那的市民也好,游客也好,都被他们俩的同时出现惊呆了。"咔嚓咔嚓"的拍照声密集响起,却丝毫没有妨碍到苏释耶前进的速度。

苏释耶带梵梨到了他的私舰中,把舱门猛地一关,反复确认是否锁上。她握着他的手,胆战心惊地说:"苏释耶,你是怎么回来的,我现在好蒙……"

他回过头来,并没有给她答案,只是低头吻她,把她压到座椅上。

"告诉我啊,到底是怎么回……"

"嘘。"苏释耶用手指覆住她的唇,"不要说话,我太想你了。"

脑子里一阵嗡鸣后,就空白了。

梵梨本想再说点什么,后面的话全都被封住。苏释耶失去了理智,连交流的空隙都不给,疯了一般吻她。他一直如此,不管表面多么随和、淡定,在私底下永远那么主动。而这一夜,他更加难以自制,全然忘了如何调节气氛,如何技巧性地接吻。探入过后,就再不能离开。这才是真实的苏释耶,暴躁而幼稚,狂野而任性。而与这个人唇舌缠绵,大概有着这世界上最无法用语言描述的幸福。不管是急促,还是缓慢,都会令她保持着初恋般的心跳。她在他嘴里哼了几声,又听见他在口腔里含糊地说着"梨梨,我爱你",声音低沉,轻轻震动着胸腔,又通过拥抱的肌肤传到她的胸腔中。过了一会儿,他的吻落到了她的耳垂,贴着她的耳廓说着"我爱你",因而胸口微颤着,耳膜被他的嗓音碰触着。

窗外灯火辉煌,光芒闪电般劈裂永恒广场。波浪从深海涌入海面的浪峰之顶,随即碎成白沫水花。

长时间的亲热过后,苏释耶动用了以太之力,把梵梨无数释放出去的意识还回到她身上,她才总算明白发生了什么事:原来,微子运动从量变累积到了质变,甚至形成了时空回溯,影响到了苏伊诞生前、依然属于深蓝时的记忆。不知道深蓝是怎么想的,她虽然依然选择了分裂,却取消了对"燃烧之子"的诅咒,并且选择在梵梨第一次与深蓝融合之后让苏释耶知道。于是,为了不改变历史,苏释耶在那之后就选择以高维度的形式停留在以太之门中。夜迦在以太之门甲看见的变动,就是他即将回归低维度形态的预兆。

身体上的欲望是得到满足了,按照正常的情况,应该疲惫、愉悦而满足。但得到所有意识的记忆后,梵梨却觉得皮被剥了,心被剜空了,有一种树木的枝叶经历花朵开苞的痛苦,缩在苏释耶的怀里大哭起来。

苏释耶并没有阻止她流泪,只是柔声说道:"都过去了,梨梨,我已经回来了。"

可他越是温柔,她哭得越厉害,像把亿万年的等待都一口气倾泻出来。他也不知该怎么办才好,只能顺着她的耳垂,一寸寸往下细细地亲吻,温柔的指尖抚摸过她身上的每一寸肌肤。

但这些远远不够,距离完全抚平她心中的伤痛,还需要很长很长的时间。

"一切都好起来了,我们再也不会分开了。"

Chapter 55 我们的4.3亿年

"嗯,嗯……"梵梨流着泪点头,紧紧扣着他的手指,不肯离开他。

不是在做梦。她又能触碰到他了。

窗外是夜晚迷人的圣耶迦那。在这个世界,一切都没变,一切却都已经改变。

自由纪366年4月,收到梵梨和苏释耶婚礼请帖的当日,羽烬提前去海雾树拜访梵梨,为她送上新婚贺礼,向她辞别。

"这么赶吗?"梵梨忍不住看了看身后的日历,"其实,只要再等不到一周,你就可以参加我和你星海哥的婚礼了呢。而且,小羽,我保证,这一定是最后一次。"

羽烬被她最后那句话逗笑了:"这当然是最后一次,我比你们俩还确定。但没办法,裂空海的部队管理太森严了。我不想因为他们因我姓兼特,就为我破例。"

看见梵梨表示理解地点点头,羽烬知道,这是很好的借口。他笑了:"不管怎么说,我为你们开心,尤其是为你,梵梨姐姐。"

"是啊,曾经你还说过,要陪我到学校里找真命天子,现在不用你这当弟弟的这么辛苦了。"

成为裂空海指挥官后,羽烬被调到裂空海中央部队上,要回家乡了。接下来的几千年时间里,他可能都很难再见到她。这并不怎么遗憾,也很遗憾。

不遗憾的是,即便此生永远不再见面,他也知道,她终于收获了自己的幸福。

而遗憾的是……

有一句话,永远都只能藏在内心最深处了。

这一天,他坐在军舰最前排,对着窗口,想起了他们初次见面时的场景。那时,她弯下腰,背着光,笑盈盈地看着他,玫瑰色的短发在海水中轻轻舞动,深蓝色的大眼睛弯弯的,是真的好看。

如果一切可以重来……

罢了,那个男人是苏释耶,他输得心服口服。

"指挥官,可以出发了吗?"士兵在身后说道。

"出发。"看着圣耶迦那万年如一日的美景,羽烬用轻不可闻的声音说道,"再见了,圣耶迦那。"

再见了,我的青春。

梵梨和苏释耶的婚礼有两场,第一场在圣耶迦那,第二场在巴曼薄亚。

白色敞篷婚艇载着新娘,从圣都创世门下穿过去。同时,两侧的奥术师变幻出银色的气泡和水花,顺着婚艇移动的轨迹沿途喷射,引起一阵阵欢呼声和掌声。

梵梨回头看了一眼创世门。圣海八宗神的雕像矗立在上方,都在比深蓝雕像矮一些的位置。苏伊梵梨的雕塑就在深蓝的正面下方,双手抱在胸前,抬头与深蓝对望,就好像无尽海洋之神终于找回了自己。

一切都似一场梦。梦中他们经历了生死离别、无数亿年的错过,好像只能永远隔着时光与空间的鸿沟。但梦醒之后,恋人就在她的身边,依然与她亲密无间,深爱彼此。

进入光海神殿,大祭司吟诵着《五谢礼赞》:

"无尽海洋之主深蓝,爱万物于深海之中,守吾于灵魂之上。一心赦免吾之罪,赞吾荣光,赐吾圣规。终痛悟此生重罪。以神之名,回馈吾主《五谢礼赞》。一谢深蓝造海之恩。二谢深蓝救赎之恩。三谢深蓝击退恶魔守护之恩。四谢深蓝七分海域牺牲之恩。五谢深蓝的智慧与私欲……"

就在光海神殿的尽头,苏释耶穿着白色的军装,笔直地站立着等她。海神族孩子们拎着篮子,往水里撒着火焰般的海藻,把梵梨缓缓引进去。

苏释耶用戴着白色手套的手牵起她一只手,低头轻轻吻了一下她的手背,然后望入她的眼睛:"梨梨,你知道我等这一天,等了多久吗?"

梵梨眼眶立刻红了一圈。她不懂为什么,失去他的那么多年,一个人度过的无数个4.3亿年里,她哭过的次数都屈指可数。可现在明明天天在一起,她却总是泪点低得像个软弱的幼童。

"不要说煽情的话,那么多人在看呢。"她悄悄说道。

"好,不说。说一点你喜欢的话题。"苏释耶微笑。

"嗯?"

"我重获新生,把记忆点成离愁的火苗,燃烧着以太之主的流光孤灯,仰望着无尽海洋之主的倒影。"

听到这里,梵梨抬头,惊诧地看着他——他一直嫌弃的《星辰海的涟漪》,现在居然能背下来?

"我敬爱的、可爱的爱人啊,在烟火猎猎的海洋尽头,在荒漠向森林的求爱中,你可收到了我寄给你的,晨曦里的第一滴露珠?"

"苏释耶……"

"我的心之叶不小心坠入你编织的情网,用四十亿年的岁月逐步绽放出花朵。花朵越开越旺,一秒也不曾凋零。终于,在这一个微小的瞬间,就结成了果实。"背诵到最后,苏释耶回头看着她,没再说下去。

因为梵梨已经哭到用手掩脸了,大祭司是一个眉目慈祥的菩提宗族老爷爷,此刻看看苏释耶,再看看梵梨,清了清嗓子,一改严肃常态:"新郎先生,您可别再告白了,这样下去我得丢饭碗了——感动新娘的本该是我的誓词,您这样的行为也太独树一帜了,不是吗?"

全场大笑起来。

苏释耶看了一眼坐席中的璃与繁星,轻巧地说:"那么大的儿女一起参加父母的婚礼,已经非常独树一帜了,不是吗?"

大家笑得更夸张了。梵梨忍着笑,推了推苏释耶。

"我的错。"苏释耶优雅地笑笑,把她揽到怀里,拍了拍她的背,"我和梨梨能走到今天,很不容易。所以,以后我余生的每一分每一秒,都要用来爱她,呵护她,才对得起她对我的爱。"

全场的笑声又变成了欢呼和掌声。

接着,大祭司完成了接下来的誓词宣读、婚礼仪式。

"现在你可以吻你的新娘了。"

苏释耶捧着梵梨的头,侧头轻轻触碰她的嘴唇。他没再说话,眼眸中只有无尽的温柔。

梵梨轻轻摇曳着尾巴,"星之尘埃"正泛着透明的光华——计划婚礼前,苏释耶说想再为她换一个更贵的钻石,但她觉得没必要,这一颗钻石的意义,任何奢靡珠宝都替代不了。

它是一枚起始于星海的碎片,是一颗透明的心,承载着他们所有的美好。

仪式结束后,他们俩一起率先游向神殿外。看着挽着自己的妻子,苏释耶低声说:"只有我们俩知道所有的一切,会不会感到孤独?"

梵梨捏了捏他的胳膊:"你一直这么聪明,怎么会问出这种傻问题?"

苏释耶,与你一同爱着生命,爱着这个世界,我就永远不会孤独。

光海神殿矗立在翡翠山脉的高处,下方是无垠的金色建筑。从殿内往外看,琉璃军团遗址、白鹰宫殿、圣耶迦那大学、圣都创世门、永恒广场……所有的地

标建筑都还是繁华不变。

　　生命时代,无尽海洋之主深蓝,在这里心碎地分裂了生命带给她的苦楚,丢弃了她的错误。时光匆匆流走,宇宙浩瀚依旧,神在海族的薄暮中,赠予了万物以昔日的柔情。

　　圣耶迦那——光海的荣耀之都,记下了这文明长河中千千万万个故事,如星辰璀璨,大海深远。而它终究不是生命,没有生老病死,不懂悲欢离合,和虚体神性一样高高在上,岿然不动,一如4.3亿年前的天空。

全文完
君子以泽于二零二一年一月四日上海